朱栋霖　主编

中国现代文学经典
1917—2010（精编版）

ZHONGGUO XIANDAI WENXUE JINGDIAN

北京大学出版社
PEKING UNIVERSITY PRESS

图书在版编目(CIP)数据

中国现代文学经典 1917—2010(精编版)/朱栋霖主编.—北京：北京大学出版社,2011.11
(博雅大学堂·中国语言文学)
ISBN 978-7-301-16734-2

Ⅰ.①中… Ⅱ.①朱… Ⅲ.①中国文学：现代文学—作品综合集—高等学校—教材　Ⅳ.①I216.1

中国版本图书馆 CIP 数据核字(2011)第 209744 号

书　　名	中国现代文学经典 1917—2010(精编版) ZHONGGUO XIANDAI WENXUE JINGDIAN 1917—2010
著作责任者	朱栋霖　主编
责任编辑	张雅秋
标准书号	ISBN 978-7-301-16734-2
出版发行	北京大学出版社
地　　址	北京市海淀区成府路 205 号　100871
网　　址	http://www.pup.cn　新浪微博:@北京大学出版社
电子信箱	pkuwsz@126.com
电　　话	邮购部 62752015　发行部 62750672　编辑部 62757065
印 刷 者	三河市博文印刷有限公司
经 销 者	新华书店
	965 毫米 × 1300 毫米　16 开本　36.75 印张　870 千字 2011 年 11 月第 1 版　2022 年 1 月第 14 次印刷
定　　价	72.00 元

未经许可，不得以任何方式复制或抄袭本书之部分或全部内容。
版权所有，侵权必究
举报电话：010-62752024　电子信箱：fd@pup.pku.edu.cn
图书如有印装质量问题，请与出版部联系，电话：010-62756370

中国现代文学经典 1917—2010
（精编版）

领衔执笔（按姓氏笔画为序）

方　忠　　方长安　　王中忱　　许　霆

朱栋霖　　汤哲声　　杨　义　　邹　红

吴义勤　　吴福辉　　汪卫东　　汪文顶

汪应果　　张福贵　　赵小琪　　赵学勇

骆寒超　　项仲平　　钱理群　　徐德明

秦林芳　　黄维樑　　温儒敏

《中国现代文学经典1917—2010》(精编版)出版和使用说明

1. 《中国现代文学经典1917—2010》(精编版,全一册),与朱栋霖主编的《中国现代文学史1917—2010》(精编版,全一册)相配套。

2. 使用对象为中国语言文学各专业方向(含师范教育、文秘、对外汉语专业方向)、新闻传播学各专业方向、戏剧影视学专业等。随着教学改革的进行,作为中文系主干课的中国现代文学(含中国当代文学)的教学课时有所压缩,在新闻传播学、广告学、中文文秘、对外汉语、戏剧影视文学各专业方向,该课程的教学时数更短。我们根据各方面要求编著了这部精编版教材。

本书也可作为大学语文课程教材。

3. 本书的一个特点是,在每篇作品后增加了"作家自述"、"名家要评"、"作品解读"、"拓展阅读"四个栏目,精选相关资料,尤其是遴选了一部分当年对于该作品的不同观点的论争资料,以加强解读该作品的思考性与张力。同时,我们在配套的文学史教材《中国现代文学史1917—2010》(精编版)中,各章节增加了"声音"栏目,即在相关的文学史重要现象、作品评述中以"声音"的方式,介绍学术界的不同观点。所提供的各种观点之间甚至是相互抵牾的,但它们共同构成了文学史的复杂性,我们也借此一并呈现出来。

4. 我们旨在提供一个贯彻新世纪教学改革理念的新教本,提倡启发式、开放式的专业课教学,探索建构思考型、探究型、教学互动型的教学方法与教学模式。各校教师在教学时,可有机结合各项学术信息资料,通过加强对经典作品的研讨来加深对文学史的理解、把握,师生互动,开展各种形式的教学活动,加强自学与写作指导,培养创新型人才。

5. 入选作品,尽量采用初版本;若初版本难找到,或初版本与重版本的文字无大的变化,则采用通行的重要版本。所有入选作品的版本出处,均在该作品后以括号注明。限于篇幅,部分作品只能以存目的方式出现,但编者提供了相关的故事梗概。

多位海内外学术名家为本书提供了大量的作品解读文字,提高了本书的学术品位,并为我们提供了不少宝贵意见与建议;教育部高教司和文科处领导一贯高度重视与支持我们的工作；在此，向大家表示衷心的感谢！

我们恳切希望海内外同行教师、大学生对本教材提出宝贵意见。

朱栋霖

2011 年 10 月 18 日

目 录

上 编
1917—1949

小 说

鲁 迅
  狂人日记/3
  阿Q正传/10

郁达夫
  沉沦/32

叶圣陶
  潘先生在难中/52

台静农
  拜堂/63

丁 玲
  莎菲女士的日记/68

张恨水
  啼笑因缘/91

茅 盾
  春蚕/93
  子夜/106

巴 金
  家/109

施蛰存
  梅雨之夕/111

沈从文
  边城(长篇存目)/118

李劼人
  死水微澜(长篇存目)/120

老 舍
  骆驼祥子(长篇存目)/122

目录

张天翼
　　华威先生/125
萧　红
　　呼兰河传(中篇存目)/131
赵树理
　　小二黑结婚/133
张爱玲
　　倾城之恋/144
钱锺书
　　围城(长篇存目)/166

诗　歌

郭沫若
　　天狗/168
冰　心
　　繁星(节选)/170
汪静之
　　伊底眼/172
冯　至
　　蛇/174
李金发
　　弃妇/176
闻一多
　　死水/178
徐志摩
　　再别康桥/180
戴望舒
　　雨巷/182
何其芳
　　预言/184
臧克家
　　老马/186
艾　青
　　雪落在中国的土地上/187
　　吹号者/188
卞之琳
　　距离的组织/190
穆　旦
　　春/192

目录

李 季
  王贵与李香香（节选）/194

散 文

俞平伯
  重刊《浮生六记》序/197
叶圣陶
  藕与莼菜/199
朱自清
  给亡妇/201
周作人
  故乡的野菜/204
  谈酒/205
鲁 迅
  影的告别/208
  春末闲谈/208
  小品文的危机/210
冰 心
  寄小读者/214
丰子恺
  给我的孩子们/218
梁遇春
  "春朝"一刻值千金
  ——懒惰汉的懒惰想头之一/221
林语堂
  《人间世》发刊词/224
何其芳
  画梦录/226
梁实秋
  雅舍/230
丁 玲
  三八节有感/233

戏 剧

曹 禺
  雷雨（第四幕）/236

目 录

下 编
1949—2010

小 说

王 蒙
　　组织部新来的青年人/263
宗 璞
　　红豆/285
茹志鹃
　　百合花(短篇存目)/303
赵树理
　　"锻炼锻炼"/305
杨 沫
　　青春之歌(长篇存目)/317
柳 青
　　创业史(长篇存目)/319
高晓声
　　李顺大造屋/322
张 洁
　　爱,是不能忘记的(短篇存目)/335
谌 容
　　人到中年(中篇存目)/337
汪曾祺
　　受戒/339
路 遥
　　人生(中篇存目)/351
张贤亮
　　绿化树(中篇存目)/353
莫 言
　　透明的红萝卜/355
刘 恒
　　狗日的粮食(中篇存目)/383
贾平凹
　　浮躁(中篇存目)/385
王 朔
　　顽主(中篇存目)/387

目录

余 华
  鲜血梅花/389

陈 染
  嘴唇里的阳光/399

刘庆邦
  鞋/411

王小波
  黄金时代（长篇存目）/418

陈忠实
  白鹿原（长篇存目）/420

林 白
  一个人的战争（长篇存目）/422

王安忆
  长恨歌（长篇存目）/424

阿 来
  尘埃落定（长篇存目）/426

毕飞宇
  青衣（中篇存目）/428

金 庸
  射雕英雄传（长篇存目）/430

白先勇
  永远的尹雪艳/432

西 西
  像我这样的一个女子/440

诗 歌

闻 捷
  苹果树下/448

郭小川
  望星空/450

流沙河
  草木篇/455

贺敬之
  雷锋之歌（节选）/457

郭路生
  这是四点零八分的北京/463

穆 旦
  冬/465

目 录

北 岛
　　回答/468
舒 婷
　　双桅船/470
梁小斌
　　中国,我的钥匙丢了(存目)/472
顾 城
　　感觉/474
海 子
　　新娘/476
西 川
　　一个人老了/478
郑愁予
　　赋别/480
余光中
　　等你,在雨中/482

散　文

傅 雷
　　家书一封/484
秦 牧
　　社稷坛抒情/487
周瘦鹃
　　夏天的瓶供/492
邓 拓
　　说大话的故事/494
巴 金
　　怀念萧珊/496
贾平凹
　　秦腔/504
周 涛
　　巩乃斯的马/509
余秋雨
　　风雨天一阁/513
张中行
　　剥啄声/521
刘 郎
　　蕉窗听雨/524

目录

琦 君
　　髻/530
余光中
　　听听那冷雨/534
梁实秋
　　台北家居/539
龙应台
　　中国人,你为什么不生气/542
简 媜
　　四月裂帛/545
董 桥
　　藏书家的心事/555
林清玄
　　光之四书/558

戏　剧

老 舍
　　茶馆(第一幕)/564

上　编

1917—1949

狂人日记

鲁 迅

　　某君昆仲,今隐其名,皆余昔日在中学校时良友;分隔多年,消息渐阙。日前偶闻其一大病;适归故乡,迂道往访,则仅晤一人,言病者其弟也。劳君远道来视,然已早愈,赴某地候补矣。因大笑,出示日记二册,谓可见当日病状,不妨献诸旧友。持归阅一过,知所患盖"迫害狂"之类。语颇错杂无伦次,又多荒唐之言;亦不著月日,惟墨色字体不一,知非一时所书。间亦有略具联络者,今撮录一篇,以供医家研究。记中语误,一字不易;惟人名虽皆村人,不为世间所知,无关大体,然亦悉易去。至于书名,则本人愈后所题,不复改也。七年四月二日识。

一

　　今天晚上,很好的月光。

　　我不见他,已是三十多年;今天见了,精神分外爽快。才知道以前的三十多年,全是发昏;然而须十分小心。不然,那赵家的狗,何以看我两眼呢?

　　我怕得有理。

二

　　今天全没月光,我知道不妙。早上小心出门,赵贵翁的眼色便怪:似乎怕我,似乎想害我。还有七八个人,交头接耳的议论我,又怕我看见。一路上的人,都是如此。其中最凶的一个人,张着嘴,对我笑了一笑;我便从头直冷到脚跟,晓得他们布置,都已妥当了。

　　我可不怕,仍旧走我的路。前面一伙小孩子,也在那里议论我;眼色也同赵贵翁一样,脸色也都铁青。我想我同小孩子有什么仇,他也这样。忍不住大声说,"你告诉我!"他们可就跑了。

　　我想:我同赵贵翁有什么仇,同路上的人又有什么仇;只有廿年以前,把古久先生的陈年流水簿子,踹了一脚,古久先生很不高兴。赵贵翁虽然不认识他,一定也听到风声,代抱不平;约定路上的人,同我作冤对。但是小孩子呢?那时候,他们还没有出世,何以今天也睁着怪眼睛,似乎怕我,似乎想害我。这真教我怕,教我纳罕而且伤心。

　　我明白了。这是他们娘老子教的!

三

　　晚上总是睡不着。凡事须得研究，才会明白。

　　他们——也有给知县打枷过的，也有给绅士掌过嘴的，也有衙役占了他妻子的，也有老子娘被债主逼死的；他们那时候的脸色，全没有昨天这么怕，也没有这么凶。

　　最奇怪的是昨天街上的那个女人，打他儿子，嘴里说道，"老子呀！我要咬你几口才出气！"他眼睛却看着我。我出了一惊，遮掩不住；那青面獠牙的一伙人，便都哄笑起来。陈老五赶上前，硬把我拖回家中了。

　　拖我回家，家里的人都装作不认识我；他们的眼色，也全同别人一样。进了书房，便反扣上门，宛然是关了一只鸡鸭。这一件事，越教我猜不出底细。

　　前几天，狼子村的佃户来告荒，对我大哥说，他们村里的一个大恶人，给大家打死了；几个人便挖出他的心肝来，用油煎炒了吃，可以壮壮胆子。我插了一句嘴，佃户和大哥便都看我几眼。今天才晓得他们的眼光，全同外面的那伙人一模一样。

　　想起来，我从顶上直冷到脚跟。

　　他们会吃人，就未必不会吃我。

　　你看那女人"咬你几口"的话，和一伙青面獠牙人的笑，和前天佃户的话，明明是暗号。我看出他话中全是毒，笑中全是刀，他们的牙齿，全是白厉厉的排着，这就是吃人的家伙。

　　照我自己想，虽然不是恶人，自从踹了古家的簿子，可就难说了。他们似乎别有心思，我全猜不出。况且他们一翻脸，便说人是恶人。我还记得大哥教我做论，无论怎样好人，翻他几句，他便打上几个圈；原谅坏人几句，他便说"翻天妙手，与众不同。"我那里猜得到他们的心思，究竟怎样；况且是要吃的时候。

　　凡事总须研究，才会明白。古来时常吃人，我也还记得，可是不甚清楚。我翻开历史一查，这历史没有年代，歪歪斜斜的每叶上都写着"仁义道德"几个字。我横竖睡不着，仔细看了半夜，才从字缝里看出字来，满本都写着两个字是"吃人"！

　　书上写着这许多字，佃户说了这许多话，却都笑吟吟的睁着怪眼睛看我。

　　我也是人，他们想要吃我了！

四

　　早上，我静坐了一会。陈老五送进饭来，一碗菜，一碗蒸鱼；这鱼的眼睛，白而且硬，张着嘴，同那一伙想吃人的人一样。吃了几筷，滑溜溜的不知是鱼是人，便把他兜肚连肠的吐出。

　　我说，"老五，对大哥说，我闷得慌，想到园里走走。"老五不答应，走了，停一会，可就来开了门。

　　我也不动，研究他们如何摆布我；知道他们一定不肯放松。果然！我大哥引了一个老头子，慢慢走来；他满眼凶光，怕我看出，只是低头向着地，从眼镜横边暗暗看我。大哥说，"今天你仿佛很好。"我说"是的。"大哥说，"今天请何先生来，给你诊一诊。"我说"可以！"其实我岂不知道这老头子是刽子手扮的！无非借了看脉这名目，揣一揣肥瘠：

因这功劳,也分一片肉吃。我也不怕;虽然不吃人,胆子却比他们还壮。伸出两个拳头,看他如何下手。老头子坐着,闭了眼睛,摸了好一会,呆了好一会;便张开他鬼眼睛说,"不要乱想,静静的养几天,就好了。"

不要乱想,静静的养!养肥了,他们是自然可以多吃;我有什么好处,怎么会"好了"?他们这群人,又想吃人,又是鬼鬼祟祟,想法子遮掩,不敢直捷下手,真要令我笑死。我忍不住,便放声大笑起来,十分快活。自己晓得这笑声里面,有的是义勇和正气。老头子和大哥,都失了色,被我这勇气正气镇压住了。

但是我有勇气,他们便越想吃我,沾光一点这勇气。老头子跨出门,走不多远,便低声对大哥说道,"赶紧吃罢!"大哥点点头。原来也有你!这一件大发见,虽似意外,也在意中:合伙吃我的人,便是我的哥哥!

吃人的是我哥哥!

我是吃人的人的兄弟!

我自己被人吃了,可仍然是吃人的人的兄弟!

五

这几天是退一步想:假使那老头子不是刽子手扮的,真是医生,也仍然是吃人的人。他们的祖师李时珍做的"本草什么"上,明明写着人肉可以煎吃;他还能说自己不吃人么?

至于我家大哥,也毫不冤枉他。他对我讲书的时候,亲口说过可以"易子而食";又一回偶然议论起一个不好的人,他便说不但该杀,还当"食肉寝皮"。我那时年纪还小,心跳了好半天。前天狼子村佃户来说吃心肝的事,他也毫不奇怪,不住的点头。可见心思是同从前一样狠。既然可以"易子而食",便什么都易得,什么人都吃得。我从前单听他讲道理,也胡涂过去;现在晓得他讲道理的时候,不但唇边还抹着人油,而且心里满装着吃人的意思。

六

黑漆漆的,不知是日是夜。赵家的狗又叫起来了。狮子似的凶心,兔子的怯弱,狐狸的狡猾,……

七

我晓得他们的方法,直接杀了,是不肯的,而且也不敢,怕有祸祟。所以他们大家连络,布满了罗网,逼我自戕。试看前几天街上男女的样子,和这几天我大哥的作为,便足可悟出八九分了。最好是解下腰带,挂在梁上,自己紧紧勒死;他们没有杀人的罪名,又偿了心愿,自然都欢天喜地的发出一种呜呜咽咽的笑声。否则惊吓忧愁死了,虽则略瘦,也还可以首肯几下。

他们是只会吃死肉的!——记得什么书上说,有一种东西,叫"海乙那"的,眼光和样子都很难看;时常吃死肉,连极大的骨头,都细细嚼烂,咽下肚子去,想起来也教人害怕。"海乙那"是狼的亲眷,狼是狗的本家。前天赵家的狗,看我几眼,可见他也同谋,早已接洽。老头子眼看着地,岂能瞒得我过。

最可怜的是我的大哥,他也是人,何以毫不害怕;而且合伙吃我呢?还是历来惯了,不以为非呢?还是丧了良心,明知故犯呢?

我诅咒吃人的人,先从他起头;要劝转吃人的人,也先从他下手。

八

其实这种道理,到了现在,他们也该早已懂得,……

忽然来了一个人;年纪不过二十左右,相貌是不很看得清楚,满面笑容,对了我点头,他的笑也不像真笑。我便问他,"吃人的事,对么?"他仍然笑着说,"不是荒年,怎么会吃人。"我立刻就晓得,他也是一伙,喜欢吃人的;便自勇气百倍,偏要问他。

"对么?"

"这等事问他什么。你真会……说笑话。……今天天气很好。"

天气是好,月色也很亮了。可是我要问你,"对么?"

他不以为然了。含含胡胡的答道,"不……"

"不对?他们何以竟吃?!"

"没有的事……"

"没有的事?狼子村现吃;还有书上都写着,通红斩新!"

他便变了脸,铁一般青。睁着眼说,"有许有的,这是从来如此……"

"从来如此,便对么?"

"我不同你讲这些道理;总之你不该说,你说便是你错!"

我直跳起来,张开眼,这人便不见了。全身出了一大片汗。他的年纪,比我大哥小得远,居然也是一伙;这一定是他娘老子先教的。还怕已经教给他儿子了;所以连小孩子,也都恶狠狠的看我。

九

自己想吃人,又怕被别人吃了,都用着疑心极深的眼光,面面相觑。……

去了这心思,放心做事走路吃饭睡觉,何等舒服。这只是一条门槛,一个关头。他们可是父子兄弟夫妇朋友师生仇敌和各不相识的人,都结成一伙,互相劝勉,互相牵掣,死也不肯跨过这一步。

十

大清早,去寻我大哥;他立在堂门外看天,我便走到他背后,拦住门,格外沉静,格外和气的对他说,

"大哥,我有话告诉你。"

"你说就是,"他赶紧回过脸来,点点头。

"我只有几句话,可是说不出来。大哥,大约当初野蛮的人,都吃过一点人。后

来因为心思不同,有的不吃人了,一味要好,便变了人,变了真的人。有的却还吃,——也同虫子一样,有的变了鱼鸟猴子,一直变到人。有的不要好,至今还是虫子。这吃人的人比不吃人的人,何等惭愧。怕比虫子的惭愧猴子,还差得很远很远。

　　易牙蒸了他儿子,给桀纣吃,还是一直从前的事。谁晓得从盘古开辟天地以后,一直吃到易牙的儿子;从易牙的儿子,一直吃到徐锡林;从徐锡林,又一直吃到狼子村捉住的人。去年城里杀了犯人,还有一个生痨病的人,用馒头蘸血舐。

　　他们要吃我,你一个人,原也无法可想;然而又何必去入伙。吃人的人,什么事做不出;他们会吃我,也会吃你,一伙里面,也会自吃。但只要转一步,只要立刻改了,也就人人太平。虽然从来如此,我们今天也可以格外要好,说是不能!大哥,我相信你能说,前天佃户要减租,你说过不能。"

　　当初,他还只是冷笑,随后眼光便凶狠起来,一到说破他们的隐情,那就满脸都变成青色了。大门外立着一伙人,赵贵翁和他的狗,也在里面,都探头探脑的挨进来。有的是看不出面貌,似乎用布蒙着;有的是仍旧青面獠牙,抿着嘴笑。我认识他们是一伙,都是吃人的人。可是也晓得他们心思很不一样,一种是以为从来如此,应该吃的;一种是知道不该吃,可是仍然要吃,又怕别人说破他,所以听了我的话,越发气愤不过,可是抿着嘴冷笑。

　　这时候,大哥也忽然显出凶相,高声喝道,

　　"都出去!疯子有什么好看!"

　　这时候,我又懂得一件他们的巧妙了。他们岂但不肯改,而且早已布置;预备下一个疯子的名目罩上我。将来吃了,不但太平无事,怕还会有人见情。佃户说的大家吃了一个恶人,正是这方法。这是他们的老谱!

　　陈老五也气愤愤的直走进来。如何按得住我的口,我偏要对这伙人说,

　　"你们可以改了,从真心改起!要晓得将来容不得吃人的人,活在世上。你们要不改,自己也会吃尽。即使生得多,也会给真的人除灭了,同猎人打完狼一样!——同虫子一样!"

　　那一伙人,都被陈老五赶走了。大哥也不知那里去了。陈老五劝我回屋子里去。屋里面全是黑沉沉的。横梁和椽子都在头上发抖;抖了一会,就大起来,堆在我身上。

　　万分沉重,动弹不得;他的意思是要我死。我晓得他的沉重是假的,便挣扎出来,出了一身汗。可是偏要说,

　　"你们立刻改了,从真心改起!你们要晓得将来是容不得吃人的人,……"

十一

　　太阳也不出,门也不开,日日是两顿饭。

　　我捏起筷子,便想起我大哥;晓得妹子死掉的缘故,也全在他。那时我妹子才五岁,可爱可怜的样子,还在眼前。母亲哭个不住,他却劝母亲不要哭;大约因为自己吃了,哭起来不免有点过意不去。如果还能过意不去,……

　　妹子是被大哥吃了,母亲知道没有,我可不得而知。

母亲想也知道;不过哭的时候,却并没有说明,大约也以为应当的了。记得我四五岁时,坐在堂前乘凉,大哥说爷娘生病,做儿子的须割下一片肉来,煮熟了请他吃,才算好人;母亲也没有说不行。一片吃得,整个的自然也吃得。但是那天的哭法,现在想起来,实在还教人伤心,这真是奇极的事!

十二

不能想了。

四千年来时时吃人的地方,今天才明白,我也在其中混了多年;大哥正管着家务,妹子恰恰死了,他未必不和在饭菜里,暗暗给我们吃。

我未必无意之中,不吃了我妹子的几片肉,现在也轮到我自己,……

有了四千年吃人履历的我,当初虽然不知道,现在明白,难见真的人!

十三

没有吃过人的孩子,或者还有?

救救孩子……

1918 年 4 月

(原载 1918 年 5 月 15 日《新青年》第 4 卷第 5 期)

作品解读

《狂人日记》中,"吃人"的发现虽振聋发聩,却不易理解。小说发表之初,许寿裳来信探问写作缘由,鲁迅回信说:"偶阅《通鉴》,乃悟中国人尚是食人民族,因此成篇。此种发现,关系亦甚大,而知者尚寥寥也。"

鲁迅所揭示的"吃人",极为抽象,也极为具体,极为宏深,也极为切近。"吃人",不能由任何抽象名词来承担,"吃人"既在历史中,也在现实中,抽象的"吃人",就在具体的日常经验中,在人与人之间的私欲中心、心怀鬼胎、尔虞我诈因而"面面相觑"的非正常关系中。人人都想"吃人",又怕被别人"吃",即使被人"吃"了,被谁"吃"了也不知道,生活在一种虚伪、巧滑、猜忌、冷漠的人性氛围中,如此关系和氛围一旦形成,就尤难改变。

几千年伦理道德面纱背后竟然是"吃人"的残酷本质,而且往往是以"无主名无意识的杀人团"的方式,使被杀者不知凶手是谁,甚至杀人者也不知自己是凶手,悲剧在发生着,却都是如孔乙己、阿 Q、祥林嫂、陈士成、魏连殳那样"无事的悲剧",人人不仅自己被吃,而且同时又去吃其他人,这样的地方,也就成了安排"人肉的筵宴"的"厨房"。

一直深处于被"吃"恐惧中的"我",最终发现自己也无意中"吃"过人,即使没"吃"过,也因共同的历史,具有"四千年吃人履历"。这是"狂人"的最终自觉,由控诉者或拯救者,成为了忏悔者。达到这一步,小说的深度才真正显示出来。

(汪卫东)

作家自述

在这里发表了创作的短篇小说的,是鲁迅。从一九一八年五月起,《狂人日记》、《孔乙己》、《药》等,陆续的出现了,算是显示了"文学革命"的实绩,又因那时的认为"表现的深切和格式的特别",颇激动了一部分青年读者的心。然而这激动,却是向来怠慢了绍介欧洲大陆文学的缘故。一八三四年顷,俄国的果戈理(N. Gogol)就已经写了《狂人日记》;一八八三年顷,尼采(Fr. Nietzsche)也早借了苏鲁支(Zarathustra)的嘴,说过"你们已经走了从虫豸到人的路,在你们里面还有许多份是虫豸。你们做过猴子,到了现在,人还尤其猴子,无论比那一个猴子"的。而且《药》的收束,也分明的留着安特莱夫(L. Andreev)式的阴冷。但后起的《狂人日记》意在暴露家族制度和礼教的弊害,却不比果戈理的忧愤深广,也不如尼采的超人的渺茫。——鲁迅:《中国新文学大系·小说二集·序》,《鲁迅全集》,第6卷第238页,人民文学出版社1981年。

《狂人日记》实为拙作,又有白话诗署"唐俟"者,亦仆所为。前曾言中国根柢全在道教,此说近颇广行。以此读史,有多种问题可迎刃而解。后以偶阅《通鉴》,乃悟中国人尚是食人民族,因成此篇。此种发现,关系亦甚大,而知者尚寥寥也。——鲁迅:《致许寿裳》(1918年8月20日),《鲁迅全集》,第11卷第353页,人民文学出版社1981年。

名家要评

狂人确实是真狂……狂人在发狂前有一定的进步思想,而且这种进步思想在他病中还以曲折的方式继续起某种作用。——严家炎:《〈狂人日记〉的思想和艺术》,《知春集》,人民文学出版社1980年。

在这个狂人的性格中,就有了既是狂人又是革命者的两个特征。——王瑶:《〈狂人日记〉略说》,《语文学习丛刊》第8辑(1979年)。

狂人这形象的总的内涵是:疯子是假象,战士是实质。——公兰谷:《论〈狂人日记〉》,《文学评论》1980年第3期。

在《狂人日记》中并用着两种创作方法:实写人物,用的是现实主义;虚写寓意,用的是象征主义。作品的思想性主要是通过象征主义方法来体现。但不同于一般象征主义作品的是,《狂人日记》中的象征主义方法不是独立的,它只是依附于现实主义而存在,如同影子依附于形体而存在一样。自然,影子又并非可有可无,相反却十分重要:如果没有象征主义方法构成浓浓的影子,作者投射在狂人身上的思想光束就无从显示。可以说,现实主义方法构成小说的骨架和血肉,象征主义方法构成了小说的灵魂。——严家炎:《论〈狂人日记〉的创作方法》,《论鲁迅的复调小说》,第103页,上海教育出版社2002年。

拓展阅读

1. 严家炎:《论〈狂人日记〉的创作方法》,《论鲁迅的复调小说》,上海教育出版社2002年。
2. 温儒敏:《外国文学对鲁迅〈狂人日记〉的影响》,《鲁迅研究》第8辑(1983年5月)。
3. 李今:《文本·历史与主题——〈狂人日记〉再细读》,《文学评论》2008年第3期。

阿 Q 正传

鲁　迅

第一章　序

　　我要给阿 Q 做正传,已经不止一两年了。但一面要做,一面又往回想,这足见我不是一个"立言"的人,因为从来不朽之笔,须传不朽之人,于是人以文传,文以人传——究竟谁靠谁传,渐渐的不甚了然起来,而终于归结到传阿 Q,仿佛思想里有鬼似的。

　　然而要做这一篇速朽的文章,才下笔,便感到万分的困难了。第一是文章的名目。孔子曰,"名不正则言不顺"。这原是应该极注意的。传的名目很繁多:列传,自传,内传,外传,别传,家传,小传……,而可惜都不合。"列传"么,这一篇并非和许多阔人排在"正史"里;"自传"么,我又并非就是阿 Q。说是"外传","内传"在那里呢?倘用"内传",阿 Q 又决不是神仙。"别传"呢,阿 Q 实在未曾有大总统上谕宣付国史馆立"本传"——虽说英国正史上并无"博徒列传",而文豪迭更司也做过《博徒别传》这一部书,但文豪则可,在我辈却不可的。其次是"家传",则我既不知与阿 Q 是否同宗,也未曾受他子孙的拜托;或"小传",则阿 Q 又更无别的"大传"了。总而言之,这一篇也便是"本传",但从我的文章着想,因为文体卑下,是"引车卖浆者流"所用的话,所以不敢僭称,便从不入三教九流的小说家所谓"闲话休题言归正传"这一句套话里,取出"正传"两个字来,作为名目,即使与古人所撰《书法正传》的"正传"字面上很相混,也顾不得了。

　　第二,立传的通例,开首大抵该是"某,字某,某地人也",而我并不知道阿 Q 姓什么。有一回,他似乎是姓赵,但第二日便模糊了。那是赵太爷的儿子进了秀才的时候,锣声镗镗的报到村里来,阿 Q 正喝了两碗黄酒,便手舞足蹈的说,这于他也很光采,因为他和赵太爷原来是本家,细细的排起来他还比秀才长三辈呢。其时几个旁听人倒也肃然的有些起敬了。那知道第二天,地保便叫阿 Q 到赵太爷家里去;太爷一见,满脸溅朱,喝道:

　　"阿 Q,你这浑小子!你说我是你的本家么?"

　　阿 Q 不开口。

　　赵太爷愈看愈生气了,抢进几步说:"你敢胡说!我怎么会有你这样的本家?你姓赵么?"

　　阿 Q 不开口,想往后退了;赵太爷跳过去,给了他一个嘴巴。

　　"你怎么会姓赵!——你那里配姓赵!"

　　阿 Q 并没有抗辩他确凿姓赵,只用手摸着左颊,和地保退出去了;外面又被地保训斥了一番,谢了地保二百文酒钱。知道的人都说阿 Q 太荒唐,自己去招打;他大约未必姓赵,即使真姓赵,有赵太爷在这里,也不该如此胡说的。此后便再没有人提起他的氏族来,所以我终于不知道阿 Q 究竟什么姓。

第三，我又不知道阿 Q 的名字是怎么写的。他活着的时候，人都叫他阿 Quei，死了以后，便没有一个人再叫阿 Quei 了，那里还会有"著之竹帛"的事。若论"著之竹帛"，这篇文章要算第一次，所以先遇着了这第一个难关。我曾经仔细想：阿 Quei，阿桂还是阿贵呢？倘使他号叫月亭，或者在八月间做过生日，那一定是阿桂了；而他既没有号——也许有号，只是没有人知道他，——又未尝散过生日征文的贴子：写作阿桂，是武断的。又倘若他有一位老兄或令弟叫阿富，那一定是阿贵了；而他又只是一个人：写作阿贵，也没有佐证的。其余音 Quei 的偏僻字样，更加凑不上了。先前，我也曾问过赵太爷的儿子茂才先生，谁料博雅如此公，竟也茫然，但据结论说，是因为陈独秀办了《新青年》提倡洋字，所以国粹沦亡，无可查考了。我的最后的手段，只有托一个同乡去查阿 Q 犯事的案卷，八个月之后才有回信，说案卷里并无与阿 Quei 的声音相近的人。我虽不知道是真没有，还是没有查，然而也再没有别的方法了。生怕注音字母还未通行，只好用了"洋字"，照英国流行的拼法写他为阿 Quei，略作阿 Q。这近于盲从《新青年》，自己也很抱歉，但茂才公尚且不知，我还有什么好办法呢？

第四，是阿 Q 的籍贯了。倘他姓赵，则据现在好称郡望的老例，可以照《郡名百家姓》上的注解，说是"陇西天水人也"，但可惜这姓是不甚可靠的，因此籍贯也就有些决不定。他虽然多住未庄，然而也常常宿在别处，不能说是未庄人，即使说是"未庄人也"，也仍然有乖史法的。

我所聊以自慰的，是还有一个"阿"字非常正确，绝无附会假借的缺点，颇可以就正于通人。至于其余，却都非浅学所能穿凿，只希望有"历史癖与考据癖"的胡适之先生的门人们，将来或者能够寻出许多新端绪来，但是我这《阿 Q 正传》到那时却又怕早经消灭了。

以上可以算是序。

第二章　优胜记略

阿 Q 不独是姓名籍贯有些渺茫，连他先前的"行状"也渺茫。因为未庄的人们之于阿 Q，只要他帮忙，只拿他玩笑，从来没有留心他的"行状"的。而阿 Q 自己也不说。独有和别人口角的时候，间或瞪着眼睛道：

"我们先前——比你阔的多啦！你算是什么东西！"

阿 Q 没有家，住在未庄的土谷祠里；也没有固定的职业，只给人家做短工，割麦便割麦，舂米便舂米，撑船便撑船。工作略长久时，他也或住在临时主人的家里，但一完就走了。所以，人们忙碌的时候，也还记起阿 Q 来，然而记起的是做工，并不是"行状"；一闲空，连阿 Q 都早忘却，更不必说"行状"了。只是有一回，有一个老头子颂扬说："阿 Q 真能做！"这时阿 Q 赤着膊，懒洋洋的瘦伶仃的正在他面前，别人也摸不着这话是真心还是讥笑，然而阿 Q 很喜欢。

阿 Q 又很自尊，所有未庄的居民，全不在他眼睛里，甚而至于对于两位"文童"也有以为不值一笑的神情。夫文童者，将来恐怕要变秀才者也；赵太爷钱太爷大受居民的尊敬，除有钱之外，就因为都是文童的爹爹，而阿 Q 在精神上独不表格外的崇奉，他想：我的儿子会阔得多啦！加以进了几回城，阿 Q 自然更自负，然而他又很鄙薄城里人，譬如用三尺长三寸宽的木板做成的凳子，未庄叫"长凳"，他也叫"长凳"，城里人却叫"条凳"，他想:这是错的,可笑!油煎大头鱼,未庄都加上半寸长的葱叶,城里却加上切细的葱丝,他想:这也是错的,可笑!然而未庄人真是不见世面的可笑的乡下人呵,他们没有见过城里的煎鱼!

阿Q"先前阔",见识高,而且"真能做",本来几乎是一个"完人"了,但可惜他体质上还有一些缺点。最恼人的是在他头皮上,颇有几处不知起于何时的癞疮疤。这虽然也在他身上,而看阿Q的意思,倒也似乎以为不足贵的,因为他讳说"癞"以及一切近于"赖"的音,后来推而广之,"光"也讳,"亮"也讳,再后来,连"灯""烛"都讳了。一犯讳,不问有心与无心,阿Q便全疤通红的发起怒来,估量了对手,口讷的他便骂,气力小的他便打;然而不知怎一回事,总还是阿Q吃亏的时候多。于是他渐渐的变换了方针,大抵改为怒目而视了。

谁知道阿Q采用怒目主义之后,未庄的闲人们便愈喜欢玩笑他。一见面,他们便假作吃惊的说:

"哙,亮起来了。"

阿Q照例的发了怒,他怒目而视了。

"原来有保险灯在这里!"他们并不怕。

阿Q没有法,只得另外想出报复的话来:

"你还不配……"这时候,又仿佛在他头上的是一种高尚的光荣的癞头疮,并非平常的癞头疮了;但上文说过,阿Q是有见识的,他立刻知道和"犯忌"有点抵触,便不再往底下说。

闲人还不完,只撩他,于是终而至于打。阿Q在形式上打败了,被人揪住黄辫子,在壁上碰了四五个响头,闲人这才心满意足的得胜的走了,阿Q站了一刻,心里想,"我总算被儿子打了,现在的世界真不像样……"于是也心满意足的得胜的走了。

阿Q想在心里的,后来每每说出口来,所以凡有和阿Q玩笑的人们,几乎全知道他有这一种精神上的胜利法,此后每逢揪住他黄辫子的时候,人就先一着对他说:

"阿Q,这不是儿子打老子,是人打畜生。自己说:人打畜生!"

阿Q两只手都捏住了自己的辫根,歪着头,说道:"打虫豸,好不好?我是虫豸——还不放么?"

但虽然是虫豸,闲人也并不放,仍旧在就近什么地方给他碰了五六个响头,这才心满意足的得胜的走了,他以为阿Q这回可遭了瘟。然而不到十秒钟,阿Q也心满意足的得胜的走了,他觉得他是第一个能够自轻自贱的人,除了"自轻自贱"不算外,余下的就是"第一个"。状元不也是"第一个"么?"你算是什么东西"呢!?

阿Q以如是等等妙法克服怨敌之后,便愉快的跑到酒店里喝几碗酒,又和别人调笑一通,口角一通,又得了胜,愉快的回到土谷祠,放倒头睡着了。假使有钱,他便去押牌宝,一堆人蹲在地面上,阿Q即汗流满面的夹在这中间,声音他最响:

"青龙四百!"

"咳～～开～～啦!"桩家揭开盒盖了,也是汗流满面的唱。"天门啦～～角回啦～～!人和穿堂空在那里啦～～!阿Q的铜钱拿过来～～!"

"穿堂一百——一百五十!"

阿Q的钱便在这样的歌吟之下,渐渐的输入别个汗流满面的人物的腰间。他终于只好挤出堆外,站在后面看,替别人着急,一直到散场,然后恋恋的回到土谷祠,第二天,肿着眼睛去工作。

但真所谓"塞翁失马安知非福"罢,阿Q不幸而赢了一回,他倒几乎失败了。

这是未庄赛神的晚上。这晚上照例有一台戏,戏台左近,也照例有许多的赌摊。做戏的锣鼓,在阿Q耳朵里仿佛在十里之外;他只听得桩家的歌唱了。他赢而又赢,铜钱变成角洋,角洋变成大洋,大洋又成了叠。他兴高采烈得非常:

"天门两块!"

他不知道谁和谁为什么打起架来了。骂声打声脚步声,昏头昏脑的一大阵,他才爬起来,赌摊不见了,人们也不见了,身上有几处很似乎有些痛,似乎也挨了几拳几脚似的,几个人诧异的对他看。他如有所失的走进土谷祠,定一定神,知道他的一堆洋钱不见了。赶赛会的赌摊多不是本村人,还到那里去寻根柢呢?

很白很亮的一堆洋钱,而且是他的——现在不见了!说是算被儿子拿去了罢,总还是忽忽不乐;说自己是虫豸罢,也还是忽忽不乐:他这回才有些感到失败的苦痛了。

但他立刻转败为胜了。他擎起右手,用力的在自己脸上连打了两个嘴巴,热剌剌的有些痛;打完之后,便心平气和起来,似乎打的是自己,被打的是别一个自己,不久也就仿佛是自己打了别个一般,——虽然还有些热剌剌,——心满意足的得胜的躺下了。

他睡着了。

第三章　续优胜记略

然而阿Q虽然常优胜,却直待蒙赵太爷打他嘴巴之后,这才出了名。

他付过地保二百文酒钱,愤愤的躺下了,后来想:"现在的世界太不成话,儿子打老子……"于是忽而想到赵太爷的威风,而现在是他的儿子了,便自己也渐渐的得意起来,爬起身,唱着《小孤孀上坟》到酒店去。这时候,他又觉得赵太爷高人一等了。

说也奇怪,从此之后,果然大家也仿佛格外尊敬他。这在阿Q,或者以为因为他是赵太爷的父亲,而其实也不然。未庄通例,倘如阿七打阿八,或者李四打张三,向来本不算一件事,必须与一位名人如赵太爷者相关,这才载上他们的口碑。一上口碑,则打的既有名,被打的也就托庇有了名。至于错在阿Q,那自然是不必说。所以者何?就因为赵太爷是不会错的。但他既然错,为什么大家又仿佛格外尊敬他呢?这可难解,穿凿起来说,或者因为阿Q说是赵太爷的本家,虽然挨了打,大家也还怕有些真,总不如尊敬一些稳当。否则,也如孔庙里的太牢一般,虽然与猪羊一样,同是畜生,但既经圣人下箸,先儒们便不敢妄动了。

阿Q此后倒得意了许多年。

有一年的春天,他醉醺醺的在街上走,在墙根的日光下,看见王胡在那里赤着膊捉虱子,他忽然觉得身上也痒起来了。这王胡,又癞又胡,别人都叫他王癞胡,阿Q却删去了一个癞字,然而非常渺视他。阿Q的意思,以为癞是不足为奇的,只有这一部络腮胡子,实在太新奇,令人看不上眼。他于是并排坐下去了。倘是别的闲人们,阿Q本不敢大意坐下去。但这王胡旁边,他有什么怕呢?老实说:他肯坐下去,简直还是抬举他。

阿Q也脱下破夹袄来,翻检了一回,不知道因为新洗呢还是因为粗心,许多工夫,只捉到三四个。他看那王胡,却是一个又一个,两个又三个,只放在嘴里毕毕剥剥的响。

阿Q最初是失望,后来却不平了:看不上眼的王胡尚且那么多,自己倒反这样少,这是怎样的大失体统的事阿！他很想寻一两个大的，然而竟没有，好容易才捉到一个中的，恨恨的塞在厚嘴唇里，狠命一咬，劈的一声，又不及王胡响。

他癞疮疤块块通红了，将衣服摔在地上，吐一口唾沫，说：

"这毛虫！"

"癞皮狗，你骂谁？"王胡轻蔑的抬起眼来说。

阿Q近来虽然比较的受人尊敬，自己也更高傲些，但和那些打惯的闲人们见面还胆怯，独有这回却非常武勇了。这样满脸胡子的东西，也敢出言无状么？

"谁认便骂谁！"他站起来，两手叉在腰间说。

"你的骨头痒了么？"王胡也站起来，披上衣服说。

阿Q以为他要逃了，抢进去就是一拳。这拳头还未达到身上，已经被他抓住了，只一拉，阿Q跄跄踉踉的跌进去，立刻又被王胡扭住了辫子，要拉到墙上照例去碰头。

"'君子动口不动手'！"阿Q歪着头说。

王胡似乎不是君子，并不理会，一连给他碰了五下，又用力的一推，至于阿Q跌出六尺多远，这才满足的去了。

在阿Q的记忆上，这大约要算是生平第一件的屈辱，因为王胡以络腮胡子的缺点，向来只被他奚落，从没有奚落他，更不必说动手了。而他现在竟动手，很意外，难道真如市上所说，皇帝已经停了考，不要秀才和举人了，因此赵家减了威风，因此他们也便小觑了他么？

阿Q无可适从的站着。

远远的走来了一个人，他的对头又到了。这也是阿Q最厌恶的一个人，就是钱太爷的大儿子。他先前跑上城里去进洋学堂，不知怎么又跑到东洋去了，半年之后他回到家里来，腿也直了，辫子也不见了，他的母亲大哭了十几场，他的老婆跳了三回井。后来，他的母亲到处说，"这辫子是被坏人灌醉了酒剪去的。本来可以做大官，现在只好等留长再说了。"然而阿Q不肯信，偏称他"假洋鬼子"，也叫作"里通外国的人"，一见他，一定在肚子里暗暗的咒骂。

阿Q尤其"深恶而痛绝之"的，是他的一条假辫子。辫子而至于假，就是没有了做人的资格；他的老婆不跳第四回井，也不是好女人。

这"假洋鬼子"近来了。

"秃儿。驴……"阿Q历来本只在肚子里骂，没有出过声，这回因为正气忿，因为要报仇，便不由的轻轻的说出来了。

不料这秃儿却拿着一支黄漆的棍子——就是阿Q所谓哭丧棒——大踏步走了过来。阿Q在这刹那，便知道大约要打了，赶紧抽紧筋骨，耸了肩膀等候着，果然，拍的一声，似乎确凿打在自己头上了。

"我说他！"阿Q指着近旁的一个孩子，分辩说。

拍！拍拍！

在阿Q的记忆上，这大约要算是生平第二件的屈辱。幸而拍拍的响了之后，于他倒似乎完结了一件事，反而觉得轻松些，而且"忘却"这一件祖传的宝贝也发生了效力，他慢慢的走，将到酒店门口，早已有些高兴了。

但对面走来了静修庵里的小尼姑。阿Q便在平时，看见伊也一定要唾骂，而况在屈辱之后呢？他于是发生了回忆，又发生了敌忾了。

"我不知道我今天为什么这样晦气,原来就因为见了你!"他想。

他迎上去,大声的吐一口唾沫:

"咳,呸!"

小尼姑全不睬,低了头只是走。阿Q走近伊身旁,突然伸出手去摩着伊新剃的头皮,呆笑着,说:

"秃儿!快回去,和尚等着你……"

"你怎么动手动脚……"尼姑满脸通红的说,一面赶快走。

酒店里的人大笑了。阿Q看见自己的勋业得了赏识,便愈加兴高采烈起来:

"和尚动得,我动不得?"他扭住伊的面颊。

酒店里的人大笑了。阿Q更得意,而且为满足那些赏鉴家起见,再用力的一拧,才放手。

他这一战,早忘却了王胡,也忘却了假洋鬼子,似乎对于今天的一切"晦气"都报了仇;而且奇怪,又仿佛全身比拍拍的响了之后更轻松,飘飘然的似乎要飞去了。

"这断子绝孙的阿Q!"远远地听得小尼姑的带哭的声音。

"哈哈哈!"阿Q十分得意的笑。

"哈哈哈!"酒店里的人也九分得意的笑。

第四章 恋爱的悲剧

有人说:有些胜利者,愿意敌手如虎,如鹰,他才感得胜利的欢喜;假使如羊,如小鸡,他便反觉得胜利的无聊。又有些胜利者,当克服一切之后,看见死的死了,降的降了,"臣诚惶诚恐死罪死罪",他于是没有了敌人,没有了对手,没有了朋友,只有自己在上,一个,孤另另,凄凉,寂寞,便反而感到了胜利的悲哀。然而我们的阿Q却没有这样乏,他是永远得意的:这或者也是中国精神文明冠于全球的一个证据了。

看哪,他飘飘然的似乎要飞去了!

然而这一次的胜利,却又使他有些异样。他飘飘然的飞了大半天,飘进土谷祠,照例应该躺下便打鼾。谁知道这一晚,他很不容易合眼,他觉得自己的大拇指和第二指有点古怪:仿佛比平常滑腻些。不知道是小尼姑的脸上有一点滑腻的东西粘在他指上,还是他的指头在小尼姑脸上磨得滑腻了?……

"断子绝孙的阿Q!"

阿Q的耳朵里又听到这句话。他想,不错,应该有一个女人,断子绝孙便没有人供一碗饭,……应该有一个女人。夫"不孝有三无后为大",而"若敖之鬼馁而",也是一件人生的大哀,所以他那思想,其实是样样合于圣经贤传的,只可惜后来有些"不能收其放心"了。

"女人,女人!……"他想。

"……和尚动得……女人,女人!……女人!"他又想。

我们不能知道这晚上阿Q在什么时候才打鼾。但大约他从此总觉得指头有些滑腻,所以他从此总有些飘飘然;"女……"他想。

即此一端,我们便可以知道女人是害人的东西。

中国的男人,本来大半都可以做圣贤,可惜全被女人毁掉了。商是妲己闹亡的;周是褒姒弄坏的;秦……虽然史无明文,我们也假定他因为女人,大约未必十分错;而董卓可是的确给貂蝉害死了。

阿Q本来也是正人,我们虽然不知道他曾蒙什么明师指授过,但他对于"男女之大防"却历来非常严;也很有排斥异端——如小尼姑及假洋鬼子之类——的正气。他的学说是:凡尼姑一定与和尚私通;一个女人在外面走,一定想引诱野男人;一男一女在那里讲话,一定要有勾当了。为惩治他们起见,所以他往往怒目而视,或者大声说几句"诛心"话,或者在冷僻处,便从后面掷一块小石头。

谁知道他将到"而立"之年,竟被小尼姑害得飘飘然了。这飘飘然的精神,在礼教上是不应该有的,——所以女人真可恶,假使小尼姑的脸上不滑腻,阿Q便不至于被蛊,又假使小尼姑的脸上盖一层布,阿Q便不至于被蛊了,——他五六年前,曾在戏台下的人丛中拧过一个女人的大腿,但因为隔一层裤,所以此后并不飘飘然,——而小尼姑并不然,这也足见异端之可恶。

"女……"阿Q想。

他对于以为"一定想引诱野男人"的女人,时常留心看,然而伊并不对他笑。他对于和他讲话的女人,也时常留心听,然而伊又并不提起关于什么勾当的话来。哦,这也是女人可恶之一节:伊们全都要装"假正经"的。

这一天,阿Q在赵太爷家里舂了一天米,吃过晚饭,便坐在厨房里吸旱烟。倘在别家,吃过晚饭本可以回去的了,但赵府上晚饭早,虽说定例不准掌灯,一吃完便睡觉,然而偶然也有一些例外:其一,是赵大爷未进秀才的时候,准其点灯读文章;其二,便是阿Q来做短工的时候,准其点灯舂米。因为这一条例外,所以阿Q在动手舂米之前,还坐在厨房里吸旱烟。

吴妈,是赵太爷家里唯一的女仆,洗完了碗碟,也就在长凳上坐下了,而且和阿Q谈闲天:

"太太两天没有吃饭哩,因为老爷要买一个小的……"

"女人……吴妈……这小孤孀……"阿Q想。

"我们的少奶奶是八月里要生孩子了……"

"女人……"阿Q想。

阿Q放下烟管,站了起来。

"我们的少奶奶……"吴妈还唠叨说。

"我和你困觉,我和你困觉!"阿Q忽然抢上去,对伊跪下了。

一刹时中很寂然。

"阿呀!"吴妈楞了一息,突然发抖,大叫着往外跑,且跑且嚷,似乎后来带哭了。

阿Q对了墙壁跪着也发愣,于是两手扶着空板凳,慢慢的站起来,仿佛觉得有些糟。他这时确也有些忐忑了,慌张的将烟管插在裤带上,就想去舂米。蓬的一声,头上着了很粗的一下,他急忙回转身去,那秀才便拿了一支大竹杠站在他面前。

"你反了……你这……"

大竹杠又向他劈下来了。阿Q两手去抱头,拍的正打在指节上,这可很有一些痛。他冲出厨房门,仿佛背上又着了一下似的。

"忘八蛋!"秀才在后面用了官话这样骂。

阿Q奔入舂米场,一个人站着,还觉得指头痛,还记得"忘八蛋",因为这话是未庄的乡下人从来不用,专是见过官府的阔人用的,所以格外怕,而印象也格外深。但这时,他那"女……"的思想却也没有了。而且打骂之后,似乎一件事也已经收束,倒反觉得一无挂碍似的,便动手去舂米。舂了一会,他热起来了,又歇了手脱衣服。

脱下衣服的时候,他听外面很热闹,阿Q生平本来最爱看热闹,便即寻声走出去了。寻声渐渐的寻到赵太爷的内院里,虽然在昏黄中,却辨得出许多人,赵府一家连两日不吃饭的太太也在内,还有间壁的邹七嫂,真正本家的赵白眼,赵司晨。

少奶奶正拖着吴妈走出下房来,一面说:

"你到外面来,……不要躲在自己房里想……"

"谁不知道你正经,……短见是万万寻不得的。"邹七嫂也从旁说。

吴妈只是哭,夹些话,却不甚听得分明。

阿Q想:"哼,有趣,这小孤孀不知道闹着什么玩意儿了?"他想打听,走近赵司晨的身边。这时他猛然间看见赵太爷向他奔来,而且手里捏着一支大竹杠。他看见这一支大竹杠,便猛然间悟到自己曾经被打,和这一场热闹似乎有点相关。他翻身便走,想逃回舂米场,不图这支竹杠阻了他的去路,于是他又翻身便走,自然而然的走出后门,不多工夫,已在土谷祠内了。

阿Q坐了一会,皮肤有些起栗,他觉得冷了,因为虽在春季,而夜间颇有余寒,尚不宜于赤膊。他也记得布衫留在赵家,但倘若去取,又深怕秀才的竹杠。然而地保进来了。

"阿Q,你的妈妈的!你连赵家的用人都调戏起来,简直是造反。害得我晚上没有觉睡,你的妈妈的!……"

如是云云的教训了一通,阿Q自然没有话。临末,因为在晚上,应该送地保加倍酒钱四百文,阿Q正没有现钱,便用一顶毡帽做抵押,并且订定了五条件:

一　明天用红烛——要一斤重的——一对,香一封,到赵府上去赔罪。

二　赵府上请道士祓除缢鬼,费用由阿Q负担。

三　阿Q从此不准踏进赵府的门槛。

四　吴妈此后倘有不测,惟阿Q是问。

五　阿Q不准再去索取工钱和布衫。

阿Q自然都答应了,可惜没有钱。幸而已经春天,棉被可以无用,便质了二千大钱,履行条约。赤膊磕头之后,居然还剩几文,他也不再赎毡帽,统统喝了酒了。但赵家也并不烧香点烛,因为太太拜佛的时候可以用,留着了。那破布衫是大半做了少奶奶八月间生下来的孩子的衬尿布,那小半破烂的便都做了吴妈的鞋底。

第五章　生计问题

阿Q礼毕之后,仍旧回到土谷祠,太阳下去了,渐渐觉得世上有些古怪。他仔细一想,终于省悟过来:其原因盖在自己的赤膊。他记得破夹袄还在,便披在身上,躺倒了,待张开眼睛,原来太阳又已经照在西墙上头了。他坐起身,一面说道,"妈妈的……"

他起来之后,也仍旧在街上逛,虽然不比赤膊之有切肤之痛,却又渐渐的觉得世上有些古怪了。仿佛从这一天起,未庄的女人们忽然都怕了羞,伊们一见阿Q走来,便个个躲进门里去。甚而至于将近五十岁的邹七嫂,也跟着别人乱钻,而且将十一岁的女儿都叫进去了。阿Q很以为奇,而且想:"这些东西忽然都学起小姐模样来了。这娼妇们……"

但他更觉得世上有些古怪,却是许多日以后的事。其一,酒店不肯赊欠了;其二,管土谷祠的老头子说些废话,似乎叫他走;其三,他虽然记不清多少日,但确乎有许多日,没有一个人来叫他做短工。酒店不赊,熬着也罢了;老头子催他走,噜苏一通也就算了;只是没有人来叫他做短工,却使阿Q肚子饿:这委实是一件非常"妈妈的"的事情。

阿Q忍不下去了,他只好到老主顾的家里去探问,——但独不许踏进赵府的门槛,——然而情形也异样:一定走出一个男人来,现了十分烦厌的相貌,像回复乞丐一般的摇手道:

"没有没有!你出去!"

阿Q愈觉得稀奇。他想,这些人家向来少不了要帮忙,不至于现在忽然都无事,这总该有些蹊跷在里面了。他留心打听,才知道他们有事都去叫小Don。这小D,是一个穷小子,又瘦又乏,在阿Q的眼睛里,位置是在王胡之下的,谁料这小子竟谋了他的饭碗去。所以阿Q这一气,更与平常不同,当气愤愤的走着的时候,忽然将手一扬,唱道:

"我手执钢鞭将你打!……"

几天之后,他竟在钱府的照壁前遇见了小D。"仇人相见分外眼明",阿Q便迎上去,小D也站住了。

"畜生!"阿Q怒目而视的说,嘴角上飞出唾沫来。

"我是虫豸,好么?……"小D说。

这谦逊反使阿Q更加愤怒起来,但他手里没有钢鞭,于是只得扑上去,伸手去拔小D的辫子。小D一手护住了自己的辫根,一手也来拔阿Q的辫子,阿Q便也将空着的一只手护住了自己的辫根。从先前的阿Q看来,小D本来是不足齿数的,但他近来挨了饿,又瘦乏已经不下于小D,所以便成了势均力敌的现象,四只手拔着两颗头,都弯了腰,在钱家粉墙上映出一个蓝色的虹形,至于半点钟之久了。

"好了,好了!"看的人们说,大约是解劝的。

"好,好!"看的人们说,不知道是解劝,是颂扬,还是煽动。

然而他们都不听。阿Q进三步,小D便退三步,都站着;小D进三步,阿Q便退三步,又都站着。大约半点钟,——未庄少有自鸣钟,所以很难说,或者二十分,——他们的头发里便都冒烟,额上便都流汗,阿Q的手放松了,在同一瞬间,小D的手也正放松了,同时直起,同时退开,都挤出人丛去。

"记着罢,妈妈的……"阿Q回过头去说。

"妈妈的,记着罢……"小D也回过头来说。

这一场"龙虎斗"似乎并无胜败,也不知道看的人可满足,都没有发什么议论,而阿Q却仍然没有人来叫他做短工。

有一日很温和,微风拂拂的颇有些夏意了,阿Q却觉得寒冷起来,但这还可担当,第一倒是肚子饿。棉被,毡帽,布衫,早已没有了,其次就卖了棉袄;现在有裤子,却万不可脱的;有破夹袄,又除了送人做鞋底之外,决定卖不出钱。他早想在路上拾得一注钱,但至今还没有见;他想在自己的破屋里忽然寻到一注钱,慌张的四顾,但屋内是空虚而且了然。于是他决计出门求食去了。

他在路上走着要"求食",看见熟识的酒店,看见熟识的馒头,但他都走过了,不但没有暂停,而且并不想要。他所求的不是这类东西了;他求的是什么东西,他自己不知道。

　　未庄本不是大村镇,不多时便走尽了。村外多是水田,满眼是新秧的嫩绿,夹着几个圆形的活动的黑点,便是耕田的农夫。阿Q并不赏鉴这田家乐,却只是走,因为他直觉的知道这与他的"求食"之道是很辽远的。但他终于走到静修庵的墙外了。

　　庵周围也是水田,粉墙突出在新绿里,后面的低土墙里是菜园。阿Q迟疑了一会,四面一看,并没有人。他便爬上这矮墙去,扯着何首乌藤,但泥土仍然簌簌的掉,阿Q的脚也索索的抖;终于攀着桑树枝,跳到里面了。里面真是郁郁葱葱,但似乎并没有黄酒馒头,以及此外可吃的之类。靠西墙是竹丛,下面许多笋,只可惜都是并未煮熟的,还有油菜早经结子,芥菜已将开花,小白菜也很老了。

　　阿Q仿佛文童落第似的觉得很冤屈,他慢慢走近园门去,忽而非常惊喜了,这分明是一畦老萝卜。他于是蹲下便拔,而门口突然伸出一个很圆的头来,又即缩回去了,这分明是小尼姑。小尼姑之流是阿Q本来视若草芥的,但世事须"退一步想",所以他便赶紧拔起四个萝卜,拧下青叶,兜在大襟里。然而老尼姑已经出来了。

　　"阿弥陀佛,阿Q,你怎么跳进园里来偷萝卜!……阿呀,罪过呵,阿唷,阿弥陀佛!……"

　　"我什么时候跳进你的园里来偷萝卜?"阿Q且看且走的说。

　　"现在……这不是?"老尼姑指着他的衣兜。

　　"这是你的?你能叫得他答应你么?你……"

　　阿Q没有说完话,拔步便跑;追来的是一匹很肥大的黑狗。这本来在前门的,不知怎的到后园来了。黑狗哼而且追,已经要咬着阿Q的腿,幸而从衣兜里落下一个萝卜来,那狗给一吓,略略一停,阿Q已经爬上桑树,跨到土墙,连人和萝卜都滚出墙外面了。只剩着黑狗还在对着桑树嗥,老尼姑念着佛。

　　阿Q怕尼姑又放出黑狗来,拾起萝卜便走,沿路又捡了几块小石头,但黑狗却并不再出现。阿Q于是抛了石块,一面走一面吃,而且想道,这里也没有什么东西寻,不如进城去……

　　待三个萝卜吃完时,他已经打定了进城的主意了。

第六章　从中兴到末路

　　在未庄再看见阿Q出现的时候,是刚过了这年的中秋。人们都惊异,说是阿Q回来了,于是又回上去想道,他先前那里去了呢?阿Q前几回的上城,大抵早就兴高采烈的对人说,但这一次却并不,所以也没有一个人留心到。他或者也曾告诉过管土谷祠的老头子,然而未庄老例,只有赵太爷钱太爷和秀才大爷上城才算一件事。假洋鬼子尚且不足数,何况是阿Q:因此老头子也就不替他宣传,而未庄的社会上也就无从知道了。

　　但阿Q这回的回来,却与先前大不同,确乎很值得惊异。天色将黑,他睡眼朦胧的在酒店门前出现了,他走近柜台,从腰间伸出手来,满把是银的和铜的,在柜上一扔说,"现钱!打酒来!"穿的是新夹袄,看去腰间还挂着一个大搭连,沉钿钿的将裤带坠成了很弯很弯的弧线。未庄老例,看见略有些醒目的人物,是与其慢也宁敬的,现在虽然明知道是阿Q,但因为和破夹袄的阿Q有些两样了,古人云,"士别三日便当刮目相待",

所以堂倌，掌柜，酒客，路人，便自然显出一种疑而且敬的形态来。掌柜既先之以点头，又继之以谈话：

"嚄，阿 Q，你回来了！"

"回来了。"

"发财发财，你是——在……"

"上城去了！"

这一件新闻，第二天便传遍了全未庄。人人都愿意知道现钱和新夹袄的阿 Q 的中兴史，所以在酒店里，茶馆里，庙檐下，便渐渐的探听出来了。这结果，是阿 Q 得了新敬畏。

据阿 Q 说，他是在举人老爷家里帮忙。这一节，听的人都肃然了。这老爷本姓白，但因为合城里只有他一个举人，所以不必再冠姓，说起举人来就是他。这也不独在未庄是如此，便是一百里方圆之内也都如此，人们几乎多以为他的姓名就叫举人老爷的了。在这人的府上帮忙，那当然是可敬的。但据阿 Q 又说，他却不高兴再帮忙了，因为这举人老爷实在太"妈妈的"了。这一节，听的人都叹息而且快意，因为阿 Q 本不配在举人老爷家里帮忙，而不帮忙是可惜的。

据阿 Q 说，他的回来，似乎也由于不满意城里人，这就在他们将长凳称为条凳，而且煎鱼用葱丝，加以最近观察所得的缺点，是女人的走路也扭得不很好。然而也偶有大可佩服的地方，即如未庄的乡下人不过打三十二张的竹牌，只有假洋鬼子能够叉"麻酱"，城里却连小乌龟子都叉得精熟的。什么假洋鬼子，只要放在城里的十几岁的小乌龟子的手里，也就立刻是"小鬼见阎王"。这一节，听的人都赧然了。

"你们可看见过杀头么？"阿 Q 说，"咳，好看。杀革命党。唉，好看好看，……"他摇摇头，将唾沫飞在正对面的赵司晨的脸上。这一节，听的人都凛然了。但阿 Q 又四面一看，忽然扬起右手，照着伸长脖子听得出神的王胡的后项窝上直劈下去道：

"嚓！"

王胡惊得一跳，同时电光石火似的赶快缩了头，而听的人又都悚然而且欣然了。从此王胡瘟头瘟脑的许多日，并且再不敢近阿 Q 的身边；别的人也一样。

阿 Q 这时在未庄人眼睛里的地位，虽不敢说超过赵太爷，但谓之差不多，大约也就没有什么语病的了。

然而不多久，这阿 Q 的大名忽又传遍了未庄的闺中。虽然未庄只有钱赵两姓是大屋，此外十之九都是浅闺，但闺中究竟是闺中。所以也算得一件神异。女人们见面时一定说，邹七嫂在阿 Q 那里买了一条蓝绸裙，旧固然是旧的，但只化了九角钱。还有赵白眼的母亲，——一说是赵司晨的母亲，待考，——也买了一件孩子穿的大红洋纱衫，七成新，只用三百大钱九二串。于是伊们都眼巴巴的想见阿 Q，缺绸裙的想问他买绸裙，要洋纱衫的想问他买洋纱衫，不但见了不逃避，有时阿 Q 已经走过了，也还要追上去叫住他，问道：

"阿 Q，你还有绸裙么？没有？纱衫也要的，有罢？"

后来这终于从浅闺传进深闺里去了。因为邹七嫂得意之余，将伊的绸裙请赵太太去鉴赏，赵太太又告诉了赵太爷而且着实恭维了一番。赵太爷便在晚饭桌上，和秀才大爷讨论，以为阿 Q 实在有些古怪，我们门窗应该小心些；但他的东西，不知道可还有什么可买，也许有点好东西罢。加以赵太太也正想买一件价廉物美的皮背心。于是家族决议,便托邹七嫂即刻去寻阿Q,而且为此新辟了第三种的例外:这晚上也姑且特准点油灯。

油灯干了不少了,阿Q还不到。赵府的全眷都很焦急,打着呵欠,或恨阿Q太飘忽,或怨邹七嫂不上紧。赵太太还怕他因为春天的条件不敢来,而赵太爷以为不足虑:因为这是"我"去叫他的。果然,到底赵太爷有见识,阿Q终于跟着邹七嫂进来了。

"他只说没有没有,我说你自己当面说去,他还要说,我说……"邹七嫂气喘吁吁的走着说。

"太爷!"阿Q似笑非笑的叫了一声,在檐下站住了。

"阿Q,听说你在外面发财,"赵太爷踱开去,眼睛打量着他的全身,一面说。"那很好,那很好的。这个,……听说你有些旧东西,……可以都拿来看一看,……这也并不是别的,因为我倒要……"

"我对邹七嫂说过了。都完了。"

"完了?"赵太爷不觉失声的说,"那里会完得这样快呢?"

"那是朋友的,本来不多。他们买了些,……"

"总该还有一点罢。"

"现在,只剩了一张门幕了。"

"就拿门幕来看看罢。"赵太太慌忙说。

"那么,明天拿来就是,"赵太爷却不甚热心了。"阿Q,你以后有什么东西的时候,你尽先送来给我们看,……"

"价钱决不会比别家出得少!"秀才说。秀才娘子忙一瞥阿Q的脸,看他感动了没有。

"我要一件皮背心。"赵太太说。

阿Q虽然答应着,却懒洋洋的出去了,也不知道他是否放在心上。这使赵太爷很失望,气愤而且担心,至于停止了打呵欠。秀才对于阿Q的态度也很不平,于是说,这忘八蛋要提防,或者竟不如吩咐地保,不许他住在未庄。但赵太爷以为不然,说这也怕要结怨,况且做这路生意的大概是"老鹰不吃窝下食",本村倒不必担心的;只要自己夜里警醒点就是了。秀才听了这"庭训",非常之以为然,便即刻撤消了驱逐阿Q的提议,而且叮嘱邹七嫂,请伊万不要向人提起这一段话。

但第二日,邹七嫂便将那蓝裙去染了皂,又将阿Q可疑之点传扬出去了,可是确没有提起秀才要驱逐他这一节。然而这已经于阿Q很不利。最先,地保寻上门了,取了他的门幕去。阿Q说是赵太太要看的,而地保也不还,并且要议定每月的孝敬钱。其次,是村人对于他的敬畏忽而变相了,虽然还不敢来放肆,却很有远避的神情,而这神情和先前的防他来"嚓"的时候又不同,颇混着"敬而远之"的分子了。

只有一班闲人们却还要寻根究底的去探阿Q的底细。阿Q也并不讳饰,傲然的说出他的经验来。从此他们才知道,他不过是一个小脚色,不但不能上墙,并且不能进洞,只站在洞外接东西。有一夜,他刚才接到一个包,正手再进去,不一会,只听得里面大嚷起来,他便赶紧跑,连夜爬出城,逃回未庄来了,从此不敢再去做。然而这故事却于阿Q更不利,村人对于阿Q的"敬而远之"者,本因为怕结怨,谁料他不过是一个不敢再偷的偷儿呢?这实在是"斯亦不足畏也矣"。

第七章 革 命

宣统三年九月十四日——即阿Q将搭连卖给赵白眼的这一天——三更四点,有一只大乌篷船到了赵府上的河埠头。这船从黑魆魆中荡来,乡下人睡得熟,都没有知道;出去时将近黎明,却很有几个看见的了。据探头探脑的调查来的结果,知道那竟是举人老爷的船!

那船便将大不安载给了未庄,不到正午,全村的人心就很摇动。船的使命,赵家本来是很秘密的,但茶坊酒肆里却都说,革命党要进城,举人老爷到我们乡下来逃难了。惟有邹七嫂不以为然,说那不过是几口破衣箱,举人老爷想来寄存的,却已被赵太爷回复转去。其实举人老爷和赵秀才素不相能,在理本不能有"共患难"的情谊,况且邹七嫂又和赵家是邻居,见闻较为切近,所以大概该是伊对的。

然而谣言很旺盛,说举人老爷虽然似乎没有亲到,却有一封长信,和赵家排了"转折亲"。赵太爷肚里一轮,觉得于他总不会有坏处,便将箱子留下了,现就塞在太太的床底下。至于革命党,有的说是便在这一夜进了城,个个白盔白甲:穿着崇正皇帝的素。

阿Q的耳朵里,本来早听到过革命党这一句话,今年又亲眼见过杀掉革命党。但他有一种不知从那里来的意见,以为革命党便是造反,造反便是与他为难,所以一向是"深恶而痛绝之"的。殊不料这却使百里闻名的举人老爷有这样怕,于是他未免也有些"神往"了,况且未庄的一群鸟男女的慌张的神情,也使阿Q更快意。

"革命也好罢,"阿Q想,"革这伙妈妈的的命,太可恶!太可恨!……便是我,也要投降革命党了。"

阿Q近来用度窘,大约略略有些不平;加以午间喝了两碗空肚酒,愈加醉得快,一面想一面走,便又飘飘然起来。不知怎么一来,忽而似乎革命党便是自己,未庄人却都是他的俘虏了。他得意之余,禁不住大声的嚷道:

"造反了!造反了!"

未庄人都用了惊惧的眼光对他看。这一种可怜的眼光,是阿Q从来没有见过的,一见之下,又使他舒服得如六月里喝了雪水。他更加高兴的走而且喊道:

"好,……我要什么就是什么,我欢喜谁就是谁。得得,锵锵!

悔不该,酒醉错斩了郑贤弟,

悔不该,呀呀呀……

得得,锵锵,得,锵令锵!

我手执钢鞭将你打……"

赵府上的两位男人和两个真本家,也正站在大门口论革命。阿Q没有见,昂了头直唱过去。

"得得……"

"老Q,"赵太爷怯怯的迎着低声的叫。

"锵锵,"阿Q料不到他的名字会和"老"字联结起来,以为是一句别的话,与己无干,只是唱。"得,锵,锵令锵,锵!"

"老Q。"

"悔不该……"

"阿 Q！"秀才只得直呼其名了。

阿 Q 这才站住，歪着头问道，"什么？"

"老 Q，……现在……"赵太爷却又没有话，"现在……发财么？"

"发财？自然，要什么就是什么……"

"阿……Q 哥，像我们这样穷朋友是不要紧的……"赵白眼惴惴的说，似乎想探革命党的口风。

"穷朋友？你总比我有钱。"阿 Q 说着自去了。

大家都怃然，没有话。赵太爷父子回家，晚上商量到点灯。赵白眼回家，便从腰间扯下搭连来，交给他女人藏在箱底里。

阿 Q 飘飘然的飞了一通，回到土谷祠，酒已经醒透了。这晚上，管祠的老头子也意外的和气，请他喝茶；阿 Q 便向他要了两个饼，吃完之后，又要了一支点过的四两烛和一个树烛台，点起来，独自躺在自己的小屋里。他说不出的新鲜而且高兴，烛火像元夜似的闪闪的跳，他的思想也进跳起来了：

"造反？有趣，……来了一阵白盔白甲的革命党，都拿着板刀，钢鞭，炸弹，洋炮，三尖两刃刀，钩镰枪，走过土谷祠，叫道，'阿 Q！同去同去'！于是一同去。……

"这时未庄的一伙鸟男女才好笑哩，跪下叫道，'阿 Q，饶命！'谁听他！第一个该死的是小 D 和赵太爷，还有秀才，还有假洋鬼子，……留几条么？王胡本来还可留，但也不要了。……

"东西，……直走进去打开箱子来：元宝，洋钱，洋纱衫，……秀才娘子的一张宁式床先搬到土谷祠，此外便摆了钱家的桌椅，——或者也就用赵家的罢。自己是不动手的了，叫小 D 来搬，要搬得快，搬得不快打嘴巴。……

"赵司晨的妹子真丑。邹七嫂的女儿过几年再说。假洋鬼子的老婆会和没有辫子的男人睡觉，吓，不是好东西！秀才的老婆是眼胞上有疤的。……吴妈长久不见了，不知道在那里，——可惜脚太大。"

阿 Q 没有想得十分停当，已经发了鼾声，四两烛还只点去了小半寸，红焰焰的光照着他张开的嘴。

"荷荷！"阿 Q 忽而大叫起来，抬了头仓皇的四顾，待到看见四两烛，却又倒头睡去了。

第二天他起得很迟，走出街上看时，样样都照旧。他也仍然肚饿，他想着，想不起什么来；但他忽而似乎有了主意了，慢慢的跨开步，有意无意的走到静修庵。

庵和春天时节一样静，白的墙壁和漆黑的门。他想了一想，前去打门，一只狗在里面叫。他急急拾了几块断砖，再上去较为用力的打，打到黑门上生出许多麻点的时候，才听得有人来开门。

阿 Q 连忙捏好砖头，摆开马步，准备和黑狗来开战。但庵门只开了一条缝，并无黑狗从中冲出，望进去只有一个老尼姑。

"你又来什么事？"伊大吃一惊的说。

"革命了……你知道？……"阿 Q 说得很含胡。

"革命革命，革过一革的，……你们要革得我们怎么样呢？"老尼姑两眼通红的说。

"什么？……"阿 Q 诧异了。

"你不知道，他们已经来革过了！"

"谁？……"阿Q更其诧异了。

"那秀才和洋鬼子！"

阿Q很出意外，不由的一错愕：老尼姑见他失了锐气，便飞速的关了门，阿Q再推时，牢不可开，再打时，没有回答了。

那还是上午的事。赵秀才消息灵，一知道革命党已在夜间进城，便将辫子盘在顶上，一早去拜访那历来也不相能的钱洋鬼子。这是"咸与维新"的时候了，所以他们便谈得很投机，立刻成了情投意合的同志，也相约去革命。他们想而又想，才想出静修庵里有一块"皇帝万岁万万岁"的龙牌，是应该赶紧革掉的，于是又立刻同到庵里去革命。因为老尼姑来阻挡，说了三句话，他们便将伊当作满政府，在头上很给了不少的棍子和栗凿。尼姑待他们走后，定了神来检点，龙牌固然已经碎在地上了，而且又不见了观音娘娘座前的一个宣德炉。

这事阿Q后来才知道。他颇悔自己睡着，但也深怪他们不来招呼他。他又退一步想道：

"难道他们还没有知道我已经投降了革命党么？"

第八章　不准革命

未庄的人心日见其安静了。据传来的消息，知道革命党虽然进了城，倒还没有什么大异样。知县大老爷还是原官，不过改称了什么，而且举人老爷也做了什么——这些名目，未庄人都说不明白——官，带兵的也还是先前的老把总。只有一件可怕的事是另有几个不好的革命党夹在里面捣乱，第二天便动手剪辫子，听说那邻村的航船七斤便着了道儿，弄得不像人样子了。但这却还不算大恐怖，因为未庄人本来少上城，即使偶有想进城的，也就立刻变了计，碰不着这危险。阿Q本也想进城去寻他的老朋友，一得这消息，也只得作罢了。

但未庄也不能说是无改革。几天之后，将辫子盘在顶上的逐渐增加起来了，早经说过，最先自然是茂才公，其次便是赵司晨和赵白眼，后来是阿Q。倘在夏天，大家将辫子盘在头顶上或者打一个结，本不算什么稀奇事，但现在是暮秋，所以这"秋行夏令"的情形，在盘辫家不能不说是万分的英断，而在未庄也不能说无关于改革。

赵司晨脑后空荡荡的走来，看见的人大嚷说，

"嚄，革命党来了！"

阿Q听到了很羡慕。他虽然早知道秀才盘辫的大新闻，但总没有想到自己可以照样做，现在看见赵司晨也如此，才有了学样的意思，定下实行的决心。他用一支竹筷将辫子盘在头顶上，迟疑多时，这才放胆的走去。

他在街上走，人也看他，然而不说什么话，阿Q当初很不快，后来便很不平。他近来很容易闹脾气了；其实他的生活，倒也并不比造反之前反艰难，人见他也客气，店铺也不说要现钱。而阿Q总觉得自己太失意：既然革了命，不应该只是这样的。况且有一回看见小D，愈使他气破肚皮了。

小D也将辫子盘在头顶上了，而且也居然用一支竹筷。阿Q万料不到他也敢这样做，自己也决不准他这样做！小D是什么东西呢？他很想即刻揪住他，拗断他的竹筷，放下他的辫子，并且批他几个嘴巴，聊且惩罚他忘了生辰八字，也敢来做革命党的罪。

但他终于饶放了,单是怒目而视的吐一口唾沫道"呸!"

这几日里,进城去的只有一个假洋鬼子。赵秀才本也想靠着寄存箱子的渊源,亲身去拜访举人老爷的。但因为有剪辫的危险,所以也就中止了。他写了一封"黄伞格"的信,托假洋鬼子带上城,而且托他给自己绍介绍介,去进自由党。假洋鬼子回来时,向秀才讨还了四块洋钱,秀才便有一块银桃子挂在大襟上了;未庄人都惊服,说这是柿油党的顶子,抵得一个翰林;赵太爷因此也骤然大阔,远过于他儿子初隽秀才的时候,所以目空一切,见了阿Q,也就很有些不放在眼里了。

阿Q正在不平,又时时刻刻感着冷落,一听得这银桃子的传说,他立即悟出自己之所以冷落的原因了:要革命,单说投降,是不行的;盘上辫子,也不行的;第一着仍然要和革命党去结识。他生平所知道的革命党只有两个,城里的一个早已"嚓"的杀掉了,现在只剩了一个假洋鬼子。他除却赶紧去和假洋鬼子商量之外,再没别的道路了。

钱府的大门正开着,阿Q便怯怯的蹩进去。他一到里面,很吃了惊,只见假洋鬼子正站在院子的中央,一身乌黑的大约是洋衣,身上也挂着一块银桃子,手里是阿Q曾经领教过的棍子,已经留到一尺多长的辫子都拆开了披在肩背上,蓬头散发的像一个刘海仙。对面挺直的站着赵白眼和三个闲人,正在必恭必敬的听说话。

阿Q轻轻的走近了,站在赵白眼的背后,心里想招呼,却不知道怎么说才好:叫他假洋鬼子固然是不行的了,洋人也不妥,革命党也不妥,或者就应该叫洋先生了罢。

洋先生却没有见他,因为白着眼睛讲得正起劲:

"我是性急的,所以我们见面,我总是说:洪哥!我们动手罢!他却总说道No! ——这是洋话,你们不懂的。否则早已成功了。然而这正是他做事小心的地方。他再三再四的请我上湖北,我还没有肯。谁愿意在这小县城里做事情。……"

"唔,……这个……"阿Q候他略停,终于用十二分的勇气开口了,但不知道因为什么,又并不叫他洋先生。

听着说话的四个人都吃惊的回顾他。洋先生也才看见:

"什么?"

"我……"

"出去!"

"我要投……"

"滚出去!"洋先生扬起哭丧棒来了。

赵白眼和闲人们便都吆喝道:"先生叫你滚出去,你还不听么!"

阿Q将手向头上一遮,不自觉的逃出门外;洋先生倒也没有追。他快跑了六十多步,这才慢慢的走,于是心里便涌起了忧愁:洋先生不准他革命,他再没有别的路;从此决不能望有白盔白甲的人来叫他,他所有的抱负,志向,希望,前程,全被一笔勾销了。至于闲人们传扬开去,给小D王胡等辈笑话,倒是还在其次的事。

他似乎从来没有经验过这样的无聊。他对于自己的盘辫子,仿佛也觉得无意味,要侮蔑;为报仇起见,很想立刻放下辫子来,但也没有竟放。他游到夜间,赊了两碗酒,喝下肚去,渐渐的高兴起来了,思想里又出现白盔白甲的碎片。

有一天,他照例的混到夜深,待酒店要关门,才踱回土谷祠去。

拍,吧~~!

他忽而听得一种异样的声音,又不是爆竹。阿Q本来是爱看热闹,爱管闲事的,便在暗中直寻过去。似乎前面有些脚步声；他正听，猛然间一个人从对面逃来了。阿Q一看见，便赶紧翻身跟着逃。那人转弯，阿Q也转弯，既转弯，那人站住了，阿Q也站住。他看后面并无什么，看那人便是小D。

"什么？"阿Q不平起来了。

"赵……赵家遭抢了！"小D气喘吁吁的说。

阿Q的心怦怦的跳了。小D说了便走；阿Q却逃而又停的两三回。但他究竟是做过"这路生意"的人，格外胆大，于是蹩出路角，仔细的听，似乎有些嚷嚷，又仔细的看，似乎许多白盔白甲的人，络绎的将箱子抬出了，器具抬出了，秀才娘子的宁式床也抬出了，但是不分明，他还想上前，两只脚却没有动。

这一夜没有月，未庄在黑暗里很寂静，寂静到像羲皇时候一般太平。阿Q站着看到自己发烦，也似乎还是先前一样，在那里来来往往的搬，箱子抬出了，器具抬出了，秀才娘子的宁式床也抬出了，……抬得他自己有些不信他的眼睛了。但他决计不再上前，却回到自己的祠里去了。

土谷祠里更漆黑；他关好大门，摸进自己的屋子里。他躺了好一会，这才定了神，而且发出关于自己的思想来：白盔白甲的人明明到了，并不来打招呼，搬了许多好东西，又没有自己的份，——这全是假洋鬼子可恶，不准我造反，否则，这次何至于没有我的份呢？阿Q越想越气，终于禁不住满心痛恨起来，毒毒的点一点头："不准我造反，只准你造反？妈妈的假洋鬼子，——好，你造反！造反是杀头的罪名阿，我总要告一状，看你抓进县里去杀头，——满门抄斩，——嚓！嚓！"

第九章　大　团　圆

赵家遭抢之后，未庄人大抵很快意而且恐慌，阿Q也很快意而且恐慌。但四天之后，阿Q在半夜里忽被抓进县城里去了。那时恰是暗夜，一队兵，一队团丁，一队警察，五个侦探，悄悄地到了未庄，乘昏暗围住土谷祠，正对门架好机关枪；然而阿Q不冲出。许多时没有动静，把总焦急起来了，悬了二十千的赏，才有两个团丁冒了险，踰垣进去，里应外合，一拥而入，将阿Q抓出来；直待擒出祠外面的机关枪左近，他才有些清醒了。

到进城，已经是正午，阿Q见自己被搡进一所破衙门，转了五六个弯，便推在一间小屋里。他刚刚一踉跄，那用整株的木料做成的栅栏门便跟着他的脚跟阖上了，其余的三面都是墙壁，仔细看时，屋角上还有两个人。

阿Q虽然有些忐忑，却并不很苦闷，因为他那土谷祠里的卧室，也并没有比这间屋子更高明。那两个也偏偏是乡下人，渐渐和他兜搭起来了，一个说是举人老爷要追他祖父欠下来的陈租，一个不知道为了什么事。他们问阿Q，阿Q爽利的答道，"因为我想造反。"

他下半天便又被抓出栅栏门去了，到得大堂，上面坐着一个满头剃得精光的老头子。阿Q疑心他是和尚，但看见下面站着一排兵，两旁又站着十几个长衫人物，也有满头剃得精光像这老头子的，也有将一尺来长的头发披在背后像那假洋鬼子的，都是一脸横肉，怒目而视的看他；他便知道这人一定有些来历，膝关节立刻自然而然的宽松，便跪了下去了。

"站着说！不要跪！"长衫人物都吆喝说。

阿Q虽然似乎懂得,但总觉得站不住,身不由己的蹲了下去,而且终于趁势改为跪下了。

"奴隶性!……"长衫人物又鄙夷似的说,但也没有叫他起来。

"你从实招来罢,免得吃苦。我早都知道了。招了可以放你。"那光头的老头子看定了阿Q的脸,沉静的清楚的说。

"招罢!"长衫人物也大声说。

"我本来要……来投……"阿Q胡里糊涂的想了一遍,这才断断续续的说。

"那么,为什么不来的呢?"老头子和气的问。

"假洋鬼子不准我!"

"胡说!此刻说,也迟了。现在你的同党在那里?"

"什么?……"

"那一晚打劫赵家的一伙人。"

"他们没有来叫我。他们自己搬走了。"阿Q提起来便愤愤。

"走到那里去了呢?说出来便放你了。"老头子更和气了。

"我不知道,……他们没有来叫我……"

然而老头子使了一个眼色,阿Q便又被抓进栅栏门里了。他第二次抓出栅栏门,是第二天的上午。

大堂的情形都照旧。上面仍然坐着光头的老头子,阿Q也仍然下了跪。

老头子和气的问道,"你还有什么话说么?"

阿Q一想,没有话,便回答说,"没有。"

于是一个长衫人物拿了一张纸,并一支笔送到阿Q的面前,要将笔塞在他手里。阿Q这时很吃惊,几乎"魂飞魄散"了:因为他的手和笔相关,这回是初次。他正不知怎样拿;那人却又指着一处地方教他画花押。

"我……我……不认得字。"阿Q一把抓住了笔,惶恐而且惭愧的说。

"那么,便宜你,画一个圆圈!"

阿Q要画圆圈了,那手捏着笔却只是抖。于是那人替他将纸铺在地上,阿Q伏下去,使尽了平生的力画圆圈。他生怕被人笑话,立志要画得圆,但这可恶的笔不但很沉重,并且不听话,刚刚一抖一抖的几乎要合缝,却又向外一耸,画成瓜子模样了。

阿Q正羞愧自己画得不圆,那人却不计较,早已掣了纸笔去,许多人又将他第二次抓进栅栏门。

他第二次进了栅栏,倒也并不十分懊恼。他以为人生天地之间,大约本来有时要抓进抓出,有时要在纸上画圆圈的,惟有圈而不圆,却是他"行状"上的一个污点。但不多时也就释然了,他想:孙子才画得很圆的圆圈呢。于是他睡着了。

然而这一夜,举人老爷反而不能睡;他和把总呕了气了。举人老爷主张第一要追赃,把总主张第一要示众。把总近来很不将举人老爷放在眼里了,拍案打凳的说道,"惩一儆百!你看,我做革命党还不上二十天,抢案就是十几件,全不破案,我的面子在那里?破了案,你又来迂。不成!这是我管的!"举人老爷窘急了,然而还坚持,说是倘若不追赃,他便立刻辞了帮办民政的职务。而把总却道:"请便罢!"于是举人老爷在这一夜竟没有睡,但幸而第二天倒也没有辞。

阿Q第三次抓出栅栏的时候,便是举人老爷睡不着的那一夜的明天的上午了。他到了大堂,上面还坐着照例的光头老头子;阿Q也照例的下了跪。

老头子很和气的问道,"你还有什么话么?"

阿Q一想,没有话,便回答说,"没有。"

许多长衫和短衫人物,忽然给他穿上一件洋布的白背心,上面有些黑字。阿Q很气苦:因为这很像是带孝,而带孝是晦气的。然而同时他的两手反缚了,同时又被一直抓出衙门外去了。

阿Q被抬上了一辆没有篷的车,几个短衣人物也和他同坐一处。这车立刻走动了,前面是一班背着洋炮的兵们和团丁,两旁是许多张着嘴的看客,后面怎样,阿Q没有见。但他突然觉到了:这岂不是去杀头么?他一急,两眼发黑,耳朵里喤的一声,似乎发昏了。然而他又没有全发昏,有时虽然着急,有时却也泰然;他意思之间,似乎觉得人生天地间,大约本来有时也未免要杀头的。

他还认得路,于是有些诧异了:怎么不向着法场走呢?他不知道这是在游街,在示众。但即使知道也一样,他不过便以为人生天地间,大约本来有时也未免要游街要示众罢了。

他省悟了,这是绕到法场去的路,这一定是"嚓"的去杀头。他惘惘的向左右看,全跟着蚂蚁似的人,而在无意中,却在路旁的人丛中发见了一个吴妈。很久违,伊原来在城里做工了。阿Q忽然很羞愧自己没志气:竟没有唱几句戏。他的思想仿佛旋风似的在脑里一回旋:《小孤孀上坟》欠堂皇,《龙虎斗》里的"悔不该……"也太乏,还是"手执钢鞭将你打"罢。他同时想将手一扬,才记得这两手原来都捆着,于是"手执钢鞭"也不唱了。

"过了二十年又是一个……"阿Q在百忙中,"无师自通"的说出半句从来不说的话。

"好!!!"从人丛里,便发出豺狼的嗥叫一般的声音来。

车子不住的前行,阿Q在喝采声中,轮转眼睛去看吴妈,似乎伊一向并没有见他,却只是出神的看着兵们背上的洋炮。

阿Q于是再看那些喝采的人们。

这刹那中,他的思想又仿佛旋风似的在脑里一回旋了。四年之前,他曾在山脚下遇见一只饿狼,永是不近不远的跟定他,要吃他的肉。他那时吓得几乎要死,幸而手里有一柄斫柴刀,才得仗这壮了胆,支持到未庄;可是永远记得那狼眼睛,又凶又怯,闪闪的像两颗鬼火,似乎远远的来穿透了他的皮肉。而这回他又看见从来没有见过的更可怕的眼睛了,又钝又锋利,不但已经咀嚼了他的话,并且还要咀嚼他皮肉以外的东西,永是不远不近的跟他走。

这些眼睛们似乎连成一气,已经在那里咬他的灵魂。

"救命……"

然而阿Q没有说。他早就两眼发黑,耳朵里嗡的一声,觉得全身仿佛尘似的迸散了。

至于当时的影响,最大的倒反在举人老爷,因为终于没有追赃,他全家都号咷了。其次是赵府,非特秀才因为上城去报官,被不好的革命党剪了辫子,而且又破费了二十千的赏钱,所以全家也号咷了。从这一天以来,他们便渐渐的都发生了遗老的气味。

至于舆论,在未庄是无异议,自然都说阿Q坏,被枪毙便是他的坏的证据;不坏又何至于被枪毙呢？而城里的舆论却不佳，他们多半不满足，以为枪毙并无杀头这般好看；而且那是怎样的一个可笑的死囚呵，游了那么久的街，竟没有唱一句戏；他们白跟一趟了。

1921年12月

（原载1921年12月4日—1922年2月12日《晨报副刊》）

作品解读

20世纪80年代，新时期的思想解放运动引发了对于传统鲁迅观、阿Q观的重新审视。王富仁的《中国反封建思想革命的一面镜子——〈呐喊〉〈彷徨〉综论》认为：《阿Q正传》的深刻之处恰恰在于，它是把阿Q视做辛亥革命之所以失败的最关键的因素的。由于阿Q的不觉悟，"假洋鬼子'才得以以一点外形的新攫取了未庄'革命'的领导权，赵太爷才得以保持着自己的固有的社会地位"，"即使阿Q成了'革命'政权的领导者，辛亥革命依然毫无胜利的希望，他将以自己为核心重新组织起一个新的未庄封建等级制度"。

阿Q的根本精神弱点在于"缺乏自我意识和个性的自觉，在外部表现上便是对传统封建制度和封建思想现状的消极适应性"，并表现为两种不同的形式："精神胜利法"是一种被动适应方式，即"在无法改变自身实际社会地位的时候，以被动忍耐的方式适应被压迫、被蹂躏的悲惨处境"；阿Q的"革命"则是另一种主动适应方式，"即在现实的封建等级制度的阶梯上，爬到更高的等级阶梯上，由被压迫者转化为压迫者"。在王富仁的阐释中，显然要强调阿Q的"革命"与其"精神胜利法"在本质上的相通，而辛亥革命的最大教训正是在于其"政治革命行动脱离思想革命运动"，忽略了农民（国民）的精神改造。

"精神胜利法"是处于无奈之中的"人"的一种几乎是无可非议的选择："人"正是通过"把想象中的世界当做现实世界的精神幻觉"，完成了从"现实物质的失败"到"想象的精神胜利"的心理转换，"保持自我内心的平衡，借以协调自我与外在环境的关系"，以"维持自己的正常生存"。但另一方面，这种选择不但丝毫没有改变人的绝望的失败的生存状态，而且只会使人因为有了虚幻的"精神胜利"的"补偿"而"心满意足"于现状，进而屈服于现实，成为现存生存环境的"奴隶"。这样，为摆脱"绝望"的生存环境而作出的"精神胜利法"的选择，却使"人"堕入了更加"绝望"的深渊，于是，"人"的生存困境就是永远也不可能摆脱的（以上分析参见汪晖：《"反抗绝望"的人生哲学与鲁迅小说的精神特征》、谢伟民：《悲剧？喜剧？悲喜剧？——重读〈阿Q正传〉》、张梦阳：《阿Q与世界文学中的精神典型问题》）。鲁迅的《阿Q正传》正是以对"人"的这一生存困境的正视而揭示了人类精神现象的一个重要侧面，从而使自己具有了超越时代、民族的意义与价值。

（钱理群）

作家自述

我虽然已经试做，但终于自己还不能很有把握，我是否真能够写出一个现代的我们国人的魂灵来。别人我不得而知，在我自己，总仿佛觉得我们人人之间各有一道高墙，将各个分离，使大家的心无从相印。这就是我们古代的聪明人，即所谓圣贤，将人们分为十等，说是高下各不相同。其名目现在虽然不用了，但那鬼魂却依然存在，并且，变本加厉,连一个人的身体也有了等差,使手对于足也不免视为下等的异类。造化生人,已经非常巧妙,使一个人不会感到别人的肉体上的痛苦了,我们的圣人和圣人之徒却又补了造化之缺,并且使人们不再会感到别人的精神上的痛苦。

……

  要画出这样沉默的国民的魂灵来,在中国实在算一件难事,因为,已经说过,我们究竟还是未经革新的古国的人民,所以也还是各不相通,并且连自己的手也几乎不懂自己的足。我虽然竭力想摸索人们的魂灵,但时时总自憾有些隔膜。在将来,围在高墙里面的一切人众,该会自己觉醒,走出,都来开口的罢,而现在还少见,所以我也只得依了自己的觉察,孤寂地姑且将这些写出,作为在我的眼里所经过的中国的人生。——鲁迅:《俄文译本〈阿Q正传〉序及著者自叙传略》,《鲁迅全集》,第7卷,人民文学出版社1981年。

名家要评

  阿Q这人是中国一切的"谱"——新名词称作"传统"——的结晶,没有自己的意志而以社会的因袭的惯例为其意志的人,所以在现社会里是不存在而又到处存在的。果戈理的小说《死魂灵》里的主人公契契珂夫也是如此,我们不能寻到一个旅行着收买死农奴的契契珂夫,但在种种投机的实业中间可以见到契契珂夫的影子,如克鲁泡特金所说。不过其间有这一点差别:契契珂夫是"一个不朽的万国的类型",阿Q却是一个民族的类型。他像神话里的"众赐"(Pandora)一样,承受了恶梦似的四千年来的经验所造成的一切"谱"上的规则,包含对于生命幸福名誉道德各种意见,提炼精粹,凝为个体,所以实在是一幅中国人品性的"混合照相"。

  世界往往"事实奇于小说",就是在我灰色的故乡里。我也亲眼见到一类角色的活模型,其中还有一个缩小的真的可爱的阿贵,虽然他至今还是健在。——仲密(周作人):《〈阿Q正传〉》,原刊《晨报副刊·自己的园地》,1922年3月19日。

  阿Q这形象,作为一个流浪的雇农来看,固然也是非常性格化的,非常活生生的,然而阿Q并不完全是中国雇农的典型或流浪的雇农的典型。一个简单的证明,就是阿Q这形象的主要的特征,对于一切的阿Q主义者,一切"精神胜利法"者,一切自欺欺人者,都是非常性格化的,非常活生生的,不管他们属于哪一个阶级。

  阿Q,主要的是一个思想性的典型,是阿Q主义或阿Q精神的寄植者;这是一个集合体,在阿Q这个人物身上集合着各阶级的各色各样的阿Q主义,也就是鲁迅自己在前期所说的"国民劣根性"的体现者。——冯雪峰:《论〈阿Q正传〉》,《人民文学》第4卷第6期(1951年11月)。

  鲁迅在《阿Q正传》这个作品里,对于资产阶级、对于资产阶级所领导的民主革命的特性,作了无比深刻的典型的表现。鲁迅对资产阶级和资产阶级所领导的民主革命的看法,是从被压迫的农民的观点,从革命民主主义的观点出发的。这便有可能使他比较一般资产阶级和小资产阶级的革命知识分子更深刻地揭发出辛亥革命的弱点。"国民革命需要一个大的农村变动。辛亥革命没有这个变动,所以失败了。"(《湖南农民运动考察报告》)站在彻底拥护农民利益的无产阶级立场的毛泽东同志对辛亥革命的根本缺点,作了这个结论,革命民主主义者的鲁迅所得到的实际的结论,和毛泽东同志的结论是完全一致的。

阿Q在土谷祠里对于革命的热情的幻想,是鲁迅对于刚刚觉醒的农民的心理的典型的表现……

这一切部使我们有理由再说一遍,作为一个反映被压迫农民利益的革命民主主义者,鲁迅是信任农民,相信被压迫的农民必然走向革命,相信被压迫的农民必然发生革命的思想的。而且,在后来的表现里,鲁迅还把以阿Q为代表的农民和以赵秀才、假洋鬼子等等为代表的地主阶级或者地主阶级里的资产阶级化的知识分子加以鲜明的对照。鲁迅清楚地表明了,地主阶级或地主阶级里的资产阶级化的知识分子如何伪装革命,如何向革命投机,如何排斥真正的革命的力量,而农民,在鲁迅的实际表现里,证明是中国革命在农村里的真正的动力。——陈涌:《论鲁迅小说的现实主义》,《人民文学》1954年第11期。

《阿Q正传》是一篇好小说,我劝看过的同志再看一遍,没看过的同志好好地看看。鲁迅在这篇小说里面,主要是写一个落后的不觉悟的农民。他专门写了"不准革命"一章,说假洋鬼子不准阿Q革命。其实,阿Q当时的所谓革命,不过是想跟别人一样拿点东西而已。可是,这样的革命假洋鬼子也还是不准。——毛泽东:《论十大关系》,《毛泽东选集》,第5卷第283—284页,人民出版社1977年。

拓展阅读

1. 王富仁:《中国反封建思想革命的一面镜子——〈呐喊〉〈彷徨〉综论》,北京师范大学出版社1986年。
2. 钱理群:《说不尽的阿Q》,《走进当代的鲁迅》,北京大学出版社1999年。
3. 吕俊华:《论阿Q精神胜利法的哲理和心理内涵》,陕西人民出版社1982年。
4. 杨义:《鲁迅与"五四"精神》,《文学评论》2009年第3期。

沉 沦

郁达夫

一

他近来觉得孤冷得可怜。

他的早熟的性情,竟把他挤到与世人绝不相容的境地去,世人与他的中间介在的那一道屏障愈筑愈高了。

天气一天一天的清凉起来,他的学校开学之后,已经快半个月了。那一天正是九月的二十二日。

晴天一碧,万里无云,终古常新的皎日,依旧在她的轨道上,一程一程的在那里行走。从南方吹来的微风,同醒酒的琼浆一般,带着一种香气,一阵阵的拂上面来。在黄苍未熟的稻田中间,在弯曲同白线似的乡间的官道上面,他一个人手里捧了一本六寸长的Wordsworth的诗集,尽在那里缓缓的独步。在这大平原内,四面并无人影;不知从何处飞来的一声两声的远吠声,悠悠扬扬的传到他耳膜上来。他眼睛离开了书,同做梦似的向有犬吠声的地方看去,但看见了一丛杂树,几处人家,同鱼鳞似的屋瓦上,有一层薄薄的蜃气楼,同轻纱似的在那里飘荡。

"Oh, you serene gossamer! you beautiful gossamer!"

这样的叫了一声,他的眼睛里就涌出了两行清泪来,他自己也不知道是什么缘故。

呆呆的看了好久,他忽然觉得背上有一阵紫色的气息吹来,息索的一响,道傍的一枝小草,竟把他的梦境打破了,他回转头来一看,那枝小草还是颠摇不已,一阵带着紫罗兰气息的和风,温微微的喷到他那苍白的脸上来。在这清和的早秋的世界里,在这澄清透明的以太(Ether)中,他的身体觉得同陶醉似的酥软起来。他好像是睡在慈母怀里的样子。他好像是梦到了桃花源里的样子。他好像是在南欧的海岸,躺在情人膝上,在那里贪午睡的样子。

他看看四边,觉得周围的草木,都在那里对他微笑。看看苍空,觉得悠久无穷的大自然,微微的在那里点头。一动也不动的向天看了一会,他觉得天空中,有一群小天神,背上插着了翅膀,肩上挂着了弓箭,在那里跳舞。他觉得乐极了。便不知不觉开了口,自言自语的说:

"这里就是你的避难所。世间的一般庸人都在那里妒忌你,轻笑你,愚弄你;只有这大自然,这终古常新的苍空皎日,这晚夏的微风,这初秋的清气,还是你的朋友,还是你的慈母,还是你的情人;你也不必再到世上去与那些轻薄的男女共处去,你就在这大自然的怀里,这纯极的乡间终老了罢。"

这样的说了一遍,他觉得自家可怜起来,好像有万千哀怨,横亘在胸中,一口说不出来的样子。含了一双清泪,他的眼睛又看到他手里的书上去。

Behold her, single in the field,
You solitary Highland lass!
Reaping and singing by herself;
Stop here, or gently pass!
Alone she cuts, and binds the grain,
And sings a melancholy strain;
Oh, listen! for the vale profound,
Is over flowing with the sound.

看了这一节之后,他又忽然翻过一张来,脱头脱脑的看到那第三节去。

Will no one tell me what she sings?
Perhaps the plaintive numbers flow
For old, unhappy far-off things,
And battle long ago;
Or is it some more humble lay,
Familiar matter of today?
Some natural sorrow, loss, or pain,
That has been and may be again!

这也是他近来的一种习惯,看书的时候,并没有次序的。几百页的大书,更可不必说了,就是几十页的小册子,如爱美生的《自然论》(Emerson's "On Nature")、沙离的《逍遥游》(Thoreau's "Excursion")之类,也没有完完全全从头至尾的读完一篇过。当他起初翻开一册书来看的时候,读了四行五行或一页二页,他每被那一本书感动,恨不得要一口气把那一本书吞下肚子里去的样子,到读了三页四页之后,他又生起一种怜惜的心来,他心里似乎说:

"像这样的奇书,不应该一口气就把它念完,要留着细细儿的咀嚼才好。一下子就念完了之后,我的热望也就不得不消灭,那时候我就没有好望,没有梦想了,怎么使得呢?"

他的脑里虽然这样的想头,其实他的心里早有一些儿厌倦起来,到了这时候,他总把那本书收过一边,不再看下去。过几天或者过几个钟头之后,他又用了满腔的热忱,同初读那一本书的时候一样的,去读另外的书去,几日前或者几点钟前那样的感动他的那一本书,就不得不被他遗忘了。

放大了声音把渭迟渥斯的那两节诗读了一遍之后,他忽然想把这一首诗用中国文翻译出来:

《孤寂的高原刈稻者》

他想想看,"The solitary highland reaper"诗题只有如此的译法。

你看那个女孩儿,她只一个人在田里,

你看那边的那个高原的女孩儿，她只一个人，冷清清地！
　　她一边刈稻，一边在那儿唱着不已：
　　她忽儿停了，忽而又过去了，轻盈体态，风光细腻！
　　她一个人，刈了，又重把稻儿捆起，
　　她唱的山歌，颇有些儿悲凉的情味：
　　听呀听呀！这幽谷深深，
　　全充满了她的歌唱的清音。

　　有人能说否，她唱的究是什么？
　　或者她那万千的痴话
　　是唱着前代的哀歌，
　　或者是前朝的战事、千兵万马：
　　或者是些坊间的俗曲，
　　便是目前的家常闲说？
　　或者是些天然的哀怨，必然的丧苦，自然的悲楚，
　　这些事虽是过去的回思，将来想亦必有人指诉。

　　他一口气译了出来之后，忽又觉得无聊起来，便自嘲自骂的说道：
　　"这算是什么东西呀，岂不同教会里的赞美歌一样的乏味么？英国诗是英国诗，中国诗是中国诗，又何必译来对去呢！"
　　这样的说了一句，他不知不觉便微微儿的笑了起来。向四边一看，太阳已经打斜了；大平原的彼岸，西边的地平线上，有一座高山，浮在那里，饱受了一天残照，山的周围酝酿成一层朦朦胧胧的岚气，反射出一种紫红不红的颜色来。
　　他正在那里出神呆看的时候，喀的咳嗽了一声，他的背后忽然来了一个农夫。回头一看，他就把他脸上的笑容装改了一副忧郁的面色，好像他的笑容是怕被人看见的样子。

二

　　他的忧郁症愈闹愈甚了。
　　他觉得学校里的教科书，味同嚼蜡，毫无半点生趣。天气清朗的时候，他每捧了一本爱读的文学书，跑到人迹罕至的山腰水畔，去贪那孤寂的深味去。在万籁俱寂的瞬间，在天水相映的地方，他看看草木虫鱼，看看白云碧落，便觉得自家是一个孤高傲世的贤人，一个超然独立的隐者。有时在山中遇着一个农夫，他便把自己当作了 Zarathustra，把 Zarathustra 所说的话，也在心里对那农夫讲了。他的 megalmania 也同他的 hypochondria 成了正比例，一天一天的增加起来。他竟有连续四五天不上学校去听讲的时候。
　　有时候到学校里去，他每觉得众人都在那里凝视他的样子。他避来避去想避他的同学，然而无论到了什么地方，他的同学的眼光，总好像怀了恶意，射在他的背脊上的样子。
　　上课的时候，他虽然坐在全班学生的中间，然而总觉得孤独得很。在稠人广众之中，感得的这种孤独，倒比一个人在冷清的地方感得的那种孤独还更难受。看看他的同

学们,一个个都是兴高采烈的在那里听先生的讲义,只有他一个人身体虽然坐在讲堂里头,心思却同飞云逝电一般,在那里作无边无际的空想。

好容易下课的钟声响了！先生退去之后,他的同学说笑的说笑,谈天的谈天,个个都同春来的燕雀似的,在那里作乐;只有他一个人锁了愁眉,舌根好像被千钧的巨石锤住的样子,兀的不作一声。他也很希望他的同学来对他讲些闲话,然而他的同学却都自家管自家的去寻欢乐去,一见了他那一副愁容,没有一个不抱头奔散的,因此他愈加怨他的同学了。

"他们都是日本人,他们都是我的仇敌,我总有一天来复仇,我总要复他们的仇。"

一到了悲愤的时候,他总这样的想的,然而到了安静之后,他又不得不嘲骂自家说:

"他们都是日本人,他们对你当然是没有同情,因为你想得他们的同情,所以你怨他们,这岂不是你自家的错误么？"

他的同学中的好事者,有时候也有人来向他说笑的,他心里虽然非常感激,想同那一个人谈几句知心的话,然而口中总说不出什么话来,所以有几个解他的意的人,也不得不同他疏远了。

他的同学日本人在那里欢笑的时候,他总疑他们是在那里笑他,他就一霎时的红起脸来。他们在那里谈天的时候,若有偶然看他一眼的人,他又忽然红起脸来,以为他们是在那里讲他。他同他同学中间的距离,一天一天的远背起来,他的同学都以为他是爱孤独的人,所以谁也不敢来近他的身。

有一天放课之后,他挟了书包,回到他的旅馆里来,有三个日本学生系同他同路的。将要到他寄寓的旅馆的时候,前面忽然来了两个穿红裙的女学生。在这一区市外的地方,从没有女学生看见的,所以他一见了这两个女子,呼吸就紧缩起来。他们四个人同那两个女子擦过的时候,他的三个日本人的同学都问她们说:

"你们上那儿去？"

那两个女学生就作起娇声来回答说:

"不知道！"

"不知道！"

那三个日本学生都高笑起来,好像是很得意的样子;只有他一个人似乎是他自家同她们讲了话似的,匆匆跑回旅馆里来。进了他自家的房,把书包用力的向席上一丢,他就在席上躺下了——日本室内都铺的席子,坐也席地而坐,睡也睡在席上的——他的胸前还在那里乱跳,用了一只手枕着头,一只手按着胸口,他便自嘲自骂的说:

"You coward fellow, you are too coward!"

"你既然怕羞,何以又要后悔？"

"既要后悔,何以当时你又没有那样的胆量？不同她们去讲一句话？"

"Oh, coward, coward!"

说到这里,他忽然想起刚才那两个女学生的眼波来了。

那两双活泼泼的眼睛！

那两双眼睛里,确有惊喜的意思含在里头。然而再仔细想了一想,他又忽然叫起来说:

"呆人呆人！她们虽有意思,与你有什么相干？她们所送的秋波,不是单送给那三个日本人的么？唉！唉！她们已经知道了,已经知道我是支那人了,否则他们何以不来看我一眼呢！复仇复仇，我总要复他们的仇。"

说到这里，他那火热的颊上忽然滚了几颗冰冷的眼泪下来。他是伤心到极点了。这一天晚上，他记的日记说：

"我何苦要到日本来，我何苦要求学问。既然到了日本，那自然不得不被他们日本人轻侮的。中国呀中国！你怎么不富强起来，我不能再隐忍过去了。

"故乡岂不有明媚的山河，故乡岂不有如花的美女？我何苦要到这东海的岛国里来！

"到日本来倒也罢了，我何苦又要进这该死的高等学校。他们留了五个月学回去的人，岂不在那里享荣华安乐么？这五六年的岁月，教我怎么能捱得过去。受尽了千辛万苦，积了十数年的学识，我回国去，难道定能比他们来胡闹的留学生更强么？

"人生百岁，年少的时候，只有七八年的光景，这最纯最美的七八年，我就不得不在这无情的岛国里虚度过去，可怜我今年已经是二十一了。

"槁木的二十一岁！

"死灰的二十一岁！

"我真还不如变了矿物质的好，我大约没有开花的日子了。

"知识我也不要，名誉我也不要，我只要一个安慰我体谅我的'心'，一副白热的心肠！从这一副心肠里生出来的同情！

"从同情而来的爱情！

"我所要求的就是爱情！

"若有一个美人，能理解我的苦楚，她要我死，我也肯的。

"若有一个妇人，无论她是美是丑，能真心真意的爱我，我也愿意为她死的。

"我所要求的就是异性的爱情！

"苍天呀苍天，我并不要知识，我并不要名誉，我也不要那些无用的金钱，你若能赐我一个伊甸园内的'伊扶'，使她的肉体与心灵，全归我有，我就心满意足了。"

三

他的故乡，是富春江上的一个小市，去杭州水程不过八九十里。这一条江水，发源安徽，贯流全浙，江形曲折，风景常新，唐朝有一个诗人赞这条江水说"一川如画"。他十四岁的时候，请了一位先生写了这四个字，贴在他的书斋里，因为他的书斋的小窗，是朝着江面的。虽则这书斋结构不大，然而风雨晦明，春秋朝夕的风景，也还抵得过滕王高阁。在这小小的书斋里过了十几个春秋，他才跟了他的哥哥到日本来留学。

他三岁的时候就丧了父亲，那时候他家里困苦得不堪。好容易他长兄在日本W大学卒了业，回到北京，考了一个进士，分发在法部当差，不上两年，武昌的革命起来了。那时候他已在县立小学堂卒了业，正在那里换来换去的换中学堂。他家里的人都怪他无恒性，说他的心思太活；然而依他自己讲来，他以为他一个人同别的学生不同，不能按部就班的同他们同在一处求学的。所以他进了K府中学之后，不上半年又忽然转到H府中学来。在H府中学住了三个月，革命就起来了。H府中学停学之后，他依旧只能回到他那小小的书斋里来。第二年的春天，正是他十七岁的时候，他就进了大学的预科。这大学是在杭州城外，本来是美国长老会捐钱创办的，所以学校里浸润了一种专制的弊风，学生的自由，几乎被缩服得同针眼儿一般的小。礼拜三的晚上有什么祈祷会，礼拜日非但不准出去游玩，并且在家里看别的书也不准的，除了唱赞美诗祈祷之外，只许看新旧约书。每天早晨从九点钟到九点二十分，定要去做礼拜，不去做礼拜，就要扣分数记过。他虽然非常爱那学校近傍的山水景物，然而他的心里，总有些反抗的意思，因为他是一个爱自由的人，对那些迷信的管束，怎么也不甘心服从。住不上半年，那大学里的厨子，托了校长的势，竟打起学生来。学生中间有几个不服的，便去告诉校长，校长反说学生不是。他看看这些情形，实在是太无道理了，就立刻去告了退，仍复回家，到那小小的书斋里去。那时候已经是六月初了。

在家里住了三个多月，秋风吹到富春江上，两岸的绿树，就快凋落的时候，他又坐了帆船，下富春江，上杭州去。却好那时候石牌楼的 W 中学正在那里招插班生，他进去见了校长 M 氏，把他的经历说了 M 氏夫妻听，M 氏就许他插入最高的班里去。这 W 中学原来也是一个教会学校，校长 M 氏，也是一个糊涂的美国宣教师，他看看这学校的内容倒比 H 大学不如了。与一位很卑鄙的教务长——原来这一位先生就是 H 大学的卒业生——闹了一场，第二年的春天，他就出来了。出了 W 中学，他看看杭州的学校，都不能如他的意，所以他就打算不再进别的学校去。

正是这个时候，他的长兄也在北京被人排斥了。原来他的长兄为人正直得很，在部里办事，铁面无私，并且比一般部内的人物又多了一些学识，所以部内上下，都忌惮他。有一天某次长的私人，来问他要一个位置，他执意不肯，因此次长就同他闹起意见来，过了几天他就辞了部里的职，改到司法界去做司法官去了。他的二兄那时候正在绍兴军队里作军官，这一位二兄军人习气颇深，挥金如土，专喜结交侠少。他们弟兄三人，到这时候都不能如意之所为，所以那一小市镇里的闲人都说他们的风水破了。

他回家之后，便镇日镇夜的蛰居在他那小小的书斋里。他父祖及他长兄所藏的书籍，就作了他的良师益友。他的日记上面，一天一天的记起诗来。有时候他也用了华丽的文章做起小说来，小说里就把他自己当作了一个多情的勇士，把他邻近的一个寡妇的两个女儿，当作了贵族的苗裔，把他故乡的风物，全编作了田园的清景；有兴的时候，他还把自家的小说，用单纯的外国文翻译起来；他的幻想，愈演愈大了，他的忧郁病的根苗，大约也就在这时候培养成功的。

在家里住了半年，到了七月中旬，他接到他长兄的来信说：

"院内近有派予赴日本考察司法事务之意，予已许院长以东行，大约此事不日可见命令。渡日之先，拟返里小住。三弟居家，断非上策，此次当偕伊赴日本也。"

他接到了这一封信之后，心中日日盼他长兄南来，到了九月下旬，他的兄嫂才自北京到家。住了一月，他就同他的长兄长嫂同到日本去了。

到了日本之后，他的 Dreams of the romantic age 尚未醒悟，模模糊糊的过了半载，他就考入了东京第一高等学校。这正是他十九岁的秋天。

第一高等学校将开学的时候，他的长兄接到了院长的命令，要他回去。他的长兄便把他寄托在一家日本人的家里，几天之后，他的长兄长嫂和他的新生的侄女儿就回国去了。

东京的第一高等学校里有一班预备班，是为中国学生特设的。在这预科里预备一年，卒业之后，才能入各地高等学校的正科，与日本学生同学。他考入预科的时候，本来填的是文科，后来将在预科卒业的时候，他的长兄定要他改到医科去，他当时亦没有什么主见,就听了他长兄的话把文科改了。

预科卒业之后,他听说 N 市的高等学校是最新的,并且 N 市是日本产美人的地方,所以他就要求到 N 市的高等学校去。

四

他的二十岁的八月二十九日的晚上,他一个人从东京的中央车站乘了夜行车到 N 市去。

那一天大约刚是旧历的初三四的样子,同天鹅绒似的又蓝又紫的天空里,洒满了一天星斗。半痕新月,斜挂在西天角上,却似仙女的蛾眉,未加翠黛的样子。他一个人靠着三等车的车窗,默默的在那里数窗外人家的灯火。火车在暗黑的夜气中间,一程一程的进去,那大都市的星星灯火,也一点一点的朦胧起来,他的胸中忽然生了万千哀感,他的眼睛里就忽然觉得热起来了。

"Sentimental, too sentimental!"①

这样的叫了一声,把眼睛揩了一下,他反而自家笑起自家来。

"你也没有情人留在东京,你也没有弟兄知己住在东京,你的眼泪究竟是为谁洒的呀!或者是对于你过去的生活的伤感,或者是对你二年间的生活的余情,然而你平时不是说不爱东京的么?"

"唉,一年人住岂无情。"

"黄莺住久浑相识,欲别频啼四五声!"

胡思乱想的寻思了一会,他又忽然想到初次赴新大陆去的清教徒的身上去。

"那些十字架下的流人,离开他故乡海岸的时候,大约也是悲壮淋漓,同我一样的。"

火车过了横滨,他的感情方才渐渐儿的平静起来。呆呆的坐了一忽,他就取了一张明信片出来,垫在海涅(Heine)的诗集上,用铅笔写了一首诗寄他东京的朋友。

娥眉月上柳梢初,又向天涯别故居。四壁旗亭争赌酒,六街灯火远随车。
乱离年少无多泪,行李家贫只旧书。夜后芦根秋水长,凭君南浦觅双鱼。

在朦胧的电灯光里,静悄悄的坐了一会,他又把海涅的诗集翻开来看了。

Lebet wohl, ihr glatten Saele,
Glatte Herren, glatte Frauen!
Auf die Berge will ich steigen,
Lac end auf euch nieders chauen!
　　Aus Heines Buch der Lieder.

浮薄的尘寰,无情的男女,
　你看那隐隐的青山,我欲乘风飞去,
　且住且住,
　我将从那绝顶的高峰,笑看你终归何处。

---

① 英语:"感伤,太感伤了!"——原注

单调的轮声,一声声连连续续的飞到他的耳膜上来,不上三十分钟他竟被这催眠的车轮声引诱到梦幻的仙境里去了。

早晨五点钟的时候,天空渐渐儿的明亮起来。在车窗里向外一望,他只见一线青天还被夜色包住在那里。探头出去一看,一层薄雾,笼罩着一幅天然的画图,他心里想了一想:

"原来今天又是清秋的好天气,我的福分真可算不薄了。"

过了一个钟头,火车就到了N市的停车场。

下了火车,在车站上遇见了一个日本学生;他看看那学生的制帽上也有两条白线,便知道他也是高等学校的学生。他走上前去,对那学生脱了一脱帽,问他说:

"第X高等学校是在什么地方的?"

那学生回答说:

"我们一路去罢。"

他就跟了那学生跑出火车站来,在火车站的前头,乘了电车。

时光还早得很,N市的店家都还未曾起来。他同那日本学生坐了电车,经过了几条冷清的街巷,就在鹤舞公园前面下了车。他问那日本学生说:

"学校还远得很么?"

"还有二里多路。"

穿过了公园,走到稻田中间的细路上的时候,他看看太阳已经起来了,稻上的露滴,还同明珠似的挂在那里。前面有一丛树林,树林阴里,疏疏落落的看得见几椽农舍。有两三条烟囱筒子,突出在农舍的上面,隐隐约约的浮在清晨的空气里。一缕两缕的青烟,同炉香似的在那里浮动,他知道农家已在那里炊早饭了。

到学校近边的一家旅馆去一问,他一礼拜前头寄出的几件行李,早已经到在那里。原来那一家人家是住过中国留学生的,所以主人待他也很殷勤。在那一家旅馆里住下了之后,他觉得前途好像有许多欢乐在那里等他的样子。

他的前途的希望,在第一天的晚上,就不得不被目前的实情嘲弄了。原来他的故里,也是一个小小的市镇。到了东京之后,在人山人海的中间,他虽然时常觉得孤独,然而东京的都市生活,同他幼时习惯尚无十分龃龉的地方。如今到了这N市的乡下之后,他的旅馆,是一家孤立的人家,四面并无邻舍,左首门外便是一条如发的大道,前后都是稻田,西面是一方池水,并且因为学校还没有开课,别的学生还没有到来,这一间宽旷的旅馆里,只住了他一个客人。白天倒还可以支吾过去,一到了晚上,他开窗一望,四面都是沉沉的黑影,并且因N市的附近是一大平原,所以望眼连天,四面并无遮障之处,远远里有一点灯火,明灭无常,森然有些鬼气。天花板里,又有许多虫鼠,息栗索落的在那里争食。窗外有几株梧桐,微风动叶,咄咄的响得不已,因为他住在二层楼上,所以梧桐的叶战声,近在他的耳边。他觉得害怕起来,几乎要哭出来了。他对于都市的怀乡病(Nostalgia)从未有比那一晚更甚的。

学校开了课,他朋友也渐渐儿的多起来。感受性非常强烈的他的性情,也同天空大地丛林野水融和了。不上半年,他竟变成了一个大自然的宠儿,一刻也离不了那天然的野趣了。

他的学校是在N市外,刚才说过市的附近是一大平原,所以四边的地平线,界限广大的很。那时候日本的工业还没有十分发达,人口也还没有增加得同目下一样,所以他的学校的近边,还多是丛林空地,小阜低岗。除了几家与学生做买卖的文房具店及菜馆之外,附近并没有居民。荒野的人间,只有几家为学生设的旅馆,同晓天的星影似的,散缀在麦田瓜地的中央。晚饭毕后,披了黑呢的缦斗(斗篷),拿了爱读的书,在迟迟不落的夕照中间,散步逍遥,是非常快乐的。他的田园趣味,大约也是在这 Idyllic Wanderings 的中间养成的。

在生活竞争不十分猛烈,逍遥自在,同中古时代一样的时候,在风气纯良,不与市井小人同处,清闲雅淡的地方,过日子正如做梦一样。他到了 N 市之后,转瞬之间,已经有半年多了。

熏风日夜的吹来,草色渐渐儿的绿起来。旅馆近傍麦田里的麦穗,也一寸一寸的长起来了。草木虫鱼都化育起来,他的从始祖传来的苦闷也一日一日的增长起来,他每天早晨,在被窝里犯的罪恶,也一次一次的加起来了。

他本来是一个非常爱高尚爱洁净的人,然而一到了这邪念发生的时候,他的智力也无用了,他的良心也麻痹了,他从小服膺的"身体发肤不敢毁伤"的圣训,也不能顾全了。他犯了罪之后,每深自痛悔,切齿的说,下次总不再犯了,然而到了第二天的那个时候,种种幻想,又活泼泼的到他的眼前来。他平时所看见的"伊扶"的遗类,都赤裸裸的来引诱他。中年以后的妇人的形体,在他的脑里,比处女更有挑发他情动的地方。他苦闷一场,恶斗一场,终究不得不做她们的俘虏。这样的一次成了两次,两次之后,就成了习惯了。他犯罪之后,每到图书馆里去翻出医书来看,医书上都千篇一律的说,于身体最有害的就是这一种犯罪。从此之后,他的恐惧心也一天一天的增加起来了。有一天他不知道从什么地方得来的消息,好像是一本书上说,俄国近代文学的创设者 Gogol 也犯这一宗病,他到死竟没有改过来,他想到了郭歌里,心里就宽了一宽,因为这《死了的灵魂》的著者,也是同他一样的。然而这不过自家对自家的宽慰而已,他的胸里,总有一种非常的忧虑存在那里。

因为他是非常爱洁净的,所以他每天总要去洗澡一次;因为他是非常爱惜身体的,所以他每天总要去吃几个生鸡子和牛乳;然而他去洗澡或吃牛乳鸡子的时候,他总觉得惭愧得很,因为这都是他的犯罪的证据。

他觉得身体一天一天的衰弱起来,记忆力也一天一天的减退了。他又渐渐儿的生了一种怕见人面的心理;见了妇人女子的时候,他觉得更加难受。学校的教科书,他渐渐的嫌恶起来。法国自然派的小说,和中国那几本有名的诲淫小说,他念了又念,几乎记熟了。

有时候他忽然做出一首好诗来,他自家便喜欢得非常,以为他的脑力还没有破坏。那时候他每对着自家起誓说:

"我的脑力还可以使得,还能做得出这样的诗,我以后决不再犯罪了。过去的事实是没法,我以后总不再犯罪了。若从此自新,我的脑力,还是很可以的。"

然而一到了紧迫的时候,他的誓言又忘了。

每礼拜四五,或每月的二十六七的时候,他索性尽意的贪起欢来。他的心里想,自下礼拜一或下月初一起,我总不犯罪了。有时候正合到礼拜六或月底的晚上,去剃头洗澡去,以为这就是改过自新的记号,然而过几天他又不得不吃鸡子和牛乳了。

他的自责心同恐惧心,竟一日也不使他安闲,他的忧郁症也从此厉害起来了。这样的状态继续了一二个月,他的学校里就放了暑假,暑假的两个月内,他受的苦闷,更甚于平时;到学校开课的时候,他的两颊的颧骨更高起来;他的青灰色的眼窝更大起来,他的一双灵活的瞳人,变了同死鱼眼睛一样了。

五

秋天又到了。浩浩的苍空,一天一天的高起来,他的旅馆傍边的稻田,都带起黄金色来。朝夕的凉风,同刀也似的刺到人的心骨里去,大约秋冬的佳日,来也不远了。

一礼拜前的有一天午后,他拿了一本 Wordsworth 的诗集,在田塍路上逍遥漫步了半天。从那一天以后,他的循环性的忧郁症,尚未离他的身过。前几天在路上遇着的那两个女学生,常在他的脑里,不使他安静,想起那一天的事情,他还是一个人要红起脸来。

他近来无论上什么地方去,总觉得有坐立难安的样子。他上学校去的时候,觉得他的日本同学都似在那里排斥他。他的几个中国同学,也许久不去寻访了,因为去寻访了回来,他心里反觉得空虚。因为他的几个中国同学,怎么也不能理解他的心理,他去寻访的时候,总想得些同情回来的,然而到了那里,谈了几句之后,他又不得不自悔寻访错了。有时候和朋友讲得投机,他就任一时的热意,把他的内外的生活都对朋友讲了出来,然而到了归途,他又自悔失言,心里的责备,倒反比不去访友的时候,更加厉害。他的几个中国朋友,因此都说他是染了神经病的。他听了这话之后,对了那几个中国同学,也同对日本学生一样,起了一种复仇的心。他同他的几个中国同学,一日一日的疏远起来。嗣后虽在路上,或在学校里遇见的时候,他同那几个中国同学,也不点头招呼。中国留学生开会的时候,他当然是不去出席的。因此他同他的几个同胞,竟宛然成了两家仇敌。

他的中国同学的里边,也有一个很奇怪的人,因为他自家的结婚有些道德上的罪恶,所以他专喜讲人家的丑事,以掩己之不善,说他是神经病,也是这一位同学说的。

他交游离绝之后,孤冷得几乎到将死的地步,幸而他住的旅馆里,还有一个主人的女儿,可以牵引他的心,否则他真只能自杀了。他旅馆的主人的女儿,今年正是十七岁,长方的脸儿,眼睛大得很,笑起来的时候,面上有两颗笑靥,嘴里有一颗金牙看得出来,因为她自家觉得她自家的笑容是非常可爱,所以她平时常在那里弄笑。

他心里虽然非常爱她,然而她送饭来或来替他铺被的时候,他总装出一种兀不可犯的样子来。他心里虽想对她讲几句话,然而一见了她,他总不能开口。她进他房里来的时候,他的呼吸竟急促到吐气不出的地步。他在她的面前实在是受苦不起了,所以近来她进他的房里来时候,他每不得不跑出房外去。然而他思慕她的心情,却一天一天的浓厚起来。有一天礼拜六的晚上,旅馆里的学生,都上 N 市去行乐去了。他因为经济困难,所以吃了晚饭,上西面池上去走了一回,就回到旅舍里来枯坐。

回家来坐了一会,他觉得那空旷的二层楼上,只有他一个人在家。静悄悄的坐了半晌,坐不耐烦起来的时候,他又想跑出外面去。然而要跑出外面去,不得不由主人的房门口经过,因为主人和他女儿的房,就在大门的边上。他记得刚才进来的时候,主人和他的女儿正在那里吃饭。他一想到经过她面前的时候的苦楚,就把跑出外面去的心思丢了。

拿出了一本 G. Gissing 的小说来读了三四页之后,静寂的空气里,忽然传了几声搋搋的泼水声音过来。他静静儿的听了一听,呼吸又一霎时的急了起来,面色也涨红了。迟疑了一会,他就轻轻的开了房门,拖鞋也不拖,幽脚幽手的走下扶梯去。轻轻的开了便所的门,他尽兀自的站在便所的玻璃窗口偷看。原来他旅馆里的浴室,就在便所的间壁,从便所的玻璃窗看去,浴室里的动静了可看,他起初以为看一看就可以走的,然而到了一看之后,他竟同被钉子钉住的一样,动也不能动了。

那一双雪样的乳峰!

那一双肥白的大腿!

这全身的曲线!

呼气也不呼,仔仔细细的看了一会,他面上的筋肉,都发起痉挛来了。愈看愈颤得厉害,他那发颤的前额部竟同玻璃窗冲击了一下。被蒸气包住的那赤裸裸的"伊扶"便发了娇声问说:

"是谁呀?……"

他一声也不响,急忙跳出了便所,就三脚两步的跑上楼上去了。

他跑到了房里,面上同火烧的一样,口也干渴了。一边他自家打自家的嘴巴,一边就把他的被窝拿出来睡了。他在被窝里翻来复去,总睡不着,便立起了两耳,听得楼下的动静来。他听听泼水的声音也息了,浴室的门开了之后,他听见她的脚步声好像是走上楼来的样子。用被包着了头,他心里的耳朵明明告诉他说:

"她已经立在门外了。"

他觉得全身的血液,都在往上奔注的样子。心里怕得非常,羞得非常,也喜欢得非常。然而若有人问他,他无论如何,总不肯承认说,这时候他是喜欢的。

他屏住了气息,尖着了两耳听了一会,觉得门外并无动静,又故意咳嗽了一声,门外亦无声响,他正在那里疑惑的时候,忽听见她的声音,在楼下同她的父亲在那里说话。他手里捏了一把冷汗,拚命想听出她的话来,然而无论如何总听不清楚。停了一会,她的父亲高声笑了起来,他便被蒙头的一罩,咬紧了牙齿说:

"她告诉了他了!她告诉了他了!"

这一天的晚上他一睡也不曾睡着。第二天的早晨,天亮的时候,他就惊心吊胆的走下楼来。洗了手面,刷了牙,趁主人和他的女儿还没有起来之先,他就同逃也似的出了那个旅馆,跑到外面来。

官道上的沙尘,染了朝露,还未曾干着。太阳已经起来了。他不问皂白,便一直的往东走去。远远有一个农夫,拖了一车野菜慢慢的走来。那农夫同他擦过的时候,忽然对他说:

"你早啊!"

他倒惊了一跳,那清瘦的脸上,又起了一层红潮,胸前又乱跳起来,他心里想:

"难道这农夫也知道了么?"

无头无脑的跑了好久,他回转头来看看他的学校,已经远得很了,举头看看,太阳也升高了。他摸摸表看,那银饼大的表,也不在身边。从太阳的角度看起来,大约已经是九点钟前后的样子。他虽然觉得饥饿得很,然而无论如何,总不愿意再回到那旅馆里去,同主人和他的女儿相见。想去买些零食充一充饥,然而他摸摸自家的袋看,袋里只剩了一角二分钱在那里。他到一家乡下的杂货店内,尽那一角二分钱,买了些零碎的食物,想去寻一处无人看见的地方去吃。走到了一处两路交叉的十字路口,他朝南的一望,只见与他的去路横交的那一条自北趋南的通路上,行人稀少得很。那一条路是向南的斜低下去的,两面更有高壁在那里;他知道这路是从一条小山中开辟出来的。他刚才走来的那条大道,便是这山的岭脊,十字路当作了中心,与岭脊上的那条大道相交的横路,是两边低斜下去的。在十字路口迟疑了一会,他就取了那一条向南斜下的路走去。走尽了两面的高壁,他的去路就穿入大平原去,直通到彼岸的市内。平原的彼岸有一簇深林,划在碧空的心里,他心里想:

"这大约就是 A 神宫了。"

他走尽了两面的高壁,向左手斜面上一望,见沿高壁的那山面上有一道女墙,围住着几间茅舍,茅舍的门上悬着了"香雪海"三字的一方匾额。他离开了正路,走上几步,到那女墙的门前,顺手的向门一推,那两扇柴门竟自开了。他就随随便便的踏了进去。门内有一条曲径,自门口通过了斜面,直达到山上去。曲径的两旁,有许多老苍的梅树种在那里,他知道这就是梅林。顺了那一条曲径,往北的从斜面上走到山顶的时候,一片同图画似的平地,展开在他的眼前。这园自从山脚上起,跨有朝南的半山斜面,同顶上的一块平地,布置得非常幽雅。

山顶平地的西面是千仞的绝壁,与隔岸的绝壁相对峙,两壁的中间,便是他刚走过的那一条自北趋南的通路。背临着那绝壁,有一间楼屋、几间平屋造在那里。因为这几间屋,门窗都闭在那里,他所以知道这定是为梅花开日,卖酒食用的。楼屋的前面,有一块草地,草地中间,有几方白石,围成了一个花园,圈子里,卧着一枝老梅,那草地的南尽头,山顶的平地正要向南斜下去的地方,有一块石碑立在那里,系记这梅林的历史的。他在碑前的草地上坐下之后,就把买来的零食拿出来吃了。

吃了之后,他兀兀的在草地上坐了一会。四面并无人声,远远的树枝上,时有一声两声的鸟鸣声飞来。他仰起头来看看澄清的碧落,同那皎洁的日轮,觉得四面的树枝房屋,小草飞禽,都一样的在和平的太阳光里,受大自然的化育。他那昨天晚上的犯罪的记忆,正同远海的帆影一般,不知消失到那里去了。

这梅林的平地上和斜面上,叉来叉去的曲径很多。他站起来走来走去的走了一会,方晓得斜面上梅树的中间,更有一间平屋造在那里。从这一间房屋往东的走去几步,有眼古井,埋在松叶堆中。他摇摇井上的唧筒看,呷呷的响了几声,却抽不起水来。他心里想:

"这园大约只有梅花开的时候,开放一下,平时总没有人住的。"

想到这里他又自言自语的说:

"既然空在这里,我何妨去问园主人去借住借住。"想定了主意,他就跑下山来,打算去寻园主人去。他将走到门口的时候,却好遇见了一个五十来岁的农夫走进园来。他对那农夫道歉之后,就问他说:

"这园是谁的,你可知道?"

"这园是我经管的。"

"你住在什么地方的?"

"我住在路的那面。"

一边这样的说,一边那农民指着通路西边的一间小屋给他看。他向西一看,果然在西边的高壁尽头的地方,有一间小屋在那里。他点了点头,又问说:

"你可以把园内的那间楼屋租给我住住么?"

"可是可以的,你只一个人么?"

"我只一个人。"

"那你可不必搬来的。"

"这是什么缘故呢?"

"你们学校里的学生,已经有几次搬来过了,大约都因为冷静不过,住不上十天,就搬走的。"

"我可同别人不同,你但能租给我,我是不怕冷静的。"

"这样那里有不租的道理,你想什么时候搬来?"

"就是今天午后罢。"

"可以的,可以的。"

"请你就替我扫一扫干净,免得搬来之后着忙。"

"可以可以。再会!"

"再会!"

六

搬进了山上梅园之后,他的忧郁症 Hypochondria 又变起形状来了。

他同他的北京的长兄,为了一些儿细事,竟生起龃龉来。他发了一封长长的信,寄到北京,同他的长兄绝了交。

那一封信发出之后,他呆呆的在楼前草地上想了许多时候。他自家想想看,他便是世界上最不幸的人了。其实这一次的决裂,是发始于他的。同室操戈,事更甚于他姓之相争。自此之后,他恨他的长兄竟同蛇蝎一样。他被他人欺侮的时候,每把他长兄拿出来作比:

"自家的弟兄,尚且如此,何况他人呢!"

他每达到这一个结论的时候,必尽把他长兄待他苛刻的事情,细细回想出来。把各种过去的事迹列举出来之后,就把他长兄判决是一个恶人,他自家是一个善人。他又把自家的好处列举出来,把他所受的苦处,夸大的细数起来。他证明得自家是一个世界上最苦的人的时候,他的眼泪就同瀑布似的流下来。他在那里哭的时候,空中好像有一种柔和的声音在对他说:

"啊呀,哭的是你么? 那真是冤屈了你了。像你这样的善人,受世人的那样的虐待,这可真是冤屈了你了。罢了罢了,这也是天命,你别再哭了,怕伤害了你的身体!"

他心里一听到这一种声音,就舒畅起来。他觉得悲苦的中间,也有无穷的甘味在那里。

他因为想复他长兄的仇,所以就把所学的医科丢弃了,改入文科里去。他的意思,以为医科是他长兄要他改的,仍旧改回文科,就是对他长兄宣战的一种明示。并且他由医科改入文科,在高等学校须迟卒业一年。他心里想,迟卒业一年,就是早死一岁,你若因此迟了一年,就到死可以对你长兄含一种敌意。因为他恐怕一二年之后,他们兄弟两人的感情,仍旧要和好起来;所以这一次的转科,便是帮他永久敌视他长兄的一个手段。

气候渐渐儿的寒冷起来,他搬上山来之后,已经有一个月了。几日来天气阴郁,灰色的层云,天天挂在空中。寒冷的北风吹来的时候,梅林的树叶,每息索息索的飞掉下来。

初搬来的时候,他卖了些旧书,买了许多炊饭的器具,自家烧了一个月饭,因为天冷了,他也懒得烧了。他每天的伙食,就一切包给了山脚下的园丁家包办,所以他近来只同退院的闲僧一样,除了怨人骂己之外,更没有别的事情了。

有一天早晨,他侵早的起来,把朝东的窗门开了之后,他看见前面的地平线上有几缕红云,在那里浮荡。东天半角,反照出一种银红的灰色。因为昨天下了一天微雨,所以他看了这清新的旭日,比平日更添了几分欢喜。他走到山的斜面上,从那古井里汲了水,洗了手面之后,觉得满身的气力,一霎时都回复了转来的样子。他便跑上楼外,拿了一本黄仲则的诗集下来,一边高声朗读,一边尽在那梅林的曲径里,跑来跑去的跑圈子。不多一会,太阳起来了。

从他住的山顶向南方看去,眼下看得出一大平原。平原里的稻田,都尚未收割起。金黄的谷色,以绀碧的天空作了背景,反映着一天太阳的晨光,那风景正同看密来(Millet)的田园清画一般。他觉得自家好像已经变了几千年前的原始基督教徒的样子,对了这自然的默示,他不觉笑起自家的气量狭小起来。

"饶赦了!饶赦了!你们世人得罪于我的地方,我都饶赦了你们罢,来,你们来。都来同我讲和罢!"手里拿着了那一本诗集,眼里浮着了两泓清泪,正对了那平原的秋色,呆呆的立在那里想这些事情的时候,他忽听见他的近边,有两人在那里低声的说:

"今晚上你一定要来的哩!"

这分明是男子的声音。

"我是非常想来的,但是恐怕……"

他听了这娇滴滴的女子的声音之后,好像是被电气贯穿了的样子,觉得自家的血液循环都停止了。原来他的身边有一丛长大的苇草生在那里,他立在苇草的右面,那一男一女,大约是在苇草的左面,所以他们两个还不晓得隔着苇草,有人站在那里。那男人又说:

"你心真好,请你今晚上来罢,我们到如今还没有被窝里睡过觉。"

"……"

他忽然听见两人的嘴唇,灼灼的好像在那里吮吸的样子。他同偷了食的野狗一样,就惊心吊胆的把身子屈倒去听了。

"你去死罢,你去死罢,你怎么会下流到这样的地步!"

他心里虽然如此的在那里痛骂自己,然而他那一双尖着的耳朵,却一言半语也不愿意遗漏,用了全部精神在那里听着。

地上的落叶索息索息的响了一下。

解衣带的声音。

男人嘶嘶的吐了几口气。

舌尖吮吸的声音。

女人半轻半重,断断续续的说:

"你!……你!……你快……快××罢。……别……别……别被人……被人看见了。"

他的面色,一霎时的变了灰色了。他的眼睛同火也似的红了起来。他的上颚骨同下颚骨呷呷的发起颤来。他再也站不住了。他想跑开去,但是他的两只脚,总不听他的话。他苦闷了一场,听听两人出去了之后,就同落水的猫狗一样,回到楼上房里去,拿出被窝来睡了。

七

  他饭也不吃,一直在被窝里睡到午后四点钟的时候才起来。那时候夕阳洒满了远近。平原的彼岸的树林里,有一带苍烟,悠悠扬扬的笼罩在那里。他跟跟跄跄的走下了山,上了那一条自北趋南的大道,穿过了那平原,无头无绪的尽是向南的走去。走尽了平原,他已经到了神宫前的电车停留处了。那时候却正好从南面有一乘电车到来,他不知不觉就跳了上去,既不知道他究竟为什么要乘电车,也不知道这电车是往什么地方去的。
  走了十五六分钟,电车停了,运车的教他换车,他就换了一乘车。走了二三十分钟,电车又停了,他听见说是终点了,他就走了下来。他的面前就是筑港了。
  前面一片汪洋的大海,横在午后的太阳光里,在那里微笑。超海而南有一发青山,隐隐的浮在透明的空气里,西边是一脉长堤,直驰到海湾的心里去。堤外有一处灯台,同巨人似的,立在那里。几艘空船和几只舢板,轻轻的在系着的地方浮荡。海中近岸的地方,有许多浮标,饱受了斜阳,红红的浮在那里。远处风来,带着几句单调的话声,既听不清楚是什么话,也不知道是从那里来的。
  他在岸边上走来走去走了一会,忽听见那一边传过了一阵击磬的声音。他跑过去一看,原来是为唤渡船而发的。他立了一会,看有一只小火轮从对岸过来了。跟着了一个四五十岁的工人,他也进了那只小火轮去坐下了。
  渡到东岸之后,上前走了几步,他看见靠岸有一家大庄子在那里。大门开得很大,庭内的假山花草,布置得楚楚可爱。他不问是非,就踱了进去。走不上几步,他忽听得前面家中有女人的娇声叫他说:
  "请进来呀!"
  他不觉惊了一下,就呆呆的站住了。他心里想:
  "这大约就是卖酒食的人家,但是我听见说,这样的地方,总有妓女在那里的。"
  一想到这里,他的精神就抖擞起来,好像是一桶冷水浇上身来的样子。他的面色立时变了。要想进去又不能进去,要想出来又不得出来,可怜他那同兔儿似的小胆,同猿猴似的淫心,竟把他陷到一个大大的难境里去了。
  "进来吓!请进来吓!"
  里面又娇滴滴的叫了起来,带着笑声。
  "可恶东西,你们竟敢欺我胆小么!"
  这样的怒了一下,他的面色更同火也似的烧了起来。咬紧了牙齿,把脚在地上轻轻的蹬了一蹬,他就握了两个拳头,向前进去,好像是对了那几个年轻的侍女宣战的样子。但是他那青一阵红一阵的面色,和他的面上的微微儿在那里震动的筋肉,总隐藏不过。他走到那几个侍女的面前的时候,几乎要同小孩似的哭出来了。
  "请上来!"
  "请上来!"
  他硬了头皮,跟了一个十七八岁的侍女走上楼去,那时候他的精神已经有些镇静下来了。走了几步,经过一条暗暗的夹道的时候,一阵恼人的花粉香气,同日本女人特有的一种肉的香味,和头发上的香油气息合作了一处,哼的扑上他的鼻孔来。他立刻觉得头晕起来,眼睛里看见了几颗火星,向后边跌也似的退了一步。他再定睛一看,只见他

的前面黑暗暗的中间,有一长圆形的女人粉面,堆着了微笑,在那里问他说:

"你!你还是上靠海的地方去呢?还是怎样?"

他觉得女人口里吐出来的气息,也热和和的哼上他的面来。他不知不觉把这气息深深的吸了一口。他的意识,感觉到他这行为的时候,他的面色又立刻红了起来。他不得已只能含含糊糊的答应她说:

"上靠海的房间里去。"

进了一间靠海的小房间,那侍女便问他要什么菜。他就回答说:

"随便拿几样来吧。"

"酒要不要?"

"要的。"

那侍女出去之后,他就站起来推开了纸窗,从外边放了一阵空气进来。因为房里的空气,沉浊得很,他刚才在夹道中闻过的那一阵女人的香味,还剩在那里,他实在是被这一阵气味压迫不过了。

一湾大海,静静的浮在他的面前。外边好像是起了微风的样子,一片一片的海浪,受了阳光的返照,同金鱼的鱼鳞似的,在那里微动。他立在窗前看了一会,低声的吟了一句诗出来:

"夕阳红上海边楼。"

他向西的一望,见太阳离西南的地平线只有一丈多高了。呆呆的看了一会,他的心思怎么也离不开刚才的那个侍女。她的口里的头上的面上的和身体上的那一种香味,怎么也不容他的心思也想别的东西。他才知道他想吟诗的心是假的,想女人的肉体的心是真的了。

停了一会,那侍女把酒菜搬了进来,跪坐在他的面前,亲亲热热的替他上酒。他心里想仔仔细细的看她一看,把他的心里的苦闷都告诉了她,然而他的眼睛怎么也不敢平视她一眼,他的舌根怎么也不能摇动一摇动。他不过同哑子一样,偷看看那搁在膝上一双纤嫩的白手,同衣缝里露出来的一条粉红的围裙角。

原来日本的妇人都不穿裤子,身上贴肉只围着一条短短的围裙。外边就是一件长袖的衣服,衣服上也没有钮扣,腰里只缚着一条一尺多宽的带子,后面结着一个方结。她们走路的时候,前面的衣服每一步一步的掀开来,所以红色的围裙,同肥白的腿肉,每能偷看。这是日本女子特别的美处;他在路上遇见女子的时候,注意的就是这些地方。他切齿的痛骂自己,畜生!狗贼!卑怯的人!也便是这个时候。

他看了那侍女的围裙角,心头便乱跳起来。愈想同她说话,但愈觉得讲不出话来。大约那侍女是看得不耐烦起来了,便轻轻的问他说:

"你府上是什么地方?"

一听了这一句话,他那清瘦苍白的面上,又起了一层红色;含含糊糊的回答了一声,他呐呐的总说不出清晰的回话来。可怜他又站在断头台上了。

原来日本人轻视中国人,同我们轻视猪狗一样。日本人都叫中国人作"支那人",这"支那人"三字,在日本,比我们骂人的"贱贼"还更难听,如今在一个如花的少女前头,他不得不自认说"我是支那人"了。

"中国呀中国,你怎么不强大起来!"

他全身发起抖来,他的眼泪又快滚下来了。

那侍女看他发颤发得厉害,就想让他一个人在这里喝酒,好教他把精神安镇安镇,所以对他说:

"酒就快没有了,我再去拿一瓶来罢?"

停了一会他听得那侍女的脚步声又走上楼来。他以为她是上他这里来的,所以就把衣服整了一整,姿势改了一改。但是他被她欺骗了。她原来是领了两三个另外的客人,上间壁的那一间房间里去的。那两三个客人都在那里对那侍女取笑,那侍女也娇滴滴的说:

"别胡闹了,间壁还有客人在那里。"

他听了就立刻发起怒来。他心里骂他们说:

"狗才!俗物!你们都敢来欺侮我么?复仇复仇,我总要复你们的仇。世间那里有真心的女子!那侍女的负心东西,你竟敢把我丢了么?罢了罢了,我再也不爱女人了,我再也不爱女人了。我就爱我的祖国,我就把我的祖国当作了情人罢。"

他马上就想跑回去发愤用功。但是他的心里,却很羡慕那间壁的几个俗物。他的心里,还有一处地方在那里盼望那个侍女再回到他这里来。

他按住了怒,默默的喝干了几杯酒,觉得身上热起来。打开了窗门,他看太阳就快要下山去了。又连饮了几杯,他觉得他面前的海景都朦胧起来。西面堤外的灯台的黑影,长大了许多。一层茫茫的薄雾,把海天融混作了一处。在这一层浑沌不明的薄纱影里,西方的将落不落的太阳,好像在那里惜别的样子。他看了一会,不知道是什么缘故,只觉得好笑。呵呵的笑了一回,他用手擦擦自家那火热的双颊,便自言自语的说:

"醉了醉了!"

那侍女果然进来了。见他红了脸,立在窗口在那里痴笑,便问他说:

"窗开了这样大,你不冷的么?"

"不冷不冷,这样好的落照,谁舍得不看呢?"

"你真是一个诗人呀!酒拿来了。"

"诗人!我本来是一个诗人。你去把纸笔拿了来,我马上写首诗给你看看。"

那侍女出去了之后,他自家觉得奇怪起来。他心里想:

"我怎么会变了这样大胆的?"

痛饮了几杯新拿来的热酒,他更觉得快活起来,又禁不得呵呵笑了一阵。他听见间壁房间里的那几个俗物,高声的唱起日本歌来,他也放大了嗓子唱着说:

"醉拍阑干酒意寒,江湖寥落又冬残。剧怜鹦鹉中州骨,未拜长沙太傅官。一饭千金图报易,几人五噫出关难。茫茫烟水回头望,也为神州泪暗弹。"

高声的念了几遍,他就在蓆上醉倒了。

八

一醉醒来,他看看自家睡在一条红绸的被里,被上有一种奇怪的香气。这一间房间也不很大,但已不是白天的那一间房间了。房中挂着一张十烛光的电灯,枕头边上摆着了一壶茶,两只杯子。他倒了二三杯茶,喝了之后,就踉踉跄跄的走到房外去。他开了门,却好白天的那侍女也跑过来了。她问他说:

"你!你醒了么?"

他点了一点头，笑微微的回答说：

"醒了。便所是在什么地方的？"

"我领你去吧。"

他就跟了她去。他走过日间的那条夹道的时候，电灯点得明亮得很。远近有许多歌唱的声音，三弦的声音，大笑的声音传到他的耳朵里来。白天的情节，他都想出来了。一想到酒醉之后，他对那侍女说的那些话的时候，他觉得面上又发起烧来。

从厕所回到房里之后，他问那侍女说：

"这被是你的么？"

侍女笑着说：

"是的。"

"现在是什么时候了？"

"大约是八点四五十分的样子。"

"你去开了账来罢！"

"是。"

他付清了账，又拿了一张纸币给那侍女，他的手不觉微颤起来。那侍女说：

"我是不要的。"

他知道她是嫌少了。他的面色又涨红了，袋里摸来摸去，只有一张纸币了，他就拿了出来给她说：

"你别嫌少了，请你收了罢。"

他的手震动得更加厉害，他的话声也颤动起来了。那侍女对他看了一眼，就低声的说：

"谢谢！"

他直的跑下了楼，套上了皮鞋，就走到外面来。

外面冷得非常，这一天大约是旧历的初八九的样子。半轮寒月，高挂在天空的左半边。淡青的圆形盖里，也有几点疏星，散在那里。

他在海边上走了一回，看看远岸的渔灯，同鬼火似的在那里招引他。细浪中间，映着了银色的月光，好像是山鬼的眼波，在那里开闭的样子。不知是什么道理，他忽想跳入海里去死了。

他摸摸身边看，乘电车的钱也没有了。想想白天的事情，他又不得不痛骂自己。

"我怎么会走上那样的地方去的？我已经变了一个最下等的人了。悔也无及，悔也无及。我就在这里死了罢。我所求的爱情，大约是求不到的了。没有爱情的生涯，岂不同死灰一样么？唉，这干燥的生涯，这干燥的生涯，世上的人又都在那里仇视我，欺侮我，连我自家的亲弟兄，自家的手足，都在那里排挤我到这世界外去。我将何以为生，我又何必生存在这多苦的世界里呢！"

想到这里，他的眼泪就连连续续的滴了下来。他那灰白的面色，竟同死人没有分别了。他也不举起手来揩揩眼泪，月光射到他的面上，两条泪线，倒变了叶上的朝露一样放起光来。他回转头来，看看他自家的又瘦又长的影子，就觉得心痛起来。

"可怜你这清影，跟了我二十一年，如今这大海就是你的葬身地了。我的身子，虽然被人家欺辱，我可不该累你也瘦弱到这步田地的。影子呀影子，你饶了我罢！"

他向西面一看，那灯台的光，一霎变了红一霎变了绿的在那里尽它的本职。那绿的光射到海面上的时候,海面就现出一条淡青的路来。再向西天一看,他只见西方青苍苍的天底下,有一颗明星,在那里摇动。

"那一颗摇摇不定的明星的底下,就是我的故国,也就是我的生地。我在那一颗星的底下,也曾送过十八个秋冬,我的乡土吓,我如今再也不能见你的面了。"

他一边走着,一边尽在那里自伤自悼的想这些伤心的哀话。走了一会,再向那西方的明星看了一眼,他的眼泪便同骤雨似的落下来了。他觉得四边的景物,都模糊起来。把眼泪揩了一下,立住了脚,长叹了一声,他便断断续续的说:

"祖国呀祖国!我的死是你害我的!

"你快富起来!强起来罢!

"你还有许多儿女在那里受苦呢!"

1921年5月9日改作

(选自郁达夫《沉沦》,泰东图书局1921年)

作品解读

《沉沦》塑造了一个表面看来因对爱情的渴望得不到满足,又不堪忍受外族的欺侮而愤然走向毁灭,染有"时代病"的青年典型,但细细分析作品就会发现,这个"他",其实正是受五四新思想的影响而觉醒的具有"现代"特征的知识青年。"性的要求与灵肉的冲突"(郁达夫语)所要表现的,是五四青年对人性解放的强烈追求和热切呼唤。另一方面,也通过对反道德的叙述,表达了对封建礼教的反叛。而这种反叛,又是建立在对于祖国的满腔热爱之上的;21岁的"他"在自沉前有一段血泪交加的呼喊:"祖国呀祖国……你快富起来!强起来罢!"这是焦虑,是郁愤,更是发自心底的大爱。

郁达夫写《沉沦》受到了法国卢梭、俄国陀思妥耶夫斯基以及日本的葛西善藏等自然主义作家的影响。对主人公病态心理的刻画,是小说争议最大的地方。《沉沦》写病态,其意却不在展览病态,而在于正视人的情欲问题。这些描写既不是纯粹的肉欲挑逗与官能刺激,也不是遮遮掩掩含蓄的描绘,而是用一种"露骨的真率"大胆地写青春期的忧郁和因情欲问题引起的心理紧张,既达到对"深藏千年背甲里士大夫的虚伪无情的揭露",同时又不失美感,真实而生动,这在中国历来的文学中都是罕见的,郁达夫因此被视为敢于彻底暴露自我的作家,也因此而开创了中国现代抒情体小说的新体式。

(宋桂友)

作家自述

《沉沦》是描写一个病的青年的心理,也可以说是青年忧郁病 HYPOCHONDRIA 的解剖。里面也带着现代人的苦闷,——便是性的要求与灵肉的冲突——但是我的描写是失败了。——郁达夫:《〈沉沦〉·自序》,《郁达夫小说全编》,第815页,浙江文艺出版社1989年。

名家要评

我们鉴赏这部小说的艺术地写出这个冲突(灵与肉),并不要他指点出那一面的胜利与其寓意。他的价值在于非意识的展览自己,艺术地写出升华的色情,这也就是真实与普遍的存在。

沉沦是一件艺术品,但他是"受戒者的文学"而非一般人的读物。——周作人:《沉沦》,《自己的园地·雨天的书》,第58页,岳麓书社1988年。

假想灵与肉是两个独立的东西,那么,灵肉的冲突应当发生在于灵的要求与肉的要求不能一致的时候。但《沉沦》于描写肉的要求之外,丝毫没有提及灵的要求;什么是灵的要求,也丝毫没有说。所以如果我们把他当作描写灵肉冲突的作品,那不过是把我们这世界里的所谓灵的观念,与这作品的世界里面的肉的观念混在一处的结果。——成仿吾:《〈沉沦〉的评论》,《郁达夫研究资料》(上),第6页,花城出版社、三联书店香港分店1985年。

拓展阅读

1. 曾华鹏、范伯群:《郁达夫论》,《人民文学》1957年5、6月号合期。
2. 温儒敏:《论郁达夫的小说创作》,《文学课堂:温儒敏文学史论集》,吉林人民出版社2002年。
3. 许子东:《郁达夫风格与现代文学中的浪漫主义》,《文学评论》1983年第1期。

潘先生在难中

叶圣陶

一

站里挤满了人,各有各的心事,都现出异样的神色。脚夫的两手插在号衣的袋里,睡着一般地站着;他们知道可以得到特别收入的时间离得还远,也犯不着老早放出精神来。空气沉闷得很,人们略微感到呼吸的受压迫,大概快要下雨了。电灯亮了一歇了,仿佛比平时昏黄一点,望去好像一切的人物都在雾里梦里。

揭示处的黑漆版上标明西来的快车须迟到四点钟。这个报告在几点钟以前早就教人家看熟了,现在便同风化了的戏单一样,没有一个人再望它一眼。像这种报告,在这一个礼拜里,几乎每天每趟的行车都有;所以本来是难得的事情,大家也习以为当然了。

不知几多人心系着的来车居然到了,闷闷的一个车站就一变而为扰扰的境界。来客的安心,候客者的快意,以及脚夫的小小发财,我们且都不提。单讲一位从让里来的潘先生。他当火车没有驶进站场之先,早已调排得十分周妥:他领头,右手提着个黑漆皮包,左手牵着个七岁的孩子;七岁的孩子牵着他哥哥,(今年九岁;)哥哥又牵着他母亲,潘师母。潘先生说人多照顾不齐,这么牵着,首尾一气,犹如一条蛇,什么地方都好钻了。他又屡次叮嘱,教大家握得紧紧,切勿放手;尚恐大家万一忘了,又屡次摇荡他的左手,意思是把这警告打电报一般一站站递过去。

首尾一气诚然不错,可是也不能全乎没有弊端。火车将停时,所有的客人和东西都要涌向车门,潘先生一家的一条蛇是有点尾大不掉了。他用黑漆皮包做前锋,胸腹部用力向前抵,居然进展到距车门只两个窗洞的地位。但是他的七岁的孩子还在距车门四个窗洞的地方,被挤在好些客人和坐椅的中间,一动不能动;两臂一前一后,伸得很长,前后的牵引力都很大,似乎快要把臂膊拉了去的样子。他急得直喊,"啊!我的臂膊!我的臂膊!"

一些客人听见了带哭的喊声,方才知道腰下挤着个孩子;留心一看,见他们四个人一串,手联手牵着。一个客人呵斥道,"赶快放手;要不然,把孩子拉做两半了!"

"怎么弄的,孩子不抱在手里!"又一个客人用鄙夷的声气自语,一方面仍注意在攫得向前进行的机会。

"不,"潘先生心想他们的话不对,牵着自有牵着的妙用;再转一念,妙用岂是人人能够了解的,向他们辩白,也不过徒劳唇舌,不如省些精神罢:就把以下的话咽了下去。

而七岁的孩子还是"臂膊!臂膊!"喊着,潘先生前进后退都没有希望,只得自己失约先放了手。随即惊惶地发命令道,"你们看着我!你们看着我!"

车轮一顿,在轨道上立定了;车门里弹出去似地跳下许多的人。潘先生觉得前头松动了些;但是后面的力量突然增加,他的脚作不得一点主,只得向前推移;要回转头来招呼自己的队伍,也不得自由,于是对着前头的人的后脑叫喊,"你们跟着我!你们跟着我!"

他居然从车门里被弹出来了。旋转身子看,后面没有他的儿子同夫人。心知他们还挤在车中,守住车门老等总是稳当的办法。又下来了百多人,方才看见脚踏上人丛中现出七岁的孩子的上半身,承着电灯光,面目作哭泣的形相。他走前去,几次被跳下来的客人冲回,才用左臂把孩子抱了下来。再等了一歇,潘师母同九岁的孩子也下来了;她吁吁地呼着气,连喊,"阿唷,阿唷,"凄然的眼光相着潘先生的脸,似乎乞求抚慰的孩子。

潘先生到底镇定,看见自己的队伍全下来了,重又发命令道,"我们仍旧同刚才这样联起来。你们看月台上的人这么多,收票处又挤得厉害,不是联着,就要走散了!"

七岁的孩子觉得害怕,拦住他的膝头说,"爸爸,抱。"

"没用的东西!"潘先生颇有点愤怒,但随即耐住,蹲下身子把孩子抱了起来。同时关照大的孩子拉着他的长衫的后幅,一手要紧紧牵着母亲,因为他自己一只手也没得空了。

潘师母向来不曾受过这样的困累,好容易下了车,却还有可怕的拥挤在前头,不禁发怨道,"早知道这样子,宁可死在家里,再也不要逃难的了!"

"悔什么!"潘先生一半发气,一半又觉得怜惜。"到了这里,懊悔也是没用。并且,性命到底安全了。走吧,当心脚下。"于是四个一串向人丛中蹒跚地移过去。

一阵的拥挤,潘先生如在梦里似的,出了收票处的隘口。他仿佛急流里的一滴水滴,没有回旋侧向的余地,只有顺着大家的势,脚不点地地走。一会儿,已经出了车站的铁栅栏,跨过了电车轨道,来到水门汀的旁路上。慌忙地回转身来,只见数不清的给电灯光耀得发白的面孔以及数不清的提箱与包裹,一齐向自己这边涌来,忽然觉得长衫后幅上的小手没有了,不知什么时候放了的;心头怅惘到不可言说,只无意识地把身子乱转。转了几回,一丝影踪也没有。家破人亡之感立时袭进他的心门,禁不住渗出两滴眼泪来,望出去电灯人形都有点模糊了。

幸而抱着的孩子眼光敏锐,他瞥见母亲的疏疏的额发,便认识了,举起手来指点着,"妈妈,那边。"

潘先生一喜;但是还有点不大相信,眼睛凑近孩子的衣衫擦了擦,然后望去。搜寻了一歇,果然看见他的夫人呆鼠一般在人丛中瞎撞,前面护着那大的孩子:他们还没跨过电车轨道呢。他便向前迎上去,连喊着"阿大",把他们引到刚才站定的旁路上。于是放下手中的孩子,舒畅地吐一口气,一手抹着脸上的汗说,"现在好了!"的确好了,只要跨出那一道铁栅栏,就有入着保险,什么兵火焚掠都遭逢不到;而已经散失的一妻一子,又幸福得很,一寻即着:岂不是四条性命,一个皮包,都从毁灭和危难的当中捡了回来么?岂不是"现在好了"?

"黄包车!"潘先生很人调地喊着。

车夫们听见了,一齐拉着车围拢来,问他到什么地方。

他昂起一点头,似乎增加好几分威严,伸出两个指头扬着说,"只消两辆!两辆!"他想了一想,续说,"十个铜子,四马路,去的就去!"这分明表示他是个"老上海"。

辩论了好一会,终于讲定十二个铜子一辆。潘师母带着大的孩子坐一辆,潘先生带着小的孩子同黑漆皮包坐一辆。

车夫刚欲拔脚前奔,一个背枪的印度巡捕一臂在前面一横,只得缩住了。小的孩子看这个人的形相可怕,不由得回转脸来,贴着父亲的胸际。

潘先生领悟了,连忙解释道,"不要害怕,那就是印度巡捕,你看他的红包头。我们因为本地没有他,所以要逃到这里来;他背着枪保护我们。他的胡子很好玩,你可以看一看,同罗汉的胡子一个样子。"

孩子总觉得怕,便是同罗汉一样的胡子也不想看。直到听见当当的声音,才从侧边斜睨过去,只见很亮很亮的一个房间一闪就过去了;那边一家家都是花花灿灿的,灯点得亮亮;他于是不再贴着父亲的胸际。

到了四马路,一连问了八九家旅馆,都大大的写着"客满"的牌子;而且一望而知情商也没用,因为客堂里都搭起床铺,可知确实是住满了。最后到一家也标着客满,但是一个伙计懒懒地开口道,"找房间么?"

"是找房间,这里还有么?"一缕安慰的心直透潘先生的周身,仿佛到了家的样子。

"有是有一间,客人刚刚搬走,他自己租了房子了。你先生若是迟来一刻,说不定就没有了。"

"那一间就是我们住好了。"他放了小的孩子,回身去扶下夫人同大的孩子来,说,"我们总算运气好,居然有房间住了!"随即付车钱,慷慨地照原议价加上一个铜子;他相信运气好的时候多给人一些好处,以后好的运气会续续而来的。但是车夫偏不知足,说跟着他们回来回去走了这多时,非加上五个铜子不可。结果旅馆里的伙计出来调停,潘先生又多破费了四个铜子。

这房间就在楼下,有一个床,一盏电灯,一桌,两椅,此外就只有烟雾一般的一房间的空气了。潘先生一家跟着茶房走进去时,立刻闻到刺鼻的油腥味,中间又混着阵阵的尿臭。潘先生不快地自语道,"讨厌的气味!"随即听见隔壁有食料投下油锅的声音,才知道原是一间厨房。再一思想,气味虽讨厌,究比吃枪子睡露天好多了;也就觉得没有什么,舒舒泰泰在一张椅子上坐下。

"用晚饭吧?"茶房摆下皮包回头问。

"我要吃火腿汤淘饭,"小的孩子咬着指头说。

潘师母马上对他看个白眼,凛然说,"火腿汤淘饭!是逃难呢,有得吃就好了,还要这样那样点戏!"

大的孩子也不知道看看风色,央着潘先生说,"今天到上海了,你可给我吃大菜。"

潘师母竟然发怒了,她回头呵斥道,"你们都是没有心肝的,只配什么也没得吃,活活地饿……"

潘先生有点儿窘,却作没事的样子说,"小孩子懂得什么。"便吩咐茶房道,"我们在路上吃了东西了,现在只消来两客蛋炒饭。"

茶房似答非答地一点头就走,刚出房门,潘先生又把他喊回来道,"带一斤绍兴,一毛钱熏鱼来。"

茶房的脚声听不见了,潘先生舒快地对潘师母道,"这一刻该得乐一乐,喝一杯了。你想,从兵祸凶险的地方,来到这绝无其事的境界,第一件可乐。刚才你们忽然离开了我,找了半天找不见,真把我急得要死了;倒是阿二乖觉(他说着,把阿二拖在身边,一手轻轻地拍着),他一眼便看见了你,于是我迎上来;这是第二件可乐。乐哉乐哉,陶陶酌一杯。"他作举杯就口的样子,迷迷地笑着。

潘师母不响,她正想着家里呢。细软的虽然已经带在皮包里以及寄到教堂里去了,但是留下的东西究竟还不少。不知王妈到底可靠不可靠;又不知隔壁那家穷人家会不会知晓他们一家统出来了,只剩个王妈在家里看守;又不知王妈睡觉时,要不要忘记关上一扇门或是一扇窗。她又想起院子里的三只母鸡,没有做完的阿二的裤子,厨房里的一碗白燠鸭……真同通了电一般,一刻之间,种种的事情都涌上心头,觉得异样地不舒服;便叹口气道,"不知弄到怎样呢!"

两个孩子都怀着失望的心情,茫昧地觉得这样的上海没有平时父母嘴里的上海来得好玩而有味。

疏疏的雨点从窗外洒进来,潘先生站起来说,"果真下雨了,幸亏在这一候下,"就把窗关上。突然看见本来给窗子掩没的旅客须知单,他便想起一件顶紧要的事情,一眼不眨地直往那单子看。

"不折不扣,两块!"他惊讶地喊。回转头时,眼珠瞪视着潘师母,一段舌头从嘴里伸了出来。

二

明天早上,走廊中茶房们正蜷在几条长凳上熟睡,狭得止有一条的天井上面很少有晨光透下来,几许房间里的电灯还是昏黄地亮着。但是潘先生夫妇两个已经在那里谈话了;两个孩子希望今天的上海或许比昨晚的好一点,也醒了一歇了,只因父母教他们再睡一会,所以还躺在床上,彼此呵痒为戏。

"我说你一定不要回去,"潘师母焦心地说。"这报上的话知道它靠得住靠不住。既然千难万难地逃了出来,哪有立刻又回去的道理!"

"料是我早先也料到的。顾局长的脾气就是一点不肯马虎。'地方上又没有战事,学自然照常要开的,'这句话确然是他的声口。这个通信员我也认识,就是教育局里的职员,又哪里会靠不住?回去是一定要回去的。"

"你要晓得,回去危险呢!"潘师母凄然地说。"说不定三天两天他们就会打到我们那地方去,你就回去开学,有什么学生来念书? 就是不打到我们那地方,将来教育局长怪你为什么不开学时,你也有话回答。你只要问他,到底性命要紧还是学堂要紧? 他也是一条性命,想来决不会对你过不去。"

"你懂得什么!"潘先生颇怀着鄙薄的意思。"这种话只配躲在家里,伏在床角里,由你这种女人去说;你道我们也说得出口么!你切不要拦阻我(这时候他已转为抚慰的声调),回去是一定要回去的;但是绝没有一点危险,我自己有保全自己的法子。而且(他自喜心思灵敏,微微笑着),你不是很不放心家里的东西么? 我回去了,就可以自己照看,你也便定心定意住在这里了。等到时局平定了,我马上来接你们回去。"

潘师母知道丈夫的回去是万无挽回的了。回去能得照看东西固然很好;但是风声这样地紧,一去之后,犹如珠子抛在海里,谁保得定必能捞回来呢! 生离死别的哀感涌上她的心头,再不敢正眼看她的丈夫,眼泪早在眼角边偷偷地想跑出来了。她又立刻想起这不大吉利,现在并没有什么不好的事情,怎能凄惨地流起眼泪来。于是勉强忍住,聊作自慰的请求道,"那么你去看看情形,假使教育局长并没有照常开学这句话,如还来得及,你就趁了今天下午的车来,不然,趁了明天的早车来。你要知道(她到底忍不住,一滴眼泪落在手背,立刻在衫子上擦去了),我不放心呢!"

潘先生心里也着实有点烦乱。局长的意思照常开学,自己万无主张暂缓开学之理,回去当然是天经地义。但是又怎么放得下这里!看他夫人这样的依依之情,决计一走,未免太没有恩义。又况一个女人两个孩子都是很懦弱的,一无依傍,寄住在外边,怎能断言决没有意外?他这样想时,不禁深深地发恨:恨这人那人调兵遣将,预备作战,恨教育局长主张照常开课,又恨自己没有个已经成年,可以帮助一臂的儿子。

但是他究竟不比女人,他更从利害远近种种方面着想,觉得回去终于是天经地义。便把恼恨搁在一旁,脸上也不露一毫形色,顺着夫人的口气点头道,"假若打听明白局长并没有这个意思,依你的话,就搭了下午的车来。"

两个孩子约略听得回去和再来的话,小的就伏在床沿上娇道,"我也要回去。"

"我同爸爸妈妈回去,剩下你独个儿住在这里,"大的孩子扮着鬼脸说。

小的听着,便迫紧喉咙喊,作啼哭的腔调,小手擦着眉眼的部分,但眼睛里实在没有眼泪。

"你们都跟着妈妈留在这里,"潘先生提高了声音说。"再不许胡闹了,好好儿起来待吃早饭罢。"说罢,又嘱咐了潘师母几句,径出雇车,赶往车站。

模糊地听得行人在那里说铁路已断火车不开的话,潘先生想,"火车如果不开,倒死了我的心,就是立刻免职也只得由他了。"同时又觉得这消息很使他失望;因想他若是运气好,未必会逢到这等失望的事,那么行人的话也未必可靠。欲决此疑,只希望车夫三步并作一步跑。

他的运气诚然不坏,赶到车站一看,并没有火车不开的通告;揭示处只标明夜车要迟四点钟才到,这一刻还没到呢。买票处绝不拥挤,时时有一两个人前去买票。聚集在站中的人却不少,一半是候客的,一半是为看看来的,也有带着照相器具的,专等夜车到时摄取车站拥挤的情形,好作将来《风云变幻史》的一页。行李房满满地堆着箱子铺盖,各色各样,几乎碰到铅皮的屋顶。

他心中似乎很安慰,又似乎有点儿怅惘,顿了一顿,终于前去买了一张三等票,就走入车箱里坐着。晴明的阳光照得一车通亮,温温地不嫌燠热,座位很宽舒,就是勉强要躺躺也可以。他想,"这是难得逢到的。倘若心里没有事,真是趟愉快的旅行呢。"

这趟车一路耽搁,听候军人的命令,等待兵车的通过。直到抵达让里,已是下午三点过了。潘先生下了车,急忙赶到家,看见大门紧紧关着,心便一定,原来昨天再四叮嘱王妈的就是这一件。

扣了十几下,王妈方才把门开了。一见潘先生,出惊地说,"怎么,先生回来了!不用逃难了么?"

潘先生含糊回答了她;奔进里面四周一看,便开了房门的锁,闯进去上下左右打量着。没有变更,一点没有变更,什么都同昨天一样。于是他吊起的一半心放下来了。还有一半心没放下,便又锁上房门,回身出门;盼咐王妈道,"你照旧好好把门关上了。"

王妈摸不清头绪,关了门进去只是思索。她想主人们一定就住在本地,恐怕她也要跟去,所以骗她说逃到上海去。"不然,怎么先生又回来了?奶奶同两个孩子不一同来,又躲在什么地方呢?但是,他们为什么不让我跟了去?这自然嫌得人多了不好。——他们一定就住在那洋人的红房子里,那些兵都讲通的,打起仗来不打那红房子。——其实就是老实告诉我,要我跟了去,我也不高兴呢。我在这里一点也不怕;如果打仗打到这里来,横竖我的老衣早做好了。"她随即想起甥女儿送她的一双绣花鞋真好看,穿了这双鞋上西方,阎王一定另眼相看;于是她感到一种微妙的舒快,不复想那主人究竟在哪里的问题。

潘先生出门,就去访那当通信员的教育局职员,问他局长究竟有没有照常开学的意思。那人回答道,"怎么没有? 他还说有一些教员只顾逃难,不顾职务,这就是表示教育的事业不配他们干的;乘此淘汰一下也是好处。"潘先生听了,仿佛觉得一凛;但又赞赏自己的有主意,决定回来到底是不错的。一口气奔到自己的学校里,提起笔来就起草送给学生家属的通告。意思是说兵乱虽然可虑,子弟的教育犹如布帛菽粟,是一天一刻不可废离的,现在暑假期满,我校照常开学。从前欧洲大战的时候,他们天空里布着御防炸弹的网,下面学校里却依然在那里上课;这种非常的精神,我们应当不让他们专美于前。希望家长们能够体谅这一层意思,若无其事地依旧把子弟送来;这不但是家庭和学校的益处,实也是地方和国家的荣誉。

他起完了草,往复看了三遍,觉得再没有可以增损,局长看见了,至少也得说一声"先得我心"。便得意地誊上蜡纸,又自己动手印刷了百多张,派校役向一个个学生家里送去。公事算是完毕了,开始想到私事;既要开学,上海是去不成了,他们母子三个住在旅馆里怎么弄得下去! 但也没有办法,惟有教他们一切留意,安心住着。于是蘸着刚才的残墨写寄与夫人的信。

明天,他从茶馆里得到确实的信息,铁路真个不通了。他心头突然一沉,似乎觉得最亲热的一妻两儿忽地乘风飘去,飘得很远,几乎于渺茫。没精没采地踱到学校里,校役回报昨天的使命道,"昨天出去派通告,有二十多家是关上大门的,打也打不开,只好从门缝里插了进去。有三十多家只有佣人在家里,主人逃到上海去了,孩子当然跟着去,不一定几时才能回来念书。其余的都说知道了;有的又说性命还保不定安全,读书的事再说罢。"

哦,知道了;潘先生并不留心在这些上边,更深的忧虑正萦绕于心曲。抽完了一支烟卷以后,应走的路途决定了,便赶到红十字会分会的办事处。

他缴纳会费愿做会员;又宣言自己的学校房屋还宽阔,愿意作为妇女收容所,到万一的时候收容妇女。这是慈善的举措,当然受热诚的欢迎,更兼潘先生本来是体面的大家知道的人物。办事处就给他红十字的旗子,好在学校门前张起来;又给他红十字的徽章,标明他是红十字会的一员。

潘先生接旗子和徽章在手,如捧着救命的神符,心头起一种神秘的快慰。"现在什么都安全了! 但是……"想到这里,便笑向办事处的职员道,"多给我一面旗,几个徽章罢?"他的理由是学校还有个侧门,也得张一面旗,而徽章这东西不很大,恐怕偶尔遗失了,不如多拿几个备在那里。

办事员同他说笑话,这些东西又不好吃的,拿着玩也没什么意思,多拿几份仍旧只作一个会员,不如不要多拿罢。但是终于依他的话给了他。

两面红十字旗立刻在新秋的轻风中招展着;可是学校的侧门上并没有,原来移到潘先生家的大门上去了。一枚红十字徽章早已跳上潘先生的衣襟,闪耀着慈善庄严的光,给与潘先生一种新的勇气。其余几枚呢,潘先生重重包裹着,藏在贴身小衫的一个口袋里。他想,"一个是她的,一个是阿大的,一个是阿二的。"虽然他们离处在那渺茫难接的上海，但是仿佛给他们加保了一重稳当可靠的险，他们也就各各增加一种新的勇气。

三

　　碧庄地方两军开火了。
　　让里的人家很少有开门的，店铺自然更不用说，路上时时有兵士经过。他们快要开拔到前方去，觉得最高的权威附灵在自己身上，什么东西都不在眼里，只要高兴提起脚来踏，总可踏做泥团踏做粉。这就来了拉夫的事情：恐怕被拉的人乘隙脱逃，便用长绳一个联一个缚着臂膊，几个弟兄在前，几个弟兄在后，一串一串牵着走。因此，大家对于出门这事都觉得危惧，万不得已时，也只从小巷僻路走，甚至佩有红十字徽章如潘先生之辈，也不免怀着戒心，不敢大模大样地踱来踱去。于是让里的街道见得清静且宽阔起来了。
　　上海的报纸好几天没来。本地的军事机关却常常有前方的战报公布出来，无非是些"敌军大败，我军进攻若干里"的话。街头巷尾贴出一张新鲜的来时，慢慢聚集，也有好些人注目看着。但大家看罢以后依然不能定心，好似这布告背后还伏着许多话没有说，于是怅怅地各自散了，眉头照旧皱着。
　　这几天潘先生无聊极了。最难堪的，自然是妻儿的远离，而且不通消息，而且似乎有永远难通的朕兆。次之便是自身的问题，"碧庄冲过来只一百多里路，这徽章虽说有用处，可是没有人写过笔据，万一没有用，又向谁去说话？——枪子炮弹劫掠放火都是真家伙，不是耍的，到底要多打听多走门路才行。"他于是这里那里探访前方的消息，只要这消息与外间传说的不同，便觉得真实的分散越多，即根据着盘算对于自身的利害。街上如其有一个人神色仓皇急忙行走时，他便突地一惊，以为这个人一定探得确实而又可怕的消息了；只因与他不相识，"什么！"就在喉际咽住了。
　　红十字会派人在前方办理救护的事情，常有人附着兵车回来，要打听消息自然最可靠了。潘先生虽然是个会员，却不常到办事处去探听，以为这样就是对公众表示胆怯，很不好意思。然而红十字会究竟是可以得到真消息的机关，舍此他求未免有点傻，于是每天傍晚，到姓吴的办事员家里打听去。姓吴的告诉他没有什么，或者说前方抵住在那里，他才透了口气回家。
　　这一天傍晚，潘先生又到姓吴的家里；等了好久，姓吴的才从外面走进来。
　　"没有什么罢？"潘先生急切地问。"照布告上说，昨天正向对方总攻击呢。"
　　"不行，"姓吴的忧愁地说；但随即咽住了，捻着唇边仅有的几根二三分长的胡须。
　　"什么！"潘先生心头突地跳起来，周身有种拘牵不自由的感觉。
　　姓吴的悄悄地回答，似乎防着人家偷听了去的样子，"确实的消息，正安（距碧庄八里的一个镇）今天早上失守了！"
　　"啊！"潘先生发狂似地喊出来。顿一顿，回身就走，一壁说道，"我回去了！"
　　路上的电灯似乎特别昏暗，背后又仿佛有人追赶着的样子，惴惴地，歪斜的急步赶到了家，叮嘱王妈道，"你关着门就可安睡，我今夜有事，不回来住了。"他看见衣橱里有一件绉纱的旧棉袍，当时没收拾在寄出去的箱子里，丢了也可惜；又有孩子的几件布夹衫，仔细看实在还可以穿穿；又有潘师母的一条旧绸裙，她不一定舍得便不要它：便胡乱包在一起,提着出门。

"车!车!福星街红房子,一毛钱。"

"哪里有一毛钱的?"车夫懒懒地说。"你看这几天路上有几辆车?不是拚死寻饭吃的,早就躲起来了。随你要不要,三毛钱。"

"就是三毛钱,"潘先生迎上去,跨上脚踏坐稳了,"你也得依着我,跑得快一点!"

"潘先生,你到哪里去?"一个姓黄的同业在途中瞥见了他,立定了问。

"哦,先生,到那边……"潘先生失措地回答,也不辨这是谁的声音;忽然想起回答他实是多事——车轮滚得绝快,那个人决不至于赶上来再问,——便缩住了。

红房子里早已住满了人,大部是十天以前就搬来的,儿啼人语,灯火这边那边亮着,颇有点热闹的气象。主人翁相见之后,说,"这里实在没有馀屋了。但是先生的东西都寄在这里,却也不好拒绝。刚才有几位匆忙地赶来,也因不好拒绝,权把一间做饭吃的厢房给他们安顿。现在去同他们商量,总可以多插你先生一个。"

"商量商量总可以,"潘先生到了家一般地安慰。"况且在这么的时候。我也不预备睡觉,随便坐坐就得了。"

他提着包裹跨进厢房的当儿,疑惑自己受惊太利害了,眼睛生了翳,因而引起错觉。但是闭了一闭再张开来时,所见依然如前,这靠窗坐着,在那里同对面的人谈话,上唇翘起两笔浓须的,不就是教育局长么?

他顿时踌躇起来,已跨进去的一只脚想要缩出来,又似乎不大好。那局长也望见了他,尴尬的脸上故作笑容说,"潘先生,你来了,进来坐坐。"主人翁听了,知道他们是相识的,转身自去。

"局长先在这里了。还方便吧,再容一个人?"

"我们只三个人,当然还可以容你。我们带着席子;好在天气不很凉,可以轮流躺着歇歇。"

潘先生觉得今晚的局长特别可亲,全不同平日那副庄严的神态,便忘形地直跨进去说,"那么不客气,就要陪三位先生过一夜了。"

这厢房不很宽阔。地上铺着一张席子,一个戴眼镜的中年人坐在上面,略微有疲倦的神色,但绝无欲睡的意思。锅灶等东西贴着一壁。靠窗一排摆着三只凳子,局长坐一只,头发梳得很光的二十多岁的人,局长的表弟,坐一只,一只空着。那边的墙角有一只柳条箱,三个衣包,大概就是三位先生带来的。仅仅这些,房里已没有空地了。电灯的光本来很弱,又蒙上了一层灰尘,照得房里的人物都昏暗模糊。

潘先生也把衣包摆在那边的墙角,与三位的东西合伙。回过来谦逊地坐上那只空凳子。局长给他介绍了自己的同伴,随后说,"你也听到了正安的消息么?""是呀,正安。正安失守,碧庄未必靠得住呢。"

"大概这方面对于南路很疏忽,正安失守,便是明证。那方面从正安袭取碧庄是最便当的,说不定此刻已被他们得手了。要是这样,不堪设想!"

"要是这样,这里非糜烂不可!"

"但是,这方面的杜统帅不是庸碌无能的人,他是著名善于用兵的,大约见得到这一层,总有方法抵挡得住。也许就此反守为攻,势如破竹,直捣那方面的巢穴呢。"

"但得这样,战事便收场了,那就好了!——我们办学的就可以开起学来,照常进行。"

局长一听到办学,立刻感得自己的尊严,捻着浓须叹道,"别的不要讲,这一场战争,大大小小的学生吃亏不小呢!"他把坐在这间小厢房里的局促不舒的感觉遗忘了,仿佛堂皇地坐在教育局的办公室里。

坐在席子上的中年人仰起头来含恨似地说,"那方面的朱统帅实在可恶!这方面打过去,他抵抗些什么,——他没有不终于吃败仗的。他若肯漂亮点儿让了,战事早就没有了。"

"他是傻子,"局长的表弟顺着说,"不到尽头不肯死心的。只是连累了我们,这当儿坐在这又暗又窄的房间里。"他带着玩笑的神气。

潘先生却想念起远在上海的妻儿来了。他不知道他们可安好,不知道他们出了什么乱子没有,不知道他们此刻已经睡了不曾,抓既抓不到,想象也极模糊;因想自己的被累要算最深重了,凄然望着窗外的小院子默不作声。

"不知道到底怎么样呢!"他又转想到那个可怕的消息以及意料所及的危险,不自主地吐露了这一句。

"难说,"局长表示富有经验的样子说。"用兵全在趁一个机,机是刻刻变化的,也许竟不为我们所料,此刻已……所以我们……"他对着中年人一笑。

中年人,局长的表弟同潘先生三个已经领会这一笑的意味;大家想坐在这地方总不至于有什么,也各安慰地一笑。

小院子里长满了草,是蚊虫同各种小虫的安适的国土。厢房里灯光亮着,它们齐向那里飞去。四位怀着惊恐的先生就够受用了;扑头扑面的全是那些小东西,蚊虫突然一针,痛得直跳起来。又时时停语侧耳,惶惶地听外边有没有枪声或人众的喧哗。睡眠当然是无望了,只实做了局长所说的轮流躺着歇歇。

明天清晨,潘先生的眼球上添了几缕红丝;风吹过来,觉得身上很冷。他急欲知道外面的情形,独个儿闪出红房子的大门。路上同平时的早晨一样,街犬竖起了尾巴高兴地这头那头望,偶尔走过一两个睡眼惺忪的人。他走过去,转入又一条街,也不听见什么特别的风声。回想昨夜的匆忙情形,不禁心里好笑。但是再一转念,又觉得实在并无可笑,小心一点总比冒险好。

四

二十余天之后,战事停止了。大众点头自慰道,"这就好了!只要不打仗,什么都平安了!"但是潘先生还不大满意,铁路还没有通,不能就把避居上海的妻儿接回来。信是来过两封了,但简略得很,比较不看更教他想念。他又恨自己到底没有先见之明;不然,这一笔冤枉的逃难费可以省下,又免得几十天的孤单。

他知道教育局里一定要提到开学的事情了,便前去打听。跨进招待室,看见局里的几个职员在那里裁纸磨墨,象是办喜事的样子。

一个职员喊出来道,"巧得很,潘先生来了!你写得一手好颜字,这个差使就请你当了罢。"

"这么大的字,非得潘先生写不可,"其余几个人附和着。

"写什么东西?我完全茫然。"

"我们这里正筹备欢迎杜统帅凯旋的事务。车站的两头要搭起对对的四个彩牌坊,让杜统帅的花车在中间通过。现在要写的就是牌坊上的几个字。"

"我哪里配写这上边的字？"

"当仁不让，""一致推举，"几个人一哄地说；笔杆便送到潘先生手里。

潘先生觉得这当儿很有点滋味，接了笔便在墨盆里蘸墨汁。凝想一下，提起笔来在蜡笺上一并排写"功高岳牧"四个大字。第二张写的是"威镇东南"。又写第三张，是"德隆恩溥"。——他写到"溥"字，仿佛觉得许多影片，拉夫、开炮、烧房屋、奸淫妇人、菜色的男女，腐烂的死尸，在眼前一闪。

旁边看写字的一个人赞叹说，"这一句更见恳切。字也越来越好了。"

"看他对上一句什么，"又一个说。

1924年11月27日完毕
(原载1925年1月《小说月报》第16卷第1期)

作品解读

这篇小说把战祸中逃难的叙述过程和逃难者的心理浑然一体地交织起来，不是孤立地写逃难，也不是静止地写心理，而是随战事的张弛，写人物的心波百折，从而深刻地展示了一个难以把握自己命运的小资产阶级知识分子仓皇、犹豫、动摇、自慰的诸多心理侧面。

内心描写富有旋律感，这是《潘先生在难中》的成功。潘先生思想中充满动摇和妥协，活像大海里没有根柢的浮标，稍有风浪，就左右晃荡。作者抓住这样一个根本特点进行描写，穿针引线、细针密缕，展开了细致的内心刻画。这里所说的"针"，就是人物思想波动的中心点，就潘先生来说就是利己主义，就是"四条性命，一个皮包"。他的整个思想波动的踪迹都可以从这里得到解释。

小说一开头，就颇具特色地把这个"针头"露出来："四条性命一个皮包"组成一条蛇，在人群中推移。以后，每当组成这条"蛇"的五大件，有失散、危险的时候，潘先生便懊悔、着急、落泪；稍得安宁的时候，便又陶陶然、悠悠然。作者驱动一支既怜我讽、亦庄亦谐的笔曲折而又逼真地写出潘先生的内心波澜，做到张弛有度，起伏成趣。这些波澜起伏，就是作者细针密缕所留下的"线"。小说的心理描写，有针有线，有针便有中心，有线便有波澜；有波澜即不板，有中心即不乱。这就是《潘先生在难中》的艺术启示。

(杨义)

作家自述

不幸得很，用了我的尺度去看小学教育界，满意的事情实在太少了。我又没有什么力量把那些不满意的事情改过来，我也不能苦口婆心地向人家劝说——因为我完全没有口才。于是自然而然走到用文字来讽他一下的路上去。我有几篇小说，讲到学校、教员和学生的，就是这样产生的。——叶圣陶：《未厌居习作》，开明书店1935年12月。

名家要评

在叶绍钧的作品，我最欢喜的也就是描写城市小资产阶级的几篇；现在还深深地刻在记忆上的，是那可爱的《潘先生在难中》，这把城市小资产阶级的没有社会意识，卑谦的利己主义，Precaution，琐屑，临虚惊而失色，暂苟安而又喜，等等心理，描写得很透彻。这一阶级的人物，在现文坛上是最少被写到的，可是幸而也还有代表。——茅盾评语，原载《小说月报》第19卷第1期。

他的《潘先生在难中》一篇小说,写一个乡村教师在军阀混战中张皇失措的逃难情况,以及其苟安侥幸的心情,刻画小市民卑琐生活极为细致。但只是侧重于生活现象的描绘,对这种卑琐思想却批判的不够。——丁易:《中国现代文学史略》,作家出版社 1955 年。

《潘先生在难中》是中国现代文学史上透视小知识分子生存与心灵磨难的力作。潘先生这一在军阀战争的炮火中疲于挣扎受尽折磨的小人物,心甘情愿地奉行着不求伤害别人以图发展,只求保全自己避遭祸逆的生活信条,把保佑自己一家这个小小的生活之舟在暗无天日的汪洋大海中安然无事免遭倾覆当做全力以赴的努力目标。他的思想情感固然狭隘,但却也是其处境使然。

潘先生的开心实在令人痛心,潘先生的笑声也实在比哭声更加悲怜,因为对于这位小学教员来说,他一心谋求和深感欣悦的只是作为一个人的最起码的生存条件,而为此他却经受了那么严重的精神和体力上的磨难!他之所以那样战战兢兢、患得患失,正是因为他们"得"到的尽管那么可怜,但却是那么艰难;他们"失"去的尽管那么可贵,但却又那么容易。在这种得易失的世道里,他们不得不为防失求得而操尽心血。

他为军阀题匾,固然表现出他的卑怯懦弱和思想的浮乏,但也反映出那个社会对小人物心灵的残害是多么深重;在那种无形的但却是十分强大的社会压力下,他们失去了独立思考、按自己的是非判断和感情好恶行事的习惯,驯服地顺从周围世界已经成了支配他们思想和行为的不可抗拒的生活惯性。这不值得人们肯定,也不值得人们大张挞伐。他牺牲了人的尊严,也只不过为了换取菲薄的生存权和安全感而已,何况,这一切他也并未争取到。

对于潘先生,作者是既同情其不幸更揭示其弊病的,其用意在使他这一类人看到自己的病态,认识和掌握自己的命运。作品把同情与讽谕、悲剧性和喜剧性完美地融合在一起,赋予潘先生形象以相当丰富的思想容量和社会意义。——任天石:《叶圣陶小说论》,第 72—75 页,江苏教育出版社 1988 年。

但是,潘先生的个人欲望和处境是否应该同情?其社会意识是否清醒?如何评价其行为与思想的矛盾?有必要重新探讨。

从抽象的道德原则上看,潘先生的一切举动是可笑可鄙的。但是一切又是无奈的,是人的生存的需要也是人的生存的权利。他所追求的不过就是家庭成员的"一个都不能少",他的一字长蛇阵本身就是这一种期望的象征,也是一种动荡和辛酸的象征,与妻儿的离散是人生的最大悲剧,求得家庭的完整是人最低的生活愿望,这些努力和巴结是不应该受到谴责的。他的行为和心理深刻地表现了军阀混战给底层人民带来的动荡和苦难。——张福贵:《错位的批判:一篇缺少同情与关怀的冷漠之作——重读叶圣陶的小说〈潘先生在难中〉》,《文艺争鸣》2004 年第 9 期。

拓展阅读

1. 张福贵:《错位的批判:一篇缺少同情与关怀的冷漠之作——重读叶圣陶的小说〈潘先生在难中〉》,《文艺争鸣》2004 年第 9 期。

2. 贺仲明:《弱者批判与知识分子的道德要求——也谈对〈潘先生在难中〉的理解》,《文艺争鸣》2004 年第 11 期。

拜 堂

台静农

　　黄昏的时候,汪二将蓝布夹小袄托蒋大的屋里人①当了四百大钱。拿了这些钱一气跑到吴三元的杂货店,一屁股坐在柜台前破旧的大椅上,椅子被坐得格格地响。

　　"那里来,老二?"吴家二掌柜问。

　　"从家里来。你给我请三股香,数二十张黄表。"

　　"弄什么呢?"

　　"人家下书子②,托我买的。"

　　"那么不要蜡烛吗?"

　　"他妈的,将蜡烛忘了,那么就给我拿一对蜡烛罢。"

　　吴家二掌柜将香表蜡烛裹在一起,算了账,付了钱。汪二在回家的路上走着,心里默默地想:同嫂子拜堂成亲,世上虽然有,总不算好事。哥哥死了才一年,就这样了,真有些对不住。转而想,要不是嫂子天天催,也就可以不用磕头③,糊里糊涂地算了。不过她说得也有理:肚子眼看一天大似一天,要是生了一男半女,到底算谁的呢?不如率性磕了头,遮遮羞,反正人家是笑话了。

　　走到家,将香纸放在泥砌的供桌上。嫂子坐在门口迎着亮上鞋。

　　"都齐备了么?"她停了针向着汪二问。

　　"都齐备了,香,烛,黄表。"汪二蹲在地上,一面答,一面擦了火柴吸起旱烟来。

　　"为什么不买炮呢?"

　　"你怕人家不晓得,还要放炮!"

　　"那么你不放炮,就能将人家瞒住了?"她深深地叹了一口气。"既然丢了丑,总得图个吉利,将来日子长,要过活的。我想哈④要买两张灯红纸,将窗户糊糊。"

　　"俺爹可用告诉他呢?"

　　"告诉他作什么?死多活少的,他也管不了这些,他天天只晓得问人要钱灌酒。"她愤愤地说。"夜里哈少不掉牵亲⑤的,我想找赵二的家里同田大娘,你去同她两个说一声。"

　　"我不去,不好意思的。"

　　"哼,"她向他重重地看了一眼。"要讲意思,就不该作这样丢脸的事!"她冷诮地说。

---

① 屋里人即内人。
② 下书子即过婚书。
③ 磕头即拜堂。
④ 哈作还解。
⑤ 牵亲即傧相。

这时候，汪二的父亲缓缓地回来了。右手提了小酒壶，左手端着一个白碗，碗里放着小块豆腐。他将酒壶放在供桌上，看见了那包香纸，于是不高兴地说：

"妈的，买这些东西作什么？"

汪二不理他，仍旧吸烟。

"又是许你妈的什么愿，一点本事都没有，许愿就能保佑你发财了？"

汪二还是不理他。他找了一双筷子，慢慢地在拌豆腐，预备下酒。全室都沉默了，除了筷子捣碗声，汪二的吸旱烟声，和汪大嫂的上鞋声。

镇上已经打了二更，人们大半都睡了，全镇归于静默。

她趁着夜静，提了篾编的小灯笼，悄悄地往汪大娘那里去。才走到田家获柴门的时候，已听着屋里纺线的声音，她知道田大娘还没有睡。

"大娘，你开开门。哈在纺线呢。"她站在门外说。

"是汪大嫂么？在那里来呢，二更都打了？"田大娘早已停止了纺线，开开门，一面向她招呼。

她坐在田大娘纺线的小椅上，半晌没有说话，田大娘很奇怪，也不好问。终于她说了：

"大娘，我有点事……就是……"她未说出又停住了。"真是丑事，现同汪二这样了。大娘，真是丑事，如今有了四个月的胎了。"她头是深深地低着，声音也随之低微。"我不恨我的命该受苦，只恨汪大丢了我，使我孤零零地，又没有婆婆，只这一个死多活少的公公。……我好几回就想上吊死去，……"

"嗳，汪大嫂你怎么这样说！小家小户守什么？况且又没有个牵头①；就是大家的少奶奶，又有几个能守得住的？"

"现在真没有脸见人……"她的声音有些哽咽了。

"是不是想打算出门呢？本来应该出门，找个不缺吃不缺喝的人家。"

"不呀，汪二说不如磕个头，我想也只有这一条路。我来就是想找大娘你去。"

"要我牵亲么？"

"说到牵亲，真丢脸，不过要拜天地，总得要旁人的；要是不恭不敬地也不好，将来日子长，哈要过活的。"

"那么，总得哈要找一个人，我一个也不大好。"

"是的，我想找赵二嫂。"

"对啦，她很相宜，我们一阵去。"田大娘说着，在房里摸了一件半旧的老蓝布褂穿了。

这深夜的静寂的帷幕，将大地紧紧地包围着，人们都酣卧在梦乡里，谁也不知道大地上有这么两个女人，依着这小小的灯笼的微光，在这漆黑的帷幕中走动。

渐渐地走到了，不见赵二嫂屋里的灯光，也听不见房内有什么声音，知道她们是早已睡了。

"赵二嫂，你睡了么？"田大娘悄悄地走到窗户外说。

"是谁呀？"赵二嫂丈夫的口音。

"是田大娘么？"赵二嫂接着问。

---

① 牵头指儿女。

"是的,二嫂你开开门,有话跟你说。"

赵二嫂将门开开,汪大嫂就便上前招呼:

"二嫂已经睡了,又麻烦你开门。"

"怎么,你两个吗,这夜黑头①从那里来呢?"赵二嫂很惊奇地问。"你俩请到屋里坐,我来点灯。"

"不用,不用,你来我跟你说!"田大娘一把拉了她到门口一棵柳树的底下,低声地说了她们的来意。结果赵二嫂说:

"我去,我去,等我换件裤子。"

少顷,她们三个一起在这黑的路上缓缓走着了,灯笼残烛的微光,更加黯弱。柳条迎着夜风摇摆,获柴莎莎地响,好象幽灵出现在黑夜中的一种阴森的可怕,顿时使这三个女人不禁地感觉着恐怖的侵袭。汪大嫂更是胆小,几乎全身战栗得要叫起来了。

到了汪大嫂家以后,烛已熄灭,只剩了烛烬上一点火星了。汪二将茶已煮好,正在等着;汪大嫂端了茶敬奉这两位来客。赵二嫂于是问:

"什么时候拜堂呢?"

"就是半夜子时罢,我想。"田大娘说。

"你两位看着罢,要是子时,就到了,马上要打三更的。"汪二说。

"那么,你就净净手,烧香罢。"赵二嫂说着,忽然看见汪大嫂还穿着孝。"你这白鞋怎么成,有黑鞋么?"

"有的,今天下晚才赶着上起来的。"她说了,便到房里换鞋去了。

"扎头绳也要换大红的,要是有花,哈要戴几朵。"田大娘一面说着,一面到了房里帮着她去打扮。

汪二将香烛都已烧着,黄表预备好了。供桌检得干干净净的。于是轻轻地跑到东边墙外半间破屋里,看看他的爹爹是不是睡熟了,听打鼾,倒放下心。

赵二嫂因为没有红毡子,不得已将汪大嫂床上破席子拿出铺在地上。汪二也穿了一件蓝布大裤,将过年的洋缎小帽戴上,帽上小红结,系了几条水红线;因为没有红丝线,就用几条棉线替代了。汪大嫂也穿戴得周周正正地同了田大娘走出来。

烛光映着陈旧褪色的天地牌,两人恭敬地站在席上,顿时显出庄严和寂静。

"站好了,男左女右,我来烧黄表。"田大娘说着,向前将表对着烛焰燃起,又回到汪大嫂身边。"磕罢,天地三个头。"赵二嫂说。

汪大嫂本来是经过一次的,也倒不用人扶持;听赵二嫂说了以后,却静静地和汪二磕了三个头。

"祖宗三个头。"

汪大嫂和汪二,仍旧静静地磕了三个头。

"爹爹呢,请来,磕一个头。"

"爹爹睡了,不要惊动罢,他的脾气又不好。"汪二低声说。

"好罢,那就给他老人家磕一个堆着罢。"

"再给阴间的妈妈磕一个。"

---

① 黑夜头即黑夜。

"哈有……给阴间的哥哥也磕一个。"

忽而汪大嫂的眼泪扑的落下地了,全身是颤动和抽搐;汪二也木然地站着,颜色变得可怕。全室中的情调,顿成了阴森惨淡。双烛的光辉,竟黯了下去,大家都张皇失措了。终于田大娘说:

"总得图个吉利,将来哈要过活的!"

汪大嫂不得已,忍住了眼泪,同了汪二,又呆呆地磕了一个头。

第二天清晨,汪二的爹爹,提了小酒壶,买了一个油条,坐在茶馆里。

"给你老头道喜呀,老二安了家①。"推车的吴三说。

"道他妈的喜,俺不问他妈的这些屌事!"汪二的爹爹愤然地说。"以前我叫汪二将这小寡妇卖了,凑个生意本。他妈的,他不听,居然他俩个弄起来了!"

"也好。不然,老二到那里安家去,这个年头?"拎画眉笼的齐二爷庄重地说。

"好在肥水不落外人田。"好象摆花生摊的小金从后面这样说。

汪二的爹爹没有听见,低着头还是默默地喝他的酒。

1927 年 6 月 6 日

(原载 1927 年 6 月 10 日《莽原》第 2 卷第 11 期)

作品解读

台静农是现代文学史上早期乡土派小说的重要作家,他的乡土小说反映皖西北乡镇极其闭塞落后的生活,展示了浸润着野蛮印记着时代变迁的浓郁的风俗画面。他把小说的悲剧主题放在乡土风俗的画面之中,展现了异地的风土人情,以及乡俗中的腐朽的陋俗,写出了平民阶层的屈辱生活与悲剧命运。

《拜堂》写的是哥哥死后,贫寒中的叔嫂在一个黑夜里草草拜堂的故事。虽然是看似喜事的拜堂场景,却自始至终带有一种沉重、压抑的悲剧气息。

小说选取了一件极为特殊的事情,刻画了人物复杂的心理状态。贫寒中的汪二觉得叔嫂成亲"总不算好事",然而日子艰难,不娶嫂子又怎能娶得起妻,又能到哪里安家去?汪大嫂虽然也有类似的羞惭、伤感,可又认为"总得图个吉利,将来还要过活的!"于是尽可能按照规矩习俗办拜堂的喜事,但仍掩盖不住寒伧悲凉的气氛。小说于民情风俗及人物细节的描写中,不仅表现了古旧乡村中穷苦人黯淡凄楚的生存状态,也揭示了他们压抑苦痛的内心世界和求生的意志以及对于命运的苦苦挣扎。小说展示乡镇生活的原生形态,表现了作家对乡镇生活自身存在状态的忠实,因而也有人认为台静农小说具有"主题暧昧"的特征。

(周东华)

作家自述

人间的酸辛和凄楚,我耳边所听到的,目中所看见的,已经是不堪了,现在又将它用我的心血细细地写出,能说出这不是不幸的事吗?同时我又没有生花的笔,能够先给我同时代的少男少女以伟大的欢欣。——台静农:《地之子·后记》,《未名新集》,未名社 1928 年。

---

① 安了家即娶了妻子。

名家要评

　　在争着写恋爱的悲欢,都会的明暗的那时候,能将乡间的死生,泥土的气息,移在纸上,也没有更多、更勤于这作者的了。——鲁迅:《中国新文学大系·小说二集·序》,《且介亭杂文二集》,第37页,人民文学出版社1973年。

　　台静农小说的格调沉郁阴冷,手法质朴圆熟,出色地写出了当时农村社会的环境气氛。如果说三十年代一批优秀杂文家,发扬了杂文上的"鲁迅风",那么台静农则在二十年代继承了小说上的"鲁迅风"。他主要不是继承鲁迅小说格调中那种果戈理式"含泪的笑",而是继承了安特莱夫式的阴冷。——杨义:《中国现代小说史》,《杨义文存》,第2卷第509页,人民出版社1998年。

拓展阅读

1. 刘以鬯:《台静农的短篇小说》,《台静农短篇小说集》,台北远景出版社1980年。
2. 董炳月:《台静农乡土小说论》,《中国现代文学研究丛刊》1994年第2期。

莎菲女士的日记

丁 玲

十二月二十四

今天又刮风！天还没亮，就被风刮醒了。伙计又跑进来生炉。我知道，这是怎样都不能再睡得着了的。我也知道，不起来，便会头昏。睡在被窝里是太爱想到一些奇奇怪怪的事上去。医生说顶好能多睡，多吃，莫看书，莫想事，偏这就不能，夜晚总得到两三点才能睡着，天不亮又醒了。像这样刮风天，真不能不令人想到许多使人焦躁的事。并且一刮风，就不能出去玩，关在屋子里没有书看，还能做些什么？一个人能呆呆的坐着，等时间的过去吗？我是每天都在等着，挨着，只想这冬天快点过去；天气一暖和，我咳嗽总可好些，那时候，要回南便回南，要进学校便进学校，但这冬天可太长了。

太阳照到纸窗上时，我是在煨第三次的牛奶。昨天煨了四次。次数虽煨得多，却不一定是要吃，这只不过是一个人在刮风天为免除烦恼的养气法子。这固然可以混去一小点时间，但有时却又不能不令人更加生气，所以上星期整整的有七天没玩它，不过在没想出别的法子时，是又不能不借重它来像一个老年人耐心着消磨时间。

报来了，便看报，顺着次序看那大号字标题的国内新闻，然后又看国外要闻，本埠琐闻⋯⋯把教育界，党化教育，经济界，九六公债盘价⋯⋯全看完，还要再去温习一次昨天前天已看熟了的那些招男女，编级新生的广告，那些为分家产起诉的启事，连那些什么六○六，百灵机，美容药水，开明戏，真光电影⋯⋯都熟习了过后才懒懒的丢开报纸。自然，有时是会发现点新的广告，但也除不了是些绸缎铺五年六年纪念的减价，恕讣不周的讣闻之类。

报看完，想不出能找点什么事做，只好一人坐在火炉旁生气。气的事，也是天天气惯了的。天天一听到从窗外走廊上传来的那些住客们喊伙计的声音，便头痛，那声音真是又粗，又大，又嘎，又单调："伙计，开壶！"或是"脸水，伙计！"这是谁也可以想像出来的一种难听的声音。还有，那楼下电话也是不断的有人在那电机旁大声的说话。没有一些声息时，又会感到寂沈沈的可怕，尤其是那四堵粉垩的墙。它们呆呆的把你眼睛挡住，无论你坐在那方；逃到床上躺着吧，那同样的白垩的天花板，便沈沈的把你压住。真找不出一件事是能令人不生嫌厌的心的；如同那麻脸伙计，那有抹布味的饭菜，那扫不干净的窗格上的沙土，那洗脸台上的镜子——这是一面可以把你的脸拖到一尺多长的镜子，不过只要你肯稍微一偏你的头，那你的脸又会扁的使你自己也害怕⋯⋯这都是可以令人生气了又生气。也许这只我一人如是。但我却宁肯能找到些新的不快活，不满足，只是新的，无论好坏，似乎都隔得我太远了。

吃过午饭，苇弟便来了，我一听到他那特有的急遽的皮鞋声已从走廊的那端传来时,我的心似乎便从一种窒息中透出一口气来的感到舒适。但我却不会表示,所以当苇弟进来时,我只能默默的望着他;他反以为我又在烦恼,握紧我一双手,"姊姊,姊姊,"那样不断的叫着。我,我自然笑了!我笑的什么呢,我知道!在那两颗只望到我眼睛下面的跳动的眸子中,我准懂得那收藏在眼睑下面,不愿给人知道的是些什么东西!这是有多么久了,你,苇弟,你在爱我!但他捉住过我吗?自然,我是不能负一点责,一个女人是应当这样。其实,我算够忠厚了;我不相信会有第二个女人这样不捉弄他的,并且我还在确确实实的可怜他,竟有时忍不住想去指点他:"苇弟,你不可以换个方法吗?这样是只能反使我不高兴的……"对的,假使苇弟能够再聪明一点,我是可以比较喜欢他些,但他却只能如此忠实的去表现他的真挚!

  苇弟看见我笑了,便很满足。跳过床头去脱大氅,还脱下他那顶大皮帽来。假使他这时再掉过头来望我一下,我想他一定可以从我的眼睛里得些不快活去。为什么他不可以再多的懂得我些呢?

  我总愿意有那末一个人能了解我得清清楚楚的,如若不懂得我,我要那些爱,那些体贴做什么? 偏偏我的父亲,我的姊姊,我的朋友都能如此盲目的爱惜我,我真不知他们所爱惜我的是些什么;爱我的骄纵,爱我的脾气,爱我的肺病吗? 有时我为这些生气,伤心,但他们却都更容让我,更爱我,说一些错到更能使我想打他们的一些安慰话。我真愿意在这种时候会有人懂得我,便骂我,我也可以快乐而骄傲了。

  没有人来理我,看我,我是会想念人家,或恼恨人家,但有人来后,我不觉得又会给人一些难堪,这也是无法的事。近来为要磨练自己,常常话到口边便咽住,怕又在无意中竟刺着了别人的隐处,虽说是开玩笑。因为如此,所以这是可以想像出来的,我是拿一种什么样的心情在陪苇弟坐。但苇弟若站起身来喊走时,我是又会因怕寂寞而感到怅惘,而恨起他来。这个,苇弟是早就知道了的,所以他一直到晚上十点钟才回去。不过我却不骗人,并不骗自己,我清白,苇弟不走,不特于他没有益处,反只能让我更觉得他太容易支使,或竟更可怜他的太不会爱的技巧了。

十二月二十八

  今天我请毓芳同云霖看电影。毓芳却邀了剑如来。我气得只想哭,但我却纵声的笑了。剑如,她是够多么可以损害我自尊之心的;我因为她的容貌,举止,无一不像我幼时所最投洽的一个朋友,所以我竟不觉的时常在追随她,她又特意给了我许多敢于亲近她的勇气,但后来,我却遭受了一种不可忍耐的待遇,无论什么时候想起,我都会痛恨我那过去的,已不可追悔的无赖行为:在一个星期中我曾足足的给了她八封长信,而未曾给人理睬过。毓芳真不知想的那一股劲,明知我已不愿再提起从前的事,却故意要邀着她来,像有心要挑逗我的愤恨一样,我真气了。

  我的笑,毓芳和云霖是不会留意这有什么变异,但剑如,她是能感觉得;可是她会装,装糊涂,同我毫无芥蒂的说话。我预备骂她几句,不过话只到口边便想到我为自己定下的戒条。并且做得太认真,怕越令人得意。所以我又忍下心去同她们玩。

  到真光时,还很早,在门口又遇着一群同乡的小姐们,我真厌恶那些惯做的笑靥,我不去理她们,并且我无缘无故的生气到那许多去看电影的人。我乘毓芳同她们说到热闹中,我丢下我所请的客,悄悄回来了。

除了我自己，是没有人会原谅我的。谁也在批评我，谁也不知道我在人前所忍受的一些人们给我的感触。别人说我怪僻，他们哪里知道我却时常在讨人好，讨人欢喜，不过人们太不肯鼓励我去说那太违我心的话，常常给我机会，让我反省到我自己的行为，让我离人们却更远了。

夜深时，全公寓都静静的，我躺在床上好久了。我清清白白的想透了一些事，我还能伤心什么呢？

十二月二十九

一早毓芳就来电话。毓芳是好人，她不会扯谎，大约剑如是真病。毓芳说，起病是为我，要我去，剑如将向我解释。毓芳错了，剑如也错了，莎菲不是欢喜听人解释的人。根本我就否认宇宙间要解释。朋友们好，便好；合不来时，给别人点苦头吃，也是正大光明的事。我还以为我够大量，太没报复人了。剑如既为我病，我倒快活，我不会拒绝听别人为我而病的消息。并且剑如病，还可以减少点我从前自怨自艾的烦恼。

我真不知应怎样才能分析出我自己来。有时一朵被风吹散了的白云，会感到一种渺茫的，不可捉摸的难过，但看到一个二十多岁的男子（苇弟其实还大我四岁）把眼泪一颗一颗掉到我手背时，却像野人一样的在得意的笑了。苇弟是从东城买了许多信纸信封来我这里玩，为了他很快乐，在笑，我便故意去捉弄，看到他哭了，我却快意起来，并且说："请珍重点你的眼泪吧，不要以为姊姊是像别的女人一样脆弱得受不起一颗眼泪……""还要哭，请你转家去哭，我看见眼泪就讨厌……"自然，他不走，不分辩，不负气，只蜷在椅子边老老实实无声的去流那不知从哪里得来的那末多的眼泪。我，自然，得意够了，是又会惭愧起来，于是用着姊姊的态度去喊他洗脸，抚摩他的头发。他镶着泪珠又笑了。

在一个老实人面前，我是已尽自己的残酷天性去磨折了他，但当他走后，我真又想能抓回他来，只请求他一句："我知道自己的罪过，请不要再爱这样一个不配承受那真挚的爱的女人了吧！"

一月一号

我不知道那些热闹的人们是怎样的过年法，我是只在牛奶中加了一个鸡子，鸡子还是昨天苇弟拿来的，一共是二十个，昨天煨了七个茶滷蛋，剩下的十三个，大约总够我两星期来吃它。若吃午饭时，苇弟会来，则一定有两个罐头的希望。我真希望他来。因为想到苇弟来，所以我便上单牌楼去买了四盒糖，两包点心，一篓桔子和苹果，是预备他来时给他吃的。我是准断定在今天只有他才能来。

但午饭吃过了，苇弟却没来。

我一共写了五封信，都是用前几天苇弟买来的好纸好笔。但我想能接得几个美丽的画片，却不能。连几个最爱弄这个玩艺儿的姊姊们都把我这应得的一份儿忘了。不得画片，不希罕，单单只忘了我，却是可气的事。不过为了自己从不曾给人拜过一次年，算了，这也是应该的。

晚饭还是我一人独吃，我烦恼透了。

夜晚毓芳云霖却来了,还引来一个高个儿少年,我只想他们才真算幸福;毓芳有云霖爱她,她满意,他也满意。幸福不是在有爱人,是在两人都无更大的欲望,商商量量平平和和的过日子。自然,也有人将不屑于这平庸。但那只是另外那人的,却与我的毓芳无关。

毓芳是好人,因为她有云霖,所以她"愿天下有情人皆成眷属"。她去年曾替玛丽作过一次恋爱婚姻介绍者。她又希望我能同苇弟好。因此她一来便问苇弟。但她却和云霖及那高个儿把我给苇弟买的东西吃完了。

那高个儿可真漂亮,这是我第一次感觉到男人的美上面,从来我是没有留心到。只以为一个男人的本行是在会说话,会看眼色,会小心就够了。今天我看了这高个儿,才懂得男人是另铸有一种高贵的模型,我看出那衬在他面前的云霖显得多么委琐,多么呆拙……我真要可怜云霖,假使他知道了他在这大人前所衬出的不幸时,他将怎样伤心他那些所有的粗丑的眼神,举止。我更不知,当毓芳拿着这一高一矮的男人相比时,是会起一种什么情感!

他,这生人,我将怎样去形容他的美呢?固然,他的颀长的身躯,白嫩的面庞,薄薄的小嘴唇,柔软的头发,都足以闪耀人的眼睛,但他却还另外有一种说不出,捉不到的丰仪来煽动你的心。如同,当我请问他的名字时,他是会用那种我想不到的不急遽的态度递过那只擎有名片的手来。我抬起头去,呀,我看见那两个鲜红的,嫩腻的,深深凹进的嘴角了。我能告诉人吗?我是用一种小儿要糖果的心情在望着那惹人的两个小东西。但我知道在这个社会里面是不会准许任我去取得我所要的来满足我的冲动,我的欲望,无论这是于人并不损害的事,所以我只得忍耐着,低下头去,默默的去念那名片上的字:

"凌吉士,新加坡……"

凌吉士,他是能那样毫无拘束的在我这儿谈笑,像是在一个很熟的朋友处,难道我能说他这是有意来捉弄一个胆小的人?我是为要强迫的去拒绝引诱,从不敢把眼光抬平去一望那可爱慕的火炉的一角。并且害得两只从不知羞惭的破烂拖鞋,也逼着我不准走到桌前的灯光处。我并且生气我自己,怎么我只会那样拘束,不调皮的在应对?平日看不起别人的交际法,今天才知道自己是还只能显得又呆,又默,又傻气。唉,他一定以为我是一个乡下才出来的姑娘了!

云霖同毓芳两人看见我木木的,以为我不欢喜这生人,常常去打断他的说话,不久带着他走了。这个我也能感激他们的好意吗?我望着那一高两矮的影子在楼下院子中消失时,我真不愿再回到这留得有那人的靴印,那人的声音,和那人吃剩的饼屑的屋子。

一月三号

这两夜通宵通宵的咳嗽。对于药,简直就不会有信仰,药与病不是已毫无关系了吗?我明明已厌烦了那苦水,却又按时去吃它,假使连药也不吃,我更能拿什么来希望我的病呢?神要人忍耐着生活,便安排许多痛苦在死的前面,使人不敢走拢死去。我呢,我是更为了我这短促的不久的生,所以我越求生的利害;不是我怕死,是我总觉得我还没享有我生的一切。我要,我要使我快乐。无论在白天,在夜晚,我都是在梦想可以使我没有什么遗憾在我死的时候的一些事情。我想我能睡在一间极精致的卧房的睡榻上,有我的姊姊们跪在榻前的熊皮毡子上为我祈祷,父亲悄悄的朝着窗外叹息,我读着许多封从那些爱我的人儿们寄来的长信,朋友们都纪念我流着忠实的眼泪……我迫切的需要这人间的感情,想占有许多不可能的东西。但人们给我的是什么呢? 整整又两天,又一人幽囚在公寓里,没有一个人来,也没有一封信来,我躺在床上咳嗽,坐在火炉旁咳嗽,走到桌子前也咳嗽,还想念这些可恨的人们……其实是还收到一封信的,不过这除了更加我一些不快外,也只不过是加我不快。这是在一年前曾骚扰过我的一个安徽粗壮男人所寄来,我没看完就扯了。我真肉麻那满纸的"爱呀爱的!"我厌恨我不喜欢的人们的苋献……

我,我能说得出我真实的需要是些什么呢?

一月四号

事情不知错到什么地方去了。我为什么会想到搬家,并且在糊里糊涂中欺骗了云霖,好像扯谎也是本能一样,所以在今天能毫不费力的便使用了。假使云霖知道了莎菲也会哄骗他,他不知应如何伤心;莎菲是他们那样爱惜的一个小妹妹。自然我不是安心的,并且我现在在后悔。但我能决定吗? 搬呢,还是不搬?

我是不能不向我自己说:"你是在想念那高个儿的影子呢!"是的,这几天几夜我是无时不神往到那些足以诱惑我的。为什么他不在这几天中单独来会我呢? 他应当知道他是不该让我如此的去思慕他。他应当来看我,说他也想念我才对。假使他来,我是不会拒绝去听他所说的一些爱慕我的话,我还将令他知道我所要的是些什么。但他却不来。我估定这像传奇中的事是难实现了。难道我去找他吗? 一个女人这样放肆,是不会得好结果的。何况还要别人能尊敬我呢。我想不出好法子来,只好先去到云霖处试一试,所以吃过午饭,我便冒风向东城去。

云霖是京都大学的学生,他的住房便租在一家间于京都大学一院和二院之间青年胡同里。我到他那里时,幸好他没出去,毓芳也没来。云霖当然很诧异我在大风天出来,我说是到德国医院看病,顺便来这里。他也就毫不疑惑,又来问我的病状,我却把话头故意引到那天晚上。不费一点力气,我便已打探得那儿是住在第四寄宿舍,位置是在京都大学二院隔壁的。不久,我于是又叹起气来,我用了许多言辞把在西城公寓里的生活,描摹得怎样的寂寞,黯淡。我又扯谎,说我唯一只想能贴近毓芳(我已知道毓芳已预备搬来云霖处)。我要求云霖同我往近处找房。云霖当然高兴这差事,不会迟疑的。

在我房的时候,凑巧竟碰着了凌吉士。他也陪着我们。我真高兴,高兴使我胆大了,我狠狠的望了他几次,他没有觉得,他问我的病,我说全好了,他不信似的在笑。

我看上一间又低,又小,又霉的东房,这是在云霖的隔壁一家叫大元的公寓里。他和云霖都说太湿,我却执意要在第二天便搬来,理由是那边太使我厌倦,而我急切的又要依着毓芳。云霖无法,也就答应了。还说好第二天一早他和毓芳过来替我帮忙。

我能告诉人,我单单选上这房子的用意吗? 它是位置在第四寄宿舍和云霖住所之间。

他不曾向我告别,所以我又转到云霖处,我尽所有的大胆在谈笑。我把他什么细小处都审视遍了。我觉得都有我嘴唇放上去的需要。他不会也想到我是在打量他,盘算他吗? 后来我特意说我想请他替我补英文,云霖笑,他听后却受窘了,不好意思的在含含糊糊的回答,于是我向心里说,这还不是一个坏蛋呢,那样高大的一个男人却还会红脸？因此我的狂热更炎炽了。但我不愿让人懂得我，看得我太容易，所以我就驱遣我自己，很早的就回来了。

现在仔细一想，我唯恐我的任性，将把我送到更坏的地方去，暂时且住在这有洋炉的房里吧，难道我能说得上我是爱上了那南洋人吗？我还一丝一毫都不知道他呢。什么那嘴唇，那眉梢，那眼角，那指尖……多无意识，这并不是一个人所应需的，我着魔了，会想到那上面。我决计不搬，一心一意来养病。

我决定了。我懊悔，我懊悔我白天所做的一些，不是一个正经女人所做得出来的。

一月六号

都奇怪我，听说我搬了家，南城的金英，西城的江，周，都来到我这低湿的小屋里。我笑着，有时在床上打滚，她们都说我越小孩气了，我更大笑起来，我只想告诉她们我想的是什么。下午苇弟也来了。苇弟最不快活我搬家，因为我未曾同他商量，并且离他更远了。他见着云霖时，竟不理他。云霖摸不着他为什么生气，望着他。他却更板起脸孔。我好笑，我向自己说："可怜，冤枉他了，一个好人！"

毓芳不再向我剑如。她决定两三天便搬来云霖处，因为她觉得我既这样想傍着她住，她不能让我一人寂寂寞寞的住在这里。她和云霖待我更比以前亲热。

一月十号

这几天我都见着凌吉士，但我从没同他多说过几句话，我是决不先提到补英文事。我看见他一天要两次的往云霖处跑，我发笑，我准断定他以前一定不会同云霖如此亲密的。我没有一次邀请他来我那儿去玩，虽说他问了几次搬了家如何，我都装出不懂的样儿笑一下便算回答。我是把所有的心计都放在这上面用，好像同着什么东西搏斗一样。我要着那样东西，我还不愿去取得，我务必想方设计的让他自己送来。是的，我了解我自己，不过是一个女性十足的女人，女人是只把心思放到她要征服的男人们身上。我要占有他，我要他无条件的献上他的心，跪着求我赐给他的吻呢。我简直癫了，反反复复的只想着我所要施行的手段的步骤，我简直癫了！

毓芳云霖看不出我的兴奋来，只说我病快好了。我也正不愿他们知道，说我病好，我就假装着高兴。

一月十二

毓芳已搬来，云霖却又搬走了。宇宙间竟会生出这样一对人来，为怕生小孩，便不肯住在一起。我猜想他们是连自己也不敢断定：当两人抱在一床时是不会另外又干出些别的事来，所以只好预先防范，不给那肉体接触的机会。至于那单独在一房时的拥抱和亲嘴，是不会发生危险，所以悄来表演几次，便不在禁止之列。我忍不住嘲笑他们了，这禁欲主义者！为什么会不需要拥抱那爱人的裸露的身体？为什么要压制住这爱的表现？为什么在两人还没睡在一个被窝里以前，会想到那些不相干足以担心的事？我不相信恋爱是如此的理智，如此的科学！

他俩不生气我的嘲笑,他俩还骄傲着他们的纯洁,而笑我小孩气呢。我体会得出他们的心情,但我不能解释宇宙间所发生的许许多多奇怪的事。

这夜我在云霖处(现在要说毓芳处了)坐到夜晚十点钟才回来,说了许多关于鬼怪的故事。

鬼怪这东西,我是在一点点大的时候,坐在姨妈怀里听姨爹讲聊斋是常事,并且一到夜里就爱听。至于怕,又是另外一件不愿告人的。因为一说怕,准就听不成,姨爹便会踱过对面书房去,小孩就不准下床了。到进了学校,又从先生口里得知点科学常识,为了信服我们那位周麻子二先生,所以连书本也信服,从此鬼怪便不屑于害怕了。近来人是更在长高长大,说起来,总是否认有鬼怪的,但鸡栗却不肯因为不信便不出来,寒毛一个个也会竖起的。不过每次同人一说到鬼怪时,别人是不知道我正在想抛开些说到别的闲话上去,为的怕夜里一个人睡在被窝里时想到死去了的姨爹姨妈就伤心。

回来时,我看到那黑魆魆的小胡同,真有点胆怯。我想,假使在哪个角落里露出一个大黄脸,或伸来一只毛手,又是在这样像冻住了的冷巷里,我不会以为是意外。但看到身边的这高大汉子(凌吉士)做镖手,大约总可靠,所以当毓芳问我时,我只答应"不怕,不怕"。

云霖也同我们出来,他回他的新房子去,他向南,我们向北,所以只走了三四步,便听不清那橡皮的鞋底在泥板上发出的声音。

他伸来一只手,拢住了我的腰:

"莎菲,你一定怕哟!"

我想挣,但挣不掉。

我的头停在他的胁前,我想,如若在亮处,看起来,我会像个什么东西,被挟在比我高一个头还多的人的腕中。

我把身一蹲,便窜出来了,他也松了手陪我站在大门边打门。

小胡同里黑极了,但他的眼睛望到何处,我却能很清楚的看见。心微微有点跳,等着开门。

"莎菲,你怕哟!"

门闩已在响,是伙计在问谁。我朝他说:

"再——"

他猛的却握住我的手,我也无力再说下去。

伙计看到我身后的大人,露着诧异。

到单独只剩两人在一房时,我的大胆,已经是变得毫无用处了。想故意说几句客套话,也不会,只说:"请坐吧!"自己便去洗脸。

鬼怪的事,已不知忘掉到什么地方去了。

"莎菲!你还高兴读英文吗?"他忽然问。

这是他来找我,提头到英文,自然他未必欢白白牺牲时间去替人补课,这意思,在一个二十岁的女人面前,怎能瞒过,我笑了(这是只在心里笑)。我说:

"蠢得很,怕读不好,丢人。"

他不说话,把我桌上摆的照片拿来玩弄着,这照片是我姊姊的一个刚满一岁的女儿的。

我洗完脸,坐在桌子那头。

他望望我,便又去望那小女孩,然后又望我。是的,这小女孩长的真像我。于是我问他:

"好玩吗?你说像我不像?"

"她,谁呀?"显然,这声音就表示着非常之认真。

"你说可爱不可爱?"

他只追问着是谁。

忽的,我明白了他意思,我又想扯谎了。

"我的,"于是我把像片抢过来吻着。

他信了。我竟愚弄了他,我得意我的不诚实。

这得意,似乎便能减少他的妩媚,他的英爽。要是不,为什么当他显出那天真的诧愕时,我会忽略了他那眼睛,我会忘掉了他那嘴唇?否则,这得意一定将冷淡下我的热情来。

然而当他走后,我却懊悔了。那不是明明安放着许多机会吗?我只要在他按住我手的当儿,另做出一种眼色,让他懂得他是不会遭拒绝,那一定可以还做出一些比较大胆的事。这种两性间的大胆,我想只要不厌烦那人,是也会像把肉体来融化了的感到快乐,是无疑。但我为什么要给人一些严厉,一些端庄呢?唉,我搬到这破房子里来,到底为的是些什么呢?

一月十五

近来我是不算寂寞了,白天便在隔壁玩,晚上又有一个新鲜的朋友陪我谈话。但我的病却越深了。我真不能不令我灰心,我要什么呢,什么也于我无益。难道我有所眷恋吗?一切又是多么的可笑,但死却不期然的会让我一想到便伤心。每次看见那克利大夫的脸色,我便想:是的,我懂得,你尽管说吧,是不是我已没希望了?但我却拿笑代替了我的哭。谁能知道我在夜深流出的眼泪的分量!

几夜,凌吉士都接着来,他告人说是在替我补英文,云霖问我,我只好不答应。晚上我拿一本"Poor People"放在他面前,他真个便教起我来。我只好又把书丢开,我说:"以后你不要再向人说在替我补英文吧,我病,谁也不会相信这事的。"他赶忙便说:"莎菲,我不可以等你病好些就教你吗?莎菲,只要你喜欢。"

这新朋友似乎是来得如此够人爱,但我却不知怎的,反而懒于注意到这些事。我每夜看到他丝毫得不着高兴的出去,心里总觉得有点歉疚。我只好在他穿大氅的当儿向他说:"原谅我吧,我是有病!"他会错了我的意思,以为我同他客气。"病有什么要紧呢,我是不怕传染的。"后来我仔细一想,也许这话是另含得有别的意思,我真不敢断定人的所作所为是像可以想像出来的那样单纯。

一月十六

今天接到蕴姊从上海来的信,更把我引到百无可望的境地。我哪里还能找得几句话去安慰她呢?她信里说:"我的生命,我的爱,都于我无益了……"那她是更不必需要我的安慰,我为她而流的眼泪了。唉!但从她信中,我可以揣想得出她婚后的生活,虽说她未肯明明的表白出来。神为什么要去捉弄这些在爱中的人儿？蕴姊是最神经质，最热情的人，自然她是更受不住那渐渐的冷淡，那已遮饰不住的虚情……我想要蕴姊来北京，不过这是做得到的吗？这还是疑问。

　　苇弟来的时候，我把蕴姊的信给他看，他真难过，因为那使我蕴姊感到生之无趣的人，不幸便是苇弟的哥哥。于是我又向他说了我许多新得的"人生哲学"的意义；他又尽他唯一的本能在哭。我只是很冷静的去看他怎样使眼睛变红，怎样拿手去擦干，并且我在他那些举动中，加上许多残酷的解释。我未曾想到在人世中，他是一个例外的老实人，不久，我一个人悄悄的跑出去了。

　　为要躲避一切的熟人，深夜我才独自从冷寂寂的公园里转来，我不知怎样的度过那些时间，我只想："多无意义啊！倒不如早死了干净……"

一月十七

　　我想：也许我是发狂了！假使是真发狂，我倒愿意。我想，能够得到那地步，我总可以不会再感到这人生的麻烦了吧……

　　足足有半年为病而禁绝了的酒，今天又开始痛饮了。明明看到那吐出来的是比酒还红的血。但我心却像有什么别的东西主宰一样，似乎这酒便可在今晚致死我一样，我是不愿再去细想那些纠纠葛葛的事……

一月十八

　　现在我还睡在这床上，但不久就将与这屋分别了，也许是永别，我断得定我还有那样能再亲我这枕头，这棉被……的幸福吗？毓芳，云霖，苇弟，金夏都保守着一种沈默围绕着我坐着，焦急的等着天明了好送我进医院去。我是在他们忧愁的低语中醒来的，我不愿说话，我细想昨天上午的事，我闻到屋子中所遗留下来的酒气和腥气，才觉得心是正在剧烈的痛，于是眼泪便汹涌了。因了他们的沈默，因了他们脸上所显现出来的凄惨和黯淡，我似乎感到这便是我死的预兆。假设我便如此长睡不醒了呢，是不是他们也将是如此的沈默的围绕着我僵硬的尸体？他们看见我醒了，便都走拢来问我。这时我真感到了那可怕的死别！我握着他们，仔细望着他们每个的脸，似乎要将这记忆永远保存着。他们便都把眼泪滴到我手上，好像觉得我就要长远的离开他们而走向死之国一样。尤其是苇弟，哭得现出丑的脸。唉，我想：朋友呵，请给我一点快乐吧……于是我反而笑了。我请他们替我清理一下东西，他们便在床铺底下拖出那口大藤箱来，在箱子里有几捆花手绢的小包，我说："这我要的，随着我进协和吧。"他们便递给我，我又给他们看，原来都满满是信札，我又向他们笑："这，你们的也在内！"他们才似乎也快乐些了。苇弟又忙着从抽屉里递给我一本照片，是要我也带去的样子，我更笑了。这里面有七八张是苇弟的单像，我又特许了苇弟接吻在我手上，并握着我的手在他脸上摩擦，于是这屋子才不至于像真的有个僵尸停着的一样，天光这时也慢慢显出了鱼肚白。他们又忙乱了，慌着在各处找洋车。于是我病院的生活便开始了。

三月四号

接蕴姊死电是二十天以前的事,而我的病却又一天有希望一天了。所以在一号又由送我进院的几人把我送转公寓来,房子已打扫得干干净净。又因为怕我冷,特生了一个小小的洋炉,我真不知应怎样才能表示我的感谢,尤其是苇弟和毓芳。金和周又在我这儿住了两夜才走,都充当我的看护,我是每日都躺着,简直舒服得不像住公寓,同在家里也差不了什么了!毓芳还决定再陪我住几天,等天气暖和点便替我上西山去找房子,我便好专去养病,我也真想能离开北京,可恨阳历三月了,还如是之冷!毓芳硬要住在这儿,我也不好十分拒绝,所以前两天为金和周搭的一个小铺又不能撤了。

近来在病院却把我自己的心又医转了,这实实在却是这些朋友们的温情把它又重暖了起来,又觉得这宇宙还充满着爱呢。尤其是凌吉士,当他走到医院去看我时,我便觉得很骄傲,我想他那种丰仪才够去看一个在病院女友的病,并且我也懂得,那些看护妇都在羡慕着我呢。有一天,那个很漂亮的密司杨问我:

"那高个儿,是你的什么人呢?"

"朋友!"我是忽略了她问的无礼。

"同乡吗?"

"不,他是南洋的华侨。"

"那末是同学?"

"也不是。"

于是她狡猾的笑了,"就仅是朋友吗?"

自然,我可以不必脸红,并且还可以警诫她几句,但我却惭愧了。她看到我闭着眼装要睡的狼狈样儿,便很得意的笑着走了。后来我一直都恼着她。并且为了躲避麻烦,有人问起苇弟时,我便扯谎说是我的哥哥。有一个同周很好的小伙子,我便说是同乡,或是亲戚的乱扯。

当毓芳上课左后,我一人留在房里时,我就去翻在一月多中所收到的信,我又很快活,很满足,还有许多人在记念我呢。我是需要别人记念的,总觉得能多得点好意就好。父亲是更不必说,又寄了一张像来,只有白头发似乎又多了几根。姊姊们都好,可惜就为小孩们忙得很,不能多替我写信。

信还没看完,凌吉士又来了。我想站起来,但他却把我按住。他握着我的手时,我快活得真想哭了。我说:

"你想没想到我又会回转这屋子呢?"

他只瞅着那侧面的小铺,表示一种不高兴的样子,于是我告诉他从前的那两位客已走了,这是特为毓芳预备的。

他听了便向我说他今晚不愿再来,怕毓芳会厌烦他。于是我的心里更充满乐意了,便说:

"难道你就不怕我厌烦吗?"

他坐在床头更长篇的述说他这一月多中的生活,还怎样和云霖冲突,闹意见,因为他赞成我早些出院,而云霖执着说不能出来。毓芳也附着云霖,他懂得他认识我的时间太少,说话自然不会起影响,所以以后他都不管这事了,并且在院中一和云霖碰见,自己便先回来了。

我懂得他的意思，但我却装着说：

"你还说云霖，不是云霖我还不会出院呢，住在里面真舒服多了。"

于是我又看见他默默的把头掉到一边去，不答应我的话。

他算着毓芳快来时，便走了，还悄悄告诉我说等明天再来。果然，不久毓芳便回来了。毓芳不会问，我也不告她，并且她为我的病，不愿同我多说话，怕我费神，我更乐得藉此可以多去想些另外的小闲事。

三月六号

当毓芳上课去后，把我一人撂在房里时，我便会想起这所谓男女间的怪事；其实，在这上面，不是我爱自夸，我所受的训练，至少也有我几个朋友们的相加或相乘，但近来我却非常之不能了解了。当独自同着那高个儿时，我的心便会跳起来，又是羞惭，又是害怕，而他呢，他只是那样随便的坐着，类乎天真的讲他过去的历史，有时是握着我的手；但这也不过是非常之自然，然而我的手便不会很安静的被握在那大手中，是慢慢的会发烧。并且一当他站起身预备走时，不由的我心便慌张了，好像我将跌入那可怕的不安中，于是我盯着他看，真说不清那眼光是求怜，还是怨恨；但他却忽略了我这眼光，偶尔懂得了，也只说："毓芳要来了哟！"我应当怎样说呢？他是在怕毓芳！自然，我也曾不愿有人知道我暗地一人所想的一些不近情理的事，不过近来我又感得我有别人了解我感情的必要；几次我向毓芳含糊的说起我的心境，她还是只那样忠实的替我盖被子，留心到我的药，我真不能不有点烦闷了。

三月八号

毓芳已搬回去，苇弟却又想代替那看护的差事。我知道，如若苇弟来，一定比毓芳还好，夜晚若想茶吃时，总不至于因听到那浓睡中的鼾声而不愿搅扰人而把头缩进被窝点算了；但我自然拒绝他这好意，他又固执着，我只好说："你在这里，我有许多不方便，并且病呢，也好了。"他还要证明间壁的屋子是空着，他可以住间壁，我正在无法时，凌吉士却来了，我以为他们还不认识，而凌吉士已握着苇弟的手，说是在医院已见过两次。苇弟只冷冷的不理他，我笑着向凌吉士说："这是我的弟弟，小孩子，不懂交际，你常来同他玩罢。"苇弟真的变成了小孩子，丧着脸站起身就走了。我因为有人在面前，便感得不快，也只好掩藏住，并且觉得有点对凌吉士不住，但他却毫没介意，反问我："不是他姓白吗，怎会变成你的弟弟？"于是我笑了："那末你是只准姓凌的人叫你做哥哥弟弟的！"于是他也笑了。

近来青年人在一处时，便老喜欢研究到这一个"爱"字，虽说有时我也似乎懂得点，不过终究还是不很说得清。至于男女间的一些小动作，似乎我又太看得明白了。也许便是因为我懂得了这些小动作，而于"爱"才反迷糊，才没有勇气鼓吹恋爱，才不敢相信自己还是一个纯粹的够人爱的小女子，并且才会怀疑到世人所谓的"爱"，以及我所接受的"爱"……

在我稍微有点懂事的时候，便给爱我的人把我苦够了，给许多无事的人以诬蔑我，凌辱我的机会，以至我顶亲密的小伴侣们也疏远了。后来又为了爱的胁迫，使我害怕得离开了我的学校。以后，人虽说一天天大了，但总常常感到那些无味的纠缠，因此有时不特怀疑到所谓"爱"，竟会不屑于这种亲密。苇弟他说他爱我，为什么他只会常常给我一些难过呢？譬如今晚，他又来了，来了便哭，并且似乎带了很浓的兴味来哭一样，无论我说："你怎么了，说呀！""我求你，说话呀，苇弟！……"他都不理会。这是从未有的事，我尽我的脑力也猜想不出他所骤遭的这灾祸。我应当把不幸朝哪一方去揣测呢？后来，大约他是哭够了，于是才大声说："我不喜欢他！""这又是谁欺侮了你呢，这样大嚷大闹的？""我不喜欢那高个子！那同你好的！"哦，我这才知道原来还是怄我的气。我不觉得会笑了。这种无味的嫉妒，这种自私的占有，便是所谓爱吗？我发笑，而这笑，自然不会安慰到那有野心的男人的。并且因了我不屑的态度，更激起他那不可抑制的怒气。我看看他那放亮的眼光，我以为他要噬人了，我想："来吧！"但他却又低下头去哭了，还揩着眼泪，跟跄的又走出去。

　　这种表示，也许是称为狂热的，真率的爱的表现吧，但苇弟却毫不加思索地来使用在我面前，自然是只会失败；并不是我愿意别人虚伪点，做作点在爱上，我只觉得想靠这种小孩般举动来打动我的心，是全无用。或者这因为我的心是生来便如此硬；那我之种种不惬于人意而得来烦恼和伤心，也是应该的。

　　苇弟一走，自然然我把我自己的心意去揣摩，去仔细回忆到那一种温柔的，大方的，坦白而又多情的态度上去，光这态度已够人欣赏像吃醉一般的感到那融融的蜜意，于是我拿了一张画片，写了几个字，命伙计即刻送到第四寄宿舍去。

三月九号

　　我看见安安闲闲坐在我房里的凌吉士，不禁又可怜到苇弟，我祝祷世人不要像我一样，忽略了蔑视了那可贵的真诚而把自己陷到那不可拔的渺茫的悲境里；我更愿有那末一个真诚纯洁的女郎去饱领苇弟的爱，并填实苇弟所感得的空虚啊！

三月十三

　　好几天又不提笔，不知还是因为我心情不好，或是找不出所谓的情绪。我只知道，从昨天来我是更只想哭了。别人看到我哭，便以为我在想家，想到病，看见我笑呢，又以为我快乐了，还欣庆着这健康的光芒……但所谓朋友皆如是，我能告谁以我的不屑流泪，而又无力笑出的痴骏心境？并且因我看清了自己在人间的种种不愿舍弃的热望以及每次追求而得来的懊丧，所以连自己也不愿再同情这未能悟彻所引起的伤心，更哪能捉住一管笔去详细写出自怨和自恨呢！

　　是的，我好像又在发牢骚了。但这只是隐忍着在心头而反复向自己说，似乎还无碍。因为我并未曾有过那种胆量，给人看我的蹙紧眉头，和听我的叹气，虽说人们早已无条件的赠送过我以"狷傲""怪僻"等等好字眼。其实，我并不是要发牢骚，我只想哭，想有那末一个人来让我倒在他怀里哭，并告诉他："我又糟蹋我自己了！"不过谁能了解我，抱我，抚慰我呢？是以我只能在笑声中咽住"我又糟蹋我自己了"的哭声。

　　我到底又为了什么呢，这真好难说！自然我是未曾有过一刻私自承认我是爱恋上那高个儿的,但他之在我的心心念念中怎地又蕴蓄着一种分析不清的意义。虽说他那颀长的身躯,嫩玫瑰般的脸庞,柔软的嘴唇,惹人的眼角,是可以诱惑许多爱美的女子,并以他那娇贵的态度倾倒那些还有情爱的,但我岂肯为了这些无意识的引诱而迷恋到一个十足的南洋人! 真的,在他最近的谈话中,我懂得了他的可怜的思想,他需要的是什么? 是金钱,是在客厅中能应酬他买卖中朋友们的年青太太,是几个穿得很标致的白胖儿子。他的爱情是什么? 是拿金钱在妓院中,去挥霍而得来的一时肉感的享受,和坐在软软的沙发上,拥着香喷喷的肉体,嘴抽着烟卷,同朋友们任意谈笑,还把左腿叠压在右膝上;不高兴时,便拉倒,回到家里老婆那里去。热心于演讲辩论会,网球比赛,留学哈佛,做外交官,公使大臣,或继承父亲的职业,做橡树生意,成资本家……这便是他的志趣! 他除了不满于他父亲未曾给他过多的钱以外,便什么都是可使他在一夜不会做梦的睡觉;如有,便也只是嫌北京好看的女人太少,让他有时也会厌腻起游艺园,戏场,电影院,公园来……唉,我能说什么呢? 当我明白了那使我爱慕的一个高贵的美型里,是安置着如此的一个卑劣灵魂,并且无缘无故还接受过他的许多亲密。这亲密,自然是还值不了在他从妓院中挥霍里剩余下的一半多! 想起那落在我发际的吻来,真又使我悔恨到想哭了! 我岂不是把我献给他任他来玩弄我来比拟到卖笑的姊妹中去! 然而这又都只能把责备加来加上我自己使我更难受的,因为假设只要我自己肯,肯把严厉的拒绝放到我眸子中去,我敢相信,他不会那样大胆,并且我也敢相信,他之所以不会那样大胆,是由于他还未曾有过那恋爱的火焰燃炽……唉! 我应该怎样来诅咒我自己了!

三月十四

这是爱吗? 也许要爱才具有如此的魔力,不是,为什么一个人的思想会变幻得如此不可测! 当我睡去的时候,我看不起那美人,但刚从梦里醒来,一揉开睡眼,便又思念那市侩了。我想:他今天会来吗? 什么时候呢? 早晨,过午,晚上? 于是我跳下床来,急忙忙的洗脸,铺床,还把昨夜丢在地下的一本大书捡起,不住的在边缘处摩挲着,这是凌吉士昨夜遗忘在这儿的一本《威尔逊演讲录》。

三月十四晚上

我是有如此一个美的梦想,这梦想是凌吉士所给我的。然而同时又为他而破灭。所以我因了他才能满饮着青春的醇酒,在爱情的微笑中度过了清晨;但因了他,我认识了"人生"这玩艺,而灰心而又想到死;至于痛恨到自己甘于堕落,所招来的,简直只是最轻的刑罚! 真的,有时我为愿保存我所爱的,我竟想到"我有没有力去杀死一个人呢?"

我想遍了,我觉得为了保存我的美梦,为了免除使我生活的力一天天减少,顶好是即刻上西山好,但毓芳告诉我,说她所托找房子的那位住在西山的朋友还没有回信来,我又怎好再去询问或催促呢? 不过我决心了,我决心让那高小子来尝一尝我的不柔顺,不近情理的倨傲和侮弄。

三月十七

那天晚上苇弟赌着气回去,今天又小小心心的自己来和解,我不觉笑了,并感到他的可爱。如若一个女人只要能找得一个忠实的男伴,做一身的归宿,我想谁也没有我苇弟可靠。我笑问:"苇弟,还恨姊姊不呢?"于是他羞惭的说:"不敢。姊姊,你了解我罢!我是除了希冀你不会摈弃我以外不敢有别的念头的。一切只要你好,你快乐就够了!"这还不真挚吗?这还不动人么?比起那白脸庞红嘴唇的如何?但是后来我说:"苇弟,你好,你将来一定是一切都会很满你意的。"他却露出凄然的一笑。"永世也不会——但愿如你所说……"这又是什么呢?又是给我难受一下!我恨不得跪在他面前求他只赐我以弟弟或朋友的爱罢!单单为了我的自私,我愿我少些纠葛,多快乐点。苇弟爱我,并会说那样好听的话,但他忽略了:第一他应当真的减少他的热望,第二他也应该藏起他的爱来。我为了这一个老实的男人,所感到无能的抱歉,真也够受了。

三月十八

我又托夏在替我往西山找房了。

三月十九

凌吉士居然已几日不来我这里了。自然,我不会打扮,不会应酬,不会治理家事,我有肺病,无钱,他来我这里做什么!我本无须乎要他来,但他真的不来了却又更令我伤心,更证实他以前的轻薄。难道他也是如苇弟一样老实,当他看到我写给他的字条:"我有病,请不要再来扰我",就信为是真话,竟不可违背,而果真不来么?这又使我只想再见他一面,到底审看一下这高大的怪物是怎样的在觑看我。

三月二十

今天我在云霖处跑了三次,都未曾遇见我想见的人,似乎云霖也有点疑惑,所以他问我这几天见着凌吉士没有。我只好又怅怅的跑回来。我实在焦烦得很,我敢自己欺自己说我这几日没有思念到他吗?

晚上七点钟的时候,毓芳和云霖来邀我到京都大学第三院去听英语辩论会,并且乙组的组长便是凌吉士。我一听到这消息,心就立刻怦怦的跳起来。我只得拿病来推辞了这善意的邀请。我这无用的弱者。我没有胆量去承受那激动,我还是希望我能不见着他。不过在他俩走时,我却又请他俩致意到凌吉士,说我问候他。唉,这又是多无意识啊!

三月二十一

在我刚吃过鸡子牛奶,一种熟习的叩门声便响着,在纸格上还印上一个颀长的黑影。我只想跳过去开门,但不知为一种什么情感所支使,我咽着气,低下头去了。

"莎菲,起来没有?"这声音是如此柔嫩,令我一听到会想哭。

为了知道我已坐在椅子上吗?为了知道我无能发气和拒绝吗?他轻轻的托开门便走进来了。我不敢仰起我滋润的眼皮来。

"病好些没有,刚起来吗?"

我答不出一句话。

"你真在生我的气啊。莎菲,你厌烦我,我只好走了。莎菲!"

他走,于我自然很合适,但我又猛然抬起头拿眼光止住了他开门的手。

谁说他不是一个坏蛋呢,他懂得了。他敢于把我的双手握得紧紧的。他说:

"莎菲,你捉弄我了。每天我走你门前过,都不敢进来,不是云霖告诉我说你不会生我气,那我今天还不敢来。你,莎菲,你厌烦我不呢?"

谁都可以体会得出来,假使他这时敢于拥抱住我,狂乱的吻我,我一定会倒在他手腕上哭了出来:"我爱你呵!我爱你呵!"但他却如此的冷淡,冷淡得使我又恨他了。然而我心里又在想:"来呀,抱我,我要接吻在你脸上咧!"自然,他依旧还握着我的手,把眼光紧盯在我脸上,然而我搜遍了,在他的各种表示中,我得不着我所等待于他的赐与。为什么他仅仅只懂得我的无用,我的可轻侮,而不够了解他之在我心中所占的是一种怎样的地位!我恨不得用脚尖踢出他去,不过我又为了另一种情绪所支配,我向他摇了头,表示是不厌烦他的来到。

于是我又很柔顺的接受了他许多浅薄的情意,听他又说着那些使他津津有味的卑劣享乐,以及"赚钱和化钱"的人生意义,并承他暗示我许多做女人的本分。这些又使我看不起他,暗骂他,嘲笑他,我拿我的拳头,隐隐痛击我的心,但当他扬扬地走出我房时,我受逼得又想哭了。因为我压制住我那狂热的欲念,我未曾请求他多留一会儿。

唉,他走了!

三月二十一夜

在去年这时候,我过的是一种什么生活!为了有蕴姊千依百顺的疼我,我便装病躺在床上不肯起来。为了想受蕴姊抚摩我,便因那着急无以安慰我而流泪的滋味,我伏在桌上想到一些小不满意的事而哼哼唧唧的哭。便有时因在整日静寂的沈思里得了点哀戚,但这种淡淡的凄凉,却更令我舍不得去扰乱这情调,似乎在这里面我也可以味出一缕甜意一样的。至于在夜深了的法国公园,听躺在草地上的蕴姊唱《牡丹亭》,那又是更不愿想到的事了。假使她不会被神捉弄般的去爱上那苍白脸色的男人,她一定不会死去的这样快,我当然不会一人漂流到北京,无亲无爱的在病中挣扎,虽说有几个朋友,他们也很体惜我,但在我所感应得出的我和他们的关系能和蕴姊的爱在一个天平上相称吗?想起蕴姊,我是真应当像从前在蕴姊面前撒娇一样的纵声大哭,不过这一年来,因为多懂得了一些事,虽说时时想哭却又咽住了,怕让人知道了厌烦。近来呢,我更是不知为了什么只能焦急。而想得点空闲去思虑一下我所做的,我所想的,关于我的身体,我的名誉,我的前途的好处和歹处的时间也没有,整天把紊乱的脑筋只放到一个我不愿想到的去处,因为便是我想逃避的,所以越把我弄成焦烦苦恼得不堪言说!但是我除了说"死了也活该!"是不能再希冀什么了。我能求得一些同情和慰藉吗?然而我们似乎在向人乞怜了。

晚饭一吃过,毓芳便和云霖来我这儿坐,到九点我还不肯放他俩走。我知道,毓芳碍住面子只好又坐下来,云霖借口要预备明天的课,执意一人先回去了。于是我隐隐的向毓芳吐露我近来所感得的窘状,我只想她能懂得这事,并且能硬自作主来把我的生活改变一下,做我自己所不能胜任的。但她完全把话听到反面去了,她忠实的告诫我:"莎菲,我觉得你太不老实,自然你不是有意,你可太不留心你的眼波了。你要知道,凌吉士他们比不得在上海同我们玩耍的那群孩子,他们很少机会同女人接近,受不起一点好意的,你不要令他将来感到失望和痛苦。我知道,你哪里会爱到他呢?"这错误是不是又该归到我,假设我不想求助于她而向她饶舌,是不是她不会说出这更令我生气,更令我伤心的话来?我嗐着气又笑了:"芳姊,不要把我说得太坏了吓!"

毓芳愿意留下住一夜时,我又赶走她走了。

像那些才女们,因为得了一点点不很受用,便"我是多愁善感呀","悲哀呀我的心……""……"做出许多新旧的诗。我呢,没出息的,白白被这些诗境困着,连想以哭代替诗句来表现一下我的情感的搏斗都不能。光在这上面,为了不如人,也应撩开一切去努力做人才对,便还退一千步说,为了自己的热闹,为了得一群浅薄眼光之赞颂,我总也不该拿不起笔或枪来。真的便把自己陷到比死还难忍的苦境里,单单为了那男人的柔发,红唇……

我又梦想到欧洲中古的骑士风度,这拿来比拟是不会有错,如其是有人看到凌吉士过的。他又能把那东方特长的温柔保留着。神把什么好的,都慨然赐给他了,但神为什么不再给他一点聪明呢?他还不懂得真的爱情呢,他确是不懂得,虽说他已有了妻(今夜毓芳告我的),虽说他,曾在新加坡乘着脚踏车追赶坐洋车的女人,因而恋爱过一小段时间,虽说他曾在韩家潭住过夜。但他真得到一个女人的爱过么?他爱过一个女人么?我敢说不曾!

一种奇怪的思想又在我脑中燃炽了。我决定来教教这大学生。这宇宙并不是像他所懂的那样简单的啊!

三月二十二

在心的忙乱中,我勉强竟写了这些日记了。早先是因为蕴姊写信来要,再三再四的,我只好开始来写。现在是蕴姊又死了好久,我还舍不得不继续下去,心想便为了蕴姊在世时所谆谆向我说的一些话而便永远写下去做纪念蕴姊也好。所以无论我那样不愿提笔,也只得胡乱画下一页半页的字来。本来是睡了的,但望到挂在壁上蕴姊的像,忍不住又爬起,为免掉想念蕴姊的难受而提笔了。自然,这日记,我总是觉得除了蕴姊我不愿给任何人看。第一是因为这是特为了蕴姊要知道我的生活而记下的一些琐琐碎碎的事,二来我也怕别人给一些理智的面孔给我看,好更刺透我的心;似乎我自己也会因了别人所尊崇的道德而真的也感到像犯下罪一样的难受。所以这黑皮的小本子我是许久以来都安放在枕头底下的垫被的下层。今天不幸我却违背我的初意了,然而也是不得已,虽说似乎是出于毫未思考。原因是苇弟近来非常误解我,以致常常使得他自己不安,而又常常波及我,我相信在我平日的一举一动中,我都很能表示出我的态度来。为什么他懂不了我的意思呢?难道我能直捷的说明,和阻止他的爱吗?我常常想,假设这不是苇弟而是另外一人,我将会知道应怎样处置是最合法的。偏偏又是如此能令我忍不下心去的一个好人!我无法了,我只好把我的日记给他看。让他知道他之在我的心里是怎样的无希望,并知道我是如何凉薄的反反复复的不足爱的女人。假设苇弟知道我,我自然是会将他当做我唯一可诉心肺的朋友,我会热诚的拥着他同他接吻。我将替他愿望那世界上最可爱,最美的女人……日记,苇弟是看过一遍,又一遍了,虽说他曾经哭过,但态度非常镇静,是出我意料之外的。我说:

"懂得了姊姊吗?"

他点头。

"相信姊姊吗?"

"关于那方面的?"

于是我懂得那点头的意义。谁能懂得我呢,便能懂得了这只能表现我万分之一的日记,也只能令我看到这有限的而伤心哟!何况,希求人了解,而以想方设计用文字来反复说明的日记给人看,已够是多么可伤心的事!并且,后来苇弟还怕我以为他未曾懂得我,于是不住的说:

"你爱他!你爱他!我不配你!"

我真想一赌气扯了这日记。我能说我没有糟蹋这日记吗?我只好向苇弟说:"我要睡了,明天再来罢。"

在人里面,真不必求什么!这不是顶可怕的吗?假设蕴姊在,看见我这日记,我知道,她是会抱着我哭:"莎菲,我的莎菲!我为什么不再变得伟大点,让我的莎菲不至于这样苦啊……"但蕴姊已死了,我拿着这日记应怎样的来痛哭才对!

三月二十三

凌吉士向我说:"莎菲!你真是一个奇怪的女子。"我了解这并不是懂得了我的什么而说出的一句赞叹。他所以为奇怪的,无非是看见我的破烂了的手套,搜不出香水的抽屉,无缘无故扯碎了的新棉袍,保存着一些旧的小玩具,……还有什么?听见些不常的笑声,至于别的,他便无能去体会了,我也从未向他说过一句我自己的话。譬如他说"我以后要努力赚钱呀。"我便笑;他说到邀起几个朋友在公园追着女学生时,"莎菲那真有趣,"我也笑。自然,他所说的奇怪,只是一种在他生活习惯上不常见的奇怪。并且我也很伤心,我无能使他了解我而敬重我。我是什么也不希求了,除了往西山去。我想到我过去的一切妄想,我好笑!

三月二十四

一当他单独在我面前时,我觑着那脸庞,聆着那音乐般的声音,我心便在忍受那感情的鞭打!为什么不扑过去吻住他的嘴唇,他的眉梢,他的……无论什么地方?真的,有时话都到口边了:"我的王!准许我亲一下吧!"但又受理智,不,我就从没有过理智,是受另一种自尊的情感所裁制而又咽住了。唉!无论他的思想是怎样坏,而他使我如此癫狂的感情,是曾有过而无疑,那我为什么不承认我是爱上了他啊?并且,我敢断定,假使他能把我紧紧的拥抱着,让我吻遍他全身,然后他把我丢下海去,丢下火去,我都会快乐的闭着眼等待那可以永久保藏我那爱情的死的来到。唉!我竟爱他了,我要他给我一个好好的死就够了……

三月二十四夜深

我决心了。我为拯救我自己被一种色的诱惑而堕落,我明早便会到夏那儿去,以免看见了凌吉士又痛苦,这痛苦已缠缚我如是之久了!

三月二十六

为了一种纠缠而去,但又遭逢着另一种纠缠,使我不得不又急速的转来了。在我去夏那儿的第二天,梦如便也去了。虽说她是看另一人去的,但使我很感到不快活。夜晚,她大发其对感情的一种新近所获得的议论,隐隐的含着讥刺我,我默然。为不愿让她更得意,我睁着眼,睡在夏的床上等到了天明,我又忍着气转来⋯⋯

毓芳告诉我,说西山房子已找好了,并且又另外替我邀了一个女伴,也是养病的,而这女伴同毓芳又算是一个很好的朋友。听到这消息,应该是很欢喜吧,但我刚刚在眉头舒展了一点喜色,而一种黯然的凄凉便罩上了。虽说我从小便离开家,在外面混,但都有我的亲戚朋友随着我,这次上西山,固然说起来离城只有几十里,但在我,一个活了二十岁的人,开始一人跑到陌生的地方去,还是第一次。假使我竟无声无息的死在那山上,谁是第一个发现我死尸的?我能担保我不会死在那里吗?也许别人会笑我担忧到这些小事,而我却真的哭过,当我同毓芳舍不舍得我时,而毓芳却笑,笑我问小孩话,说是这一点点路有什么舍不得,直到毓芳准许了我每礼拜上山一次,我才不好意思的揩干眼泪。

下午我到苇弟那儿去了,苇弟也说他一礼拜上山一次,填毓芳不去的空日。

回来已夜了,我一人寂寂寞寞的在收拾东西,想到我要离开北京的这些朋友们,我又哭了。但一想到朋友们都未曾向我流泪,我又擦去我脸上的泪痕。我是将一人寂寂寞寞的又离开这古城了。

在寂寞里,我又想到凌吉士了,其实,话不是这样说,凌吉士简直不能说"想起""又想起",完全是整天都在系念到他,只能说:"又来讲我的凌吉士吧。"这几天我故意造成的离别,在我是不可计的损失,我本想放松了他,而我把他捏得更紧了。我既不能把他从我心里压根儿拔去,我为什么要躲避着不见他的面呢?

这真使我懊恼,我不能便如此同他离别,这样寂寂寞寞的走上西山⋯⋯

三月二十七

一早毓芳便上西山去了,去替我布置房子,说好明天我便去。我为她这番盛情,我应怎样去找得那些没有的字来表示我的感谢。我本想再呆一天在城里,便也不好说出了。

我正焦急的时候,凌吉士才来,我握紧他双手,他说:

"莎菲!几天没见你了!"

我很愿意在这时我能哭得出来,抱着他哭,但眼泪只能噙在眼里,我只好又笑了。他听见明天我要上山时,他显出的那惊诧和一种嗟叹,又很安慰到我,于是我真的笑了。

他见到我笑，便把我的手反捏得紧紧的，紧得使我生痛。他怨恨似的说：

"你笑！你笑！"

这痛，是我从未有过的舒适，好像心里也正锥下去一个什么东西，我很想倒下他的手腕去，而这时苇弟却来了。

苇弟知道我恨他来，而他偏不走。我向着凌吉士使眼色，我说："这点钟有课吧？"于是我送凌吉士出来。他问我明早什么时候走，我告他；我问他还来不来呢，他说回头便来；于是我望着他快乐了，我忘了他是怎样可鄙的人格，和美的相貌了，这时他在我的眼里，是一个传奇中的情人。哈，莎菲有一个情人了！……

三月二十七晚

自从我赶走苇弟到这时已是整整五个钟头了。在这五点钟里，我应怎样才想得出一个恰合的名字来称呼它？像热锅上的蚂蚁在这小房子里不安的坐下，又站起，又跑到门缝边瞧，但是——他一定不来了，他一定不来了，于是我又想哭，哭我走得这样凄凉，北京城就没有一个人陪我一哭吗？是的，我是应该离开这冷酷的北京的，为什么我要舍不得这板床，这油腻的书桌，这三条腿的椅子……是的，明早我就要走了，北京的朋友们不会再腻烦莎菲的病。为了朋友们轻快的舒适，莎菲便为朋友们死在西山也是该的！但都能如此让莎菲一人看不着一点热情孤孤寂寂的上山去，想来莎菲便不死，也不会有损害或激动于人心吧……不想了！不想！有什么可想的？假使莎菲不如此贪心在攫取感情，那莎菲不是便很可满足于那些眉目间的同情了吗？……

关于朋友，我不说了。我知道永世也不会使莎菲感到满足这人间的友谊的！

但我能满足些什么呢？凌吉士答应我来，而这时已晚上九点了。纵是他来了，我便会很快乐吗？他会给我所需要的吗？……

想起他不来，我又该痛恨我自己了！在很早的从前，我懂得对付那一种男人便应用那一种态度，而到现在反蠢了。当我问他还来不来时，我怎能显露出那希求的眼光，在一个漂亮人面前是不应老实，让人瞧不起……但我爱他，为什么我要使用技巧？我不能直接向他表明我的爱吗？并且我觉得只要于人无损，便吻人一百下，为什么便不可以被准许呢？

他既答应来，而又失信，显见得是在戏弄我。朋友，留点好意在莎菲走时，总不至于像是一种损失吧。

今夜我简直狂了。语言，文字是怎样在这时显得无用！我心像被许多小老鼠啃着一样，又像一盆火在心里燃烧。我想把什么东西都摔破，又想冒着夜气在外面乱跑去，我无法制止我狂热的感情的激荡，我便躺在这热情的针毡上，反过去也刺着，翻过来也刺着，似乎我又是在油锅里听到那油沸的响声，感到浑身的灼热……为什么我不跑出去呢？我等着一种渺茫的无意义的希望到来！哈……想到那红唇，我又疯了！假使这希望是可能的话——我独自又忍不住笑，我再三再四反复问我自己："爱他吗？"我更笑了。莎菲不会傻到如此地步去爱上那南洋人。难道因了我不承认我的爱，便不可以被人准许做一点儿于人也无损的事？

假使今夜他竟不来，我怎能甘心便悒然上西山去……

唉！九点半了！

九点四十分!

三月二十八晨三时

莎菲生活在世上,所要人们的了解她体会她的心太热烈太恳切了,所以长远的沈溺在失望的苦恼中,但除了自己,谁能够知道她所流出的眼泪的分量?

在这本日记里,与其说是莎菲生活的一段记录,不如直接算为莎菲眼泪的每一个点滴,是在莎菲心上,才觉得更切实。然而这本日记现在是要收束了,因为莎菲已无需乎此——用眼泪来泄愤和安慰,这原因是对于一切都觉得无意识,流泪更是这无意识的极深的表白。可是在这最后一页的日记上,莎菲应该用快乐的心情来庆祝,她是从最大的那失望中,蓦然得到了满足,这满足似乎要使人快乐得到死才对。但是我,我只从那满足中感到胜利,从这胜利中得到凄凉,而更深的认识我自己的可怜处,可笑处,因此把我这几月来所萦萦于梦想的一点"美"反缥缈了,——这个美便是那高个儿的丰仪!

我应该怎样来解释呢?一个完全癫狂于男人仪表上的女人的心理!自然我不会爱他,这不会爱,很容易说明,就是在他丰仪的里面是躲着一个何等卑丑的灵魂!可是我又倾慕他,思念他,甚至于没有他,我就失掉一切生活意义的保障了;并且我常常想,假使有那末一日,我和他的嘴唇合拢来,密密的,那我的身体就从这心的狂笑中瓦解去,也愿意。其实,单单能获得骑士一般的那人儿的温柔的一抚摩,随便他的手尖触到我身上的任何部分,因此就牺牲一切,我也肯。

我应当发癫,因为这些幻想中的异迹,梦似的,终于毫无困难的都给我得到了。但是从这中间,我所感得的是我所想像的那些会醉我灵魂的幸福么? 不啊!

当他——凌吉士——在晚间十点钟来到时候,开始向我嗫嚅的表白,说他是如何的在想我……还使我心动过好几次;但不久我看到他那被情欲在燃烧的眼睛,我就害怕了。于是从他那卑劣的思想中所发出的更丑的誓语,又振起我的自尊心来!假使他把这串浅薄肉麻的情话去对别个女人说,一定是很动听的,可以得一个所谓的爱的心吧。但他却向我,就由这些话语的力,把我推得隔他更远了。唉,可怜的男子!神既然赋与你这样的一副美形,却又暗暗的捉弄你,把那样一个毫不相称的灵魂放到你人生的顶上!你以为我所希望的是"家庭"吗?我所欢喜的是"金钱"吗?我所骄傲的是"地位"吗?"你,在我面前,是显得多么可怜的一个男子啊!"我真要为他不幸而痛哭,然而他依样把眼光镇住我脸上,是被情欲之火燃烧得如何的怕人!倘若他只限于肉感的满足,那末他倒可以用他的色来摧残我的心;但他却哭声的向我说:"莎菲,你信我,我是不会负你的!"啊,可怜的人!他还不知道在他面前的这女人,是用如何的轻蔑去可怜他的使用这些做作,这些话!我竟忍不住而笑出声来,说他也知道爱,会爱我,这只是近于开玩笑!那情欲之火的巢穴——那两只灼闪的眼睛,不正在宣布他除了可鄙的浅薄的需要,别的一切都不知道吗?

"喂,聪明一点,走开吧,韩家潭那个地方才是你寻乐的场所!"我既然认清他,我就应该这样说,教这个人类中最劣种的人儿滚出去。然而,虽说我暗暗地在嘲笑他,但当他大胆地贸然伸开手臂来拥我时,我竟又忘记了一切,我临时失掉了我所有的一些自尊和骄傲,我是完全被那仅有的一副好丰仪迷住了,在我心中,我只想,"紧些!多抱我一会儿吧,明早我便走了!"假使我那时还有一点自制力,我该会想到他的美形以外的那东西,而把他像一块石头般,丢到房外去。

唉!我能用什么言语或心情来痛悔?他,凌吉士,这样一个可鄙的人,吻我了!我静静默默的承受着!但那时,在一个温润的软热的东西放到我脸上,我心中得到的是些什么呢?我不能像别的女人一样会晕倒在她那爱人的臂膀里!我是张大着眼睛望他,我想:"我胜利了!我胜利了!"因为他所以使我迷恋的那东西,在吻我时,我已知道是如何的滋味——我同时鄙夷我自己了!于是我忽然伤心起来,我把他用力推开,我哭了。

他也许忽略了我的眼泪,以为他的嘴唇是给我如何的温软,如何的嫩腻,是把我的心融醉到发迷的状态里吧,所以他又挨我坐着,继续的说了许多所谓爱情表白的肉麻话。

"何必把你那令人惋惜处暴露得无余呢?"我真这样的又可怜起他来。

我说:"不要乱想吧,说不定明天我便死去了!"

他听着,谁知道他对于这话是得到怎样的感触?他又吻我,但我躲开了,于是那嘴唇便落到我手上⋯⋯

我决心了,因为这时我有的是充足的清晰的脑力,我要他走,他带点抱怨颜色,缠着我。我想,"为什么你也是这样傻劲呢?"他于是直挨到夜十二点半钟才走。

他走后,我想起适间的事情。我就用所有的力量,来痛击我的心!为什么呢,给一个如此我看不起的男人接吻?既不爱他,还嘲笑他,又让他来拥抱?真的,单凭了一种骑士般的风度,就能使我堕落到如此地步么?

总之,我是给我自己糟蹋了,凡一个人的仇敌就是自己,我的天,这有什么法子去报复而偿还一切的损失?

好在在这宇宙间,我的生命只是我自己的玩品,我已浪费得尽够了,那末因这一番经历而使我更陷到极深的悲境里去,似乎也不成一个重大的事件。

但是我不愿留在北京,西山更不愿去了,我决计搭车南下,在无人认识的地方,浪费我生命的余剩;因此我的心从伤痛中又兴奋起来,我狂笑的怜惜自己:

"悄悄地活下来,悄悄地死去,啊!我可怜你,莎菲!"

(原载 1928 年 2 月 10 日《小说月报》第 19 卷第 2 期)

作品解读

《莎菲女士的日记》的艺术特色是大胆、细腻的心理描写。丁玲充分利用了日记体小说便于刻画人物心理的特点,给莎菲的心理活动创造了自由而广阔的发挥空间。从莎菲的视点,描述了她和平庸的苇弟、漂亮的新加坡富商子弟凌吉士的爱情纠葛,抒写了她本人内心的苦闷。莎菲是在五四个性解放思想的感召下走出封建家庭的知识女性。在莎菲身上体现了丁玲追求个性解放的思想,是其女性意识的觉醒、"人"的尊严的觉醒在文学形象上的具体代表。莎菲的精神状态,是五四退潮时"新女性"精神危机的表征,在当时曾引起广泛的共鸣。在 1950 年代反右运动时期展开的"丁玲批判"中,莎菲曾被视为作家的化身,遭到抨击。1980 年代以来,莎菲形象在启蒙思想和女性主义的脉络上获得高度评价,也被视为丁玲后期作品"女性意识"逐渐淡化的一个参照。

最初发表于 1928 年 2 月刊行的《小说月报》第 19 卷第 2 号。收入《丁玲文集》第一卷(湖南人民出版社 1983 年 12 月)时文字略有修改润饰。

(王中忱)

作家自述

关于"莎菲",我以为还是茅盾说得对,茅盾说莎菲女士是"心灵上负着时代苦闷创伤的青年女性的叛逆的绝叫者"。她是一个叛逆女性,她有着一种叛逆女性的倔强。有人说那是性爱,莎菲没有什么性的要求嘛,她就是看不起那些人,这种人她看不起,那种人她也看不起,她是孤独的,她认为这个社会里的人都不可靠。那么她是不是就这样活下去呢?她得活下去,必得活下去,还是要活,怎么办呢?最后,她说:悄悄地活下来,悄悄地死去吧!但她的精神,她的心灵并不甘心,所以她是苦闷的。她叫喊:我要死啊,我要死!其实她不一定死,这是一种反抗。那时候,这种女性,这种情感还是有代表性的。他们要同家庭决裂,又要同旧社会决裂,新的东西到哪里去找呢?她眼睛里看到的尽是黑暗,她对旧社会实在不喜欢,连同生活在这个社会中的人她也都不喜欢、不满意。她想寻找光明,但她看不到一个真正理想的东西,一个真正理想的人。她的全部不满是对着这个社会而发的。——转引自冬晓:《走访丁玲》,《丁玲研究资料》,第195页,天津人民出版社1982年。

名家要评

在《莎菲女士的日记》中所显示的作家丁玲女士是满带着五四以来时代的烙印的……她的莎菲女士是心灵上负着时代苦闷的创伤的青年女性的叛逆的绝叫者。莎菲女士是一位个人主义,旧礼教的叛逆者;她要求一些热烈的痛快的生活;她热爱着而又蔑视她的怯弱的矛盾的灰色的求爱者,然而在游戏式的恋爱过程中,她终于从脑胼拘束的心理摆脱,从被动的地位到主动的,在一度吻了那青年学生的富于诱惑性的红唇以后,她就一脚踢开了她的不值得恋爱的卑琐的青年。这是大胆的描写,至少在中国那时的女性作家中是大胆的。莎菲女士是"五四"以后解放的青年女子在性爱上的矛盾心理的代表者!——茅盾:《女作家丁玲》,《茅盾全集》,第19卷第434页,人民文学出版社1991年。

书中的主人公是一个可怕的虚无主义的个人主义者。她说谎,欺骗,玩弄男性,以别人的痛苦为快乐,以自己的生命当玩具。这个人物虽然以旧礼教的叛逆者的姿态出现,实际上只是一个没落阶级的颓废倾向的化身。当然,作家可以描绘各种的社会典型;问题在于作者对于自己所描写的人物采取甚么态度。显然,丁玲是带着极大的同情描写了这个应当否定的形象。如果说这篇小说表现的是她早年的思想,那么她入党很久以后,特别是在革命根据地生活了几年以后,却写出了像《我在霞村的时候》和《在医院中》这样的作品,就说明她的极端个人主义思想后来不但没有改好,反而发展到和工人阶级、和劳动群众尖锐对立的地步。——周扬:《文艺战线上的一场大辩论》,《人民日报》1958年2月28日,《文艺报》1958年第4期。

莎菲是一个坚定的封建礼教和世俗社会的叛逆者。如果说这就是"当今的资产阶级人物的一种",那么,从反封建的意义上说,在莎菲女士生活的时代,并没有失去她的进步意义。而就莎菲实际的社会经济地位而言,她充其量也不过是一个相当穷愁潦倒的小资产阶级知识妇女。她有的只是"破烂的手套","破旧的拖鞋"和"一些旧的小玩具"。而她的思想意识,她的孤寂、苦闷、感伤、颓废……甚至她的一颦一笑,简直无一不可以从她的这个实际的社会经济地位中找到根据和解释,无一不和她的这个实际的社会经济地位有着千丝万缕的联系。——袁良骏:《褒贬毁誉之间——谈谈〈莎菲女士的日记〉》,《丁玲研究资料》,第468页,天津人民出版社1982年。

拓展阅读

1. 袁良骏编:《丁玲研究资料》,天津人民出版社1982年。
2. 孙瑞珍、王中忱编:《丁玲研究在国外》,湖南人民出版社1985年。
3. 李达轩:《丁玲与莎菲系列形象》,湖南文艺出版社1991年。

啼笑因缘(长篇存目)

张恨水

故事梗概

《啼笑因缘》,1930 年 3 月至 11 月在上海《新闻报》副刊《快活林》连载,上海三友书社 1931 年 12 月出版单行本。

在北京游学的青年樊家树,先后结识侠客关寿峰父女和艺女沈凤喜。樊家树对沈凤喜一见倾心,关寿峰的女儿秀姑爱上了樊家树,而樊家树的表兄嫂却一心想撮合他与财政部长何廉的独女何丽娜的婚事。在军阀刘国柱诱骗下,沈凤喜成了刘府的太太。刘将军得知樊沈约会,将沈凤喜毒打成疯。刘一心想占貌美的秀姑。秀姑将计就计,刺杀刘将军后逃走。北京城风声鹤唳,樊家树为暂避风声,去天津探望叔父,七遇何丽娜。在关氏父女的精心策划下,樊家树与何丽娜终结百年之好。

作品解读

《啼笑因缘》的吸引力首先在于它提供了一个现代爱情模式和构画了一个"三角恋爱"的情节。樊家树与沈凤喜一见钟情,这对 30 年代初的中国人来说还是相当"现代"的。小说以樊、沈为中心,还设计了樊家树和何丽娜、樊家树和关秀姑两条感情线索。樊、沈之爱是书生与民间女子之爱;樊、何之爱是书生与富家女子之爱;樊、关之爱是书生与侠女之爱。三位女性的社会地位和角色的不同,构成了三个情感表现的艺术空间;沈凤喜纯真而懦弱,何丽娜貌美而达理,关秀姑侠义而内蕴,三种不同的性格使得三个情感表现空间各有不同的韵味。值得提出的是现代中国小说常见的"三角恋爱"的模式就首创于《啼笑因缘》。《啼笑因缘》是"多对鸳鸯"和"多对蝴蝶",这无疑开拓了言情小说的表现空间。

《啼笑因缘》追求的是平民精神。小说中的平民精神首先在樊家树身上表现出来,还表现在对军阀残暴的揭露,对平民中自私自利、患得患失的狭隘心态的批判。

张恨水后来回忆说,他写《啼笑因缘》要有意识地赶上时代,言情小说不再是单纯地写男女之情,而是将男女之情与时代精神、社会批判结合起来。

《啼笑因缘》创新了通俗小说的结构。小说中人物众多,但主次分明;事情频出,但主线突出,社会和言情交融在一起。结构严谨,情节紧凑。

(汤哲声)

作者自述

其实《啼笑因缘》究有什么好处,我真不敢说,大概对于全部的构成以至每人个性的发挥,我都使他有些戏剧化,或者是此点可以见得我卖力吧?可惜许多批评者,都是注重结果方面,却没有给我一种指示,这又是使我迷惑的事。我极力在描写上讨好,而书中的事实倒盖过去了。——张恨水:《我的小说过程》,《张恨水全集·写作生涯回忆》,

第 6 页，北岳文艺出版社 1993 年。

名家要评

电影中最好少"对白"而多"动作"，小说中也最好少写"说话"而多写"动作"，尤其是"小动作"。若能于各人的"小动作"中，将各人的心事，透露出来，便格外耐人寻味。试就本书中举几个例子：如第三回凤喜之缠手帕与数砖走路；第六回秀姑之修指甲；第二十二回樊家树之两次跌跤；又同回何丽娜之掩窗帘，与家树之以手指拈菊花干，俱为神来之笔。全书似此好处甚多，未遑列举，阅者能细心体会，自有隽味。恨水先生素有电影癖，我想他这种作法，也许有几分电影化。——严独鹤：《啼笑因缘·序》，《张恨水研究资料》，第 287 页，天津人民出版社 1986 年。

在考察《啼笑因缘》受欢迎的原因时，还应看到作者张恨水是一位善于脍炙"通俗化的三鲜汤"的能手。他能将缠绵悱恻的言情小说和惊险紧张的武侠传奇熔于一炉，他能将传统小说章回体和西洋小说新技法融为一体，他还能将满脑子"板荡识忠臣"一类封建思想的关寿峰和受资产阶级教育的维新人物樊家树粘合在一道，成了"忘年交"。这种"熔于一炉"的手法，迎合了爱看言情或武侠各类小说的不同读者之所好。有些惯读新小说的青年学生也觉得《啼笑因缘》有新小说的韵味，而热中章回体的读者，又感到《啼笑因缘》甚合脾胃。因此当时有人赞誉它是"新旧咸宜"的作品。——范伯群：《漫谈〈啼笑因缘〉》，《张恨水研究资料》，第 321—327 页。

拓展阅读

1. 袁进：《张恨水评传》，湖南文艺出版社 1988 年。
2. 范伯群主编：《中国近现代通俗文学史》，江苏教育出版社 2000 年。

春 蚕

茅 盾

一

老通宝坐在"塘路"边的一块石头上,长旱烟管斜摆在他身边。"清明"节后的太阳已经很有力量,老通宝背脊上热烘烘地,像背着一盆火。"塘路"上拉纤的快班船上的绍兴人只穿了一件蓝布单衫,敞开了大襟,弯着身子拉,额角上黄豆大的汗粒落到地下。

看着人家那样辛苦的劳动,老通宝觉得身上更加热了;热的有点儿发痒。他还穿着那件过冬的破棉袄,他的夹袄还在当铺里,却不防才得"清明"边,天就那么热。

"真是天也变了!"

老通宝心里说,就吐一口浓厚的唾沫。在他面前那条"官河"内,水是绿油油的,来往的船也不多,镜子一样的水面这里那里起了几道皱纹或是小小的涡旋,那时候,倒影在水里的泥岸和岸边成排的桑树,都晃乱成灰暗的一片。可是不会很长久的。渐渐儿那些树影又在水面上显现,一弯一曲地蠕动,像是醉汉,再过一会儿,终于站定了,依然是很清晰的倒影。那拳头模样的桠枝顶都已经簇生着小手指儿那么大的嫩绿叶。这密密层层的桑树,沿着那"官河"一直望去,好像没有尽头。田里现在还只有干裂的泥块,这一带,现在是桑树的势力!在老通宝背后,也是大片的桑林,矮矮的,静穆的,在热烘烘的太阳光下,似乎那"桑拳"上的嫩绿叶过一秒钟就会大一些。

离老通宝坐处不远,一所灰白色的楼房蹲在"塘路"边,那是茧厂。十多天前驻扎过军队,现在那边田里留着几条短短的战壕。那时候说东洋兵要打进来,镇上有钱人都逃光了;现在兵队又开走了,那座茧厂依旧空关在那里,等候春茧上市的时候再热闹一番。老通宝也听得镇上小陈老爷的儿子——陈大少爷说过,今年上海不太平,丝厂都关门,恐怕这里的茧厂也不能开;但老通宝是不肯相信的。他活了六十岁,反乱年头也经过好几个,从没见过绿油油的桑叶白养在树上等到成了"枯叶"去喂羊吃;除非是"蚕花"不熟,但那是老天爷的"权柄",谁又能够未卜先知?

"才得清明边,天就那么热!"

老通宝看着那些桑拳上怒茁的小绿叶儿,心里又这么想,同时有几分惊异,有几分快活。他记得自己还是二十多岁少壮的时候,有一年也是"清明"边就得穿夹,后来就是"蚕花二十四分",自己也就在这一年成了家。那时,他家正在"发";他的父亲像一头老牛似的,什么都懂得,什么都做得;便是他那创家立业的祖父,虽说在长毛窝里吃过苦头,却也愈老愈硬朗。那时候,老陈老爷去世不久,小陈老爷还没抽上鸦片烟,"陈老爷家"也不是现在那么不像样的。老通宝相信自己一家和"陈老爷家"虽则一边是高门大户,而一边不过是种田人,然而两家的运命好像是一条线儿牵着。不但"长毛造反"那时候,老通宝的祖父和陈老爷同被长毛掳去,同在长毛窝里混上了六七年,不但他们俩同时从长毛营盘里逃了出来,而且偷得了长毛的许多金元宝——人家到现在还是这么说;并且老陈老爷做丝生意"发"起来的时候,老通宝家养蚕也是年年好,十年中间挣得了二十亩的稻田和十多亩的桑地,还有三开间两进的一座平屋。这时候,老通宝家在东村庄上被人人所妒羡,也正像"陈老爷家"在镇上是数一数二的大户人家。可是以后,两家都不行了;老通宝现在已经没有自己的田地,反欠出三百多块钱的债,"陈老爷家"也早已完结。人家都说"长毛鬼"在阴间告了一状,阎罗王追还"陈老爷家"的金元宝横财,所以败的这么快。这个,老通宝也有几分相信:不是鬼使神差,好端端的小陈老爷怎么会抽上了鸦片烟?

可是老通宝死也想不明白为什么"陈老爷家"的"败"会牵动到他家。他确实知道自己家并没得过长毛的横财。虽则听死了的老头子说,好像那老祖父逃出长毛营盘的时候,不巧撞着了一个巡路的小长毛,当时没法,只好杀了他,——这是一个"结"!然而从老通宝懂事以来,他们家替这小长毛鬼拜忏念佛烧纸锭,记不清有多少次了。这个小冤魂,理应早投凡胎。老通宝虽然不很记得祖父是怎样"做人",但父亲的勤俭忠厚,他是亲眼看见的;他自己也是规矩人,他的儿子阿四,儿媳四大娘,都是勤俭的。就是小儿子阿多年纪青,有几分"不知苦辣",可是毛头小伙子,大都这么着,算不得"败家相"!

老通宝抬起他那焦黄的皱脸,苦恼地望着他面前的那条河,河里的船,以及两岸的桑地。一切都和他二十多岁时差不了多少,然而"世界"到底变了。他自己家也要常常把杂粮当饭吃一天,而且又欠出了三百多块钱的债。

呜!呜,呜,呜,——

汽笛叫声突然从那边远远的河身的弯曲地方传了来。就在那边,蹲着又一个茧厂,远望去隐约可见那整齐的石"帮岸"。一条柴油引擎的小轮船很威严地从那茧厂后驶出来,拖着三条大船,迎面向老通宝来了。满河平静的水立刻激起泼刺刺的波浪,一齐向两旁的泥岸卷过来。一条乡下"赤膊船"赶快拢岸,船上人揪住了泥岸上的树根,船和人都好像在那里打秋千。轧轧轧的轮机声和洋油臭,飞散在这和平的绿的田野。老通宝满脸恨意,看着这小轮船来,看着它过去,直到又转一个弯,呜呜呜地又叫了几声,就看不见。老通宝向来仇恨小轮船这一类洋鬼子的东西!他从没见过洋鬼子,可是他从他的父亲嘴里知道老陈老爷见过洋鬼子:红头毛,绿眼睛,走路时两条腿是直的。并且老陈老爷也是很恨洋鬼子,常常说"铜钿都被洋鬼子骗去了"。老通宝看见老陈老爷的时候,不过八九岁,——现在他所记得的关于老陈老爷的一切都是听来的,可是他想起了"铜钿都被洋鬼子骗去了"这句话,就仿佛看见了老陈老爷将着胡子摇头的神气。

洋鬼子怎样就骗了钱去,老通宝不很明白。但他很相信老陈老爷的话一定不错。并且他自己也明明看到自从镇上有了洋纱,洋布,洋油,——这一类洋货,而且河里更有了小火轮船以后,他自己田里生出来的东西就一天一天不值钱,而镇上的东西却一天一天贵起来。他父亲遗留下来的一分家产就这么变小,变做没有,而且现在负了债。老通宝恨洋鬼子不是没有理由的!他这坚定的主张,在村坊上很有名。五年前,有人告诉他:朝代又改了,新朝代是要"打倒"洋鬼子的。老通宝不相信。为的他上镇去看见那新到的喊着"打倒洋鬼子"的年青人们都穿了洋鬼子衣服。他想来这伙年青人一定私通洋鬼子,却故意来骗乡下人。后来果然就不喊"打倒洋鬼子"了,而且镇上的东西更加一天一天贵起来,派到乡下人身上的捐税也更加多起来。老通宝深信这都是串通了洋鬼子干的。

然而更使老通宝去年几乎气成病的,是茧子也是洋种的卖得好价钱;洋种的茧子,一担要贵上十多块钱。素来和儿媳总还和睦的老通宝,在这件事上可就吵了架。儿媳四大娘去年就要养洋种的蚕。小儿子跟他嫂嫂是一路,那阿四虽然嘴里不多说,心里也是要洋种的。老通宝拗不过他们,末了只好让步。现在他家里有的五张蚕种,就是土种四张,洋种一张。

"世界真是越变越坏!过几年他们连桑叶都要洋种了!我活得厌了!"

老通宝看着那些桑树,心里说,拿起身边的长旱烟管狠狠地敲着脚边的泥块。太阳现在正当他头顶,他的影子落在泥地上,短短地像一段乌焦木头,还穿着破棉袄的他,觉得浑身躁热起来了。他解开了大襟上的钮扣,又抓着衣角扇了几下,站起来回家去。

那一片桑树背后就是稻田。现在大部分是匀整的半翻着的燥裂的泥块。偶尔也有种了杂粮的,那黄金一般的菜花散出强烈的香味。那边远远地一簇房屋,就是老通宝他们住了三代的村坊,现在那些屋上都袅起了白的炊烟。

老通宝从桑林里走出来,到田塍上,转身又望那一片爆着嫩绿的桑树。忽然那边田里跳跃着来了一个十来岁的男孩子,远远地就喊道:

"阿爹!妈等你吃中饭呢!"

"哦——"

老通宝知道是孙子小宝,随口应着,还是望着那一片桑林。才只得"清明"边,桑叶尖儿就抽得那么小指头儿似的,他一生就只见过两次。今年的蚕花,光景是好年成。三张蚕种,该可以采多少茧子呢?只要不像去年,他家的债也许可以拔还一些罢。

小宝已经跑到他阿爹的身边了,也仰着脸看那绿绒似的桑拳头;忽然他跳起来拍着手唱道:

"清明削口,看蚕娘娘拍手!"①

老通宝的皱脸上露出笑容来了。他觉得这是一个好兆头。他把手放在小宝的"和尚头"上摩着,他的被穷苦弄麻木了的老心里勃然又生出新的希望来了。

二

天气继续暖和,太阳光催开了那些桑拳头上的小手指儿模样的嫩叶,现在都有小小的手掌那么大了。老通宝他们那村庄四周围的桑林似乎发长得更好,远望去像一片绿锦平铺在密密层层灰白色矮矮的篱笆上。"希望"在老通宝和一般农民们的心里一点一点一天一天强大。蚕事的动员令也在各方面发动了。藏在柴房里一年之久的养蚕用具都拿出来洗刷修补。那条穿村而过的小溪旁边,蠕动着村里的女人和孩子,工作着,嚷着,笑着。

这些女人和孩子们都不是十分健康的脸色,——从今年开春起,他们都只吃个半饱;他们身上穿的,也只是些破旧的衣服。实在他们的情形比叫化子好不了多少。然而

---

① 这是老通宝所在那一带乡村里关于"蚕事"的一种歌谣式的成语。所谓"削口"是方言,指桑叶抽发如指;"清明削口"谓清明边桑叶已抽放如许大也。"看"亦是方言,意同"饲"或"育"。全句谓清明边桑叶开绽则熟年可卜,故蚕妇拍手而喜。

他们的精神都很不差。他们有很大的忍耐力,又有很大的幻想。虽然他们都负了天天在增大的债,可是他们那简单的头脑老是这么想:只要蚕花熟,就好了! 他们想像到一个月以后那些绿油油的桑叶就会变成雪白的茧子,于是又变成丁丁当当响的洋钱,他们虽然肚子里饿得咕咕地叫,却也忍不住要笑。

这些女人中间也就有老通宝的媳妇四大娘和那个十二岁的小宝。这娘儿两个已经洗好了那些"团扁"和"蚕箪"①,坐在小溪边的石头上撩起布衫角揩脸上的汗水。

"四阿嫂! 你们今年也看(养)洋种么?"

小溪对岸的一群女人中间有一个二十岁左右的姑娘隔溪喊过来了。四大娘认得是隔溪的对门邻舍陆福庆的妹子六宝。四大娘立刻把她的浓眉毛一挺,好像正想找人吵架似的嚷了起来:

"不要来问我! 阿爹做主呢! ——小宝的阿爹死不肯,只看了一张洋种! 老糊涂的听得带一个洋字就好像见了七世冤家! 洋钱,也是洋,他倒又要了!"

小溪旁那些女人们听得笑起来了。这时候有一个壮健的小伙子正从对岸的陆家稻场上走过,跑到溪边,跨上了那横在溪面用四根木头并排做成的雏形的"桥"。四大娘一眼看见,就丢开了"洋种"问题,高声喊道:

"多多弟! 来帮我搬东西罢! 这些扁,浸湿了,就像死狗一样重!"

小伙子阿多也不开口,走过来拿起五六只"团扁",湿漉漉地顶在头上,却空着一双手,划桨似的荡着,就走了。这个阿多高兴起来时,什么事都肯做,碰到同村的女人们叫他帮忙拿什么重家伙,或是下溪去捞什么,他都肯;可是今天他大概有点不高兴,所以只顶了五六只"团扁"去,却空着一双手。那些女人们看着他戴了那特别大箬帽似的一叠"扁",袅着腰,学镇上女人的样子走着,又都笑起来了,老通宝家紧邻的李根生的老婆荷花一边笑,一边叫道:

"喂,多多头! 回来! 也替我带一点儿去!"

"叫我一声好听的,我就给你拿。"

阿多也笑着回答,仍然走。转眼间就到了他家的廊下,就把头上的"团扁"放在廊檐口。

"那么,叫你一声干儿子!"

荷花说着就大声的笑起来,她那出众地白净然而扁得作怪的脸上看去就好像只有一张大嘴和眯紧了好像两条线一般的细眼睛。她原是镇上人家的婢女,嫁给那不声不响整天苦着脸的半老头子李根生还不满半年,可是她的爱和男子们胡调已经在村中很有名。

"不要脸的!"

忽然对岸那群女人中间有人轻声骂了一句。荷花的那对细眼睛立刻睁大了,怒声嚷道:

"骂哪一个? 有本事,当面骂,不要躲!"

"你管得我? 棺材横头踢一脚,死人肚里自得知:我就骂那不要脸的骚货!"

---

① 老通宝乡里称那圆桌面那样大、极像一个盘的竹器为"团扁";又一种略小而底部编成六角形网状的,称为"箪",方音读如"踏";蚕初收蚁时,在"箪"中养育,呼为"蚕箪",那是糊了纸的,这种纸通称"糊箪纸"。

隔溪立刻回骂过来了,这就是那六宝,又一位村里有名淘气的大姑娘。

于是对骂之下,两边又泼水。爱闹的女人也夹在中间帮这边帮那边。小孩子们笑着狂呼。四大娘是老成的,提起她的"蚕箪",喊着小宝,自回家去。阿多站在廊下看着笑。他知道为什么六宝要跟荷花吵架;他看着那"辣货"六宝挨骂,倒觉得很高兴。

老通宝捐着一架"蚕台"①从屋子里出来。这三棱形家伙的木梗子有几条给白蚂蚁蛀过了,怕的不牢,须得修补一下。看见阿多站在那里笑嘻嘻地望着外边的女人们吵架,老通宝的脸色就板起来了。他这"多多头"的小儿子不老成,他知道。尤其使他不高兴的,是多多也和紧邻的荷花说说笑笑。"那母狗是白虎星,惹上了她就得败家",——老通宝时常这样警戒他的小儿子。

"阿多!空手看野景么?阿四在后边扎'缀头'②,你去帮他!"

老通宝像一匹疯狗似的咆哮着,火红的眼睛一直盯住了阿多的身体,直到阿多走进屋里去,看不见了,老通宝方才提过那"蚕台"来反复审察,慢慢地动手修补。木匠生活,老通宝早年是会的;但近来他老了,手指头没有劲,他修了一会儿,抬起头来喘气,又望望屋里挂在竹竿上的三张蚕种。

四大娘就在廊檐口糊"蚕箪"。去年他们为的想省几百文钱,是买了旧报纸来糊的。老通宝直到现在还是因为用了报纸——不惜字纸,所以去年他们的蚕花不好。今年是特地全家少吃一餐饭,省下钱来买了"糊箪纸"来了。四大娘把那鹅黄色坚韧的纸儿糊得很平贴,然后又照品字式糊上三张小小的花纸——那是跟"糊箪纸"一块儿买来的,一张印的花色是"聚宝盆",另两张都是手执尖角旗的人儿骑在马上,据说是"蚕花太子"。

"四大娘!你爸爸做中人借来三十块钱,就只买了二十担叶。后来米又吃完了,怎么办?"

老通宝气喘喘地从他的工作里抬起头来,望着四大娘。那三十块钱是二分半的月息。总算有四大娘的父亲张财发做中人,那债主也就是张财发的东家"做好事",这才只要了二分半的月息。条件是蚕事完后本利归清。

四大娘把糊好了的"蚕箪"放在太阳底下晒,好像生气似的说:

"都买了叶!又像去年那样多下来——"

"什么话!你倒先来发利市了!年年像去年么?自家只有十来担叶;五张布子(蚕种),十来担叶够么?"

"噢,噢;你总是不错的!我只晓得有米烧饭,没米饿肚子!"

四大娘气哄哄地回答;为了那"洋种"问题,她现在常要和老通宝抬杠。

老通宝气得脸都紫了。两个人就此再没有一句话。

但是"收蚕"的时期一天一天逼近了。这二三十人家的小村落突然呈现了一种大紧张,大决心,大奋斗,同时又是大希望。人们似乎连肚子饿都忘记了。老通宝他们家东借一点,西赊一点,居然也一天一天过着来。也不仅老通宝他们,村里哪一家有两三斗米放在家里呀!去年秋收固然还好,可是地主、债主、正税、杂捐,一层一层地剥削来,早

---

① "蚕台"是三棱式可以折起来的木架子,像三张梯连在一处的家伙;中分七八格,每格可放一团扁。

② "缀头"也是方音,是稻草扎的,蚕在上面做茧子。

就完了。现在他们唯一的指望就是春蚕,一切临时借贷都是指明在这"春蚕收成"中偿还。

他们都怀着十分希望又十分恐惧的心情来准备这春蚕的大搏战!

"谷雨"节一天近一天了。村里二三十人家的"布子"都隐隐现出绿色来。女人们在稻场上碰见时,都匆忙地带着焦灼而快乐的口气互相告诉道:

"六宝家快要'窝种'①了呀!"

"荷花说她家明天就要'窝'了。有这么快!"

"黄道士去测一字,今年的青叶要贵到四洋!"

四大娘看自家的五张"布子"。不对!那黑芝麻似的一片细点子还是黑沉沉,不见绿影。她的丈夫阿四拿到亮处去细看,也找不出几点"绿"来。四大娘很着急。

"你就先'窝'起来罢!这余杭种,作兴是慢一点的。"

阿四看着他老婆,勉强自家宽慰。四大娘堵起了嘴巴不回答。

老通宝哭丧着干瘪的老脸,没说什么,心里却觉得不妙。

幸而再过了一天,四大娘再细心看那"布子"时,哈,有几处转成绿色了!而且绿的很有光彩。四大娘立刻告诉了丈夫,告诉了老通宝,多多头,也告诉了她的儿子小宝。她就把那些布子贴肉揾在胸前,抱着吃奶的婴孩似的静静儿坐着,动也不敢动了。夜间,她抱着那五张布子到被窝里,把阿四赶去和多多头做一床。那布子上密密麻麻的蚕子儿贴着肉,怪痒痒的;四大娘很快活,又有点儿害怕,她第一次怀孕时胎儿在肚子里动,她也是那样半惊半喜!

全家都是惴惴不安地又很兴奋地等候"收蚕"。只有多多头例外。他说:今年蚕花一定好,可是想发财却是命里不曾来。老通宝骂他多嘴,他还是要说。

蚕房早已收拾好了。"窝种"的第二天,老通宝拿一个大蒜头涂上一些泥,放在蚕房的墙脚边;这也是年年的惯例,但今番老通宝更加虔诚,手也抖了。去年他们"卜"②的非常灵验。可是去年那"灵验",现在老通宝想也不敢想。

现在这村里家家都在"窝种"了。稻场上和小溪边顿时少了那些女人们的踪迹。一个"戒严令"也在无形中颁布了;乡农们即使平日是最好的,也不往来;人客来冲了蚕神不是玩的!他们至多在稻场上低声交谈一二句就走开。这是个"神圣"的季节。

老通宝家的五张布子上也有些"乌娘"③蠕蠕地动了。于是全家的空气,突然紧张。那正是"谷雨"前一日。四大娘料来可以挨过了"谷雨"节那一天④。布子不须再"窝"了,很小心地放在"蚕房"里,老通宝偷眼看一下那个躺在墙脚边的大蒜头,他心里就一跳。那大蒜头上还只有一两茎绿芽!老通宝不敢再看,心里祷祝后天正午会有更多更多的绿芽。

---

① "窝种"也是老通宝乡里的习惯;蚕种转成绿色后就得把来贴肉揾着,约三四天后,蚕蚁孵出,就可以"收蚕"。这工作是女人做的。"窝"是方音,意即"揾"也。

② 用大蒜头来"卜"蚕花好否,是老通宝乡里的迷信。收蚕前两三天,以大蒜涂泥置蚕房中,至收蚕那天拿来看,蒜叶多主蚕熟,少则不熟。

③ 老通宝乡间称初生的蚕蚁为"乌娘";这也是方音。

④ 老通宝乡里的习惯,"收蚕"——即收蚁,须得避过谷雨那一天,上或下都可以,但不能正在谷雨那一天。什么理由,可不知道。

终于"收蚕"的日子到了。四大娘心神不定地淘米烧饭,时时看饭锅上的热气有没有直冲上来。老通宝拿出预先买了来的香烛点起来,恭恭敬敬放在灶君神位前。阿四和阿多去到田里采野花。小小宝帮着把灯芯草剪成细末子,又把采来的野花揉碎。一切都准备齐全了时,太阳也近午刻了,饭锅上水蒸气嘟嘟地直冲,四大娘立刻跳了起来,把"蚕花"①和一对鹅毛插在发髻上,就到"蚕房"里。老通宝拿着秤杆,阿四拿了那揉碎的野花片儿和灯芯草碎末。四大娘揭开"布子",就从阿四手里拿过那野花碎片和灯芯草末子撒在"布子"上,又接过老通宝手里的秤杆来,将"布子"挽在秤杆上,于是拔下发髻上的鹅毛在布子上轻轻儿拂;野花片,灯芯草末子,连同"乌娘",都拂在那"蚕箪"里了。一张,两张,……都拂过了;最后一张是洋种,那就收住另一个"蚕箪"里。末了,四大娘又拔下发髻上那朵"蚕花",跟鹅毛一块插在"蚕箪"的边儿上。

这是一个隆重的仪式!千百年相传的仪式!那好比是誓师典礼,以后就要开始了一个月光景的和恶劣的天气和恶运以及和不知什么的连日连夜无休息的大决战!

"乌娘"在"蚕箪"里蠕动,样子非常强健;那黑色也是很正路的。四大娘和老通宝他们都放心地松一口气了。但当老通宝悄悄地把那个"命运"的大蒜头拿起来看时,他的脸色立刻变了!大蒜头上还只得三四茎嫩芽!天哪!难道又同去年一样?

三

然而那"命运"的大蒜头这次竟不灵验。老通宝家的蚕非常好!虽然头眠二眠的时候连天阴雨,气候是比"清明"边似乎还要冷一点,可是那些"宝宝"都很强健。

村里别人家的"宝宝"也都不差。紧张的快乐弥漫了全村庄,似那小溪里琮琮的流水也像是朗朗的笑声了。只有荷花家是例外。她们家看了一张"布子",可是"出火"②只称得二十斤;"大眠"快边人们还看见那不声不响晦气色的丈夫根生倾弃了三"蚕箪"在那小溪里。

这一件事,使得全村的妇人对于荷花家特别"戒严"。她们特地避路,不从荷花的门前走,远远的看见了荷花或是她那不声不响丈夫的影儿就赶快躲开;这些幸运的人儿惟恐看了荷花他们一眼或是交谈半句话就传染了晦气来!

老通宝严禁他的小儿子多多头跟荷花说话。——"你再跟那东西多嘴,我就告你忤逆!"老通宝站在廊檐外高声大气喊,故意要叫荷花他们听得。

小小宝也受到严厉的嘱咐,不许跑到荷花家的门前,不许和他们说话。

阿多像一个聋子似的不理睬老头子那早早夜夜的唠叨,他心里却在暗笑。全家就只有他不大相信那些鬼禁忌。可是他也没有跟荷花说话,他忙都忙不过来。

"大眠"捉了毛三百斤,老通宝全家连十二岁的小宝也在内,都是两日两夜没有合眼。蚕是少见的好,活了六十岁的老通宝记得只有两次是同样的,一次就是他成家的那年,又一次是阿四出世那一年。"大眠"以后的"宝宝"第一天就吃了七担叶,个个是生青滚壮,然而老通宝全家都瘦了一圈,失眠的眼睛上布满了红丝。

---

① "蚕花"是一种纸花,预先买下来的。这些迷信的仪式,各处小有不同。
② "出火"也是方言,是指"二眠"以后的"三眠";因为"眠"时特别烦,所以叫"出火"。

谁也料得到这些"宝宝"上山前还得吃多少叶。老通宝和儿子阿四商量了:

"陈大少爷借不出,还是再求财发的东家罢?"

"地头上还有十担叶,够一天。"

阿四回答,他委实是支撑不住了,他的一双眼皮像有几百斤重,只想合下来。

老通宝却不耐烦了,怒声喝道:

"说什么梦话!刚吃了两天老蚕呢。明天不算,还得吃三天,还要三十担叶,三十担!"

这时外边稻场上忽然人声喧闹,阿多押了新发来的五担叶来了。于是老通宝和阿四的谈话打断,都出去"捋叶"。四大娘也慌忙从蚕房里钻出来。隔溪陆家养的蚕不多,那大姑娘六宝抽得出工夫,也来帮忙了。那时星光满天,微微有点风,村前村后都断断续续传来了吆喝和欢笑,中间有一个粗暴的声音嚷道:

"叶行情飞涨了!今天下午镇上开到四洋一担!"

老通宝偏偏听得了,心里急得什么似的。四块钱一担,三十担可要一百二十块呢,他哪来这许多钱!但是想到茧子总可以采五百多斤,就算五十块钱一百斤,也有这么二百五,他又心里一宽。那边"捋叶"的人堆里忽然又有一个小小的声音说:

"听说东路不大好,看来叶价钱涨不到多少的!"

老通宝认得这声音是陆家的六宝。这使他心里又一宽。

那六宝是和阿多同站在一个筐子边"捋叶"。在半明半暗的星光下,她和阿多靠得很近。忽然她觉得在那"杠条"①的隐蔽下,有一只手在她大腿上拧了一把。好像知道是谁拧的,她忍住了不笑,也不声张。蓦地那手又在她胸前摸了一把,六宝直跳起来,出惊地喊了一声:

"嗳哟!"

"什么事?"

同在那筐子边捋叶的四大娘问了,抬起头来。六宝觉得自己脸上热烘烘了,她偷偷地瞪了阿多一眼,就赶快低下头,很快地捋叶,一面回答:

"没有什么。想来是毛毛虫刺了我一下。"

阿多咬住了嘴唇暗笑。虽然在这半个月来也是半饱而且少睡,也瘦了许多了,他的精神可还是很饱满。老通宝那种忧愁,他是永远没有的。他永不相信靠一次蚕花好或是田里熟,他们就可以还清了债再有自己的田;他知道单靠勤俭工作,即使做到背脊骨折断也是不能翻身的。但是他仍旧很高兴地工作着,他觉得这也是一种快活,正像和六宝调情一样。

第二天早上,老通宝就到镇里去想法借钱来买叶。临走前,他和四大娘商量好,决定把他家那块出产十五担叶的桑地去抵押。这是他家最后的产业。

叶又买来了三十担。第一批的十担发来时,那些壮健的"宝宝"已经饿了半点钟了。"宝宝"们尖出了小嘴巴,向左向右乱晃,四大娘看得心酸。叶铺了上去,立刻蚕房里充满着萨萨萨的响声,人们说话也不大听得清。不多一会儿,那些"团扁"里立刻又全见白了,于是又铺上厚厚的一层叶。人们单是"上叶"也就忙得透不过气来。但这是最后五分钟了。再得两天,"宝宝"可以上山。人们把剩余的精力榨出来拚死命干。

---

① "杠条"也是方言,指那些带叶的桑树枝条。通常采叶是连枝条剪下来的。

阿多虽然接连三日三夜没有睡,却还不见怎么倦。那一夜,就由他一个人在"蚕房"里守到上半夜,好让老通宝以及阿四夫妇去歇一歇。那是个好月夜,稍稍有点冷。蚕房里蒸了一个小小的火。阿多守到二更过,上了第二次的叶,就蹲在那个"火"旁边听那些"宝宝"萨萨萨地吃叶。渐渐儿他的眼皮合上了。恍惚听得有门响,阿多的眼皮一跳,睁开眼来看了看,就又合上了。他耳朵里还听得萨萨萨的声音和屑索屑索的怪声。猛然一个跟跄,他的头在自己膝头上磕了一下,他惊醒过来,恰就听得蚕房的芦帘拍叉一声响,似乎还看见有人影一闪。阿多立刻跳起来,到外面一看,门是开着,月光下稻场上有一个人正走向溪边去。阿多飞也似跳出去,还没看清那人是谁,已经把那人抓过来摔在地下。他断定了这是一个贼。

　　"多多头!打死我也不怨你,只求你不要说出来!"

　　是荷花的声音,阿多听真了时不禁浑身的汗毛都竖了起来。月光下他又看见那扁得作怪的白脸儿上一对细圆的眼睛定定地看住了他。可是恐怖的意思那眼睛里也没有。阿多哼了一声,就问道:

　　"你偷什么?"

　　"我偷你们的宝宝!"

　　"放到哪里去了?"

　　"我扔到溪里去了!"

　　阿多现在也变了脸色。他这才知道这女人的恶意是要冲克他家的"宝宝"。

　　"你真心毒呀!我们家和你们可没有冤仇!"

　　"没么?有的,有的!我家自管蚕花不好,可并没害了谁,你们都是好的!你们怎么把我当作白老虎,远远地望见我就别转了脸?你们不把我当人看待!"

　　那妇人说着就爬了起来,脸上的神气比什么都可怕。阿多瞅着那妇人好半晌,这才说道:

　　"我不打你,走你的罢!"

　　阿多头也不回的跑回家去,仍在"蚕房"里守着。他完全没有睡意了。他看那些"宝宝",都是好好的。他并没想到荷花可恨或可怜,然而他不能忘记荷花那一番话;他觉到人和人中间有什么地方是永远弄不对的,可是他不能够明白想出来是什么地方,或是为什么。再过一会儿,他就什么都忘记了。"宝宝"是强健的,像有魔法似的吃了又吃,永远不会饱!

　　以后直到东方快打白了时,没有发生事故。老通宝和四大娘来替换阿多了,他们拿那些渐渐身体发白而变短了的"宝宝"在亮处照着,看是"有没有通"。他们的心被快活胀大了。但是太阳出山时四大娘到溪边汲水,却看见六宝满脸严重地跑过来悄悄地问道:

　　"昨夜二更过,三更不到,我远远地看见那骚货从你们家跑出来,阿多跟在后面,他们站在这里说了半天话呢!四阿嫂!你们怎么不管事呀?"

　　四大娘的脸色立刻变了,一句话也没说,提了水桶就回家去,先对丈夫说了,再对老通宝说。这东西竟偷进人家"蚕房"来了,那还了得!老通宝气得直跺脚,马上叫了阿多来查问。但是阿多不承认,说六宝是做梦见鬼。老通宝又去找六宝询问。六宝是一口咬定了看见的。老通宝没有主意,回家去看那"宝宝",仍然是很健康,瞧不出一些败相来。

但是老通宝他们满心的欢喜却被这件事打消了。他们相信六宝的话不会毫无根据。他们唯一的希望是那骚货或者只在廊檐口和阿多鬼混了一阵。

"可是那大蒜头上的苗却当真只有三四茎呀!"

老通宝自心里这么想,觉得前途只是阴暗。可不是,吃了许多叶去,一直落来都很好,然而上了山却干殭了的事,也是常有的。不过老通宝无论如何不敢想到这上头去;他以为即使是肚子里想,也是不吉利。

四

"宝宝"都上山了,老通宝他们还是捏着一把汗。他们钱都花光了,精力也绞尽了,可是有没有报酬呢,到此时还没有把握。虽则如此,他们还是硬着头皮去干。"山棚"下爇了火,老通宝和阿四他们伛着腰慢慢地从这边蹲到那边,又从那边蹲到这边。他们听得山棚上有些屑屑索索的细声音①,他们就忍不住想笑,过一会儿又不听得了,他们的心就重甸甸地往下沉了。这样地,心是焦灼着,却不敢向山棚上望。偶或他们仰着的脸上淋到了一滴蚕尿了②,虽然觉得有点难过,他们心里却快活;他们巴不得多淋一些。

阿多早已偷偷地挑开"山棚"外围着的芦帘望过几次了。小小宝看见,就扭住了阿多,问"宝宝"有没有做茧子。阿多伸出舌头做一个鬼脸,不回答。

"上山"后三天,息火了。四大娘再也忍不住,也偷偷地挑开芦帘角看了一眼,她的心立刻卜卜地跳了。那是一片雪白,几乎连"缀头"都瞧不见;那是四大娘有生以来从没有见过的"好蚕花"呀!老通宝全家立刻充满了欢笑。现在他们一颗心定下来了!"宝宝"们有良心,四洋一担的叶不是白吃的;他们全家一个月的忍饿失眠总算不冤枉,天老爷有眼睛!

同样的欢笑声在村里到处都起来了。今年蚕花娘娘保佑这小小的村子。二三十人家都可以采到七八分,老通宝家更是比众不同,估量来总可以采一个十二三分。

小溪边和稻场上现在又充满了女人和孩子们。这些人都比一个月前瘦了许多,眼眶陷进了,嗓子也发沙,然而都很快活兴奋。她们嘈嘈地谈论那一个月内的"奋斗"时,她们的眼前便时时现出一堆堆雪白的洋钱,她们那快乐的心里便时时闪过了这样的盘算:夹衣和夏衣都在当铺里,这可先得赎出来;过端阳节也许可以吃一条黄鱼。

那晚上荷花和阿多的把戏也是她们谈话的资料。六宝见了人就宣传荷花的"不要脸,送上门去!"男人们听了就粗暴地笑着,女人们念一声佛,骂一句,又说老通宝家总算幸气,没有犯克,那是菩萨保佑,祖宗有灵!

接着是家家都"浪山头"了,各家的至亲好友都来"望山头"③。老通宝的亲家张财发带了小儿子阿九特地从镇上来到村里。他们带来的礼物,是软糕、线粉、梅子、枇杷,也有咸鱼。小小宝快活得好像雪天的小狗。

---

① 蚕在山棚上受到热,就往"缀头"柴上爬,所以有屑索屑索的声音。这是蚕要做茧子时的第一步手续。爬不上去的,不是健康的蚕,多半不能作茧。

② 据说蚕在作茧以前必撒一泡尿,而这尿是黄色的。

③ "浪山头"在息火后一日举行,那时蚕已成茧,山棚四周的芦帘撒去。"浪"是"亮出来"的意思。"望山头"是来探望"山头",有慰问祝颂的意思。"望山头"的礼物也有定规。

"通宝,你是卖茧子呢,还是自家做丝?"

张老头子拉老通宝到小溪边一棵杨柳树下坐了,这么悄悄地问。这张老头子张财发是出名"会寻快活"的人,他从镇上城隍庙前露天的"说书场"听来了一肚子的疙瘩东西;尤其烂熟的,是《十八路反王,七十二处烟尘》,程咬金卖柴扒,贩私盐出身,瓦岗寨做反王的《隋唐演义》。他向来说话"没正经",老通宝是知道的;所以现在听得问是卖茧子或者自家做丝,老通宝并没把这话看重,只随口回答道:

"自然卖茧子。"

张老头子却拍着大腿叹一口气。忽然他站了起来,用手指着村外那一片秃头桑林后面耸露出来的茧厂的风火墙说道:

"通宝!茧子是采了,那些茧厂的大门还关得紧洞洞呢!今年茧厂不开秤!——十八路反王早已下凡,李世民还没出世;世界不太平!今年茧厂关门,不做生意!"

老通宝忍不住笑了,他不肯相信。他怎么能够相信呢?难道那"五步一岗"似的比露天毛坑还要多的茧厂会一齐都关了门不做生意?况且听说和东洋人也已"讲拢",不打仗了,茧厂里驻的兵早已开走。

张老头子也换了话,东拉西扯讲镇里的"新闻",夹着许多"说书场"上听来的什么秦叔宝,程咬金。最后,他代他的东家催那三十块钱的债,为的他是"中人"。

然而老通宝到底有点不放心。他赶快跑出村去,看看"塘路"上最近的两个茧厂,果然大门紧闭,不见半个人;照往年说,此时应该早已摆开了柜台,挂起了一排乌亮亮的大秤。

老通宝心里也着慌了,但是回家去看见了那些雪白发光很厚实硬古古的茧子,他又忍不住嘻开了嘴。上好的茧子!会没有人要,他不相信。并且他还要忙着采茧,还要谢"蚕花利市"①,他渐渐不把茧厂的事放在心上了。

可是村里的空气一天一天不同了。才得笑了几声的人们现在又都是满脸的愁云。各处茧厂都没开门的消息陆续从镇上传来,从"塘路"上传来。往年这时候,"收茧人"像走马灯似的在村里巡回,今年没见半个"收茧人",却换替着来了债主和催粮的差役。请债主们就收了茧子罢,债主们板起面孔不理。

全村子都是嚷骂,诅咒,和失望的叹息!人们做梦也不会想到今年"蚕花"好了,他们的日子却比往年更加困难。这在他们是一个青天的霹雳!并且愈是像老通宝他们家似的,蚕愈养得多,愈好,就愈加困难,——"真正世界变了!"老通宝捶胸踏脚地没有办法。然而茧子是不能搁久了的,总得赶快想法:不是卖出去,就是自家做丝。村里有几家已经把多年不用的丝车拿出来修理,打算自家把茧做成了丝再说。六宝家也打算这么办。老通宝便也和儿子媳妇商量道:

"不卖茧子了,自家做丝!什么卖茧子,本来是洋鬼子行出来的!"

"我们有四百多斤茧子呢,你打算摆几部丝车呀!"

四大娘首先反对了。她这话是不错的。五百斤的茧子可不算少,自家做丝万万干不了。请帮手么?那又得花钱。阿四是和他老婆一条心。阿多抱怨老头子打错了主意,他说:

---

① 老通宝乡里的风俗,"大眠"以后得拜一次"利市",采茧以后,也是一次。经济窘的人家只举行了"谢蚕花利市","拜利市"也是方言,意即"谢神"。

"早依了我的话,扣住自己的十五担叶,只看一张洋种,多么好!"

老通宝气得说不出话来。

终于一线希望忽又来了。同村的黄道士不知从哪里得的消息,说是无锡脚下的茧厂还是照常收茧。黄道士也是一样的种田人,并非吃十方的"道士",向来和老通宝最说得来。于是老通宝去找那黄道士详细问过了以后,便又和儿子阿四商量把茧子弄到无锡脚下去卖。老通宝虎起了脸,像吵架似的嚷道:

"水路去有三十多九①呢!来回得六天!他妈的!简直是充军!可是你有别的办法么?茧子当不得饭吃,蚕前的债又逼紧来!"

阿四也同意了。他们去借了一条赤膊船,买了几张芦席,赶那几天正是好晴,又带了阿多。他们这卖茧子的"远征军"就此出发。

五天以后,他们果然回来了;但不是空船,船里还有一筐茧子没有卖出。原来那三十多九水路远的茧厂挑剔得非常苛刻:洋种茧一担只值三十五元,土种茧一担二十元,薄茧不要。老通宝他们的茧子虽然是上好的货色,却也被茧厂里挑剩了那么一筐,不肯收买。老通宝他们实卖得一百十一块钱,除去路上盘川,就剩了整整的一百元,不够偿还买青叶所借的债!老通宝路上气得生病了,两个儿子扶他到家。

打回来的八九十斤茧子,四大娘只好自家做丝了。她到六宝家借了丝车,又忙了五六天。家里米又吃完了。叫阿四拿那丝上镇里去卖,没有人要;上当铺当铺也不收。说了多少好话,总算把清明前当在那里的一石米换了出来。

就是这么着,因为春蚕熟,老通宝一村的人都增加了债!老通宝家为的养了五张布子的蚕,又采了十多分的好茧子,就此白赔上十五担叶的桑地和三十块钱的债!一个月光景的忍饿熬夜还都不算!

1932 年 11 月 1 日

(原载 1932 年 11 月 1 日《现代》第 2 卷第 1 期)

作品解读

《春蚕》是茅盾写于 1932 年的一篇反映春蚕丰收成灾的农村题材小说,与之后的《秋收》《残冬》合称"农村三部曲",是社会剖析派小说代表作。《春蚕》的出现,标志着中国现代小说从文化批判主题到社会批判主题的转向。一、作家开始关注阶级意识的觉醒而非五四时期个性解放意识的觉醒。《春蚕》中的多多头即是较早感受到阶级压迫,并逐渐走向觉醒的反抗先锋。二、作家关注的焦点从对乡土文化的展览与乡土人格的解剖转向对农村社会结构的剖析与对农村社会矛盾的揭示。《春蚕》中帝国主义的入侵、国民政府的腐败统治、地主、高利贷的层层盘剥等都是"世界越变越坏"的社会原因。

老通宝是《春蚕》中塑造得最为成功的老一代农民的典型。小说以老通宝为内聚焦视点人物,充分展示其心理活动,揭示其精神的多个层面与性格的多个维度。老通宝既朴实能干又迷信保守、既善良忠厚又顽固落后、既勤劳俭朴又迷茫顺从的性格特征,正是从他对眼前景物所触发的内心活动、从他在特定情境中的行动以及表情的变化揭示出来的。

---

① 老通宝乡间计算路程都以"九"计;"一九"就是九里。"十九"是九十里,"三十多九"就是三十多个"九里"。

小说意蕴丰厚而深远。《春蚕》对于农村蚕事的细致入微的描写以及穿插其间的复杂微妙的乡间人事纠葛也是小说的一大亮点。

（秦林芳）

作家自述

《春蚕》构思的过程大约是这样的：先是看到了帝国主义的经济侵略以及国内政治的混乱造成了那时的农村破产，而在这中间的浙江蚕丝业的破产和以育蚕为主要生产的农民的贫困，则又有其特殊原因，——就是中国"厂"经在纽约和里昂受了日本丝的压迫而陷于破产，(日本丝的外销是受本国政府扶助津贴的，中国丝不但没有受到扶助津贴，且受苛杂捐税之困)丝厂主和茧商(二者是一体的)为要苟延残喘便加倍剥削蚕农，以为补偿，事实上，在春蚕上簇的时候，茧商们的托拉斯组织已经定下了茧价，注定了蚕农的亏本，而在中间又有"叶行"(它和茧行也常常是一体)操纵叶价，加重剥削，结果是春蚕愈熟，蚕农愈困顿。从这一认识出发，算是《春蚕》的主题已经有了，其次便是处理人物，构造故事。

我写小说，大都是这样一个构思的过程。我知道这样的办法有利亦有弊，不过习惯已成自然，到现在还是如此。——茅盾：《我怎样写〈春蚕〉》，《青年知识》第1卷第3期(1945年10月)。

名家要评

《春蚕》只有一二万字。可是每一节，每一段，甚至每一句，都安排得伏伏帖帖。文体简练，活泼，表现恰如其分。观点准确，叙事谨严。没有夸大处，也没有虚构处，有一分说一分，说得很详尽，很深刻。"技巧"底一切任务，在这里，是完全成功了！——王蒿心：《〈春蚕〉的描写方式》，《读书顾问》第1卷第2期(1934年7月)。

……在我看来，《春蚕》对于农村生活的描写，比起"五四"时期的小说来，的确向前跨进了一大步，也给同时期描写农村的作品以一定的影响……茅盾先生在艺术构思上，保持着独特的风格……在丰富的生活内容上构成严谨的布局，寓精炼于从容裕加之中，作者有他的特点。举凡这些，我觉得都应该放到文学史上去总结。——晦庵(唐弢)：《且说〈春蚕〉》，《书话》，北京出版社1962年。

拓展阅读

1. 罗浮：《评〈春蚕〉》，《文艺月报》第1卷第2期(1932年7月)。
2. 邵伯周：《茅盾的文学道路》，长江文艺出版社1959年。
3. 吴组缃：《谈〈春蚕〉——兼谈茅盾的创作方法及其艺术特点》，《中国现代文学研究丛刊》1984年第4期。
4. 邱文治：《谈〈春蚕〉及茅盾有关小说的主题把握——与吴组缃同志商榷》，《中国现代文学研究丛刊》1986年第4期。

子夜（长篇存目）

故事梗概

《子夜》，开明书店1933年1月初版。

1930年代，在吴老太爷的丧礼上，杜竹斋拉吴荪甫和赵伯韬合伙做公债多头。双桥镇农民暴动，打破了吴荪甫建设"双桥王国"的幻想，他与杜竹斋等人筹建"益中信托公司"，在公债市场上同赵伯韬较量。他把公债投机上的损失转嫁到工人头上，工人被激怒了，举行罢工。赵伯韬要吞并"益中"。吴荪甫将"益中"顶给西方的"洋行"和东方的"公社"，再将办厂的资本投放公债市场，与赵伯韬作最后的决斗。杜竹斋最终站到了赵伯韬一边。吴荪甫倾家荡产，显赫一时的工业巨头，绝望地用枪口对准了自己的胸膛。

作品解读

《子夜》追求题材与主题的时代性与史诗性，实现了作者"大规模地描写中国社会"的企图。《子夜》注重从错综复杂的社会关系特别是经济关系中表现人物性格的多面性与复杂性，作品中的许多人物形象如吴荪甫、赵伯韬、屠维岳、冯云卿等，都富有立体感。

吴荪甫是中国特定历史社会环境中民族资产阶级的一个战败了的英雄形象。他在两条战线上搏杀。他与买办金融资本家赵伯韬在证券市场斗法，终于拼死一搏而惨败，虚弱、颓废，充分暴露了民族资产阶级的致命弱点。他将经济危机转嫁给工人，激化了与工人的冲突，这又暴露了他的另一面。在家庭内，他独断专横的家长作风也使他陷入众叛亲离的困境。小说形象地剖析了吴荪甫的悲剧命运不仅仅是主观原因造成的，更主要的是中国的客观社会和历史条件导致的必然结局。作者刻画了吴荪甫在面临多重矛盾时性格的多侧面。

《子夜》追求宏大而严谨的布局。为了与所要表现的纷繁复杂的社会生活相适应，小说构筑了多线并存的蛛网式的结构。它以吴、赵之争作为贯穿全书的主线，同时展开了工运、农运两条线索，而又均以吴荪甫为焦点。作者采用开门见山和盘托出的手法，以吴老太爷的吊唁仪式将几乎所有重要人物都推向前台，组成复杂的人物关系网络，设下情节因果关系的伏线。

《子夜》善于描写人物的行为、语言，尤其擅长对人物作出色的心理描绘，从人物的灵魂深处，揭示其内心的隐秘，显示其内心世界的丰富性，从而使小说实现了剖析社会历史与剖析人的心理的统一。

从《子夜》问世时开始，就一直伴随着论争。论争的焦点之一是如何评价《子夜》"理念（主题）先行"的问题。茅盾说他创作《子夜》"所要回答的，只是一个问题，即是回答了托派：中国并没有走向资本主义发展的道路，中国在帝国主义的压迫下，是更加殖民地化了"。研究者们一般都注意到了这一特点，如朱自清在比较《蚀》与《子夜》时就指出："前一本是作者经验了人生而写的，这一本是为了写而去经验人生……是细心研究的结果,并非'写意'的创作。"(《〈子夜〉》)但在如何评价这一特点时,却众说纷纭。

(秦林芳)

作家自述

实际上写这本书是在一九三一年暑假以前开始的。……当时我的野心很大,打算一方面写农村,另方面写都市。数年来农村经济的破产掀起了农民暴动的浪潮,因为农村的不安定,农村资金便向都市集中。论理这本来可以使都市的工业发展,然而实际却并不是这样,农村经济的破产大大地减低了农民的购买力,因而缩小了商品的市场,同时流在都市中的资金不但不能促进生产的发展,反而增添了市场的不安定性。流在都市的资金并未投入生产方面,而是投入投机市场。《子夜》的第三章便是描写这一事态的发端。我原来的计划是打算把这些事态发展下去,写一部农村与都市的"交响曲"。但是在写了前面的三四章以后,夏天便来了。天气特别热……只得把工作暂时停顿。

直到"一二八"以后,才把这本小说写完。因为中间停顿了一下,兴趣减低了,勇气也就小了,并且写下的东西越看越不好,照原来的计划范围太大,感觉到自己的能力不够。所以把原来的计划缩小了一半,只写都市的而不写农村了。……

本书为什么要以丝厂老板作为民族资本家的代表呢?这是受了实际材料的束缚,一来因为我对丝厂的情形比较熟习,二来丝厂可以联系农村与都市。一九二八——二九年丝价大跌,因之影响到茧价。都市与农村均遭受到经济的危机。——茅盾:《〈子夜〉是怎样写成的》,《新疆日报》副刊《绿洲》,1939年6月1日。

名家要评

《子夜》不但证明了茅盾个人的努力,不但证明了这个富有中国十几年来的文学的战斗的经验的作者已为普洛革命文学所获得;《子夜》并且是把鲁迅先驱地英勇地所开辟的中国现代的战斗的文学的路,现实主义的创作的路,接引到普洛革命文学上来的"里程碑"之一。——何丹仁(冯雪峰):《〈子夜〉与革命的现实主义的文学》,《木屑文丛》第1辑(1935年4月)。

《子夜》这样一部人物众多、线索纷繁、内容复杂的作品,为什么能组织得有条不紊,浑然一体,其成功的秘密究竟在哪里呢?我认为,主要地就在于作者能严格地遵循着结构艺术的一条最基本的规律,即根据主题的需要,根据中心人物性格发展的逻辑,来安排各种人物事件,矛盾冲突和环境场面,因而能从复杂的内容里突出中心,从纷繁的线索中见出主次,做到波澜起伏而有条不紊。同时,作者又善于根据矛盾冲突的各种不同发展阶段的情况,运用借题牵线,烘托对比,虚实处理,前后照应等等艺术手法,来巧妙地安排故事情节,做到引人入胜而不落陈套。——叶子铭:《谈〈子夜〉的结构艺术》,《江海学刊》1962年第11期。

由于出色的现代中国小说不多,《子夜》也因此在现代中国重要的小说中,占了一个地位。我们在上面说它是失败之作,乃是以茅盾过去的成就和可能的成就来衡量它的缘故。茅盾的野心——要给中国社会来一个全盘的检讨——说明了一点:作者愈来愈"科学"(马克思主义式的和自然主义式的)了。在他以后的创作生命中,除了偶尔一两个例外,他再也摆不脱这个迷障。——[美]夏志清:《中国现代小说史》,第136页,香港友联出版社有限公司1979年7月。

《子夜》范式的第一个特点是小说呈现出的政治意识形态的明晰性、系统性,从小说的功能方面说,它大大地强化了文学的意识形态的论辩性。中国小说的政治意识形态性和党派性的传统是从《子夜》开始得到确立的。

在叙事方式上,《子夜》力图消解作者的个人性和主观性,从而使得小说的叙事呈现出客观的、非情感的特征。这构成了《子夜》在叙事方式上与"五四"小说传统的另一个重要的分野。——汪晖:《关于〈子夜〉的几个问题》,《中国现代文学研究丛刊》1989年第1期。

在我看来,茅盾对《子夜》基本情节的构思过程,就是他的艺术个性和情感记忆逐渐参与决策的过程。那个最初激起他创作冲动的抽象命题,一旦进入他实践这冲动的具体过程,就无法再维持那种至尊的地位。它若有灵,一定会气愤地发现,当茅盾正式写下《子夜》的第一行词句时,它已经处在他感性经验的强有力的挟持当中了。

这就是《子夜》给我的真实印象。它绝不仅是某个抽象命题的图解,尽管其中确实有图解的成分。……所以,《子夜》的成功并不能证明那种主题先行的创作方法的成功,它那些失败的部分倒可以证明,缺乏审美感受的直接支持,题材上的大胆开拓往往会造成怎样触目的缺陷。——王晓明:《惊涛骇浪里的自救之舟——论茅盾的小说创作》,王晓明主编:《二十世纪中国文学史论》(第二卷),第289—290页,东方出版中心1997年。

拓展阅读

1. 冯雪峰:《〈子夜〉与革命的现实主义的文学》,《木屑文丛》第1辑(1935年4月)。
2. 叶子铭:《论茅盾四十年的文学道路》,上海新文艺出版社1959年。

家（长篇存目）

巴　金

故事梗概

《家》写于1931年，最初在上海《时报》连载，原题《激流》，开明书店1933年5月出版单行本时改名为《家》。

成都高公馆，高老太爷五房中的长房有觉新、觉民、觉慧三兄弟，觉新当家，早熟且性格软弱，受新思想熏陶却不敢得罪长辈，年轻时与梅表妹相爱，却接受父母的安排娶了瑞珏，婚后恩爱，却忘不了成了寡妇回到成都的梅，不久梅也在忧郁中病逝。觉民与表妹琴相爱，爷爷却为他另订亲事。觉慧对丫鬟鸣凤有朦胧的好感，高老太爷将鸣凤嫁给孔教会会长冯乐山为妾，鸣凤在绝望中投湖自尽。高老太爷在多重打击下病亡，瑞珏为避血光之灾被迫到郊外生产，难产而死。觉新在痛悔的心情中认识到，这个家庭需要反叛者，因而支持觉慧离家去上海。

作品解读

《家》所反映的时代正是"五四"高潮期至20年代初期中国社会格局剧烈动荡的历史转折时期，故事发生在当时还很闭塞的内地成都。小说描写了一个三濒临崩溃的封建大家庭内部分崩离析的过程。巴金以自己丰富的人生经历，提炼概括了"高公馆"这样一个中国封建宗法制度下的大家庭的典型形态。巴金对高公馆作为中国没落封建大家庭的真实深刻的描写，为20世纪中国文学留下了深刻的历史纪念。

小说着力描写青年一代——高家第三代高氏三兄弟对人生的追求，尤其是他们未获得个人的爱而遭遇的悲剧。年轻女性的不幸，都与以高老太爷为代表的这个封建宗法家族制度有着直接间接的联系。小说揭示了封建礼教、专制制度和年轻一代对爱情的追求，发生了不可调和的冲突，并索取了年轻一代的生命。这是巴金的控诉。

小说赋予高觉慧以新人的素质，又深刻地刻画了在专制主义重压及其文化的锈蚀下一颗扭曲复杂病态的灵魂——觉新的内心世界。觉新是《激流三部曲》的中心人物。觉新形象的典型意义在于他复杂扭曲的病态心灵是封建专制主义及其文化所造成的。他的悲剧深刻地反映了这一专制主义文化对健康人性的戕害。

巴金以横溢的才华与诗情塑造了众多女性形象，如鸣凤、梅、瑞珏。他细腻缠绵的心理描写与抒情艺术，又同他受屠格涅夫、托尔斯泰小说艺术影响有关。

（汪应果）

作家自述

我不要单给我们的家族写一部特殊的历史。我所写的应该是一般的资产阶级家庭的历史。这里面的主人公应该是我们在那些家庭里常常见到的。我要写这种家庭怎样必然地走上崩溃的路，逼近它自己亲手掘成的墓穴。我要写包含在那里面的倾轧，斗争和悲剧。我要写一些可爱的青年的生命怎样在那里面受苦,挣扎而终于不免灭亡。我最后还要写一个叛徒,一个幼稚的然而大胆的叛徒。我要把希望寄托在他的身上,要他给我们带进来一点新鲜空气,在那旧家庭里面我们是闷得缓不过气来了。

我写觉新,觉民,觉慧三弟兄,代表三种不同的性格,由这不同的性格而得到不同的结局。……在女子方面我也写了梅,琴,鸣凤,也代表三种不同的性格,也有三个不同的结局。……

我并不是一个冷静的作者。我在生活里有过爱和恨,悲哀和渴望;我在写作的时候也有我的爱和恨,悲哀和渴望的。倘使没有这些我就不会来写小说。我并非为了要做作家才拿笔的。……我仿佛跟着书中每一个人受苦,跟每一个人在那魔爪下面挣扎。我陪着那些年轻的灵魂流过一些眼泪,我也跟着他们发过几声欢笑。我愿意说我是和我的几个主人公患难共甘苦的。倘若我因此得着一些严正的批评家的责难,我也只有低头伏罪,却不想改过自新。——巴金:《关于〈家〉(十版改定本代序)——给我底一个表哥》,《文丛》月刊创刊号(1937年3月15日)。

名家要评

巴金的世界,是单纯的。单纯到绝对化的地步。这单纯是巴金创作的成功的原因,但也是失败的根源。——巴人:《略论巴金的〈家〉三部曲》,《窄门集》,第195—196页,香港海燕书店1941年。

作者对他所写的生活是充分熟悉的,他对于作品中的那些人物的精神面貌(无论正面人物或反面人物)是感受极深的;而且因为要具体通过一个家庭的没落和分化来写出封建宗法制度的崩溃和革命势力的激荡,因此他花了很大力量来描写这个大家庭内部的形形色色,它的主要成员们的虚伪、庸俗和堕落,以及对于青年人的命运和精神的摧残;他是非常忠实于生活的。——王瑶:《论巴金的小说》,《文学研究》第4期(1957年12月)。

在20世纪中国现代文学史上,巴金无疑是抨击封建家族制度与封建礼教最为激烈的作家之一。在他的笔下,封建大家庭是一个专制的王国,它扼杀了青年一代的幸福、自由和理想,它是贵族子弟得以滋长堕落的温床。然而,从他的创作中,我们又惊人地发现了他浓厚的家族情结,这不仅体现在他对家族问题持久的关注热情,把创作的重点始终放在家庭中人与人之间的关系上,而且在某种程度上表现出对专制家长、堕落子弟的怜悯和同情,对正常的父慈子孝、兄友弟恭的家族伦理给予首肯,甚至对他所歌颂的叛逆者身上所潜藏着对封建孝道之类的道德也流露出理解式的认同。——曹书文:《论巴金小说创作中的"家族情结"》,《学术论坛》2001年第5期。

拓展阅读

1. 林萤腆编:《论巴金的〈家春秋〉及其它》,柳州文丛出版社1943年。
2. 陈丹晨:《巴金评传》,河北人民出版社1981年。
3. 汪应果:《巴金论》,上海文艺出版社1985年。

梅雨之夕

施蛰存

梅雨又淙淙地降下了。

对于雨,我倒并不觉得嫌厌,所嫌厌的是在雨中疾驰的摩托车的轮,它会得溅起泥水猛力地洒上我的衣裤,甚至会连嘴里也拜受了美味。我常常在办公室里,当公事空闲的时候,凝望着窗外淡白的空中的雨丝,对同事们谈起我对于这些自私的车轮的怨苦。下雨天是不必省钱的,你可以坐车,舒服些。他们会这样善意地劝告我。但我并不曾屈就了他们的好心,我不是为了省钱,我喜欢在滴沥的雨声中撑着伞回去。我的寓所离公司是很近的,所以我散工出来,便是电车也不必坐,此外还有一个我所以不喜欢在雨天坐车的理由,那是因为我还不曾有一件雨衣,而普通在雨天的电车里,几乎全是裹着雨衣的先生们,夫人们或小姐们,在这样一间狭窄的车厢里,滚来滚去的人身上全是水,我一定会虽然带着一把上等的伞,也不免满身淋漓地回到家里。况且尤其是在傍晚时分,街灯初上,沿着人行路用一些暂时安逸的心境去看看都市的雨景,虽然拖泥带水,也不失为一种自己的娱乐。在蒙雾中来来往往的车辆人物,全都消失了清晰的轮廓,广阔的路上倒映着许多黄色的灯光,间或有几条警灯的红色和绿色在闪烁着行人的眼睛。雨大的时候,很近的人语声,即使声音很高,也好像在半空中了。

人家时常举出这一端来说我太刻苦了,但他们不知道我会得从这里找出很大的乐趣来,即使偶尔有摩托车的轮溅满泥泞在我身上,我也并不曾因此而改了我的习惯。说是习惯,有什么不妥呢,这样的已经有三四年了。有时也偶尔想着总得买一件雨衣来,于是可以在雨天坐车,或者即使步行,也可以免得被泥水溅着了上衣,但到如今这仍然留在心里做一种生活上的希望。

在近来的连日的大雨里,我依然早上撑着伞上公司去,下午撑着伞回家,每天都是如此。

昨日下午,公事堆积得很多。到了四点钟,看看外面雨还是很大,便独自留下在公事房里,想索性再办了几桩,一来省得明天要更多地积起来,二来也借此避雨,等它小一些再走。这样地竟逗留到六点钟,雨早已止了。

走出外面,虽然已是满街灯火,但天色却转清朗了。曳着伞,避着檐滴,缓步过去,从江西路走到四川路桥,竟走了差不多有半点钟光景。邮政局的大钟已是六点二十五分了。未走上桥,天色早已重又冥晦下来,但我并没有介意,因为晓得是傍晚的时分了,刚走到桥头,急雨骤然从乌云中漏下来,潇潇的起着繁音。看下面北四川路上和苏州河两岸行人的纷纷乱窜乱避,只觉得连自己心里也有些着急。他们在着急些什么呢?他们也一定知道这降下来的是雨,对于他们没有生命上的危险,但何以要这样急迫地躲避呢?说是为了恐怕衣裳给淋湿了,但我分明看见手中持着伞的和身上披了雨衣的人也有些脚步跟跄了。我觉得至少这是一种无意识的纷乱。但要是我不会感觉到雨中闲行的滋味,我也是会得和这些人一样地急突地奔下桥去的。

何必这样的奔逃呢,前路也是在下着雨,张开我的伞来的时候,我这样漫想着。不觉已走过了天潼路口。大街上浩浩荡荡地降着雨,真是一个伟观,除间或有几辆摩托车,连续地冲破了雨仍旧钻进了雨中地疾驰过去之外,电车和人力车全不看见。我奇怪他们都躲到什么地方去了。至于人,行走着的几乎是没有,但在店铺的檐下或蔽荫下是可以一团一团地看得见,有伞的和无伞的,有雨衣的和无雨衣的,全都聚集着,用嫌厌的眼望着这奈何不得的雨。我不懂他们这些雨具是为了怎样的天气而买的。

至于我,已经走近文监师路了。我并没什么不舒服,我有一把好的伞,脸上绝不会给雨淋湿,脚上虽然觉得有些潮沮沮,但这至多是回家后换一双袜子的事。我且行且看着雨中的北四川路,觉得朦胧的颇有些诗意。但这里所说的"觉得",其实也并不是什么具体的思绪。除了"我该得在这里转弯了"之外,心中一些也不意识着什么。

从人行路上走出去,探头看看街上有没有往来的车辆,刚想穿过街去转入文监师路,但一辆先前并没有看见的电车已停在眼前。我止步了,依然退到人行路上,在一支电杆边等候着这辆车的开出。在车停的时候,其实我是可以安心地穿过去的,但我并不会这样做。我在上海住得很久,我懂得走路的规则,我为什么不在这个可以穿过去的时候走到对街去呢,我没知道。

我数着从头等车里下来的乘客。为什么不数三等车里下来的呢?这里并没有故意的挑选,头等坐在车底前部,下来的乘客刚在我面前,所以我可以很看得清楚。第一个,穿着红皮雨衣的俄罗斯人,第二个是中年的日本妇人,她急急地下了车,撑开了手里提着的东洋粗柄雨伞,缩着头鼠窜似地绕过车前,转进文监师路去了。我认识她,她是一家果子店的女店主。第三,第四,是像宁波人似的我国商人,他们都穿着绿色的橡皮华式雨衣。第五个下来的乘客,也即是末一个了,是一位姑娘。她手里没有伞,身上也没有穿雨衣,好像是在雨停止了之后上电车的,而不幸在到目的地的时候却下着这样的大雨。我猜想她一定是从很远的地方上车的,至少应当在卡德路以上的几站吧。

她走下车来,缩着瘦削的,但并不露骨的双肩,窘迫地走上人行路的时候,我开始注意着她的美丽了。美丽有许多方面,容颜的姣好固然一重要素,但风仪的温雅,肢体的停匀,甚至谈吐的不俗,至少是不惹厌,这些也有着份儿,而这个雨中的少女,我事后觉得她是全适合这几端的。

她向路的两边看了一看,又走到转角上看着文监师路。我晓得她是急于要招呼一辆人力车。但我看,跟着她的眼光,大路上清寂地没有一辆车子徘徊着,而雨还尽量地落下来。她旋即回了转来,躲避在一家木器店的屋檐下,露着烦恼的眼色,并且蹙着细淡的修眉。

我也便退进在屋檐下,虽则电车已开出,路上空空地,我照理可以穿过去了。但我何以不穿过去,走上了归家的路呢!为了对于这个少女有什么依恋么?并不,绝没有这种依恋的意识。但这也决不是为了我家里有着等候我回去在灯下一同吃晚饭的妻,当时是连我已有妻的思想都不会有,面前有着一个美的对象,而又是在一重困难之中,孤寂地单身孑立着望这永远地,永远地垂下来的梅雨,只为了这些缘故,我不自觉地移动了脚步站在她旁边了。

虽然在屋檐下,虽然没有粗重的檐溜滴下来,但每一阵风会得把凉凉的雨丝吹向我们。我有着伞,我可以如中古时期骁勇的武士似地把伞当作盾牌,挡着扑面袭来的雨丝的箭,但这个少女却身上间歇地被淋得很湿了。薄薄的绸衣,黑色也没有效用了,两支手臂已被画出了它们的圆润。她屡次旋转身去,侧立着,避免轻薄的雨之侵袭她的前胸。肩臂上受些雨水,让衣裳贴着了肉倒不打紧吗?我曾偶尔这样想。

天晴的时候,马路上多的是兜搭生意的人力车。但现在需要它们的时候,却反而没有了。我想着人力车夫的不善于做生意,或许是因为需要的人太多了,供不应求,所以即是在这样繁盛的街上,也不见一辆车子的踪迹。或许车夫也都在避雨呢,这样大的雨,车夫不该避一避吗?对于人力车之有无,本来用不到关心的我,也忽然寻思起来,我并且还甚至觉得那些人力车夫是可恨的,为什么你们不拖着车子走过来接应这生意呢,这里有一位美丽的姑娘,正窘立在雨中等候着你们的任何一个。

如是想着,人力车终于没有踪迹。天色真的晚了。远处对街的店铺门前有几个短衣的男子已经等得不耐而冒着雨,他们是拼着淋湿一身衣裤的,跨着大步跑去了。我看这位少女的长眉已颦蹙得更紧,眸子莹然,像是心中很着急了。她的忧闷的眼光正与我的互相交换,在她眼里,我懂得我是正受着诧异,为什么你老是站在这里不走呢。你有着伞,并且穿着皮鞋,等什么人么?雨天在街路上等谁呢?眼睛这样锐利地看着我,不是没怀着好意么?从她将钉住着在我身上打量我的眼光移向着阴黑的天空的这个动作上,我肯定地猜测她是在这样想着。

我有着伞呢,而且大得足够容两个人的蔽荫的,我不懂何以这个意识不早就觉醒了我。但现在它觉醒了我将使我做什么呢?我可以用我的伞给她障住这样的淫雨,我可以陪伴她走一段路去找人力车,如果路不多,我可以送她到她的家。如果路很多,又有什么不成呢?我应当跨过这一箭路,去表白我的好意吗?好意,她不会有什么别方面的疑虑吗?或许她会得像刚才我所猜想着的那样误解了我,她便会得拒绝了我。难道她宁愿在这样不止的雨和风中,在冷静的夕暮的街头,独自立到很迟吗?不啊!雨是不久就会停的,已经这样连续不断地降下了……多久了,我也完全忘记了时间的在雨水中间流过。我取出时计来,七点三十四分。一小时多了。不至于老是这样地降下来吧,看,排水沟已经来不及宣泄,多量的水已经积聚在它上面,打着旋涡,挣扎不得流下去的路,不久怕会溢上了人行道么?不会的,决不会有这样持久的雨,再停一会,她一定可以走了。即使雨不就停止,人力车大约总能够来一辆的。她一定会不管多大的代价坐了去的。然则我是应当走么?应当走了?为什么不?……

这样地又十分钟过去了。我还没有走。雨没有住,车儿也没有影踪。她也依然焦灼地立着。我有一个残忍的好奇心,如她这样的在一重困难中,我要看她终于如何处理她自己。看着她这样窘急,怜悯和旁观的心理在我身中各占了一半。

她又在惊异地看着我。

忽然,我觉得,何以刚才会不觉得呢,我奇怪,她好像在等待我拿我的伞贡献给她,并且送她回去,不,不一定是回去,只是到她所需要到的地方去。你有伞,但你不走,你愿意分一半伞荫蔽我,但还在等待什么更适当的时候呢?她的眼光在对我这样说。

我脸红了,但并没有低下头去。

用羞赧来对付一个少女的注目,在结婚以后,我是不常有的。这是自己也随即觉得可怪了。我将用何种理由来譬解我的脸红呢?没有!但随即有一种男子的勇气升上来,我要求报复,这样说或许较严重了,但至少是要求着克服她的心在我身里急突地催促着。

终归是我移近了这少女,将我的伞分一半荫蔽她。

——小姐，车子恐怕一时不会得有，假如不妨碍，让我来送一送吧。我有着伞。

　　我想说送她回府，但随即想到她未必是在回家的路上，所以结果是这样两用地说了。当说着这些话的时候，我竭力做得神色泰然而她一定已看出了这勉强的安静的态度后面藏匿着的我的血脉之急流。

　　她凝视着我半微笑着。这样好久。她是在估量我这种举止的动机，上海是个坏地方，人与人都用一种不信任的思想交际着！她也许是正在自己委决不下，雨真的在短时期内不会止么？人力车真的不会来一辆么？要不要借着他的伞姑且走起来呢？也许转一个弯就可以有人力车，也许就让他送到了。那不妨事么？……不妨事。遇见了认识人不会猜疑吗？……但天太晚了，雨并不觉得小一些。于是她对我点了点头，极轻微地。

　　谢谢你。朱唇一启，她进出柔软的苏州音。

　　转进靠西边的文监师路，响着雨声的伞下，在一个少女的傍边，我开始诧异我的奇遇。事情会得展开到这个现状吗？她是谁，在我身旁同走，并且让我用伞荫蔽着她，除了和我的妻之外，近几年来我并不曾有过这样的经历。我回转头去，向后面斜看，店铺里有许多人歇下了工作对我，或是我们，看着。隔着雨的帡幪，我看得见他们的可疑的脸色。我心里吃惊了，这里有着我认识的人吗？或是可有着认识她的人吗？……再回看她，她正低下着头。拣着踏脚地走。我的鼻刚接近她的鬓发，一阵香。无论认识我们之中任何一个人，看见了这样的我们的同行，会怎样想？……我将伞沉下了些，让它遮蔽到我们的眉额。人家除非低下身子来，不能看见我们的脸面。这样的举动，她似乎很中意。

　　我起先是走在她的右边，右手执着伞柄，为了要让她多得些荫蔽，手臂便凌空了。我开始觉得手臂酸痛，但并不以为是一种苦楚。我侧眼看她，我恨那个伞柄，它遮隔了我的视线。从侧面看，她并没有从正面看那样的美丽。但我却从此得到了一个新的发现：她很像一个人。谁？我搜寻着，我搜寻着，好像记得，岂但……几乎每日都在意中的，一个我认识的女子，像现在身旁并行着的这个一样的身材，差不多的面容，但何以现在百思不得了呢？……啊，是了，我奇怪为什么我竟会得想不起来，这是不可能的！我的初恋的那个少女，同学，邻居，她不是很像她吗？这样的从侧面看，我与她离别了好几年了，在我们相聚的最后一日，她还只有十四岁，……一年……二年……七年了呢。我结婚了，我没有再看见她，想来长成得更美丽了……但我并不是没有看见她长大起来，当我脑中浮起她的印象来的时候，她并不还保留着十四岁的少女姿态。我不时在梦里，睡梦或白日梦，看见她在长大起来，我会自己构想她是个美丽的二十岁年纪的少女。她有好的声音和姿态，当偶然悲哀的时候，她在我的幻觉里会得是一个妇人，或甚至是一个年轻的母亲。

　　但她何以这样的像她呢？这个容态，还保留十四岁时候的余影，难道就是她自己么？她为什么不会到上海来呢？是她！天下有这样容貌完全相同的人么？不知她认出了我没有……我应该问问她了。

　　小姐是苏州人么？

　　是的。

　　确然是她，罕有的机会啊！她几时到上海来的呢？她的家搬到上海来了吗？还是，哎，我怕，她嫁到上海来了呢？她一定已经忘记了我，否则她不会允许我送她走。……也许我的容貌有了改变，她不能再认识我，年数确是很久了。……但她知道我已经结婚吗？要是没有知道，而现在她认识了我，怎么办呢？我应当告诉她吗？如果这样是需要的,我将怎么措辞呢?……

我偶然向道旁一望,有一个女子倚在一家店里的柜上,用着忧郁的眼光,看着我,或者也许是在看着她。我忽然好像发现这是我的妻,她为什么在这里?我奇怪。

我们走在什么地方了。我留心看。小菜场。她恐怕快要到了。我应当不失了这个机会。我要晓得她更多一些,但要不要使我们继续已断的友谊呢,是的,至少也得是友谊?还是仍旧这样地让我在她的意识里只不过是一个不相识的帮助女子的善意的人呢?我开始踌躇了。我应当怎样做才是最适当的?

我似乎还应该知道她正要到那里去。她未必是归家去吧。家——要是父母的家倒也不妨事的,我可以进去,如像幼小的时候一样。但如果是她自己的家呢?我为什么不问她结婚了不曾呢……或许,连自己的家也不是,而是她的爱人的家呢,我看见一个文雅的青年绅士。我开始后悔了,为什么今天这样高兴,剩下妻在家里焦灼地等候着我,而来管人家的闲事呢。北四川路上,终于会有人力车往来的,即使我不这样地用我的伞伴送她,她也一定早已能雇到车子了。要不是自己觉得不便说出口,我是已经会得剩了她在雨中反身走了。

还是再考验一次吧。

小姐贵姓?

刘。

刘吗?一定是假的。她已经认出了我,她一定都知道了关于我的事,她哄我了。她不愿意再认识我了,便是友谊也不想继续了。女人!……她为什么改了姓呢?……也许这是她丈夫的姓?刘……刘什么?

这些思想的独白,并不占有了我多少时候。它们是很迅速地翻舞过我的心里,就在与这个好像有魅力的少女同行过一条马路的几分钟之内。我的眼不常离开她,雨到这时已在小下来也没有觉得。眼前好像来来往往的人在多起来了,人力车也恍惚看见了几辆。她为什么不雇车呢?或许快要到达她的目的地了。她会不会因为心里已认识了我,不敢相认,所以故意延滞着和我同走么?

一阵微风,将她的衣缘吹起,飘荡在身后。她扭过脸去避对面吹来的风,闭着眼睛,有些娇媚。这是很有诗兴的姿态,我记起日本画伯铃木春信的一帖题名叫"夜雨宫诣美人图"的画。提着灯笼,遮着被斜风细雨所撕破的伞,在夜的神社之前走着,衣裳和灯笼都给风吹卷着,侧转脸儿来避着风雨的威势,这是颇有些洒脱的感觉的。现在我留心到这方面了,她也有些这样的丰度。至于我自己,在旁人眼光里,或许成为她的丈夫或情人了,我很有些得意着这种自擘的假饰。是的,当我觉得她确是幼小时候初恋着的女伴的时候,我是如像真有这回事似的享受着这样的假饰。而从她鬓边颊上被潮润的风吹过来的粉香,我也闻嗅得出是和我妻所有的香味一样的。……我旋即想到古人有"担簦亲送绮罗人"那么一句诗,是很适合于今日的我的奇遇的。铃木画伯的名画又一度浮现上来了。但铃木的所画的美人并不和她有一些相像,倒是我妻的嘴唇却与画里的少女的嘴唇有些仿佛。我再试一试对于她的凝视,奇怪啊,现在我觉得她并不是我适才所误会着的初恋的女伴。她是另外一个不相干的少女。眉额、鼻子、颚骨,即使说是有年岁的改换,也绝对的找不出一些踪迹来。而我尤其嫌厌着她的嘴唇,侧看过去,似乎太厚一些了。

我忽然觉得很舒适,呼吸也更通畅了。我若有意无意地替她撑着伞,徐徐觉得手臂太酸痛之外，没什么感觉。在身旁由我伴送着的这个不相识的少女的形态，好似已经从我的心的樊笼中被释放了出去。我才觉得天已完全夜了，而伞上已听不到些微的雨声。

——谢谢你，不必送了，雨已经停了。

她在我耳朵边这样地嘤响。

我蓦然惊觉，收拢了手中的伞。一缕街灯的光射上了她的脸，显着橙子的颜色。她快要到了吗？可是她不愿意我伴她到目的地，所以趁此雨已停住的时候要辞别我吗？我能不能设法看一看她究竟到什么地方去呢？……

——不要紧，假使没有妨碍，让我送到了吧。

——不敢当呀，我一个人可以走了，不必送吧。时光已是很晏了，真对不起得很呢。

看来是不愿我送的了。但假如还是下着大雨便怎么了呢？……我怨怼着不情的天气，何以不再下半小时再呢，是的，只要再半小时就够了。一瞬间，我从她的对于我的凝视——那是为了要等候我的答话——中看出一种特殊的端庄，我觉得凌然，像雨中的风吹上我的肩膀。我想回答，但她已不再等候我。

——谢谢你，请回转吧，再会。……

她微微地侧面向我说着，跨前一步走了，没有再回转头来。我站在中路，看她的后影，旋即消失在黄昏里。我呆立着，直到一个人力车夫来向我兜揽生意。

在车上的我，好像飞行在一个醒觉之后就要忘记了的梦里。我似乎有一桩事情没有做完，我心里有着一种牵挂。但这并不会很清晰地意识着。我几次想把手中的伞张起来，可是随即会自己失笑这是无意识的。并没有雨降下来，完全地晴了，而天空中也稀疏地有了几颗星。

下车了，我叩门。

——谁？

这是我在伞底下伴送着走的少女的声音！奇怪，她何以又会在我家里？……门开了。堂中灯火通明，背着灯光立在开着一半的大门边的，倒并不是那个少女。朦胧里，我认出她是那个倚在柜台上用嫉妒的眼光看着我和那个同行的少女的女子。我惝怳地走进门。在灯下，我很奇怪，为什么从我妻的脸色上再也找不出那个女子的幻影来。

妻问我何故归家这样的迟，我说遇到了朋友，在沙利文吃了些小点，因为等雨停止，所以坐得久了。为了要证实我这谎话，夜饭吃得很少。

（选自《梅雨之夕》，上海新中国书店1933年3月初版）

作品解读

解读《梅雨之夕》的钥匙是弗洛伊德的精神分析学说。意识、前意识、潜意识以及弗洛伊德为阐释这三种心理状态而引入的本我、自我、超我的三重人格建构，正好可以解释《梅雨之夕》中潜意识和意识，自我和本我、超我之间相互纠缠、相互冲突的心理历程。

《梅雨之夕》的故事发生在一个梅雨季节的黄昏时分，主人公"我"在回家途中走到一个车站，看到一个美丽少女，便鬼使神差地跟在少女后面，一起躲到屋檐下避雨，然后"我"鼓起勇气提出送女子回家。在为少女撑伞的过程中，"我"思绪纷飞，一会儿想到初恋女友一会儿想到家中妻子。最后与少女分手，回家仍怅然不已。整个故事是围绕着初恋情人、少女、妻子三个女人展开对心理变化的描述的。初恋情人隐喻了潜意识，少女隐喻了意识层面中的自我，妻子隐喻了超我。小说的成功之处就是将这三者之间的关系做了高明的处理。

或许对妻子产生了"审美疲劳",婚姻的不满意使"我"压抑,压抑久了就转移,就寻找其他替代物,而少女和初恋情人就是"我"潜意识中的替代物。

施蛰存最初是从奥地利作家亚瑟·显尼志勒的小说中接触到"心理分析"的,他明显受到显尼志勒"心理分析"小说的影响,描写性爱"并不是描写这一种事实或说行为",而是"注重在性心理分析"。《梅雨之夕》中人物、环境、情节都很简单,就是描写了一种心理过程。

(宋桂友)

作家自述

我自己知道,我的小说不够好。我只是从显尼志勒、弗洛伊德和艾里斯那里学习心理分析方法,运用在我的作品中,当时这是使读者感到新奇的,但中国的马克思主义者一开头就指责我的创作方法是唯心论,不能容许它们在社会主义文学中存在。

我的作品,在中国新文学中,并不占有重要的地位,只能被看作是,在六十年前,一个倾向于西方现代文学的中国青年的文学实验,它们没有得到成长和发展的机会,就自杀了。——施蛰存:《英译本〈梅雨之夕〉序言》,《北山散文集(一)》,华东师范大学出版社2001年。

名家要评

施蛰存的中期作品,呈现出两种风格,一是以古代人物为题材的幻想小说,如《鸠摩罗什》、《将军底头》、《石秀》和《李师师》;另一种风格,则是以表面上的都市生活为基础,专门探讨变态的、怪异的心理小说。他自称走入"魔道",而其实是一种与众不同的超现实实验。——如《魔道》、《夜叉》、《在巴黎大戏院》、《四喜子的生意》、《旅舍》、《宵行》和《凶宅》。在这类作品中,透过表面生活在上海的中产阶级心理,他时而制出一种歌德式的魔幻意境,时而用一种极主观的叙事方法描写潜意识中的色欲、外界的感官刺激以及内心压抑问题,《梅雨之夕》和《在巴黎的大戏院》是两篇代表作。

在我看来,施蛰存作品的历史价值,正在于他的非写实倾向。——李欧梵:《现代性的追求》,第112—113页,三联书店2000年。

《梅雨之夕》则属于比较成熟的心理分析小说了,这里的一些短篇,除了"利用一段老旧的新闻写出一点新的刺激的东西"的《凶宅》外,都极少有什么故事情节,通篇全是主人公的心理活动,或者如集子中的《梅雨之夕》一篇所谓的,是"思想的独白"。但由于作家充分把握了人物的意识活动,又具有比较丰富的心理分析的理论知识和相当娴熟的文学表现技巧,他能够对人物心理进行层层剖析,在读者面前展露出人物复杂的内心世界,从而完全把读者吸引住,这样的艺术效果也正是施蛰存所追求的。——余凤高:《"心理分析"与中国现代小说》,第203页,中国社会科学出版社1987年。

拓展阅读

1. 余凤高:《"心理分析"与中国现代小说》,中国社会科学出版社1987年。
2. 应国靖:《论施蛰存的小说》,《华东师范大学学报》1983年第1期。

边城（长篇存目）

沈从文

故事梗概

《边城》，《国闻周报》第 11 卷 1、2 期、4 期、10 至 16 期（1934 年 3 月 12 日至 4 月 23 日）连载。

在川湘交界的茶峒，小溪白塔旁边，老船夫和孙女翠翠以渡船为生。绿水青山养育了翠翠的纯真美好。船总顺顺的大儿子叫天保，老二叫傩送。傩送给翠翠留下了深刻的印象。天保也喜欢上了翠翠。兄弟俩没有按照当地风俗以决斗论胜负，而是采用唱山歌的方式表达感情。天保自知唱不过弟弟，驾船远行，坐下水船出了事，傩送因天保的死而怪责老船夫，自己下桃源去了。一夜大雨，船被冲走，屋后的白塔也冲塌了，老人在雷声将息时死去。只留下翠翠在等待中。傩送也许永远不会回来了，也许明天就会回来。

作品解读

《边城》讲述的本是一个悲剧故事，但沈从文却无意开掘其悲剧内涵，而是旨在创造出一曲审美理想化的田园牧歌。作家以诗情洋溢的语言和灵气飘逸的画面勾画出的新奇独特的"边城"，是一个极度净化、理想化的世界。他将理想的人生形式和古拙的湘西风情有机结合和交融起来，描绘了乡村世界中的人性美和人情美，着重塑造了作为爱与美之化身的翠翠形象。《边城》是一个颂扬爱与美、和谐的故事，人与自然是和谐的，翠翠的成长依赖着湘西边地自然的润泽，风俗的淳朴与人伦的宽厚使人们在平和中生存，虽有不幸，也只是自然造化的结果，因为只有遵循着自然去生活才能拥有一种"优美、健康、自然，而又不悖乎人性的人生形式"。

《边城》是沈从文浓郁怀乡情结的艺术结晶，也是他构筑湘西世界的坚实柱石，更是现代人对抗世俗堕落的一种方式，不仅寄寓着沈从文的人生理想，也为文坛的健全、文学的完整提供了坚实的支撑。小说叙事中面的渲染与点的凸现，故事的推进与情感的浓化，画面的组接与意境的转换以及对朴拙的古语的使用，共同烘托着《边城》圆熟静穆、完美和谐的审美境地。《边城》是一颗晶莹圆润的艺术之珠，人性美与艺术美熠然生辉，浑然一体。

（刘成才）

作家自述

我要表现的本是一种"人生的形式"，一种"优美、健康、自然，而又不悖乎人性的人生形式"。我主意不在领导读者去桃源旅行，却想借重桃源上行七百里路酉水流域一个小城小市中几个愚夫俗子，被一件人事牵连在一处时，各人应有的一分哀乐，为人类"爱"字作一度恰如其分的说明。——沈从文:《〈从文小说习作选〉代序》，《国闻周报》第

13 卷第 1 期(1936 年)。

我准备创造一点纯粹的诗,与生活不相粘附的诗。情感上积压下一点东西,家庭生活并不能完全中和它,我需要一点传奇,一种出于不巧的痛苦经验,一分从我'过去'负责所必然发生的悲剧。换言之,即爱情生活并不能调整我的生命,还要用一种温柔的笔调来写爱情,写那种和我目前生活完全相反,然而与我过去情感又十分相近的牧歌,方可望使生命得到平衡。……一切充满了善,然而到处是不凑巧。既然是不凑巧,因之素朴的善终难免产生悲剧。故事中充满五月中的斜风细雨,以及那点六月中夏雨欲来时闷人的热,和闷热中的寂寞。这一切其所以能转移到纸上,倒可说全是从两年来海上阳光得来的能力。这样一来,我的过去痛苦的挣扎,受压抑无可安排的乡下人对于爱情的憧憬,在这个不幸故事上,才得到了排泄与弥补。——沈从文:《水云》,《文学创作》第 1 卷第 4、5 期(1943 年 1 月、2 月)。

名家要评

《边城》便是这样一部 idyllic 杰作。这里一切是和谐,光与影的适度配置,什么样人生活在什么样空气里,一件艺术作品,正要叫人看不出是艺术的。一切准乎自然,而我们明白,在这种自然的气势之下,藏着一个艺术家的心力。细致,然而绝不琐碎;真实,然而绝不教训;风韵,然而绝不弄姿;美丽,然而绝不做作。这不是一个大东西,然而这是一颗千古不磨的珠玉。在现代大都市病了的男女,我保险这是一付可口的良药。——刘西渭:《〈边城〉与〈八骏图〉》,《文学季刊》第 2 卷第 3 期(1935 年 9 月)。

提起《边城》和沈先生的许多其它作品,人们往往愿意和"牧歌"这个词联在一起。这有一半是误解。沈先生的文章有一点牧歌的调子。所写的多涉及自然美和爱情,这也有点近似牧歌。但就本质来说,和中世纪的田园诗不是一回事,不是那样恬静无为。——汪曾祺:《沈从文的寂寞》,《读书》1984 年第 4 期。

先以歌咏田园诗般的散文笔调缓缓地展开对湘西人纯朴风情的细致描述,最后却以一个出人意料的转折,一下子打断前面的歌咏,把你推入对人生无常的强烈预感之中;这就是沈从文个人文体的最显著的形式特征。……不消说,这种文体的最出色的体现就是《边城》,甚至可以说它是沈从文在文体上各种追求的集大成者。——王晓明:《"乡下人"的文体与"土绅士"的理想》,《潜流与漩涡》,第 122—123 页,中国社会科学出版社 1991 年。

拓展阅读

1. 汪曾祺:《沈从文和他的〈边城〉》,《芙蓉》1981 年第 2 期。
2. 赵园:《沈从文构筑的"湘西世界"》,《文学评论》1986 年第 6 期。
3. 吴秀明、张翼:《沈从文的另一个世界》,《文学评论》2008 年第 3 期。

死水微澜(长篇存目)

李劼人

故事梗概

《死水微澜》,1935年上海中华书局初版。

1894年到1901年的成都近郊天回镇,15岁的邓幺姑听着韩二奶奶讲成都大户人家的生活,便心向往之。随着韩二奶奶的病逝,她所有的对成都的梦想都变成了幻影。她在20岁的时候嫁给了老实、愚钝的蔡兴顺,变成了蔡大嫂。婚后安逸的生活让她暂时得到满足,直至金娃子一岁零四个月。这时她遇到了袍哥罗歪嘴罗德生,蔡大嫂死水般的内心里掀起了不甘寂寞的微澜。蔡大嫂喜欢罗歪嘴的无所不能、仗义豪爽。罗歪嘴肯因为她的一句话便为受困的官家小姐解围,使蔡大嫂威风八面。罗歪嘴也喜欢蔡大嫂不似"乡坝里的婆娘",又有情趣,又不野,"很合口味"。在罗歪嘴那里蔡大嫂把以前向往过的东西都尝了个遍儿。连在少女时期视为高不可及的太太小姐也已不在话下。此后,他们的情欲越来越"酽","酽"到彼此着了迷。但是好景不长,罗歪嘴遭人陷害不得不逃离家乡。丈夫亦遭官刑。为了保护丈夫与情人,为了孩子和自己今后的生活,蔡大嫂放下仇恨,顺从命运的安排嫁给了仇人顾天成,居然也是活得有声有色,比以前越好了!她的传奇般的生命乐章在"死水"般的天回镇激荡起了阵阵"微澜"。

作品解读

对于《死水微澜》的理解,不妨从两方面着手:

一是把它放到作者的整体创作中观照。《死水微澜》与《暴风雨前》、《大波》这三部作品共同构成了李劼人"大河"小说系列。作者把故事发生的时代安置在1894年到1901年,即甲午中日第一次战争到辛丑条约签订的这一段时间。以成都城外一个小乡镇——天回镇为主要背景,写出那时那地社会上两种势力(教民与袍哥)之间的矛盾与斗争。作者通过形象化的艺术手段表达了当时一潭死水的社会能够出现微澜,以至出现"大波"的希望。

二是通过对邓幺姑(蔡大嫂)、妓女刘三金等多个人物的描写,表达作者对历史与人性的思考与探寻。特别是邓幺姑敢于追求爱情,敢于把内心的情欲化作外在的行动,不受宗教、道德的约束。在她身上看不到情与理、社会道德、封建宗法观念等的冲突与挣扎。

(宋桂友)

作家自述

从一九二五年起,一面教书,一面仍旧写一些短篇小说时,便起了一个念头,打算把几十年来所生活过,所切感过,所体验过,在我看来意义非常重大,当得起历史转换点的这一段社会现象,用几部有连续性的长篇小说,一段落一段落地把它反映出来。

《死水微澜》的时代为一八九四年到一九〇一年,即甲午年中国和日本第一次战争后,到辛丑条约订定时的这一段时间。内容以成都城外一个小乡镇为主要背景,具体写出那时内地社会上两种恶势力(教民与袍哥)的相激相荡。这两种恶势力的消长,又系于国际形势的变化,而帝国主义侵略的手段是那样厉害。——李劼人:《〈死水微澜〉前记》,《李劼人选集》,第1卷,四川人民出版社1980年。

名家要评

李劼人的小说创作,在相当程度上打破了这种章回体旧小说的俗套,开始采用了西洋小说艺术手段的某些长处,诸如增强环境和人物心理活动的描写,采用插叙、倒叙、补叙手法。为了避免叙述的枯燥,还十分注意修饰,增润情节的生动性。而且,人物的对话,肖像的描写也较旧小说鲜明、生动。李劼人有意学习狄更斯的俏皮和夸张,摹仿华盛顿·欧文的趣笔,将小说写得真切生动,妙趣横生,多含笑意,令人愉悦。——伍加伦:《李劼人与法国文学》,成都市文联编研室:《李劼人作品的思想与艺术》,第305页,中国文联出版公司1989年。

拓展阅读

1. 秦弓:《李劼人历史小说与川味叙事的独创性》,《西南师范大学学报》2002年第1期。

2. 郜元宝:《影响与偏离——略谈〈死水微澜〉与〈包法利夫人〉及其他》,《中国比较文学》2005年第1期。

骆驼祥子（长篇存目）

老 舍

故事梗概

《骆驼祥子》，1936年9月至1937年10月在《宇宙风》第25期至48期连载，上海人间书屋1939年出版单行本。

一个外号骆驼名唤祥子的青年农民流入北京，欲靠自己的体力血汗挣钱买车，做个"自由的车夫"。经过三年的奋斗，他终于买了一辆洋车。祥子买车后，希望增大，想挣更多的钱，再买车，一辆、二辆、三辆，说不定以后可以当个小车主呢。他不顾战乱，满怀侥幸心理去冒险，结果车被大兵抢去，这是祥子"买车车丢了"的遭遇。他继续奋战，结果迎来了"攒钱钱跑了"的悲剧。孙侦探的敲诈，给祥子造成极大的痛苦。他哀叹世界之大却无立足之地，被逼走投无路只好向虎妞投降。这是祥子悲剧心理历程的第二个层次。虎妞进入祥子的生活，他们"在性格或志愿上彼此不能相容"，发生心灵撞击，加深了悲剧色调。祥子心理历程的第三个层次，即祥子和虎妞结婚后的精神遭遇。祥子用虎妞的积蓄买了一辆车，又因虎妞难产致死而卖去。虎妞死后，祥子欲和小福子结合，但小福子已自杀，祥子彻底失望，走向堕落。

作品解读

老舍说他写《骆驼祥子》很重要的一点便是"由车夫的内心状态观察地狱是什么样子"。这个"地狱"是那个在城市化过程中产生的道德沦落的社会，也是因为金钱所腐蚀了的畸形的人伦关系。像虎妞的变态情欲，二强子逼女卖淫的病态行为，以及小福子自杀的悲剧，等等，对祥子来说，都是锁住他的"心狱"。小说写的祥子的一个个不幸遭遇，蕴涵着一个不断向自我和人类的内心探究的旅程结构。

祥子从农村来到城市，幻想当一个有稳固生活的劳动者，他的人生旅途每经过一站，他都要沉沦堕落一层，也愈来愈接近最黑暗的地狱层。无论是祥子刚来乍到就看到的那个无恶不作的人和车厂，还是在他结婚后搬进去的杂乱肮脏的大杂院，或者他最后走向那如同"无底的深坑"的妓院白房子，小说都是通过祥子内心的感觉来写丑恶的环境如何扭曲人性，写他在环境的驱使下如何层层给自己的灵魂涂上污漆，从洁身自好到心中的"污浊仿佛永远也洗不掉"，最后破罐子破摔，彻底沉沦。祥子被物欲横流的城市所吞噬，自己也成为那城市丑恶风景的一部分。

小说直接解剖构成环境的各式人的心灵，揭示文明失范如何引发"人心所藏的污浊与兽性"。老舍对城市中"欲"（情欲、财产贪欲等）的嫌恶，对城市人伦关系中"丑"的反感，都是出于道德的审视。人们从《骆驼祥子》阴暗龌龊的图景中，能感触到老舍对病态的城市文明给人性带来伤害的深深的忧虑。在30年代，像《骆驼祥子》这样在批判现实的同时又试图探索现代文明病源的作品是足标一帜的。

（温儒敏）

作家自述

　　人既以祥子为主,也以拉车为主。只要我教一切的人都和车发生关系,我便能把祥子拴住,象把小羊拴在草地上的柳树下那样。

　　可是,人与人,事与事,虽以车为联系,我还感觉着不易写出车夫的全部生活来。于是,我还再去想:刮风天,车夫怎样? 下雨天,车夫怎样? 假若我能把这些细琐的遭遇写出来,我的主角便必定能成为一个最真确的人,不但吃的苦,喝的苦,连一阵风,一场雨,也给他的神经以无情的苦刑。

　　由这里,我又想到,一个车夫也应当和别人一样的有那些吃喝而外的问题。他也必定有志愿,有性欲,有家庭和儿女。对这些问题,他怎样解决呢? 他是否能解决呢? 这样一想,我所听来的简单的故事便马上变成了一个社会那么大。我所要观察的不仅是车夫的一点点的浮现在衣冠上的、表现在言语与姿态上的那些小事情了,而是要由车夫的内心状态观察到地狱究竟是什么样子。车夫的外表上的一切,都必有生活与生命上的根据。我必须找到这个根源,才能写出个劳苦社会。——老舍:《我怎样写〈骆驼祥子〉》,《青年知识》第 1 卷第 2 期(1945 年)。

名家要评

　　祥子被剥夺掉的,不仅是车子、积蓄,还有作为劳动者的美德,还有奋发向上的生活意志和人生目的。在这里,美好的东西的毁坏不是表现为一个品格高尚的英雄在肉体上的死亡,而是人物的高尚品格的丧失殆尽,即精神上的毁灭。……

　　对于祥子的打击,首先来自反动派。……

　　把车厂主的女儿、老姑娘虎妞引进祥子的生活圈子,描写了他们感情上生活上的纠葛,把这作为祥子的悲剧性结局的另一个重要原因,这显示出老舍对于城市贫民生活的丰富知识,对于他们内心深处的痛苦的细致理解。在这些情节中,展开了城市底层特有的粗鄙丑恶的生活场景。——樊骏:《论〈骆驼祥子〉的现实主义——纪念老舍先生八十诞辰》,《文学评论》1979 年第 1 期。

　　祥子这个人物固然是作者怜悯同情的主要对象,但到结尾时硬被变成讽喻个人主义的形相。我们读他最后堕落的故事的时候,意识到作者插进了讽刺手法,这和小说主体的同情旨趣是不相符合的。

　　没有疑问地,老舍是把这个社会批判当作小说里不可少的一部分。幸而这一点不常破坏主角生活的悲剧逻辑,而主要故事之所以紧张动人,正是因为它丝毫不变地把戏剧焦点(dramatic focus)放在奋斗的事实上。在描写主角一再拼力设法活下去的时候,老舍表现了惊人的道德眼光和心理深度。特别出色的是祥子和虎妞之间婚前婚后的紧张关系的描写;象茅盾在《虹》里所写梅和柳遇春的婚姻生活一样,在这里读者象是爬上了现代中国文学的一个高峰,可以俯视赤裸裸的人生经验的狂暴可怖,一点不温情,说教或投合大众趣味。——〔美〕夏志清:《中国现代小说史》,第 154—159 页,香港友联出版社有限公司 1979 年。

拓展阅读

1. 樊骏:《论〈骆驼祥子〉的现实主义——纪念老舍先生八十诞辰》,《文学评论》1979年第1期。
2. 赵园:《老舍——北京市民社会的表现者和批判者》,《论小说十家》,浙江文艺出版社1987年。
3. 江腊生:《〈骆驼祥子〉的还原性阐释》,《文学评论》2010年第4期。

华威先生

张天翼

转弯抹角算起来——他算是我的一个亲戚。我叫他"华威先生"。他觉得这种称呼不大好。

"嗳,你真是!"他说。"为什么一定要个'先生'呢。你应当叫我'威弟'。再不然叫'阿威'。"

把这件事交涉过了之后,他立刻戴上了帽子:

"我们改日再谈好不好?我总想畅畅快快跟你谈一次——唉,可总是没有时间。今天刘主任起草了一个县长公余工作方案,硬叫我参加意见,叫我替他修改。三点钟又还有一个集会。"

这里他摇摇头,没奈何地苦笑了一下。他声明他并不怕吃苦:在抗战时期大家都应当苦一点。不过——时间总要够支配呀。

"王委员又打了三个电报来,硬要请我到汉口去一趟。这里全省文化界抗敌总会又成立了,一切抗战工作都要领导起来才行。我怎么跑得开呢,我的天!"

于是匆匆忙忙跟我握了握手,跨上他的包车。

他永远挟着他的公文皮包。并且永远带着他那根老粗老粗的黑油油的手杖。左手无名指上带着他的结婚戒指。拿着雪茄的时候就叫这根无名指微微地弯着,而小指翘得高高的,构成一朵兰花的图样。

这个城市里的黄包车谁都不作兴跑,一脚一脚挺踏实地踱着,好像饭后千步似的。可是包车例外:叮啷,叮啷,叮啷,——一下子就抢到了前面。黄包车立刻就得往左边躲开,小推车马上打斜。担子很快地就让到路边。行人赶紧就避到两旁的店铺里去。

包车踏铃不断地响着。钢丝在闪着亮。还来不及看清楚——它就跑得老远老远的了,像闪电一样快。

而——据这里有几位抗战工作者的上层分子的统计——跑得顶快的是那位华威先生的包车。

他的时间很要紧。他说过——

"我恨不得取消晚上睡觉的制度。我还希望一天不止二十四小时。抗战工作实在太多了。"

接着掏出表来看一看,他那一脸丰满的肌肉立刻紧张了起来。眉毛皱着,嘴唇使劲撮着,好像他在把全身的精力都要收敛到脸上似的。他立刻就走:他要到难民救济会去开会。

照例——会场里的人全到齐了坐在那里等着他。他在门口下车的时候总得顺便把踏铃踏它一下:叮!

同志们彼此看着：唔，华威先生到会了。有几位透了一口气。有几位可就拉长了脸瞧着会场门口。有一位甚至于要准备决斗似的——抓着拳头瞪着眼。

华威先生的态度很庄严，用种从容的步子走进去，他先前那副忙劲儿好像被他自己的庄严态度消解掉了。他在门口稍为停了一会儿，让大家好把他看个清楚，仿佛要唤起同志们的一种信任心，仿佛要给同志们一种担保——什么困难的大事也都可以放下心来。他并且还点点头。他眼睛并不对着谁，只看着天花板。他是在对整个集体打招呼。

会场里很静。会议就要开始。有谁在那里翻着什么纸张，窸窸窣窣的。

华威先生很客气地坐到一个冷角落里，离主席位子顶远的一角。他不大肯当主席。

"我不能当主席，"他拿着一支雪茄烟打手势。"工人抗战工作协会的指导部今天开常会。通俗文艺研究会的会议也是今天。伤兵工作团也要去的，等一下。你们知道我的时间不够支配：只容许我在这里讨论十分钟。我不能当主席。我想推举刘同志当主席。"

说了就在嘴角上闪起一丝微笑，轻轻地拍几下手板。

主席报告的时候，华威先生不断地在那里括洋火点他的烟。把表放在面前，时不时像计算什么似地看看它。

"我提议！"他大声说。"我们的时间是很宝贵的：我希望主席尽可能报告得简单一点。我希望主席能够在两分钟之内报告完。"

他括了两分钟洋火之后，猛的站了起来。对那正在哇啦哇啦的主席摆摆手：

"好了，好了。虽然主席没有报告完，我已经明白了。我现在还要赶别的会，让我先发表一点意见。"

停了一停。抽两口雪茄，扫了大家一眼。

"我的意见很简单，只有两点，"他舔舔嘴唇。"第一点，就是——每个工作人员不能够怠工。而是相反，要加紧工作。这一点不必多说，你们都是很努力的青年，你们都能热心工作。我很感谢你们。但是还有一点——你们时时刻刻不能忘记，那就是我要说的第二点。"

他又抽了两口烟，嘴里吐出来的可只有热气。这就又括了一根洋火。

"这第二点呢就是：青年工作人员要认定一个领导中心。你们只有在这一个领导中心的领导之下，抗战工作才能够展开。青年是努力的，是热心的，但是因为理解不够，工作经验不够，常常容易犯错误。要是上面没有一个领导中心，往往要弄得不可收拾。"

瞧瞧所有的脸色，他脸上的肌肉耸动了一下——表示一种微笑。他往下说：

"你们都是青年同志，所以我说得很坦白，很不客气。大家都要做抗战工作，没有什么客气可讲。我想你们诸位青年同志一定会接受我的意见。我很感激你们。好了，抱歉得很，我要先走一步。"

把帽子一戴，把皮包一挟，瞧着天花板点点头，挺着肚子走了出去。

到门口可又想起了一件什么事。他把当主席的同志拽开，小声儿谈了几句。

"你们工作——有什么困难没有？"他问。

"我刚才的报告提到了这一点，我们……"

华威先生伸出个食指顶着主席的胸脯：

"唔，唔，唔。我知道我知道。我没有多余的时间来谈这件事。以后——你们凡是想到的工作计划,你们可以到我家里去找我商量。"

坐在主席旁边那个长头发青年注意地看着他们,现在可忍不住插嘴了:

"星期三我们到华先生家里去过三次,华先生不在家……"

那位华先生冷冷地瞅他一眼,带着鼻音哼了一句——"唔,我有别的事,"又对主席低声说下去:

"要是我不在家,你们跟密司黄接头也可以。密司黄知道我的意见,她可以告诉你们。"

密司黄就是他的太太。他对第三者说起她来,总是这么称呼她的。

他交代过这才真的走开。这就到了通俗文艺研究会的会场。他发现别人已经在那里开会,正有一个人在那里发表意见。他坐了下来,点着了雪茄,不高兴地拍了三下手板。

"主席!"他叫。"我因为今天另外还有一个集会,我不能等到终席。我现在有点意见,想要先提出来。"

于是他发表了两点意见:第一,他告诉大家——在座的人都是当地的文化人,文化人的工作是很重要的,应当加紧地做去。第二,文化人应当认清一个领导中心,文化人在文抗会的领导中心的领导之下团结起来,统一起来。

五点三刻他到了文化界抗敌总会的会议室。

这回他脸上堆上了笑容,并且对每一个人点头。

"对不住得很,对不住得很:迟到了三刻钟。"

主席对他微笑一下,他还笑着伸了伸舌头,好像闯了祸怕挨骂似的。他四面瞧瞧形势,就拣在一个小胡子的旁边坐下来。

他带着很机密很严重的脸色——小声儿问那个小胡子:

"昨晚你喝醉了没有?"

"还好,不过头有点子晕。你呢?"

"我啊——我不该喝了那三杯猛酒,"他严肃地说。"尤其是汾酒,我不能猛喝。刘主任硬要我干掉——嗨,一回家就睡倒了。密司黄说要跟刘主任去算账呢:要质问他为什么要把我灌醉。你看!"

一谈了这些,他赶紧打开皮包,拿出一张纸条——写几个字递给了主席。

"请你稍为等一等,"主席打断了一个正在发言的人的话。"华威先生还有别的事情要走。现在他有点意见:要求先让他发表。"

华威先生点点头站了起来。

"主席!"腰板微微地一弯。"各位先生!"腰板微微地一弯。"兄弟首先要请求各位原谅:我到会迟了点,而又要提前退席。……"

随后他说出了他的意见。他声明——这文化界抗敌总会的常务理事会,是一切救亡工作的领导机关,应该时时刻刻起领导中心作用。

"群众是复杂的。工作又很多。我们要是不能起领导作用,那就很危险,很危险。事实上,此地各方面的工作也非有个领导中心不可。我们的担子真是太重了,但是我们不怕怎样的艰苦,也要把这担子担起来。"

他反复地说明了领导中心作用的重要,这就戴起帽子去赴一个宴会。他每天都这么忙着。要到刘主任那里去联络。要到各学校去演讲。要到各团体去开会。而且每天——不是别人请他吃饭,就是他请人吃饭。

华威太太每次遇到我,总是代替华威先生诉苦。

"唉,他真苦死了!工作这么多,连吃饭的工夫都没有。"

"他不可以少管一点,专门去做某一种工作么?"我问。

"怎么行呢?许多工作都要他去领导呀。"

可是有一次,华威先生简直吃了一大惊。妇女界有些人组织了一个战时保婴会,竟没有去找他!

他开始打听,调查。他设法把一个负责人找来。

"我知道你们委员会已经选出来了。我想还可以多添加几个。由我们文化界抗敌总会派人来参加。"

他看见对方在那里踌躇,他把下巴挂了下来:

"问题是在这一点:你们委员是不是能够真正领导这工作?你能不能够对我担保——你们会内没有汉奸,没有不良分子?你能不能担保——你们以后工作不至于错误,不至于怠工?你能不能担保,你能不能?你能够担保的话,那我要请你写个书面的东西,给我们文抗会常务理事会。以后万一——如果你们的工作出了毛病,那你就要负责。"

接着他又声明:这并不是他自己的意思。他不过是一个执行者。这里他食指点点对方胸脯:

"如果我刚才说的那些你们办不到,那不是就成了非法团体了么?"

这么谈判了两次,华威先生当了战时保婴会的委员。于是在委员会开会的时候,华威先生挟着皮包去坐这么五分钟,发表了一两点意见就跨上了包车。

有一天他请我吃晚饭。他说因为家乡带来了一块腊肉。

我到他家里的时候,他正在那里对两个学生样的人发脾气。他们都挂着文化界抗敌总会的徽章。

"你昨天为什么不去,为什么不去?"他吼着。"我叫你拖几个人去的。但是我在台上一开始演讲,一看——连你都没有去听!我真不懂你们干了些什么?"

"昨天——我去出席日本问题座谈会的。"

华威先生猛地跳起来了:

"什么!什么!日本问题座谈会?怎么我不知道,怎么不告诉我?"

"我们那天部务会议决议了的。我来找过华先生,华先生又是不在家——"

"好啊,你们秘密行动!"他瞪着眼。"你老实告诉我——这个座谈会到底是什么背景,你老实告诉我!"

对方似乎也动了火:

"什么背景呢,都是中华民族!部务会议决议的,怎么是秘密行动呢。……华先生又不到会,开会也不终席,来找又找不到……我们总不能把部里的工作停顿起来。"

"混蛋!"他咬着牙,嘴唇在颤抖着。"你们小心!你们,哼,你们!你们!……"他倒到了沙发上,嘴巴痛苦地抽得歪着。"妈的!这个这个——你们青年!"

五分钟之后他抬起头来,害怕地四面看一看。那两个客人已经走了。他叹一口长气,对我说:

"唉,你看你看!现在的青年怎么办,现在的青年!"

这晚他没命地喝了许多酒,嘴里嘶嘶地骂着那些小伙子。他打碎了一只茶杯。密司黄扶着他上了床,他忽然打个寒噤说:

"明天十点钟有个集会……"

1938 年 2 月

(原载 1938 年 4 月 16 日《文艺阵地》第 1 卷第 1 期)

作品解读

《华威先生》1938 年 4 月在茅盾主编的《文艺阵地》创刊号上一经发表,便以提供出某种抗战文化人的典型,突破抗战文学早期徒有热情却概念化的倾向,而成为张天翼的短篇代表作。

华威先生最初被看做是一投机型的救亡工作者,整日忙于夹着皮包开会,每会必讲,每讲必不终席,连同他在本城跑得最快的叮当作响的包车,都成了他"忙"的一部分。他忙可不解决一丁点的问题,只是热心钻入各种团体攫取权力而已。由于他讲演的口头禅是"认定一个领导中心",所以在一个时期内被评论界往政客、党棍这样的政治角色归类。实际上将他视做一个"开会迷"、"权力迷"和文化掮客更为恰当。这个人物不免类型化,但又有超出阶级类型的一面,使后代读者能从各自的生活经验出发,对他做出想象。

作者在《华威先生》前已写有《包氏父子》等优秀讽刺小说。这些作品在逼真运用市民人物细节和速写式构成戏剧性片断方面,能将讽刺笔触一直伸入到人物的灵魂中去,像华威先生在小说结尾处发现某日本问题座谈会居然不邀他,而在家中醉话连篇就是绝妙一笔。张天翼成功提炼口语,造成文字的活泼、洗炼。其叙述节奏明快,有动感。

《华威先生》曾引起抗战文学要不要暴露的争论,它启动了救亡小说的讽刺潮流,启动了抗战讽刺剧、讽刺诗及杂文的勃兴。

(吴福辉)

作家自述

华威先生是那时国民党反动集团里的家伙。他们力图打进一切群众团体中去"领导",以便一面探听和监视,一面设法阻碍群众运动。

那么华威先生究竟是不是一个"文化特务"? 很可能是。但不一定是。把华威先生写成一个特务,也未尝不合理,不过那样一来,我恐怕那时(抗战时期,一九三八年春)的读者群众就不免会有这么一种错觉,以为只有"中统"或"军统"的特务才会那么反动可耻,以为我们只须对"中统"或"军统"的特务做斗争就是,而除此以外的一般国民党反动集团分子则不坏或不会那么坏,我们就可以只同他们讲团结而不必和他们作斗争了。国民党的特务机关是国民党反动统治政权的反人民的工具之一。不管华威先生是属于哪一类反动工具,他总是有那一般的反动实质的。——张天翼:《关于〈华威先生〉》,《中国语文》1952 年 10 月号。

名家要评

作者一向以讽刺的笔调见长,这作品也的确对隐伏在抗战阵营中的官僚阶级的残渣,尽了概括与讥讽的能事;提醒了人们应有的注意。这作品曾一度被敌人歪曲地引用,作为对于热心救亡的青年人的讥讽,因而引起了很大的争论;于是有些反动的或糊涂的人们甚至认为在抗战期间不应暴露黑暗,足见这作品已获得了一定的成功。——王瑶:《中国新文学史稿》(上、下册),上海新文艺出版社1954年3月。

拓展阅读

1. 李育中:《幽默、严肃和爱——谈张天翼的〈华威先生〉》,《救亡日报》(广州版)1938年5月10日。

2. 吴福辉:《锋利·新鲜·夸张——试论张天翼讽刺小说的人物及其描写艺术》,《文学评论》1980年第5期。

呼兰河传(中篇存目)

萧　红

故事梗概

萧红长篇小说《呼兰河传》,上海杂志公司1941年5月初版。

在"我"记忆中的那个宁静美丽却又单调沉滞的北方小城,有"我"的成长,有祖父和后园,有小街上的大坑,以及小团圆媳妇、有二伯、磨倌冯歪嘴子……各色人等的吃睡劳作、嬉乐哀哭和生生死死,一出出平凡的人生悲喜剧,一幅幅乡土民情风俗画。

作品解读

1940年12月完成的《呼兰河传》是萧红的长篇代表作,小说以细腻的抒情笔调展开童年的回忆,在"城与人"的叙说中寄托婉忧郁的乡愁与思考。她笔下的那个北方小城宁静美丽,又好像蒙了尘、打着盹,单调而沉滞。这里没有惊心动魄,只是静静上演着一出出平凡的人生悲喜剧,打开一幅幅乡土民情风俗画。在各色风土人物的吃睡劳作、嬉乐哀哭和生生死死间,有麻木和愚昧,有无情的冷漠,也不乏默默的执著与坚韧,平凡的美丽与善良,其中固然寄寓国民性剖析的痛切,然而这痛切又弥散在怅惘无奈的喟叹之中,这是蒙了尘的生命的永恒。《呼兰河传》隽永深婉的诗化小说艺术创造,体现了作家文体探索意识的自觉,正如茅盾当年所言:"它是一篇叙事诗,一幅多彩的风土画,一串凄婉的歌谣。"1941年萧红还写下了自己最好的短篇《小城三月》,以儿童"我"的视角,在三月春色的掩映中,吟叹一曲传统东方女性爱情被窒息的生命悲歌,笔调凄婉动人。一往情深的长短悲吟,确定了萧红在现代"小城文学"和"回忆体诗化小说"领域的重要席位。

(张晓玥)

作家自述

我开始也悲悯我的人物,他们都是自然的奴隶,一切主子的奴隶。但写来写去,我的感觉变了。我觉得我不配悲悯他们,恐怕他们倒应该悲悯我咧!悲悯只能从上到下,不能从下到上,也不能施之于同辈之间。我的人物比我高。——聂绀弩:《〈萧红选集〉序》,第4页,人民文学出版社1981年。

"……不知为什么,莉,我的心情永久是如此抑郁,这里的一切是多么恬静和幽美,有田,有漫山漫野的鲜花和婉转的鸟语,更有澎湃泛白的海潮,面对着碧澄的海水,常会使人神醉的,这一切不都正是我以往所梦想的佳境吗?然而呵,如今我却只感到寂寞!"这封信(片断)是从白朗的《遥祭》中抄录的。是萧红到香港后不久,于1940年春夏之交写给白朗的。这是《呼兰河传》写作时的情绪背景。——丁言昭:《萧红传》,第239页,江苏文艺出版社1993年。

名家要评

它"不象是一部严格意义的小说",但"它于这'不象'之外,还有些别的东西:——一些比'象'一部小说更为'诱人'的东西:它是一篇叙事诗,一幅多彩的风土画,一串凄婉的歌谣"。

也许你要说《呼兰河传》没有一个人物是积极性的,都是些甘愿做传统思想的奴隶而又自怨自艾的可怜虫,而作者对于他们的态度也不是单纯的。她不留情地鞭笞他们,而她又同情他们——他们都象是最低级的植物似的,只要极少的水分,土壤,阳光——甚至没有阳光,就能够生存了。磨官冯歪嘴身上也找不出什么特别的东西,除了生命力特别顽强,而这是原始性的顽强。——茅盾:《〈呼兰河传〉序》,上海《文汇报》1946年10月17日。

萧红的文学世界尽管单纯,却仍然较之许多复杂世界更为完整。那是个寂寞的童心世界,寂寞感也是浑然不可分析。寂寞不是主体意识到了的表现对象,它是一种混茫的世界感受、生活感受,雾一样弥漫在作品里,也因而才更近于整体性的世界感受。这种混沌状态正是许多创作者所企望却又不能达到的。

萧红使自己和别人相区别的,正是她特有的悲剧感,融合了内容与形式的人生的荒凉之感。这种悲剧感,统一了主体、客体,具体又不具体,切近而又茫远,属于特定时地又不属于特定时地,是她的人物的更是她本人的。即使具体的生活情境别人也可以写出,那沉入作品底里的更广漠的悲哀,却只能是萧红的。这是一个过于早熟的负载着沉重思想的"儿童"。她并没有切肤的痛苦,没有不堪承受的苦难,却像是背负着久远的历史文化,以至给压得困顿不堪了。——赵园:《论萧红小说兼及中国现代小说的散文特征》,《赵园自选集》,广西师范大学出版社1999年。

拓展阅读

1. 张宇凌:《论萧红〈呼兰河传〉中的儿童视角》,《中国现代文学研究丛刊》1997年第1期。
2. 葛浩文:《萧红评传》,北方文艺出版社1985年。
3. 骆宾基:《〈呼兰河传〉后记》,《北方文学》1979年第10期。

小二黑结婚

赵树理

一　神仙的忌讳

　　刘家峧有两个神仙,邻近各村无人不晓:一个是前庄上的二诸葛,一个是后庄上的三仙姑。二诸葛原来叫刘修德,当年作过生意,抬脚动手都要论一论阴阳八卦,看一看黄道黑道。三仙姑是后庄于福的老婆,每月初一十五都要顶着红布摇摇摆摆装扮天神。

　　二诸葛忌讳"不宜栽种",三仙姑忌讳"米烂了"。这里边有两个小故事:有一年春天大旱,直到阴历五月初三才下了四指雨。初四那天大家都抢着种地,二诸葛看了看历书,又掐指算了一下说:"今日不宜栽种。"初五日是端午,他历年就不在端午这天做什么,又不曾种;初六倒是个黄道吉日,可惜地干了,虽然勉强把他的四亩谷子种上了,却也没有出够一半。后来直到十五才又下雨,别人家都在地里锄苗,二诸葛却领着两个孩子在地里补空子。邻家有个后生,吃饭时候在街上碰上二诸葛便问道:"老汉!今天宜栽种不宜?"二诸葛翻了他一眼,扭转头返回去了,大家就嘻嘻哈哈传为笑谈。

　　三仙姑有个女孩叫小芹。一天,金旺他爹到三仙姑那里问病,三仙姑坐在香案后唱,金旺他爹跪在香案前听。小芹那年才九岁,响午做捞饭,把米下进锅里了,听见她娘哼哼得很中听,站在桌前听了一会,把做饭也忘了。一会,金旺他爹出去小便,三仙姑趁空子向小芹说:"快去捞饭!米烂了!"这句话却不料就叫金旺他爹听见,回去就传开了。后来有些好玩笑的人,见了三仙姑就故意问别人"米烂了没有?"

二　三仙姑的来历

　　三仙姑下神,足足有三十年了。那时三仙姑才十五岁,刚刚嫁给于福,是前后庄上第一个俊俏媳妇。于福是个老实后生,不多说一句话,只会在地里死受。于福的娘早死了,只有个爹,父子两个一上了地,家里就只留下新媳妇一个人。村里的年轻人们觉着新媳妇太孤单,就慢慢自动的来跟新媳妇作伴,不几天就集合了一大群,每天嘻嘻哈哈,十分哄伙。于福他爹看见不像个样子,有一天发了脾气,大骂一顿,虽然把外人挡住了,新媳妇却跟他闹起来。新媳妇哭了一天一夜,头也不梳,脸也不洗,饭也不吃,躺在炕上,谁也叫不起来,父子两个没了办法。邻家有个老婆替她请了一个神婆子,在她家下了一回神,说是三仙姑跟上她了,她也哼哼唧唧自称吾神长吾神短,从此以后每月初一十五就下起神来,别人也给她烧起香来求财问病,三仙姑的香案便从此设起来了。

青年们到三仙姑那里去，要说是去问神，还不如说是去看圣象。三仙姑也暗暗猜透大家的心事，衣服穿得更新鲜，头发梳得更光滑，首饰擦得更明，官粉搽得更匀，不由青年们不跟着她转来转去。

这是三十来年前的事。当时的青年，如今都已留下胡子，家里大半又都是子媳成群，所以除了几个老光棍，差不多都没有那些闲情到三仙姑那里去了。三仙姑却和大家不同，虽然已经四十五岁，却偏爱当个老来俏，小鞋上仍要绣花，裤腿上仍要镶边，顶门上的头发脱光了，用黑手帕盖起来，只可惜官粉涂不平脸上的皱纹，看起来好像驴粪蛋上下了霜。

老相好都不来了，几个老光棍不能叫三仙姑满意，三仙姑又团结了一伙孩子们，比当年的老相好更多，更俏皮。

三仙姑有什么本领能团结这伙青年呢？这秘密在她女儿小芹身上。

三　小　芹

三仙姑前后共生过六个孩子，就有五个没有成人，只落了一个女儿，名叫小芹。小芹当两三岁时候，就非常伶俐乖巧，三仙姑的老相好们，这个抱过来说是"我的"，那个抱起来说是"我的"，后来小芹长到五六岁，知道这不是好话，三仙姑教她说："谁再这么说，你就说'是你的姑姑'。"说了几回，果然没有人再提了。

小芹今年十八了，村里的轻薄人说，比她娘年轻时候好得多。青年小伙子们，有事没事，总想跟小芹说句话。小芹去洗衣服，马上青年们也都去洗；小芹上山采野菜，马上青年们也都去采。

吃饭时候，邻居们端上碗爱到三仙姑那里坐一会，前庄上的人来回一里路，也并不觉得远。这已经是三十年来的老规矩，不过小青年们也这样热心，却是近二三年来才有的事。三仙姑起先还以为自己仍有勾引青年的本领，日子长了，青年们并不真正跟她接近，她才慢慢看出门道来，才知道人家来了为的是小芹。

不过小芹却不跟三仙姑一样，表面上虽然也跟大家说说笑笑，实际上却不跟人乱来，近二三年，只是跟小二黑好一点。前年夏天，有一天前响，于福去地，三仙姑去串门，家里只留下小芹一个人，金旺来了，嘻皮笑脸向小芹说："这会可算是个空子吧？"小芹板起脸来说："金旺哥！咱们以后说话要规矩些！你也是娶媳妇大汉了！"金旺撇撇嘴说："咦！装什么假正经？小二黑一来管保你就软了！有便宜大家讨点，没事；要正经除非自己锅底没有黑！"说着就拉住小芹的胳膊悄悄说："不用装模作样了！"不料小芹大声喊道："金旺！"金旺赶紧放手跑出来。一边还咄念道："等得住你！"说着就悄悄溜走了。

四　金旺兄弟

提起金旺来，刘家峧没有人不恨他，只有他一个本家兄弟名叫兴旺跟他对劲。

金旺他爹虽是个庄稼人，却是刘家峧一只虎，当过几十年老社首，捆人打人是他的拿手好戏。金旺长到十七八岁，就成了他爹的好帮手；兴旺也学会了帮虎吃食，从此金旺他爹想要捆谁，就不用亲自动手，只要下个命令，自有金旺兴旺代办。

抗战初年,汉奸敌探溃兵土匪到处横行,那时金旺他爹已经死了,金旺、兴旺弟兄两个,给一支溃兵作了内线工作,引路绑票,讲价赎人,又做巫婆又做鬼,两头出面装好人。后来八路军来,打垮溃兵土匪,他两人才又回到刘家峧。

山里人本来就胆子小,经过几个月大混乱,死了许多人,弄得大家更不敢出头了。别的大村子都成立了村公所、各救会、武委会,刘家峧除了县府派来一个村长以外,谁也不愿意当干部。不久,县里派人来刘家峧工作,要选举村干部,金旺跟兴旺两个人看出这又是掌权的机会,大家也巴不得有人愿干,就把兴旺选为武委会主任,把金旺选为村政委员,连金旺老婆也被选为妇救会主席,其他各干部,硬捏了几个老头子出来充数。只有青抗先队长,老头子充不得。兴旺看见小二黑这个小孩子漂亮好玩,随便提了一下名就通过了,他爹二诸葛虽然不愿,可是惹不起金旺,也没有敢说什么。

村长是外来的,对村里情形不十分了解,从此金旺兴旺比前更厉害了,只要瞒住村长一个人,村里人不论哪个都得由他两个调遣。这几年来,村里别的干部虽然调换了几个,而他两个却好像铁桶江山。大家对他两个虽是恨之入骨,可是谁也不敢说半句话,都恐怕扳不倒他们,自己吃亏。

五　小　二　黑

小二黑,是二诸葛的二小子,有一次反"扫荡"打死过两个敌人,曾得到特等射手的奖励。说到他的漂亮,那不只在刘家峧有名,每年正月扮故事,不论去到哪一村,妇女们的眼睛都跟着他转。

小二黑没有上过学,只是跟着他爹识了几个字。当他六岁时候,他爹就教他识字。识字课本既不是五经四书,也不是常识国语,而是从天干、地支、五行、八卦、六十四卦名等学起,进一步便学些《百中经》、《玉匣记》、《增删卜易》、《麻衣神相》、《奇门遁甲》、《阴阳宅》等书。小二黑从小就聪明,像那些算属相、卜六壬课、念大小流年或"甲子乙丑海中金"等口诀,不几天就都弄熟了,二诸葛也常把他引在人前卖弄。因为他长得伶俐可爱,大人们也都爱跟他玩,这个说:"二黑,算一算十岁属什么?"那个说:"二黑,给我卜一课!"后来二诸葛因为说"不宜栽种"误了种地,老婆也埋怨,大黑也埋怨,庄上人也都传为笑谈,小二黑也跟着这事受了许多奚落。那时候小二黑十三岁,已经懂得好歹了,可是大人们仍把他当成小孩来玩弄,好跟二诸葛开玩笑的,一到了家,常好对着二诸葛问小二黑道:"二黑!算算今天宜不宜栽种?"和小二黑年纪相仿的孩子们,一跟小二黑生了气,就连声喊道:"不宜栽种不宜栽种……"小二黑因为这事,好几个月见了人躲着走,从此就和他娘商量成一气,再不信他爹的鬼八卦。

小二黑跟小芹相好已经二三年了。那时候他才十六七,原不过在冬天夜长时候,跟着些闲人到三仙姑那里凑热闹,后来跟小芹混熟了,好像是一天不见面也不能行。后庄上也有人愿意给小二黑跟小芹做媒人,二诸葛不愿意,不愿意的理由有三:第一小二黑是金命,小芹是火命,恐怕火克金;第二小芹生在十月,是个犯月;第三是三仙姑的声名不好。恰巧在这时候,彰德府来了一伙难民,其中有个老李带来个八九岁的小姑娘,因为没有吃的,愿意把姑娘送给人家逃个活命。二诸葛说是个便宜,先问了一下生辰八字,掐算了半天说:"千里姻缘使线牵",就替小二黑收作童养媳。

虽然二诸葛说是千合适万合适,小二黑却不认账。父子俩吵了几天,二诸葛非养不行,小二黑说:"你愿意养你就养着,反正我不要!"结果虽把小姑娘留下了,却到底没有说清楚算什么关系。

六 斗争会

金旺自从碰了小芹的钉子以后,每日怀恨,总想设法报一报仇。有一次武委会训练村干部,恰巧小二黑发疟疾没有去。训练完毕之后,金旺就向兴旺说:"小二黑是装病,其实是被小芹勾引住了,可以斗争他一顿。"兴旺就是武委会主任,从前也碰过小芹一回钉子,自然十分赞成金旺的意见,并且又叫金旺回去和自己的老婆说一下,发动妇救会也斗争小芹一番。金旺老婆现任妇救会主席,因为金旺好到小芹那里去,早就恨得小芹了不得。现在金旺回去跟她说要斗争小芹,这才是巴不得的机会,丢下活计,马上就去布置。第二天,村里开了两个斗争会,一个是武委会斗争小二黑,一个是妇救会斗争小芹。

小二黑自己没有错,当然不承认,嘴硬到底,兴旺就下命令,把他捆起来送交政权机关处理。幸而村长脑筋清楚,劝兴旺说:"小二黑发疟是真的,不是装病,至于跟别人恋爱,不是犯法的事,不能捆人家。"兴旺说:"他已是有了女人的。"村长说:"村里谁不知道小二黑不承认他的童养媳。人家不承认是对的;男不过十六,女不过十五,不到订婚年龄。十来岁小姑娘,长大也不会来认这笔账。小二黑满有资格跟别人恋爱,谁也不能干涉。"兴旺没话说了,小二黑反要问他:"无故捆人犯法不犯?"经村长双方劝解,才算放了完事。

兴旺还没有离村公所,小芹拉着妇救会主席也来找村长,她一进门就说:"村长!捉贼要赃,捉奸要双,当了妇救会主席就不说理了?"兴旺见拉着金旺的老婆,生怕说出这事与自己有关,赶紧溜走。后来村长问了问情由,费了好大一会唇舌,才给她们调解开。

七 三仙姑许亲

两个斗争会开过以后,事情包也包不住了,小二黑也知道这事是合理合法的了,索性就跟小芹公开商量起来。

三仙姑却着了急。她跟小芹虽是母女,近几年来却不对劲。三仙姑爱的是青年们,青年们爱的是小芹。小二黑这个孩子,在三仙姑看来好像鲜果,可惜多一个小芹,就没了自己的份儿。她本想早给小芹找个婆家推出门去,可是因为自己声名不正,差不多都不愿意跟她结亲。开罢斗争会以后,风言风语都说小二黑要跟小芹自由结婚,她想要真是那样的话,以后想跟小二黑说句笑话都不能了,那是多么可惜的事,因此托东家求西家要给小芹找婆家。

"插起招军旗,就有吃粮人。"有个吴先生是在阎锡山部下当过旅长的退职军官,家里很富,才死了老婆。他在奶奶庙大会上见过小芹一面,愿意续她,媒人向三仙姑一说,三仙姑当然愿意。不几天过了礼帖,就算定了,三仙姑以为了却一宗心事。

小芹已经和小二黑商量得差不多了,如何肯听她娘的话?过礼那一天,小芹跟她娘闹起来,把吴先生送来的首饰绸缎扔下一地。媒人走后,小芹跟她娘说:"我不管!谁收了人家的东西谁跟人家去！"

三仙姑愁住了，睡了半天，晚饭以后，说是神上了身，打了两个呵欠就唱起来。她起先责备于福管不了家，后来说小芹跟吴先生是前世姻缘，还唱些什么"前世姻缘由天定，不顺天意活不成……"于福跪在地下哀求，神非教他马上打小芹一顿不可。小芹听了这话，知道跟这个装神弄鬼的娘说不出什么道理来，干脆躲了出去，让她娘一个人胡说。

小芹一个人悄悄跑到前庄上去找小二黑，恰在路上碰上小二黑去找她，两个就悄悄拉着手到一个大窑里去商量对付三仙姑的法子。

八 拿 双

小芹把她娘怎样主婚怎样装神，唱些什么，从头至尾细细向小二黑说了一遍，小二黑说："不用理她！我打听过区上的同志，人家说只要男女本人愿意，就能到区上登记，别人谁也作不了主……"说到这里，听见外边有脚步声，小二黑伸出头来一看，黑影里站着四五个人，有一个说："拿双拿双！"他两人都听出是金旺的声音，小二黑起了火，大叫道："拿？没有犯了法！"兴旺也来了，下命令道："捉住捉住！我就要看你犯法不犯法，给你操了好几天心了！"小二黑说："你说去哪里咱就去哪里，到边区政府你也不能把谁怎么样！走！"兴旺说："走？便宜了你！把他捆起来！"小二黑挣扎了一会，无奈没有他们人多，终于被他们七手八脚打了一顿捆起来了。兴旺说："里边还有个女的，也捆起来！捉奸要双，这是她自己说的！"说着就把小芹也捆起来了。

前庄上的人都还没有睡，听见有吵架，有些人就跑出来看，麻秆火把下看见捆着的两个人，大家不问就都知道了八九分。二诸葛也出来了，见小二黑被人家捆起来，就跪在兴旺面前哀求道："兴旺！咱两家没有什么仇！看在我老汉面上，请你们诸位高抬贵手……"兴旺说："这事情，我们管不了，送给上级再说吧！"小二黑说："爹！你不用管！送到哪里也不犯法！我不怕他！"兴旺说："好小子！要硬你就硬到底！"又逼住三个民兵说："带他们走！"一个民兵问："带到村公所？"兴旺说："还到村公所干什么？上一回不是村长放了的？送给区武委会主任按军法处理！"说着就把他两个人拥上走了。

九 二诸葛的神课

邻居们见是兴旺弟兄们捆人，也没有人敢给小二黑讲情，直等到他们走后，才把二诸葛招呼回家。

二诸葛连连摇头说："唉！我知道这几天要出事啦！前天早上我上地去，才上到岭上，碰上个骑驴媳妇，穿了一身孝，我就知道坏了。我今年是罗睺星照运，要谨防带孝的冲了运气，因此哪里也不敢去，谁知躲也躲不过，昨天晚上二黑他娘梦见庙里唱戏。今天早上一个老鸦落在东房上叫了十几声……唉！反正是时运，躲也躲不过。"他罗哩罗嗦念了一大堆，邻居们听了有些厌烦，又给他说了一会宽心话，就都散了。

有事人哪里睡得着？人散了之后，二诸葛家里除了童养媳之外，三个人谁也没有睡。二诸葛摸了摸脸，取出三个制钱占了一卦，占出之后吓得他面色如土。他说："了不得呀了不得！丑土的父母动出午火的官鬼，火旺于夏，恐怕有些危险了。唉！人家把他选成青年队长,我就说过不叫他当,小杂种硬要充人物头!人家说要按军法处理,要不当队长哪里犯得了军法?"老婆也拍手跺脚道:"小爹呀!谁知道你要闯这么大的事啦?"大黑劝道:"不怕!事已经出下了,由他去吧!我想这又不是人命事,也犯不了什么大罪!既然他们送到区上了,我先到区上打听打听!你们都睡吧!"说着点了个灯笼就走了。

二诸葛打发大黑去后,仍然低头细细研究方才占的那一卦。停了一会,远远听着有个女人哭,越哭越近,不大一会就来到窗下,一推门就进来了。二诸葛还没有看清是谁,这女人就一把把他拉住,带哭带闹说:"刘修德!还我闺女!你的孩子把我的闺女勾引到哪里了?还我……"二诸葛老婆正气得死去活来,一看见来的是三仙姑,正赶上出气,从炕上跳下来拉住她道:"你来了好!省得我去找你!你母女两个好生生把我个孩子勾引坏,你倒有脸来找我!咱两人就也到区上说说理!"两个女人滚成一团,二诸葛一个人拉也拉不开,也再顾不上研究他的卦。三仙姑见二诸葛老婆已经不顾了命,自己先胆怯了几分,不敢恋战,少闹了一会挣脱出来就走了。二诸葛老婆追出门来,被二诸葛拦回去,还骂个不休。

十　恩典恩典

二诸葛一夜没有睡,一遍一遍念:"大黑怎么还不回来,大黑怎么还不回来。"第二天天不明就起程往区上走,走到半路,远远看见大黑、三个民兵已都回来了,还来了区上一个助理员,一个交通员。他远远就喊叫道:"大黑!怎么样?要紧不要紧?"大黑说:"没有事!不怕!"说着就走到跟前,助理员跟三个民兵先走了。大黑告交通员说:"这就是我爹!"又向二诸葛说:"区上添传你跟于福老婆。你去吧,没有事!二黑跟小芹两个人,一到区上就放开了。区上早说兴旺跟金旺两个人不是东西,已经把他两个人押起来了,还派助理员到咱村开大会调查他们横行霸道的证据。我赶到那里人家就问罢了,听说区上还许咱二黑跟小芹结婚。"二诸葛说:"不犯罪就好,结婚可不行,命相不对!你没有听说添传我做什么?"大黑说:"不知道,大约也没有什么大事。你去吧,我先回去告我娘!"交通员说:"老汉,这就算见了你了!你去吧,我再传那一个去!"说了就跟大黑相跟着走了。

二诸葛到了区上,看见小二黑跟小芹坐在一条板凳上,他就指着小二黑骂道:"闯祸东西!放了你你还不快回去?你把老子吓死了!不要脸!"区长道:"干什么?区公所是骂人的地方?"二诸葛不说话了。区长问:"你就是刘修德?"二诸葛答:"是!"问:"你给刘二黑收了个童养媳?"答:"是!"问:"今年几岁了?"答:"属猴的,十二岁。"区长说:"女不过十五岁不能订婚,把人家退回娘家去,刘二黑已经跟小芹订婚了!"二诸葛说:"她只有个爹,也不知逃难逃到哪里去了,退也没处退。女不过十五不能订婚,那不过是官家规定,其实乡间七八岁订婚的多着哩。请区长恩典恩典就过去了……"区长说:"凡是不合法的订婚,只要有一方面不愿意都得退!"二诸葛说:"我这是两家情愿!"区长问小二黑道:"刘二黑!你愿意不愿意?"小二黑说:"不愿意!"二诸葛的脾气又上来了,瞪了小二黑一眼道:"由你啦?"区长道:"给他订婚不由他,难道由你啦?老汉,如今是婚姻自主,由不得你了,你家养的那个小姑娘,要真是没有娘家,就算成你的闺女好了。"二诸葛道:"那也可以,不过还得请区长恩典恩典,不能叫他跟于福这闺女订婚!"区长说:"这你就管不着了!"二诸葛发急道:"千万请区长恩典恩典,命相不对,这是一辈子的事!"又向小二黑道:"二黑!你不要糊涂了!这是你一辈子的事!"区长道:"老汉!你不要糊涂了,强逼着你十九岁的孩子娶上个十二岁的小姑娘,恐怕要生一辈子气!我不过是劝一劝你,其实只要人家两个人愿意,你愿意不愿意都不相干。回去吧!童养媳没处退就算成你的闺女!"二诸葛还要请区长"恩典恩典",一个交通员把他推出来了。

十一　看看仙姑

　　三仙姑去寻二诸葛,一来为的是逗逗闹气的本领,二来为的是遮遮外人的耳目,其实让小芹吃一吃亏她很高兴,所以跟二诸葛老婆闹了一阵之后,回去就睡了。第二天早上,她起得很迟,于福虽比她着急,可是自己既没有主意,又不敢叫醒他,只好自己先去做饭;饭快成的时候,三仙姑慢慢起来梳妆。于福问她道:"不去打听打听小芹?"她说:"打听她做甚啦?她的本领多大啦?"于福也再没有敢说什么,把饭菜做成了放在炉边等,直等到她梳妆罢了才开饭。

　　饭还没有吃罢,区上的交通员来传她。她好像很得意,嗓子拉得长长地说:"闺女大了咱管不了,就去请区长替咱管教管教!"她吃完了饭,换上新衣服、新首帕、绣花鞋、镶边裤,又擦了一次粉,加了几件首饰,然后叫于福给她备上驴,她骑上,于福给她赶上,往区上去。到了区上,交通员把她引到区长房子里,她趴下就磕头,连声叫道:"区长老爷,你可要给我作主!"区长正伏在桌上写字,见她低着头跪在地下,头上戴了满头银首饰,还以为是前两天跟婆婆生了气的那个年轻媳妇,便说道:"你婆婆不是有保人吗?为什么不找保人?"三仙姑莫名其妙,抬头看了看区长的脸。区长见是个擦着粉的老太婆,才知道是认错人了。交通员道:"认错人了!这就是于小芹的娘!"区长打量了她一眼道:"你就是小芹的娘呀?起来!不要装神做鬼!我什么都清楚!起来!"三仙姑站起来了。区长问:"你今年多大岁数?"三仙姑说:"四十五。"区长说:"你自己看看你打扮得像个人不像!"门边站着乡一个十来岁的小闺女嘻嘻嘻笑了。交通员说:"到外边耍!"小闺女跑了。区长问:"你会下神是不是?"三仙姑不敢答话。区长问:"你给你闺女找了个婆家?"三仙姑答:"找下了!"问:"使了多少钱?"答:"三千五!"问:"还有些什么?"答:"有些首饰布匹!"问:"跟你闺女商量过没有?"答:"没有!"问:"你闺女愿意不愿意?"答:"不知道!"区长道:"我给你叫来你亲自问问她!"又向交通员道:"去叫于小芹!"

　　刚才跑出去那个小闺女,跑到外边一宣传,说有个打官司的老婆,四十五了,擦着粉,穿着花鞋。邻近的女人们都跑来看,挤了半院,唧唧哝哝说:"看看!四十五了!""看那裤腿!""看那鞋!"三仙姑半辈没有脸红过,偏这会支撑不住气了,一道道热汗在脸上流。交通员领着小芹来了,故意说:"看什么?人家也是个人吧,没有见过?闪开路!"一伙女人们哈哈大笑。

　　把小芹叫来,区长说:"你问问你闺女愿意不愿意!"三仙姑只听见院里人说:"四十五""穿花鞋",羞得只顾擦汗,再也开不得口。院里的人们忽然又转了话头,都说"那是人家的闺女""闺女不如娘会打扮",也有人说"听说还会下神",偏又有个知道底细的断断续续讲"米烂了"的故事,这时三仙姑恨不得一头碰死。

　　区长说:"你不问我替你问!于小芹,你娘给你找的婆家你愿意跟人家结婚不愿意?"小芹说:"不愿意! 我知道人家是谁?"区长问三仙姑道:"你听见了吧?"又给她讲了一会婚姻自主的法令,说小芹跟小二黑订婚完全合法,还吩咐她把吴家送来的钱和东西原封退了,让小芹跟小二黑结婚。她羞愧之下,一一答应了下来。

十二　怎么到底

　　三个民兵回到刘家峧,一说区上把兴旺金旺二人押起来,又派助理员来调查他们的罪恶,真是人人拍手称快。午饭后,庙里开一个群众大会,村长报告了开会宗旨,就请大家举他两个人的作恶事实。起先大家还怕扳不倒人家,人家再返回来报仇,老大一会没有人说话;有几个胆子太小的人,还悄悄劝大家说:"忍事者安然。"有个被他两人作践垮了的年轻人说:"我从前没有忍过? 越忍越不得安然! 你们不说我说!"他先从金旺领着土匪到他家绑票说起,一连说了四五款,才说道:"我歇歇再说,先让别人也说几款!"他一说开了头,许多受过害的人也都抢着说起来:有给他们花过钱的,有被他们逼着上过吊的,也有产业被他们霸了的,老婆被他们奸淫过的;他两人还派上民兵给他们自己割柴,拨上民夫给他们自己锄地;浮收粮、私派款,强迫民兵捆人,……你一宗他一宗,从晌午说到太阳落,一共说了五六十款。

　　区上根据这些罪状把他两人送到县里,县里把罪状一一证实之后,除叫他们赔偿大家损失外,又判了十五年徒刑。

　　经过这次大会之后,村里人也都敢出头了。不久,村干部又都经过大改选,村里人再也不敢乱投坏人的票了。这其间,金旺老婆自然也落了选。偏她还变了口吻,说:"以后我也要进步了。"

　　两个神仙也有了变化:

　　三仙姑那天在区上被一伙妇女围住看了半天,实在觉得不好意思,回去对着镜子研究了一下,真有点打扮得不像话;又想到自己的女儿快要跟人结婚,自己还卖什么老俏? 这才下了个决心,把自己的打扮从顶到底换了一遍,弄得像个当长辈人的样子,把三十年来装神弄鬼的那张香案也悄悄拆去。

　　二诸葛那天从区上回去,又向老婆提起二黑跟小芹的命相不对,他老婆道:"把你的鬼八卦收起吧! 你不是说二黑这回了不得吗? 你一辈子放个屁也要卜一课,究竟抵了些什么事? 我看小芹满不错,能跟咱二黑过就很好! 什么命相对不对? 你就不记得'不宜栽种'?"二诸葛见老婆都不信自己的阴阳,也就不好意思再到别人跟前卖弄他那一套了。

　　小芹和小二黑各回各家,见老人们的脾气都有些改变,托邻居们趁势和说和说,两位神仙也就顺水推舟同意他们结婚。后来两家都准备了一下,就过门。过门之后,小两口都十分得意,邻居们都说是村里第一对好夫妻。

　　夫妻们在自己卧房里有时候免不了说玩话:小二黑好学三仙姑下神时候唱"前世姻缘由天定",小芹好学二诸葛说"区长恩典,命相不对"。淘气的孩子们仔听窗,学会了这两句话,就给两位神仙加了新外号:三仙姑叫"前世姻缘",二诸葛叫"命相不对"。

1943 年 5 月写于太行

(选自《新文化》创刊号,第 1 卷第 2 期)

作品解读

赵树理小说的适时出现,应和了中国共产党在解放区所推行的文学路线,被视为是实践《讲话》精神、体现"工农兵文艺"方向的代表。

《小二黑结婚》(1943)是赵树理的成名作。小说通过一对农村"小字辈"争取婚姻自主的故事,描写了中国农村新旧变革中新生力量与愚昧落后观念及反动封建势力间的冲突,揭示了农民翻身解放的历史必然性与复杂性。

小二黑和小芹是小说着力刻画的"新人"形象。两个"神仙"二诸葛和三仙姑作为老一代农民出现,是新人的陪衬,却成为小说中最富特色和艺术魅力的人物。作家用乡间的传统眼光对三仙姑投以更多的嘲弄,却也写活了一个乡间寡居女子的微妙心理。

赵树理怀着乐观的期待用喜剧的笔调书写农民在新变革时代里的成长。但这不是生活的美化与简化。赵树理真诚地正视着农民成长过程中不可避免的新旧矛盾和冲突,但在他的笔下,这主要不表现为你死我活的尖锐斗争,而是生活本身的人情世态。面对农民身上的缺点和落后意识,赵树理总抱着同情和理解去认真地批评,而不是严厉批判。他的小说不是讽刺喜剧,而是幽默喜剧,贴近普通人,闪烁着民间智慧的乡土幽默。生趣盎然的乡风民俗色彩,富有时代感的民间幽默小说的创造,是赵树理富有个性的美学特色。

1943年9月华北新华书店出版《小二黑结婚》单行本后,半年间销行三、四万册,创造了新文学作品在农村流行的新纪录。

(张晓玥)

作家自述

有的同志问:作品的语言如何才有中国气派?我的理解是:作品语言的选择,首先要看读者对象。写给农村干部看,用农村干部能懂的语言,写给一般农民看,用一般农民能懂的语言。如我在写《小二黑结婚》时,农民群众不识字的情况还很普遍,在笔下就不能不考虑他们能不能读懂、听懂。不知你们留心没有?我在《小二黑结婚》里没有用过"然而"、"于是"这类词儿,为什么?因为这在知识分子虽然是习用语,写入作品,当时的农民群众却听不懂、读不惯。可能有的同志会说:"文学作品应当走前一步,担负提高人民群众文化水平的任务呀!难道不可以写得稍深一点么?"我却认为:提高人民群众文化水平的任务是该文学作品以外的各种手段(如学校)担负的。终究说来作品是要求读者即时能读懂,能及时起到它的社会作用的。——赵树理:《做生活的主人》,转引自董大中编:《赵树理写作生涯》,第113页,百花文艺出版社1984年。

我的作品,我自己常常叫它是"问题小说"。为什么叫这个名字,就是因为我写的小说,都是我下乡工作时在工作中所碰到的问题,感到那个问题不解决会妨碍我们工作的进展,应该把它提出来。——赵树理:《当前创作中的几个问题》,转引自董大中编:《赵树理写作生涯》,第55页。

名家要评

四三年春天,赵树理从农村回到北方局调查研究室,交给我一篇他写的通俗小说《小二黑结婚》。这是他到辽县(现今左权县)搞农村调查,了解到一桩农村干部迫害争取婚姻自由的青年农民岳冬至致死的案件,他就以此为直接素材,运用了他长期在农村生活的积累写作而成的。我看了这篇稿子后,觉得很不错。因为这篇小说是写男女婚姻和反对封建势力的,我送给了彭德怀同志,他看了,很满意,就给了北方局妇委书记浦安修同志看。她看了也很喜欢,随后即由彭德怀同志交给了太行新华书店去付印。

《小二黑结婚》书稿交到太行新华书店后,如石沉大海,杳无音信。这时的太行区文化界思想仍然有些混乱,也还存在着一种宗派主义倾向。……有些自命为"新派"的文化人,对通俗的大众文艺看不上眼。

《小二黑结婚》久久不给出版,我便去找彭德怀同志,向他说明情况。彭德怀同志听后,就在一张纸上写了几个字,记得是"象这样从群众调查研究中写出来的通俗故事还不多见",以示支持。这个题词由彭德怀同志亲自交给了北方局宣传部长李大章同志,由他转交太行新华书店,小说才得以出版。彭德怀同志热情的题词,即印在《小二黑结婚》一书的扉页上。

小说在十月份出版后,受到太行区的广大群众热烈欢迎。仅在太行区就销行达三、四万册,获得了群众的好评。太行山各村庄很流行秧歌剧,许多村子的群众自动地把《小二黑结婚》改编成秧歌剧,自演自唱,可见群众之喜爱了。

但当时在太行山区,仍然有些知识分子对《小二黑结婚》摇头,冷嘲热讽,认为那只不过是"低级的通俗故事"而已。甚至当时太行区的一位知识分子出身的干部,看过小说后也摇头说:"这是海派!"——杨献珍:《从太行文化人座谈会到赵树理的〈小二黑结婚〉出版》,《新文学史料》1982年第3期。

赵树理,他是一个新人,但是一个在创作、思想、生活各方面都有难备的作者,一位在成名之前已经相当成熟了的作家,一位具有新颖独创的大众风格的人民艺术家。

《小二黑结婚》写的是一个农村中恋爱的故事。……作者是在这里讴歌自由恋爱的胜利吗?不是的!他是在讴歌新社会的胜利(只有在这种社会里,农民才能享受自由恋爱的正当权利),讴歌农民的胜利(他们开始掌握自己的命运,懂得为更好的命运斗争),讴歌农民中开明、进步的因素对愚昧、落后、迷信等等因素的胜利,最后也最关重要,讴歌农民对封建恶霸势力的胜利。作者对二孔明与"三仙姑"的描写,算得是够讽刺的了,但当我们看到这两位"神仙"为自己儿女的事情弄得那么狼狈不堪的时候,我们真有点可怜起他们来,待到后来看到他们的转变,简直要喜欢起他们来了。原来作者攻击的对象,并不是他们,而是金旺兄弟,那些横行乡里的恶霸们。

"文艺座谈会"以后,艺术各部门都达到了重要的收获,开创了新的局面,赵树理同志的作品是文学创作上的一个重要收获,是毛泽东文艺思想在创作上实践的一个胜利,我欢迎这个胜利,拥护这个胜利!——周扬:《论赵树理的创作》,《周扬文集》第1卷第486—498页,人民文学出版社1984年。

我是完全被陶醉了,被那新颖、健康、素朴的内容与手法。这儿有新的天地,新的人物,新的感情,新的作风,新的文化。谁读了,我相信都会感着兴趣的。——郭沫若:《〈板话〉及其他》,《郭沫若全集》(文学编),第20卷第129页,人民文学出版社1992年。

拓展阅读

1. 黄修己:《赵树理评传》,第 2 章第 7 节"成名之作",江苏人民出版社 1981 年。
2. 戴光中:《关于"赵树理方向"的再认识》,《上海文论》1988 年第 4 期。
3. 朱庆华:《论赵树理小说的现代启蒙意识》,《文学评论》2007 年第 6 期。

倾城之恋

张爱玲

上海为了"节省天光",将所有的时钟都拨快了一小时,然而白公馆里说:"我们用的是老钟。"他们的十点钟是人家的十一点。他们唱歌唱走了板,跟不上生命的胡琴。

胡琴咿咿呀呀拉着,在万盏灯的夜晚,拉过来又拉过去,说不尽的苍凉的故事——不问也罢!……胡琴上的故事是应当由光艳的伶人来扮演的,长长的两片红胭脂夹住琼瑶鼻,唱了,笑了,袖子挡住了嘴……然而这里只有白四爷单身坐在黑沉沉的破阳台上,拉着胡琴。

正拉着,楼底下门铃响了。这在白公馆是一件稀罕事。按照从前的规矩,晚上绝对不作兴出去拜客。晚上来了客,或是平空里接到一个电报,那除非是天字第一号的紧急大事,多半是死了人。

四爷凝神听着,果然三爷三奶奶四奶奶一路嚷上楼来,急切间不知他们说些什么。阳台后面的堂屋里,坐着六小姐,七小姐,八小姐,和三房四房的孩子们,这时都有些皇皇然。四爷在阳台上,暗处看亮处,分外眼明,只见门一开,三爷穿着汗衫短裤,揸开两腿站在门槛上,背过手去,啪啦啪啦扑打股际的蚊子,远远的向四爷叫道:"老四你猜怎么着?六妹离掉的那一位,说是得了肺炎,死了!"四爷放下胡琴往房里走,问道:"是谁来给的信?"三爷道:"徐太太。"说着,回过头用扇子去撑三奶奶道:"你别跟上来凑热闹呀!徐太太还在楼底下呢,她胖,怕爬楼。你还不去陪陪她!"三奶奶去了,四爷若有所思道:"死的那个不是徐太太的亲戚么?"三爷道:"可不是。看这样子,是他们家特为托了徐太太来递信给我们的,当然是有用意的。"四爷道:"他们莫非是要六妹去奔丧?"三爷用扇子柄刮了刮头皮道:"照说呢,倒也是应该……"他们同时看了六小姐一眼。白流苏坐在屋子的一角,慢条斯理绣着一只拖鞋,方才三爷四爷一递一声说话,仿佛是没有她发言的余地,这时她便淡淡地道:"离过婚了,又去做他的寡妇,让人家笑掉了牙齿!"她若无其事地继续做她的鞋子,可是手指头上直冒冷汗,针涩了,再也拔不过去。

三爷道:"六妹,话不是这么说。他当初有许多对不起你的地方,我们全知道。现在人已经死了,难道你还记在心里?他丢下的那两个姨奶奶,自然是守不住的。你这会子堂堂正正地回去替他戴孝主丧,谁敢笑你?你虽然没生下一男半女,他的侄子多着呢。随你挑一个,过继过来。家私虽然不剩什么了,他家是个大族,就是拨你看守祠堂,也饿不死你母子。"白流苏冷笑道:"三哥替我想得真周到!就可惜晚了一步,婚已经离了这么七八年了。依你说,当初那些法律手续都是糊鬼不成?我们可不能拿着法律闹着玩哪!"三爷道:"你别动不动就拿法律来唬人!法律呀,今天改,明天改,我这天理人情,三纲五常,可是改不了的!你生是他家的人,死是他家的鬼,树高千丈,叶落归根——"流苏站起身来道:"你这话,七八年前为什么不说?"三爷道:"我只怕你多了心。只当我们不肯收容你。"流苏道:"哦?现在你就不怕我多心了?你把我的钱用光了,你就不怕我多心了？"三爷直问到她脸上道："我用了你的钱？我用了你几个大钱？你住在我们家，吃我们的，喝我们的，从前还罢了，添一个人不过添双筷子，现在你去打听打听看，米是什么价钱？我不提钱，你倒提起钱来了！"

四奶奶站在三爷背后，笑了一声道："自己骨肉，照说不该提钱的话。提起钱来，这话可就长了！我早就跟我们老四说过——我说：老四，你去劝劝三爷，你们做金子，做股票，不能用六姑奶奶的钱哪，没的沾上了晦气！她一嫁到了婆家，丈夫就变成了败家子。回到娘家来，眼见得娘家就要败光了——天生的扫帚星！"三爷道："四奶奶这话有理。我们那时候，如果没让她入股子，决不至于弄得一败涂地！"

流苏气得浑身乱颤，把一只绣了一半的拖鞋面子抵住了下颔，下颔抖得仿佛要落下来。三爷又道："想当初你哭哭啼啼回家来，闹着要离婚。怪只怪我是个血性汉子，眼见你给他打成那个样子，心有不忍，一拍胸脯子站出来说：好！我白老三穷虽穷，我家里短不了我妹子这一碗饭！我只道你们少年夫妻，谁没有个脾气？大不了回娘家来住个三年五载的，两下里也就回心转意了。我若知道你们认真是一刀两断，我会帮着你办离婚么？拆散人家夫妻，这是绝子绝孙的事。我白老三是有儿子的人，我还指望着他们养老呢！"流苏气到了极点，反倒放声笑了起来道："好，好，都是我的不是！你们穷了，是我把你们吃穷了。你们亏了本，是我带累了你们。你们死了儿子，也是我害了你们伤了阴骘！"四奶奶一把揪住了她儿子的衣领把他儿子的头去撞流苏叫道："赤口白话的咒起孩子来了！就凭你这句话，我儿子死了，我就得找着你！"流苏连忙一闪身躲过了，抓住四爷道："四哥你瞧，你瞧——你——你倒是评评理看！"四爷道："你别着急呀，有话好说，我们从长计议。三哥这都是为你打算——"流苏赌气摔开了手，一径进里屋去了。

里屋没点灯，影影绰绰的只看见珠罗纱帐子里，她母亲躺在红木大床上，缓缓挥动白团扇。流苏走到床跟前，双膝一软，就跪了下来，伏在床沿上，哽咽道："妈。"白老太太耳朵还好，外间屋里说的话她全听见了。她咳嗽了一声，伸手在枕边摸索到了小痰罐子，吐了一口痰，方才说道："你四嫂就是这么碎嘴子！你可不能跟她一样的见识。你知道，各人有各人的难处。你四嫂天生的要强性儿，一向管着家，偏生你四哥不争气，狂嫖滥赌的，玩出一身病来不算，不该挪了公帐上的钱，害得你四嫂面子上无光，只好让你三嫂当家，心里咽不下这口气，着实不舒坦。你三嫂精神又不济，支持这份家，可不容易！种种地方，你得体谅他们一点。"流苏听她母亲这话风，一味的避重就轻，自己觉得好没意思，只得一言不发。白老太太翻身朝里睡了，又道："先两年，东捞西凑的卖一次田，还够两年吃的。现在可不行了。我年纪大了，说声走，一撒手就走了，可顾不得你们。天下没有不散的筵席。你跟着我，总不是长久之计。倒是回去是正经。领个孩子过活，熬个十几年总有你出头之日。"

正说着，门帘一动，白老太太道："是谁？"四奶奶探头进来道："妈，徐太太还在楼下呢，等着跟您说七妹的婚事。"白老太太道："我这就起来。你把灯捻开。"屋里点上了灯，四奶奶扶着老太太坐起身来，伺候她穿衣下来。白老太太问道："徐太太那边找到了合适的人？"四奶奶道："听她说得怪好的，就是年纪大了几岁。"白老太太咳了一声道："宝络这孩子，今年也二十四了，真是我心上一个疙瘩，白替她操了心，还让人家说我：她不是我亲生的，我存心耽搁了她！"四奶奶扶着老太太搀到外房去，老太太道："你把我那儿的新茶叶拿出来给徐太太泡一碗，绿洋铁筒子里的是大姑奶奶去年带来的龙井，高罐儿里的是碧螺春，别弄错了。"四奶奶一面答应着，一面叫喊道："来人哪！开灯哪！"只听见一阵脚步响来了些粗手大脚的孩子们,帮着老妈子把老太太搬运下楼去了。

四奶奶一个人在外间屋里翻箱倒柜找寻老太太的私房茶叶,忽然笑道:"咦!七妹你打哪儿钻出来了,吓我一跳!我说怎么的,刚才一晃就不见影儿了!"宝络细声道:"我在阳台上乘凉。"四奶奶格格笑道:"害臊呢!我说,七妹,赶明儿你有了婆家,凡事可得小心一点,别那么由着性儿闹。离婚岂是容易的事?要离就离了,稀松平常!果真那么容易,你四哥不成材,我干吗不离婚哪!我也有娘家呀,我不是没处可投奔的,可是这年头儿我不能不给他们划算划算,我是有点人心的,就得顾着他们一点,不能靠定了人家,把人家拖穷了。我还有三分廉耻呢!"

白流苏在她母亲床前凄凄凉凉跪着,听见了这话,把手里的绣花鞋帮子紧紧按在心口上,戳在鞋上的一枚针,扎了手也不觉得疼,小声道:"这屋里可住不得了!……住不得了!"她的声音灰暗而轻飘,像断断续续的尘灰吊子。她仿佛做梦似的,满头满脸都挂着尘灰吊子,迷迷糊糊向前一扑,自己以为是枕住了她母亲的膝盖,呜呜咽咽哭了起来道:"妈,妈,你老人家给我做主!"她母亲呆着脸,笑嘻嘻的不做声。她搂住她母亲的腿,使劲摇撼着,哭道:"妈!妈!"恍惚又是多年前,她还只十来岁的时候,看了戏出来,在倾盆大雨中和家里人挤散了。她独自站在人行道上,瞪着眼看人,人也瞪着眼看她,隔着雨淋淋的车窗,隔着一层无形的玻璃罩——无数的陌生人。人人都关在他们自己的小世界里,她撞破了头也撞不进去。她似乎是魇住了。忽然听见背后有脚步声,猜着是她母亲来了,便竭力定了一定神,不言语。她所祈求的母亲与她真正的母亲根本是两个人。

那人走到床前坐下了,一开口,却是徐太太的声音。徐太太劝道:"六小姐,别伤心了,起来,起来,大热的天……"流苏撑着床勉强站了起来,道:"婶子,我……我在这儿再也呆不下去了。早就知道人家多嫌着我,就只差明说。今儿当面锣,对面鼓,发过话了,我可没有脸再住下去了!"徐太太扯她在床沿上一同坐下,悄悄地道:"你也太老实了,不怪人家欺负你,你哥哥们把你的钱盘来盘去盘光了。就养活你一辈子也是应该的。"

流苏难得听见这几句公道话,且不问她是真心还是假意,先就从心里热起来,泪如雨下,道:"谁叫我自己糊涂呢!就为了这几个钱,害得我要走也走不开。"徐太太道:"年纪轻轻的人,不怕没有活路。"流苏道:"有活路,我早走了!我又没念过两句书,肩不能挑,手不能提,我能做什么事?"徐太太道:"找事,都是假的,还是找个人是真的。"流苏道:"那怕不行。我这一辈子早完了。"徐太太道:"这句话,只有有钱的人,不愁吃,不愁穿,才有资格说。没钱的人,要完也完不了哇!你就是剃了头发当姑子去,化个缘罢,也还是尘缘——离不了人!"流苏低头不语。徐太太道:"你这件事。早两年托了我,又要好些。"流苏微微一笑道:"可不是,我已经二十八了。"徐太太道:"放着你这样好的人才,二十八也不算什么。我替你留心着。说着我又要怪你了,离了婚七八年了,你早点儿拿定了主意,远走高飞,少受多少气!"流苏道:"婶子你又不是不知道,像我们这样的家庭,哪儿肯放我们出去交际?倚仗着家里人罢,别说他们根本不赞成,就是赞成了,我底下还有两个妹妹没出阁,三哥四哥的几个女孩子也渐渐地长大了,张罗她们还来不及呢,还顾得到我?"

徐太太笑道:"提起你妹妹,我还等着他们的回话呢。"流苏道:"七妹的事,有希望么?"徐太太道:"说得有几分眉目了。刚才我有意的让娘儿们自己商议商议,我说我上去瞧瞧六小姐就来。现在可该下去了。你送我下去,成不成?"流苏只得扶着徐太太下楼,楼梯又旧,徐太太又胖,走得吱吱格格一片响。到了堂屋里,流苏欲待开灯,徐太太道:"不用了,看得见。他们就在东厢房里。你跟我来,大家说说笑笑,事情也就过去了,不然,明儿吃饭的时候免不了要见面的,反而僵得慌。"流苏听不得"吃饭"这两个字,心里一阵刺痛,硬着嗓子,强笑道:"多谢嫂子——可是我这会子身上有点不舒服,实在不能够见人,只怕失魂落魄,说话闯了祸,反而辜负了您待我的一片心。"徐太太见流苏一定不肯,也就罢了,自己推门进去。

门掩上了,堂屋里暗着。门的上端的玻璃格子里透进两方黄色的灯光,落在青砖地上。朦胧中可以看见堂屋里顺着墙高高下下堆着一排书箱,紫檀匣子,刻着绿泥款识。正中天然几上,玻璃罩子里,搁着珐琅自鸣钟,机括早坏了,停了多年。两旁垂着朱红对联,闪着金色寿字团花,一朵花托住一个墨汁淋漓的大字。在微光里,一个个的字都像浮在半空中,离着纸老远。流苏觉得自己就是对联上的一个字,虚飘飘的,不落实地。白公馆有这么一点像神仙的洞府,这里悠悠忽忽过了一天,世上已经过了一千年。可是这里过了一千年,也同一天差不多,因为每天都是一样的单调与无聊。流苏交叉着胳膊,抱住她自己的颈项。七八年一眨眼就过去了。你年轻么?不要紧,过两年就老了,这里,青春是不希罕的。他们有的是青春——孩子一个个的被生出来,新的明亮的眼睛,新的红嫩的嘴,新的智慧。一年又一年的磨下来,眼睛钝了,人钝了,下一代又生出来了。这一代便被吸到朱红洒金的辉煌的背景里去,一点一点的淡金便是从前的人的怯怯的眼睛。

流苏突然叫了一声,掩住自己的眼睛,跌跌冲冲往楼上爬,往楼上爬……上了楼,到了她自己的屋子里,她开了灯,扑在穿衣镜上,端详她自己。还好,她还不怎么老。她那一类的娇小的身躯是最不显老的一种,永远是纤瘦的腰,孩子似的萌芽的乳。她的脸,从前是白得像瓷,现在由瓷变为玉——半透明的轻青的玉。下颔起初是圆的,近年来渐渐尖了,越显得那小小的脸,小得可爱。脸庞原是相当的窄,可是眉心很宽。一双娇滴滴,滴滴娇的清水眼。阳台上,四爷又拉起胡琴。依着那抑扬顿挫的调子,流苏不由得偏着头,微微飞了个眼风,做了个手势。她对着镜子这一表演,那胡琴听上去便不是胡琴,而是笙箫琴瑟奏着幽沉的庙堂舞曲。她向左走了几步,又向右走了几步,她走一步路都仿佛是合着失了传的古代音乐的节拍。她忽然笑了——阴阴的,不怀好意的一笑,那音乐便戛然而止。外面的胡琴继续拉下去,可是胡琴诉说的是一些辽远的忠孝节义的故事,不与她相干了。

这时候,四爷一个人躲在那里拉胡琴,却是因为他自己知道楼下的家庭会议中没有他置喙的余地。徐太太走了之后,白公馆里少不得将她的建议加以研究和分析。徐太太打算替宝络做媒说给一个姓范的,那人最近和余先生在矿务上有相当密切的联络,徐太太对于他的家世一向就很熟悉,认为绝对可靠。那范柳原的父亲是一个著名的华侨,有不少的产业分布在锡兰马来亚等处。范柳原今年三十三岁,父母双亡。白家众人质问徐太太,何以这样的一个标准夫婿到现在还是独身的,徐太太告诉他们,范柳原从英国回来的时候,无数的太太们急扯白脸的把女儿送上门来,硬要塞给他,勾心斗角,各显神通,大大热闹过一番。这一捧却把他捧坏了。从此他把女人看成他脚底下的泥。由于幼年时代的特殊环境,他脾气本来就有点怪僻。他父母的结合是非正式的。他父亲有一次出洋考察,在伦敦结识了一个华侨交际花,两人秘密地结了婚。原籍的太太也有点风闻。因为惧怕太太的报复,那二夫人始终不敢回国。范柳原就是在英国长大的。他父亲故世以后,虽然大太太只有两个女儿,范柳原要在法律上确定他的身份,却有种种棘手之处。他孤身流落在英伦,很吃过一些苦,然后方才获到了继承权。至今范家的族人还对他抱着仇视的态度,因此他总是住在上海的时候多,轻易不回广州老宅里去。他年纪轻轻的时候受了些刺激,渐渐的就往放浪的一条路上走,嫖赌吃喝,样样都来,独独无意于家庭幸福。白四奶奶就说:"这样的人,想必是喜欢存心挑剔。我们七妹是庶出的,只怕人家看不上眼。放着这么一门好亲戚,怪可惜了儿的!"三爷道:"他自己也是庶出。"四奶奶道:"可是人家多厉害呀,就凭我们七丫头那股子傻劲儿,还指望拿得住他?倒是我那个大女孩子机灵些,别瞧她,人小心不小,真识大体!"三奶奶道:"那似乎年岁差得太多了。"四奶奶道:"哟!你不知道,越是那种人,越是喜欢年纪轻的,我那个大的若是不成,还有二的呢。"三奶奶笑道:"你那个二的比姓范的小二十岁。"四奶奶悄悄扯了她一把,正颜厉色地道:"三嫂,你别那么糊涂!你护着七丫头,她是白家什么人?隔了一层娘肚皮,就差远了。嫁了过去,谁也别想在她身上得点什么好处!我这都是为了大家好。"然而白老太太一心一意只怕亲戚议论她亏待了没娘的七小姐,决定照原来计划,由徐太太择日请客,把宝络介绍给范柳原。

　　徐太太双管齐下,同时又替流苏物色到一个姓姜的,在海关里做事,新故了太太,丢下了五个孩子,急等着续弦。徐太太主张先忙完了宝络,再替流苏撮合,因为范柳原不久就要上新加坡去了。白公馆里对于流苏的再嫁,根本就拿它当一个笑话,只是为了要打发她出门,没奈何,只索不闻不问,由着徐太太闹去。为了宝络这头亲,却忙得鸦飞雀乱,人仰马翻。一样是两个女儿。一方面如火如荼,一方面冷冷清清,相形之下,委实使人难堪。白老太太将全家的金珠细软,尽情搜刮出来,能够放在宝络身上的都放在宝络身上。三房里的女孩子过生日的时候,干娘给的一件累丝衣料,也被老太太逼着三奶奶拿了出来,替宝络制了旗袍。老太太自己历年攒下的私房,以皮货居多,暑天里又不能穿皮子,只得典质了一件貂皮大袄,用那笔款子去把几件首饰改镶了时新款式。珍珠耳坠子,翠玉手镯,绿宝戒指,自不必说,务必把宝络打扮得花团锦簇。

　　到了那天,老太太,三爷,三奶奶,四爷,四奶奶自然都是要去的。宝络辗转听到四奶奶的阴谋,心里着实恼着她,执意不肯和四奶奶的两个女儿同时出场,又不好意思说不要她们,便下死劲拖流苏一同去。一部出差汽车黑压压坐了七个人,委实再挤不下了,四奶奶的女儿金枝金蝉便惨遭淘汰。他们是下午五点钟出发的,到晚上十一点方才回家。金枝金蝉哪里放得下心,睡得着觉?眼睁睁盼着他们回来了,却又是大伙儿哑口无言。宝络沉着脸走到老太太房里,一阵风把所有的插戴全剥了下来,还了老太太,一言不发回房去了。金枝金蝉把四奶奶拖到阳台上,一叠连声追问怎么了。四奶奶怒道:"也没看见像你们这样的女孩子家,又不是你自己相亲,要你这样热辣辣的!"三奶奶跟了出来,柔声缓气说道:"你这话,别让人家多了心去!"四奶奶索性冲着流苏的房间嚷道:"我就是指桑骂槐,骂了她了,又怎么着?又不是千年万代没见过男子汉,怎么一闻见生人气,就痰迷心窍,发了疯了?"金枝金蝉被她骂得摸不着头脑,三奶奶做好做歹稳住了她们的娘,又告诉她们道:"我们先去看电影的。"金枝诧异道:"看电影?"三奶奶道:"可不是透着奇怪,专为看人去的,倒去坐在黑影子里,什么也瞧不见,后来徐太太告诉我说都是那范先生的主张,他在那里搞坏呢。他要把人家搁在那里搁个两三个钟头,脸上出了油,胭脂花粉褪了色,他可以看得亲切些。那是徐太太的猜想。据我看来,那姓范的始终就没有诚意。他要看电影,就为着懒得跟我们应酬。看完了戏,他不是就想溜么?"四奶奶忍不住插嘴道:"哪儿的话,今儿的事,一上来挺好的,要不是我们自己窝儿里的人在里头捣乱,准有个七八成!"金枝金蝉齐声道:"三妈,后来呢?后来呢?"三奶奶道:"后来徐太太拉住了他,要大家一块儿去吃饭。他就说他请客。"四奶奶拍手道:"吃饭就吃饭,明知道我们七小姐不会跳舞,上跳舞场去干坐着,算什么?不是我说,这就要怪三哥了,他也是外面跑跑的人,听见姓范的吩咐汽车夫上舞场去,也不拦一声!"三奶奶忙道:"上海这么多的饭店,他怎么知道哪一个饭店有跳舞,哪一个饭店没有跳舞?他可比不得四爷是个闲人哪,他没那么多的工夫去调查这个!"金枝金蝉还要打听此后的发展,三奶奶给四奶奶几次一打岔,兴致索然。只道:"后来就吃饭,吃了饭,就回来了。"

金蝉道:"那范柳原是怎样的一个人?"三奶奶道:"我哪儿知道?统共没听见他说过三句话。"又寻思了一会,道:"跳舞跳得不错罢!"金枝咦了一声道:"他跟谁跳来着?"四奶奶抢先答道:"还有谁,还不是你那六姑!我们诗礼人家,不准学跳舞的,就只她结婚之后跟她那不成材的姑爷学会了这一手!好不害臊,人家问你,说不会跳不就结了?不会也不是丢脸的事。像你三妈,像我,都是大户人家的小姐,活过这半辈子了,什么世面没见过?我们就不会跳!"三奶奶叹了口气道:"跳了一次,还说是敷衍人家的面子,还跳第二次,第三次!"金枝金蝉听到这里,不禁张口结舌。四奶奶又向那边喃喃骂道:"猪油蒙了心!你若是以为你破坏了你妹子的事,你就有指望了,我叫你早早地歇了这个念头!人家连多少小姐都看不上眼呢,他会要你这败柳残花?"

流苏和宝络住着一间屋子,宝络已经上床睡了,流苏蹲在地下摸着黑点蚊烟香,阳台上的话听得清清楚楚,可是她这一次却非常的镇静,擦亮了洋火,眼看着它烧过去,火红的小小三角旗,在它自己的风中摇摆着,移,移到她手指边,她噗的一声吹灭了它,只剩下一截红艳的小旗杆,旗杆也枯萎了,垂下灰白蜷曲的鬼影子。她把烧焦的火柴丢在烟盘子里。今天的事,她不是有意的,但是无论如何,她给了他们一点颜色看看。他们以为她这一辈子已经完了么?早哩!她微笑着。宝络心里一定也在骂她,骂得比四奶奶的话还要难听。可是她知道宝络恨虽恨她,同时也对她刮目相看,肃然起敬。一个女人,再好些,得不着异性的爱,也得不着同性的尊重。女人们就是这点贱。

范柳原真心喜欢她么?那倒也不见得。他对她说的那些话,她一句也不相信。她看得出他是对女人说惯了谎的。她不能不当心——她是个六亲无靠的人。她只有她自己了。床架子上挂着她脱下来的月白蝉翼纱旗袍。她一歪身坐在地上,搂住了长袍的膝部,郑重地把脸偎在上面。蚊香的绿烟一蓬一蓬浮上来,直熏到她脑子里去。她的眼睛里,眼泪闪着光。

隔了几天,徐太太又来到白公馆。四奶奶早就预言过:"我们六姑奶奶这样的胡闹,眼见得七丫头的事是吹了。徐太太岂有不恼的?徐太太怪了六姑奶奶,还肯替她介绍人么?这就叫偷鸡不着蚀把米。"徐太太果然不像先前那么一盆火似的了,远兜远转先解释她这两天为什么没上门。家里老爷有要事上香港去接洽,如果一切顺利,就打算在香港租下房子,住个一年半载的,所以这两天忙着打点行李,预备陪他一同去。至于宝络的那件事,姓范的已经不在上海了,暂时只得搁一搁,流苏的可能的对象姓姜,徐太太打听了出来,原来他在外面有了人,若要拆开,还有点麻烦。据徐太太看来,这种人不甚可靠,还是算了罢。三奶奶四奶奶听了这话,彼此使了个眼色,撇着嘴笑了一笑。

徐太太接下去攒眉说道:"我们的那一位,在香港倒有不少的朋友,就可惜远水救不着近火……六小姐若是能够到那边去走一趟,倒许有很多的机会。这两年,上海人在香港的,真可以说是人才济济。上海人自然是喜欢上海人,所以同乡的小姐们在那边听说是很受人欢迎。六小姐去了,还愁没有相当的人?真可以抓起一把来拣拣!"众人觉得徐太太真是善于辞令。前两天轰轰烈烈闹着做媒,忽然烟消火灭了,自己不得下场,便故作遁辞,说两句风凉话。白老太太便叹了口气道:"到香港去一趟,谈何容易!单讲——"不料徐太太很爽快的一口剪断了她的话道:"六小姐若是愿意去,我请她。我答应帮她的忙,就得帮到底。"大家不禁面面相觑,连流苏都怔住了。她估计着徐太太当初自告奋勇替她做媒,想必倒是一时仗义,真心同情她的境遇。为了她跑跑腿寻寻门路,治一桌酒席请请那姓姜的,这点交情是有的。但是出盘缠带她到香港去,那可是所费不赀。为什么徐太太平空的要在她身上花这些钱?世上的好人虽多,可没有多少傻子愿意在银钱上做好人。徐太太一定是有背景的。难不成是那范柳原的诡计?徐太太曾经说过她丈夫与范柳原在营业上有密切接触,夫妇两个大约是很热心地捧着范柳原。牺牲一个不相干的孤苦的亲戚来巴结他,也是可能的事。流苏在这里胡思乱想着,白老太太便道:"那可不成呀,总不能让您——"徐太太打了个哈哈道:"没关系,这点小东,我还做得起!再说,我还指望着六小姐帮我的忙呢。我拖着两个孩子,血压又高,累不得,路上有了她,凡事也有个照应。我是不拿她当外人的,以后还要她多多的费神呢!"白老太太忙代流苏客气了一番。徐太太掉过头来,单刀直入地问道:"那么六小姐,你一准跟我们跑一趟罢!就算是去逛逛,也值得。"流苏低下头去,微笑道:"您待我太好了。"她迅速地盘算了一下。姓姜的那件事是无望了。以后即使有人替她做媒,也不过是和那姓姜的不相上下,也许还不如他。流苏的父亲是一个有名的赌徒,为了赌而倾家荡产,第一个领着他们往破落户的路上走。流苏的手没有沾过骨牌和骰子,然而她也是喜欢赌的。她决定用她的前途来下注。如果她输了,她声名扫地,没有资格做五个孩子的后母。如果赌赢了,她可以得到众人虎视眈眈的目的物范柳原,出净她胸中这一口恶气。

她答应了徐太太。徐太太在一星期内就要动身。流苏便忙着整理行装。虽说家无长物,根本没有什么可整理的,却也乱了几天。变卖了几件零碎东西,添制了几套衣服。徐太太在百忙中还腾出时间来替她做顾问。徐太太这样的笼络流苏,被白公馆里的人看在眼里,渐渐的也就对流苏发生了新的兴趣。除了怀疑她之外,又存了三分顾忌,背后嘀嘀咕咕议论着,当面却不那么指着脸子骂了,偶然也还叫声"六妹","六姑","六小姐",只怕她当真嫁到香港的阔人,衣锦荣归,大家总得留个见面的余地,不犯着得罪她。

徐太太徐先生带着孩子一同乘车来接了她上船,坐的是一只荷兰船的头等舱。船小,颠簸得厉害,徐先生徐太太一上船便双双睡倒,吐个不休,旁边儿啼女哭,流苏倒着实服侍了他们几天。好容易船靠了岸,她方才有机会到甲板上去看看海景。那是个火辣辣的下午,望过去最触目的便是码头上围列着的巨型广告牌,红的,橘红的,粉红的,倒映在绿油油的海水里,一条条,一抹抹刺激性的犯冲的色素,窜上落下,在水底下厮杀得异常热闹。流苏想着,在这夸张的城里,就是栽个跟头,只怕也比别处痛些,心里不由得七上八下起来,忽然觉得有人奔过来抱住她的腿,差一点把她推了一跤,倒吃了一惊,再看原来是徐太太的孩子,连忙定了定神。过去助着徐太太照料一切。谁知那十来件行李与两个孩子,竟不肯被归着在一堆。行李齐了,一转眼又少了个孩子。流苏疲于奔命,也就不去看野眼了。

　　上了岸,叫了两部汽车到浅水湾饭店。那车驰出了闹市,翻山越岭,走了多时,一路只见黄土崖,红土崖,土崖缺口处露出森森绿树,露出蓝绿色的海。近了浅水湾,一样是土崖与丛林,却渐渐的明媚起来。许多游了山回来的人,乘车掠过他们的车,一汽车一汽车载满了花,风里吹落了零乱的笑声。

　　到了旅馆门前,却看不见旅馆在哪里。他们下了车,走上极宽的石级,到了花木萧疏的高台上,方见再高的地方有两幢黄色房子。徐先生早定下了房间,仆欧们领着他们沿着碎石小径走去,进了昏黄的饭厅,经过昏黄的穿堂,往二层楼上走。一转弯,有一扇门通着一个小阳台,搭着紫藤花架,晒着半壁斜阳。阳台上有两个人站着说话,只见一个女的,背向着他们,披着一头漆黑的长发,直垂到脚踝上,脚踝上套着赤金扭麻花镯子,光着脚,底下看不仔细是否趿着拖鞋,上面微微露出一截印度式桃红皱裥窄脚裤。被那女人挡住的一个男子,却叫了一声:"咦!徐太太!"便走了过来,向徐先生徐太太打招呼,又向流苏含笑点头。流苏见是范柳原,虽然早就料到这一着,一颗心依旧不免跳得厉害。阳台上的女人一闪就不见了。柳原伴着他们上楼,一路上大家仿佛他乡遇故知似的,不断的表示惊讶与愉快。那范柳原虽然够不上称做美男子,粗枝大叶的,也有他的一种风神。徐先生夫妇指挥着仆欧们搬行李,柳原与流苏走在前面,流苏含笑问道:"范先生,你没有上新加坡去?"柳原轻轻答道:"我在这儿等着你呢。"流苏想不到他这样直爽,倒不便深究,只怕说穿了,不是徐太太请她上香港而是他请的,自己反而下不落台,因此只当他说玩笑话,向他笑了一笑。

　　柳原问知她的房间是一百三十号,便站住了脚道:"到了。"仆欧拿钥匙开了门,流苏一进门便不由得向窗口笔直走过去。那整个的房间像暗黄的画框,镶着窗子里一幅大画。那酽酽的,滟滟的海涛,直溅到窗帘上,把帘子的边缘都染蓝了。柳原向仆欧道:"箱子就放在橱跟前。"流苏听他说话的声音就在耳根子底下,不觉震了一震,回过脸来,只见仆欧已经出去了,房门却没有关严。柳原倚着窗台,伸出一只手来撑在窗格子上,挡住了她的视线,只管望着她微笑。流苏低下头去。柳原笑道:"你知道么?你的特长是低头。"流苏抬头笑道:"什么?我不懂。"柳原道:"有的人善于说话,有的人善于笑,有的人善于管家,你是善于低头的。"流苏道:"我什么都不会。我是顶无用的人。"柳原笑道:"无用的女人是最最厉害的女人。"流苏笑着走开了道:"不跟你说了,到隔壁去看看罢。"柳原道:"隔壁?我的房还是徐太太的房?"流苏又震了一震道:"你就住在隔壁?"柳原已经替她开了门,道:"我屋里乱七八糟的,不能见人。"

　　他敲了一敲一百三十一号的门,徐太太开门放他们进来道:"在我们这边吃茶罢,我们有个起坐间。"便揿铃叫了几客茶点。徐先生从卧室里走出来道:"我打了个电话给老朱,他闹着要接风,请我们大伙儿上香港饭店。就是今天。"又向柳原道:"连你在内。"徐太太道:"你真有兴致,晕了几天的船,还不趁早歇歇?今儿晚上,算了罢!"柳原笑道:"香港饭店,是我所见过的顶古板的舞场。建筑、灯光、布置、乐队,都是英国式,四五十年前顶时髦的玩艺儿,现在可不够刺激性了。实在没有什么可看的,除非是那些怪模怪样的西崽,大热的天,仿着北方人穿着扎脚裤——"流苏道:"为什么?"柳原道:"中国情调呀!"徐先生笑道:"既来到此地,总得去看看。就委屈你做做陪客罢!"柳原笑道:"我可不能说准。别等我。"流苏见他不像要去的神气,徐先生并不是常跑舞场的人,难得这么高兴,似乎是认真要替她介绍朋友似的,心里倒又疑惑起来。

然而那天晚上,香港饭店里为他们接风一班人,都是成双捉对的老爷太太,几个单身男子都是二十岁左右的年轻人。流苏正在跳着舞,范柳原忽然出现了,把她从另一个男子手里接了过来,在那荔枝红的灯光里,她看不清他的黝暗的脸,只觉得他异常的沉默。流苏笑道:"怎么不说话呀?"柳原笑道:"可以当着人说的话,我全说完了。"流苏噗嗤一笑道:"鬼鬼祟祟的,有什么背人的话?"柳原道:"有些傻话,不但是要背着人说,还得背着自己。让自己听见了也怪难为情的。譬如说,我爱你,我一辈子都爱你。"流苏别过头去,轻轻啐了一声道:"偏有这些废话!"柳原道:"不说话又怪我不说话了,说话,又嫌唠叨!"流苏笑道:"我问你,你为什么不愿意我上跳舞场去?"柳原道:"一般的男人,喜欢把好女人教坏了,又喜欢感化坏的女人,使她变为好女人。我可不像那么没事找事做。我认为好女人还是老实些的好。"流苏瞟了他一眼道:"你以为你跟别人不同么?我看你也是一样的自私。"柳原笑道:"怎样自私?"流苏心里想着:你最高的理想是一个冰清玉洁而又富于挑逗性的女人。冰清玉洁,是对于他人。挑逗,是对于你自己。如果我是一个彻底的好女人,你根本就不会注意到我。她向他偏着头笑道:"你要我在旁人面前做一个好女人,在你面前做一个坏女人。"柳原想了一想道:"不懂。"流苏又解释道:"你要我对别人坏,独独对你好。"柳原笑道:"怎么又颠倒过来了?越发把人家搅糊涂了!"他又沉吟了一会道:"你这话不对。"流苏笑道:"哦,你懂了。"柳原道:"你好也罢,坏也罢,我不要你改变。难得碰见像你这样的一个真正的中国女人。"流苏微微叹了口气道:"我不过是一个过了时的人罢了。"柳原道:"真正的中国女人是世界上最美的,永远不会过了时。"流苏笑道:"像你这样的一个新派人——"柳原道:"你说新派,大约就是指的洋派。我的确不能算一个真正的中国人,直到最近几年才渐渐的中国化起来。可是你知道,中国化的外国人,顽固起来,比任何老秀才都要顽固。"流苏笑道:"你也顽固,我也顽固,你说的,香港饭店又是最顽固的跳舞场……"他们同声笑了起来。音乐恰巧停了。柳原扶着她回到座上,向众人笑道:"白小姐有点头痛,我先送她回去罢。"流苏没提防他有这一着,一时想不起怎样对付,又不愿意得罪了他,因为交情还不够深,没有到吵嘴的程度,只得由他替她披上外衣,向众人道了歉,一同走了出来。

迎面遇见一群西洋绅士,众星捧月一般簇拥着一个女人。流苏先就注意到那人的漆黑的头发,结成双股大辫,高高盘在头上。那印度女人,这一次虽然是西式装束,依旧带着浓厚的东方色彩。玄色轻纱氅底下,她穿着金鱼黄紧身长衣,盖住了手,只露出晶亮的指甲,领口挖成极狭的 V 形,直开到腰际,那是巴黎最新的款式,有个名式,唤做"一线天"。她的脸色黄而油润,像飞了金的观音菩萨,然而她的影沉沉的大眼睛里躲着妖魔。古典型的直鼻子,只是太尖,太薄一点。粉红的厚重的小嘴唇,仿佛肿着似的。柳原站住了脚,向她微微鞠了一躬。流苏在那里看她,她也昂然望着流苏,那一双骄矜的眼睛,如同隔着几千里地,远远的向人望过来。柳原便介绍道:"这是白小姐。这是萨黑荑妮公主。"流苏不觉肃然起敬。萨黑荑妮伸出一双手来,用指尖碰一碰流苏的手,问柳原道:"这位白小姐,也是上海来的?"柳原点点头。萨黑荑妮微笑道:"她倒不像上海人。"柳原笑道:"像哪儿的人呢?"萨黑荑妮把一只食指按在腮帮子上,想了一想,翘着十指尖尖,仿佛是要形容而又形容不出的样子,耸肩笑了一笑,往里走去。柳原扶着流苏继续往外走,流苏虽然听不大懂英文,鉴貌辨色,也就明白了,便笑道:"我原是个乡下人。"柳原道:"我刚才对你说过了,你是个道地的中国人,那自然跟她所谓的上海人有点不同。"

他们上了车,柳原又道:"你别看她架子搭得十足。她在外面招摇,说是克力希纳·柯兰姆帕王公的亲生女,只因王妃失宠,赐了死,她也就被放逐了,一直流浪着,不能回国。其实,不能回国倒是真的,其余的,可没有人能够证实。"流苏道:"她到上海去过么?"柳原道:"人家在上海也是很有名的。后来她跟着一个英国人上香港来。你看见她背后那老头子么?现在就是他养活着她。"流苏笑道:"你们男人就是这样,当面何尝不奉承着她,背后就说得她一个钱不值。像我这样一个穷遗老的女儿,身份还不及她高的人,不知道你对别人怎样的说我呢!"柳原笑道:"谁敢一口气把你们两人的名字说在一起?"流苏撇了撇嘴道:"也许因为她的名字太长了,一口气念不完。"柳原道:"你放心。你是什么样的人,我就拿你当什么样的人看待,准没错。"流苏做出安心的样子,向车窗上一靠,低声道:"真的?"他这句话,似乎并不是挖苦她,因为她渐渐发觉了,他们单独在一起的时候,他总是斯斯文文的,君子人模样。不知道为什么,他背人这样稳重,当众却喜欢放肆。她一时摸不清那到底是他的怪脾气,还是他另有作用。

到了浅水湾,他挽着她下车,指着汽车道旁郁郁的丛林道:"你看那种树,是南边的特产。英国人叫它'野火花'。"流苏道:"是红的么?"柳原道:"红!"黑夜里,她看不出那红色,然而她直觉地知道它是红得不能再红了,红得不可收拾,一蓬蓬一蓬蓬的小花,窝在参天大树上,壁栗剥落燃烧着,一路烧过去,把那紫蓝的天也熏红了。她仰着脸望上去。柳原道:"广东人叫它'影树'。你看这叶子。"叶子像凤尾草,一阵风过,那轻纤的黑色剪影零零落落颤动着,耳边恍惚听见一串小小的音符,不成腔,像檐前铁马的叮哨。

柳原道:"我们到那边去走走。"流苏不做声。他走,她就缓缓的跟了过去。时间横竖还早,路上散步的人多着呢——没关系。从浅水湾饭店过去一截子路,空中飞跨着一座桥梁,桥那边是山,桥这边是一堵灰砖砌成的墙壁,拦住了这边的山。柳原靠在墙上,流苏也就靠在墙上,一眼看上去,那堵墙极高极高,望不见边。墙是冷而粗糙,死的颜色。她的脸,托在墙上。反衬着,也变了样——红嘴唇,水眼睛,有血,有肉,有思想的一张脸。柳原看着她道:"这堵墙,不知为什么使我想起地老天荒那一类的话。……有一天,我们的文明整个的毁掉了,什么都完了——烧完了,炸完了,坍完了,也许还剩下这堵墙。流苏,如果我们那时候在这墙根底下遇见了……流苏,也许你会对我有一点真心,也许我会对你有一点真心。"

流苏嗔道:"你自己承认你爱装假,可别拉扯上我。你几时提出我说谎来着?"柳原嗤的笑道:"不错,你是再天真也没有的一个人。"流苏道:"得了,别哄我了!"

柳原静了半晌,叹了口气。流苏道:"你有什么不称心的事?"柳原道:"多着呢。"流苏叹道:"若是像你这样自由自在的人,也要怨命,像我这样的。早就该上吊了。"柳原道:"我知道你是不快乐的。我们四周的那些坏事,坏人,你一定是看够了。可是,如果你这是第一次看见他们,你一定更看不惯,更难受。我就是这样。我回中国来的时候,已经二十四了。关于我的家乡,我做了好些梦。你可以想象到我是多么的失望。我受不了这个打击,不由自主的就往下溜。你……你如果认识从前的我,也许你会原谅现在的我。"流苏试着想象她是第一次看见她四嫂。她猛然叫道:"还是那样的好,初次瞧见,再坏些,再脏些,是你外面的人,你外面的东西。你若是混在那里头长大了,你怎么分得清,哪一部份是他们,哪一部份是你自己?"柳原默然,隔了一会方道:"也许你是对的。也许我这些话无非是借口,自己糊弄自己。"他突然笑了起来道:"其实我用不着什么借口呀!我爱玩——我有这个钱,有这个时间,还得去找别的理由?"他思索了一会,又烦躁起来,向她说道:"我自己也不懂得我自己——可是我要你懂得我!我要你懂得我!"他嘴里这么说着,心里早已绝望了,然而他还是固执地,哀恳似的说着:"我要你懂得我!"

流苏愿意试试看。在某种范围内,她什么都愿意。她侧过脸去向着他,小声答应着:"我懂得,我懂得。"她安慰着他,然而她不由得想到了她自己的月光中的脸,那娇脆的轮廓,眉与眼,美得不近情理,美得渺茫。她缓缓垂下头去。柳原格格地笑了起来。他换了一副声调,笑道:"是的,别忘了,你的特长是低头。可是也有人说,只有十来岁的女孩子们适宜于低头。适宜于低头的人往往一来就喜欢低头。低了多年的头,颈子上也许要起皱纹的。"流苏变了脸,不禁抬起手来抚摸她的脖子。柳原笑道:"别着急,你决不会有的。待会儿回到房里去,没有人的时候,你再解开衣袖上的钮子,看个明白。"流苏不答,掉转身就走。柳原追了上去,笑道:"我告诉你为什么你保得住你的美。萨黑荑妮上次说:她不敢结婚,因为印度女人一闲下来,呆在家里,整天坐着,就发胖了。我就说:中国女人呢。光是坐着,连发胖都不肯发胖——因为发胖至少还需要一点精力。懒倒也有懒的好处!"

流苏只是不理他。他一路赔着小心,低声下气,说说笑笑,她到了旅馆里,面色方才和缓下来,两人也就各自归房安置。流苏自己忖量着,原来范柳原是讲究精神恋爱的。她倒也赞成,因为精神恋爱的结果永远是结婚,而肉体之爱往往就停顿在某一阶段,很少结婚的希望。精神恋爱只有一个毛病:在恋爱过程中,女人往往听不懂男人的话。然而那倒也没有多大关系。后来总还是结婚,找房子,置家具,雇佣人——那些事上,女人可比男人在行得多。她这么一想,今天这点小误会,也就不放在心上。

第二天早晨,她听徐太太屋里鸦雀无声,知道她一定起来得很晚。徐太太仿佛说过,这里的规矩,早餐叫到屋里来吃,另外要付费,还要给小帐,因此流苏决定替人家节省一点,到食堂里去。她梳洗完了,刚跨出房门,一个守候在外面的仆欧,看见了她,便去敲范柳原的门。柳原立刻走了出来,笑道:"一块儿吃早饭去。"一面走,他一面问道:"徐先生徐太太还没升帐?"流苏笑道:"昨儿他们玩得太累了罢!我没听见他们回来,想必一定是近天亮。"他们在餐室外面的走廊上拣了个桌子坐下。石栏杆外生着高大的棕榈树,那丝丝缕缕披散着的叶子在太阳光里微微发抖,像光亮的喷泉。树底下也有喷水池子,可没有那么伟丽。柳原问道:"徐太太他们今天打算怎么玩?"流苏道:"听说是要找房子去。"柳原道:"他们找他们的房子,我们玩我们的。你喜欢到海滩上去还是到城里去看看?"流苏前一天下午已经用望远镜看了看附近的海滩,红男绿女,果然热闹非凡,只是行动太自由了一点,她不免略具戒心,因此便提议进城去。他们赶上了一辆旅馆里特备的公共汽车,到了中心区。

柳原带她到大中华去吃饭。流苏一听,仆欧们全是说上海话的,四座也是乡音盈耳,不觉诧异道:"这是上海馆子?"柳原笑道:"你不想家么?"流苏笑道:"可是……专程到香港来吃上海菜,总似乎有点傻。"柳原道:"跟你在一起,我就喜欢做各种的傻事,甚至于乘着电车兜圈子,看一场看过了两次的电影……"流苏道:"因为你被我传染上了傻气,是不是?"柳原笑道:"你爱怎么解释,就怎么解释。"

吃完了饭,柳原举起玻璃杯来将里面剩下的茶一饮而尽,高高地擎着那玻璃杯,只管向里看着。流苏道:"有什么可看的,也让我看看。"柳原道:"你迎着亮瞧瞧,里头的景致使我想到马来的森林。"杯里的残茶向一边倾过来,绿色的茶叶粘在玻璃上,横斜有致,迎着光,看上去像一棵翠生生的芭蕉。底下堆积着的茶叶,蟠结错杂,就像没膝的蔓草与蓬蒿。流苏凑在上面看,柳原就探过身来指点着。隔着那绿阴阴的玻璃杯,流苏忽然觉得他的一双眼睛似笑非笑地瞅着她。她放下了杯子,笑了。柳原道:"我陪你到马来亚去。"流苏道:"做什么?"柳原道:"回到自然。"他转念一想,又道:"只是一件,我不能想象你穿着旗袍在森林里跑。……不过我也不能想象你不穿着旗袍。"流苏连忙沉下脸来道:"少胡说。"柳原道:"我这是正经话。我第一次看见你,就觉得你不应当光着膀子穿这种时髦的长背心,不过你也不应当穿西装。满洲的旗装,也许倒合式一点,叫是线条又太硬。"流苏道:"总之,人长得难看,怎么打扮着也不顺眼!"柳原笑道:"别又误会了,我的意思是:你看上去不像这世界上的人。你有许多小动作,有一种罗曼谛克的气氛,很像唱京戏。"流苏抬起了眉毛,冷笑道:"唱戏,我一个人也唱不成呀!我何尝爱做作——这也是逼上梁山。人家跟我耍心眼儿,我不跟人家耍心眼儿,人家还拿我当傻子呢,准得找着我欺侮!"柳原听了这话,倒有些黯然。他举起了空杯,试着喝了一口,又放下了,叹道:"是的,都怪我。我装惯了假,也是因为人人都对我装假。只有对你,我说过句把真话。你听不出来。"流苏道:"我又不是你肚里的蛔虫。"柳原道:"是的,都怪我。可是我的确为你费了不少的心机。在上海第一次遇见你,我想着,离开了你家里那些人,你也许会自然一点。好容易盼着你到了香港……现在,我又想把你带到马来亚,到原始人的森林里去……"他笑他自己,声音又哑又涩,不等笑完就喊仆欧拿帐单来。他们付了帐出来,他已经恢复原状,又开始他的上等的调情——顶文雅的一种。

他每天伴着她到处跑,什么都玩到了,电影,广东戏,赌场,格罗士打饭店,思豪酒店,青鸟咖啡馆,印度绸缎庄,九龙的四川菜……晚上他们常常出去散步,直到夜深。她自己都不能够相信他连她的手都难得碰一碰。她总是提心吊胆,怕他突然摘下假面具,对她作冷不防的袭击,然而一天又一天的过去了,他维持着他的君子风度。她如临大敌,结果毫无动静。她起初倒觉得不安,仿佛下楼梯的时候踏空了一级似的,心里异常怔忡,后来也就惯了。

只有一次,在海滩上。这时候流苏对柳原多了一层认识,觉得到海边上去去也无妨,因此他们到那里去消磨了一个上午。他们并排坐在沙上,可是一个面朝东,一个面朝西。流苏嚷有蚊子。柳原道:"不是蚊子,是一种小虫,叫沙蝇。咬一口,就是个小红点,像朱砂痣。"流苏又道:"这太阳真受不了。"柳原道:"稍微晒一会儿,我们可以到凉棚底下去。我在那边租了一个棚。"那口渴的太阳汩汩地吸着海水,漱着,吐着,哗哗的响。人身上的水份全给它喝干了,人成了金色的枯叶子,轻飘飘的。流苏渐渐感到那奇异的眩晕与愉快,但是她忍不住又叫了起来:"蚊子咬!"她扭过头去,一巴掌打在她裸露的背脊上。柳原笑道:"这样好吃力。我来替你打罢,你来替我打。"流苏果然留心着,照准他臂上打去,叫道:"哎呀,让它跑了!"柳原也替她留心着。两人劈劈啪啪打着,笑成一片。流苏突然被得罪了,站起身来往旅馆里走。柳原这一次并没有跟上来。流苏走到树阴里,两座芦席棚之间的石径上,停了下来,抖一抖短裙子上的沙,回头一看,柳原还在原处,仰天躺着,两手垫在颈项底下,显然是又在那里做着太阳里的梦了,人又晒成了金叶子。流苏回到了旅馆里,又从窗户里用望远镜望出来,这一次,他的身边躺着一个女人,辫子盘在头上。就把那萨黑荒妮烧了灰,流苏也认识她。

从这天起,柳原整日价的和萨黑荒妮厮混着。他大约是下了决心把流苏冷一冷。流苏本来天天出去惯了,忽然闲了下来,在徐太太面前交代不出理由,只得伤了风,在屋里坐了两天。幸喜天公识趣,又下起缠绵雨来,越发有了借口,用不着出门。有一天下午,她打着伞在旅舍的花园里兜了个圈子回来,天渐渐黑了,约摸徐太太他们看房子该回来了,她便坐在廊檐下等候他们,将那把鲜明的油纸伞撑开了横搁在栏杆上,遮住了脸。那伞是粉红地子,石绿的荷叶图案,水珠一滴滴从筋纹上滑下来。那雨下得大了,雨中有汽车泼喇泼喇航行的声音,一群男女嘻嘻哈哈推着挽着上阶来,打头的便是范柳原。萨黑荑妮被他搀着,却是够狼狈的,裸腿上溅了一点点的泥浆。她脱去了大草帽,便洒了一地的水。柳原瞥见流苏的伞,便在扶梯口上和萨黑荑妮说了几句话,萨黑荑妮单独上楼去了,柳原走了过来,掏出手绢子来不住地擦他身上脸上的水渍子。流苏和他不免寒暄了几句。柳原坐了下来道:"前两天听说有点不舒服?"流苏道:"不过是热伤风。"柳原道:"这天气真闷得慌。刚才我们到那个英国人的游艇上去野餐的,把船开到了青衣岛。"流苏顺口问问他青衣岛的景致。正说着,萨黑荑妮又下楼来了,已经换了印度装,兜着鹅黄披肩,长垂及地。披肩上是二寸来阔的银丝堆花镶滚。她也靠着栏杆,远远的拣个桌子坐下,一只手闲闲搁在椅背上,指甲上涂着银色蔻丹。流苏笑向柳原道:"你还不过去?"柳原笑道:"人家是有了主儿的人。"流苏道:"那老英国人,哪儿管得住她?"柳原笑道:"他管不住她,你却管得住我呢。"流苏抿着嘴笑道:"哟!我就是香港总督,香港的城隍爷,管这一方的百姓,我也管不到你头上呀!"柳原摇摇头道:"一个不吃醋的女人,多少有点病态。"流苏噗嗤一笑。隔了一会,流苏问道:"你看着我做什么?"柳原笑道:"我看你从今以后是不是预备待我好一点。"流苏道:"我待你好一点,坏一点,你又何尝放在心上?"柳原拍手道:"这还像句话!话音里仿佛有三分酸意。"流苏撑不住放声笑了起来道:"也没有看见你这样的人,死乞白咧的要人吃醋!"

两人当下言归于好,一同吃了晚饭。流苏表面上虽然和他热了些,心里却怙惴着:他使她吃醋,无非是用的激将法,逼着她自动的投到他怀里去。她早不同他好,晚不同他好,偏拣这个当口和他好了,白牺牲了她自己,他一定不承情,只道她中了他的计。她做梦也休想他娶她。……很明显的,他要她,可是他不愿意娶她。然而她家里穷虽穷,也还是个望族,大家都是场面上的人,他担当不起这诱奸的罪名。因此他采取了那种光明正大的态度。她现在知道了,那完全是假撇清。他处处地方希图脱卸责任。以后她若是被抛弃了,她绝对没有谁可抱怨。

流苏一念及此,不觉咬了咬牙,恨了一声。面子上仍旧照常跟他敷衍着。徐太太已经在跑马地租下了房子,就要搬过去了。流苏欲待跟过去,又觉得白扰了人家一个多月,再要长住下去,实在不好意思。这样僵持下去,也不是事。进退两难,倒煞费踌蹰。这一天,在深夜里,她已经上了床多时,只是翻来覆去。好容易朦胧了一会,床头的电话铃突然朗朗响了起来。她一听,却是柳原的声音,道:"我爱你。"就挂断了。流苏心跳得扑通扑通,握住了耳机,发了一回愣,方才轻轻的把它放回原处。谁知才搁上去,又是铃声大作。她再度拿起听筒,柳原在那边问道:"我忘了问你一声,你爱我么?"流苏咳嗽了一声再开口,喉咙还是沙哑的。她低声道:"你早该知道了。我为什么上香港来?"柳原叹道:"我早知道了,可是明摆着的事实,我就是不肯相信。流苏,你不爱我。"流苏道:"怎见得我不?"柳原不语,良久方道:"诗经上有一首诗——"流苏忙道:"我不懂这些。"柳原不耐烦道:"知道你不懂,你若懂,也用不着我讲了!我念给你听:'死生契阔——与子相悦,执子之手,与子偕老。'我的中文根本不行,可不知道解释得对不对。我看那是最悲哀的一首诗,生与死与离别,都是大事,不由我们支配的。比起外界的力量,我们人是多么小,多么小!可是我们偏要说:'我永远和你在一起;我们一生一世都别离开。'——好像我们自己做得了主似的!"

流苏沉思了半晌,不由得恼了起来道:"你干脆说不结婚,不就完了!还得绕着大弯子!什么做不了主?连我这样守旧的人家,也还说'初嫁从亲,再嫁从身'哩!你这样无拘无束的人,你自己不能做主,谁替你做主?"柳原冷冷地道:"你不爱我,你有什么办法,你做得了主么?"流苏道:"你若真爱我的话,你还顾得了这些?"柳原道:"我不至于那么糊涂。我犯不着花了钱娶一个对我毫无感情的人来管束我。那太不公平了。对于你,那也不公平。噢,也许你不在乎。根本你以为婚姻就是长期的卖淫——"流苏不等他说完,啪的一声把耳机掼下了,脸气得通红。他敢这样侮辱她!他敢!她坐在床上,炎热的黑暗包着她像葡萄紫的绒毯子。一身的汗,痒痒的,颈上与背脊上的头发梢也刺挠得难受。她把两只手按在腮颊上,手心却是冰冷的。

铃又响了起来,她不去接电话,让它响去。"的铃铃……的铃铃……"声浪分外的震耳,在寂静的房间里,在寂静的旅舍里,在寂静的浅水湾。流苏突然觉悟了,她不能吵醒了整个的浅水湾饭店。第一,徐太太就在隔壁。她战战兢兢拿起听筒来,搁在褥单上。可是四周太静了,虽是离了这么远,她也听得见柳原的声音在那里心平气和地说:"流苏,你的窗子里看得见月亮么?"流苏不知道为什么,忽然哽咽起来。泪眼中的月亮大而模糊,银色的,有着绿的光棱。柳原道:"我这边,窗子上面吊下一枝藤花,挡住了一半。也许是玫瑰。也许不是。"他不再说话了,可是电话始终没挂上。许久许久,流苏疑心他可是盹着了,然而那边终于扑秃一声,轻轻挂断了。流苏用颤抖的手从褥单上拿起她的听筒,放回架子上。她怕他第四次再打来,但是他没有。这都是一个梦——越想越像梦。

第二天早上她也不敢问他,因为他准会嘲笑她——"梦是心头想",她这么迫切地想念他,连睡梦里他都会打电话来说"我爱你"?他的态度也和平时没有什么不同。他们照常的出去玩了一天。流苏忽然发觉拿他们当做夫妇的人很多很多——仆欧们,旅馆里和她搭讪的几个太太老太太。原不怪他们误会。柳原跟她住在隔壁,出入总是肩并肩,深夜还到海岸上去散步,一点都不避嫌疑。一个保姆推着孩子的车走过,向流苏点点头,唤了一声"范太太"。流苏脸上一僵,笑也不是,不笑也不是,只得皱着眉向柳原睒了一眼,低声道:"他们不知道怎么想着呢!"柳原笑道:"唤你范太太的人,且不去管他们;倒是唤你做白小姐的人,才不知道他们怎么想呢!"流苏变色。柳原用手抚摸着下巴,微笑道:"你别枉担了这个虚名!"

流苏吃惊地朝他望望,蓦地里悟到他这人多么恶毒。他有意的当着人做出亲狎的神气,使她没法可证明他们没有发生关系。她势成骑虎,回不得家乡,见不得爷娘,除了做他的情妇之外没有第二条路。然而她如果迁就了他,不但前功尽弃,以后更是万劫不复了。她偏不!就算她枉担了虚名,他不过口头上占了她一个便宜。归根究底,他还是没得到她。既然他没有得到她,或许他有一天还会回到她这里来,带了较优的议和条件。

她打定了主意,便告诉柳原她打算回上海去。柳原却也不坚留,自告奋勇要送她回去。流苏道:"那倒不必了。你不是要到新加坡去吗?"柳原道:"反正已经耽搁了,再耽搁些时也不妨事,上海也有事等着料理呢。"流苏知道他还是一贯政策,唯恐众人不议论他们俩。众人越是说得凿凿有据,流苏越是百喙莫辩,自然在上海不能安身。流苏盘算着,即使他不送她回去,一切也瞒不了她家里的人。她是豁出去了,也就让他送她一程。徐太太见他们俩正打得火一般的热,忽然要拆开了,诧异非凡,问流苏,问柳原,两人虽然异口同声的为彼此洗刷,徐太太哪里肯信。

在船上,他们接近的机会很多,可是柳原既能抗拒浅水湾的月色,就能抗拒甲板上的月色。他对她始终没有一句扎实的话。他的态度有点淡淡的,可是流苏看得出他那闲适是一种自满的闲适——他拿稳了她跳不出他的手掌心去。

到了上海,他送她到家,自己没有下车。白公馆里早有了耳报神,探知六小姐在香港和范柳原实行同居了。如今她陪人家玩了一个多月,又若无其事的回来了,分明是存心要丢自家的脸。

流苏勾搭上了范柳原,无非是图他的钱。真弄到了钱,也不会无声无臭的回家来了,显然是没得到他什么好处。本来,一个女人上了男人的当,就该死;女人给当给男人上,那更是淫妇;如果一个女人想给当给男人上而失败了,反而上了人家的当,那是双料的淫恶,杀了她也还污了刀。平时白公馆里,谁有了一点芝麻大的过失,大家便炸了起来。逢到了真正耸人听闻的大逆不道,爷奶奶们兴奋过度,反而吃吃艾艾,一时发不出话来。大家先议定了:"家丑不可外扬",然后分头去告诉亲戚朋友,逼他们宣誓保守秘密,然后再向亲友们一个个的探口气,打听他们知道了没有,知道了多少。最后大家觉得到底是瞒不住,爽性开诚布公,打开天窗说亮话,拍着腿感慨一番。他们忙着这各种手续,也忙了一秋天,因此迟迟的没向流苏采取断然行动。流苏何尝不知道,她这一次回来,更不比往日。她和这家庭早是恩断义绝了。她未尝不想出去找个小事,胡乱混一碗饭吃。再苦些,也强如在家里受气。但是寻了个低三下四的职业,就失去了淑女的身份。那身份,食之无味,弃之可惜。尤其是现在,她对范柳原还没有绝望,她不能先自贬身价,否则他更有了借口。拒绝和她结婚了。因此她无论如何得忍些时。

熬到了十一月底,范柳原果然从香港来了电报。那电报,整个的白公馆里的人都传观过了,老太太方才把流苏叫去,递到她手里。只有寥寥几个字:"乞来港。船票已由通济隆办妥。"白老太太长叹了一声道:"既然是叫你去,你就去罢!"她就这样的下贱么?她眼里掉下泪来。这一哭,她突然失去了自制力,她发现她已经是忍无可忍了。一个秋天,她已经老了两年——她可禁不起老!于是她第二次离开了家上香港来。这一趟,她早失去了上一次的愉快的冒险的感觉。她失败了。固然,女人是喜欢被屈服的,但是那只限于某种范围内。如果她是纯粹为范柳原的风仪与魅力所征服,那又是一说了,可是内中还搀杂着家庭的压力——最痛苦的成份。

范柳原在细雨迷濛的码头上迎接她。他说她的绿色玻璃雨衣像一只瓶,又注了一句:"药瓶。"她以为他在那里讽嘲她的孱弱,然而他又附耳加了一句:"你就是医我的药。"她红了脸,白了他一眼。

他替她定下了原先的房间。这天晚上,她回到房里来的时候,已经两点钟了。在浴室里晚妆既毕,熄了灯出来,方才记起了,她房里的电灯开关装置在床头,只得摸着黑过来,一脚绊在地板上的一只皮鞋上,差一点栽了一跤,正怪自己疏忽,没把鞋子收好,床上忽然有人笑道:"别吓着了!是我的鞋。"流苏停了一会,问道:"你来做什么?"柳原道:"我一直想从你的窗户里看月亮。这边屋里比那边看得清楚些。"……那晚上的电话的确是他打来的——不是梦!他爱她。这毒辣的人,他爱她,然而他待她也不过如此!她不由得寒心,拨转身走到梳妆台前。十一月尾的纤月,仅仅是一钩白色,像玻璃窗上的霜花。然而海上毕竟有点月意，映到窗子里来，那薄薄的光就照亮了镜子。流苏慢腾腾摘下了发网，把头发一搅，搅乱了，夹钗叮铃哨嘟掉下来。她又戴上网子，把那发网的梢头狠狠地衔在嘴里，拧着眉毛，蹲下身去把夹钗一只一只拣了起来，柳原已经光着脚走到她后面，一只手搁在她头上，把她的脸倒扳了过来，吻她的嘴。发网滑下地去了。这是他第一次吻她，然而他们两人都疑惑不是第一次，因为在幻想中已经发生过无数次了。从前他们有过许多机会——适当的环境，适当的情调；他也想到过，她也顾虑到那可能性。然而两方面都是精刮的人，算盘打得太仔细了，始终不肯冒失。现在这忽然成了真的，两人都糊涂了。流苏觉得她的溜溜转了个圈子，倒在镜子上，背心紧紧抵着冰冷的镜子。他的嘴始终没有离开过她的嘴。他还把她往镜子上推，他们似乎是跌到镜子里面，另一个昏昏的世界里去，凉的凉，烫的烫，野火花直烧上身来。

第二天，他告诉她，他一礼拜后就要上英国去。她要求他带她一同去，但是他回说那是不可能的。他提议替她在香港租下一幢房子住下，等一年半载，他也就回来了。她如果愿意在上海住家，也听她的便。她当然不肯回上海。家里那些人——离他们越远越好。独自留在香港，孤单些就孤单些。问题却在他回来的时候，局势是否有了改变。那全在他了。一个礼拜的爱，吊得住他的心么？可是从另一方面看来，柳原是一个没长性的人，这样匆匆的聚了又散了，他没有机会厌倦她，未始不是于她有利的。一个礼拜往往比一年值得怀念。……他果真带着热情的回忆重新来找她，她也许倒变了呢！近三十的女人，往往有着反常的娇嫩，一转眼就憔悴了。总之，没有婚姻的保障而要长期抓住一个男人，是一件艰难的，痛苦的事，几乎是不可能的。啊，管它呢！她承认柳原是可爱的，他给她美妙的刺激，但是她跟他的目的究竟是经济上的安全。这一点，她知道她可以放心。

他们一同在巴而顿道看了一所房子，坐落在山坡上，屋子粉刷完了，雇定了一个广东女佣，名唤阿栗，家具只置办了几件最重要的，柳原就该走了。其余的丢给流苏慢慢的去收拾。家里还没有开火仓，在那冬天的傍晚，流苏送他上船时，便在船上的大餐间里胡乱的吃了些三明治。流苏因为满心的不得意，多喝了几杯酒，被海风一吹，回来的时候，便带着三分醉。到了家，阿栗在厨房里烧水替她随身带着的那孩子洗脚。流苏到处瞧了一遍，到一处开一处的灯。客室里的门窗上的绿漆还没干，她用食指摸着试了一试，然后把那粘粘的指尖贴在墙上，一贴一个绿迹子。为什么不？这又不犯法！这是她的家！她笑了，索性在那蒲公英黄的粉墙上打了一个鲜明的绿手印。

她摇摇晃晃走到隔壁屋里去。空房，一间又一间——清空的世界。她觉得她可以飞到天花板上去。她在空荡荡的地板上行走，就像是在洁无纤尘的天花板上。房间太空了，她不能不用灯光来装满它，光还是不够，明天她得记着换上只较强的灯泡。

她走上楼梯去。空得好！她急需着绝对的静寂。她累得很，取悦于柳原是太吃力的事，他脾气向来就古怪；对于她，因为是动了真感情，他更古怪了，一来就高兴。他走了，倒好，让她松下这口气。现在她什么人都不要——可憎的人，可爱的人，她一概都不要。从小时候起，她的世界就嫌过于拥挤。推着，挤着，踩着，背着，抱着，驮着，老的小的，全是人。一家二十来口，合住一幢房子，你在屋里剪个指甲也有人在窗户眼里看着。好容易远走高飞，到了这无人之境。如果她正式做了范太太，她就有种种的责任，她离不了人。现在她不过是范柳原的情妇，不露面的，她应该躲着人，人也应该躲着她。清静是清静了，可惜除了人之外，她没有旁的兴趣。她所仅有的一点学识，全是应付人的学识。凭着这点本领,她能够做一个贤惠的媳妇,一个细心的母亲。在这里她可是英雄无用武之地。"持家"罢,根本无家可持,看管孩子罢,柳原根本不要孩子。省俭着过日子罢,她根本用不着为了钱操心。她怎样消磨这以后的岁月?找徐太太打牌去,看戏?然后渐渐地姘戏子,抽鸦片,往姨太太们的路上走?她突然站住了,挺着胸,两只手在背后紧紧互扭着。那倒不至于!她不是那种下流的人。她管得住她自己。但是……她管得住她自己不发疯么?楼上品字式的三间屋,楼下品字式的三间屋,全是堂堂地点着灯。新打了蜡的地板,照得雪亮。没有人影儿。一间又一间,呼喊着的空虚……流苏躺到床上去,又想下去关灯,又动弹不得。后来她听见阿栗跋着木屐上楼来,一路扑哧扑哧关着灯,她紧张的神经方才渐归松弛。

　　那天是十二月七日,一九四一年。十二月八日,炮声响了。一炮一炮之间,冬晨的银雾渐渐散开,山崩、山洼子里,全岛上的居民都向海面上望去,说"开仗了,开仗了。"谁都不能够相信,然而毕竟是开仗了。流苏孤身留在巴而顿道,哪里知道什么。等到阿栗从左邻右舍探到了消息,仓皇唤醒了她,外面已经进入酣战阶段。巴而顿道的附近有一座科学试验馆,屋顶上架着高射炮,流弹不停地飞过来,尖溜溜一声长叫,"吱呦呃呃呃呃……",然后"砰",落下地去。那一声声的"吱呦呃呃呃呃……"撕裂了空气,撕毁了神经。淡蓝的天幕被扯成一条一条,在寒风中簌簌飘动。风里同时飘着无数剪断了的神经的尖端。

　　流苏的屋子是空的,心里是宽的,家里没有置办米粮,因此肚子里也是空的。空穴来风,所以她感受恐怖的袭击分外强烈。打电话到跑马地徐家,久久打不通,因为全城装有电话的人没有一个不在打电话,询问哪一区较为安全,作避难的计划。流苏到下午方才接通了,可是那边铃尽管响着,老是没有人来听电话,想必徐先生徐太太已经匆匆出走,迁到平靖一些的地带。流苏没了主意。炮火却逐渐猛烈了。邻近的高射炮成为飞机注意的焦点。飞机营营地在顶上盘旋,"孜孜孜……"绕了一圈又绕回来,"孜孜……"痛楚地,像牙医的螺旋电器,直挫进灵魂的深处。阿栗抱着她的哭泣着的孩子坐在客室的门槛上,人仿佛入了昏迷状态,左右摇摆着,喃喃唱着咒语似的歌曲,哄着拍着孩子。窗外又是"吱呦呃呃呃呃……"一声,"砰!"削去屋檐的一角,沙石哗啦啦落下来。阿栗怪叫了一声,跳起身来,抱着孩子就往外跑。流苏在大门口追上了她,一把揪住她问道:"你上哪儿去?"阿栗道:"这儿蹲不得了!我——我带他到阴沟里去躲一躲。"流苏道:"你疯了!你去送死!"阿栗连声道:"你放我走!我这孩子——就只这么一个——死不得的!……阴沟里躲一躲……"流苏拚命扯住了她,阿栗将她一推,她跌倒了,阿栗便闯出门去。正在这当口,轰天震地一声响,整个的世界黑了下来,像一只硕大无朋的箱子,啪地关上了盖。数不清的罗愁绮恨,全关在里面了。

　　流苏只道是没有命了,谁知还活着。一睁眼,只见满地的玻璃屑,满地的太阳影子。她挣扎着爬起身来,去找阿栗。一开门,阿栗紧紧搂着孩子,垂着头,把额角抵在门洞子里的水泥墙上,人是震糊涂了。流苏拉了她进来,就听见外面喧嚷着说隔壁落了个炸弹,花园里炸出一个大坑。这一次巨响,箱子盖关上了,依旧不得安静。继续的砰砰砰,仿佛在箱子盖上用锤子敲钉,捶不完地捶。从天明捶到天黑,又从天黑捶到天明。

　　流苏也想到了柳原,不知道他的船有没有驶出港口,有没有被击沉。可是她想起他便觉得有些渺茫,如同隔世。现在的这一段,与她的过去毫不相干,像无线电里的歌,唱了一半,忽然受了恶劣的天气的影响,劈劈啪啪炸了起来。炸完了,歌是仍旧要唱下去的，就只怕炸完了，歌已经唱完了，那就没得听了。第二天，流苏和阿栗母子分着吃完了罐子里的几片饼干，精神渐渐衰弱下来，每一个呼啸着的子弹的碎片便像打在她脸上的耳刮子。街上轰隆轰隆驰来一辆军用卡车，意外地在门前停下了。铃一响，流苏自己去开门，见是柳原，她捉住他的手，紧紧搂住他的手臂，像阿栗搂住孩子似的，人向前一扑，把头磕在门洞子里的水泥墙上。柳原用另外的一只手托住她的头，急促地道："受了惊吓罢？别着急，别着急。你去收拾点得用的东西，我们到浅水湾去。快点，快点！"流苏跌跌冲冲奔了进去，一面问道："浅水湾那边不要紧么？"柳原道："都说不会在那边上岸的。而且旅馆里吃的方面总不成问题，他们收藏得很丰富。"流苏道："你的船……"柳原道："船没开出去。他们把头等舱的乘客送到了浅水湾饭店。本来昨天就要来接你的，叫不到汽车，公共汽车又挤不上。好容易今天设法弄到了这部卡车。"流苏哪里还定得下心整理行装，胡乱扎了个小包裹。柳原给了阿栗两个月的工钱，嘱咐她看家，两个人上了车，面朝下并排躺在运货的车厢里，上面蒙着黄绿色油布篷，一路颠簸着，把肘弯与膝盖上的皮都磨破了。

　　柳原叹道："这一炸，炸断了多少故事的尾巴！"流苏也怆然，半晌方道："炸死了你，我的故事就该完了。炸死了我，你的故事还长着呢！"柳原笑道："你打算替我守节么？"他们两人都有点神经失常，无缘无故，齐声大笑。而且一笑便止不住。笑完了，浑身只打颤。

　　卡车在"吱呦呃呃……"的流弹网里到了浅水湾。浅水湾饭店楼下驻扎着军队，他们仍旧住到楼上的老房间里。住定了，方才发现，饭店里储藏虽富，都是留着给兵吃的。除了罐头装的牛乳，牛羊肉，水果之外，还有一麻袋一麻袋的白面包，麸皮面包。分配给客人的，每餐只有两块苏打饼干，或是两块方糖，饿得大家奄奄一息。

　　先两日浅水湾还算平静，后来突然情势一变，渐渐火炽起来。楼上没有掩蔽物，众人容身不得，都下楼来，守在食堂里，食堂里大开着玻璃门，门前堆着沙袋，英国兵就在那里架起了大炮往外打。海湾里的军舰摸准了炮弹的来源，少不得——还敬。隔着棕榈树与喷水池子，子弹穿梭般来往。柳原与流苏跟着大家一同把背贴在大厅的墙上。那幽暗的背景便像古老的波斯地毯，织出各色人物，爵爷，公主，才子，佳人。毯子被挂在竹竿上，迎着风扑打上面的灰尘，啪啪打着，下劲打，打得上面的人走投无路。炮子儿朝这边射来，他们便奔到那边；朝那边射来，便奔到这边。到后来一间敞厅打得千疮百孔，墙也坍了一面，逃无可逃了，只得坐下地来，听天由命。

　　流苏到了这个地步，反而懊悔她有柳原在身旁，一个人仿佛有了两个身体，也就蒙了双重危险。一颗子弹打不中她，还许打中他。他若是死了，若是残废了，她的处境更是不堪设想。她若是受了伤，为了怕拖累他，也只有横了心求死。就是死了，也没有孤身一个人死得干净爽利。她料着柳原也是这般想。别的她不知道，在这一刹那，她只有他，他也只有她。

　　停战了。困在浅水湾饭店的男女们缓缓向城中走去。过了黄土崖，红土崖，又是红土崖，黄土崖，几乎疑心是走错了道，绕回去了，然而不，先前的路上没有这炸裂的坑，满坑的石子。柳原与流苏很少说话。从前他们坐一截子汽车，也有一席话，现在走上几十里的路，反而无话可说了。偶然有一句话，说了一半，对方每每就知道了下文，没有往下说的必要。柳原道："你瞧，海滩上。"流苏道："是的。"海滩上布满了横七竖八割裂的铁丝网，铁丝网外面，淡白的海水汩汩吞吐淡黄的沙。冬季的晴天也是淡漠的蓝色。野火花的季节已经过去了。流苏道:"那堵墙……"柳原道:"也没有去看看。"流苏叹了口气道:"算了罢。"柳原走得热了起来,把大衣脱下来搁在臂上,臂上也出了汗。流苏道:"你怕热,让我给你拿着。"若在往日,柳原绝对不肯,可是他现在不那么绅士风了,竟交了给她。再走了一程子,山渐渐高了起来。不知道是风吹着树呢,还是云影的飘移,青黄的山麓缓缓地暗了下来。细看时,不是风也不是云,是太阳悠悠地移过山头,半边山麓埋在巨大的蓝影子里。山上有几座房屋在燃烧,冒着烟——山阴的烟是白的,山阳的是黑烟——然而太阳只是悠悠地移过山头。

到了家,推开了虚掩着的门,拍着翅膀飞出一群鸽子来。穿堂里满积着尘灰与鸽粪。流苏走到楼梯口,不禁叫了一声"哎呀"。二层楼上歪歪斜斜大张口躺着她新置的箱笼,也有两只顺着楼梯滚了下来,梯脚便淹没在绫罗绸缎的洪流里。流苏弯下腰来,捡起一件蜜合色衬绒旗袍,却不是她自己的东西,满是汗垢,香烟洞与贱价香水气味。她又发现了许多陌生的女人的用品,破杂志,开了盖的罐头荔枝,淋淋漓漓流着残汁,混在她的衣服一堆。这屋子里驻过兵么?——带有女人的英国兵?去得仿佛很仓促。挨户洗劫的本地的贫农,多半没有光顾过,不然,也不会留下这一切。柳原帮着她大声唤阿栗。来一只灰背鸽,斜刺里穿出来,掠过门洞子里的黄色的阳光,飞了出去。

阿栗是不知去向了,然而屋子里的主人们,少了她也还得活下去。他们来不及整顿房屋,先去张罗吃的,费了许多事,用高价买进一袋米。煤气的供给幸而没有断,自来水却没有。柳原拎了铅桶到山里去汲了一桶泉水,煮起饭来。以后他们每天只顾忙着吃喝与打扫房间。柳原各样粗活都来得,扫地,拖地板,帮着流苏拧绞沉重的褥单。流苏初次上灶做菜,居然带点家乡风味。因为柳原忘不了马来菜,她又学会了作油炸"沙袋",咖喱鱼。他们对于饭食上虽然感到空前的兴趣,还是极力的撙节着。柳原身边的港币带得不多,一有了船,他们还得设法回上海。

在劫后的香港住下去究竟不是长久之计。白天这么忙忙碌碌也就混了过去。一到了晚上,在那死的城市里,没有灯,没有人声,只有那莽莽的寒风,三个不同的音阶,"喔……呵……呜"无穷无尽地叫唤着,这个歇了,那个又渐渐响了,三条骈行的灰色的龙,一直线地往前飞,龙身无限制地延长下去,看不见尾。"喔……呵……呜……"……叫唤到后来,索性连苍龙也没有了,只是三条虚无的气,真空的桥梁,通入黑暗,通入虚空的虚空。这里是什么都完了。剩下点断墙颓垣,失去记忆力的文明人在黄昏中跌跌绊绊摸来摸去,像是找着点什么,其实是什么都完了。

流苏拥被坐着,听着那悲凉的风。她确实知道浅水湾附近,灰砖砌的那一面墙,一定还屹然站在那里。风停了下来,像三条灰色的龙,蟠在墙头,月光中闪着银鳞。她仿佛做梦似的,又来到墙根下,迎面来了柳原。她终于遇见了柳原。……在这动荡的世界里,钱财,地产,天长地久的一切,全不可靠了。靠得住的只有她腔子里的这口气,还有睡在她身边的这个人。她突然爬到柳原身边,隔着他的棉被,拥抱着他。他从被窝里伸出手来握住她的手。他们把彼此看得透明透亮,仅仅是一刹那的彻底的谅解,然而这一刹那够他们在一起和谐地活个十年八年。

他不过是一个自私的男子,她不过是一个自私的女人。在这兵荒马乱的时代,个人主义者是无处容身的,可是总有地方容得下一对平凡的夫妻。

有一天,他们在街上买菜,碰着萨黑荑妮公主。萨黑荑妮黄着脸,把蓬松的辫子胡乱编了个麻花髻,身上不知从哪里借来一件青布棉袍穿着,脚下却依旧跶着印度式七宝嵌花纹皮拖鞋。她同他们热烈地握手,问他们现在住在哪里,急欲看看他们的新屋子。又注意到流苏的篮子里有去了壳的小蚝,愿意跟流苏学习烧制清蒸蚝汤。柳原顺口邀了她来吃便饭,她很高兴地跟了他们一同回去。她的英国人进了集中营,她现在住在一个熟识的,常常为她当点小差的印度巡捕家里。她有许久没有吃饱过。她唤流苏"白小姐"。柳原笑道:"这是我太太。你该向我道喜呢!"萨黑黄妮道:"真的么?你们几时结的婚?"柳原耸耸肩道:"就在中国报上登了个启事。你知道,战争期间的婚姻,总是潦草的⋯⋯"流苏没听懂他们的话。萨黑黄妮吻了他又吻了她。然而他们的饭菜毕竟是很寒苦,而且柳原声明他们也难得吃一次蚝汤。萨黑黄妮没有再上门过。

　　当天他们送她出去,流苏站在门槛上,柳原立在她身后,把手掌合在她的手掌上,笑道:"我说,我们几时结婚呢?"流苏听了,一句话也没有,只低下了头,落下泪来。柳原拉住她的手道:"来来,我们今天就到报馆里去登启事。不过你也许愿意候些时,等我们回到上海,大张旗鼓的排场一下,请请亲戚们。"流苏道:"呸!他们也配!"说着,嗤的笑了出来,往后顺势一倒,靠在他身上。柳原伸手到前面去羞她的脸道:"又是哭,又是笑!"

　　两人一同走进城去,走到一个峰回路转的地方,马路突然下泻,眼前只是一片空灵——淡墨色的,潮湿的天。小铁门口挑出一块洋瓷招牌,写的是:"赵祥庆牙医。"风吹得招牌上的铁钩子吱吱响,招牌背后只是那空灵的天。

　　柳原歇下脚来望了半晌,感到那平淡中的恐怖,突然打起寒战来,向流苏道:"现在你可该相信了:'死生契阔,'我们自己哪儿做得了主?轰炸的时候,一个不巧——"流苏嗔道:"到了这个时候,你还说做不了主的话!"柳原笑道:"我并不是打退堂鼓。我的意思是——"他看了看她的脸色,笑道:"不说了。不说了。"他们继续走路。柳原又道:"鬼使神差地,我们倒真的恋爱起来了!"流苏道:"你早就说过你爱我。"柳原笑道:"那不算。我们那时候太忙着谈恋爱了,哪里还有工夫恋爱?"

　　结婚启事在报上刊出了,徐先生徐太太赶了来道喜。流苏因为他们在围城中自顾自搬到安全地带去,不管她的死活,心中有三分不快,然而也只得笑脸相迎。柳原办了酒菜,补请了一次客。不久,港沪之间恢复了交通,他们便回上海来了。

　　白公馆里流苏只回去过一次,只怕人多嘴多,惹出是非来。然而麻烦是免不了的。四奶奶决定和四爷进行离婚,众人背后都派流苏的不是。流苏离了婚再嫁,竟有这样惊人的成就,难怪旁人要学她的榜样。流苏蹲在灯影里点蚊烟香。想到四奶奶,她微笑了。

　　柳原现在从来不跟她闹着玩了。他把他的俏皮话省下来说给旁的女人听。那是值得庆幸的好现象,表示他完全把她当做自家人看待——名正言顺的妻。然而流苏还是有点怅惘。

　　香港的陷落成全了她。但是在这不可理喻的世界里,谁知道什么是因,什么是果?谁知道呢,也许就因为要成全她,一个大都市倾覆了。成千上万的人死去,成千上万的人痛苦着,跟着是惊天动地的大改革⋯⋯流苏并不觉得她在历史上的地位有什么微妙之点。她只是笑吟吟地站起身来,将蚊烟香盘踢到桌子底下去。

　　传奇里的倾国倾城的人大抵如此。

　　到处都是传奇,可不见得有这么圆满的收场。胡琴咿咿哑哑拉着,在万盏灯火的夜晚,拉过来又拉过去,说不尽的苍凉的故事——不问也罢!

(1943 年 9 月)

作品解读

《倾城之恋》是张爱玲的代表作之一。小说在新旧文化冲突与现实动荡的历史环境中,通过言情,通过两性关系与家庭关系中的人情风俗,来表现城市男女于"虚伪之中有真实,浮华之中有素朴"的日常人生与人性真实。出身于式微世家的白流苏,被丈夫离弃多年,经历过许多人事炎凉,既孤傲清高又有着小女人的心计。妹妹相亲时她故意吸引华侨富商子弟范柳原的眼光,后又不断施展小手段来吊住他的心,只为牟取安稳的人妻生活。不过范仅是一时沉迷于她身上传统东方女性的情调,要她做"金屋藏娇"的情人。就在他们多少有些错了位的迎躲拉扯间,战火燃起,二人只能一起避难,发现彼此谁也离不了谁,种种认真的算计和真真假假都自然被抛却了,于是登报结婚。范柳原最后在一堵灰墙前对流苏说道:"有一天,我们的文明整个的毁掉了,什么都完了——烧完了,炸完了,坍完了,也许还剩下这堵墙。流苏,如果我们那时候在这墙根下遇见了……流苏,也许你会对我有一点真心,也许我会对你有一点真心。"

《传奇》卷首题词说:"书名叫传奇,目的是在传奇里寻找普通人,在普通人里寻找传奇。"所谓"普通"自然指饮食男女一类的日常生态,而寻找"传奇"则是要发现其中蕴涵着的人性恒常。《倾城之恋》正体现着张爱玲对"传奇"与"普通人"的双向寻找——既困守且享受生活的凡人性,并以这种人生的日常性为底色,交织融入"逝者如斯"的古典沧桑意味与文明末世的现代历史感。

《倾城之恋》以流利典雅的文笔来言情写实,同时又在古老与现代的转化中创造着新意境。"也许就因为要成全她,一个大都市倾覆了",战火下的危城成就了流苏的"倾城之恋","一顾倾人城,再顾倾人国"的古典意象被作者翻出现代意味。借柳原之口,小说还引述了《诗经》的"死生契阔,与子相悦,执子之手,与子偕老"。"倾城"联系战争体验所生发的文明的末世感,"执手"之恋则是沪港凡人传奇的现世人生。张爱玲不是从抽象的文化想象意义上去激活传统,她要汇通历史与现实,从中探询并求证一种亘古不变的人生恒常。

(张晓玥)

作家自述

文学史上素朴地歌咏人生的安稳的作品很少,倒是强调人生的飞扬的作品多,但好的作品,还是在于它是以人生的安稳做底子来描写人生的飞扬的。没有这底子,飞扬只能是浮沫,许多强有力的作品只予人以兴奋,不能予人以启示,就是失败在不知道把握这底子。……我发觉许多作品里力的成分大于美的成分。力是快乐的,美却是悲哀的,两者不能独立存在。——张爱玲:《自己的文章》,《流言》,第 13 页,北京十月文艺出版社 2006 年。

《倾城之恋》我想还是不坏的,是一个动听的而又近人情的故事。……我用的是参差的对照的写法,不喜欢采取善与恶,灵与肉的斩钉截铁的冲突那种古典的写法。

我喜欢参差的对照的写法,因为它是较近事实的。《倾城之恋》里,从腐旧的家庭里走出来的流苏,香港之战的洗礼并不曾使她感化为革命女性;香港之战影响范柳原,使他转向平实的生活,终于结婚了,但结婚并不使他变为圣人,完全放弃往日的生活习惯和作风。因之柳原与流苏的结局,虽然多少是健康的,仍旧是庸俗;就事论事,他们也只能如此。

极端的病态与极端觉悟的人究竟不多。时代是这么沉重,不容易那么容易就大彻大悟。这些年来,人类到底也这么生活了下来,可见疯狂是疯狂,还是有分寸。——张爱玲:《关于〈倾城之恋〉的老实话》,《倾城之恋》,第463页,十月文艺出版社2006年。

名家要评

因为是传奇(正如作者所说),没有悲剧的严肃、崇高,和宿命性;光暗的对照也不强烈。几乎占到二分之一篇幅的调情,尽是些玩世不恭的享乐主义者的精神游戏;尽管那么机巧,文雅,风趣,终究是精炼到近乎病态的社会的产物。好似六朝的骈体,虽然珠光宝气,内里却空空洞洞,既没有真正的欢畅,也没有刻骨的悲哀。《倾城之恋》给人的印象,仿佛是一座雕刻精工的翡翠宝塔,而非袅式大寺的一角。美丽的对话,真真假假的捉迷藏,都在心的浮面飘滑;吸引,挑逗,无伤大体的攻守战,遮饰着虚伪。男人是一片空虚的心,不想真正找着落的心,把恋爱看作高尔夫与威士忌中间的调剂。女人,整日担忧着最后一些资本——三十岁左右的青春——再另一次倒帐;物质生活的迫切需求,使她无暇顾到心灵。这样一幕喜剧,骨子里的贫血,充满了死气,当然不能有好结果。疲乏,厚倦,苟且,浑身小智小慧的人,担当不了悲剧的角色。

……

总之,《倾城之恋》的华彩胜过了骨干;两个主角的缺陷,也就是作品本身的缺陷。——迅雨(傅雷):《论张爱玲的小说》,上海《万象》第3年第11期(1944年5月)。

为了挣脱压抑和束缚,改变生活现状而走入"奇幻"世界,又在大奇幻和大劫难后"走向平实的生活",在非非之想后变成"平凡的夫妻",这是张爱玲故事中最完满的传奇情节。实际上不仅《倾城之恋》,诸如《留情》《红玫瑰与白玫瑰》等故事也都有相似的收场。无边荒凉之中的知遇,废墟中的柴米油盐酱醋茶,摩登世界浮华中的朴素,虚伪之中的认真,就这样成为张爱玲笔下的"奇"中之"奇",成为游走和穿越于"熟悉"与"新异"、"土"与"洋",上海的旧式家庭与香港的"异国情调",乃至"传统"与"现代"等不同想象域的新传奇叙事的"底子"所在。——孟悦:《中国文学"现代性"与张爱玲》,《批评空间的开创》,第351—352页,东方出版中心1998年。

拓展阅读

1. 傅雷:《论张爱玲的小说》,上海《万象》第3年第11期(1944年5月)。
2. 柯灵:《遥寄张爱玲》,初刊于《香港文学》1985年第2期,随后发表在《读书》1985年第4期,后又由台湾《联合文学》第29期(1987年3月)转载,三个版本略有不同。
3. 孟悦:《中国文学"现代性"与张爱玲》,《批评空间的开创》,东方出版中心1998年。

围城（长篇存目）

钱锺书

故事梗概

《围城》，连载于上海《文艺复兴》第1卷第2期至第2卷第6期（1946年2月至1947年1月），上海晨光出版公司1947年5月出版单行本。

"游学"欧洲数年的方鸿渐携一纸假文凭倦归故国；在家乡短住之后，又借居于沪上已故未婚妻家中，期间与一同回国的留法女博士苏文纨及其表妹唐晓芙交往甚密，陷入一段彷徨无主的三角恋爱。伤心无奈的他与好友赵辛楣接受了湖南三闾大学的聘约，一起踏上艰辛旅途，一路经历颇多令人啼笑皆非之事。颠簸落定，方又不知不觉中陷入校内复杂人事纠葛；这时，他与同行而来的女助教孙柔嘉日渐亲密。两人约定婚姻后共同返沪，不料他们的感情又在复杂琐碎的家庭关系中破裂。

作品解读

《围城》首先引人注目的是它鲜明的讽喻批判色彩，它对于抗战背景下知识分子群体的描摹刻画，因此也有"新儒林外史"之称。小说在欧风东渐、华洋交杂的文化背景与国难家愁的社会背景之下描画知识界的众生相，他们的卑琐、迂腐、空疏与虚伪无聊，寄寓着作家对官场化、商场化了的中国知识界的批判，以及对于转型期中国文化危机与困境的反省。

除了讽喻批判和文化省视，《围城》又是一部富有哲理意味的漂泊者小说。方鸿渐留法回国后一路漂泊，他不断渴求走出"围城"，可是从海外到国内，从社会到家庭，从朋友到同事，从欲望到爱情，从理想到现实，却不断地一次次陷入"围城"，出来了又进去，永远走不出。他在每一个人生驿站，法国邮轮、上海"孤岛"、内地大学、婚恋家庭，都是彷徨无主、无所归宿，可谓处处"围城"。方鸿渐从上海出发又复归上海，在南半个中国兜了个圈，整体上构成一个大大的"围城"。在"围城"里企图"破围"，又怎能不处处"被围"呢？小说将人生状态、地理空间与精神世界相互映照、阐发，在讽喻现实的同时又具有哲理性的反讽意味，传达出对于"围城"式人生困局的深切体悟。

《围城》的阅读魅力，离不开它的夹叙夹议、取喻设譬、犀利隽永、旁逸斜出又涉笔成趣的语言特色。而在这妙趣横生的语言的深处，又始终流淌着一种深沉凝重的悲剧感。这构成了《围城》的独特艺术风格——犀利俏皮中不乏睿智沉思，笑趣盎然处又见悲凉底蕴，描摹世相百态融入知识才学，关切现实的同时又渗透文化辩难与哲性体悟。虽说小说整体上渗透着悲剧感，但这种悲感又不断被各种机趣盎然的穿插所漾开，漾开后又在嘻笑中悄然回流。这不是那种主情性的"含泪的笑"式的悲喜剧，而是凭借智慧在笑与悲之间从容游走的智慧型悲喜剧。

聚社会、文化与人生存在的多重意蕴于一体，集小说与才智于一炉的《围城》，可谓是一部"现代智者小说"。

(张晓玥)

作家自述

在这本书里,我想写现代中国某一部分社会、某一类人物。写这类人,我没忘记他们是人类,只是人类,具有无毛两足动物的基本根性。角色当然是虚构的,但是有考据癖的人也当然不肯错过索隐的机会、放弃附会的权利的。——钱锺书:《围城·序》,第4页,人民文学出版社1980年。

名家要评

我认为《管锥编》《谈艺录》的作者是个好学深思的锺书,《槐聚诗存》的作者是个"忧世伤生"的锺书,《围城》的作者呢,就是个"痴气"旺盛的锺书。我们俩日常相处,他常爱说些痴话,说些傻话,然后再加上创造,加上联想,加上夸张,我常能从中体味到《围城》的笔法。我觉得《围城》里的人物和情节,都凭他那股子痴气,呵成了真人实事。可是他毕竟不是个不知世事的痴人,也毕竟不是对社会现象漠不关心,所以小说里各个细节虽然令人捧腹大笑,全书的气氛,正如小说结尾所说:"包涵对人生的讽刺和伤感,深于一切语言、一切啼笑",令人回肠荡气。——杨绛:《记钱锺书与〈围城〉》,《围城》,第361页,人民文学出版社1980年。

(孙柔嘉)无疑是现代中国小说中最细致的一个女性造像。柔嘉是中国文化的典型产品,刚上场她看来羞缩沉默,日子久后就露出专横的意志和多疑善妒的敏感,这是中国妇女为应付一辈子陷身家庭纠纷与苦难所培养出来的特性。鸿渐起初并未注意柔嘉,但赵辛楣冷眼旁观,却清楚看出她正在布下天罗地网,要猎取他这位未设防的友人。〔美〕夏志清:《中国现代小说史》,第283页,复旦大学出版社2005年。

《围城》的题旨并不是要表现英国的古话或法国谚语所谓"围城"这个说法的真理性。最重要的,《围城》写出了作者的压抑与愿望。《围城》所写的并不是什么抽象的人的婚姻生活,而是一种婚姻生活,所写的不是婚姻矛盾的普遍性、共性,而是特殊性。作者所写出来的,是他自己对于婚姻的体验和压抑。作者并不要写一部教训众生之作,而是在写自己的自叙传、血泪书和忏悔录。但由于作品特殊的讽刺风格,使得它的本意被掩盖了。——蓝棣之:《现代文学经典:症候式分析》,第173页,人民文学出版社2006年。

拓展阅读

1. 杨绛:《记钱锺书与〈围城〉》,《围城》,第361页,人民文学出版社1980年。
2. 温儒敏:《〈围城〉的三重意蕴》,《中国现代文学研究丛刊》1989年第2期。
3. 蓝棣之:《钱锺书:〈围城〉》,《现代文学经典:症候式分析》,人民文学出版社2006年。

天　狗

郭沫若

我是一条天狗呀！
我把月来吞了，
我把日来吞了，
我把一切的星球来吞了，
我把全宇宙来吞了。
我便是我了！
我是月底光，
我是日底光，
我是一切星球底光，
我是 X 光线底光，
我是全宇宙底 Energy 底总量！

我飞奔，
我狂叫，
我燃烧。
我如烈火一样地燃烧！

我如大海一样地狂叫！
我如电气一样地飞跑！
我飞跑，
我飞跑，
我飞跑，
我剥我的皮，
我食我的肉，
我吸我的血，
我啮我的心肝，
我在我神经上飞跑，
我在我脊髓上飞跑，
我在我脑筋上飞跑。

我便是我呀！
我的我要爆了！

1920 年 2 月初作

（选自《女神》，上海泰东书局 1921 年版）

作品解读

诗人借民间传说中天狗吠日的故事展开新奇大胆的想象。他将自己比作一条"天狗"，有气吞山河、势及宇宙之能量，是一个有着强烈的叛逆精神和狂放个性追求的抒情形象。其艺术形式上有两个突出特征：一是抒情主人公"我"的运用。以第一人称的方式在自由抒发情绪的同时也凸显了自我意识和时代精神。二是动词的大量设置。一些颇具力度和强度的行为动词频繁出现，造成语势上的紧张感和激荡感，从而形成强烈的审美张力。它突破了传统诗歌静态的语言习惯，呈现出一种新的动态的美学风格。

（汪云霞）

作家自述

《凤凰涅槃》那首长诗是在一天之中分成两个时期写出来的。上半天在学校的课堂里听讲的时候，突然有诗意袭来，便在抄本上东鳞西爪地写出了那诗的前半。在晚上行将就寝的时候，诗的后半的意趣又袭来了，伏在枕上用着铅笔只是火速的写，全身都有点作寒作冷，连牙关都在打战。就那样把那首奇怪的诗也写了出来。那诗是在象征着中国的再生，同时也是我自己的再生。诗语的定型反复，是受着华格纳歌剧的影响，是在企图着诗歌的音乐化，但由精神病理学的立场上看来，那明白地是表现着一种神经性的发作。那种发作大约也就是所谓"灵感"(inspiration)吧？——《我的作诗的经过》，《沫若文集》，第11卷第144页，人民文学出版社1959年。

名家要评

若讲新诗，郭沫若君的诗才配称新呢，不独艺术上他的作品与旧诗词相去甚远，最要紧的是他的精神完全是时代的精神——二十世纪底时代的精神。有人讲文艺作品是时代底产儿。《女神》真不愧为时代底肖子。——闻一多：《〈女神〉之时代精神》，《创造周报》第4号(1923年6月)。

郭君的诗，我们看的时候，不是觉得很紧张的吗？单色的想象便是构成这种紧张之特质的一个重要分子。还有与这单调的结构这一方面的例子，在诗行上有《天狗》、《晨安》、《我是个偶像崇拜者》。在诗章(poetic stanza)上有《凤凰涅槃》、《匪徒颂》一类的几篇，这是构成郭君诗中紧张之特质的第二个分子。第三个构成分子也是很重要的，便是郭君对于一切"大"的崇拜。——朱湘：《郭君沫若的诗》，《中书集》，上海生活书店1934年10月初版。

拓展阅读

1. 闻一多：《〈女神〉之时代精神》、《〈女神〉的地方色彩》，《创造周报》第4、5号(1923年)。

2. 朱湘：《郭君沫若的诗》，《中书集》，上海生活书店1934年。

繁星(节选)

冰 心

七

醒着的,
　只有孤愤的人罢!

听声声算命的锣儿,
　敲破世人的命运。

一〇

嫩绿的芽儿,
　和青年说:
"发展你自己!"

淡白的花儿,
　和青年说:

"贡献你自己!"

深红的果儿,
　和青年说:
"牺牲你自己!"

一三一

大海呵,
　那一颗星没有光?
　那一朵花没有香?

那一次我的思潮里
　没有你波涛的清响?

1921年9月
(选自《繁星》,商务印书馆1923年版)

作品解读

　　五四前后的诗坛,小诗创作蔚然成风,而以冰心成就为最。冰心的诗,清新优美,含蓄隽永,似"繁星"晶莹灵动,又若"春水"澄澈明净,短短几句,便将人、景、情、思水乳交融,因此小诗又有"冰心体"、"繁星体"或"春水体"之称。小诗艺术向内取法于中国古代律诗、绝句;向外则模仿日本短歌、俳句以及印度泰戈尔的《飞鸟集》。它大多三行五行,每行不过数字,描写一时之景,表现刹那之思。如《繁星(七)》,共四句25字,勾勒出一幅斯人独憔悴的深夜即景图,表现了五四激情隐退后青年的忧郁彷徨、孤苦无依的精神状态。

(汪云霞)

作家自述

《繁星》,《春水》不是诗。至少是那时的我,不在立意做诗。我对于新诗,还不了解,很怀疑,也不敢尝试。我以为诗的重心,在内容而不在形式。同时无韵而冗长的诗,若是不分行来写,又容易与"诗的散文"相混。我写《繁星》,正如跋言中所说:因着看泰戈尔的《飞鸟集》,而仿用他的形式,来收集我零碎的思想。——《〈冰心全集〉自序》,北新书局1932年。

名家要评

所谓小诗,是指现流行的一行至四行的新诗歌。这种小诗在形式上似乎有点新奇,其实只是一种很普通的抒情诗,自古以来便已存在的。……如果我们"怀着爱惜这在忙碌的生活中浮到心头又复随即消失的刹那的感觉之心",想将它表现出来,那么数行的小诗就是最好的工具了。——周作人:《论小诗》,《觉悟》1922年6月29日。

小诗的创作从冰心女士的《繁星》《春水》起,展转模仿之作很不少,然而冰心女士诗中的一点长处,便是以哲理入诗,虽不是成功的作品,然有时尚能使枯燥的哲理有色彩有情绪,作者也有长诗,然以小诗较佳。——草川未雨:《中国诗坛的昨日今日和明日》,第49、78页,海音书局1929年。

拓展阅读

1. 茅盾:《冰心论》,《文学》第3卷第2期(1934年8月)。
2. 苏雪林:《冰心女士的小诗》,《苏雪林文集》(第三卷),安徽文艺出版社1994年。

伊 底 眼

汪静之

伊底眼是温暖的太阳；
不然,何以伊一望着我,
我受了冻的心就热了呢？

伊底眼是解结的剪刀；
不然,何以伊一瞧着我,
我被镣铐的灵魂就自由了呢？

伊底眼是快乐的钥匙；
不然,何以伊一瞅着我,
我就住在乐园里了呢？

伊底眼变成忧愁的引火线了；
不然,何以伊一盯着我,
我就沉溺在愁海里了呢？

1922年6月4日

（以上选自《蕙的风》,上海亚东图书馆1922年8月初版）

作品解读

此诗写于1922年,全诗共四节,每节三行,节与节之间对仗整齐,以排比句式将诗歌情绪层层推进。整首诗都以形象生动的比喻来抒发情感。"伊底眼"是"温暖的太阳",传递着温暖和希望；她又是"解结的剪刀",心有千千结,只有意中人的一个笑靥、一次凝眸才能让灵魂获得自由；她又是"快乐的钥匙",开启神圣的乐园；她还是"忧愁的引火线",带来蜜甜的忧愁。爱情是欣喜与忧愁、痛苦与幸福的矛盾结合,青春的哭和笑在片刻间转化,在享受温暖、自由与快乐的同时,也要品味烦恼、忧郁和惆怅。在一连串新颖形象的比喻里,诗人抒发了强烈的青春体验和丰富的爱的痛苦与美丽。

（汪云霞）

作家自述

《蕙的风》是我十七岁到未满二十岁时写的。我那时是一个不识人情世故的青年。……

被封建道德礼教压迫了几千年的青年的心,被"五四"运动唤醒了,我就象被捆绑的人初解放出来一样,毫无拘束地,自由放肆地唱起来了。当时青年在反封建的潮流中,有自由恋爱的要求,因此我所写的诗爱情诗较多。——汪静之:《〈蕙的风〉自序》,《蕙的风》,人民文学出版社1957年。

名家要评

他的诗多是赞颂自然,咏歌恋爱。所赞颂的又只是清新,美丽的自然,而非神秘,伟大的自然,所咏歌的又只是质直、单纯的恋爱,而非缠绵,委曲的恋爱。——朱自清：《〈蕙的风〉序》,《蕙的风》,亚东图书公司1922年8月。

在男女恋爱上,有勇敢的对于欲望的自白,同时所要求,所描写,能不受当时道德观念所拘束,几乎近于夸张的一意写作,在某一情形下,还不缺少"情欲"的绘画意味,是在当时比其他诗人年青一点的汪静之。——沈从文:《论汪静之的〈蕙的风〉》,《文艺月报》1卷4号(1930年12月)。

拓展阅读

1. 胡适:《〈蕙的风〉序》,《蕙的风》,亚东图书公司1922年8月。
2. 周作人:《情诗》,《自己的园地》,北新书局1923年。

蛇

冯 至

我的寂寞是一条蛇,
静静地没有言语。
你万一梦到它时,
千万啊,不要悚惧!

它是我忠诚的侣伴,
心里害着热烈的乡思:

它想那茂密的草原——
你头上的浓郁的乌丝。

它月影一般轻轻地
从你那儿轻轻走过;
它把你的梦境衔了来,
像一只绯红的花朵。

1926 年

(选自《昨日之歌》,北新书局 1927 年版)

作品解读

此诗发表于 1927 年,它以新颖陌生化的意象来表现相思的热烈与苦闷。诗人将寂寞比作一条"蛇"。蛇的文化意味很丰富,它既给人缠绵温柔、神秘幽深之感,又给人阴柔狡猾、邪恶乖戾之感。冯至以"蛇"喻寂寞和相思,可谓独辟蹊径、别开生面。"我的寂寞"如同那静静的蜷伏在草丛中的蛇,表面漠然冰冷,没有言语,实际上却藏有柔情万种。诗人以"茂密的草原"来比喻姑娘头上"浓密的乌丝",蛇想念草原,恰如我思念的目光穿越你浓密的乌丝,热烈、缠绵、温馨的爱恋情绪蕴涵在一系列美丽的意象中,诗人不直言相思,而相思之苦和寂寞之深在一种神秘浪漫的境界中自然流溢出来。

(汪云霞)

作家自述

在这将及四十年的岁月里,我写诗并不是连续不断的,大致可以分为三个时期。……

第一个时期延续了十年左右,诗里抒写的是狭窄的情感、个人的哀愁,如果说它们还有一点意义,那就是从中可以看出五四以后一部分青年的苦闷。第二时期是在 1941 年一年内写的二十七首十四行诗。诗里的视野扩大了一些,对事物的感受深了一些。——《〈冯至诗选〉序》,《冯至诗选》,四川人民出版社 1980 年。

名家要评

我国人民的欣赏习惯,一般对蛇总是怀着厌恶、害怕的心理,然而冯至笔下的这"蛇"的形象,却使人感到亲切、可爱。这是由于,诗人只取蛇的某些特点加以描写的缘故。……这种写法,有诗情诗趣。把"我"的爱意,她不在身边时的寂寞的心,化成了活生生的艺术形象,给人以难忘的印象。——陆耀东:《论冯至的诗》,《二十年代中国各流派诗人论》,第 177、179 页,中国社会科学出版社 1985 年。

拓展阅读

1. 陆耀东:《论冯至的诗》,《中国现代文学研究丛刊》1982 年第 2 期。
2. 陈雷:《梦和青春、生活的倒影——论冯至早期诗歌》,《中国现代文学研究丛刊》1987 年第 2 期。

弃 妇

李金发

长发披遍我两眼之前,
遂隔断了一切羞恶之疾视,
与鲜血之急流,枯骨之沉睡。
黑夜与蚊虫联步徐来,
越此短墙之角,
狂呼在我清白之耳后,
如荒野狂风怒号:
战栗了无数游牧。

靠一根草儿,与上帝之灵往返在空谷里。
我的哀戚惟游蜂之脑能深印着;
或与山泉长泻在悬崖,
然后随红叶而俱去。

弃妇之隐忧堆积在动作上,
夕阳之火不能把时间之烦闷
化成灰烬,从烟突里飞去,
长染在游鸦之羽,
将同栖止于海啸之石上,
静听舟子之歌。
衰老的裙裾发出哀吟,
徜徉在丘墓之侧,
永无热泪,
点滴在草地
为世界之装饰。

(选自《微雨》,北新书局1925年11月版)

作品解读

此诗发表于1925年,描写的是一个孤傲的弃妇形象,她显然与中国传统文学中悲悲切切、哀哀怨怨的弃妇并不完全一样。弃妇垂下的长发也许是想隔断所有的伤痛,但如夜的长发却并不能真正隔断一切,她孤独地游走在空谷之中,隐忧的人生徜徉在死亡的旁边。但这死亡并不是甘心的,其中有着永不妥协的决心:宁愿死亡,也不愿用眼泪来装饰这个令人生厌的世界。其时诗人正在法国学习雕塑,无论是个人的尊严还是年轻人恋爱方面的情感折磨,都使他吃尽了弱国子民背井离乡的苦楚,李金发此时大概正是他自己笔下的孤傲不群、悒郁内向、敏感自卑的一个"弃妇"形象。这个形象,事实上成了中国传统诗歌中的弃妇形象与深受西方现代思想熏陶的诗人自己形象的一种融合,是古代与现代、西方与东方的一次调和与重铸。

(王毅)

作家自述

余每怪异何以数年来关于中国古代诗人之作品,既无人过问,一意向外采辑,一唱百和,以为文学革命后,他们是荒唐极了的,但从无人着实批评过,其实东西作家随处有同一之思想,气息,眼光和取材,稍为留意,便不敢否认,余于他们的根本处,都不敢有所轻重,惟每欲把两家所有,试为沟通,或即调和之意。——李金发:《食客与凶年·自跋》,《食客与凶年》,北新书局1927年5月初版。

名家要评

（李金发）讲究用比喻，有"诗怪"之称；但不将那些比喻放在明白的间架里。他的诗没有寻常的章法，一部分一部分可以懂，合起来却没有意思。他要表现的不是意思而是感觉或情感；仿佛大大小小红红绿绿一串珠子，他却藏起那串儿，你得自己穿着瞧。这就是法国象征诗人的手法；李氏是第一个人介绍它到中国诗里。——朱自清：《中国新文学大系·诗集·导言》，《中国新文学大系》，第7—8页，上海良友图书印刷公司1935年。

从意象的本意来看，作者抒写了一个被遗弃的妇女精神世界的痛苦、孤独、绝望和悲哀。……作者在自己创作的最初动因中，已经将弃妇的意象赋予了自身命运不幸与悲苦的感慨的内涵。——孙玉石：《中国现代主义诗潮史论》，第80—81页，北京大学出版社1999年。

拓展阅读

1. 唐弢：《李金发诗》，《晦庵书话》，三联书店1980年。
2. 周良沛：《谈"诗怪"李金发的怪诗》，《文艺理论与批评》1992年第4期。

死 水

闻一多

这是一沟绝望的死水,
清风吹不起半点漪沦。
不如多扔些破铜烂铁,
爽性泼你的剩菜残羹。

也许铜的要绿成翡翠,
铁罐上锈出几瓣桃花;
再让油腻织一层罗绮,
霉菌给他蒸出些云霞。

让死水酵成一沟绿酒,
飘满了珍珠似的白沫;

小珠笑一声变成大珠,
又被偷酒的花蚊咬破。

那么一沟绝望的死水,
也就夸得上几分鲜明。
如果青蛙耐不住寂寞,
又算死水叫出了歌声。

这是一沟绝望的死水,
这里断不是美的所在,
不如让给丑恶来开垦,
看他造出个什么世界。

一九二五,四

(选自《死水》,新月书店一九二八年一月版)

作品解读

1926年4月15日,闻一多在《晨报·试镌》上发表《死水》一诗,稍后发表《诗的格律》一文,并坦言《死水》是他在音节上最满意的实验。这首诗是现代格律诗的典范。全诗既有外形的整齐感,又有内在的韵律感,还运用了许多富有色彩的语词和物象,实践了闻一多"音乐美、绘画美、建筑美"的诗学主张。

全诗围绕"死水"这一具有象征色彩的核心意象进行多角度、多层面的描写,如对"死水"静态的描摹、动态的捕捉、色彩的渲染等。并通过"以丑为美"的艺术观照和反讽手法,揭露和讽刺了腐败不堪的旧社会,表达了诗人对丑恶现实的绝望、愤慨和深沉的爱国主义感情。绝望的死水中潜藏着诗人如火山般爆发的情感热力,水与火、恨与爱、绝望与希望相互交织、对立统一,形成闻一多诗特有的沉郁顿挫之美。

(汪云霞)

作家自述

我自己做诗,往往不成于初得某种感触之时,而成于感触已过,历时数日,甚或数月之后,到这时琐碎的枝节往往已经遗忘,记得的只是最根本最主要的情绪的轮廓。然后再用想象来装成那模糊影响的轮廓,表现在文字上,其结果往往失之于空疏,然而刻露的毛病是不会有了。空疏的作品读者看了不发生印象,刻露的作品,往往叫读者发生坏印象。所以与其刻露,不如空疏。——《致左明(1928年2月)》,《闻一多论新诗》,第

258 页,武汉大学出版社 1985 年。

名家要评

  《诗镌》里闻一多氏影响最大。……《死水》前还有《红烛》,讲究用比喻,又喜欢用别的新诗人用不到的中国典故,最为繁丽,真教人有艺术至上之感。《死水》转向幽玄,更为严谨,他作诗有点象李贺的雕镂而出,是靠理智的控制比情感的驱遣多些。但他的诗不失其为情诗。另一方面他又是个爱国诗人,而且几乎可以说是唯一的爱国诗人。——朱自清:《中国新文学大系·诗集·导言》,《中国新文学大系》,上海良友图书印刷公司 1935 年。

  以清明的眼,对一切人生景物凝眸,不为爱欲所眩目,不为污秽所恶心,同时,也不为尘俗卑猥的一片生活厌烦而有所逃遁;永远是那么看,那么透明的看,细小处,幽僻处,在诗人的眼中,皆闪耀一种光明。作品上,以一个"老成懂事"的风度,为人所注意,是闻一多先生的《死水》。——沈从文:《论闻一多的〈死水〉》,《沈从文文集》,第 11 卷,香港三联书店 1984 年。

拓展阅读

1. 苏雪林:《论闻一多的诗》,《现代》4 卷 3 期(1934 年)。
2. 沈从文:《论闻一多的〈死水〉》,《新月》月刊 3 卷 2 期(1930 年)。

再别康桥

徐志摩

轻轻的我走了，
　　正如我轻轻的来；
我轻轻的招手，
　　作别西天的云彩。

那河畔的金柳，
　　是夕阳中的新娘；
波光里的艳影，
　　在我的心头荡漾。

软泥上的青荇，
　　油油的在水底招摇；
在康河的柔波里，
　　我甘心做一条水草！

那榆荫下的一潭，
　　不是清泉，是天上虹；

揉碎在浮藻间，
　　沉淀着彩虹似的梦。

寻梦？撑一支长篙，
　　向青草更青处漫溯，
满载一船星辉，
　　在星辉斑斓里放歌。

但我不能放歌，
　　悄悄是别离的笙箫；
夏虫也为我沉默，
　　沉默是今晚的康桥！

悄悄的我走了，
　　正如我悄悄的来；
我挥一挥衣袖，
　　不带走一片云彩。

11月6日，中国海上
（选自《猛虎集》，新月书店1932年版）

作品解读

　　康桥，即英国著名的剑桥大学所在地，诗人曾游学于此，康桥时期的生活对他一生有重要影响。1928年，诗人故地重游后，在归国途中写下了这首传世之作。再别康桥时的千般依恋、万般不舍，都化作那轻轻的一招手，化作那一场神圣而虔诚的寻梦仪式。诗人整个寻梦的过程，是一次物我相忘、主客融合的美的精神历程。如果说真挚深厚的内在情感是这首诗的生命，那么朦胧柔媚的音乐节奏则是它的灵魂。诗中悠扬回旋的音乐旋律，如同康河的柔波，泛着层层的涟漪，伴随着诗人情感的波澜，一起绵延跌宕，形成全诗缠绵悱恻的抒情气氛。

（汪云霞）

作家自述

　　我的第一集诗——《志摩的诗》——是我十一年回国后两年内写的；在这集子里初期的汹涌性虽已消灭，但大部分还是情感的无关阑的泛滥，什么诗的艺术或技巧都谈不到。……我的笔本来是最不受羁勒的一匹野马,看到一多的谨严的作品我方才憬悟到我自己的野性;但我素性的落拓始终不容我追随一多他们在诗的理论方面下过任何细密的工夫。——《猛虎集·序》,《猛虎集》,新月书店1931年8月。

名家要评

《猛虎集》是志摩的"中坚作品",是技巧上最成熟的作品;圆熟的外形,配着淡到几乎没有的内容,而且这淡极了的内容也不外乎感伤的情绪,——轻烟似的微哀,神秘的象征的依恋感喟追求:这些都是发展到最后一阶段的现代布尔乔亚诗人的特色,而志摩是中国文坛上杰出的代表者,志摩以后的继起者未见有能并驾齐驱,我称他为"末代的诗人",就是指这一点而说的。——茅盾:《徐志摩论》,《现代》第2卷第4期(1932年12月25日)。

拓展阅读

1. 朱湘:《评徐君志摩的诗》,《小说月报》第17卷第1号(1926年)。
2. 茅盾:《徐志摩论》,《现代》第2卷第4期(1932年)。

雨 巷

戴望舒

撑着油纸伞,独自
彷徨在悠长,悠长
又寂寥的雨巷,
我希望逢着
一个丁香一样地
结着愁怨的姑娘。

她是有
丁香一样的颜色,
丁香一样的芬芳,
丁香一样的忧愁,
在雨中哀怨,
哀怨又彷徨;

她彷徨在这寂寥的雨巷,
撑着油纸伞
像我一样,
像我一样地
默默彳亍着,
冷漠,凄清,又惆怅。

她静默地走近
走近,又投出
太息一般的眼光,

她飘过
像梦一般地,
像梦一般地凄婉迷茫。

像梦中飘过
一枝丁香地,
我身旁飘过这女郎;
她静默地远了,远了,
到了颓圮的篱墙,
走尽这雨巷。

在雨的哀曲里,
消了她的颜色,
散了她的芬芳,
消散了,甚至她的
太息般的眼光,
她丁香般的惆怅。

撑着油纸伞,独自
彷徨在悠长,悠长
又寂寥的雨巷,
我希望飘过
一个丁香一样地
结着愁怨的姑娘。

作品解读

《雨巷》是一首广为传诵的抒情名篇,发表于1929年。它朦胧而不晦涩、幽微而不神秘、感伤而不颓唐,以优美低婉的调子抒发着诗人浓厚的忧郁和伤感。诗歌描写的背景是梅雨季节的江南,一条寂寞而悠长的雨巷,抒情主人公是"我",即一个"撑着油纸伞"独自徘徊的青年。青年满怀希望,期待"逢着一个丁香一样地结着愁怨的姑娘"。"丁香一样的姑娘"构成全诗的主要抒情线索,由此,诗人营造了一个具有浓厚象征色彩的抒情境界,即一个孤独的现代寻梦者所经历的"失望——梦想——失望"的精神历程。

(汪云霞)

作家自述

诗的韵律不在字的抑扬顿挫上,而在诗的情绪的抑扬顿挫上,即在诗情的程度上。

韵和整齐的字句会妨碍诗情绪,使诗情成为畸形的。倘把诗的情绪去适应呆滞的、表面的旧规律,就和把自己的足去穿别人的鞋子一样。愚劣的人们削足适履,比较聪明一点的人选择较合脚的鞋子,但是智者却为自己制最合自己脚的鞋子。——《望舒诗论之五、七》,《现代》第2卷第1期(1932年)。

名家要评

戴望舒氏也取法象征派。他译过这一派的诗。他也注重整齐的音节,但不是铿锵的而是轻清的;也找一点朦胧的气氛,但让人可以看得懂;也有颜色,但不象冯乃超氏那样浓。他是要把捉那幽微的精妙的去处。——朱自清:《中国新文学大系·诗集·导言》,《中国新文学大系》,上海良友图书公司1935年。

拓展阅读

1. 杜衡:《望舒草·序》,《望舒草》,上海现代书局1933年。
2. 卞之琳:《戴望舒诗集·序》,《戴望舒诗集》,四川人民出版社1981年。

预 言

何其芳

这一个心跳的日子终于来临!
呵,你夜的叹息似的渐近的足音,
我听得清不是林叶和夜风私语,
麋鹿驰过苔径的细碎的蹄声!
告诉我,用你银铃的歌声告诉我,
你是不是预言中的年青的神?

你一定来自那温郁的南方!
告诉我那里的月色,那里的日光!
告诉我春风是怎样吹开百花,
燕子是怎样痴恋着绿杨!
我将合眼睡在你如梦的歌声里,
那温暖我似乎记得,又似乎遗忘。

请停下你疲劳的奔波,
进来,这里有虎皮的褥你坐!
让我烧起每一个秋天拾来的落叶,
听我低低地唱起我自己的歌!
那歌声将火光一样沉郁又高扬,
火光一样将我的一生诉说。

不要前行!前面是无边的森林:
古老的树现着野兽身上的斑纹,
半生半死的藤蟒一样交缠着,
密叶里漏不下一颗星星。
你将怯怯地不敢放下第二步,
当你听见了第一步空寥的回声。

一定要走吗?请等我和你同行!
我的脚步知道每一条熟悉的路径,
我可以不停地唱着忘倦的歌,
再给你,再给你手的温存!
当夜的浓黑遮断了我们,
你可以不转眼地望着我的眼睛!

我激动的歌声你竟不听,
你的脚竟不为我的颤抖暂停!
像静穆的微风飘过这黄昏里,
消失了,消失了你骄傲的足音!
呵,你终于如预言中所说的无语而来,
无语而去了吗,年青的神?

1931年秋天,北平

作品解读

  青年何其芳曾以写诗作灵魂的漫游——"我倾听着一些飘忽的心灵语言。我捕捉着一些在刹那间闪出金光的意象。"

  这是一首戏剧化的诗,诗中有两个人物:抒情主体"我"和用以象征"我"某种心灵幻感的"你"。全诗建立在"我"的倾诉上,至于"你"一切的行为动作,也在"我"的倾诉中显现。情节冲突过程是这样:"我"忽幻感到"预言中年轻的神"——"你"已从"温郁的南方"来临,"我"激动地要求"你"留下来,听"我"唱"自己的歌"。可是"你"竟不听,终于消失了"骄傲的足印","无语而来"又"无语而去"了。

  作为一个戏剧结构,《预言》不是建筑在行为动作上的,而全以心灵倾诉完成,故这一段既幻美又幻灭的情节,有了极强的感发功能,这大概也正是抒情诗戏剧化的特点。高度的意象抒情,甚至戏剧性情节也排除了生活的现实,以梦幻的神秘使之意象化了,唯其如此,也才使这个戏剧性意象感发出来的底蕴是多元的:也许是对一场爱情的失落感,也许是对未来人生的茫然感……

(骆寒超)

作家自述

我的第一个诗集即《预言》。那是一九三一年到一九三七年写的。那个集子其实应该另外取个名字,叫做《云》。因为那些诗差不多都是飘在空中的东西,也因为《云》是那里面的最后一篇。——何其芳:《〈夜歌〉初版后记》,《夜歌》,诗文学社1945年。

名家要评

其芳先生在这些诗篇(《夜歌》)里所运用的文字是一洗他昔日所矜持的繁丽的严妆,然而在朴素平直里仍旧有他独特的风华。调子尽管爽朗激越,却仍旧有透明体似的柔和。文字为了要具体地表现朴素的思想和情感,所以相从地朴素。但这思想,这情感,自有它内涵的美。——辛笛:《夜歌》,《文艺复兴》1卷2期(1946年)。

《预言》的六节诗,流贯着婉转起伏的感情波澜,也使人联想起《离骚》的浩瀚曲折的感情变化。那或明媚、或险恶的风光的渲染,那或呼唤、或诘问、或央求、或私语的种种情态,使人联想起何其芳所耽爱的唐人绝句。——章子仲:《何其芳散论》,《观察》5卷2期(1948年9月)。

拓展阅读

1. 张景澄:《〈汉园集〉里何其芳的诗》,《国闻周报》13卷21期(1936年9月)。
2. 楼肇明:《灵魂苦冈中升起的象征之花——读〈预言〉》,《绿洲》1982年第1期。

老 马

臧克家

总得叫大车装个够，
它横竖不说一句话，
背上的压力往肉里扣，
它把头沉重地垂下！

这刻不知道下刻的命，
它有泪只往心里咽，
眼里飘来一道鞭影，
它抬起头望望前面。

1932 年 4 月

（选自《烙印》，开明书店 1933 年版）

作品解读

《老马》一诗意蕴丰厚，感情凝重，是诗人臧克家早期代表作之一。诗人 1932 年在青岛读书的时候，面对灰暗的现实，心情是怄郁而悲愤的，这时，一匹命运悲惨的老马形象引起他强烈的共鸣，于是写下此诗。全诗两节八行，演绎出一幅令人辛酸的老马拉车图。在重荷鞭影的残酷压迫下苦苦挣扎、踽踽前行的老马始终是沉默的，而沉默的背后隐现着缺席的暴虐主人贪婪的眼神和恶毒的嚎叫。悲凉凄苦的气氛笼罩着全诗。诗人描绘的老马既是现实中的真实形象，也有着丰富广阔的象征意蕴。我们既可以理解为苦闷迷惘的诗人自己，又可以理解为忍辱负重、命运悲苦的中国农民。

（汪云霞）

作家自述

《老马》这首诗，写它的时候，我并没有存心用它去象征农民的命运。我亲眼看到了这样一匹命运悲惨、令我深抱同情的老马，不写出来，心里有一种压力。……因此，我写了老马，另外也写了许多受压迫的农民形象，实际上也就是写了我自己。——《关于〈老马〉》，《甘苦寸心知》，第 15 页，四川人民出版社 1982 年。

名家要评

在自由主义者的诗人群中……我以为《烙印》的作者是最值得注意的一个。因为他不肯粉饰现实，也不肯逃避现实……而且因为他只是用明快而劲爽的口语来写作，他不用拗口的"美丽的字眼"，他不凑韵脚。——茅盾：《一个青年诗人的"烙印"》，《文学》1 卷 5 期（1933 年）。

拓展阅读

1. 梁实秋：《烙印》，《天津益世报》1933 年 9 月 20 日。
3. 老舍：《烙印》（书评），《文学》1 卷 5 期（1933 年）。

雪落在中国的土地上

艾 青

雪落在中国的土地上，
寒冷在封锁着中国呀……

风，
像一个太悲哀了的老妇，
紧紧地跟随着
伸出寒冷的指爪
拉扯着行人的衣襟，
用着像土地一样古老的话
一刻也不停地絮聒着……

那从林间出现的，
赶着马车的
你中国的农夫
戴着皮帽
冒着大雪
你要到哪儿去呢？

告诉你
我也是农人的后裔——
由于你们的
刻满了痛苦的皱纹的脸
我能如此深深地
知道了
生活在草原上的人们的
岁月的艰辛。

而我
也并不比你们快乐啊
——躺在时间的河流上
苦难的浪涛
曾经几次把我吞没而又卷起——

流浪与监禁
已失去了我的青春的
最可贵的日子，
我的生命
也像你们的生命
一样的憔悴呀

雪落在中国的土地上，
寒冷在封锁着中国呀……

沿着雪夜的河流，
一盏小油灯在徐缓地移行，
那破烂的乌篷船里
映着灯光，垂着头
坐着的是谁呀？

——啊，你
蓬发垢面的少妇，
是不是
你的家
——那幸福与温暖的巢穴——
已被暴戾的敌人
烧毁了么？
是不是
也像这样的夜间，
失去了男人的保护，
在死亡的恐怖里
你已经受尽敌人刺刀的戏弄？

咳，就在如此寒冷的今夜，
无数的
我们的年老的母亲，

都蜷伏在不是自己的家里，
就像异邦人
不知明天的车轮
要滚上怎样的路程……
——而且
中国的路
是如此的崎岖
是如此的泥泞呀。

雪落在中国的土地上，
寒冷在封锁着中国呀……

透过雪夜的草原
那些被烽火所啮啃着的地域，
无数的，土地的垦植者
失去了他们所饲养的家畜
失去了他们肥沃的田地

拥挤在
生活的绝望的污巷里：
饥馑的大地
朝向阴暗的天
伸出乞援的
颤抖着的两臂。
中国的苦痛与灾难
像这雪夜一样广阔而又漫长呀！

雪落在中国的土地上，
寒冷在封锁着中国呀……

中国，
我的在没有灯光的晚上所写的无力的
诗句
能给你些许的温暖么？

1937年12月28日，夜间

（选自1938年1月16日《七月》第2集第1期）

作品解读

《雪落在中国的土地上》

"七七"事变后最初的几个月里，艾青从杭州返回家乡金华，随后又带着妻女挤上运载伤兵、难民的火车，历尽艰辛奔向抗日中心武汉。某夜，望着室外飘飞的雪花，流亡途中所见的种种苦难人生景象纷纷浮上心头，他写下了这首诗，唱出了一个民族的哀感。

这是一首通过四个意象群展开的借景抒情之作，它们像四组特写，依次摇出了如下的镜头：中国农夫逃亡在冬雪旷野的情景，乌篷船里蓬发垢面的少妇受尽敌人凌辱后雪宿河流上的情景，寒夜里背井离乡的年老的母亲想着明天茫然路程的情景，雪夜的草原上失去田地的"无数的土地的垦植者"拥挤在"生活的绝望的污巷里"的情景。

而"雪落在中国的土地上/寒冷在封锁着中国呀"的复调形式，像画外音一样不断在这些镜头间回荡，加浓了这一曲哀歌的氛围。这是少有的一支爱国纯情哀歌。尤可珍视的是抒情主体高度的自我投入，使全作益显出抒情的贴切，使诗中浓重的、忧国忧民的激情更显深沉。

（骆寒超）

《吹号者》（存目）

艾青写于1939年春天的叙事诗《吹号者》，所叙的是民族解放斗争年代一个吹号战士的经历：他以号角声唤醒沉睡的大地，又以冲锋号声鼓动战士们杀向敌阵，而他自己则就在此时被一颗子弹射中，在映着他的血迹和惨白面容的号角铜皮上，太阳反射出了闪闪的光芒。

这首诗的叙事已转化为象征意象的构筑。"吹号者"给予我们的感受是多层次的。

第一个层次,通过一个普通号兵的悲剧生涯歌颂了为捍卫神圣祖国而献身的壮烈精神。由于全作笼罩着一层神秘的氛围,赋予黎明到来时天象的神幻,也赋予"吹号者"向往黎明到来以超常的心理幻觉,更赋予大搏斗爆发前的生命存在以某种神秘莫测的宿命意味。第二个层次,这是对那些用喷血的声音为时代而歌唱的诗人的象征。但全诗在结束处又进一步表现出异样幽幻,以殉道者的精神融入宇宙境界,吹号者的悲壮行为和生命永恒价值也因此成了天地间一种精神的体现。

"吹号者"是一个本体象征型的审美意象,具有可以深入挖掘的多层次象征功能。

(骆寒超)

作家自述

《旷野集》所收诗二十首,均系作者在西南山岳地带所作,或因远离烽火,闻不到"战斗的气息",但作者久久沉迷于莽原的粗犷与无羁,不自禁而有所歌唱,每一草一木亦寄以真诚,只希望这些歌唱里面,多少还有一点"社会"的东西,不被理论家们指斥为"山林诗"就是我的万幸了。——《〈旷野〉前记》,《旷野》,重庆生活书店1940年9月。

名家要评

他表现人民及战争,用我们知识分子最心爱的、崇拜的东西与装饰,去理想化。如《向太阳》这首诗里面,他用浪漫的幻想,给现实镀上金,但对赤裸裸的现实,他还爱得不够。——闻一多:《艾青和田间》,《联合晚报》1946年第2期。

用象征的手法来表现那个时代——那个苦难的时代,那个要求解放、要求砍断帝国主义给我们民族套上的枷锁的时代——的重大主题。人民对光明、对理想的不可抑制的要求,完全浸透在诗行中。——沙鸥:《璀璨如粒粒珍珠——谈艾青取材于大自然的诗》,《文艺月报》1957年第7期。

拓展阅读

1. 胡风:《吹芦笛的诗人》,《胡风评论集》(上),人民文学出版社1984年。
2. 闻一多:《艾青和田间》,《联合晚报》1946年第2期。
3. 骆寒超:《论艾青诗的意象世界及其结构系统》,《文艺研究》1992年第1期。

距离的组织

卞之琳

想独上高楼读一遍《罗马衰亡史》,
忽有罗马灭亡星出现在报上。
报纸落。地图开,因想起远人的嘱咐。
寄来的风景也暮色苍茫了。
(醒来天欲暮,无聊,一访友人吧。)

灰色的天。灰色的海。灰色的路。
哪儿了?我又不会向灯下验一把土。
忽听得一千重门外有自己的名字。
好累呵!我的盆舟没有人戏弄吗?
友人带来了雪意和五点钟。

1月9日

(选自《雕虫纪历》[增订版],人民文学出版社1979年版)

作品解读

　　这诗很难找出所谓的"主题"。诗人用"组织"的手法把不断变换的时空和自然流动的场景结构成一个有机的整体,仅仅以此来表现一种特殊的心情或意境。诗的抒写口吻也十分的随便,平淡自然,有的地方近乎戏谑,读来轻松自如,但能够获得情趣感染。

　　诗中的"距离",指的是时空的距离。诗人把以地球为坐标的时空与以宇宙为尺度的时空、地图呈现的时空与风景片带来的时空、梦境中的时空与现实中的时空、微观的时空与宏观的时空、真实的时空与虚妄的时空、友人带来的时空与自我感觉的时空等组织在一起,用对比的方式逻辑地展开。而这种种的时空组织又被组织在一个具有情节性的"午睡"场面之中,具体来说包括午睡前夕、午睡梦中和午睡醒来,从而又在时序的逻辑上形成了一个完整的有机结构体。诗人自己说这诗"涉及到存在与觉识的关系",因此可以说是主知的诗,体现了诗人这时期创作中反复呈现的相对思想。确实,我们在欣赏诗的精妙组织和彻悟智慧的同时,也感受到诗人面对现实灰暗衰颓的感慨心情。

(许霆)

作家自述

　　整诗并非讲哲理,也不是表达什么玄秘思想,而是沿袭我国诗词的传统,表现一种心情或意境,采取近似我国一出旧戏的结构方式。——《距离的组织·注释》,《雕虫纪历》,人民文学出版社1979年。

名家要评

　　这篇诗是零乱的诗境,可又是一个复杂的有机体,将时间空间的远距离用联想组织在短短的午梦和小小的篇幅里。这是一种解放,一种自由,同时又是一种情思的操练,是艺术给我们的。——朱自清:《解诗》,《新诗杂话》,三联书店1984年。

　　《距离的组织》运用古今典故和意象的联系,作时间和空间二度距离的组织,诗人的思绪可不容易追踪,尽管如此,诗句所提示的一片灰蒙蒙意境,仿佛一幅印象派油画,使人不期然受到感染,悠然而兴苍茫之感。——张曼仪:《卞之琳论》,《卞之琳》,人民文学出版社1995年。

拓展阅读

1. 叶维廉:《卞之琳诗中距离的组织》,台北《创世纪》第101期(1994年12月)。
2. 江弱水:《卞之琳诗艺研究》,安徽教育出版社2002年。

春

穆 旦

绿色的火焰在草上摇曳，
它渴求着拥抱你，花朵。
反抗着土地，花朵伸出来，
当暖风吹来烦恼，或者快乐。
如果你寂寞了，推开窗子，
看这满园的欲望多么美丽。

蓝天下，为永远的谜迷惑着
是人们二十岁的紧闭的肉体，
一如那泥土做成的鸟的歌，
你们燃烧着却无处归依。
呵，光，影，声，色，都已经赤裸，
痛苦着，等待伸入新的组合。

1942 年 2 月

作品解读

《春》是穆旦的代表作之一，它题为"春"，却完全不同于一般的咏春之作，其中没有陈旧的"风、花、雪、月"意象，也没有浪漫而模糊的意境，有的是新的形象和新的思辨。诗中的"春"被赋予了许多欲望化的感性描写。"绿色的火焰"是草的欲望，他渴求着拥抱花朵；花朵的欲望则是"反抗着土地"而伸出来；春风也有欲望，"吹来烦恼，或者快乐"，透窗而望，满园是"美丽的欲望"。春天的欲望被紧锁在园子里，而我们青春的欲望则被紧闭在二十岁的肉体里。诗人从春天巧妙地过渡到青春，又以许多感性形象来隐喻青春的渴望和焦虑、幸福与痛苦。诗中形象与思辨达到完美结合，青春的焦灼与喜悦表现得真切而深入。

（汪云霞）

作家自述

我是特别主张要写出有时代意义的内容。问题是，首先要把自我扩充到时代那么大，然后再写自我，这样写出的作品就成了时代的作品。——《致郭保卫的信（1975 年 9 月 9 日）》，曹元勇编：《蛇的诱惑》，第 227 页，珠海出版社 1997 年。

名家要评

青春对诗人的诱惑是异常强烈的……矛盾是生命的表现，因此青春是痛苦和幸福的矛盾的结合。在这个阶段强烈的肉体敏感是幸福也是痛苦，哭和笑在片刻间转化。穆旦的爱情诗最直接地传达了这种感觉：爱的痛苦，爱的幸福。——郑敏：《诗人与矛盾》，杜运燮等编：《一个民族已经起来》，江苏人民出版社 1987 年。

使爱情从一种欲望转变为思想，出现一种由实到虚的过程，然而"虚"只是为了扩大精神背景，文字上也相应地出现一种哲理化……这样的情诗在中国的漫长诗史上也是从未见过。——王佐良：《穆旦：由来与归宿》，杜运燮等编：《一个民族已经起来》，江苏人民出版社 1987 年。

拓展阅读

1. 王佐良:《一个中国诗人》,(伦敦)《生活与文学》1946 年 6 月号。
2. 蓝棣之:《穆旦:用身体思考》,《现代诗的情感与形式》,华夏出版社 1994 年。

王贵与李香香(节选)

李 季

第 一 部

(三) 李香香

百灵子雀雀百灵子蛋,
崔二爷家住死羊湾。

大河里涨水清混不分,
死羊湾有财主也有穷人。

死羊湾前沟里有一条水,
有一个穷老汉李德瑞。

白胡子李德瑞五十八,
家里只有一枝花。

女儿名叫李香香,
没有兄弟死了娘。

脱毛雀雀过冬天,
没有吃来没有穿。

十六岁的香香顶上牛一条,
累死挣活吃不饱。

羊肚子手巾包冰糖,
虽然人穷好心肠。

玉米结子颗颗鲜黄,
李老汉年老心肠软。

时常拉着王贵的手,
两眼流泪说:"娃命苦!

年岁小来苦头重,
没娘没大孤零零。"

"讨吃子住在关爷庙,
我这里就算你的家。"

刮风下雨人闲下,
王贵就来把柴打。

一个妹子一个大,
没家的人儿找到了家。

(四) 掏苦菜

山丹丹开花红姣姣
香香人材长得好!

一对大眼水汪汪,

就像那露水珠在草上淌。

二道糜子碾三次,
香香自小就爱庄稼汉。

地头上沙柳绿蓁蓁，
王贵是个好后生！

身高五尺浑身都是劲，
庄稼地里顶两人。

玉米开花半中腰，
王贵早把香香看中了。

小曲好唱口难开，
樱桃好吃树难栽；

交好的心思两人都有，
谁也害臊难开口。

王贵赶羊上山来，
香香在洼里掏苦菜。

赶着羊群打口哨，
一句曲儿出口了：

"受苦一天不瞌睡，
合不着眼睛我想妹妹。"

停下脚步定一定神，
洼洼里声小像弹琴：

"山丹丹花来背洼洼开，
有那些心思慢慢来。"

"大路畔上的灵芝草，
谁也没有妹妹好！"

"马里头挑马不一般高，
人里头挑人就数哥哥好！"

"樱桃小口糯米牙，
巧口口说些哄人话。"

"交上个有钱的花钱常不断，
为啥要跟我这个揽工的受可怜？！"

"烟锅锅点灯半炕炕明，
酒盅盅量米不嫌哥哥穷。"

"妹妹生来就爱庄稼汉，
实心实意赛过银钱。"

"红瓤子西瓜绿皮包，
妹妹的话儿我忘不了。"

"肚里的话儿乱如麻，
定下个时候，说说知心话。"

天黑夜静人睡下，
妹妹房里把话拉。

"一满天的星星没有月亮，
小心踏在狗身上！"

1945 年 12 月于陕北三边
（选自 1946 年 9 月 22—24 日《解放日报》）

作品解读

《王贵与李香香》是诗人李季发表于 1946 年的一首叙事诗。全诗以觉醒了的陕北青年农民——王贵与李香香的爱情故事为线索，将主人公悲欢离合的爱情故事与陕北革命的发展进程紧密相连，由此达到了革命文学的叙事目的：证明了底层民众的个人命运与整个阶级的革命大业之间血肉相连的关系。对王贵，全诗突出的是他对革命的坚定信念和献身精神；而李香香纯正的阶级情感及对爱情的坚贞不屈是诗歌描写的另一重点。

全诗采用陕北民歌"信天游"格式及比兴手法，被认为是开创了解放区诗歌运动的新局面,被当做新诗艺术在民族化、大众化方面的代表作。

(邹建军)

作家自述

对民歌的学习,要整套的学,要从民歌产生的年代和社会环境、当时人们的思想感情,要从当地的风俗习惯,语言特点,甚至当地的历史故事等,都要加以全盘的研究,这样你才能算得上真正地了解了一首民歌。——《我是怎样学习民歌的》,《新诗创作艺术谈》,第287页,江苏人民出版社1982年。

名家要评

他把自己投身进火热的斗争生活,他的心始终和祖国的心一起跳动。尽管并不是他创作的所有作品都达到了同样成熟的水平,但重要的是他确实是诗歌园地上一位永不满足的辛勤的开拓者,一位敏于思考、勇于追求的诗人,一位真正的抒人民之情、叙人民之意志的诗人,一个对人民始终有深厚感情、始终坚持不懈地探寻着诗歌民族化、大众化道路并且不断努力提高自己创作质量的诗人,是一个具有独特艺术个性的淳朴的诗人。——李瑛:《致力于新诗和人民群众结合的典范》,《诗刊》1991年第5期。

拓展阅读

1. 孙绍振:《李季的艺术道路》,《文学评论》1982年第3期。

重刊《浮生六记》序

俞平伯

　　重印《浮生六记》的因缘，容我略说。幼年在苏州，曾读过此书，当时只觉得可爱而已。自移家北去后，不但诵读时的残趣久荡为云烟，即书的名字也难省忆。去秋在上海，与颉刚、伯祥两君结邻，偶然谈起此书，我始茫茫然若有所领会。颉刚的《雁来红丛报》本，伯祥的《独悟庵丛钞》本，都被我借来了。既有这么一段前因，自然重读时更有滋味。且这书确也有眩人的力，我们想把这喜悦遍及于读者诸君，于是便把它校点重印。

　　书共六篇，故名"六记"，今只存《闺房记乐》以下四篇，其五、六两篇已佚。此书虽不全，而今所存者似即其精英。《中山记历》当是记漫游琉球之事，或系日记体。《养生记道》，恐亦多道家修持妄说。就其存者言之，固不失为简洁生动的自传文字。

　　作者沈复，字三白，苏州人，生于清乾隆二十八年，卒年无考，当在嘉庆十二年以后。可注意的，他是个习幕经商的人，不是什么斯文举子。偶然写几句诗文，也无所存心，上不为名山之业，下不为富贵的敲门砖，意兴所到，便濡毫伸纸，不必妆点，不知避忌。统观全书，无酸语，赘语，道学语，殆以此乎？

　　文章事业的圆成，本有一个通例，就是"求之不必得，不求可自得。"这个通例，于小品文字的创作尤为显明。我们莫妙于学行云流水，莫妙于学春鸟秋虫，固不是有所为，却也未必就是无所为。这两种说法同伤于武断。古人论文每每标一"机"字，概念的诠表虽病含混，我却赏其谈言微中。陆机《文赋》说，"故徒抚空怀而自惋，吾未识夫开塞之所由。"这是绝妙的文思描写。我们与一切外物相遇，不可著意，著意则滞；不可绝缘，绝缘则离。记得宋周美成《玉楼春》里，有两句最好，"人如风后入江云，情似雨余粘地絮"，这种况味正在不离不著之间，文心之妙亦复如是。

　　即如这书，说它是信笔写出的，固然不像；说它是精心结撰的，又何以见得。这总是一半儿做着，一半儿写着的；虽有雕琢一样的完美，却不见一点斧凿痕。犹之佳山佳水，明明是天开的图画，然仿佛处处吻合人工的意匠。当此种境界，我们的分析推寻的技巧，原不免有穷时。此《记》所录所载，妙肖不足奇，奇在全不着力而得妙肖；韶秀不足异，异在韶秀以外竟似无物。俨如一块纯美的水晶，只见明莹，不见衬露明莹的颜色；只见精微，不见制作精微的痕迹。这所以不和寻常的日记相同，而有重行付印，令其传播得更久更远的价值。

　　我岂不知这是小玩意儿，不值当作溢美的说法；然而我自信这种说法不至于是溢美。想读这书的，必有能辨别的罢。

1923 年 2 月 27 日，杭州城头巷

（选自《浮生六记》，北京霜枫社 1924 年版）

作品解读

　　《浮生六记》是自传体散文，作者沈复（1763—?）字三白，晚号梅逸，乾隆年间长洲

（即今苏州）人。沈复是一介贫士，身后书稿流散。光绪三年（1877），举人杨引传在苏州护龙街旧书摊淘得《浮生六记》残稿，读后为之倾倒，即付妻舅王韬印行。王韬在《跋》中称赞沈复"笔墨间缠绵哀感，一往情深"。五四运动后，《浮生六记》所表现的个性自由与封建礼教的冲突引起了新文学家的注意，经王伯祥、顾颉刚、俞平伯、陈寅恪、林语堂、吴宓等人的推介，此书的价值方为广大读者所认识。林语堂赞书中女主角芸娘为"中国最美的女子"。上世纪40年代到60年代，《浮生六记》又被译为英、法、意、俄、日、德等国文字，成为走向世界的中国文学名著。

这篇序言精炼妙成，赞誉之情溢于言表。他看重的是《浮生六记》"文心之妙"——它的文学价值，"意兴所到，便濡毫伸纸，不必妆点，不知避忌"。发乎内心，自由表达。"统观全书，无酸语，赘语，道学语。"

值得注意的是，它反映了五四时期的一种美学追求。重印《浮生六记》，表述了俞平伯等一批五四文人提倡小品文，倡扬性灵的美学主张。《浮生六记》正是在"求之不必得，不求可自得"中成就性灵之作，获得"眩人的力"。

俞平伯这篇序言，也是五四小品文的杰作，恰如序言所言："这总是一半儿做着，一半儿写着；虽有雕琢一样的完美，却不见一点斧凿痕。"

（朱栋霖）

名家要评

平伯所写的文章自具有一种独特的风致。……这风致是属于中国文学的，是那样地旧而又这样地新。——周作人：《〈杂拌儿〉跋》，张明高、范桥编：《周作人散文》，第2集，中国广播电视出版社1992年。

平伯有描写的才力，但向不重视描写。虽不重视，却也不至厌倦……近年来他觉得描写太板滞，太繁缛，太矜持，简直厌倦起来了；他说要素朴的趣味。……这种"夹叙夹议"的体制，却并没有堕入理障中去……这种说理，实也是抒情的一法……象吴山四景园驰名的油酥饼——那饼是入口即化，不留渣滓的，而那茶店，据说是"明朝"就有的。——朱自清：《〈燕知草〉序》，《朱自清序跋书评集》，三联书店1983年。

拓展阅读

1. 乐齐：《雅文化和名士风——俞平伯散文的文化形象》，《学术月刊》1999年第3期。

2. 若涵：《"隐逸的诗"和"日常生活的诗"——俞平伯、朱自清散文的比较研究》，《文学评论》2000年第2期。

藕与莼菜

叶圣陶

同朋友喝酒，嚼着薄片的雪藕，忽然怀念起故乡来了。若在故乡，每当新秋的早晨，门前经过许多乡人：男的紫赤的胳膊和小腿肌肉突起，躯干高大且挺直，使人起健康的感觉；女的往往裹着白地青花的头巾，虽然赤脚，却穿短短的夏布裙，躯干固然不及男的那样高，但是别有一种健康的美的风致；他们各挑着一副担子，盛着鲜嫩的玉色的长节的藕。在产藕的池塘里，在城外曲曲弯弯的小河边，他们把这些藕一再洗濯，所以这样洁白。仿佛他们以为这是供人品味的珍品，这是清晨的画境里的重要题材，倘若涂满污泥，就把人家欣赏的浑凝之感打破了；这是一件罪过的事，他们不愿担在身上，故而先把它们洗濯得这样洁白，才挑进城里来。他们要稍稍休息的时候，就把竹扁横在地上，自己坐在上面，随便拣择担里过嫩的"藕枪"或是较老的"藕朴"，大口地嚼着解渴。过路的人就站住了，红衣衫的小姑娘拣一节，白头发的老公公买两支。清淡的甘美的滋味于是普遍于家家户户了。这样情形差不多是平常的日课，直到叶落秋深的时候。

在这里上海，藕这东西几乎是珍品了。大概也是从我们故乡运来的。但是数量不多，自有那些伺候豪华公子硕腹巨贾的帮闲茶房们把大部分抢去了；其余的就要供在较大的水果铺里，位置在金山苹果吕宋香芒之间，专待善价而沽。至于挑着担子在街上叫卖的，也并不是没有，但不是瘦得像乞丐的臂和腿，就是涩得像未熟的柿子，实在无从欣羡。因此，除了仅有的一回，我们今年竟不曾吃过藕。

这仅有的一回不是买来吃的，是邻舍送给我们吃的。他们也不是自己买的，是从故乡来的亲戚带来的。这藕离开它的家乡大约有好些时候了，所以不复呈玉样的颜色，却满被着许多锈斑。削去皮的时候，刀锋过处，很不爽利。切成片送进嘴里嚼着，有些儿甘味，但是没有那种鲜嫩的感觉，而且似乎含了满口的渣，第二片就不想吃了。只有孩子很高兴，他把这许多片嚼完，居然有半点钟工夫不再作别的要求。

想起了藕就联想到莼菜。在故乡的春天，几乎天天吃莼菜。莼菜本身没有味道，味道全在于好的汤。但是嫩绿的颜色与丰富的诗意，无味之味真足令人心醉。在每条街旁的小河里，石埠头总歇着一两条没篷的船，满舱盛着莼菜，是从太湖里捞来的。取得这样方便，当然能日餐一碗了。

而在这里上海又不然；非上馆子就难以吃到这东西。我们当然上不上馆子，偶然有一两回去叨扰朋友的酒席，恰又不是莼菜上市的时候，所以今年竟不曾吃过。直到最近，伯祥的杭州亲戚来了，送他瓶装的西湖莼菜，他送给我一瓶，我才算也尝了新。

向来不恋故乡的我，想到这里，觉得故乡可爱极了。我自己也不明白，为什么会起这么深浓的情绪？再一思索，实在很浅显：因为在故乡有所恋，而所恋又只在故乡有，就萦系着不能割舍了。譬如亲密的家人在那里，知心的朋友在那里，怎得不恋念？怎得不怀念？但是仅仅为了爱故乡么？不是的，不过在故乡的几个人把我们牵系着罢了。若无所牵系,更何所恋念?像我现在,偶然被藕与莼菜所牵系,所以就怀念起故乡来了。

所恋在哪里,哪里就是我们的故乡了。

1923 年 9 月 7 日作

(选自《叶圣陶散文》[甲集],四川人民出版社 1983 年版)

作品解读

由饮食而勾起思乡之情并非叶圣陶独有。《晋书》卷九十二《文苑传·张翰传》载:"……翰因见秋风起,乃思吴中菰菜,莼羹,鲈鱼脍,曰:'人生贵得适志,何能羁官数千里,以要名爵乎?'遂命驾而归"。

文章借藕而忆起乡亲挑藕的情景,一句"在这里上海"无意间透露了心中的不快,这是小桥流水与十里洋场的隔阂,故而"没有一种鲜嫩的感觉,而且似乎含了满口的渣"。苏沪相邻,河道相通,藕还是那新鲜的雪藕,只是缺了些水乡的意趣,少了点故里的人情。莼菜本身无味,在作者眼里反倒是"富有诗意"的,怕是作者此时也想起了张翰所思的吴中佳肴,更添了一份归家的心切。作者"向来不恋乡"是假,"怎得不恋念?怎得不怀念?"是真,可惜结尾处的"所恋"云云略显累赘,不如打住以作留白。

(刘潇)

作家自述

至于写散文,大概开始于十二、三年间,就是现在中学国文教本中常见的《藕与莼菜》、《没有秋虫的地方》那几篇,那些散文的情调是承袭诗词的传统的。——《杂谈我的写作》,《叶圣陶论创作》,第 151 页,上海文艺出版社 1982 年。

名家要评

其他的八篇散文,我们最爱读的,最能以代表他的是《藕与莼菜》。这一篇是因莼菜与藕引起了故乡的怀念的叙述,文是一如清水。在篇末,他诠释所以然怀念故乡的理由,结论是,"所恋在哪里,哪里就是我们的故乡了"。这正和他所说的"父亲去世以后;我携家离开故土。我是这样想的,事业在哪里,哪里就是我的故土了"(《苦辛》)是一样的。文是清淡而隽永。——钱杏邨:《叶绍钧的创作的考察》,《现代中国文学作家》,第二卷,泰东图书馆 1930 年。

拓展阅读

1. 阿英:《现代十六家小品·叶绍钧小品序》,《现代十六家小品》,上海光明书店 1935 年。

2. 刘增人、冯光廉:《叶圣陶研究资料》,北京十月文艺出版社 1988 年。

给亡妇

朱自清

谦,日子真快,一眨眼你已经死了三个年头了。这三年里世事不知变化了多少回,但你未必注意这些个,我知道。你第一惦记的是你几个孩子,第二便轮着我。孩子和我平分你的世界,你在日如此;你死后若还有知,想来还如此的。告诉你,我夏天回家来着;迈儿长得结实极了,比我高一个头。闰儿父亲说是最乖,可是没有先前胖了。采芷和转子都好。五儿全家夸她长得好看;却在腿上生了湿疮,整天坐在竹床上不能下来,看了怪可怜的。六儿,我怎么说好,你明白,你临终时也和母亲谈过,这孩子是只可以养着玩儿的,他左撑右撑去年春天,到底没有撑过去。这孩子生了几个月,你的肺病就重起来了。我劝你少亲近他,只监督着老妈子照管就行。你总是忍不住,一会儿提,一会儿抱的。可是你病中为他操的那一份儿心也够瞧的。那一个夏天他病的时候多,你成天儿忙着,汤呀,药呀,冷呀,暖呀,连觉也没有好好儿睡过。那里有一分一毫想着你自己。瞧着他硬朗点儿你就乐,干枯的笑容在黄蜡般的脸上,我只有暗中叹气而已。

从来想不到做母亲的要像你这样。从迈儿起,你总是自己喂乳,一连四个都这样。你起初不知道按钟点儿喂,后来知道了,却又弄不惯;孩子们每夜里几次将你哭醒了,特别是闷热的夏季。我瞧你的觉老没睡足。白天里还得做菜,照料孩子,很少得空儿。你的身子本来坏,四个孩子就累你七八年。到了第五个,你自己实在不成了,又没乳,只好自己喂奶粉,另雇老妈子专管她。但孩子跟老妈子睡,你就没有放过心;夜里一听见哭,就竖起耳朵听,工夫一大就得过去看。十六年初,和你到北京来,将迈儿转子留在家里;三年多还不能去接他们,可真把你惦记苦了。你并不常提,我却明白。你后来说你的病就是惦记出来的;那个自然也有份儿,不过大半还是养育孩子累的。你的短短的十二年结婚生活,有十一年耗费在孩子们身上;而你一点不厌倦,有多少力量用多少,一直到自己毁灭为止。你对孩子一般儿爱,不问男的女的,大的小的。也不想到什么"养儿防老,积谷防饥",只拼命的爱去。你对于教育老实说有些外行,孩子们只要吃得好玩得好就成了。这也难怪你,你自己便是这样长大的。况且孩子们原都还小,吃和玩本来也要紧的。你病重的时候最放不下的还是孩子。病的只剩皮包着骨头了,总不信自己不会好;老说:"我死了,这一大群孩子可苦了。"后来说送你回家,你想着可以看见迈儿和转子,也愿意;你万不想到会一去不返。我送车的时候,你忍不住哭了,说"还不知能不能再见?"可怜,你的心我知道,你满想着好好儿带着六个孩子回来见我。谦,你那时一定这样想,一定的。

除了孩子,你心里只有我。不错,那时你父亲还在。可是你母亲死了,他另有个女人,你老早就觉得隔了一层似的。出嫁后第一年你虽还一心一意依恋着他老人家,到第二年上我和孩子可就将你的心占住,你再没有多少工夫惦记他了。你还记得第一年我在北京,你在家里。家里来信说你呆不住,常回娘家去。我动气了,马上写信责备你。

你教人写了一封复信,说家里有事,不能不回去。这是你第一次也可以说第末次的抗议,我从此就没给你写信。暑假时带了一肚子主意回去,但见了面,看你一脸笑,也就拉倒了。打这时候起,你渐渐从你父亲的怀里跑到我这儿。你换了金镯子帮助我的学费,叫我以后还你;但直到你死,我没有还你。你在我家受了许多气,又因为我家的缘故受你家里的气,你都忍着。这全为的是我,我知道。那回我从家乡一个中学半途辞职出走。家里人讽你也走。那里走!只得硬着头皮往你家去。那时你家像个冰窖子,你们在窖里足足住了三个月。好容易我才将你们领出来了,一同上外省去。小家庭这样组织起来了。你虽不是什么阔小姐,可也是自小娇生惯养的。做起主妇来,什么都得干一两手;你居然做下去了,而且高高兴兴地做下去了。菜照例满是你做,可是吃的都是我们;你至多夹上两三筷子就算了。你的菜做得不坏,有一位老在行大大地夸奖过你。你洗衣服也不错,夏天我的绸大褂大概总是你亲自动手。你在家老不乐意闲着;坐前几个"月子",老是四五天就起床,说是躺着家里事没条没理的。其实你起来也还不是没条理;咱家那么多孩子,哪儿来条理?在浙江住的时候,逃过两回兵难,我都在北平。真亏你领着母亲和一群孩子东藏西躲的;末一回还要走多少里路,翻一道大岭。这两回差不多只靠你一个人。你不但带了母亲和孩子们,还带了我一箱箱的书;你知道我是最爱书的。在短短的十二年里,你操的心比人家一辈子还多;谦,你那样身子怎么经得住!你将我的责任一股脑儿担负了去,压死了你;我如何对得起你!

你为我的捞什子书也费了不少神;第一回让你父亲的男佣人从家乡捎到上海去。他说了几句闲话,你气得在你父亲面前哭了。第二回是带着逃难,别人都说你傻子。你有你的想头:"没有书怎么教书?况且他又爱这个玩意儿。"其实你没有晓得,那些书丢了也并不可惜;不过教你怎么晓得,我平常从来没和你谈过这些个!总而言之,你的心是可感谢的。这十二年里你为我吃的苦真不少,可是没有过几天好日子。我们在一起住,算来也还不到五个年头。无论日子怎么坏,无论是离是合,你从来没对我发过脾气,连一句怨言也没有。——别说怨我,就是怨命也没有过。老实说,我的脾气可不大好,迁怒的事儿有的是。那些时候你往往抽噎着流眼泪,从不回嘴,也不号咷。不过我也只信得过你一个人,有些话我只和你一个人说,因为世界上只你一个人真关心我,真同情我。你不但为我吃苦,更为我分苦;我之有我现在的精神,大半是你给我培养着的。这些年来我很少生病。但我最不耐烦生病,生了病就呻吟不绝,闹那伺候病的人。你是领教过一回的,那回只一两点钟,可是也够麻烦了。你常生病,却总不开口,挣扎着起来;一来怕搅我,二来怕没人做你那份儿事。我有一个坏脾气,怕听人生病,也是真的。后来你天天发烧,自己还以为南方带来的疟疾,一直瞒着我。明明躺着,听见我的脚步,一骨碌就坐起来。我渐渐有些奇怪,让大夫一瞧,这可糟了,你的一个肺已烂了一个大窟窿了!大夫劝你到西山去静养,你丢不下孩子,又舍不得钱;劝你在家里躺着,你也丢不下那份儿家务。越看越不行了,这才送你回去。明知凶多吉少,想不到只一个月工夫你就完了!本来盼望还见得着你,这一来可拉倒了。你也何尝想到这个?父亲告诉我,你回家独住着一所小住宅,还嫌没有客厅,怕我回去不便哪。

前年夏天回家,上你坟上去了。你睡在祖父母的下首,想来还不孤单的。只是当年祖父母的圹太小了,你正睡在圹底下。这叫做"抗圹",在生人看来是不安心的;等着想办法罢。那时圹上圹下密密地长着青草,朝露浸湿了我的布鞋。你刚埋了半年多,只有圹下多出一块土,别的全然看不出新坟的样子。我和隐今夏回去,本想到你的坟上来;

因为她病了,没来成。我们想告诉你,五个孩子都好,我们一定尽心教养他们,让他们对得起死了的母亲——你!谦,好好儿放心安睡罢,你。

1932 年 10 月

(选自《朱自清全集》第 1 卷,江苏教育出版社 1988 年)

作品解读

1929 年 10 月间,武钟谦因肺病逝世于扬州。三年后,朱自清写下了这篇悼文。三年,可以消解沉痛,哭喊与抑郁,却不能冲淡纠结在心灵底处的哀思。这里没有搥胸顿足,呼天喊地,文章笔墨重在追忆,追忆亡妻生前的辛劳和对"我"的爱,抒发"我"对亡妻的挂怀。值得注意的是,题目不是"悼亡妻",而是"给亡妇",这是作家心灵中繁杂矛盾的折中。故而,朱自清一边悔恨自己的过失一边又深爱着隐,对他来说,写作悼文正是在为这些旧道德的"过失"而开脱。好在这些并不妨碍文章的凄都之美,恰如贺铸长短句所云:"原上草,露初晞。旧栖新垅两依依。空床卧听南窗雨,谁复挑灯夜补衣?"一字一泪,不忍卒读。

(刘潇)

作家自述

写《给亡妇》那篇是在一个晚上,中间还停笔流泪一回,情感的痕迹太深刻了,虽然情感平静的时候写作,还有些不由自主似的,当时只靠平日训练的一支笔发挥下去,几乎用不上力量来。……那时我不赞成所谓的欧化语调,我想尽量用口语,向着文言一致的方向走。《给亡妇》用了对称的语气,一半便是为此。——《写作杂谈》,《朱自清全集》,第 106 页,江苏教育出版社 1988 年。

名家要评

我觉得朱先生的性情造成他散文的风格。你同他谈话处世或读他的文章,印象都是那末诚恳、谦虚、温厚、朴素而并不缺乏风趣。对人对事对文章,他一切处理的那末公允,妥当,恰到好处。他文如其人,风华是从朴素来,幽默是从忠厚来,腴厚是从平淡中来。他的散文,确实给我们开出一条平坦大道,这条道将永久领导我们自迩以至远,自卑以升高。——杨振声:《朱自清先生与现代散文》,《文讯》第 9 卷第 3 期,1948 年 9 月 15 日。

(他的)叙事抒情散文比较含蓄,能将丰富的情感寓于朴素的描写和叙述中,……而且,无论是叙事散文还是写景散文,篇章布局都是十分精到的。——王瑶:《中国现代文学史论集》,北京大学出版社 1998 年。

拓展阅读

1. 朱金顺编:《朱自清研究资料》,北京师范大学出版社 1981 年。
2. 俞元桂:《中国现代散文十六家综论》,华东师范大学出版社 1989 年。

故乡的野菜

周作人

我的故乡不止一个，凡我住过的地方都是故乡。故乡对于我并没有什么特别的情分，只因钓于斯游于斯的关系，朝夕会面，遂成相识，正如乡村里的邻舍一样，虽然不是亲属，别后有时也要想念到他。我浙东住过十几年，南京东京都住过六年，这都是我的故乡；现在住在北京，于是北京就成了我的家乡了。

日前我的妻往西单市场买菜回来，说起有荠菜在那里卖着，我便想起浙东的事来。荠菜是浙东人春天常吃的野菜，乡间不必说，就是城里只要有后园的人家都可以随时采食，妇女小儿各拿一把剪刀一只"苗篮"，蹲在地上搜寻，是一种有趣味的游戏的工作。那时小孩们唱道，"荠菜马兰头，姊姊嫁在后门头。"后来马兰头有乡人拿来进城售卖了，但荠菜还是一种野菜，须得自家去采。关于荠菜向来颇有风雅的传说，不过这似乎以吴地为主。《西湖游览志》云，"三月三日男女皆戴荠菜花。谚云，三春戴荠花，桃李羞繁华。"顾禄的《清嘉录》上亦说，"荠菜花俗呼野菜花，因谚有三月三蚂蚁上灶山之语，三日人家皆以野菜花置灶陉上，以厌虫蚁，侵晨村童叫卖不绝。或妇女簪髻上以祈清目，俗号眼亮花。"但浙东却不很理会这些事情，只是挑来做菜或炒年糕吃罢了。

黄花麦果通称鼠曲草，系菊科植物，叶小微圆互生，表面有白毛，花黄色，簇生梢头。春天采嫩叶，捣烂去汁，和粉作糕，称黄花麦果糕。小孩们有歌赞美之云，

黄花麦果韧结结，
关得大门自要吃；
半块拿弗出，一块自要吃。

清明前后扫墓时，有些人家——大约是保存古风的人家——用黄花麦果做供，但不作饼状，做成小颗如指顶大，或细条如小指，以五六个作一攒，名曰茧果，不知是什么意思，或因蚕上山时设祭，也用这种食品，故有是称，亦未可知。自从十二三岁时外出不参与外祖家扫墓以后，不复见过茧果，近来住在北京，也不再见黄花麦果的影子了。日本称为"御形"，与荠菜同为春天的七草之一，也采来做点心用，状如艾饺，名曰"草饼"，春分前后多食之，在北京也有，但是吃去总是日本风味，不复是儿时的黄花麦果糕了。

扫墓时候所常吃的还有一种野菜，俗名草紫，通称紫云英。农人在收获后，播种田内，用作肥料，是一种很被贱视的植物，但采取嫩茎瀹食，味颇鲜美，似豌豆苗。花紫红色，数十亩接连不断，一片锦绣，如铺着华美的地毯，非常好看，而且花朵状若蝴蝶，又如鸡雏，尤为小孩所喜。间有白色的花，相传可以治痢，很是珍重，但不易得。日本《俳句大辞典》云，"此草与蒲公英同是习见的东西，从幼年时代便已熟识，在女人里边，不曾采过紫云英的人，恐未必有罢。"中国古来没有花环，但紫云英的花球却是小孩常玩的东

西,这一层我还替那些小人们欣幸的。浙东扫墓用鼓吹,所以少年们常随了乐音去看"上坟船里的姣姣";没有钱的人家虽没有鼓吹,但是船头上篷窗下总露出些紫云英和杜鹃的花束,这也就是上坟船的确实的证据了。

1924 年 2 月

(选自《雨天的书》,北新书局 1925 年)

谈 酒

周作人

  这个年头儿,喝酒倒是很有意思的。我虽是京兆人,却生长在东南的海边,是出产酒的有名地方。我的舅父和姑父家里时常做几缸自用的酒,但我终于不知道酒是怎么做法,只觉得所用的大约是糯米,因为儿歌里说,"老酒糯米做,吃得变 nionio"——末一字是本地叫猪的俗语。做酒的方法与器具似乎都很简单,只有煮的时候的手法极不容易,非有经验的工人不办,平常做酒的人家大抵聘请一个人来,俗称"酒头工",以自己不能喝酒者为最上,叫他专管鉴定煮酒的时节。有一个远房亲戚,我们叫他"七斤公公",——他是我舅父的族叔,但是在他家里做短工,所以舅母只叫他作"七斤老",有时也听见她叫"老七斤",是这样的酒头工,每年去帮人家做酒,他喜吸旱烟,说玩话,打马将,但是不大喝酒(海边的人喝一两碗是不算喝,照市价计算也不值十文钱的酒),所以生意很好,时常跑一二百里路被招到诸暨嵊县去。据他说这实在并不难,只须走到缸边屈着身听,听见里边起泡的声音切切察察的,好像是螃蟹吐沫(儿童称为蟹煮饭)的样子,便拿来煮就得了;早一点酒还未成,迟一点就变酸了。但是怎么是恰好的时期,别人仍不能知道,只有听熟的耳朵才能够断定,正如骨董家的眼睛辨别古物一样。

  大人家饮酒多用酒钟,以表示其斯文,实在是不对的。正当的喝法是用一种酒碗,浅而大,底有高足,可以说是古已有之的香宾杯。平常起码总是两碗,合一"串筒",价值似是六文一碗。串筒略如倒写的凸字,上下部如一与三之比,以洋铁为之,无盖无嘴,可倒而不可筛,据好酒家说酒以倒为正宗,筛出来的不大好吃。唯酒保好于量酒之前先"荡"(置于水器内,摇荡而洗涤之谓)串筒,荡后往往将清水之一部分留在筒内,客嫌酒淡,常起争执,故喝酒老手必先戒堂馆以勿荡串筒,并监视其量好放在温酒架上。能饮者多索竹叶青,通称曰"本色","元红"系状元红之略,则着色者,唯外行人喜饮之。在外省有所谓花雕者,唯本地酒店中却没有这样东西。相传昔时人家生女,则酿酒贮花雕(一种有花纹的酒坛)中,至女儿出嫁时用以饷客,但此风今已不存,嫁女时偶用花雕,也只临时买元红充数,饮者不以为珍品。有些喝酒的人预备家酿,却有极好的,每年做醇酒若干坛,按次第埋园中,二十年后掘取,即每岁皆得饮二十年陈的老酒了。此种陈酒例不发售,故无处可买,我只有一回在旧日业师家里喝过这样好酒,至今还不曾忘记。

  我既是酒乡的一个土著,又这样的喜欢谈酒,好像一定是个与"三酉"结不解缘的酒徒了。其实却大不然。我的父亲是很能喝酒的,我不知道他可以喝多少,只记得他每晚用花生米水果等下酒,且喝且谈天,至少要花费两点钟,恐怕所喝的酒一定很不少了。但我却是不肖,不,或者可以说有志未过,因为我很喜欢喝酒而不会喝,所以每逢酒宴我总是第一个醉与脸红的。自从辛酉患病后,医生叫我喝酒以代药饵,定量是勃阑地每回二十格阑姆,蒲桃酒与老酒等倍之,六年以后酒量一点没有进步,到现在只要喝下一百格阑姆的花雕,便立刻变成关夫子了(以前大家笑谈称作"赤化",此刻自然应当谨慎,虽然是说笑话)。有些不醉之量的,愈饮愈是脸白的朋友,我觉得非常可以欣羡,只可惜他们愈能喝酒便愈不肯喝酒,好像是美人之不肯显示她的颜色,这实在是太不应该了。

黄酒比较的便宜一点,所以觉得时常可以买喝,其实别的酒也未尝不好。白干于我未免过凶一点,我喝了常怕口腔内要起泡,山西的汾酒与北京的莲花白虽然可喝少许,也总觉得不很和善。日本的清酒我颇喜欢,只是仿佛新酒模样,味道不很静定。蒲桃酒与橙皮酒都很可口,但我以为最好的还是勃阑地。我觉得西洋人不很能够了解茶的趣味,至于酒则很有工夫,决不下于中国。天天喝洋酒当然是一个大的漏卮,正如吸烟卷一般,但不必一定进国货党,咬定牙根要抽净丝,随便喝一点什么酒其实都是无所不可的,至少是我个人这样的想。

喝酒的趣味在什么地方?这个我恐怕有点说不明白。有人说,酒的乐趣是在醉后的陶然的境界。但我不很了解这个境界是怎样的,因为我自饮酒以来似乎不大陶然过,不知怎的我的醉大抵都只是生理的,而不是精神的陶醉。所以照我说来,酒的趣味只是在饮的时候,我想悦乐大抵在做的这一刹那,倘若说是陶然那也当是杯在口的一刻罢。醉了,困倦了,或者应当休息一会儿,也是很安舒的,却未必能说酒的真趣是在此间。昏迷,梦魇,吃语,或是忘却现世忧患之一法门;其实这也是有限的,倒还不如把宇宙性命都投在一口美酒里的耽溺之力还要强大。我喝着酒,一面也怀着"杞天之虑",生恐强硬的礼教反动之后将引起颓废的风气,结果是借醇酒妇人以避礼教的迫害,沙宁(Sanin)时代的出现不是不可能的。但是,或者在中国什么运动都未必彻底成功,青年的反拨力也未必怎么强盛,那么杞天终于只是杞天,仍旧能够让我们喝一口非耽溺的酒也未可知。倘若如此,那时喝酒又一定另外觉得很有意思了罢?

1926 年 6 月 20 日,于北京
(选自《泽泻集》,北新书局 1927 年)

作品解读

《故乡的野菜》

作者人在京城,却津津乐道故乡的野菜:荠菜、黄花麦果、草紫等。他称故乡妇女、小儿在地上搜寻荠菜是"一种有趣味的游戏",觉得有关荠菜的传说"风雅",并自豪地援引谚语"三春戴荠花,桃李羞繁华",赞叹草紫嫩茎"味颇鲜美",等等。显然,他对故乡野菜、人事无限怀念。与此同时,对北京却流露出失望,如他说清明扫墓时,浙东那些"保存古风的人家",用黄花麦果作供,颇有意思,但"近来住在北京,也不再见黄花麦果的影子了";对故乡的怀念,对京城的失望,意味着对现代文明的不满和对传统生活的留念,这种文化心态与立场,深寓在冲淡、平和的文字中。

(方长安)

《谈酒》

此文写于 1926 年。作者并非酒徒,却喜欢谈酒。他慢条斯理、从容镇静地讲述自己的酒知识、酒印象、酒记忆。他自称不知酒的做法,不会喝酒,却在那里细谈煮酒的知识,漫侃酒的喝法。原来,他是"喜欢喝酒而不会喝",所以酒知识很丰富,什么酒头工、荡串筒、花雕、本色、元红,等等,从容道来。他沉醉在自己的叙述中,自得其乐。当我们以为作者谈酒只是为体验一种生活的余裕、一种闲适感时,文章笔锋一转,论及酒与人生、现实的关系。其实,作者谈酒时仍怀着"杞天之虑",生恐"强硬的礼教反动之后将引起颓废的风气"。这正如他自己所言,"趣味之文里也还有叛徒活着"(《泽泻集·序》)。

(方长安)

作家自述

我近来作文极慕平淡自然的景地。但是看古代或外国文学才有此种作品,自己还梦想不到有能做的一天,因为这有气质境地与年龄的关系,不可勉强。——《雨天的书·自序二》,中国文联出版公司1993年。

名家要评

周作人的文体,又来得舒徐自在,信笔所至,初看似乎散漫支离,过于繁琐,但仔细一读,却觉得他的漫谈,句句含有分量,一篇之中,少一句就不对,一句之中,易一字也不可,读完之后,还想翻转来从头再读的。——郁达夫:《〈中国新文学大系·散文二集〉导言》,《郁达夫文集》(6),第272页,花城出版社1983年。

在周作人的散文里,不仅在内容上着意表现返归自然,顺乎天性,自由率性而适度的生活情趣,而且在艺术表现上追求表现自己与隐蔽自己,感情的倾泻与控制,放与收,通与隔,丰腴与清涩,奇警与平淡,猥亵与端庄……之间微妙的平衡。——钱理群:《周作人论》,第84—85页,上海人民出版社1991年。

拓展阅读

1. 苏雪林:《周作人先生研究》,《周作人论》,北新书局1924年。
2. 钱理群:《周作人论》,上海人民出版社1991年。
3. 哈迎飞:《论周作人的儒释观》,《文学评论》2009年第5期。

影的告别

鲁　迅

人睡到不知道时候的时候,就会有影来告别,说出那些话——
有我所不乐意的在天堂里,我不愿去;有我所不乐意的在地狱里,我不愿去;
有我所不乐意的在你们将来的黄金世界里,我不愿去。
然而你就是我所不乐意的。
朋友,我不想跟随你了,我不愿住。
我不愿意!
呜乎呜乎,我不愿意,我不如彷徨于无地。
我不过一个影,要别你而沉没在黑暗里了。然而黑暗又会吞并我,然而光明又会使我消失。
然而我不愿彷徨于明暗之间,我不如在黑暗里沉没。
然而我终于彷徨于明暗之间,我不知道是黄昏还是黎明。我姑且举灰黑的手装作喝干一杯酒,我将在不知道时候的时候独自远行。
呜乎呜乎,倘若黄昏,黑夜自然会来沉没我,否则我要被白天消失,如果现在是黎明。
朋友,时候近了。
我将向黑暗里彷徨于无地。
你还想我的赠品。我能献你甚么呢?无已,则仍是黑暗和虚空而已。但是,我愿意只是黑暗,或者会消失于你的白天;我愿意只是虚空,决不占你的心地。
我愿意这样,朋友——
我独自远行,不但没有你,并且再没有别的影在黑暗里。只有我被黑暗沉没,那世界全属于我自己。

1924 年 9 月 24 日
(选自 1924 年 12 月 8 日《语丝》第 4 期)

春末闲谈

鲁　迅

北京正是春末,也许我过于性急之故罢,觉着夏意了,于是突然记起故乡的细腰蜂。那时候大约是盛夏,青蝇密集在凉棚索子上,铁黑色的细腰蜂就在桑树间或墙角的蛛网左近往来飞行,有时衔一支小青虫去了,有时拉一个蜘蛛。青虫或蜘蛛先是抵抗着不肯去,但终于乏力,被衔着腾空而去了,坐了飞机似的。

老前辈们开导我,那细腰蜂就是书上所说的果蠃,纯雌无雄,必须捉螟蛉去做继子的。她将小青虫封在窠里,自己在外面日日夜夜敲打着,祝道"像我像我",经过若干日,——我记不清了,大约七七四十九日罢,——那青虫也就成了细腰蜂了,所以《诗经》里说:"螟蛉有子,果蠃负之。"螟蛉就是桑上小青虫。蜘蛛呢?他们没有提。我记得有几个考据家曾经立过异说,以为她其实自能生卵;其捉青虫,乃是填在窠里,给孵化出来的幼蜂做食料的。但我所遇见的前辈们都不采用此说,还道是拉去做女儿。我们为存留天地间的美谈起见,倒不如这样好。当长夏无事,遭暑林阴,瞥见二虫一拉一拒的时候,便如睹慈母教女,满怀好意,而青虫的宛转抗拒,则活像一个不识好歹的毛鸦头。

但究竟是夷人可恶,偏要讲什么科学。科学虽然给我们许多惊奇,但也搅坏了我们许多好梦。自从法国的昆虫学大家发勃耳(Fabre)仔细观察之后,给幼蜂做食料的事可就证实了。而且,这细腰蜂不但是普通的凶手,还是一种很残忍的凶手,又是一个学识技术都极高明的解剖学家。她知道青虫的神经构造和作用,用了神奇的毒针,向那运动神经球上只一螫,它便麻痹为不死不活状态,这才在它身上生下蜂卵,封入窠中。青虫因为不死不活,所以不动,但也因为不活不死,所以不烂,直到她的子女孵化出来的时候,这食料还和被捕当日一样的新鲜。

三年前,我遇见神经过敏的俄国E君,有一天他忽然发愁道,不知道将来的科学家,是否不至于发明一种奇妙的药品,将这注射在谁的身上,则这人即甘心永远去做服役和战争的机器了?那时我也就皱眉叹息,装作一齐发愁的模样,以示"所见略同"之至意,殊不知我国的圣君,贤臣,圣贤,圣贤之徒,却早已有过这一种黄金世界的理想了。不是"唯辟作福,唯辟作威,唯辟玉食"么?不是"君子劳心,小人劳力"么?不是"治于人者食(去声)人,治人者食于人"么?可惜理论虽已卓然,而终于没有发明十全的好方法。要服从作威就须不活,要贡献玉食就须不死;要被治就须不活,要供养治人者又须不死。人类升为万物之灵,自然是可贺的,但没有了细腰蜂的毒针,却使圣君,贤臣,圣贤,圣贤之徒,以至现在的阔人,学者,教育家觉得棘手。将来未可知,若已往,则治人者虽然尽力施行过各种麻痹术,也还不能十分奏效,与果蠃并驱争先。即以皇帝一伦而言,便难免时常改姓易代,终没有"万年有道之长";"二十四史"而多至二十四,就是可悲的铁证。现在又似乎有些别开生面了,世上诞生了一种所谓"特殊知识阶级"的留学生,在研究室中研究之结果,说医学不发达是有益于人种改良的,中国妇女的境遇是极其平等的,一切道理都已不错,一切状态都已够好。E君的发愁,或者也不为无因罢,然而俄国是不要紧的,因为他们不像我们中国,有所谓"特别国情",还有所谓"特殊知识阶级"。

但这种工作,也怕终于像古人那样,能十分奏效的罢,因为这实在比细腰蜂所做的要难得多。她于青虫,只须不动,所以仅在运动神经球上一螫,即告成功。而我们的工作,却求其能运动,无知觉,该在知觉神经中枢,加以完全的麻醉。但知觉一失,运动也就随之失却主宰,不能贡献玉食,恭请上自"极峰"下至"特殊知识阶级"的赏收享用了。就现在而言,窃以为除了遗老的圣经贤传法,学者的进研究室主义,文学家和茶摊老板的莫谈国事律,教育家的勿视勿听勿言勿动论之外,委实还没有更好,更完全,更无流弊的方法。便是留学生的特别发见,其实也并未轶出了前贤的范围。

那么,又要"礼失而求诸野"了。夷人,现在因为想去取法,姑且称之为外国,他里,可有较好的法子么?可惜,也没有。所有者,仍不外乎不准集会,不许开口之类,和我们中华并没有什么很不同。然亦可见至道嘉猷,人同此心,心同此理,固无华夷之限也。猛兽是单独的,牛羊则结队;野牛的大队,就会排角成城以御强敌了,但拉开一匹,定只能牟牟地叫。人民与牛马同流,——此就中国而言,夷人别有分类法云,——治之之道,自然应该禁止集合;这方法是对的。其次要防说话。人能说话,已经是祸胎了,而况有时还要做文章。所以苍颉造字,夜有鬼哭。鬼且反对,而况于官?猴子不会说话,猴界即向无风潮,——可是猴界中也没有官,但这又作别论,——确应该虚心取法,反朴归真,则口且不开,文章自灭;这方法也是对的。然而上文也不过就理论而言,至于实效,却依然是难说。最显著的例,是连那么专制的俄国,而尼古拉二世"龙御上宾"之后,罗马诺夫氏竟已"覆宗绝祀"了。要而言之,那大缺点就在虽有二大良法,而还缺其一,便是:无法禁止人们的思想。

于是我们的造物主——假如天空真有这样的一位"主子"——就可恨了:一恨其没有永远分清"治者"与"被治者";二恨其不给治者生一枝细腰蜂那样的毒针;三恨其不将被治者造得即使砍去了藏着的思想中枢的脑袋而还能动作——服役。三者得一,阔人的地位即永久稳固,统御也永久省了气力,而天下于是乎太平。今也不然,所以即使单想高高在上,暂时维持阔气,也还得日施手段,夜费心机,实在不胜其委屈劳神之至……。

假使没有了头颅,却还能做服役和战争的机械,世上的情形就何等地醒目呵!这时再不必用什么制帽勋章来表明阔人和窄人了,只要一看头之有无,便知道主奴,官民,上下,贵贱的区别。并且也不至于再闹什么革命,共和,会议等等的乱子了,单是电报,就要省下许多许多来。古人毕竟聪明,仿佛早想到过这样的东西,《山海经》上就记载着一种名叫"刑天"的怪物。他没有了能想的头,却还活着,"以乳为目,以脐为口",——这一点想得很周到,否则他怎么看,怎么吃呢,——实在是很值得奉为师法的。假使我们的国民都能这样,阔人又何等安全快乐?但他又"执干戚而舞",则似乎还是死也不肯安分,和我那专为阔人图便利而设的理想底好国民又不同。陶潜先生又有诗道:"刑天舞干戚,猛志固常在。"连这位貌似旷达的老隐士也这么说,可见无头也会仍有猛志,阔人的天下一时总怕难得太平的了。但有了太多的"特殊知识阶级"的国民,也许有特在例外的希望;况且精神文明太高了之后,精神的头就会提前飞去,区区物质的头的有无也算不得什么难问题。

1925 年 4 月 22 日

(原载 1925 年 4 月 24 日《莽原》第 1 期,署名冥昭)

小品文的危机

鲁　迅

仿佛记得一两月之前,曾在一种日报上见到记载着一个人的死去的文章,说他是收集"小摆设"的名人,临末还有依稀的感喟,以为此人一死,"小摆设"的收集者在中国怕要绝迹了。

但可惜我那时不很留心,竟忘记了那日报和那收集家的名字。

现在的新的青年恐怕也大抵不知道什么是"小摆设"了。但如果他出身旧家,先前曾有玩弄翰墨的人,则只要不很破落,未将觉得没用的东西卖给旧货担,就也许还能在尘封的废物之中,寻出一个小小的镜屏,玲珑剔透的石块,竹根刻成的人像,古玉雕出的动物,锈得发绿的铜铸的三脚癞虾蟆;这就是所谓"小摆设"。先前,它们陈列在书房里的时候,是各有其雅号的,譬如那三脚癞虾蟆,应该称为"蟾蜍砚滴"之类,最末的收集家一定都知道,现在呢,可要和它的光荣一同消失了。

　　那些物品,自然决不是穷人的东西,但也不是达官富翁家的陈设,他们所要的,是珠玉扎成的盆景,五彩绘画的磁瓶。那只是所谓土大夫的"清玩"。在外,至少必须有几十亩膏腴的田地,在家,必须有几间幽雅的书斋;就是流寓上海,也一定得生活较为安闲,在客栈里有一间长包的房子,书桌一顶,烟榻一张,瘾足心闲,摩挲赏鉴。然而这境地,现在却已经被世界的险恶的潮流冲得七颠八倒,像狂涛中的小船似的了。

　　然而就是在所谓"太平盛世"罢,这"小摆设"原也不是什么重要的物品。在方寸的象牙版上刻一篇《兰亭序》,至今还有"艺术品"之称,但倘将这挂在万里长城的墙头,或供在云冈的丈八佛像的足下,它就渺小得看不见了,即使热心者竭力指点,也不过令观者生一种滑稽之感。何况在风沙扑面,狼虎成群的时候,谁还有这许多闲工夫,来赏玩琥珀扇坠,翡翠戒指呢。他们即使要悦目,所要的也是耸立于风沙中的大建筑,要坚固而伟大,不必怎样精;即使要满意,所要的也是匕首和投枪,要锋利而切实,用不着什么雅。

　　美术上的"小摆设"的要求,这幻梦是已经破掉了,那日报上的文章的作者,就直觉地知道。然而对于文学上的"小摆设"——"小品文"的要求,却正在越加旺盛起来,要求者以为可以靠着低诉或微吟,将粗犷的人心,磨得渐渐的平滑。这就是想别人一心看着《六朝文絜》,而忘记了自己是抱在黄河决口之后,淹得仅仅露出水面的树梢头。

　　但这时却只用得着挣扎和战斗。

　　而小品文的生存,也只仗着挣扎和战斗的。晋朝的清言,早和它的朝代一同消歇了。唐末诗风衰落,而小品放了光辉。但罗隐的《谗书》,几乎全部是抗争和愤激之谈;皮日休和陆龟蒙自以为隐士,别人也称之为隐士,而看他们在《皮子文薮》和《笠泽丛书》中的小品文,并没有忘记天下,正是一塌胡涂的泥塘里的光彩和锋铓。明末的小品虽然比较的颓放,却并非全是吟风弄月,其中有不平,有讽刺,有攻击,有破坏。这种作风,也触着了满洲君臣的心病,费去许多助虐的武将的刀锋,帮闲的文臣的笔锋,直到乾隆年间,这才压制下去了。以后呢,就来了"小摆设"。

　　"小摆设"当然不会有大发展。到五四运动的时候,才又来了一个展开,散文小品的成功,几乎在小说戏曲和诗歌之上。这之中,自然含着挣扎和战斗,但因为常常取法于英国的随笔(Essay),所以也带一点幽默和雍容;写法也有漂亮和缜密的,这是为了对于旧文学的示威,在表示旧文学之自以为特长者,白话文学也并非做不到。以后的路,本来明明是更分明的挣扎和战斗,因为这原是萌芽于"文学革命"以至"思想革命"的。但现在的趋势,却在特别提倡那和旧文章相合之点,雍容,漂亮,缜密,就是要它成为"小摆设",供雅人的摩挲,并且想青年摩挲了这"小摆设",由粗暴而变为风雅了。

　　然而现在已经更没有书桌;雅片虽然已经公卖,烟具是禁止的,吸起来还是十分不容易。想在战地或灾区里的人们来鉴赏罢——谁都知道是更奇怪的幻梦。这种小品,上海虽正在盛行,茶话酒谈,遍满小报的摊子上,但其实是正如烟花女子,已经不能在弄堂里拉扯她的生意,只好涂脂抹粉,在夜里踅到马路上来了。

小品文就这样的走到了危机。但我所谓危机,也如医学上的所谓"极期"(Crisis Krisis)一般,是生死的分歧,能一直得到死亡,也能由此至于恢复。麻醉性的作品,是将与麻醉者和被麻醉者同归于尽的。生存的小品文,必须是匕首,是投枪,能和读者一同杀出一条生存的血路的东西;但自然,它也能给人愉快和休息,然而这并不是"小摆设",更不是抚慰和麻痹,它给人的愉快和休息是休养,是劳作和战斗之前的准备。

8月27日

(选自1933年10月1日《现代》第3卷第6期)

作品解读

《影的告别》

此文写于1924年。"影"向"人"告别,从个体人格结构看,"影"代表内在的真实的本我,"影的告别"意味着自我主体的矛盾与分离;从自我与社会、他人等关系角度看,"影"即诗人自己,"影的告别"意味着作者对于社会、他人普遍认可的一般原则、秩序的背离。

天堂、地狱、黄金世界乃终极归宿,"影"均不愿去,这暗示作者对既有社会秩序、原则、理想或旧的自我的否定,而这一否定,使作者无立锥之地,只得"彷徨于无地",这是背离社会普遍原则后自我肉身与思想处境的真实写照。它一方面揭示了人类生存的荒诞性处境,另一方面也体现了鲁迅反抗绝望的意志与精神。

(方长安)

《春末闲谈》

此文写于1925年。名曰"闲谈",实则匠心独具。既是闲谈,则无外乎"草木虫鱼"等物事。本文即是从虫子谈起,细腰蜂用神奇的毒针毒害小青虫,使其在"不死不活"、"不动不烂",既无抵抗之力,又能保持新鲜的状态下,作为幼蜂的食料。作者由自然界生物现象联想到人类社会,从细腰蜂的麻醉术转到中外统治阶级的愚民政策。进而指出,中国千百年来的历史,便是历代人民被反动统治者从麻痹到清醒最后反抗的历史。文章末尾还援引了"刑天舞干戚"的神话传说来歌颂被统治者至死不屈、战斗不息的精神。一篇短文,以虫喻人,援古证今,寓庄于谐,既包含了深厚的社会内容,读来又觉妙趣横生、余味无穷。

(方长安)

《小品文的危机》

此文发表于1933年。当时,林语堂等人大力提倡幽默、闲适的小品文,一时间远离现实需要的"独抒性灵"之作大行于世,鉴于此,鲁迅写了《小品文的危机》。

在文章中,作者指出,幽默、闲适使小品文的发展陷入危机,因为历史上唐末、明末、晚清尤其是五四时期小品文的兴盛所仰仗的都是"挣扎和战斗",如果一味地闲适是没有生命力的。至于文坛上盛行的那些幽默、闲适的小品文,他认为不过是士大夫的"清玩"或曰"小摆设"。文章以一半的篇幅叙说小摆设的特点及其必然绝迹的命运,以小摆设比喻小品文,言其生存危机,新颖、准确而机智。这类精妙的比喻俯首即是,极大地增强了文章的表现力度,使其既如匕首、投枪,又能给人以愉快和放松。

(方长安)

作家自述

这二十多篇小品,如每篇末尾所注,是一九二四至二六年在北京所作,陆续发表于期刊《语丝》上的。大抵仅仅是随时的小感想。因为那时难于直说,所以有时措辞就很含糊了。——《〈野草〉英文译本序》,《鲁迅全集》,第4卷第356页,人民文学出版社1981年。

名家要评

《野草》的创作,是作家感觉到内心世界的"离奇和芜杂"已经无法如《呐喊》、《彷徨》那样,外化为人物,用小说的叙述语言表现;只能幻化为梦境,用诗的朦胧、跳跃语言来直接表现,达到一种心理的真实,并折射着特定的外在现实。——钱理群:《心灵的探寻》,第319页,上海文艺出版社1988年。

我一直认为《野草》是鲁迅内心的冲突和纠葛的象征式(用厨川的定义)的写照,呈现的是一种超现实的梦境,与外界的社会和政治现实关系不大。——李欧梵:《铁屋中的呐喊》,第250—252页,岳麓书社1999年。

拓展阅读

1. 孙玉石:《〈野草〉研究》,北京大学出版社2007年1月。
2. 钱理群:《心灵的探寻》,上海文艺出版社1988年。
3. 汪卫东:《〈野草〉的诗心》,《文学评论》2010年第1期。

寄小读者

冰 心

亲爱的小朋友：

我常喜欢挨坐在母亲的旁边,挽住她的衣袖,央求她述说我幼年的事。

母亲凝想地,含笑地,低低地说：

"不过有三个月罢了,偏已是这般多病。听见端药杯的人的脚步声,已知道惊怕啼哭。许多人围在床前,乞怜的眼光,不望着别人,只向着我,似乎已经从人群里认识了你的母亲！"

这时眼泪已湿了我们两个人的眼角！

"你的弥月到了,穿着舅母送的水红绸子的衣服,戴着青缎沿边的大红帽子,抱出到厅堂前。因看你丰满红润的面庞,使我在姊妹妯娌群中,起了骄傲。"

"只有七个月,我们都在海舟上,我抱你站在栏旁。海波声中,你已会呼唤'妈妈'和'姊姊'。"

对于这件事,父亲和母亲还不时的起争论。父亲说世上没有七个月会说话的孩子。母亲坚执说是的。在我们家庭历史中,这事至今是件疑案。

"浓睡之中猛然听得丐妇求乞的声音,以为母亲已被她们带去了。冷汗被面的惊坐起来,脸和唇都青了,呜咽不能成声。我从后屋连忙进来,珍重的揽住。经过了无数的解释和安慰。自此后,便是睡着,我也不敢轻易的离开你的床前。"

这一节,我仿佛记得,我听时写时都重新起了呜咽！

"有一次你病得重极了。地上铺着席子,我抱着你在上面膝行。正是暑月,你父亲又不在家。你断断续续说的几句话,都不是三岁的孩子所能够说的。因着你奇异的智慧,增加了我无名的恐怖。我打电报给你父亲,说我身体和灵魂上都已不能再支持。忽然一阵大风雨,深忧的我,重病的你,和你疲乏的乳母,都沉沉的睡了一大觉。这一番风雨,把你又从死神的怀抱里,接了过来。"

我不信我智慧,我又信我智慧！母亲以智慧的眼光,看万物都是智慧的,何况她的唯一挚爱的女儿？

"头发又短,又没有一刻肯安静。早晨这左右两条小辫子,总是梳不起来。没有法子,父亲就来帮忙,'站好了,站好了,要照相了！'父亲拿着照相匣子,假作照着。又短又粗的两条小辫子,好容易天天这样的将就的编好了。"

我奇怪我竟不懂得向父亲索要我每天照的相片！

"陈妈的女儿宝姐,是你的好朋友。她来了,我就关你们两个人在屋里,我自己睡午觉。等我醒来,一切的玩具,小人小马,都当做船,飘浮在脸盆的水里,地上已是水汪汪的。"

宝姐是我一个神秘的朋友,我自始至终不记得,不认识她。然而从母亲口里,我深深的爱了她。

"已经三岁了，或者快四岁了。父亲带你到他的兵舰上去，大家匆匆的替你换上衣服。你自己不知什么时候，把一支小木鹿，放在小靴子里。到船上只要父亲抱着，自己一步也不肯走。放到地上走时，只是一跛一跛的。大家奇怪了，脱下靴子，发现了小木鹿。父亲和他的许多朋友都笑了。——傻孩子！你怎么不会说？"

母亲笑了，我也伏在她的膝上羞愧的笑了。——回想起来，她的质问，和我的羞愧，都是一点理由没有的。十几年前事，提起当面前事说，真是无谓。然而那时我们中间弥漫了痴和爱！

"你最怕我凝神，我至今不知是什么缘故。每逢我疑望窗外，或是稍微的呆了一呆，你就过来呼唤我，摇撼我，说'妈妈，你的眼睛怎么不动了？'我有时喜欢你来抱住我，便故意的凝神不动。"

我自己也不知道是什么缘故。也许母亲凝神，多是忧愁的时候，我要扰乱她的思路，也未可知。无论如何，这是个隐谜！

"然而你自己却也喜凝神，天天吃着饭，呆呆的望着壁上的字画，桌上的钟和花瓶。一碗饭数米粒似的，吃了好几点钟。我急了，便把一切都挪移开。"

这件事我记得，而且很清楚，因为独坐沉思的脾气至今不改。

当她说这些事的时候，我总是脸上堆着笑，眼里满了泪。听完了用她的衣襟来印我的眼角，静静的伏在她的膝上。这时宇宙已经没有了，只母亲和我。最后我也没有了，只有母亲，因为我本是她的一部分！

这是如何可惊喜的事，从母亲口中，逐渐的发现了，完成了，我自己！她从最初已知道我，认识我，喜爱我。在我不知到不承认世界上有个我的时候，她已爱了我了。我从三岁上，才慢慢的在宇宙中寻到了自己，爱了自己，认识了自己；然而我所知道的自己，不过是母亲意念中的我的百分之一，千万分之一。

小朋友！当你寻见了世界上有一个人，认识你，知道你，爱你，都千百倍的胜过你自己的时候，你怎能不感激，不流泪，不死心塌地的爱她，而且死心塌地的容她爱你？

有一次幼小的我，忽然走到母亲面前，仰着脸问："妈妈，你到底为什么爱我？"母亲放下针线，用她的面颊，抵住我的前额，温柔地，不迟疑地说："不为什么，——只因你是我的女儿！"

小朋友！我不信世界上没有人能说这句话！"不为什么"这四个字，从她口里说出来，何等刚决，何等无回旋！她爱我，不是因为我是"冰心"，或是其他人世间的一切虚伪的称呼和名字！她的爱是不附带任何条件的。唯一的理由，就是我是她的女儿。总之，她的爱，是摒除一切，拂拭一切，层层的麾开我前后左右所蒙罩的，使我成为"今我"的原素，而直接的来爱我的自身！

假使我走至幕后，将我二十年的历史和一切都更变了，再走出到她面前，世界上从没有一个人认识我，只要我仍是她的女儿，她就仍用她坚强无尽的爱来包围我。她爱我的肉体，她爱我的灵魂，她爱我前后左右，过去，将来，现在的一切！

天上的星辰，骤雨般落在大海上，嗤嗤繁响。海波如山一般的汹涌，一切楼屋都在地上旋转，天如同一张蓝纸卷了起来。树叶子满空飞舞，鸟归巢，走兽躲到他的洞穴。万象纷乱中，只要我能寻到她，投到她的怀里……天地一切都信她！她对于我的爱，不因着万物毁灭而变更！

她的爱不但包围我,而且普遍的包围着一切爱我的人。而且因着爱我,她也爱了天下的儿女,她更爱了天下的母亲。小朋友!告诉你一句小孩子以为是极浅显,而大人们以为是极高深的话:"世界便是这样的建造起来的!"

　　世界上没有两件事物,是完全相同的。同在你头上的两根丝发,也不能一般长短,然而——请小朋友们和我同声赞美!——只有普天下的母亲的爱,或隐或显,或出或没;不论你用斗量、用尺量,或是用心灵的度量衡来推测;我的母亲对于我,你的母亲对于你,她的和他的母亲对于她和他;她们的爱是一般的长阔高深,分毫都不差减。小朋友!我敢说,也敢信古往今来,没有一个敢来驳我这句话。当我发觉了这神圣的秘密的时候,我竟欢喜感动得伏案痛哭!

　　我的心潮,沸涌到最高度,我知道于我的病体是不相宜的,而且我更知道我所写的都不出乎你们的智慧范围之外。——窗外正是下着紧一阵慢一阵的秋雨。玫瑰花的香气,也正无声的赞美她们的"自然母亲"的爱!

　　我现在不在母亲的身畔,——但我知道她的爱没有一刻离开我,她自己也如此说!——暂时无从再打听关于我的幼年的消息。然而我会写信给我的母亲,我说:"亲爱的母亲,请你将我所不知道的关于我的事,随时记下寄来给我。我现在正是考古家一般的,要从深知我的你口中,研究我神秘的自己。"

　　被上帝祝福的小朋友!你们正在母亲的怀里。——小朋友!我教给你,你看完了这一封信,放下报纸,就快快跑去找你的母亲——若是她出去了,就去坐在门槛上,静静的等她回来——不论在屋里或是院中,把她寻见了,你便上去攀住她,左右亲她的脸,你说:"母亲!若是你有功夫,请你将我小时候的事情,说给我听!"等她坐下了,你便坐在她的膝上,倚在她的胸前。你听得见她心脉和缓的跳动。你仰着脸,会有无数关于你的,你所不知道的美妙的故事,从她口里天乐一般的唱将出来!

　　然后,——小朋友!我愿你告诉我,她对你所说的都是什么事。

　　我现在正病着。没有母亲坐在旁边,小朋友一定怜念我,然而我有说不尽的感谢!造物者将我交付给我母亲的时候,竟赋予了我以记忆的心才;现在又从忙碌的课程中替我匀出七日夜来,回想母亲的爱。我病中光阴,因着这回想,寸寸都是甜蜜的。

　　小朋友,再谈吧,致我的爱与你们的母亲!

你的朋友冰心
1923年12月5日晨,圣卜生疗养院,威尔斯利

作品解读

　　《寄小读者》是冰心1923年至1926年间写给小读者的通讯,共29篇。冰心以丰富的阅历、真实的情感、新颖的形式和清新的语言向国内的小读者们讲述自己在旅途中的各种新奇见闻和细腻感受,为五四以后的小朋友开启了一扇看世界的窗户。它处处洋溢着冰心对孩子们的喜爱和关怀,以及她对生活、生命的热忱与赞美。花朵、小草、溪流、流星这些纤巧轻灵的意象常出现在她笔下,在这平凡的自然之物中,冰心却总是以她谦卑而仁慈的心体会到坚韧、伟大和博爱的精神。"童真、母爱、自然"是她表达的重要主题,时至今日,我们依然能感受到她作品深厚的文化空间和情感空间。

(汪云霞)

作家自述

　　不热爱自己所描写的对象,感情不真挚,不到非写不可的时候,就写不好;同时,字

词汇不够,心里有话,笔下说不出,也写不好;字词汇丰富了,还没有熟练到会把恰当的字眼放在恰当的地方,也仍然写不好。因此,作者要一方面深入人民的生活激流,去培养自己对于人民生活的感受和热爱,一方面要多读(古今中外的作品都要读)多写,来锻炼自己写作的技巧。——《"海市"打动了我的心》,《文艺报》1961年6月25日。

名家要评

文字是那样的清新隽丽,笔调是那样的轻倩灵活,充满着画意和诗情,真如镶嵌在夜空里的一颗颗晶莹的星珠。又如一池春水,风过处,漾起锦似的涟漪。——李素伯:《冰心的〈寄小读者〉》,《小品文研究》,新中国书局1932年。

她的诗似的散文的文字,从旧式的文字方面所引申出来的中国式(并不是固定的名词,只有说明她的句法不完全是欧化的)的句法,也引起广大的青年的共鸣与模仿,而隐隐的产生了一种"冰心体"的文字。——黄英:《谢冰心》,《现代中国女作家》,北新书局1931年。

拓展阅读

1. 林非:《冰心》,《现代散文六十家札记》(一),百花文艺出版社1980年。
2. 范伯群:《冰心研究资料》,北京出版社1984年。

给我的孩子们

丰子恺

我的孩子们！我憧憬于你们的生活,每天不止一次！我想委曲地说出来,使你们自己晓得。可惜到你们懂得我的话的意思的时候,你们将不复是可以使我憧憬的人了。这是何等可悲哀的事啊！

瞻瞻！你尤其可佩服。你是身心全部公开的真人。你什么事体都像拼命地用全副精力去对付。小小的失意,像花生米翻落地了,自己嚼了舌头了,小猫不肯吃糕了,你都要哭得嘴唇翻白,昏去一两分钟。外婆普陀去烧香买回来给你的泥人,你何等鞠躬尽瘁地抱他,喂他;有一天你自己失手把他打破了,你的号哭的悲哀,比大人们的破产,失恋,broken heart,丧考妣,全军覆没的悲哀都要真切。两把芭蕉扇做的脚踏车,麻雀牌堆成的火车,汽车,你何等认真地看待,挺直了嗓子叫"汪——","咕咕咕……",来代替汽笛。宝姐姐讲故事给你听,说到"月亮姐姐挂下一只篮来,宝姐姐坐在篮里吊了上去,瞻瞻在下面看"的时候,你何等激昂地同她争,说"瞻瞻要上去,宝姐姐在下面看!"甚至哭到漫姑面前去求审判。我每次剃了头,你真心地疑我变了和尚,好几时不要我抱。最是今年夏天,你坐在我膝上发见了我腋下的长毛,当作黄鼠狼的时候,你何等伤心,你立刻从我身上爬下去,起初眼睁睁地对我端相,继而大失所望地号哭,看看,哭哭,如同对被判定了死罪的亲友一样。你要我抱你到车站里去,多多益善地要买香蕉,满满地撑了两手回来,回到门口时你已经熟睡在我的肩上,手里的香蕉不知落在那里去了。这是何等可佩服的真率,自然,与热情！大人间的所谓"沉默","含蓄","深刻"的美德,比起你来,全是不自然的,病的,伪的！

你们每天做火车,做汽车,办酒,请菩萨,堆六面画,唱歌,全是自动的,创造创作的生活。大人们的呼号"归自然!""生活的艺术化!""劳动的艺术化!"在你们面前真是出丑得很了！依样画几笔画,写几篇文的人称为艺术家,创作家,对你们更要愧死了!

你们的创作力,比大人真是强盛得多哩:瞻瞻！你的身体不及椅子的一半,却常常要搬动它,与它一同翻倒在地上;你又要把一杯茶横转来藏在抽斗里,要皮球停在壁上,要拉住火车的尾巴,要月亮出来,要天停止下雨。在这等小小的事件中,明明表示着你们的小弱的体力与智力不足以应付强盛的创作欲,表现欲的驱使,因而遭逢失败。然而你们是不受大自然的支配,不受人类社会的束缚的创造者,所以你的遭逢失败,例如火车尾巴拉不住,月亮呼不出来的时候,你们决不承认是事实的不可能,总以为是爹爹妈妈不肯帮你们办到,同不许你们弄自鸣钟同例,所以愤愤地哭了,你们的世界何等广大！

你们一定想:终天无聊地伏在案上弄笔的爸爸,终天闷闷地坐在窗下弄引线的妈妈,是何等无气性的奇怪的动物！你们所视为奇怪动物的我与你们的母亲,有时确实难为了你们,摧残了你们,回想起来,真是不安心得很！

阿宝！有一晚你拿软软的新鞋子,和自己脚上脱下来的鞋子,给凳子的脚穿了,光袜立在地上,得意地叫"阿宝两只脚,凳子四只脚"的时候,你母亲喊着"龌龊了袜子!"立刻擒你到藤榻上,动手毁坏你的创作。当你蹲在榻上注视你母亲动手毁坏的时候,你的小心里一定感到"母亲这种人,何等杀风景而野蛮"吧!

瞻瞻!有一天开明书店送了几册新出版的毛边的《音乐入门》来。我用小刀把书页一张一张地裁开来,你侧着头,站在桌边默默地看。后来我从学校回来,你已经在我的书架上拿了一本连史纸印的中国装的《楚辞》,把它裁破了十几页,得意地对我说:"爸爸!瞻瞻也会裁了!"瞻瞻!这在你原是何等成功的欢喜,何等得意的作品!却被我一个惊骇的"哼!"字喊得你哭了。那时候你也一定抱怨"爸爸何等不明"吧!

软软!你常常要弄我的长锋羊毫,我看见了总是无情地夺脱你。现在你一定轻视我,想道:"你终于要我画你的画集的封面!"

最不安心的,是有时我还要拉一个你们所最怕的陆露沙医生来,教他用他的大手来摸你们的肚子,甚至用刀来在你们臂上割几下,还要教妈妈和漫姑擒住了你们的手脚,捏住了你们的鼻子,把很苦的水灌到你们的嘴里去。这在你们一定认为太无人道的野蛮举动吧!

孩子们!你们真果抱怨我,我倒欢喜;到你们的抱怨变为感谢的时候,我的悲哀来了!

我在世间,永没有逢到像你们样出肺肝相示的人。世间的人群结合,永没有像你们样的彻底地真实而纯洁。最是我到上海去干了无聊的所谓"事"回来,或者去同不相干的人们做了叫做"上课"的一种把戏回来,你们在门口或车站旁等我的时候,我心中何等惭愧又欢喜!惭愧我为什么去做这等无聊的事,欢喜我又得暂时放怀一切地加入你们的真生活的团体。

但是,你们的黄金时代有限,现实终于要暴露的。这是我经验过来的情形,也是大人们谁也经验过的情形。我眼看见儿时的伴侣中的英雄,好汉,一个个退缩,顺从,妥协,屈服起来,到像绵羊的地步,我自己也是如此。"后之视今,亦犹今之视昔",你们不久也要走这条路呢!

我的孩子们!憧憬于你们的生活的我,痴心要为你们永远挽留这黄金时代在这册子里。然真不过像"蜘蛛网落花"略微保留一点春的痕迹而已。且到你们懂得我这片心情的时候,你们早已不是这样的人,我的画在世间已无可印证了!这是何等可悲哀的事啊!

《子恺画集》代序,1926年耶诞节作

(选自《缘缘堂随笔集》,浙江文艺出版社1990年版)

作品解读

《给我的孩子们》是《子恺画集》的代序,以晓畅自然、不假虚饰的文字记述"我的孩子们"的生活点滴,在融入浓浓父爱的同时,又寄寓独特的人生思悟。在"我"眼中,孩子们是身心全部公开的真人,拥有彻底的真率本性与不受任何束缚的强盛创造力。孩子即人性美、人性真的极致,是最真实的理想人性的体现,最鲜活的人生艺术化的存在,鲜明对照出成人世界的病、伪与不自然。然而,"我"又洞明于一个无法抗拒的事实——每一个孩子都终将长大,"我憧憬于你们的生活,每天不止一次!我想委曲地说出来,使你们自己晓得。可惜到你们懂我的话的时候,你们将不复是可以使我憧憬的人了"——于是"我"只能陷于这"何等可悲哀的事"所带来的苦涩。"我"的画,"我"的文字,不过似

"蜘蛛网落花",略微保留一点春的痕迹罢了。

丰子恺后来曾追随老师李叔同皈依佛门。他讴歌孩子们的真人性,可以说是思想上受到佛家"心性本净"的影响,亦可视为是"以幼者为本位"之五四新人文精神的折射,归根到底也是发诸他的真情、至情。有了至真之情,也就有了至深之思、至理之辨,也就有了他既富古典气息又具现代意味的人性的"惜春"、"留春"之笔。他洞悉于一切皆"空",又于"空"中随性"执著",于是成就了一篇情理交融的美文经典。

(张晓玥)

作家自述

由于"热爱"和"亲近",我深深地体会了孩子们的心理,发现了一个和成人世界完全不同的儿童世界。儿童富有感情,却缺乏理智;儿童有欲望,而不能抑制。……成人们笑他们"傻",称他们的生活为"儿戏",常常骂他们"淘气",禁止他们"吵闹"。这是成人的主观主义看法,是不理解儿童心理的人的粗暴态度。我能热爱他们,亲近他们,因此能深深地理解他们的心理,而确信他们这种行为是出于真诚的,值得注意的,因此兴奋而认真地作这些画。——《子恺漫画选·自序》,《子恺漫画选》,上海人民美术出版社1954年。

名家要评

《缘缘堂随笔》,仅仅读了译本一百七十页的小册子,著者的可爱的气禀与才能,已可窥见,足以证明吉川氏的介绍不曾欺骗读者,如果说胡适氏的《四十自述》是学者的著作,那么这本随笔可以说是艺术家的著作。他所取的题材,原并不是什么有实用或深奥的东西,任何琐屑轻微的事物,一到他的笔端,就有一种风韵,殊不可思议。——〔日本〕谷崎润一郎:《读〈缘缘堂随笔〉》,夏丏尊译,《中学生》第67期(1944年)。

拓展阅读

1. 汪家明:《佛心与文心——丰子恺》,花山文艺出版社1992年。

2. 王泉根、王蕾:《佛心·童心·诗心——丰子恺现代散文新论》,《中国现代文学研究丛刊》2001年4期。

3. 富华:《丰子恺〈缘缘堂随笔〉深度细读》,《文学评论》2009年第3期。

"春朝"一刻值千金

——懒惰汉的懒惰想头之一

梁遇春

　　十年来,求师访友,足迹走遍天涯,回想起来给我最大益处的却是"迟起",因为我现在脑子里所有些聪明的想头,灵活的意思,多半是早上懒洋洋地赖在床上想出来的。我真应该写几句话赞美它一番,同时还可以告诉有志的人们一点迟起艺术的门径。谈起艺术,我虽然是门外汉,不过对于迟起这门艺术倒可说是一位行家,因为我既具有明察秋毫的批评能力,又带了甘苦备尝的实践精神。我天天总是在可能范围之内,尽量地滞在床上(那是我们的神庙)看着射在被上的日光,暗笑四围人们无谓的匆忙,回味前夜的痴梦(那是比做梦还有意思的事),细想迟起的好处,唯我独尊地躺着,东倒西倾的小房立刻变做一座快乐的皇宫。

　　诗人画家为着要追求自己的幻梦,实现自己的痴愿,宁可牺牲一切物质的快乐,受尽亲朋的诟骂,他们从艺术里能够得到无穷的安慰,那是他们真实的世界,外面的世界对于他们反变成一个空虚。迟起艺术家也具有同等的精神。区区虽然不是一个迟起大师,但是对于本行艺术的确有无限的热忱——艺术家的狂热。所以让我拿自己做个例子罢。当我是个小孩时候,我的生活由家庭替我安排,毫无艺术的自觉,早上六点就起来了。后来到北方念书去,北方的天气是培养迟起最好的沃土,许多同学又都是程度很高的迟起艺术专家,于是绝好的环境同朋辈的切磋使我领略到迟起的深味,我的忠于艺术的热度也一天一天地增高。暑假年假回家时期,总在全家人吃完了早饭之后,我才敢动起床的念头。老父常常对我说清晨新鲜空气的好处,母亲有时提到重温稀饭的麻烦,慈爱的祖母也屡次向我姑母说"早起三日当一工"(我的姑母老是起得很早的),我虽然万分不愿意失去大人们的欢心,但是为着忠于艺术的缘故,居然甘心得罪老人家。后来老人家知道我是无可救药的,反动了怜惜的心肠,他们早上九点钟时候走过我的房门前还是用着足尖;人们温情地放纵我们的弱点是最容易刺动我们麻木的良心,但是我总舍不得违弃了心爱的艺术,所以还是懊悔地照样地高卧。在大学里,有几位道貌岸然的教授对于迟到学生总是白眼相待,我不幸得很,老做他们白眼的鹄的,也曾好几次下个决心早起,免得一进教室的门,就受两句冷讽,可是一年一年地过去,我足足受了四年的白眼待遇,里头的苦处是别人想不出来的。有一年寒假住在亲戚家里,他们晚饭的时间是很早的,所以一醒来,腹里就咕隆地响着,我却按下饥肠,故意想出许多有趣事情,使自己忘却了肚饿,有时饿出汗来,还是坚持着非到十时是不起来的。对于艺术我是多么忠实,情愿牺牲。枵腹做诗的爱仑波,真可说是我的同志。后来入世谋生,自然会忽略了艺术的追求;不过我还是尽量地保留一向的热诚,虽然已经是够堕落了。想起我个人因为迟起所受的许多说不出的苦痛,我深深相信迟起是一门艺术,已为只有艺术才会这样带累人,也只有艺术家才肯这样不变初衷地往前牺牲一切。

　　但是从迟起我也得到不少的安慰,总够补偿我种种的苦痛。迟起给我最大的好处是我没有一天不是很快乐地开头的。我天天起来总是心满意足的,觉得我们住的世界无日不是春天,无处不是乐园。当我神怡气舒地躺着的时候,我常常记起勃浪宁的诗:"上帝在上,万物各得其所。"(鱼游水里,鸟栖树枝,我卧床上。)人生是短促的,可是若使我们有过光荣的青春,我们的一生就不能算是虚度,我们的残年很可以傍着火炉,晒着太阳在回忆里过日子。同样地一天的光阴是很短促的,可是若使我们有过光荣的早上(一半时间花在床上的早晨!)我们这一天就不能说是白丢了,我们其余时间可以用在追忆清早的幸福,我们青年时期若是欢欣的结晶,我们的余生一定不会很凄凉的,青春的快乐是有影子留下的,那影子好似带了魔力,惨淡的老年给它一照,也呈出和蔼慈祥的光辉。我们一天里也是一样的,人们不是常说:一件事情好好地开头,就是已经成功一半了;那么赏心悦意的早晨是一天快乐的先导。迟起不单是使我天天快活地开头,还叫我们每夜高兴地结束这个日子;我们夜夜去睡时候,心里就预料到明早迟起的快乐——预料中的快乐是比当时的享受,味还长得多——这样子我们一天的始终都是给生机活泼的快乐空气围住,这个可爱的升平景象却是迟起一手做成的。

  迟起不仅是能够给我们这甜蜜的空气,它还能够打破我们结结实实的苦闷。人生最大的愁忧是生活的单调。悲剧是很热闹的,怪有趣的,只有那不生不死的机械式生活才是最无聊赖的。迟起真是唯一的救济方法。你若是感到生活的沉闷,么请你多睡半点钟(最好是一点钟),你起来一定觉得许多要干的事情没有时间做了,那么是非忙不可——"忙"是进到快乐宫的金钥,尤其那自己找来的忙碌。忙是人们体力发泄最好的法子。亚里士多德不是说过人的快乐是生于能力变成效率的畅适。我常常在办公时间五分钟以前起床,那时候洗脸刷牙进早餐,都要限最快的速度完成,全变做最浪漫的举动,当牙膏四溅,脸水横飞,一手拿着梳,对着镜子,一面吃面包时节,谁会说人生是没有趣味呢?而且当时只怕过了时间,心中充满了冒险的情绪。这些暗地晓得不碍事的冒险兴奋是顶可爱的东西,尤其是对于我们这班不敢真正履险的懦夫。我喜欢北方的狂风,因为当我们衔着黄沙往前进的时候,我们仿佛是斩将先登,冲锋陷阵的健儿,跟自然的大力肉搏,这是多么可歌可泣的壮举,同时除开牙孔鼻孔塞点沙土外,丝毫危险也没有,不管那时是怎地像煞有介事样子。冒险的嗜好哪个人没有,不过我们胆小,不愿白丢了生命,仁爱的上帝,因此给我们卷地蔽天的刮风,做我们安稳冒险的材料。住在江南的可怜虫,找不到这一天赐的机会,只得英雄做时势,迟些起来,自己创造机会。就是放假期间,十时半起床,早餐后抽完了烟,已经十一时过了,一想到今天打算做的事情一件也没有动手,赶紧忙着起来——天下里还有比无事忙更有趣味的事吗?若是你因为迟起挨到人家的闲话,那最少也可以打破你日常一波不兴无声无臭的生活。我想凡是尝过生活的深味的人一定会说痛苦比单调灰色生活强得多,因为痛苦是活的,灰色的生活却是死的象征。迟起本身好似是很懒惰的,但是它能够给我们最大的活气,使我们的生活跳动生姿;世上最懒惰不过的人们是那般黎明即起,老早把事做好,坐着呆呆地打呵欠的人们。迟起所有的这许多安慰,除开艺术,我们哪里还找得出来呢?许多人现在还不明白迟起的好处,这也可以证明迟起是一种艺术,因为只有艺术人们才会这样地不去睬它。

  现在春天到了,"春宵苦短日高起,"五六点钟醒来,就可以看见太阳,我们可以醉也似地躺着,一直躺了好几个钟头,静听流莺的巧啭,细看花影的慢移,这真是迟起的绝好时光。能让我们天天多躺一会儿罢,别辜负了这一刻千金的"春朝"。

《懒惰汉的懒惰想头》是当代英国小品文家 Jerome K. Jerome 的文集名字（*Idle Thoughts of An Idle Fellow*），集里所说的都是拉闲扯淡，瞎三道四的废话，可是自带有幽默的深味，好似对于人生有比一般人更微妙的认识同玩味——这或者只是因为我自己也是懒惰汉，官官相卫，惺惺惜惺惺，那么也好，就随它去罢。"春宵一刻值千金"这句老话，是谁也知道的，我觉得换一个字，就可以做我的题目，连小小二句题目，都要东抄西袭凑合成的，不肯费些心机自己去做一个，这也可以见我的懒惰了。

在副题目底下加了"之一"两字，自然是指明我还要继续写些这类无聊的小品文字，但是什么时候会写第二篇，那是连上帝都不敢预言的。我是那么懒惰，有时晚上想好了意思，第二天起得太早，心中一懊悔，什么好意思都忘却了。

（选自《春醪集》，北新书局 1930 年 3 月）

作品解读

这篇文章的突出之处是它与常规思维相对抗的立意。"早起一刻值千金"，但作者却借助于逆向思维，有意与这种常规思维针锋相对。他认为，人们习惯上对早起与迟起的优劣的区分是不准确的，人们视为弊端丛生的迟起，其实有着种种好处，如我们躺在床上享受早上的懒睡，其余时间可以追忆清早的幸福；迟起使我们有一个快活的开头；迟起使我们感受甜蜜的空气，打破生活的苦闷等等。通过逆向思维，作者对事物中新的内涵和意义进行富有开创性的掘取和阐释。这篇文章还凸显了想象的作用，在梁遇春看来，人的内心世界具有比外在的理性世界更为丰富的东西。而想象则是根植于人的感性存在之中的原动力。正是借助于想象，作者超越了日常生活经验的常规状态，揭示了一种作者内在灵性与宇宙神秘力量相交织的图景。

（赵小琪）

作家自述

只有真真地跑到生活里面，把一切事都用宽大通达的眼光来细细咀嚼一番，好的自然赞美，缺陷里头也要去找出美点出来，或者用法子来解释，使这缺陷不令人讨厌，这种态度才能够使我们在人生途上受最少的苦痛，也是止血的妙方……用这样眼光去观察世态，自然只有欣欣的同情，真挚的怜悯，博大的宽容，而只觉得一切的可爱，自己生活也增加无限的趣味了。——《查理斯·兰姆评传》，吴福辉编：《梁遇春散文全编》，浙江文艺出版社 1992 年。

名家要评

梁遇春正是一个彻头彻尾的追梦人，对于他，梦简直就是生命的朝露，而没有了梦，人生就如同沙漠一般荒芜了。他那么嗜睡懒觉，与其说是懒惰，倒不如说是出于对梦的迷恋……眠床就是梦之国，是和铁硬的现实世界截然相对的另一世界，难怪他要赖在床上不肯早起了。——倪伟：《笑涡里的泪——谈梁遇春》，《文学评论》1996 年第 2 期。

拓展阅读

1. 林非：《现代六十家散文札记》，百花文艺出版社 1980 年。
2. 倪伟：《笑涡里的泪——谈梁遇春》，《文学评论》1996 年第 2 期。

《人间世》发刊词

林语堂

十四年来中国现代文学唯一之成功,小品文之成功也。创作小说,即有佳作,亦由小品散文训练而来。盖小品文,可以发挥议论,可以畅泄衷情,可以摹绘人情,可以形容世故,可以札记琐屑,可以谈天说地,本无范围,特以自我为中心,以闲适为格调,与各体别,西方文学所谓个人笔调是也。故善冶情感与议论于一炉,而成现代散文之技巧。《人间世》之创刊,专为登载小品文而设,盖欲就其已有之成功,推波助澜,使其愈臻畅盛。小品已成功之人,或可益加兴趣,多所写作,即未知名之人,亦可因此发见。盖文人作文,每等还债,不催不还,不邀不作。或因未得相当发表之便利,虽心头偶有佳意,亦听其埋没,何等可惜。或且因循成习,绝笔不复作,天下苍生翘首如望云霓,而终不见涓滴之赐,何以为情。且现代刊物,纯文艺性质者,多刊创作,以小品作点缀耳。若不特创一刊,提倡发表,新进作家即不复接踵而至。吾知天下有许多清新可喜文章,亦正藏在各人抽屉,供鱼蠹之侵蚀,不亦大可哀乎。内容如上所述,包括一切,宇宙之大,苍蝇之微,皆可取材,故名之为《人间世》。除游记诗歌题跋赠序尺牍日记之外,尤注重清俊议论文及读书随笔,以期开卷有益,掩卷有味,不仅吟风弄月,而流为玩物丧志之文学也。半月一册,字数四万,逢初五、二十出版,纸张印刷编排校对,力求完善,用仿宋字排印,以符小品精雅之意。尚祈海内文士,共襄其成。

(原载《人间世》创刊号,1934年4月)

作品解读

《人间世》创刊于1934年4月5日,是林语堂继《论语》之后创办的第二份小品文半月刊杂志。继五四时期周作人提倡美文,林语堂在30年代倡导清俊议论的小品文。这篇《〈人间世〉发刊词》表述了林语堂提倡小品文的一贯主张,首先倡导《论语》推崇的"闲适"、"性灵"式小品文,并将其推崇为"十四年来中国现代文学唯一成功"的文体。其次历数小品文广博的取材范围、灵活的写作手法及中西源远流长的历史传统。再述《人世间》创刊之宗旨不仅"专为"刊载小品文,亦不愿看到文人佳作被埋没,点明"宇宙之大,苍蝇之微,皆可取材"是刊物名为"人间世"的真正原因。最后提及办刊宗旨及刊物出版细节。短短500余字的发刊词,言简意赅,容量丰富,本身即为一篇小品文佳作。

林语堂提倡小品文,为鲁迅所反对。可参看本书鲁迅《小品文的危机》一文。

(马潇)

作家自述

《人间世》以专登小品为宗旨……余意此地所谓小品,仅系一种笔调而已。理想中之《人间世》,似乎是一种刊物,专提倡这种娓语式笔调,使用此种笔调,去谈论人世间之一切,或抒发见解,切磋学问,或记述思想,描绘人情,无所不可。——《叙〈人间世〉及小品文笔调》,《人间世》第 6 期(1934 年 6 月)。

名家要评

小品文大约在将来也还可以存在于文坛,只是以"闲适"为主,却稍嫌不够。——鲁迅:《一思而行》,《申报·自由谈》1934 年 5 月 17 日。

(闲谈散文)看来却是很容易,像是一种不正经的偷懒的写法,其实在这容易下面的作者的努力与苦心,批评家哪里能够理会。——郁达夫:《中国新文学大系·散文·导言》,良友图书公司 1935 年。

拓展阅读

1. 谢友祥:《论林语堂的闲谈散文》,《中国现代文学研究丛刊》2001 年第 4 期。

画梦录

何其芳

丁令威

　　丁令威忽然忘了疲倦,翅膀间扇着的简直是快乐的风,随着目光,从天空斜斜的送向辽东城。城是土色的,带子似的绕着屋顶和树木。当他在灵虚山忽然为怀乡的尘念所扰,腾空化为白鹤,阳光在翅膀上抚摩,青色的空气柔软得很,其快乐也和此刻相似吧。但此刻他是急于达到一栖止之点了。

　　轻巧的停落在城门口的华表柱上。

　　奔向城门的是一条大街,在这晨光中风平沙静,空无行人,只有屋檐投下有曲线边沿的影子。华表柱的影子在街边折断了又接上屋瓦去,以一个巨大的长颈鸟像为冠饰。这些建筑这些门户都是他记忆之外的奇特的生长,触醒了时间的知觉,无从去呼唤里面的主人了,丁令威展一展翅。

　　只有这低矮的土筑的城垣,虽也迭经颓圮迭经修了吧,仍是昔日的位置,姿势,从上面望过去是城外的北邙,白杨叶摇着像金属片,添了无数的青草塚了。丁令威引颈而望,寂寞得很,无从向昔日的友伴致问讯之情。生长于土,复归于土,祝福他们的长眠吧;丁令威瞑目微思,难道隐隐有一点失悔在深山中学仙吗? 明显的起在意识中的是:

　　"我为甚么要回来呢?"他张开眼睛来寻找回来的原故了:这小城实在荒凉,而在时间中作了长长旅行的人,正如犁过无数次冬天的荒地的农夫,即在到处是青青之痕了的春天,也不能对大地唤起一个繁荣的感觉。

　　"然而我想看一看这些后代人呵。我将怎样的感动于你们这些陌生的脸呵,从你们的脸我看得出你们是快乐还是痛苦,是进步了还是堕落了。你们都来,都来……"当思想渐次变为声音时,丁令威忽然惊骇于自己的鹤的语言,从颈间迸出长嘴外的高朗然而噪急的长唳,停止了。

　　但仍是呼唤来了欢迎的人群,从屋里,从小巷里,从街的那头:

　　"吓,这是春天回来的第一只鹤,"

　　"并且是真正的丹顶鹤,"

　　"真奇怪,鹤歇在这柱子上,"

　　并且见了人群还不飞呢。在语声,笑声,拍手声里,丁令威悲哀得很,以他鹤的眼睛俯望着一半圈子人群,不动,以至使他们从好奇变为愤怒了,以为是不祥的朕兆,扬手发出威吓的驱逐声,最后有一个少年提议去取弓来射他。

　　弓是精致的黄杨木弓。当少年奋臂拉着弓弦时,指间的羽箭的锋尖在阳光中闪耀,丁令威始从梦幻的状况中醒来,噗噗的鼓翅飞了。

　　人群的叫声随着丁令威追上天空,他急速的飞着,飞着,绕着这小城画圈子。在他

更高的冲天远去之前,又不自禁的发出几声高朗然而噪急的长唳,若用人类的语言翻译出来,大约是这样:

"有鸟有鸟丁令威,去家千年今始归,城郭如故人民非,何不学仙冢累累。"

淳于棼

淳于棼弯着腰在槐树下,在隆起如山脉的树根间终于找着了一个圆穴,指头大的泥丸就可封闭,转面告诉他身旁的客人:"这就是梦中乘车进去的路。"

淳于棼惊醒在东厢房的木榻上,窗间炫耀着夕阳的彩色,揉揉眼,看清了执着竹帚的僮仆在扫庭阶,桌上留着饮残的酒樽,他的客人还在洗着足。

"唉,倏忽之间我经历了一生了。"

"做了梦么?"

"很长很长的梦呵。"

从如何被二紫衣使者迎到槐安国去,娶了金枝公主,出守南柯郡,与檀萝国一战打了败仗,直到公主薨后罢郡回朝,如何为谗言所伤,又由前二紫衣使者送了回来;他一面回想一面嗟叹的告诉客人,客人说:

"真有这样的事吗!"

"还记得梦中乘车进去的路呢。"

淳于棼蹲看在槐树下,在隆起如山脉的树根间,用他右手的小指头伸进那蚁穴去,崎岖曲折不可通,又用他的嘴唇吹着气,消失在那深邃的黑暗中没有回声。那里面有城郭台殿,有山川草木,他决不怀疑,并且记得,在那国之西有灵龟山,曾很快乐的打了一次猎。也许醒着的现在才正是梦境呢,他突然站立起来了。

槐树高高的,羽状叶密覆在四出的枝条上,像天空。辽远的晚霞闪耀着。淳于棼的想像里蠕动着的是一匹蚁,细足瘦腰,弱得不可以风吹,若是爬行在龟裂的树皮间看来多么可哀呵。然而以这匹蚁与他相比,淳于棼觉得自己还要渺小,他忘了大小之辨,忘了时间的久暂之辨,这酒醉后的今天下午实在不像倏忽之间的事:

淳于棼大醉在筵席上,自从他使酒忤帅,革职落魄以来这已不是他第一次大醉了,但渐趋衰老的身体不复能支持他的豪侠气概,由两个客人从座间扶下来,躺在东厢房的木榻上,向他说:"你睡吧,我们去喂我们的马,洗足,等你好了一点再走。"

淳于棼徘徊在槐树下,夕阳已消失在黄昏里了,向他身旁的客人说:

"在那梦里的国土我竟生了贪恋之心呢。谗言的流布使我郁郁不乐,最后当国王劝我归家时我竟记不起除了那国土我还有乡里,直到他说我本在人间,我憯然想了一会才明白了。"

"你定是被狐狸或者木妖所蛊惑了,喊仆人们拿斧头来斫掉这棵树吧,"客人说。

白莲教某

白莲教某今晚又出门了。红蜡烛已烧去一寸,两寸,或者三寸,在案上的锡烛台上结一个金色小花朵,没有开放已照亮四壁。白莲教某正走着怎样的路呢。他的门人坐在床沿,守着临走时的吩咐,"守着烛,别让风吹熄了。"

案上的锡烛台上的小花朵放开了,纷披着金色复瓣,又片片坠落,中心直立着一座尖顶的黑石塔,幽闭着甚么精灵吧,忽然凭空跌下了,无声的,化作一条长途,仅是望着也使人发愁的长途……好孩子,别打瞌睡!门人从朦胧中自己惊醒了,站起身来,用剪子绞去半寸烧过的烛心。

从前有一天,白莲教某出门了,屋里留下一个木盆,用另外一个木盆盖着,临走时吩咐:"守着它,别打开看。"

白莲教某的法术远近闻名,来从学的很不少,但长久无所得,又受不惯无理的驱使,都渐次散去了,剩下这最后一个门人,年纪轻,学法的心很诚恳,知道应该忍耐,经过了许多试探,才能获得师傅的欢心和传授。他坐在床沿想。

"别打开看,"这个禁止引动了他的好奇,打开:半盆清水,浮着一只草编的小船,有帆有樯,精致得使人想用手指去玩弄。拨它走动吧。翻了,船里进了水,等待他慌忙的扶正它,再用盆盖上后,他的师傅已带着怒容站在身边了,"怎么不服从我的吩咐!""我并没有动它。""你没有动它!刚才在海上翻了船,几乎把我淹死了!"

红蜡烛已烧去两寸,三寸,或者四寸,在案上的锡烛台上站一只黄羽小鸟,举嘴向天,待风鼓翅。白莲教某已走到哪儿呢。走尽长长的路,穿过深深的树林,到了奇异的城中的街上吧。那不夜城的街上会有怎样的人,和衣冠,和欢笑。

半盆清水就是他的海。那海上是平静的还是波涛汹涌。独自驾一叶小船。门人想:假若有那种法术。只要有那种法术。

案上的锡烛台上的小鸟鼓翅飞了,随它飞出许多只同样的鸟,变成一些金环,旋舞着,又连接起来成了竖立的长梯,上齐屋顶,一级一级爬上去,一条大路……好孩子,你又打瞌睡,那你就倒在枕上躺一忽吧!门人远远的看见他师傅的背,那微驼的背,在大路上向前走着,不停一停,他赶得乏极了……

当他惊醒在黑暗里时,他明白这一忽瞌睡的过错了,慌忙的在案上摸着取灯,划一根,重点着了烛。而他微驼着背的师傅已带着怒容从门外走进来了,

"吩咐你别睡觉,你偏睡觉了!"

"我并没有。"

"你并没有!害我在黑暗里走十几里路!"

(选自《画梦录》,文化生活出版社 1936 年 7 月)

作品解读

散文集《画梦录》中的文章多为镂金错彩之作,写得扑朔迷离、新奇别致,常于飘忽而富有乐感的叙写中逼近极致美文的境界,"晚唐花间词的冶艳精致与法国意象派的奇异瑰美交织在一起,凋残的古代梦与冷酷的现代气息相晤于一室"。《画梦录》是孤独者自我表现与心灵慰藉的灵魂独语,在抒写苦闷彷徨的同时,也反映幻想与现实间的矛盾,表达作者独特的人生感受与寻思。

同题名篇是三则历史故事的现代改写——羽化登仙的丁令威"为怀乡的尘念所扰",又陷入无可归乡的怅惘无奈;淳于棼恍惚于醉醒之间,终觉浮生如梦;白莲教某怀超人之术,却因门人的接连违禁而屡陷困局。文章将朦胧迷离的氛围与感伤忧悒的情调相交织,亦真亦幻,亦梦亦醒,呈现一种奇异的诗美。

(马潇)

作家自述

我就在这种情况下开始了我的独语。独语是不能长久地继续下去的。接着,我就

编织一些故事来抚慰我自己。正如我们有时用奇异的荒唐的传说来抚慰那些寂寞的孩子一样。这自然不过是一种逃避。然而逃避也是不能长久的继续下去的,因此《画梦录》只是那样薄薄的一本。——《给艾青先生的一封信》,《文艺阵地》第 4 卷第 7 期(1940 年 2 月 1 日)。

名家要评

《画梦录》中的三个小故事,是他技巧最精湛的作品。……第一篇《丁令威》是写汉代一位羽化登仙的道家。第二篇写的是追名逐利的武士淳于梦在醉梦中进入了槐树下的一个"王国"。……原文那种实话实说的口气、现实细节的注重、平铺直叙的文风同主题思想的奇幻相映成趣。……淳于氏的梦境一直延续到醒后,而且通过作者的暗示,使读者以为梦境也是存在的现实。最后的一篇《白莲教某》,同样具有非现实的梦幻似的气氛和淡淡的幽默的笔触。——庞尼·麦克道高尔(Bonnie McDaugall):《何其芳的文学成就——英译本何其芳诗文选集〈梦中道路〉后记》,《文学研究动态》1980 年第 2 期。

拓展阅读

1. 刘西渭:《读〈画梦录〉》,《文季月刊》第 1 卷第 4 期(1936 年 9 月)。
2. 艾青:《梦·幻想·现实》,《文艺阵地》第三卷第 4 期(1939 年 6 月 1 日)。

雅 舍

梁实秋

到四川来,觉得此地人建造房屋最是经济。火烧过的砖,常常用来做柱子,孤零零的砌起四根砖柱,上面盖上一个木头架子,看上去瘦骨嶙嶙,单薄得可怜;但是顶上铺了瓦,四面编了竹篦墙,墙上敷了泥灰,远远的看过去,没有人能说不像是座房子。我现在住的"雅舍"正是这样一匹典型的房子。不消说,这房子有砖柱,有竹篦墙,一切特点都应有尽有。讲到住房,我的经验不算少,什么"上支下摘","前廊后厦","一楼一底","三上三下","亭子间","茅草棚","琼楼玉宇"和"摩天大厦",各式各样,我都尝试过。我不论住在那里,只要住得久,对那房子便发生感情,非不得已我还舍不得搬。这"雅舍",我初来时仅求其能蔽风雨,并不敢存奢望,现在住了两个多月,我的好感油然而生。虽然我已渐渐感觉它并不能蔽风雨,因为有窗而无玻璃,风来则洞若凉亭,有瓦而空隙不少,雨来则渗如滴漏。纵然不能蔽风雨,"雅舍"还是自有它的个性。有个性就可爱。

"雅舍"的位置在半山腰,下距马路约有七八十层的土阶。前面是阡陌螺旋的稻田。再远望过去是几抹葱翠的远山,旁边有高粱地,有竹林,有水池,有粪坑,后面是荒僻的榛莽未除的土山坡。若说地点荒凉,则明月之夕,或风雨之日,亦常有客到,大抵好友不嫌路远,路远乃见情谊。客来则先爬几十级的土阶,进得屋来仍须上坡,因为屋内地板依山势而铺,一面高,一面低,坡度甚大,客来无不惊叹,我则久而安之,每日由书房走到饭厅是上坡,饭后鼓腹而出是下坡,亦不觉有大不便处。

"雅舍"共是六间,我居其二。篦墙不固,门窗不严,故我与邻人彼此均可互通声息。邻人轰饮作乐,咿唔诗章,喁喁细语,以及鼾声、喷嚏声、吮汤声、撕纸声、脱皮鞋声,均随时由门窗户壁的隙处荡漾而来,破我岑寂。入夜则鼠子瞰灯,才一合眼,鼠子便自由行动,或搬核桃在地板上顺坡而下,或吸灯油而推翻烛台,或攀援而上帐顶,或在门框桌脚上磨牙,使得人不得安枕。但是对于鼠子,我很惭愧的承认,我"没有法子"。"没有法子"一语是被外国人常常引用着的,以为这话最足代表中国人的懒惰隐忍的态度。其实我的对付鼠子并不懒惰。窗上糊纸,纸一戳就破;门户关紧,而相鼠有牙,一阵咬便是一个洞洞。试问还有什么法子?洋鬼子住到"雅舍"里,不也是"没有法子"?比鼠子更骚扰的是蚊子。"雅舍"的蚊风之盛,是我前所未见的。"聚蚊成雷"真有其事!每当黄昏时候,满屋里磕头碰脑的全是蚊子,又黑又大,骨骼都像是硬的。在别处蚊子早已肃清的时候,在"雅舍"则格外猖獗,来客偶不留心,则两腿伤处累累隆起如玉蜀黍,但是我仍安之。冬天一到,蚊子自然绝迹,明年夏天——谁知道我还是否住在"雅舍"!

"雅舍"最宜月夜——地势较高,得月较先。看山头吐月,红盘乍涌,一霎间,清光四射,天空皎洁,四野无声,微闻犬吠,坐客无不悄然!舍前有两株梨树,等到月升中天,清光从树间筛洒而下,地上阴影斑斓,此时尤为幽绝。直到兴阑人散,归房就寝,月光仍然逼进窗来,助我凄凉。细雨蒙蒙之际,"雅舍"亦复有趣。推窗展望,俨然米氏章法,若云若雾,一片弥漫。但若大雨滂沱,我就又惶悚不安了,屋顶湿印到处都有,起初如碗大,俄而扩大如盆,继则滴水乃不绝,终乃屋顶灰泥突然崩裂,如奇葩初绽,砉然一声而泥水下注,此刻满室狼藉,抢救无及。此种经验,已数见不鲜。

"雅舍"之陈设,只当得简朴二字,但洒扫拂拭,不使有纤尘。我非显要,故名公巨卿之照片不得入我室;我非牙医,故无博士文凭张持壁间;我不业理发,故丝织西湖十景以及电影明星之照片亦均不能张我四壁。我有一几一椅一榻,酣睡写读,均已有着,我亦不复他求。但是陈设虽简,我却喜欢翻新布置。西人常常讥笑妇人喜欢变更桌椅位置,以为这是妇人天性喜变之一征。诬否且不论,我是喜欢改变的。中国旧式家庭,陈设千篇一律,正厅上是一条案,前面一张八仙桌,一边一把靠椅,两旁是两把靠椅夹一只茶几。我以为陈设宜求疏落参差之致,最忌排偶。"雅舍"所有,毫无新奇,但一物一事之安排布置俱不从俗。人入我室,即知此是我室。笠翁《闲情偶寄》之所论,正合我意。

"雅舍"非我所有,我仅是房客之一。但思"天地者万物之逆旅",人生本来如寄,我住"雅舍"一日,"雅舍"即一日为我所有,即使此一日亦不能算是我有,至少此一日"雅舍"所能给予之苦辣酸甜,我实躬受亲尝。刘克庄词:"客里似家家似寄。"我此时此刻卜居"雅舍","雅舍"即似我家。其实似家似寄,我亦分辨不清。

长日无俚,写作自遣,随想随写,不拘篇章,冠以"雅舍小品"四字,以示写作所在,且志因缘。

(选自《梁实秋散文》,中国广播电视出版社1989年)

作品解读

《雅舍》,是梁实秋《雅舍小品》的序言。1939年5月,梁实秋随教育部中小学教科书编委会迁至重庆,同年秋,他与吴景超夫妇在重庆北碚主湾购置平房一栋,其实是黄土坡上一个简陋的泥坯房,"篦墙不固,门窗不严,故我与邻人彼此均可互通声息。"遂命名为"雅舍",实为陋室。显见主人能自得其乐,从简朴中寻得雅趣,"推窗展望,俨然米氏章法,若云若雾,一片弥漫",身处"风来则洞若凉亭"竟能悟出米元章之妙笔,可谓文雅到骨子里了。通读此文,能够从中感受到作者的儒雅与风趣。文章语言上骈散相间、雅俗共存、引用自如、妙语连珠,满卷的活泼才气。《雅舍》一文虽风趣却不是自嘲,以心境之雅补环境之拙,效仿古人,以励自己。唐人刘禹锡有云:斯是陋室,惟吾德馨。梁实秋寓此中大道于小品,足见文人风骨。

(刘潇)

作家自述

文调的美纯粹是作者的性格的流露,所以有一种不可形容的妙处:或如奔腾澎湃,能令人惊心动魄;或是委婉流利有飘逸之致;或是简练雅洁,如斩钉截铁。总之,散文的妙处,实在是气象万千,变化无穷。——《论散文》,《新月》1958年10月。

名家要评

梁实秋散文,首先是机智闪烁,谐趣迭生,时或滑稽突梯,却能适可而止,不堕俗趣。他的笔锋有如猫爪戏人而不伤人,即使讽刺,针对的也是众生的共相,而非私人,所以自有一种温柔的美感的距离。……再次是文章中常有引证,而中外封源,古今无阻。——余光中:《文章与前额并高》,台湾《联合文学》1987年3卷7期。

拓展阅读

1. 梁文茜:《怀念两章·忆雅舍》,《新文学史料》1993年第4期。
2. 卢今:《别一种风范——梁实秋散文创作论》,《文学评论》1994年第6期。

三八节有感

丁 玲

"妇女"这两个字,将在什么时代才不被重视,不需要特别的被提出呢?

年年都有这一天。每年在这一天的时候,几乎是全世界的地方都开着会,检阅着她们的队伍。延安虽说这两年不如前年热闹,但似乎总有几个人在那里忙着。而且一定有大会,有演说的,有通电,有文章发表。

延安的妇女是比中国其他地方的妇女幸福的。甚至有很多人都在嫉羡的说:"为什么小米把女同志吃得那么红胖?"女同志在医院,在休养所,在门诊部都占着很大的比例,却似乎并没有使人惊奇,然而延安的女同志却仍不能免除那种幸运:不管在什么场合都最能作为有兴趣的问题被谈起。而且各种各样的女同志都可以得到她应得的诽议。这些责难似乎都是严重而确当的。

女同志的结婚永远使人注意,而不会使人满意的。她们不能同一个男同志比较接近,更不能同几个都接近。她们被画家们讽刺:"一个科长也嫁了么?"诗人们也说:"延安只有骑马的首长,没有艺术家的首长,艺术家在延安是找不到漂亮的情人的。"然而她们也在某种场合聆听着这样的训词:"他妈的,瞧不起我们老干部,说是土包子,要不是我们土包子,你想来延安吃小米!"但女人总是要结婚的。(不结婚更有罪恶,她将要多的被作为制造谣言的对象,永远被污蔑。)不是骑马的就是穿草鞋的,不是艺术家就是总务科长。她们都是生小孩。小孩也有各自的命运:有的被细羊毛线和花绒布包着,抱在保姆的怀里,有的被没有洗净的布片抱着,扔在床头啼哭,而妈妈和爸爸都在大嚼着孩子的津贴(每月25元,价值二斤半猪肉),要是没有这笔津贴,也许他们根本就尝不到肉味。然而女同志究竟应该嫁谁呢?事实是这样,被逼着带孩子的一定可以得到公开的讥讽:"回到家庭了的娜拉。"而有着保姆的女同志,每一个星期可以有一天最卫生的交际舞。虽说在背地里也会有难听的诽语悄声的传播着,然而只要她走到那里,那里就会热闹,不管骑马的,穿草鞋的,总务科长,艺术家们的眼睛都会望着她。这同一切的理论都无关,同一切主义思想也无关,同一切开会演说也无关。然而这都是人人知道,人人不说,而且在做着的现实。

离婚的问题也是一样。大抵在结婚的时候,有三个条件是必须注意到的。一、政治上纯洁不纯洁,二、年龄相貌差不多,三、彼此有无帮助。虽说这三个条件几乎是人人具备(公开的汉奸这里是没有的。而所谓帮助也可以说到鞋袜的缝补,甚至女性的安慰),但却一定堂皇的考虑到。而离婚的口实,一定是女同志的落后。我是最以为一个女人自己不进步而还要拖住她的丈夫为可耻的,可是让我们看一看她们是如何落后的。她们在没有结婚前都抱着有凌云的志向,和克苦的斗争生活,她们在生理的要求和"彼此帮助"的蜜语之下结婚了,于是她们被逼着做了操劳的回到家庭的娜拉。她们也唯恐有"落后"的危险,她们四方奔走,厚颜的要求托儿所收留她们的孩子,要求刮子宫,宁肯受一切处分而不得不冒着生命的危险悄悄的去吃着堕胎的药。而她们听着这样的回答:"带孩子不是工作吗?你们只贪图舒服,好高骛远,你们到底作过一些什么了不起的政治工作?既然这样怕生孩子,生了又不肯负责,谁叫你们结婚呢?"于是她们不能免除"落后"的命运。一个有了工作能力的女人,而还能牺牲自己的事业去作为一个贤妻良母的时候,未始不被人所歌颂,但在十多年之后,她必然也逃不出"落后"的悲剧。即使在今天以我一个女人去看,这些"落后"分子,也实在不是一个可爱的女人。她们的皮肤在开始有折皱,头发在稀少,生活的疲惫夺取她们最后的一点爱娇。她们处于这样的悲运,似乎是很自然的,但在旧的社会里,她们或许会被称为可怜,薄命,然而在今天,却是自作孽、活该。不是听说法律上还在争论着离婚只须一方提出,或者必须双方同意的问题吗?离婚大约多半都是男子提出的,假如是女人,那一定有更不道德的事,那完全该女人受诅咒。

我自己是女人,我会比别人更懂得女人的缺点,但我却更懂得女人的痛苦。她们不会是超时代的,不会是理想的,她们不是铁打的。她们抵抗不了社会一切的诱惑,和无声的压迫,她们每人都有一部血泪史,都有过崇高的感情(不管是升起的或沉落的,不管有幸与不幸,不管仍在孤苦奋斗或卷入庸俗),这在对于来到延安的女同志说来更不冤枉,所以我是拿着很大的宽容来看一切被沦为女犯的人的。而且我更希望男子们尤其是有地位的男子,和女人本身都把这些女人的过错看得与社会有联系些。少发空议论,多谈实际的问题,使理论与实际不脱节,在每个共产党员的修身上都对自己负责些就好了。

然而我们也不能不对女同志们,尤其是在延安的女同志有些小小的企望。而且勉励着自己,勉励着友好。

世界上从没有无能的人,有资格去获取一切的。所以女人要取得平等,得首先强己。我不必说大家都懂的。而且,一定在今天会有人演说的:"首先取得我们的政权"的大话,我只说作为一个阵线中的一员(无产阶级也好,抗战也好,妇女也好),每天所必须注意的事项。

第一、不要让自己生病。无节制的生活,有时会觉得浪漫,有诗意,可爱,然而对今天环境不适宜。没有一个人能比你自己还会爱你的生命些。没有什么东西比今天失去健康更不幸些。只有它同你最亲近,好好注意它,爱护它。

第二、使自己愉快。只有愉快里面才有青春,才有活力,才觉得生命饱满,才觉得能担受一切磨难,才有前途,才有享受。这种愉快不是生活的满足,而是生活的战斗和进取。所以必须每天都作点有意义的工作,都必须读点书,都能有东西给别人,游惰只使人感到生命的空白、疲软、枯萎。

第三、用脑子。最好养成一种习惯。改正不作思索,随波逐流的毛病。每说一句话,每作一件事,最好想想这话是否正确?这事是否处理的得当,不违背自己作人的原则?是否自己可以负责?只有这样才不会有后悔。这就是叫通过理性,这,才不会上当,被一切甜蜜所蒙蔽,被小利所诱,才不会浪费热情,浪费生命,而免除烦恼。

第四、下吃苦的决心,坚持到底。生为现代的有觉悟的女人,就要有认定牺牲一切蔷薇色的温柔的梦幻。幸福是暴风雨中的搏斗,而不是在月下弹琴,花前吟诗,假如没有最大的决心,一定会在中途停歇下来。不悲苦,即堕落。而这种支持下去的力量却必须在"有恒"中来养成。没有大的抱负的人是难于有这种不贪便宜,不图舒服的坚忍的。

而这种抱负只有真真为人类,而非为己的人才会有。

附及:文章已经写完了,自己再重看一次,觉得关于企望的地方,还有很多意见,但为发稿时间有限,也不能整理了。不过又有这样的感觉,觉得有些话假如是一个首长在大会中说来,或许有人认为痛快。然而却写在一个女人的笔底下,是很可以取消的。但既然写了就仍旧给那些有同感的人看看吧。

(原载 1942 年 3 月 9 日延安《解放日报》)

作品解读

《三八节有感》开篇以反讽的语气指出,专门为妇女设立的"三八节"以及相关的活动,看似是对妇女的"重视",其实是一种优待性的歧视,恰恰证明了妇女尚未在社会获得正常地位。杂文肯定"延安的妇女比中国其他地方的妇女幸福",也描述了女性在这里所遭遇的尴尬和痛苦,呼吁男性对此有宽容的理解,也勉励女性要"强己",要"健康"、"愉快"、"理性"、"坚忍"。

在随后延安展开的整风运动中,这篇杂文受到严厉批评。1957年反右运动中,这篇文章又一次被拿出来"再批判"。由于《三八节有感》所谈的内容以及作者有意凸显的女性立场,近年来这篇杂文成为讨论中国革命与女性关系时不能不提及的文本。

该文行文爽利明快而从容优雅,体现丁玲别致的文风。

(王中忱)

名家要评

一九五七年,《人民日报》重新发表了丁玲的《三八节有感》。其他文章没有重载。"奇文共欣赏,疑义相与析",许多人想读这一批"奇文"。我们把这些东西收集起来全部重读一遍,果然有些奇处。奇就奇在以革命者的姿态写反革命的文章。鼻子灵的一眼就能识破,其他人往往受骗。——《〈再批判〉编者按》,《文艺报》1958年第2期。

丁玲在她著名的散文《"三八节"有感》中提出了三个相互关联的问题:性爱、觉悟和社会。她问道:是谁掌管性表达和传宗接代的大权?是妇女们自己还是婚姻主管机构?既然性别决定了她们在觉悟上与他人不同,那么这一点在延安能不能得到肯定?最后一个问题,在社会主义社会中妇女怎样才能争得与男人平等的权利?——〔美〕白露:《〈"三八节"有感〉和丁玲的女权主义在她文学作品中的表现》,孙瑞珍、王中忱编:《丁玲研究在国外》,湖南人民出版社1985年。

丁玲所写的并不是什么反党的"八股文",而是女性的体验和思考……是女性苦苦挣扎的艺术记录。这些作品敢于直面女性自身的冲突,挑战危难的处境,写出了女性意识最初然而也最根本的觉醒,可为女性文学早开的奇葩。——蓝棣之:《女性的愤懑和挣扎——丁玲〈莎菲女士的日记〉、〈我在霞村的时候〉解读》,《现代文学经典:症候式分析》,清华大学出版社1998年。

拓展阅读

1. 郜元宝编:《三八节有感——关于丁玲》,北京广播学院出版社2000年。
2. 李向东、王增如:《丁陈反党集团冤案始末》,湖北人民出版社2006年。

雷雨(第四幕)

曹 禺

景——周宅客厅内。半夜两点钟的光景。

〔开幕时,周朴园一人坐在沙发上,读文件;旁边燃着一个立灯,四周是黑暗的。
〔外面还隐隐滚着雷声,雨声淅沥可闻,窗前帷幕垂下来了,中间的门紧紧地掩了,由门上玻璃望出去,花园的景物都掩埋在黑暗里,除了偶尔天空闪过一片耀目的电光,蓝森森的看见树同电线杆,一瞬又是黑漆漆的。

周朴园　(放下文件,呵欠,疲倦地伸一伸腰)来人啦!(取眼镜,擦目,声略高)来人!(擦着眼镜,走到左边饭厅门口,又恢复平常的声调)这儿有人么?(外面闪电,停,走到右边柜前,按铃。无意中又望见侍萍的相片,拿起,戴上眼镜看)
　　　　　〔仆人上。
仆　人　老爷!
周朴园　我叫了你半天。
仆　人　外面下雨,听不见。
周朴园　(指钟)钟怎么停了?
仆　人　(解释地)每次总是四凤上的,今天她走了,这件事就忘了。
周朴园　什么时候了?
仆　人　嗯,——大概有两点钟了。
周朴园　刚才我叫帐房汇一笔钱到济南去,他们弄清楚了没有?
仆　人　您说寄给济南一个,一个姓鲁的,是么?
周朴园　嗯。
仆　人　预备好了。
　　　　　〔外面闪电,朴园回头望花园。
周朴园　藤萝架那边的电线,太太叫人来修理了么?
仆　人　叫了,电灯匠说下着大雨不好修理,明天再来。
周朴园　那不危险么?
仆　人　可不是么?刚才大少爷的狗走过那儿,碰着那根电线,就给电死了。现在那儿已经用绳子圈起来,没有人走那儿。
周朴园　哦。——什么,现在几点了?
仆　人　两点多了。老爷要睡觉么?
周朴园　你请太太下来。
仆　人　太太睡觉了。
周朴园　(无意地)二少爷呢?

仆　人　早睡了。
周朴园　那么,你看看大少爷。
仆　人　大少爷吃完饭出去,还没有回来。
　　　　〔沉默半晌。
周朴园　(走回沙发前坐下,寂寞地)怎么这屋子一个人也没有?
仆　人　是,老爷,一个人也没有。
周朴园　今天早上没有一个客来。
仆　人　是,老爷。外面下着很大的雨,有家的都在家里呆着。
周朴园　(呵欠,感到更深的空洞)家里的人也只有我一个人还在醒着。
仆　人　是,差不多都睡了。
周朴园　好,你去吧。
仆　人　您不要什么东西么?
周朴园　我不要什么。
　　　　〔仆人由中门下。朴园站起来,在厅中来回沉闷地踱着,又停在右边柜前,拿起侍萍的相片。开了中间的灯。
　　　　〔周冲由饭厅上。
周　冲　(没想到父亲在这儿)爸!
周朴园　(露喜色)你——你没有睡?
周　冲　嗯。
周朴园　找我么?
周　冲　不,我以为母亲在这儿。
周朴园　(失望)哦——你母亲在楼上。
周　冲　没有吧,我在她的门上敲了半天,她的门锁着。——是的,那也许。——爸,我走了。
周朴园　冲儿,(周冲立)不要走。
周　冲　爸,您有事?
周朴园　没有。(慈爱地)你现在怎么还不睡?
周　冲　(服从地)是,爸,我睡晚了,我就睡。
周朴园　你今天吃完饭把克大夫给的药吃了么?
周　冲　吃了。
周朴园　打了球没有?
周　冲　嗯。
周朴园　快活么?
周　冲　嗯。
周朴园　(立起,拉起他的手)为什么,你怕我么?
周　冲　是,爸爸。
周朴园　(干涩地)你像是有点不满意我,是么?
周　冲　(窘迫)我,我说不出来,爸。
　　　　〔半晌。
　　　　〔朴园走回沙发,坐下叹一口气。招周冲来,周冲走近。

雷雨(第四幕)

周朴园　（寂寞地）今天——呃，爸爸有一点觉得自己老了。（停）你知道么？
周　冲　（冷淡地）不，不知道，爸。
周朴园　（忽然）你怕你爸爸有一天死了，没有人照拂你，你不怕么？
周　冲　（无表情地）嗯，怕。
周朴园　（想自己的儿子亲近他，可亲地）你今天早上说要拿你的学费帮一个人，你说说看，我也许答应你。
周　冲　（悔怨地）那是我糊涂，以后我不会这样说话了。
〔半晌。
周朴园　（恳求地）后天我们就搬新房子，你不喜欢么？
周　冲　嗯。
〔半晌。
周朴园　（责备地望着周冲）你对我说话很少。
周　冲　（无神地）嗯，我——我说不出，您平时总像不愿意见我们似的。（嗫嚅地）您今天有点奇怪，我——我——
周朴园　（不愿他向下说）嗯，你去吧！
周　冲　是，爸爸。
〔周冲由饭厅下。
〔朴园失望地看着他儿子下去，立起，拿起侍萍的照片，寂寞地呆望着四周。关上立灯，面向书房。
〔蘩漪由中门上。不做声地走进来，雨衣上的水还在往下滴，发鬓有些湿。颜色是很惨白，整个面部像石膏的塑像。高而白的鼻梁，薄而红的嘴唇死死地刻在脸上，如刻在一个严峻的假面上，整个脸庞是无表情的，只有她的眼睛烧着心内的疯狂的火，然而也是冷酷的，爱和恨烧尽了女人一切的仪态，她像是厌弃了一切，只有计算着如何报复的心念在心中起伏。
〔她看见朴园，他惊愕地望着她。
周蘩漪　（毫不奇怪地）还没有睡？（立在中门前，不动）
周朴园　你？（走近她，粗而低的声音）你上哪儿去了？（望着她，停）冲儿找你一晚上。
周蘩漪　（平常地）我出去走走。
周朴园　这样大的雨，你出去走？
周蘩漪　嗯，——（忽然报复地）我有神经病。
周朴园　我问你，你刚才在哪儿？
周蘩漪　（厌恶地）你不用管。
周朴园　（打量她）你的衣服都湿了，还不脱了它？
周蘩漪　（冷冷地，有意义地）我心里发热，我要在外面冰一冰。
周朴园　（不耐烦地）不要胡言乱语的，你刚才究竟上哪儿去了？
周蘩漪　（无神地望着他，清楚地）在你的家里！
周朴园　（烦恶地）在我的家里？
周蘩漪　（觉得报复的快感，微笑）嗯，在花园里赏雨。
周朴园　一夜晚？
周蘩漪　（快意地）嗯，淋了一夜晚。

〔半晌，朴园惊疑地望着她，蘩漪像一座石像似地仍站在门前。

周朴园　蘩漪，我看你上楼去歇一歇吧。
周蘩漪　(冷冷地)不，不，(忽然)你拿的什么？(轻蔑地)哼，又是那个女人的相片！(伸手拿)
周朴园　你可以不看，萍儿母亲的。
周蘩漪　(抢过去了，前走了两步，就向灯下看)萍儿的母亲很好看。
〔朴园没有理她，在沙发上坐下。
周蘩漪　我问你，是不是？
周朴园　嗯。
周蘩漪　样子很温存的。
周朴园　(眼睛望着前面)
周蘩漪　她很聪明。
周朴园　(冥想)嗯。
周蘩漪　(高兴地)真年轻。
周朴园　(不自觉地)不，老了。
周蘩漪　(想起)她不是早死了么？
周朴园　嗯，对了，她早死了。
周蘩漪　(放下相片)奇怪，我像是在哪儿见过似的。
周朴园　(抬起头，疑惑地)不，不会吧。——你在哪儿见过她吗？
周蘩漪　(忽然)她的名字很雅致，侍萍，侍萍，就是有点丫头气。
周朴园　好，我看你睡去吧。(立起，把相片拿起来)
周蘩漪　拿这个做什么？
周朴园　后天搬家，我怕掉了。
周蘩漪　不，不，(从他手中取过来)放在这儿一晚上，(怪样地笑)不会掉的，我替你守着她。(放在桌上)
周朴园　不要装疯！你现在有点胡闹！
周蘩漪　我是疯了。请你不用管我。
周朴园　(愠怒)好，你上楼去吧，我要一个人在这儿歇一歇。
周蘩漪　不，我要一个人在这儿歇一歇，我要你给我出去。
周朴园　(严肃地)蘩漪，你走，我叫你上楼去！
周蘩漪　(轻蔑地)不，我不愿意。我告诉你，(暴躁地)我不愿意。
〔半晌。
周朴园　(低声)你要注意这儿(指头)，记着克大夫的话，他要你静静地，少说话。明天克大夫还来，我已经替你请好了。
周蘩漪　谢谢你！(望着前面)明天？哼！
〔周萍低头由饭厅走出，神色忧郁，走向书房。
周朴园　萍儿。
周　萍　(抬头，惊讶)爸！您还没有睡。
周朴园　(责备地)怎么，现在才回来？
周　萍　不，爸，我早回来，我出去买东西去了。

周朴园　你现在做什么？
周　萍　我到书房，看看爸写的介绍信在那儿没有。
周朴园　你不是明天早车走么？
周　萍　我忽然想起今天夜晚两点半有一趟车，我预备现在就走。
周繁漪　（忽然）现在？
周　萍　嗯。
周繁漪　（有意义地）心里就这样急么？
周　萍　是，母亲。
周朴园　（慈爱地）外面下着大雨，半夜走不大方便吧？
周　萍　这时走，明天日初到，找人方便些。
周朴园　信就在书房书桌上，你要现在走也好。
　　　　〔周萍点头，走向书房。
周朴园　你不用去！（向繁漪）你到书房把信替他拿来。
周繁漪　（看朴园，不信任地）嗯！
　　　　〔繁漪进书房。
周朴园　（望繁漪出，谨慎地）她不愿上楼，回头你先陪她到楼上去，叫底下人好好地伺候她睡觉。
周　萍　（无法地）是，爸爸。
周朴园　（更小心）你过来！（周萍走近，低声）告诉底下人，叫他们小心点，（烦恶地）我看她的病更重，刚才她忽然一个人出去了。
周　萍　出去了？
周朴园　嗯。（严重地）在外面淋了一夜晚的雨，说话也非常奇怪，我怕这不是好现象。——（觉得凶兆来了似的）我老了，我愿意家里平平安安地……
周　萍　（不安地）我想爸爸只要把事不看得太严重了，事情就会过去的。
周朴园　（畏缩地）不，不，有些事简直是想不到的。天意很——有点古怪，今天一天叫我忽然悟到为人太——太冒险，太——太荒唐，（疲倦地）我累得很。（如释重负）今天大概是过去了。（自慰地）我想以后——不该，再有什么风波。（不寒而栗地）不，不该！
　　　　〔繁漪持信上。
周繁漪　（嫌恶地）信在这儿！
周朴园　（如梦初醒，向周萍）好，你走吧，我也想睡了。（振起喜色）嗯！后天我们一定搬新房子，（向繁漪）你好好地休息两天。
周繁漪　（盼望他走）嗯，好。
　　　　〔朴园由书房下。
周繁漪　（见朴园走出，阴沉地）这么说你是一定要走了。
周　萍　（声略带愤）嗯。
周繁漪　（忽然急躁地）刚才你父亲对你说什么？
周　萍　（闪避地）他说要我陪你上楼去，请你睡觉。
周繁漪　（冷笑）他应当叫几个人把我拉上去，关起来。
周　萍　（故意装做不明白）你这是什么意思？

周繁漪　（迸发）你不用瞒我。我知道，我知道，（辛酸地）他说我是神经病，疯子，我知道他，要你这样看我，他要什么人都这样看我。

周　萍　（心怪）不，你不要这样想。

周繁漪　（奇怪的神色）你？你也骗我？（低声，阴郁地）我从你们的眼神看出来，你们父子都愿我快成疯子！（刻毒地）你们——父亲同儿子——偷偷在我背后说冷话，说我，笑我，在我背后计算着我。

周　萍　（镇静自己）你不要神经过敏，我送你上楼去。

周繁漪　（突然地，高声）我不要你送，走开！（抑制地，恨恶地，低声）我还用不着你父亲偷偷地，背着我，叫你小心，送一个疯子上楼。

周　萍　（抑制着自己的烦嫌）那么，你把信给我，让我自己走吧。

周繁漪　（不明白地）你上哪儿？

周　萍　（不得已地）我要走，我要收拾收拾我的东西。

周繁漪　（忽然冷静地）我问你，你今天晚上上哪儿去了？

周　萍　（敌对地）你不用问，你自己知道。

周繁漪　（低声，恐吓地）到底你还是到她那儿去了。

　　　　〔半晌，繁漪望周萍，周萍低头。

周　萍　（断然，阴沉地）嗯，我去了，我去了，（挑战地）你要怎么样？

周繁漪　（软下来）不怎么样。（强笑）今天下午的话我说错了，你不要怪我。我只问你走了以后，你预备把她怎么样？

周　萍　以后？——（贸然地）我要她！

周繁漪　（突如其来地）娶她？

周　萍　（决定地）嗯。

周繁漪　（刺心地）父亲呢？

周　萍　（淡然）以后再说。

周繁漪　（神秘地）萍，我现在给你一个机会。

周　萍　（不明白）什么？

周繁漪　（劝诱地）如果今天你不走，你父亲那儿我可以替你想法子。

周　萍　不必，这件事我认为光明正大，我可以跟任何人谈。——她——她不过就是穷点。

周繁漪　（愤然）你现在说话很像你的弟弟。——（忧郁地）萍！

周　萍　干什么？

周繁漪　（阴郁地）你知道你走了以后，我会怎么样？

周　萍　不知道。

周繁漪　（恐惧地）你看看你的父亲，你难道想象不出？

周　萍　我不明白你的话。

周繁漪　（指自己的头）就在这儿；你不知道么？

周　萍　（似懂非懂地）怎么讲？

周繁漪　（好像在叙述别人的事情）第一，那位专家，克大夫免不了会天天来的，要我吃药，逼我吃药。吃药，吃药，吃药！渐渐伺候着我的人一定多，守着我，像看个怪物似地守着我。他们——

周　　萍　（烦）我劝你，不要这样胡想，好不好？

周繁漪　（不顾地）他们渐渐学会了你父亲的话，"小心，小心点，她有点疯病！"到处都偷偷地在我背后低着声音说话，叽咕着。慢慢地无论谁都要小心点，不敢见我，最后铁链子锁着我，那我真就成了疯子了。

周　　萍　（无办法）唉！（看表）不早了，给我信吧，我还要收拾东西呢。

周繁漪　（恳求地）萍，这不是不可能的。（乞怜地）萍，你想一想，你就一点——就一点无动于衷么？

周　　萍　你——（故意恶狠地）你自己要走这一条路，我有什么办法？

周繁漪　（愤怒地）什么，你忘记你自己的母亲也是被你父亲气死的么？

周　　萍　（一了百了，更狠毒地激惹她）我母亲不像你，她懂得爱！她爱她自己的儿子，她没有对不起我父亲。

周繁漪　（爆发，眼睛射出疯狂的火）你有权利说这种话么？你忘了就在这屋子，三年前的你么？你忘了你自己才是个罪人；你忘了，我们——（突停，压制自己，冷笑）哦，这是过去的事，我不提了。

〔周萍低头，身发颤，坐沙发上，悔恨抓着他的心，面上筋肉成不自然的拘挛。

周繁漪　（她转向他，哭声，失望地说着）哦，萍，好了。这一次我求你，最后一次求你。我从来不肯对人这样低声下气说话，现在我求你可怜可怜我，这家我再也忍受不住了。（哀婉地诉出）今天这一天我受的罪过你都看见了，这样子以后不是一天，是整月，整年地，以至到我死，才算完。他厌恶我，你的父亲；他知道我明白他的底细，他怕我。他愿意人人看我是怪物，是疯子，萍！——

周　　萍　（心乱）你，你别说了。

周繁漪　（急迫地）萍，我没有亲戚，没有朋友，没有一个可信的人，我现在求你，你先不要走——

周　　萍　（躲闪地）不，不成。

周繁漪　（恳求地）即使你要走，你带我也离开这儿——

周　　萍　（恐惧地）什么。你简直胡说！

周繁漪　（恳求地）不，不，你带我走，——带我离开这儿，（不顾一切地）日后，甚至于你要把四凤接来——一块儿住，我都可以，只要，（热烈地）只要你不离开我。

周　　萍　（惊惧地望着她，退后，半晌，颤声）我——我怕我真疯了！

周繁漪　（安慰地）不，你不要这样说话。只有我明白你，我知道你的弱点，你也知道我的。你什么我都清楚。（诱惑地笑，向周萍奇怪地招着手，更诱惑地笑）你过来，你——你怕什么？

周　　萍　（望着她，忍不住地狂喊出来）哦，我不要你这样笑！（更重）不要你这样对我笑！（苦恼地打着自己的头）哦，我恨我自己，我恨，我恨我为什么要活着。

周繁漪　（酸楚地）我这样累你么？然而你知道我活不到几年了。

周　　萍　（痛苦地）你难道不知道这种关系谁听着都厌恶么？你明白我每天喝酒胡闹就因为自己恨——恨我自己么？

周繁漪　（冷冷地）我跟你说过多少遍，我不这样看，我的良心不是这样做的。（郑重地）萍，今天我做错了，如果你现在听我的话，不离开家，我可以再叫四凤回来。

周　　萍　什么？

周繁漪　（清清楚楚地）叫她回来还来得及。
周　萍　（走到她面前，声沉重，慢说）你给我滚开！
周繁漪　（顿，又缓缓地）什么？
周　萍　你现在不像明白人，你上楼睡觉去吧。
周繁漪　（明白自己的命运）那么，完了。
周　萍　（疲倦地）嗯，你去吧。
周繁漪　（绝望，沉郁地）刚才我在鲁家看见你同四凤。
周　萍　（惊）什么，你刚才是到鲁家去了？
周繁漪　（坐下）嗯，我在他们家附近站了半天。
周　萍　（悔惧）什么时候你在那里？
周繁漪　（低头）我看着你从窗户进去。
周　萍　（急切）你呢？
周繁漪　（无神地望着前面）就走到窗户前面站着。
周　萍　那么有一个女人叹气的声音是什么？
周繁漪　嗯。
周　萍　后来，你又在那里站多半天？
周繁漪　（慢而清朗地）大概是直等到你走。
周　萍　哦！（走到她身旁，低声）那窗户是你关上的，是么？
周繁漪　（更低的声音，阴沉地）嗯，我。
周　萍　（恨极，恶毒地）你是我想不到的一个怪物！
周繁漪　（抬起头）什么？
周　萍　（暴烈地）你真是一个疯子！
周繁漪　（无表情地望着他）你要怎么样？
周　萍　（狠恶地）我要你死！再见吧！
　　　　〔周萍由饭厅急走下，门猝然地关上。
周繁漪　（呆滞地坐了一下，望着饭厅的门。瞥见侍萍的相片，拿在手上，低声，阴郁地）这是你的孩子！（缓缓扯下硬卡片贴的相片，一片一片地撕碎。沉静地立起来，走了两步）奇怪，心里静的很！
　　　　〔中门轻轻推开，繁漪回头，鲁贵缓缓地走进来。他的狡黠的眼睛，望着她笑着。
鲁　贵　（鞠躬，身略弯）太太，您好。
周繁漪　（略惊）你来做什么？
鲁　贵　（假笑）给您请安来了。我在门口等了半天。
周繁漪　（镇静）哦，你刚才在门口？
鲁　贵　（低声）对了。（更秘密地）我看见大少爷正跟您打架，我——（假笑）我就没敢进来。
周繁漪　（沉静地，不为所迫）你原来要做什么？
鲁　贵　（有把握地）原来我倒是想报告给太太，说大少爷今天晚上喝醉了，跑到我们家里去。现在太太既然是也去了，那我就不必多说了。
周繁漪　（嫌恶地）你现在想怎么样？

鲁　贵　（倨傲地）我想见见老爷。

周繁漪　老爷睡觉了，你要见他什么事？

鲁　贵　没有什么，要是太太愿意办，不找老爷也可以。——（着重，有意义地）都看太太要怎么样。

周繁漪　（半响，忍下来）你说吧，我也许可以帮你的忙。

鲁　贵　（重复一遍，狡黠地）要是太太愿意做主，不叫我见老爷，多麻烦，（假笑）那就大家都省事了。

周繁漪　（仍不露声色）什么，你说吧。

鲁　贵　（谄媚地）太太做了主，那就是您积德了。——我们只是求太太还赏饭吃。

周繁漪　（不高兴地）你，你以为我——（转缓和）好，那也没有什么。

鲁　贵　（得意地）谢谢太太。（伶俐地）那么就请太太赏个准日子吧。

周繁漪　（爽快地）你们在搬了新房子后一天来吧。

鲁　贵　（行礼）谢谢太太恩典！（忽然）我忘了，太太，您没见着二少爷么？

周繁漪　没有。

鲁　贵　您刚才不是叫二少爷赏给我们一百块钱么？

周繁漪　（烦厌地）嗯？

鲁　贵　（婉转地）可是，可是都叫我们少爷回了。

周繁漪　你们少爷？

鲁　贵　（解释地）就是大海——我那个狗食的儿子。

周繁漪　怎么样？

鲁　贵　（很文雅地）我们的侍萍，实在还不知道呢。

周繁漪　（惊，低声）侍萍？（沉下脸）谁是侍萍？

鲁　贵　（以为自己被轻视了，侮慢地）侍萍就是侍萍，我的家里的——，就是鲁妈。

周繁漪　你说鲁妈，她叫侍萍？

鲁　贵　（自夸地）她也念过书。名字是很雅气的。

周繁漪　"侍萍"，那两个字怎么写，你知道么？

鲁　贵　我，我，（为难，勉强笑出来）我记不得了。反正那个萍字是跟大少爷名字的萍我记得是一样的。

周繁漪　哦！（忽然把地上撕破的相片碎片拿起来对上，给他看）你看看，这个人你认识不认识？

鲁　贵　（看了一会，抬起头）不认识，太太。

周繁漪　（急切地）你认识的人没有一个像她的么？（略停）你想想看，往近处想。

鲁　贵　（摇头）没有一个，太太，没有一个。（突然疑惧地）太太，您怎么？

周繁漪　（回思，自己疑惑）多半我是胡思乱想。（坐下）

鲁　贵　（贪婪地）啊，太太，您刚才不是赏我们一百块么？可是我们大海又把钱回了，您想，——

〔中门渐渐推开。

鲁　贵　（回头）谁？

〔大海由中门进，衣服俱湿，脸色阴沉，眼不安地向四面望，疲倦，憎恨在他举动里显明地露出来。繁漪惊讶地望着他。

鲁大海　（向鲁贵）你在这儿！
鲁　贵　（讨厌他的儿子）嗯，你怎么进来的？
鲁大海　（冰冷地）铁门关着，叫不开，我爬墙进来的。
鲁　贵　你现在来这儿干什么？你为什么不看看你妈，找四凤怎么样了？
鲁大海　（用一块湿手巾擦着脸上的雨水）四凤没找着，妈在门外等着呢。（沉重地）你看见四凤了么？
鲁　贵　（轻蔑）没有，我没有看见。（觉得大海小题大做，烦恶地皱着眉毛）不要管她，她一会儿就会回家。（走近大海）你跟我回去。周家的事情也妥了，都完了，走吧！
鲁大海　我不走。
鲁　贵　你要干什么？
鲁大海　你也别走，——你先给我把这儿大少爷叫出来，我找不着他。
鲁　贵　（疑惧地，摸着自己的下巴）你要怎么样？我刚弄好，你是又要惹祸？
鲁大海　（冷静地）没有什么，我只想跟他谈谈。
鲁　贵　（不信地）我看你不对，你大概又要——
鲁大海　（暴躁地，抓着鲁贵的领口）你找不找？
鲁　贵　（怯弱地）我找，我找，你先放下我。
鲁大海　好，（放开他）你去吧。
鲁　贵　大海，你，你得答应我，你可是就跟大少爷说两句话，你不会——
鲁大海　嗯，我告诉你，我不是打架来的。
鲁　贵　真的？
鲁大海　（可怕地走到鲁贵的面前，低声）你去不去？
鲁　贵　我，我，大海，你，你——
周繁漪　（镇静地）鲁贵，你去叫他出来，我在这儿，不要紧的。
鲁　贵　也好，（向大海）可是我请完大少爷，我就从那门走了，我，（笑）我有点事。
鲁大海　（命令地）你叫他们把门开开，让妈进来，领她在房里避一避雨。
鲁　贵　好，好，（向饭厅下）完了，我可有事。我就走了。
鲁大海　站住！（走前一步，低声）你进去，要是不找他出来就一人跑了，你可小心我回头在家里，——哼！
鲁　贵　（生气）你，你，你——（低声，自语）这个小王八蛋！（没法子，走进饭厅下）
周繁漪　（立起）你是谁？
鲁大海　（粗鲁地）四凤的哥哥。
周繁漪　（柔声）你是到这儿来找她么？你要见我们大少爷么？
鲁大海　嗯。
周繁漪　（眼色阴沉地）我怕他会不见你。
鲁大海　（冷静地）那倒许。
周繁漪　（缓缓地）听说他现在就要上车。
鲁大海　（回头）什么！
周繁漪　（阴沉的暗示）他现在就要走。
鲁大海　（愤怒地）他要跑了，他——

周繁漪　嗯,他——

〔周萍由饭厅上,脸上有些慌,他看见大海,勉强地点一点头,声音略有点颤,他极力在镇静自己。

周　萍　(向大海)哦!

鲁大海　好。你还在这儿,(回头)你叫这位太太走开,我有话要跟你一个人说。

周　萍　(望着繁漪,她不动,再走到她面前)请您上楼去吧。

周繁漪　好!(昂首由饭厅下)

〔半晌。二人都紧紧地握着拳,大海愤愤地望着他,二人不动。

周　萍　(耐不住,声略颤)没想到你现在到这儿来。

鲁大海　(阴沉沉)听说你要走。

周　萍　(惊,略镇静,强笑)不过现在也赶得上,你来得还是时候,你预备怎么样?我已经准备好了。

鲁大海　(狠恶地笑一笑)你准备好了?

周　萍　(沉郁地望着他)嗯。

鲁大海　(走到他面前)你!(用力地击着周萍的脸,方才的创伤又破,血向下流)

周　萍　(握着拳抑制自己)你,你,——(忍下去,由袋内抽出白绸手绢擦脸上的血)

鲁大海　(切齿地)哼?现在你要跑了!

〔半晌。

周　萍　(压下自己的怒气,辩白地,故意用低沉的声音)我早有这个计划。

鲁大海　(恶狠地笑)早有这个计划?

周　萍　(平静下来)我以为我们中间误会太多。

鲁大海　误会?(看自己手上的血,擦在身上)我对你没有误会,我知道你是没有血性,只顾自己的一个十足的混蛋。

周　萍　(柔和地)我们两次见面,都是我性子最坏的时候,叫你得着一个最坏的印象。

鲁大海　(轻蔑地)不用推托,你是个少爷,你心地混帐,你们都是吃饭太容易,有劲儿不知道怎样使,就拿着穷人家的女儿开开心,完了事可以不负一点儿责任。

周　萍　(看出大海的神气,失望地)现在我想辩白是没有用的。我知道你是有目的而来的。(平静地)你把你的枪或者刀拿出来吧。我愿意任你收拾我。

鲁大海　(侮蔑地)你会这样大方,——在你家里,你很聪明!哼,可是你不值得我这样,我现在还不愿意拿我这条有用的命换你这半死的东西。

周　萍　(直视大海,有勇气地)我想你以为我现在是怕你。你错了,与其说我怕你,不如说我怕我自己;我现在做错了一件事,我不愿做错第二件事。

鲁大海　(嘲笑地)我看像你这种人,活着就错了。刚才要不是我的母亲,我当时就宰了你!(恐吓地)现在你的命还在我的手心里。

周　萍　我死了,那是我的福气。(辛酸地)你以为我怕死,我不,我不,我恨活着,我欢迎你来。我够了,我是活厌了的人。

鲁大海　(厌恨地)哦,你——活厌了,可是你还拉着我年轻的糊涂妹妹陪着你,陪着你。

周　萍　(无法,强笑)你说我自私么?你以为我是真没有心肝,跟她开开心就完了么?你问问你的妹妹,她知道我是真爱她。她现在就是我能活着的一点生机。

鲁大海　你倒说得很好!(突然)那你为什么——为什么不娶她?

周　萍	（略顿）那就是我最恨的事情。我的环境太坏。你想想我这样的家庭怎么允许有这样的事。
鲁大海	（辛辣地）哦，所以你就可以一面表示你是真心爱她，跟她做出什么不要脸的事都可以，一面你还得想着你的家庭，你的董事长爸爸。他们叫你随便就丢掉她，再娶一个门当户对的阔小姐来配你，对不对？
周　萍	（忍耐不下）我要你问问四凤，她知道我这次出去，是离开了家庭，设法脱离了父亲，有机会好跟她结婚的。
鲁大海	（嘲弄）你推得很好。那么像你深更半夜的，刚才跑到我家里，你怎样推托呢？
周　萍	（迸发，激烈地）我所说的话不是推托，我也用不着跟你推托，我现在看你是四凤的哥哥，我才这样说。我爱四凤，她也爱我，我们都年轻，我们都是人，两个人天天在一起，结果免不了有点荒唐。然而我相信我以后会对得起她，我会娶她做我的太太，我没有一点亏心的地方。
鲁大海	这么，你反而很有理了。可是，董事长大少爷，谁相信你会爱上一个工人的妹妹，一个当老妈子的穷女儿？
周　萍	（略顿，嗫嚅）那，那——那我也可以告诉你。有一个女人逼着我，激成我这样的。
鲁大海	（紧张地，低声）什么，还有一个女人？
周　萍	嗯，就是你刚才见过的那位太太。
鲁大海	她？
周　萍	（苦恼地）她是我的后母！——哦，我压在心里多少年，我当谁也不敢说——她念过书，她受了很好的教育，她，她，——她看见我就跟我发生感情，她要我——（突停）那自然我也要负一部分责任。
鲁大海	四凤知道么？
周　萍	她知道，我知道她知道。（含着苦痛的眼泪，苦闷地）那时我太糊涂，以后我越过越怕，越恨，越厌恶。我恨这种不自然的关系，你懂么？我要离开她，然而她不放松我。她拉着我，不放我。她是个鬼，她什么都不顾忌。我真活厌了，你明白么？我喝酒，胡闹，我只要离开她，我死都愿意。她叫我恨一切受过好教育，外面都装得很正经的女人。过后我见着四凤，四凤叫我明白，叫我又活了一年。
鲁大海	（不觉吐出一口气）哦。
周　萍	这些话多少年我对谁也说不出的，然而——（缓慢地）奇怪，我忽然跟你说了。
鲁大海	（阴沉地）那大概是你父亲的报应。
周　萍	（没想到，厌恶地）你，你胡说！（觉得方才太冲动，对一个这么不相识的人说出心中的话。半响，镇静下，自己想方才脱口说出的原因，忽然，慢慢地）我告诉你，因为我认你是四凤的哥哥，我要你相信我的诚心，我没有一点骗她。
鲁大海	（略露善意）那么你真预备要四凤么？你知道四凤是个傻孩子，她不会再嫁第二个人。
周　萍	（诚恳地）嗯，我今天走了，过了一二个月，我就来接她。
鲁大海	可是董事长少爷，这样的话叫人相信么？
周　萍	（由衣袋取出一封信）你可以看这封信，这是我刚才写给她的，就说的这件事。

鲁大海　（故意闪避地）用不着给我看，我——没有工夫！

周　萍　（半响，抬头）那我现在再没有什么旁的保证，你口袋里那件杀人的家伙是我的担保。你再不相信我，我现在人还是在你手里。

鲁大海　（辛酸地）周大少爷，你想想这样我就完了么？（恶狠地）你觉得我真愿意我的妹妹嫁给你这种东西么？（忽然拿出自己的手枪来）

周　萍　（惊慌）你要怎么样？

鲁大海　（恨恶地）我要杀了你。你父亲虽坏，看着还顺眼。你真是世界上最用不着，最没有劲的东西。

周　萍　哦。好，你来吧！（骇惧地闭上目）

鲁大海　可是——（叹一口气，递手枪与周萍）你还是拿去吧。这是你们矿上的东西。

周　萍　（莫明其妙地）怎么？（接下枪）

鲁大海　（苦闷地）没有什么。老太太们最糊涂。我知道我的妈。我妹妹是她的命，只要你能够多叫四凤好好地活着，我只好不提什么了。

　　　〔萍还想说话，大海挥手，叫他不必再说，周萍沉郁地到桌前把枪放好。

鲁大海　（命令地）那么请你把我的妹妹叫出来吧。

周　萍　（奇怪）什么？

鲁大海　四凤啊——她自然在你这儿。

周　萍　没有，没有。我以为她在你们家里呢。

鲁大海　（疑惑地）那奇怪，我同我妈在雨里找了她两个钟头，不见她。我想自然在这儿。

周　萍　（担心）她在雨里走了两个钟头，她——她没有到旁的地方去么？

鲁大海　（肯定地）半夜里她会到哪儿去？

周　萍　（突然恐惧）啊，她不会——（坐下呆望）

鲁大海　（明白）你以为——不，她不会，（轻蔑地）不，我想她没有这个胆量。

周　萍　（颤抖地）不，她会的。你不知道她。她爱脸，她性子强，她——不过她应当先见我，她（仿佛已经看见她溺在河里）不该这样冒失。

　　　〔半响。

鲁大海　（忽然）哼，你装得好，你想骗过我，你？——她在你这儿！她在你这儿！

　　　〔外面远处口哨声。

周　萍　（以手止之）不，你不要嚷。（哨声近，喜色）她，来了！我听见她！

鲁大海　什么？

周　萍　这是她的声音，我们每次见面，是这样的。

鲁大海　她在哪儿？

鲁大海　大概就在花园里？

　　　〔周萍开窗吹哨，应声更近。

周　萍　（回头，眼含着眼泪，笑）她来了！

　　　〔中门敲门声。

周　萍　（向大海）你先暂时在旁边屋子躲一躲，她没想到你在这儿。我想她再受不得惊了。

　　　〔忙引大海至饭厅门，大海下。

〔外面的声音：(低)萍！

周　　萍　（忙跑至中门）凤儿！（开门）进来！
　　　　　〔四凤由中门进，头发散乱，衣服湿透，眼泪同雨水流在脸上，眼角粘着淋漓的鬓发，衣裳贴着皮肤，雨后的寒冷逼着她发抖，她的牙齿上下地震战着。她见周萍如同失路的孩子再见着母亲，呆呆地望着他。

鲁四凤　　萍！
周　　萍　（感动地）凤。
鲁四凤　　（胆怯地）没有人吧。
周　　萍　（难过，怜悯地）没有。（拉着她的手）
鲁四凤　　（放开胆）哦！萍！（抱着周萍抽咽）
周　　萍　（如许久未见她）你怎么，你怎么会这样？你怎么会找着我？（止不住地）你怎么进来的？
鲁四凤　　我从小门偷进来的。
周　　萍　凤，你的手冰凉，你先换一换衣服。
鲁四凤　　不；萍，（抽咽）让我先看看你。
周　　萍　（引她到沙发，坐在自己一旁，热烈地）你，你上哪儿去了，凤？
鲁四凤　　（看看他，含着眼泪微笑）萍，你还在这儿，我好像隔了多年一样。
周　　萍　（顺手拿起沙发上的一床紫线毯给她围上）我可怜的凤儿，你怎么这样傻，你上哪儿去了？我的傻孩子！
鲁四凤　　（擦着眼泪，拉着周萍的手，周萍蹲在旁边）我一个人在雨里跑，不知道自己在哪儿。天上打着雷，前面我只看见模模糊糊的一片；我什么都忘了，我像是听见妈在喊我，可是我怕，我拚命地跑，我想找着我们门口那一条河跳。
周　　萍　（紧握着四凤的手）凤！
鲁四凤　　——可是不知怎么绕来绕去我总找不着。
周　　萍　哦，凤，我对不起你，原谅我，是我叫你这样，你原谅我，你不要怨我。
鲁四凤　　萍，我怎么也不会怨你的。我糊糊涂涂一碰到这儿，走到花园那电线杆底下，我忽然想死了。我知道一碰那根电线，我就可以什么都忘了。我爱我的母亲，我怕我刚才对她起的誓，我怕她说我这一声坏女儿，我情愿不活着。可是，我刚要碰那根电线，我忽然看见你窗户的灯，我想到你在屋子里。哦，萍，我突然觉得，我不能这样就死，我不能一个人死，我丢不了你。我想起来，世界大的很，我们可以走，我们只要一块儿离开这儿。萍啊，你——
周　　萍　（沉重地）我们一块儿离开这儿？
鲁四凤　　（急切地）就是这一条路，萍，我现在已经没有家，（辛酸地）哥哥恨死我，母亲我是没有脸见的。我现在什么都没有，我没有亲戚，没有朋友，我只有你，萍，（哀告地）你明天带我去吧。
　　　　　〔半响。
周　　萍　（沉重地摇着头）不，不——
鲁四凤　　（失望地）萍。
周　　萍　（望着她，沉重地）不，不——我们现在就走。
鲁四凤　　（不相信地）现在就走？

周　萍　（怜惜地）嗯,我原来打算一个人现在走,以后再来接你,不过现在不必了。

鲁四凤　（不信地）真的,一块儿走么?

周　萍　嗯,真的。

鲁四凤　（狂喜地,扔下线毯,立起,亲周萍的一手,一面擦着眼泪）真的,真的,真的,萍,你是我的救星,你是天底下顶好的人,你是我——哦,我爱你!（在他身下流泪）

周　萍　（感动地,用手绢擦着眼泪）凤,以后我们永远在一块儿了,不分开了。

鲁四凤　（自慰地,在周萍的怀里）嗯,我们离开这儿了,不分开了。

周　萍　（约束自己）好,凤,走以前我们先见见一个人。见完他我们就走。

鲁四凤　一个人?

周　萍　你哥哥。

鲁四凤　哥哥?

周　萍　他找你,他就在饭厅里头。

鲁四凤　（恐惧地）不,不,你不要见他,他恨你,他会害你的。走吧,我们就走吧。

周　萍　（安慰地）我已经见过他。——我们现在一定要见他一面,（不可挽回地）不然我们也走不了的。

鲁四凤　（胆怯）可是,萍,你——

　　　〔周萍走到饭厅门口,开门。

周　萍　（叫）鲁大海!鲁大海!——咦,他不在这儿,奇怪,也许他从饭厅的门出去了。（望着四凤）

鲁四凤　（走到周萍面前,哀告地）萍。不要管他,我们走吧。（拉他向中门去）我们就这样走吧。

　　　〔四凤拉周萍至中门,中门开,鲁妈与大海进。

　　　〔两点钟内鲁妈的样子另变了一个人。声音因为在雨里叫喊哭号已经喑哑,眼皮失望地向下垂,前额的皱纹很深地刻在上面,过度的刺激使她变成了呆滞,整个变成刻板的痛苦的模型。她的衣服像是已烘干了一部分,头发还有些湿,鬓角凌乱地贴着湿的头发。她的手在颤,很小心地走进来。

鲁四凤　（惊惧）妈!（畏缩）

　　　〔略顿,鲁妈哀怜地望着四凤。

鲁侍萍　（伸出手向四凤,哀痛地）凤儿,来!

　　　〔四凤跑至母亲面前,跪下。

鲁四凤　妈!（抱着母亲的膝）

鲁侍萍　（抚摸四凤的头顶,痛惜地）孩子,我的可怜的孩子。

鲁四凤　（泣不成声地）妈,饶了我吧,饶了我吧,我忘了您的话了。

鲁侍萍　（扶起四凤）你为什么早不告诉我?

鲁四凤　（低头）我疼您,妈,我怕,我不愿意有一点叫您不喜欢我,看不起我,我不敢告诉您。

鲁侍萍　（沉痛地）这还是你的妈太糊涂了,我早该想到的。（酸苦地）然而天,这谁又料得到,天底下会有这种事,偏偏又叫我的孩子们遇着呢?哦,你们妈的命太苦,我们的命也太苦了。

鲁大海　（冷淡地）妈，我们走吧，四凤先跟我们回去。——我已经跟他(指周萍)商量好了，他先走，以后他再接四凤。

鲁侍萍　（迷惑地）谁说的？谁说的？

鲁大海　（冷冷地望着鲁妈）妈，我知道您的意思，自然只有这么办。所以，周家的事我以后也不提了，让他们去吧。

鲁侍萍　（迷惑，坐下）什么？让他们去？

周　萍　（嗫嚅）鲁奶奶，请您相信我，我一定好好地待她，我们现在决定就走。

鲁侍萍　（拉着四凤的手，颤抖地）凤，你，你要跟他走？

鲁四凤　（低头，不得已紧握着鲁妈的手）妈，我只好先离开您了。

鲁侍萍　（忍不住）你们不能够在一块儿！

鲁大海　（奇怪地）妈，您怎么？

鲁侍萍　（站起）不，不成！

鲁四凤　（着急）妈！

鲁侍萍　（不顾她，拉着她的手）我们走吧。（向大海）你出去叫一辆洋车，四凤大概走不动了。我们走，赶快走。

鲁四凤　（死命地退缩）妈，您不能这样做。

鲁侍萍　不，不成！（呆滞地，单调地）走，走。

鲁四凤　（哀求）妈，您愿您的女儿急得要死在您的眼前么？

周　萍　（走向鲁妈前）鲁奶奶，我知道我对不起您。不过我能尽我的力量补我的错，现在事情已经做到这一步，您——

鲁大海　妈，(不懂地)您这一次，我可不明白了！

鲁侍萍　（不得已，严厉地）你先去雇车去！（向四凤）凤儿，你听着，我情愿你没有，我不能叫你跟他在一块儿。——走吧！

〔大海刚至门口，四凤喊一声。

鲁四凤　（喊）啊，妈，妈！（晕倒在母亲怀里）

鲁侍萍　（抱着四凤）我的孩子，你——

周　萍　（急）她晕过去了。

〔鲁妈按着她的前额，低声唤"四凤"忍不住地泣下。
〔周萍向饭厅跑。

鲁大海　不用去——不要紧，一点凉水就好。她小时就这样。

〔周萍拿凉水洒在她面上，四凤渐醒，面呈死白色。

鲁侍萍　（拿凉水灌四凤）凤儿，好孩子。你回来，你回来。——我的苦命的孩子。

鲁四凤　（口渐张眼睁开，喘出一口气）啊，妈！

鲁侍萍　（安慰地）孩子，你不要怪妈心狠，妈的苦说不出。

鲁四凤　（叹出一口气）妈！

鲁侍萍　什么？凤儿。

鲁四凤　我，我不能不告诉你，萍！

周　萍　凤，你好点了没有？

鲁四凤　萍，我，总是瞒着你；也不肯告诉您，（乞怜地望着鲁妈）妈，您——

鲁侍萍　什么，孩子，快说。

鲁四凤　（抽咽）我，我——（放胆）我跟他现在已经有……（大哭）

鲁侍萍　（切迫地）怎样，你说你有——（过受打击，不动）

周　萍　（拉起四凤的手）四凤！怎么，真的，你——

鲁四凤　（哭）嗯。

周　萍　（悲喜交集）什么时候？什么时候？

鲁四凤　（低头）大概已经三个月。

周　萍　（快慰地）哦，四凤，你为什么不告诉我，我的——

鲁侍萍　（低声）天哪。

周　萍　（走向鲁）鲁奶奶，您无论如何不要再固执哪，都是我错了，我求您！（跪下）我求您放了她吧。我敢保我以后对得起她，对得起您。

鲁四凤　（立起，走到鲁妈面前跪下）妈，您可怜可怜我们，答应我们，让我们走吧。

鲁侍萍　（不做声，坐着，发痴）我是在做梦。我的儿女，我自己生的儿女，三十年工夫——哦，天哪，（掩面哭，挥手）你们走吧，我不认得你们。（转过头去）

周　萍　谢谢您！（立起）我们走吧。凤！（四凤起）

鲁侍萍　（回头，不自主地）不，不能够！

〔四凤又跪下。

鲁四凤　（哀求）妈，您，您是怎么？我的心定了。不管他是富，是穷，不管他是谁，我是他的了。我心里第一个许了他，我看得见的只有他，妈，我现在到了这一步，他到哪儿我到哪儿；他是什么，我也跟他是什么。妈，您难道不明白，我——

鲁侍萍　（指手令她不要向下说，苦痛地）孩子。

鲁大海　妈，妹妹既然是闹到这样，让她去了也好。

周　萍　（阴沉地）鲁奶奶，您心里要是一定不放她，我们只好不顺从您的话，自己走了。凤！

鲁四凤　（摇头）萍！（还望着鲁妈）妈！

鲁侍萍　（沉重的悲伤，低声）啊，天知道谁犯了罪，谁造的这种孽！——他们都是可怜的孩子，不知道自己做的是什么。天哪，如果要罚，也罚在我一个人身上；我一个人有罪，我先走错了一步。（伤心地）如今我明白了，我明白了，事情已经做了的，不必再怨这不公平的天；人犯了一次罪过，第二次也就自然地跟着来。——（摸着四凤的头）他们是我的干净孩子，他们应当好好地活着，享着福。冤孽是在我心里头，苦也应当我一个人尝。他们快活，谁晓得就是罪过？他们年轻，他们自己并没有成心做了什么错事。（立起，望着天）今天晚上，是我让他们一块儿走，这罪过我知道，可是罪过我现在替他们犯了；所有的罪孽都是我一个人惹的，我的儿女们都是好孩子，心地干净的，那么，天，真有了什么，也就让我一个人担待吧。（回过头）凤儿，——

鲁四凤　（不安地）妈，您心里难过，——我不明白您说的什么。

鲁侍萍　（回转头。和蔼地）没有什么。（微笑）你起来，凤儿，你们一块儿走吧。

鲁四凤　（立起，感动地，抱着她的母亲）妈！

周　萍　去，（看表）不早了，还只有二十五分钟，叫他们把汽车开出来，走吧。

鲁侍萍　（沉静地）不，你们这次走，是在黑地里走，不要惊动旁人。（向大海）大海，你去叫车去，我要回去，你送他们到车站。

鲁大海　嗯。

〔大海由中门下。

鲁侍萍　（向四凤哀婉地）过来，我的孩子，让我好好地亲一亲。（四凤过来抱母；鲁妈向周萍）你也来，让我也看你一下。（周萍至前，低头，鲁妈望他擦眼泪）好，你们走吧——我要你们两个在未走以前答应我一件事。

周　萍　您说吧。

鲁侍萍　你们不答应，我还是不要四凤走的。

鲁四凤　妈，您说吧，我答应。

鲁侍萍　（看他们两人）你们这次走，最好越走越远，不要回头。今天离开，你们无论生死，永远也不许见我。

鲁四凤　（难过）妈，那不——

周　萍　（眼色，低声）她现在很难过，才说这样的话，过后，她就会好了的。

鲁四凤　嗯，也好，——妈，那我们走吧。

〔四凤跪下，向鲁妈叩头，四凤落泪，鲁妈竭力忍着。

鲁侍萍　（挥手）走吧！

周　萍　我们从饭厅里出去吧，饭厅里还放着我几件东西。

〔三人——周萍，四凤，鲁妈——走到饭厅门口，饭厅门开。蘩漪走出，三人俱惊视。

鲁四凤　（失声）太太！

周蘩漪　（沉稳地）咦，你们到哪儿去？外面还打着雷呢！

周　萍　（向蘩漪）怎么你一个人在外面偷听！

周蘩漪　嗯，不只我，还有人呢。（向饭厅上）出来呀，你！

〔周冲由饭厅上，畏缩地。

鲁四凤　（惊愕）二少爷！

周　冲　（不安地）四凤！

周　萍　（不高兴，向弟）弟弟，你怎么这样不懂事？

周　冲　（莫明其妙地）妈叫我来的，我不知道你们这是干什么。

周蘩漪　（冷冷地）现在你就明白了。

周　萍　（焦躁，向蘩漪）你这是干什么？

周蘩漪　（嘲弄地）我叫你弟弟来给你们送行。

周　萍　（气愤）你真卑——

周　冲　哥哥！

周　萍　弟弟，我对不起！——（突向蘩漪）不过世界上没有像你这样的母亲！

周　冲　（迷惑地）妈，这是怎么回事？

周蘩漪　你看哪！（向四凤）四凤，你预备上哪儿去？

鲁四凤　（嗫嚅）我……我……

周　萍　不要说一句瞎话。告诉他们，挺起胸来告诉他们，说我们预备一块儿走。

周　冲　（明白）什么，四凤，你预备跟他一块儿走？

鲁四凤　嗯，二少爷，我，我是——

周　冲　（半质问地）你为什么早不告诉我？

鲁四凤　我不是不告诉你；我跟你说过，叫你不要找我，因为我——我已经不是个好女人。

周　萍　（向四凤）不，你为什么说自己不好？你告诉他们！（指蘩漪）告诉他们，说你就要嫁我！

周　冲　（略惊）四凤，你——

周蘩漪　（向周冲）现在你明白了。（周冲低头）

周　萍　（突向蘩漪，刻毒地）你真没有一点心肝！你以为你的儿子会替——会破坏么？弟弟，你说，你现在有什么意思，你说，你预备对我怎么样？说！哥哥都会原谅你。

〔周冲望蘩漪，又望四凤，自己低头。

周蘩漪　冲儿，说呀！（半晌，急促）冲儿，你为什么不说话呀？你为什么不抓着四凤问？你为什么不抓着你哥哥说话呀？（又顿。众人俱看周冲，周冲不语）冲儿你说呀，你怎么，你难道是个死人？哑巴？是个糊涂孩子？你难道见着自己心上喜欢的人叫人抢去，一点儿都不动气么？

周　冲　（抬头，羔羊似地）不，不，妈！（又望四凤，低头）只要四凤愿意，我没有一句话可说。

周　萍　（走到周冲面前，拉着他的手）哦，我的好弟弟，我的明白弟弟！

周　冲　（疑惑地，思考地）不，不，我忽然发现……我觉得……我好像我并不是真爱四凤；（渺渺茫茫地）以前——我，我，我——大概是胡闹！

周　萍　（感激地）不过，弟弟——

周　冲　（望着周萍热烈的神色，退缩地）不，你把她带走吧，只要你好好地待她！

周蘩漪　（整个幻灭，失望）哦，你呀！（忽然，气愤）你不是我的儿子；你不像我，你——你简直是条死猪！

周　冲　（受侮地）妈！

周　萍　（惊）你是怎么回事？

周蘩漪　（昏乱地）你真没有点男子气，我要是你，我就打了她、烧了她、杀了她。你真是糊涂虫，没有一点生气的。你还是你父亲养的，你父亲的小绵羊。我看错你了——你不是我的，你不是我的儿子。

周　萍　（不平地）你是冲弟弟的母亲么？你这样说话。

周蘩漪　（痛苦地）萍，你说，你说出来；我不怕，你告诉他，我现在已经不是他的母亲。

周　冲　（难过地）妈，您怎么？

周蘩漪　（丢弃了拘束）我叫他来的时候，我早已忘了我自己，（向周冲，半疯狂地）你不要以为我是你的母亲，（高声）你的母亲早死了，早叫你父亲压死了，闷死了。现在我不是你的母亲。她是见着周萍又活了的女人，（不顾一切地）她也是要一个男人真爱她，要真真活着的女人！

周　冲　（心痛地）哦，妈。

周　萍　（眼色向周冲）她病了。（向蘩漪）你跟我上楼去吧！你大概是该歇一歇。

周蘩漪　胡说！我没有病，我没有病，我神经上没有一点病。你们不要以为我说胡话。（揩眼泪，哀痛地）我忍了多少年了，我在这个死地方，监狱似的周公馆，陪着一个阎王十八年了，我的心并没有死；你的父亲只叫我生了冲儿，然而我的心，我

　　　　　这个人还是我的。(指周萍)就只有他才要了我整个的人,可是他现在不要我,又不要我了。
周　冲　(痛极)妈,我最爱的妈,您这是怎么回事?
周　萍　你先不要管她,她在发疯!
周繁漪　(激烈地)不要学你的父亲。没有疯——我这是没有疯!我要你说,我要你告诉他们——这是我最后的一口气!
周　萍　(狼狈地)你叫我说什么?我看你上楼睡去吧。
周繁漪　(冷笑)你不要装!你告诉他们,我并不是你的后母。
　　　　〔大家俱惊,略顿。
周　冲　(无可奈何地)妈!
周繁漪　(不顾地)告诉他们,告诉四凤,告诉她!
鲁四凤　(忍不住)妈呀!(投入鲁妈怀)
周　萍　(望着弟弟,转向繁漪)你这是何苦!过去的事你何必说呢?叫弟弟一生不快活。
周繁漪　(失了母性,喊着)我没有孩子,我没有丈夫,我没有家,我什么都没有,我只要说:我——我是你的。
周　萍　(苦恼)哦,弟弟! 你看弟弟可怜的样子,你要是有一点母亲的心——
周繁漪　(报复地)你现在也学会你的父亲了,你这虚伪的东西,你记着,是你才欺骗了你的弟弟,是你欺骗我,是你才欺骗了你的父亲!
周　萍　(愤怒)你胡说,我没有,我没有欺骗他!父亲是个好人,父亲一生是有道德的,(繁漪冷笑)——(向四凤)不要理她,她疯了,我们走吧。
周繁漪　不用走,大门锁了。你父亲就下来,我派人叫他来的。
鲁侍萍　哦,太太!
周　萍　你这是干什么?
周繁漪　(冷冷地)我要你父亲见见他将来的好媳妇你们再走。(喊)朴园,朴园!……
周　冲　妈,您不要!
周　萍　(走到繁漪面前)疯子,你敢再喊!
　　　　〔繁漪跑到书房门口,喊。
鲁侍萍　(慌)四凤,我们出去。
周繁漪　不,他来了!
　　　　〔朴园由书房进,大家俱不动,静寂若死。
周朴园　(在门口)你叫什么?你还不上楼去睡。
周繁漪　(倨傲地)我请你见见你的好亲戚。
周朴园　(见鲁妈,四凤在一起,惊)啊,你,你——你们这是做什么?
周繁漪　(拉四凤向朴园)这是你的媳妇,你见见。(指着朴园向四凤)叫他爸爸!(指着鲁妈向朴园)你也认识认识这位老太太。
鲁侍萍　太太!
周繁漪　萍,过来! 当着你的父亲,过来,给这个妈叩头。
周　萍　(难堪)爸爸,我,我——
周朴园　(明白地)怎么——(向鲁妈)侍萍,你到底还是回来了。

周繁漪　（惊）什么？
鲁侍萍　（慌）不，不，您弄错了。
周朴园　（悔恨地）侍萍，我想你也会回来的。
鲁侍萍　不，不！（低头）啊！天！
周繁漪　（惊愕地）侍萍？什么，她是侍萍？
周朴园　嗯。（烦厌地）你不必再故意地问我，她就是萍儿的母亲，三十年前死了的。
周繁漪　天哪！
　　　　〔半晌。四凤苦闷地叫了一声，看着她的母亲，鲁妈苦痛地低着头。周萍脑筋昏乱，迷惑地望着父亲，同鲁妈。这时繁漪渐渐移到周冲身边，现在她突然发见一个更悲惨的命运，逐渐地使她同情周萍，她觉出自己方才的疯狂，这使她很快地恢复原来平常母亲的情感。她不自主地愧恨地望着自己的冲儿。
周朴园　（沉痛地）萍儿，你过来。你的生母并没有死，她还在世上。
周　萍　（半狂地）不是她！爸，您告诉我，不是她！
周朴园　（严厉地）混帐！萍儿，不许胡说。她没有什么好身世，也是你的母亲。
周　萍　（痛苦万分）哦，爸！
周朴园　（尊重地）不要以为你跟四凤同母，觉得脸上不好看，你就忘了人伦天性。
鲁四凤　（向母痛苦地）哦，妈！
周朴园　（沉重地）萍儿，你原谅我。我一生就做错了这一件事。我万没有想到她今天还在，今天找到这儿。我想这只能说是天命。（向鲁妈叹口气）我老了，刚才我叫你走，我很后悔，我预备寄给你两万块钱。现在你既然来了，我想萍儿是个孝顺孩子，他会好好地侍奉你。我对不起你的地方，他会补上的。
周　萍　（向鲁妈）您——您是我的——
鲁侍萍　（不自主地）萍——（回头抽咽）
周朴园　跪下，萍儿！不要以为自己是在做梦，这是你的生母。
鲁四凤　（昏乱地）妈，这不会是真的。
鲁侍萍　（不语，抽咽）
周繁漪　（笑向周萍，悔恨地）萍，我，我万想不到是——是这样，萍。
周　萍　（怪笑，向朴园）父亲！（怪笑，向鲁妈）母亲！（看四凤，指她）你——
鲁四凤　（与周萍互视怪笑，忽然忍不住）啊，天！（由中门跑下）
　　　　〔周萍扑在沙发上，鲁妈死气沉沉地立着。
周繁漪　（急喊）四凤！四凤！（转向周冲）冲儿，她的样子不大对，你赶快出去看她。
　　　　〔周冲由中门跑下，喊四凤。
周朴园　（至周萍前）萍儿，这是怎么回事？
周　萍　（突然）爸，您不该生我！（跑，由饭厅下）
　　　　〔远处听见四凤的惨叫声，周冲狂呼四凤，过后周冲也发出惨叫。
鲁侍萍　（同时叫）四凤，你怎么啦！
周繁漪　　　　　我的孩子，我的冲儿！
　　　　〔二人同由中门跑出。
周朴园　（急走至窗前拉开窗幕，颤声）怎么？怎么？
　　　　〔仆人由中门跑上。

仆　　人	（喘）老爷！
周朴园	快说，怎么啦？
仆　　人	（急不成声）四凤……死了……
周朴园	（急）二少爷呢？
仆　　人	也……也死了。
周朴园	（颤声）不，不，怎……么？
仆　　人	四凤碰着那条走电的电线。二少爷不知道，赶紧拉了一把，两个人一块儿中电死了。
周朴园	（几晕）这不会。这，这——这不能够，不能够！

〔朴园与仆人跑下。

〔周萍由饭厅出，颜色惨白，但是神气沉静地。他走到那张放大海的手枪的桌前，抽开抽屉，取出手枪，手微颤，慢慢走进右边书房。

〔外面人声嘈乱，哭声，叫声，吵声，混成一片。鲁妈由中门上，脸更呆滞，如石膏人像。老年仆人跟在后面，拿着电筒。

〔鲁妈一声不响地立在台中。

老　　仆	（安慰地）老太太，您别发呆！这不成，您得哭，您得好好哭一场。
鲁侍萍	（无神地）我哭不出来！
老仆人	这是天意，没有法子。——可是您自己得哭。
鲁侍萍	不，我想静一静。（呆立）

〔中门大开，许多仆人围着蘩漪，蘩漪不知是在哭在笑。

仆　　人	（在外面）进去吧，太太，别看哪。
周蘩漪	（为人拥至中门，倚门怪笑）冲儿，你这么张着嘴？你的样子怎么直对我笑？——冲儿，你这个糊涂孩子。
周朴园	（走到中门中，眼泪在面上）蘩漪，进来！我的手发木，你也别看了。
老　　仆	太太，进来吧。人已经叫电火烧焦了，没有法子办了。
周蘩漪	（进来，干哭）冲儿，我的好孩子。刚才还是好好的，你怎么会死，你怎么会死得这样惨？（呆立）
周朴园	（已进来）你要静一静。（擦眼泪）
周蘩漪	（狂笑）冲儿，你该死，该死！你有了这样的母亲，你该死！

〔外面仆人与大海打架声。

周朴园	这是谁？谁在这时候打架？

〔老仆下问，立时另一仆人上。

周朴园	外面是怎么回事？
仆　　人	今天早上那个鲁大海，他这时又来了，跟我们打架。
周朴园	叫他进来！
仆　　人	老爷，他连踢带打地伤了我们好几个，他已经从小门跑了。
周朴园	跑了？
仆　　人	是，老爷。
周朴园	（略顿，忽然）追他去，给我追他去。
仆　　人	是，老爷。

〔仆人一齐下。屋中只有朴园、鲁妈、蘩漪三人。

周朴园　（哀伤地）我丢了一个儿子,不能再丢第二个了。

〔三人都坐下来。

鲁侍萍　都去吧！让他去了也好,我知道这孩子。他恨你,我知道他不会回来见你的。

周朴园　（寂静,自己觉得奇怪）年轻的反而走我们前头了,现在就剩下我们这些老——（忽然）萍儿呢？大少爷呢？萍儿,萍儿！（无人应）来人呀！来人！（无人应）你们给我找呀,我的大儿子呢？

〔书房枪声,屋内死一般的静默。

周蘩漪　（忽然）啊！（跑下书房,朴园呆立不动,立时蘩漪狂喊跑出）他……他……

周朴园　他……他……

〔朴园与蘩漪一同跑下,进书房。

〔鲁妈立起,向书房颠踬了两步,至台中,渐向下倒,跪在地上,如序幕结尾老妇人倒下的样子。

〔舞台渐暗,奏序幕之音乐（High Mass-Bach）若在远处奏起,至完全黑暗时最响,与序幕末尾音乐声同。幕落,即开,接尾声。

作品解读

这是一部古今无与伦比的家庭悲剧。70 年来,时代思潮的变化影响到对《雷雨》的阐释、对《雷雨》深刻复杂性的认识。1937 年周扬的论文将《雷雨》的"反封建"主题一锤定音。上世纪五六十年代强调阶级分析与阶级斗争,突出周朴园和鲁妈 30 年的冤仇。悲剧的结局曾被指为是源于作家世界观的缺陷。另一种观点认为该剧"透露着作家对现实生活中某种具有必然性的规律的探求",表现出作家对宇宙的憧憬和"渴望找出打开宇宙斗争奥秘的钥匙"而不得的苦闷。

蘩漪,一朵孤傲艳丽的花在雷雨交加中独自绽放。被囚禁的心灵在茫茫寻找中迸发出血艳火花,她要做一次困兽的斗。蘩漪是在绝望中抗争、爆发的悲剧女性。但是很长一段时间里,蘩漪形象的反封建性被政治化与强化。

人们赞叹戏剧大师的悲悯情怀。他让一群被时代扭曲了人性的人们,在雷雨滂沱、电闪雷鸣之下痛苦地寻找。每个人都在纠缠着,挣扎着,想要主宰自己,却又被不可知的命运所主宰。善良、真诚、爱怜、忏悔的心灵被反复撕裂,最终的悲剧无可避免。

（朱栋霖）

作家自述

《雷雨》对我是个诱惑。与《雷雨》俱来的情绪蕴成我对宇宙间许多神秘的事物一种不可言喻的憧憬。《雷雨》可以说是我的"蛮性的遗留",我如原始的祖先们对那些不可理解的现象睁大了惊奇的眼。我不能断定《雷雨》的推动是由于神鬼,起于命运或源于哪种显明的力量。情感上《雷雨》所象征的对我是一种神秘的吸引,一种抓牢我心灵的魔。《雷雨》所显示的,并不是因果,并不是报应,而是我所觉得的天地间的"残忍"（这种自然的"冷酷",四凤与周冲的遭际最足以代表。他们的死亡,自己并无过咎）。如若读者肯细心体会这番心意,这篇戏虽然有时几段较紧张的场面或一两个性格吸引了注意,但连绵不断地看有若无地闪示这一点隐秘——这种种宇宙里斗争的"残忍"和"冷酷"。在这斗争的背后或有一个主宰来使用它的管辖。这主宰,希伯莱的先知们称它为"上帝",希腊的戏剧家们称它为"命运",近代的人撇弃了这些迷离恍惚的观念,直截了当地叫它为"自然的法则"。而我始终不能给它以适当的命名,也没有能力来形容它的真实相。因为它太大,太复杂。我的情感强要我表现的,只是对宇宙这一方面的憧憬。——《〈雷雨〉序》,《雷雨》,文化生活出版社1936年。

名家要评

  我们说周朴园是虚伪的,乃是因为整个地来看他时,归根到底地来说时,他只能是虚伪的。但这并不等于完全否认周朴园具有任何真正的感情,也决不排斥周朴园对侍萍可以有某种程度的真正的怀念。周朴园对侍萍的某种程度的怀念,不但丝毫不能动摇我们认为周朴园是极端虚伪的看法,而恰恰是——从他的怀念的性质及其具体表现中——只有更其加深了我们的这一看法。——钱谷融:《〈雷雨〉人物谈》,第20页,上海文艺出版社1980年。

  《雷雨》构思的独特性与结构的复杂性更表现为:剧本是通过蘩漪与周萍的冲突来反映与推动蘩漪与周朴园的冲突的,并且以这组冲突来勾联上述两条线索;尤其在戏剧结构上,是以蘩漪与周萍的冲突为中心来组织全剧事件,决定其他矛盾发展,推动总的戏剧情节进展的。……因此,曹禺不从三十年前侍萍与周朴园的旧事写起,不从十八年前蘩漪初进周府写起,也不从三年前蘩漪与周萍恋爱写起,而从蘩漪发现周萍另有所欢、正想甩掉自己去矿上之际落笔,戏剧开头几个场面的总目的就是引出并一再强调这个全剧矛盾的焦点。这样就从纷繁众多的矛盾中一下子明快地拎出了主要冲突和戏剧核心,又便于从主从、因果的相互关系中陆续展开各组冲突和联系剧中另两条重要线索。——朱栋霖:《曹禺:心灵的艺术》,第29—31页,北京大学出版社2010年。

  值得注意的,是曹禺对这种原始欲望的复杂态度。……因此《雷雨》不能简单地看做是对个性解放的礼赞,它包孕的意义远较此复杂。"雷雨"的象征意义是双重性的。一方面,雷雨意味着对压抑、束缚的解脱,意味着一种源于人性本能的巨大力量;作为封建桎梏——"家"的对立物,曹禺对它的态度无疑是肯定的。另一方面,雷雨又意味着冲决一切、毁灭一切的破坏力,它在打破家的桎梏的同时,也将与家相关的一切彻底毁坏,这又是曹禺所难以接受的。这个由《雷雨》开始的矛盾,始终贯穿在曹禺后来的几部剧作中。——邹红:《"家"的梦魇——曹禺戏剧创作的心理分析》,《文学评论》1991年第3期。

拓展阅读

1. 曹禺:《〈雷雨〉序》,《雷雨》,上海文化生活出版社1936年。
2. 朱栋霖:《曹禺:心灵的艺术》,第29—31、57页,北京大学出版社2010年。
3. 田本相:《苦闷的灵魂——曹禺访谈录》,江苏教育出版社2001年。

下 编

1949—2010

组织部新来的青年人

王 蒙

一

三月,天空中纷洒着似雨似雪的东西。三轮车在区委会门口停住,一个年轻人跳下来。车夫看了看门口挂着的大牌子客气地对乘客说:"您到这儿来,我不收钱。"传达室的工人、复员荣军老吕微跛着脚走出,问明了那年轻人的来历后,连忙帮他搬下微湿的行李,又去把组织部的秘书赵慧文叫出来。赵慧文紧握着林震的两只手,说:"我们等你好久了。"这个叫林震的年轻人,在小学教师支部的时候就与赵慧文认识。她的苍白而美丽的脸上,两只大眼睛闪着友善亲切的光亮,只是下眼皮上有着因疲倦而现出来的青色。她带林震到男宿舍,把行李放好,解开,把湿了的毡子晾上,再铺被褥。在她料理这些事情的时候,常常撩一撩自己的头发,正像那些能干而漂亮的女同志们一样。

她说:"我们等了你好久!半年前就要调你来,区人民委员会文教科死也不同意,后来区委书记直接找区长要人,又和教育局人事室吵了一回,这才把你调了来。"

"可我前天才知道,"林震说,"听说调我到区委会,真不知怎么好。咱们区委会净干什么呀?"

"什么都干。"

"组织部呢?"

"组织部就做组织工作。"

"工作忙不忙?"

"有时候忙,有时候不忙。"

赵慧文端详着林震的床铺,摇摇头,大姐姐似的不以为然地说:"小伙子,真不讲卫生!瞧那枕头布,已经由白变黑;被头呢,吸饱了你脖子上的油;还有床单,那么多折子,简直成了泡泡纱……"

林震觉得,他一走进区委会的门,他的新的生活刚一开始,就碰到了一个很亲切的人。

他带着一种节日的兴奋心情跑着到组织部第一副部长的办公室去报到。副部长有一个古怪的名字:刘世吾。在林震心跳着敲门的时候,他正仰着脸衔着烟考虑组织部的工作规划。他热情而得体地接待林震,让林震坐在沙发上,自己坐在办公桌边,推一推玻璃板上叠得高高的文件,从容地问:

"怎么样?"他的左眼微皱,右手弹着烟灰。

"支部书记通知我后天搬来,我在学校已经没事,今天就来了。叫我到组织部工作,我怕干不了,我是个新党员,过去做小学教师,小学教师的工作与党的组织工作有些不同……"

林震说着他早已准备好的话,说得很不自然,正像小学生第一次见老师一样。于是他感到这间屋子很热。三月中旬,冬天就要过去,屋里还生着火,玻璃上的霜花溶解成一条条的污道子。他的额头沁出了汗珠,他想掏出手绢擦擦,在衣袋里摸索了半天没有找到。

刘世吾机械地点着头,看也不看地从那一大叠文件中抽出一个牛皮纸袋,打开纸袋,拿出林震的党员登记表,锐利的眼光迅速掠过,宽阔的前额上出现了密密的皱纹,闭了一下眼,手扶着椅子背站起来,披着的棉袄从肩头滑落了,然后用熟练的毫不费力的声调说:

"好,对,好极了,组织部正缺干部,你来得好。不,我们的工作并不难做,学习学习就会做的,就么回事。而且你原来在下边工作的……相当不错嘛,是不是不错?"

林震觉得这种称赞似乎有某种嘲笑意味,他惶恐地摇头:"我工作做得并不好……"

刘世吾的不太整洁的脸上现出隐约的笑容,他的眼光聪敏地闪动着,继续说:"当然也可能有困难,可能。这是个了不起的工作。中央的一位同志说过,组织工作是给党管家的。如果家管不好,党就没有力量。"然后他不等问就加以解释:"管什么家呢?发展党和巩固党,壮大党的组织和增强党组织的战斗力,把党的生活建立在集体领导、批评和自我批评、与密切联系群众的基础上。这样做好了,党组织就是坚强的、活泼的、有战斗力的,就足以团结和指引群众,完成和更好地完成社会主义建设与社会主义改造的各项任务……"

他每说一句话,都干咳一下,但说到那些惯用话的时候,快得像说一个字。譬如他说"把党的生活建立在……上",听起来就像"把生活建在登登上",他纯熟地驾驭那些林震觉得是相当深奥的概念,像拨弄算盘子一样的灵活。林震集中最大的注意力,仍然不能把他讲的话全部把握住。

接着,刘世吾给他分配了工作。

当林震推门要走的时候,刘世吾又叫住他,用另一种全然不同的随意神情问:

"怎么样,小林,有对象了没有?"

"没……"林震的脸刷地红了。

"大小伙子还红脸?"刘世吾大笑了,"才二十二岁,不忙。"他又问:"口袋里装着什么书?"

林震拿出书,说出书名:"《拖拉机站站长与总农艺师》。"

刘世吾拿过书去,从中间打开看了几行,问:"这是他们团中央推荐给你们青年看的吧?"

林震点头。

"借我看看。"

"您有时间看小说吗?"林震看着副部长桌上的大叠材料,惊异了。

刘世吾用手托了托书,试了试分量,微皱着左眼说:"怎么样?这么一薄本有半个夜车就开完啦。四本《静静的顿河》我只看了一个星期,就那么回事。"

当林震走向组织部大办公室的时候,天已经放晴,残留的几片云现出了亮晶晶的边缘。太阳照亮了区委会的大院子。人们都在忙碌:一个穿军服的同志挟着皮包匆匆走过,传达室的老吕提着两个大铁壶给会议室送茶水,可以听见一个女同志顽强地对着电话机子说:"不行,最迟明天早上! 不行……"还可以听见忽快忽慢的框哧、框哧声——是一只生疏的手使用着打字机,"他也和我一样,是新调来的吧?"林震不知凭什么理由,猜打字员一定是个女的。他在走廊上站了一站,望着耀眼的区委会的院子,高兴自己新生活的开始。

二

组织部的干部算上林震一共二十四个人,其中三个人临时调到肃反办公室去了,一个人半日工作准备考大学,一个人请产假。能按时工作的只剩下十九个人。四个人做干部工作,十五个人按工厂、机关、学校分工管理建党工作,林震被分配与工厂支部联系组织发展党的工作。

组织部部长由区委副书记李宗秦兼任,他并不常过问组织部的事,实际工作是由第一副部长刘世吾掌握。另一个副部长负责干部工作。具体指导林震工作的是工厂建党组组长韩常新。

韩常新的风度与刘世吾迥然不同。他二十六岁,穿蓝色海军呢制服,干净得抖都抖不下土。他有高大的身材,配着英武的只因为粉刺太多而略有瑕疵的脸。他拍着林震的肩膀,用嘹亮的嗓音讲解工作,不时发出豪放的笑声,使林震想:"他比领导干部还像领导干部。"特别是第二天韩常新与一个支部的组织委员的谈话,加强了他给林震的这种印象。

"为什么你们只谈了半小时? 我在电话里告诉你,至少要用两小时讨论发展计划!"那个组织委员说:"这个月生产任务太忙……"

韩常新打断了他的话,富有教训意味地说:"生产任务忙就不认真研究发展工作了,这是把中心工作与经常工作对立起来,也是党不管党的一种表现……"

林震弄不明白什么叫"中心工作与经常工作对立起来"和"党不管党",他熟悉的是另外一类名词:"课堂五环节"与"直观教具"。他很钦佩韩常新的这种气魄与能力——迅速地提高到原则上分析问题和指示别人。

他转过头,看见正伏在桌上复写材料的赵慧文,她皱着眉怀疑地看一看韩常新,然后扶正头上的假珴琅发卡,用微带忧郁的目光看向窗外。

晚上,有的干部去参加基层支部的组织生活,有的休息了,赵慧文仍然赶着复写"税务分局培养、提拔干部的经验",累了一天,手腕酸痛,不时在写的中间撂下笔,摇摇手,往手上吹口气。林震自告奋勇来帮忙,她拒绝了,说:"你抄,我不放心。"于是林震帮她把抄过的美浓纸叠整齐,站在她身旁,起一点精神支援作用。她一边抄,一边时时抬头看林震,林震问:"干吗老看我?"赵慧文咬了一下复写笔,笑了笑。

林震是一九五三年秋天由师范学校毕业的,当时是候补党员,被分配到这个区的中心小学当教员。作了教师的他,仍然保持中学生的生活习惯:清晨练哑铃,夜晚记日记,每个大节日——五一、七一……以前到处征求人们对他的意见。曾经有人预言,过不了三个月他就会被那些生活不规律的成年人"同化"。但,不久以后,许多教师夸奖他也羡慕他了,说:"这孩子无忧无虑,无牵无挂,除了工作,就是工作……"

他也没有辜负这种羡慕,一九五四年寒假,由于教学上的成绩,他受到了教育局的奖励。

人们也许以为,这位年轻的教师就会这样平稳地、满足而快乐地度过自己的青年时代。但是不,孩子般单纯的林震,也有自己的心事。

一年以后,他更经常焦灼地鞭策自己。是因为社会主义高潮的推动,全国青年社会主义积极分子会议的召开,还是因为年龄的增长?

他已经二十二岁了,记得在初中一年级时作过一篇文,题目是"当我××岁的时候",他写成"当我二十二岁的时候,我要……"现在二十二岁,他的生命史上好像还是白纸,没有功勋,没有创造,没有冒险,也没有爱情——连给某个姑娘写一封信的事都没有做过。他努力工作,但是他做的少、慢,和年轻积极分子们比较,和生活的飞奔比较,难道能安慰自己吗?他订规划,学这学那,做这做那,他要一日千里!

这时,接到调动工作的通知,"当我二十二岁的时候,我成了党工作者……"也许真正的生活在这里开始了?他抑制住对于小学教育工作和孩子们的依恋,燃烧起对新的工作的渴望。支部书记和他谈话的那个晚上,他想了一夜。

就这样,林震口袋里装着《拖拉机站站长与总农艺师》,兴高采烈地登上区委会的石阶,对于党工作者(他是根据电影里全能的党委书记的形象来猜测他们的)的生活,充满了神圣的憧憬。但是,等他接触到那些忙碌而自信的领导同志,看到来往的文件和同时举行的会议,听到那些尖锐争吵与高深的分析,他眨眨那有些特别的淡褐色眼珠的眼睛,心里有点怯……

到区委会的第四天,林震去通华麻袋厂了解第一季度发展党员工作的情况,去以前,他看了有关的文件和名叫《怎样进行调查研究》的小册子,再三地请教了韩常新,他密密麻麻地写了一篇提纲,然后飞快地骑着新领到的自行车,向麻袋厂驶去。

工厂门口的警卫同志听说他是委员会的干部,没要他签名,信任地请他进去了。穿过一个大空场,走过一片放麻的露天仓库与机器隆隆响的厂房,他心神不安地去敲厂长兼支部书记王清泉办公室的门,得到了里面"进来"的回答后,他慢慢地走进去,怕走快了显得没有经验,他看见一个阔脸、粗脖子、身材矮小的男人正与一个头发上抹了许多油的驼背的男人下棋。小个子的同志抬起头,右手玩着棋子,问清了林震找谁以后,不耐烦地挥一挥手:"你去西跨院党支部办公室找魏鹤鸣,他是组织委员。"然后低下头继续下棋。

林震找着了红脸的魏鹤鸣,开始按提纲发问了:"一九五六年第一季度,你们发展了几个人?"

"一个半。"魏鹤鸣粗声粗气地说。

"什么叫'半'?"

"有一个通过了,区委拖了两个多月还没有批下来。"

林震掏出笔记本记了下来。又问:

"发展工作是怎么样进行的,有什么经验?"

"进行过程和向来一样——和党章的规定一样。"

林震看了看对方,为什么他说出的话像搁了一个星期的窝窝头一样干巴?魏鹤鸣托着腮,眼睛看着别处,心里也像在想别的事。

林震又问:"发展工作的成绩怎么样?"

魏鹤鸣答:"刚才说过了,就是那些。"他好像应付似地希望快点谈完。

林震不知道应该再问什么了,预备了一下午的提纲,和人家只谈上五分钟就用完了。他很窘。

这时门被一只有力的手推开了。那个小个子的同志进来,匆匆忙忙地问魏鹤鸣:"来信的事你知道吗?"

魏鹤鸣无精打采地点了点头。

小个子的同志来回踱着步子,然后劈开腿站在房中央:"你们要想办法!质量问题去年就提出来了,为什么还等着合同单位给纺织工业部写信?在社会主义高潮当中我们的生产迟迟不能提高,这是耻辱!"

魏鹤鸣冷冷地看着小个子的脸,用颤抖的声音问:"您说谁?"

"我说你们大家!"小个子手一挥,把林震也包括在里面了。

魏鹤鸣因为抑制着的愤怒的爆发而显得可怕,他的红脸更红了,他站起来问:"那么您呢?您不负责任?"

"我当然负责。"小个子的同志却平静了,"对于上级,我负责,他们怎样处分我我也接受。对于我,你得负责,谁让你作生产科长呢?你得小心……"说完,他威胁地看了魏鹤鸣一眼,走了。

魏鹤鸣坐下,把棉袄的扣子全解开了,喘着气。林震问:"他是谁?"魏鹤鸣讽刺地说:"你不认识?他就是厂长王清泉。"

于是魏鹤鸣向林震详细谈起了王清泉的情况。王清泉原来在中央某部工作,因为在男女关系上犯错误受了处分,一九五一年调到这个厂厂作副厂长,一九五三年厂长他调,他就被提拔作厂长。他一向是吃饱了转一转,躲在办公室批批文件下下棋,然后每月在工会大会、党支部大会、团总支大会上讲话,批评工人群众竞赛没搞好,对质量不关心,有经济主义思想……魏鹤鸣没说完,王清泉又推门进来了。他看看左腕上的表,下令说:"今天中午十二点十分,你通知党、团、工会和行政各科室的负责人到厂长室开会。"然后把门砰地一带,走了。

魏鹤鸣嘟哝着:"你看他怎么样。"

林震说:"你别光发牢骚,你批评他,也可以向上级反映,上级决不允许有这样的厂长。"

魏鹤鸣笑了,问林震:"老林同志,你是新来的吧?"

"老林"同志脸红了。

魏鹤鸣说:"批评不动!他根本不参加党的会议,你上哪儿批评去!偶而参加一次,你提意见,他说:'提意见是好的,不过应该掌握分寸,也应该看时间、场合。现在,我们不应该因为个人意见侵占党支部讨论国家任务的宝贵时间。'好,不占用宝贵时间,我找他个别提,于是我们俩吵成了现在这个样子。"

"向上级反映呢?"

"一九五四年我给纺织工业部和区委写了信,部里一位张同志与你们那儿的老韩同志下来检查了一回。检查结果是:'官僚主义较严重,但主要是作风问题,任务基本上完成了,只是完成任务的方法有缺点。'然后找王清泉'批评'了一下,又找我鼓励了一下,开展自下而上的批评的精神,就完事了。此后,王厂长有一个来月对工作比较认真,不久他得了肾病,病好以后他说自己是'因劳致疾',就又成了这个样子。"

"你再反映呀!"

"哼,后来与韩常新也不知说过多少次,老韩也不管理,反倒向我进行教育说,应该尊重领导,加强团结。也许我不该这样。"

林震出了厂子再骑上自行车的时候,车轮旋转的速度就慢多了。他深深地把眉头皱起来。他发现他的工作的第一步就有重重的困难,但他也受到一种刺激,甚至是激励——这正是发挥战斗精神的时候啊!他想着想着,直到因为车子溜进了急行线而受到交通民警的申斥。

四

吃完午饭,林震迫不及待地找韩常新汇报情况。韩常新有些疲倦地靠着沙发背,高大的身体显得笨重,从身上掏出火柴盒,拿起一根火柴剔牙。

林震杂乱地叙述他去麻袋厂的见闻,韩常新脚尖打着地不住地说"是的,我知道。"然后他拍一拍林震的肩膀,愉快地说:"情况没了解上来不要紧,第一次下去嘛。下次就好了。"

林震说:"可是我了解了关于王清泉的情况。"他把笔记本打开。

韩常新把他的笔记本合上,告诉他,"对,这个情况我早知道。前年区委让我处理过这个事情,我严厉地批评过他,指出他的缺点和危险性,我们谈了至少有三四个钟头……"

"可是并没有效果呀,魏鹤鸣说他只好一个月……"林震插嘴说。

"一个月也是效果,而且决不止一个月。魏鹤鸣那个人思想上有问题,见人就告厂长的状……"

"他告的状是不是真的?"

"很难说不真,也很难说全真。当然这个问题是应该解决的,我和区委副书记李宗秦同志谈过。"

"副书记的意见是什么?"

"副书记同意我的意见,王清泉的问题是应该解决也是可能解决的……不过,你不要一下子就陷到这里边去。"

"我?"

"是的。你第一次去一个工厂,全面情况也不了解,你的任务又不是去解决王清泉的问题,而且,直爽地说,解决他的问题也需要更有经验的干部,何况我们并不是没有管过这件事……你要是一下子陷到这个里头,三个月也出不来,第一季度的建党总结还了解不了解?上级正催我们交汇报呢!"

林震说不出话。

韩常新又拍拍林震的肩膀:"不要急躁嘛,咱们区三千个党员,百十几个支部,你一来就什么问题都摸还行?"他打了个哈欠,有倦意的脸上的粉刺涨红了:"啊——哈,该睡午觉了。"

"那,发展工作怎么再去了解?"林震没有办法地问。

韩常新又去拍林震的肩膀,林震不由得躲开了。韩常新有把握地说:"明天咱们俩一齐去,我帮你去了解,好不好?"然后他拉着林震一同到宿舍去。

第二天,林震很有兴趣观察韩常新如何了解情况。三年前,林震在北京师范上学的时候,出去作过见习教师,老教师在前面讲,林震和学生一起听,学了不少东西。这次,他也抱着见习的态度,打开笔记本,准备把韩常新的工作过程详细记录下来。

韩常新问魏鹤鸣:"发展了几个党员?"

"一个半。"

"不是一个半,是两个,我是检查你们的发展情况,不是检查区委批没批。"韩常新纠正他,又问:"这两个人本季度生产计划完成的怎么样?"

"很好,他们一个超额百分之七,一个超额百分之四,厂里黑板报还表扬……"

谈起生产情况,魏鹤鸣似乎起劲了些,但是韩常新打断了他的话:"他们有些什么缺点?"

魏鹤鸣想了半天,空空洞洞地说了些缺点。

韩常新叫他给所举的缺点提一些例子。

提完例子,韩常新再问他党的积极分子完成本季度生产任务的情况,他特别感兴趣的是一些数字和具体事例,至于这些先进的工人克服困难、钻研创造的过程,他听都不要听。

回来以后,韩常新用流利的行书示范地写了一个"麻袋厂发展工作简况",内容是这样的:

……本季度(一九五六年一月——三月)麻袋厂支部基本上贯彻了积极慎重发展新党员的方针,在建党工作上取得了一定的成绩,新通过的党员朱××与范××受到了共产党员的光荣称号的鼓舞,增强了主人翁的观念,在第一季度繁重的生产任务中各超额百分之七,百分之四。广大积极分子,围绕在支部周围,受到了朱××与范××模范事例的教育,并为争取入党的决心所推动,发挥了劳动的积极性与创造性,良好地完成或者超额完成了第一季度的生产任务……(下面是一系列数字与具体事例)这说明:一、建党工作不仅与生产工作不会发生矛盾,而且大大推动了生产,任何借口生产忙而忽视建党工作的作法是错误的。二……但同时必须指出,麻袋厂支部的建党工作,也仍然存在着一定的缺点……例如……

林震把写着"简况"的片艳纸捧在手里看了又看,他有一刹那甚至于怀疑自己去没去过麻袋厂,还是上次与韩常新同去时自己睡着了,为什么许多情况他根本不记得呢?他迷惑地问韩常新:

"这,这是根据什么写的?"

"根据那天魏鹤鸣的汇报呀。"

"他们在生产上取得的成绩是因为建党工作么?"林震口吃起来。

韩常新抖一抖裤角,说:"当然。"

"不吧?上次魏鹤鸣并没有这样讲。他们的生产提高了,也可能是由于开展竞赛,也许由于青年团建立了监督岗,未必是建党工作的成绩……"

"当然,我不否认。各种因素是统一起来的,不能形而上学地割裂地分析这是甲项工作的成绩,那是乙项工作的成绩。"

"那,譬如我们写第一季度的捕鼠工作总结,是不是也可以用这些数字和事例呢?"

韩常新沉着地笑了,他笑林震不懂"行",他说:"那可以灵活掌握……"

林震又抓住几个小问题问:

"你怎么知道他们的生产任务是繁重的呢?"

"难道现在会有一个工厂任务很清闲吗?"

林震目瞪口呆了。

五

初到区委会十天的生活,在林震头脑中积累起的印象与产生的问题,比他在小学呆了两年的还多。区委会的工作是紧张而严肃的,在区委书记办公室,连日开会到深夜。从汉语拼音到预防大脑炎,从劳动保护到政治经济学讲座,无一不经过区委会的忠实的手。林震有一次去收发室取报纸,看见一份厚厚的材料,第一页上写着"区人民委员会党组关于调整公私合营工商业的分布、管理、经营方法及贯彻市委关于公私合营工商业工人工资问题的报告的请示"。他怀着敬畏的心情看着这份厚得像一本书的材料和它的长题目。有时,一眼望去,却又觉得区委干部们是随意而松懈的,他们在办公时间聊天,看报纸,大胆地拿林震认为最严肃的题目开玩笑,例如,青年监督岗开展工作,韩常新半嘲笑地说:"吓,小青年们脑门子热起来啦……"林震参加的组织部一次部务会议也很有意思,讨论市委布置的一个临时任务,大家抽着烟,说着笑话,打着岔,开了两个钟头,拖拖沓沓,没有什么结果。这时,皱着眉思索了好久的刘世吾提出了一个方案,马上热烈地展开了讨论,很多人发表了使林震惊佩的精彩意见。林震觉得,这最后的三十多分钟的讨论要比以前的两个钟头有效十倍。某些时候,譬如说夜里,各屋亮着灯:第一会议室,出席座谈会的胖胖的工商业者愉快地与统战部长交换意见;第二会议室,各单位的学习辅导员们为"价值"与"价格"的关系争得面红耳赤;组织部坐着等待入党谈话的激动的年轻人,而市委的某个严厉的书记出现在书记办公室,找区委正副书记汇报贯彻工资改革的情况……这时,人声嘈杂,人影交错,电话铃声断断续续,林震仿佛从中听到了本区生活的脉搏的跳动,而区委会这座不新的、平凡的院落,也变得辉煌壮观起来。

在一切印象中,最突出和新鲜的印象是关于刘世吾的:刘世吾工作极多,常常同一个时间好几个电话催他去开会,但他还是一会儿就看完了《拖拉机站站长与总农艺师》,把书移借给了韩常新;而且,他已经把前一个月公布的拼音文字草案学会了,开始在开会时用拼音文字作记录了。某些传阅文件刘世吾拿过来看看题目和结尾就签上名送走,也有的不到三千字的指示他看上一下午,密密麻麻地划上各种符号。刘世吾有时一面听韩常新汇报情况,一面漫不经心地查阅其他的材料,听着听着却突然指出:"上次你汇报的情况不是这样!"韩常新不自然地笑着,刘世吾的眼睛捉摸不定地闪着光;但刘世吾并不深入追究,仍然查他的材料,于是韩常新恢复了常态,有声有色地汇报下去。

赵慧文与韩常新的关系也被林震看出了一些疑窦;韩常新对一切人都是拍着肩膀,称呼着"老王""小李",亲热而随便,独独对赵慧文,却是一种礼貌的"公事公办"的态度。这样说话,"赵慧文同志,党刊第一百○四期放在哪里?"而赵慧文也用顺从包含着警戒的神情对待他。

……四月,东风悄悄地刮起,不再被人喜爱的火炉蜷缩在阴暗的贮藏室,只有各房间熏黑的屋顶还存留着严冬的痕迹。往年,这个时候,林震就会带着活泼的孩子们去卧佛寺或者西山八大处踏青,在早开的桃李与混浊的溪水中寻找春天的消息……区委会的生活却不怎么受季节的影响,继续以那种紧张的节奏和复杂的色彩流转着。当林震从院里的垂柳上摘下一颗多汁的嫩芽时,他稍微有点怅惘,因为春天来得那么快,而他,却没作出什么有意义的事情来迎接这个美妙的季节……

晚上九点钟,林震走进了刘世吾办公室的门。赵慧文正在这里,她穿着紫黑色的毛衣,脸儿在灯光下显得越发苍白。听到有人进来,她迅速地转过头来,林震仍然看见了她略略突出的颧骨上的泪迹。他回身要走,低着头吸烟的刘世吾作手势止住他:"坐在这儿吧,我们就谈完了。"

林震坐在一角,远远地隔着灯光看报,刘世吾用烟卷在空中划着圆圈,诚恳地说:

"相信我的话吧,没错。年轻人都这样,最初互相美化,慢慢发现了缺点,就觉得都很平凡。不要作不切实际的要求,没有遗弃,没有虐待,没有发现他政治上、品质上的问题,怎么能说生活下去呢?才四年嘛。你的许多想法是从苏联电影里学习来的,实际上,就么回事……"

赵慧文没说话,她撩一撩头发,临走的时候,对林震惨然地一笑。

刘世吾走到林震旁边,问:"怎么样?"他丢下烟蒂,又掏出一支来点上火,紧接着贪婪地吸了几口,缓缓地吐着白烟,告诉林震:"赵慧文跟她爱人又闹翻了……"接着,他开开窗户,一阵风吹掉办公桌上的几张纸,传来了前院里散会以后人们的笑声,招呼声和自行车铃响。

刘世吾把只抽了几口的烟扔出去,伸了个懒腰,扶着窗户,低声说:"真的是春天了呢!"

"我想谈谈来区委工作的情况,我有一些问题不知道怎么解决。"林震用一种坚决的神气说,同时把落在地上的纸页拾起来。

"对,很好。"刘世吾仍然靠着窗户框子。

林震从去麻袋厂说起:"……我走到厂长室,正看见王清泉同志……"

"下棋呢还是打扑克?"刘世吾微笑着问。

"您怎么知道?"林震惊骇了。

"他老兄什么时候干什么我都算得出来,"刘世吾慢慢地说:"这个老兄棋瘾很大,有一次在咱这儿开了半截会,他出去上厕所,半天不回来,我出去一找,原来他看见老吕和区委书记的儿子下棋,他在旁边'支''上'招儿'了。"

林震把魏鹤鸣对他的控告讲了一遍。

刘世吾关上窗户,拉一把椅子坐下,用两个手扶着膝头支持着身体,轻轻地摆动着头:

"魏鹤鸣是个直性子,他一来就和王清泉吵得面红耳赤……你知道,王清泉也是个特殊人物,不太简单。抗日胜利以后,王清泉被派到国民党军队里工作,他作过国民党军的副团长,是个呱呱叫的情报人员。一九四七年以后他与我们的联系中断,直到解放以后才接上线。他是去瓦解敌人的,但是他自己也染上国民党军官的一些习气,改不过来,其实是个英勇的老同志。"

"这样……"

"是啊。"刘世吾严肃地点点头,接着说,"当然,这不能为他辩护,党是派他去战胜敌人而不是与敌人同流合污,所以他的错误是应该纠正的。"

"怎么去解决呢?魏鹤鸣说,这个问题已经拖了好久。他到处写过信……"

"是啊。"刘世吾又干咳了一会,作着手势说:"现在下边支部里各类问题很多,你如果——的用手工业的方法去解决,那是事倍功半的。而且,上级布置的任务追着屁股,完成这些任务已经感到很吃力。作为领导,必须掌握一种把个别问题与一般问题结合起来,把上级分配的任务与基层存在的问题结合起来的艺术。再者,王清泉工作不努力是事实,但还没有发展到消极怠工的地步;作风有些生硬,也不是什么违法乱纪;显然,这不是组织处理问题而是经常教育的问题。从各方面看,解决这个问题的时机目前还不成熟。"

林震沉默着,他判断不清究竟哪样对;是娜斯嘉的"对坏事决不容忍"对呢,还是刘世吾的"条件成熟论"对。他一想起王清泉那样的厂长就觉得难受,但是,他驳不倒刘世吾的"领导艺术"。刘世吾又告诉他:"其实,有类似毛病的干部也不只一个……",这更加使得林震睁大了眼睛,觉得这跟他在小学时所听的党课的内容不是一个味儿。

后来,林震又把看到的韩常新如何了解情况与写简报的事说了说,他说,他觉得这样整理简报不太真实。

刘世吾大笑起来,说:"老韩……这家伙……,真高明……"笑完了,又长出一口气,告诉林震:"对,我把你的意见告诉他。"

林震犹豫着,刘世吾问:"还有别的意见么?"

于是林震勇敢地提出:"我不知道为什么,来了区委会以后发现了许多许多缺点,过去我想像的党的领导机关不是这样……"

刘世吾把茶杯一放:"当然,想像总是好的,实际呢,就那么回事。问题不在有没有缺点,而在什么是主导的。我们区委的工作,包括组织部的工作,成绩是基本的呢,还是缺点是基本的?显然成绩是基本的,缺点是前进中的缺点。我们伟大的事业,正是由这些有缺点的组织和党员完成着的。"

走出办公室以后,林震有一种奇怪的感觉:和刘世吾谈话似乎可以消食化气,而他自己的那些肯定的判断,明确的意见,却变得模糊不清了。他更加惶惑了。

六

不久,在党小组会上,林震受到了一次严厉的批评。

事情是这样:有一次,林震去麻袋厂,魏鹤鸣说,由于季度生产质量指标没有达到,王厂长狠狠地训了一回工人,工人意见很大,魏鹤鸣打算找些人开个座谈会,搜集意见,准备向上反映。林震很同意这种做法,以为这样也许能促进"条件的成熟"。过了三天,王清泉气急败坏地到区委会找副书记李宗秦,说魏鹤鸣在林震支持下搞小集团进行反领导的活动,还说参加魏鹤鸣主持的座谈会的工人都有历史问题……最后说自己请求辞职。李宗秦批评了他的一些缺点,同意制止魏鹤鸣再开座谈会,"至于林震,"他对王清泉说,"我们会给以应有的教育的。"

批评会上,韩常新分析道:"林震同志没有和领导上商量,擅自同意魏鹤鸣召集座谈会,这首先是一种无组织无纪律的行为……"

林震不服气,他说:"没有请示领导,是我的错。但是我不明白为什么我们不但不去主动了解群众的意见,反而制止基层这样作!"

"谁说我们不了解?"韩常新翘起一只腿,"我们对麻袋厂的情况统统掌握……"

"掌握了而不去解决,这正是最痛心的!党章上规定着,我们党员应该向一切违反党的利益的现象作斗争……"林震的脸变青了。

富有经验的刘世吾开始发言了,他向来就专门能在一定的关头起扭转局面的作用。"林震同志的工作热情不错,但是他刚来一个月就给组织部的干部讲党章,未免仓促了些。林震以为自己是支持自下而上的批评,是作一件漂亮事,他的动机当然是好的;不过,自下而上的批评必须有领导者去开展,譬如这回事,请林震同志想一想:第一,魏鹤鸣是不是对王清泉有个人成见呢?很难说没有。那么魏鹤鸣那样积极地去召集座谈会,可不可能有什么个人目的呢?我看不一定完全不可能。第二,参加会的人是不是有一些历史复杂别有用心的分子呢?这也应该考虑到。第三,开这样一个会,会不会在群众里造成一种王清泉快要挨整了的印象因而天下大乱了呢?等等。至于林震同志的思想情况,我愿意直爽地提出一个推测:年轻人容易把生活理想化,他以为生活应该怎样,便要求生活怎样,作一个党工作者,要多考虑的却是客观现实,是生活可能怎样。年轻人也容易过高估计自己,抱负甚多,一到新的工作岗位就想对缺点斗争一番,充当个娜斯嘉式的英雄。这是一种可贵的、可爱的想法,也是一种虚妄……"

林震像被打中了似地颤了一下,他紧咬住下嘴唇。

他鼓起勇气再问:"那么王清泉……"刘世吾把头一扬:"我明天找他谈话,有原则性的并不仅是你一个人。"

七

星期六晚上,韩常新举行婚礼。林震走进礼堂,他不喜欢那弥漫的呛人的烟气,还有地上杂乱的糖果皮与空中杂乱的哄笑;没等婚礼开始他就退了出来。

组织部的办公室黑着,他拉开灯,看见自己桌上的信,是小学的同事们写来的,其中还夹着孩子们用小手签了名的信:

> 林老师:您身体好吗?我们特别特别想您,女同学都哭了,后来就不哭了,后来我们作算术,题目特别特别难,我们费了半天劲,中于算出来了……

看着信,林震不禁独自笑起来了,他拿起笔把"中于"改成"终于",准备在回信时告诉他们下次要避免别字。他仿佛看见了系蝴蝶结的李琳琳,爱画水彩画的刘小毛和常常把铅笔头含在嘴里的孟飞……他猛把头从信纸上抬起来,所看见的却是电话、吸墨纸和玻璃板。他所熟悉的孩子的世界和他的单纯的工作已经离他而去了,新的工作要复杂得多……他想起前天党小组会上人们对他的批评。难道自己真的错了?真的是莽撞和幼稚,再加几分年轻人的廉价的勇气?也许真的应该切实估量一下自己,把分内的事作好,过两年,等到自己"成熟"了以后再干预一切吧?

礼堂里传来爆发的掌声和笑声。

一只手落在肩上,他吃惊地回过头来,灯光显得刺眼,赵慧文没有声响地站在他的身边,女同志走路都有这种不声不响的本事。

赵慧文问:"怎么不去玩?"

"我懒得去。你呢?"

"我该回家了,"赵慧文说,"到我家坐坐好吧?省得一个人在这儿想心事。"

"我没有心事。"林震分辩着,但他接受了赵慧文的好意。

赵慧文住在离区委会不远的一个小院落里。

孩子睡在浅蓝色的小床里，幸福地含着指头。赵慧文吻了儿子，拉林震到自己房间里来。

"他父亲不回来吧？"林震问。

赵慧文摇摇头。

这间卧室好像是布置得很仓促，墙壁因为空无一物而显得过分洁白，盆架孤单地缩在一角，窗台上的花瓶傻气地张着口；只有床头小桌上的收音机，好像还能扰乱这卧室的安静。

林震坐在藤椅上，赵慧文靠墙站着。林震指着花瓶说："应该插枝花，"又指着墙壁说："为什么不买几张画挂上？"

赵慧文说："经常也不在，就没有管它。"然后她指着收音机问："听不听？星期六晚上，总有好的音乐。"

收音机亮了，一种梦幻的柔美的旋律从远处飘来，慢慢变得热情激荡。提琴奏出的诗一样的主题立即揪住了林震的心。他托着腮，屏住了气。他的青春，他的追求，他的碰壁，似乎都能与这乐曲相通。

赵慧文背着手靠在墙上，不顾衣服蹭上了石灰粉，等这段乐曲过去，她用和音乐一样的声音说："这是柴可夫斯基的意大利随想曲，让人想到南国，想到海……我在文工团的时候常听它，慢慢觉得，这调子不是别人演奏出的，而是从我心里钻出来的……"

"在文工团？"

"参加军事干部学校以后被分配去的，在朝鲜，我用我的蹩脚的嗓子给战士唱过歌，我是个哑嗓子的歌手。"

林震像第一次见面似的又重新打量赵慧文。

"怎么？不像了吧？"这时电台改放"剧场实况"了，赵慧文把收音机关了。

"你是文工团的，为什么很少唱歌？"林震问。

她不回答，走到床边，坐下。她说："我们谈谈吧，小林，告诉我，你对咱们区委的印象怎么样？"

"不知道，我是说，还不明确。"

"你对韩常新和刘世吾有点意见吧，是不？"

"也许。"

"当初我也这样，从部队转业到这里，和部队的严格准确比较，许多东西我看不惯。我给他们提了好多意见，和韩常新激动地吵过一回，但是他们笑我幼稚，笑我工作没作好意见倒一大堆，慢慢地我发现，和区委的这些缺点作斗争是我力不胜任的……"

"为什么力不胜任？"林震像刺痛了似地跳起来，他的眉毛拧在一起了。

"这是我的错，"赵慧文抓起一个枕头，放在腿上，"那时我觉得自己水平太低，自己也很不完美，却想纠正那些水平比自己高得多的同志，实在不量力。而且，刘世吾、韩常新还有别人，他们确实把有些工作作得很好。他们的缺点散布在咱们工作的成绩里边，就像灰尘散布在美好的空气中，你嗅得出来，但抓不住，这正是难办的地方。"

"对！"林震把右拳头打在左手掌上。

赵慧文也有些激动了，她把枕头抛开，话说得更慢，她说："我做的是事务工作，领导同志也不大过问，加上个人生活上的许多牵扯，我沉默了，于是，上班抄抄写写，下班给孩子洗尿布，买奶粉。我觉得我老得很快，参加军干校时候那种热情和幻想，不知道哪里去了。"她沉默着，一个一个地捏着自己的手指，接着说，"两个月以前，北京市进入社会主义高潮，工人、店员还有资本家，放着鞭炮，打着锣鼓到区委会报喜，工人、店员把入党申请书直接送到组织部，大街上一天一变，整个区委会彻夜通明，吃饭的时候，宣传部、财经部的同志滔滔不绝地讲着社会主义高潮中的各种气象；可我们组织部呢？工作改进很少！打电话催催发展数字，按前年的格式添几条新例子写写总结……最近，大家检查保守思想，组织部也检查，拖拖沓沓开了三次会，然后写个材料完事。……哎，我说乱了，社会主义高潮中，每一声鞭炮都刺着我，当我复写批准新党员通知的时候，我的手激动得发抖，可是我们的工作就这样依然故我地下去吗？"她喘了一口气，来回踱着，然后接着说："我在党小组会上谈自己的想法，韩常新满足地问：'难道我们发展数字的完成比例不是各区最高的？难道市委组织部没要我们写过经验？'然后他进行分析，说我情绪不够乐观，是因为不安心事务工作……"

"开始的时候，韩常新给人一个了不起的印象，但是实际一接触……"林震又说起那次写汇报的事。

赵慧文同意地点头："这一二年，虽然我没提什么意见，但我无时无刻不在观察。生活里的一切，有表面也有内容，作到金玉其外，并不是难事。譬如韩常新，充领导他会拉长了声音训人，写汇报他会强拉硬扯生动的例子，分析问题，他会用几个无所不包的概念；于是，俨然成了个少壮有为的干部，他漂浮在生活上边，悠然得意。"

"那么刘世吾呢？"林震问，"他决不像韩常新那样浅薄，但是他的那些独到的见解，精辟的分析，好像包含着一种可怕的冷漠，看到他容忍王清泉这样的厂长，我无法理解，而当我想向他表示什么意见的时候，他的议论却使人越绕越糊涂，除了跟着他走，似乎没有别的路……"

"刘世吾有一句口头语：就那么回事。他看透了一切，以为一切就那么回事。按他自己的说法，他知道什么是'是'，什么是'非'，还知道'是'一定战胜'非'，又知道'是'不是一下子战胜'非'，他什么都知道，什么都见过——党的工作给人的经验本来很多；于是他不再操心，不再爱也不再恨。他取笑缺陷，仅仅是取笑，欣赏成绩，仅仅是欣赏。他满有把握地应付一切，再也不需要虔诚地学习什么，除了拼音文字之类的具体知识。一旦他认为条件成熟需要干一气，他一把把事情抓在手里，教育这个，处理那个，俨然是一切人的上司。凭他的经验和智慧，他当然可以作好一些事，于是他更加自信。"赵慧文毫不容情地说道。这些话曾经在多少个不眠的夜晚萦绕在她的心头……

"我们区委副书记兼部长呢？他不管么？"

赵慧文更加兴奋了，她说："李宗秦身体不好，他想去作理论研究工作，嫌区的工作过于具体。他作组织部长只是挂名，把一切事情推给刘世吾。这也是一种相当普遍的不正常的现象，有一批老党员，因为病，因为文化水平低，或者因为是首长爱人，他们挂着厂长、校长和书记的名，却由副厂长、教导主任、秘书或者某个干事实际工作。"

"我们的正书记——周润祥同志呢？"

"周润祥是一个非常令人尊敬的领导同志，但是他工作太多，忙着肃反、私营企业的改造……各种带有突击性的任务，我们组织部的工作呢，一般说永远成不了带突击性的中心任务，所以他管的也不多。"

"那……怎么办呢？"林震直到现在，才开始明白了事情的复杂性，一个缺点，仿佛粘在从上到下的一系列的缘故上。

"是啊。"赵慧文沉思地用手指弹着自己的腿,好像在弹一架钢琴,然后她向着远处笑了,她说:"谢谢你……"

"谢我?"林震以为自己听错了。

"是的,见到你,我好像又年轻了。你天不怕地不怕,敢于和一切坏现象作斗争,于是我有一种婆婆妈妈的预感:你……一场风波要起来了。"

林震脸红了。他根本没有想到这些,他正为自己的无能而十分羞耻。他嘟哝着说:"但愿是真正的风波而不是瞎胡闹。"然后他问:"你想了这么多,分析得这么清楚,为什么只是憋在心里呢?"

"我老觉得没有把握,"赵慧文把手放在自己的胸前,"我看了想,想了又看,我有时候想得一夜都睡不好,我问自己:'你的工作是事务性的,你能理解这些吗?'"

"你怎么会这样想?我觉得你刚才说的对极了!你应该把你刚才说的对区委书记谈,或者写成材料给《人民日报》……"

"瞧,你又来了。"赵慧文露出润湿的牙齿笑了。

"怎么叫又来了?"林震不高兴地站起来,使劲搔着头皮,"我也想过多少次,我觉得,人要在斗争中使自己变正确,而不能等到正确了才去作斗争!"

赵慧文突然推门出去了,把林震一个人留在这空旷的屋子里,他嗅见了肥皂的香气。马上,赵慧文回来了,端着一个长柄的小锅,她跳着进来,像一个梳着三只辫子的小姑娘。她打开锅盖,戏剧性地向林震说:

"来,我们吃荸荠,煮熟了的荸荠,我没有找到别的好吃的。"

"我从小就喜欢吃熟荸荠,"林震愉快地把锅接过来,他挑了一个大的没剥皮就咬了一口,然后他皱着眉吐了出来,"这是个坏的,又酸又臭。"赵慧文大笑了。林震气愤地把捏烂了的酸荸荠扔到地上。

临走的时候,夜已经深了,纯净的天空上布满了畏怯的小星星。有一个老头吆喝:"炸丸子开锅!"推车走过。林震站在门外,赵慧文站在门里,她的眼睛在黑暗中闪光,她说:"下次来的时候,墙上就有画了。"

林震会心地笑着:"而且希望你把丢下的歌儿唱起来!"他摇了一下她的手。

林震用力地呼吸着春夜的清香之气,一股温暖的泉水在心头涌了上来。

八

韩常新最近被任命为组织部副部长。新婚和被提拔,使他愈益精神焕发和朝气勃勃。他每天刮一次脸,在参观了服装展览会以后又做了一套凡尔丁料子的衣服。不过,最近他亲自出马下去检查工作少了,主要是在办公室听汇报,改文件和找人谈话。刘世吾仍然那么忙……

一天,晚饭以后,韩常新把《拖拉机站站长与总农艺师》还给林震,他用手弹一弹那本书,点点头说:"很有意思,也很荒唐。当个作家倒不坏,编得天花乱坠。赶明儿我得了风湿性关节炎或者犯错误受了处分,就也写小说去。"

林震接过书,赶快拉开抽屉,把它压在最底下。

刘世吾坐在另一边的沙发上正出神地研究一盘象棋残局,听了韩常新的话,刻薄地说:"老韩将来得关节炎或者受处分倒不见得不可能,至于小说,我们可以放心,至少在这个行星上不会看到您的大作。"他说的时候一点不像开玩笑,以致韩常新尴尬地转过头,装没听见。

这时刘世吾又把林震叫过去,坐在他旁边,问:"最近看什么书了?有没有好的借我看看?"

林震说没有。

刘世吾挪动着身体,斜躺在沙发上,两手托在脑后,半闭着眼,缓慢地说:"最近在《译文》上看了《被开垦的处女地》第二部的片段,人家写得真好,活得很……"

"您常看小说?"林震真不大相信。

"我愿意荣幸地表示,我和你一样地爱读书:小说、诗歌,包括童话。解放以前,我最喜欢屠格涅夫,小学五年级,我已经读《贵族之家》,我为伦蒙那个德国老头儿流泪,我也喜欢叶琳娜;英沙罗夫写得却并不好……可他的书有一种清新的、委婉多情的调子。"他忽地站起来,走近林震,扶着沙发背,弯着腰继续说,"现在也爱看,看的时候很入迷,看完了又觉得没什么,你知道,"他紧挨着林震坐下,又半闭起眼睛,"当我读一本好小说的时候,我梦想一种单纯的、美妙的、透明的生活。我想去作水手,或者穿上白衣服研究红血球,或者作一个花匠,专门培植十样锦……"他笑了。从来没有这样笑过,不是用机智,而是用心。"可还是得作什么组织部长。"他摊开了手。

"为什么您把现在的工作看得和小说那么不一样呢?党的工作不单纯,不美妙,也不透明么?"林震友好而关切地问。

刘世吾接连摇头,咳嗽了一会,又站起来,靠到远一点的地方,嘲笑地说:"党工作者不适合看小说。……譬如,"他用手在空中一划,"拿发展党员来说,小说可以写:'在壮丽的事业里,多少名新战士参加了无产阶级的先锋行列,万岁!'而我们呢,组织部呢,却正在发愁:第一,某支部组织委员工作马大哈,谈不清新党员的历史情况。第二,组织部压了百十几个等着批准的新党员,没时间审查。第三,新党员需经常委会批准,常委委员一听开会批准党员就请假。第四,公安局长参加常委会批准党员的时候老是打瞌睡……"

"您不对!"林震大声说,他像本人受了侮辱一样地难以忍耐,"您看不见壮丽的事业,只看见某某在打瞌睡……难道您也打瞌睡了?"

刘世吾笑了笑,叫韩常新:"来,看看报上登的这个象棋残局,该先挪车呢还是先跳马?"

九

魏鹤鸣告诉林震,他要求回到车间作工人,他说:"这个支部委员和生产科长我干不了。"林震费尽唇舌,劝他把那次座谈会搜集的意见写给党报,并且质问他:"你退缩了,你不信任党和国家了,是吗?"后来魏鹤鸣和几个意见较多的工人写了一封长信,偷偷地寄给报纸,连魏鹤鸣本人都对自己有些怀疑:"也许又是'小集团活动'?那就处罚我吧!"他是带着有罪的心情把大信封扔进邮箱的。

五月中旬,《北京日报》以显明的标题登出揭发王清泉官僚主义作风的群众来信。署名"麻袋厂一群工人"的信,愤怒地要求领导上处理这一问题。《北京日报》编者也在按语中指出:"……有关领导部门应迅速作认真的检查……"

赵慧文首先发现了,她叫林震来看。林震兴奋得手发抖,看了半天连不成句子,他想:"好!终于揭出来了!还是党报有力量!"

他把报纸拿给刘世吾看,刘世吾仔细地看了几遍,然后抖一抖报纸,客观地说:"好,开刀了!"

这时,区委书记周润祥走进来,他问:"王清泉的情况你们了解不?"

刘世吾不慌不忙地说:"麻袋厂支部的一些不健康的情况那是确实存在的。过去,我们就了解过,最近我亲自找王清泉谈过话,同时小林同志也去了解过。"他转身向林震:"小林,你谈谈王清泉的情况吧。"

有人敲门,魏鹤鸣紧张地撞进来,他的脸由红色变成了青色,他说,王厂长在看到《北京日报》以后非常生气,现在正追查写信的人。

……经过党报的揭发与区委书记的过问,刘世吾以出乎林震意料之外的雷厉风行的精神处理了麻袋厂的问题。刘世吾一下决心,就可以把工作作得很出色。他把其他工作交代给别人,连日与林震一起下到麻袋厂去。他深入车间,详细调查了王清泉工作的一切情况,征询工人群众的一切意见。然后,与各有关部门进行了联系,只用了一个多星期的时间,就对王清泉作了处理——党内和行政都予以撤职处分。

处理王清泉的大会一直开到深夜,开完会,外面下起雨,雨忽大忽小,久久地不停息。风吹到人脸上有些凉。刘世吾与林震到附近的一个小铺子去吃馄饨。

这是新近公私合营的小铺子,整理得干净而且舒适。由于下雨,顾客不多。他们避开热气腾腾的馄饨锅,在墙角的小桌旁坐下来。

他们要了馄饨,刘世吾还要了白酒,他呷了一口酒,掐着手指,有些感触地说:"我这是第六次参加处理犯错误的负责干部的问题了,头几次,我的心很沉重。"由于在大会上激昂地讲过话,他的嗓音有些嘶哑,"党工作者是医生,他要给人治病,他自己却是并不轻松的。"他用无名指轻轻敲着桌子。

林震同意地点头。

刘世吾忽然问:"今天是几号?"

"五月二十。"林震告诉他。

"五月二十,对了。九年前的今天,'青年军'二〇八师打坏了我的腿。"

"打坏了腿?"林震对刘世吾的过去历史还不了解。

刘世吾不说话,雨一阵大起来,他听着那哗啦哗啦的单调的响声,嗅着潮湿的土气。一个被雨淋透的小孩子跑进来避雨,小孩的头发在往下滴水。

刘世吾招呼店员:"切一盘肘子。"然后告诉林震:"一九四七年,我在北大作自治会主席。参加五·二〇游行的时候,二〇八师的流氓打坏了我的腿。"他挽起裤子,可以看到一道弧形的疤痕,然后他站起来:"看,我的左腿是不是比右腿短一点?"

林震第一次以深深的尊敬和爱戴的眼光看着他。

喝了几口酒,刘世吾的脸微微发红,他坐下,把肉片夹给林震,然后斜着头说:"那时候……我是多么热情,多么年轻啊!我真恨不得……"

"现在就不年轻,不热情了?"林震用期待的眼光看着。

"当然不,"刘世吾玩着空酒杯,"可是我真忙啊!忙得什么都习惯了,疲倦了。解放以来从来没睡够过八小时觉。我处理这个人和那个人,却没有时间处理处理自己。"他托起腮,用最质朴的人对人的态度看着林震,"是啊,一个布尔什维克,经验要丰富,但是心要单纯。……再来一两!"刘世吾举起酒杯,向店员招手。

这时,林震已经开始被他深刻和真诚的抒发所感动了。刘世吾接着闷闷地说:"据说,炊事员的职业病是缺少良好食欲,饭菜是他们做的,他们整天和饭菜打交道。我们,党工作者,我们创造了新生活,结果,生活反倒不能激动我们……"

林震的嘴动了动,刘世吾摆摆手,表示希望不要现在就和他辩论。他不说话,独自托着腮发愣。

"雨小多了,这场雨对麦子不错,"过了半天,刘世吾叹了口气,忽然又说:"你这个干部好,比韩常新强。"

林震在慌乱中赶紧喝汤。刘世吾盯着他,亲切地笑着,问他:"赵慧文最近怎么样?"

"她情绪挺好。"林震随口说。他拿起筷子去夹熟肉,看见了他熟悉的刘世吾的闪烁的目光。

刘世吾把椅子拉近他,缓缓地说:"原谅我的直爽,但是我有责任告诉你……"

"什么?"林震停止了夹肉。

"据我看,赵慧文对你的感情有些不……"

林震颤抖着手放下了筷子。

离开馄饨铺,雨已停了,星光从黑云下面迅速地露出来,风更凉了,积水漏漏地从马路两边的泄水池流下去。林震迷惘地跑回宿舍,好像喝了酒的不是刘世吾,倒是他。同宿舍的同志都睡得很甜,粗短的和细长的鼾声此起彼伏。林震坐在床上,摸着湿了的裤角,眼前浮现了赵慧文的苍白而美丽的脸。……他还是个毛小伙子,他什么也没经历过,什么都不懂。他走近窗子,把脸紧贴在外面沾满了水珠的冰冷的玻璃上。

十

区委常委开会讨论麻袋厂的问题。

林震列席参加。他坐在一角,心跳、紧张,手心里出了汗。他的衣袋里装着好几千字的发言提纲,准备在常委会上从麻袋厂事件扯出组织部工作中的问题。他觉得麻袋厂问题的揭发和解决,造成了最好的机会,可以促请领导从根本上考虑一下组织部的工作。时候到了!

刘世吾正在条理分明地汇报情况。书记周润祥显出沉思的神色,用左拳托着士兵式的粗壮而宽大的脸,右腕子压着一张纸,时而在上面写几个字。李宗秦用食指在空中写划着。韩常新也参加了会,他专心地把自己的鞋带解开又系上。

林震几次想说话,但是心跳得使他喘不上气。第一次参加常委会,就作这种大胆的发言,未免过于莽撞吧?不怕,不怕!他鼓励自己。他想起八岁那年在青岛学跳水,他也一边听着心跳,一边生气地对自己说:"不怕,不怕!"

区委常委批准了刘世吾对于麻袋厂问题提出的处理意见,马上就要进行下面一项议程了,林震霍地举起了手。

"有意见吗?不举手就可以发言的。"周书记笑着说。

林震站起来,碰响了椅子,掏出笔记本看着提纲,他不敢看大家。

他说:"王清泉个人是作了处理了,但是如何保证不再有第二、第三个王清泉出现呢？我们应该检查一下区委组织工作中的缺点；第一，我们只抓了建党，对于巩固党没给以应有的注意，使基层的党内斗争处于自流状态。第二，我们明知有问题却拖延着不去解决，王清泉来厂子整整五年，问题一直存在而且愈发展愈重。……具体地说，我认为韩常新同志与刘世吾同志有责任……"

会场起了轻微的骚动，有人咳嗽，有人放下了烟卷，有人打开笔记本，有人挪了一下椅子。

韩常新耸了一下肩，用舌头舐了一下扭动着的牙床，讽刺地说："往往听到一种事后诸葛亮的意见：'为什么不早一点处理呢？'当然是愈早愈好喽……高、饶事件发生了，有人问为什么不早一点，贝利亚，也有人问为什么不早一点。再者，组织部并不能保证第二、三个王清泉不会出现，林震同志也未尝能保证这一点。"

林震抬起头，用激怒的目光看韩常新。韩常新却只是冷冷地笑。林震压抑着自己说："老韩同志知道缺点的存在是规律，但他不知道克服缺点前进更是规律。老韩同志和刘部长，就是抱住了头一个规律，因而对各种严重的缺点采取了容忍乃至于麻木的态度！"说完，他用手抹了抹头上的汗，他也不知道自己怎么敢说得这样尖锐，但是终究说出来了，他有一种如释重负的感觉。

李宗秦在空中划着的食指停住了，周润祥转头看看林震又看看大家，他的沉重的身躯使木椅发出了吱吱声。他向刘世吾示意："你的意见？"

刘世吾点点头："小林同志的意见是对的，他的精神也给了我一些启发……"然后他悠闲地蹭到桌子边去倒茶水，用手抚摸着茶碗沉思地说："不过具体到麻袋厂事件，倒难说了。组织部门巩固党的工作抓的不够，是的，我们干部太少，建党还抓不过来。麻袋厂王清泉的处理，应该说还是及时而有效的。在宣布处理的工人大会上，工人的情绪空前高涨，有些落后的工人也表示更认识到了党的大公无私，有一个老工人在台上一边讲话一边落泪，他们口口声声说着感谢党，感谢区委……"

林震小声说："是的，正因为这样，我才觉得我们工作中的麻木、拖延、不负责任，是对群众犯罪。"他提高了声音，"党是人民的、阶级的心脏，我们不能容忍心脏上有灰尘，就不能容忍党的机关的缺点！"

李宗秦把两手交叉起来放在膝头，他缓缓地说，像是一边说一边思索着如何造句："我认为林震、韩常新、刘世吾同志的主要争论有两个症结，一个是规律性与能动性的问题，……一个是……"

林震以不知从哪儿来的勇气对李宗秦说："我希望不要只作冷静而全面的分析……"他没有说下去，他怕自己掉下眼泪来。

周润祥看一看林震，又看一看李宗秦，皱起了眉头，沉默了一会，迅速地写了几个字，然后他对大家说："讨论下一项议程吧。"

散会后，林震气恼得没有吃下饭，区委书记的态度他没想到。他不满甚至有点失望。韩常新与刘世吾找他一齐出去散步，就像根本没理会他对他们的不满意，这使林震更意识到自己和他们力量的悬殊。他苦笑着想："你还以为常委会上发一席言就可以起好大的作用呢！"他打开抽屉，拿起那本被韩常新嘲笑过的苏联小说，翻开第一篇，上面写着："按娜斯嘉的方式生活！"他自言自语："真难啊！"

他缺少了什么呢？

十一

第二天下班以后,赵慧文告诉林震:"到我家吃饭去吧,我自己包饺子。"他想推辞,赵慧文已经走了。

林震犹豫了好久,终于在食堂吃了饭再到赵慧文家去。赵慧文的饺子刚刚煮熟。她穿上暗红色的旗袍,系着围裙,手上沾满面粉,像一个殷勤的主妇似地对林震说:"新下来的豆角做的馅子……"

林震嗫嚅地说:"我吃过了。"

赵慧文不信,跑出去给他拿来了筷子,林震再三表示确实吃过,赵慧文不满意地一个人吃起来。林震不安地坐在一旁,一会儿看看这,一会儿看看那,一会儿搓搓手,一会儿晃一晃身体。

"小林,有什么事么?"赵慧文停止了吃饺子。

"没……有。"

"告诉我吧。"赵慧文目不转睛地看着他。

"昨天在常委会上我把意见都提了,区委书记睬都不睬……"

赵慧文咬着筷子端想了想,她坚决地说:"不会的,周润祥同志只是不轻易发表意见……"

"也许,"林震半信半疑地说,他低下头,不敢正面接触赵慧文关切的目光。

赵慧文吃了几个饺子,又问:"还有呢?"

林震的心跳起来了。他抬起头,看见了赵慧文的好意的眼睛,他轻轻地叫:"赵慧文同志……"

赵慧文放下筷子,靠在椅子背上,有些吃惊了。

"我很想知道,你是否幸福。"林震用一种粗重的完全像大人一样的声音说,"我看见过你的眼泪,在刘世吾的办公室,那时候春天刚来……后来忘记了。我自己马马虎虎地过日子,也不会关心人。你幸福吗?"

赵慧文略疑惑地看着他,摇头,"有时候我也忘记……"然后点头,"会的,会幸福的。你为什么问它呢?"她安详地笑着。

林震把刘世吾对他讲的告诉了她:"……请原谅我,把刘世吾同志随便讲的一些话告诉了你,那完全是瞎说……我很愿意和你一起讲话或者听交响乐,你好极了,那是自然而然的,……也许这里边有什么不好的,不合适的东西,马马虎虎的我忽然多虑了,我恐怕我扰乱谁。"林震抱歉地结束了。

赵慧文安详地笑着,接着皱起了眉尖儿,又抬起了细瘦的胳臂,用力擦了一下前额,然后她甩了一下头,好像甩掉什么不愉快的心事似地转过身去了。

她慢慢地走到墙壁上新挂的油画前边,默默地看画。那幅画的题目是"春",莫斯科,太阳在春天初次出现,母亲和孩子到街头去……

一会,她又转过身来,迅速地坐在床上,一只手扶着床栏杆,异常平静地说:"你说了些什么呀?真是!我不会作那些不经过考虑的事。我有丈夫,有孩子,我还没和你谈过我的丈夫,"她不用常说的"爱人",而强调地说着"丈夫","我们在五二年结的婚,我才十九,真不该结婚那么早。他从部队里转业,在中央一个部里作科长,他慢慢地染上了一种油条劲儿,争地位、争待遇,和别人不团结。我们之间呢,好像也只剩下了星期六晚上回来和星期一走。我的看法是:或者是崇高的爱情,或者什么都没有。我们争吵了……但我仍然等待着……他最近出差去上海,等回来,我要和他好好谈一谈。可你说了些什么呢?"她又一次问,"小林,你是我所尊敬的顶好的朋友,但你还是个孩子——这个称呼也许不对,对不起。我们都希望过一种真正的生活,我们希望组织部成为真正的党的工作机构,我觉着你像是我的弟弟,你盼望我振作起来,是吧? 生活是应该有互相支援和友谊的温暖,我从来就害怕冷淡。就是这些了,还有什么呢? 还能有什么呢?"

林震惶恐地说:"我不该受刘世吾话的影响……"

"不,"赵慧文摇头,"刘世吾同志是聪明人,他的警告也许并不是完全没有必要,然后……"她深深地吐了一口气:"那就好了。"

她收拾起碗筷,出去了。

林震茫然地站起,来回踱着步子,他想着,想着,好像有许多话要说,慢慢地,又没有了。他要说什么呢? 本来什么都没有发生。生活有时候带来某种情绪的波流,使人激动也使人困扰,然后波流流过去,没有一点痕迹……真的没有痕迹吗? 它留下对于相逢者的纯洁和美好的记忆,虽然淡淡,却难忘……

赵慧文又进来了,她领着两岁的儿子,还提着一个书包。小孩已经与林震见过几次面,亲热地叫林震"夫夫"——他说不清"叔叔"。

林震用强健的手臂把他举了起来。空旷的屋子里顿时充满了孩子的笑闹声。

赵慧文打开书包,拿出一叠纸,翻着,说:"今天晚上,我要让你看几样东西。我已经把三年来看到的组织工作中的一些问题和自己的意见写了一个草稿。这个……"她不好意思地摸了一下一张橡皮纸:"大概这是可笑的,我给自己规定了一个竞赛的办法。让今天的自己和昨天的自己竞赛。我划了表,如果我的工作有了失误——写入党批准通知的时候抄错了名字或者统计错了新党员人数,我就在表上划一个黑叉子,如果一天没有错,就画一个小红旗。连续一个月都是红旗,我就买一条漂亮的头巾或者别的什么奖励自己……也许,这像幼儿园的作法吧? 你好笑吗?"

林震入神地听着,他严肃地说:"决不,我尊敬你对你自己的……"

临走的时候,夜已经深了,林震站在门外,赵慧文站在门里,她的眼睛在黑暗中闪着光,她说:"今天的夜色非常好,你同意吗? 你嗅见了槐花的香气了没有? 平凡的小白花,它比牡丹雅,比桃李浓馥,你嗅不见? 真是! 再见。明天一早就见面了,我们各自投身在伟大而麻烦的工作里边。然后晚上来找我吧,我们听美丽的意大利随想曲。听完歌,我给你煮荸荠,然后我们把荸荠皮扔的满地都是……"

……林震靠着组织部的门前的大柱子好久好久地呆立着,望着夜的天空。初夏的南风吹拂着——他来时是残冬,现在已经初夏了。他在区委会度过了第一个春天。

他作好的事情简直很少,简直就是没有,但他学了很多,多懂了不少事,他懂得了生活的真正的美好和真正的分量;他懂得了斗争的困难和斗争的价值。他渐渐明白,在这平凡而又伟大的、包罗万象的、担负着无数艰巨任务的区委会,单凭个人的勇气是作不成任何事情的……从明天……

办公室的小刘走过,叫他:"林震,你上哪儿去了? 快去找周润祥同志,他刚才找了你三次。"

区委书记找林震了吗?那么不是从明天,而是从现在,他要尽一切力量去争取领导的指引,这正是目前最重要的……

隔着窗子,他看见绿色的台灯和夜间办公的区委书记的高大侧影,他坚决地、迫不及待地敲响领导同志办公室的门。

(原载《人民文学》1956年第9期)

作品解读

王蒙《组织部新来的年青人》通过某区组织部对通华麻袋厂支部事件的处理和各种人际关系的描写,表达了作者对当时出现的一种新的社会现象的思考与揭露,并成功地刻画了官僚主义者刘世吾这一形象。刘世吾有革命的工作经验,熟悉"领导艺术",有能力和魄力,但缺乏热情。对有损于党和人民利益的错误和缺点处之漠然。他代表现状对理想的冲击,和理想对现状的妥协。林震单纯而朝气蓬勃,热情而富有理想,可是理想与现实的差距,官僚主义作风、世故冷漠的态度让他惶惑、感愤而格格不入。通过他在组织部处境中的无能为力,我们能够感到比主观热情更强大的现实。

小说有"干预现实"的社会担当,更多的是叙述青年知识分子林震的心路历程,情节冲突主要在林震的内心展开。他对刘世吾有质疑和批判,也有理解、同情甚至钦佩。刘世吾过去的理想激情与现在的理智世故,让林震惶惑、感伤和自警。林震对赵慧文有朦胧的爱情,情感矛盾最终以理智的现实原则对内心欲求的胜利获得解决。虽然人们关注点多聚焦于官僚主义,然而人在新环境中的挣扎与内心痛苦,仍是现代文学传统的延续与发展。

(刘成才)

作家自述

最初写《组织部新来的青年人》时,想到了两个目的:一是写几个有缺点的人物,揭露我们工作、生活中的一些消极现象,一是提出一个问题,像林震这样的积极反对官僚主义却又常在"斗争"中碰得焦头烂额的青年到何处去。

我不想把林震写成娜斯嘉式的英雄。生活不止一次地提示给我热情向往娜斯嘉又与娜斯嘉有相当区别的林震式的人物,林震式的"斗争",林震式的受挫。甚至于,我还想通过林震的经历显示一下:一个知识青年,把"娜斯嘉方式"照搬到自有其民族特点的中国,应用于解决党内矛盾,往往不会成功。

至于刘世吾在工作上,不少地方是正确的、可敬的,我一点也不"憎恶"他。可惜,他运用自己对于工作规律的掌握来保护、掩盖自己的冷漠,他的优点和缺点是联系着的。——王蒙:《关于〈组织部新来的青年人〉》,《人民日报》1957年5月8日。

我当时还不懂得什么叫影射,嗅不出这两个字后面的血腥气味。我的小说就是写了缺陷、阴暗面,而且是写的一级党委的组织部门,大胆直书,百无禁忌,影射于我,何用之有?——王蒙:《〈组织部来了个年轻人〉琐谈》,《读书》1979年第1期。

名家要评

《组织部新来的青年人》激烈地批评了一个党委机关,一直具体化到北京的一个党区委,甚至在它隐射的锋芒上,还不止于此……把我们党的工作,党内斗争生活,描写成一片黑暗、庸俗的现象,从艺术和政治的效果来看,它已经超出批评的范围,而形成了夸大和歪曲。——李希凡:《评〈组织部新来的青年人〉》,《人民日报》1957 年 2 月 9 日。

刘世吾是一个双重悲剧式的人物:首先他灵魂里害上了与我们勇猛锐进着的生活相对立的病症——无爱无憎的高度冷漠症。而可怕的还在于他十分自信地把这一切看作是自己在精神上已经成熟的表现,或者半嘲解、半自慰地认为,这仅仅是一种不可避免的"职业病"而已。作者能写出这一性格,是凝视生活、探索生活、忠实地描写生活并且勇敢地干预生活的结果。——唐挚:《谈刘世吾性格及其他》,《文艺学习》1957 年第 3 期。

拓展阅读

1.《人民文学》编辑部:《〈人民文学〉编辑部对〈组织部新来的青年人〉原稿的修改情况》,《人民日报》1957 年 5 月 8 日。

2.王蒙:《关于〈组织部新来的青年人〉》,《人民日报》1957 年 5 月 8 日。

3.秦兆阳:《达到的和没有达到的》,《文艺学习》1957 年第 3 期。

4.谢冕、洪子诚主持:《重读〈组织部来了个年轻人〉》,《海南师院学报》1997 年第 3 期。

红 豆

宗 璞

  天气阴沉沉的，雪花成团地飞舞着。本来是荒凉的冬天的世界，铺满了洁白柔软的雪，仿佛显得丰富了，温暖了。江玫手里提着一只小箱子，在×大学的校园中一条弯曲的小道上走着。路旁的假山，还在老地方。紫藤萝架也还是若隐若现地躲在假山背后。还有那被同学戏称为阿木林的枫树林子，这时每株树上都积满了白雪，真是"忽如一夜春风来，千树万树梨花开"了。雪花迎面扑来，江玫觉得又清爽又轻快。她想起六年以前，自己走着这条路，离开学校，走上革命的工作岗位时的情景，她那薄薄的嘴唇边，浮出一个微笑。脚下不觉愈走愈快，那以前住过四年的西楼，也愈走愈近了。

  江玫走进了西楼的大门，放下手中的箱子，把头上紫红色的围巾解下来，抖着上面的雪花。楼里一点声音也没有，静悄悄的。江玫知道这楼已作了单身女教职员宿舍，比从前是学生宿舍时，自然不同。只见那间门房，从前是工友老赵住的地方，门前挂着一个牌子，写着"传达室"三个字。

  "有人么？"江玫环顾着这熟悉的建筑，还是那宽大的楼梯，还是那阴暗的甬道，吊着一盏大灯。只是墙边布告牌上贴着"今晚团员大会"的布告，又是工会基层选举的通知，用红纸写着，显得喜气洋洋的。

  "谁呀？"一个苍老的声音从传达室里发出来。传达室门开了，一个穿着干部服的整洁的老头儿，站在门口。

  "老赵！"江玫叫了一声，又高兴又惊奇，跑过去一把抱住了他。"你还在这儿！"

  "是江玫！"老赵几乎不相信自己昏花的老眼，揉了揉眼睛，仔细看着江玫。"是江玫！打前几个总务处就通知我，说党委会新来了个干部，叫给预备一间房，还说这干部还是咱们学校的学生呢，我可再也没想到是你！你离开学校六年啦，可一点没变样，真怪，现时的年轻人，怎么再也长不老哇！走！领你上你屋里去，可真凑巧，那就是你当学生时住的那间房！"

  老赵絮絮叨叨领着江玫上楼。江玫抚着楼梯栏杆，好像又接触到了六年以前的大学生生活。

  这间房间还是老样子，只是少了一张床，多了些别的家具，窗外可以看到阿木林，还有阿木林后面的小湖，在那里，夏天时，是要长满荷花的。江玫四面看着，眼光落到墙上嵌着的一个耶稣受难像上。那十字架的颜色，显然深了许多。

  好像是有一个看不见的拳头，重重地打了江玫一下。江玫觉得一阵头昏，问老赵："这个东西怎么还在这儿？"

  "本来说要取下来，破除迷信，好些房间都取下来了。后来又说是艺术品让留着，有几间屋子就留下了。"

  "为什么要留下？为什么要留下这一间的？"江玫怔怔地看着那十字架，一歪身坐在还没有铺好的床上。

"那也是凑巧呗!"老赵把桌上的一块破抹布捡在手里。"这屋子我都给收拾好啦,你归置归置,休息休息。我给你张罗点开水去。"

老赵走了。江玫站起身来,伸手想去摸那十字架,却又像怕触到使人疼痛的伤口似的,伸出手又缩回手,怔了一会儿,后来才用力一揿耶稣的右手,那十字架好像一扇门一样打开了。墙上露出一个小洞。江玫踮起脚尖往里看,原来被冷风吹得绯红的脸色刷地一下变得惨白。她低声自语:"还在!"遂用两个手指,钳出了一个小小的有象牙托子的黑丝绒盒子。

江玫坐在床边,用发颤的手揭开了盒盖。盒中露出来血点儿似的两粒红豆,镶在一个银丝编成的指环上,没有耀眼的光芒,但是色泽十分匀静而且鲜亮。时间没有给它们留下一点痕迹。

江玫知道这里面有多少欢乐和悲哀。她拿起这两粒红豆,往事像一层烟雾从心上升了起来——

那已经是八年以前的事了。那时江玫刚二十岁,上大学二年级。那正是一九四八年,那动荡的翻天覆地的一年,那激动,兴奋,流了不少眼泪,决定了人生的道路的一年。

在这一年以前,江玫的生活像是山岩间平静的小溪流,一年到头潺地流着,很少波浪。她生长于小康之家,父亲做过大学教授,后来做了几年官。在江玫五岁时,有一天,他到办公室去,就再没有回来过。江玫只记得自己被送到舅母家去住了一个月,回家时,看见母亲如画的脸庞消瘦了,眼睛显得惊人的大,看去至少老了十年。据说父亲是患了急性肠炎去世的。以后,江玫上了小学上中学,上了中学上大学。日寇入侵的那段水深火热的日子,江玫也在母亲的尽力遮蔽下较平静地度过。在中学时,有一些密友常常整夜叽叽喳喳地谈着知心话。上大学后,因为大家都是上课来,下课走,不参加什么活动的人简直连同班同学也不认识,只认识自己的同屋。江玫白天上课弹琴,晚上坐图书馆看参考书,礼拜六就回家。母亲从摆着夹竹桃的台阶上走下来迎接她,生活就像那粉红色的夹竹桃一样与世隔绝。

一九四八年春天,新年刚过去,新的学期开始了。那也是这样一个下雪天,浓密的雪花安安静静地下着。江玫从练琴室里走出来,哼着刚弹过的调子。那雪花使她感到非常新鲜,她那年轻的心充满了欢快。她走在两排粉装玉琢的短松墙之间,简直想去弹动那雪白的树枝,让整个世界都跳起舞来。她伸出了右手,自己马上觉得不好意思,连忙缩了回来,掠了掠鬓发,按了按母亲从箱子底下找出来的一个旧式发夹,发夹是黑白两色发亮的小珠串成的,还托着两粒红豆,她的新同屋肖素说好看,硬给她戴在头上的。

在这寂静的道路上,一个青年人正急速地向练琴室走来。他身材修长,穿着灰绸长袍,罩着蓝布长衫,半低着头,眼睛看着自己前面三尺的地方,世界对于他,仿佛并不存在。也许是江玫身上活泼的气氛,脸上鲜亮的颜色搅乱了他,他抬起头来看了她一眼。江玫看见他有着一张清秀的象牙色的脸,轮廓分明,长长的眼睛,有一种迷惘的做梦的神气。江玫想,这人虽然抬起头来,但是一定没有看见我。不知为什么,这个念头,使她觉得很遗憾。

晚上,江玫躺在床上,久久不能入睡。许多片断在她脑中闪过。她想着母亲,那和她相依为命的老母亲,这一生欢乐是多么少。好像有什么隐秘的悲哀在过早地染白她那一头丰盛的头发。她非常嫌恶那些做官的和有钱人,江玫也从她那里承袭了一种清高的气息,那与世隔绝的清高。江玫想想,忽然好笑了起来。

江玫自己知道,觉得那种清高好笑是因为想到肖素的缘故。肖素是江玫这一学期的新同屋。同屋不久,可是两人已经成为很要好的朋友。肖素说江玫像是从另一个世界来的,清高这个词儿也是肖素说的,她还说:"当然,这也有好处也有不好处。"这些,江玫并不完全了解。只不知为什么,乱七八糟的一些片断都在脑海中浮现出来。

这屋子多么空!肖素还不回来。江玫很想看见她那白中透红的胖胖的面孔,她总是给人安慰、知识和力量。学物理的人总是聪明的,而且她已经四年级了,江玫想。但是在肖素身上,好像还不只是学物理和上到大学四年级,她还有着更丰富的东西,江玫还想不出是什么。

正乱想着,肖素推门进来了。

"哦!小鸟儿!还没有睡!"小鸟儿是肖素给江玫起的绰号。

"睡不着。真希望你快点回来。"

"为什么睡不着?"肖素带回来一个大萝卜,切了一片给江玫。

"等着吃萝卜,——还等着你给讲点什么。"江玫望着肖素坦白率真的脸,又想起了母亲。上礼拜她带肖素回家去,母亲真喜欢肖素,要江玫多听肖姐姐的话。

"我会讲什么?你是幼稚园?要听故事?哎,给你本小书看看。"江玫接过那本小书,书面上写着"方生未死之间"。

两人静静地读起书来了。这本书很快就把江玫带进了一个新的天地。它描写着中国人民受的苦难,在血和泪中,大家在为一种新的生活——真正的丰衣足食,真正的自由——奋斗,这种生活,是大家所需要的。

"大家?——"江玫把书抱在胸前,沉思起来。江玫的二十年的日子,可以说全是在那粉红色的夹竹桃后面度过的。但她和母亲一样,憎恶权势,憎恶金钱。母亲有时会流着泪说:"大家都该过好日子,谁也不该屈死。"母亲的"大家"在这本小书里具体化了。是的,要为了大家。

"肖素,"江玫靠在枕上说:"我这简单的人,有时也曾想过人活着是为了什么,但想不通。你和你的书使我明白了一些道理。"

"你还会明白得更多。"肖素热切地望着她,"你真善良——你让我忘记刚才的一场气了,刚刚我为我们班上的齐虹真发火——"

"齐虹?他是谁?"

"就是那个常去弹琴,老像在做梦似的那个齐虹,真是自私自利的人,什么都不能让他关心。"

肖素又拿起书来看了。

江玫也拿起书来,但她觉得那清秀的象牙色的脸,不时在她眼前晃动。

雪不再下了。坚硬的冰已经逐渐变软。江玫身上的黑皮大衣换成了灰呢子的,配上她习惯用的红色的围巾,洋溢着春天的气息。她跟着肖素,生活渐渐忙起来。她参加了"大家唱"歌咏团和"新诗社"。她多么喜欢那"你来我来他来她来大家一齐来唱歌"的热情的声音,她因为《黄河大合唱》刚开始时万马奔腾的鼓声兴奋得透不过气来。她读着艾青、田间的诗,自己也悄悄写着什么"飞翔,飞翔,飞向自由的地方"的句子。"小鸟"成了大家对她的爱称。她和肖素也更接近,每天早上一醒来,先要叫一声"素姐"。

她还是天天去弹琴,天天碰见齐虹,可是从没有说过话。本来总在那短松夹道的路上碰见他,后来常在楼梯上碰见他,后来江玫弹完了琴出来时,总看见他站在楼梯栏杆旁,仿佛站了很久了似的,脸上的神气总是那样漠然。

有一天天气暖洋洋的,微风吹来,丝毫不觉得冷,确实是春天来了。江玫在练琴室里练习贝多芬的月光曲,总弹也弹不会,又要出错,心里烦躁起来,没到时间就不弹了。她走出琴室,一眼就看见齐虹站在那里。他的神色非常柔和,劈头就问:

"怎么不弹了?"

"弹不会。"江玫多少带了几分诧异。

"你大概太注意手指的动作了。不要多想它,只记着调子,自然会弹出来。"

他在钢琴旁边坐下了,冰冷的琴键在他的弹奏下发出了那样柔软热情的声音。换上别的人,脸上一定会带上一种迷醉的表情,可是齐虹神采飞扬,目光清澈,仿佛现实这时才在他眼前打开似的。

"这是怎么样的人?"江玫问着自己。"学物理,弹一手好钢琴,那神色多么奇怪。"

齐虹停住了,站起来,看着倚在琴边的江玫,微微一笑。

"你没有听?"

"不,我听了。"江玫分辩道,"我在想——"想什么,她自己也不知道。

"我送你回去,好么?"

"你不练琴?"

"不想练。你看天气多么好!"

就这样,他们开始了第一次的散步,就这样,他们散步,散步,看到迎春花染黄了柔软的嫩枝,看到亭亭的荷叶铺满了池塘。他们曾迷失在荷花清远的微香里,也曾迷失在桂花浓郁的甜香里,然后又是雪花飞舞的冬天。哦!那雪花,那阴暗的下雪天!——

齐虹送她回去,一路上谈着音乐,齐虹说:"我真喜欢贝多芬,他真伟大,丰富,又那样朴实。每一个音符上都充满了诗意。"

江玫懂得他的"诗意"含有一种广义的意思。她的眼睛很快地表露了她这种懂得。

齐虹接着说:"你也是喜欢贝多芬的。不是吗?据说肖邦最不喜欢贝多芬,简直不能容忍他的音乐。"

"可我也喜欢肖邦。"江玫说。

"我也喜欢。那甜蜜的忧愁——人和人之间是有很多相同的也有很多不同的东西——"那漠然的表情又来到他的脸上。"物理和音乐能把我带到一个真正的世界去,科学的、美的世界,不像咱们活着的这个世界,这样空虚,这样紊乱,这样丑恶!"

他送她到西楼,冷淡地点了点头就离开了,根本没有问她的姓名。江玫又一次感到有些遗憾。

晚上,江玫从图书馆里出来,在月光中走回宿舍。身后有一个声音轻轻唤她:"江玫!"

"哦!是齐虹。"她回头看见那修长的身影。

"你怎么知道我的名字?"齐虹问。月光照出他脸上热切的神气。

"你怎么知道我的名字?"江玫反问。她觉得自己好像认识齐虹很久了,齐虹的问题可以不必回答。

"我生来就知道。"齐虹轻轻地说。

两人都不再说话。月光把他们的影子投在地上。

以后,江玫出来时,只要是一个人,就总会听到温柔的一声"江玫"。他们愈来愈熟。不知从什么时候起,从图书馆到西楼的路就无限度地延长了。走啊,走啊,总是走不到宿舍。江玫并不追究路为什么这样长,她甚至希望路更长一些,好让她和齐虹无止境地谈着贝多芬和肖邦,谈着苏东坡和李商隐,谈着济慈和勃朗宁。他们都很喜欢苏东坡的那首江城子:"十年生死两茫茫,不思量,自难忘,千里孤坟、无处话凄凉。"他们幻想着十年的时间会在他们身上留下怎样的痕迹。他们谈时间,空间,也谈论人生的道理——

齐虹说:"人活着就是为了自由。自由,这两个字实在好极了。自就是自己,自由就是什么都由自己,自己爱做什么就做什么。这解释好吗?"

他的语气有些像开玩笑,其实他是认真的。

"可是我在书里看见,认识必然才是自由。"江玫那几天正在看《大众哲学》。"人也不能只为自己,一个人怎么活?"

"呀!"齐虹笑道,"我倒忘了,你的同屋就是肖素。"

"我们非常要好。"

因为看到路旁的榆叶梅,齐虹说用热闹两字形容这种花最好,江玫很赞赏这两个字,就把自由问题搁下了。

江玫隐约觉得,在某些方面,她和齐虹的看法永远也不会一致。可是她并没有去多想这个,她只喜欢和他在一起,遏止不住地愿意和他在一起。

一个礼拜天,江玫第一次没有回家。她和齐虹商量好去颐和园。春天的颐和园真是花团锦簇,充满了生命的气息。来往的人都脱去了臃肿的冬装,显得那样轻盈可爱。江玫和齐虹沿着昆明湖畔向南走去,那边简直没有什么人,只有和暖的春风和他们作伴。绿得发亮的垂柳直向他们摆手。他们一路赞叹着春天,赞叹着生命,走到玉带桥旁。

"这水多么清澈,多么丰满啊。"江玫满心欢喜地向桥洞下面跑去。她笑着想要摸一摸那湖水。齐虹几步就追上了她,正好在最低的一层石阶上把她抱住。

"你呀!你再走一步就掉到水里去了!"齐虹掠着她额前的短发,"我救了你的命,知道么? 小姑娘,你是我的。"

"我是你的。"江玫觉得世界上什么都不存在了。她靠在齐虹胸前,觉得这样撼人的幸福渗透了他们。在她灵魂深处汹涌起伏着潮水似的柔情,把她和齐虹一起溶化。

齐虹抬起了她的脸,"你哭了?"

"是的。我不知为什么,为什么这样感动——"

齐虹也感动地望着她,在清澈的丰满的春天的水面上,映出了一双倒影。

齐虹喃喃地说:"我第一次看见你,就是那个下雪天,你记得么? 我看见了你,当时就下了决心,一定要永远和你在一起,就像你头上的那两粒红豆,永远在一起,就像你那长长的双眉和你那双会笑的眼睛,永远在一起。"

"我还以为你没有看见我——"

"谁能不看见你! 你像太阳一样发着光,谁能不看见你!"齐虹的语气是这样热烈,他的脸上真的散发出温暖的光辉。

他们循着没有人迹的长堤走去,因为没有别人而感到自由和高兴。江玫抬起她那双会笑的眼睛,悄声说:"齐虹,咱们最好去住在一个没有人的岛上,四面是茫茫的大海,只有你是唯一的人——"

齐虹快乐地喊了一声,用手围住她的腰。"那我真愿意!我恨人类!只除了你!"

对于江玫来说,正是由于深切的爱,才想到这样的念头,她不懂齐虹为什么要联想到恨,未免有些诧异地望着他。她在齐虹光亮的眼睛里感到了热情,但在热情后面却有一些冰冷的东西,使她发抖。

齐虹注意到她的神色,改了话题:

"冷吗?我的小姑娘?"

"我只是奇怪,你怎么能恨——"

"你甜蜜的爱,就是珍宝,我不屑把处境和帝王对调。"齐虹顺口念着莎士比亚的两句诗,他确是真心的。可是江玫听来,觉得他对那两句诗的情感,更多于对她自己。她并没有多计较,只说是真有些冷,柔顺地在他手臂中,靠得更紧一些。

江玫的温柔的衰弱的母亲不大喜欢齐虹。江玫问她:"他怎么不好?他哪里不好?"母亲忧愁地微笑着,说他是聪明极了,也称得起漂亮,但做为一个人,他似乎少些什么,究竟少些什么,母亲也说不出。在江玫充满爱情的心灵里,本来有着一个奇怪的空隙,这是任何在恋爱中的女孩子所不会感到的。而在江玫,这空隙是那样尖锐,那样明显,使她在夜里痛苦得不能入睡。她想马上看见他,听他不断地诉说他的爱情。但那空隙,是无论怎样的诉说也填不满的罢。母亲的话更增加了江玫心上的阴影。更何况还有肖素。

红五月里,真是热闹非凡。每天晚上都有晚会。五月五日,是诗歌朗诵会。最后一个朗诵节目是艾青的《火把》。江玫担任其中的唐尼。她本来是再也不肯去朗诵诗的,她正好是属于一听朗诵诗就浑身起鸡皮疙瘩的那种人。肖素只问了她两句话:"喜欢这首诗不?""喜欢。""愿意多有一些人知道它不?""愿意。""那好了。你去念罢。"江玫拂不过她,最后还是站到台上来了。她听到自己清越的声音飘在黑压压的人群上,又落在他们心里。她觉得自己就是举着火把游行的唐尼,感觉到了一种完全新的东西、陌生的东西。而肖素正像是指导着唐尼的李茵。她愈念愈激动,脸上泛着红晕。她觉得自己在和上千的人共同呼吸,自己的情感和上千的人一同起落。"黑夜从这里逃遁了,哭泣在遥远的荒原。"那雄壮的齐诵好像是一种无穷的力量,推着她,使她想要奔跑,奔跑——

回到房间里,她对肖素说:"我今天忽然懂得了大伙儿在一起的意思,那就是大家有一样的认识,一样的希望,爱同样的东西,也恨同样的东西。"

肖素直看着她,问道:"你和齐虹有一样的认识,一样的期望么?"

江玫很怪肖素这时提到齐虹,打断了她那些体会,她那双会笑的眼睛严肃起来:"我真不知道怎样告诉你,我和齐虹,照我看,有很多地方,是永远也不会一致的。"

肖素也严肃地说:"本来是不会一致。小鸟儿,你是一个好女孩子,虽然天地窄小,却纯洁善良。齐虹憎恨人,他认为无论什么人彼此都是互相利用。他有的是疯狂的占有的爱,事实上他爱的还是自己。我和他已经同学四年——"

"你怎么能这样说他!我爱他!我告诉你我爱他!"江玫早忘了她和齐虹之间的分歧,觉得有一团火在胸中烧,她斩钉截铁地说,砰的一声关上房门,到走廊里去了。

"回来!回来。"第一声是严厉的,第二声是温柔的。肖素打开房门,看见她站在走廊里,眼睛像星星般亮。"你这礼拜天回家吗?有点事要你做。"

江玫是从不拒绝肖素的任何要求的。她隐约觉得肖素正在为一个伟大的事业做着工作,肖素的生活是和千百万人联系在一起的,非常炽热,似乎连石头也能温暖,她望着肖素,慢慢走了回来。

"什么事?交给我办好了。"

"你不回家么?"

"原来想回去看看。听说面粉已经涨到三百万一袋了。前几天大公报登了几首小诗,有一点稿费,想去送给母亲。"江玫一下子觉得疲倦得要命,坐在椅子上。

肖素本来想说"不食人间烟火的江玫也知道关心物价了",又一想,就没有说。只说:

"这里有几篇壁报稿子,礼拜一要出,你来把它们修改一遍,文字上弄通顺些,抄写清楚。我明天进城,可以把钱送给伯母。"她把稿子递给江玫,关心地看着她,说:"过两天,咱们还要好好谈一谈。"

礼拜天,江玫吃过早饭就坐在桌旁看那些稿子。为什么这些短短的文字并不怎么通顺的文章这样有说服力?要民主反饥饿,像钟声一样在江玫耳边敲着。参加新诗朗诵会的兴奋心情又升起来了。《火把》中的唐尼的形象仿佛正站在窗帘上。

有人敲门。

"江玫!"是齐虹的声音。

江玫转过头去,正是齐虹站在门口,一脸温柔的笑意,在看着江玫。

"哦!你来了!"

"昨天晚上到你家里去了,伯母说你没有回来。我连家也没有回,就回学校来了。"他走上来握住江玫的手。

一提起齐虹的家,江玫眼前就浮现出富丽堂皇的大厅,老银行家在数着银元,叮叮当当响,这和江玫手上的那些文章很不调和。甚至齐虹,这温文尔雅的齐虹,也和它们很不调和,但江玫看见他,还是很高兴的。

"在干什么?要出壁报么?听说你还朗诵诗?你怎么?也参加民主运动了?我的女诗人!"

江玫不太喜欢他那说话的语气,颔首要他坐下。

"我是来找你出去玩的。你看天气多么好!转眼就是夏天了。我来接你到'绝域'去做春季大扫除。"

"绝域"是他们两个都喜欢的一个童话"潘波得"中的神仙领域。他们的爱情就建筑在这些并不存在的童话,终究要萎谢的花朵,要散的云,会缺的月上面。

"今天不行呀,齐虹。"江玫抱歉地说。她抽回了自己的手,理了理放在桌上的稿子。"肖素要我——"

"肖素!又是肖素!你怎么这么听她的话!"齐虹不耐烦地说。

"她的话对么!"

"可是你知道我多么想和你在一起,去听那新生的小蝉的叫唤,去看那新长出来的小小的荷叶——我想要怎样,就要做到!"齐虹脸上温柔的笑意不见了,好像江玫是他的一本书,或者一件仪器。

江玫惊诧地望着他。

"也许,你还会去参加游行罢!你真傻透了!就知道一个肖素!"忿怒的阴云使他的脸变得很凶恶。但他马上又换上一副温和的腔调:"跟我去罢,我的小姑娘。"

江玫咬着自己的嘴唇,几乎咬出血来。

门外有人叫:"小鸟儿!江玫!快来看看这幅漫画,合适不合适。"

江玫想要出去。齐虹却站在桌前不放她走。江玫绕到桌子这边,齐虹也绕了过来,照旧拦住她。江玫又急又气,怎么推他也推不动,不一会儿,江玫的头发散乱,那红豆发夹落在地上,马上就被齐虹那穿着两色镶皮鞋的脚踩碎了,满地散着黑白两色的小珠。江玫觉得自己整个的灵魂正像那个发夹一样给压碎了。她再没有一点力气,屈辱地伏在桌上哭起来。

齐虹需要的正是这样的哭泣。他捡起那两粒红豆,极其体贴地抚着她的肩:"原谅我,原谅我!我太任性,我只是说不出的要和你在一起,我需要你——"

"别哭了,别哭了,我的小姑娘。"齐虹真的着急起来,"我再也不惹你生气了,再也不——再也不——"

江玫觉得这一切真没意思。她很快就抬起头来,擦干了眼泪。她看出来壁报是编不成了,但她也下定决心不跟他出去。只呆呆地坐着,望着窗外。

"好了,好了,不要生气。我来做个盒子把这两粒红豆装起来吧。做个纪念,以后绝不会再惹你。咱们该把这两粒红豆藏在哪儿?"

以后,这两粒红豆就被装在一个精致的盒子里面,放在耶稣像后面的小洞里了。那小洞是齐虹偶然发现的。江玫睡在床上看见耶稣的像,总觉得他太累,因为他负荷着那么多人世间的痛苦。

这一次争吵以后,齐虹和江玫并不是再也不,而是把争吵、哭泣,变成了他们爱情中的一部分。他们每次见面总有一阵风波,有时大有时小,但如有一天不见面,不看到听到对方的音容笑貌,在他们却又是受不了的事。他们的爱情正像鸦片烟一样,使人不幸,而又断绝不了。江玫一天天地消瘦了,苍白了,母亲望着她忍不住哭。齐虹脸上那种漠不关心的神气消失了,换上的是提心吊胆的急躁和忧愁。因为他对人生不信任,他对爱情也不信任,他监视着爱情,监视着幸福,监视着江玫——

就在这个时候,江玫也一天天明白了许多事。她知道少数人剥削多数人的制度该被打倒。她那善良的少女的心,希望大家都过好的生活。而且物价的飞涨正影响着江玫那平静温暖的小天地。母亲存着一些积蓄的那家银行忽然关了门。江玫和母亲一下子变成舅舅的负担了。江玫是决不愿意成为别人的负担的。她渴望着新的生活,新的社会秩序。共产党在她心里,已经成为一盏导向幸福自由的灯,灯光虽还模糊,但毕竟是看得见的了。

也就在这时候,江玫的母亲原有的贫血症愈来愈严重,医生说必须加紧治疗,每天注射肝精针,再拖下去的话,后果不堪设想。但是这一笔医药费筹办起来谈何容易!舅舅已经是自顾不暇了,难道还去麻烦他?本来和齐虹一提也可以,但是江玫决不愿求他。江玫只自己发愁,夜里直睡不着觉。

肖素很快就看出来江玫有心事。一盘问,江玫就一五一十告诉了她。

"那可不能拖下去。"肖素立刻说,她那白白的脸上的神色总是那样果断。"我输血给她!小鸟儿,你看,我这样胖!"她含笑弯起了手臂。

江玫感动地抱住了她:"不行,肖素。你和我的血型一样,和母亲不一样,不能输血。"

"那怎么办？我们总得想办法去筹一笔款子。"

第三天晚上，肖素兴高采烈地冲进房间。一进来就喊："江玫！快看！"江玫吃惊地看她，她大笑着，扬起了一叠钞票。

"素！哪里来的？你怎么这样有本事！"江玫也笑了，笑得那样放心。这种笑，是齐虹极想要听而听不到的。

"你别管，明天快拿去给伯母治病吧。"肖素眨眨眼睛，故作神秘地说。

"非要知道不可！不然我不安心！"

"别说了。我要睡觉了。"肖素笑过了，一下子显得很是疲倦。她脱去了朴素的蓝外套，只穿着短袖竹布旗袍，坐在床边上。

江玫上下打量她，忽然看见她的臂弯里贴着一块橡皮膏。江玫过去拉起她的手，看看橡皮膏，又看看她的脸。

"有什么好打量的？"肖素微笑着抽回了手，盖上了被。

"你——抽了血？"

肖素满不在乎地说："我卖了血。不只我一个人，还有几个伙伴。"

人常常会在一刹那间，也许只是因为一个眼神一个手势，伤透了心，破坏了友谊。人也常常会在一刹那间，也许就因为手臂上的一点针孔，建立了生死不渝的感情。江玫这时什么话也说不出来。她一下子跪在床边，用两只手遮住了脸。

礼拜六，江玫一定要肖素自己送钱去给母亲。肖素答应了和江玫一道回家，江玫也答应了肖素不告诉母亲钱的来源。两人欢欢喜喜回家去了。到了家，江玫才发现母亲已经病倒在床，这几天饭都是舅母那边送过来的。她站在衰老病弱的母亲床边，一阵心酸，眼泪夺眶而出。肖素也拿出了手绢。但她不只是看见这一位母亲躺在床上，她还看见千百万个母亲形销骨立神破碎地被压倒在地下。

这一晚，两人自己做了面，端在母亲床边一同吃了。母亲因为高兴，精神也好了起来。她吃过了面，笑着问："我真是病得老了，今天你舅父来，问我有火没有，我听成有狗没有。直告诉我从前咱们养了一只狗，名叫斐斐——"肖素和江玫听了笑得不得了。江玫正笑着，想起了齐虹。她想：这种生活和感情是齐虹永远不会懂的。她也没有一点告诉给他的欲望。

六月，反对美国扶植日本的运动达到了高潮。江玫比以前更关心当前的政治局势。她感到美国正在筹谋着什么坏主意。很明显，扶植压迫中国人民八年之久的日本，在每一个中国人心上都会引起抑制不住的愤怒。

有一天，肖素和江玫坐在窗前，读着当时美驻华大使司徒雷登在报上发表的声明，一面读一面生气。声明中说："如使日人成为饥饿不安之人民，则日人亦将续为和平之威胁，此种情形适为共产主义所需。如吾人诚意为一般之利益计，必须消灭鼓励共产主义之因素。"这很可以看清楚美国的目的究竟何在了。读完报纸，江玫忿忿地说：

"要不要共产主义，是我们自己的事！"

肖素微笑道："你知道共产主义是什么？"

江玫坦率地说："我不知道。不过我想那种生活总不会比现在坏。那时的人，都像你一样——"

肖素又笑道："现在哪里不够好？你吃着大米饭，穿着花布旗袍，还坏么？"

江玫倚在肖素身上，一面想，一面说："这个人吃人的社会，不只在物质上，也在精神上。"她出了一会儿神,又说:"肖素,要知道,我是多么寂寞呵。"

肖素抚着她的肩,说:"人生的道路,本来不是平坦的。要和坏人斗争,也要和自己斗争——"以后江玫在最困难的时候,总会想起这几句话。

六月九日,北京学生举行反美扶日大游行,江玫也参加了。

那天早上,窗外还黑得像老鸦的翅膀,江玫就起来收拾医药包,她是救护队的。她看看肖素空了一夜的床,又看看救护包上的红十字,心想肖素这一夜不知忙得怎样了,也许今天就会用这包里的绷带纱布来救护她罢。不知为什么,江玫特别为肖素和几个社团里的同学担心,江玫摸摸碘酒和红药水的药瓶,心中又兴奋,又不安。

"小鸟儿快走呀!"同学在门外叫起来了。

她们跑到操场上,夏天的太阳刚在东柳村那边村庄的屋顶上射出一片红光。肖素正在人丛里,她分明是一夜没有睡,胖胖的面庞有些苍白,但精神还是那样好。她看见江玫和同学们跑来,脸上闪过一个嘉许的微笑。

"江玫!"

"肖素!"江玫悄悄地塞给她一个大苹果,那是齐虹昨天送来的。对于齐虹不断向西楼运来的各式各样的礼物,江玫只偶尔接受一点水果和糖食。

长长的队伍出发了,举着各种标语,沉默地走在郊外的大道上。愈走天愈亮,愈走路愈分明,一个男同学问江玫:"药包重吗?我代你拿。"江玫微笑,说:"一个兵士的枪,能让人家代他背着吗?"那男同学也微笑,看着她穿着白衬衫蓝长裤红背心的雄赳赳的样子,问:"你永远都要做一个兵?"江玫严肃地睁大眼睛,略想了一想,她回答:"是的,永远。"

队伍七点钟就到了西直门,可是城门关了,进不去。人群中有人喊着:"不开城门,决不回校!"有的喊着:"大家冲呵,冲进去!"一时群情激昂,人声嘈杂,那些标语牌子忽高忽低地起伏着。肖素在队伍里跑来跑去叫着:"别嚷!别乱!已经去交涉了。"江玫忽然很希望自己是一个手执拂尘的仙女,用拂尘一指,城门马上便开——自己这样想想,又觉得好笑,还是等肖素他们交涉,肖素比仙女有用得多。

果然,到九点钟时,城门开了,队伍涌进城去,正遇到城里几个大学的同学拥在门前迎接他们。"同学们,你好!""兄弟们,你好!"热情的呼声,此起彼落,江玫觉得泪水已冲到了眼睛里,她连忙低下头,看着自己的鞋尖。

游行开始了,大家一步步地走着,一声声地喊着。"反对美国扶植日本!""要自由!""要独立!"口号像炸弹一样在空中炸了开来,路旁有些军警脸上带了惊慌的神色,江玫几乎来不及想喊了什么,只觉得每一步路每一声喊都使大家更接近光明——

队伍走过了西四西单天安门,绕南池子到北京大学的民主广场。走过天安门的时候,江玫望着那雄伟的建筑,心里升起一种怜悯而又惭愧的心情。天安门在不肖的子孙手里,蒙受了多少耻辱。江玫觉得那剥落的红墙也在盼望着:新的社会快点来,让中华民族站起来,让天安门也站起来!

在民主广场举行了群众大会,有几个教授讲演。也许是累了,也许是别的原因,江玫觉得思想很不集中,那种兴奋和激动已经过去了。她惦记着那黄昏笼罩了的初夏的校园,惦记着自己住的西楼,说得更确切些,她是惦记着那在西楼窗下徘徊的那个年轻人。天知道他会急成什么样子,会发多么大的脾气,会做出怎样的事来!她把肩上挎的药包紧了一紧,感觉到一阵头昏。

肖素走过来,低声问:"你不舒服么?"

"没有,一点儿都没有!"江玫连忙振起了精神。自己暗暗责骂自己,在这样的场合,偏会想到他!

大队回到学校时,灯光已经缀满校园。江玫回到房间里,两腿再也抬不起来,像是绑上了两块大石头。这时有人敲门,江玫心中一紧,感到一场风暴就要发生了,她靠在床栏杆上,默默地啜着热水。门开了,进来的是老赵。他的眉头皱得打了结,手里拿着一个破碎的糖盒子,往桌上一放说:

"哎哟江小姐!可真不得了啦!我活了这么大年纪也没见过脾气这么火暴的人!你们这位齐先生别是用公鸡血喂大的吧?他要死了,准得下冰冻地狱把人镇凉了才行,要不然连阎王殿都给烧啦!"

"什么'你们齐先生'!别这么说。他怎么了?你快说呀。"江玫放下了手中的杯子。

"今儿个下午他来找您,我说江小姐游行去了。他一听,就把他带来的这盒糖扔到大门外台阶上了,像是扔球似的!盒子破了,糖都滚了出来,我看这盒糖呀,值一袋面的钱,心里怪舍不得,我说,'齐先生,江小姐不在,你给东西留下得了,干嘛发这么大的火呀?'他一听更急了,一张脸煞红煞白,抄起门房的一个茶杯就摔在玻璃窗上,哗啦!你瞧瞧这满地的玻璃碴子!我看他是有点儿疯病!摔完了拔腿就走,还扔在台阶上三百万的票子,那是让我们修玻璃买茶杯?您说是不是?"

"别说了。"江玫无力地挥手。"就补块玻璃买个茶杯罢。"

"这糖,我看怪可惜了儿的,给您捡了来了。"

"你带回家去,那不是我的,我不要。"

这时肖素已经进来了,把这一段话都听了去。她一回来就洗脸洗脚,都收拾好了就伏在桌上写什么。而江玫还靠在床栏杆上,一动也不动。

肖素停下笔来:"你干什么?小鸟儿?你这样会毁了自己的。看出来了没有?齐虹的灵魂深处是自私残暴和野蛮,干嘛要折磨自己?结束了吧,你那爱情!真的到我们中间来,我们都欢迎你,爱你——"肖素走过来,用两臂围着江玫的肩。

"可是,齐虹——"江玫没有完全明白肖素在说什么。

"什么齐虹!忘掉他!"肖素几乎是生气地喊了起来,"你是个好孩子,好心肠,又聪明能干,可是这爱情会毒死你!忘掉他!答应我!小鸟儿。"

江玫还从没有想到要忘掉齐虹。他不知怎么就闯入了她的生命,她也永不会知道该如何把他赶出去。她迟钝地说:"忘掉他——忘掉他——我死了,就自然会忘掉。"

肖素真生她的气:"怎么这样说话!好好儿要说到死!我可想活呢,而且要活得有价值!"她说着,颜色有些凄然。

"怎么了?素姐!"细心而体贴的江玫一眼就看出有什么不平常的事。对肖素的关心一下子把自己的痛苦冲了开去。

肖素望着窗外,想了一会儿,说:"危险得很。小鸟儿。我离开你以后,你还是要走我们的路,是不是?千万不要跟着齐虹走,他真会毁了你的。"

"离开我!"江玫一把抱住了肖素。"离开我!为什么!我要跟你在一起!"

"我要毕业了呀,家里要我回湖南去教书。"肖素似真似假地回答。她是湖南人,父亲是个中学教员。

"毕业?"

"是毕业呀。"

可是肖素并没有能毕业,当然也没有回湖南去教书。她去参加毕业考试的最后一项科目,就没有回来。

同学们跑来告诉江玫时,江玫正在为"英国小说选"这一门课写读书报告,读的书是英国女作家艾米莱·勃朗特的《咆哮山庄》。江玫和齐虹常常谈论这本书。齐虹对这本书有那么多精辟的见解,了解得那样透彻,他真该是最懂得人生、最热爱人生的,但是竟不然——

肖素被捕的消息一下子就把江玫从《咆哮山庄》里拉出来了。江玫跳起来夺门而出,不顾那精心写作的读书报告撒得满地。好些同学跟她一起跑出了西楼,一直跑到学校门口,只看见一条笔直的马路,空荡荡的,望不到头。路边的洋槐发散着淡淡的香气。江玫手扶着一棵洋槐树,连声问:"在哪儿?在哪儿?"一个同学痛心地说:"早装上闷子车,这会子到了警察局了。"江玫觉得天旋地转,两腿再没有一点力气,一下子就坐在地上了。大家都拥上来看她,有的同学过来搀扶她。

"你怎么了?"

"打起精神来,江玫!"

大家喊喊喳喳在说着。是谁忿忿的声音特别响:"流血,流泪,逮捕,更教人睁开了眼睛!"

"是呀!"江玫心里说,"逮走一个肖素,会让更多的人都长成肖素。"

江玫弄不清楚人群怎样就散开了,而自己却靠在齐虹的手臂上,缓缓走着。

齐虹对她说:"我们系里那些进步同学嚷嚷着江玫晕倒了,我就明白是为了那肖素的缘故,连忙赶来。"

"对了。你们不是一起考理论物理吗?听说她是在课堂上被抓走的。"江玫这时多么希望谈谈肖素。

"是在考试时被抓走的。你看,干那些民主活动,有什么好下场!你还要跟着她跑!我劝你多少次——"

"什么!你说什么!"江玫叫了起来,她那会笑的眼睛射出了火光。"你!你真是没有心肝!"她把齐虹扶着她的手臂用力一推,自己向宿舍跑去了。跑得那么快,好像后面有什么妖魔鬼怪在追着她。

她好容易跑到自己房间,一下子扑在床上,半天喘不过气来。这时齐虹的手又轻轻放在她肩上了。齐虹非常吃惊,他不懂江玫为什么会发这么大的脾气,他曲着一膝伏在床前说:

"我又惹了你吗?玫!我不过忌妒着肖素罢了,你太关心她了。你把我放在什么地方?我常常恨她,真的,我觉得就是她在分开咱俩——"

"不是她分开我们,是我们自己的道路不一样。"江玫抽咽着说。

"什么?为什么不一样?我们有些看法不同,我们常常打架,我的脾气确实不好。不过,那有什么关系,反正我只知道,没有你就不行。我还没有告诉你,玫,我家里因为近来局势紧张,预备搬到美国去,他们要我也到美国去留学。"

"你!到美国去?"江玫猛然坐了起来。

"是的。还有你,玫。我已经和父亲说到了你,虽然你从来都拒绝到我家里去,他们对你都很熟悉。我常给他们看你的相片。"齐虹得意地拿出他随身携带的小皮夹子,那里面装着江玫的一张照片,是齐虹从她家里偷去的。那是江玫十七岁时照的,一双弯弯的充满了笑意的眼睛,还有那深色的嘴唇微微翘起,像是在和谁赌气。"我对他们说,你是一首最美的诗,一只最美的乐曲——"若说起赞美江玫的话来,那是谁也比不上齐虹的。

"不要说了。"江玫辛酸地止住了他。"不管是什么,可不能把你留在你的祖国呵。"

"可是你是要和我一块儿去的,玫,你可以接着念大学,我们要永远在一起,没有任何东西能分开我们。"

"不要说了,不要说了。"这是江玫惟一能说的话。

心上的重压逼得江玫走投无路。她真怕看肖素留下的那张空床,那白被单刺得她眼睛发痛。没有到礼拜六,她就回家去了。那晚正停电,母亲坐在摇曳的烛光下面缝着什么,在阴影里,她显得那样苍老而且衰弱,江玫心里一阵发痛,无声地唤着"心爱的母亲,可怜的母亲",眼泪不由自主地流了下来。

"玫儿!"母亲丢了手中的活计。

"妈妈! 肖素被捉走了。"

"她被捉走了?"母亲对女儿的好朋友是熟悉的。她也深深爱着那坦率纯朴的姑娘,但她对这个消息竟有些漠然,她好像没有知觉似地沉默着,坐在阴影里。

"肖素被捉走了。"江玫又重复了一遍。她眼前仿佛看见一个殷红的圆圆的面孔。

"早想得到呵。"母亲喃喃地说。

江玫把手中的书包扔到桌上,跑过来抱住母亲的两腿。"您知道!"

"我不知道但我想到。"母亲叹了一口气,用她枯瘦的手遮住自己的脸,停了一下,才说:"我一直没有告诉你。我想着,没有父亲的日子,对我的小女儿来说,已经够受的了,怎能再加上别的缘故,让你的日子更沉重。——要知道你的父亲,十五年前,也是这样不明不白地就再没有回来。他从来也没有害过什么肠炎胃炎,只是那些人说他思想有毛病。他脾气倔,不会应酬人,还有些别的什么道理,我不懂,说不明白。他反正没有杀人放火,可我们就这样糊里糊涂地再也看不见他了——"母亲说着,失声痛哭起来。

原来父亲并不是死于什么肠炎! 无怪母亲常常说不该有一个人屈死。屈死! 父亲正是屈死的! 江玫几乎要叫出来。她也放声哭了。母亲抚着她的头,眼泪浇湿了她的头发……

从父亲死后,江玫只看见母亲无言流泪,还从没有看见她这样激动过。衰弱的母亲,心底埋藏了多少悲痛和仇恨! 江玫觉得母亲的眼泪滴落在她头上,这眼泪使得她平静下来了。是的,难道还该要这屈死人的社会么? 彷徨挣扎的痛苦离开了她,仿佛有一种大力量支持着她走自己选择的路。她把母亲粗糙的手搁在自己被泪水浸湿的脸颊上,低声唤着:"父亲——我的父亲——"

门轻轻开了,烛光把齐虹的修长的影子投在墙上,母亲吃惊地转过头去。江玫知道是齐虹,仍埋着头不做声。齐虹应酬地唤了一声"伯母",便对江玫说:"你怎么今天回家来了? 我到处找你找不着。"

江玫没有理他,抬头告诉母亲:"他要到美国去。"

"是要和江玫一块儿去,伯母。"齐虹抢着加了一句。

"孩子,你会去吗?"母亲用颤抖的手摸着女儿的头。

"您说呢? 妈妈!"江玫抱住母亲的双膝,抬起了满是泪痕的脸。

"我放心你。"

"您同意她去了,伯母?"人总是照自己所期待的那样理解别人的话,齐虹惊喜万分地走过来。

"母亲放心我自己做决定。她知道我不会去。"江玫站起来,直望着齐虹那张清秀的象牙色的脸。齐虹浑身上下都滴着水,好像他是游过一条大河来到她家似的。

可是齐虹自己一点不觉得淋湿了,他只看见江玫满脸泪痕,连忙拿出手帕来给她擦,一面说:"咱们别再闹别扭了,玫,老打架,有什么意思?"

"是下雨了吗?"母亲包起她的活计,"你们商量罢,玫儿,记住你的父亲。"

"我不知道下雨了没有。"齐虹心不在焉地回答,他没有看见江玫的母亲已经走出房去,他的眼睛一刻都没有离开江玫。

江玫呆呆地瞪着他,尽他拭去了脸上的泪,叹了一口气,说:

"看来竟不能不分手了。我们的爱情还没有能让我们舍弃自己的一生。"

"我们一定会过得非常舒适而且快活——为什么提到舍弃,为什么提到分手?"齐虹狂热地吻着他最熟悉的那有着粉红色指甲的小手。

"那你留下来!"江玫还是呆呆地看着他。

"我留下来?我的小姑娘,要我跟着你满街贴标语,到处去游行么?我们是特殊的人,难道要我丢了我的物理音乐,我的生活方式,跟着什么群众瞎跑一气,扔开智慧,去找愚蠢!傻心眼的小姑娘,你还根本不懂生活,你再长大一点,就不会这样天真了。"

"傻心眼?人总还是傻点好!"

"你一定得跟我走!"

"跟你走,什么都扔了。扔开我的祖国,我的道路,扔开我的母亲,还扔开我的父亲!"江玫的声音细若游丝,她自己都听不见自己在说什么。说到父亲两字,她的声音猛然大起来,自己也吃了一惊。

"可是你有我。玫!"齐虹用责备的语气说,他看见江玫眼睛里闪耀一种亮得奇怪的火光,不觉放松了江玫的手。紧接着一阵遏止不住的渴望和激怒,使他抓住了江玫的肩膀。他压低了声音,一字一字地说:"我恨不得杀了你,把你装在棺材里带走。"

江玫回答说:"我宁愿听说你死了,不愿知道你活得不像个人。"

风呼啸着,雨滴急速地落着。疾风骤雨,一阵比一阵紧,忽然哗啦一声响,是什么东西摔碎了。齐虹把江玫搂在胸前,借着闪电的惨白的光辉,看见窗外阶上的夹竹桃被风刮到了阶下。江玫心里又是一阵疼痛,她觉得自己的爱情,正像那摔碎了的花盆一样,像那被吹落的花朵一样,永远不能再重新完整起来,永远不能再重新开在枝头。

这种爱情,就像碎玻璃一样割着人。齐虹和江玫,虽然都把话说得那样决绝,却还是形影相随。花池畔,树林中,不断地增添着他们新的足迹。他们也还是不断地争吵,流泪。

十月里东北局势紧张,解放军排山倒海地压来,解放了好几个城市。当时蒋介石提出的方针是:"维持东北,确保华北,肃清华中"。虽然对华北是确保,但华北的"贵人"们还是纷纷南迁。齐虹的家在秋初就全部飞南京转沪赴美了,只有齐虹一个人留在北京。他告诉家里说论文还有点尾巴没写好,拿不到毕业文凭,而实际上,他还在等着江玫回心转意。他根本不相信江玫可能不跟他走。他,齐虹,这样的齐虹,又在发疯地爱着的齐虹!在那执拗的江玫面前,他不只一次想,若真能把她包扎起来带走该有多好!他脸上的神色愈来愈焦愁，紧张，眼神透露着一种凶恶。这些都常在黑夜里震荡着江玫的梦。

江玫的梦现在已不是那种透明的、颜色非常鲜亮的少女的梦了。局势的变化，肖素的被捕，齐虹的爱，以及她自己的复杂的感情，使她多懂了许多事。在抗议"七五"事件（国民党屠杀东北来的青年学生）的游行里，她已经不再当救护队，而打着"反剿民，要活命，要请愿"的大标语走在队伍的前列了。她领头喊着"为死者伸冤，为生者请命"的口号，她奇怪自己的声音竟会这样响。她想到，在死者里面有她的父亲；在生者里面有母亲、肖素和她自己。她渴望着把青春贡献给为了整个人类解放的事业，她渴望着生活来一次翻天覆地的变动。

后来据肖素说，（肖素在解放后出狱，在广播电台做播音员，向全世界广播北京的声音。）那时的地下组织原打算发展江玫参加地下民主青年联盟的，只是她和齐虹的感情，让人闹不清她究竟爱什么，憎恶什么，就搁下来了。江玫听说这话，只轻轻叹了口气。

一九四八年冬天，北京已经到了解放前夕。城里流传着这样的民谣："家家挂红灯，迎接毛泽东。"最沉得住气的反动官员们、大亨们都纷纷逃走了。齐虹家里几乎是一天一封电报催他走，并且代他订了飞机座位。那时江玫的中心工作是和同学们一起讨论怎样应"变"，宣传护校。她为即将来到的解放，感到兴奋，好像等待着一件期待已久的亲人的礼物，满怀着感情，幻想解放后的日子。而同时，她和齐虹那注定了的无可挽回的分别啮咬着她的心。她觉得自己的心一面在开着花，同时又在萎缩。

一天，齐虹进城去了，直到晚上还没有露面。江玫坐在图书馆里，一页书也没有看，进来一个人她就抬头，可是直到电灯开了，齐虹还是不见。她忽然想，很可能他已经走了。走了，永远再也见不到他了。可是江玫一定还要再看他一眼，最后一眼！"齐虹！齐虹！"江玫几乎要叫出来，叫得全图书馆都听见。她连忙紧咬着嘴唇，快步走出了图书馆。

那是那一年冬天的第一个下雪天。路上的雪还没有上冻，灯光照在雪花上，闪闪刺人的眼。江玫一直向北楼走去，她想看一看那正对着一棵白杨树梢的窗子，有没有灯光。那个房间她从没有去过，可是那窗口她却十分熟悉。齐虹常对她讲窗口的白杨树叶的沙沙声怎样伴着他度过多少不眠的夜。透过飞舞着的迷乱的雪花，她一下子就找到那棵白杨树，而那白杨树梢的窗口，漆黑一片，没有灯光。

江玫的心沉了下去。她两腿发软，站在北楼前，一动不动。

也许他从城里回来太累，已经去睡了？也许他还没有回来？江玫快步走进了北楼，走到齐虹的房间，她敲门又推门，门是锁着的。

"难道再见不着他了！真见不着他了！"江玫走出北楼，心里在大声哭泣。她完全没有看见新诗社的一个同学从她身边走过，也没有听见人家在唤着"小鸟儿"。

好容易走到西楼，江玫真是一点力气都没有了。她想找个地方靠一靠再上楼，一眼看见自己房间里有灯光。那房间，自从肖素被抓去以后，是那样空，那样冷，晚上进去总是黑洞洞的。这时竟点着灯，这灯光温暖了江玫，她三步两步跑上去，在门外就叫着"虹！"

果然是齐虹在房间里等她，满脸的焦急使他看上去苍老了许多。他一看见江玫，连忙迎上来握着她的手，疲倦地、也多少有些安心地说："你到底回来了！我以为我再也见不着你了。"

江玫没有回答。她怕自己会把刚才那一番焦急向他倾吐,会让他明白她多离不开他。而他却就要走了,永远地走了。

"明天一早的飞机,今晚就要去机场。"齐虹焦躁地说,"一切都已经定了,怎么样?咱们就得分别么?"

"分别?——永远不能再见你——"江玫看着那耶稣受难的像,她仿佛看见那像后的两粒红豆。

"完全可以不分别,永不分别!玫!只要你说一声同我一道走,我的小姑娘。"

"不行。"

"不行!你就不能为我牺牲一点!你说过只愿意跟我在一起!"

"你自己呢?"江玫的目光这样说。

"我么!我走的路是对的。我绝不能忍受看见我爱的人去过那种什么'人民'的生活!你该跟着我!你知道么!我从来没有这样求过人!玫!你听我说!"

"不行。"

"真的不行么?你就像看见一个临死的人而不肯去救他一样,可他一死去就再也不会活转来了。再也不会活了!走开的人永远也不会再回来。你会后悔的,玫!我的玫!"他用力摇着江玫的肩。

"我不后悔。"

齐虹看着她的眼睛,还是那亮得奇怪的火光。他叹了一口气:"好,那么,送我下楼罢。"

江玫温柔地代他系好围巾,拉好了大衣领子,一言不发,送他下楼。

纷飞的雪花在无边的夜里飘荡,夜,是那样静,那样静。他们一出楼门,马上开过来一辆小汽车。从车里跳出一个魁梧的司机。齐虹对司机摇摇手,把江玫领到路灯下,看着她,摇头,说:"我原来预备抢你走的。你知道么?你看,我预备了车,飞机票也买好了。不过,我看了出来,那样做,你会恨我一辈子。你会的,不是么?"他拿出一张飞机票,也许他还希望江玫会忽然同意跟他走,迟疑了一下,然后把它撕成几瓣。碎纸片混在飞舞的雪花中,不见了。"再见!我的玫。我的女诗人!我的女革命家!"他最后几句话,语气非常尖刻。江玫看见他的脸因为痛苦而变了形,他的眼睛红肿,嘴唇出血,脸上充满了烦躁和不安。江玫忽然想起,第一次看见他时,他脸上那种漠不关心,什么都看不见的神气。

江玫想说点什么,但说不出来,好像有千把刀子插在喉头。她心里想:"我要撑过这一分钟,无论如何要撑过这一分钟。"她觉得齐虹冰凉的嘴唇落在她的额上,然后汽车响了起来。周围只剩了一片白,天旋地转的白,淹没了一切的白——

她最后对齐虹说的一句话就是"我不后悔"。

江玫果然没有后悔。那时称她革命家是一种讽刺,这时她已经真的成长为一个好的党的工作者了。解放后又渐渐健康起来的母亲骄傲地对人说:"她父亲有这样一个女儿,死得也不算冤了。"

雪还在下着。江玫手里握着的红豆已经被泪水滴湿了。

"江玫!小鸟儿!"老赵在外面喊着。"有多少人来看你啦!史书记,老马,郑先生,王同志,还有小耗子——"

一阵笑语声打断了老赵不伦不类的通报。江玫刚流过泪的眼睛早已又充满了笑意。她把红豆和盒子放在一旁,从床边站了起来。

1956年12月
(原载《人民文学》1957年第7期)

作品解读

《红豆》写的是一个知识分子在革命与爱情的冲突中面对两难选择的故事。1940年代末,女大学生江玫同时受到了两位同学的影响:同宿舍的革命青年肖素和有独特艺术气质的个人主义者齐虹。是走革命道路,迎接中国的解放,还是跟随恋人远走美国?女主人公在两难选择中徘徊与痛苦,她最终选择了革命。江玫并不是决绝的革命者,她动摇徘徊在革命者肖素和个人主义者齐虹之间,肖素内心更丰富的东西让她接通上了新的生活,她却不理解她对革命的执著。她不赞成齐虹内心深处无法改变的冷酷,却又为他的爱所倾倒。最终选择革命,意味着她不得不放弃个人心灵中的异常细腻而敏感的情感生活。齐虹是江玫的影子,代表着江玫的文化背景、审美情趣、长期形成的与革命时代不尽一致的优雅与虚飘。江玫最终与齐虹分手,在一定的意义上,也就是她与那个旧日的自我断绝。小说以女性笔调细致抒情,富有青春浪漫的情调,又含蓄、委婉缠绵、哀怨动人。小说的叙述重点是难以排遣的情感矛盾,情感的伤痛已经触及到江玫的灵魂,成了她生命中的重要烙印,既不能回到过去,又没法进入现实,这或许正是知识分子在建国后尴尬心态的无意识显露。《红豆》刚发表不久,即被批判为"毒草"。

(刘成才)

作家自述

《红豆》还想写人的性格上的冲突。这种冲突不是环境使然,而是基于人的内心世界……江玫和齐虹的政治立场不同,道路不同,只得分手。这牵涉到人的一部分内心。而在道路相同的人中,也还会由于性格冲突引起剧烈的痛苦。人的精神世界是极复杂的,如何揭示它,并使它影响人的灵魂,使之趋向更善、更美的境界,这真是艰巨的课题。

在我们的人生道路上,不断地出现十字路口,需要无比慎重,无比勇敢,需要以斩断万缕情丝的献身精神,一次次做出抉择。祖国、革命和爱情、家庭、新我和旧我的决裂,种种搏斗都是在自身的血肉之中进行,当然是十分痛苦。——宗璞:《〈红豆〉忆谈》,尤敏、屈毓秀编:《中国女作家小说选》,江苏人民出版社1981年。

名家要评

如果说一开始江玫是以一个资产阶级小姐的身份和齐虹恋爱,那么最后当她思想立场逐步变化时,就应该对齐虹这样的人和他的爱情有所厌恶,像《青春之歌》里的林道静对余永泽的感情变化一样。因为一个人的思想和感情是统一的,是和阶级立场不可分割的……但是作品中并不是这样。江玫一方面是步步走向革命,另一方面对齐虹的爱情却始终如旧。甚至到了解放前夕,齐虹将要飞走时,她担心不能和他再见"最后一面",竟"心里在大声哭泣","心沉了下去,两腿发软"。这就表明江玫一点没有改变,仍是充满资产阶级的思想感情。——《"红豆"的问题在哪里?》,《人民文学》1958年第9期。

《红豆》主要罪名是鼓吹超阶级的爱情,宣扬资产阶级的恋爱至上。这个指责是毫无道理的。《红豆》通过人物形象诉诸读者的,恰恰是爱情——特别是在阶级矛盾激化、双方壁垒分明的时候——是不能超越阶级的,不属于同一阶级的恋爱双方,如果不能做到一方归顺一方,决裂是不可避免的。江玫与齐虹虽然在艺术趣味上是那样相近,但是,真正的爱情,毕竟是以思想的一致为基础的。极端自私而又刚愎自用的大少爷与"天地狭小却心地善良"而日益趋向进步学生运动的"小鸟儿"之间,除去音乐之外,找不到任何共同点,而且互不相就。他们的悲剧结局是一开始就注定了的。——李子云:《净化人的心灵——读〈宗璞小说散文选〉》,《读书》1982年第1期。

拓展阅读

1. 文美惠:《从〈红豆〉看作家的思想和作品倾向》,《文艺月报》1957年第12期。

2. 李子云:《净化人的心灵——读〈宗璞小说散文选〉》,《读书》1982年第1期。

3. 程光炜:《关于五十至七十年代文学中的知识分子形象》,《文学评论》2001年第6期。

百合花(短篇存目)

茹志鹃

故事梗概

小说以第一人称"我"叙述。解放战争期间,一个老实害羞的小通讯员送"我"到前沿包扎所去,他走路总是和"我"保持一段距离。中途休息时,从谈话中得知他是"我"的老乡。小通讯员在为部队向人民借被子时,找一个新媳妇借却没有借到,他说她"死封建","我"帮他借到了绣有百合花的新被子——新媳妇的嫁妆。小通讯员在战争中牺牲了,新媳妇不顾劝阻专心地为他缝补衣服的破洞,并把自己绣有象征纯洁与感情的百合花被子盖在了他的身上。

作品解读

《百合花》是茹志鹃的成名之作,小说通过前沿包扎所里发生的一段小小插曲,写出了战争环境下淳朴真挚的人际关系,刻画了一支没有爱情的爱情牧歌。

小说在选材上显示了茹志鹃的风格:截取生活巨流中的一朵浪花、一片微澜加以精细挖掘,以表现重大题材和时代风貌。小说着重写19岁的小通讯员和才过门三天的新媳妇之间纯洁的感情交流,这种对普通人物和普通情感的挖掘以及普通人物身上的人性美,使小说以它特有的神韵未被历史沙尘所淹埋。小说以人物内心的活动来结构故事,以"我"和新媳妇对小通讯员态度、感情的变化为内在线索,撒满白色百合花的新被子、两个冷馒头及通讯员衣服上的破洞和枪口上插着的野菊花在作品中反复出现,成了战争时代人性的纯真的见证,也让小说具有了恒久的生命力。

(刘成才)

作家自述

战争使人不能有长谈的机会,但是战争却能使人深交。有时仅几十分钟,几分钟,甚至只来得及瞥一眼,便一闪而过,然而人与人之间,就在这个一刹那里,便能够肝胆相照,生死与共。

我要写一个处于爱情幸福漩涡中的美神,来比衬这个年轻的、尚未涉足爱情的小战士……一位刚刚开始生活的青年,当他献出一切的时候,他也就得到了一切。洁白无瑕的爱,晶莹的泪……在那个时候,难怪有些编辑部不敢用它,它实实在在是一篇没有爱情的爱情牧歌。——茹志鹃:《我写〈百合花〉的经过》,《青春》1980年第11期。

名家要评

《百合花》有它独特的风格。恕我借用前人评文惯用的词汇,它这风格就是:清新、俊逸。这篇作品说明,表现上述那样庄严的主题,除了常见的慷慨激昂的笔调,还可以有其他的风格……我以为这是我最近读过的几十个短篇中间最使我满意,也最使我感动的一篇。它是结构谨严,没有闲笔的短篇小说,但同时它又富于抒情诗的风味。——茅盾:《谈最近的短篇小说》,《人民文学》1958年第6期。

她选取斗争中的一朵浪花、一支插曲而由小见大,在这类素材里施展她的创作能力……委婉柔和、细腻而优美的抒情却成为她作品的基调。……作者自己对人物也流露出那么多的关心和爱护,即使是指出她们的弱点的时候,也没有急于谴责,而是分析这些弱点之所以产生的原因,倾听她们的心声,耐心地帮助她们。对人物感情的客观描绘和作者注入到作品里的自己的感情,两者统一起来,就形成了委婉柔和、细腻优美的抒情的调子。——侯金镜:《创作个性和艺术特色——读茹志鹃小说有感》,《文艺报》1961年第3期。

她更看到另一种惊心动魄的场面——发生在人们思想即灵魂深处的惊心动魄的场面。这正是她观察深刻的地方!在轰轰烈烈的革命斗争的风暴里,人们的灵魂深处也在经历着剧烈的风暴。尤其是,那些诸如慷慨就义或英勇牺牲之类的惊心动魄的行动,也往往是灵魂深处经历了惊心动魄的斗争的结果。——细言:《有关茹志鹃作品的几个问题——在一个座谈会上的发言》,《文艺报》1961年第7期。

拓展阅读

1. 茹志鹃:《漫谈我的创作经历》,《新文学论丛》1980年第1期。
2. 欧阳文彬:《试论茹志鹃的艺术风格》,《上海文学》1959年第10期。
3. 魏金枝:《也来谈谈茹志鹃的小说》,《文艺报》1961年第12期。

"锻炼锻炼"

赵树理

"争先"农业社，地多劳力少，
动员女劳力，作得不够好；
有些妇女们，光想讨点巧，
只要没便宜，请也请不到——
有说小腿疼，床也下不了；
要留儿媳妇，给她送屎尿；
有说四百二，她还吃不饱，
男人上了地，她却吃面条。
她们一上地，定是工分巧，
做完便宜活，老病就犯了；
割麦请不动，拾麦起得早，
敢偷又敢抢，脸面全不要；
开会常不到，也不上民校，
提起正经事，啥也不知道；
谁给提意见，马上跟谁闹，
没理占三分，吵得天塌了。
这些老毛病，赶紧得改造，
快请识字人，念念大字报！
　　　　——杨小四写

这是一九五七年秋末"争先农业社"整风时候出的一张大字报。在一个吃午饭的时候，大家正端着碗到社办公室门外的墙上看大字报，杨小四就趁这个热闹时候把自己写的这张快板大字报贴出来，引得大家丢下别的不看，先抢着来看他这一张，看着看着就轰隆轰隆笑起来。倒不因为杨小四是副主任，也不是因为他编得顺溜写得整齐才引得大家这样注意，最引人注意的是他批评的两个主要对象是"争先社"的两个有名人物——一个外号叫"小腿疼"，那一个外号叫"吃不饱"。

小腿疼是五十来岁一个老太婆，家里有一个儿子一个儿媳，还有个小孙孙。本来她瞧着孙孙做做饭媳妇是可以上地的，可是她不，她一定要让媳妇照着她当日伺候婆婆那个样子伺候她——给她打洗脸水、送尿盆、扫地、抹灰尘、做饭、端饭……不过要是地里有点便宜活的话也不放过机会。例如夏天拾麦子，在麦子没有割完的时候她可去，一到割完了她就不去了。按她的说法是"拾东西全凭偷，光凭拾能有多大出息"。后来社里发现了这个秘密，又规定拾的麦子归社，按斤给她记工，她就不干了。又如摘棉花，在棉桃盛开每天摘的能超过定额一倍的时候，她也能出动好几天，不用说刚能做到定额她不去,就是只超过定额三分她也不去。她的小腿上,在年轻时候生过连疮,不过早在二十多年前就治好了。在生疮的时候,她的丈夫伺候她;在治好之后,为了容易使唤丈夫,她说她留下了个腿疼根。"疼"是只有自己才能感觉到的。她说"疼"别人也无法证明真假,不过她这"疼"疼得有点特别:高兴时候不疼,不高兴了就疼,逛会、看戏、游门、串户时候不疼,一做活儿就疼;她的丈夫死后儿子还小的时候有好几年没有疼,一给孩子娶过媳妇就又疼起来;入社以后是活儿能大量超过定额时候不疼,超不过定额或者超过的少了就又要疼。乡里的医务站办得虽说还不错,可是对这种腿疼还是没有办法的。

"吃不饱"原名李宝珠,比"小腿疼"年轻得多——才三十来岁,论人材在"争先社"是数一数二的,可惜她这个优越条件,变成了她自己一个很大的包袱。她的丈夫叫张信,和她也算是自由结婚。张信这个人,生得也聪明伶俐,只是没有志气,在恋爱期间李宝珠跟他提出的条件,明明白白地就说是结婚以后不上地劳动,这条件在解放后的农村是没有人能答应的,可是他答应了。在李宝珠看来,她这位丈夫也不能算最满意的人,只能说是"比上不足比下有余"——因为不是干部——所以只把他作为个"过渡时期"的丈夫,等什么时候找下了最理想的人再和他离婚。在结婚以后,李宝珠有一个时期还在给她写大字报的这位副主任杨小四身上打过主意,后来打听着她自己那个"吃不饱"的外号原来就是杨小四给她起的,这才打消了这个念头。他既然只把张信当成她"过渡时期"的丈夫,自然就不能完全按"自己人"来对待他,因此她安排了一套对待张信的"政策"。她这套政策:第一是要掌握经济全权,在社里张信名下的账要朝她算,家里一切开支要由她安排,张信有什么额外收入全部缴她,到花钱时候再由她批准、支付。第二是除做饭和针线活以外的一切劳动——包括担水、和煤、上碾、上磨、扫地、送灰渣一切杂事在内——都要由张信负担。第三是吃饭穿衣的标准要由她规定——在吃饭方面她自己是想吃什么就做什么,对张信她做什么张信吃什么;同样,在穿衣方面,她自己是想穿什么买什么,对张信自然又是她买什么张信穿什么。她这一套政策是她暗自规定暗自执行的,全面执行之后,张信完全变成了她的长工。自从实行粮食统购以来,她是时常喊叫吃不饱。她的吃法是张信上了地她先把面条煮得吃了,再把汤里下几颗米熬两碗糊糊粥让张信回来吃,另外还做些火烧干饼锁在箱里,张信不在的时候几时想吃几时吃。队里动员她参加劳动的时候,她却说"粮食不够吃,每顿只能等张信吃完了刮个空锅,实在劳动不了"。时常做假的人,没有不露马脚的,张信常发现床铺上有干饼星星(碎屑),也不断见着糊糊粥里有一两根没有捞尽的面条,只是因为一提就得生气,一生气她就先提"离婚",所以不敢提,就那样睁只眼闭只眼吃点亏忍忍饥算了。有一次张信端着碗在门外和大家一齐吃饭,第三队(他所属的队)的队长张太和发现他碗里有一根面条。这位队长是个比较爱说调皮话的青年。他问张信说:"吃不饱大嫂在哪里学会这单做一根面条的本事哩?"从这以后,每逢张信端着糊糊粥到门外来吃的时候,爱和他开玩笑的人常好夺过他的筷子来在他碗里找面条,碰巧的是时常不落空,总能找到那么一星半点。张太和有一次跟他说:"我看'吃不饱'这个外号给你加上还比较正确,因为你只能吃一根面条。"在参加生产方面,"吃不饱"和"小腿疼"的态度完全一样。她既掌握着经济全权,就想利用这种时机为她的"过渡"以后多弄一点积蓄,因此在生产上一有了取巧的机会她就参加,绝不受她自己所定的政策第二条的约束;当便宜活做完了她就仍然喊她的"吃不饱不能参加劳动"。

杨小四的快板大字报贴出来一小会,吃不饱听见社房门口起了哄,就跑出来打听——她这几天心里一直跳,生怕有人给她贴大字报。张太和见她来了,就想给她当个义务读报员。张太和说:"大家不要起哄,我来给大家从头念一遍!"大家看见吃不饱走过来,已经猜着了张太和的意思,就都静下来听张太和的。张太和说快板是很有工夫的。他用手打起拍子有时候还带着表演,跟流水一样马上把这段快板说了一遍,只说得人人鼓掌、个个叫好。吃不饱就在大家鼓掌鼓得起劲的时候,悄悄溜走了。

不过吃不饱可没有回了家,她马上到小腿疼家里去了。她和小腿疼也不算太相好,只是有时候想借重一下小腿疼的硬牌子。小腿疼比她年纪大,闯荡得早,又是正主任王聚海、支书王镇海、第一队队长王盈海的本家嫂子,有理没理常常敢到社房去闹,所以比吃不饱的牌子硬。吃不饱听张太和念过大字报,气得直哆嗦,本想马上在当场骂起来,可是看见人那么多,又没有一个是会给自己说话的,所以没有敢张口就悄悄溜到小腿疼家里。她一进门就说:"大婶呀!有人贴着黑帖子骂咱们哩!"小腿疼听说有人敢骂她好像还是第一次。她好像不相信地问:"你听谁说的?""谁说的?多少人都在社房门口吵了半天了,还用听谁说?""谁写的?""杨小四那个小死材!""他这小死材都写了些什么?""写的多着哩,说你装腿疼,留下儿媳妇给你送屎尿,说你偷麦子;说你没理占三分,光跟人吵架……"她又加油加醋添了些大字报上没有写上去的话,一顿把个小腿疼说得腿也不疼了,挺挺挺挺就跑到社房里去找杨小四。

这时候,主任王聚海、副主任杨小四、支书王镇海三个人都正端着碗开碰头会,研究整风与当前生产怎样配合的问题,小腿疼一跑进去就把个小会给他们搅乱了。在门外看大字报的人们,见小腿疼的来头有点不平常,也有些人跟进去看。小腿疼一进门一句话也没有说,就伸开两条胳膊去扑杨小四,杨小四从座上跳起来闪过一边,主任王聚海趁势把小腿疼拦住。杨小四料定是大字报引起来的事,就向小腿疼说:"你是不是想打架?政府有规定,不准打架。打架是犯法的。不怕罚款、不怕坐牢你就打吧!只要你敢打一下,我就把你请得到法院!"又向王聚海说:"不要拦她!放开叫她打吧!"小腿疼一听说要出罚款要坐牢,手就软下来,不过嘴还不软。她说:"我不是要打你!我是要问问你政府规定过叫你骂人没有?""我什么时候骂过你?""白纸黑字贴在墙上你还昧得了?"王聚海说:"这老嫂!人家提你的名来没有?"小腿疼马上顶回来说:"只要不提名就该骂是不是?要可以骂我可就天天骂哩!"杨小四说:"问题不在提名不提名,要说清楚的是骂你来没有!我写的有哪一句不实,就算我是骂你!你举出来!我写的是有个缺点,那就是不该没有提你们的名字。我本来提着的,主任建议叫我去了。你要嫌我写的不全,我给你把名字加上好了!""你还嫌骂得不痛快呀!加吧!你又是副主任,你又会写,还有我这不识字的老百姓活的哩!"支书王镇海站起来说:"老嫂你是说理不说理?要说理,等到辩论会上找个人把大字报一句一句念给你听,你认为哪里写得不对许你驳他!不能这样满脑一把抓来派人家的不是!谁不叫你活了?""你们都是官官相卫,我跟你们说什么理?我要骂!谁给找出大字报叫他死绝了根!叫狼吃得他不剩个血盘儿,叫……"支书认真地说:"大字报是毛主席叫贴的!你实在要不说理要这样发疯,这么大个社也不是没有办法治你!"回头向大家说:"来两个人把她送乡政府!"看的人们早有几个忍不住了,听支书一说,马上跳出五六个人来把她围上,其中有两个人拉住她两条胳膊就要走。这时候,主任王聚海却拦住说:"等一等!这么一点事哪里值得去麻烦乡政府一趟?"大家早就想让小腿疼去受点教训,见王聚海一拦,都觉得泄气,不过他是主任,也只好听他的。小腿疼见真要送她走,已经有点胆怯,后来经主任这么一拦就放了心。她定了定神，看到局势稳定了，就强鼓着气说了几句似乎是光荣退兵的话："不要拦他们！让他们送吧！看乡政府能不能拔了我的舌头！"王聚海认为已经到了收场的时候，就拉长了调子向小腿疼说："老嫂！你且回去吧！没有到不了底的事！我们现在要布置明天的生产工作，等过两天再给你们解释解释！""什么解释解释？一定得说个过来过去！""好好好！就说个过来过去！"杨小四说："主任你的话是怎么说着的？人家闹到咱的会场来了，还要给人家陪情是不是？"小腿疼怕杨小四和支书王镇海再把王聚海说倒了弄得自己不得退场，就赶紧抢了个空子和王聚海说："我可走了！事情是你承担着的！可不许平白白地拉倒啊！"说完了抽身就走，跑出门去才想起来没有装腿疼。

主任王聚海是个老中农出身，早在抗日战争以前就好给人和解争端，人们常说他是个会和稀泥的人；在抗日战争中八路军来了以后他当过村长，作各种动员工作都还有点办法；在土改时候，地主几次要收买他，都被他拒绝了，村支部见他对斗争地主还坚决，就吸收他入了党；"争先农业社"成立时候，又把他选为社主任，好几年来，因为照顾他这老资格，一直连选连任。他好研究每个人的"性格"，主张按性格用人，可惜不懂得有些坏性格一定得改造过来。他给人们平息争端，主张"和事不表理"，只求得"了事"就算。他以为凡是懂得他这一套的人就当得了干部，不能照他这一套来办事的人就都还得"锻炼锻炼"。例如在一九五五年党内外都有人提出可以把杨小四选成副主任，他却说"不行不行，还得好好锻炼几年"，直到本年（一九五七年）改选时候他还坚持他的意见，可是大多数人都说杨小四要比他还强，结果选举的票数和他得了个平。小四当了副主任之后，他可是什么事也不靠小四做，并且常说："年轻人，随在管委会里'锻炼锻炼'再说吧！"又如社章上规定要有个妇女副主任，在他看来那也是多余的。他说："叫妇女们闹事可以，想叫她们办事呀，连门都找不着！"因为人家别的社里每社都有那么一个人，他也没法坚持他的主张，结果在选举时候还是选了第三队里的高秀兰来当女副主任。他对高秀兰和对杨小四还有区别，以为小四还可以"锻炼锻炼"，秀兰连"锻炼"也没法"锻炼"，因此除了在全体管委会议的时候按名单通知秀兰来参加以外，在其他主干碰头的会上就根本想不起来还有秀兰那么个人。不过高秀兰可没有忘了他。就在这次整风开始，高秀兰给他贴过这样一张大字报：

"争先社"，难争先，因为主任太主观；
只信自己有本事，常说别人欠锻炼；
大小事情都包揽，不肯交给别人干，
一天起来忙到晚，办的事情很有限。
遇上社员有争端，他在中间赔笑脸，
只求说个八面圆，谁是谁非不评断，
有的没理沾了光，感谢主任多照看，
有的有理受了屈，只把苦水往下咽。
正气碰了墙，邪气遮了天，
有力没处使，谁还肯争先？
希望王主任，来个大转变；
办事靠集体，说理分长短，
多听群众话，免得耍光杆！

——高秀兰写

他看了这张大字报,冷不防也吃了一惊,不过他的气派大,不像小腿疼那样马上唧唧喳喳乱吵,只是定了定神仍然摆出长辈的口气来说:"没想到秀兰这孩子还是个有出息的,以后好好'锻炼锻炼'也许能给社里办点事。"王聚海就是这样一个人。

杨小四给小腿疼和吃不饱出的那张大字报,在写成稿子没有誊清以前,征求过王聚海的意见。王聚海坚决主张不要出。他说:"什么病要吃什么药,这两个人吃软不吃硬。你要给她们出上这么一张大字报,保证她们要跟你闹麻烦;实在想出的话,也应该把她们的名字去了。"杨小四又征求支书王镇海的意见,并且把主任的话告诉了支书,支书说:"怕麻烦就不要整风!至于名字写不写都行,一贴出去谁也知道指的是谁!"杨小四为了照顾王聚海的老面子,又改了两句,只把那两个人的名字去了,内容一点也没有变,就贴出去了。

当小腿疼一进社房来扑杨小四,王聚海一边拦着她,一边暗自埋怨杨小四:"看你惹下麻烦了没有?都只怨不听我的话!"等到大家要往乡政府送小腿疼,被他拦住用好话把小腿疼劝回去之后,他又暗自夸奖他自己的本领:"试试谁会办事?要不是我在,事情准闹大了!"可是他没有想到当小腿疼走出去、看热闹的也散了之后,支书批评他说:"聚海哥!人家给你提过那么多意见,你怎么还是这样无原则?要不把这样无法无天的人的气焰打下去,这整风工作还怎么往下做呀?"他听了这几句批评觉得很伤心。他想:"你们闯下了事自己没法了局,我给你们做了个开解,倒反落下不是了?"不过他摸得着支书的"性格"是"认理不认人、不怕不了事"的,所以他没有把真心话说出来,只勉强承认说:"算了算了!都算我的错!咱们还是快点布置一下明天的生产工作吧!"

一谈起布置生产来,支书又说:"生产和整风是分不开的。现在快上冻了,妇女大半不上地,棉花摘不下来,花秆拔不了,牲口闲站着,地不能犁,要不整风,怎么能把这种情况变过来呢?"主任王聚海说:"整风是个慢工夫,一两天也不能转变个什么样子;最救急的办法,还是根据去年的经验,把定额减一减——把摘八斤籽棉顶一个工,改成六斤一个工,明天马上就能把大部分人动员起来!"支书说:"事情就坏到去年那个经验上!现在一天摘十斤也摘得够,可是你去年改过那么一下,把那些自私自利的人改得心高了,老在家里等那个便宜。这种落后思想照顾不得!去年改成六斤,今年她们会要求改成五斤,明年会要求改成四斤!"杨小四说:"那样也就对不住人家进步的妇女!明天要减了定额,这几天的工分你怎么给人家算?一个多月以前定额是二十斤,实际能摘到四十斤,落后的抢着摘棉花,叫人家进步的去割谷,就已经亏了人家;如今摘三遍棉花,人家又按八斤定额摘了十来天了,你再把定额改小了让落后的来抢,那像话吗?"王聚海说:"不改定额也行,那就得个别动员。会动员的话,不论哪一个都能动员出来,可惜大家在作动员工作方面都没有'锻炼',我一个人又只有一张嘴,所以工作不好作……"接着他就举出好多例子,说哪个媳妇爱听人夸她的手快,哪个老婆爱听人说她干净……只要摸得着人的"性格",几句话就能说得她愿意听你的话。他正唠唠叨叨举着例子,支书打断他的话说:"够了够了!只要克服了资本主义思想,什么'性格'的人都能动员出来!"

话才说到这里,乡政府来送通知,要主任和支书带两天给养马上到乡政府集合,然后到城关一个社里参观整风大辩论。两个人看了通知,主任说:"怎么办?"支书说:"去!""生产?""交给副主任!"主任看了看杨小四,带着讽刺的口气说:"小四!生产交给你!支书说过,'生产和整风分不开',怎样布置都由你!""还有人家高秀兰哩!""你和她商量去吧!"

主任和支书走后,杨小四去找高秀兰和副支书,三个人商量了一下,晚上召开了个社员大会。

人们快要集合齐了的时候,向来不参加会的小腿疼和吃不饱也来了。当她们走近人群的时候,吃不饱推着小腿疼的脊背说:"快去快去!凑他们都还没有开口!"她把小腿疼推进了场,她自己却只坐圈外。一队的队长王盈海看见她们两个来得不大正派,又见小腿疼被推进场去以后要直奔主席台,就趁了两步过来拦住她说:"你又要干什么?""干什么?今天响午的事你又不是不知道!先得把小四骂我的事说清楚,要不今天晚上的会开不好!"前边提过,王盈海也是小腿疼的一个本家小叔子,说话要比王聚海、王镇海都尖刻。王盈海当了队长,小腿疼虽然能借着个叔嫂关系跟他耍无赖,不过有时候还怕他三分。王盈海见小腿疼的话头来得十分无理,怕她再把个会场搅乱了,就用话顶住她说:"你的兴就还没有败透?人家什么地方屈说了你?你的腿到底疼不疼?""疼不疼你管不着!""编在我队里我就要管你!说你腿疼哩,闹起事来你比谁跑得也快;说你不疼哩,你却连饭也不能做,把个媳妇拖得上不了地!人家给你写了张大字报,你就跟被蝎子螫了一下一样,唧唧喳喳乱叫喊!叫吧!越叫越多!再要不改造,大字报会把你的大门上也贴满了!"这样一顶,果然有效,把个小腿疼顶得关上嗓门慢慢退出场外和吃不饱坐到一起去。杨小四看见小腿疼息了虎威,悄悄和高秀兰说:"咱们主任对小腿疼的'性格'摸得还是不太透。他说小腿疼是'吃软不吃硬',我看一队长这'硬'的比他那'软'的更有效些。"

宣布开会了,副支书先讲了几句话说:"支书和主任今天走得很急促,没有顾上详细安排整风工作怎样继续进行。今天下午我和两位副主任商议了一下,决定今天晚上暂且不开整风会,先来布置明天的生产。明天晚上继续整风,开分组检讨会,谁来检讨、检讨什么,得等到明天另外决定。我不说什么了,请副主任谈生产吧!"副支书说了这么几句简单的话就坐下了。有个人提议说:"最好是先把检讨人和检讨什么宣布一下,好让大家准备准备!"副支书又站起来说:"我们还没有商量好,还是等明天再说吧!"

接着就是杨小四讲话。他说:"咱们现在的生产问题,大家都看得很清楚:棉花摘不下来,花秆拔不了,牲口闲站着,地不能犁,再过几天地一冻,秋杀地就算误了。摘完了的棉花秆,断不了还要丢下一星半点,拔花秆上熏了肥料,觉着很可惜;要让大家自由拾一拾吧,还有好多三遍花没有摘,说不定有些手不干净的人要偷偷摸摸的。我们下午商量了一下,决定明后两天,由各队妇女副队长带领各队妇女,有组织地自由拾花;各队队长带领男劳力,在拾过自由花的地里拔花秆,把这一部分地腾清以后,先让牲口犁着,然后再摘那没有摘过三遍的花。为了防止偷花的毛病,现在要宣布几条纪律:第一、明天早晨各队正副队长带领全队队员到村外南池边犁过的那块地里集合,听候分配地点。第二、各队妇女只准到指定地点拾花,不许乱跑。第三、谁要不到南池边集合,或者不往指定地点,拾的花就算偷的,还按社里原来的规定,见一斤扣除五个劳动日的工分,不愿叫扣除的送到法院去改造。完了!散会!"

大会没有开够十分钟就散了,会后大家纷纷议论:有的说:"青年人究竟没有经验!就定一百条纪律,该偷的还是要偷!"有的说:"队长有什么用?去年拾自由花,有些妇女队长也偷过!"有的说:"年轻人可有点火气,真要处罚几个人,也就没人敢偷了!"有的说:"他们不过替人家当两天家,不论说得多么认真,王聚海回来还不是平塌塌地又放下了!"准备偷花的妇女们,也互相交换着意见:"他想的倒周全,一分开队咱们就散开,看谁还管得住谁?""分给咱们个好地方咱们就去,要分到没出息的地方,干脆都不要跟上队长走!""他一只手拖一个,两只手拖两个,还能把咱们都拖住?""我们的队长也不那么老实!"……

"新官上任,不摸秉性",议论尽管议论,第二天早晨都还得到村外南池边那块犁过的地里集合。

要来的大都来到犁耙得很平整的这块地里来坐下,村里再没有往这里走的人了,小四、秀兰和副支书一看,平常装病、装忙、装饿的那些妇女们这时候差不多也都到齐,可是小腿疼和吃不饱两个有名人物没有来。他们三个人互相看了看,秀兰说:"大概是一张大字报真把人家两个人惹恼了!"大家又稍微等了一下,小四说:"不等她们了,咱们就按咱们的计划来吧!"他走到面向群众那一边说:"各队先查点一下人数,看一共来了多少人!男女分别计算!"各个队长查点了一遍,把数字报告上来。小四又说:"请各队长到前边来,咱们先商量一下!"各队长都集中到他们三个人跟前来。小四和各队长低声说了几句话,各个队长一听都大笑起来,笑过之后,依小四的吩咐坐在一边。

小四开始讲话了。小四说:"今天大家来得这样齐楚,我很高兴。这几天,队长每天去动员人摘花,可是说来说去,来的还是那几个人,不来的又都各有理由:有的说病了,有的说孩子病了,有的说家里忙得离不开……指东划西不出来,今天一听说自由拾花大家就什么事也没有了! 这不明明是自私自利思想作怪吗?摘头遍花能超过定额一倍的时候,大家也是这样来得整齐。你们想想:平常活叫别人做,有了便宜你们讨,人家长年在地里劳动的人吃你们多少亏?你们真是想'拾'花吗?一个人一天拾不到一斤籽棉,值上两三毛钱,五天也赚不够一个劳动日,谁有那么傻瓜?老实说:愿意拾花的根本就是想偷花!今年不能像去年,多数人种地让少数人偷!花秆上丢的那一点棉花不拾了,把花秆拔下来堆在地边让每天下午小学生下了课来拾一拾,拾过再熏肥。今天来了的人一个也不许回去! 妇女们各队到各队地里摘三遍花,定额不动,仍是八斤一个劳动日;男人们除了往麦地担粪的还去担粪,其余到各队摘尽了花的地里拔花秆!我的话讲完了!副支书还要讲话!"有一个媳妇站起来说:"副主任!我不说瞎话!我今天不能去!我孩子的病还没有好!不信你去看看!"小四打断她的话说:"我不看!孩子病不好你为什么能来?""本来就不能来,因为……""因为听说要自由拾花!本来不能来你怎么来的?天天叫也叫不到地,今天没有人去叫你,你怎么就来了?副支书马上就要跟你们讲这些事!"这个媳妇再没有说的,还有几个也想找理由请假,见她受了碰,也都没有敢开口。她们也想到悄悄溜走,可是坐在村外一块犁过的地里,各个队长又坐在通到村里去的路上,谁动一动都看得见,想跑也跑不了。

副支书站起来讲话了。他说:"我要说的话很简单:有人昨天晚上要我把今天的分组检讨会布置一下,把检讨人和检讨什么告大家说,让大家好准备。现在我可以告大家说了:检讨人就是每天不来今天来的人,检讨的事就是'为什么只顾自己不顾社'。现在先请各队的记工员把每天不来今天来的人开个名单。"

一会,名单也开完了,小四说:"谁也不准回村去!谁要是半路偷跑了,或者下午不来了,把大字报给她出到乡政府!"秀兰插话说:"我们三队的地在村北哩,不回村怎么过去?"小四向三队队长张太和说:"太和!你和你的副队长把人带过村去,到村北路上再查点一下,一个也不准回去!各队干各队的事!散会!"

在散会中间又有些小议论:"小四比聚海有办法!""想得出来干得出来!""这伙懒婆娘可叫小四给整住了!""也不止小四一个,他们三个人早就套好!""聚海只学过内科,这些年轻人能动手术!""聚海的内科也不行,根本治不了病!""可惜小腿疼和吃不饱没有来!"……说着就都走开了。

第三队通过了村,到了村北的路上,队长查点过人数,就往村北的杏树底地里来。这地方有两丈来高一个土岗,有一棵老杏树就长在这土岗上,围着这土岗南、东、北三面有二十来亩地在成立农业社以后连成了一块,这一年种的是棉花,东南两面向阳地方的棉花已经摘尽了,只有北面因为背阴一点,第三遍花还没有摘。他们走到这块地里,把男劳力和高秀兰那样强一点的女劳力留在南头拔花秆,让妇女队长带着软一点的女劳力上北头去摘花。

妇女们绕过了南边和东边快要往北边转弯了,看见有四个妇女早在这块地里摘花,其中有小腿疼和吃不饱两个人。大家停住了步,妇女队长正要喊叫,有个妇女向她摆摆手低声说:"队长不要叫她们!你一叫她们不拾了!咱们也装成自由拾花的样子慢慢往那边去!到那里咱们摘咱们的,她们拾她们的!让她们多拾一点处理起来也有个分量!"妇女队长说:"我说她们怎么没有出来!原来早来了!"另一个不常下地的妇女说:"吃不饱昨天夜里散会以后,就去跟我商量过不要到南池边去集合,早一点往地里去,我没有敢听她的话。"大家都想和小腿疼她们开开玩笑,就都装作拾花的样子,一边在摘过的空花秆上拾着零花,一边往北边走。

原来头天晚上开会时候,小腿疼没有闹起事来,不是就退出场外和吃不饱坐在一起了吗?她们一听到第二天叫自由拾花,吃不饱就对住小腿疼的耳朵说:"大婶!咱明天可不要管他那什么纪律!咱们叫上几个人天不明就走,赶她们到地,咱们就能弄他好几斤!她们到南池边集合,咱们到村北杏树底去,谁也碰不上谁;赶她们也到杏树底来咱们跟她们一块儿拾。拾东西谁也不能不偷,她们一偷,就不敢去告咱们的状了!"小腿疼说:"我也是这么想!什么纪律?犯纪律的多哩!处理过谁?光咱俩人去多好!不要叫别人!""要叫几个人,犯了也有个垫背的;不过也不要叫得太多,太多了轮到一个人手里东西就不多了!"她们一共叫过五个人,不过有三个没有敢来,临出发只来了两个,就相跟着到杏树底来了。她们正在五六亩大的没有摘过三遍花的地里偷得起劲,听见有人说话,抬头一看,见三队的妇女都来了,就溜到摘过的这一边来;后来见三队的人也到没有摘过的那边去了,她们就又溜回去。三队的人都哈哈大笑起来。小腿疼说:"笑什么?许你们偷不许我们偷?"有个人说:"你们怎么拾了那么多?""谁不叫你们早点来?"三队的人都是挨着摘,小腿疼她们四个人可是满地跑着捡好的。三队有个人说:"要偷也该挨住片偷呀!"小腿疼说:"自由拾花你管我们怎么拾哩?要说是偷,你们不也是偷吗?"大家也不认真和她辩论,有些人隔一阵还忍不住要笑一次。

妇女队长悄悄和一个队员说:"这样一直开玩笑也不大好。我离开怕她们闹起来,请你跑到南头去和队长、副主任说一声,叫他们看该怎么办!"那个队员就去了。

队长张太和更是个开玩笑大王。他一听说小腿疼和吃不饱那两个有名人物来了,好像有点幸灾乐祸的样子说:"来了才合理!我早就想到这些人物碰上这些机会会不会不出马!你先回去摘花,我马上就到!"他又向高秀兰说:"副主任!你先不要出面,等我把她们整住了请你你再去!你把你的上级架子扎得硬硬地!"可是高秀兰不愿意那样做。

高秀兰说:"咱们都是才学着办事,还是正正经经来吧!咱们一同去!"他们走到北头,队员们看见副主任和队长都来了,又都大笑起来。张太和依照高秀兰的意见,很正经地说:"大家不要笑了!你们那几位也不要满地跑了!"小腿疼又耍她的厉害:"自由拾花!你管不着!""就算自由拾花吧!你们来抢我三队的花,我就要管!都先把篮子缴给我!"吃不饱说:"我可是三队的!三队的花许别人偷就得许我偷!要缴大家都缴出来!"张太和说:"谁也得缴!"说着就先把她们四个人的篮子夺下来,然后就问她们说:"你们为什么不到南池边集合?"吃不饱说:"你且不要问这个!你不是说'谁也得缴'吗?为什么不缴她们的?""她们是给社里摘!""我们也是给社里摘!""谁叫你们摘的?""谁叫她们摘的?""对!现在就先要给你们讲明是谁叫她们摘的!"接着就把在南池边集合的时候那一段事给她们四个讲述了一遍,讲得她们都软下来。小腿疼说:"不叫拾不拾算了!谁叫你们不先告我们说?""不告说为什么还叫到南池边集合?告你说你不去听,别人有什么办法?"小腿疼说:"算我们白拾了一趟!你们把花倒下,给我们篮子我们走!"

这时候,高秀兰说话了。她说:"事情不那么简单:事前宣布纪律,为的是让大家不犯,犯了可就不能随便了事!这棉花分明是偷。太和同志!把这些棉花送回社里,过一过秤,让保管给她们每一个篮子上贴上个条子,写明她们的姓名和棉花的分量,连篮子一同保存起来,等以后开个社员大会,让大家商量一个处理办法来处理!"张太和把四个篮子拿起来走了,小腿疼说:"秀兰呀!你可不能说我们是偷的!我们真正不知道你们今天早上变了卦!"秀兰说:"我们一点也没有变卦!昨天晚上杨小四同志给大家说得明白:'谁要不到南池边集合,拾的花就都算偷的',何况你们明明白白在没有摘过的地里来抢哩?这是妨害全社利益的事,我们不能自作主张,准备交给群众讨论个处理办法!你们有什么话到社员大会上说去吧!"

小腿疼和吃不饱偷了棉花的事,等到吃早饭的时候,就传遍了全村。上午,各队在做活的时候提起这事,差不多都要求把整风的分组检讨会推迟一天,先在本天晚上开个社员大会处理偷花问题——因为大多数人都想叫在王聚海回来之前处理了,免得他回来再来个"八面圆"把问题平放下来。两个副主任接受了大家的要求,和副支书商量把整风会推迟一天,晚上就召开了处理偷花问题的社员大会。

大会开了。会议的项目是先由高秀兰报告捉住四个偷花贼的经过,再要她们四个人坦白交代,然后讨论处理办法。

在她们四个人坦白交代的时候,因为篮子和偷的棉花都还在社里,爱"了事"的主任又不在家,所以除了小腿疼还想找一点巧辩的理由外,一般都还交代得老实,前头是那两个垫背的交代的。一个说是她头天晚上没有参加会,小腿疼约她去她就去了,去到杏树底见地里没人,根本没有到已经摘尽了的地里去拾,四个人一去,就跑到北头没摘过的地里去了。另一个说的和第一个大体相同,不过她自己是吃不饱约她的。这两个人交代过之后,群众中另有三个人插话说,小腿疼和吃不饱也约过她们,她们没有敢去。第三个就叫吃不饱交代。吃不饱见大风已经倒了,老老实实把她怎样和小腿疼商量、怎样去拉垫背的、计划几时出发、往哪块地去……详细谈了一遍。有人追问她拉垫背的有什么用处,她说根据主任处理问题的习惯,犯案的人越多了处理得越轻,有时候就不处理;不过人越多了,每个人能偷到的东西就太少了,所以最好是少拉几个,既不孤单又能落下东西。她可以算是摸着主任的"性格"了。

最后轮着小腿疼作交代了。主席杨小四所以把她排在最后,就是因为她好倚老卖老来巧辩,所以让别人先把事实摆一摆来减少她一些巧辩的机会。可是这个小老太婆真有两下子,有理没理总想争个盛气。她装作很受屈的样子说:"说什么?算我偷了花还不行?"有人问她:"怎么'算'你偷了?你究竟偷了没有?""偷了!偷也是副主任叫我偷的!"主席杨小四说:"哪个副主任叫你偷的?""就是你!昨天晚上在大会上说叫大家拾花,过了一夜怎么就不算了?你是说话呀是放屁哩?"她一骂出来,没有等小四答话,群众就有一半以上的人"哗"地一下站起来:"你要造反!""叫你坦白呀叫你骂人?"……三队长张太和说:"我提议:想坦白也不让她坦白了!干脆送法院!"大家一齐喊"赞成"。小腿疼着了慌,头像货郎鼓一样转来转去四下看。她的孩子、媳妇见说要送她也都慌了。孩子劝她说:"娘你快交代呀!"小四向大家说:"请大家稍静一下!"然后又向小腿疼说:"最后问你一次:交代不交代?马上答应,不交代就送走!没有什么客气的!""交交交代什么呀?""随你的便!想骂你就再骂!""不不不那是我一句话说错了!我交代!"小四问大家说:"怎么样?就让她交代交代看吧?""好吧!"大家答应着又都坐下了。小腿疼喘了几口气说:"我也不会说什么!反正自己做错了!事情和宝珠说的差不多;昨天晚上快散会的时候,宝珠跟我说:'咱明天可不要管他那什么纪律!咱们叫上几个人……'"

这时候忽然出了点小岔子:城关那个整风辩论会提前开了半天,支书和主任摸了几里黑路赶回来了。他们见场里有灯光,预料是开会,没有回家就先到会场上来。主任远远看见小腿疼先朝着小四说话然后又转向群众,以为还是争论那张大字报的问题,就赶了几步赶进场里,根本也没有听小腿疼正说什么,就拦住她说:"回去吧老嫂!一点点小事还值得追这么紧?过几天给你们解释解释就完了……"大家初看见他进到会场时候本来已经觉得有点泄气,赶听到他这几句话,才知道他还根本不了解情况,"轰隆"一声都笑了。有个年纪老一点的人说:"主任!你且坐下来歇歇吧!'没有调查就没有发言权'!"支书也拉住他说:"咱们打听打听再说话吧!离开一天多了,你知道人家的工作是怎样安排的?"主任觉得很没意思,就和支书一同坐下。

小腿疼见主任王聚海一回来,马上长了精神,她不接着往下交代了。她离开自己站的地方走到王聚海面前说:"老弟呀!你走了一天,人家就快把你这没出息嫂嫂摆弄死了!"她来了这一下,群众马上又都站起来:"你不用装蒜!""你犯了法谁也替不了你!"……主任站起来走到小四旁边面向大家说:"大家请坐下!我先给大家谈谈!没有了不了的事……"有人说:"你请坐下!我们今天没有选你当主席!""这个事我们会'了'!"……支书急了,又把主任拉住说:"你为什么这么肯了事?先打听一下情况好不好?让人家开会,我们到社房休息休息!"又问副支书:"你要抽得出身来的话,抽空子到社房给我们谈谈这两天的事!"副支书说:"可以!现在就行!"

他们三个离了会场到社房,副支书把他和杨小四、高秀兰怎样设计把那些光想讨巧不想劳动的妇女调到南池边,怎么批评了她们,怎么分配人力摘花、拔花秆,怎样碰上小腿疼她们偷花……详细谈了一遍,并且说:"棉花明天就可以摘完,今天下午犁地的牲口就全都出动了,花秆拔得赶得上犁,剩下的男劳力仍然往准备冬浇的小麦地里运粪。"他报告完了情况,就先赶回会场去。

副支书走了,支书想了一想说:"这些年轻人还是有办法!做法虽说有点开玩笑,可是也解决了问题!"主任说:"我看那种动员办法不可靠!不捉摸每个人的'性格',勉强动员到地里去,能做多少活哩?""再不要相信你摸得着人的'性格'了!我看人家几个年轻同志非常摸得着人的'性格'。那些不好动员的妇女们有她们的共同'性格',那就是'偷懒''取巧'。正因为摸透了她们这种性格,才把她们都调动出来。人家不止'摸得着'这种性格,还能'改变'这种性格。你想:开了那么一个'思想展览会',把她们的坏思想抖出来了,她们还能原封收回去吗?你说人家动员的人不能做活,可是棉花是靠那些人摘下来的。用人家的办法两天就能摘完,要仍用你那'摸性格'的老办法,恐怕十天也摘不完——越摘人越少。在整风方面,人家一来就找着两个自私自利的头子,你除不帮忙,还要替人家'解释解释'。你就没有想到全社的妇女你连一半人数也没有领导起来,另一半就是咱那个小腿疼嫂嫂和李宝珠领导着的!我的老哥!我看你还是跟那几位年轻同志在一块'锻炼锻炼'吧!"主任无话可说了,支书拉住他说:"咱们去看看人家怎样处理这偷花问题。"

他们又走到会场时候,小腿疼正向小四求情。小腿疼说:"副主任!你就让我再交代交代吧!"原来自她说了大家"捉弄"了她以后,大家就不让她再交代,只讨论了对另外三个人的处分问题,留下她准备往法院送。有个人看见主任来了,就故意讽刺小腿疼说:"不要要求交代了!那不是?主任又来了!"主任说:"不要说我!我来不来你们该怎么办还怎么办!刚才怨我太主观,不了解情况先说话!"小腿疼也抢着说:"只要大家准我交代,不论谁来了我也交代!"小腿疼看了看群众,群众不说话;看了看副支书和两个副主任,这三个人也不说话;群众看了看主任,主任不说话;看了看支书,支书也不说话。全场冷了一下以后,小腿疼的孩子站起来说:"主席!我替我娘求个情!还是准她交代好不好?"小四看了看这青年,又看了看大家说:"怎么样?大家说!"有个老汉说:"我提议,看在孩子的面上还让她交代吧!"又有人接着说:"要不就让她说吧!"小四又问,"大家看怎么样?"有些人也答应:"就让她说吧!""叫她说说试试!"……小腿疼见大家放了话,因为怕进法院,恨不得把她那些对不起大家的事都说出来,所以坦白得很彻底。她说完了,大家决定也按一斤籽棉五个劳动日处理,不过也跟给吃不饱规定的条件一样,说这工一定得她做,不许用孩子的工分来顶。

散会以后,支书走在路上和主任说:"你说那两个人'吃软不吃硬',你可算没有摸透她们的'性格'吧?要不是你的认识给她们撑了腰,她们早就不敢那么猖狂了!所以我说你还是得'锻炼锻炼'!"

1958 年 7 月 14 日
(原载《火花》1958 年第 8 期)

作品解读

《"锻炼锻炼"》是赵树理建国以后创作的影响最大的短篇小说,写的是"不好不坏、亦好亦坏、中不溜儿的芸芸众生",即邵荃麟所谓"中间人物"。小说的锻炼对象是谁?一边是干部利用大字报、批斗会等政治权力手段对待普通农民,一边是竭力躲避权力制约的"吃不饱"和"小腿疼",谁才是该"锻炼"的对象,读过小说之后,读者心中自会有自己的判断。"小腿疼"这样的人物形象与写英雄人物的时代精神不可避免地有所冲突,这也是小说后来受到批判的原因所在,但这却是中国农村的真实写照。作者的胆识和勇气以及忠于现实的精神,也是小说在今天的语境中依然具有魅力的内在原因。

小说在艺术上显示了赵树理的一贯风格,把现代小说同传统文学特别是民间文学的长处结合起来,创造出一种既有民族特色又有所创新的中国老百姓喜闻乐见的新形式。他根据农民的欣赏习惯,按照生活本身逻辑,构造了一个完整的故事,采用古典小说"花开两朵,各表一枝"的形式,保证了小说的连贯性和生动性。继承了古典小说第三人称的叙述方式,以较客观的或说书人的角度叙述故事,强调故事的动作性,很少有孤立静止的心理描写和肖像描写。在语言上吸取了大量的民间口语并进行艺术加工,创造出独特的符合农民口味的文学语言,既通俗易懂、朴实精练,又生动形象,具有丰富的表现力。

(刘成才)

作家自述

我的作品,我自己常常叫它是"问题小说"。为什么叫这个名字,就是因为我写的小说,都是我下乡工作时在工作中所碰到的问题,感到那个问题不解决会妨碍我们工作的进展,应该把它提出来……《"锻炼锻炼"》这篇小说……就是我想批评中农干部中的和事佬的思想问题。中农当了领导干部,不解决他们这种是非不明的思想问题,就会对有落后思想的人进行庇护,对新生力量进行压制。这种现象虽然不是太普遍的,但在过去游击区和后解放的地区却远不是太少。这是一个人民内部矛盾问题,王聚海式的、"小腿疼"式的人,狠狠整他们一顿,犯不着,他们没有犯了什么法,可是他们思想、观点不明确,又无是无非,确实影响了工作进展。对于他们这一类型的人,我觉得最好的办法是把事实摆出来,让他们看看,使他们的思想提高一步。——赵树理:《当前创作中的几个问题》,《火花》1959年第6期。

名家要评

在这篇作品里,作者所持的态度是错误的。错在哪里?作者对在自己笔下出现的其余几个社的主要领导干部,惯用捉弄、恐吓、强迫命令的群众路线的作风,给予极大的支持和同情,把他们这种恶劣的作风仅仅说成是"虽然有点开玩笑,可是也解决了问题"。我总不明白到底解决了什么样的问题。与其说作者在歌颂这种类型的社干部,倒不如说是对整个社干部的歪曲和诬蔑。——**武养:《一篇歪曲现实的小说——〈锻炼锻炼〉读后感》,《文艺报》**1959年第7期。

极其落后的和先进的人物在生活中一般只是占少数,我们的文艺作品往往就必须去刻画这些少数人的形象。因为他们在各种矛盾斗争中的表现常常是具有代表性的:通过他们可以更集中地批判某些东西和歌颂某些东西,号召人们去反对什么和学习什么,从而更好地加强作品的典型化的力量。所以问题不在于能不能描写少数落后的典型人物,而在于我们描写这些典型的时候,是否也让读者明确地看到他们是生活中的少数现象,他们所代表的落后势力也绝非今天生活的主流。我认为《"锻炼锻炼"》中对于落后典型的描写,基本上是遵循着这一生活真实的原则的。——**徐俊西:《从赵树理的创作谈文艺作品如何反映人民内部矛盾问题》,《文艺月报》**1959年8月号。

拓展阅读

1. 孙犁:《谈赵树理》,《天津日报》1979年1月4日。
2. 陈徒手:《一九五九年冬天的赵树理》,《读书》1998年第4期。

青春之歌(长篇存目)

杨 沫

故事梗概

《青春之歌》,作家出版社 1958 年初版。

从小饱受虐待的林道静,高中毕业前夕为了逃婚而离家出走,在万念俱灰的风雨之夜欲投海自杀,被在家休假的北大学生余永泽救起,两人相爱了,林道静在杨庄当了小学教员。"九·一八"事变后,林道静回到北平,和余永泽同居,有了一个温暖的家,这让林道静感到非常的幸福。然而,她想要独立的生活,求职处处碰壁,相处一段时间之后,她发现余永泽是一个自私自利的人,美丽的梦想开始破灭。

林道静和逃难的东北学生一起过年的时候,碰到了北大学生卢嘉川,心中开始激荡起从未有的热情。在卢嘉川的影响下,她开始阅读马克思列宁主义理论著作,并勇敢地投入了纪念"三·一八"学生游行。卢嘉川被捕牺牲后,林道静毅然离开余永泽,参加了革命活动并且被捕。在狱中,她经受了种种考验并最终从狱中脱身,遇到了地下工作者江华。在江华的领导下,她逐渐感受到一个真正的共产主义者所具有的那种英勇无畏、敢于献身的人格魅力和精神力量,经历了严酷的考验之后,她正式加入中国共产党。同时,江华也向林道静表达了爱情。在轰轰烈烈的"一二·九"运动中,北大爆发了大规模的学生运动,林道静高呼着"打倒日本帝国主义"的口号走在游行队伍的前列。

作品解读

《青春之歌》是中国当代文学史上第一部描写党领导下的学生运动的长篇小说,反映了从"九·一八"事变到"一二·九"运动这一时期爱国青年为抗日救亡所进行的顽强斗争。

小说带有浓厚的"自叙传"色彩,可以明显看到杨沫早年生活的影子,小说中对革命斗争的一些描写,有相当一部分来源于她的亲身经历。小说的写作,带有一定的时代背景和政治因素,但推动杨沫去完成小说最重要的原因却是她真挚的感情,因此,我们能通过小说透视革命年代青年知识分子所独具的心路历程和思想轨迹。小说同时可以看做一部知识分子改造的小说,重点描写林道静告别"旧我"——个人主义与个性解放,也就是对个性主义、个性解放的五四精神价值的否定,这也是那个时代革命思想的形象体现。

小说的整个创作过程中存在着时代话语和文学话语的相互交织和矛盾冲突,塑造了许多英勇的共产党人形象,明确地指出了知识分子思想改造的道路,揭示了在主人公林道静身上所具有的所谓小资产阶级的缺点。小说具有鲜明的时代烙印,灌注了过重的政治话语,特别是修订本中的删节和增添,使小说艺术完整性遭到了一定程度的破坏。

(刘成才)

作家自述

我塑造林道静这个人物形象,目的和动机不是为了颂扬小资产阶级的革命性,和她的罗曼蒂克式的情感,或是对小资产阶级的自我欣赏。而是想通过她——林道静这个人物,从一个个人主义者的知识分子变为无产阶级革命战士的过程,来表现党的伟大、党的深入人心、党对于中国革命的领导作用。通过对林道静生活道路的描写,我还企图表明:共产主义的思想,为人民为集体的思想,可以使人变得崇高美好;为祖国为人民忘我地工作才是最大的幸福;而脱离了革命的集体,仅为个人而活着的时候,不管是处在什么环境,都会使人感到生活空虚、烦闷和没有意义。——杨沫:《谈谈林道静的形象》,《文艺论丛》1978年第2期。

名家要评

没有认真地实际地描写知识分子改造的过程,没有揭示人物灵魂深处的变化。尤其是林道静,从未进行过深刻的思想斗争,她的思想感情没有经历从一个阶级到另一个阶级的转变,到书的最末她也只是一个较进步的小资产阶级知识分子,可是作者给她冠以共产党员的光荣称号,结果严重地歪曲了共产党员的形象。——郭开:《略谈对林道静的描写中的缺点——评杨沫的小说〈青春之歌〉》,《中国青年》1959年第2期。

作者通过林道静这一人物的性格发展,揭示了旧中国知识分子走向革命的道路的主要特点:他们接受革命常常是从个人遭遇和理论认识开始的;他们从民族矛盾进而认识到阶级矛盾,从求民族解放到斗争阶级的解放;从个人奋斗、幻想个人英雄式的事业,到参加集体的阶级斗争、革命的英雄主义;从对劳动人民自上而下的人道主义同情到同呼吸其命运的阶级感情。这在林道静的性格发展中都有体现。可以说,林道静是比较成功的30年代革命知识分子的典型形象。——《当代中国文学概观》,北京大学出版社1986年。

拓展阅读

1. 郭开:《略谈对林道静的描写中的缺点——评杨沫的小说〈青春之歌〉》,《中国青年》1959年第2期。

2. 茅盾:《怎样评价〈青春之歌〉》,《中国青年》1959年第4期。

3. 何其芳:《〈青春之歌〉不可否定》,《中国青年》1959年第5期。

4. 颜敏:《从个人化记忆到集体性记忆——重读〈青春之歌〉》,《创作评谭》1999年第4期。

创业史（长篇存目）

柳　青

故事梗概

《创业史》（第一部），中国青年出版社1960年初版。

1929年，陕北大旱，颗粒无收，灾民涌向渭河滩。梁二将梁生宝母子二人领进了他的草房院，发出了再创家业的豪壮誓言。梁三苦苦劳动十年，光景依然如旧，得到的只是失败和屈辱。

解放后，梁家分到了十来亩稻地，梁三老汉的个人发家愿望又重新燃烧起来。富裕中农郭世富的新瓦房上梁，让梁三老汉艳羡不已。春荒笼罩着蛤蟆滩。互助组希望通过活跃借贷以解燃眉之急，然而，余粮户响应者寥寥无几。梁生宝成了互助组和贫雇农的主心骨和带头人，他冒雨为郭县为互助组买稻种，组织互助组进终南山割竹子，打击了自发势力，解决了贫苦农民的困难，稳住了互助组的阵脚，让庄稼人看到了社会主义的优越性。徐改霞倾心于梁生宝，他也暗恋着改霞，为了不影响工作和党的荣誉，他抑制自己的感情，故意疏远改霞。失望至极的改霞，离开蛤蟆滩，到北京当工人。

富农姚士杰处心积虑想搞垮互助组，他占有了互助组成员栓栓的妻子素芳，并指使素芳去诬陷梁生宝，达到分裂互助组的目的。秋天，梁生宝的互助组获得了大丰收，蛤蟆滩的统购统销工作提前完成。梁生宝的威望不断提高，互助组更加壮大。经过县里的培训，梁生宝又成立了全区第一个农业社，梁生宝的创业成功了！在铁的事实面前，梁三老汉服气了。他穿上了新棉衣到黄堡镇去打油，受到人们格外的尊重，留下了幸福与自豪的泪。随着社会主义力量占领全国农村阵地，几千年来分散的农业社会在1953年冬天从根基上开始动摇起来。

作品解读

《创业史》是一部探索中国农民历史命运和生活道路的多卷本长篇小说，叙述中国农村在20世纪50年代所经历的社会主义改革，并且生动表现了那个时代人们特有的思想感情。柳青以一种革命者的姿态，站在当时提倡的时代理论高度，去探索农民的历史和现实命运以及未来的发展道路，这使小说呈现出鲜明的理想化、政治化色彩。也正因如此，小说难以跨越时代的限制而拥有长久的艺术生命力。

但小说没有因政策图解而牺牲"人"，柳青创造了好几个具有一定艺术水平的人物形象。梁生宝的形象在当时被认为是《创业史》成就的主要标志。以当代的社会政治倾向来评判，当然是带有理想光彩的梁生宝形象价值重大，但就典型人物塑造的真实性、深刻性与个性化而言，梁三老汉的形象内涵则更丰富些，小说中的郭世富、姚士杰、郭振山、徐改霞等人物有其生动丰富性，但也反映了当时政治思想对社会人际关系和文学人物塑造的规约和限制性影响。

尽管小说所反映的时代已成历史，但正如王蒙所说，作家现实主义艺术的深厚功力与在那个时代从事艺术创作的艰难的苦心,仍令今天的我们为它凝重的风格与深厚的内涵,为它传达出来的历史的严峻感,为它对于中国农民的挚爱与忧思,对于中国农村中国土地的忠诚与眷恋,发出会心的微笑与深长的叹息。

随着中国社会历史的进步和文艺思想的更新,人们开始对《创业史》中的阶级斗争观念和政治思维创作模式进行反思。

(刘成才)

作家自述

《创业史》这部小说要向读者回答的是:中国农村为什么会发生社会主义革命和这次革命是怎样进行的。回答要通过一个村庄的各阶级人物在合作化运动中的行动、思想和心理的变化过程表现出来。

社会主义革命时期,特别是合作化运动初期,阶级斗争的历史内容主要是社会主义思想和农民的资本主义自发思想两条道路的斗争,地主和富农等反动阶级站在富裕中农背后。在这个斗争中,应该强调坚持社会主义思想在农村的阵地、千方百计显示集体劳动生产的优越性,采用思想教育和典型示范的方法,吸引广大农民走上社会主义道路,孤立坚持走资本主义道路的富裕中农和站在他们背后的富农,只有违法乱纪的、无法挽救的党员、干部,不守法的反动阶级分子,要受到群众的斗争和法律的制裁。根据矛盾的这个性质和特点,互助合作的带头人以自我牺牲的精神,奋不顾身地组织群众集体生产,以身作则地坚持阵地和扩大阵地,在两条道路的斗争中,就具有特殊重要的意义。——柳青:《提出几个问题来讨论》,《延河》1963年第8期。

名家要评

这部作品,是一部深刻而完整地反映了我国广大农民的历史命运和生活道路的作品,是一部真实地记录了我国广大农村在土地改革和消灭封建所有制以后所发生的一场无比深刻、无比尖锐的社会主义革命运动的作品。——冯牧:《初读〈创业史〉》,《文艺报》1960年第1期。

柳青同志塑造梁三老汉形象的成功之处,就在于一方面按照生活实有的样子,充分写出了他作为个体农民在互助合作事业发展过程中曾经有过怎样的苦恼、怀疑、摇摆,有时甚至是自发的反对,另一方面,又从环境对人物的制约关系中充分发掘和表现了梁三老汉那种由生活地位和历史条件所决定的终于要走新道路的必然性,从而相当深刻和全面地揭示了生活发展的辩证法。——严家炎:《论〈创业史〉中梁三老汉的形象》,《文学评论》1961年第3期。

梁生宝形象的艺术塑造也许可以说是"三多三不足":写理念活动多,性格刻画不足;外围烘托多,放在冲突中表现不足;抒情议论多,客观描写不足。"三多"未必是弱点(有时还是长处),"三不足"却是艺术上的瑕疵。——严家炎:《关于梁生宝形象》,《文学评论》1963年第3期。

柳青对现实的把握过多依赖时代政治的规范,悉心领会"上级指示"则转移或替代了独立思考,无视原型人物的物性欲念和人性特征,仅仅是夸张其阶级的属性,突出其政治的特征,把人与人的矛盾上升为无产阶级与资产阶级的矛盾,把人与人的冲突视作路线斗争和阶级斗争。结果导致《创业史》出现众所周知的内在矛盾:既表现了生活真实又存在概念化和部分虚假的问题。——李运抟:《中国当代文学与伪现实主义》,《文艺争鸣》2000 年第 5 期。

拓展阅读

1. 严家炎:《论〈创业史〉中梁三老汉的形象》,《文学评论》1961 年第 3 期。

2. 宋炳辉:《"柳青现象"的启示——重评长篇小说〈创业史〉》,《上海文论》1988 年第 4 期。

3. 段建军:《肉身生存的历史展示——柳青、路遥、陈忠实对现实主义文学的贡献》,《文学评论》2008 年第 1 期。

李顺大造屋

高晓声

一

老一辈的种田人总说,吃三年薄粥,买一条黄牛。说来似乎容易,做到就很不简单了。试想,三年中连饭都舍不得吃,别的开支还能不紧缩到极点吗?何况多半还是句空话!如果本来就吃不起饭,那还有什么好节省的呢!

李顺大家从前就是这种样子,所以,在解放前,他并没有做过买牛的梦。可是,土地改革以后,却立了志愿,要用"吃三年薄粥,买一条黄牛"的精神,造三间屋。

造三间屋,究竟要吃几个"三年粥"呢?他不晓得,反正和解放前是不同了,精打细算过日子的确有得积余,因此他就有足够的信心。

那时候,李顺大二十八岁,粗黑的短发,黑红的脸膛,中长身材,背阔胸宽,俨然一座铁塔。一家四口(自己、妻子、妹妹、儿子)倒有三个劳动力,分到六亩八分好田。他觉得浑身的劲道比天还大,一铁耙把地球锄一个对穿洞也容易,何愁造不成三间屋!他那镇定而并不机灵的眼睛,刺虎鱼般压在厚嘴唇上的端正阔大的鼻子,都显示出坚强的决心;这决心是牛也拉不动的了。

别说牛,就是火车也拉不动。李顺大的爹、娘,还有一个周岁的弟弟,都是死在没有房子上的。他们本来是船户,在江南的河浜里打鱼,到处漂泊,自己也不知道祖籍在哪里。到李顺大爹手里,这只木船已经很破旧了;钉头锈出漏洞,芦棚开了天窗,经不起风浪,打不得鱼虾了。一家人改了行,有的拾荒,有的用糖换破烂,有的扒螺蛳,挣一口粥吃。一九四二年,李顺大十九岁,寒冬腊月,肢船停在陈家村边河浜里。那一天,云黑风紧,李顺大带了十四岁的妹妹顺珍上岸,一个换破烂,一个拾荒,走出去十多里路。傍晚回来时,风停云灰,漫天大雪,顷刻迷路。幸亏碰着一座破庙,兄妹俩躲过一夜。天亮后赶回陈家村,破船已被大雪压沉在河浜里,爹娘和小弟冻死在一家农户大门口。原来大雪把船压沉前,他们就上岸叩门呼救,先后敲过十几家大门。怎奈兵荒马乱,盗贼如毛,他们在外面喊救命,人们还以为是强盗上了村,谁也不敢开门,结果他们活活冻死在雪地里。天没有眼睛,地没有良心,穷人受的灾,想也想不到,说也说不尽,……没有房子,唉!

李顺大兄妹俩哭昏在爹娘身边,陈家村上的穷苦人无不伤心。他们把那条沉船拖上岸来,拆了一半做棺材,埋葬了死人;剩下的半只,翻身底朝天,在坟边搭成一个小窝棚,让李顺大安家落户。

抗战结束,内战开始,国民党抽壮丁,谁也不肯去。保长收了壮丁捐,看中李顺大是六亲无靠的异乡人,出三石米强迫他卖了自己去当兵。他看看窝棚,窝棚上没有门,怕自己走了,妹妹被人糟蹋,就用卖身钱造了四步草屋,才揩干眼泪去扛那"七斤半"。

他怎么肯替国民党卖命!隔了三个月,一上前线就开小差逃了回来。到了明年,保长又把他买了去。前前后后,他一共把自己卖了三次。第二次的卖身钱,付了草屋的地皮钱;第三次的卖身钱,付了爹娘的坟地钱。咳,如果再把自己卖三次,钱也都会给别人搞去的。

然而还亏得有了四步草屋,总算找着了老婆。他出去当兵时,妹妹找来了一个无依无靠的讨饭姑娘同住做伴,后来就成了他的妻。一年后生了个胖小子,哪一点都不比别人的孩子差。

土改分到了田,却没有分到屋。陈家村上只有一户地主,房子造在城里,没法搬到乡下来分。李顺大只有自己想办法了。他粗粗一码算,兄妹两人二个房(妹妹以后出嫁了就让儿子住)起坐、灶头各半间,养猪、养羊、堆柴也要一间,看来一家人家,至少至少要三间屋。

这就是李顺大翻身以后立下的奋斗目标。

二

一个翻身的穷苦人,把造三间屋当做奋斗目标,也许眼光太短浅,志向太渺小了。但李顺大却认为,他是靠了共产党,靠了人民政府,才有这个雄心壮志,才有可能使雄心壮志变成现实。所以,他是真心诚意要跟着共产党走到底的。一直到现在,他的行动始终证明了这一点。在他看来,搞社会主义就是"楼上楼下,电灯电话",主要也是造房子。不过,他以为,一间楼房不及二间平房合用,他宁可不要楼上要楼下。他自己也只想造平房,但又不知道造平房算不算社会主义。至于电灯,他是赞成要的。电话就用不着,他没有什么亲戚朋友,要电话做什么?给小孩子弄坏了,修起来要花钱,岂不是败家当东西吗?这些想法他都公开说出来,倒也没有人认为有什么不是。

陈家村上的种田汉,不但没有轻视他的奋斗目标,反而认为他的目标过高了。有人用了当地一句老话开头,说:"'十亩三间,天下难拣',在我们这里要造三间屋,谈何容易!"有的说:"真要造得成,你也得吃半辈子苦。"有的说:"解放后的世界,要容易些,怕也少不了十年积聚。"

这些话是很实在的。当时沪宁线两侧,以奔牛为界,民房的格局,截然不同:奔牛以西,八成是土墙草屋;奔牛以东,十九是青砖瓦房。陈家村在奔牛以东百多里,全村除了李顺大,没有一家是草屋。李顺大穷虽穷,在这种环境里,倒也看惯了好房子。咳,这个老实人,还真有点好高骛远,竟想造三间砖房,谈何容易啊!

在众多的议论面前,李顺大总是笑笑说:"总不比愚公移山难。"他说话的时候,厚嘴唇掀动着笨重的大鼻子,显得很吃力,因此,那说出的简单的话,给人的印象,倒是很有分量的。

从此,李顺大一家,开始了一场艰苦卓绝的战斗,他们以最简单的工具进行拼命的劳动去挣得每一颗粮,用最原始的经营方式去积累每一分钱。他们每天的劳动所得是非常微小的,但他们完全懂得任何庞大都是无数微小的积累,表现出惊人的乐天而持续的勤俭精神。有时候,李顺大全家一天的劳动甚至不敷当天正常生活的开支,他们就决心带饿一点,每人每餐少吃半碗粥,把省下来的六碗看成了赢余。甚至还有这样的时候,例如连天大雨或大雪,无法劳动,完全"失业"了,他们就躺在床上不起来,一天三顿合并成两顿吃,把节约下来的一顿纳入当天的收入。烧菜粥放进几颗黄豆,就不再放油了,因为油本来是从黄豆里榨出来的;烧螺蛳放一勺饭汤,就不用酒了,因为酒也无非是米做的……长年养鸡不吃蛋;清明买一斤肉上坟祭了父母,要留到端阳脚下开秧元①才吃。

只要一有空闲,李顺大就操起祖业,挑起糖担在街坊、村头游转,把破布、报纸、旧棉絮、破鞋子等废品换回来,分门别类清理后卖给收购站,有时能得到很好的利润。废品中还往往有可以补了穿的衣裤、雨鞋等物,就拣出来补了穿一阵,到无法再补的时候仍纳入废品中,这样也省了不少生活费用。那换废品的糖,是买了饴糖回来自己加工的,成本很便宜,可是李顺大的独生儿子小康,长到七岁还不知道那就是糖,不知道是甜的还是咸的。八岁的时候,被村上小伙伴怂恿着回去尝了一块,就被娘当贼捉出来,打他的屁股,让他痛得杀猪似的叫,被娘逼着发誓从此洗心革面。娘还口口声声说他长大了要做败家精,说他会把父母想造的三间屋吃光的,说将来讨不着老婆休要怪爹娘!

最可敬佩的事情,是发生在李顺大的妹妹顺珍身上。一九五一年分进土地时,她已经二十三岁了。当时政府还没有号召晚婚,按照习惯,正到了结婚的妙龄。她不但肯苦能干,温顺老实,而且一副相貌,也长得出奇的漂亮。细细看去,似乎和她哥哥一模一样,只是鼻子小了一点,嘴唇薄了一点;就在这两个"一点"上,造化却又显露出了它无所不能的伟大,把高挑个儿、鹅蛋脸形的李顺珍衬出了一派清秀俏丽之气。当时,附近村上一些小伙子央人登门求婚的,也不是三个两个。可是,不管对方条件怎样,人品如何,顺珍姑娘只是说自己年纪还轻,一概回绝。她是哥哥抚养长大的,她决心要报答哥哥的恩情。她知道离开她的帮助,哥哥的奋斗目标就很难实现;如果她出嫁,哥哥不但少了一个坚强可靠的助手,而且还得把她名下分到的一亩七分田让她带走。这样一来,她哥哥的经济基础和劳动能力都会大大削弱,不知要到何年何月才能造出三间屋。因此,她甘愿把一生中最美好的时代——称得上是青春中的青春,留给她哥哥的事业。

一直到了一九五七年底,李顺大已经买回了三间青砖瓦屋的全部建筑材料,李顺珍才算了却心事,以二十九岁的大姑娘嫁给邻村一个三十岁的老新郎。新郎因为要负担两个老人和一个残废妹妹的生活,穷得家徒四壁,鹑衣百结,才独身至今。所以,迎接李顺珍的,仍然是艰苦的生活。因为她已苦惯了,所以并不在乎。

三

办过妹妹的婚事,就跨进了一九五八年。李顺大这时候还缺少什么呢?还缺些瓦木匠的工钱和买小菜的费用,再有一年,问题就可完全解决了。而且公社化以后,对李顺大很为有利。土地都归公了,他可以随意选择一块最合适的地基造屋。这不是太理想了吗?

可是,李顺大终究不是革命家,他不过是一个跟跟派。听毛主席话,跟共产党走,能坚决做到,而且完全落实,随便哪个党员讲一句,对他都是命令。有一夜李顺大一觉醒来,忽然听说天下已经大同,再不分你我的了。解放八年来,群众手里确实是有点东

---

① 开秧元——莳秧第一天。

西了。例如李顺大不是就有三间屋的建筑材料吗?那么,何妨把大家的东西都归拢来加快我们的建设呢?我们的建设完全是为了大家,大家势必全力支援这个建设。任何个人的打算都没有必要,将来大家的生活都会一样美满。那点少得可怜的私有财产算得了什么,把它投入伟大的事业才是光荣的行为。不要有什么顾虑,统统归公使用,这是大家大事①,谁也不欺。

　　这种理论,毫无疑问出自公心。李顺大看看想想,顿觉七窍齐开,一身轻快。虽然自己的砖头被拿去造炼铁炉,自己的木料被拿去制推土车,最后,剩下的瓦片也上了集体猪舍的屋顶,他也曾肉痛得簌簌流泪。但想到将来的幸福又感到异常的快慰。近来的经验也改变了他原来的看法,他认为楼房比平房更优越了。因为粮食存放在楼上不会霉烂,人住在楼上不会患湿疹。看来以后还是住分配到的楼房好,何必自讨苦吃,像蜗牛那样老是把房子作为自己的负担呢。所以,他的思想就彻底解放了,不管集体要什么,他都乐意拿出来。如果需要他的破床,他也会毫不吝惜;因为他和他的老婆,都不是困在床上长大的。他的老婆,那个原先的讨饭姑娘,说真的倒比他多了一个心眼。但十二级台风早把大家刮得身不由己了,她一个女人家又有什么用!多一个心眼无非多一层愁。不过究竟也藏下一只铁锅,没有送进炼铁炉里熔化,所以集体食堂散了以后,不曾要去登记排队买锅子。

　　后来是没有本钱再玩下去了,才回过头来重新搞社会主义。自家人拆烂污,说多了也没意思。不过在战场尚未打扫之前,李顺大确实常常跑去凭吊,看那倒坍了的炼铁炉和丢弃在荒滩上的推土车,睁着泪眼,迎风唏嘘。他想起了六年的心血和汗水,想起了饿着肚皮省下来的粮食,想起了从儿子手里夺下来的糖块,想起了被耽误了的妹妹的青春……

四

　　政府的退赔政策,毫无疑问是大得人心的。但是,把李顺大的建筑材料拿去用光的不是国家,而是集体。这个集体,当然也要执行退赔政策。可是集体也弄得穷透了,要赔材料没材料,要赔钞票也困难,当干部的只好尽一切力量去做思想工作,提高李顺大这类人的政治觉悟,要求他们作出自我牺牲,以最低的价格落实退赔政策。

　　李顺大的损失是很不小的,但政治觉悟是确实提高了。因为在这以前,从不曾有人对他进行过像这样认真细致的思想教育。区委书记刘清同志,一个作风正派、威信很高的领导人,特地跑来探望他,同他促膝谈心,说明他的东西,并不是哪个贪污掉的,也不是谁同他有仇故意搞光的。党和政府的出发点都是很好的,纯粹是为了加快实现社会主义建设,让大家早点过幸福生活。为了这个目的,国家和集体投入的财物比他李顺大投入的大了不知多少倍,因此,受到的损失也无法估计。现在,党和政府不管本身损失多大,还是决定对私人的损失进行退赔。除了共产党,谁会这样做?历史上从来没有过。只有共产党,才对我们农民这样关心。希望他理解党的困难,以国家集体利益为重,分担一些损失;经过这几年,党和政府也有了经验教训,以后发展起来就快了。只要国家和集体的经济一好转,个人的事情也就好办了。你要造那三间屋,现在看起来困难

————————
①　大家大事——大家一样。

重重,其实将来是容易煞的。不要失望。最后,刘清同志又帮助他和供销社联系,要供销社在任何困难的情况下都要尽量供应饴糖,使他能够换破烂,多挣一点钱。

李顺大的感情是容易激动的,得到刘清同志的教导和具体的帮助,他的眼泪,早就噗落噗落流了出来,二话没说,呜咽着满口答应了。

另有两万片瓦,由生产队拿去盖了七间五步头猪舍,现在还完整地铺在屋面上,应该是可以原物归还的。但是,如果拆下来,一时买不到新瓦换上去,猪就得养在露天;瓦又是易碎物品,拆拆卸卸,损坏也不会少,还是不拆为宜。后经双方协商同意,互相照顾困难,决定不拆,而由生产队腾出两间猪舍来,借给顺大暂住;等将来李顺大造新屋时,队里还瓦,他也让出猪舍。那猪舍也比李顺大住的草屋强,两间共有十步,够宽敞了;屋脊也有一丈一尺高,就是后步比人矮,但房主人也没有必要挺起胸膛在屋里逞威风,无妨大局。况且李顺大是从小钻惯船棚的,他自然不嫌。

退赔问题就这样解决了。尽管李顺大衷心接受干部们的开导,但是,他从这一件事里也吸取了特殊的教训,在这以前,他想到的是旧社会的通货膨胀,钞票存放在手里是靠不住的;所以,一有余钱,就买了东西存放起来。现在有了新的体验,觉得在新社会里,存放货物是靠不住的,还是把钞票藏在枕头底下保险。老实说,从这种主张里,嗅觉特别敏锐的"左"派是闻得出"反党"味道来。

从一九六二年到六五年,靠了"六十条",靠了刘清同志特别照顾的饴糖,李顺大又积聚了差不多能造三间屋的钞票。但是他什么也没有买,他打定主张:要么不买,要买就一下子把材料买齐,马上造成屋,免得夜长梦多,再吃从前的亏。

这个李顺大,真和许多农民一样,具有这种向后看的小聪明。因此,当他认为有把握不再吃老亏的时候,转眼又跌倒在前边路上了。说真话,扶着这种人前进,手也真酸。

那时候,物资丰富,什么都敞开供应,他偏不买。过了几年,物资样样紧张起来,没有点"三分三"的人什么都买不到了,他倒又想一下子样样都买全,岂不又做了阿木林!其实怪他也冤枉,谁又是诸葛亮呢?

五

在通常情况下,李顺大觉得自己做一个跟跟派,也还胜任,真心实意,感情上毫不勉强。可是文化大革命开始以后,他就跟不上了。要想跟也不知道去跟谁,东南西北都有人在喊:"惟我正确!"究竟谁对谁错,谁好谁坏,谁真谁假,谁红谁黑,他头脑里轰轰响,乱了套,只得蹲下来,赖着不跟了。"是非之心,人皆有之",这话口气挺大,其实是没有经过文化大革命,太天真了。你总不能光看人家在台上唱什么,还得看看在台底下干的什么吧。"好恶之心,人皆有之",这倒也还有理。李顺大就是有一点不高兴。这不高兴和他想造房子有密切关系。他看到那汹汹的气势,和五八年的更不相同,五八年不过是弄坏点东西罢了,这一次倒是要弄坏点人了,动不动就性命交关。这房子目前是造不成的了,谁知道明天会怎样呢!他为此真有点厌恶。转而又庆幸自己住到村中心的猪舍里来了,如果还孤零零地呆在河边的草屋里,他枕头底下的造屋钱只怕还要遭到盗劫呢。

李顺大想得太落后了,在文明的时代里,文明的人是无需使用那野蛮手段的。有一个造反派的头头,在光天化日之下,腰里插着手枪,肩上挂着红宝书,由生产队长陪同,到李顺大家作客来了。原来他是公社砖瓦厂的文革主任,很讲义气,知道李顺大要造房子买不到砖,特地跑来帮助解决困难。他大骂了一通走资派刘清不替贫下中农谋利益,现在则轮到他来当救世主了,只要李顺大拿出二百一十七元钱来,他负责代买一万砖头,下个月就可以提货。这话说得过分漂亮,原是值得怀疑的。但李顺大却认为,彼此都住同一大队,虽然没有交情,也三天两头见面,从前也不曾听说过这人有什么劣迹,现在出来革命,总也想做点好事,不见得一上马就骗人。况且又是生产队长同来的,还有枪有红宝书,真是讲交情有交情,讲信仰有信仰,讲威势有威势。李顺大虽然当过三次逃兵,还没有经过这种软硬兼施的场面,心一吓,面一软,双手颤颤数出了二百一十七。

到了下个月,大概本来是可以提货的,想不到李顺大交了厄运,被公社的专政机关请去了,要他交代几件事:一,你是哪里人?老家是什么成份?二,你当过三次反动兵,快把枪交出来。三、交代反动言行(例如他说过"楼房不及平房适用,电话坏了修不起"的话,就是恶毒攻击社会主义)。

后来的事情就不用说了,那是人人皆知的。他自己出来后也没有多言。不过有两点颇有性格,第一是他吃不消喊救命的时候,是砖瓦厂的文革主任解了他的围。作为报答,事后私下商定从此不再提起那二百一十七。第二是关押他的那间房子造得相当牢固,他平生第一次详细地在那里研究了建筑学,对自己将来要造的屋,有了非常清楚的轮廓。

等到放出来,他扶着儿子(已经十九岁了)的肩胛拐回家。流着眼泪的老婆、妹妹问他为了什么事,吃了什么苦?他嘶哑着喉咙说了两个莫名其妙的短语:"他们恶啊!我的屋啊!"

之后有一年多时间不能劳动,腰里不好受,碰到阴天和交节气,浑身骨头痛。他有点奇怪,虽然这顿生活从前不曾挨过,但毕竟从小就苦苦拉拉、跌跌撅撅过来的,怎么现在这样娇嫩了?莫非也变"修"了吗?他有点吃惊,觉得自己变牛变马都可以,但是不能变"修"。"修"是什么东西呢?是一只黑锅,是一只不能烧饭、只能驮在背上的装饰品,是一个没有生命因而不会死亡,能够世代相传的"传家宝"。儿子今年十九岁了,如果背上这只锅,到哪里去讨媳妇呢?而房子又没有造,一点条件也没有。

李顺大想到这一点,心中恐慌又迷信。他从小听过不少老故事,其中就有说到人会变成多种东西的。讲的人总这样说:"一夜过来,他变成了××。"而且在变化之前,也总有异样的感觉,比如浑身骨头痛,热皮爆燥……等等。所以,李顺大一碰到身子难受,就怕黑夜,怕自己睡着了。他总是睁大眼睛,以防在昏睡中不知不觉变成一只黑锅。他的警惕性一直很高,所以至今还不曾变过去。

在那些不敢睡着的夜里,李顺大为了打发掉肉体上的痛苦,也想过一点使人开心的文娱生活。他没有收音机,想读书又不认几个字,而且也浪费火油;因此,惟一的办法是去回忆从小听过的故事、看过的戏文和老一辈教给孩们的俚歌。后来身体好一些,他挑起糖担出去换废品,嘴里常常不三不四唱着一个小曲儿,招惹孩子们。据他说这就是他在那些夜晚回忆出来的。从这些就可以看出他当时究竟想的是什么。他唱道:

  稀奇稀奇真稀奇,
    老公公困在摇篮里;
  稀奇稀奇真稀奇,
    八仙台装在袋袋里;

稀奇稀奇真稀奇,
　　老鼠咬破猫肚皮;
　　稀奇稀奇真稀奇,
　　狮子常受跳蚤气;
　　稀奇稀奇真稀奇,
　　狗派黄鼠狼去看鸡;
　　稀奇稀奇真稀奇,
　　天鹅肉进了蛤蟆嘴;
　　稀奇稀奇真稀奇,
　　大船翻在阴沟里;
　　稀奇稀奇真稀奇,
　　长人做了短人梯。
　　哎呀呀,癞痢头戴西瓜皮,
　　蚌壳兜里一泡尿,
　　皮球肚里装个屁,
　　穿袍的邪神一胎泥。
　　稀奇呀,稀奇呀,真稀奇,
　　火赤练①过冬钻在菩萨肚皮里,
　　闻着香火装神气。

　　这确是一只公认的装满一兜肚"稀奇"的儿歌,而且老掉了牙。不过,各人兜肚里的货色是不同的,总要把自认为稀奇的东西装进去。但如果追查起来,李顺大决不承认自己加进了什么。他又不是作家,不会有黑字落在白纸上,是不怕有什么把柄落在别人手里的。他虽然笨,究竟也经过锻炼了,晓得当时那一班人——造反的当权派和当权的造反派,如果要触你的霉头,倒不在乎你做了什么,而在于要达到一个这样那样的目的,例如他的二百一十七。

　　有一天,他在邻村换糖唱歌,偶然碰到了在那里劳改的走资派——老区委书记刘清,悲喜交集,久久不忍离开,最后刘清央求他再唱一遍稀奇歌,他毫不犹豫地唱起来,那悲惨、沉重、愤怒的声音使空气也颤抖,两个人都流下了眼泪。

六

　　一年病拖下来,李顺大有点心灰意懒了。他常常想自己还能活几年?何必要再操心造屋!愚公立下移山志,也是靠后代去完成的,为啥一定要亲手造成功!再说也算积有一笔钱,也有点汗马功劳,不算坍台了。可是凡胎未脱,尘心难破,儿子已经二十出头了,房子造不出,媳妇就找不着,猪舍做新房,谁肯来住!要像自己那样拾个要饭姑娘做妻子,现在也没有这种好机会了。那可不行,没有媳妇哪有孙子?没有孙子哪有重孙?将来建成共产主义过幸福生活,焉能独缺他李顺大的后代?看来房子还是非造不可,而

---

① 火赤练——赤练蛇。

且要抓紧时间。就算这样,儿子恐怕也得拖到政府规定的晚婚年龄以后才有婚结了。

经过动摇之后又坚定下来,立即开始行动。他挑起拾破烂的箩筐,悠悠地从这个市镇晃荡到那个市镇,县城里大小街巷也几乎跑遍,却从不见有建筑材料出售,询问有关商店,才知道买一块砖也得有本地三级证明,更无空口说白话的余地。他晓得再瞎跑也没有用,只有向当地生产队、大队、公社申请了。幸亏自己是带了箩筐出来的,虽不曾买到造屋材料,拾到的肢烂倒也卖得十几元钱,不算白误了工。

接着自然是找生产队、大队干部打证明,人家听了笑笑说:"打证明有什么用,民用建筑材料,有时稍微有一点,有时简直就没有。给了证明,你也买不到。"李顺大不肯信,以为是干部筑坝;又不敢反驳,怕弄僵。就耐着性子赖着不走,搞变相静坐示威。谁知人家倒并不放在心上,到吃晚饭时发现他没有走,就说:"走吧,锁门了。"他也只得回去,到了明天,又去坐。如此三天,干部不耐烦了,说:"好话你不听,瞎缠。你以为有用,就打个证明给你!"果然打了。他高高兴兴上供销社。营业员看了证明,也和大队干部一样笑笑,说:"没办法,无货供应。"

"几时有呢?"

"不晓得。"营业员说,"有空你就常来问问。"

从此李顺大就如学生上学校,七天里去问六次;半年下来,还是不曾买到一块砖。那营业员是个好心人,暗地里叹息顺大太笨,却也被他的精神感动了。终于有一天,悄悄告诉他说:"你还是省点工夫吧,不要来跑了。这几年革命革得厉害,地皮都快革光了,难得有点东西来,干部都照顾不周全,哪会轮到你。真要有你的份,也都是经过千拣万拣拣剩的落脚货,价钱倒和拣走的好货一样大,你也不划算。我劝你还是另想办法吧!"

李顺大得了这个忠告,十分失望,又非常感激。因此由不得要请教:"另想别的什么法?"

营业员沉吟半晌,说:"可有至亲好友当干部的?"

"没有。"李顺大沉重而吃力地说,"只有一个种田的妹婿,没有第二个亲戚。"

"那就没有路了。"营业员惋惜道,"现在是'圆圆头'不及'点点头'①,你没有亲友可靠,除了买黑市,还有什么办法。"

李顺大信以为真,从此想办法买黑市材料。哪晓得营业员倒也并无这方面的经验,不懂得黑市交易的复杂,一万砖头,市价二百一十七元,黑市要卖到四百左右,而且必须先付钱,过上一年半载才能提货,往往还会碰到骗子手。李顺大已经上过一次当了,钞票当然是不肯轻易出手的,所以,跑了千里路,说了万句话,过了三年也不曾买成。倒还是那个营业员肯帮忙,替他买了一吨官价石灰。那石灰原是分配在蚕室里用的,只为近年来一个劲儿旱改水,许多桑田改莳水稻了,剩下几棵癞痢毛桑树,还能养几条蚕!也就用不了那么多石灰;倒给营业员钻了空子,李顺大拾着了便宜。为此他想买包好烟请营业员的客,却又买不到。偶然碰见砖瓦厂的原文革主任(已当上厂革委会主任了),想起他从来是吸好烟的,他亏待过自己,现在请他买包烟总肯吧。就老着脸皮上去拉交情。主任倒也爽快,拿了他五角钱,从袋里掏出一包还没有开封的"大前门"。但是,在递给他之前,竟自作主张拆开来拿一支抽了,并且说:"我就这一包,要不是你,我谁也不回。"

李顺大拿了十九支去送给营业员,营业员坚决不收,拗不过面子,才抽了一支。其

---

① 圆圆头——印章。点点头——私人交情。

余十八支,硬是让顺大带回去了。

李顺大回家路上,想到自己今天做了一件从来没有做过的欠妥事情,他竟请了自己的恩人和仇人各一支烟。到吃晚饭的时候他真的发怒了,骂他的儿子没出息,二十五岁了,还吃隐下饭①,害他老子在外面受罪。

七

闹腾了许多年,李顺大房子没造成,造房的名气倒很大了。精诚所至,金石为开,不仅感动了营业员,而且还感动了上帝。这上帝不是别人,就是他未来的媳妇,名叫新来。新来姑娘住在邻村,早就同李顺大吃隐下饭的儿子小康有串联活动。她倒不在乎房子造了没有,反正看中了人,过了门造屋也行,可是她爹坝,怎么说也不肯把女儿嫁到猪舍里去。他以自己的模范事例教导女儿,因为他尽管穷,也想法造了两间屋,才讨了第一房媳妇。他骂李顺大是屠头,是阿木林,不会做事情。可是,想不到老天爷爱开玩笑,喜欢打说满话人的嘴巴。事隔一年,公社里一班打倒了走资派的当权派,为了要把山河重安排,看着一条河像老家伙似地弯着背,很不舒服。硬是动用了几千民工,花了几万个劳动日开出一条笔直的样板河,足以使火星上的高等动物看了,称赞地球人的伟大。新来姑娘家那两间新屋,偏偏就在样板河的河床上(当然也不止两间),只好拆了搬走。公社补贴搬屋费每间一百五十元,拆拆造造,又借了三百元添进去,才勉强重新搭起一间半米。新来爹瘦了两个膘,头发白了七八成。而且还要老做小,听新来姑娘的教育。新来建议他应该向李顺大伯伯学习,人家就是精明,不盲动,钞票放在枕头边,一个也不少。要造房子,也该看准了形势动手呀! 他说不响嘴,只得服输,任凭女儿婚姻自主。

李顺大不但有了儿媳妇,而且也知道儿媳妇在理论上对他的实践作了充分肯定,非常地高兴。因此,在儿子结婚那天晚上,喝了几杯酒,灵机一动,对着亲家翁说了两句神来之话,他说:"现在是地牌吃天牌,烂污二封王。你的房子造得太急了,天天闹地震,大家宁愿住牛棚,还要房子做什么。我一万砖头给窑鬼吃在肚里,也比你省心。"……他还想说下去,幸亏老婆警惕性高,为了挽救他,当着新亲的面,开口就训他"灌了点酒就像吃了尿,说话没有关拦,骨头痛的日子忘记了!"这才转话收场,皆大欢喜。

从那时开始,李顺大不再白花心计去买东买西。他挑着糖担,东转一天,西转一天,替国家收废品,赚一点生活费。可是,事情也怪,造房子的人家,还真多着呢。他看了不禁眼馋,往往就要打听打听,这幢那幢是谁家造的,哪里买的材料。得到的答复也真千种百样,细细说来,每一幢屋都能写一本书,但也不惹人看,无非是"大官送上门,小官开后门,老百姓求别人"而已。那些吃尽苦头的人,反而羡慕起李顺大来。说还是他乖巧,不曾钻进这苦胆里头去,不愧为识时务的俊杰。有个熟人竟不忌讳,忽然对他说:"我这一块砖、一片瓦,没一样不是黑市货,造两间屋,用了四间的钱。上梁那天,靠造反起家的大队书记来吃了我一顿,还说我这房子,没有文化大革命,哪能造得出。×他娘,我这房子又不是他那官衔,是用拳头打得来的吗!"

到此为止,李顺大对于建筑学的知识,本来已经登峰造极,叹为观止了。想不到天地渊博,造化无穷,值得大书特书的事情,如长江浊流,滚滚而来,竟无法忍心不看。那

---

① 隐下饭——不出头露面,只做事,不拿主张的意思。

鸡零狗碎的事,恕不细说,但值得大书特书的奇迹,放过未免可惜。例如有一个大队,要把全部民房拆了,合并到一个地方去,造一列式的楼房,名曰"新农村"。民房拆下的材料,折价归公,谁要住新房,重新出钱买。李顺大听了,大为振奋,认为"楼上楼下"果然要实现了。耐不住挑着糖担,飞奔去自费参观。

那个地方,李顺大从前也常走过,此番看去,果然大不一样,村村巷巷,都有人家在拆屋,拆了把材料运到公路边头一块大田里,那里正在造第一排楼房。那些拆屋的人家,议论非常热烈,甚至到了激烈的程度,都说盘古开天辟地以来,像这样的事情,从未有过;因此有人流出眼泪来,大概过于兴奋了。有些屋上卸下来的瓦,还沾着窑里的煤灰,分明盖了上去还没有经过雨淋,倒又翻身了。看了这些,李顺大觉得自己二十几年来空喊造屋没有造成,倒是平生做的一件最正确的事情,不过想着拆屋主过去的一番心血,也不禁有点眼酸。他慨叹着一路低头走去,忽听有人喊道:"喂,换糖的。"

李顺大抬头一看,见一个老头带着个女孩站在公路旁看造屋。十分面熟,却想不起是谁了。那老头笑道:"怎么,不认识了?"

李顺大恍然大悟,忙道:"原来是你,老书记。还在劳改吗?"他忽然伤心起来。想不到,几年不见的老书记,竟老得认不出了。可见老书记的心境不直落。

老书记笑笑,说:"劳还在劳,改却未改。你呢,又来搜集唱稀奇歌材料吗?"

"唉唉,老书记,你取笑我。"李顺大难为情地说,"这可是'楼上楼下',搞'新农村'。我到今天才晓得,原来这农村分新旧,就在这房子上。倒不在集体化不集体化。"

老书记轻轻地嘘了口气,说:"唉,有话你就说清楚点吧。"

李顺大笑笑,说:"自然,说给你听听没关系。不过也不能知法犯法。从前我说过楼房不如平房适用的话,已经当反动言论批过了,现在看了这种样子,倒还真有点想法。满好的屋,有的还是新的,倒又拆了再造,何必呢? 有这个力气,不好把田地种种熟吗? 这种事情,阳间里人不敢说,阴间里看了也要盯白眼呢。"

听了这"反动"话,老书记不但不驳斥,反而点了点头,严肃地答腔说:"'何必呢?'你问得对。告诉你吧,有人想把这个当上天梯。你倒也明白,晓得集体化是新农村的根本,可是人家搞起复辟来,公社这组织形式也是可以利用的。你的眼睛还要睁大些。你看看吧,贫下中农吃了二十多年苦造了点房子,一声拆就得拆,还管群众死活吗。可是公社不仍旧是公社!"

李顺大听了,虽有所悟,也不能完全领会,只得张开嘴巴,睁大眼睛,尊敬地看着这个老人,默默无言。

老人愤怒地哼了一声,也不再说,低头看了看小女孩,指着顺大,说:"叫公公。"

小女孩亲热地叫了一声。李顺大大为感动,连忙敲下一块糖塞在她小手里,称她是最乖最乖的小囡。他今年五十四岁,一个拾破烂的外乡人,还是第一次有人叫他公公,这给了他非常有力的鼓舞,竟把别的念头都冲淡了。

从此以后,他同老书记交了朋友。

八

到了一九七七年春节,李顺大带了几块糖去看老书记,才知道老书记重新上了任,又在区里办公了。李顺大喜出望外,把糖给了小囡,吃了小囡妈烧出来的点心,兴冲冲就往区里跑。他觉得如今有了区委书记做朋友,总弄得着造屋材料了。

老朋友一见面,果然十分亲热。可是一提到材料,老书记沉吟不语,打起嗝顿来,弄得顺大心也一颤,觉得不妙。只听老书记慢腾腾说:"老弟,你的困难,我都知道。从前你唱稀奇歌,我十分赞成。现在你总不能做稀奇事了吧。"

李顺大忙说:"老书记,别人不做,我也不做。现在不是还通行吗,为什么惟独你我不做,岂不太吃亏!"

老书记笑笑,说:"十一年混乱,积习难改。现在应该拨乱反正了,否则的话,建设国家的计划,就成了空话。别人做,我们是不能做的。全区干部来说,第一应从我改起;群众来说,先从唱稀奇歌的人改起,你说合理不合理?"

听了这番话,李顺大心里糖罐醋瓶,一齐打翻,一方面感到书记要同他一起带头整风,不禁自豪;一方面又想到好不容易交了个大官朋友,竟又不能拉私人关系,不禁怅然。他经过文化大革命,也学得很乖了,不愿吃这个亏。想了一下,振振有词道:"老书记,你讲的道理我服帖,不过,话说在前头,叫我不做稀奇事,一定照办。你可也不能动摇,不要以后碰到交情比我深的、面子比我大的,就帮他开后门,让别人笑我同你白交了一场。那我是要造你的反的。"

老书记哈哈大笑,拿过纸笔,迅速把顺大的话写了下来,说:"我念一遍,你听。"他念了,和顺大讲的一字不差,然后说,"你拿去请人写一张大字报来,贴在我的办公室里。"

李顺大愕然道:"我不,这不是要你的好看!"

老书记说:"哪里哪里,这才叫帮了我的大忙,我还真怕有大面子的人来开臭口呢!你贴了这大字报,就不用我作难了。"

李顺大高高兴兴真的照办了。

到了一九七七年冬天,李顺大家忽然忙碌起来。老书记刘清同志,在那位文革主任出身的砖瓦厂厂长身上做了点工作,让他把李顺大的一万砖头退赔了,公社革委会也批准了李顺大的报告,同意供应十八根水泥桁条。那位好心的供销社营业员,通知李顺大,现在椽子已经敞开供应了。这一次,李顺大的房屋会有把握造成了。要运回这么多东西,李顺大一家四口,哪里忙得过来,只得把妹妹、妹婿、儿媳妇的兄弟妯娌都请来帮忙,摇船的摇船,推车的推车,连年老的亲家公也高高兴兴地流了几身汗,大大热闹了一番。

不过,在高兴的时候,也还发生了一点扫兴的事情。运回那一万砖头,曾经过一些波折。大船停在砖瓦厂,人家不发货,皮笑肉不笑地对他说:"你的桁条还没有买,砖头拿回去白堆在那儿没有用,再等等吧。"李顺大同他吵了个脸红耳赤,说桁条已经落实了。那个人却比李顺大更懂李顺大,一口咬定他没有桁条。幸而他的亲家公跑来,凭自己买过砖头的经验,暗地里告诉李顺大什么叫"桁条",李顺大这才恍然大悟,马上到供销社买了两条最好的香烟送过去,这才皆大欢喜,砖头下船。后来到水泥制品厂运桁条,李顺大再不用别人开口,就散发了一条香烟,免得人家说他还没有买到椽子。

做了这些腐蚀别人的事,李顺大内心惭愧,不敢告诉老书记。但是他的灵魂不得安宁,有时候半夜醒过来,想起这件事,总要骂自己说:"唉、呃,我总该变得好些呀!"

(原载《雨花》1979 年第 7 期)

作品解读

《李顺大造屋》发表于《雨花》1979年第7期。农民盖房子,对农民本身来说并非轻而易举,但作为题材却并不重大,可在高晓声笔下,普通农民李顺大的造屋过程与时代背景、政治事件、农村政策紧密相联。"共产风"和"文革"使李顺大两度造屋都成为泡影,最后他也做了一些"腐蚀别人的事"才终于造成了瓦房。在李顺大屡受挫折、饱受磨难的造屋过程中,四十年的农村生活历历在目,高晓声以此极为深刻地反思了中国当代历史的荒诞性和悲剧性。同时,他不仅仅写出了农民的"苦",还站在一定的高度,剖析了农民在这种极左政治和物质贫困的重压下思想和心灵的异化。他称李顺大为"跟跟派",并发现了"跟跟派"身上"逆来顺受的奴性",他不能意识到自己的主人翁地位,只能一味听命运的安排,任人摆布。

幽默是高晓声艺术风格的主调,小说语言风趣生动,李顺大、陈奂生都是具有喜剧色彩的人物,高晓声正是用这种寓庄于谐、寓涩于笑的表现手法写出了当代中国农民的可叹灵魂和可悲命运。

(郭浏)

作家自述

《李顺大造屋》所涉及的历史,不光是解放以后的三十年,也有解放以前的十多年。这一点很重要。光说三十年,不再上溯到四十年、五十年……是绝对不行的。那就不会懂得解放的重大意义,就不能理解新旧社会的本质区别,就不会看到中国农民的来龙去脉。这就规定了我这小说必须从解放以前写起……农民当然相信共产党,这种信仰是坚实的,他们要跟着共产党到底。李顺大就是它的"跟跟派"。……李顺大在十年浩劫中受尽了磨难,但是,在我探究中国历史上为什么会发生这种浩劫时,我不禁想起像李顺大这样的人是否也应该对这一段历史负一点责任。我不得不在李顺大这个"跟跟派"身上反映出他消极的一面——那种逆来顺受的奴性。——高晓声:《〈李顺大造屋〉始末》,《雨花》1980年第7期。

我在农民中间,不是体验生活,而是共同生活,所以对农民的思想比较了解,但是根本没有想到要去写他们。为什么后来又写了呢?粉碎"四人帮"以后,几位中央负责同志的报告中,都强调恢复党的实事求是和关心群众疾苦的传统,我深受感动,就想为农民叹叹苦经,把他们的苦处说一说……农民有些什么苦?我认为受苦最深的就是吃和住。——高晓声:《创作思想随谈》,《新时期作家谈创作》,第257页,人民文学出版社1983年。

名家要评

生活的非理性,可以采用夸张、变形、象征、荒诞的形式表现,但高晓声采用了常态形式的假定性原则,即按照生活的本来面目的形式显示生活本身,让生活在反讽、幽默中显示自身的荒诞,以这种形式激发读者的类似感受。……高晓声在一般通用语言的基础上,提炼着江南农民(居民)的语言,创造了一种具有浓郁的江南地方色彩的、独特的、幽默生动的、又被普遍接受的文学语言。……在《青天在上》中,这种双声语随处都是,它们充满幽默,富有寓意,极为形象,使叙述充溢着一种审美感受、评价的活力,激发读者的健康的艺术感觉,使之透入生活之荒诞,并使阅读成为一种审美享受。——钱中文:《〈青天在上〉与高晓声文体》,《文学评论》1989年第4期。

拓展阅读
1. 范伯群:《高晓声论》,《文艺报》1982年第10期。
2. 王晓明:《在俯瞰陈家村之前》,《文学评论》1986年第4期。

爱,是不能忘记的(短篇存目)

张　洁

故事梗概

《爱,是不能忘记的》(短篇小说),发表于《北京文艺》1979年第1期。

小说以第一人称"我"叙述。我是一个三十待嫁的女性,正有一个世俗眼里定义的优秀追求者。他轮廓鲜明、线条优美、高大挺拔,却不能和我产生精神的共鸣。面对婚姻大事,我犹豫不决。在这样的人生交叉口,母亲在追求爱情和婚姻道路上的幸与不幸每每在我的心头浮现。

母亲深深爱着一个因为道义而不能和自己携手白头的男子,却屈从于世俗选择了公子哥儿似的父亲。母亲爱的人是一位革命干部。当年,为了革命也为了感恩,他与曾经救了他命的恩人的女儿,一个与他没有感情的女子结了婚。但是,母亲与他之间的感情并没有因此而变得淡薄,虽然没有生活在一起,但是他们在精神上互相慰藉,互相支持,互相依赖。他们之间的爱情也让我对自己的生活有了新的理解。

作品解读

《爱,是不能忘记的》从"我"对结婚对象的考察,用抒情化的笔调逐渐过渡到母亲生命中的凄美爱情故事。作者用"我"的视角叙述母亲的爱情故事,从第三方的角度来解读爱情故事背后所蕴含的深意:母亲和那位干部的爱情,已经脱离了物质和传统的层面。在这段纯粹精神恋爱的故事里,道义、责任成为了主流。然而,柏拉图式的恋爱在现实中意味着强烈的痛苦与不幸,这也是值得深思的。这种以浓厚抒情笔调打造的爱情故事拥有强大的感染力,对作品中传统爱情婚姻道德观念、尤其是严肃的政治革命婚姻观念,无疑是严峻的挑战与冲击,因此引发很多关于爱情和道德、政治问题的思考、争论。《爱,是不能忘记的》在艺术上的最大特点是主观抒情色彩渲染下叙述的抒情性。小说用感伤抒情的笔触娓娓叙述,结合断面书写的方式,从"我"对现实婚姻对象的思考着笔来引出真正要叙述的爱情故事。小说在叙述的过程中有浓郁的抒情风格,突出强调主人公的内心世界,用多角度触及的方式展开作者对人生、爱情和婚姻的思考,在哀怨和凄楚中激发严肃的主题。

(邓江江)

作家自述

在我们的生活中,真正以爱情为基础的婚姻有多少呢?而权衡利害的婚姻却随处可见。在《家庭、私有制和国家的起源》这部书中,恩格斯断言,在消灭了资本主义生产和它所造成的财产关系,从而把婚姻中一切经济考虑消除后,建立在真正的爱情基础上的婚姻正是最牢靠的婚姻。我的这篇小说,就是想用文艺形式表达出我读恩格斯的著作——《家庭、私有制和国家的起源》一书的体会。——转引自《一个普通人——记女作

家张洁同志》(孙五三),《青春》1980年第7期

名家要评

(作品启发读者)认真思考一下为什么我们的道德、法律、舆论、社会风气……等等加于我们身上和心灵上的精神枷锁是那么多,把我们自己束缚得那么痛苦?而这当中又究竟有多少合理的成分?等到什么时候,人们才可能按照自己的理想和意愿去安排自己的生活呢?——黄秋耘:《关于张洁作品的断想》,《文艺报》1980年第1期。

她在执着地宣传一种似乎是"傻里傻气"的执着的揪心的爱,这就是张洁在新生活中最新的思考。——谢冕、陈素琰:《在新的生活中思考》,《北京文艺》1980年第2期。

这两位男女主人公身上,现实给予他们的"精神枷锁",究竟是我们的"道德、法律、舆论、社会风气等等"的什么错处?……难道这两位男女主人公所信守的道德标准,是我们社会在人类生活感情上所造成的"难以弥补的缺陷"吗?——李希凡:《"倘若真有所谓天国……"》,《文艺报》1980年第5期。

(男主人公)凭什么无视和他几十年"风里来,雨里去"的患难妻子,又有什么理由去"镂骨铭心"地渴求女作家的爱情呢?……并非一切爱情都是神圣的,只有符合道德的纯洁真挚的爱情才是高尚的。与道德相悖的爱情则是渺小可鄙的。因此,必须以道德作为爱情的准则。若果这使某些人束缚得很痛苦,我们能同情他们的呻吟乃至呼号吗?……不应把暧昧的、缺乏道德力量和不健康的情绪美化成诗。——肖林:《试谈〈爱,是不能忘记的〉的格调问题》,《光明日报》1980年5月14日。

张洁在小说中所设置的冲突是经过深思熟虑的。她在现实的婚姻和爱情关系中看到了恩格斯所说的那种历史的必然要求,以及这种要求不能在现实中得到实现的悲剧性冲突,她努力在最高和最纯粹的意义上表现这些。……相对于某种更高的追求,相对于那种以真正的爱情为基础的婚姻,男主人公不得不受制于传统形式,确又包含着深刻的悲剧因素。……当小说结尾的"我"发出"让我们等待着"的呼吁,对老干部的婚姻表示了事实上的否定时,作家却把这一复杂矛盾简单化了,同时也就损害了作品本身所应达到的悲剧效果。——唐晓渡、王光明:《论张洁》,《文学评论》1985年第1期。

拓展阅读

1.唐晓渡、王光明:《论张洁》,《文学评论》1985年第1期。

2.王绯:《张洁:转型与世界感——一种文学年龄的断想》,《文学评论》1989年第5期。

3.周晔:《爱到无字——张洁真爱理想的建构与解构》,《文学评论》2000年第6期。

人到中年（中篇存目）

谌　容

故事梗概

《人到中年》，原载《收获》1980年第1期。

在自己工作岗位上默默无闻的陆文婷，因为医术和医德的出色获得同行业的交口称赞，但家庭困境却让她心力交瘁。一家四口生活在逼仄的空间里，繁忙的家务、工作的紧张和生活节奏的加快不断给她施加压力。陆文婷因为连续做了三个大手术而病倒，在有时清醒有时昏迷的状态下，幻想和意识的断面不断重复着先前的生活。那里有孤苦的童年生活，有忙碌却单调的大学生活，有一家四口的甜蜜和温馨，有朋友出国的触动，更有工作上病人的不信任，然而，一切的不如意并没有压倒陆文婷，她成功地战胜了环境的恶劣和心理的重压，终于在一个月的治疗后，在丈夫傅家杰的搀扶下迎着朝阳和寒风走出了医院。

作品解读

关于《人到中年》，人们始终无法回避的是小说对于建国若干年来知识分子处境的描述和关注。中年眼科医生陆文婷在自己的岗位上辛勤耕耘尽职尽责，默默无闻的工作不仅没有给她带来职位上的晋升，连满足自我基本生活条件也是捉襟见肘。全家人挤在逼仄的生活空间里，繁重的生存压力、工作负担和物质上的贫乏让她不堪重负，终于病倒。小说引发了关于知识分子处境的许多讨论。有论者认为小说中提出的知识分子困境的问题是不可回避的，但也有人批评小说中对于困境的描述使得整个小说的气氛和笔触显得过于阴沉和感伤。更多论者关注的是作者如何通过对生活困境的书写来触摸复杂纷繁的人性和变幻多端的人情。

《人到中年》用陆文婷的现在处境为经线，用人物模糊意识中的回忆为纬线，交织成一个叙事的整体。小说还创新地利用心理回忆的手法来贯穿小说的叙述，并用多方位、多角色的心理应答来丰富小说情节，深化了人物形象的塑造。

（邓江江）

作家自述

我个人认为《人到中年》不是伤感小说。十年浩劫，伤痕累累，难道就没有伤感？我的确在小说中提出了中年知识分子的问题，希望引起社会关心。但我同时想通过陆文婷的形象探索生活的意义。陆文婷不是高大形象，她是一个极为平凡的人，我觉得我们的生活正是由这些平凡的人在推动。正是千千万万这样的星星，组成了我们祖国灿烂的夜空。——转引自马立诚：《静悄悄的星——访女作家谌容》，《中国青年报》1980年7月26日。

我的回答是明确的："陆文婷没有死，这不是'光明的尾巴'，也不是'官方意图'，而是作者的愿望:我不愿意她死。"……陆文婷是不应该死的,人民需要她;尽管生活给她以那样的重担,但生活毕竟是令人留恋的。陆文婷还有很多工作没有做完,还有很多心愿没有偿还,她应该活着。于是,我让她活下来了。——谌容:《从陆文婷到蒋筑英》,《光明日报》1983年2月3日。

名家要评

作家用含蓄的笔触,为我们刻画了"马列主义老太太"——高级干部焦副部长的夫人秦波,还有那位赵天辉院长,以及在陆文婷病重时不肯派车的干部们。毫无疑问,作家所针砭的这几个人物,也是读者所不喜欢的,尤其是秦波。可是,要说就是他们给陆文婷以及坚持要离开祖国到国外去的姜亚芬夫妇的生活蒙上了一层阴影,却难以令人信服。这部小说提出了一个十分尖锐的问题,然而反映出来的生活却是不准确的,模糊不清的。它的格调是低沉的、感情是哀伤的。——晓晨:《不要给生活蒙上一层阴影——评小说〈人到中年〉》,《文汇报》1980年7月2日。

作者的用意是比这层显见的社会呼吁要更加深刻得多,她要求我们透过"中年"问题,进一步思考与此有关的另一些更具根本性和普遍性的问题……作者着眼的是"中年"问题,但是那时候的小说,甚至整个社会的思想水准,放在80—90年代的历史进程中来看,都不能说已经达到了中年的深刻与成熟,中年的不惑和知天命。所以,对今天的读者来说,体会这部中篇在当时所达到的深度,或许更为重要。——郜元宝:《〈人到中年〉摘评》,《当代作家评论》1995年第3期。

拓展阅读

1. 朱寨:《留给读者的思考——读中篇小说〈人到中年〉》,《文学评论》1980年第3期。

2. 晓晨:《不要给生活蒙上一层阴影——评小说〈人到中年〉》,《文汇报》1980年7月2日。

3. 王春元:《陆文婷的悲剧与生活的阴影》,《文艺报》1980年第9期。

受 戒

汪曾祺

  明海出家已经四年了。
  他是十三岁来的。
  这个地方的地名有点怪,叫庵赵庄。赵,是因为庄上大都姓赵。叫做庄,可是人家住得很分散,这里两三家,那里两三家。一出门,远远可以看到,走起来得走一会,因为没有大路,都是弯弯曲曲的田埂。庵,是因为有一个庵。庵叫菩提庵,可是大家叫讹了,叫成荸荠庵,连庵里的和尚也这样叫。"宝刹何处?"——"荸荠庵。"庵本来是住尼姑的。"和尚庙"、"尼姑庵"嘛。可是荸荠庵住的是和尚。也许因为荸荠庵不大,大者为庙,小者为庵。
  明海在家叫小明子。他是从小就确定要出家的。他的家乡不叫"出家",叫"当和尚"。他的家乡出和尚。就像有的地方出劁猪的,有的地方出织席子的,有的地方出箍桶的,有的地方出弹棉花的,有的地方出画匠,有的地方出婊子,他的家乡出和尚。人家弟兄多,就派一个出去当和尚。当和尚也要通过关系,也有帮。这地方的和尚有的走得很远。有到杭州灵隐寺的、上海静安寺的、镇江金山寺的、扬州天宁寺的。一般的就在本县的寺庙。明海家田少,老大、老二、老三,就足够种的了。他是老四。他七岁那年,他当和尚的舅舅回家,他爹、他娘就和舅舅商议,决定叫他当和尚。他当时在旁边,觉得这实在是在情在理,没有理由反对。当和尚有很多好处。一是可以吃现成饭,哪个庙里都是管饭的。二是可以攒钱。只要学会了放瑜伽焰口,拜梁皇忏,可以按例分到辛苦钱。积攒起来,将来还俗娶亲也可以;不想还俗,买几亩田也可以。当和尚也不容易,一要面如朗月,二要声如钟磬,三要聪明记性好。他舅舅给他相了相面,叫他前走几步,后走几步,又叫他喊了一声赶牛打场的号子:"格当嘚——",说是"明子准能当个好和尚,我包了!"要当和尚,得下点本,——念几年书。哪有不认字的和尚呢! 于是明子就开蒙入学,读了《三字经》、《百家姓》、《四言杂字》、《幼学琼林》、《上论、下论》、《上孟、下孟》,每天还写一张仿。村里都夸他字写得好,很黑。
  舅舅按照约定的日期又回了家,带了一件他自己穿的和尚领的短衫,叫明子娘改小一点,给明子穿上。明子穿了这件和尚短衫,下身还是在家穿的紫花裤子,赤脚穿了一双新布鞋,跟他爹、他娘磕了一个头,就随舅舅走了。
  他上学时起了个学名,叫明海。舅舅说,不用改了。于是"明海"就从学名变成了法名。
  过了一个湖。好大一个湖! 穿过一个县城。县城真热闹:官盐店,税务局,肉铺里挂着成边的猪,一个驴子在磨芝麻,满街都是小磨香油的香味,布店,卖茉莉粉、梳头油的什么斋,卖绒花的,卖丝线的,打把式卖膏药的,吹糖人的,耍蛇的,……他什么都想看看。舅舅一劲地推他:"快走! 快走!"

到了一个河边,有一只船在等着他们。船上有一个五十来岁的瘦长瘦长的大伯,船头蹲着一个跟明子差不多大的女孩子,在剥一个莲蓬吃。明子和舅舅坐到舱里。船就开了。

明子听见有人跟他说话,是那个女孩子。

"是你要到荸荠庵当和尚吗?"

明子点点头。

"当和尚要烧戒疤呕!你不怕?"

明子不知道怎么回答,就含含糊糊地摇了摇头。

"你叫什么?"

"明海。"

"在家的时候?"

"叫明子。"

"明子!我叫小英子!我们是邻居。我家挨着荸荠庵。——给你!"

小英子把吃剩的半个莲蓬扔给明海,小明子就剥开莲蓬壳,一颗一颗吃起来。

大伯一桨一桨地划着,只听见船桨泼水的声音:

"哗——许!哗——许!"

荸荠庵的地势很好,在一片高地上。这一带就数这片地高,当初建庵的人很会选地方。门前是一条河。门外是一片很大的打谷场。三面都是高大的柳树。山门里是一个穿堂。迎门供着弥勒佛。不知是哪一位名士撰写了一副对联:

　　大肚能容容天下难容之事
　　开颜一笑笑世间可笑之人

弥勒佛背后,是韦驮。过穿堂,是一个不小的天井,种着两棵白果树。天井两边各有三间厢房。走过天井,便是大殿,供着三世佛。佛像连龛才四尺来高。大殿东边是方丈,西边是库房。大殿东侧,有一个小小的六角门,白门绿字,刻着一副对联:

　　一花一世界
　　三藐三菩提

进门有一个狭长的天井,几块假山石,几盆花,有二间小房。

小和尚的日子清闲得很。一早起来,开山门,扫地。庵里的地铺的都是箩底方砖,好扫得很,给弥勒佛、韦驮烧一炷香,正殿的三世佛面前也烧一炷香、磕三个头,念三声"南无阿弥陀佛",敲三声磬。这庵里的和尚不兴做什么早课、晚课,明子这三声磬就全都代替了。然后,挑水,喂猪。然后,等当家和尚,即明子的舅舅起来,教他念经。

教念经也跟教书一样,师父面前一本经,徒弟面前一本经,师父唱一句,徒弟跟着唱一句。是唱哎。舅舅一边唱,一边还用手在桌上拍板。一板一眼,拍得很响,就跟教唱戏一样。是跟教唱戏一样,完全一样哎。连用的名词都一样。舅舅说,念经:一要板眼准,二要合工尺。说:当一个好和尚,得有条好嗓子。说:民国十年闹大水,运河倒了堤,最后在清水潭合龙,因为大水淹死的人很多,放了一台大焰口,十三大师——十三个正座和尚,各大庙的方丈都来了,下面的和尚上百。谁当这个首座?推来推去,还是石桥——善因寺的方丈!他往上一坐,就跟地藏王菩萨一样,这就不用说了;那一声"开香赞",围看的上千人立时鸦雀无声。说:嗓子要练,夏练三伏,冬练三九,要练丹田气!

说:要吃得苦中苦,方为人上人! 说:和尚里也有状元、榜眼、探花! 要用心,不要贪玩! 舅舅这一番大法说得明海和尚实在是五体投地,于是就一板一眼地跟着舅舅唱起来。

"炉香乍爇——"

"炉香乍爇——"

"法界蒙薰——"

"法界蒙薰——"

"诸佛现金身……"

"诸佛现金身……"

……

等明海学完了早经,——他晚上临睡前还要学一段,叫做晚经,——荸荠庵的师父们就都陆续起床了。

这庵里人口简单,一共六个人。连明海在内,五个和尚。

有一个老和尚,六十几了,是舅舅的师叔,法名普照,但是知道的人很少,因为很少人叫他法名,都称之为老和尚或老师父,明海叫他师爷爷。这是个很枯寂的人,一天关在房里,就是那"一花一世界"里。也看不见他念佛,只是那么一声不响地坐着。他是吃斋的,过年时除外。

下面就是师兄弟三个,仁字排行:仁山、仁海、仁渡。庵里庵外,有的称他们为大师父、二师父;有的称之为山师父、海师父。只有仁渡,没有叫他"渡师父"的,因为听起来不像话,大都直呼之为仁渡。他也只配如此,因为他还年轻,才二十多岁。

仁山,即明子的舅舅,是当家的。不叫"方丈",也不叫"住持",却叫"当家的",是很有道理的,因为他确确实实干的是当家的职务。他屋里摆的是一张账桌,桌子上放的是账簿和算盘。账簿共有三本。一本是经账,一本是租账,一本是债账。和尚要做法事,做法事要收钱,——要不,当和尚干什么? 常做的法事是放焰口。正规的焰口是十个人。一个正座,一个敲鼓的,两边一边四个。人少了,八个,一边三个,也凑合了。荸荠庵只有四个和尚,要放整焰口就得和别的庙里合伙。这样的时候也有过。通常只是放半台焰口。一个正座,一个敲鼓的,另外一边一个。一来找别的庙里合伙费事;二来这一带放得起整焰口的人家也不多。有的时候,谁家死了人,就只请两个,甚至一个和尚咕噜咕噜念一通经,敲打几声法器就算完事。很多人家的经钱不是当时就给,往往要等秋后才还。这就得记账。另外,和尚放焰口的辛苦钱不是一样的。就像唱戏一样,有份子。正座第一份。因为他要领唱,而且还要独唱。当中有一大段"叹骷髅",别的和尚都放下法器休息。只有首座一个人有板有眼地慢声吟唱。第二份是敲鼓的。你以为这容易呀? 哼,单是一开头的"发擂",手上没功夫就敲不出迟疾顿挫! 其余的,就一样了。这也得记上:某月某日,谁家焰口半台,谁正座,谁敲鼓……省得到年底结账时赌咒骂娘。……这庵里有几十亩庙产,租给人种,到时候要收租。庵里还放债。租债一向倒很少亏欠,因为租佃借钱的人怕菩萨不高兴。这三本账就够仁山忙的了。另外香烛灯火、油盐"福食",这也得随时记记账呀。除了账簿之外,山师父的方丈的墙上还挂着一块水牌,上漆四个红字:"勤笔免思"。

仁山所说当一个好和尚的三个条件,他自己其实一条也不具备。他的相貌只要用两个字就说清楚了:黄,胖。声音也不像钟磬,倒像母猪。聪明么? 难说,打牌老输。他在庵里从不穿袈裟,连海青直裰也免了。经常是披着件短僧衣,袒露着一个黄色的肚子。下面是光脚趿拉着一双僧鞋,——新鞋他也是踏拉着。他一天就是这样不衫不履地这里走走,那里走走,发出母猪一样的声音:"哼——哼——"。

二师父仁海。他是有老婆的。他老婆每年夏秋之间来住几个月,因为庵里凉快。庵里有六个人,其中之一,就是这位和尚的家眷。仁山、仁海叫他嫂子,明海叫她师娘。这两口子都很爱干净,整天的洗涮。傍晚的时候。坐在天井里乘凉。白天,闷在屋里不出来。

三师父是个很聪明精干的人。有时一笔账大师兄扒了半天算盘也算不清,他眼珠子转两转,早算得一清二楚。他打牌赢的时候多,二三十张牌落地,上下家手里有些什么牌,他就差不多都知道了。他打牌时,总有人爱在他后面看歪头胡。谁家约他打牌、就说"想送两个钱给你。"他不但经忏俱通(小庙的和尚能够拜忏的不多),而且身怀绝技,会"飞铙"。七月间有些地方做盂兰会,在旷地上放大焰口,几十个和尚,穿绣花袈裟,飞铙。飞铙就是把十多斤重的大铙钹飞起来。到了一定的时候,全部法器皆停,只几十副大铙紧张急促地敲起来。忽然起手,大铙向半空中飞去,一面飞,一面旋转。然后,又落下来,接住。接住不是平平常常地接住,有各种架势,"犀牛望月"、"苏秦背剑"……这哪是念经,这是耍杂技。也算是地藏王菩萨爱看这个,但真正因此快乐起来的是人,尤其是妇女和孩子。这是年轻漂亮的和尚出风头的机会。一场大焰口过后,也像一个好戏班子过后一样,会有一个两个大姑娘、小媳妇失踪,——跟和尚跑了。他还会放"花焰口"。有的人家,亲戚中多风流子弟,在不是很哀伤的佛事——如做冥寿时,就会提出放花焰口。所谓"花焰口"就是在正焰口之后,叫和尚唱小调,拉丝弦,吹管笛,敲鼓板,而且可以点唱。仁渡一个人可以唱一夜不重头。仁渡前几年一直在外面,近二年才常住在庵里。据说他有相好的,而且不止一个。他平常可是很规矩,看到姑娘媳妇总是老老实实的,连一句玩笑话都不说,一句小调山歌都不唱。有一回,在打谷场上乘凉的时候,一伙人把他围起来,非叫他唱两个不可。他却情不过,说:"好,唱一个。不唱家乡的。家乡的你们都熟。唱个安徽的。"

　　姐和小郎打大麦,
　　一转子讲得听不得。
　　听不得就听不得,
　　打完了大麦打小麦。

唱完了,大家还嫌不够,他就又唱了一个:

　　姐儿生得漂漂的,
　　两个奶子翘翘的。
　　有心上去摸一把,
　　心里有点跳跳的。
　　……

这个庵里无所谓清规,连这两个字也没人提起。

仁山吃水烟,连出门做法事也带着他的水烟袋。

他们经常打牌。这是个打牌的好地方。把大殿上吃饭的方桌往门口一搭,斜放着,就是牌桌。桌子一放好,仁山就从他的方丈里把筹码拿出来,哗啦一声倒在桌上。斗纸牌的时候多,搓麻将的时候少。牌客除了师兄弟三人,常来的是一个收鸭毛的,一个打兔子兼偷鸡的,都是正经人。收鸭毛的担一副竹筐,串乡串镇,拉长了沙哑的声音喊叫:

"鸭毛卖钱——!"

偷鸡的有一件家什——铜蜻蜓。看准了一只老母鸡,把铜蜻蜓一丢,鸡婆子上去就是一口。这一啄,铜蜻蜓的硬簧绷开,鸡嘴撑住了,叫不出来了。正在这鸡十分纳闷的时候,上去一把薅住。

明子曾经跟这位正经人要过铜蜻蜓看看。他拿到小英子家门前试了一试,果然!小英的娘知道了,骂明子:

"要死了!儿子!你怎么到我家来玩铜蜻蜓了!"

小英子跑过来:

"给我!给我!"

她也试了试,真灵,一个黑母鸡一下子就把嘴撑住,傻了眼了!

下雨阴天,这二位就光临荸荠庵,消磨一天。

有时没有外客,就把老师叔也拉出来,打牌的结局,大都是当家和尚气得鼓鼓的:"×妈妈的!又输了!下回不来了!"

他们吃肉不瞒人。年下也杀猪。杀猪就在大殿上。一切都和在家人一样,开水、木桶、尖刀。捆猪的时候,猪也是没命地叫。跟在家人不同的,是多一道仪式,要给即将升天的猪念一道"往生咒",并且总是老师叔念,神情很庄重:

"……一切胎生、卵生、息生,来从虚空来,还归虚空去。往生再世,皆当欢喜。南无阿弥陀佛!"

三师父仁渡一刀子下去,鲜红的猪血就带着很多沫子喷出来。

……

明子老往小英子家里跑。

小英子的家像一个小岛,三面都是河,西面有一条小路通到荸荠庵。独门独户,岛上只有这一家。岛上有六棵大桑树,夏天都结大桑椹,三棵结白的,三棵结紫的;一个菜园子,瓜豆蔬菜,四时不缺。院墙下半截是砖砌的,上半截是泥夯的。大门是桐油油过的,贴着一副万年红的春联:

　　向阳门第春常在
　　积善人家庆有余

门里是一个很宽的院子。院子里一边是牛屋、碓棚;一边是猪圈、鸡窠,还有个关鸭子的栅栏。露天地放着一具石磨。正北面是住房,也是砖基土筑,上面盖的一半是瓦,一半是草。房子翻修了才三年,木料还露着白茬。正中是堂屋,家神菩萨的画像上贴的金还没有发黑。两边是卧房。隔扇窗上各嵌了一块一尺见方的玻璃,明亮亮的,——这在乡下是不多见的。房檐下一边种着一棵石榴树,一边种着一棵栀子花,都齐房檐高了。夏天开了花,一红一白,好看得很。栀子花香得冲鼻子。顺风的时候,在荸荠庵都闻得见。

这家人口不多。他家当然是姓赵,一共四口人:赵大伯、赵大妈,两个女儿,大英子、小英子。老两口没有儿子。因为这些年人不得病,牛不生灾,也没有大旱大水闹蝗虫,日子过得很兴旺。他们家自己有田,本来够吃的了,又租种了庵上的十亩田。自己的田里,一亩种了荸荠,——这一半是小英子的主意,她爱吃荸荠,一亩种了茨菇。家里喂了一大群鸡鸭,单是鸡蛋鸭毛就够一年的油盐了。赵大伯是个能干人。他是一个"全把式",不但田里场上样样精通,还会罩鱼、洗磨、凿碓、修水库、修船、砌墙、烧砖、箍桶、劈篾、绞麻绳。他不咳嗽,不腰疼,结结实实,像一棵榆树。人很和气,一天不声不响。赵大伯是一棵摇钱树,赵大娘就是个聚宝盆。大娘精神得出奇。五十岁了,两个眼睛还是清亮亮的。不论什么时候,头都是梳得滑溜溜的,身上衣服都是格挣挣的。像老头子一样,她一天不闲着。煮猪食、喂猪,腌咸菜,她腌的咸萝卜干非常好吃,舂粉子,磨小豆腐,编蓑衣,织芦篚。

她还会剪花样子。这里嫁闺女,陪嫁妆,磁坛子、锡罐子,都要用梅红纸剪出吉祥花样,贴在上面,讨个吉利,也才好看。"丹凤朝阳"呀、"白头到老"呀、"子孙万代"呀、"福寿绵长"呀。二三十里的人家都来请她:"大娘,好日子是十六,你哪天去呀?"——"十五,我一大清早就来!"

"一定呀!"——"一定!一定!"

两个女儿,长得跟她娘像一个模子里托出来的。眼睛长得尤其像,白眼珠鸭蛋青,黑眼珠棋子黑,定神时如清水,闪动时像星星。浑身上下,头是头,脚是脚。头发滑溜溜的,衣服格挣挣的。——这里的风俗,十五六岁的姑娘就都梳上头了。这两个丫头,这一头的好头发!通红的发根,雪白的簪子!娘女三个去赶集,一集的人都朝她们望。

姐妹俩长得很像,性格不同。大姑娘很文静,话很少,像父亲。小英子比她娘还会说,一天咭咭呱呱地不停。大姐说:

"你一天到晚咭咭呱呱——"

"像个喜鹊!"

"你自己说的!——吵得人心乱!"

"心乱?"

"心乱!"

"你心乱怪我呀!"

二姑娘话里有话。大英子已经有了人家。小人她偷偷地看过,人很敦厚,也不难看,家道也殷实,她满意。已经下过小定,日子还没有定下来。她这二年,很少出房门,整天赶她的嫁妆。大裁大剪,她都会。挑花绣花,不如娘。她可又嫌娘出的样子太老了。她到城里看过新娘子,说人家现在绣的都是活花活草。这可把娘难住了。最后是喜鹊忽然一拍屁股:"我给你保举一个人!"

这人是谁?是明子。明子念"上孟下孟"的时候,不知怎么得了半套《芥子园》,他喜欢得很。到了荸荠庵,他还常翻出来看,有时还把旧账簿子翻过来,照着描。小英子说:

"他会画!画得跟活的一样!"

小英子把明海请到家里来,给他磨墨铺纸,小和尚画了几张,大英子喜欢得了不得:

"就是这样!就是这样!这就可以乱孱!"——所谓"乱孱"是绣花的一种针法;绣了第一层,第二层的针脚插进第一层的针缝,这样颜色就可由深到淡,不露痕迹,不像娘那一代绣的花是平针,深浅之间,界限分明,一道一道的。小英子就像个书童,又像个参谋:

"画一朵石榴花!"

"画一朵栀子花!"

她把花掐来,明海就照着画。

到后来,凤仙花、石竹子、水蓼、淡竹叶、天竺果子、腊梅花,他都能画。

大娘看着也喜欢,搂住明海的和尚头:

"你真聪明!你给我当一个干儿子吧!"

小英子捺住他的肩膀,说:

"快叫,快叫!"

小明子跪在地下磕了一个头,从此就叫小英子的娘做干娘。

大英子绣的三双鞋,三十里方圆都传遍了。很多姑娘都走路坐船来看。看完了,就说"啧啧啧,真好看!这哪是绣的,这是一朵鲜花!"她们就拿了纸来央大娘求了小和尚来画。有求画账檐的,有求画门帘飘带的,有求画鞋头花的。每回明子来画花,小英子就给他做点好吃的,煮两个鸡蛋,蒸一碗芋头,煎几个藕团子。

因为照顾姐姐赶嫁妆,田里的零碎生活小英子就全包了。她的帮手,是明子。

这地方的忙活是栽秧、车高田水、薅头遍草,再就是割稻子、打场了。这几茬重活,自己一家是忙不过来的。这地方兴换工。排好了日期,几家顾一家,轮流转。不收工钱,但是吃好的。一天吃六顿,两头见肉,顿顿有酒。干活时,敲着锣鼓,唱着歌,热闹得很。其余的时候,各顾各,不显得紧张。

薅三遍草的时候,秧已经很高了,低下头看不见人。一听见非常脆亮的嗓子在一片浓绿里唱:

  栀子哎开花哎六瓣头哎……
  姐家哎门前哎一道桥哎……

明海就知道小英子在哪里,三步两步就赶到,赶到就低头薅起草来。傍晚牵牛"打汪,"是明子的事——水牛怕蚊子。这里的习惯,牛卸了轭,饮了水,就牵到一口和好泥水的"汪"里,由它自己打滚扑腾,弄得全身都是泥浆,这样蚊子就咬不透了。低田上水,只要一挂十四轧的水车,两个人车半天就够了。明子和小英子就伏在车杠上,不紧不慢地踩着车轴上的拐子,轻轻地唱着明海向三师父学来的各处山歌。打场的时候,明子能替赵大伯一会,让他回家吃饭。——赵家自己没有场,每年都在荸荠庵外面的场上打谷子。他一扬鞭子,喊起了打场号子:

"格当嘚——"

这打场号子有音无字,可是九转十三弯,比什么山歌号子都好听。赵大娘在家,听见明子的号子,就侧起耳朵:

"这孩子这条嗓子!"

连大英子也停下针线:

"真好听!"

小英子非常骄傲地说:

"一十三省数第一!"

晚上,他们一起看场。——荸荠庵收来的租稻也晒在场上。他们并肩坐在一个石磙子上,听青蛙打鼓,听寒蛇唱歌,——这个地方以为蝼蛄叫是蚯蚓叫,而且叫蚯蚓叫"寒蛇",听纺纱婆子不停地纺纱,"唦——",看萤火虫飞来飞去,看天上的流星。

"呀！我忘了在裤带上打一个结！"小英子说。

这里的人相信，在流星掉下来的时候在裤带上打一个结，心里想什么好事，就能如愿。

……

"捋"荸荠，这是小英子最爱干的生活。秋天过去了，地净场光，荸荠的叶子枯了，——荸荠的笔直的小葱一样的圆叶子里是一格一格的，用手一捋，哔哔地响，小英子最爱捋着玩，——荸荠藏在烂泥里。赤了脚，在凉浸浸滑溜溜的泥里踩着，——哎，一个硬疙瘩！伸手下去，一个红紫红紫的荸荠。她自己爱干这生活，还拉了明子一起去。她老是故意用自己的光脚去踩明子的脚。

她挎着一篮子荸荠回去了，在柔软的田埂上留下一串脚印，明海看着她的脚印。傻了。五个小小的趾头，脚掌平平的，脚跟细细的，脚弓部分缺了一块。明海身上有一种从来没有过的感觉，他觉得心里痒痒的。这一串美丽的脚印把小和尚的心搞乱了。

……

明子常搭赵家的船进城，给庵里买香烛，买油盐。闲时是赵大伯划船；忙时是小英子去，划船的是明子。

从庵赵庄到县城，当中要经过一片很大的芦花荡子。芦苇长得密密的，当中一条水路，四边不见人。划到这里，明子总是无端端地觉得心里很紧张，他就使劲地划桨。

小英子喊起来：

"明子！明子！你怎么啦？你发疯啦？为什么划得这么快？"

……

明海到善因寺去受戒。

"你真的要去烧戒疤呀？"

"真的。"

"好好的头皮上烧八个洞，那不疼死啦？"

"咬咬牙。舅舅说这是当和尚的一大关，总要过的。"

"不受戒不行吗？"

"不受戒的是野和尚。"

"受了戒有啥好处？"

"受了戒就可以到处云游、逢寺挂褡。"

"什么叫'挂褡'？"

"就是在庙里住。有斋就吃。"

"不把钱？"

"不把钱。有法事，还得先尽外来的师父。"

"怪不得都说'远来的和尚会念经'。就凭头上这几个戒疤？"

"还要有一份戒牒。"

"闹半天，受戒就是领一张和尚的合格文凭呀！"

"就是！"

"我划船送你去。"

"好。"

小英子早早就把船划到荸荠庵门前。不知是什么道理,她兴奋得很。她充满了好奇心,想去看看善因寺这座大庙,看看受戒是个啥样子。

善因寺是全县第一大庙,在东门外,面临一条水很深的护城河,三面都是大树,寺在树林子里,远处只能隐隐约约看到一点金碧辉煌的屋顶,不知道有多大。树上到处挂着"谨防恶犬"的牌子。这寺里的狗出名的厉害。平常不大有人进去。放戒期间,任人游看,恶狗都锁起来了。

好大一座庙!庙门的门坎比小英子的胁膝都高。迎门蠹着两块大牌,一边一块,一块写着斗大两个字:"放戒",一块是:"禁止喧哗",这庙里果然是气象庄严,到了这里谁也不敢大声咳嗽。明海自去报名办事,小英子就到处看看。好家伙,这哼哈二将、四大天王,有三丈多高,都是簇新的,才装修了不久。天井有二亩地大,铺着青石,种着苍松翠柏。"大雄宝殿",这才真是个"大殿"!一进去,凉飕飕的。到处都是金光耀眼。释迦牟尼佛坐在一个莲花座上。单是莲座,就比小英子还高。抬起头来也看不全他的脸,只看到一个微微闭着的嘴唇和胖墩墩的下巴。两边的两根大红蜡烛,一搂多粗。佛像前的大供桌上供着鲜花、绒花、绢花,还有珊瑚树、玉如意、整棵的大象牙。香炉里烧着檀香。小英子出了庙,闻着自己的衣服都是香的。挂了好些幡。这些幡不知是什么缎子的,那么厚重,绣的花真细。这么大一口磬,里头能装五担水!这么大一个木鱼,有一头牛大,漆得通红的。她又去转了转罗汉堂,爬到千佛楼上看了看。真有一千个小佛!她还跟着一些人去看了看藏经楼。藏经楼没有什么看头,都是经书!妈吔!逛了这么一圈,腿都酸了。小英子想起还要给家里打油,替姐姐配丝线,给娘买鞋面布,给自己买两个坠围裙飘带的银蝴蝶,给爹买旱烟,就出庙了。

等把事情办齐,响午了。她又到庙里看了看,和尚正在吃粥。好大一个"膳堂",坐得下八百个和尚。吃粥也有这样多讲究:正面法座上摆着两个锡胆瓶,里面插着红绒花,后面盘膝坐着一个穿了大红满金绣袈裟的和尚,手里拿着戒尺。这戒尺是要打人的。哪个和尚吃粥吃出了声音,他下来就是一戒尺。不过他并不真的打人,只是做个样子。真稀奇,那么多的和尚吃粥,竟然不出一点声音!她看见明子也坐在里面,想跟他打个招呼又不好打。想了想,管他禁止不禁止喧哗,就大声喊了一句:"我走啦!"她看见明子目不斜视的微微点了点头,就不管很多人都朝自己看,大摇大摆地走了。

第四天一大清早小英子就去看明子。她知道明子受戒是第三天半夜,——烧戒疤是不许人看的。她知道要请老剃头师傅剃头,要剃得横摸顺摸都摸不出头发茬子,要不然一烧,就会"走"了戒,烧成了一片。她知道是用枣泥子先点在头皮上,然后用香头子点着。她知道烧了戒疤就喝一碗蘑菇汤,让它"发",还不能躺下,要不停地走动,叫做"散戒"。这些都是明子告诉她的。明子是听舅舅说的。

她一看,和尚真在那里"散戒",在城墙根底下的荒地里。一个一个,穿了新海青,光光的头皮上都有八个黑点子。——这黑疤掉了,才会露出白白的、圆圆的"戒疤"。和尚都笑嘻嘻的,好像很高兴。她一眼就看见了明子。隔着一条护城河,就喊他:

"明子!"

"小英子!"

"你受了戒啦?"

"受了。"

"疼吗?"

"疼。"

"现在还疼吗?"

"现在疼过去了。"

"你哪天回去?"

"后天。"

"上午?下午?"

"下午。"

"我来接你!"

"好!"

……

小英子把明海接上船。

小英子这天穿了一件细白夏布上衣,下边是黑洋纱的裤子,赤脚穿了一双龙须草的细草鞋,头上一边插着一朵栀子花,一边插着一朵石榴花。她看见明子穿了新海青,里面露出短褂子的白领子,就说:"把你那外面的一件脱了,你不热呀!"

他们一人一把桨。小英子在中舱,明子扳艄,在船尾。

她一路问了明子很多话,好像一年没有看见了。

她问,烧戒疤的时候,有人哭吗?喊吗?

明子说,没有人哭,只是不住地念佛。有个山东和尚骂人:

"俺日你奶奶!俺不烧了!"

她问善因寺的方丈石桥是相貌和声音都很出众吗?

"是的。"

"说他的方丈比小姐的绣房还讲究?"

"讲究。什么东西都是绣花的。"

"他屋里很香?"

"很香。他烧的是伽楠香,贵得很。"

"听说他会做诗,会画画,会写字?"

"会。庙里走廊两头的砖额上,都刻着他写的大字。"

"他是有个小老婆吗?"

"有一个。"

"才十九岁?"

"听说。"

"好看吗?"

"都说好看。"

"你没看见?"

"我怎么会看见?我关在庙里。"

明子告诉她,善因寺一个老和尚告诉他,寺里有意选他当沙弥尾,不过还没有定,要等主事的和尚商议。

"什么叫'沙弥尾'"?

"放一堂戒,要选出一个沙弥头,一个沙弥尾。沙弥头要老成,要会念很多经。沙弥尾要年轻,聪明,相貌好。"

"当了沙弥尾跟别的和尚有什么不同?"

"沙弥头,沙弥尾,将来都能当方丈。现在的方丈退居了,就当。石桥原来就是沙弥尾。"

"你当沙弥尾吗?"

"还不一定哪。"

"你当方丈,管善因寺?管这么大一个庙?!"

"还早呐!"

划了一气,小英子说:"你不要当方丈!"

"好,不当。"

"你也不要当沙弥尾!"

"好,不当。"

又划了一气,看见那一片芦花荡子了。

小英子忽然把桨放下,走到船尾,趴在明子的耳朵旁边,小声地说:"我给你当老婆,你要不要?"

明子眼睛鼓得大大的。

"你说话呀!"

明子说:"嗯。"

"什么叫'嗯'呀!要不要,要不要?"

明子大声地说:"要!"

"你喊什么!"

明子小小声说:"要——!"

"快点划!"

英子跳到中舱,两只桨飞快地划起来,划进了芦花荡。

芦花才吐新穗。紫灰色的芦穗,发着银光,软软的,滑溜溜的,像一串丝线。有的地方结了蒲棒,通红的,像一枝一枝小蜡烛。青浮萍,紫浮萍。长脚蚊子,水蜘蛛。野菱角开着四瓣的小白花。惊起一只青桩(一种水鸟),擦着芦穗,扑鲁鲁飞远了。

一九八〇年八月十二日,写四十三年前的一个梦

(原载《北京文学》1980 年第 10 期)

作品解读

《受戒》描绘了一幅清新脱俗、明丽淡雅的民俗风情画,作者任由自己不紧不慢地抽丝剥茧,以一种独特的笔调将主人公明海与小英子之间纯真烂漫的初恋故事娓娓道来。作者营造了一股轻松活泼、令人赏心悦目的情感氛围,风格自然朴素,在古典美中不乏现代形绪。虽然写的是小和尚的佛门生活,但是却没有枯寂虔诚的信念,更无清规戒律的压抑与束缚,有的只是普通人的平淡随意。事实上,作者是借佛来写自然纯真之美,借爱情来写淳朴健康的人性之美。

《受戒》通篇用白描手法,在风土人情的详尽描绘中渗透着懵懂少年对于新奇世界的好奇心理,两者的紧密结合足可见作者深厚的文化底蕴与精巧的文本构思。作者惯用一些俗的字眼,但是读来却很率真随性,充满着诗意与情趣,蕴含有无限的优美和韵

味。淡化情节、追求散文式结构也是一大特征。作者笔调平淡冲和,信笔所至,似在拉家常,又似在做素描。情节被淡化在素描之中,淡化在气氛的渲染中,每一个细节、每一幅画面都在讲述着人性之美,都在肯定着人的价值。清丽文风和细微感情昭示了对于生命的价值追寻,同时也阐释了人类必须维护文明的纯洁性,发人深思。

(裴颖)

作家自述

这篇小说写的是什么?我在大体上有了一个设想之后,曾和个别同志谈过。"你为什么要写这样一篇东西呢?"当时我没有回答,只是带着一点激动说:"我要写!我一定要把它写得很美,很健康,很有诗意!"写成后,我说:我写的是美,是健康的人性。美,人性,是任何时候都需要的。——汪曾祺:《关于〈受戒〉》,《汪曾祺文集·文论卷》,第228页,江苏文艺出版社1993年。

名家要评

出来了一篇充满了内在欢乐的《受戒》,而且这欢乐,是"四十三年前的旧梦",是逝去的"旧社会也不是没有的欢乐"。小说撇开了几十年统帅一切的政治生活的纠缠,用水洗过了一般清新质朴的语言叙写单纯无邪的青春和古趣盎然的民俗。悲愤哀伤惶惑、"愁云密布"的文学天空中蓦地出现了一抹"亮色",却不是主张"走出伤痕"(其实是"粉饰伤痕")的批评家们所希望的那种"亮色"。——黄子平:《汪曾祺的意义》,《北京文学》1989年第1期。

拓展阅读

1. 黄子平:《汪曾祺的意义》,《北京文学》1989年第1期。
2. 罗强烈:《汪曾祺的民间意义》,《当代作家评论》1993年第1期。
3. 胡河清:《汪曾祺论》,《当代作家评论》1993年第1期。

人生（中篇存目）

路　遥

故事梗概

《人生》，原载《收获》1982 年第 3 期。

《人生》以改革开放时期陕北高原的城乡生活为时空背景，叙述了高中毕业生高加林回到土地又离开土地，再回到土地这样的人生变化过程。高加林高考落榜，回到村里当上了民办小学的教师，但被大队书记高明楼的儿子顶替，重新做了农民。善良美丽的农村姑娘刘巧珍闯进了他的生活。高加林在她的眼中是完美的，她对于高加林来说却只是他失意时的精神上的慰藉。机遇再次降临时，高加林重新回到了城市，遇到了黄亚萍。黄亚萍是现代女性，她对高加林的爱炽烈大胆又有一种征服欲。高加林委婉地对巧珍表达了他的选择后，巧珍含泪接受了。高加林后来被人告发，又回到了生他养他的那片土地。此时巧珍已经嫁为人妇。

作品解读

《人生》以高中毕业生高加林同农村姑娘刘巧珍、城市姑娘黄亚萍之间的感情纠葛为情节主体，以高加林的命运变迁为主线，讲述他回到土地又离开土地，再回到土地这样的人生变化过程。高加林既有现代青年那种自信坚毅的品质，又有勤奋的传统美德。他有着远大的理想和抱负，并不甘心将自己淹没在农村，但现实与理想总是相差极远，这种极大的反差决定了他复杂的性格特征。

高加林事业上的曲折，造成了他同巧珍爱情的曲折，以及同父老村民们关系的变化。高加林无疑是由时代特征决定的复杂的人物形象。

刘巧珍的形象同样被塑造得生动感人，她那"像金子一样纯净，像流水一样柔情"的性格和灵魂，给人深刻的印象。

（杨樨）

作家自述

我自己也很难确切说出这部作品的全部意思来。我当时只是力求真实和本质地反映出作品所涉及的那部分生活内容。当然，我意识到，为了使当代社会发展中某些重要的动向在作品里得到充分的艺术表述，应该竭力从整体的各个方面去掌握生活，通过塑造人物把我们时代最重要的社会的、道德的和心理的矛盾交织成一个艺术的统一体，把具体性和规律性、持久的人性和特定的历史条件、个性和普遍的社会性都结合起来——也就是说，应该向深度和广度追求。——阎纲、路遥：《关于中篇小说〈人生〉的通信》，《作品与争鸣》1983 年第 2 期。

我觉得作家应向生活的纵深开掘，不能被生活中表面的东西所迷惑。你刚才提到关于"交叉地带"的问题，就是我在现实生活中感受到的一种新的矛盾状态。……作家们应从广阔的范畴里去认识它,拨开生活的表面现象,深入到生活的更深的底层和内部,在比较广阔的范围内去考虑整个社会矛盾的交叉,不少青年作家的创作都是从这方面去考虑的,我的《人生》也是从这方面考虑的,但还做得很不够。——王愚、路遥:《谈获奖中篇小说〈人生〉的创作》,《星火》1983年第6期。

名家要评

路遥在塑造人物的时候,具有非常自觉的方法意识和创作追求。……他小心谨慎地处理人物的"出场"和"终结"。他通过强烈的对比显示人物之间的截然不同的性格差异和个性特征。但他更注意深刻地揭示人物的内心世界和道德情感……路遥注重写人物,确实使他的小说给人一种亲切而充满生活气息的印象。虽然除了高加林等极少数的人物具有丰富、复杂的性格内涵和心理内容而外,其他的包括孙少平、刘巧珍在内的绝大多数人物都属于性格层面过于单一、道德态度趋于一致的扁平人物,但是,他们却是会流泪、会叹息、站得起来的扁平人物,依然属于那种令人乐于接受的人物形象。——李建军:《文学写作的诸问题——为纪念路遥逝世十周年而作》,人大复印资料《中国现代、当代文学研究》2003年第2期。

拓展阅读

1.阎纲、路遥:《关于中篇小说〈人生〉的通信》,《作品与争鸣》1983年第2期。

2.王愚、路遥:《谈获奖中篇小说〈人生〉的创作》,《星火》1983年第6期。

3.陈骏涛:《谈高加林形象的现实主义深度——读〈人生〉札记》,《作品与争鸣》1983年第2期。

绿化树(中篇存目)

张贤亮

故事梗概

《绿化树》,原载《十月》1984 年第 2 期。

右派章永璘劳改释放被分配到农场做农工。为填饱肚子,他不得不使用狡黠手段,但又为此自责和不安。寡妇马缨花叫他去她家帮着打炉子,并拿出了难得一见的白面馍馍、土豆让他吃。他感觉到了久违的信任和温情。爱恋马缨花的海喜喜对章永璘怀有敌意,并故意挑起了一场殴斗。当章永璘意识到他与马缨花之间存在着鸿沟时,与马缨花结婚的念头动摇了。陷入了失望之中的海喜喜决定逃离农场,他找到章永璘,劝章永璘珍惜现有的一切。马缨花拒绝了章永璘,要他安心读书。章永璘被重新关押起来后又连遭厄运,他再次失去了人身自由,同时也永远地失去了马缨花。

作品解读

《绿化树》以第一人称叙述了"我"(章永璘)被打成右派、改造几年后于饥馑之年在西北荒漠地区农场做农工时所经历的一场从肉体到灵魂的洗礼。"我"在与马缨花、海喜喜、谢队长等底层劳动者相处的过程中得到了从肉体到灵魂的救赎和重塑,是这些最具生命力的人和最粗粝的生活成就了"我"在贫瘠和艰难之中的自我丰富和完善。马缨花善良、泼辣、狡黠、热情,除了给了"我"高尚的爱以外,还为了保证我正常读书而拒绝了和"我"结婚。无论从审美的还是道德的层面来看,她都可以被看做我们民族传统美德和坚韧生命力的象征,一朵开自民间土壤却散发着圣洁光芒的魅力之花。小说中有着大量的关于理想和生存、尊严和堕落、爱情和道德、知识分子命运的自省和独白,赋予了作品相当浓郁的哲理意味和思辨色彩。

(王辉)

作家自述

我没有什么新的美学理想,我受民族的传统的影响和现实主义的影响较深。……我没有什么"新的追求",只想回到马克思主义上去。在创作上,我一般把人物都放在比较阴暗的背景上,这样可使人物愈显出光彩,这是否可以说也是一种美学观点呢?——张贤亮:《张贤亮谈创作——在一次座谈会上答文学青年问》,《青春》1984 年第 3 期。

名家要评

《绿化树》片面强调了那段苦难生活对于"我"精神上的起死回生作用,不适当地夸大了它对于"我"思想意识上的种种启迪教育。这不能不使我们感到别扭和不满。——胡畔:《〈绿化树〉的严重缺陷》,《文艺报》1984 年第 9 期。

小说前半部分有大量的笔墨用于主人公的自省和独白,带着很强的思辨性和哲理性,折射出特定历史和时代的思想光影,构成了主人公自我完善的心路历程的内在驱力。小说通过对"我"与海喜喜、谢队长、马缨花等底层劳动人民由隔膜、冲突、误解而至融化、认同和理解的过程的叙述,形象地表明,在极其艰苦的环境中,正是与土地、与自然紧密相连的普通劳动者们,完成了"我"的生存救助和灵魂重塑。小说发表后,有人认为,"作品承认'原罪',变相肯定那些年对知识分子的迫害……","流露出一种对苦难的病态崇拜"。

小说中的马缨花,是除"我"之外作者着墨最多的形象,是张贤亮笔下诸多"梦中洛神"中的一个。……"我"从马缨花那里感受到了"一种令人心酸的、致命的幸福"、"一种纯洁的、神圣的感情"。但是,无可讳避的是,在主人公对马缨花的情感态度中,渗透着以男性为中心的想象,在这种想象之中,马缨花这个形象集母性、女儿性、妻性于一身,善、美、情、欲统于一体。有时候这种想象难脱传统文人的趣味,就像我们在小说中看到的那样,所谓"红袖添灯夜读书,小红低唱我吹箫",成为给主人公章永璘带来极大的精神满足的境界。——朱栋霖主编:《中国现代文学史1917—2000》,下册第177—178页,北京大学出版社2007年。

拓展阅读

1. 张韧:《〈绿化树〉与张贤亮的新探索》,《文学报》1984年5月24日。
2. 高嵩:《张贤亮小说论》,四川文艺出版社1986年。

透明的红萝卜

莫 言

一

秋天的一个早晨,潮气很重,杂草上、瓦片上都凝结着一层透明的露水。槐树上已经有了浅黄色的叶片,挂在槐树上的红锈斑斑的铁钟也被露水打得湿漉漉的。队长披着夹袄,一手里拃着一块高粱面饼子,一手里捏着一棵剥皮的大葱,慢吞吞地朝着钟下走。走到钟下时,手里的东西全没了,只有两个腮帮子象秋田里搬运粮草的老田鼠一样饱满地鼓着。他拉动钟绳,钟锤撞击钟壁,"嘡嘡嘡"响成一片。老老少少的人从胡同里涌出来,汇集到钟下,眼巴巴地望着队长,象一群木偶。队长用力把食物吞咽下去,抬起袖子擦擦被络腮胡子包围着的嘴。人们一齐瞅着队长的嘴,只听到那张嘴一张开——那张嘴一张开就骂:"他娘的腿!公社里这些狗娘养的,今日抽两个瓦工,明日调两个木工,几个劳力全被他们给零打碎敲了。小石匠,公社要加宽村后的滞洪闸,每个生产队里抽调一个石匠,一个小工,只好你去了。"队长对着一个高个子宽肩膀的小伙子说。

小石匠长得很潇洒,眉毛黑黑的,牙齿是白的,一白一黑,衬托得满面英姿。他把脑袋轻轻摇了一下,一绺滑到额头上的头发轻轻地甩上去。他稍微有点口吃地问队长去当小工的人是谁,队长怕冷似地把脖子抱起来,双眼象风车一样旋转着,嘴里嘟嘟地说:"按说去个妇女好,可妇女要拾棉花。去个男劳力又屈了料。"最后,他的目光停在墙角上。墙角上站着一个十岁左右的男孩子。孩子赤着脚,光着脊梁,穿一条又肥又长的白底带绿条条的大裤头子,裤头上染着一块块的污渍,有的象青草的汁液,有的象干结的鼻血。裤头的下沿齐着膝盖。孩子的小腿上布满了闪亮的小疤点。

"黑孩儿,你这个小狗日的还活着?"队长看着孩子那凸起的瘦胸脯,说,"我寻思着你该去见阎王了。打摆子好了吗?"

孩子不说话,只是把两只又黑又亮的眼睛直盯着队长看。他的头很大,脖子细长,挑着这样一个大脑袋显得随时都有压折的危险。

"你是不是要干点活儿挣几个工分?你这个熊样子能干什么?放个屁都怕把你震倒。你跟上小石匠到滞洪闸上去当小工吧,怎么样?回家找把小锤子,就坐在那儿砸石头子儿,愿意动弹就多砸几块,不愿动弹就少砸几块,根据历史的经验,公社的差事都是胡弄洋鬼子的干活。"

孩子慢慢地蹲到小石匠身边,扯扯小石匠的衣角。小石匠友好地拍拍他的光葫芦头,说:"回家跟你后娘要锤子,我在桥头上等你。"

孩子向前跑了。有跑的动作,没有跑的速度,两只细胳膊使劲甩动着,象谷地里被风吹动着的稻草人。人们的目光都追着他,看着他光着的背,忽然都感到身上发冷。队长把夹袄使劲扯了扯,对着孩子喊:"回家跟你后娘要件褂子穿着,嗐,你这个小可怜虫儿。"

他翘腿蹩脚地走进家门。一个挂着两条清鼻涕的小男孩正蹲在院子里和着尿泥,看着他来了,便扬起那张扁乎乎的脸,夯煞着手叫:"可……可……抱……"黑孩弯腰从地上拣起一个浅红色的杏树叶儿,给后母生的弟弟把鼻涕擦了,又把粘着鼻涕的树叶象贴传单一样"巴唧"拍到墙上。对着弟弟摆摆手,他向屋里溜去,从墙角上找到一把铁柄羊角锤子,又悄悄地溜出来。小男孩又冲着他叫唤,他找了一根树枝,围着弟弟画了一个大大的圆圈,扔掉树枝,匆匆向村后跑去。他的村子后边是一条不算大也不算小的河,河上有一座九孔石桥。河堤上长满垂柳,由于夏天大水的浸泡,树干上生满了红色的须根。现在水退了,须根也干巴了。柳叶已经老了,桔黄色的落叶随着河水缓缓地向前漂。几只鸭子在河边上游动着,不时把红色的嘴插到水草中,"呱唧呱唧"地搜索着,也不知吃到什么没有。

孩子跑上河堤,已经累得气喘吁吁。凸起的胸脯里象有只小母鸡在打鸣。

"黑孩!"小石匠站在桥头上大声喊他,"快点跑!"

黑孩用跑的姿式走到小石匠跟前,小石匠看了他一眼,问:"你不冷?"

黑孩怔怔地盯着小石匠。小石匠穿着一条劳动布的裤子,一件劳动布夹克式上装,上装里套着一件火红色的运动衫,运动衫领子耀眼地翻出来,孩子盯着领口,象盯着一团火。

"看着我干什么?"小石匠轻轻拨拉了一下孩子的头,孩子的头象货郎鼓一样晃了晃。"你呀",小石匠说,"生被你后娘给打傻了。"

小石匠吹着口哨,手指在黑孩头上轻轻地敲着鼓点,两人一起走上了九孔桥。黑孩很小心地走着,尽量使头处在最适宜小石匠敲打的位置上。小石匠的手指骨节粗大,坚硬得象小棒槌,敲在光头上很痛,黑孩忍着,一声不吭,只是把嘴角微微吊起来。小石匠的嘴非常灵巧,两片红润的嘴唇忽而嘬起,忽而张开,从他唇间流出百灵鸟的婉啭啼声,响,脆,直冲到云霄里去。

过了桥上了对面的河堤,向西走半里路,就是滞洪闸,滞洪闸实际上也是一座桥,与桥不同的是它插上闸板能挡水,拔开闸板能放洪。河堤的漫坡上栽着一簇簇蓬松的紫穗槐。河堤里边是几十米宽的河滩地,河滩细软的沙土上,长着一些大水落后匆匆生出来的野草。河堤外边是辽阔的原野,连年放洪,水里挟带的沙土淤积起来,改良了板结的黑土,土地变得特别肥沃。今年洪水不大,没有危及河堤,滞洪闸没开闸滞洪,放洪区里种植了大片的孟加拉国黄麻。黄麻长得象原始森林一样茂密。正是清晨,还有些薄雾缭绕在黄麻梢头,远远看去,雾下的黄麻地象深邃的海洋。

小石匠和黑孩悠悠逛逛地走到滞洪闸上时,闸前的沙地上已集合了两堆人。一堆男,一堆女,象两个对垒的阵营。一个公社干部拿着一个小本子站在男人和女人之间说着什么,他的胳膊忽而扬起来,忽而垂下去。小石匠牵着黑孩,沿着闸头上的水泥台阶,走到公社干部面前。小石匠说:"刘副主任,我们村来了。"小石匠经常给公社出官差,刘副主任经常带领人马完成各类工程,彼此认识。黑孩看着刘副主任那宽阔的嘴巴。那构成嘴巴的两片紫色嘴唇碰撞着,发出一连串音节:"小石匠,又是你这个滑头小子!你们村真他妈的会找人,派你这个笊篱捞不住的滑蛋来,够我淘的啦。小工呢?"

孩子感到小石匠的手指在自己头上敲了敲。

"这也算个人?"刘副主任捏着黑孩的脖子摇晃了几下,黑孩的脚跟几乎离了地皮。"派这么个小瘦猴来,你能拿动锤子吗?"刘副主任虎着脸问黑孩。

"行了,刘副主任,刘太阳。社会主义优越性嘛,人人都要吃饭。黑孩家三代贫农,社会主义不管他谁管他?何况他没有亲娘跟着后娘过日子,亲爹鬼迷心窍下了关东,一去三年没个影,不知是被熊瞎子舔了,还是被狼崽子啃了。你的阶级感情哪儿去了?"小石匠把黑孩从刘太阳副主任手里拽过来,半真半假地说。

黑孩被推操得有点头晕。刚才靠近刘副主任时,他闻到了那张阔嘴里喷出了一股酒气。一闻到这种味儿他就恶心,后娘嘴里也有这种味。爹走了以后,后娘经常让他拿着地瓜干子到小卖铺里去换酒。后娘一喝就醉,喝醉了他就要挨打、挨拧、挨咬。

"小瘦猴!"刘副主任骂了黑孩一句,再也不管他,继续训起话来。

黑孩提着那把羊角铁锤,焉儿古唧地走上滞洪闸。滞洪闸有一百米长,十几米高,闸的北面是一个和闸身等长的方槽,方槽里还残留着夏天的雨水。孩子站在闸上,把着石栏杆,望着水底下的石头,几条黑色的瘦鱼在石缝里笨拙地游动。滞洪闸两头连结着高高的河堤,河堤也就是通往县城的道路。闸身有五米宽,两边各有一道半米高的石栏杆。前几年,有几个骑自行车的人被马车操到闸下,有的摔断了腿,有的摔折了腰,有的摔死了。那时候他比现在当然还小,但比现在身上肉多,那时候父亲还没去关东,后娘也不喝酒。他跑到闸上来看热闹,他来得晚了点,摔到闸下的人已被拉走了,只有闸下的水槽里还有几团发红发浑的地方。他的鼻子很灵,嗅到了水里飘上来的血腥味……

他的手扶住冰凉的白石栏杆,羊角锤在栏杆上敲了一下,栏杆和锤子一齐响起来。倾听着羊角铁锤和白石栏杆的声音,往事便从眼前消散了。太阳很亮地照着闸外大片的黄麻,他看到那些薄雾匆匆忙忙地在黄麻里钻来钻去。黄麻太密了,下半部似乎还有间隙,上半部的枝叶挤在一起,湿漉漉,油亮亮。他继续往西看,看到黄麻地西边有一块地瓜地,地瓜叶子紫勾勾地亮。黑孩知道这种地瓜是新品种,蔓儿短,结瓜多,面大味道甜,白皮红瓤儿,煮熟了就爆炸。地瓜地的北边是一片菜园,社员的自留地统统归了公,队里只好种菜园。黑孩知道这块菜园和地瓜都是五里外的一个村庄的,这个村子挺富。菜园里有白菜,似乎还有萝卜。萝卜缨儿绿得发黑,长得很旺。菜园子中间有两间孤独的房屋,住着一个孤独的老头,孩子都知道。菜园的北边是一望无际的黄麻。菜园的西边又是一望无际的黄麻。三面黄麻一面堤,使地瓜地和菜地变在一个方方的井。孩子想着,想着,那些紫色的叶片,绿色的叶片,在一瞬间变成井中水,紧跟着黄麻也变成了水,几只在黄麻梢头飞蹿的麻雀变成了绿色的翠鸟,在水面上捕食鱼虾……

刘副主任还在训话。他的话的大意是,为了农业学大寨,水利是农业的命脉,八字宪法水是一法,没有水的农业就象没有娘的孩子,有了娘,这个娘也没有奶子,有了奶子,这个奶子也是个瞎奶子,没有奶水,孩子活不了,活了也象那个瘦猴。(刘副主任用手指指着闸上的黑孩。黑孩背对着人群,他脊梁上有两块大疤癞,被阳光照得忽啦忽啦打闪电)而且这个闸太窄,不安全,年年摔死人,公社革委特别重视,认真研究后决定加宽这个滞洪闸。因此调来了全公社各大队共合二百余名民工。第一阶段的任务是这样的,姑娘媳妇半老婆子加上那个瘦猴(他又指指闸上的孩子,阳光照着大疤癞,象照着两面小镜子),把那五百方石头砸成柏子养心丸或者是鸡蛋黄那么大的石头子儿。石匠们要把所有的石料按照尺寸剥磨整齐。这两个是我们的铁匠(他指着两个棕色的人,这两个人一个高,一个低,一个老,一个少),负责修理石匠们秃了尖的钢钻子之类。吃饭嘛,离村近的回家吃,离村远的到前边村里吃,我们开了一个伙房。睡觉嘛,离村近的回家睡,离村远的睡桥洞(他指指滞洪闸下那几十个桥洞)。女的从东边向西睡,男的从西边向东睡。桥洞里铺着麦秸草,暄得象钢丝床,舒服死你们这些狗日的。"

"刘副主任,你也睡桥洞吗?"

我是领导。我有自行车。我愿意在这儿睡不愿意在这儿睡是我的事,你别操心烂了肺。官长骑马士兵也骑马吗?狗日的,好好干,每天工分不少挣,还补你们一斤水利粮,两毛水利钱,谁不愿干就滚蛋。连小瘦猴也得一份钱粮,修完闸他保证要胖起来……

刘副主任的话,黑孩一句也没听到。他的两根细胳膊拐在石栏杆上,双手夹住羊角锤。他听到黄麻地里响着鸟叫般的音乐和音乐般的秋虫鸣唱。逃逸的雾气碰撞着黄麻叶子和深红或是淡绿的茎秆,发出震耳欲聋的声响。蚂蚱剪动翅羽的声音象火车过铁桥。他在梦中见过一次火车,那是一个独眼的怪物,叫着跑,比马还快,要是站着跑呢?那次梦中,火车刚站起来,他就被后娘的扫炕条帚打醒了。后娘让他去河里挑水。条帚打在他屁股上,不痛,只有热乎乎的感觉。打屁股的声音好象在很远的地方有人用棍子抽一麻袋棉花。他把扁担钩儿挽上去一扣,水桶刚离离开地皮。担着满满两桶水,他听到自己的骨头"咯崩咯崩"地响。肋条跟胯骨连在了一起。爬陡峭的河堤时,他双手扶着扁担,摇摇晃晃。上堤的小路被一棵棵柳树扭得弯弯曲曲。柳树干上象装了磁铁,把铁皮水桶吸得摇摇摆摆。树撞了桶,桶把水撒在小路上,很滑,他一脚踏上去,象踩着一块西瓜皮。不知道用什么姿式他趴下了,水象瀑布一样把他浇湿了。他的脸碰破了路,鼻子尖成了一个平面,一根草梗在平面上印了一个小沟沟。几滴鼻血流到嘴里,他吐了一口,咽了一口。铁桶一跟欢唱着滚到河里去了。他爬起来,去追赶铁桶。两个桶一个歪在河边的水草里,一个被河水载着向前漂。他沿着水边追上去,脚下长满了四个棱的他和一班孩子们称之为"狗蛋子"的野草。尽管他用脚指头使劲扒着草根,还是滑到河里。河水温暖,没到了他的肚脐。裤头湿了,漂起来,围在他的腰间,象一团海蜇皮。他呼呼隆隆蹚着水追上去,抓住水桶,逆着水往回走。他把两只胳膊夸煞开,一只手拖着桶,另一只手一下一下划着水。水很硬,顶得他趔趔趄趄。他把身体斜起来,弓着脖子往前用力。好象有一群鱼把他包围了,两条大腿之间有若干温柔的鱼嘴在吻他。他停下来,仔细体会着,但一停住,那种感觉顿时就消逝了。水面忽地一暗,好象鱼群惊惶散开。一走起来,愉快的感觉又出现了,好象鱼儿又聚拢过来。于是他再也不停,半闭着眼睛,向前走啊,走……

"黑孩!"

"黑孩!"

他猛然惊醒,眼睛大睁开,那些鱼儿又忽地消失了。羊角铁锤从他手中挣脱了,笔直地钻到闸下的绿水里,溅起了一朵白菊花一样的水花。

"这个小瘦猴,脑子肯定有毛病。"刘太阳上闸去,拧着黑孩的耳朵,大声说:"过去,跟那些娘们砸石子去,看你能不能从里边认个干娘。"

小石匠也走上来,摸摸黑孩凉森森的头皮,说:"去吧,去摸上你的锤子来。砸几块算几块,砸够了就要耍。"

"你敢偷奸磨滑我就割下你的耳朵下酒。"刘太阳张着大嘴说。

黑孩哆嗦了一下。他从栏杆空里钻出去,双手勾住最下边一根石杆,身子一下子挂在栏杆下边。

"你找死!"小石匠惊叫着,猫腰去扯孩子的手。黑孩往下一缩,身体贴在桥墩菱状突出的石棱上,轻巧地溜了下去。黑孩子贴在白桥墩上,象粉墙上一只壁虎。他哧溜到水槽里,把羊角锤摸上来,然后爬出水槽,钻进桥洞不见了。

"这小瘦猴!"刘太阳摸着下巴说,"他妈的这个小瘦猴!"

黑孩从桥洞里钻出来,畏畏缩缩地朝着那群女人走去。女人们正在笑骂着。话很脏,有几个姑娘夹杂在里边,想听又怕听,脸儿一个个红扑扑的象鸡冠子花。男孩黑黑地出现在她们面前时,她们的嘴一下子全封住了。愣了一会儿,有几个咬着耳朵低语,看着黑孩没反应,声音就渐渐大了起来。

"瞧瞧,这个可怜样儿!都什么节气了还让孩子光着。"

"不是自己腔里养出来的就是不行。"

"听说他后娘在家里干那行呢⋯⋯"

黑孩转过身去,眼睛望着河水,不再看这些女人。河水一块红一块绿,河南岸的柳叶象蜻蜓一样飞舞着。

一个蒙着一条紫红色方头巾的姑娘站在黑孩背后,轻轻地问:"哎,小孩,你是哪个村的?"

黑孩歪歪头,用眼角扫了姑娘一下。他看到姑娘的嘴上有一层细细的金黄色的茸毛,她的两眼很大,但由于眼睫毛太多,毛茸茸的,显出一副睡眼惺忪的样子。

"小孩,你叫什么名字?"

黑孩正和沙地上一棵老蒺藜作战,他用脚指头把一个个六个尖或是八个尖的蒺藜撕下来,用脚掌去捻。他的脚象骡马的硬蹄一样,蒺藜尖一根根断了,蒺藜一个个碎了。

姑娘愉快地笑起来:"真有本事,小黑孩,你的脚象挂着铁掌一样。哎,你怎么不说话?"姑娘用两个手指戳着孩子的肩头说:"听到了没有,我问你话呢!"

黑孩感觉到那两个温暖的手指顺着他的肩头滑下来,停到他背上的伤疤上。

"哎,这,是怎么弄的?"

孩子的两个耳朵动了动。姑娘这才注意到他的两耳长得十分夸张。

"耳朵还会动,哟,小兔一样。"

黑孩感觉到那只手又移到他的耳朵上,两个指头在捻着他漂亮的耳垂。

"告诉我,黑孩,这些伤疤,"姑娘轻轻地扯着男孩的耳朵把他的身体调转过来,黑孩齐着姑娘的胸口。他不抬头,眼睛平视着,看见的是一些由红线交叉成的方格,有一条梢儿发黄的辫子躺在方格布上。"是狗咬的?生疮啦?上树拉的?你这个小可怜⋯⋯"

黑孩感动地仰起脸来,望着姑娘浑圆的下巴。他的鼻子吸了一下。

"菊子,想认个干儿吗?"一个脸盘肥大的女人冲着姑娘喊。

黑孩的眼睛转了几下,眼白象灰蛾儿扑楞。

"对,我就叫菊子,前屯的,离这儿十里,你愿意说话就叫我菊子姐好啦。"姑娘对黑孩说。

"菊子,是不是看上他了?想招个小女婿吗?那可够你熬的,这只小鸭子上架要得几年哩⋯⋯"

"臭老婆,张嘴就喷粪。"姑娘骂着那个胖女人。她把黑孩牵到象山岭一样的碎石堆前,找了一块平整的石头摆好,说,"就坐在这儿吧,靠着我,慢慢砸。"她自己也找了一块光滑石头,给自己弄了个座位,靠着男孩坐下来。很快,滞洪闸前这一片沙地上,就响起了"噼噼啪啪"的敲打石头声。女人们以黑孩为话题议论着人世的艰难和造就这艰难的种种原因,这些"娘儿们哲学"里,永恒真理羼杂着胡说八道,菊子姑娘一点都没往耳里入,她很留意地观察着孩子。黑孩起初还以那双大眼睛的偶然一瞥来回答姑娘的关注,但很快就象入了定一样,眼睛大睁着,也不知他看着什么,姑娘紧张地看着他。他左手摸着石头块儿,右手举着羊角锤,每举一次都显得筋疲力竭,锤子落下时好象猛抛重物一样失去控制。有时姑娘几乎要惊叫起来,但什么也没发生,羊角铁锤在空中划着曲里拐弯的轨迹,但总能落到石头上。

黑孩的眼睛本来是专注地看着石头的,但是他听到了河上传来了一种奇异的声音,很象鱼群在唼喋,声音细微,忽远忽近,他用力地捕捉着,眼睛与耳朵并用,他看到了河上有发亮的气体起伏上升,声音就藏在气体里。只要他看着那神奇的气体,美妙的声音就逃跑不了。他的脸色渐渐红润起来,嘴角上漾起动人的微笑。他早忘记了自己坐在什么地方干什么,仿佛一上一下举着的手臂是属于另一个人的。后来,他感到右手食指一阵麻木,右胳膊也不由自主地抽搐了一下。他的嘴里突然迸出了一个音节,象哀叫又象叹息。低头看时,发现食指指甲盖已经破成好几半,几股血从指甲破缝里渗出来。

"小黑孩,砸着手了是不?"姑娘耸身站起,两步跨到孩子面前蹲下,"亲娘哟,砸成了什么样子?哪里有象你这样干活的?人在这儿,心早飞到不知哪国去了。"

姑娘数落着黑孩。黑孩用右手抓起一把土按到砸破的手指上。

"黑孩,你昏了?土里什么脏东西都有!"姑娘拖起黑孩向河边走去,孩子的脚板很响地扇着油光光的河滩地。在水边上蹲下,姑娘抓住孩子的手浸到河水里。一股小小的黄浊流在孩子的手指前形成了。黄土冲光手,血丝又渗出来,象红线一样在水里抖动,孩子的指甲象砸碎的玉片。

"痛吗?"

他不吱声。这时候他的眼睛又盯住了水底的河虾,河虾身体透亮,两根长须冉冉飘动,十分优美。

姑娘掏出一条绣着月季花的手绢,把他的手指包起来。牵着他回到石堆旁,姑娘说:"行了,坐着耍吧,没人管你,冒失鬼。"

女人们也都停下了手中的锤子,把湿漉漉的目光投过来,石堆旁一时很静。一群群绵羊般的白云从青蓝蓝的天上飞奔而过,投下一团团稍纵即逝的暗影,时断时续地笼罩着苍白的河滩和无可奈何的河水。女人们脸上都出现一种荒凉的表情,好象寸草不生的盐碱地。待了好长一会儿,她们才如梦初醒,重新砸起石子来,锤声寥落单调,透出了一股无可奈何的情绪。

黑孩默默地坐着,目不转睛地看着手绢上的红花儿。在红花旁边又有一朵花儿出现了,那是指甲里的血渗出来了。女人们很快又忘了他,"嘎嘎咕咕"地说笑起来。黑孩把伤手举起来放在嘴边,用牙齿咬开手绢的结儿,又用右手抓起一把土,按到伤指上。姑娘刚要开口说话,却发现他用牙齿和右手又把手绢扎好了。她长长地叹了一口气,举起锤子,沉重地打在一块酱红色的石片上。石片很坚硬,石棱儿象刀刃一样,石棱与锤棱相接,碰出了几个很大的火星,大白天也看得清。

中午,刘副主任骑着辆乌黑的自行车从黑孩和小石匠的村子里窜出来。他站在滞洪闸上吹响了收工哨。他接着宣布,伙房已经开火,离家五里以外的民工才有资格去吃饭。人们匆匆地收拾着工具。姑娘站起来。孩子站起来。

"黑孩,你离家几里?"

黑孩不理她,脑袋转动着,象在寻找什么。姑娘的头跟着黑孩的头转动,当黑孩的头不动了时,她也把头定住,眼睛向前望,正碰上小石匠活泼的眼睛,两人对视了几十秒钟。小石匠说:"黑孩,走吧,回家吃饭,你不用瞪眼,瞪眼也是白瞪眼,咱俩离家不到二里,没有吃伙房的福份。"

"你们俩是一个村的?"姑娘问小石匠。

小石匠兴奋地口吃起来,他用手指指村子,说他和黑孩就是这村人,过了桥就到了家。姑娘和小石匠说了一些平常但很热乎的话。小石匠知道了姑娘家住前屯,可以吃伙房,可以睡桥洞。姑娘说,吃伙房愿意,睡桥洞不愿意。秋天里刮秋风,桥洞凉。姑娘还悄悄地问小石匠黑孩是不是哑巴。小石匠说绝对不是,这孩子可灵性哩,他四五岁时说起话来就象竹筒里晃豌豆,咯崩咯崩脆。可是后来,话越来越少,动不动就象尊小石像一样发呆,谁也不知道他寻想着什么。你看看他那双眼睛吧,黑洞洞的,一眼看不到底。姑娘说看得出来这孩子灵性,不知为什么我很喜欢他,就象我的小弟弟一样。小石匠说,那是你人好心眼儿善良。

小石匠、姑娘、黑孩儿,不知不觉落到了最后边,他和她谈得很热乎,恨不得走一步退两步。黑孩跟在他俩身后,高抬腿、轻放脚,神情和动作都很象一只沿着墙边巡逻的小公猫。在九孔桥上,刚刚在紫穗槐树丛里耽误了时间的刘太阳骑着车子"嘎嘎啦啦"地赶上来,桥很窄,他不得不跳下车子。

"你们还在这儿磨蹭?黑猴,今天上午干得怎么样?噢,你的爪子怎么啦?"

"他的手让锤子打破了。"

"他妈的。小石匠,你今天中午就去找你们队长,让他趁早换人,出了人命我可担不起。"

"他这是公伤,你忍心撵他走?"姑娘大声说。

"刘主任,咱俩多年的老交情了,你说,这么大个工地,还多这么个孩子?你让他瘸着只手到队里去干什么?"小石匠说。

"瘦猴儿,真你妈的,"刘太阳沉吟着说,"给你调个活儿吧,给铁匠炉拉风匣,怎么样?会不会?"

孩子求援似地看看小石匠,又看看姑娘。

"会拉,是不是黑孩?"小石匠说。

姑娘也冲着他鼓励地点点头。

二

黑孩在铁匠炉上拉风箱拉到第五天,赤裸的身体变得象优质煤块一样乌黑发亮;他全身上下,只剩下牙齿和眼白还是白的。这样一来,他的眼睛就更加动人,当他闭紧嘴角看着谁的时候,谁的心就象被热铁烙着一样难受。他的鼻翼两侧的沟沟里落满煤屑,头发长出有半寸长了,半寸长的头发间也全是煤屑。现在,全工地的男人女人们都叫他"黑孩"儿,他谁也不理,连认真看你一眼也不。只有菊子姑娘和小石匠来跟他说话时,他才用眼睛回答他们。昨天中午,工地上的人们全去吃饭了,铁匠师傅的一把小锤和一个淬火用的新水桶被人偷走了。刘太阳在滞洪闸上大骂了半个小时。他分派给黑孩一个新任务:每天中午放工吃饭后,留在工地看守工具,午饭由铁匠师傅从伙房里带来。刘副主任说,便宜黑孩这个狗小子一顿午饭。

人全走了,喧闹了一上午的工地静得很。黑孩走出桥洞,在闸前的沙地上慢慢地踱步。他倒背着胳膊,双手捂着屁股,蹙着眉毛,额头上出现三道深深的皱纹。他翻来复去地数着桥洞,从两片嘴唇间"叭儿叭儿"地吐出一个小泡泡儿。在第七个桥墩前,他站住了,然后双腿夹住桥墩的菱状石棱,一耸一耸地往上爬。爬到半截时,他滑了下来,肚皮上擦破了一大块,渗出一层血珠来。他弯腰抓起一把土,按到肚子上。然后倒退几步,抬起手掌打着眼罩,看着桥墩与桥面相接处那道石缝,他放心了。

很快地他又走到了妇女们砸石子的地方,他曾经坐过的那块石头没有了。他很准地找到了菊子姑娘的座位,他认识她那把六棱石匠锤。他坐在姑娘的座位上,不断地扭动着身体,变换着姿式,一直等调整到眼睛跟第七个桥墩上那条石缝成一条直线时,才稳稳地坐住,双眼紧盯着石缝里那个东西……

那天中午,他早早地跑到滞洪闸下,在西边第一个桥洞里蹲下来。他眼睛一遍遍地抚摸红炉、铁钳、大锤、小锤、铁桶、煤铲,甚至每块煤,甚至每块煤渣。快到上工时间了,他右手拿起煤铲,捅开了压住火的红炉,左手用力一拉风箱,煤烟和着煤灰飞起来,迷了眼睛,他使劲揉着,眼眶处充血发了紫。风箱里新勒了鸡毛,很沉,他一只手拉起来有些吃力。右手食指被碰了一下。看手指时才想起那条包着伤指的手绢。手绢已经不白了,月季花还是鲜红的。他转了一个念头,走出桥洞,四下打量着。在第七个桥墩前,他解下手绢用口叼着,费力地爬上去,把手绢塞到石缝里……三捅两戳,火灭了。他的额上沁出一层汗珠。这时桥洞外响起踢踢踏踏的脚步声,他惶恐地倒退着,一直退到脊背贴着凉凉的石壁。黑孩看到一个短腿的青年弯着腰走进桥洞,那姿式好象要证明桥洞很低他人很高。黑孩咧了咧嘴。短腿青年看着被捅灭的火炉和拉出半截的风箱,又看看紧贴石壁站着的他,骂一声:"小狗崽子!你来折腾什么?火也捅灭了,风匣也拉歪了,欠揍的小混蛋"。黑孩听到头上响一阵风声,感到有一个带棱角的巴掌在自己头皮上扇过去,紧接着听到一个很脆的响,象在地上摔死一只青蛙。

"滚出去砸你的石头子儿,小混蛋!"青年人骂着。

黑孩这才知道这就是小铁匠。小铁匠的脸上布满密集的粉刺疙瘩,鼻子象牛犊的鼻子一样,扁扁的,平平的,上边布满汗珠。黑孩看到小铁匠麻利地清理炉膛。又看着他从桥洞的角上抓过一把金黄的麦秸塞到炉膛里,点燃,轻轻地拉几下风箱,麦秸先冒出又轻又白的烟,紧跟着窜出火苗。小铁匠铲了一铲湿漉漉的煤,薄薄地撒在正在燃烧的麦秸上,拉几箱的手一直不停。又撒了一层煤。又撒了一层煤。炉里窜起焦黄的烟,烟里夹带着呛鼻子的煤味。小铁匠用铁铲尖儿把炉中煤一戳,几缕强劲有力的暗红色的火苗窜了出来,煤着了。

黑孩兴奋地"欻"了一声。

"你还不滚,小混蛋!"

一个又高又瘦的老头子慢吞吞地走进桥洞,问小铁匠:"不是压住火了吗?怎么又生?"他的语声沉闷,声音象是从胸膈以下发出来的。

"被这个小混蛋给捅灭了。"小铁匠抬起煤铲指指黑孩。

"你让他拉吗。"老头说。他把一块蛋黄色的油布围在腰间,把两块蛋黄色的油布绑在脚脖子上护住了脚面。油布上布满了火星烧成的洞洞眼眼。黑孩知道这就是老铁匠了。

"让他拉风匣,你专管打锤,这样你也轻松一点。"老铁匠说。

"让这么个毛孩子拉风匣?你看他瘦得那个猴样,在火炉边还不给烤成干柴棍儿!"小铁匠不满意地嘟哝着。

刘太阳一步闯进来,翻着眼皮说:"怎么啦?不是你说的要个拉火的吗?"

"要拉火的不要他!刘副,你看看他瘦得那个样子,恐怕连他妈的煤铲都拿不动,你派他来干什么?臭杞摆碟凑样数!"

"我知道你小子的鬼心眼子。你想要个大姑娘来给你拉火是不是?挑个最漂亮的,让那个蒙着紫红色方头巾的来?美得你这个臊包狗蛋!黑孩,拉风匣吧。"刘太阳冲着小铁匠说,"你他妈的好好教教他!"

黑孩畏畏缩缩地走到风箱前站定,目光却期待什么似地望着老铁匠的脸。孩子发现,老铁匠的脸色象炒焦了的小麦,鼻子尖象熟透了的山楂。他走上前来,教给黑孩一些烧火的要领。黑孩的耳朵抖动着,把老铁匠的话儿全听进去了。

刚开始拉火时,他手忙脚乱,满身都是汗水,火焰烤得他的皮肤象针尖刺着一样疼痛。老铁匠面部没有表情,僵硬犹如瓦片,连看也不看他一眼。黑孩咬着下嘴唇,不断地抬起黑胳膊擦着流到眼睛上边的汗水。他的鸡胸脯一起一伏,嘴和鼻孔象风箱一样"呼哧呼哧"喷着气。

小石匠送来磨秃的钢钻待修,看着黑孩那副样子,说:"能不能挺住?挺不住就吱一声,还去砸你的石头子儿。"

黑孩连头都没抬。

"这偃种!"小石匠把钢钻扔在地上,走了。但很快他又折了回来,和菊子姑娘一起。菊子把方头巾扎在脖子上,整个脸显得更加完整。

桥洞里的小铁匠忽然感到眼前一亮,使劲咽了一口唾液,又用肥厚的舌头舔了舔干裂的嘴唇。他的两只眼睛不比黑孩的眼睛小,但右眼里有一个鸭蛋皮色的"萝卜花"遮盖了瞳孔。天长日久地用左眼看东西,养成了脑袋往右歪的习惯。他的头枕在右肩上,左眼里射出一道灼热的光,直盯着姑娘红扑扑的脸膛。十八磅的大铁锤头朝下站在他的两腿间,他手扶锤把子,象拄着一根拐棍。

炉中烟火升腾,黑烟挟带着火星直冲到桥面上,又愤怒地反扑下来。孩子的脸笼罩在烟雾里,他咳嗽着,胸脯里"咝咝"地响。老铁匠冷冷地看了黑孩一眼,从磨得油亮的皮口袋里掏出烟袋,慢悠吞地装上烟,就着炉火点燃,把两股白色烟喷进黑色烟里,鼻孔里两撮黑毛抖动着,他从烟雾里漠然地看了一眼桥洞口的小石匠和菊子,这才对黑孩说:"少加煤,撒匀一点。"

孩子急促地拉着风箱,瘦身子前倾后仰,炉火照着他汗湿的胸脯,每一根肋巴条都清清楚楚。左胸脯的肋条缝中,他的心脏象只小耗子一样可怜巴巴地跳动着。老铁匠说:"拉长一点,一下是一下。"

菊子姑娘看到黑孩的下唇流出深红的血,眼睛里顿时充满泪水。她喊道:"黑孩,不给他们干了。走,回去跟我砸石头子儿。"她走到风箱前,捏住了黑孩那两条干柴棍一样的细胳膊。黑孩拼命挣扎着,喉咙里呜呜地响着,象一条要咬人的小狗。他身体很轻,姑娘架着他的胳膊把他端出了桥洞,他粗糙的脚趾划着地面,地上的碎石片儿哗哗地响着。

"黑孩,咱不给他们干了,你顶不住烟熏火燎,你这么瘦,流光了汗,就烤成锅巴啦。还是跟姐姐去砸石子儿轻松。"一边说着,一边把他放下,用一只手拖着他往石堆那边走。她的胳膊粗壮有力,手很大很柔软,捏着黑孩的手腕,象捏着一条小山羊腿。黑孩打着坠,脚后跟哗哗啦啦犁着地上的碎石片。"小傻瓜,小拗种,好好跟我走。"姑娘停住脚,回头对他说着,手用力捏捏他的腕子,"看看你这小狗腿,我要一用劲,保准捏碎了,那么重的活你怎么干得了?"黑孩恨恨地盯了她一眼,猛地低下头,在姑娘胖胖的手腕上狠狠地咬了一口。她"哎哟"了一声,松开手,黑孩转身跑回了桥洞。

黑孩的牙齿十分锋利,姑娘的手腕上被咬出了两排深深的牙印。他的犬齿是两个锥牙儿,这两个锥牙在姑娘腕上钻出了两个流血的小洞。小石匠关切地走上前去,掏出一条皱巴巴的手绢要给姑娘包扎。她推开他,眼睛也不看他,弯腰从地上抓起一把土,按在伤口上。

"有病菌!"小石匠吃惊地叫喊。

姑娘走回乱石堆前,寻着自己的座位坐下来,呆呆地瞅着河水上层出不穷的波纹,一块石头儿也不砸。

"看看,又傻了一个。"

"黑孩八成会使魔法。"

女人们咬着耳朵低语。

"黑孩,你给我滚出来,狗崽子,狗咬吕洞宾,不识好人心。"小石匠骂着往铁匠炉所在的桥洞里走。

一股脏乎乎、热烘烘的水泼出来,劈头盖脸蒙住了小石匠。小石匠对得正,桥洞里瞄得准,半桶水几乎没浪费一滴。他柔软的黄头发上、劳动布夹克衫上、大红运动衫翻领上,沾满了铁屑和煤灰,脏水象小溪一样从头往脚流。

"瞎了狗眼了!"小石匠大骂着冲进桥洞,"谁干的?说,谁干的?"

没有人答理他。桥洞里黑烟散尽,炉火正旺,紫红色的老铁匠用一把长长的铁钳子把一根烧得发白透亮的钢钻子从炉里夹出来,钻子尖上"噼噼"地爆着耀眼的钢花。老铁匠把钻子放在铁砧上,用小叫锤敲了一下铁砧的边缘,铁砧清脆地回答着他。他的左手操着长把铁钳,铁钳夹着钻子,钻子按着他的意思翻滚着;右手的小右锤很快地敲着钢钻。他的小锤敲到哪儿,独眼小铁匠的十八磅大铁锤就打到哪儿。老铁匠的小锤象鸡啄米一样迅疾,小铁匠的大锤一步不让,桥洞里习习生出热风。在惊心动魄的锻打声中,钢钻子火星四溅,火星溅到老铁匠和小铁匠围腰护脚的油布上,"滋滋"地冒着白色的烟。火星也飞到了黑孩裸露的皮肤上,他咧着嘴,龇出两排雪白的小狼牙齿。钢火在他肚皮上烫起几个大燎泡,他一点都没有痛的表情,眼睛里跳动着心荡神迷的火苗,两个瘦削的肩头耸起来,脖子使劲缩着,双臂交叠在胸前,手捂着下巴和嘴巴,挤得鼻子上满是皱纹。

秃钻子被打出了尖,颜色暗淡下来——先是殷红,继而是银白。地下落着一层灰白的铁屑,铁屑引燃了一根草梗,草梗悠闲地冒着袅袅的白烟。

"谁他妈的泼了我?"小石匠盯着小铁匠骂。

"老子泼的,怎么着?"小铁匠遍体放光,双手拄着锤把,优雅地歪着头,说。

"你瞎眼了吗?"

"瞎了一个。老爹泼水你走路,碰上了算你运气。"

"你讲理不讲?"

"这年头,拳头大就有理。"小铁匠捏起拳头,胳膊上的肉隆起来。

"来吧,独眼龙!老子今天把你这只狗眼也打瞎。"小石匠怒气冲冲地靠了前,老铁匠好象无意地往前跨了一步,撞了他一下。小石匠猛然觉得老人那双深深地眍着的眼窝里射出了一股物质,好象暗示着什么,他顿时感到浑身肌肉松弛。老铁匠微微扬起脸,极随便地哼唱了一句说不出是什么味道的戏文或是歌词来。

恋着你刀马娴熟通晓诗书少年英武,跟着你闯荡江湖风餐露宿吃尽了世上千般苦。

老铁匠只唱了这一句,声音戛然而止,听得出他把一大截悲怆凄楚的尾音咽进了肚子。老铁匠又看了小石匠一眼,低下头去给刚打出尖的钻子淬火。淬火前,他捋起右手衣袖,把手伸进水桶里试着水温,他的小臂上有一个深紫色的伤疤,圆圆的,中间凸出,尽管这个伤疤不象一只眼睛,但小石匠却觉得这个紫疤象一只古怪的眼睛盯着自己。他撇了一下嘴,恍恍惚惚象中了魔症,飘飘地出了桥洞,红炉这边,一下午没见到他的影子。

……孩子的眼睛酸了,头皮也晒得发烫。他从姑娘的座位上站起来,踱回到铁匠炉边。桥洞里很暗,他摸摸索索地坐在老铁匠的马扎上,什么都不想的时候,双手便火烧火燎地痛起来,他把手放在凉森森的石壁上,赶快去想过去的事情。

三天前,老铁匠请假回家拿棉衣和铺盖,他说人老了腿值钱,不愿天天往家跑,在红炉边絮个铺,冻不着的。(黑孩抬眼看看老铁匠的铺。桥洞的北边已经用闸板堵起来了,几缕亮光从板缝里漏进来,斜照着老铁匠那件油晃晃的棉袄和那条羊毛脱落的皮褥子。)老师傅回了家,小铁匠成了一洞之主。那天上午进桥洞来,他挺着胸,凸着肚,好颜好色地说:"黑孩,生火,老东西回家了,咱们俩干。"

黑孩看着他。

"瞪什么眼,兔崽子!你瞧不起老子是不?老子跟着老东西已经熬了整三年啦,他那点把戏我全知道。"小铁匠说。

黑孩懒洋洋地生起火来。小铁匠得意地哼着什么。他把几支头天没来得及修的钢钻插进炉膛烧着。黑孩把火拉得很旺,照着自己的黑脸透出红来。小铁匠忽然笑起来,说:"黑孩,你小子冒充老红军准行,浑身是疤。"

孩子使劲拉火。

"这几天怎么也不见你那个浪干娘来看你啦?你咬了她一口,把她得罪啦,狗儿子。她的胳膊什么味儿?是酸的还是甜的?你狗日的好口福。要是让我捞到她那条白嫩胳膊,我象吃黄瓜一样啃着吃了。"

黑孩提起长钳,夹起一根烧透了的钢钻扔到砧子上。

"哟,儿子,好快!"小铁匠抄起一把比大锤小比小锤大的中锤,一手掌钳,一手抢锤,狠狠地打起来。黑孩呆呆地看着。小铁匠一身好力气,铁锤耍得出神入鬼,打出的钢钻尖儿棱角分明,象支削好的铅笔。黑孩很悲哀地看着老铁匠那把小叫锤儿。小铁匠用铁钳夹着打好的钢钻到桶边淬火,他淬火的动作跟老铁匠一模一样。黑孩背过脸,又去看那把躺在砧子旁边的小叫锤,小叫锤的木把儿象老牛的角尖一样又光又滑。

小铁匠好马快刀,一会儿功夫就修好十几支钢钻。他得意地坐在师傅的马扎上卷烟。卷好烟,插进嘴,吩咐黑孩夹过一块通红的炭给他点着。

"儿子,看到了吧?没有老梆子我们照样干!"

小铁匠正得意着,刚才拿走钻子的石匠们找他来了。

"小铁匠,你淬得什么鸟火?不是崩头就是弯尖,这是剥石头,不是打豆腐。没有弯弯肚子,别吞镰头刀子。等你师傅回来吧,别拿着我们的钢钻练功夫。"

石匠们把那十几支坏钻子扔在地上,走了。小铁匠脸变了色,吒呼着黑孩拉火烧钻子。一会儿功夫他又把钻子打好,淬好,亲自抱着送到工地上。他前脚进了桥洞,石匠们后脚就跟来了。坏钻子扔在地上,脏话扔在小铁匠头上:"去你娘的蛋,别耍我们的大头了,看看你淬的火!全崩了你娘的尖啦!"

黑孩看看小铁匠,嘴角上漾出两道纹来,谁也不知道他是高兴还是难过。小铁匠把工具摔得"噼哩卡啦"响,蹲到地上,呼呼地吐闷气。他抽了一支烟,那只独眼古噜噜地转着,射出迷茫暴躁的光线,两条大蝌蚪一样的眉毛急遽地扭动着。他扔掉烟屁股,站起来,说:

"妈的,就不信羊不吃蒿子!黑孩,拉火再干!"

黑孩无精打采地拉着风箱,动作一下比一下迟缓。小铁匠催他,骂他,他连头都不抬。钻子又烧好了。小铁匠草草打了几锤,就急不可耐地到桶边淬火。这次他改变了方式,不是象老铁匠那样一点点地淬,而是整个钻子一下插到水里。桶里的水吱吱地叫着,一股白气绞着麻花冲起来。小铁匠把钢钻提起来,举到眼前,歪着头察看花纹和颜色。看了一阵,他就把这支钻子放在砧子上,用锤轻轻一敲,钢钻断成两半。他沮丧地把锤子扔到地上,把那半截钻子用力甩到桥洞外边去。坏钻子躺在洞前石片上,怎么看都难受。

"去把那根钻子捡回来!"小铁匠怒冲冲地吩咐黑孩。黑孩的耳朵动了动,脚却没有动。他的屁股上挨了一脚,肩膀上被捅了一钳子,耳边响起打雷一样的吼声:"去把钻子捡回来。"

黑孩垂着头走到钻子前,一点一点弯下腰去,伸手把钻子抓起来。他听到手里"滋滋啦啦"地响,象握着一只知了。鼻子里也嗅到炒猪肉的味道。钻子沉重地掉在地上。

小铁匠一愣,紧接着大笑起来:"兔崽子,老子还忘了钻子是热的,烫熟了猪爪子,啃吧!"

黑孩走回桥洞,一眼也不看小铁匠,把烫熟了皮肉的手淹到水桶里泡了泡,又慢悠悠走出桥洞。他弯下腰去,仔细地端详着那半截钢钻子。钢钻是银灰色的,表面粗糙,有好多小颗粒。地上的湿土在钢钻下冒着白气,那白气很细,若有若无。他更低地俯下身去,屁股高高地翘起来,大裤头全褪到屁股上,露出比小腿颜色略浅的大腿。他的一只手捂在背上,一只手从肩前垂下去,慢慢地接近钢钻,水珠沿着指尖滴下去,钢钻子嗤啦一声响。水珠在钻子上跳动着,叫着,缩小着,变成一圈波纹,先扩大一下,立即收缩,终于消逝了。他的指尖已经感到了钢钻的灼热,这种灼热感一直传导到他心里去。

"你他妈的在那儿干什么,弯腰撅腚,冒充走资派吗?"小铁匠在桥洞里喊他。

他一把攥住钢钻,哆嗦着,左手使劲抓着屁股,不慌不忙走回来。小铁匠看到黑孩手里冒出黄烟,眼象风瘫病人一样喝斜着叫:"扔、扔掉!"他的嗓子变了调,象猫叫一样,"扔掉呀,你这个小混蛋!"

黑孩在小铁匠面前蹲下,松开手,抖了两抖,钻子打了两滚儿躺在小铁匠脚前。然后就那么蹲着,仰望着小铁匠的脸。

小铁匠浑身哆嗦起来:"别看我,狗小子,别看我。"他拧过脸去。黑孩站起来,走出桥洞……他记得他走出桥洞后望了一会儿西天,天上连一丝云彩也没有,只有半个又白又薄的月亮,象一块小小的云……

他想得很累,耳朵里有蜜蜂的叫声。从马扎子上起来,走到老铁匠的铺前躺下来。头枕着棉袄,眼皮不知不觉合上了。他感到有一个人在抚摸自己的脸,抚摸自己的手,痛,他忍着。有两滴沉甸甸的水珠落下来,一滴落在两片唇间,他咽了;一滴打到鼻尖上,鼻子被砸得酸溜溜的。

"黑孩、黑孩,醒醒,吃饭啦。"

他觉得鼻子酸得厉害,匆忙爬起来,看着姑娘。有两股水儿想从眼窝里滚出来,他使劲憋住,终于让水儿流进喉咙。

"给你。"姑娘解开那条紫红色头巾。头巾里包着两个窝窝头。一个窝窝头的眼里塞着一根腌黄瓜,一个窝窝头眼里栽着一棵大葱。一根长长的梢儿发黄的头发沾在窝窝头上。姑娘用两个指头拈起头发,轻轻一弹,头发落地时声音很响,黑孩听到了。

"吃吧,你这条小狗!"姑娘摸着他的脖子说。

黑孩咬葱咬黄瓜咬窝窝头,一边咀嚼一边看姑娘。

"手是怎么烫的?是不是独眼龙使坏?还咬我吗?看看你的狗牙多快。"

孩子的耳朵使劲忽扇着,左手举起窝窝头,右手举起大葱腌黄瓜,遮住了脸。

三

夜里,莫名其妙地下了一场雷阵雨。清晨上工时,人们看到工地上的石头子儿被洗得干干净净,沙地被拍打的平平整整。闸下水槽里的水增了两拃,水面蓝汪汪地映出天上残余的乌云。天气仿佛一下子冷了,秋风从桥洞里穿过来,和着海洋一样的黄麻地里的綷縩之声,使人感到从心里往外冷。老铁匠穿上了他那件亮甲似的棉袄,棉袄的扣子全掉光了,只好把两扇襟儿交错着掩起来,拦腰捆上一根红色胶皮电线。黑孩还是只穿一条大裤头子,光背赤足,但也看不出他有半点瑟缩。他原来扎腰的那根布条儿不知是扔了还是藏了,他腰里现在也扎着一节红胶皮电线。他的头发这几天象发疯一样地长,已经有二寸长,头发根根竖起,象刺猬的硬毛。民工们看着他赤脚踩着石头上积存的雨水走过工地,脸上都表现出怜悯加敬佩的表情来。

"冷不冷?"老铁匠低声问。

黑孩惶惑地望着老铁匠,好象根本不理解他问话的意思。"问你哩!冷吗?"老铁匠提高了声音。惶惑的神色从他眼里消失了,他垂下头,开始生火。他左手轻拉风箱,右手持煤铲,眼睛望着燃烧的麦秸草。老铁匠从草铺上拿起一件油腻腻的褂子给黑孩披上。黑孩扭动着身体,显出非常难受的样子。老铁匠一离开,他就把褂子脱下来,放回到铺上去。老铁匠摇摇头,蹲下去抽烟。

"黑孩,怪不得你死活不离开铁匠炉,原来是图着烤火暖和哩,妈的,人小心眼儿不少。"小铁匠打了一个百无聊赖的呵欠,说。

工地上响起哨子声,刘副主任说,全体集合。民工们集合到闸前向阳的地方,男人抱着膀子,女人纳着鞋底子。黑孩偷觑着第七个桥墩上的石缝,心里忐忑不安。刘副主任说,天就要冷,因此必须加班赶,争取结冰前浇完混凝土底槽。从今天起每晚七点到十点为加班时间,每人发给半斤粮,两毛钱。谁也没提什么意见。二百多张脸上各有表情。黑孩看到小石匠的白脸发红发紫,姑娘的红脸发灰发白。

当天晚上,滞洪闸工地上点亮了三盏气灯。气灯发着白炽刺眼的光,一盏照耀石匠们的工场,一盏照着妇女们砸石子儿的地方。妇女们多数有孩子和家务,半斤粮食两毛钱只好不挣。灯下只围着十几个姑娘。她们都离村较远,大着胆子挤在一个桥洞里睡觉,桥洞两头都堵上了闸板,只在正面留了个洞,钻进钻出。菊子姑娘有时钻桥洞,有时去村里睡(村里有她一个姨表姐,丈夫在县城当临时工,有时晚上不回家睡,表姐就约她去作伴)。第三盏气灯放在铁匠炉的桥洞里,照着老年青年和少年。石匠工场上锤声叮当,钢钻子啃着石头,不时迸出红色的火星。石匠们干得还算卖劲,小石匠脱掉夹克衫,大红运动衣象火炬一样燃烧着。姑娘们围灯坐着,产生许多美妙联想。有时嘎嘎大笑,有时窃窃私语,砸石子的声音零零落落。在她们发出的各种声音的间隙里,充填着河上的流水声。菊子放下锤子,悄悄站起来,向河边走去。灯光把她的影子长长地投在沙地上。"当心被光棍子把你捉去。"一个姑娘在菊子身后说。菊子很快走出灯光的圈子。这时她看到的灯光象几个白亮亮的小刺球,球刺儿伸到她面前停住了,刺尖儿是红的、软的。后来她又迎着灯光走上去。她忽然想去看看黑孩儿在干什么,便躲避着灯光,闪到第一个桥墩的暗影里。

她看到黑孩儿象个小精灵一样活动着,雪亮的灯光照着他赤裸的身体,象涂了一层釉影。仿佛这皮肤是刷着铜色的陶瓷橡皮,既有弹性又有韧性,撕不烂也扎不透。黑孩似乎胖了一点点,肋条和皮肤之间疏远了一些。也难怪了,每天中午她都从伙房里给他捎来好吃的。黑孩很少回家吃饭,只是晚上回家睡觉,有时候可能连家也不回——姑娘有天早晨发现他从桥洞里钻出来,头发上顶着麦秸草。黑孩双手拉着风箱,动作轻柔舒展,好象不是他拉着风箱而是风箱拉着他。他的身体前倾后仰,脑袋象在舒缓的河水中漂动着的西瓜,两只黑眼睛里有两个亮点上下起伏着,如萤火虫优雅地飞动。小铁匠在铁钻子旁边以他一贯的姿式立着,双手拄着锤柄,头歪着,眼睛瞪着,象一只深思熟虑的小公鸡。

老铁匠从炉子里把一支烧熟的大钢钻夹了出来,黑孩把另一支坏钻子捅到大钢钻腾出的位置上。烧透的钢钻白里透着绿。老铁匠把大钢钻放到铁砧上,用小叫锤敲砧子边,小铁匠懒洋洋地抄起大锤,象抢麻秆一样抡起来,大锤轻飘飘地落在钢钻子上,钢花立刻光彩夺目地向四面八方飞溅。钢花碰到石壁上,破碎成更多的小钢花落地,钢花碰到黑孩微微凸起的肚皮,软绵绵地弹回去,在空中画出一个个漂亮的半圆弧,坠落下去。钢花与黑孩肚皮相撞以及反弹后在空中飞行时,空气摩擦发热发声。打过第一锤,小铁匠如同梦中猛醒一般绷紧肌肉,他的动作越来越快,姑娘看到石壁上一个怪影在跳跃,耳边响彻"咣咣咣咣"的钢铁声。小铁匠塑铁成形的技术已经十分高超,老铁匠右手的小叫锤只剩下干敲砧子边的份儿。至于该打钢钻的什么地方,小铁匠是一目了然。老铁匠翻动钢钻,眼睛和意念刚刚到了钢钻的某个需要锻打的部位,小铁匠的重锤就敲上去了,甚至比他想的还要快。

姑娘目瞪口呆地欣赏着小铁匠的好手段,同时也忘不了看着黑孩和老铁匠。打得最精彩的时候,是黑孩最麻木的时候(他连眼睛都闭上了,呼吸和风箱同步),也是老铁匠最悲哀的时候,仿佛小铁匠不是打钢钻而是打他的尊严。

钢钻锻打成形,老铁匠背过身去淬火,他意味深长地看了小铁匠一眼,两个嘴角轻蔑地往下撇了撇。小铁匠直勾勾地看着师傅的动作。姑娘看到老铁匠伸出手试试桶里的水,把钻子举起来看了看,然后身体弯着象对虾,眼瞅着桶里的水,把钻子尖儿轻轻地、试试探探地触及水面,桶里水"呲呲"地响着,一股很细的蒸气窜上来,笼罩住老铁匠的红鼻子。一会儿,老铁匠把钢钻提起来举到眼前,象穿针引线一样瞄着钻子尖,好象那上边有美妙的画图,老头脸上神采飞扬,每条皱纹里都溢出欣悦。他好象得出一个满意答案似地点点头,把钻子全淹到水里,蒸气轰然上升,桥洞里形成一个小小的蘑菇烟云。气灯光变得红殷殷的,一切全都朦胧晃动。雾气散尽,桥洞里恢复平静,依然是黑孩梦幻般拉风箱,依然是小铁匠公鸡般冥思苦想,依然是老铁匠如枣者脸如漆者眼如屎克郎者臂上疤痕。

老铁匠又提出一支烧熟的钢钻,下面是重复刚才的一切,一直到老铁匠要淬火时,情况才发生了一些变化。老铁匠伸手试水温。加凉水。满意神色。正当老铁匠要为手中的钻子淬火时,小铁匠耸身一跳到了桶边,非常迅速地把右手伸进了水桶。老铁匠连想都没想,就把钢钻戳到小伙子的右小臂上。一股烧焦皮肉的腥臭味儿从桥洞里飞出来,钻进姑娘的鼻孔。

小铁匠"嗷"地号叫一声,他直起腰,对着老铁匠恶狠狠地笑着,大声喊:"师傅,三年啦!"

老铁匠把钢钻扔在桶里,桶里翻滚着热浪头,蒸气又一次弥漫桥洞。姑娘看不清他们的脸子,只听到老铁匠在雾中说:"记住吧!"

没等烟雾散尽她就跑了,她使劲捂住嘴,有一股苦涩的味儿在她胃里翻腾着。坐在石堆前,旁边一个姑娘调皮地问她:"菊子,这一大会儿才回去,是跟着大青年钻黄麻地了吧?"她没有回腔,听凭着那个姑娘奚落。她用两个手指捏着喉咙,极力不让自己发出声音。

收工的哨声响了。三个钟头里姑娘恍惚在梦幻中。"想汉子了吗?菊子?""走吧,菊子。"她们招呼着她。她坐着不动,看着灯光下憧憧的人影。

"菊子,"小石匠板板整整地站在她身后说,"你表姐让我捎信给你,让你今夜去作伴,咱们一道走吗?"

"走吗?你问谁呢?"

"你怎么啦?是不是冻病啦?"

"你说谁冻病啦?"

"说你哩!"

"别说我。"

"走吗?"

"走。"

石桥下水声响亮,她站住了。小石匠离她只有一步远。她回过头去,看到滞洪闸西边第一个桥洞还是灯火通明,其他两盏气灯已经熄灭。她朝滞洪闸工地走去。

"找黑孩吗?"

"看看他。"

"我们一块去吧,这小混蛋,别迷迷糊糊掉下桥。"

菊子感觉到小石匠离自己很近了,似乎能听到他"砰砰"的心跳声。走着,走着。她的头一倾斜，立刻就碰到小石匠结实的肩膀，她又把身子往后一仰，一只粗壮的胳膊便把她揽住了。小石匠把自己一只大手捂在姑娘窝窝头一样的乳房上，轻轻地按摩着，她的心在乳房下象鸽子一样乱扑楞。脚不停地朝着闸下走，走进亮圈前，她把他的手从自己胸前移开。他通情达理地松开了她。

"黑孩！"她叫。

"黑孩！"他也叫。

小铁匠用只眼看着她和他，腮帮子抽动一下。老铁匠坐在自己的草铺上，双手端着烟袋，象端着一杆盒子炮。他打量了一下深红色的菊子和淡黄色的小石匠，疲惫而宽厚地说："坐下等吧，他一会儿就来。"

……黑孩提着一只空水桶，沿着河堤往上爬。收工后，小铁匠伸着懒腰说："饿死啦。黑孩，提上桶，去北边扒点地瓜，拔几个萝卜来，我们开夜餐。"

黑孩睡眼迷蒙地看看老铁匠。老铁匠坐在草铺上，象只羽毛凌乱的败阵公鸡。

"瞅什么？狗小子，老子让你去你尽管去。"小铁匠腰挺得笔直，脖子一抻一抻地说。他用眼扫了一下瘫坐在铺上的师傅。胳膊上的烫伤很痛，但手上愉快的感觉完全压倒了臂上的伤痛，那个温度可是绝对的舒适绝对的妙。

黑孩拎起一只空水桶，踢踢踏踏往外走。走出桥洞，仿佛"忽通"一声掉下了井，四周黑得使他的眼睛里不时迸出闪电一样的虚光，他胆怯地蹲下去，闭了一会眼睛。当他睁开眼睛时，天色变淡了，天空中的星光暖暖地照着地，也照着瓦灰色的大地……

河堤上的紫穗槐枝条交叉伸展着，他用一只手分拨着枝条，仄着肩膀往上走。他的手捋着混漉漉的枝条和枝条顶端一串串结实饱满的树籽，微带苦涩的槐枝味儿直往他面上扑。他的脚忽然碰到一个软绵绵热乎乎的东西，脚下响起一声"唧喳"，没及他想起这是只花脸鹌，这只花脸鹌就懵头转向地飞起来，象一块黑石头一样落到堤外的黄麻地里。他惋惜地用脚去摸花脸鹌适才趴窝的地方，那儿很干燥，有一簇干草，草上还留着鸟儿的体温。站在河堤上，他听到姑娘和小石匠喊他。他拍了一下铁桶，姑娘和小石匠不叫了。这时他听到了前边的河水明亮地向前流动着，村子里不知哪棵树上有只猫头鹰凄厉地叫了一声。后娘一怕天打雷，二怕猫头鹰叫。他希望天天打雷，夜夜有猫头鹰在后娘窗前啼叫。槐枝上的露水把他的胳膊濡湿了，他在裤头上擦擦胳膊。穿过河堤上的路走下堤去。这时他的眼睛适应了黑暗，看东西非常清楚，连咖啡色的泥土和紫色的地瓜叶儿的细微色调差异也能分辨。他在地里蹲下，用手扒开瓜垅儿，把地瓜撕下来，"叮叮当当"地扔到桶里。扒了一会儿，他的手指上有什么东西掉下，打得地瓜叶儿哆嗦着响了一声。他用右手摸摸左手，才知道那个被打碎的指甲盖儿整个儿脱落了。水桶已经很重，他拐着水桶往北走。在萝卜地里，他一个挨一个地拔了六个萝卜，把缨儿拧掉扔在地上，萝卜装进水桶……

"你把黑孩弄到哪儿去了？"小石匠焦急地问小铁匠。

"你急什么？又不是你儿子！"小铁匠说。

"黑孩呢？"姑娘两只眼盯着小铁匠一只眼问。

"等等，他扒地瓜去了。你别走，等着吃烤地瓜。"小铁匠温和地说。

"你让他去偷？"

"什么叫偷？只要不拿回家去就不算偷！"小铁匠理直气壮地说。

"你怎么不去扒？"

"我是他师傅。"

"狗屁!"

"狗屁就狗屁吧!"小铁匠眼睛一亮,对着桥洞外骂道:"黑孩,你他妈的去哪里扒地瓜?是不是到了阿尔巴尼亚?"

黑孩歪着肩膀,双手提着桶鼻子,趔趔趄趄地走进桥洞,他浑身沾满了泥土,象在地里打过滚一样。

"哟,我的儿! 真够下狠的了,让你去扒几个,你扒来一桶!"小铁匠高声地埋怨着黑孩,说,"去,把萝卜拿到池子里洗洗泥。"

"算了,你别指使他了。"姑娘说,"你拉火烤地瓜,我去洗萝卜。"

小铁匠把地瓜转着圈子垒在炉火旁,轻松地拉着火。菊子把萝卜提回来,放在一块干净石头上。一个小萝卜滚下来,沾了一身铁屑停在小石匠脚前,他弯腰把它捡起来。

"拿来,我再去洗洗。"

"算了,光那五个大萝卜就尽够吃了。"小石匠说着,顺手把那个小萝卜放在铁砧子上。

黑孩走到风箱前,从小铁匠手里把风箱拉杆接过来。小铁匠看了姑娘一眼,对黑孩说:"让你歇歇哩,狗日的。闲着手痒痒? 好吧,给你,这可不怨我,慢着点拉,越慢越好,要不就烤糊了。"

小石匠和菊子并肩坐在桥洞的西边石壁前。小铁匠坐在黑孩后边。老铁匠面南坐在北边铺上,烟锅里的烟早烧透了,但他还是双手捧烟袋,双肘支在膝盖上。

夜已经很深了,黑孩温柔地拉着风箱,风箱吹出的风犹如婴孩的鼾声。河上传来的水声越加明亮起来,似乎它既有形状又有颜色,不但可闻,而且可见。河滩上影影绰绰,如有小兽在追逐,尖细的趾爪踩在细沙上,声音细微如同鼍毛纤毫毕现,有一根根又细又长的银丝儿,刺透河的明亮音乐穿过来。闸北边的黄麻地里,"泼剌剌"一声响,麻秆儿碰撞着,摇晃着,好久才平静。全工地上只剩下这盏气灯了,开初在那两盏气灯周围寻找过光明的飞虫们,经过短暂的迷惘之后,一齐麇集到铁匠炉边来,为了追求光明,把气灯的玻璃罩子撞得"哔哔啪啪"响。小铁匠走到气灯前,捏着气杆,"噗唧噗唧"打气。气灯玻璃罩破了一个洞,一只蝼蛄猛地撞进去,炽亮的石棉纱罩撞掉了,桥洞里一团黑暗,待了一会儿,才能彼此看清嘴脸。黑孩的风箱把炉火吹得如片片柔软的红绸布在抖动,桥洞里充溢着地瓜熟了的香味。小铁匠用铁钳把地瓜挨个翻动一遍。香味愈来愈浓,终于,他们手持地瓜红萝卜吃起来。扒掉皮的地瓜白气袅袅,他们一口凉,一口热,急一口,慢一口,咯咯吱吱,唏唏溜溜,鼻尖上吃出汗珠。小铁匠比别人多吃了一个萝卜两个地瓜。老铁匠一点也没吃,坐在那儿如同石雕。

"黑孩,回家吗?"姑娘问。

黑孩伸出舌头,舔掉唇上残留的地瓜渣儿,他的小肚子鼓鼓的。

"你后娘能给你留门吗?"小铁匠说,"钻麦秸窝儿吗?"

黑孩咳嗽了一声。把一块地瓜皮扔到炉火里,拉了几下风箱,地瓜皮卷曲,燃烧,桥洞里一股焦糊味。

"烧什么你? 小杂种,"小铁匠说,"别回家,我收你当个干儿吧,又是干儿又是徒弟,跟着我闯荡江湖,保你吃香的喝辣的。"

小铁匠一语未了,桥洞里响起凄凉亢奋的歌唱声。小石匠浑身立时爆起一层幸福的鸡皮疙瘩,这歌词或是戏文他那天听过一个开头。

恋着你刀马娴熟,通晓诗书,少年英武,跟着你闯荡江湖,风餐露宿,受尽了世上千般苦——

老头子把脊梁靠在闸板上,从板缝里吹进来的黄麻地里的风掠过他的头顶,他头顶上几根花白的毛发随着炉里跳动不止的煤火轻轻颤动。他的脸无限感慨。腮上很细的两根咬肌象两条蚯蚓一样蠕动着,双眼恰似两粒燃烧的炭火。

……你全不念三载共枕,如云如雨,一片恩情,当作粪土。奴为你夏夜打扇,冬夜暖足,怀中的香瓜,腹中的火炉……你骏马高官,良田千亩,丢弃奴家招赘相府,我我我是苦命的奴呀……

姑娘的心高高悬着,嘴巴半张开,睫毛也不眨动一下地瞅着老铁匠微微仰起的表情无限丰富的脸和他细长的脖颈上那个象水银珠一样灵活地上下移动着的喉结。凄婉艾怨的旋律如同秋雨抽打着她心中的田地,她正要哭出来时,那旋律又变得昂扬壮丽浩渺无边,她的心象风中的柳条一样飘荡着,同时,有一种麻酥酥的感觉从脊椎里直冲到头顶,于是她的身体非常自然地歪在小石匠肩上,双手把玩着小石匠那只厚茧重重的大手,眼里泪光点点,身心沉浸在老铁匠的歌里,意里。老铁匠的瘦脸上焕发出夺目的光彩,她仿佛从那儿发现了自己象歌声一样的未来……

小石匠怜爱地用胳膊揽住姑娘,那只大手又轻轻地按在姑娘硬梆梆的乳房上。小铁匠坐在黑孩背后,但很快他就坐不住了,他听到老铁匠象头老驴一样叫着,声音刺耳,难听。一会儿,他连驴叫声也听不到了。他半蹲起来,歪着头,左眼几乎竖了起来,目光象一只爪子,在姑娘的脸上撕着,抓着。小石匠温存地把手按到姑娘胸脯上时,小铁匠的肚子里燃起了火,火苗子直冲到喉咙,又从鼻孔里、嘴巴里喷出来。他感到自己蹲在一根压缩的弹簧上,稍一松神就会被弹射到空中,与滞洪闸半米厚的钢筋混凝土桥面相撞,他忍着,咬着牙。

黑孩双手扶着风箱杆儿,炉中的火已经很弱了,一绺蓝色火苗和一绺黄色火苗在煤结上跳跃着,有时,火苗儿被气流托起来,离开炉面很高,在空中浮动着,人影一晃动,两个火苗又落下去。孩子目中无人,他试图用一只眼睛盯住一个火苗,让一只眼黄一只眼蓝,可总也办不到,他没法把双眼视线分开。于是他懊丧地从火上把目光移开,左右巡睃着,忽然定了炉前的铁砧上。铁砧踞伏着,象只巨兽。他的嘴第一次大张着,发出一声感叹(感叹声淹没在老铁匠高亢的歌声里)。黑孩的眼睛原本大而亮,这时更变得如同电光源。他看到了一幅奇特美丽的图画:光滑的铁砧子。泛着青幽幽蓝幽幽的光。泛着青蓝幽幽光的铁砧子上,有一个金色的红萝卜。红萝卜的形状和大小都象一个大个阳梨,还拖着一条长尾巴,尾巴上的根根须须象金色的羊毛。红萝卜晶莹透明,玲珑剔透。透明的、金色的外壳里苞孕着活泼的银色液体。红萝卜的线条流畅优美,从美丽的弧线上泛出一圈金色的光芒。光芒有长有短,长的如麦芒,短的如睫毛,全是金色,……老铁匠的歌唱被推出去很远很远,象一个小蝇子的嗡嗡声。他象个影子一样飘过风箱,站在铁砧前,伸出了沾满泥土煤屑、挨过砸伤烫伤的小手,小手抖抖索索……当黑孩的手就要捉住小萝卜时,小铁匠猛地窜起来,他踢翻了一个水桶,水汩汩地流着,渍湿了老铁匠的草铺。他一把将那个萝卜抢过来,那只独眼充着血:"狗日的! 公狗! 母狗! 你也配吃萝卜? 老子肚里着火,嗓里冒烟,正要它解渴!"小铁匠张开牙齿焦黑的大嘴就要啃那个萝卜。黑孩以少有的敏捷跳起来,两只细胳膊插进小铁匠的臂弯里,身体悬空一挂,又嘟噜滑下来,萝卜落到了地上。小铁匠对准黑孩的屁股踢了一脚,黑孩一头扎到姑娘怀里,小石匠大手一翻,稳稳地托住了他。

老铁匠停下了嘶哑的歌喉,慢慢地站起来。姑娘和小石匠也站起来。六只眼睛一起瞪着小铁匠。黑孩头很晕,眼前的一切都在转动。使劲晃晃头,他看到小铁匠又拿着萝卜往嘴里塞。他抓起一块煤渣投过去,煤渣擦着小铁匠腮边飞过,碰到闸板上,落在老铁匠铺上。

"日你娘,看我打死你!"小铁匠咆哮着。

小石匠跨前一步,说:"你要欺负孩子?"

"把萝卜还给他!"姑娘说。

"还给他?老子偏不。"小铁匠冲出桥洞,扬起胳膊猛力一甩,萝卜带着飕飕的风声向前飞去,很久,河里传来了水面的破裂声。

黑孩的眼前出现了一道金色的长虹,他的身体软软地倒在小石匠和姑娘中间。

四

那个金色红萝卜砸在河面上,水花飞溅起来。萝卜漂了一会儿,便慢慢沉入水底。在水底下它慢滚动着,一层层黄沙很快就掩埋了它。从萝卜砸破的河面上,升腾起沉甸甸的迷雾,凌晨时分,雾积满了河谷,河水在雾下伤感地呜咽着。几只早起的鸭子站在河边,忧悒地盯着滚动的雾。有一只大胆的鸭子耐不住了,蹒跚着朝河里走。在蓬生的水草前,浓雾象帐子一样挡住了它。它把脖子向左向右向前伸着,雾象海绵一样富于伸缩性,它只好退回来,"呷呷"地发着牢骚。后来,太阳钻出来了,河上的雾被剑一样的阳光劈开了一条条胡同和隧道,从胡同里,鸭们望见一个高个子老头儿挑着一卷铺盖和几件沉甸甸的铁器,沿着河边往西走去了。老头的背驼得很厉害,担子沉重,把它的肩膀使劲压下去,脖子象天鹅一样伸出来。老头子走了,又来了一个光背赤脚的黑孩子。那只公鸭子跟它身边那只母鸭子交换了一个眼神,意思是说:记得吧?那次就是他,水桶撞翻柳树滚下河,人在堤上做狗趴,最后也下了河拖着桶残水,那只水桶差点没把麻鸭那个臊包砸死……母鸭子连忙回应:是呀是呀是呀,麻鸭那个讨厌家伙,天天追着我说下流话,砸死它倒利索……

黑孩在水边慢慢地走着,眼睛极力想穿透迷雾,他听到河对岸的鸭子在"呷呷呷呷,嘎嘎嘎嘎"地乱叫着。他蹲下去,大脑袋放在膝盖上,双手抱住凉森森的小腿。他感觉到太阳出来了,阳光晒着背,象在身后生着一个铁匠炉。夜里他没回家,猫在一个桥洞里睡了。公鸡鸣时他听到老铁匠在桥洞里很响地说了几句话,后来一切归于沉寂。他再也睡不着,便踏着冰凉的沙土来河边。他看到了老铁匠伛偻的背影,正想追上去,不料脚下一滑,摔了一个屁股墩,等他爬起来时,老铁匠已经消逝在迷雾中了。现在他蹲着,看着阳光把河雾象切豆腐一样分割开,他望见了河对岸的鸭子,鸭子也用高贵的目光看着他。露出来的水面象银子一样耀眼,看不到河底,他非常失望。他听到工地上吵嚷起来,刘太阳副主任响亮地骂着:"娘的,铁匠炉里出了鬼了,老混蛋连招呼都不打就卷了铺盖,小混蛋也没了影子,还有没有组织纪律性?"

"黑孩!"

"黑孩!"

"那不是黑孩吗?瞧,在水边蹲着。"

姑娘和小石匠跑过来,一人架着一支胳膊把他拉起来。

"小可怜,蹲在这儿干什么?"姑娘伸手摘掉他头顶上的麦秸草,说,"别蹲在这儿,怪冷的。"

"昨夜里还剩下些地瓜,让独眼龙给你烤烤。"

"老师傅走了。"姑娘沉重地说。

"走了。"

"怎么办?让他跟着独眼?要是独眼折磨他呢?"

"没事,这孩子没有吃不了的苦。再说,还有我们呢,谅他不敢太过火的。"

两个架着黑孩往工地上走,黑孩一步一回头。

"傻蛋,走吧,走吧,河里有什么好看的?"小石匠捏捏黑孩的胳膊。

"我以为你狗日的让老猫叼了去了呢!"刘太阳冲着黑孩说。他又问小铁匠:"怎么样你?把老头挤兑走了,活儿可不准给我误了。淬不出钻子来我剜了你的独眼。"

小铁匠傲慢地笑笑,说:"请着好吧,刘头。不过,老头儿那份钱粮可得给我补贴上,要不我不干。"

"我要先看看你的活。中就中,不中你也滚他妈的蛋!"

"生火,干儿。"小铁匠命令黑孩。

整整一个上午,黑孩就象丢了魂一样,动作杂乱,活儿毛草,有时,他把一大铲煤塞到炉里,使桥洞里黑烟滚滚;有时,他又把钢钻倒头儿插进炉膛,该烧的地方不烧,不该烧的地方反而烧化了。"狗日的,你的心到哪儿去啦?"小铁匠恼怒地骂着。他忙得满身是汗,绝技在身的兴奋劲儿从汗珠缝里不停地流溢出来。黑孩看到他在淬火前先把手插到桶里试试水温,手臂上被钢钻烫伤的地方缠着一道破布,似乎有一股臭鱼烂虾的味道从伤口里散出来。黑孩的眼里蒙着一层淡淡的云翳,情绪非常低落。九点钟以后,阳光异常美丽,阴暗的桥洞里,一道光线照着西壁,折射得满洞辉煌。小铁匠把钢钻淬好,亲自拿着送给石匠师傅去鉴定。黑孩扔下手中工具,蹑手蹑脚溜出桥洞,突然的光明也象突然的黑暗一样使他头晕眼花。略为迟疑了一下,他便飞跑起来,只用了十几秒钟,他就站在河水边缘上了。那些四个棱的狗蛋子草好奇地望着他,开着紫色花朵的水芡和擎着咖啡色头颅的香附草贪婪地嗅着他满身的煤烟味儿。河上飘逸着水草的清香和链鱼的微腥,他的鼻翅扇动着,肺叶象活泼的斑鸠在展翅飞翔。河面上一片白,白里掺着黑和紫。他的眼睛生涩刺痛,但还是目不转睛,好象要看穿水面上漂着的这层水银般的亮色。后来,他双手提起裤头的下沿,试试探探下了水,跳舞般向前走。河水起初只淹到他的膝盖,很快淹到大腿,他把裤头使劲捅起来,两半葡萄色的小屁股露了出来。这时候他已经立在河的中央了,四周的光一齐往他身上扑,往他身上涂,往他眼里钻,把他的黑眼睛染成了坝上青香蕉一样的颜色。河水湍急,一股股水流撞着他的腿。他站在河的硬硬的沙底上,但一会儿,脚下的沙便被流水掏走了,他站在沙坑里,裤头全湿了,一半贴着大腿,一半在屁股后飘起来,裤头上的煤灰把一部分河水染黑了。沙土从脚下卷起来,抚摸着他的小腿,两颗琥珀色的水珠挂在他的腮上,他的嘴角使劲抽动着。他在河中走动起来,用脚试探着,摸索着,寻找着。

"黑孩!黑孩!"

他听到小铁匠在桥洞前喊叫着。

"黑孩,想死吗?"

他听到小铁匠到了水边,连头也不回,小铁匠只能看到他青色的背。

"上来呀!"小铁匠挖起一块泥巴,对准黑孩投过去,泥巴擦着他的头发梢子落到河水里,河面上荡开椭圆形的波纹。又一坨泥巴扔过来,正着他的背,他往前扑了一下,嘴唇沾到了河水。他转回身,"嗯嗯隆隆"地蹚着水往河边上走。黑孩遍身水珠儿,站在小铁匠面前。水珠儿从皮肤上往下滚动,一串一串的,"嘟噜噜"地响。大裤头子贴在身上,小鸡子象蚕蛹一样硬梆梆地翘着。小铁匠举起那只熊掌一样的大巴掌刚要扇下去,忽然觉得心脏让猫爪子给刷了一下子,黑孩的眼睛直盯着他的脸。

"快去拉火。师傅我淬出的钢钻,不比老家伙差。"他得意地拍拍黑孩的脖颈。

铁匠炉上暂时没有活儿,小铁匠把昨夜剩下的生地瓜放在炉边烤着。黄麻地里的风又轻轻地吹进来了。阳光很正地射进桥洞。小铁匠用铁钳翻动着烤出焦油的地瓜,嘴里得意地哼着:"从北京到南京,没见过裤裆里拉电灯。黑孩,你见过裤裆里拉电灯吗?你干娘裤裆里拉电灯哩……"小铁匠忽然记起似地对黑孩说:"快点,拔两个萝卜去,拔回来赏你两个地瓜。"黑孩的眼睛猛然一亮,小铁匠从他肋条缝里看到他那颗小心儿使劲地跳了两下,正想说什么没及开口,孩子就象家兔一样跑走了。

黑孩爬上河堤时,听到菊子姑娘远远地叫了他一声。他回过头,阳光捂住了他的眼。他下了河堤,一头钻进黄麻地。黄麻是散种的,不成坨也不成行,种子多的地方黄麻杆儿细如手指,铅笔;种子少的地方,麻秆如镰柄,手臂。但全都是一样高矮。他站在大堤上望麻田时,如同望着微波荡漾的湖水。他用双手分拨着粗粗细细的麻秆往前走,麻秆上的硬刺儿扎着他的皮肤,成熟的麻叶纷纷落地。他很快就钻到和萝卜地平行着的地方,拐了一个直角往西走。接近萝卜地时,他趴在地上,慢慢往外爬。很快他就看到了满地墨绿色的萝卜缨子。萝卜缨子的间隙里,阳光照着一片通红的萝卜头儿。他刚要钻出黄麻地,又悄悄地缩回来。一个老头正在萝卜垅里爬行着,一边爬一边从口袋里往外掏着麦粒,一穴一穴地点种在萝卜垅沟中间。骄傲的秋阳晒着他的背,他穿着一件白布褂儿,脊沟濡湿了,微风扬起灰尘,使汗湿的地方发了黄。黑孩又膝行着退了几米远,趴在地上,双手支起下巴,透过麻秆的间隙,望着那些萝卜。萝卜田里有无数的红眼睛望着他,那些萝卜缨子也在一瞬间变成了乌黑的头发,象飞鸟的尾羽一样耸动不止……

一个红脸膛汉子从地瓜地里大步走过来,站在老头背后,猛不丁地说:"哎,老生,你说昨天夜里遭了贼?"

老头手忙脚乱地爬起来,垂着手回答:"遭了,偷了六个萝卜,缨子留下了,地瓜八墩,蔓子留下了。"

"怕是让修闸的那些狗日的偷去了,加点小心,中饭晚点回去吃。"

"我听着啦,队长。"老头儿说。

黑孩和老头一起,目送着红脸汉子走上大堤。老头坐在萝卜地里,面对着孩子。黑孩又惶乱地往后退出一节,这时,密密麻麻的黄麻把他的视线遮住了。

"黑孩!"

"黑孩!"

姑娘和小石匠站在大堤上,对着黄麻地喊着。他们背对着正响的太阳,阳光照着散工的人群。

"我看到他钻到黄麻地里,我还以为他去撒尿拉屎了呢!"姑娘说。

"独眼龙难道又欺负他了?"小石匠说。

"黑孩!"

"黑孩!"

姑娘和小石匠的男女声二重喊贴着黄麻梢头象燕子一样滑翔,正在黄麻梢头捕食灰色小蛾的家燕被惊吓得高飞,好一会儿才落下来。小铁匠站在桥洞前边,独眼望着这并膀站着的男女,感到肚子越胀越大。方才姑娘和小石匠来找黑孩,那语气那神态就象找他们的孩子。"等着吧,丫头养的你们!"他恨恨地低语着。

"黑孩!黑孩!"姑娘说,"他怕是钻到黄麻地里睡着了。"

"去看看吗?"小石匠乞求地看着姑娘。

"去吗?去吧。"

两个人拉着手下了堤,钻到黄麻地里。小铁匠尾追着冲上河堤,他看到黄麻叶子象波浪一样翻滚着,黄麻杆子"唰拉拉"地响着,一男一女的声音在喊叫黑孩,声音象从水里传上来的一样……

黑孩趴累了,舒了一口气,翻了一个身,仰面朝天躺起来。他的身下是干燥的沙土,沙上铺着一层薄薄的黄麻落叶。他后脑勺枕着双手,肚子很瘦的凹陷着,一个带着红点的黄叶飘飘地落下来,盖住了他满是煤灰的肚脐。他望着上方,看到一缕粗一缕细的蓝色光线从黄麻叶缝中透下来,黄麻叶片好象成群的金麻雀在飞舞。成群的金麻雀有时又象一簇簇的葫芦蛾,蛾翅上的斑点象小铁匠眼中那个棕色的萝卜花一样愉快地跳动。

"黑孩!"

"黑孩!"

熟悉的声音把他从梦幻中唤醒,他坐起来,用手臂摇了一下身边那棵粗大的黄麻。

"这孩子,睡着了吗?"

"不会的,我们这么大声喊。他肯定是溜回家去了。"

"这小东西……"

"这里真好……"

"是好……"

声音越来越低,象两只鱼儿在水面上吐水泡。黑孩身上象有细小的电流通过,他有点紧张,双膝跪着,扭动着耳朵,调整着视线,目光终于通过了无数障碍,看到了他的朋友被麻秆分割得影绰绰的身躯。一时间极静了的黄麻地里掠过了一阵小风,风吹动了部分麻叶,麻杆儿全没动。又有几个叶片落下来,黑孩听到了它们振动空气的声音。他很惊异很新鲜地看到一根紫红色头巾轻飘飘地落到黄麻杆上,麻杆上的刺儿挂住了围巾,象挑着一面沉默的旗帜,那件红格儿上衣也落到地上。成片的黄麻象浪潮一样对着他涌过来。他慢慢地站起来,背过身,一直向前走,一种异样的感觉猛烈冲击着他。

五

一连十几天,姑娘和小石匠好象把黑孩忘记了,再也不结伴到桥洞里来看望他。每当中午和晚上,黑孩就听到黄麻地里响起百灵鸟婉转的歌唱声,他的脸上浮起冰冷的微笑,好象他知道这只鸟在叫着什么。小铁匠是比黑孩晚好几天才注意到百灵鸟的叫声的。他躲在桥洞里仔细观察着,终于发现了奥秘:只要百灵鸟叫起来,工地上就看不见小石匠的影子,菊子姑娘就坐立不安,眼睛四下打量,很快就会扔下锤子溜走。姑娘溜走后一会儿,百灵鸟就歇了歌喉。这时,小铁匠的脸色就变得更加难看,脾气变得更加暴躁。他开始喝起酒来。黑孩每天都要走过石桥到村里小卖部给他装一瓶地瓜烧酒。

这天晚上,月光皎皎如水,百灵鸟又叫起来了。黄麻地里的熏风象温柔的爱情扑向工地。小铁匠攥着酒瓶子,把半瓶烧酒一气灌下去,那只眼睛被烧得泪汪汪的。刘太阳副主任这些天回家娶儿媳妇去了,工地上人心涣散,加夜班的石匠们多半躺在桥洞里吸烟,没有钻子要修理,炉火半死不活地跳动着。

"黑孩……去,给老子拔几个萝卜来……"酒精烧着小铁匠的胃,他感到口中要喷火。

黑孩象木棍一样立在风箱边上,看着小铁匠。

"你,等着老子揍你吗?去……"

黑孩走进月光地,绕着月光下无限神秘的黄麻地,穿过花花绿绿的地瓜地,到了晃动着沙漠蜃影的萝卜地。等他提着一个萝卜走回桥洞时,小铁匠已经歪在草铺上呼呼地睡了。黑孩把萝卜放在铁砧子上,手颤抖着拨亮炉火,可再也弄不出那一蓝一黄升腾到空中的火苗,他变换着角度,瞅那个放在铁砧子上的萝卜,萝卜象蒙着一层暗红色的破布,难看极了,孩子沮丧地垂下头。

这天夜里,黑孩没有睡好。他躺在一个桥洞里,翻来复去地打着滚。刘副主任不在,民工们全都跑回家去睡觉。桥洞里只剩下一层薄薄的麦秸草。月光斜斜地照进桥洞,桥洞里一片清冷光辉,河水声、黄麻声、小铁匠在最西边桥洞里发出的鼾声。以及其它一些莫名其妙的声音,一齐钻进了他的耳朵。石头上的麦草闪闪烁烁,直扎着他的眼睛。他把所有的麦秸草都收拢起来,堆成一个小草岭,然后钻进去,风还是能从草缝里钻进来,他使劲蜷缩着,不敢动了。他想让自己睡觉,可总是睡不着。他总是想着那个萝卜,那是个什么样的萝卜呀。金色的,透明。他一会儿好象站在河水中,一会儿又站在萝卜地里,他到处找呀,到处找……

第二天早晨,太阳还没出来,月亮还没完全失去光彩,成群的黑老鸹惊惶失措地叫着从工地上空掠过,滞洪闸上留下了它们脱落的肮脏羽毛。东边的地平线上,立着十几条大树一样的灰云,枝枝上挂满了破烂的布条。黑孩从桥洞里一钻出来就感到浑身发冷,象他前些日子打摆子时寒颤上来一样滋味。刘副主任昨天回来了,检查了工地上的情况,他非常生气,大骂了所有的民工。所以今天人们来得都很早,干活也卖力,工地上的锤声象池塘里的蛙鸣连成一片。今天要修的钢钻很多,小铁匠的工作态度也非常认真,活儿干得又麻利又漂亮。来换钢钻的石匠们不断地夸奖他,说他的淬火功夫甚至超过了老铁匠,淬出的钢钻又快又韧,下下都咬石头。

太阳两竿子高的时候,小石匠送来两支钢钻待修。这是两支新钻,每支要值四五块钱。小铁匠瞥瞥神采焕发的小石匠,独眼里射出一道冷光。小石匠没觉察到小铁匠的表情,幸福的眼睛里看到的全是幸福。黑孩儿感到心里害怕,他看出小铁匠要作弄小石匠了。小铁匠把那两支钢钻烧得象银子一样白,草草地在砧子上打出尖儿,然后一下子浸到水里去……

小石匠提着钢钻走了,小铁匠嘴上滑过一个得意的笑容,他对着黑孩眨眨眼,说:"孙子,他他妈的也配使老子淬出的钻子?儿子,你说他配吗?"黑孩缩在角落里,使劲打着哆嗦。一会儿,小石匠回到铁匠炉边,他把两支钻子扔到小铁匠跟前,骂道:"独眼龙,你这是淬得什么火?"

"孙子,叫唤什么?"小铁匠说。

"睁开你那只独眼看看!"

"这是你的钻子不好。"

"放屁,你这是成心作弄老子。"

"作弄你又怎么着?爷们看着你就长气!""你、你,"小石匠气得脸色煞白,说,"有种你出来!"

"老子怕你不成!"小铁匠撕下腰间扎着的油布,光着背,象只棕熊一样踱过去。

小石匠站在闸前的沙地上,把夹克衫和红运动衣脱下来,只穿一件小背心。他身材高大,面孔象个书生,身体壮得象棵树。小铁匠脚上还扎着那两块防烫的油布,脚掌踩得地上尖利的石片欷欷地响,他的臂长腿短,上身的肌肉非常发达。

"文打还是武打?"小铁匠不屑一顾地说。

"随你的便。"小石匠也不屑一顾地说。

"你最好回家让你爹立个字据,打死了别让我赔儿子。"

"你最好回家先钉口棺材。"

骂着阵,两个人靠在了一起。黑孩远远地蹲着,一直没停地打着哆嗦。他看到,小铁匠和小石匠最初的交锋很象开玩笑。小石匠卷着舌头啐了小铁匠一脸唾沫,小铁匠扬起长臂,把拳头捅过去,小石匠一退,这一拳打空了。又啐。又一拳。又退。闪空。但小石匠的第三口唾沫没迸出唇,肩头上就被小铁匠猛捅了一拳,他的身体不由自主地转了一圈。

人们惊叫着围拢上来,高喊着:"别打了,别打了。"但没有人上前拉架。后来,连喊声也没有了,大家都睁大眼,屏住气,看着这两个身段截然不同的小伙子比试力气。菊子姑娘脸色灰白,使劲地抓住她身边一个姑娘的肩头。当她的情人吃了小铁匠的铁拳时,她就低声呻唤着,眼睛象一朵盛开的墨菊。

决斗还难分高低,你打我一拳,我也打你一拳,小石匠个头高,拳头打得漂亮潇洒,但显然有点飘,有点花哨,力量不很足,小铁匠动作稍慢一点,但出拳凶狠扎实,被他槌上一拳,小石匠就要转一个圈。后来,小铁匠头上挨了一拳,有点晕头转向,小石匠趁机上前,雨点般的拳头打得小铁匠的身体澎澎地响。小铁匠一猫腰,钻进了小石匠腑下,两只长臂象两条鳗鱼一样缠住了小石匠的腰,小石匠急忙夹住小铁匠的头,两个人前进,后退,后退,又前进,小石匠支持不住,仰面朝天摔在沙地上。

人群里爆发了一阵欢呼。

小铁匠站起来,吐吐口中的血沫子,歪着头,象只斗胜的公鸡。

小石匠爬起来,向着小铁匠扑过去。一白一黑两个身体又扭在一起。这次小石匠把身体伏得很低,保护着自己的下三路不让小铁匠得手,四只胳膊紧紧地纠缠着,有时候,小石匠把小铁匠撩起来,转着圈抡动,但并不能把小铁匠摔出去。小石匠气喘吁吁,满身都是汗水,小铁匠却连一个汗珠都没掉。小石匠体力不支,步伐错乱,眼前出现重影,稍一懈怠,手臂便被拨开,小铁匠抱住他的腰,箍得他出气不匀,他再次仰天倒地。

第三个回合小石匠败得更惨,小铁匠一个癞狗钻裆把他扛起来,摔出去足有两米远。

菊子姑娘哭着扑上去,扶起了小石匠。在菊子姑娘的哭声中,小铁匠脸上的喜色顿时消逝,换上了满面凄凉。他呆呆地站着。小石匠爬起来,拨开菊子的手,抓一把沙土,对准小铁匠的脸打上去。沙土迷住了小铁匠的独眼,他象野兽一样嗥叫着,使劲搓着眼睛。小石匠趁机扑上去,卡着小铁匠的脖子把他按倒,拳头象擂鼓一样对着小铁匠的脑袋乱打……

这时候,从人们的腿缝里,钻出了一个黑色的影子。这是黑孩。他象只大鸟一样飞到小石匠背后,用他那两只鸡爪一样的黑手抓住小石匠的腮帮子使劲往后扳,小石匠龇着牙,咧着嘴,"嗷嗷"地叫着,又一次沉重地倒在沙地上。

小铁匠挣扎着坐起来,两只大手摸起地上的碎石片儿,向着四周抛撒。"畜牲!狗!"骂声和着石头片儿,象冰雹一样横扫着周围的人群,人们慌乱地躲闪着。菊子姑娘突然惨叫了一声。小铁匠的手象死了一样停住了。他的独眼里的沙土已被泪水冲积到眼角上,露出了瞳孔。他朦胧地看到菊子姑娘的右眼里插着一块白色的石片,好象眼里长出一朵银耳。他怪叫一声,捂着眼睛,躺在地上痛苦地扭动着。

黑孩听到姑娘的惨叫,便松开了自己的手。他的手指把小石匠的腮帮子抓出两排染着煤灰的血印。趁着人们慌乱的时候,他悄悄地跑回桥洞,蹲在最黑暗的角落上,牙齿"的的"地打着战,偷眼望着工地上乱纷纷的人群。

六

第二天,滞洪闸工地上消失了小石匠和菊子姑娘的影子,整个工地笼罩着沉闷压抑的气氛。太阳象抽风般颤抖着,一股股萧杀的秋风把黄麻吹得象大海一样波浪起伏,一群群麻雀惊恐不安地在黄麻梢头躁叫着。风穿过桥洞,扬起尘土,把半边天都染黄了。一直到九点多钟,风才停住,太阳也慢慢恢复正常。

刚娶完儿媳妇回来的刘太阳副主任碰上了这些事,心里窝着一腔火,他站在铁匠炉前,把小铁匠骂得狗血淋头,并扬言要抠出他那只独眼给菊子姑娘补眼。小铁匠一气不吭,黑脸上的刺疙瘩一粒粒憋得通红,他大口喘着气,大口喝着酒。

石匠们不知被什么力量催动着,玩儿命地干活,钢钻子磨秃了一大批,堆在红炉旁等着修理。小铁匠象大虾一样蜷曲在草铺上,咕咕地灌着酒,桥洞里酒气扑鼻。

刘副主任发火了,用脚踹着小铁匠骂:"你害怕了?装孙子了?躺着装死就没事了?滚起来修钻子,这样也许能将功补过。"

小铁匠把手中的酒瓶向上抛起来,酒瓶在桥面上砰然撞碎,碎玻璃掺着烧酒落了刘副主任一头。小铁匠跳起来,一路歪斜跑出去,喊着:"老子怕什么,老子天都不怕,死都不怕,还怕什么?"他爬上滞洪闸,继续高叫着:"我谁都不怕!"他的腿碰到了石栏杆,身子歪歪扭扭,桥下有人喊:"小铁匠,当心掉下桥。""掉下桥?"他哈哈大笑起来,笑着攀上石栏杆,一松手,抖抖擞擞地站在石栏杆上。桥下的人都中了魔,入了定,呼吸也不敢用力。

小铁匠双臂夅煞开,一上一下起伏着,象两只羽毛丰满的翅膀。他在窄窄的石栏杆上走起来,身体晃来晃去。他慢走变成快走,快走变成小跑,桥下的人捂住眼睛,又松手露出眼睛。

小铁匠一起一伏晃晃悠悠地在石栏杆上跑着,栏杆下乌蓝的水里映出他变了形的身影。他从西头跑到东头,又从东头跑回来,一边跑一边唱起来:"南京到北京,没见过裤裆里拉电灯,格里咙格里格里咙,里格咙,里格咙,南京到北京,没见过裤裆里打弹弓……"

几个大胆的石匠跑上闸去,把小铁匠拖了下来。他拼命挣扎着,骂着:"别他妈的管我,老子是杂技英豪,那些大姐在电影上走绳子,老子在闸上走栏杆,你们说,谁他妈的厉害……"几个人累得气喘吁吁,总算把他弄回桥洞里。他象块泥巴一样瘫在铺上,嘴里吐着白沫,手撕着喉咙,哭叫着:"亲娘哟,难受死了,黑孩,好徒弟,救救师傅吧,去拔个萝卜来……"

人们突然发现,黑孩穿上了一件包住屁股的大褂子,褂子是用崭新的、又厚又重的小帆布缝的。这种布非常结实,五年也穿不破。那条大裤头子在褂子下边露出很短的一截,好象褂子的一个花边。黑孩的脚上穿着一双崭新的回力球鞋,由于鞋子太大,只好紧紧地系住鞋带,球鞋变得象两条丑陋的胖头鲇鱼。

"黑孩,听到了吗?你师傅让你去干什么?"一个老石匠用烟袋杆子戳着黑孩的背说。

黑孩走出桥洞,爬上河堤,钻进黄麻地。黄麻地里已经有了一条依稀可辨的小径,麻秆儿都向两边分开。走着走着,他停住脚。这儿一片黄麻倒地,象有人打过滚。他用手背揉揉眼睛,抽泣了一声,继续向前走。走了一会,他趴下,爬进萝卜地。那个瘦老头不在,他直起腰,走到萝卜地中央,蹲下去,看到萝卜垅里点种的麦子已经钻出紫红的锥芽,他双膝跪地,拔出了一个萝卜,萝卜的细根与土壤分别时发出水泡破裂一样的声响。黑孩认真地听着这声响,一直追着它飞到天上去。天上纤云也无,明媚秀丽的秋阳一无遮拦地把光线投下来。黑孩把手中那个萝卜举起来,对着阳光察看。他希望还能看到那天晚上从铁砧上看到的奇异景象,他希望这个萝卜在阳光照耀下能象那个隐藏在河水中的萝卜一样晶莹剔透,泛出一圈金色的光芒。但是这个萝卜使他失望了。它不剔透也不玲珑,既没有金色光圈,更看不到金色光圈里苞孕着的活泼的银色液体。他又拔出一个萝卜,又举到阳光下端详,他又失望了。以后的事情就变得很简单了。他膝行一步。拔两个萝卜。举起来看看。扔掉。又膝行一步,拔,举,看,扔……

看菜园的老头子眼睛象两滴混浊的水,他蹲在白菜地里捉拿钻心虫儿。捉一个用手指捏死,再捉一个还捏死。天近中午了,他站起来,想去叫醒正在看院子里睡觉的队长。队长夜里误了觉,白天村里不安宁,难以补觉,看院屋子里只能听到秋虫浅吟,正好睡觉。老头儿一直起腰,就听到脊椎骨"叭唧叭唧"响。他恍然看到阳光下的萝卜地一片通红,好象遍地是火苗子。老头打起眼罩,急匆向前走,一直走到萝卜地里,他才看得那遍地通红的竟是拔出来的还没有完全长成的萝卜。

"作孽啊!"老头子大叫一声。他看到一个孩子正跪在那儿,举着一个大萝卜望太阳。孩子的眼睛是那么大,那么亮,看着就让人难受。但老头子还是不客气地抓住他,扯起来,拖到看园屋子里,叫醒了队长。

"队长,坏了,萝卜,让这个小熊给拔了一半。"

队长睡眼惺忪地跑到萝卜地里看了看,走回来时他满脸杀气。对着黑孩的屁股他狠踢了一脚,黑孩半天才爬起来。队长没等他清醒过来,又给了他一耳巴子。

"小兔崽子,你是哪个村的?"

黑孩迷惘的眼睛里满是泪水。

"谁让你来搞破坏?"

黑孩的眼睛清澈如水。

"你叫什么名字?"

黑孩的眼睛里水光潋滟。

"你爹叫什么名字?"

两行泪水从黑孩眼里流下来。

"他娘的,是个小哑巴。"

黑孩的嘴唇轻轻嚅动着。

"队长,行行好,放了他吧。"瘦老头说。

"放了他?"队长笑着说,"是要放了他。"

队长把黑孩的新褂子、新鞋子、大裤头子全剥下来,团成一堆,扔到墙角上,说:"回家告诉你爹,让他来给你拿衣裳。滚吧!"

黑孩转身走了,起初他还好象害羞似地用手捂住小鸡儿,走了几步就松开了手。老头子看着这个一丝不挂的黑孩,抽抽答答地哭起来。

黑孩钻进了黄麻地,象一条鱼儿游进了大海。扑簌簌黄麻叶儿抖,明晃晃秋天阳光照。

黑孩——黑孩——

(原载《中国作家》1985年第2期)

作品解读

叙述者是一个全知全能的外在的叙述者,但这个叙述者有时却透过人物——黑孩的眼睛观察整个自然和社会。社会是平庸而残酷的,自然却透明而平和。在这个不平衡的天平上,黑孩放弃了对现实中的人——社会的言语,在整个文本中,黑孩没有言语,只有少数的几声叹息。他的所有的一切都是叙述者述说给读者的。黑孩苦苦追寻那颗红萝卜。当我们读到叙述者述说黑孩在一颗一颗拔着那一片萝卜田时,我们会有个疑问:叙述者绝对知道那颗透明的红萝卜到底是真的还是幻觉。一个未被揭示的事实埋藏在整部小说之内,读者只能以自己的阅读经验、个人经历、身份地位等来判断这颗红萝卜是不是真的存在。也许,这就是莫言小说的魅力所在。

(陆琴)

作家自述

1984年初冬的一个早晨,我在解放军艺术学院的宿舍里做了一个梦。梦到一片辽阔的萝卜地,萝卜地中央有一个草棚,从那草棚里走出了一个身穿红衣的丰满姑娘。她手持一柄鱼叉,从地里叉起了一个红萝卜,高举着,迎着初升的红太阳,对着我走来。……这篇作品第一次调动了我的亲身经历,毫无顾忌地表现了我对社会、人生的看法,写出了我童年记忆中的对自然界的感知方式。——莫言:《〈透明的红萝卜〉创作前后》,《上海文学》2006年第8期。

名家要评

从作者的那个梦境来看,黑孩形象是梦者主体的心理变形,这个变形本身暗示出作者在梦境中的情绪记忆属于可能为作者所遗忘的童年时代的某种生活内容;但从作品本身来看,黑孩形象又似乎是作者在小说中的本体投影。它既诉说着作者曾经体验过的贫苦生活,又凝聚着作者对这生活的痛切感受。——李劼:《动人的透明迷人的诱惑——论〈透明的红萝卜〉的透明度和〈冈底斯的诱惑〉的诱惑性》,杨杨编:《莫言研究资料》,第134页,天津人民出版社2005年。

那个沉默不语的黑孩,却有着富于幻想的心灵,沉默压抑了他与周围世界的交往,却丰富了他孤独的内心体验。平时他尽力规避着周围的人群,可是积郁的心理能量也会使他在一瞬间突然爆发。他的手能够承受常人难以承受的种种苦痛……他的弱小无靠使他无法采取其他的反抗途径,便以折磨自己的肉体同时也折磨着他人神经的方式去反抗自己的命运。——夏志厚:《红色的变异——从〈透明的红萝卜〉、〈红高粱〉、〈红蝗〉》,杨杨编:《莫言研究资料》,第216页。

拓展阅读

1. 李陀:《"妙在似与不似之间"——评中篇小说〈透明的红萝卜〉》,《文艺报》1985年7月6日。

狗日的粮食(中篇存目)

刘 恒

故事梗概

《狗日的粮食》,原载《中国》1986年第9期。

洪山峪的农民杨天宽用二百斤谷子买来媳妇"瘿袋",而后生育了六个用粮食命名的儿女。但他们的生活却始终与饥饿相伴。为了粮食,为了一家人的生存,瘿袋一有机会就去扒偷粮食,半夜偷天德的南瓜,摘邻院伸过来的葫芦,打公家仓库鼠窝的主意,连骡子下的鲜粪都没有放过,全然失却了羞耻之心。但这个逞强了一辈子的女人为了一本丢失的粮证服了苦杏仁,余下一口悠悠的气。村人抬着她往卫生站去,她在路上念念放不下的还是粮食,挣扎着将息的一口气,断断续续说出的是"狗日的!……粮……食"。

作品解读

小说中人物的生活在身处物质并不匮乏的今天的读者看来,充满了黑色幽默,幽默中还夹杂着讽刺和怜悯。无论是天宽还是"瘿袋",都和粮食"干了一辈子"。这种生活在今天看来是那么的可笑,但如果我们能对此进行反思,便能体会到其中不可抑制的可悲。这不得不让我们回到生命的出发点去思考小说要给读者的启示:当生命的全部能量都用在获取食物时,活着的意义就等同于了吃,那我们是活着还是死去?小说的意义不只在于对一个时代的简单记述,更在于对生活恶行循环的本原的思考。我们或多或少都为各种各样的"粮食"所困扰,而最终我们生命的意义将寄托在哪里?在那个时代,吃成了意义,人性的价值反而成了附属品,但今天我们又把人性定位成了哪种"粮食"的附属品呢?人性的悲哀就在于把生命的目的当成了生命本身来看待,而这种悲观主义的魅力在于它让不同时代的人都思考着同样的"粮食"问题。

(穆阳)

作家自述

看起来文学的确是多事。不过生活虽然孕育了文学,但也着着实实扇过文学的嘴巴。哄之外有骗,骗之外还没头没脑的痛揍。这是显而易见的事实,文学身上的伤痕还少吗?她所以要与生活保持一定的距离,是为了更冷静更准地看清生活的面目,以便合理而有效地安排自己的诅咒和赞美;次而言之也是为了防止挨揍,站远点拳头够不着她,而生活——诸位都明白——固然经常是慈祥的,但莫名其妙地抡拳头也不少。关键在于那距离恐怕不能太远。好在文学的力量有限,拔地而起既然不可能,种种担心和指责也就多余。为文学的新生和自强起见,还是给她一点儿两点儿距离吧,哪怕出于怜悯,无形的绳索也该松一松,不要强按她去啃生活的地皮,以免吃多了泥土不好消化。——刘恒:《文学怪谈:距离》,《中国当代文学作品选》,第573—573页,学林出版社1999年。

名家要评

在刘恒的视野中,生命的过程,与文化的限定,是对立的。人创造了文化,是为了发展生命,但古文化的许多东西,恰恰是导致人走向悲剧的原因。非理性的生命内驱力,是蔑视文化外表的,人的悲哀就在于,你既是一个有血有肉有生命的个体,又是先验文化的载体。先验理性是无法解释和满足人欲的。这是人的悲哀,也是旧文化的悲哀。刘恒作品的深处,弥漫着、散发着这种不可遏制的文化悲观主义。——孙郁:《刘恒和他的文化隐喻》,《当代作家评论》1994年第3期。

拓展阅读

1. 昌切:《无力而必须承受的生存之道——刘恒的启蒙叙述》,《文学评论》1995年第2期。

2. 刘恒:《刘恒谈写作》,《电影艺术》1999年第6期。

浮躁(中篇存目)

贾平凹

故事梗概

《浮躁》,作家出版社1988年初版。

商州两岔镇的静虚村有田、巩两大家族。巩家巩宝山是州城专员;田家田有善是县委书记,其侄田中正是公社副社长。农村实行改革之后,静虚村出了个名叫金狗的青年,他当兵复员回乡后组织河运队,并与小水相恋。田中正的侄女英英看上了金狗并主动进攻,威逼色诱。金狗利用田中正的男女三角关系斗败了田中正,通过报社的考试,去州城当了记者。与此同时金狗也被迫无奈与英英订了婚,小水则含恨与忠厚的福运结了婚。当上记者后金狗揭露了田中正的违法行为,使其受到了惩罚。后来为了讨好上级领导,田中正安排村民猎取熊掌,结果打猎途中福运不幸身亡,留下有身孕的小水。金狗义愤填膺,利用巩、田两家的矛盾,使田有善和田中正受了处分。金狗受朋友雷大空的牵累入狱,在石华和州城青年记者学会的帮助下,最终被无罪释放。出狱后金狗借机检举了田、巩两家。这以后他回到两岔镇,在州河上撑船并与小水结了婚。金狗联合别人买机动船准备搞客运。州河,也准备以一场大洪水给金狗和他的伙计们洗礼。

作品解读

《浮躁》以20世纪80年代中国人所特有的时代情绪和社会普遍心理——浮躁——为主题,从社会环境、人物形象等方面多角度、多层面地分析了中国农民进入新时期以来为摆脱贫困、封建残余和自身意识所经历的复杂曲折过程。小说浓郁的乡土气息让读者再次回到了熟悉的商州,古怪的乡风民俗又使商州回到了某种神秘。不静岗上的佛寺、渡口与渡船、矮子画匠的画笔、麻子铁匠的铁匠铺、小水对爱情的恪守,无不体现了传统乡镇的生活面貌。即使在作者所批判的田中正等人身上的"恶"也无不染上了传统的影子。金狗是故事的主角,他搅乱了乡村的平静,打乱了原本民顺官欺的乡村旧秩序。从某种意义上说,他是一个叛逆者,这个反叛的过程中也充满了躁动与迷惘。传统乡村社会虽然没有被撼倒,但多少出现了一些变化。整个社会好像那条州河一样蠢蠢欲动,浮躁气铺天盖地,无人能逃。

金狗与几个女人的纠葛构成了小说的一条结构线索,金狗的几次大的转折都与女人有关。贾平凹似乎没有挣脱传统的女性观念,他笔下的这些女性,特别是"菩萨一样"的小水,以女性的付出和牺牲求得男性的解脱与解放,似乎总是在关键时刻推动了全文的结构发展。

(闫雪)

作家自述

老实说,这部作品我写了好长时间,先作废过十五万字,后又翻来覆去过三四遍,它让我吃了许多苦,倾注了我许多心血,我曾写到中卷的时候不止一次地窃笑:写《浮躁》,作者亦浮躁呀!但也就在写作的过程中,我由朦朦胧胧而渐渐清晰地悟到这一部作品将是我三十四岁之前的最大一部也是最后一部作品了,我再也不可能还要以这种框架来构写我的作品了。换句话说,这种流行的似乎严格的写实方法对我来讲将有些不那么适宜,甚至有了那么一种束缚。——贾平凹:《〈浮躁〉序言之二》,《浮躁》,人民文学出版社 2007 年。

名家要评

  集中体现"浮躁"精神特征的金狗,在《浮躁》中的出现并不是偶然的,这一形象在贾平凹的腹中有一个酝酿、发生、发展、日臻成熟的过程。在《小月前本》中的门门、《鸡窝洼的人家》中的禾禾、《腊月》中的王才、《古堡》中的老大……这一系列人物身上,我们已经可以看见金狗的雏形。他们是不安分的,他们对土地不再景仰,对祖宗的遗训抱有漫不经心的轻蔑,他们对自给自足的生产方式施以撞墙式的突破和冲击……他们是高尚的,感情上是净化的,道德上是无可指责的,他们孤独宛如为人类盗来冬火的普鲁米修士。然而与此同时,他们的性格是不是也显现出某种单一和单调呢?在总体上,这是不是也构成了贾平凹创作中的一种人物模式呢?模式总不是件令人愉快的事,艺术生产毕竟不等同于合成树脂玻璃器皿可以成批量生产,因而金狗形象的塑造,他的丰满和复杂,在突破模式上的意义,是可以让我们也让贾平凹欣慰的。——李其纲:《〈浮躁〉:时代情绪的一种概括》,《文学评论》1988 年第 1 期。

  《浮躁》表现出作者一种新的文化自觉,这是今天的他对昨天的他的自觉,是对家乡在整个中国地位的自觉,是在家乡的文化裂变与变迁中把握整个中国古老文化的裂变与变迁的自觉,它终于从根本上改变了《浮躁》的艺术面貌。《浮躁》中自然会有剪不断磨不掉的家乡之情和个人经历烙印,但他们却比作者以往任何作品中的乡恋乡爱更为扩大充实,一种对我们伟大祖国的爱和时代的激情,一种源于这种爱和激情的历史信念,形成作品的内在冲击力。——李星:《混沌世界中的信念和艺术秩序——〈浮躁〉论片》,《小说评论》1987 年第 6 期。

拓展阅读

  1. 程德培:《人情世愿不耐烦——我读贾平凹的〈浮躁〉》,《文学报》1987 年 1 月 8 日。

  2. 王愚、贾平凹:《长篇小说〈浮躁〉纵横谈》,《创作评谭》1988 年第 1 期。

顽主（中篇存目）

王　朔

故事梗概

《顽主》，原载《收获》1987年第6期。

城市青年于观、马青、杨重在繁华的商业区办起"替人排忧、替人解难、替人受过"的"三T"公司，生意火爆。医生让杨重替他去跟女友谈恋爱，男子请马青替他舌战娇妻，经理于观接待作家宝康，听他讲其作品应获全国大奖。顾客刘美萍对杨重有了爱慕之意，于观、马青略施小计使得被弄得晕头转向的刘美萍回家去。

"三T"公司为作家宝康举办的作品颁奖大会上，马青将写有名人名言的纸条发给大家扮名人讲名言。侃爷赵尧舜大讲人生哲学，而于观他们只顾埋头吃饭。刘美萍要与男友分手，于观十分含蓄地讲出实质性问题并不断责备自己不好，泪流满面的刘美萍终于破涕为笑。

于观和马青替顾客照料患重病的老太太，老太太走失，亲属将他们告到法院，"三T"公司被停业整顿。大街上，他们肆意冲撞，可人们只顾赶路，毫无反应。于观看见门前排着长队求他们解决难题的顾客，不由得哑然失笑。

作品解读

王朔小说取材的市民化、语言的口语化及其颠覆性的叙事反叛了处于主流地位的知识分子话语，他的小说体现了80年代中后期社会转型期人们价值观念的变化。王朔笔下的"顽主"们是生于50年代末60年代初、长于部队大院、在"文革"中长大或者当兵或者插队，在新的历史时期到来后又不安于社会主流的一些都市青年。他们是痞子，然而还有一些良知，还有一点对美好生活的向往，他们中有一些人有不俗的灵魂，但时代和环境却使他们注定只能扮演俗人的角色。王朔通过对这些人的生存状态的洞悉表现出时代转型期他们内心的压抑。小说由一系列的调侃性虚构组成，其中对作家和文坛的讽刺到了空前的地步，体现了作者对于"责任"、"道德"等崇高字眼以及以此为代表的知识分子精英文化体系的调侃和反讽。作品在虚设和假想的玩世游戏中把"顽主"们的心态和姿态通过夸张的手法表现得淋漓尽致，形象地概括了80年代后期社会中的一种心态、情绪和行为。

（刘克叶）

作家自述

我的小说靠两路活儿，一路是侃，一路是玩，我写时不是手对着心，而是手对着纸，进入写作状态后，词儿噌噌的往上冒。小说的语言漂亮，本身就有极大的魅力。写小说最吸引我的是变幻语言，把词、句子打散，重新组合，就呈现出另外的意思。

我借助最多的是城市流行语，老北京的方言我并不太懂。这些流行语的来源很多，有语录中的,重大事件中的,还有新典故等等⋯⋯后来我变成有意识地运用城市流行语的规律,根据这些规律和故事发展的气氛编一些貌似口语化的东西。——王朔:《喧嚣的经典》,辽宁画报出版社2000年。

名家要评

是的,亵渎神圣是他们常用的一招。所以要讲什么"玩文学",正是要捅破文学的时时绷得紧的外皮⋯⋯但是我们必须公正地说,首先是生活亵渎了神圣⋯⋯我们的政治运动一次又一次对多么神圣的东西——主义、忠诚、党籍、称号直到生活——开了玩笑⋯⋯是他们先残酷地"玩"了起来的!其次才有王朔⋯⋯王朔应运而生。他撕破了一些伪崇高的假面。而且他的语言鲜活上口,绝对地大白话,绝对地没有洋八股、党八股与书生气。——王蒙:《躲避崇高》,《读书》1993年第1期。

王朔不是先锋派。尽管他身上的确有一种反叛性,但无论从内容还是指向都与先锋派格格不入,甚至应该说两者正好南辕北辙。先锋派秉承了自尼采以来自命不凡的精英意识⋯⋯而王朔的反叛性中最核心的部分,恰恰是直接针对精英意识和精英立场⋯⋯王朔的作品中尽可能地嘲笑、贬低知识阶层或者说一切读过几本书自认为在精神上比市民阶层高一头的人。——李洁非:《我看王朔》,《漂泊者手记》,第124—125页,人民文学出版社2000年。

拓展阅读

1. 王蒙:《躲避崇高》,《读书》1993年第1期。
2. 葛红兵:《别忘了,王朔只有一个》,《粤海风》2000年第11期。

鲜血梅花

余 华

一

一代宗师阮进武死于两名武林黑道人物之手,已是十五年前的依稀往事。在阮进武之子阮海阔五岁的记忆里,天空飘满了血腥的树叶。

阮进武之妻已经丧失了昔日的俏丽,白发像杂草一样在她的头颅上茁壮成长。经过十五年的风吹雨打,手持一把天下无敌梅花剑的阮进武,飘荡在武林中的威风如其妻子的俏丽一样荡然无存了。然而在当今一代叱咤江湖的少年英雄里,有关梅花剑的传说却经久不衰。

一旦梅花剑沾满鲜血,只需轻轻一挥,鲜血便如雪花般飘离剑身。只留一滴永久盘踞剑上,状若一朵袖珍梅花。梅花剑几代相传,传至阮进武手中,已有七十九朵鲜血梅花。阮进武横行江湖二十年,在剑上增添二十朵梅花。梅花剑一旦出鞘,血光四射。

阮进武在十五年前神秘死去,作为一个难解之谜,在他妻子心中一直盘踞至今。那一日的黑夜寂静无声,她在一片月光照耀下昏睡不醒,那时候她的丈夫在屋外的野草丛里悄然死去了。在此后的日子里,她将丈夫生前的仇敌在内心一一罗列出来,其结果却是一片茫然。

在阮进武生前的最后一年里,有几个明亮的清晨,她推开屋门,看到了在阳光里闪烁的尸体。她全然不觉丈夫曾在深夜离床出屋与刺客舞剑争生。事实上在那个时候,她已经隐约预感到丈夫躺在阳光下闪烁不止的情形。这情形在十五年前那个宁静之晨栩栩如生地来到了。阮进武仰躺在那堆枯黄的野草丛里,舒展的四肢暗示着某种无可奈何。他的双眼生长出两把黑柄的匕首。近旁一棵萧条的树木飘下的几张树叶,在他头颅的两侧随风波动,树叶沾满鲜血。后来,她看到儿子阮海阔捡起了那几张树叶。

阮海阔以树根延伸的速度成长起来,十五年后他的躯体开始微微飘逸出阮进武的气息。然而阮进武生前的威武却早已化为尘土,并未寄托到阮海阔的血液里。阮海阔朝着他母亲所希望的相反方向成长,在他二十岁的今天,他的躯体被永久地固定了下来。因此,当这位虚弱不堪的青年男子出现在他母亲眼前时,她恍恍惚惚体会到了惨不忍睹。但是十五年的忍受已经不能继续延长,她感到让阮海阔上路的时候应该来到了。

在这个晨光飘洒的时刻,她首次用自己的目光抚摸儿子,用一种过去的声音向他讲述十五年前的这个时刻,他的父亲躺在野草丛里死去了,她说:

"我没有看到他的眼睛。"

她经过十五年时间的推测,依然无法确知凶手是谁。

"但是你可以去找两个人。"

她所说的这两个人,曾于二十年前在华山脚下与阮进武高歌比剑,也是阮进武威武一生惟一没有击败过的两名武林高手。他们中间任何一个都会告诉阮海阔杀父仇人是谁。

"一个叫青云道长,一个叫白雨潇。"

青云道长和白雨潇如今也已深居简出,远离武林的是是非非。尽管如此,历年来留存于武林中的许多难解之谜,在他俩眼中如一潭清水一样清晰可见。

阮海阔在母亲的声音里端坐不动,他知道接下去将会出现什么,因此几条灰白的大道和几条翠得有些发黑的河流,开始隐约呈现出来。母亲的身影在这个虚幻的背景前移动着,然后当年与父亲一起风流武林的梅花剑,像是河面上的一根树杆一样漂了过来。阮海阔在接过梅花剑的时候,触摸到母亲冰凉的手指。

母亲告诉他:剑上已有九十九朵鲜血梅花。她希望杀夫仇人的血能在这剑身上开放出一朵新鲜的梅花。

阮海阔肩背梅花剑,走出茅屋。一轮红日在遥远的天空里漂浮而出,无比空虚的蓝色笼罩着他的视野。置身其下,使他感到自己像一只灰黑的麻雀独自前飞。

在他走上大道时,不由回头一望。于是看到刚才离开的茅屋出现了与红日一般的颜色。红色的火焰贴着茅屋在晨风里翩翩起舞。在茅屋背后的天空中,一堆早霞也在熊熊燃烧。阮海阔那么看着,恍恍惚惚觉得茅屋的燃烧是天空里掉落的一片早霞。阮海阔听到了茅屋破碎时分裂的响声,于是看到了如水珠般四溅的火星。然后那堆火轰然倒塌,像水一样在地上洋溢开去。

阮海阔转身沿着大道往前走去,他感到自己跨出去的腿被晨风吹得飘飘悠悠。大道在前面虚无地延伸。母亲自焚而死的用意,他深刻地领悟到了。在此后漫长的岁月里,已无他的栖身之处。

没有半点武艺的阮海阔,肩背名扬天下的梅花剑,去寻找十五年前的杀父仇人。

二

母亲死前道出的那两个名字,在阮海阔后来无边无际的寻找途中,如山谷里的回声一般空空荡荡。母亲死前并未指出这两人现在何处,只是点明他俩存在于世这个事实。因此阮海阔行走在江河群山,集镇村庄之中的寻找,便显得十分渺小和虚无。然而正是这样的寻找,使阮海阔前行的道路出现无比广阔的前景,支持着他一日紧接一日的漫游。

阮海阔在母亲自焚之后踏上的那条大道,一直弯弯曲曲延伸了十多里,然后被一条河流阻断。阮海阔在走过木桥,来到河流对岸时,已经忘记了自己所去的方向,从那一刻以后,方向不再指导着他。他像是飘在大地上的风一样,随意地往前行走。他经过的无数村庄与集镇,尽管有着百般姿态,然而它们以同样颜色的树木,同样形状的房屋组成,同样的街道上走着同样的人。因此阮海阔一旦走人某个村庄或集镇,就如同走入了一种回忆。

这种漫游持续了一年多以后,阮海阔在某一日傍晚时分来到了一个十字路口。十字路口的出现,在他的漫游里已经重复了无数次。寻找青云道长和白雨潇,在这里呈现出几种可能。然而在阮海阔绵绵不绝的漫游途中,十字路口并不比单纯往前的大道显示出几分犹豫。

此刻的十字路口在傍晚里接近了他。他看到前方起伏的群山,落日的光芒从波浪般连结的山峰上放射出来,呈现一道山道般狭长的辉煌。而横在前方的那条大道所指示的两端,却是一片片荒凉的泥土,霞光落在上面,显得十分粗糙。因此他在接近十字路口的时候,内心已经选择了一直往前的方向。正是一直以来类似于这样的选择,使他在一年多以后,来到了这里。

然而当他完成了对十字路口的选择以后很久,他才蓦然发现自己已经远离了那落日照耀下的群山。出现了这样一个事实,他并没有按照自己事前设计的那样一直往前,而是在十字路口处往右走上了那条指示着荒凉的大道。那时候落日已经消失,天空出现一片灰白的颜色。当他回首眺望时,十字路口显得含含糊糊,然后他转回身继续在这条大道上往前走去。在他重新回想刚才走到十字路口处的情景时,那一段经历却如同不曾有过一样,他的回想在那里变成了一段空白。

他的行走无法在黑夜到来后终止,因为刚才的错觉,使他走上了一条没有飘扬过炊烟的道路。直到很久以后,一座低矮的茅屋才远远地出现,里面的烛光摇摇晃晃地透露出来,使他内心出现一片午后的阳光。他在接近茅屋的时候,渐渐嗅到了一阵阵草木的艳香。那气息飘飘而来,如晨雾般弥漫在茅屋四周。

他走到茅屋门前,伫立片刻,里面没有点滴动静,他回首望了望无边的荒凉,便举起手指叩响了屋门。

屋门立即发出一声如人惊讶的叫唤,一个艳丽无比的女子站在门内。如此突然的出现,使他一时间不知所措。他觉得这女子仿佛早已守候在门后。

然而那女子却是落落大方,似乎一眼看出了他的来意,也不等他说话,便问他是否想在此借宿。

他没有说话,只是随着女子步入屋内,在烛光闪烁的案前坐落。借着昏暗的烛光,他细细端详眼前这位女子,依稀觉得这女子脸上有着一层厚厚的胭脂。胭脂使她此刻呈现在脸上的迷人微笑有些虚幻。

然后他发现女子已经消失,他丝毫没有觉察到她消失时的过程。然而不久之后他听到了女子在里屋上床时的响声,仿佛树枝在风中摇动一样的响声。

女子在里屋问他:

"你将去何处?"

那声音虽只是一墙之隔,却显得十分遥远。声音唤起了母亲自焚时茅屋燃烧的情景,以及他踏上大道后感到的凉风。那一日清晨的风,似乎正吹着此刻这间深夜的茅屋。

他告诉她:

"去找青云道长和白雨潇。"

于是女子轻轻坐起,对阮海阔说:

"若你找到青云道长,替我打听一个名叫刘天的人,不知他现在何处?你就说是胭脂女求教于他。"

阮海阔答应了一声,女子复又躺下。良久,她又询问了一声:

"记住了?"

"记住了。"阮海阔回答。

女子始才安心睡去。阮海阔一直端坐到烛光熄灭。不久之后黎明便铺展而来。阮海阔悄然出门,此刻屋外晨光飘洒,他看到茅屋四周尽是些奇花异草,在清晨潮湿的风里散发着阵阵异香。

　　阮海阔踏上了昨日离开的大道,回顾昨夜过来的路,仍是无比荒凉。而另一端不远处却出现了一条翠绿的河流,河面上漂浮着丝丝霞光。阮海阔走向了河流。

　　多日以后,当阮海阔重新回想那一夜与胭脂女相遇的情形,已经恍若隔世。阮海阔虽是武林英雄后代,然而十五年以来从未染指江湖,所以也就不曾听闻胭脂女的大名。胭脂女是天下第二毒王,满身涂满了剧毒的花粉,一旦花粉洋溢开来,一丈之内的人便中毒身亡。故而那一夜胭脂女躲入里屋与阮海阔说话。

三

　　阮海阔离开胭脂女以后,继续漫游在江河大道之上,群山村庄之中。如一张漂浮在水上的树叶,不由自主地随波逐流。然而在不知不觉中,阮海阔开始接近黑针大侠了。

　　黑针大侠在武林里的名声,飘扬在胭脂女附近,已在江湖上威武了十来年。他是使暗器的一流高手。尤其是在黑夜里,每发必中。暗器便是他一头黑发,黑发一旦脱离头颅就坚硬如一根黑针。在黑夜里射出时没有丝毫光亮。黑针大侠闯荡江湖多年,因此头上的黑发开始显出了荒凉的景致。

　　阮海阔无尽的行走,在他离开胭脂女多月以后,出现在了某一个喧闹的集镇的街市上。那已是傍晚时刻,一直指引着他向前的大道,在集镇的近旁伸向了另一个方向。如果不是傍晚的来临,阮海阔便会继续遵照大道的指引,往另一个方向走去。然而傍晚改变了他的意愿,使他走入了集镇。他知道自己翌日清晨以后,会重新踏上这条大道。

　　阮海阔行走在街上,由于长久的疲倦,使他觉得自己如一件衣服一样飘在喧闹的人声中。因此当他走入一家客店之后不久,便在附近楼台上几位歌妓轻声细语般的歌声里沉沉睡去了。

　　在黎明来到之前,阮海阔像是窗户被风吹开一样苏醒过来。那时候月光透过窗棂流淌在他的床上,户外寂静无声。阮海阔睁眼躺了良久,后来听到了几声马嘶。马嘶声使他眼前呈现出了夜晚离开的那条大道。大道延伸时茫然若失的情景,使他坐了起来,又使他离开了客店。

　　事实上,在月光照耀下的阮海阔,离开集镇以后并没有踏上昨日的大道,而是被一条河流旁的小路招引了过去。他沿着那条波光闪闪的河流走入了黎明,这才发现自己身在何处,而在此之前,他似乎以为自己一直走在昨日继续下去的大道上。

　　那时候一座村庄在前面的黎明里安详地期待着他。阮海阔朝村庄走去。村口有一口被青苔包围的井和一棵榆树,还有一个人坐在榆树下。

　　坐在树下那人在阮海阔走近以后,似看非看地注视着他。阮海阔一直走到井旁,井水宁静地制造出了另一张阮海阔的脸,阮海阔提起井边的木桶,向自己的脸扔了下去。他听到了井水如惊弓之鸟般四溅的声响。他将木桶提上来时,他的脸在木桶里接近了他。阮海阔喝下几口如清晨般凉爽的井水,随后听到树下那人说话的声音:

　　"你出来很久了吧?"

　　阮海阔转身望去,那人正无声地望着他。仿佛刚才的声音不是从那里飘出。阮海

阔将目光移开,这时那声音又响了起来:

"你去何处?"

阮海阔继续将目光飘到那人身上,他看到清晨的红日使眼前这棵树和这个人散发出闪闪红光。声音唤起了他对青云道长和白雨潇虚无飘渺的寻找。阮海阔告诉他:

"去找青云道长和白雨潇。"

这时那人站立起来,他向阮海阔走来时,显示了他高大的身材。但是阮海阔却注意到了他头颅上荒凉的黑发。他走到阮海阔身前,用一种不容争辩的声音说:

"你找到青云道长,就说我黑针大侠向他打听一个名叫李东的人,我想知道他现在何处。"

阮海阔微微点了点头,说:

"知道了。"

阮海阔走下井台,走上了刚才的小路。小路在潮湿的清晨里十分犹豫地向前伸长,阮海阔走在上面,耳边重新响起多月前胭脂女的话语。胭脂女的话语与刚才黑针大侠所说的,像是两片碰在一起的树叶一样,在他前行的路上响着同样的声音。

四

阮海阔在时隔半年以后,在一条飘着枯树叶子的江旁与白雨潇相遇。

那时候阮海阔漫无目标的行走刚刚脱离大道,来到江边。渡船已在江心摇摇晃晃地漂浮,江面上升腾着一层薄薄的水气。

一位身穿白袍,手持一柄长剑的老人正穿过无数枯树向他走来。老人的脚步看去十分有力,可走来时却没有点滴声响,仿佛双脚并未着地。老人的白发白须迎风微微飘起,飘到了阮海阔身旁。

渡船已经靠上了对岸,有三个行人走了上去。然后渡船开始往这边漂浮而来。

白雨潇站在阮海阔身后,看到了插在他背后的梅花剑。黝黑的剑柄和作为背景波动的江水同时进入白雨潇的视野,勾起无数往事。而正在接近的渡船,开始隐约呈现出阮进武二十年前在华山脚下的英姿。

渡船靠岸以后,阮海阔先一步跨入船内,船剧烈地摇晃起来,可当白雨潇跨上去后,船便如岸上的磐石一样平稳。船开始向江心渡去。

虽然江水急涌而来,拍得船舷水珠四溅,可坐在船内的阮海阔却感到自己仿佛是坐在岸上一样。故而刚才伫立岸边看渡船摇晃而去的情景,此刻回想起来觉得十分虚幻。阮海阔看着江岸慢慢退去,却没有发现白雨潇正以同样的目光注视着他。

白雨潇十分轻易地从阮海阔身上找到了二十年前的阮进武。但是阮海阔毕竟不是阮进武。阮海阔脸上丝毫没有阮进武的威武自信,他虚弱不堪又茫然若失地望着江水滚滚流去。

渡船来到江心时,白雨潇询问阮海阔:

"你背后的可是梅花剑?"

阮海阔回过头来望着白雨潇,他答:

"是梅花剑。"

白雨潇又问:"是你父亲留下的?"

阮海阔想起了母亲将梅花剑递过来时的情景,这情景在此刻江面的水气里若隐若现。他点了点头。

白雨潇望了望急流而去的江水,再问:

"你在找什么人吧?"

阮海阔告诉他:

"找青云道长。"

阮海阔的回答显然偏离了母亲死前所说的话,他没有说到白雨潇。事实上他在半年前离开黑针大侠以后,因为胭脂女和黑针大侠委托之言里没有白雨潇,白雨潇的名字便开始在他的漫游里渐渐消散。

白雨潇不再说话,他的目光从阮海阔身上移开,望着正在来到的江岸。待船靠岸后,他与阮海阔一起上了岸,又一起走上了一条大道。然后白雨潇径自走去了。而阮海阔则走向了大道的另一端。

曾经携手共游江湖的青云道长和白雨潇,在五年前已经反目为敌,这在武林里早已是众所周知。

五

与白雨潇在那条江边偶尔相遇之事,在阮海阔此后半年的空空荡荡的漫游途中,总是时隐时现。然而阮海阔无法想到这位举止非凡的老人便是白雨潇。只是难以忘记他身穿白袍潇潇而去的情景。那时候阮海阔已经与他背道而走,一次偶尔的回首,他看到老人白色的身影走向青蓝色的天空,那时田野一望无际,巨大而又空虚的天空使老人走去的身影显得十分渺小。

多月之后,因为过度的劳累与总是折磨着他的饥饿,使他病倒在长江北岸的一座群山环抱的集镇里。那时他已经来到一条蜿蜒伸展的河流旁,一座木桥卧在河流之上。他尽管虚弱不堪,可还是踏上了木桥,但是在木桥中央他突然跪倒了,很久之后都无法爬起来,只能看着河水长长流去。直到黄昏来临,他才站立起来,黄昏使他重新走入集镇。

他在客店的竹床上躺下以后,屋外就雨声四起。他躺了三天,雨也持续了三天。他听着河水流动的声音越来越响亮。他感到水声流得十分遥远,仿佛水声是他的脚步一样正在远去。于是他时时感到自己并未卧床不起,而是继续着由来已久的漫游。

雨在第四日清晨蓦然终止,缠绕着他的疾病也在这日清晨消散。阮海阔便继续上路。但是连续三日的大雨已经冲走了那座木桥,阮海阔无法按照病倒前的设想走到河流的对岸。他在木桥消失的地方驻立良久,看着路在那滔滔的河流对岸如何伸入了群山。他无法走过去,于是便沿着河流走去。他觉得自己会遇上一座木桥的。

然而阮海阔行走了半日,虽然遇到几条延伸过来的路,可都在河边突然断去,然后又在河对岸伸展出来。他觉得自己永远难以踏上对岸的路。这个时候,一座残缺不全的庙宇开始出现。庙宇四周树木参天,阮海阔穿过杂草和乱石,走入了庙宇。

阮海阔置身于千疮百孔的庙宇之中,看到阳光从四周与顶端的裂口倾泻进来,形成无数杂乱无章的光柱。他那么站了一会以后,听到一个如钟声一样的声音:

"阮进武是你什么人?"

声音在庙宇里发出了嗡嗡的回声。阮海阔环顾四周,他的目光被光柱破坏,无法看到光柱之外。

"是我父亲。"阮海阔回答。

声音变成了河水流动似的笑声,然后又问:

"你身后的可是梅花剑?"

"是梅花剑。"

声音说:"二十年前阮进武手持梅花剑来到华山脚下……"声音突然终止,良久才继续下去,"你离家已有多久了?"

阮海阔没有回答。

声音又问:"你为何离家?"

阮海阔说:"我在找青云道长。"

声音这次成为风吹树叶般的笑声,随后告诉阮海阔:

"我就是青云道长。"

胭脂女和黑针大侠委托之言此刻在阮海阔内心清晰响起。于是他说:

"胭脂女打听一个名叫刘天的人,不知这个人现在何处?"

青云道长沉吟片刻,然后才说:

"刘天七年前已去云南,不过现在他已走出云南,正往华山而去,参加十年一次的华山剑会。"

阮海阔在心里重复一遍后,又问:

"李东现在何处?黑针大侠向你打听。"

"李东七年前去了广西,他此刻也正往华山而去。"

母亲死前的声音此刻才在阮海阔内心浮现出来。当他准备询问十五年前的杀父仇人是谁时,青云道长却说:

"我只回答两个问题。"

然后阮海阔听到一道风声从庙宇里飘出,风声穿过无数树叶后销声匿迹了。他知道青云道长已经离去,但他还是站立了很久,然后才走出庙宇。

阮海阔继续沿着河流行走,白雨潇的名字在消失了很长一段时间后,重又来到。阮海阔在河旁行走半日后,一条大道在前方出现,于是他放弃了越过河流的设想,走上了大道,开始了对白雨潇的寻找。

六

阮海阔对白雨潇的寻找,是他漫无目标漂泊之旅的无限延长。此刻青云道长在他内心如一道烟一样消失了。而胭脂女和黑针大侠委托之事虽已完成,可在他后来的漫游途中,却如云中之月一样若有若无。尽管胭脂女和黑针大侠的模糊形象,会偶尔地出现在道路的前方。但他们的居住之处,阮海阔早已遗忘。因此他们像白雨潇一样显得虚无缥渺。

然而阮海阔毫无目的地漂泊,却在暗中开始接近黑针大侠了。他身不由己的行走进行到这一日傍晚时,来到了黑针大侠居住的村口。

这一日傍晚的情景与他初次来到的清晨似乎毫无二致。黑针大侠那时正坐在那棵古老的榆树下,落日的光芒和作为背景的晚霞使阮海阔感到无比温暖。这时候他已经知道来到了何处。他如上次一样走上了井台,提起井旁的木桶扔入井内,提上来以后喝下一口冰凉的井水,井水使他感受到了正在来临的黑夜。然后他回头注视着黑针大侠,他看到黑针大侠也正望着自己,于是他说:

"我找到青云道长了。"

他看到黑针大侠脸上出现了迷惑的神色,显然黑针大侠已将阮海阔彻底遗忘,就像阮海阔遗忘他的居住之处一样。阮海阔继续说:

"李东已经离开广西,正往华山而去。"

黑针大侠始才省悟过来,他突然仰脸大笑。笑声使榆树的树叶纷纷飘落。笑毕,黑针大侠站起走入了近旁的一间茅屋。不久他背着包袱走了出来,走到阮海阔身旁时略略停顿了一下,说:

"你就在此住下吧。"

说罢,他疾步而去。

阮海阔看着他的身影在那条小路的护送下,进入了沉沉而来的夜色。然后他才回身走入黑针大侠的茅屋。

七

阮海阔在离开黑针大侠茅屋约十来天后,一种奇怪的感觉使他隐约感到自己正离胭脂女越来越近。事实上他已不由自主地走上了那条指示着荒凉的大道。他在无知的行走中与黑针大侠重新相遇以后,依然是无知的行走使他接近了胭脂女。

那是中午的时刻,很久以前在黑夜里行走过的这条大道,现在以灿烂的姿态迎接了他。然而阳光的明媚无法掩饰道路伸展时的荒凉。阮海阔依稀回想起很久以前这条大道的黑暗情景。

不久之后他嗅到了阵阵异香,那时他已看到了远处的茅屋。他明白自己已经来到了何处。当他来到茅屋近前时,那一日清晨曾经向他招展过的奇花异草,在此刻中午阳光的照耀下,使他感到一种难以承受的热烈。

胭脂女伫立在花草之中,她的容颜比那个夜晚所见更为艳丽。奇花异草的簇拥,使她全身五彩缤纷。她看着阮海阔走来,如同看着一条河流来。

阮海阔没有走到她身旁,她异样的微笑使他在不远处无法举步向前。他告诉她:

"刘天现在正走在去华山的路上,他已经离开云南。"

胭脂女听后嫣然一笑,然后扭身走出花草,走入茅屋。她拖在地上的影子如一股水一样流入了茅屋。

阮海阔站了一会,胭脂女进去以后并没有立刻出来。于是他转身离去了。

八

阮海阔对白雨潇的寻找,在后来又继续了三年。在三年空虚的漂泊之后,这一日由于过度的劳累,他在一条大道中央的凉亭里席地而睡。

在阮海阔沉睡之时,一个白须白袍的老人飘然而至。他朝阮海阔看了很久,从此刻放在地上的梅花剑,他辨认出了这位沉睡的男子便是多年前曾经相遇过的阮进武之子。于是他蹲下身去拿起了梅花剑。

梅花剑的离去,使阮海阔蓦然醒来。他第二次与白雨潇相遇就这样实现了。

白雨潇微微一笑,问:"还没有找到青云道长?"

这话唤起了阮海阔十分遥远的记忆,事实上在这三年对白雨潇空荡荡的寻找里,已经完全抹去了青云道长。

阮海阔说:

"我在找白雨潇。"

"你已经找到白雨潇了,我就是。"

阮海阔低头沉吟了片刻,他依稀感到那种毫无目标的美妙漂泊行将结束。接下去他要寻找的将是十五年前的杀父仇人。也就是说他将去寻找自己如何去死。

但是他还是说:

"我想知道杀死我父亲的人。"

白雨潇听后再次微微一笑,告诉他:

"你的杀父仇敌是两个人。一个叫刘天,一个叫李东。他们三年前在去华山的路上,分别死在胭脂女和黑针大侠之手。"

阮海阔感到内心一片混乱。他看着白雨潇将梅花剑举到眼前,将剑从鞘内抽出。在亭外辉煌阳光的衬托下,他看到剑身上有九十九朵斑斑锈迹。

白雨潇离去以后,阮海阔依旧坐在凉亭之内,面壁思索起很久以前离家出门时的情景。他闭上双目以后,看到自己在轮廓模糊的群山江河、村庄集镇之间漫游。那个遥远的傍晚他如何莫名其妙地走上了那条通往胭脂女的荒凉大道,以及后来在那个黎明之前他神秘地醒来,再度违背自己的意愿而走近了黑针大侠。他与白雨潇初次相遇在那条滚滚而去的江边,却又神秘地错开。在那个群山环抱的集镇里,那场病和那场雨同时进行了三天,然后木桥被冲走了,他无法走向对岸,却走向了青云道长。后来他那漫无目标的漫游,竟迅速地将他带到了黑针大侠的村口和胭脂女的花草旁。三年之后,他在这里与白雨潇再次相遇。现在白雨潇已经离去了。

1989 年 1 月 18 日

(原载《人民文学》1989 年第 3 期)

作品解读

《鲜血梅花》是余华对于武侠小说的戏拟。传统武侠小说里,复仇故事往往是惊心动魄、富有悲壮和理想色彩的人生历程,复仇的路上往往芳草鲜美,主人公总能偶遇退隐高手并获赠武林秘笈以使复仇最终成功,还往往邂逅诸多美女并获取无数芳心。《鲜血梅花》对于传统武侠小说进行了主题性和文类性的颠覆。他发掘了过去被遮蔽被掩埋的那部分现实及其意义,坚持以自己的方式建立起对于"真实"的信仰和探索。这种价值观的颠覆是我们逃离圈套、认识真实历史的开始。

《鲜血梅花》没有那么多直接的"血"与"暴力",在这里,余华"残忍的才华"有些沉潜。但是,如果你有心,依然可以感受到余华眼中人生的"残忍"因子。

(刘克叶)

作家自述

《鲜血梅花》是我文学经历中异想天开的旅程,或者说我的叙述是在想象的催眠里前行,奇花异草历历在目,霞光和云彩转瞬即逝……仿佛梦游一样,所见所闻飘忽不定,人物命运也是来去无踪。

……

我的写作唤醒了我记忆中无数的欲望,这样的欲望在我过去生活里曾经有过或者根本没有,曾经实现过或者根本无法实现。我的写作使它们聚集到了一起,在虚构的现实里成为合法。十多年之后,我发现自己的写作已经建立了现实经历之外的一条人生道路,它和我现实的人生之路同时出发,并肩而行,有时交叉到了一起,有时又天各一方。因此,我现在越来越相信这样的话——写作有益于身心健康,因为我感到自己的人生正在完整起来。写作使我拥有了两个人生,现实的和虚构的,它们的关系就像是健康和疾病,当一个强大起来时,另一个必然会衰落下去。于是,当我现实人生越来越平乏之时,我虚构的人生已经异常丰富了。——余华:《鲜血梅花·自序》,《鲜血梅花》,作家出版社2008年。

名家要评

1989年3月的《鲜血梅花》可视为武侠小说的颠覆……标题陈腐,一如情节公式。为父报仇本应是侠客最庄严的行为动机,但是主人公却无法在心中点燃对仇人的恨。他长年仆仆于道,追寻武林黑道仇家,却完全不明白自己为什么要这样做。而在多年流浪之后,他发觉这种生活很对他的口味,以致于数次不知不觉地延迟他的报复。当最后发现他已在无意之中把两个仇家置于死地,他伤心地感到"那种毫无目标的美妙漂泊行将结束",有复仇而没有仇恨,使这些符合文类要求的情节都成为没有意义的象征……而文类颠覆的目的依然是价值观的颠覆……《鲜血梅花》中母亲自焚,把家也烧了,让儿子一心一意追杀仇人,这种对道德价值执著的牺牲,在程式被掏空后,就显得不自然,甚至可笑了。在中国今日的先锋派作家中,余华是对中国文化的意义构筑最敏感的作家,也是对它表现出最强的颠覆意图的作家。正是这种意图,使余华最后回归并超越五四作家;正是这种文化批判精神,使余华的小说对当代中国文化的重建提供深思的课题。——赵毅衡:《非语义化的凯旋》,《当代作家评论》1991年第2期。

拓展阅读

1. 邢建昌、鲁文忠:《先锋浪潮中的余华》,华夏出版社2000年。
2. 赵毅衡:《非语义化的凯旋》,《当代作家评论》1991年第2期。
3. 余华:《虚伪的作品》,《上海文论》1989年第5期。

嘴唇里的阳光

陈 染

另一种规则

我是一个年轻女子，做着一份很刻板的工作，刻板得如同钟表的时针，永远以相同的半径朝着一个方向运行圆周，如同一辆疲倦的货车，永远沿着既定的轨道行驶。平时，我在阅读单位发的学习材料时，特别是那些与斗争新动向有关的文章，即使我把同一条消息读上十遍，也无法记住伊拉克与科威特到底是谁吞灭谁，飞毛腿与爱国者到底是谁阻截谁。但是，我会把那上边所有的印刷错误，比如一句话后边右下角的"，"错印成"'"等等，牢记于心。这就是我干校对这一职业的后果。

我庆幸这一单纯的工作使我那混乱的头脑免于许多错误。因为在许多领域我是一个惯于想入非非而无法遵守规则的人。比如，一个凶猛残暴的杀手，他的性格孱弱的儿子在一次失误中弄死了一个人，当死刑无法逃脱地落到他的恐惧惊慌的儿子身上时，这个幽灵一般神出鬼没永远能脱身法律之网的父亲，主动承担了儿子的死罪。这举动应该说是对法律的一种嘲弄和欺骗，但我会对着这样一个杀人不见血的残暴父亲的舐犊之情感动得泪流满面，甚而起了一种敬仰。当我看到一个技术高超的外科医生，面对一个受了重伤、苦痛难耐、祈求帮助的阶级敌人的妻子而不予抢救医治的时候，我便会对这个医生产生恶感。这一立场问题以及不合规则的思路，使我无法成为一名合格的法官或医生。

据说，要成为一个作家必须要操守更多的规则。我自知奇异的思维与混乱的脉路同样使我无法合乎规则。好在我懂得自己的症结，也从不期待或奢望成为什么。

但也许有另外一种可能，比如你正好与我拥有同样的思维方式，你会把我误入歧途的思维理解成另外一种规则，也说不准。

对针头的恐惧

牙科医生总使黛二小姐充满奇异的想像。这种奇异之想从她刚刚走近牙科诊室听到那种钻洗牙齿的嗞嗞声便开始了。走进诊室后，那声音便在她全身每一个细小的神经周围弥漫，与此同时，在她目光所及的空间里，无数颗牙齿便像雪片一样在她身前身后舞荡翻飞，纷纷扬扬，散发一股梨树花飘落的清香。

这会儿，黛二小姐坐在第103医院牙科诊室第103号孔森医生的诊椅上想入非非。黛二二十二岁，且带有一股病态的柔媚与忧郁。智齿阻生的痛苦把她带到这里，她仔细查看了她的四周：左侧扶手部位有一个冲盂和水杯。左上方是一套可以推拉旋转的器械和一只小电风扇。头部正上方是一个很大的聚光灯,它像一枚金色的向日葵,围绕着牙齿患者的口腔转动。右侧扶手旁边放着另外一只带轱辘的转椅,年轻的牙医就坐在上边。

这是一个沉默寡言的年轻医生。他个子很高,但敦实稳重。眼神专注而清澈(他的眼神使黛二小姐终生难忘,在未来的岁月中,她凭藉着这样一双眼睛把他从茫茫人海里找寻出来)。他的鼻子和嘴全部遮在雪白的大口罩里边,这遮挡起来的部分赋予他一种想像的空间,一种神秘莫测之感。假若你仰身靠在诊椅上,聚光灯雪亮地射在你的唇部周围,你神情紧张地攥紧拳头,本能地把它们放在腹部。年轻的牙医在你的右侧俯身贴近你的脸孔,你张大嘴,任他用钩子、钳子、刀子在你的牙齿上搬弄。他粗大有力的手指在你的不大的口腔空间不停地转动,由于口腔的狭小,他用力拔掉你的某个牙齿的时候,充满了内聚力。他使劲你也使劲。如果你像黛二小姐一样是个年轻女子,并且善于浮想联翩,那么你便很容易联想起另外一种事情。

孔森医生在黛二邻座的一个牙疾患者面前俯下身,他往那个头发花白的老妪的上腭上注射了麻药后,就转向黛二小姐这边。

他问:"有什么不舒服吗?"声音是低沉的,像闷在地下隧道的声音。

"没有。"她说。

"心脏有问题吗?"

"没有。"

"血压高吗?"

"不高。"

"那好,我们开始。"他的语词简约而准确。这种非此即彼式的谈话使她感到一种辩证法的魅力。

他转身去取麻药。黛二觉得他提出的疾病离她还遥远。她还年轻,那些老年性疾病还远远够不上她。黛二理解这种提问是拔牙程序之一,便冲他笑笑,表示对他的感谢。

他取来了装满麻药的注射器,针头冲上,用右手拇指推了推针管,细细碎碎的雾状液体便从针头孔零零星星喷射出来些许。这雾状的液体顷刻间纷纷扬扬,夸张地弥散开来。那白色的云雾袅袅腾腾飘出牙科病室,移到楼道,然后沿着楼梯向下慢行,它滑动了二十八级台阶,穿越了十几年的岁月,走向西医内科病房。在那儿,黛二小姐刚刚七岁半。

豁着门牙,动张着两只惊恐的大眼睛望着这个白色世界的黛二,是个体弱多病的小萝卜头。她刚刚从一场脑膜炎的高烧昏迷中苏醒过来。

"认识妈妈吗?"一个和黛二小姐现在的年龄相仿的女子坐在她七岁半的小女儿身边,等待命运判决一样期待她的孩子的回答。

"认识妈妈吗? 妈妈在哪儿?"那年轻女子又问。

黛二尽可能地张大由于疾病的折磨显得越发枯大的眼睛在房间里搜寻。墙壁是白色的,一个游荡的声音是白色的,一束在这声音后边从那个很高的嘴角射出的微笑是白色的。那儿,站着一个大个子男人,右手正推动针管,针头冲上,那针头像一个荒凉冷落的旷场正等待着人们经过。它长长地空空地等待着戳入她的屁股。他也许是朝他的小病人微笑,但一切表情全被白色的大口罩涂染成冷漠的无动于衷。

"认识妈妈吗?你看妈妈冲你笑呢!"

黛二一动不动,眼光游移着来来回回打量那针头。她把小身体里的全部力量都凝聚在她的目光中,阻挡着那针头向她靠近。

"妈妈在你身边呢,你不认识了吗?"那年轻女子几乎要崩溃了。

针头已经朝她慢慢过来,带着尖厉的寒光和嘶鸣。

"妈妈,不打针。"黛二一下子跃身抱住妈妈的脖子,"妈妈,不打针。"黛二大声哭叫。

那年轻女子泱泱哭泣起来,边笑边哭:"我的孩子又活了,没有变傻,又活了……"

白大褂和针头已经走到小黛二身边。

"把她放下,请出去,她要打针了。"白大褂上边的嘴说。那只硕大的针管就举在他手里,如同一只冷冷硬硬的手枪。

年轻女子令黛二失望地放下了她,高高兴兴地流着泪,退出去了。

她知道她的妈妈也怕这个男人,她的离开已经说明了这一点。她不想保护黛二,黛二最后的依赖没有了。她不再哭,她知道只有独自面对这个冰冷的针头了。

"趴下,脱下裤子。"

抵抗是没有用的,连妈妈都服从他。

她顺从地趴下,脱下裤子。

整整两个多月时间,七岁半的小黛二在"趴下,脱掉裤子"这句千篇一律的命令中感受着世界,她知道了没有谁会替代她承受那响亮的一针,所有的人都只能独自面对自己的针头。

那长长的针头从小黛二的屁股刺到她的心里,那针头同她的年龄一起长大。

牙科诊室响起一阵刺激的钻洗牙齿的声音,那嗞嗞声钻在黛二小姐的神经上,她打了个冷战。

年轻敦实的牙医举着盛满药液的针管向着她靠近。

"不!"黛二小姐一声惊叫扰乱了牙科诊室一成不变的操作程序。

一次奇遇

我与他的那次相遇完全是天意。那是五年前的事情。有一天薄暮向晚时候,黄昏衰落的容颜已经散尽,夜幕不容分说地匆匆降临。那一阵,我的永远涌动着的怀旧情绪总是把我从这一个由历史的碎片衔接的舞台拉向另一个展示岁月滑落的影院。那天,我独自走进一家宏大的剧场。这剧场弥散着一种华丽奢侈与宗教衰旧的矛盾气息。我是在门口撞见他的,确切地说,我首先是被一个英姿勃发丰采夺目的年轻男子的目光抓住,然后通过这个男子的声音认出了他。

"是你吗?"他说。

我定神看了看他,那双专注而清澈的眼睛我是认识的。但眼睛以下的部位只在我的想像中出现过。只不过想像中的下巴是宽阔的,棱角分明,眼前的这一个下巴却是陡削滑润。挺拔的直鼻子吻合了我的想像,正好属于他。

"是的,是我。我认识你……的一部分。"这种方式与一位英俊男子相识,使我不禁微微发笑。

他也微微发笑。他用右手在自己的下巴上摸了一下,那很大的手掌连同他的一声轻快的口哨声一起滑落。我们谁都没有提起在这之前我们曾经经历的那件事。

"你……一个人吗?"他说。

"对。"

"如果你不介意,我这儿正好有两张票。"

"我有票。"我举起自己手中的票。

"可是,我的是前排。"

"嗯……那么你不想继续等她了吗?"

"谁?"

"嗯……"我转身极目四望。

我还没有转回身,就被他轻轻拉了一下,"我就是在这儿等一位和你一模一样的姑娘。"

我笑着摇摇头,却跟着他走了。

巨大的帷幕拉开了,灯光昏黯,四周沉寂。我从来都以为,办公室与剧场影院最大的区别就在于,办公室是舞台,即使你不喜欢表演,你也必须担任一个哪怕是最无足轻重的配角,你无法逃脱。即使你的办公室里宁静如水,即使你身边只有一两个人——演员,你仍然无法沉湎于内心,你脸上的表情会出卖你。那里只是舞台,是外部生活,是敞开的空间。而影院、剧场却不同,当灯光熄灭,黑暗散落在你的四周,你就会被巨大无边的空洞所吞没,即使你周围的黑暗中埋伏着无数个脑袋,即使无数多窃窃私语弥漫空中如同疲倦的夜风在浩瀚的林叶上轻悄悄憩落,但你的心灵却在这里获得了自由漫步的静寂的广场,你看着舞台上浓缩的世界和岁月,你珠泪涟涟你吃吃发笑你无可奈何,你充分释放你自己。

那一天,演出一个与爱情有关的剧目,演员们如醉如痴,一个男人对着一个女人动听得像说假话一样倾诉真心话,一个女人对着另一个女人动听得像倾诉真心话一样说着假话。我完全沉浸在舞台上虚构的人生故事与感叹之中。当帷幕低垂,灯光骤然亮起,四周纷乱的嘈杂声与涌动的人流把我从内心空间拉回剧场里时,我再一次看到我身边的他那双专注而清澈的眼睛。

我说谢谢。

他也说谢谢。

然后我们一起往外走。随着缓慢而拥挤的人流我们挪着脚步。他的手臂放在我的身后以阻挡后边的人群对我的碰撞,那手臂不时地被人流碰到我的背部和腰上,我感受到轻柔而安全的触摸。走到门口,他接过我的外衣,从后边帮我穿上。这细微而自然的举动使我觉得那件外衣变得分外温馨。

从剧场到汽车站要经过一条极窄的楼群夹道。我来剧场的时候就发现了这狭小的通道潜藏着什么危险,当时天色还没有完全黑透,这种想像只是一掠而过。而从剧场出来时,夜色已经极为浓稠,月亮像一块破损的大石头只露出一角。于是,关于那个狭长的黑道的想像便把我完全地占领了。我提议,请他站在夹道口的这边,等我跑过去站在夹道口的另一边向他说再见,然后我们再分手。

他吃吃发笑。

"这么复杂干嘛? 我送你过去。"

"不。"

"没关系没关系。"

"不用,我……真的不用。"

"怎么了,你?"

"我只是有点害怕……突然什么人……"

"噢,也包括我?"

"嗯……"

"你真是个小姑娘。你需要我又害怕我。好吧,你先过去,然后喊一声我再过去。我送你回去。"

我愉快地接受了。

我一口气飞跑过去,像百米冲刺。身后是他伫立在原地的身影和目光。我刚跑到夹道的另一端就大声叫:"我过来了。"

那一边咚咚的脚步声才响起。

我们重新聚合后,他郑重地向我保证了我的安全。我觉得我信赖他。这种信赖来源于以前我们共同经历的那一次我在这里暂时不便透露的记忆。

我们一边走一边很勉强地回忆了一下那段往事。我告诉他我对于他那双眼睛存有深刻的记忆,还有他的声音——大提琴从关闭的门窗里漫出的低柔之声。出乎我意料的是,他对于我那一次的细枝末节,包括神态举止都记忆犹新。

"当时我就知道你不会再来。"他说。

我们在夜晚的人影凋零的街上慢走,远远近近地说这说那。

我们的话题落到刚才剧场里的爱情剧上,我说我对男主角的一句台词有不同的看法。我说"肋骨说"是荒诞的,当初的亚当和夏娃以及未来的亚当和夏娃们无论怎样亲密,他们毕竟都分别长着自己的脑袋,有自己的思想和精神。女人是独立的。

他表示同意。

我又说:"这也许是我没有信仰的缘故。"

五年前的时候,我对于爱情这一话题的想往像对死亡这一话题的想往一样深挚。

在距我家的楼几十米的地方,我们分手了。

他的手轻轻抚了一下我的头发,说:"你说起话来像个大人。"他的重音落在"像"上边,那意思是说我其实不过是个小姑娘。

"这并不矛盾。"我越过了他的潜台词。

"矛盾是美丽的。你是个矛盾的姑娘。"

他的银灰色风衣飘起来轻打在我身上,我感到一种湿漉漉的温情。他向下俯了俯身,但只是俯了俯身。

大大的月亮全部呈现出来,街旁的路灯昏黄地在我们身影的一端摇动。他的气息抚在我的脸颊上,我垂下头无所适从。

我从他飘逸的风衣的拥围里脱出身来。我说:"别。"

"别紧张。我只想听听你的故事。"

望着他的脸孔,我感到安全而放松。

重现的阴影

黛二小姐仰坐在孔森医生的诊椅上,她的头颅微微后仰,左腿平平伸开,右腿膝盖处向内侧弯曲着,别在左侧小腿下边。双手僵硬地放在平坦的腹部。微微颤动的身体使她那一双美丽的乳房像两个吃惊的小脑瓜,探头探脑。年轻的牙医神情专注地凝视这年轻女子紧张的躯体,她在聚光灯强烈光芒的照射下呈现出孤独无援之态。

黛二小姐望着孔森医生举着注满药液的针管向她靠近,惊恐万状。她张大嘴,那只就要戳向她的上腭的狰狞的针头使她面色苍白,失去控制力。

"不!不!"她惊叫。

年轻的牙医放下针管,语调平平,似乎没有任何怜悯色彩,"如果你不舒服,那么就先不做。"

黛二脸孔发凉,嘴角和右侧鼻翼无法抑制地抽搐起来,以至她无法睁开眼睛,脑袋里一片空荡,许多铅色的云托着她的身体向上旋转,旋转。

……那是一片又一片浓得发沉的云,天空仿佛被一群黑灰色的病鸟的翅膀所覆盖,空中水气弥漫,骏马一般遨游在宇宙的硕鸟们慢慢晕倒,雷雨声把它们的羽翼一片片击落,那黑灰色掉下来徐徐地贴在房间的窗子上。就在那个阴雨绵绵的日子,在那个阴黯潮湿的房间里,七岁半的小黛二所目睹的一切像长发一样纷乱,模模糊糊中,小黛二触目惊心地看到一根长在男人身上的巨大的针头朝向她的脸孔,那景象在她记忆里的某个隐秘的地方长久地驻扎下来,在所有阴雨连绵的天气,群鸟们总是黑压压一片片晕倒……

牙科诊室一片嘈杂。她听到窗外仿佛响起了雨声,溅起一股霉味的暗绿色腾向天空。她感到仰坐的椅子被人缓慢地平放下来,她的头颅被一股力量引着向后倾仰下去。

"没什么,没什么,紧张的缘故。"她听到是年轻的孔森医生在说。

喧哗了一阵儿,她感到周围模模糊糊的白色人影散开了,诊室里恢复了原有的秩序。

黛二小姐感到年轻的牙医正在用手指触按她脸颊上的一些穴位,有力而酸胀的指压渐渐使她紧张抽搐的脸部肌肉放松下来。窗外下起了雨,细润的雨丝从玻璃窗轻柔地滑下,仿佛抚在她的脸颊。年轻的牙医正用白色的毛巾擦去她脸上沁出的虚汗。她模糊地看到一团白色,像一只帆船从遥远的天边驶进她的视线,那帆船正悬挂在窗口向着室内混浊的光线四处张望和探询。她紧迫地呼吸起来,感到自己的肺腑正一点一点被室内混浊的气息涂染得昏黄。她望着那白色的帆船,千思百绪,浮想联翩,她的目光和手臂一起用力,想伸出窗外抓住那一掠而过稍纵即逝的白色。

黛二小姐睁开眼,深深呼了一口气,渐渐恢复常态。

"感觉好些了吗?"牙医问。

黛二吃力地坐起来,"我……没有什么。"

年轻的牙医笑了笑(只是黛二猜测他在笑,他的一切表情都挡在口罩里边了)。"你晕针吗?"他说。

"不,不完全是。那针头……让我想起另外的事情。"

"今天你的状态不好。过几天在你感觉身体状态好的时候再来,你看好不好?"

黛二小姐双腿软软地走下诊椅,她感到愧疚交加。她知道她再也不会来这里。她望着这个触摸过她的脸颊的年轻牙医,他的清澈的眼睛已经印在她心里了。一种彻底失败的情绪统占了她的全身,她甚至没有和这位使她产生某种想像并且由于这种想像使她想延长与他的接触的年轻牙医告别,就怅然若失地离开了。

冬天的恋情

　　冬天是这样一个安详的老人,它心平气和地从热烈的夏天走过去,从偏执的浪漫的危险的热带气息走过去,一切渐渐宁息下来。我热爱夏天,然而,我的恋情却偏偏以冬天为背景展开,这当然也可看做我赋予这恋情的一种性质。

　　我在与他偶然地再次相遇以前,我的冬天漫长且荒凉。冰冷的北风总是呼啸着从窗外飞过,像个没有身影的隐身人气喘吁吁地狂奔。光秃秃的天空枯旷地迎向我的窗子。我在暖暖的房间里手捧一本什么书面窗而坐,阳光比我设想出来的所有的情人都更使我感到信赖,它懒洋洋爬满我的周身,只有它在我感到冰冷的岁月里尾随于我,覆盖于我,溶解我心灵里所有郁滞的东西——哀愁的、绝望的情结,使之超然平和起来,一切泰然而处之。

　　在这个冬季,我对他的信赖渐渐变得仅次于对阳光的信赖。

　　自从他闯入我的生活,我感到自己每一天都活得像做梦一样不真实。躯体只是一个表面静止的发射站,把神思发射出去,我的大部分时间无法留住涌动的思绪,只能一任它四方出游,如云如烟。我常常用力摸摸自己的脸颊,让真实的触觉使自己真实起来。

　　我们开始频繁地约会。我感到我喜欢并信赖这个男人。他总是回避那一次由于我的失态使我们在最初一次接触时彼此留下深刻记忆的那个事件。

　　我们每天晚上约会。这许多年来我惟一长久热爱的就是走路。我们沿着建国门大街一走就是几个小时,一路清风拂面,彩灯闪烁,景致迷人。这个属公马的男子有着雄马一样高大的身材(他在自己的属相前总要加上公性),我挎着他的左臂,悠然行走。实际上只消他一个人走,我们俩便可以共同向前移动。他就像土地一样承受我的一切。

　　终于有一天,他问我,"你为什么那一次走了之后就不再来了呢?"我知道他指的是我们最初的那次。"要不是在剧场偶然地碰到你,恐怕你永远消失了,不敢想像,我失去的可是一个世界。"

　　我忽然一阵感动。

　　我们就站在华灯照耀、光亮如昼的大街上亲吻起来。我的心一下子空了,四肢瘫软。这举动对于一个浅试初尝男女之事的小姑娘的确有着非同小可的震撼。我发现我是那么渴望他的身体,潜藏在我身体里的某种莫名的恐惧正在渐渐消散。

　　他把我拉进路旁的树林阴影里,我们在被树叶摇碎的月光里长时间地亲吻和爱抚。他强按着激动,生平第一次解开了一个年轻女子的钮扣,那种慌乱的解法使人感到一个刚刚学会系钮扣的儿童正在被幼儿园老师催着脱掉衣服。他也是第一次用目光旅游了一个女人真切的身体。我们紧紧拥抱,那种荡人心弦的触摸使两个初经云雨的年轻男女神飞魄散。我感到身体忽然被抽空了,成为一个空洞的容器,头顶冰凉发麻,我的身体变成一块杳无人烟的旷地,一种我从未体验过的空虚在漫延,没有边界,仿佛那旷地四周长满石笋、岩峰和游动的鱼……

　　我无意在此叙述我们的"爱情",我根本不知道这是否叫做爱情。五年后的今天,我仍然无法对我当时的情感做出准确的判断,因为我从来不知道爱情的准确含义。

　　记得当时正当我迫不及待地想投入他的怀抱感受他的身体的时候,我却忽然停住了,我只是抱住他的腰一动不动,泪眼星星,低声啜泣。我说:"我不想看见它,不想……"。他说"怎么了你?"我说"我就是不想看见它。""怎么了为什么?"我珠泪涟涟,用低声的哭泣回答他。

他停下来,久久抚摸我的脸颊。多少年潜藏在我身体里的压抑骨髓在喉。我终于鼓足勇气把压在我心底的东西胆怯地拿出来交给这个男人,我低声恳求他帮我分担,帮我分担。只有他可以分担我的恐惧。

我依偎在他臂弯上的温暖里,也依偎在他的职业带给我的安全中。我从未这样放松过,因为我从未在任何怀抱里失去过抑制力,我的一声声吟泣渐渐滑向我从未体验过的极乐世界;我也从未如此沉重过,我必须重新面对童年岁月里已经模糊了的往事,使我能够与他分担。

一次临床访谈

黛二小姐终于在一个绵雨过后的午日用电话约出了那位年轻牙医,她说她必须见他。

他们在绿树叠翠的被细雨润湿的疗养区域里慢步。太阳已经出来了,天空呈现出鲜嫩欲滴的粉红色,阳光把草坪上绿绿的雨露蒸腾起来。懒洋洋的长椅上半睡半醒的老人们默默自语。年轻的孔森医生身上散发出的来苏气味不断地使黛二小姐感到自己也是个病人。

"你终于来了。"他说。

"……"

"你的牙齿又发炎了吗?"

"……"

黛二小姐先是沉默不语,然后她讲起了另外的事情。她滔滔不绝,被倾吐往事之后的某种快慰之感牵引着诉说下去。

黛二小姐讲起她童年时代曾有过一位当建筑师的朋友,这位瘦削疲弱而面孔阴郁的中年男人是童年的黛二惟一的伙伴。他就住在黛二家的隔壁。那时候,孩子们的玩具只有沙土、石子和水,积木、橡皮泥以及那些非电动简易玩具还是奢侈品。小黛二一天一天沉浸在玩沙土的乐趣中,她在自己周围挖出无数个坑坑,在坑坑里放下一只只用嘴吹鼓的圆纸球(她称之为地雷),然后在那些坑坑上交叉地放上两三根树枝,再用纸放在树枝上边,最后轻轻地用沙土将它们遮埋住。一切完毕之后,黛二像个运筹帷幄的将军站在原地四顾环视,身边布满了她已看不见了的成果。她闭上眼睛,在原地转上几圈,然后怀着一种刺激的心理走出地雷区。这是小黛二从电影《地道战》中学来并演绎了的游戏,她长时间沉浸在这种游戏中。

长大后的黛二小姐,无论在办公室还是在人群中,总是不能自已地回忆起儿时这种游戏,她才恍然感悟到小时候的游戏正是她今天的人生。

小黛二总是和她的建筑师朋友一起玩。这个沉默寡言的男人只有和黛二一起玩着具有象征性的游戏时才表现出兴奋的神情("象征性"这个词是成年后的黛二赋予"游戏"的修饰词)。他教会小黛二一些她意想不到的玩法。比如,他教会她建筑"高塔",他把碎石块用泥土砌起来,尽可能地高,那个高度对于童年的黛二完全可以比作耸立,这种耸立有一种轰然坍塌的潜在危险,一阵风便可以把它推翻刮倒。当它摇摇欲坠危险地耸立着的时候,建筑师便带领黛二发出一阵欢呼。

他们还玩水龙头。院子的西南角有一个长水池,水池上边是三只水龙头。建筑师常常把三只水管同时打开,尽可能地开大,让三注喷射的水流勃发而出。这种痛快淋漓的喷射带给他无穷的激动。每当这时,他便兴奋得嚎叫,那叫声回荡在无人的院落里格外瘆人,令小黛二兴奋又恐惧。

他是一个优秀的建筑师,家里的奖状贴满一面墙壁。但是,他的妻子却从不为此自豪。在黛二的记忆里,这一家惟一的邻居总是吵吵闹闹,小黛二问起父母他们吵闹的缘由,父母似乎总是躲躲闪闪避重就轻,或者模棱两可地说叔叔总是忙于建筑工作,没有时间照顾家庭,阿姨不高兴。小孩子不懂,不要多问。这种答复总使黛二不能满足。她总想找个机会问问她的建筑师朋友,直到在一个阴雨连绵的天气里,发生了那起令小黛二终生难忘的事件。当她哭着告诉了妈妈她所看到的建筑师裸露的那些以后,他们便再也不是朋友了。

长大后,黛二小姐才渐渐懂得了建筑师那种疯狂工作和游戏与他作为一个失败的男人之间的某种关联——一种丧失的补偿。

终于有一天,一辆白色的救护车鸣叫着把建筑师从小黛二玩游戏的院落拉走了。据说他被拉到城北的疯人院去了。人们说他在一个幽僻的林荫小道上徘徊许久之后,冲着一位途经这里的年轻女子再一次重复了那个阴雨天里对着小黛二的事情。

黛二在上小学的时候,亲身经历了一场火灾。人们先是被一股浓烈的焦糊味和呛鼻酸眼的烟雾从自家引出屋,继而人们看到建筑师家的窗子被无数只鲜红的狗舌头舔破,那些长长的狗舌唏嘘着渐渐合拢成一片灼热的火红。建筑师在停职之后的一天下午,把自己反锁在房间中,一把大火伴随着令人窒息的汽油味结束了他的苦恼、悔恨和无能为力的欲望。那滚滚的浓烟嘶鸣的火焰弥漫了静静的院落,弥漫了蜿蜿蜒蜒的小巷以及流失在小巷深处的黛二小姐蜿蜿蜒蜒的童年……

年轻的牙医把一只手重重压在黛二小姐的肩上,那种压法仿佛她会忽然被记忆里的滚滚浓烟带走飘去。那是一只黛二小姐想往已久的医生的手臂,她深切期待这样一只手把她从某种记忆里拯救出来。有生以来她第一次把自己当做病人软软地靠在那只根除过无数只坏牙的手臂之中。这手臂本身就是一个最温情最安全的临床访谈者,一个最准确的DSM—Ⅲ系①。

诞生或死亡的开端

在我和他同居数月之后的一个风和日丽的上午,我们穿越繁闹的街区,走过一片荒地,和一个堆满许多作废的铁板、木桩和砖瓦的旷场。我对废弃物和古残骸从来都怀有一种莫名的情感和忧伤,那份荒凉落破与阴森瘆人的景观总使我觉得很久以前我曾经从这里经过,那也许是久已逝去的童年和少年时光。我们默默地伫立了一会儿,就走向旷场尽头一个狭小的房间——这个房间多少年来被人们视为爱情的摇篮与坟墓的发源地,据说它是通往喜剧与悲剧的舞台。我无法给这个地方准确地命名,正像我至今无法

---

① DSM-Ⅲ是精神医学里一个多轴分类系统,接受评价的行为是在不同的轴上或方面加以评估,从而全面准确地诊断出患者的障碍所在。

给自己当时的情感命名为爱情一样。

一个热情的并且习惯用"操"字充当语言的逗号(这个字在他嘴里并不含有喜或怒的情感色彩)为他滔滔不绝的句子断句的青年人接待了我们。我们从这个狭小的房间领取了一份红色的类似于奖状的证书。那上面写着:

××字第 18 号

黛二(女)23 岁

孔森(男)26 岁

自愿结婚,经审查合于本国婚姻

法关于结婚的规定,发给此证。

我和他各持一份。我们都知道那张纸厚如铁板又薄若蝉翼。

飞翔的仪式

黛二小姐终于再次出现在第 103 医院牙科诊室的第 103 号诊椅上,是在她结婚之后的一天下午。她的气色格外佼好,脸颊散发一股柔媚的光彩,那双惊恐的大眼睛已不复存在,她的目光像一个闪闪烁烁的星座散发着耀人的神韵。

她坐上那把诊椅宁和而自信,像主人命令侍从般地对身旁那个年轻牙医说:

"我们开始吧。"

年轻的牙医右手举着注满药液的针管,针头空空地冲上,像举着一只填满火药的随时可以发出响亮一击的手枪,他把它在黛二小姐眼前晃了晃,说:"真的没问题了吗?"

黛二笑起来:"当然。"

她张大嘴巴,坦然地承受那只具有象征意义的针头戳入她的上腭。一阵些微的胀痛之后,温馨而甜蜜的麻醉便充满她的整个口腔。阳光进入她的嘴里,穿透她的上腭,渗入她的舌头,那光在她的嘴里翩翩起舞,曼声而歌。一抹粉红色的微笑从她的嘴里溢到唇边。

年轻的孔森医生俯下身贴近她的脸孔,尽管白色的大口罩遮挡了他的嘴唇,但黛二仍然感到一股热热的气息向她扑来。牙医用右手举着刀子和钳子,左臂做为支撑点压在她的胸部,这种重量带给她一种美妙绝伦的想像。年轻的牙医很顺利地拔掉了黛二小姐左边和右边的两颗已经坏死的智齿。他们一起用力的时候,黛二小姐没有感到疼痛,她是一个驯服而温存的合作者。他们好像只是在一起飞翔,一次行程遥远的飞翔,轻若羽毛,天空划满一道道彩虹般的弧线。那种紧密的交融配合仿佛使她重温了与丈夫的初夜同床。

当年轻的孔森医生把那两颗血淋淋的智齿哨啷一声丢到乳白色的托盘里时,深匿在黛二小姐久远岁月之中的隐痛便彻底地根除了。

(原载《收获》1992 年第 5 期)

作品解读

陈染关注的不是两性冲突,而是作为个体的女性的内部冲突。爱情是性的借口,黛二经历了一场拔掉智齿与拔掉"隐痛"的双重解脱,孔森医生是这种解脱的执行者,是一起"飞翔"的人。这两人的相识意味着另一个男性角色——怀有病态心理的建筑师的消亡。她跳过女权主义,成功地进驻到"超性别意识"的阵地。她借助弗洛伊德,把针头、智齿、各种奇妙的数字、建筑师与地道战游戏等种种隐喻式的"性的符号"糅合在"嘴唇"里,这仿佛在女人私处的迷宫里又建造了一座迷宫。小说结尾是对伊拉克特拉情结的屈服,至于"阳光",大概因为藏在"嘴唇"里而若隐若现,若即若离。

(刘潇)

作家自述

我一直对个别的缺少诚实精神的文学活动者缺乏足够的敬意。他(她)总是看好某一种热闹的流行的天气,拼命迎合、钻营效应,而放弃了对自己心灵的观照,使写作变成了众多生存手段中之一种。从人的本体来说,文学既无法拯救人类的精神苦难,也无法使人在食不果腹时在文学里真正饱餐,也无法用它在冰寒彻骨的冬天取代棉衣的温暖。文学只不过是我们的心灵与精神所需要的东西。我想,任何一种利用它使之变成一种实用主义价值的念头都将是与文学本身相远离的。——陈染:《习惯孤独》,《文艺争鸣》1993年第3期。

在一些传统的文化观念中,认为每一个个性化的个人是残缺的,非普遍意义的,习惯于接受和认定被"社会过滤器"完全浸透、淹没过的共性的"完整的人",他们只是在张三李四的表象特征上有所不同,而在其生命内部的深处,却是如出一辙。她说的话,即是社会的话语。其实,我认为,在个性的层面上,恰恰是这种公共的人才是被抑制了个人特性的人,因而她才是残缺的、不完整的、局限性的。纪德也曾提到过"体现尽可能多的人性"。我想,应该说,恰恰是最个人的才是最为人类的。——陈染:《私人生活·附录》,《私人生活》,陕西旅游出版社、经济时报出版社2000年。

名家要评

"阳光、沙滩、仙人掌"这些诗性词汇在北岛等人的诗里,永远象征着光明、正义、天使、真理和永恒……陈染对"阳光"进行了至少二度颠覆,第一次颠覆以性/政治的方式将"阳光"亵渎了,阳光与嘴唇联系在一起但丧失了原先的意识形态隐含价值,而回归到生命本体意义上,它充满了热烈而长久的爱的气息和吻的色彩,但在小说的结尾"当年轻的孔森医生把两颗血淋淋的智齿瞠啷一声丢到乳白色的托盘里时",不仅意识形态被亵渎了,作为生命本体的性爱以及与此相关的爱情也被年轻的孔森医生消解为一滩活血,"深匿在黛二小姐久远岁月之中的隐痛便彻底根除了",深匿在作家、读者和评论家心中那种深度模式也被血淋淋地拔出扔在语言的托盘里制作成为标本或送进垃圾堆中。陈染便是成功地利用了语言自身的缝隙,在不断颠覆的过程中举行了"告别"的仪式。——王干:《寻找叙事的缝隙——陈染小说片谈》,《文艺争鸣》1993年第3期。

她的小说诡秘、调皮、神经、古怪;似乎还不无中国式的飘逸空灵和西洋式的强烈与荒谬。她我行我素,神啦巴唧,干脆利落,飒爽英姿,信口开河,而又不事铺张,她有自己的感觉和制动操纵装置,行于当行,止于所止。她同时女性得坦诚得让你心跳……她的作品里也有一种精神的清高和优越感,但她远远不是那样性急地自我膨胀和用贬低庸众的办法来拔份儿,她决不怕人家看不出她的了不起,她并不为自己的扩张和大获全胜而辛辛苦苦。——王蒙:《陌生的陈染——代序》,陈染:《私人生活》,第2页,陕西旅游出版社、经济日报出版社2000年。

拓展阅读

1. 王干:《寻找叙事的缝隙——陈染小说谈片》,《文艺争鸣》1993 年第 3 期。
2. 戴锦华:《陈染:个人和女性的书写·跋》,陈染:《与往事干杯》,江苏文艺出版社 1996 年。
3. 陈染:《超性别意识与我的创作》,《钟山》1994 年第 6 期。

鞋

刘庆邦

有个姑娘叫守明,十八岁那年就订了亲。姑娘家一订亲,就算有了未婚夫,找到了婆家。未婚夫这个说法守明还不习惯,她觉得有些陌生,有些重大,让人害羞,还让人害怕。她在心里把未婚夫称作那个人,或遵从当地的传统叫法,把未婚夫称为哪哪庄的。那个人的庄子离她们的庄子不远,从那个人的庄子出来,跨过一座高桥,往南一拐,再走过一座平桥,就到了她们庄。两个村庄同属一个大队,大队部设在她们庄。

那个人家里托媒人把订亲的彩礼送来了,是几块做衣服的布料,有灯草绒、春风呢、蓝卡其、月白府绸,还有一块石榴红的大方巾。那时他们那里还很穷,不兴买成衣,这几样东西就是最好的。听说媒人来过彩礼,守明吓得赶紧躲进里间屋去了,手捂胸口,大气都不敢出。母亲替女儿把东西收下了。母亲倒不客气。

媒人一走,母亲就把那包用红方巾包着的东西原封不动地端给了女儿,母亲眼睛弯弯的,饱含着掩饰不住的笑意,说:"给,你婆家给你的东西。"

对于婆家这两个字眼儿,守明听来也很生分,特别是经母亲那么一说,她觉得有些把她推出去不管的味道,她撒娇中带点抗议地叫了一长声妈,说:"谁要他的东西,我不要!"

母亲说:"不要好呀,你不要我要,我留着给你妹妹做嫁妆。"

守明的妹妹也在家,她上来就叫出了那个人的名字,说她才不要那个人的破东西呢,她要把那个人的东西退回去,就说姐嫌礼轻,要送就重重地来。

"再胡说我撕你的嘴!"守明这才把东西从母亲手里接过来了。她有些生妹妹的气,生气不是因为妹妹说的礼轻礼重的话,而是妹妹叫了那个人的名字。那名字在她心里藏着,她小心翼翼,自己从来舍不得叫。妹妹不知从哪里听说的,没大没小,无尊无重,张口就叫出来了。仿佛那个名字已与她的心有了某种连结,妹妹猛丁一叫,带动得她的心疼了一下。她想训妹妹一顿,让妹妹记住那个名字不是哪个小丫头片子都能随便叫的,想到妹妹是个心直口快的,说话从来没遮拦,说不定又会说出什么造次话来,就忍住了。

守明正把东西往自己的木箱里放,妹妹跟过来了,要看看包里都是什么好东西。
姐姐对她当然没好气,她说:"哪有好东西,都是破东西。"
妹妹嘻皮笑脸,说刚才是跟姐姐说着玩呢。向姐姐伸出了手。
守明像是捍卫什么似的,坚决不让妹妹看,连碰都不让妹妹碰,她把包袱放进箱子,啪嗒就锁上了。
妹妹被闪了手,觉得面子也闪了,脸上有些下不来,她翻下脸子,把姐姐一指说:"你走吧,我看你的心早不在这个家了!"
"我走不走你说了不算,你走我还不走呢。"

"谁要走谁不是人!"

母亲过来把姐妹俩劝开了。母亲说:"当闺女的哪个不是嘴硬,到时候就由心不由嘴了。"

家里只有守明一个人时,守明才关了门,把彩礼包儿拿出来了。她一块一块地把布页子揭开,轻轻抚抚摸摸,放在鼻子上闻闻,然后提住布块两角围在身上比划,看看哪块布适合做裤子,哪块布做上衣才漂亮。她把那块石榴红的方巾也顶在头上了,对着镜子左照右照。她的脸早变得红通通的,很像刚下花轿的新娘子。想到新娘子,她把眉一皱,小嘴一咕嘟,做出一副不甚情愿的样子。觉得这样子不太好看,她就展开眉梢儿,耸起小鼻子,轻轻微笑了。她对自己说:"你不用笑,你快成人家的人了。"说了这句,不知为何,她叹了一口气,鼻子也酸酸的。

有来无往不成礼,按当地的规矩,守明该给那个人做一双鞋子。这对守明来说可是一件了不得的大事,平生第一次为那个将要与她过一辈子的男人做鞋,这似乎是一个仪式,也是一个关口,人家男方不光通过你献上的鞋来检验你女红的优劣,还要从鞋上揣测你的态度,看看你对人家有多深的情义。画人难画手,穿戴上鞋最难做。从纳底,做帮儿,到缝合,需要几ںكل节儿,哪个环节就不对了,错了针线,鞋就立不起来,拿不出手。给未婚夫的第一双鞋,必须由未婚妻亲手来做,任何人不得代替,一针一线都不能动。让别人代做是犯忌的,它暗示着对男人的不贞,对今后日子的预兆是不吉祥的。为这第一双鞋,难坏当地多少女儿家啊!有那手拙的闺女,把鞋拆了哭,哭了拆,鞋没做成,流下的眼泪差不多能装一鞋壳儿。做鞋守明是不怕的,她给自己做过鞋,也给父亲和小弟做过鞋,相信自己能给那个人把第一双鞋做合脚。在给父亲和小弟做鞋时,她就提前想到了今天这一关,暗暗上了几分练习的心,如今关口就在眼前,她的心如箭在弦,当然要全神贯注。

守明开始做鞋的筹备工作了。她到集上买来了乌黑的鞋面布和雪白的鞋底布,一切全要新的,连袼褙和垫底的碎布都是新的,一点旧的都不许混进来。她的表情突然变得严肃起来,让母亲觉得有些可笑,但母亲不敢笑,母亲怕笑羞了女儿。母亲悄悄地帮女儿做一些女儿想不到、或想到了不好意思开口的事情,比如:女儿把做鞋的一应材料都准备齐了,才想起来还没有那个人的鞋样子。不论扎花子,描云子,还是做鞋,样子是必要的,没样子就不得分寸,不知大小,便无从下手。女儿正犯愁,母亲打开一个夹鞋样的书本,把那副鞋样子送到了女儿面前。原来母亲事先已托了媒人,从那男孩子的姐姐手里把男孩子的鞋样子讨过来了。女儿不大相信这是真的,但从母亲那肯定的目光里,她感到不用再问,只把鞋样子接过来就是了。她心头涌出一股说不出的感动,遂低头,不敢再看母亲。

拿到了鞋样子,等于知道了那个人的脚大小。她把鞋底的样子放在床上,张开指头拃了拃,心中不免吃惊,天哪,那个人人不算大,脚怎么这样大。俗话说脚大走四方,不知这个人能不能走四方。她想让他走四方,又不想让他走四方。要是他四处乱走,剩下她一个人在家可怎么办。她想有了,应该在鞋上做些文章,把鞋做得比原鞋样儿稍小些,给他一双小鞋穿,让他的脚疼,走不成四方。想到这里,她仿佛已看见那人穿上了她做的新鞋,那个人由于用力提鞋,脸都憋得红了。

她问:"穿上合适吗?"

那个人吭吭吃吃,说合适是合适,就是有点紧,有点夹脚。

她做得不动声色,说:"那是的,新鞋都紧都夹脚,穿得次数多了就合适了。"

那个人把新鞋穿了一遭,回来说脚疼。

她准备的还有话,说:"你疼我也疼。"

那个人问她哪里疼。

她说:"我心疼。"

那个人就笑了,说:"那我给你揉揉吧!"

她有些护痒似的,赶紧把胸口抱住了。她抱得动作大了些,把自己从幻想中抱了回来。她意识到自己走神走远了,走到了让人脸热心跳的地步,神都回来一会儿了,摸摸脸,脸还火辣辣的。

瞎想归瞎想,在动剪子剪袼褙时,她还是照原样儿一丝不差地剪下来了。男人靠一双脚立地,脚是最受不得委屈的。

做底的功夫在纳鞋底上,那真称得上千针万线,千花万朵。在选择鞋底针脚的花型时,她费了一番心思:是梅花型好?枣花型好?还是对针子好呢?她听说了,在此之前,那个人穿的鞋都是他姐姐给做,他姐姐的心灵手巧全大队有名,对别人的针线活儿一般看不上眼。待嫁的闺女不怕笨,就怕婆家有个巧手姐。这个巧手姐给她摊上了。不用说,等鞋做成,必定是巧手姐先来个百般验看。她说什么也不能让婆家姐姐挑出毛病来。守明最后选中了枣花型。她家院子里就有一棵枣树,四月春深,满树的枣花开得正喷,她抬眼就看见了,现成又对景。枣花单看有些细碎,不起眼,满树看去,才觉繁花如雪。枣花开时也不争不抢,不独领枝头。枝头冒出新叶时,花在悄悄孕来。等树上的新叶浓密如盖,花儿才细纷纷地开了。人们通常不大注意枣花,是因远远看去显叶不显花,显绿不显白。白也是绿中白。可识花莫若蜂,看看花串中间那嗡嗡不绝的蜜蜂就知道了,枣花的美,何其单纯、朴素。枣花的香,才是真正的醇厚绵长啊!守明把第一朵枣花"搬"到鞋底上了。她来到枣树下,把鞋底的花儿和树上的花儿对照了一下,接着鞋底上就开了第二朵,第三朵……

那时生产队里天天有活儿,守明把鞋底带到地里,趁工间休息时纳上几针。她怕地里的土会沾到白鞋底上,用拆口罩的细纱布把鞋底包一层,再用手绢包一层,包得很精样,像是什么心爱的宝贝。她想到姐妹们和嫂子们会拿做鞋的事打趣她,不知出于何种心理需求,她还是忐忐忑忑把"宝贝"带到地里去了。那天的活儿是给棉花打疯杈子,刚打一会儿,她的手就被棉花的嫩枝嫩叶染绿了,像扑克牌上大鬼小鬼的手。这样的手是万万不敢碰上白鞋底的,若碰上了,鞋底不变成鬼脸才怪。工间休息时,她来到附近河边,团一块黄泥作皂,把手洗了一遍又一遍。这还不算,拿起鞋底时,她先把手可能握到的部分用纱布缠上,捏针线的那只手也用手绢缠上,直到确信自己的手不会把鞋底弄脏,才开始纳了一针。

守明是躲到一旁纳的,一个嫂子还是看见了。底是千层底,封底是白细布,特别是守明那份痴痴迷迷的精心劲儿,一看就不同寻常。嫂子问她给谁做的鞋。

守明低着眉,说:"不知道!"

她一说"不知道",大家都知道了,一齐围拢来,拿这个将要作新娘的小姑娘开玩笑。有的说,看着跟笤板一样,怎么像个男人鞋呢!有的问,给你女婿做的吧?有人知道那个人的名字,干脆把名字指出来了。

守明还说"不知道"。

她的脸红了,耳朵红了,仿佛连流苏样的剪发也红了,剪发遮不住她满面的娇羞,却烤得她脑门上出了一层细汗。她虽然长得结结实实,饱饱满满,身体各处都像一个大姑娘了,可她毕竟才十八岁,这样的玩笑她还没经过,还不会应付。她想恼,恼不成。想笑,又怕把心底的幸福泄露出去,反招人家笑话。还有她的眼睛,眼睛水汪汪、亮闪闪的,蕴满无边的温存,闪射着青春少女激情的火花,一切都遮掩不住,这可怎么办呢?后来她双臂一抱,把脸埋在臂弯里了,鞋底也紧紧地抱在怀里。这样,谁也看不见她的眼睛和她的"宝贝"了。

姐妹们和嫂子说:"哟,守明害羞了,害羞了!"

她们的玩笑还没有完,一个嫂子惊讶地哟了一声,说:"说曹操,曹操就到,守明快看,路上过来的那个人是谁?"说着对众人挤眼,让众人配合她。

众人说,不巧不成双,真是的呢!

守明的脑子这会儿已不会拐弯儿,她心中轰地热了一下,心想,路上过来的那个人一定是她的那个人,那个人在大队宣传队演过节目,和大队会计又是同学,来大队部走走是可能的。她仿佛觉得那个人已经到了她跟前,她心头大跳,紧张得很。别人越是劝她,拉她,让她快看,再不看那人就走过去了,她越是把脸埋得低。她心里一百个想看,却一眼也不敢看,仿佛不看是真人真事,一看反而会变成假人假事似的。

守明的一位堂姐大概也受过类似的蒙蔽,有些看不过,帮守明说了一句话,让守明别上她们的当。又说,我守明妹子心实,你们逗她干什么。

守明这才敢抬起头来,往地头的大路上迅速瞥了一眼,路上走过来的人倒是有一个,那是一个戴烂草帽、光脊梁、像吓唬老鸹的谷草人一样的老爷爷,哪里是她日思夜想的那个人。心说不看,管不住自己,还是看了,一看果然让人失望。守明觉得受了欺负,跃起来去和那位始作俑的坏嫂子算账。那位嫂子早有防备,说着"好好,我投降",像兔子一样逃窜了。

又开始给棉花打杈子时,守明的心里像是生了杈子,时不时往河那岸望一眼。河里边就是那个庄子的地,地尽头那绿苍苍的一片,就是那个庄子,她的那个人就住在那个庄子里。也许过个一年半载,她就过桥去了,在那边的地里干活,在那个不知多深多浅的庄子里住,那时候,她就不是姑娘家了。至于是什么,她还不敢往深里去想。只想一点点开头,她就愁得不行,心里就软得不行。棉花地里陡然飞起一只鸟,她打着眼罩子,目光不舍地把鸟追着,眼看着那只鸟飞过河面河堤,落到那边的麦子地里去了。麦子已经泛黄,热熏熏的南风吹过,无边的麦浪连天波涌。守明漫无目的地望着,不知不觉眼里汪满了泪水。

第一次看见那个人是在全大队的社员大会上,那个人在黑压压的会场中念一篇大批判的稿子,她不记得稿子里说的是什么,旁边的人打听那个人是哪庄的,叫什么名字,她却记住了。那个人头发毛毛的,唇上光光的,不像个成年人,像个刚毕业的中学生。她当时想,这个男孩子,年纪不大,胆子可够大的,敢在这么多人面前念那么长一大篇话,要是她,几个人抬她,她也不敢站起来。就算能站起来,她也张不开嘴。再次看见那个人是大队文艺宣传队在她们村演节目的时候,那个人出的节目是二胡独奏,拉的是一支诉苦的曲子,叫天上布满星,月牙儿亮晶晶……那个人拉时低着头,塌蒙着眼皮,精神头儿一点也不高,想不到他拉出的曲子那样好听,让人禁不住地眼睛发潮,鼻子发酸。以后宣传队到别的村演出,到公社去演,她跟别的姐妹搭成帮,都追着去看了,看到那个人不光会拉二胡,吹笛子,还会演小歌剧和活报剧。演戏时脸上是化了妆的,穿的衣服也是戏中人的衣服,这让守明觉得那个人有点好看。要是舞台上有好几个人在演,守明不看别人,专挑那一个人看。她心里觉得和那个人已经有点熟了,她光看人家,不知人家看不看她。她担心那个人看她时没注意到,就不错眼珠地看着那个人的一举一动。她这个年龄正是心里乱想的年龄,难免七想八想,想着想着,就把自己和那个人联系到一块儿去了。她不知道那个人有没有对象,要是没对象的话,不知那个人喜欢什么样的……她突然感到很自卑,有一次戏没看完就退场了,在回家的路上她骂了自己,骂完了她又有点可怜自己,长一声短一声地叹气。

有一天,家里来个媒人给守明介绍对象,守明正要表示心烦,表示一辈子也不嫁人,一听介绍的不是别人,正是让她做梦的那个人,她一时浑身冰凉,小脸发白,显得有些傻,不知如何表态。媒人一走,她心说,我的亲娘哎,这难道是真的吗!泪珠子一串一串往下掉。母亲以为她对这门亲事不乐意,对她说,心里不愿意就说不愿意,别委屈自己。守明说:"妈,我是舍不得离开您!"

守明相信慢工出巧匠的话,她纳鞋底纳得不快,她像是有意拉长做鞋的过程,每一针都慎重斟酌,每一线都一丝不苟。回到家,她把鞋底放在枕头边,或压在枕头底下,每天睡觉前都纳上几针,看上几遍。拿起鞋底,她想入非非,老是产生错觉,觉得捧着的不是鞋,而是那个人的脚。她把"脚"摸来摸去,揉来揉去,还把"脚"贴在脸上,心里赞叹:这"脚"是我的,这"脚"真不错啊!既然得了那个人的"脚",就等于得了那个人的整个身体。有天晚上,她把"那个人的脚"搂到怀里去了,搂得紧贴自己的胸口。不料针还在鞋底上别着,针鼻儿把她的胸口高处扎了一下,几乎扎破了,她说:"哟,你的指甲盖这么长也不剪剪,扎得人家怪痒痒的,来,我给你剪剪吧!"她把针鼻儿顺倒,把"脚"重新搂在怀里,说:"好了,剪完了,睡吧!"她眯缝着眼,怎么也睡不着,心跳,眼皮也弹弹地跳。点上灯,拿起小镜子照照脸,她吓了一跳,脸红得像发高烧。她对自己说:"守明,好好等着,不许这样,这样不好,让人家笑话!"她自我惩罚似地把自己的脸拍打了一下。

媒人递来消息,说那个人要外出当工人。守明一听有些犯愣,这真应了那句脚大走四方的话。看来手上的鞋得抓紧做,做成了好赶在那个人外出前送给他。那个人此一去不知何时才能回还,她得送给那个人一点东西,让那个人念着她,记住她,她没有别的可送,只有这一双鞋。这双鞋代表她,也代表她的心。她有点担心,那个人到了外边会不会变心呢?

这时妹妹插了一手。趁守明眼错不见,拿起鞋底纳了几针。她一眼就发现了,一发现就恼了,她质问妹妹:"谁让你动我的东西,你的手怎么这么贱!"她把鞋底往床上一扔,说她不要了,要妹妹赔她。

妹妹没见过姐姐这么凶,她吓得不敢承认,说她没动鞋底子,连摸也没摸。

"还敢嘴硬,看看那上面你的脏爪子印!"她过去一把捉住妹妹的手,捏得狠狠。拉妹妹去看。

妹妹坠着身子使劲往后挣,嚷着坚持说没动,求救似地喊妈,声音里带了哭腔。

母亲过来,问她们姐妹俩又怎么了。

守明说妹妹把她的鞋底弄脏了。

母亲把鞋底看了看,这不是干干净净的吗!

守明说:"就脏了,就脏了,反正我不要了,她得赔我,不赔我就不算完!"她觉得母亲在偏袒妹妹,把妹妹的手冲母亲一扔,扔开了。

母亲说:"不算完怎么了,你还能把她吃了。你是姐姐,得有个当姐姐的样儿。"母亲又吵妹妹:"愣在那里干什么,还不下地给我薅草去!"

妹妹如得了赦令,赶紧走了。

守明把母亲偏袒妹妹的事指出来了,说:"我看你就是偏向她!"她隐约觉出,母亲开始把她当成人家的人了,这使她伤感顿生。

母亲说:"你们姐妹都是我亲生亲养,我对哪个都不偏不向。我看你这闺女越大越不懂事,不像是个有婆家的人。要是到了婆家,还是这个脾气,说话不照前顾后,张嘴就来,人家怎么容你,你的日子怎么过?"

母亲的话使守明的想法得到印证,母亲果然把她当成人家的人了,她说:"我就是不懂事……我哪儿也不去,死也要死在家里!……"说着一头扑在床上就哭起来了。哭着还想到了那个人,那个人要走远,也不来告诉她一声,不知为什么!这使她伤心伤得更远。

母亲坐在床边劝她,说鞋底别说没脏,脏了也不怕,到时用漂白粉擦一遍,再趁邻家在大缸里用硫磺薰粉条时薰一遍,鞋底保证雪白雪白的,比戏台上粉底朝靴的漆白底都白。

守明把母亲的话听到了,也记住了,但她的伤感并不能有所减轻。

在一个落雨的日子,守明把鞋做好了,做得底是底帮是帮的,很有鞋样儿。她把鞋拿在手上近看,靠在窗台上远观,心里还算满意。

鞋做成后,守明不大放得住。那双鞋像是她心中的一团火,她一天不把"火"送出去,心里就火烧火燎的。还好,那个人外出的日期定下来了,托媒人传话,向她约会,她正好可以亲手把鞋交给那个人。

约会的地点是那座高桥,时间是吃过晚饭之后。当晚守明没有吃饭,她心跳得吃不下。等别人吃过晚饭,天已经黑透了。那天晚上月亮很细,像一支透明的鸽子毛。星星倒很密,越看越密。守明心想,一万颗星星也顶不上一颗月亮,要这么多星星有什么用。地里的庄稼都长出来了,到处像黑树林,有些吓人。母亲要送她到桥头去。她不让。

守明把一切都想好了,她要让那个人把鞋穿上试一试,那个人若说正好,她就不许他脱下来,让他穿这双鞋上路——人是你的,鞋就是你的,还脱下来干什么!临出门,她又改变了主意,觉得只让那个人把鞋穿上试试新就行了,还得让他脱下来,脱下来带走,保存好,等他回来完婚那一天才能穿。她要告诉他,在举行婚礼那一天,她若是看不见他穿上她亲手做的这双鞋,她就会生气,吹灭灯以后也不理他。当然了,就这个事情守明会征求他的意见,他要是点头同意了,守明就等于得到一个比穿鞋不穿鞋意义深远得多的重大许诺,她就可以放心地等待他了。

守明的设想未能实现,她两次让那个人把鞋试一试,那个人都没试。第一次,她把鞋递给那个人时,让那个人穿上试试。那个人对她表示完全信任似地,只笑了笑,说声谢谢,就把鞋竖着插进上衣口袋里去了。二人依着桥上的石栏说了一会儿话,守明抓了一个空子,再次提出让那个人把鞋试一试。那个人把他的信任说出来了,说不用试,肯定正好。

"你又没试,怎么知道正好呢?"

那个人固执得真够可以,说不用试,他也知道正好。直到那个人说再见,鞋也没试一下。那个人说再见时,猛地向守明伸出了手,意思要把手握一握。

这是守明没有料到的。他们虽然见过几次面,说过几次话,但从来没有碰过手。和男人家碰手,这对守明来说可是一件了不得的大事,她心头撞了几下,犹豫了一会儿,还是低着头把手交出去了。那个人的手温热有力,握得她的手忽地出了一层汗,接着她身上也出汗了。她抬头看了看,在夜色中,见那个人正眼睛很亮地看着她。她又把头低下去了。那个人大概怕她害臊,就把她的手松开了。

守明下了桥往回走时,见夹道的高庄稼中间拦着一个黑人影,她大吃一惊,正要折回身去追那个人,扑进那个人怀里,让她的那个人救她,人影说话了,原来是她母亲。

怎么会是母亲呢!在回家的路上,守明一直没跟母亲说话。

后记:我在农村老家时,人家给我介绍了一个对象。那个姑娘很精心地给我做了一双鞋。参加工作后,我把那双鞋带进了城里,先是舍不得穿,想留作美好的纪念。后来买了运动鞋、皮鞋之后,觉得那双鞋太土,想穿也穿不出去了。第一次回家探亲,我把那双鞋退给了那位姑娘。那姑娘接过鞋后,眼里一直泪汪汪的。后来我想到,我一定伤害了那位农村姑娘的心,我辜负了她,一辈子都对不起她。

(原载《北京文学》1997年第1期)

作品解读

《鞋》是一部纯净的作品。倘若要追问这价值那主义,或许得不到什么有意义的解答,因为作者的写作意图仅仅是传达内心里的小小感动与道义上的小小救赎。守明是纯真的农村少女的代表,她为自己心爱的未婚夫做鞋以传达爱情的力量,她把那双鞋当做祭祀仪式上的不可亵渎的神器,只有获得了神器,仿佛才拥有权利,拥有做一个真正女人的权利。"守明一直没跟母亲说话"并不是小说的结尾,真正的结尾在后记:"我"为了探索那双"泪汪汪"的眼睛才构想出这般纯净的故事,以此试图重温那段关于"鞋"的旧梦。

(刘潇)

作家自述

人性说复杂也复杂,说简单也简单。说简单,只说出对立的二元就够了,这二元一个是善,一个是恶。这是人性的两种基本元素。所谓人性的复杂和丰富,都是从这两种基本元素中派生出来的。对人生的判断也是如此,或是凭良心,或是不凭良心,两者必取其一。——刘庆邦:《凭良心》,《时代文学》2002年第3期。

名家要评

如果作品是从失败的爱情的角度来写守明的不幸的话,这样欲抑先扬的表现手法还是很有深度和落差的文学效果的,但是作品本身不是按照这样的意图写作的,作者只是意在表现守明的纯真和痴情,以至于给守明带来的伤害就更大,而且作者抱着这样的态度进行艺术表现,这对主人公来说也就更加残酷,更不近人情。——兰宇:《刘庆邦小说中的女性生命书写》,《小说评论》2007年第1期。

拓展阅读

1. 何希凡:《距离中的憧憬,熟悉中的陌生——〈鞋〉的叙事策略和心理内涵解读》,《名作欣赏》2002年第6期。

2. 余志平:《论刘庆邦小说语言的雅与俗》,《文艺理论与批评》2007年第4期。

黄金时代（长篇存目）

王小波

故事梗概

《黄金时代》，台湾联经出版社 1992 年初版。

《黄金时代》是王小波创作的"时代三部曲"之一。它以"文革"为背景，讲述了一对男女青年在极端压抑、落后、无聊的状况下产生的"爱情"。没有偷汉的陈清扬被人称为"破鞋"，在遇到唯一没有装病的男病人王二后，她希望王二能帮忙证明自己不是"破鞋"。但王二倾向于证明陈清扬不无辜，并引诱陈清扬。他抛出了"伟大友谊"论，性交便是"伟大友谊"的代价。二人最终上了床。之后王二意外受伤，陈清扬公开了这段关系，成为了真正的"破鞋"，二人挨批斗，写交代材料。陈清扬在最后一份交代材料中承认自己爱上了王二。20 年后，中年王二遇到了中年陈清扬，再谈起当年，有无穷兴致，二人从"伟大友谊"中走出，接受人世的摧残。

作品解读

《黄金时代》是以"文革"为背景的作品。主人公王二是处于恐怖和荒谬环境中的反叛者形象，他面对各种不公正待遇，注定要以一种方式反抗权威。作者在小说中为这套逻辑寻找到的根据点，便是性爱，性爱也由此成为王二对抗外部世界的方式。

那时，极"左"政治泛滥横行，知识分子群体无能为力，作为备受歧视的知识分子，往往丧失了自我意志和个人尊严。王二遭受各种不公正待遇，但他却摆脱了传统文化人的悲愤心态，创造出一种反抗和超越的方式：既然不能证明自己无辜，便倾向于证明自己不无辜。于是他以性爱作为对抗外部世界的方式，性爱在他这里既放浪形骸又纯净无邪，不但不觉羞耻，还"轰轰烈烈地进行到底"，作者藉此对陈规陋习和政治偏见展开了极其尖锐而又饱含幽默的挑战。

王小波的性爱描写并不晦涩，他直白且平常地将性展现在读者面前，作为反抗权威最有力且充满喜剧性的武器。小说中别开生面的性爱描写给当时的文坛注入了一股异样却纯洁的力量。主人公王二也因此获得了一种超越时代局限的精神特征。很难说这是那个时代的唯一选择，但作者以一种机智的视角进入那个无处不在的压抑环境，将人的精神世界从悲惨暗淡的历史阴影中超拔出来。回归历史，我们可以在此基础上对文本进行批判甚至超越，但这种石破天惊的声音却连同作者自身独特的个性沉淀了下来。

（穆阳）

作家自述

我以为严肃文学就是乍读起来有点费劲的东西。……从某种意义上说，严肃文学是一种游戏，它必须公平。对于作者来说公平就是：作品可以艰涩，可以荒诞古怪，激怒古板的读者，还可以有种种使读者难以适应的特点。对于读者来说，公平就是在作品的毛病背后,必须隐藏着什么,以保障有诚意的读者最终会有所得。……但这种游戏决不能单方面进行。——王小波:《〈黄金时代〉后记》,《黄金时代》,华夏出版社1994年。

名家要评

王小波的语言以戏谑的比喻加上反讽的思辨为特征,对人们习惯的优美抒情与认真说理传统它是一种悖离,是喜剧性的颠覆。——艾晓明:《重说〈黄金时代〉》,香港《二十一世纪》1995年第8期。

王小波虽然痛恨激情、讨厌道德理想的乌托邦,但这并不意味着他就是一个缺乏激情和理想的冷血动物。王小波的激情和理想是内在的、收敛的,而不是张扬的、扩张的。在他看似冷漠的理性背后,蕴含着浪漫的情感、幽默的情趣和理想的冲动。——许纪霖:《他思故我在——王小波的思想世界》,《上海文学》1997年第12期。

拓展阅读

1. 艾晓明、李银河主编:《浪漫骑士——记忆王小波》,中国青年出版社1997年。
2. 王毅主编:《不再沉默——人文学者论王小波》,光明日报出版社1998年。
3. 王小波:《沉默的大多数》,中国青年出版社2002年。

白鹿原(长篇存目)

陈忠实

故事梗概

《白鹿原》最初连载于《当代》1992年第6期和1993年第1期,人民文学出版社1993年出版单行本。

《白鹿原》的故事主要围绕着白、鹿两家的明争暗斗展开,以此展示渭河平原在20世纪上半叶所经历的沧桑巨变。

白嘉轩引以为自豪的是一生里娶过七房女人。第六房女人胡氏死后,白嘉轩从山里娶回来第七个女人吴仙草,同时带回来罂粟种子,从此白家人财两旺,以其雄姿盘踞在白鹿原上。在白嘉轩最小的女儿白灵诞生那年,辛亥革命爆发了,历史剧变的狂潮一夜间使白鹿原卷入其中。"四·一二"政变之后,国共分裂。鹿兆海选择了国民党,而白灵却改投共产党,两个人的感情出现了裂痕。鹿兆鹏和黑娃等人开始了亡命生涯,黑娃当了土匪,他唆使手下打折了白嘉轩的腰杆。小娥为了救黑娃去求鹿子霖,鹿子霖乘机占有了小娥。之后他唆使小娥勾引白孝文。一场大旱造成的饥馑降临到白鹿原上,白孝文在分家之后,饥饿难忍沦为乞丐,鹿子霖无意中给了他新的生命,就在他去找小娥时,小娥却神秘地死了。空前的大瘟疫在原上肆虐,白嘉轩力排众议造了镇妖塔,瘟疫终于停歇。白孝文从保安团长一变而为县长,白嘉轩也成为人们尊敬的老太爷。然而就在白孝文假公济私处死黑娃时,白嘉轩深受打击,气血蒙目,失去了一只眼睛,鹿子霖也因刺激疯傻致死。

作品解读

小说中的白鹿原位于相对闭塞的关中腹地,是一个历史较为久远的宗族村落,乡民们长期以来恪守着儒家文化的规训,过着节奏缓慢而自满自足的耕作生活,但现代文明与社会革命还是翻山越岭,不失时宜地降临到这块古老的大地上,从而形成了几种异质文化的对话、碰撞与交锋,以及由于文化对峙而不断上演的人间悲剧。作者曾经指出:"所有的悲剧的发生都不是偶然的,都是这个民族从衰败走向复兴复壮的过程中的必然。这是一个生活演变的过程,也是历史演进的过程。"

《白鹿原》颇具丰厚的史志意蕴与宏大的史诗气象,它以一种有能量、有张力的叙事方式讲述了从清末民初到解放战争结束近五十年间的"民族秘史",从"民间"的维度折射出了这个时段所发生的几乎所有重大的政治事件与社会事件,在一部作品中复调式地寄寓了家庭和民族的诸多历史内蕴。

小说精写人物,白嘉轩、白孝文、鹿子霖、田小娥等都以独特的个性和心理活动,栩栩如生地站在读者面前。小说结构严密紧凑,情节丰富曲折,格调大气恢弘,具有阔深的历史厚度和鲜明的诗学价值。

(赵学勇)

作家自述

《白鹿原》是现实主义的创作。在我来说,不可能一夜之间从现实主义一步绕到现代主义的宇航器上。但我对自己原先所遵循的现实主义原则,起码可以说已经不再完全忠诚。我觉得现实主义原有的模式或范本不应该框死后来的作家,现实主义必须发展,以一种新的叙事形式来展示作家所能意识到的历史内容和现实内容,或者说独特的生命体验……但无论如何,我的《白鹿原》一书仍然属于现实主义范畴。现实主义者应该放开艺术视野,博采各种流派之长,创造出色彩斑斓的现实主义;现实主义者更应该是放宽胸襟,容纳各种风貌的现实主义。——陈忠实:《〈白鹿原〉创作漫谈》,《当代作家评论》1993年第4期。

名家要评

《白鹿原》所展示的几乎可以编年的历史画面无疑是建国以来包括新时期以来最丰厚、最复杂、最富于色彩变化的。它以强大的内在逻辑和大量的生活细节告知人们:历史是这样的而不是那样的;历史是活生生的有生命的而不是僵死的枯槁的;历史是复杂的色彩斑斓的而不是简单化的单调的泾渭分明的……就丰厚性和博大精深而言,《白鹿原》显然在当代小说中是无与伦比的。一方面,是深厚的历史感和鲜明的当代性的和谐统一……另一方面,是哲理象征性和历史神秘性的和谐统一。——黄国柱:《〈白鹿原〉:给历史注入生命和灵魂》,《当代》1993年第4期。

我始终认为,陈忠实在《白鹿原》中的文化立场和价值观念是充满矛盾的:他既在批判,又在赞赏;既在鞭挞,又在挽悼;他既看到传统的宗法文化是现代文明的路障,又对传统文化人格的魅力依恋不舍;他既清楚地看到农业文明如日薄西山,又希望从中开出拯救和重铸民族灵魂的灵丹妙药。这一方面是文化本身的两重性决定的,另一方面也是作者文化态度的反映。如果说他的真实的、主导的、稳定的态度是对传统文化的肯定和继承,大约不算冤枉。我并不完全同意他的文化价值观念,但我坚决捍卫他作为一个作家保留自己独特的评价生活的眼光的权利。——雷达:《废墟上的精魂——〈白鹿原〉论》,《文学评论》1993年第6期。

拓展阅读

1. 陈忠实:《〈白鹿原〉创作漫谈》,《当代作家评论》1993年第4期。
2. 雷达:《废墟上的精魂——〈白鹿原〉论》,《文学评论》1993年第6期。
3. 朱伟:《〈白鹿原〉:史诗的空洞》,《文艺争鸣》1993年第6期。

一个人的战争（长篇存目）

林 白

故事梗概

《一个人的战争》，原载《花城》1994年第3期。

幼年丧父的多米聪明、高傲又充满了幻想，很小就开始了自慰，也开始了写作。女演员姚琼一直是多米爱慕的对象，对她美丽的躯体充满了好奇。姚琼后来成了卖咸鱼的售货员，多米美好的梦想破灭了。多米下乡做知青，由于文学才华出色，被叫到省城文艺刊物改稿，并得到编辑们的赏识，却被告发抄袭别人的诗歌。第二年，多米考上了一所著名学府的图书馆专业，继续写作，并逐渐在文坛小有名气。大学毕业后，被分在一家图书馆，认识了清纯美丽的南丹。南丹疯狂地崇拜着多米，并试图说服多米接受她的爱。迫于内心道德压力，多米最终拒绝了南丹。多米到处漫游，在轮渡上被已婚船员引诱，献出了处女之身。船员的老婆找到了单位，多米和船员被迫分手。多米从图书馆调到电影厂，疯狂地爱上了一名导演，并为了他怀孕。然而，导演无情地抛弃了多米，致使多米流产。身心憔悴的多米离开了电影厂，和一名叫梅琚的独身女人住在了一起，在孤独中写作，回忆着自己逝去的青春。

作品解读

《一个人的战争》细致地刻画了作为主体的女性欲望。小说始于五岁的多米对自己身体的"凝视与抚摸"，结束于一段大胆的成年女性自慰的性描写。而十九岁时的"抄袭事件"则是全小说最长最完整的一段故事。它们分别代表了多米对"性"的欲望和对"出息"的欲望。多米从来没有放弃内心的欲望，她一直按照自己内心不可克制的力量去追逐更加自由彻底的人生。小说中对女性"性"的欲望写得优美、精致，她有意避免了性爱动作或过程的直白叙说，而借助了爱欲摹写的象喻性、想象性，以形而上的感性表达方式表达形而下的具体内容。男性的存在只是作为一个叙述的背景，小说中出现的男性，如强奸者、陌生的英俊船员矢村、N等都缺乏相应的心理深度与生存深度。而在多米与他们的接触中，遭遇到的也只有诱惑、欺骗和暴力。小说的叙事呈现出非中心化的零散、片断式形态。它隐匿了线性的时间结构，不仅突破时空限制，具备了共时性特征，而且叙述常被词语、细节及突来的思绪所诱惑，多处旁生枝节。这一看似散漫的叙述过程，却将一种松散的、边缘性的"循环时间"乃至"永恒时间"嵌入了线性历史的缝隙。

（郭浏）

作家自述

对我来说，个人化写作建立在个人体验与个人记忆的基础上，通过个人化的写作，将包括被集体叙事视为禁忌的个人性经历从受到压抑的记忆中释放出来，我看到它们来回飞翔，它们的身影在民族、国家、政治的集体话语中显得边缘而陌生，正是这种陌生确立了它的独特性。

　　作为一名女性写作者,在主流叙事的覆盖下还有男性叙事的覆盖(这二者有时候是重叠的),这二重的覆盖轻易就能淹没个人。我所竭力与之对抗的,就是这种覆盖和淹没。淹没中的人丧失着主体,残缺的局限处处可见。个人化写作是一种真正生命的涌动,是个人的感情与智性、记忆与想像、心灵与身体的飞翔与跳跃,在这种飞翔中真正的、本质的人获得前所未有的解放。——林白:《一个人的战争·附录》,《一个人的战争》,长江文艺出版社1999年。

名家要评

　　在以"一个人的战争"为书名的长篇小说里,为了加强女性的现实遭际的效果,林白采用了教育小说的形式,使人物带有某种心理传记的暗示。从主人公多米自幼在蚊帐里对性的发现一直到少女时代被强暴、诱奸和同居的经历,处处揭示了社会对女性的损害和拒绝。……多米女性意识的成熟,也正是她走出男性世界的制约与观照之际。这部小说里多处涉及异性间的性爱描写,都是女性失败的记录,最后她的性事只能通过富有象征性的自戕自淫来完成。——陈思和:《林白论》,《作家》1998年第5期。

　　《一个人的战争》令人惊异之处在于,它如此彻底地讲述了一个女人的内心生活,那种渴望和欲求,那些绝望和祈祷。一个逃避生活的女人,又是如此挚爱生活,因为只有她才是如此倔强,几乎是不顾一切回到内心生活深处。这是一个纯粹的女人的故事,那些非常个人化的女性经验,从那些狭窄的历史缝隙之间涌溢而出,它们怪模怪样而又朴实率直。小说叙事以它彻底的方式,直接从童年经验开始,那些最原初的心理欲念,现在象一个绿苹果悬挂在多米的蚊帐里……——陈晓明:《不说,写作和飞翔——论林白的写作经验及意味》,《当代作家评论》2005年第1期。

拓展阅读

1. 陈思和:《林白论》,《作家》1998年第5期。
2. 陈晓明:《不说,写作和飞翔——论林白的写作经验及意味》,《当代作家评论》2005年第1期。
3. 邓晓芒:《当代女性文学的误置——〈一个人的战争〉和〈私人生活〉评析》,《开放时代》1999年第3期。

长恨歌（长篇存目）

王安忆

故事梗概

《长恨歌》，原载《钟山》1995年第2、3、4期。

《长恨歌》讲述了一个叫王琦瑶的女子沉浮坎坷的40年。40年代，还是一名中学生的王琦瑶机缘巧合结识了摄影师程先生。因程先生的推荐，她参加了"上海小姐"的评选，并取得了第三名。一夕辉煌过后，日子渐渐趋于平淡。然而在王琦瑶的心中，却总是在期待着一种更远的生活理想。这时，李主任出现了。李主任的令人敬畏和他对女人的那份体贴，让王琦瑶完完全全地听命于他，心甘情愿地做他笼中的"金丝雀"。

上海解放，李主任遇难，王琦瑶成了普通百姓。她开了一家私人诊所，通过严师母认识了康明逊，两人很快产生了情愫。没多久，王琦瑶怀孕了，这样的责任，康明逊承担不起。最终，一往情深的程先生担负起了照顾王琦瑶的责任，然而，他们的关系却始终未有突破。

80年代，已到了知天命之年的王琦瑶被女儿同学的男朋友杀害，结束了她传奇而坎坷的一生。

作品解读

王安忆说写《长恨歌》就是要表现一种"苍凉"，一种透到骨子里的人生的沧桑感。小说三卷其实就是写的王琦瑶人生的三个阶段。王安忆以一支细腻、抒情而又绚烂的笔把一个女人40年的情与爱、伤感与痛苦、绝望与希望，写得一波三折，哀婉动人。

王琦瑶既是一种精神方式和生活方式的象征，又似乎是"上海"和"历史"的某种象征。她成了一种文化符号。《长恨歌》在写活了王琦瑶这个人的同时，也写活了一个城市，一个时代，一段历史。王安忆没有以宏大叙事的方式处理历史事件，而是把历史全部碎化为王琦瑶的生活。40年的历史变迁在故事的缝隙和人生的片断里又完全是清晰可感的，它甚至被赋予了精神化的感伤气息。王安忆所要表现的苍凉，既是人生的苍凉，又更是一种历史的苍凉。

另一方面，王安忆在王琦瑶的一生里面，确实也写透了上海。上海是王琦瑶生活的背景，又是王琦瑶精神的依托。小说没有从大处写表面的繁华的上海，而是从细微处写上海的"细胞"。作者对"上海形象"的把握与描绘极尽其详，又直入骨髓。上海是真实的王琦瑶们的上海，王琦瑶也是真实的上海的王琦瑶，她们互为依托，城市与女人完美地融合在一起。王安忆为上海画下了一幅惆怅却又惊心动魄的画卷，也留下了城市中说不完、道不尽的王琦瑶们的故事。

（吴义勤）

作家自述

我写《长恨歌》时的心理状态相当清醒。我以前不少作品的写作带有强烈的情绪，但《长恨歌》的写作是一次冷静的操作：风格写实，人物和情节经过严密推理，笔触很细腻，就像国画里的皴。可以说，《长恨歌》的写作在我创作生涯中达到了某种极致的状态。

《长恨歌》的叙事方式包括语言都是那种密不透风的，而且要在长篇中把一种韵味自始至终贯穿下来，很难。因为你得把这口气一直坚持到最后，不能懈掉。写完后我确实有种成就感。《长恨歌》之后，我的写作就开始从这种极致的密渐渐转向疏朗，转向平白。这种演变我自己觉得挺好。——王安忆：《我眼中的历史是日常的——与王安忆谈〈长恨歌〉》，《文艺报》2000 年 11 月 11 日。

名家要评

王安忆的聪慧和锐敏，使她能够在几乎化为齑粉的民间文化信息中捡拾起种种记忆的碎片，写成了一部上海都市的"民间史"。虽然她没有拒绝重大历史事件对民间形成的影响，如"解放"、"文革"和"开放"，但她以民间的目光来看待这种强制性的权力入侵，并千方百计地找出两者的反差。时代要求人民成为国家机器上的螺丝钉，拧在机器上并完全受制于机器，而王琦瑶们擅长于把"人生往小处做"，即便身处螺丝钉的境地，也能够"螺蛳壳里做道场"，做得有血有肉，有滋有味。因为是以个人记忆方式出现的私人生活场景，芥末之小的社会空间里，仍然创造出一个有声有色的民间世界。——陈思和：《逼近世纪末的小说》，《二十世纪中国文学史论》，第 458 页，东方出版中心 1997 年。

拓展阅读

1. 王安忆：《好的故事本身就是好的形式》，《小说评论》2003 年第 3 期。
2. 王德威：《海派作家又见传人》，《女性与文学》，香港岭南学院现代中文文学研究中心 1997 年。
3. 陈思和：《营造精神之塔——论王安忆 90 年代的小说创作》，《文学评论》1998 年第 6 期。

尘埃落定（长篇存目）

阿 来

故事梗概

《尘埃落定》，人民文学出版社 1998 年初版。

四川阿坝藏族的麦其土司有两个儿子，二少爷是被土司抢来的汉族太太酒后所生，天生愚钝，很早被排除在权力继承之外，成天混迹于奴隶队伍中，耳闻目睹奴隶们的悲欢离合。麦其土司在国民政府黄特派员指点下遍种罂粟，贩卖鸦片，很快暴富，并迅速组建实力强大的武装力量，成为土司中的霸主。其余的土司用尽心计，各施手段盗得罂粟种子广泛播种。

二少爷却鬼使神差地建议改种麦子。是年大旱，粮食颗粒无收，大批饥民投奔到麦其麾下，使得麦其家族领地和人口达到空前的规模，二少爷由此得到了女土司茸贡的漂亮女儿塔娜。各路土司云集在二少爷的官寨，这里出现了酒肆客栈、商店铺门、歌榭勾栏，甚至妓馆春楼。在黄师爷的建议下，二少爷逐步建立了税收体制，开办了钱庄，出现具有现代意义的商业集镇雏形。

二少爷回到麦其土司官寨，受到英雄般的欢呼，但一场家庭内部关于继承权的腥风血雨悄然拉开帷幕。在解放军进剿国民党残部的隆隆炮声中，麦其家的官寨坍塌了。纷争、仇杀消弥了，一个旧的世界终于尘埃落定。

作品解读

《尘埃落定》以奇异的艺术感觉、神秘的叙述风格以及来自语言和文本深处的独特魅力，为90年代文学注入了新的生机。小说首先打动人的是精彩的叙事、深厚的文化内涵。小说人物众多，线索复杂，权力、财富、爱情、复仇、阴谋、战争、叛变等紧张的情节符码推进着小说的叙事历程，制造着惊心动魄的悬念；土司王朝的历史、文化、宗教和神秘的风俗人情，使得小说情节有了饱满的内涵。《尘埃落定》以诗性的语言表达着历史的命定与人的尊严，是王朝的挽歌、历史的挽歌、人性的挽歌。它所营构的艺术世界是历史的投影、现实的尘寰，却又同时是梦是幻而且带有迷人的色彩。作者以傻子的视角来叙述，给小说带来了神奇的力量，使小说在具有人称叙事视角的审美意义之余，又平添了一种别样的审美效果。傻子是作家精心选择的艺术符号，在结构文章、组织材料、反映社会生活中有特殊作用，而傻子的人生遭遇正暗示了土司社会的命运，他的存在具有深刻的社会内涵。整部小说如泣如诉，语言纯净透明，比喻精妙特别，诗意灵动萦绕，心理描写细腻，地方色彩和民族色彩浓郁。

（陈琛）

作家自述

我出身于乡间一个农耕家庭，村寨名字的藏语意思是"山沟旁边"。在绝大多数同胞都是文盲的环境中,家族的过去,部族的过去,都来自于口耳相承的传说,而不是准确的书面记载。这个传说系统,没有编年史作为骨架,所以,十年前的事情与一百年的事情,都像是来自时间深处的同一个点,都显得同样神秘与遥远。我为传说中的人物与历史所激动,同时明白,这些传说随时随地都在加入不同的讲述者对往世的想象与对当下生活的体验。当我来写一个民族中的一部分历史上的一个时期时,自然而然的便采用了这种方式。

这是一部我想象中的历史,一部精神的历史,而非纯粹历史学意义上的那种历史。从纯粹的文学意义上讲,应该说是诗史,而不是史诗。——阿来:《先知刚刚离去——关于〈尘埃落定〉的源流》,《光明日报》1998年4月16日。

名家要评

《尘埃落定》在历史破败的寓言中所表达的那种精神哲学与生命哲学也给人以深深震撼……在阿来的哲学里,历史的覆灭首先源于人的覆灭,历史的失败,首先也是人的失败。从这个角度来说,与其说《尘埃落定》是一个王朝的挽歌,还不如说是一曲任性的挽歌,作家对人性洞察的深度构成了小说思想力量的一个重要根源。当然,神奇的还有它的叙述……可以说,阿来叙述的虽是一个传统的历史故事,但是神奇的艺术想象力和充满现代艺术感的文体风格,带给读者的却是纯粹先锋性的艺术体验。这大概是《尘埃落定》在艺术上最为成功的地方。——朱栋霖主编:《中国现代文学史1917—2000》,下册第285页,北京大学出版社2007年。

与其说《尘埃落定》是一部小说,还不如把它看作是一首长诗。……《尘埃落定》所实现的诗化的或意象化的叙述方式,尤其是在凸现人的生存状态的特殊性(如康巴土司制度)的同时,艺术地模糊了"人"生活在"此处与别处"、"此时与彼时"的差异,并使作品的思情张力及题旨寓意超越了描写的具体性,或从审美上突破了题材的局限。我觉得,这是一部可以走向世界的小说。——周政保:《落不定的尘埃暂且落定——〈尘埃落定〉的意象化叙述方式》,《当代作家评论》1998年第4期。

拓展阅读

1.阿来:《先知刚刚离去——关于〈尘埃落定〉的源流》,《光明日报》1998年4月16日。

2.冉云飞、阿来:《通往可能之路——与藏族作家阿来谈话录》,《西南民族学院学报》1999年第5期。

3.贺绍俊:《说傻·说悟·说游——读阿来的〈尘埃落定〉》,《当代作家评论》1998年第4期。

青衣(中篇存目)

毕飞宇

故事梗概

《青衣》,原载《北京文学》2000年第11期,长江文艺出版社2001年出版单行本。

19岁的筱燕秋在《奔月》中饰演"嫦娥"一举成名,她名利心膨胀,想独霸"嫦娥"一角,因为在她眼中自己才是真正的嫦娥。在对老师李雪芬出手伤害后,筱燕秋再没登台,被调到戏校任教。

20年来,无论周围环境和个人境遇发生多大变化,她都始终心怀重返舞台的梦想,把"嫦娥"视为自己的全部与人生价值的最高追求。某一烟厂老板因为怀旧,要出资重拍《奔月》,筱燕秋发疯似地减肥,以至于在排练中出现"刺花儿"。为了上台,她不惜与老板上床,且不顾后果做了"人流";为了挽留徒弟春来,她违心地允诺春来当A档,自己当B档,却又嫉妒年轻漂亮的徒弟,演出时连演四场不肯罢休,还要抢演第五场,最终没能阻止春来演出第五场《奔月》。在观众对春来的一片叫好声中,筱燕秋精神崩溃,边舞边唱,最终陷入了疯狂。

作品解读

20年前年少成名的青衣筱燕秋因《嫦娥》一戏而大红大紫,却也因为见不得自己师傅李雪芬用演革命女战士的状态演出嫦娥,对其出手伤害,因而失去了演戏的机会。20年后,因为烟厂老板的垂青而重得登台机会的筱燕秋拼命地抓住这一个出演嫦娥的机会,但是她毕竟已经不再年轻,她对于现实的强烈的否决让自己不顾一切代价去争夺角色。筱燕秋一生只有在与艺术结合的时候才能找到真正的自我,当她不得不接受从艺术中走出后的残酷现实时,必然会走向人生的分裂。作品通过筱燕秋与上下两代京剧演员之间的复杂关系和跌宕起伏的情感纠葛,呈现了女主人公在大的历史变迁中难以自拔的人生悲剧。艺术上,《青衣》有着从容的叙述和深邃的意境,作品的节奏和语调控制得恰到好处,精致而富有张力,艺术表现上相当娴熟。小说一方面展现了一个女人20年执著追求艺术的历史,另一方面也展现了她因为艺术而引发的生命异化的历史,深化了文本的意义。

(杨樨)

作家自述

我写《青衣》完全是偶然的。我一点都没有料到我会写这样的作品。可是,当我动手的时候,我意外地发现我与那个叫筱燕秋的女人已经很熟了。这是真的。在我的身边,筱燕秋无所不在。她内心中的那种抑制感,那种痛,那种不甘,我时时刻刻都能体会得到。在那些日子里,我已经变得和筱燕秋一样焦虑了,为了摆脱,我只能耐着性子听她唠叨,然后,把我想对她说的话说完。……写完这部小说,我想说,命运才是性格。这个结论是狰狞的,东方式的。它决定了人的从动性,它决定了汉语作为被动语态的妥协功能。——毕飞宇:《〈青衣〉问答》,《沿途的秘密》,昆仑出版社2002年。

名家要评

表面看,《奔月》中饰演嫦娥的筱燕秋和现实中的筱燕秋似乎代表了两种分裂的人格,戏中的筱燕秋和她饰演的嫦娥浑然一体:嫦娥的美丽、飘逸是她的;嫦娥的寂寞和悔恨也是她的。现实中的筱燕秋为重唱嫦娥,心甘情愿地陪赞助剧团的烟厂老板睡觉;对自己的学生出尔反尔,想把嫦娥的角色永远抓在手里,应该说,这是梨园中不择手段地争做"人上人"的典型。但《青衣》中筱燕秋并非俗人,她对梦与现实的理解与一般人恰好相反。比如,在和男人睡觉这件事情上,不论和自己的丈夫,还是烟厂的老板,在筱燕秋看来,那都只不过是一个个不得不做的"日常的梦",并不是她的真人生,她真正的生活在"青衣"里,那儿才有她的魂魄,才有她的哀怨和喜悦,才有她对生活刻骨铭心的体验。——董之林:《"身上的鬼"和"日常的梦"》,《盈尺集——当代文学思辨与随想》,第73—84页,河南大学出版社2009年。

因为写了《青衣》,毕飞宇得到一个"妇女作家"的称号。毕飞宇虽然接受这个封号,但拒绝将《青衣》称为"女性小说"。……《青衣》确实不是一部女性小说,相反,它是一部反女性小说。毕飞宇说,《青衣》要探问的就是"经济问题解决了以后,人们的生存疼痛是否依然存在?"他是以一个女性青衣为载体来进行这一探问的,在探问的过程中,女性的美感和尊严受到了太多没有痛惜的研磨,他是以牺牲女性的美感和尊严来完成这种探问的。——李美皆:《女性·爱情·男作家》,白烨编选:《2006年文学批评新选》,文化艺术出版社2007年。

拓展阅读

1. 吴义勤:《感性的形而上主义者——毕飞宇论》,《当代作家评论》2000年第6期。
2. 葛红兵:《文化乌托邦与拟历史——毕飞宇小说论》,《当代文坛》1995年第2期。
3. 董之林:《"身上的鬼"和"日常的梦"》,《盈尺集——当代文学思辨与随想》,河南大学出版社2009年。

射雕英雄传(长篇存目)

金　庸

故事梗概

《射雕英雄传》,连载于 1957 年到 1959 年《香港商报》,香港明河社 1959 年出版单行本。

南宋宁宗庆元年间,隐居临安郊外牛家村的郭啸天、杨铁心家突遭横祸,好友丘处机与江南七怪相约分头寻人,并负责教授郭、杨后代,十八年后重会比武再分胜负。郭妻李萍产子郭靖,江南七怪偶然寻到郭靖并开始传授其武艺,十年后郭靖因立下战功被成吉思汗封为"金刀驸马"。郭靖与女扮男装的黄蓉邂逅,两人一见倾心。南下途中遇到杨家后代杨康(完颜康),其母当年为抚养他被迫做了金国王妃。郭靖、黄蓉结识丐帮帮主洪七公,并得到真传。郭黄二人奔赴桃花岛,巧遇全真奇人周伯通并与之义结金兰,得其精妙武艺的传授,并在丐帮大会上及时揭穿了杨康的阴谋。欧阳锋同杨康杀害七怪义士嫁祸黄药师,在武林中掀起一阵血雨腥风。黄蓉巧识二人阴谋,除杀杨康,自己却不幸落入欧阳锋之手。郭靖在寻访黄蓉途中替成吉思汗立下功勋,因不愿与父母之邦作战而意欲逃亡,被察觉后幸得当年兄弟相助才得以离开蒙古。第二次华山论剑,欧阳锋夺得第一。华山之巅,郭与黄蓉再次相遇,和好如初,最终结为一对武林侠侣。

作品解读

《射雕英雄传》以南宋、金、蒙古三国并立为历史背景,场景纷呈,气势恢宏,将虚拟的英雄人物——郭靖置于其间,将历史事件、历史人物与作者虚构的情节进行有机融合,给人一种真实的享受,具备了鲜明的"英雄史诗"风格;在人物的刻画上,它以创造独特个性的人物为中心,按照人物的性格发展需要及其内在可能和必然性来设置情节,打破了传统武侠小说的传奇模式,塑造了郭靖、黄蓉、成吉思汗等一系列个性鲜明的人物形象。

郭靖是儒家"仁"、"义"思想的化身,他视仁义如生命,重义轻利,任何的利害冲突在他的家国仇恨面前都显得无关紧要。作者对中国的传统文化思想进行了深刻的洞察与反思,并且建构起新的价值体系。书中常以中华大地的壮丽山河作为背景衬托,辅之以琴、棋、书、画等高雅艺术,精心构思传奇的故事情节,在自然景色与人物情感的紧密结合中达到天人合一的效果,饱含有深厚的艺术底蕴,形成了动人心弦的独特审美体验。

(裴颖)

作家自述

我希望传达的主旨,是:爱护尊重自己的国家民族,也尊重别人的国家民族;和平友好,互相帮助,重视正义和是非,反对损人利己,注重信义,歌颂纯真的爱情和友谊;歌颂奋不顾身地为了正义而奋斗。轻视争权夺利,自私可鄙的思想和行为。武侠小说并不单是让读者在阅读时做"白日梦"而沉湎在伟大成功的幻想之中,而希望读者们在幻想之时,想象自己是个好人,要努力做各种各样的好事,想象自己要爱国家、爱社会,帮助别人得到幸福,由于做了好事,作出积极贡献,得到所爱之人的欣赏和倾心。——金庸:《金庸作品集·新序》,《射雕英雄传》,第3页,广州出版社2002年。

名家要评

  金庸小说却从根本上批评和否定了"快意恩仇"、任性杀戮这种观念。《射雕英雄传》里的郭靖,怀着家国双重悲痛对完颜洪烈完成了复仇,后来却引出一场思想危机:他"一想到'复仇'二字,花剌子模屠城的惨状立即涌上心头。自忖父仇虽复,却害死了这许多无辜百姓,心下如何能安? 看来这报仇之事,未必就是对了"。——严家炎:《金庸小说论稿》,第80页,北京大学出版社1999年。

  郭靖与黄蓉的爱情,被认为是金庸小说里最标准、最经典的爱情,纯真浪漫,引人入胜。小说的语言风格是庄谐杂出,雅俗共赏。《射雕英雄传》的方方面面加起来,充分地显示出中国小说的魅力。——孔庆东:《金庸评传》,第130页,重庆出版社2008年。

拓展阅读

1.倪匡:《四看金庸小说》,重庆大学出版社2009年。
2.严家炎:《金庸小说论稿》,北京大学出版社1999年。
3.孔庆东:《金庸评传》,重庆出版社2008年。

永远的尹雪艳

白先勇

一

尹雪艳总也不老。十几年前那一班在上海百乐门舞厅替她捧场的五陵年少,有些天平开了顶,有些两鬓添了霜;有些来台湾降成了铁厂、水泥厂、人造纤维厂的闲顾问,但也有少数却升成了银行的董事长、机关里的大主管。不管人事怎么变迁,尹雪艳永远是尹雪艳,在台北仍旧穿着她那一身蝉翼纱的素白旗袍,一径那么浅浅地笑着,连眼角儿也不肯皱一下。

尹雪艳着实迷人。但谁也没能道出她真正迷人的地方。尹雪艳从来不爱擦胭抹粉,有时最多在嘴唇上点着些似有似无的蜜丝佛陀;尹雪艳也不爱穿红戴绿,天时炎热,一个夏天,她都浑身银白,净扮的了不得。不错,尹雪艳是有一身雪白的肌肤,细挑的身材,容长的脸蛋儿配着一副俏丽甜净的眉眼子,但是这些都不是尹雪艳出奇的地方。见过尹雪艳的人都这么说,也不知是何道理,无论尹雪艳一举手、一投足,总有一份世人不及的风情。别人伸个腰、蹙一下眉,难看,但是尹雪艳做起来,却又别有一番妩媚了。尹雪艳也不多言、不多语,紧要的场合插上几句苏州腔的上海话,又中听、又熨帖。有些荷包不足的舞客,攀不上叫尹雪艳的台子,但是他们却去百乐门坐坐,观观尹雪艳的风采,听她讲几句吴侬软话,心里也是舒服的。尹雪艳在舞池子里,微仰着头,轻摆着腰,一径是那么不慌不忙地起舞着;即使跳着快狐步,尹雪艳从来也没有失过分寸,仍旧显得那么从容,那么轻盈,像一球随风飘荡的柳絮,脚下没有扎根似的。尹雪艳有她自己的旋律,尹雪艳有她自己的拍子,绝不因外界的迁异,影响到她的均衡。

尹雪艳迷人的地方实在讲不清,数不尽。但是有一点却大大增加了她的神秘。尹雪艳名气大了,难免招忌,她同行的姊妹淘醋心重的就到处吵起说:尹雪艳的八字带着重煞,犯了白虎,沾上的人,轻者家败,重者人亡。谁知道就是为着尹雪艳享了重煞的令誉,上海洋场的男士们都对她增加了十分的兴味。生活悠闲了,家当丰沃了,就不免想冒险,去闯闯这颗红遍了黄浦滩的煞星儿。上海棉纱财阀王家的少老板王贵生就是其中探险者之一。天天开着崭新的凯迪拉克,在百乐门门口候着尹雪艳转完台子,两人一同上国际饭店二十四楼的屋顶花园去共进华美的宵夜。望着天上的月亮及灿烂的星斗,王贵生说,如果用他家的金条儿能够搭成一道天梯,他愿意爬上天空去把那弯月牙儿摘下来,插在尹雪艳的云鬓上。尹雪艳吟吟地笑着,总也不出声,伸出她那兰花般细巧的手,慢条斯理地将一枚枚涂着俄国乌鱼子的小月牙儿饼拈到嘴里去。

王贵生拚命地投资,不择手段地赚钱,想把原来的财富堆成三倍四倍,将尹雪艳身边那批富有的逐鹿者一一击倒,然后用钻石玛瑙串成一根链子,套在尹雪艳的脖子上,把她牵回家去。当王贵生犯上官商勾结的重罪,下狱枪毙的那一天,尹雪艳在百乐门停了一宵,算是对王贵生致了哀。

最后赢得尹雪艳的却是上海金融界一位热可炙手的洪处长。洪处长休掉了前妻,抛弃了三个儿女,答应了尹雪艳十条条件。于是尹雪艳变成了洪夫人,住在上海法租界一幢从日本人接收过来华贵的花园洋房里。两三个月的工夫,尹雪艳便像一株晚开的玉梨花,在上海上流社会的场合中以压倒群芳的姿态绽发起来。

尹雪艳着实有压场的本领。每当盛宴华筵,无论在场的贵人名媛,穿着紫貂,围着火狸,当尹雪艳披着她那件翻领束腰的银狐大氅,像一阵三月的微风,轻盈盈地闪进来时,全场的人都好像给这阵风熏中了一般,总是情不自禁地向她迎过来。尹雪艳在人堆子里,像个冰雪化成的精灵,冷艳逼人,踏着风一般的步子,看得那些绅士以及仕女们的眼睛都一齐冒出火来。这就是尹雪艳:在兆丰夜总会的舞厅里、在兰心剧院的过道上以及在霞飞路上一幢幢侯门官府的客堂中,一身银白,歪靠在沙发椅上,嘴角一径挂着那道吟吟浅笑,把场合中许多银行界的经理、协理、纱厂的老板及小开,以及一些新贵和他们的夫人们都拘到跟前来。

可是洪处长的八字到底软了些,没能抵得住尹雪艳的重煞。一年丢官,两年破产,到了台北来连个闲职也没捞上。尹雪艳离开洪处长时还算有良心,除了自己的家当外,只带走一个从上海跟来的名厨师及两个苏州娘姨。

二

尹雪艳的新公馆落在仁爱路四段的高级住宅区里,是一幢崭新的西式洋房,有个十分宽敞的客厅,容得下两三桌酒席。尹雪艳对她的新公馆倒是刻意经营过一番。客厅的家具是一色桃花心红木桌椅。几张老式大靠背的沙发,塞满了黑丝面子鸳鸯戏水的湘绣靠枕,人一坐下去就陷进了一半,倚在柔软的丝枕上,十分舒适。到过尹公馆的人,都称赞尹雪艳的客厅布置妥帖,叫人坐着不肯动身。打麻将有特别设备的麻将间,麻将桌、麻将灯都设计得十分精巧。有些客人喜欢挖花,尹雪艳还特别腾出一间有隔音设备的房间,挖花的客人可以关在里面恣意唱和。冬天有暖炉,夏天有冷气,坐在尹公馆里,很容易忘记外面台北市的阴寒及溽暑。客厅案头的古玩花瓶,四时都供着鲜花。尹雪艳对于花道十分讲究,中山北路的玫瑰花店常年都送来上选的鲜货,整个夏天,尹雪艳的客厅中都细细地透着一股又甜又腻的晚香玉。

尹雪艳的新公馆很快地便成为她旧遇新知的聚会所。老朋友来到时,谈谈老话,大家都有一腔怀古的幽情,想一会儿当年,在尹雪艳面前发发牢骚,好像尹雪艳便是上海百乐门时代永恒的象征,京沪繁华的佐证一般。

"阿媛,看看干爹的头发都白光喽!侬还像枝万年青一式,愈来愈年轻!"

吴经理在上海当过银行的总经理,是百乐门的座上常客,来到台北赋闲,在一家铁工厂挂个顾问的名义。见到尹雪艳,他总爱拉着她半开玩笑而又不免带点自怜的口吻这样说。吴经理的头发确实全白了,而且患着严重的风湿,走起路来,十分蹒跚,眼睛又害沙眼,眼毛倒插,常年淌着眼泪,眼圈已经开始溃烂,露出粉红的肉来。冬天时候,尹雪艳总把客厅里那架电暖炉移到吴经理的脚跟前,亲自奉上一盏铁观音,笑吟吟地说道:"哪里的话,干爹才是老当益壮呢!"

吴经理心中熨帖了,恢复了不少自信,眨着他那烂掉了睫毛的老花眼,在尹公馆里,当众票了一出"坐宫",以苍凉沙哑的嗓子唱出:"我好比浅水龙,被困在沙滩。"

尹雪艳有迷男人的功夫,也有迷女人的功夫。跟尹雪艳结交的那班太太们,打从上海起,就背地数落她。当尹雪艳平步青云时,这班太太们气不忿,说道:凭你怎么爬,左不过是个货腰娘。当尹雪艳的靠山相好遭到厄运的时候,她们就叹气道:命是逃不过的,煞气重的娘儿们到底沾惹不得。可是十几年来这班太太们一个也舍不得离开尹雪艳,到了台北都一窝蜂似的聚到尹雪艳的公馆里,她们不得不承认尹雪艳实在有她惊动人的地方。尹雪艳在台北的鸿祥绸缎庄打得出七五折,在小花园里挑得出最登样的绣花鞋儿,红楼的绍兴戏码,尹雪艳最在行,吴燕丽唱《孟丽君》的时候,尹雪艳可以拿得到免费的前座戏票,论起两门町的京沪小吃,尹雪艳又是无一不精了。于是这班太太们,由尹雪艳领队,逛西门町、看绍兴戏、坐在三六九里吃桂花汤团,往往把十几年来不如意的事儿一股脑儿抛掉,好像尹雪艳周身都透着上海大千世界荣华的麝香一般,熏得这班往事沧桑的中年妇人都进入半醉的状态,而不由自主地津津乐道起上海五香斋的蟹黄面来。这班太太们常常容易闹情绪。尹雪艳对于她们都一一施以广泛的同情,她总耐心地聆听她们的怨艾及委曲,必要时说几句安抚的话,把她们焦躁的脾气一一熨平。

"输呀,输得精光才好呢!反正家里有老牛马垫背,我不输,也有旁人替我输!"

每逢宋太太搓麻将输了钱时就向尹雪艳带着酸意地抱怨道。宋太太在台湾得了妇女更年期的痴肥症,体重暴增到一百八十多磅,形态十分臃肿,走多了路,会犯气喘。宋太太的心酸话较多,因为她先生宋协理有了外遇,对她颇为冷落,而且对方又是一个身段苗条的小酒女。十几年前宋太太在上海的社交场合出过一阵风头,因此她对以往的日子特别向往。

尹雪艳自然是宋太太倾诉衷肠的适当人选,因为只有她才能体会宋太太那种今昔之感。有时讲到伤心处,宋太太会禁不住掩面而泣。

"宋家阿姐,'人无千日好,花无百日红',谁又能保得住一辈子享荣华受富贵呢?"

于是尹雪艳便递过热毛巾给宋太太揩面,怜悯地劝说道。

宋太太不肯认命,总要抽抽搭搭地怨怼一番:"我就不信我的命又要比别人差些!像侬吧,尹家妹妹,侬一辈子是不必发愁的,自然有人会来帮衬侬。"

三

尹雪艳确实不必发愁,尹公馆门前的车马从来也未曾断过。老朋友固然把尹公馆当做世外桃源,一般新知也在尹公馆找到别处稀有的吸引力。尹雪艳公馆一向维持它的气派。尹雪艳从来不肯把它降低于上海霞飞路的排场。出入的人士,纵然有些是过了时的,但是他们有他们的身份,有他们的派头,因此一进到尹公馆,大家都觉得自己重要,即使是十几年前作废了的头衔,经过尹雪艳娇声亲切地称呼起来,也如同受过诰封一般,心理上恢复了不少的优越感。至于一般新知,尹公馆更是建立社交的好所在了。

当然,最吸引人的,还是尹雪艳本身。尹雪艳是一个最称职的主人。每一位客人,不分尊卑老幼,她都招呼得妥妥帖帖。一进到尹公馆,坐在客厅中那些铺满黑丝面椅垫的沙发上,大家都有一种宾至如归、乐不思蜀的亲切之感,因此,做会总在尹公馆开标,请生日酒总在尹公馆开席,即使没有名堂的日子,大家也立一个名目,凑到尹公馆成一个牌局。一年里,倒有大半的日子,尹公馆里总是高朋满座。

尹雪艳本人极少下场,逢到这些日期,她总预先替客人们安排好牌局;有时两桌,有时三桌。她对每位客人的牌品及癖性都摸得清清楚楚,因此牌搭子总配得十分理想,从来没有伤过和气。尹雪艳本人督导着两个头干脸净的苏州娘姨在旁边招呼着。午点是宁波年糕或者湖州粽子。晚饭是尹公馆上海名厨的京沪小菜:金银腿、贵妃鸡、抢虾、醉蟹——

尹雪艳亲自设计了一个转动的菜牌,天天转出一桌桌精致的筵席来。到了下半夜,两个娘姨便捧上雪白喷了明星花露水的冰面巾,让大战方酣的客人们揩面醒脑,然后便是一碗鸡汤银丝面作了宵夜。客人们掷下的桌面十分慷慨,每次总上两三千。赢了钱的客人固然值得兴奋,即使输了钱的客人也是心甘情愿。在尹公馆里吃了玩了,末了还由尹雪艳差人叫好计程车,一一送回家去。

当牌局进展激烈的当儿,尹雪艳便换上轻装,周旋在几个牌桌之间,踏着她那风一般的步子,轻盈盈地来回巡视着,像个通身银白的女祭司,替那些作战的人们祈祷和祭祀。

"阿媛,干爹又快输脱底喽!"

每到败北阶段,吴经理就眨着他那烂掉了睫毛的眼睛,向尹雪艳发出讨救的哀号。

"还早呢,干爹,下四圈就该你摸清一色了。"

尹雪艳把个黑丝椅垫枕到吴经理害了风湿症的背脊上,怜恤地安慰着这个命运乖谬的老人。

"尹小姐,你是看到的。今晚我可没打错一张牌,手气就那么背!"

女客人那边也经常向尹雪艳发出乞怜的呼吁,有时宋太太输急了,也顾不得身份,就抓起两颗骰子啐道:"呸!呸!呸!勿要面孔的东西,看你霉到什么辰光!"

尹雪艳也照例过去,用着充满同情的语调,安抚她们一番。这个时候,尹雪艳的话就如同神谕一般令人敬畏。在麻将桌上,一个人的命运往往不受控制,客人们都讨尹雪艳的口采来恢复信心及加强斗志。尹雪艳站在一旁,叼着金嘴子的三个九,徐徐地喷着烟圈,以悲天悯人的眼光看着她这一群得意的、失意的、老年的、壮年的、曾经叱咤风云的、曾经风华绝代的客人们,狂热地互相厮杀,互相宰割。

四

新来的客人中,有一位叫徐壮图的中年男士,是上海交通大学的毕业生;生得品貌堂堂,高高的个儿,结实的身体,穿着剪裁合度的西装,显得分外英挺。徐壮图是个台北市新兴的实业巨子,随着台北市的工业化,许多大企业应运而生。徐壮图头脑灵活,具有丰富的现代化工商管理的知识,才是四十出头,便出任一家大水泥公司的经理。徐壮图有位贤惠的太太及两个可爱的孩子。家庭美满,事业充满前途,徐壮图成为一个雄心勃勃的企业家。

徐壮图第一次进入尹公馆是在一个庆生酒会上。尹雪艳替吴经理做六十大寿,徐壮图是吴经理的外甥,也就随着吴经理来到尹雪艳的公馆。

那天尹雪艳着实装饰了一番,穿着一袭月白短袖的织锦旗袍,襟上一排香妃色的大盘扣;脚上也是月白缎子的软底绣花鞋,鞋尖却点着两瓣肉色的海棠叶儿。为了讨喜气,尹雪艳破例地在右鬓簪上一朵酒杯大血红的郁金香,而耳朵上却吊着一对寸把长的银坠子。客厅里的寿堂也布置得喜气洋洋。案上全换上才铰下的晚香玉,徐壮图一踏进去,就嗅中一阵沁人脑肺的甜香。

"阿媛,干爹替侬带来顶顶体面的一位人客。"吴经理穿着一身崭新的纺绸长衫,佝着背,笑呵呵地把徐壮图介绍给尹雪艳道,然后指着尹雪艳说:"我这位干小姐呀,实在孝顺不过。我这个老朽三灾五难的还要赶着替我做生。我忖忖:我现在又不在职,又不问世,这把老骨头天天还要给触霉头的风湿症来折磨。管他折福也罢,今朝我且大模大样地生受了干小姐这场寿酒再讲。我这位外甥,年轻有为,难得放纵一回,今朝也来跟我们这群老朽一道开心开心。阿媛是个最妥当的主人家,我把壮图交把侬,侬好好地招待招待他吧。"

"徐先生是稀客,又是干爹的亲戚,自然要跟别人不同一点。"尹雪艳笑吟吟地答道,发上那朵血红的郁金香颤巍巍地抖动着。

徐壮图果然受到尹雪艳特别的款待。在席上,尹雪艳坐在徐壮图旁边一径殷勤地向他劝酒让菜,然后歪向他低声说道:"徐先生,这道是我们大师傅的拿手,你尝尝,比外面馆子做的如何?"

用完席后,尹雪艳亲自盛上一碗冰冻杏仁豆腐捧给徐壮图,上面却放着两颗鲜红的樱桃。用完席成上牌局的时候,尹雪艳经常走到徐壮图背后看他打牌。徐壮图的牌张不熟,时常发错张子。才是八圈,徐壮图已经输掉一半筹码。有一轮,徐壮图正当发出一张梅花五筒的时候,突然尹雪艳从后面欠过身伸出她那细巧的手把徐壮图的手背按住说道:"徐先生,这张牌是打不得的。"

那一盘徐壮图便和了一副"满园花",一下子就把输出去的筹码赢回了大半。客人中有一个开玩笑抗议道:"尹小姐,你怎么不来替我也点点张子,瞧瞧我也输完啦。"

"人家徐先生头一趟到我们家,当然不好意思让他吃了亏回去的喽。"徐壮图回头看到尹雪艳朝着他满面堆着笑容,一对银耳坠子吊在她乌黑的发脚下来回地浪荡着。

客厅中的晚香玉到了半夜,吐出一蓬蓬的浓香来。席间徐壮图喝了不少热花雕,加上牌桌上和了那盘"满园花"的亢奋,临走时他已经有些微醺的感觉了。

"尹小姐,全得你的指教,要不然今晚的麻将一定全盘败北呦。"

尹雪艳送徐壮图出大门时,徐壮图感激地对尹雪艳说道。

尹雪艳站在门框里,一身白色的衣衫,双手合抱在胸前,像一尊观世音,朝着徐壮图笑吟吟地答道:"哪里的话,隔日徐先生来白相,我们再一道研究研究麻将经。"

隔了两日,果然徐壮图又来到了尹公馆,向尹雪艳讨教麻将的诀窍。

五

徐壮图太太坐在家中的藤椅上,呆望着大门,两腮一天天消瘦,眼睛凹成了两个深坑。

当徐太太的干妈吴家阿婆来探望她的时候,她牵着徐太太的手失惊叫道:"哎呀,我的干小姐,才是个把月没见着,怎么你就瘦脱了形?"

吴家阿婆是一个六十来岁的妇人,硕壮的身材,没有半根白发,一双放大的小脚,仍旧行走如飞。吴家阿婆曾经上四川青城山去听过道,拜了上面白云观里一位道行高深的法师做师父。这位老法师因为看上吴家阿婆天资禀异,飞升时便把衣钵传了给她。吴家阿婆在台北家中设了一个法堂,中央供着她老师父的神像。神像下面悬着八尺见方黄绫一幅。据吴家阿婆说,她老师父常在这幅黄绫上显灵,向她授予机宜,因此吴家阿婆可以预卜凶吉,消灾除祸。吴家阿婆的信徒颇众,大多是中年妇女,有些颇有社会地位。经济环境不虞匮乏,这些太太们的心灵难免感到空虚。于是每月初一十五,她们便停止一天麻将,或者标会的聚会,成群结队来到吴家阿婆的法堂上,虔诚地念经叩拜,布施散财,救济贫困,以求自身或家人的安宁。有些有疑难大症,有些有家庭纠纷,吴家阿婆一律慷慨施以许诺,答应在老法师灵前替她们祈求神助。

"我的太太,我看你的气色竟是不好呢!"吴家阿婆仔细端详了徐太太一番,摇头叹息。徐太太低首俯面忍不住伤心哭泣,向吴家阿婆诉出了许多衷肠话来。

"亲妈,你老人家是看到的,"徐太太流着泪断断续续地诉说道,"我们徐先生和我结婚这么久,别说破脸,连句重话都向来没有过。我们徐先生是个争强好胜的人。他一向都这么说:'男人的心五分倒有三分应该放在事业上。'来台湾熬了这十来年,好不容易盼着他们水泥公司发达起来,他才出了头,我看他每天为公事在外面忙着应酬,我心里只有暗暗着急。事业不事业倒其次,求祈他身体康宁,我们母子再苦些也是情愿的。谁知道打上月起,我们徐先生竟好像变了一个人似的。经常两晚三晚不回家。我问一声,他就摔碗砸筷,脾气暴得不得。前天连两个孩子都挨了一顿狠打。有人传话给我听说是我们徐先生在外面有了人,而且人家还是个有头有脸的人物。亲妈,我这个本本分分的人那里经过这些事情?人还撑得住不走样?"

"干小姐,"吴家阿婆拍了一下巴掌说道,"你不提呢,我也就不说了。你知道我是最怕兜揽是非的人。你叫了我声亲妈,我当然也就向着你些。你知道那个胖婆儿宋太太呀,她先生宋协理搞上个什么'五月花'的小酒女。她跑到我那里一把鼻涕一把眼泪要我替她求求老师父。我拿她先生的八字来一算,果然冲犯了东西。宋太太在老师父灵前许了重愿,我替她念了十二本经。现在她男人不是乖乖地回去了?后来我就劝宋太太:'整天少和那些狐狸精似的女人穷混,念经做善事要紧!'宋太太就一五一十地把你们徐先生的事情原原本本数了给我听。那个尹雪艳呀,你以为她是个什么好东西?她没有两下,就能拢得住这些人?连你们徐先生那么个正人君子她都有本事抓得牢。这种事情历史上是有的,褒姒、妲己、飞燕、太真——这起祸水!你以为都是真人吗?妖孽!凡是到了乱世,这些妖孽都纷纷下凡,扰乱人间。那个尹雪艳还不知道是个什么东西变的呢!我看你呀,总得变个法儿替你们徐先生消了这场灾难才好。"

"亲妈,"徐太太忍不住又哭了起来,"你晓得我们徐先生不是那种没有良心的男人。每次他在外面逗留了回来,他嘴里虽然不说,我晓得他心里是过意不去的。有时他一个人闷坐着猛抽烟,头筋叠暴起来,样子真唬人。我又不敢去劝解他,只有干着急。这几天他更是着了魔一般,回来嚷嚷说公司里人人都寻他晦气。他和那些工人也使脾气,昨天还把人家开除了几个。我劝他犯不着和那些粗人计较,他连我也呵斥了一顿。他的行径反常得很,看着不像,真不由得不叫人担心哪!"

"就是说呀!"吴家阿婆点头说道,"怕是你们徐先生也犯着了什么吧?你且把他的八字递给我,回去我替他测一测。"

徐太太把徐壮图的八字抄给了吴家阿婆说道:"亲妈,全托你老人家的福了。"

"放心,"吴家阿婆临走时说道,"我们老师父最是法力无边,能够替人排难解厄的。"

然而老师父的法力并没有能够拯救徐壮图。有一天,正当徐壮图向一个工人拍起桌子喝骂的时候,那个工人突然发了狂,把扁钻从徐壮图前胸刺穿到后胸。

六

徐壮图的治丧委员会吴经理当了总干事。因为连日奔忙,风湿又弄翻了,他在极乐殡仪馆穿出穿进的时候,一径拄着拐杖,十分蹒跚。开吊的那一天灵堂就设在殡仪馆里。一时亲戚友好的花圈丧帐白簇簇的一直排到殡仪馆的门口来。水泥公司同仁捧的却是"痛失英才"四个大字。来祭吊的人从早上九点钟起开始络绎不绝。徐太太早已哭成了痴人,一身麻衣丧服带着两个孩子,跪在灵前答谢。吴家阿婆却率领了十二个道士,身着法衣,手执拂尘,在灵堂后面的法坛打解冤洗业醮。此外并有僧尼十数人在念经超度,拜大悲忏。

正午的时候,来祭吊的人早挤满了一堂,正当众人熙攘之际,突然人群里起了一阵骚动,接着全堂静寂下来,一片肃穆。原来尹雪艳不知什么时候却像一阵风一般地闪了进来。

尹雪艳仍旧一身素白打扮,脸上未施脂粉,轻盈盈地走到管事台前,不慌不忙地提起毛笔,在签名簿上一挥而就地签上了名,然后款款地步到灵堂中央,客人们都候地分开两边,让尹雪艳走到灵台跟前,尹雪艳凝着神,敛着容,朝着徐壮图的遗像深深地鞠了三鞠躬。这时在场的亲友大家都呆如木鸡。

有些显得惊讶,有些却是忿愤,也有些满脸惶惑,可是大家都好似被一股潜力镇住了,未敢轻举妄动。这次徐壮图的惨死,徐太太那一边有些亲戚迁怒于尹雪艳,他们都没有料到尹雪艳居然有这个胆识闯进徐家的灵堂来。场合过分紧张突兀,一时大家都有点手足无措。尹雪艳行完礼后,却走到徐家太太面前,伸出手抚摸了一下两个孩子的头,然后庄重地和徐太太握了一握手。正当众人面面相觑的当儿,尹雪艳却踏着她那风一般的步子走出了极乐殡仪馆。一时灵堂里一阵大乱,徐太太突然跪倒在地,昏厥了过去,吴家阿婆赶紧丢掉拂尘,抢身过去,将徐太太抱到后堂去。

当晚,尹雪艳的公馆里又成上了牌局,有些牌搭子是白天在徐壮图祭悼会后约好的。吴经理又带了两位新客人来。一位是南国纺织厂新上任的余经理;另一位是大华企业公司的周董事长。这晚吴经理的手气却出了奇迹,一连串的在和满贯。吴经理不停地笑着叫着,眼泪从他烂掉了睫毛的血红眼圈一滴滴淌下来。到了第十二圈,有一盘吴经理突然双手乱舞大叫起来:"阿嫒,快来!快来!'四喜临门'!这真是百年难见的怪牌。东、南、西、北——全齐了,外带自摸双!人家说和了大四喜,兆头不祥。我倒楣了一辈子,和了这副怪牌,从此否极泰来。阿嫒,阿嫒,侬看看这副牌可爱不可爱?有趣不有趣?"

吴经理喊着笑着把麻将撒满了一桌子。尹雪艳站到吴经理身边,轻轻地按着吴经理的肩膀,笑吟吟地说道:"干爹,快打起精神多和两盘。回头赢了余经理及周董事长他们的钱,我来吃你的红!"

作品解读

《永远的尹雪艳》塑造了一位神一般的女子,她神秘、冷傲、从容,似乎永远美丽,光彩照人。作者给我们描写了那些民国的"大人物"移居台湾后的失落与惆怅,让人明显感受到一种今与昔的对比。尹雪艳就是那么一个能让遗老遗少们重温往日风光的所在,她"便是上海百乐门时代永恒的象征,京沪繁华的佐证一般",所以人们虽然认为她"八字带着重煞,犯了白虎",却仍然离不开她。小说透出一种淡淡的虚无感,那种隔着文字却深入骨髓的冰冷是一种看破世事后的冷静与从容。尹雪艳是上流社会的交际花,左右逢源,然而她并不媚俗,凡事都有"自己的旋律"、"自己的拍子"。尹雪艳更像是一个超越众人与生死的精灵,她像"万年青"似的"总也不老"。她"以悲天悯人的眼光看着她这一群得意的、失意的、老年的、壮年的、曾经叱咤风云的、曾经风华绝代的客人们,狂热的互相厮杀,互相宰割"。她好像是凌驾于众人之上的神一般,在冷眼旁观着尘世纷扰,而这正是作者想要传达的。

(陆怡)

作家自述

  一个作家,一辈子写了许多书,其实也只在重复自己的两三句话,如果能以各种角度,不同的技巧,把这两三句话说好,那就没白写了。我想这是《台北人》对我比较重要一点。我觉得再不快写,那些人物、那些故事、那些已经慢慢消逝的中国人的生活方式,马上就要成为过去,一去不复返。——白先勇:《台北人》,广西师范大学出版社2010年。

名家要评

  《永远的尹雪艳》,是最"冷"的一篇。……惟独在《永远的尹雪艳》里,作者像是完全把自己隔离,冷眼旁观,采用全知叙事观点,不深入任一角色意识内,只限于人物外貌言行与情节发展的具体客观之描述。《永远的尹雪艳》,是《台北人》中嘲讽意味最浓的一篇。此嘲讽意味,前后一贯,藉此全文之"语调"(tone)——即"叙述者"之口吻——有效地传达给了读者。——欧阳子:《〈永远的尹雪艳〉之语言与语调》,《白先勇文集》第2卷《台北人》,第147页,花城出版社2009年。

拓展阅读

  1. 欧阳子:《白先勇的小说世界——〈台北人〉之主题探讨》,《白先勇文集》第2卷《台北人》,花城出版社2009年。

  2. 刘俊:《悲悯情怀:白先勇评传》,花城出版社2000年。

  3. 张晓玥:《书写心灵无言的痛楚——论白先勇小说》,《文学评论》2007年第2期。

像我这样的一个女子

西 西

像我这样的一个女子,其实是不适宜与任何人恋爱的。但我和夏之间的感情发展到今日这样的地步,使我自己也感到吃惊。我想,我所以会陷入目前的不可自拔的处境,完全是由于命运对我作了残酷的摆布,对于命运,我是没有办法反击的。听人家说,当你真的喜欢一个人,只要静静地坐在一个角落,看着他即使是非常随意的一个微笑,你也会忽然地感到魂飞魄散。对于夏,我的感觉正是这样。所以,当夏问我你喜欢我吗的时候,我就毫无保留地表达了我的感情。我是一个不懂得保护自己的人,我的举止和语言,都会使我永远成为别人的笑柄。和夏一起坐在咖啡室里的时候,我看来是那么地快乐,但我的心中充满隐忧,我其实是极度地不快乐的,因为我已经预知命运会把我带到什么地方,而那完全是由于我的过错。一开始的时候,我就不应该答应和夏一起到远方去探望一位久别了的同学,而后来,我又没有拒绝和他一起经常看电影。对于这些事情,后悔已经太迟了,而事实上,后悔或者不后悔,分别也变得不太重要,此刻我坐在咖啡室的一角等夏,我答应了带他到我工作的地方去参观,而一切也将在那个时刻结束。当我和夏认识的那个季节,我已经从学校里出来很久了,所以当夏问我是在做事了吗,我就说我已经出外工作许多年了。

那么,你的工作是什么呢。

他问。

替人化妆。

我说。

啊,是化妆。

他说。

但你的脸却是那么朴素。

他说。

他说他是一个不喜欢女子化妆的人,他喜欢朴素的脸容。他所以注意到我的脸上没有任何的化妆,我想,并不是由于我对他的询问提出了答案而引起了联想,而是由于我的脸比一般的人都显得苍白。我的手也是这样。我的双手和我的脸都比一般的人要显得苍白,这是我的工作造成的后果。我知道当我把我的职业说出来的时候,夏就像我曾经有过的其他的每一个朋友一般直接地误解了我的意思。在他的想像中,我的工作是一种为了美化一般女子的容貌的工作,譬如,在婚礼的节日上,为将出嫁的新娘端丽她们的颜面;所以,当我说我的工作并没有假期,即使是星期天也常常是忙碌的,他就更加信以为真了。星期天或者假日,总有那么多的新娘。但我的工作并非为新娘化妆,我的工作是为那些已经没有了生命的人作最后的修饰,使他们在将离人世的最后一刻显得心平气和与温柔。在过往的日子里,我也曾经把我的职业对我的朋友提及,当他们稍有误会时我立刻加以更正辩析,让他们了解我是怎样的一个人,但我的诚实使我失去了几乎所有的朋友,是我使他们害怕了,仿佛坐在他们对面喝着咖啡的我竟也是他们心目中恐惧的幽灵了。这我是不怪他们的,对于生命中不可知的神秘面我们天生就有原始的胆怯。我没有对夏的问题提出答案时加以解释,一则是由于我怕我会因此惊惧,我是不可以再由于自己的奇异职业而使我周遭的朋友感到不安的,这样我将更不能原谅我自己;其次是由于我原是一个不懂得表达自己的意思的人,而且长期以来,我同时习惯了保持沉默。

但你的脸却是那么朴素。

他说。

当夏这样说的时候,我已经知道这就是我们之间感情路上不祥的预兆了。但那时候,夏是那么地快乐,因为我是一个不为自己化妆的女子而快乐,但我的心中充满了忧愁。我不知道,在这个世界上,谁将是为我的脸化妆的一个人,会是怡芬姑母吗?我和怡芬姑母一样,我们共同的愿望仍是在我们有生之年,不要为我们自己至爱的亲人化妆。我不知道在不祥的预兆冒升之后,我为什么继续和夏一起常常漫游,也许,我毕竟是一个人,我是没有能力控制自己而终于一步一步走向命运所指引我走的道路上去;对于我的种种行为,我实在无法作出一个合理的解释,我想人难道不是这样子吗,人的行为有许多都是令自己也莫名其妙的。

可以参观一下你的工作吗?

夏问。

应该没有问题。

我说。

她们会介意吗?

他问。

恐怕没有一个会介意的。

我说。

夏所以说要参观一下我的工作,是因为每一个星期日的早上我必须回到我的工作的地方去工作,而他在这个日子里并没有任何的事情可以做。他说他愿意陪我上我工作的地方,既然去了,为什么不留下来看看呢。他说他想看看那些新娘和送嫁的女人们热闹的情形,也想看看我怎样把她们打扮得花容月貌,或者化丑为妍。我毫不考虑地答应了。我知道命运已经把我带向起步跑的白线前面,而这注定是必会发生的事情,所以,我在一间小小的咖啡室里等夏来,然后我们一起到我工作的地方去。到了那个地方,一切就会明白了。夏就会知道他一直以为我为他而洒的香水,其实不过是附在我身体上的防腐剂的气味罢了;他也会知道,我常常穿素白的衣服,并不是因为这是我特意追求纯洁的表征,而是为了方便我出入我工作的那个地方。附在我身上的一种奇异的药水气味,已经在我的躯体上蚀骨了,我曾经用过种种的方法把它们洗涤清洁,都无法把它们驱除,直到后来,我终于放弃了我的努力,我甚至不再闻得那股特殊的气息,夏却是一无所知的,他曾经对我说,你用的是多么奇特的一种香水。但一切不久就会水落石出。我一直是一名能够修理一个典雅发型的技师,我也是个能束一个美丽出色的领结的巧手,但这些又有什么用呢,看我的双手,它们曾为多少沉默不语的人修剪过发须,又为多少严肃庄重的颈项修理过他们的领结。这双手,夏能容忍我为他理发吗,能容忍我为他细意打一条领带吗？这样的一双手，本来是温暖的，但在人们的眼中已经变成冰冷，这样的一双手，本来该适合怀抱新生的婴儿的，但在人们的眼中已经成为接抚骷髅的白骨了。

怡芬姑母把她的技艺传授给我，也许有甚多的理由，人们从她平日的言谈中可以探测得清清楚楚。不错，像这般的一种技艺，是一生一世也不怕失业的一种技能，而且收入甚丰，像我这样一个读书不多，知识程度低的女子，有什么能力到这个狼吞虎咽、弱肉强食的世界上去和别的人竞争呢。怡芬姑母把她的毕生绝学传授给我，完全是因为我是她的亲侄女儿的缘故。她工作的时候，从来不让任何一个人参观，直到她正式收我为她的门徒，才让我追随她的左右，跟着她一点一点地学习，即使独自对着赤裸而冰冷的尸体也不觉得害怕。甚至那些碎裂得四分五散的部分、爆裂的头颅，我已学会了把它们拼凑缝接起来，仿佛这不过是制作一件戏服。我从小失去父母，由怡芬姑母把我抚养长大。奇怪的是，我终于渐渐地变得愈来愈像我的姑母，甚至是她的沉默寡言，她的苍白的手脸，她步行时慢吞吞的姿态，我都愈来愈像她。有时候我不禁感到怀疑，我究竟是不是我自己，我或者竟是另外的一个怡芬姑母，我们两个人其实就是一个人，我就是怡芬姑母的一个延续。

从今以后，你将不愁衣食了。

怡芬姑母说。

你也不必像别的女子那般，要靠别的人来养活你了。

她说。

怡芬姑母这样说，我其实是不明白她的意思的。我不知道为什么跟着她学会了这一种技能，就可以不愁衣食，不必像别的女子要靠别人来养活自己，难道世界上就没有其他的行业可以令我也不愁衣食，不必靠别的人来养活么。但我是这么没有什么知识的一个女子，在这个世界上，我是必定不能和别的女子竞争的，所以，怡芬姑母才特别传授了她的特技给我，她完全是为了我好。事实上，像我们这样的工作，整个城市的人，谁不需要我们的帮助呢，不管是什么人，穷的还是富的，大官还是乞丐，只要命运的手把他们带到我们这里来，我们就是他们最终的安慰，我们会使他们的容颜显得心平气和，使他们显得无比地温柔。我和怡芬姑母都各自有各自的愿望，除了自己的愿望以外，我们尚有一个共同的愿望，那就是希望在我们的有生之年，都不必为我们至爱的亲人化妆。所以，上一个星期之内，我是那么地哀伤，我隐隐约约知道有一件凄凉的事情发生了，而这件事，却是发生在我年轻的兄弟的身上。据我所知，我年轻的兄弟结识了一个声色性情令人赞美的女子，而且是才貌双全的，他们彼此是那么地快乐，我想，这真是一件幸福的大喜事，然而快乐毕竟是过得太快一点了，我不久就知道那可爱的女子不明不白地和一个她并不倾心的人结了婚。为什么两个本来相爱的人不能结婚，却被逼要苦苦相思一生呢。我年轻的兄弟变成了另外一个人了，他曾经这么说，我不要活了。我不知道应该怎么办，难道我竟要为我年轻的兄弟化妆吗？

我不要活了。

我年轻的兄弟说。

我完全不明白事情为什么会发展成那样，我年轻的兄弟也不明白。如果她说：我不喜欢你了。那我年轻的兄弟是无话可说的。但两个人明明相爱，既不是为了报恩，又不是经济上的困难，而在这么文明的现代社会，还有被父母逼了出嫁的女子吗？长长的一生为什么就对命运低头了呢。唉,但愿在我们有生之年,都不必为我们至爱的亲人化妆。不过,谁能说得准呢,怡芬姑母在正式收我为徒,传授我绝技的时候曾经对我说过:你必须遵从我一件事情,我才能收你为门徒。我不知道为什么怡芬姑母那么郑重其事,她严肃地对我说:当我躺下,你必须亲自为我化妆,不要让任何陌生人接触我的躯体。我觉得这样的事并无困难,只是奇怪怡芬姑母的执着,譬如我,当我躺下,我的躯体与我,还有什么相干呢。但那是怡芬姑母惟一的一个私自的愿望,我必会帮助她完成,只要我能活到那个适当的时刻和年月。在漫漫的人生路途上,我和怡芬姑母一样,我们其实都没有什么宏大的愿望,怡芬姑母希望我是她的化妆师,而我,我只希望凭我的技艺,能够创造一个"最安详的死者"出来,他将比所有的死者更温柔,更心平气和,仿佛死亡真的是最佳的安息。其实,即使我果然成功了,也不过是我在人世上无聊时藉以杀死时间的一种游戏吧了,世界上的一切岂不毫无意义,我的努力其实是一场徒劳,如果我创造了"最安详的死者",我难道希望得到奖赏?死者是一无所知的,死者的家属也不会知道我在死者身上所花的心力,我又不会举行展览会,让公众进来参观分辨化妆师的优劣与创新,更加没有人会为死者的化妆作不同的评述、比较、研究和开讨论会,即使有,又怎样呢?也不过是蜜蜂蚂蚁的喧嚷,我的工作,只是斗室中我个人的一项游戏而已。但我为什么又作出了我的愿望呢,这大概是支持我继续我的工作的一种动力了,因为我的工作是寂寞而孤独的,既没有对手,也没有观众,当然更没有掌声。当我工作的时候,我只听见我自己低低的呼吸,满室躺着男男女女,只有我自己独自低低地呼吸,我甚至可以感到我的心在哀愁或者叹息,当别人的心都停止了悲鸣的时候,我的心就更加响亮了。昨天,我想为一双为情自杀的年轻人化妆,当我凝视那个沉睡了的男孩的脸时,我忽然觉得这正是我创造"最安详的死者"的对象。他闭着眼睛,轻轻地合上了嘴唇,他的左额上有一个淡淡的疤痕,他那样地睡着,仿佛真的不过是在安详睡觉。这么多年,我所化妆过的脸何止千万;许多的脸都是愁眉苦脸的,大部分的十分狰狞,对于这些面谱,我一一为他们作了最适当的修正,该缝补的缝补,该掩饰的掩饰,使他们变得无限地温柔。但我昨天遇见的男孩,他的容颜有一种说不出的平静,难道说他的自杀竟是一件快乐的事情?但我不相信这种表面的姿态,我觉得他的行为是一种极端懦弱的行为,一个没有勇气向命运反击的人,从我自己出发,应该是我不屑一顾的。我不但打消了把他创造为一个"最安详的死者"的念头,同时拒绝为他化妆,我把他和那个和他一起愚蠢地认命的女孩一起移交给怡芬姑母,让她去为他们因喝剧烈的毒液而烫烧的面颊细细地粉饰。

没有人不知道怡芬姑母的往事,因为有一些人曾经是现场的目击者。那时候怡芬姑母仍然年轻,喜欢一面工作一面唱歌,并且和躺在她前面的死者说话,仿佛他们都是她的朋友。至于怡芬姑母变得沉默寡言,那就是后来的事了。怡芬姑母习惯把她心里的一切话都讲给她沉睡的朋友们听,她从来不写日记,沉睡在她面前的那些人都是人类中最优秀的听众,他们可以长时间地听她娓娓细诉,而且,又是第一等的保密者。怡芬姑母会告诉他们她如何结识了一个男子,而他们在一起的时候就像所有的恋人们在一起那样地快乐,偶然中间也不乏遥远而继续的、时阴时晴的日子。那时候,怡芬姑母每星期一次上一间美容学校学化妆术,风雨不改,经年不辍,她几乎把所有老师的技艺都学齐了,甚至当学校方面告诉她已经没有什么可以再学的时候她仍坚持要老师们看看还有什么新的技术可以传给她。她对化妆的兴趣如此浓厚,几乎是天生的因素,以至她的朋友都以为她将来必定要开什么大规模的美容院。但她没有,她只把她的学问贡献在沉睡在她前面的人的躯体上。而这样的事情,她年轻的恋人是不知道的,他一直以为爱美是女孩子的天性,她不过是比较喜好脂粉吧了。直到这么的一天,她带他到她工作的地方去看看,指着躺在一边的死者,告诉他,这是一种非常孤独而寂寞的工作,但是这样的一个地方,并没有人世间的是是非非,一切的妒忌、仇恨和名利的争执都已不存在;当他们落入阴暗之中,他们将一个个变得心平气和而温柔。他是那么地惊恐,他从来没有想像她是这样的一个女子,从事这样的一种职业,他曾经爱她,愿意为她做任何事,他起过誓,说无论如何都不会离弃她,他们必定白头偕老,他们的爱情至死不渝。不过,竟在一群不会说话、没有能力呼吸的死者的面前,他的勇气与胆量完全消失了,他失声大叫,掉头拔脚而逃,推开了所有的门,一路上有许多人看见他失魂落魄地奔跑。以后,怡芬姑母再也没有见过他了,人们只听见她独自在一间斗室里,对她沉默的朋友们说:他不是说爱我的么,他不是说不会离弃我的么,而他为什么忽然这么惊恐呢。后来,怡芬姑母就变得逐渐沉默寡言起来,或者,她要说的话也已经说尽,或者,她不必再说,她沉默的朋友都知道关于她的故事,有些话的确是不必多说的。怡芬姑母在开始把她的绝技传授给我的时候,也对我讲过她的往事,她选择了我,而没有选择我年轻的兄弟,虽然有另外的一个原因,但主要的却是,我并非一个胆怯的人。

你害怕吗?

她问。

我并不害怕。

我说。

你胆怯吗?

她问。

我并不胆怯。

我说。

是因为我并不害怕,所以怡芬姑母选择了我作她的继承人。她有一个预感,我的命运或者和她的命运相同,至于我们怎么会变得愈来愈相像,这是我们都无法解释的事情,而开始的原因也许是由于我们都不害怕。我们毫不畏惧。当怡芬姑母把她的往事告诉我的时候,她说,但我总相信,在这世界上,必定有像我们一般,并不畏惧的人。那时候,怡芬姑母还没有到达完全沉默寡言的程度,她让我站在她的身边,看她怎样为一张倔强的嘴唇涂上红色,又为一只久睁的眼睛轻轻抚摸,请他安息。那时候,她仍断断续续地对她的一群沉睡了的朋友说话:而你,你为什么害怕了呢。为什么在恋爱中的人却对爱那么没有信心,在爱里竟没有勇气呢。在怡芬姑母的沉睡的朋友中,也不乏胆怯而懦弱的家伙,他们则更加沉默了,怡芬姑母很知道她的朋友们的一些故事,她有时候一面为一个额上垂着刘海的女子敷粉时一面告诉我:唉唉,这是一个何等懦弱的女子呀,只为了要做一个名义上美丽的孝顺女儿,竟把她心爱的人舍弃了。怡芬姑母知道这边的一个女子是为了报恩,那边的女子是为了认命,都把自己无助地交在命运的手里,仿佛她们并不是一个个活生生有感情有思想的人,而是一件件商品。

这真是可怕的工作呀。

我的朋友说。

是为死了的人化妆吗,我的天呀。

我的朋友说。

我并不害怕,但我的朋友害怕,他们因为我的眼睛常常凝视死者的眼睛而不欢喜我的眼睛,他们又因为我的手常常抚触死者的手而不喜欢我的手。起先他们只是不喜欢,渐渐地他们简直就是害怕了,而且,他们起先不喜欢和感到害怕的只是我的眼睛和我的手,但到了后来,他们不喜欢和感到害怕的已经蔓延到我的整体,我看着他们一个一个在我的身边离去,仿佛动物看见烈火,田农骤遇飞蝗。我说:为什么你们要害怕呢,在这个世界上,总得有人做这样的工作,难道我的工作做得不够好,不称职?但我渐渐就安于我的现状了,对于我的孤独,我也习惯了。总有那么多的人,追寻一些甜蜜温暖的工作,他们喜欢的永远是星星与花朵。但在星星与花朵之中,怎样才显得出一个人坚定的步伐呢。我如今几乎没有朋友了,他们从我的手感觉到另一个深邃的国度的冰冷,他们从我的眼看见无数沉默浮游的精灵,于是,他们感到害怕了。即使我的手是温暖的,我的眼睛是会流泪的,我的心是热的,他们并不回顾。我也开始像我的怡芬姑母那样,只剩下沉睡在我的面前的死者成为我的朋友了。我奇怪我在静寂的时刻居然会对他们说:你们知道吗,明天早上,我会带一个叫做夏的人到这里来探访你们。夏问过:你们会介意吗。我说,你们并不介意。你们是真的不介意吧。到了明天,夏就会到这个地方来了,我想,我是知道这个事情的结局是怎样的,因为我的命运已经和怡芬姑母的命运重叠为一了。我想,我当会看到夏踏进这个地方时的魂飞魄散的样子,唉,我们竟以不同的方式彼此令彼此魂飞魄散。对于将要发生的事情,我并不惊恐,我从种种的预兆中已经知道结局的场面。夏说:你的脸却是那么朴素。是的,我的脸是那么朴素,一张朴素的脸并没有力量令一个人对一切变得无所畏惧。

我曾经想过转换一种职业,难道我不能像别的女子那样做一些别的工作吗?我已经没有可能当教师、护士,或者写字楼的秘书或文员,但我难道不能到商店去当售货员,到面包店去卖面包,甚至是当一名清洁女仆?像我这样的一个女子,只要求一日的餐宿,难道无处可以容身?说实在的,凭我的一手技艺,我真的可以当那些新娘的美容师,但我不敢想像,当我为一张嘴唇涂上唇膏时,嘴唇忽然裂开而显出一个微笑,我会怎么想,太多的记忆使我不能从事这一项与我非常相称的职业。只是,如果我转换了一份工作,我的苍白的手脸会改变它们的颜色吗,我的满身蚀骨的防腐剂的药味会完全彻底消失吗?那时,对于夏,我又该把我目前正在从事的工作绝对地隐瞒吗?对一个我们至亲的人隐瞒过往的事,是不忠诚的,世界上仍有无数的女子,千方百计地掩饰她们愧失了的贞节和虚长了的年岁,这都是我所鄙视的人物。我必定会对夏说,我长时期的工作,一直是在为一些沉睡的死者化妆。而他必须知道、认识,我是这样的一个女子。所以,我身上并没有奇异的香水气味,那是防腐剂的药水味;我常常穿白色的衣裳也并非由于我刻意追求纯洁的形象,而是我必须如此才能方便出入我工作的地方。但这些只不过是大海中的一些水珠罢了。当夏知道我的手长时期触抚那些沉睡的死者,他还会牵着我的手和我一起跃过急流的溪涧吗,他会让我为他修剪头发,为他打一个领结吗?他会容忍我的视线凝定在他的脸上吗?他会毫不恐惧地在我的面前躺下来吗?我想他会害怕,他会非常地害怕,他就像我的那些朋友,起先是惊讶,然后是不喜欢,结果就是害怕而掉转脸去。怡芬姑母说:如果是由于爱,那还有什么畏惧的呢。但我知道,许多人的所谓爱,表面上是非常地刚强、坚韧,事实上却是异常地脆弱、柔萎;吹了气的勇气,不过是一层糖衣。怡芬姑母说:也许夏不是一个胆怯的人。所以,这也是为什么我一直对我的职业不作进一步的解释的缘故,当然,另外的一个原因完全由于我是一个不擅于表达自己思想的人,我可能说得不好,可能选错了环境、气候、时间和温度,这都会把我想表达的意思扭曲。我不对夏解释我的工作并非是为新娘添妆,其实也正是对他的一场考验,我要观察他看见我工作对象时的反应,如果害怕,那么他就是害怕了。如果他拔脚而逃,让我告诉我那些沉睡的朋友:其实一切就从来没有发生。

可以参观一下你工作情形吗?

他问。

应该没有问题。

我说。

所以,如今我坐在咖啡室的一个角落等夏来。我曾经在这个时刻仔细地思想,也许我这样做对夏是不公平的,如果他对我所从事的行业感到害怕,而又有什么过错呢,为什么他要特别勇敢,为什么一个人对死者的恐惧竟要和爱情上的胆怯有关,那可能是两件完全不相干的事情。我年纪很小的时候,我的父母都已经亡故了,我是由怡芬姑母把我抚养长大的,我,以及我年轻的兄弟,都是没有父母的孤儿。我对我父母的身世和他们的往事所知甚少,一切我稍后知悉的事都是怡芬姑母告诉我的。我记得她说过,我的父亲正是从事为死者化妆的一个人,他后来娶了我的母亲。当他打算和我母亲结婚的时候,曾经问她:你害怕吗?而我母亲说:并不害怕。我想,我所以也不害怕,是因为我像我的母亲,我身体内的血液原是她的血液。怡芬姑母说,我母亲在她的记忆中是永生的,因为她这么说过:因为爱,所以并不害怕。也许是这样,我不记得我母亲的模样和声音,但她隐隐约约地在我的记忆中也是永生的。可是我想,如果我母亲说了因为爱而不害怕的话,只因为她是我的母亲,我没有理由要求世界上的每一个人都如此。或者,我还应该责备自己从小接受了这样的命运,从事如此令人难以忍受的职业。世界上哪一个男子不喜爱那些温柔、暖和、甜美的女子呢,而那些女子也该从事一些亲切、婉约、典雅的工作,但我的工作是冰冷而阴森、暮气沉沉的,我想我整个人早已也染上了那样的一种雾霭,那么,为什么一个明亮如太阳似的男子要结识这样一个郁暗的女子呢,当他躺在她身边,难道不会想起这是一个经常和尸体相处的一个人,而她的双手,触及他的肌肤时,会不会令他想起,这竟是一双长期轻抚死者的手呢。唉唉,像我这样的一个女子,原是不适宜与任何人恋爱的。我想一切的过失皆自我而起,我何不离开这里,回到我工作的地方去,世界上从来没有一个我认识的人叫做夏,而他也将忘记曾经结识过一个女子,是一名为新娘添妆的美容师。不过一切又仿佛太迟了,我看见夏,透过玻璃,从马路的对面走过来。他手里抱着的是什么呢?这么大的一束花。今天是什么日子,有人生日吗。我看着夏从咖啡室的门口进来,发现我,坐在这边幽黯的角落里。外面的阳光非常灿烂,他把阳光带进来了,因为他的白色的衬衫反映了那种光亮。他像他的名字,永远是夏天。

喂,星期日快乐。

他说。

这些花都是送给你的。

他说。

他的确是快乐的,于是他坐下来喝咖啡。我们有过那么多快乐的日子。但快乐又是什么呢,快乐总是过得很快的。我的心是那么地忧愁。从这里走过去,不过是三百步路的光景,我们就可以到达我工作的地方。然后,就像许多年前发生过的事情一样,一个失魂落魄的男子从那扇大门里飞跑出来,所有好奇的眼睛都跟踪着他,直到他完全消失。怡芬姑母说:也许,在这个世界上,仍有真正具备勇气而不畏惧的人。但我知道这不过是一种假设,当夏从对面的马路走过来的时候,手抱一束巨大的花朵,我又已经知道,因为这正是不祥的预兆。唉唉,像我这样的一个女子,其实是不适宜与任何人恋爱的,或者,我该对我的那些沉睡了的朋友说:我们其实不都是一样的吗?几十年不过匆匆一瞥,无论是为了什么因由,原是谁也不必为谁而魂飞魄散。夏带进咖啡室来的一束巨大的花朵,是非常非常地美丽,他是快乐的,而我心忧伤。他是不知道的,在我们这个行业之中,花朵,就是诀别的意思。

(原载香港《素叶文学》1982 年第 6 期)

作品解读

在《像我这样的一个女子》中,西西将两个古老而又永恒的话题——爱与死——巧妙地结合在一起。爱情和死亡都是生活中的一部分,也是一个人命运不可或缺的一部分。文中的女子,是深爱着夏的,她可以为了他的一个随意的微笑而魂飞魄散,可以因为深深凝望他而感到幸福无比。这样的一个女子对爱情是绝对忠诚的,她不想对他有任何的隐瞒,即使是她难以言说的职业。她要他完全的了解她,明白她,即使这可能会使她失去他,她也义无反顾地愿意去承担这因失去而带来的痛苦。她就是这样的一个女子,正如她永生的母亲一样:因为爱,所以并不害怕。想起那个殉情的年轻人,男孩安详的表情渗透出他面对死亡的坦然,而这份坦然正是由于有了爱情的支撑。在"我"看来,他的安详只是表面上的,他的自杀其实是一种极其懦弱、愚蠢的行为。她甚至认为,"当我躺下,我的躯体与我,还有什么相干呢?"与怡芬姑母的执著相比,这更是面对死亡的一种超然。小说具有浓重的宗教色彩,在行云流水般舒畅的心理诉述中,包含了许多深邃的哲理与内涵;在爱与死的跋涉中,留下了许多渗透着血泪的足印;在一个平静的遗容化妆师的外表下,隐藏了西西许多淡淡的哀愁与怨恨。

(吴梦雅)

名家要评

西西,恰恰是一个粗糙、朴素的女人,在我的印象里。面对着富贵纤弱的香港文化,西西的文学正在破坏着、建设着。……她的作品犹如她的为人,也有粗糙、朴素,于粗糙中显出豪气丈夫气,于朴素中现出一种乐天知命、达观的精神。——莫言:《香港好人》,《八方文艺丛刊》第 12 辑,1990 年 11 月。

……未能进行生活本质的挖掘和错综复杂现象的透视……遍览她笔下的艺术世界,很难找到几个达到悲剧标准的令人掉泪的悲剧英雄,也很难找到几个给人笑后引起反思的戏剧性人物……——王剑丛:《香港文学史》,第 162 页,百花洲文艺出版社 1995 年。

拓展阅读

1. 古苍梧:《沙漠的奇迹——评说西西》,《新晚报》1981 年 10 月 13 日。
2. 何福仁、西西:《时间的话题——对话集》,洪范书店 1995 年。
3. 西野由希子:《开放的故事——西西作品评析》,《活泼纷繁的香港文学——一九九九年香港文学国际研讨会论文集(下册)》,黄维樑主编,香港中文大学出版社 2000 年。

苹果树下

闻 捷

苹果树下那个小伙子,
你不要、不要再唱歌;
姑娘沿着水渠走来了,
年轻的心在胸中跳着。
她的心为什么跳呵?
为什么跳得失去节拍?……

春天,姑娘在果园劳作,
歌声轻轻从她耳边飘过,
枝头的花苞还没有开放,
小伙子就盼望它早结果。
奇怪的念头姑娘不懂得,
她说:别用歌声打扰我。

小伙子夏天在果园度过,
一边劳动一边把姑娘盯着,
果子才结得葡萄那么大,

小伙子就唱着赶快去采摘。
满腔的心思姑娘猜不着,
她说:别像影子一样缠着我。

淡红的果子压弯绿枝。
秋天是一个成熟季节,
姑娘整夜整夜地睡不着,
是不是挂念那树好苹果?
这些事小伙子应该明白,
她说:有句话你怎么不说?

……苹果树下那个小伙子,
你不要、不要再唱歌;
姑娘踏着草坪过来了,
她的笑容里藏着什么?……
说出那句真心的话吧!
种下的爱情已该收获。

1952—1954年,乌鲁木齐—北京

(选自《闻捷诗选》,人民文学出版社1979年)

作品解读

《苹果树下》是上世纪50年代流行的爱情诗的代表作:把爱情与劳动、建设结合起来,表现了新时代新的劳动态度和新的爱情观念。诗中倾慕、追求、等待、表白等爱情生活情趣,具有浓郁的地方色彩,体现了当时的社会风尚。诗歌以苹果作象征体,借苹果的生长来暗喻爱情的成熟,正面写劳动,侧面谈爱情,把爱情同创造新生活的劳动相结合,使内容更充实也使人物更富有情感。

诗人为我们展现的是一幅轻快明媚的劳动生活画面,在收获果实的时候,也幸福地采摘了爱情的硕果。

(刘成才)

作家自述

新民歌是我们人民的一只竹笛,抒发着对劳动生活的赞美。

新民歌在发展着。生活在前进,新民歌的内容随着在丰富,新民歌的形式也随着在变化。新民歌的过去、现在和将来,都是我们诗苑中的一朵灿烂的花。——闻捷:《灿烂的花》,《解放日报》1962年6月9日。

名家要评

作者闻捷用朴实动人的诗句,赞美了吐鲁番地方劳动青年的纯真的、热烈而高尚的爱情。我们从诗中可以强烈地感到:生活在今天这个伟大时代里的兄弟民族是多么愉快而幸福呵!——蓝蓝:《一组优美的情歌》,《文艺报》1955年第16期。

拓展阅读

1. 蓝蓝:《一组优美的情歌》,《文艺报》1955年第16期。
2. 叶橹:《激情的赞歌——读闻捷的诗》,《人民文学》1956年2月号。

望星空

郭小川

一

今夜呀,
我站在北京的街头上,
向星空睽望。
明天哟,
一个紧要任务,
又要放在我的双肩上。
我能退缩吗?
只有迈开阔步,
踏万里重洋;
我能叫嚷困难吗?
只有挺直腰身,
承担千斤重量。
心房呵,
不许你这般激荡!……
此刻呵,
最该是我沉着镇定的时光。

而星空,
却是异样地安详。
夜深了,
风息了,
雷雨逃往他乡。
云飞了,
雾散了,
月亮躲在远方。
天海平平,
不起浪,
四围静静,
无声响。

但星空是壮丽的,
雄厚而明朗。
穹窿呵,
深又广,
在那神秘的世界里,
好像竖立着层层神秘的殿堂。
大气呵,
浓又香,
在那奇妙的海洋中,
仿佛流荡着奇妙的酒浆。
星星呀,
亮又亮,
在浩大无比的太空里,
点起万古不灭的盏盏灯光。
银河呀,
长又长,
在没有涯际的宇宙中,
架起没有尽头的桥梁。
呵,星空,
只有你,
称得起万寿无疆!
你看过多少次:
冰河解冻,
火山喷浆!
你赏过多少回:
白杨吐绿,
柳絮飞霜!
在那遥远的高处,
在那不可思议的地方

你观尽人间美景，
饱看世界沧桑。
时间对于你，

跟空间一样——
无穷无尽，
浩浩荡荡。

二

呵，
望星空，
我不免感到惆怅。
说什么：
身宽气盛，
年富力强！
怎比得：
你那根深蒂固，
源远流长！
说什么：
情豪志大，
心高胆壮！
怎比得：
你那阔大胸襟，
无限容量！

我爱人间，
我在人间生长，
但比起你来，
人间还远不辉煌。
走千山，
涉万水，
登不上你的殿堂。
过大海，
越重洋，
饮不到你的酒浆。
千堆火，
万盏灯，
不如一颗小小星光亮。
千条路，
万座桥，
不如银河一节长。

我游历过半个地球，

从东方到西方。
地球的阔大幅员，
引起我的惊奇和赞赏。
可谁能知道：
宇宙里有多少星星，
是地球的姊妹行！
谁曾晓得：
天空中有多少陆地，
能够充作人类的家乡！
远方的星星呵，
你看得见地球吗？
——一片迷茫！
远方的陆地呵，
你感觉到我们的存在吗？
——怎能想像！

生命是珍贵的
为了赞颂战斗的人生，
我写下成册的诗章；
可是在人生的路途上，
又有多少机缘，
向星空眈望！
在人生的行程中，
又有多少个夜晚，
见星空如此安详！
在伟大的宇宙的空间，
人生不过是流星般的闪光。
在无限的时间的河流里，
人生仅仅是微小又微小的波浪。
呵，星空，
我不免感到惆怅！
于是我带着惆怅的心情，
走向北京的心脏……

三

忽然之间，
壮丽的星空，
一下子变了模样。
天黑了，
星小了，
高空显得暗淡无光；
云没有来，
风没有刮，
却像有一股阴霾罩天上。
天窄了，
星低了，
星空不再辉煌。
夜没有尽，
月没有升，
太阳也不曾起床。
呵，这突然的变化，
使我感到迷惘，
我不能不带着格外的惊奇，
向四围寻望：
就在我的近边，
在天安门广场，
升起了一座美妙的人民会堂；
就在那会堂的里面，
在宴会厅的杯盏中，
斟满了芬芳的友谊的酒浆；
就在我的两侧，
在长安街上，
挂出了长串的灯光；
就在那灯光之下，
在北京的中心，
架起了一座银河般的桥梁。

这是天上人间吗？
不，人间天上！
这是天堂中的大地吗？
不，大地上的天堂。
真实的世界呵，
一点也不虚妄，
你朴质地描述吧，
不需要作半点夸张！
是谁说的呀——
星空比人间还要辉煌？
是什么人呀——
在星空下感到忧伤？
今夜哟，
最该是我沉着镇定的时光！

是的，
我错了，
我曾是如此地神情激荡！
此刻我才明白：
刚才是我望星空，
而不是星空向我睃望。
我们生活着，
而没有生命的宇宙，
既不生活也不死亡。
我们思索着，
而不会思索的穹窿，
总是露出呆相。
星空哟，
面对着你，
我有资格挺起胸膛。

四

当我怀着自豪的感情，
再向星空睃望，
我的身子，
充溢着非凡的力量。
因为我知道：
在一切最好的传统之上，

我们的队伍已经组成，
犹如浩荡的万里长江。
而我自己呢，
早就全副武装，
在我们的行列里，
充当了一名小小的兵将。

可是呵，
我和我的同志一样，
决不会在红灯绿酒之前，
神魂飘荡。
我们要在地球与星空之间，
修建一条走廊，
把大地上的楼台殿阁，
移往辽阔的天堂。
我们要在无限的高空，
架起一座桥梁，
把人间的山珍海味，
送往迢遥的上苍。

真的，我和我的同志一样，
决不只是"自扫门前雪"，
而是定管"他人瓦上霜"。
我们要把长安街上的灯火，

延伸到远方；
让万里无云的夜空，
出现千千万万个太阳。
我们要把广漠的穹窿，
变成繁华的天安门广场；
让满天星斗，
全成为人类的家乡。

而星空呵，
不要笑我荒唐！
我是诚实的，
从不痴心妄想。
人生虽是暂短的，
但只有人类的双手，
能够为宇宙穿上盛装；
世界呀，
由于人的生存
而有了无穷的希望。
还有什么艰难，
使你力不可当？
请再仔细抬头眈望吧！
出发于盟邦的新的火箭，
正遨游于辽远的星空之上。

1959年4月初稿
1959年8月第二次修改
1959年10月改成

（选自《郭小川诗选》，人民文学出版社1985年）

作品解读

《望星空》完成于1959年，就时代背景而言与当时"颂歌式"政治抒情、轰轰烈烈的"大跃进"气氛不无关系，但在更深层面上又隐隐透露出诗人对上世纪50年代后期中国社会政治经济状况的种种忧虑和思考。作为革命战士的"我"面对浩瀚星空时所发生的有关人生、宇宙的超越时空的思绪，显示了较为强烈的自我意识，并凭借这一独特的角度展开抒情，对人类的生命现象作了诗意、忧郁和痛苦的自我反省，一定程度上折射了"大跃进"所造成的严峻后果，也寓意了在历史的挫折面前，革命者对自身生命、意义和命运的重新思考。作为独特文本，诗篇留下的是具有战士与诗人双重性格的郭小川在政治理想与艺术追求、时代精神与个人体验之间的两难选择的历史印记。

（刘成才）

作家自述

我所向往的文学,是斗争的文学……但是,我越来越懂得,仅仅有了这个出发点还是远远地不足,文学毕竟是文学,这里需要很多很多新颖而独特的东西,它的源泉是人民群众的生活的海洋,但它应当是从海洋中提炼出来的不同凡响的、光灿灿的晶体。——郭小川:《权当序言》,《月下集》,人民文学出版社 1959 年。

诗是表现感情的,当然也表现思想,但感情可以说是思想的"翅膀",没有感情,尽管有思想,也不是诗。当然,我们的"情"是无产阶级之情,是人民之情。既然是"情",就必须是从心的深处发出的,无法伪装,伪装的都没有真情实感。——郭小川:《谈诗》,《诗刊》1977 年第 12 期。

名家要评

正是在举国欢腾的日子,劳动人民热烈庆祝我们革命事业的光辉成就……而郭小川同志却写出了这样极端荒谬的诗句;这是政治性的错误,令人不能容忍的……这首诗里的主导的东西,是个人主义,虚无主义的东西;它腐蚀了诗人自己的头脑,又在读者中间散发了腐蚀性的影响。——华夫:《评郭小川的〈望星空〉》,《文艺报》1959 年第 23 期。

《望星空》宣扬了"人生渺小、宇宙永恒"的意思,这完全不是马克思主义的宇宙观,而是一种资产阶级、小资产阶级的虚无主义。……诗人的世界观完全脱离了马克思主义,脱离了斗争,于是既非崇高的理想主义,也非彻底的、积极的现实主义,因此唱出了一片悲观、低沉、泄气的调子。……这和我们大跃进的时代精神,和人民群众改造自然、改造世界的雄心壮志,和向地球宣战、征服宇宙的战斗的乐观主义,是多么相悖呵!——萧三:《谈〈望星空〉》,《人民文学》1960 年第 1 期。

《望星空》折射了当时相当深刻的社会心理内容。在大的失误和挫折面前,人(革命者)对自己的生命、意义、命运的重新思索、把握和追求,达到了当代文学史上前所未有的深度……《望星空》的批判者们无法理解,对生死存亡的重视,对人生短促的感慨,未必就是颓废、悲观、虚妄。恰恰相反,有时深藏的正是对人生的执著和强烈求索,以及百折不挠的进取精神。——黄子平:《郭小川诗歌中的时空意识》,《文学评论丛刊》第 25 辑,第 8 页,中国社会科学出版社 1985 年。

拓展阅读

1. 华夫:《评郭小川的〈望星空〉》,《文艺报》1959 年第 3 期。

2. 公刘:《理当为〈望星空〉恢复名誉——纪念〈望星空〉发表二十周年》,《安徽文学》1979 年第 9 期。

草木篇

流沙河

寄言立身者
勿学柔弱苗
　　——(唐)白居易

白　杨

　　她,一柄绿光闪闪的长剑,孤零零地立在平原,高指蓝天。也许,一场暴风会把她连根拔去。但,纵然死了吧,她的腰也不肯向谁弯一弯!

藤

　　他纠缠着丁香,往上爬,爬,爬……终于把花挂上树梢。丁香被缠死了,砍作柴烧了。他倒在地上,喘着气,窥视着另一株树……

仙人掌

　　她不想用鲜花向主人献媚,遍身披上刺刀。主人把她逐出花园,也不给水喝。在野地里,在沙漠中,她活着,繁殖着儿女……

梅

　　在姐姐妹妹里,她的爱情来得最迟。春天,百花用媚笑引诱蝴蝶的时候,她却把自己悄悄地许给了冬天的白雪。轻佻的蝴蝶是不配吻她的,正如别的花不配被白雪抚爱一样。在姐姐妹妹里,她笑得最晚,笑得最美丽。

霉　菌

　　在阳光照不到的河岸,他出现了。白天,用美丽的彩衣,黑夜,用暗绿的磷火,诱惑人类。然而,连三岁孩子也不去采他。因为,妈妈说过,那是毒蛇吐的唾液……

　　　　　　　　　　　　　　1956年10月30日成都
　　　　　　　(选自《流沙河诗集》,上海文艺出版社1982年版)

作品解读

在这由六首咏物小诗组成的散文诗中,诗人采用中国传统诗歌托物言志的手法,表达了诗人主体意识的觉醒,以及对人格独立和品质高洁的赞赏。诗人深信,无私奉献者终将被时代所牢记,正如梅花笑得最晚也最美丽。思想上的独立与个体的觉醒,在那个"颂歌"齐唱的年代显得特别的突兀,也是诗歌遭受批判的主要原因所在。

(刘成才)

作家自述

诗与戏剧,诗与美术,都是相通的……在某种程度上都带有象征性,并非绝对写实……从诗到小说,到美术,到戏剧,无论通过文字,通过线条,通过舞台表现出来的哪一种形象,即艺术化了的事象和物象,绝不会是事物原先的面目。——流沙河:《艺术的象征》,《十二象》,三联书店1987年。

名家要评

他感受到:他置身的地方是座花园,主人是冷冰冰的,还有可恶的攀龙附凤的藤,还有披着美丽彩衣的毒菌。说明白一点,这座花园是官僚主义者、谄媚者、趋炎附势者、贩卖毒素者的大杂院。诗人是憎恨、鄙视、蔑视这座花园的。诗人把他的理想寄托在什么东西上呢?是那孤零零在平原上,至死也不肯向谁弯腰的白杨;是那全身披上刺刀,被主人逐出花园,在沙漠里繁殖子女的仙人掌;是那不用媚笑引诱蝴蝶的,把自己悄悄地许给冬天的白雪的,笑得最晚的梅。……《草木篇》所宣扬的反人民、反集体主义的思想,在今天的社会里谁最欢迎呢?是暗藏的好人和已被消灭阶级中的心怀不满的分子,他们的境遇、感受、心境和希望,不还和白杨、仙人掌、梅一样吗?——洪钟:《〈星星〉的诗及其偏向》,《红岩》1957年第3期。

我很不喜欢《草木篇》。因为这里充满着小资产阶级和知识分子身上一种不健康的气味——一种离群索居、孤芳自赏、妄自尊大的情绪。——孟凡:《由对〈草木篇〉和〈吻〉的批评想到的》,《文艺学习》1957年第4期。

《草木篇》实际上是诗人的草木人格学,这是对古人处世立身哲学的因袭……以草木谋篇,警喻为人,是诗国历世不衰的传统……诗人对草木或褒或贬,或爱或憎,或喜或悲,都是带有强烈的主观色彩的。草木是诗人人生观的外化。——熊光炯:《太阳在流沙上闪烁——流沙河和他的诗》,《诗探索》1982年第3期。

拓展阅读

1. 洪钟:《〈星星〉的诗及其偏向》,《红岩》1957年第3期。
2. 孟凡:《由对〈草木篇〉和〈吻〉的批评想到的》,《文艺学习》1957年第4期。
3. 熊光炯:《太阳在流沙上闪烁——流沙河和他的诗》,《诗探索》1982年第3期。

雷锋之歌(节选)

贺敬之

五

就是这样,
雷锋,
你出发了……
　　——在黎明前的
　　一阵黑暗中……
你带着
满身
燃烧的血泪,
　　好像在梦中一样
　　扑向
党呵——
　　温暖的
　　温暖的
　　母亲怀中……
……就是这样,
雷锋,
你站起来!
　　接受
　　"共产主义新战士"
　　——党给你的
　　命名。
……就是这样,
雷锋,
你走来了……
你不是
只为洗雪
一家的仇恨;
　　不是为了
　　"治好伤疤

　　忘了疼"……
你来了呵,
不是为
学少爷们那样——
　　从此
　　醉卧高楼,
　　做花天酒地的
　　荒唐梦;
你来了呵,
更不是为
向仇人们鞠躬致敬——
　　说是为大家的"安宁",
　　必须
　　践踏爹妈的尸骨,
　　把难友们的鲜血
　　倒进
　　老爷的杯中……

雷锋!
你满腔的愤怒呵,
你刻骨的疼痛……
　　你对党感激的
　　含泪带笑的目光……
　　你对新生活
　　如饥如渴的憧憬……
全部投入
我们阶级的
步伐——
　　化成了

　　　　战斗的
　　　　轰天雷鸣!

呵,雷锋!
你第一次学会的
这三个字,
　　　你一生中
　　　永远念着的
　　　这个姓名——
呵,亲爱的
再生雷锋的
母亲——
　　　我们的
　　　党呵,
　　　我们的领袖
　　　毛泽东!
母亲懂得你
懂得你呵
——雷锋,
　　　你也懂得他
　　　懂得他呵
　　　——伟大的
　　　毛泽东!
你青春的生命
在毛泽东思想的
冲天红光中,
升华……
升华……
　　　你前进的脚步
　　　在《毛泽东选集》的
　　　光辉篇章
　　　那真理的
　　　阶梯上,
　　　攀登……
　　　攀登……

雷锋,
我看见
在你的驾驶室里,
那一尘不染的
车镜……
　　　我看见
　　　在你车窗前
　　　那直上云天的
　　　高峰……
呵,你阶级战士的
姿态,
是何等的
勇敢,坚定!
　　　你共产党员的
　　　红心呵,
　　　是何等的
　　　纯净、透明!……
雷锋,
你是多么欢乐呵!
在我们灿烂的阳光里,
怎么能不
到处飞起
你朗朗的笑声?
　　　你稚气的脸上,
　　　哪能找到
　　　一星半点
　　　忧愁的阴影?……
但是,雷锋,
在心灵的深处,
你有多么强烈的
爱呵,
　　　又有多么深刻的
　　　憎!
爱和恨,
不可分割,
像阴电、阳电一样
相反相成——
　　　在你生命的线路上,
　　　闪出
　　　永不熄灭的火花,
　　　发出
　　　亿万千卡热能!……

　　　……从家乡望城

彭乡长
那慈爱的面孔，
　　到团山湖农场
　　庄稼梢头
　　那飘动的微风……
……从鞍钢工地
推土机的
卷动的履带，
　　到烈属张大娘
　　搂抱着你的
　　热泪打湿的
　　袖筒……
呵,祖国亲人的
每一下脉搏,
阶级体肤的
每一个毛孔——
　　都寄托了
　　你火一样的热爱,
　　都倾注了
　　你海一样的深情……

呵,从黄继光
胸口对面
那射向我们的
罪恶炮筒,
　　到地主谭四滚子
　　从地下发出的
　　切齿之声……
……从营房门口
那假装
磨剪子的
坏蛋,
　　到躲在角落里
　　缝补旧梦的
　　某些先生……
呵,祖国道路上的
每一个暗影,
你哨位上的
每一面的响动——
　　都使你燃起

阶级仇恨的
不灭的火种；
都紧盯着
你阶级战士
警觉的眼睛！……

雷锋呵,
你虽然不是
　　在炮火连天的战场上
　　战斗冲锋,
在平凡的
工作岗位上,
你却是真正的
勇士呵——
　　你永远在
　　高举红旗,
　　向前进攻！
在我们革命的
万能机床上,
雷锋——
　　你是一个
　　平凡的,但却
　　伟大的——
　　永不生锈的
　　螺丝钉！

哪里需要?
看雷锋的
飞快的
脚步!
　　哪里缺少?
　　看雷锋的
　　忙碌的
　　身影!……
……呵,马上去
给大娘浇地——
　　现在
　　麦苗正要返青……
……呵,立刻把
自己省下的存款

雷锋之歌(节选)

寄给公社——
　　　支援
　　　受灾的农民弟兄
……唔,快准备
给孩子们
讲革命故事——
　　　明天是
　　　队日活动……
　　　……唔,必须把
赶路的大嫂
护送到家——
　　　现在是
　　　夜深,雨大,
　　　路远,泥泞……

呵,雷锋!
你白天的
每一个思念,
你夜晚的
每一个梦境,
　　　都是:
　　　人民……
　　　人民……
　　　人民……
你的每一声脚步,
你的每一次呼吸,
　　　都是:
　　　革命……
　　　革命……
　　　革命……

雷锋,你是
真正的
真正的
幸福呵!
　　　你是何等的
　　　何等的
　　　聪明!
你用我们旗帜一样
鲜红的颜色,

写下了
你短暂的
却是不朽的
历史,
　　　你在阶级的伟大事业里,
　　　在为人民服务的无限之中,
　　　找到了呵——
　　　最壮丽的
　　　人生!
你的生命
是多么
富有呵!
　　　在我们党的怀抱里,
　　　你已成长得
　　　力大无穷!
……可老战友们
总还习惯叫你
"小雷"呵——
　　　你只有
　　　一百五十四厘米的
　　　身高,
　　　二十二岁的
　　　年龄……
但是,在你军衣的
五个钮扣后面
却有:
　　　七大洲的风雨、
　　　亿万人的斗争
　　　——在胸中包容!……
你全身的血液,
你每一根神经,
　　　都沸腾着
　　　对祖国的热爱,
而你同时
在每一天,
每一分钟,
念念不忘:
　　　世界上还有
　　　千千万万
　　　受难的弟兄!……

"上刀山！
下火海！……"
——雷锋呵，
在准备着！
　　风吹来！
　　雨打来！
　　　　——雷锋呵，
　　道路分明！……

呵，这就是
这就是
一个叫做
"雷锋"的
中国革命战士的

英雄姿态！
这就是
我们的大地
我们的母亲
以雷锋的名义
给历史的
回应——
人呵，
应该
这样生！
路呵，
应该
这样行！……

（选自《贺敬之诗选》，山东人民出版社 1979 年）

作品解读

　　1963 年 3 月，党中央发出了"向雷锋同志学习"的号召，全国人民掀起了学习雷锋的热潮，诗人因此创作了《雷锋之歌》这首长诗。诗人以饱满的革命激情、惊雷闪电般的气势，热情地歌颂了雷锋短暂而又光辉、平凡而又伟大的一生，谱写了一曲高亢的时代乐章，成为贺敬之政治抒情诗的代表作。

　　与众多歌颂雷锋的诗歌不同，诗人从时代入手，把雷锋放在广阔的历史和现实背景之上，在发问和思索之中层层推进，揭示了个人的生命价值与意义所在，把个人与党、人民交织在一起，把历史、现实、未来融合为一体，昭示了中国灿烂美好的明天。诗歌在形式上采用"楼梯式"，大量排比句形成一种复沓的艺术效果，语言上议论语句的适时插入，形成了贺敬之政治抒情诗的特色。

（刘成才）

作家自述

　　是诗人，同时也是战士。这就意味着，要为人民的利益和愿望而斗争，为革命的和社会主义的时代而歌唱。这是衡量诗人成就大小和诗篇价值轻重的首要之点……对一个真正属于人民和时代的诗人来说，他是通过属于人民的这个"我"，去表现"我"所属于的人民和时代的。小我和大我，主观和客观，应当是统一的。而先决条件是诗人和时代同呼吸，和人民共命运。——贺敬之：《〈李季文集〉序》，《贺敬之文艺论集》，红旗出版社 1989 年。

名家要评

　　《雷锋之歌》所以富有感染人、打动人的艺术力量，一则是在于诗人以创造性的艺术想象力，精心塑造了雷锋的英雄形象……诗人塑造雷锋形象的一个显著特点，是以抒发自己内心独特的感受的方式来描写的，基调是赞美和歌颂。诗人以广阔的现实生活为背景，驾着幻想的彩翼，自由驰骋，高声歌唱……诗人写雷锋的成长过程，完全摆脱了一般的呆板叙述的方法，而是经过提炼使之升华为更富于诗意的形象。——陶阳：《读〈雷锋之歌〉》,《文艺报》1963年第6期。

  长诗对当时阶级斗争形势的估计,掺杂着一些虚夸不实的成分;对雷锋这个人物的评价以及对学习雷锋意义的认识,也有些过头的绝对化的提法,显而易见这是多少受了当时政治宣传中某些形而上学的唯心论倾向的影响。尽管诗人十分真挚地歌颂学习雷锋的群众运动,并把这一运动与当时国际国内的斗争形势紧紧联系起来,试图把主题表达得更深刻一些,但是由于他对现实生活观察和体验上的不足,激越昂扬的诗情中,便不自觉地带有一些政治运动中的过眼云烟,或者说,带有一些不够真实的、经不起实践检验的东西。——十院校编写组:《中国当代文学史初稿》,第433页,人民文学出版社1980年。

拓展阅读

1. 谢冕:《论贺敬之的政治抒情诗》,《诗刊》1960年第11、12期合刊。
2. 周良沛:《贺敬之的诗和他走过的道路》,《文艺理论与批评》1997年第2期。

这是四点零八分的北京

郭路生

这是四点零八分的北京,
一片手的海洋翻动;
这是四点零八分的北京,
一声尖厉的汽笛长鸣。

北京车站高大的建筑,
突然一阵剧烈的抖动。
我双眼吃惊地望着窗外,
不知发生了什么事情。

我的心骤然一阵疼痛,一定是
妈妈缀扣子的针线穿透了心胸。
这时,我的心变成了一只风筝,
风筝的线绳就在妈妈手中。

线绳绷得太紧了,就要扯断了,
我不得不把头探出车厢的窗棂。

直到这时,直到这时侯,
我才明白发生了什么事情。

——一阵阵告别的声浪,
就要卷走车站;
北京在我的脚下,
已经缓缓地移动。

我再次向北京挥动手臂,
想一把抓住她的衣领,
然后对她大声地叫喊:
永远记着我,妈妈啊,北京!

终于抓住了什么东西,
管他是谁的手,不能松,
因为这是我的北京,
这是我的最后的北京。

1968年12月20日

作品解读

食指擅长以朴素忧伤的笔调倾诉整整一代人的理想与追求以及理想破灭之后的青春激情与绝望。这首诗歌具有强烈的自我意识与诗人的个人化风格。火车开动带给诗人的"震惊体验"是千千万万下乡知青的共同生命体验,在这种震惊之中,整整一代人被强行地抛入了陌生的空间,而"四点零八分"这一时刻也因记录了这一深刻的"震惊体验"而具有了永恒的意义。反复咏叹中的"最后"二字则喃喃地道出了一代人离乡背井的无奈与被放逐的绝望,以及对家园的深深眷恋。诗歌当中类似蒙太奇画面的切割与组合,带来的是时空转换的错觉,时代主题与个人生活的穿插,见证的是悲剧时代中一代人的命运悲叹。

(刘成才)

作家自述

在去山西插队的火车上(火车四点零八分开),我开始写这首诗。当时去山西的人和送行的人都很多……我就是抓住了几个细节,在到山西不几天之后,写成了《这是四点零八分的北京》。

火车开动前先"咣当"一下,我的心也跟着一颤,然后就看到窗外的手臂一片。一切全明白了,"这是我的最后的北京"。

还有一点,小时候我有一个极深刻的印象,妈妈给我缀扣子时,我们总是穿着衣服。一针一针地缝好了扣子,妈妈就把头伏在我的胸前,把线咬断。——食指:《〈四点零八份的北京〉和〈鱼儿三部曲〉写作点滴》,《诗探索》1994年第2辑。

名家要评

60年代的中国,文学艺术作品中充斥着政治口号。然而食指以独立的人的精神站出来歌唱,他让我们感到了诗歌是语言的艺术,是直觉,是情感,是经验,是有意味的形式,并首先是人的自由意志与人格的体现,他的后来者们,朦胧诗的早期作者们正是沿袭了这一点,才成为了开一代诗风的代表人物。——林莽:《并未被埋葬的诗人——食指》,《诗探索》1994年第2辑。

平心而论,使我们感到如此回肠荡气的,不是他诗歌的形式,而是他诗歌的内容。就其内容而言,他主要表现的是青春、幻灭、抗争和固执的希望。这正是当时知青们共同的思想情感。郭路生是他们的代言人。——宋海泉:《白洋淀琐忆》,《诗探索》1994年第4辑。

食指作为新诗潮的先行者,他承担了一个时代所赋予一个诗人的全部命运,也必然承担了时代所加在他诗歌、人生中的幸与不幸。食指终究是属于"六八年"时代的诗人,他用碎片般的人生与标本般的诗歌为一个时代留下了活的、诗性的历史档案,由此可以窥见当代诗歌的某种景观。清醒与疯狂、信仰与背叛、理想情怀与现实苦闷交织成他的诗歌纹路与生命纹路,这些纹路的浇注者就是他所生活的时代,恰恰是这种清晰可辨的纹路才使他不仅成为一个诗人存在的标本,而且成为一个时代存在的见证。食指的诗是一个人的,同时也是一个时代的精神履历。——李润霞:《一个诗人与一个时代——论食指在文革时期的诗歌创作》,《芙蓉》2003年第2期。

拓展阅读

1. 林莽:《食指论》,《诗探索》1998年第1期。
2. 李宪瑜:《食指:朦胧诗人的"一个小小的传统"》,《诗探索》1998年第1期。
3. 张清华:《从精神分裂的方向看——食指论》,《当代作家评论》2001年第1期。
4. 程光炜:《一个被"发掘"的诗人——〈诗探索〉和〈沉沦的圣殿〉"再叙述"中的食指》,《新诗评论》2005年第2辑。

冬

穆 旦

一

我爱在淡淡的太阳短命的日子,
临窗把喜爱的工作静静做完;
才到下午四点,便又冷又昏黄,
我将用一杯酒灌溉我的心田。
多么快,人生已到严酷的冬天。

我爱在枯草的山坡,死寂的原野,
独自凭吊已埋葬的火热一年,
看着冰冻的小河还在冰下面流,
不知低语着什么,只是听不见。
呵,生命也跳动在严酷的冬天。

我爱在冬晚围着温暖的炉火,
和两三昔日的好友会心闲谈,
听着北风吹得门窗沙沙地响,
而我们回忆着快乐无忧的往年。
人生的乐趣也在严酷的冬天。

我爱在雪花飘飞的不眠之夜,
把已死去或尚存的亲人珍念,
当茫茫白雪铺下遗忘的世界,
我愿意感情的热流溢于心间,
来温暖人生的这严酷的冬天。

二

寒冷,寒冷,尽量束缚了手脚,
潺潺的小河用冰封住口舌,
盛夏的蝉鸣和蛙声都沉寂,
大地一笔勾销它笑闹的蓬勃。

谨慎,谨慎,使生命受到挫折,
花呢?绿色呢?血液闭塞住欲望,

经过多日的阴霾和犹疑不决,
才从枯树枝漏下淡淡的阳光。

奇怪!春天是这样深深隐藏,
哪儿都无消息,都怕峥露头角,
年轻的灵魂裹进老年的硬壳,
仿佛我们穿着厚厚的棉袄。

三

你大概已停止了分赠爱情,
把书信写了一半就住手,
望望窗外,天气是如此肃杀,
因为冬天是感情的刽子手。

你把夏季的礼品拿出来,
无论是蜂蜜,是果品,是酒,
然后坐在炉前慢慢品尝,
因为冬天已经使心灵枯瘦。

你拿一本小说躺在床上,　　　你疲劳了一天才得休息,
在另一个幻象世界周游,　　　听着树木和草石都在嘶吼,
它使你感叹,或使你向往,　　　你虽然睡下,却不能成梦,
因为冬天封住了你的门口。　　因为冬天是好梦的刽子手。

四

在马房隔壁的小土屋里,　　　一壶水滚沸,白色的水雾
风吹着窗纸沙沙响动,　　　　弥漫在烟气缭绕的小屋,
几只泥脚带着雪走进来,　　　吃着,哼着小曲,还谈着
让马吃料,车子歇在风中。　　枯燥的原野上枯燥的事物。

高高低低围着火坐下,　　　　北风在电线上朝他们呼唤,
有的添木柴,有的在烘干,　　原野的道路还一望无际,
有的用他粗而短的指头　　　　几条暖和的身子走出屋,
把烟丝倒在纸里卷成烟。　　　又迎面扑进寒冷的空气。

1976 年 12 月

(选自《穆旦诗选》,人民文学出版社 1986 年版)

作品解读

《冬》写于 1976 年 12 月,在穆旦见诸于世的诗作中,是绝笔之作。当时中国政治已经发生了大变动,穆旦为此兴奋,但长期身处逆境又逢摔伤骨折,所以身心疲惫痛苦直到 1977 年 2 月逝世。诗写于这种特定情景和心境之中。穆旦欣赏奥登关于"诗歌要写出自己那一代人独特的历史经验"的观点,《冬》抒写了晚年穆旦对人生与生命的沉思和彻悟。

晚年穆旦的诗的重要特点是采用自然意象,如分别在 1976 年 5 月、6 月、9 月和 12 月写下了以四季为题的诗。这些诗在总体象征的意义上借助自然意象表达对人生的感悟。《冬》中的自然意象"冬",有着复杂含义:一是自然界的冬天,北方寒冷严酷的冬天;二是用冬天喻人生的严酷,"人生本来是一个严酷的冬天";三是以四季的最后一季暗示生命的最后岁月,令人倍加留恋。这种种体验和感悟使诗境扩展,变得丰富而复杂。全诗四章采用横式结构,互补呼应形成强大空间张力,深化诗的内涵。末章以平实朴素的语调,抒写冬夜旷野里一群粗犷旅人短暂歇息后又踏上寒冷旅途,表现在生命最后时刻仍不放弃生存抗争,给人以力量。

同前期诗歌相比,《冬》中复杂的诗意、频繁的转折似乎隐藏得更深,语言表达更显流畅,这或许是经过人生磨砺的思想和语言都趋于澄明、凝练的缘故,当然这也与他在这之前长期翻译西方浪漫诗歌的经历有关。

(许霆)

作家自述

秋天最易于得到感想,不知你爱秋天和冬天不? 这是我最爱的两个季节。它们体

现着收获、衰亡、沉静之感,适于在此时给春夏的蓬勃生命做总结。那蓬勃的春夏两季使人晕头转向,像喝醉了的人,我很不喜欢。但是秋季,确实令人沉静多思,易于写点东西。——转引自郭保卫:《书信今尤在诗人何处寻——怀念查良铮叔叔》,《一个民族已经起来》,第171—172页,江苏人民出版社1987年。

名家要评

在《冬》里一片交响音乐中,突出的调子是:生命跳动在严酷的冬天,渴望感情的热流的温暖。诗人在冬天里有好梦,他奇怪为什么深藏的春天还没有一点儿消息。……尽管这些诗看去与时代社会无甚关系,实际上有一条感情的线索可寻。在最幻灭、最绝望的时候,诗人仍怀有一丝最潜在的希望,到十年浩劫结束的时候,诗人的心灵真正开始复活了。——蓝棣之:《论穆旦诗的演变轨迹及其特征》,《一个民族已经起来——怀念诗人翻译家穆旦》,第71页,江苏人民出版社1987年。

拓展阅读

1. 杜运燮、袁可嘉、周与良编:《一个民族已经起来——怀念诗人翻译家穆旦》,江苏人民出版社1987年。
2. 王毅:《围困与突围:关于穆旦诗歌的文化阐释》,《文艺研究》1998年第3期。

回　答

北　岛

卑鄙是卑鄙者的通行证，
高尚是高尚者的墓志铭。
看吧，在镀金的天空中，
飘满了死者弯曲的倒影。

冰川纪已过去了，
为什么到处都是冰凌？
好望角发现了，
为什么死海里千帆相竞？

我来到这个世界上，
只带着纸、绳索和身影，
为了在审判之前，
宣读那些被判决的声音：

告诉你吧，世界，
我——不——相——信！

如果你脚下有一千名挑战者，
那就把我算作第一千零一名。

我不相信天是蓝的；
我不相信雷的回声；
我不相信梦是假的；
我不相信死无报应。

如果海洋注定要决堤，
就让所有苦水都注入我心中；
如果陆地注定要上升，
就让人类重新选择生存的峰顶。

新的转机和闪闪的星斗，
正在缀满没有遮拦的天空。
那是五千年的象形文字，
那是未来人们凝视的眼睛。

1976 年 4 月

（原载《诗刊》1979 年 3 月号）

作品解读

《回答》作于 1976 年清明前后，初刊于《今天》创刊号（1978 年 12 月 23 日），后作为第一首公开发表的朦胧诗，刊载于《诗刊》1979 年第 3 期。诗中通过清醒的思辨与直觉思维产生的象征、隐喻、意象组合等艺术手段的运用，揭露了"文革"时期黑白混淆、是非颠倒的现实，并对矛盾重重的社会发出质疑，反映一代青年觉醒的心声。这是一首杰出的政治抒情诗，诗人不像传统的政治抒情诗那样直抒胸臆，也没有肤浅地演绎主题概念，而是在对现实表现怀疑精神和英雄气概的时候，借助几组新异奇特的意象，如用"通行证"展现卑鄙者的畅通无阻，"墓志铭"表明高尚者被摧残的命运，"镀金"暗示粉饰的虚假，"弯曲的倒影"喻指死者的冤屈等等，突出表现诗人奇异的联想及政治抒情诗的朦胧色彩，从而扩展作品的艺术容量。另外，这首诗显示了北岛诗作深沉、冷峻、凝重的艺术风格和较强的现代主义特征，具有震撼力。

（金红）

作家自述

自青少年时代起,我就生活在迷失中:信仰的迷失,个人感情的迷失,语言的迷失,等等。我是通过写作寻找方向,这可能正是我写作的动力之一。可我不相信一次性的解决。在这个意义上,"方向"只能是借来的,它是临时的和假定的,随时可能调整或放弃;而意识形态则是一种明确不变的方向,让我反感。你也可以说这是一种信念,对不信的信念。——唐晓渡、北岛:《"我一直在写作中寻找方向"——北岛访谈录》,《诗探索》2003年第2期。

名家要评

北岛的出现与存在,标明诗歌不那么容易驾驭了,读者和评论家的视线再也不能一目十行了,必须时时皱起眉头进行思索。——王干:《历史·瞬间·人——论北岛的诗》,《文学评论》1986年第3期。

从这首诗中,我们可以看到早期北岛诗的精神素质,那种否定的、宣言式的诗情,坚定、不妥协的意志,和北岛的用语、句式。这贯穿在这个时期他的很多作品里。——洪子诚:《北岛早期的诗》,《海南师范学院学报》2005年第1期。

拓展阅读

1. 王干:《历史·瞬间·人——论北岛的诗》,《文学评论》1986年第3期。
2. 陈绍伟:《重评北岛》,《诗刊》1991年第11期。

双桅船

舒 婷

雾打湿了我的双翼
可风却不容我再迟疑
岸呵,心爱的岸
昨天刚刚和你告别
今天你又在这里
明天我们将在
另一个纬度相遇

是一场风暴,一盏灯
把我们联系在一起
是一场风暴,另一盏灯
使我们再分东西
不怕天涯海角
岂在朝朝夕夕
你在我的航程上
我在你的视线里

(原载《上海文学》1980年第5期)

作品解读

《双桅船》是舒婷的代表作,诗人曾以此题命名她的第一本诗集。诗的主体形象是"双桅船",也就是诗中的"我",全诗以"双桅船"向"岸"倾诉对话的方式展开,呈现诗人的内心独白。诗在展开时把航行途中的"雾"、"岸"、"风暴"、"灯"等具体形象加以组合,形成一幅完整生动的画面,突出船与岸的特殊关系。有人把这种关系界定为爱情,我们也可以把它扩大到亲情、友情等人际关系,扩大到生命的哲思。"岸啊,心爱的岸/昨天刚刚和你告别/今天你又在这里/明天我们将在/另一个纬度相遇",人生的追求何尝不是如此,在一个理想彼岸到达后,新的理想彼岸又在前面。不断追求的昨天、今天和明天,正是一种有价值、有作为的人生写照。那么,为了一个又一个新的目标,一片又一片"心爱的岸",就"不怕天涯海角",甘愿"再分东西",留存永远的思念,这就是生命的意义。

诗用"双桅船"作为主体形象,构思精巧,内涵深刻。船不离开岸就不能扬帆远航,而不靠向岸就不能达到目的,这是一对矛盾关系,然而我们每个人却都在矛盾中生活着。"双桅船"的"双"字就包含着面对矛盾的无奈,诗人以细腻的心和柔美的笔调、象征的技巧和流畅的语言,把这种特殊情绪和心态表达得淋漓尽致。

(许霆)

作家自述

以前评论总有个感觉:褒贬都难以打动人心。允许小说写《伤痕》,就不允许诗歌有叹息。一再强调现在什么都好了,诗人只需要满脸笑容地歌唱春天就行了。都谈论青年问题,但与其谴责青年们的苦闷、失望、彷徨,不如抨击造成这种心理的社会因素。……总之,诗歌创作提倡讲真话,我希望搞评论的同志们也讲讲真话。——舒婷:《请听听我们的声音》,《诗探索》1980年第1期。

名家要评

　　当浪漫的尖锐直白和现代派的曲折的暗示结合在一起的时候，舒婷就写出了她最动人的篇章。……她不掩饰自我的沉迷的一面，也不美化自我觉醒的一面，她遵循着特殊的抒情个性对自我，同时也是对生活的现象和本质进行着诚实的探索。有时在她笔下客观社会环境和主观的心灵感触很少是分离的，生活的图画和自我的形象是融洽在一起的。——孙绍振：《恢复新诗根本的艺术传统》，《福建文学》1980年第4期。

　　对于这些"古怪"的诗，……我却主张听听、看看、想想，不要急于"采取行动"。……我们读得不很懂的诗，未必就是坏诗。我也是不赞成诗不让人懂的，但我主张应当允许有一部分诗让人读不太懂。——谢冕：《在新的崛起面前》，《光明日报》1980年5月7日。

　　少数作者大概是受了"矫枉必须过正"和某些外国诗歌的影响，有意无意地把诗写得十分晦涩、怪僻，叫人读了几遍也得不到一个明确的印象，似懂非懂，半懂不懂，甚至完全不懂，百思不得一解。……"朦胧"并不是含蓄，而只是含混；费解也不等于深刻，而只能叫人觉得"高深莫测"。……固然，一看就懂的诗不一定就是好诗，但叫人看不懂的诗却决不是好诗，也决受不到广大读者的欢迎。如果这种诗体占了上风，新诗的名誉也会由此受到影响甚至给败坏掉。——章明：《令人气闷的"朦胧"》，《诗刊》1980年第8期。

拓展阅读

1.《对舒婷新诗创作问题的讨论综述》，《作品与争鸣》1981年第1期。
2.姚家华编：《朦胧诗论争集》，学苑出版社1989年。
3.孙绍振：《在历史机遇的中心和边缘——舒婷的诗歌和散文在当代文学史上的地位》，《当代作家评论》1998年第3期。

中国,我的钥匙丢了(存目)

梁小斌

作品解读

《中国,我的钥匙丢了》发表于《诗刊》1980年第10期。

这首诗是梁小斌的代表作。核心意象"钥匙"是具有特定象征意义的事物,"钥匙",从浅层意义上说是打开家的温暖,是正常的生活秩序,从精神世界上说可以打开心灵之门、精神之门。作者用诉说的语调把"钥匙"与"中国"并列,把丢失钥匙与在红色大街上疯狂奔跑相连,从而把内涵扩展到广阔的社会背景,诗的深厚的历史内涵由此产生。

该诗使用孩童般纯真的视角,抒写了一个从狂热轻率到失落迷惘到艰苦寻找再到反思超越的抒情主人公形象。这一形象在追求中失落、在失落中寻找,写出了那一代人共同的心路历程和生活方式,因此它成为很多朦胧诗反复呈现的主题。这些作品中的失落和寻找虽然具有特定的历史内涵,但是给予我们情感共鸣的,则是人类对于美好事物和美好理想的艰苦探索追寻,而正是这种追寻和反思成就了生命的价值。

后来因为2007年一些诗人发起的《天问诗歌公约》提出"诗人必定是时代的见证",梁小斌不赞同这种政治化思维模式,曾对写作此诗作过"忏悔"。但却正是如此,我们才认为,这首诗是朦胧诗的代表作品,因为作品体现了那一代人对"文化大革命"历史的反思和觉醒的特定思维方式。

(许霆)

作家自述

单纯性是诗的灵魂。不管多么了不起的发现,我都希望通过孩子的语言来说出。

意义重大不是由所谓重大政治事件来表现的。一块蓝手绢,从晒台上落下来,同样也是意义重大的。给普通的玻璃器皿以绚烂的光彩。从内心平静的波浪中觅求层次复杂的蔚蓝色精神世界。——梁小斌:《我的看法》,转引自洪子诚、刘登翰:《中国当代新诗史》,第429页,人民文学出版社1993年。

因为,至今并无真正思想锋芒直指诗人心底。所以我忏悔!

原来,包括我在内,均是阐释政治生活的写手。——梁小斌:《我为〈中国,我的钥匙丢了〉忏悔》,《南方都市报》2007年2月8日。

名家要评

小斌把一代人失落的理想,锻炼成一把诗的"钥匙",他失去了这把钥匙,无法打开那贮存美好的记忆和童年的梦幻的"抽屉",打不开那引人向上,催人奋发有为的"书橱",时代无情的风雨,腐蚀了"钥匙",铁锈覆盖了它的光芒,但诗人却不再像《早熟的孩子》那样,仅仅让幻想的影子翱翔,而是向着太阳呼唤着、表白着,执着地寻找着丢失了的钥匙……

小斌的诗,是单纯的,从语言到结构,都充盈着一种单纯的气氛,单纯的美。而单纯又是诗歌创作中比较难以企及的高度。——**高洪波**:《**单纯与温暖的晶体——读梁小斌的诗作随想**》,《安徽文学》1981 年第 4 期。

如果说,江河的《纪念碑》、舒婷的《祖国呵,我亲爱的祖国》或者梁小斌《中国,我的钥匙丢了》这样的诗并未从"民族"和"国家"之上撤回充满敬意的目光,那么,这里的"个人"毋宁说体现为不可重复的语言创造。事实上,"朦胧"这种贬义的定语更多地是相对于这批诗的表意策略。这种表意策略不仅是对颂歌传统和战歌传统的冒渎,更为重要的是,这种表意策略与神话所需要的明朗和激昂格格不入。——**南帆**:《**诗与国家神话**》,《南方文坛》1999 年第 4 期。

拓展阅读

1. 高洪波:《单纯与温暖的晶体—读梁小斌诗作随想》,《安徽文学》1981 年第 4 期。
2. 吴思敬:《痛苦使人超越——读梁小斌的〈断裂〉》,《星星》1986 年第 9 期。

感　觉

顾　城

天是灰色的　　　　　　　在一片死灰之中
路是灰色的　　　　　　　走过两个孩子
楼是灰色的　　　　　　　一个鲜红
雨是灰色的　　　　　　　一个淡绿

(选自《朦胧诗选》，春风文艺出版社1987年)

作品解读

《感觉》第一节使用"灰色的""天""路""楼""雨"的意象组合展现了一个灰色的单调世界："路"和"楼"具有坚硬特质并且常常和僵化、凝固相关；"天"的空无和"雨"的透明也因为灰色的填充和渲染显现出了滞重和沉闷。本节四行诗的不变句式这一"有意味的形式"也强化了要表达的单调感觉。与此相反，第二节则以"鲜红"、"淡绿"的"孩子"出场，醒目而活泼，纯洁而清新。无论从人类审美意识中色彩和孩子的原型意义还是从诗的分节来看，诗人使用意象形成对比的意图都非常明显。

全诗揭示了两个世界——童年世界和成人世界的对立，确认了儿童世界的价值和意义，表达了对童年世界的追怀与认同。至此，童话诗人顾城以简单、纯粹的情感姿态和语言姿态在感觉碎片的呈现和对比中完成了独属于自己的童话书写。

(王辉)

作家自述

诗人在感知和表达时，并不需要那么多理性逻辑、判断、分类、因果关系。他在一瞬间就用电一样的本能完成了这种联系。——顾城：《关于诗的现代技巧》，《顾城诗全编》，第907页，上海三联书店1995年。

我受外国诗人的影响较深。我喜欢但丁、惠特曼、泰戈尔、埃利蒂斯、帕斯。其中最喜欢的还是洛尔迦和惠特曼。……

我认为大诗人首先要具备的条件是灵魂，一个永远醒着微笑而痛苦的灵魂，一个注视着酒杯，万物的反光和自身的灵魂，一个在河岸上注视着血液、思想、情感的灵魂，一片为爱驱动、光的灵魂，在一层又一层物象的幻影中前进。——顾城：《诗话录》，《黑眼睛》，第176，180页，人民文学出版社1986年。

名家要评

这样一首诗(指《感觉》)可以用来概括顾城的艺术感觉特征……"孩子"的"鲜红"与"淡绿"便是活跃在顾城诗歌中的不安宁的精灵，"鲜红"是那种敏锐瑰丽的艺术感觉，"淡绿"是那种透明美丽的童话境界。因而顾城诗歌的联想往往奇突而又给人一种清晰感和亲切感……《感觉》《弧线》等短章隐约可以窥视出中国古诗绝句所特有的风韵,那种简洁、明朗的语态与含义颇为深厚的内蕴的结构方式,足以使我们品尝到唐人绝句的余音。——王干:《透明的红萝卜》,《读书》1987年第10期。

拓展阅读

1. 顾城:《经过剪接的自传》,《文学报》1983年3月10日。
2. 王安忆:《岛上的顾城》,香港《明报月刊》1993年第9期。
3. 顾工:《寻找自己的梦——顾城的诗》,《人物》1993年第1期。

新 娘

海 子

故乡的小木屋、筷子、一缸清水
和以后许许多多日子
许许多多告别
被你照耀

今天
我什么也不说
让别人去说
让遥远的江上船夫去说

有一盏灯
是河流幽幽的眼睛
闪亮着
这盏灯今天睡在我的屋子里

过完了这个月,我们打开门
一些花开在高高的树上
一些果结在深深的地下

1984 年 7 月

(选自《海子诗全编》,上海:三联书店 1997 年)

作品解读

"小木屋"、"筷子"、"一缸清水"式的生活平淡而清寂,"你"的到来("照耀")使它散发出了明丽而安详的光芒。"你"之于"我"正如"一盏灯"之于"江上船夫","你"高贵而遥不可及(处于"照耀"的位置),现在却"睡在我的屋子里",除了静静体味幸福,我还能说什么呢?我还要说什么呢?("今天/我什么也不说/让别人去说")这一刻让我们对未来充满期许:愿"我们打开门"看见爱的"花"和"果"。

不难看出《新娘》歌咏了一种兼具超脱和世俗意味的"小木屋"式爱情及其对物质贫瘠者的灵魂抚慰——这种爱情有着枝上花朵般的美丽和骄傲,又有着泥中果实似的质朴和平易。全诗结构明晰,语句纯净,不事意象堆砌,其乡村生活经验统摄之下的场景展现和内敛抒情也使得它与诗人的其他短诗判然有别。

(王辉)

作家自述

诗人必须有力量把自己从大众中救出来,从散文中救出来,因为写诗并不是简单的喝水、望月亮、谈情说爱、寻死觅活。重要的是意识到地层的断裂和移动,人的一致和隔离。诗人必须有孤军作战的力量和勇气。——海子:《动作》(《太阳·断头篇》代后记),《海子诗全编》,第 888 页,上海:三联书店 1997 年。

我恨东方诗人的文人气质。他们苍白孱弱,自以为是。他们隐藏和陶醉于自己的趣味之中。他们把一切都变成趣味,这是最令我难以忍受的。比如说,陶渊明和梭罗同是归隐山水,但是陶重趣味,梭罗却要对自己的生命和存在本身表示极大的珍惜和关注。这就是我的诗歌的理想,应抛弃文人趣味,直接关注生命存在本身。这是中国诗歌的自新之路,我坚信这一点,所以我要写他们。——海子:《诗学:一份提纲》,《海子诗全编》,第897页,上海:三联书店1997年。

名家要评

海子是小农社会最后的才子之一,……把在青春期所能想到的一切谵语都写下来。而在一个成熟的诗人那里,这些都被沉默省略掉了。……海子对空间和时间把握的方式是依赖于集体无意识的,隐喻式的。海子缺乏对事物的具体把握能力。他看见整体而忽略个别的、局部的东西。——于坚:《棕皮手记》,第267页,东方出版中心1997年。

本人从海子具有代表性的诗歌作品中提炼、概括出"青春远行"作为海子诗歌的主题意象,海子诗歌(尤其是其抒情诗)就是紧密围绕着"青春远行"这一主题象意来展开的。这个主题意象统贯着他的全部作品,从中又生发、延展出其他一系列诗歌意象,如:火、太阳、水、阳光、月亮、天空、远方、麦子、麦地、草原、黄昏、黑夜、姐姐、姐妹……。诚然,"青春远行"作为一个概念并不直接见于海子的诗歌文本中(海子诗歌中"青春"、"远方"出现的频率很高),但它却如同种子,播洒在海子诗歌的每一块"麦地";它统摄着海子诗歌的其它意象,浸透在诗人创作情感的方方面面,贯穿其诗歌生涯的始终。——杨秋荣:《青春的单翅鸟——海子诗歌的主题意象解读》,《北京教育学院学报》第14卷第3期(2000年)。

海子的诗歌不但不同于表达日常经验的口语诗写作,也与朦胧诗人社会批判的写作向度不同。虽然他曾自称早期受过江河、杨炼的启发,但他们的诗也只是在寻求"文化感"和"历史意识"的向度上启发过海子,二者之间的差异性是极为明显的。海子既怀疑"走向未来"意义上的"时间神话",又不愿意像日常经验口语诗人那般只强调"当下"即时欣快式的"小叙述",于是,在三种时间中,他选择了回溯"过去"。——陈超:《海子论》,《文艺争鸣》2007年第7期。

拓展阅读

1. 西川:《海子诗全编》,上海:三联书店1997年。
2. 崔卫平主编:《不死的海子》,中国文联出版社1993年。
3. 燎原:《海子评传》,时代文艺出版社2006年。

一个人老了

西 川

一个人老了,在目光和谈吐之间,
在黄瓜和茶叶之间,
像烟上升,像水下降。黑暗迫近。
在黑暗之间,白了头发,脱了牙齿,
像旧时代的一段逸闻,
像戏曲中的一个配角。一个人老了。

秋天的大幕沉重的落下。
露水是凉的。音乐一意孤行。
他看到落伍的大雁、熄灭的火,
庸才、静止的机器、未完成的画像。
当青年恋人们走远,一个人老了,
飞鸟转移了视线。

他有了足够的经验评判善恶,
但是机会在减少,像沙子
滑下宽大的指缝,而门在闭合。
一个青年活在他身体之中;
他说话是灵魂附体,
他抓住的行人是稻草。

有人造屋,有人绣花,有人下赌。
生命的大风吹出世界的精神,
唯有老年人能看出这其中的摧毁。
一个人老了,徘徊于
昔日的大街,偶尔停步,
便有落叶飘来,要将他遮盖。

更多的声音挤进耳朵,
像他整个身躯将挤进一只小木盒;
那是一系列游戏的结束:
藏起失败,藏起成功。
在房梁上,在树洞里,他已藏好
张张纸条,写满爱情和痛苦。

要他收获已不可能。
要他脱身已不可能。
一个人老了,重返童年时光,
然后像动物一样死亡。他的骨头
已足够坚硬,撑得起历史,
让后人把不属于他的箴言刻上。

(原载《人民文学》1992 年第 5 期)

作品解读

  《一个人老了》是一首极具哲理意味的叙事诗,但又不同于传统叙事诗,诗人的诗学主张在这首诗中得到了体现。诗歌首先叙述人生由衰老、垂死到死亡的过程。一个人老了,在不经意中,不知不觉、不可避免地老了,如"像烟上升、像水下降"一样自然。尽管"他有了足够的经验评判善恶","唯有老年人能看出这其中的摧毁",但是日子就在门的一闭一合之间像沙子一样从指缝间溜走了,一系列的游戏都将结束。全诗六节,却像六幕剧,冷静客观地导演了一出人生舞台剧,给读者以无尽的想象。

(金红)

作家自述

  诗歌和小说虽然同属文学,但这几十年来,诗歌和小说实际上是沿着各自的道路向前或向后发展的,虽然有时交合,但大概说来,各自还是形成了各自的小传统。我碰巧认识或见过一些极为出色的小说家,但也碰到过一些极其愚蠢的小说家,这与我在诗歌界的经验完全一致。由于我是个写诗的,我想再补充一句:诗歌界里的烂仔太多,这说明诗歌界自我修正的能力太差。史铁生曾经说过,好的小说应该像诗歌一样,但差的诗歌连小说都不如。这话有点鬼头,但琢磨琢磨,还是很有意思。——《关于我的诗歌——西川答谭克修问》,《诗潮》2005年第2期。

名家要评

西川建立自己的诗歌方式的努力是通过对语言进行诗性操作而实现的。诗人有良好的控制力,他超越了在年轻人中风行的"青春写作",很少运用激烈的、呼告式的语言直抒胸臆,而代之以智慧的、澄明的、沉着平缓的叙述。——吴思敬:《〈西川的诗〉评语》,《诗刊》2001年第10期。

拓展阅读

1. 刘纳:《西川诗存在的意义》,《诗探索》1994年第2期。
2. [荷兰]柯雷著、穆青译:《西川的〈致敬〉:社会变革之中的中国先锋诗歌》,《诗探索》2001年第1—2辑。

赋 别

郑愁予

这次我离开你,是风,是雨,是夜晚,
你笑了笑,我摆一摆手
一条寂寞的路便展向两头了。
念此际你已回到滨河的家居,
想你在梳理头发或是整理湿了的
外衣,
而我风雨的归程还正长;
山退得很远,平芜拓得更大,
哎,这世界,怕黑暗已真的成形了……

你说,你真傻,多像那放风筝的孩子
本不该缚它又放它
风筝去了,留一线断了的错误;
书太厚了,本不该掀开扉页的;
沙滩太长,本不该走出足印的;

云出自岫谷,泉水滴自石隙,
一切都开始了,而海洋在何处?
独木桥的初遇已成往事了,
如今又已是广阔的草原了
我已失去扶持你专宠的权利;
红与白揉蓝与晚天,错得多美丽,
而我不错入金果的园林,
却误入维特的墓地……

这次我离开你,便不再想见你了,
念此际你已静静入睡。
留我们未完的一切,留给这世界,
这世界,我仍体切的踏著,
而已是你底梦境了……

(选自《郑愁予诗集》,台北洪范书店1971年)

作品解读

　　这支离别的悲歌尽量唱得平静、坦然,却有深沉的痛苦埋在心底。离别的痛苦曾经折磨古往今来多少恋人的心。"黯然销魂者,唯别而已矣!"伴随他的将是长久的相思与寂寞孤单的痛苦。诗尽管表面上说得相当坦然,但是通过对黑夜中风雨归程的凄凉境况的渲染,将"你笑了笑,我摆一摆手/一条寂寞的路便展向两头了"所蕴涵的深沉的痛苦有力地烘托出来。

　　恋爱就像恼人的三月天气,又像淘气的小女孩。初恋的冲动、失恋的退潮都来去不留痕迹,神秘难解。恋爱是放可爱的风筝,却有线断的遗憾。爱情飘忽,已渺茫难寻。诗运用现代派的手法,通过七个各不相同的意象组合表达同一意蕴。分手的话说得洒脱、坦然,失恋者的相思之苦却被这转一层的手法转述得更深更长。"这次我离开你,便不再想见你了","留我们未完的一切,留给这世界"。

　　这首诗典型地体现出忧伤的"愁予风"。爱情是忧郁的,正如曼托凡尼演奏的《爱情是蓝色的》(The Love is Blue)。最动人的诗,是忧伤的思恋、失恋诗。这首《赋别》和郑愁予的其他情诗的主人公一样,都是一个多愁善感、忧郁感伤、面白体瘦、披着长长的头发的情郎形象。这无论如何无法使人想到它的作者从小在炮火中长大,戎马倥偬送走少年时代,又曾是青年登山、滑雪运动员。那忧郁感伤的情调况味,那独树一帜的"愁予风",打动了多少少男少女的心——恰如他的名句:"我达达的马蹄是美丽的错误,我不是归人,是个过客。"

(朱栋霖)

作家自述

因为我从小在抗战中长大,所以我接触到中国的苦难,人民流浪不安的生活,我把这些写进诗里,有些人便叫我"浪子"。其实影响我童年和青年时代的,更多的是传统的仁侠的精神。——转引自刘登翰等主编:《台湾文学史》,下卷第139页,海峡文艺出版社1993年。

名家要评

郑愁予创作甚早,在台湾和海外的影响广大深远,每出新章辄脍炙人口。由于他的诗篇"综合古典与现代的美,熔铸中国与西方的真",乃允为现代诗中最具说服力的作品。因此,在多次新诗论战中常被征引做为保卫现代诗的典范之作。论者又称愁予诗怀跌宕宛转,诗境空灵清华,盖源自诗人率真澹远的性情。这性情又使他不需假借诗艺以外的任何法术,而能蕴藉自足,风流达世。——方莘:《〈莳花刹那〉前记》,《莳花刹那》,花城出版社1988年。

在著名的《错误》一诗里,诗人借无法归抵的离人的情怀,写出一个倦守春闺如莲花开落的少妇内心的寂寞、期待和怅然。……这种"过客"心绪,在台湾还被泛化为另一种不仅是指爱情的社会心绪,寄托着寓台湾而难以归省的人们的某种"流浪"的情怀。因此,郑愁予在台湾还被看做是这种"浪子"情怀的典型的歌者——"美丽的浪子"的歌者。——刘登翰等主编:《台湾文学史》,下卷第138页,海峡文艺出版社1993年。

拓展阅读

1. 郑愁予:《莳花刹那》,花城出版社1988年。

等你,在雨中

余光中

等你,在雨中,在造虹的雨中
　　蝉声沉落,蛙声升起
一池的红莲如红焰,在雨中

你来不来都一样,竟感觉
　　每朵莲都像你
尤其隔着黄昏,隔着这样的细雨

永恒,刹那,刹那,永恒
　　等你,在时间之外,
在时间之内,等你,在刹那,在永恒

如果你的手在我的手里,此刻
　　如果你的清芬
在我的鼻孔,我会说,小情人

诺,这只手应该采莲,在吴宫
　　这只手应该
摇一柄桂桨,在木兰舟中

一颗星悬在科学馆的飞檐
　　耳坠子一般的悬着
瑞士表说都七点了。忽然你走来

步雨后的红莲,翩翩,你走来
　　像一首小令
从一则爱情的典故里你走来

从姜白石的词里,有韵地,你走来

五十一·五·廿七夜
(《余光中诗选 1949—1981》,洪范书店 1981 年)

作品解读

这首诗可称为余光中爱情诗的代表作。诗名曰"等你",但全诗只字未提"等你"时的焦急和无奈,而是别出心裁地写"等你"的幻觉和美感。黄昏将至,细雨蒙蒙,彩虹飞架,红莲如火,因为"你"在"我"心中,黄昏也显得如诗如画。余光中的诗作情通古今,意贯中西,在传统与现代的交汇中,他的诗有着更博杂的兼容性。《等你,在雨中》语言清丽,声韵柔婉,具有东方古典美的空灵境界,同时也充分体现出诗人对现代格律诗"建筑美"的刻意追求。诗歌运用独白和通感等现代手法,把现代人的感情与古典美糅合到一起,使其达到清纯精致的境地。

(金红)

作家自述

意象与节奏,是诗艺的两大要件,必须齐备,诗才能生动而流畅;诗有意象,才不会盲,有节奏,才不会哑。意象、比喻、象征三者之间,常常不易区别。大致说来,意象较为单纯,象征就比较繁复。……我自己诗中的意象,上承古典诗词,旁采西洋诗歌,有单纯的比喻,也有较为繁复的意象结构。——转引自《拥有四度空间的学者——余光中先生访谈录》,《文艺研究》2010 年 2 期。

名家要评

在台湾现代诗发展中,余光中的地位既重要又特殊。言其重要,是因为他是台湾呈鼎立之势的三大诗社之一"蓝星"的创始人之一,不仅以其创作,还以其理论批评和组织活动,推动了现代诗在台湾的最初发展和后来分化;而言其特殊,则是他和当时大多数富于先锋意识的现代诗人不同,不仅是现代诗的实验者和维护者,当某些人以传统的概念否定现代诗时,他撰写了一批颇有分量的论战文章维护了现代诗的地位,而且是现代诗的批评者,当"虚无"和"晦涩"越来越成为现代诗的重症,他最早著文批评这种"幼稚的现代病",并和"虚无"宣称"再见"。——刘登翰、朱双一:《彼岸的缪斯——台湾诗歌论》,第 186 页,百花洲文艺出版社 1996 年。

拓展阅读

1. 李元洛:《隔海的缪斯——论台湾诗人余光中的诗艺》,《文学评论》1987 年第 6 期。
2. 古远清编:《余光中评说五十年》,文化艺术出版社 2008 年。

家书一封

傅 雷

1956年10月3日晨

亲爱的孩子,你回来了,又走了;许多新的工作,新的忙碌,新的变化等着你,你是不会感到寂寞的;我们却是静下来,慢慢的回复我们单调的生活,和才过去的欢会与忙乱对比之下,不免一片空虚,——昨儿整整一天若有所失。孩子,你一天天的在进步,在发展:这两年来你对人生和艺术的理解又跨了一大步,我愈来愈爱你了,除了因为你是我们身上的血肉所化出来的而爱你以外,还因为你有如此焕发的才华而爱你;正因为我爱一切的才华,爱一切的艺术品,所以我也把你当作一般的才华(离开骨肉关系),当作一件珍贵的艺术品而爱你。你得千万爱护自己,爱护我们所珍视的艺术品!遇到任何一件出入重大的事,你得想到我们——连你自己在内——对艺术的爱!不是说你应当时时刻刻想到自己了不起,而是说你应当从客观的角度重视自己;你的将来对中国音乐的前途有那么重大的关系。你每走一步,无形中都对整个民族艺术的发展有影响,所以你更应当战战兢兢,郑重将事! 随时随地要准备牺牲目前的感情,为了更大的感情——对艺术对祖国的感情。你用在理解乐曲方面的理智,希望能普遍地应用到一切方面,特别是用在个人的感情方面。我的园丁工作已经做了一大半,还有一大半要你自己来做的。爸爸已经进入人生的秋季,许多地方都要逐渐落在你们年轻人的后面,能够帮你的忙将要越来越减少;一切要靠你自己努力,靠你自己警惕,自己鞭策。你说到技巧要理论与实践结合,但愿你能把这句话用在人生的实践上去;那末你这朵花一定能开得更美,更丰满,更有力,更长久!

谈了一个多月的话,好像只跟你谈了一个开场白。我跟你是永远谈不完的,正如一个人对自己的独白是终身不会完的,你跟我两人的思想和感情,不正是我自己的思想和感情吗?清清楚楚的,我跟你的讨论与争辩,常常就是我跟自己的讨论与争辩。父子之间能有这种境界,也是人生莫大的幸福。除了外界的原因没有能使你把假期过得像个假期以外,连我也给你一些小小的不愉快,破坏了你回家前的对家庭的期望。我心中始终对你抱着歉意。但愿你这次给我的教育(就是说从和你相处而反映出我的缺点)能对我今后发生作用,把我自己继续改造。尽管人生那么无情,我们本人还是应当把自己尽量改好,少给人一些痛苦,多给人一些快乐。说来说去,我仍抱着"宁天下人负我,毋我负天下人"的心愿。我相信你也是这样的。

1960 年 8 月 29 日

亲爱的孩子,8 月 20 日报告的喜讯使我们心中说不出的欢喜和兴奋。你在人生的旅途中踏上一个新的阶段,开始负起新的责任来,我们要祝贺你,祝福你,鼓励你。希望你拿出像对待音乐艺术一样的毅力、信心、虔诚,来学习人生艺术中最高深的一课。但愿你将来在这一门艺术中得到像你在音乐艺术中一样的成功! 发生什么疑难或苦闷,随时向一二个正直而有经验的中、老年人讨教,(你在伦敦已有一年八个月,也该有这样的老成的朋友吧?)深思熟虑,然后决定,切勿单凭一时冲动;只要你能做到这几点,我们也就放心了。

对终身伴侣的要求,正如对人生一切的要求一样不能太苛。事情总有正反两面:追得你太迫切了,你觉得负担重;追得不紧了,又觉得不够热烈。温柔的人有时会显得懦弱,刚强了又近乎专制。幻想多了未免不切实际,能干的管家太太又觉得俗气。只有长处没有短处的人在哪儿呢? 世界上究竟有没有十全十美的人或事物呢? 抚躬自问,自己又完美到什么程度呢? 这一类的问题想必你考虑过不止一次。我觉得最主要的还是本质的善良,天性的温厚,开阔的胸襟。有了这三样,其他都可以逐渐培养;而且有了这三样,将来即使遇到大大小小的风波也不致变成悲剧。做艺术家的妻子比做任何人的妻子都难;你要不预先明白这一点,即使你知道"责人太严,责己太宽",也不容易学会明哲、体贴、容忍。只要能代你解决生活琐事,同时对你的事业感到兴趣就行,对学问的钻研等等暂时不必期望过奢,还得看你们婚后的生活如何。眼前双方先学习相互的尊重、谅解、宽容。

对方把你作为她整个的世界固然很危险,但也很宝贵! 你既已发觉,一定会慢慢点醒她;最好旁敲侧击而勿正面提出,还要使她感到那是为了维护她的人格独立,扩大她的世界观。倘若你已经想到奥里维的故事,不妨就把那部书叫她细读一二篇,特别要她注意那一段插曲。像雅葛丽纳那样只知道 love,love,love! 的人只是童话中人物,在现实世界中非但得不到 love,连日子都会过不下去,因为她除了 love 一无所知,一无所有,一无所爱,这样狭窄的天地哪像一个天地! 这样片面的人生观哪会得到幸福! 无论男女,只有把兴趣集中在事业上、学问上、艺术上,尽量抛开渺小的自我(ego),才有快活的可能,才觉得活的有意义。未经世事的少女往往会存一个荒诞的梦想,以为恋爱时期的感情的高潮也能在婚后维持下去。这是违反自然规律的妄想。古语说,"君子之交淡如水";又有一句话说,"夫妇相敬如宾"。可见只有平静、含蓄、温和的感情方能持久;另外一句的意义是说,夫妇到后来完全是一种知己朋友的关系,也即是我们所谓的终身伴侣。未婚之前双方能深切领会到这一点,就为将来打定了最可靠的基础,免除了多少不必要的误会与痛苦。

你是以艺术为生命的人,也是把真理、正义、人格等等看做高于一切的人,也是以工作为乐生的人,我用不着唠叨,想你早已把这些信念表白过,而且竭力灌输给对方的了。我只想提醒你几点:——第一,世界上最有力的论证莫如实际行动,最有效的教育莫如以身作则;自己做不到的事千万勿要求别人;自己也要犯的毛病先批评自己,先改自己的。——第二,永远不要忘了我教育你的时候犯的许多过严的毛病。我过去的错误要是能使你避免同样的错误,我的罪过也可以减轻几分;你受过的痛苦不再施之于他人,你也不算白白吃苦。总的来说,尽管指点别人,可不要给人"好为人师"的感觉。奥诺丽纳(你还记得巴尔扎克那个中篇吗?)的不幸一大半是咎由自取,一小部分也因为丈夫教育她的态度伤了她的自尊心。凡是童年不快乐的人都特别脆弱(也有训练得格外坚强的,但只是少数),特别敏感,你回想一下自己,就会知道对付你的恋人要如何 delicate,如何 discreet 了。

我相信你对爱情问题看得比以前更郑重更严肃了;就在这考验时期,希望你更加用严肃的态度对待一切,尤其要对婚后的责任先培养一种忠诚、庄严、虔敬的心情!

(选自《傅雷家书》,三联书店 1984 年)

作品解读

这封信里傅雷用温和的语言如同谈心般积极鼓励儿子,希望他保持艺术进取心和爱国热情,继续向更高的艺术追求迈进,这是一个父亲对儿子的殷切期望,也是一位艺术教育家的热忱期待。从中我们可以看出父子之间相处融洽,情感诚挚,心平气和地交流各自的感情与思想,没有教条式的说理,没有高高在上的威严,惟有平等的和风细雨般的倾谈,为后人教育子女做出了榜样,不愧是"一部最好的艺术学徒修养读物"和"一部充满着父爱的苦心孤诣、呕心沥血的教子篇"。

(崔晋钢)

作家自述

在这个转变时代,最要紧的是走出超现实的乐园,而进入现实的炼狱。从非人的走到人的,从无关心的走到关心的。这并非是说在美学的观点上,现实的比超现实的高,人的比非人的优,我所希望艺术家有这种转变,无非是要他在人生的途程上,多一番经历——尤其是一向所唾弃的经历。而且,由这种生命的体验上,更可使东西两种不同的人生观、宇宙观——艺术的主要成因——作一番正面的冲突。——傅雷:《我再说一遍:往何处去?……往深处去!》,《傅雷文集》,第 545 页,当代世界出版社 2006 年。

名家要评

在这儿所透露的,不仅仅是傅雷的对艺术的高深的造诣,而是一颗更崇高的父亲的心,和一位有所成就的艺术家,在走向成才的道路中,所受过的陶冶与教养,在他才智技艺中所积累的成因。——楼适夷:《读家书,想傅雷》,《傅雷家书》(代序),三联书店 1990 年。

傅氏学养精深,于美术及音乐理论与欣赏,尤具专长,而常为其翻译盛名所掩。特别重要的,是他的立身处世,耿介正直,劲节清操,一丝不苟,兼备中国知识分子传统品德与现代精神,堪称典范。"文革"殉难,举世景仰。《傅雷家书》问世,一时家弦户诵,纸贵洛阳,因为其中不但表达了亲情之温馨,还深刻体现了生活的真谛,社会的尊严,爱国的热情,对艺术家"德艺兼备,人格卓越"的严格要求。——柯灵:《傅雷文集》(代序),当代世界出版社 2006 年。

拓展阅读

1. 金梅:《傅雷传》,北京航空航天大学出版社 2009 年。
2. 许钧:《赤子之心人文情怀——傅雷永远活着》,《中国翻译》2008 年第 4 期。

社稷坛抒情

秦　牧

　　北京有座美丽的中山公园,公园里有个用五色土砌成的社稷坛。

　　社稷坛是北京九坛之一,它和坐落在南城的天坛遥遥相对。古代的帝王们,在天坛祭天,在社稷坛祭地。祭天为了要求风调雨顺,祭地为了要求土地肥沃。祭天祭地的终极目的只有一个:就是五谷丰登,可以"聚敛贡城阙"。五谷是从地里长出来的,因此,人们臆想的稷神(五谷)就和社神(土地)同在一个坛里受膜拜了。

　　穿过古柏参天、处处都是花圃的园林,来到这个社稷坛前,突然有一种寥廓空旷的感觉。在庄严的宫殿建筑之前,有这么一个四方的土坛,屹立在地面,它东面是青土,南面是红土,西面是白土,北面是黑土,中间嵌着一大块圆形的黄土。这图案使人沉思,使人怀古。遥想当年帝王们穿着衮服,戴着冕旒,在礼乐声中祭地的情景,你仿佛看到他们在庄严中流露出来的对于"天命"畏惧的眼色,你仿佛看到许多人慑服在大自然脚下的神情。

　　这社稷坛现在已经没有一点儿神秘庄严的色彩了。它只是一个奇特的历史遗迹。节日里,欢乐的人群在上面舞狮,少年们在上面嬉戏追逐。平时则有三三两两的游人在那里低徊。对,这真是一个引发人们思古幽情的好所在!作为一个中国人,可以让这种使人微醉的感情发酵的去处可真多呢!你可以到泰山去观日出,在八达岭长城顶看日落。可以在西湖荡画舫,到南京鸡鸣寺听钟声。可以在华北平原跑马,在戈壁滩上骑骆驼。可以访寻古代宫殿遗迹,听一听燕子的呢喃,或者到南方海神庙旁看浪涛拍岸……这些节目你随便可以举出一百几十种来,但在这里面千万不能遗漏掉这个社稷坛!这坛后的宫殿是华丽的,飞檐、斗拱、琉璃瓦、白石阶……真是金碧辉煌!而坛呢,却很荒凉,就只有五色的泥土。然而这种对照却也使人想起:没有这泥土所代表的土地,没有在大地上胼手胝足的劳动者,根本就不会有这宫殿,不会有一切人类的文明。你在这个土坛上走着走着,仿佛走进古代去,走到一望无际的原野上,在那里,莽莽苍苍,风声如吼。一个戴着高冠,穿着芒鞋的古代诗人正在用他的悲悯深沉的眼睛眺望大地,吟咏着这样的诗句:

　　　　朝东西眺望没有边际,
　　　　朝南北眺望没有头绪,
　　　　朝上下眺望没有依归,
　　　　我的驱驰不知何所底止!
　　　　……
　　　　九州究竟安放在什么上面?
　　　　河床何以洼陷?
　　　　地面,从东至西究竟多少宽,从南至北多少长?

南北要比东西短些,短的程度究竟是怎样?

——屈原:《悲回风》和《天问》,引自郭沫若译诗。

这不仅仅是屈原的声音,也是许许多多古代诗人眈望原野时曾经涌起的感情。这种"大地茫茫"的心境,是和对于自然之谜的探索和对于人间疾苦的愤慨联结在一起的。

想一想这些肥沃土地的来历,你不由得涌起一种遥接万代的感情。我们居住的这个星球,最古时代,原是一个寂寞的大石球,上面没有一株草,一只虫,也没有一层土壤。经过了多少亿万年,太阳风雨的力量,原始生物的尸骸,才给地球造成了一层层的土壤,每经历千年万年,土壤才增加薄薄的一层。想一想我们那土壤厚达五十公尺的华北黄土高原吧!那该是大自然在多长的时间里的杰作!但这还不算,劳动者开辟这些土地,是和大自然进行过多么剧烈的斗争呀!这种斗争一代接连一代继续着,我们仿佛又会见了古代的唱着《诗经》里怨愤之歌的农民,像敦煌壁画上面描绘的辛勤劳苦的农民,驾着那种和古墓里挖掘出来的陶制高轮牛车相似的车子,奔驰在原野上,辛苦开辟着田地。然而他们一代代穿着破絮似的衣服,吃着极端粗劣的食物。你仿佛看到他们在田野里仰天叹息,他们一家老小围着幽幽的灯光在饮泣。看到他们画红了眉毛,或者在头上包一块黄布揭竿起义,看到他们大批地陈尸在那吸尽了他们的汗水然后又吸尽了他们鲜血的土地。想一想在原始社会中他们怎样匍匐在鬼神脚下,在阶级社会中他们又怎样挣扎在重重枷锁之中。啊,这些给荒凉的大地铺上了锦绣花巾的人们,这些从狗尾草、蟋蟀草中为我们选出了稻麦来的人们,我们该多么感念他们!想像的羽翼可以把我们带到古代去,在一家家的门口清清楚楚看到他们在劳动,在饮食,在希望,在叹息,可惜隔着一道历史的门限,我们却不能和他们作半句的交谈!但怀古思念,想起了我们这个时代的农民是几千年历史中第一次真正挣脱了枷锁,逐渐离开了鬼神天命的羁绊的农民,我们又仿佛走出了黑暗的历史的隧洞,突然见到耀眼的阳光了。

你在这个五色土坛上面走着走着,仿佛又回到公元前几千年去,会见了古代的思想家。他们白发苍苍,正对着天上的星辰,海里的潮汐,陶窑的火光,大地的泥土沉思。那时的思想家没有什么书籍可以阅读参考,日月经天,江河行地,四时代谢,万物死生的现象,都使他们抱头苦思。他们还远不能给世界的现象写出一个较完整的答案。但是他们终究也看出一点道理来了,世间的万物万事,有因有果,有主有从,它们互相错综地关联着……正是由于古代有这样的思想家在这样地思考过,才给后来的历史创造了这样一座五色的土坛。

"五行"的观念和我们这个民族一样地古老,东、南、西、北是人们很早就知道的,人们总以为自己所处是大地的中间,于是在四方之外又加上了一个"中心",东、南、西、北、中凑成了五方五土的观念,直到今天我们还看到好些人家的屋角有"五方五土龙神"的牌位。烧陶方法和冶铜技术发明了,人们在熊熊火光旁边,看到火把泥土变成了陶器,把矿石烧成溶液,木头燃烧发出了火光,水又能够把火熄灭。这种现象使古代的思想家想到木、火、金、水、土(依照《左传》的排列次序)是万物的本源。于是木、火、金、水、土把五行的观念充实起来了。

烧制陶器这件事使人类向文明跨前一大步,在埃及,在希腊,都由此产生了神祇用泥土造人的神话。在中国,却大大地发扬了"五行"的观念。根据木、火、金、水、土五种东西彼此的作用,又产生了五行相克相生的理论。根据这几种东西的颜色:树木是苍翠的,火光是红艳艳的,金属是亮晶晶的,深深的水潭是黝黑的,中原的泥土是黄色的。于是青、赤、白、黑、黄五种颜色就被拿来配木、火、金、水、土,成为颜色上的五行了。

这个四方、五行的观念被古代思想家用来分析许许多多的事物,音乐上的宫、商、角、徵、羽五个音阶,天上二十八宿的分隶青龙、朱雀、白虎、玄武(乌龟)四方,都是和这种观念紧密地联结起来的。

把世界万物的本源看做是木、火、金、水、土五种元素相互作用产生出来的,这和古代印度哲学家把万物说成是由地、火、水、风所构成,古代希腊哲学家说万物的本源是水或者火……那思想的脉络是多么地近似啊!

尽管这种说法在几千年后的今天看来是奇特甚至好笑的,然而那里面不也包含着光辉的真理吗?万物的本源都是物质,物质彼此起着错综的作用……哦!我们遇见的对着泥土沉思的思想家,他们正是古代的略具雏形的唯物主义者!

没有这些古代思想家,我们就不会有这个五色的土坛。审视这五种颜色吧,端详这个根据"天圆地方"的古代观念构筑起来的四方坛吧!它和我们民族的古代文化存在多么密切的关系啊!

我们汉民族的摇篮在黄河的中上游,那里绵亘的是一望无际的黄土高原。因此,黄色被用来配"土",用来配"中心",成为我们民族传统中高贵的颜色。中心是不同于四方的,能够生长五谷的土地是不同于其他东西的,黄色是不同于其他颜色的。在这个土坛的中心,黄土被特别砌成了一个圆形,审视这个黄色的圆圈吧!它使我们想起奔腾澎湃的黄河,想起在地层下不断被发掘出来的古代村落,也想起那古木参天的黄帝的陵墓。

我多么想去抱一抱那些古代的思想家,没有他们的艰苦探索,就没有今天人类的智慧。正像没有勇敢走下树来的猿人,就不会有人类一样。多少万年的劳动经验和生活智慧积累起来,才有了今天的人类文明。每一个人在人类智慧的长河旁边,都不过像一只饮河的鼹鼠。在知识的大森林里面,都不过像一只栖于一枝的鹪鹩。这河是多少亿万滴水汇成的啊,这森林是多少亿万株草木构成的啊!

瞧着这个社稷坛,你会想起了中国的泥土,那黄河流域的黄土,四川盆地的红壤,肥沃的黑土,洁白的白垩土……你会想起文学里许许多多关于泥土的故事:有人包起一包祖国的泥土藏在身旁到国外去;有人临死遗嘱必须用祖国的泥土撒到自己胸上;有人远适异国归来,俯身去吻一吻自己国门的土地。这些动人的关于泥土的故事,使人对五色土发生了奇异的感情,仿佛它们是童话里的角色,每一粒土壤都可以叙述一段奇特的故事或者唱一首美好的诗歌一样。

瞧着这个紧紧拼合起来的五色土坛,一个人也会想起了国土的统一,在我们的土地上,为了统一而发生的战争该有多少万次呀!然而严格说来,历史上的中国从来没有高度统一过。四分五裂,豪强纷纷划地称王的时代不去说它了,可怜的共主像傀儡似地住在京都,整天送猪肉龟肉慰问跋扈的诸侯的时代不去说它了,就是号称强盛统一的时代,还不是有许多拥兵自重的藩镇,许多专权用事的贵戚,许多地方的豪霸,在他们的领地里当着小皇帝,使中央号令不行,使国中还有许许多多的小国。中国历史上没有一个时期像今天这样高度统一过,等我们解放了台湾和一些沿海岛屿以后,这种统一的规模就更加空前了。古代思想家的预言:"不嗜杀人者能一之。"由于不剥削人的劳动阶级登上了历史舞台,竟使这一句话在两千多年后空前地应验了。

我在这个土坛上低徊漫步,想起了许许多多的事情。我们未必"前不见古人,后不见来者",凭着思想和感情的羽翼,我们尽可去会一会古人,见一见来者。我仿佛曾经上溯历史的河流,看见了古代的诗人、农民、思想家、志士,看他们的举动,听他们的声音,然后又穿过历史的隧洞,回到阳光灿烂的现实。啊,做一个历史悠久的民族的子孙是多么值得自豪的一回事!做今天的一个中国的人民是多么值得快慰的一回事!回溯过去,瞻望未来,你会觉得激动,很想深深呼吸一口新鲜的空气,想好好地学习和劳动,好好地安排在无穷的时间中一个人仅有一次,而我们又恰恰生逢其时的宝贵的生命。

我真爱北京这座发人深思的社稷坛!

(原载《作品》1956年11月号)

作品解读

秦牧的散文情趣盎然,内容广博,他的性格、修养和才情于字里行间自然流露于《社稷坛抒情》一文。秦牧游社稷坛,通过"土地",让思想的骏马在历史的长河中奔腾,一轴浓缩的中国历史画卷在读者面前铺展。在秦牧的心目中大自然是伟大的,而敢于改造自然的人们,更是伟大中之最伟大者。文章将爱国激情融合于思古幽情之中,抒发了自己对祖国的泥土、大地和生活在这泥土大地之上的劳动者以及由他们所创造的灿烂文化的无限热爱和衷心赞颂,并进而对祖国的现实和未来流露出一种真挚的关切之情。本文知识渊博、想象丰富,知识性与趣味性融为一体;夹叙夹议,情与理融合,语言表达自然、率直、富有情趣,时有妙语、警句和精彩的比喻闪耀其间,增强了语言的表现力和感染力,充分体现了抒情散文的特点与魅力。

(刘成才)

作家自述

我觉得为正确思想所贯穿的知识性、趣味性的读物在我们的出版物中应该占有它的一席位置……形象的描绘和记叙、生动的譬喻和形容、阐发道理的幽微、剖析事物的本质,只要总的方向是对的,都可以产生健康的情趣。如果笼统地反对知识性、趣味性,那么,请问:难道无知性和枯燥性倒是好的吗?或者,一味讲究"庄重性",就行了吗?——秦牧:《〈艺海拾贝〉新版前记》,《艺海拾贝》,上海文艺出版社1978年。

名家要评

这篇作品的显著特点是寓思想、知识于想象之中,使想象新鲜、有趣,富有诗情和哲理。读者跟随作者的想象,知道了宇宙的生成、土壤的来历、物种的起源、劳动人民开辟土地和实现统一国土的种种斗争……作者边叙边议,如林中漫步,如灯下谈心,娓娓道来,生动亲切,而且时时有精辟的阐发,使读者见微知著,于平凡的事物中发现真理的光芒。——张学正主编:《中国当代文学名著选读》,第183页,南开大学出版社1984年。

秦牧的散文向以知识性、哲理性见长。而恰恰正由于其在具体操作中并没有将这些知识、哲理化为作品的有机组成部分,因而时过境迁,随着社会物质文明的进步,已经充分普及化了的影视报刊每天都在传播着密集的信息,再加之随着人们受教育水平的提高,人的文化素质普遍上升之后,秦牧当年作品中所介绍的这些知识以及在当时还可能比较新鲜的,但在今天基本上沦为常识之后,其作品的魅力也就基本上丧失殆尽,沦为经受不住时间考验的失败文本。——沈义贞:《中国当代散文艺术演变史》,第81页,浙江大学出版社2000年。

拓展阅读

1. 黄汉忠等:《论秦牧散文的艺术风格》,《文学评论》1981 年第 8 期。
2. 林贤治:《对个性的遗弃:秦牧的教师保姆角色》,《世纪论语——〈文艺争鸣〉获奖作品选》,吉林文史出版社 2000 年。

夏天的瓶供

周瘦鹃

凡是爱好花木的人,总想经常有花可看,尤其是供在案头,可以朝夕坐对,而使一室之内,也增加了生气。供在案头的,当然最好是盆栽和盆景;如果条件不够,或佳品难得,那么有了瓶供,也可以过过花瘾。

对于瓶供的爱好,古已有之。如宋代诗人张道洽《瓶梅》云:

寒水一瓶春数枝,清香不减小溪时。
横斜竹底无人见,莫与微云淡月知。

徐献可《书斋》云:

十日书斋九日扃,春晴何处不闲行。
瓶花落尽无人管,留得残枝叶自生。

方回惜《砚中花》云:

花担移来锦绣丛,小窗瓶水浸春风。
朝来不忍轻磨墨,研落香粘数点红。

这与我的情况恰恰相同,紫罗兰盦南窗下的书桌上,四时不断地供着一瓶花,瓶下恰有一方端砚,花瓣往往落在砚上,我也往往不忍磨墨,生怕玷污了它,足见惜花人的心理,是约略相同的。

说到夏天的瓶供,我是与盆供并重的,从园子里的细种莲花开放之后,就陆续采来供在爱莲堂中央的桌子上,如洒金、层台、大绿、粉千叶等,都是难得的名种。我轮替地用一只古铜大圆瓶、一只雍正黄瓷大胆瓶和一只紫红瓷窑变的扁方瓶来插供,以花的颜色来配瓶的颜色,务求其调和悦目。单单插了莲花还不够,更要采三片小样的莲叶来搭配着,花二朵或三朵,配上了三片叶子,插得有高有低,有直有敧,必须像画家笔下画出来的一样。倘有一朵花先谢了,剩下一只小莲蓬,仍然留在瓶里,再去采一朵半开的花来补缺,这样要连续插供到细种莲花全部开完后为止。在这一个多月的时间里,我把这一大瓶高花大叶的莲花,用树根几或红木几高供中央,总算不辜负了"爱莲堂"这块老招牌;而上面挂着的,恰又是林伯希老画师所画的一幅《爱莲图》,更觉相映成趣。

除了瓶供的莲花之外,还有瓶供的菖兰。菖兰的色彩是多种多样的,有白、红、淡黄、深黄、洒金、茄紫诸色;而我园有一种深紫而有绒光的,更为富丽。我也将花与瓶的颜色互相配合,互相衬托,花以三枝、五枝或七枝为规律,再插上几片叶,高低疏密,都须插得适当,看上去自有画意。有时瓶用得腻了,便改用一只明代欧瓷的长方形小型水盘,插上三五枝小样的菖兰,衬以绿叶,配上大小拳石两块,更觉幽雅入画了。

我爱用水盘插花,觉得比用瓶来插花,更有趣味。除了菖兰,无论大丽、月季、蜀葵等,都是夏天常见的,都可用水盘来插;不过叶子也需要,再用拳石或书带草来一衬托,那是更富于诗情画意了。爱莲堂里有一只长方形的白石大水盘,下有红木几座,落地安放着,我在盘的右边竖了一块二尺高的英石奇峰,像个独秀峰模样,盘中盛满了水,散满了碧绿的小浮萍。清早到园子里,采了大石缸中刚开放的大红色睡莲二三朵,和小样的莲叶三五张,回来放在水盘里,就好像把一个小小的莲塘,搬到了屋子里来,徘徊观赏,真的是"心上莲花朵朵开"了。每天傍晚,只要把闭拢了的花朵撩起来,放在露天的浅水盆中过夜,明天早上,花依然开放,依然放到水盘里。天天这样做,可以持续三四天。

(选自《花前新记》,江苏人民出版社1958年)

作品解读

周瘦鹃是著名的小说家、散文家、出版家,还是一位盆景园艺大师。这篇短文写他在夏天用花草装点他的雅室"紫兰小筑",笔触清新自然,行文流畅自如,把简单的花草加以选材搭配,用心点缀,它们便与生活融为一体,充满诗情画意,富有生活意趣,给人一种舒适雅致、宁静安逸的感觉。作者把叙事与状物有机结合,在记叙制作瓶供过程的同时,又将花草的外貌形状加以细致描摹,相映成趣,灵动自然。我们可以从这段文字中体会到他平静安详、自得其乐的心情,也看到了作者生活的雅趣,即使是简单的日常生活,也要通过花草的装点,使其变得精致幽雅,流露出浓浓的文人情趣。

(崔晋钢)

作家自述

我是一个特别爱好花草的人,一天二十四小时,除了睡眠七八个小时和出席各种会议或动笔写写文章以外,大半的时间,都为了花草而忙着。古诗人曾有"一年无事为花忙"之句,而我却即使有事,也依然要设法分出时间来,为花而忙的。有时甚至忙得过了头,废寝忘食,影响了健康;这不仅仅是寻常的爱好,简直是做了花草的奴隶了。——周瘦鹃:《花花草草·前记》,《周瘦鹃文集》,第4卷第50页,文汇出版社2011年。

名家要评

作为一位园艺盆景大师,周瘦鹃散文以他写四时花序为顶尖佳品;同时以他的丰富阅历和掌故知识,撰成的四季民俗佳节文章,也斐然可诵;而他笔下的游记小品,能引领读者进入大自然的恬静世界,读者可以在书房中凭借这些优秀的散文卧游于山水胜景之间。这三组题材,可说是周瘦鹃的散文"三绝"。——范伯群:《周瘦鹃论》,《中山大学学报》2010年第4期。

周瘦鹃人生阅历丰富而又博学多才,他的散文小品主要以丰富的知识见长,特别是那些描写花草树木,记叙各地名胜风物的作品更是如此。他往往在作品中广征博引与话题有关的古今趣事、中外逸闻以及诗词掌故,向读者传播人文科学知识或自然科学原理。——辛也平:《当代散文园地中的艺术奇葩——论周瘦鹃的散文小品》,《福建师范大学学报》1998年第3期。

拓展阅读

1. 范伯群:《周瘦鹃论》,《中山大学学报(社会科学版)》2010年第4期。
2. 范伯群主编:《周瘦鹃文集》(四卷),文汇出版社2011年。
3. 辛也平:《当代散文园地中的艺术奇葩——论周瘦鹃的散文小品》,《福建师范大学学报》1998年第3期。

说大话的故事

邓 拓

看过《三国演义》的人都记得,诸葛亮挥泪斩马谡的时候,曾经提到刘备生前说过,马谡言过其实,不可大用。演义上的这一段话是有根据的。陈寿在《三国志》的《蜀志》中确曾写道:"先主谓诸葛亮曰:马谡言过其实,不可大用。"看来,刘备对于马谡的了解,实在是很深刻的。马谡在刘备的眼里就是一个好说大话的人。说大话的害处古人早已深知,所以,管子说过,"言不得过其实,实不得过其名。"这就是告诫人们千万不要说大话,不要吹牛,遇事要采取慎重的态度,话要说得少些,事情要做得多些,名声更要小一些。

历来有许多名流学者,常常引用管子的这些话,作为自己的座右铭。然而,也有的人并不理会这个道理。据汉代的学者王充的意见,似乎历来忽视这个道理的以书生或文人为最多。王充在《论衡》中指出:"儒者之言,溢美过实。"他的意思显然是认为,文人之流往往爱说大话。其实,爱说大话的还有其他各色人等,决不只是文人之流而已。

古人的笔记小说中写了许多说大话的故事。明代陆灼在《艾子后语》中写的几个故事,我看很有意思。一个故事写道:"艾子在齐,居孟尝君门下者三年,孟尝君礼为上客。既而自齐返乎鲁,与季孙氏遇,季孙曰:先生久于齐,齐之贤者为谁?艾子曰:无如孟尝君。季孙曰:何德而谓贤?艾子曰:食客三千,衣廪无倦色,不贤而能之乎?季孙曰:嘻,先生欺予哉!三千客予家亦有之,岂独田文?艾子不觉敛容而起,谢曰:公亦鲁之贤者也;翌日敢造门下,求观三千客。季孙曰:诺。明旦,艾子衣冠斋洁而往。入其门,寂然也;升其堂,则无人焉。艾子疑之,意其必在别馆也。良久,季孙出见。诘之曰:客安在?季孙怅然曰:先生来何暮?三千客各自归家吃饭去矣!艾子胡卢而退。"

这个故事大概是杜撰的。不但艾子是作者的假托,而且季孙氏也是由附会得来的。凡是春秋战国时代鲁国桓公的儿子季友的后人,都称为季孙氏。陆灼讽刺季孙氏嫉妒孟尝君能养三千食客,就胡乱吹牛说自己也有三千食客,可是经不住实地观察,一看就漏底了。陆灼写出这个杜撰的故事,其目的是要教育世人不可吹牛。我们应该承认他是善意的,似乎不必用考证的方法,对它斤斤计较。

在同书中,还有类似的一些故事。例如说赵国有一个方士好讲大话,自称见过伏羲、女娲、神农、蚩尤、仓颉、尧、舜、禹、汤、穆天子、瑶池圣母等等,以致"沈醉至今,犹未全醒,不知今日世上是何甲子也"。恰好当时,"赵王堕马伤胁,医云:须千年血竭敷之乃瘥,下令求血竭不可得。艾子言于王曰:此有方士,不啻数千岁,杀取其血,其效当愈速矣。王大喜,密使人执方士,将杀之"。这才吓得方士不得不"拜且泣曰:昨日吾父母皆年五十,东邻老姥,携酒为寿,臣饮至醉,不觉言词过度,实不曾活千岁。艾先生最善说谎,王其勿听。赵王乃叱而赦之"。

这个方士最后要求饶命的时候说的这一段话,当然还是一派胡言,并且倒打艾子一耙,诬他说谎,可见方士的用心颇为不善。这又反映了一种情况,就是说大话的人也有秉性难移,死不觉悟的。

历史上说大话的真人真事,虽然有许多,但是这些编造的故事却更富有概括性,它们把说大话的各种伎俩集中在典型的故事情节里,这样更能引人注意,提高警惕,因而也就更有教育意义了。

(选自《燕山夜话》,北京出版社1979年)

作品解读

邓拓的杂文以故事性、思想性、艺术性、批判性、讽喻性见长,文章主要针对当时说大话空话假话、不切实际地空想吹牛的社会风气,提出了自己的批判意见。作者以"诸葛亮挥泪斩马谡"的历史故事,引出主题,然后再围绕这个中心论点列举历史上说大话的小故事,加以充分论证,步步深入,层层递进,告诫人们吸取历史教训,警惕现实中的假大空现象,要谦虚谨慎,踏实稳重,不要追名逐利、沽名钓誉。可以看出作者学识渊博,语言艺术娴熟高超,其杂文融思想性与艺术性于一体,带着强烈的思辨色彩。

(崔晋钢)

作家自述

为什么古人对于夜晚的时间都这样重视,不肯轻轻放过呢?我认为这就是他们对待自己生命的三分之一的严肃认真态度,这正是我们所应该学习的。我之所以想利用夜晚的时间,向读者同志们做这样的谈话,目的也不过是要引起大家注意珍惜这三分之一的生命,使大家在整天的劳动、工作以后,以轻松的心情,领略一些古今有用的知识而已。——邓拓:《生命的三分之一》,《北京晚报》1961年3月19日。

名家要评

邓拓短文中有一部分确是传统意义上的,即以鲁迅杂文为主要代表或典范的那种杂文。也就是说,是以思想性、批判性、战斗性、讽喻性、劝诫性等等为主要特征的艺术性短论文,也就是鲁迅说的尽一点社会批评与文明批评责任的短文。这类文章在邓拓的全部短文中占的比例并不算大,但却都是最精彩、最深刻也最有历史意义、值得永存的好文章。这些文章,我以为可以称得上是解放后特一流的好杂文。——曾彦修:《酷暑天吹来的一缕清风——邓拓杂文名篇的背景和寓意》,《新闻爱好者》1998年第2期。

作为一个政治家和知识分子,邓拓对当时的"浮夸风"看得很清楚,他在不触动"三面红旗"的前提下进行了反思和善意的批评,这种精神也体现在《伟大的空话》、《一个鸡蛋的家当》、《说大话的故事》等名篇中。利用可笑的故事、鲜明的形象、通俗的语言,讽刺"统统用空想代替现实"、"喜欢用许多大字眼"说一些"伟大的空话",及时指出当时普遍存在的好大喜功、报喜不报忧、吹牛皮、说大话的反常现象。——于继增:《邓拓杂文创造的辉煌》,《书屋》2007年第3期。

拓展阅读

1. 李辉:《邓拓:文章满纸书生累》,大象出版社2000年。
2. 李玲:《文章满纸书生累:邓拓评传》,南京师范大学出版社2005年。
3. 王彬彬:《邓拓的"本来面目"》,《同舟共进》2007年第4期。

怀念萧珊

巴 金

一

今天是萧珊逝世的六周年纪念日。六年前的光景还非常鲜明地出现在我的眼前。那天我从火葬场回到家中,一切都是乱糟糟的,过了两三天我渐渐地安静下来了,一个人坐在书桌前,想写一篇纪念她的文章。在五十年前我就有了这样一种习惯:有感情无处倾吐时,我经常求助于纸笔。可是一九七二年八月里那几天,我每天坐三四个小时望着面前摊开的稿纸,却写不出一句话。我痛苦地想,难道给关了几年的"牛棚",真的就变成"牛"了?头上仿佛压了一块大石头,思想好像冻结了一样。我索性放下笔,什么也不写了。

六年过去了,林彪、"四人帮"及其爪牙们的确把我搞得很"狼狈",但我还是活下来了,而且偏偏活得比较健康,脑子也并不糊涂:有时还可以写一两篇文章。最近我经常去龙华火葬场,参加老朋友们的骨灰安放仪式。在大厅里我想起许多事情。同样地奏着哀乐,我的思想却从挤满了人的大厅转到只有二三十个人的中厅里去了,我们正在用哭声向萧珊的遗体告别。我记起了《家》里面觉新说过的一句话:"好像珏死了,也是一个不祥的鬼。"四十七年前我写这句话的时候,怎么想得到我是在写自己!我没有流眼泪,可是我觉得有无数锋利的指甲在搔我的心。我站在死者遗体旁边,望着那张惨白色的脸、那两片咽下了千言万语的嘴唇,我咬紧牙齿,在心里唤着死者的名字。我想,我比她大十三岁,为什么不让我先死?我想,这是多么不公平!她究竟犯了什么罪?她也给关进"牛棚",挂上"牛鬼"的小牌子,还扫过马路。究竟为什么?理由很简单,她是我的妻子。她患了病,得不到治疗,也因为她是我的妻子。想尽办法一直到逝世前三个星期,靠开后门她才住进了医院。但是癌细胞已经扩散,肠癌变成了肝癌。

她不想死,她要活,她愿意改造思想,她愿意看到社会主义建成。这个愿望总不能说是痴心妄想吧。她本来可以活下去,倘使她不是"黑老K"的"臭婆娘"。一句话,是我连累了她,是我害了她。

在我靠边的几年中间,我所受到的精神折磨,她也同样受到。但是我并未挨过打,她却挨了"北京来的红卫兵"的铜头皮带,留在她左眼上的黑圈好几天以后才退尽。她挨打只是为了保护我,她看见那些年轻人深夜闯了进来,害怕他们把我揪走,便溜出大门,到对面派出所去,请民警同志出来干预,那里只有一人值班,不敢管。当着民警的面她被他们用铜头皮带狠狠地抽了一下,给押了回来,同我一起关在马桶间里。

她不仅分担了我的痛苦,还给了我不少的安慰和鼓励。在"四害"横行的时候,我在原单位给人当作"罪人"和"贱民"看待,日子十分难过,有时到晚上九十点钟才能回家。

我进了门看到她的面容，满脑子的乌云都消散了。我有什么委屈、牢骚都可以向她尽情倾吐。有一个时期我和她每晚临睡前服两粒眠尔通才能够闭眼，可是天刚刚发白就都醒了。我唤她，她也唤我，我诉苦般地说："日子难过啊！"她也用同样声音回答："日子难过啊！"但是她马上加一句："要坚持下去。"或者再加一句："坚持就是胜利。"我说"日子难过"，因为在那一段时间里我每天在"牛棚"里面劳动、学习、写交代、写检查、写思想汇报。任何人都可以责骂我、教训我、指挥我，从外地到作协来串联的人可以随意点名叫我出去"示众"，还要自报罪行。上下班不限时间，由管"牛棚"的"监督组"随意决定。任何人都可以闯进我家里来，高兴拿什么就拿走什么。这个时候大规模的群众性批斗和电视批斗大会还没有开始，但已经越来越逼近了。

她说"日子难过"，因为她给两次揪到机关，靠边劳动，后来也常常参加陪斗。在淮海中路大批判专栏上张贴着批判我的罪行的大字报，我一家人的名字都给写出来"示众"，不用说"臭婆娘"的大名占着显著的地位。这些文字像虫子一样咬痛她的心。她让上海戏剧学院"狂妄派"学生突然袭击、揪到作协去的时候，在我家大门上还贴了一张揭露她的所谓罪行的大字报。幸好当天夜里我儿子把它撕毁，否则这一张大字报就会要了她的命！

人们的白眼、人们的冷嘲热骂蚕食着她的身心，我看出来她的健康逐渐遭到损害，表面上的平静是虚假的。内心的痛苦像一锅煮沸的水，她怎么能遮盖住！怎么能使它平静！她不断地给我安慰，对我表示信任，替我感到不平。然而她看到我的问题一天天地变得严重，上面对我的压力一天天地增加，她又非常担心，有时同我一起上班或者下班，走近巨鹿路口、快到作家协会，或者走到湖南路口、快到我们家，她总是抬不起头。我理解她，同情她，也非常担心她经受不起沉重的打击。我还记得有一天到了平常下班的时间，我们没有受到留难，回到家里，她比较高兴，到厨房去烧菜。我翻看当天的报纸，在第三版上看到当时做了作协的"头头"的两个工人作家写的文章《彻底揭露巴金的反革命真面目》。真是当头一棒！我看了两三行，连忙把报纸藏起来，我害怕让她看见。她端着烧好的菜出来，脸上还带笑容，吃饭时她有说有笑。饭后她要看报，我企图把她的注意力引到别处。但是没有用，她找到了报纸。她的笑容一下子完全消失。这一夜她再没有讲话，早早地进了房间。我后来发现她躺在床上小声哭着。一个安静的夜晚给破坏了。今天回想当时的情景，她那张满是泪痕的脸还历历在我眼前。我多么愿意让她的泪痕消失，笑容在她那憔悴的脸上重现，即使减少我几年的生命来换取我们家庭生活中一个宁静的夜晚，我也心甘情愿！

二

我听周信芳同志的媳妇说，周的夫人在逝世前经常被打手们拉出去当作皮球推来推去，打得遍体鳞伤，有人劝她躲开，她说："我躲开，他们就要这样对付周先生了。"萧珊并未受到这种新式体罚。可是她在精神上给别人当皮球打来打去。她也有这样的想法：她多受一点精神折磨，可以减轻对我的压力。其实这是她的一片痴心，结果只苦了她自己。我看见她一天天地憔悴下去，我看见她的生命之火逐渐熄灭，我多么痛心，我劝她，安慰她，我想把她拉住，一点也没有用。

她常常问我："你的问题什么时候才解决呢？"我苦笑地说："总有一天会解决的。"她叹口气说:"我恐怕等不到那个时候了。"后来她病倒了,有人劝她打电话找我回家,她不知从哪里得来的消息,她说:"他在写检查,不要打扰他,他的问题大概可以解决了。"等到我从五·七干校回家休假,她已经不能起床。她还问我检查写得怎样,问题是否可以解决。我当时的确在写检查,而且已经写了好些次了。他们要我写,只是为了消耗我的生命。但她怎么能理解呢?

这时离她逝世不过两个多月,癌细胞已经扩散。可是我们不知道,想找医生给她认真检查一次,也毫无办法。平日去医院挂号看门诊,等了许久才见到医生或者实习医生,随便给开个药方就算解决问题。只有在发烧到摄氏三十九度才有资格挂急诊号,或者还可以在病人拥挤的观察室里待上一天半天。当时去医院看病找交通工具也很困难,常常是我女婿借了自行车来,让她坐在车上,他慢慢地推着走。有一次她雇到小三轮车去,看好门诊回家,雇不到车,只好同陪她看病的朋友一起慢慢地走回来,走走停停,走到街口,她快要倒下了,只得请求行人到我们家通知。她一个表侄正好来探病,就由他去背了她回家。她希望拍一张 X 光片子查一查肠子有什么病,但是办不到。后来靠了她一位亲戚帮忙,开后门两次拍片,才查出她患肠癌。以后又靠朋友设法开后门住进了医院。她自己还高兴,以为得救了。只有她一个人不知真实的病情。她在医院里只活了三个星期。

我休假回家,假期满了,我又请过两次假留在家里照料病人,最多也不到一个月。我看见她病情日趋严重,实在不愿意把她丢开不管,我要求延长假期的时候,我们那个单位一个"工宣队"头头逼着我第二天就回干校去。我回到家里,她问起来,我无法隐瞒,她叹了一口气,说:"你放心去吧。"她把脸掉过去,不让我看她。我女儿、女婿看到这种情景自告奋勇跑到巨鹿路去向那位"工宣队"头头解释,希望他同意我在市区多留些日子照料病人。可是那个头头"执法如山",还说:"他不是医生,留在家里有什么用处!留在家里对他改造不利。"他们气愤地回到家中,只说机关不同意,后来才对我传达了这句"名言",我还能讲什么呢?明天回干校去!

整个晚上她睡不好,我更睡不好。出乎意外,第二天一早我那个插队落户的儿子在我们房间里出现了,他是昨天半夜里到的。他得到了家信,请假回家看母亲,却没有想到母亲病成这样。我见了他一面,把他母亲交给他,就回干校去了。

在车上我的情绪很不好。我实在想不通为什么会有这样的事情。我在干校待了五天,无法同家里通消息。我已经猜到她的病不轻了。可是人们不让我过问她的事。这五天是多么难熬的日子!到第五天晚上在干校的造反派头头通知我们全体第二天一早回市区开会。这样我又回到了家,见到了我的爱人。靠了朋友帮忙她可以住进中山医院肝癌病房,一切都准备好,她第二天就要住院了。她多么希望住院前见我一面,我终于回来了,连我也没有想到她的病情发展得这么快。我们见了面,我一句话也讲不出来,她说了一句:"我到底住院了。"我答说:"你安心治疗吧。"她父亲也来看她,老人家双目失明,去医院探病有困难,可能是来同他的女儿告别了。

我吃过中饭就去参加给别人戴上反革命帽子的大会,受批判、戴帽子的人不止一个,其中有一个我的熟人王若望同志,过去,也是作家,不过比我年轻。我们一起在"牛棚"里关过一个时期,他的罪名是"摘帽右派"。他不服,不肯听话,他贴出大字报,声明"自己解放自己",因此罪名越搞越大,给押去关了一个时期不算,还戴上了反革命的帽子监督劳动。在会场里我一直在做怪梦。开完会回家,见到萧珊我感到格外亲切,仿佛重回人间。可是她不舒服,不想讲话,偶尔讲一句半句,我还记得她讲了两次:"我看不到了。"我连声问她看不到什么?她后来才说:"看不到你解放了。"我还能回答什么呢?

我儿子在旁边,垂头丧气,精神不好,晚饭只吃了半碗,像是患感冒。她忽然指着他小声说:"他怎么办呢?"他当时在安徽山区农村插队落户已经待了三年半,政治上没有人管,生活上不能养活自己,而且因为是我的儿子给剥夺了好些公民权利。他先学会沉默,后来又学会抽烟。我怀着内疚的心情看看他,我后悔当初不该写小说,更不该生儿育女。我还记得前两年在痛苦难熬的时候她对我说:"孩子们说爸爸做了坏事,害了我们大家。"这好像用刀子在割我身上的肉,我没有出声,我把泪水全吞在肚里。她睡了一觉醒过来,忽然问我:"你明天不去了?"我说:"不去了。"就是那个"工宣队"头头在今天通知我不用再去干校,就留在市区。他还问我:"你知道萧珊是什么病吗?"我答说:"知道。"其实家里瞒住我,不给我知道真相,我还是从他这句问话里猜到的。

三

第二天早晨她动身去医院,一个朋友和我女儿女婿陪她去。她穿好衣服等候车来。她显得急躁又有些留恋,东张张、西望望,她也许在想是不是能再看到这里的一切。我送走她,心上反而加了一块大石头。

将近二十天里,我每天去医院陪她大半天,我照料她,我坐在病床前守着她,同她短短地谈几句话,她的病情变化,一天天衰弱下去,肚子却一天天大起来,行动越来越不方便。当时病房里没有人照料,生活方面除饮食外一切都必须自理。后来听同病房的人称赞她"坚强",说她每天早晚都默默地挣扎着下了床走到厕所。医生对我们谈起,病人的身体受不住手术,最怕她的肠子堵塞,要是不堵塞,还可以拖延一个时期。她住院后的半个月是一九六六年八月以来我既痛苦又感到幸福的一段时间,是我和她在一起度过的最后的平静的时刻,我今天还不能将它忘记。但是半个月以后,她的病情又有了发展。一天吃中饭的时候,医生通知我儿子找我去谈话。他告诉我:病人的肠子给堵住了,必须开刀。开刀不一定有把握,也许中途出毛病。但是不开刀,后果更不堪设想,他要我决定,并且要我劝她同意。我做了决定,就去病房对她解释,我讲完话,她只说了一句:"看来,我们要分别了。"她望着我,眼睛里全是泪水,我说:"不会的……"我的声音哑了。接着护士长来安慰她,对她说:"我陪你,不要紧的。"她回答:"你陪我就好。"时间很紧迫。医生护士们很快作好了准备,她给送进手术室去了,是她的表侄把她推到手术室门口。我们就在外面廊上等候了好几个小时,等到她平安地给送出来。由儿子把她推回到病房去。儿子还在她的身边守过一个夜晚。过两天他也病倒了,查出来他患肝炎,是从安徽农村带回来的。本来我们想瞒住他的母亲,可是无意间让他母亲知道了。她不断地问:"儿子怎么样?"我自己也不知道儿子怎么样,我怎么能使她放心呢?晚上回到家,走进空空的、静静的房间,我几乎要叫出声来:"一切都朝我的头上打下来吧,让所有的灾祸都来吧。我受得住!"

我应当感谢那位热心而又善良的护士长,她同情我的处境,要我把儿子的事情完全交给她办。她作好安排,陪他看病、检查,让他很快住进别处的隔离病房,得到及时的治疗和护理。他在隔离病房里苦苦地等候母亲病情的好转。母亲躺在病床上,只能有气无力地说几句短短的话,她经常问:"棠棠怎么样?"从她那双含泪的眼睛里我明白她多么想看见她最爱的儿子。但是她已经没有精力多想了。

她每天给输血、打盐水针,她看见我去,就断断续续地问我:"输多少 CC 的血?该怎么办?"我安慰她:"你只管放心,没有问题,治病要紧。"她不止一次地说:"你辛苦了。"我有什么苦呢?我能够为我最亲爱的人做事情,哪怕做一件小事,我也高兴!后来她的身体更不行了。医生给她输氧气,鼻子里整天插着管子。她几次要求拿开,这说明她感到难受。但是听了我们的劝告她终于忍受下去了。开刀以后她只活了五天,谁也想不到她会去得这么快!五天中间我整天守在病床前,默默地望着她在受苦(我是设身处地感觉到这样的),可是她除了两三次要求搬开床前巨大的氧气筒,三四次表示担心输血较多,付不出医药费之外,并没有抱怨过什么,见到熟人她常有这样一种表情:请原谅我麻烦了你们。她非常安静,但并未昏睡,始终睁大两只眼睛。眼睛很大,很美,很亮,我望着,望着,好像在望快要燃尽的烛火。我多么想让这对眼睛永远亮下去!我多么害怕她离开我!我甚至愿意为我那十四卷"邪书"受到千刀万剐,只求她能安静地活下去。

不久前我重读梅林写的《马克思传》,书中引用了马克思给女儿的信里的一段话,讲到马克思夫人的死。信上说:"她很快就咽了气。……这个病具有一种逐渐虚脱的性质,就像由于衰老所致一样,甚至在最后几小时也没有临终的挣扎,而是慢慢地沉入睡乡,她的眼睛比任何时候都更大、更美、更亮!"这段话我记得很清楚,马克思夫人也死于癌症。我默默地望着萧珊那对很大、很美、很亮的眼睛,我想起这段话,稍微得到一点安慰。听说她的确也"没有临终的挣扎",她也是"慢慢地沉入睡乡"。我这样说,因为她离开这个世界的时候,我不在她的身边,那天是星期天,卫生防疫站因为我们家发现了肝炎病人,派人上午来做消毒工作。她的表妹有空愿意到医院去照料她,讲好我们吃过中饭就去接替。没有想到我们刚刚端起饭碗,就得到传呼电话,通知我女儿去医院,说是她妈妈"不行"了。真是晴天霹雳!我和我女儿女婿赶到医院。她那张病床上连床垫也给拿走了。别人告诉我她在太平间。我们又下了楼赶到那里,在门口遇见表妹,还是她找人帮忙把"咽了气"的病人抬进来的。死者还不曾给放进铁匣子里送进冷库,她躺在担架上,但已经给白布床单包得紧紧的,看不到面容了。我只看到她的名字。我弯下身子,把地上那个还有点人形的白布包拍了好几下,一面哭着唤她的名字。不过几分钟的时间。这算是什么告别呢?

据表妹说,她逝世的时刻,表妹也不知道。她曾经对表妹说:"找医生来。"医生来过,并没有什么。后来她就渐渐"沉入睡乡"。表妹还以为她在睡眠。一个护士来打针才发觉她的心脏已经停止跳动了。我没有能同她诀别,我有许多话没有能向她倾吐,她不能没有留下一句遗言就离开我!我后来常常想,她对表妹说:"找医生来,"很可能不是"找医生",是"找李先生"(她平日这样称呼我)。为什么那天上午偏偏我不在病房呢?家里人都不在她身边,她死得这样凄凉!

我女婿马上打电话给我们仅有的几个亲戚,她的弟媳赶到医院,马上晕了过去。三天以后在龙华火葬场举行告别仪式。她的朋友一个也没有来,因为一则我们没有通知,二则我是一个审查了将近七年的对象。没有悼词,没有吊客,只有一片伤心的哭声。我衷心感谢前来参加仪式的少数亲友和特地来帮忙的我女儿的两三个同学。最后我跟她的遗体告别,女儿望着遗容哀哭,儿子在隔离病房,还不知道把他当作命根子的妈妈已经死亡。值得提说的是她当作自己儿子照顾了好些年的一位亡友的男孩,从北京赶来只为了看见她的最后一面。这个整天同钢铁打交道的技术员和干部,他的心倒不像钢铁那样。他得到电报以后,他爱人对他说:"你去吧,你不去一趟,你的心永远安定不了。"我在变了形的她的遗体旁边站了一会。别人给我和她照了相。我痛苦地想:这是最后一次了,即使给我们留下来很难看的形象,我也要珍视这个镜头。

一切都结束了。过了几天我和女儿女婿再去火葬场,领到了她的骨灰盒。在存放室里寄存了三年之后,我按期把骨灰盒接回家里,有人劝我把她的骨灰安葬,我宁愿让骨灰盒放在我的寝室里,我感到她仍然和我在一起。

四

梦魇一般的日子终于过去了。六年仿佛一瞬间似的远远地落在后面了。其实哪里是一瞬间!这段时间里有多少流着血和泪的日子啊。不仅是六年,从我开始写这篇短文到现在又过去了半年,这半年中间我经常在火葬场的大厅里默哀,行礼,为了纪念给"四人帮"迫害致死的朋友。想到他们不能把个人的智慧和才华献给社会主义祖国,我万分惋惜。每次戴上黑纱、插上白花的同时,我也想起我自己最亲爱的朋友,一个普通的文艺爱好者,一个成绩不大的翻译工作者,一个心地善良的好人。她是我的生命的一部分,她的骨灰里有我的泪和血。

她是我的一个读者。一九三六年我在上海第一次同她见面,一九三八年和一九四一年我们两次在桂林像朋友似的住在一起。一九四四年我们在贵阳结婚。我认识她的时候,她还不到二十,对她的成长我应当负很大的责任。她读了我的小说,后来见到了我,对我发生了感情。她在中学念书。看见我之前,因为参加学生运动被学校开除,回到家乡住了一个短时期,又出来进另一所学校。倘使不是为了我,她三七、三八年可能去了延安。她同我谈了八年的恋爱,后来到贵阳旅行结婚,只印发了一个通知,没有摆过一桌酒席。从贵阳我们先后到重庆,住在民国路文化生活出版社门市部楼梯下七八个平方米的小屋里。她托人买了四只玻璃杯开始组织我们的小家庭。她陪着我经历了各种艰苦生活。在抗日战争紧张的时期,我们一起在日军进城以前十多个小时逃离广州,我们从广东到广西,从昆明到桂林,从金华到温州,我们分散了,又重见,相见后又别离。在我那两册《旅途通讯》中就有一部分这种生活的记录。四十年前有一位朋友批评我:"这算什么文章!"我的《文集》出版后,另一位朋友认为我不应当把它们也收进去。他们都有道理,两年来我对朋友、对读者讲过不止一次,我决定不让《文集》重版。但是为我自己,我要经常翻看那两小册《通讯》。在那些年代每当我落在困苦的境地里、朋友们各奔前程的时候,她总是亲切地在我的耳边说:"不要难过,我不会离开你,我在你的身边。"的确,只有在她最后一次进手术室之前她才说过这样一句:"我们要分别了。"

我同她一起生活了三十多年。但是我并没有好好地帮助过她。她比我有才华,却缺乏刻苦钻研的精神。我很喜欢她翻译的普希金和屠格涅夫的小说。虽然译文并不恰当,也不是普希金和屠格涅夫的风格,它们却是有创造性的文学作品,阅读它们对我是一种享受。她想改变自己的生活,不愿做家庭妇女,却又缺少吃苦耐劳的勇气。她听从一个朋友的劝告,得到后来也是给"四人帮"迫害致死的叶以群同志的同意到《上海文学》"义务劳动",也做了一点点工作,然而在运动中却受到批判,说她专门向老作家、反动权威组稿,又说她是我派去的"坐探"。她为了改造思想,想走捷径,要求参加"四清"运动,找人推荐到某铜厂的工作组工作,工作相当繁重、紧张,她却精神愉快。但是我快要靠边的时候,她也被叫回作家协会参加运动。她第一次参加这种急风暴雨般的斗争,而且是以反动权威家属的身份参加,她不知道该怎么办才对。她张皇失措、坐立不安,替我担心,又为儿女的前途忧虑。她盼望什么人向她伸出援助的手,可是朋友们离开了她,"同事们"拿她当作箭靶,还有人想通过整她来整我。她不是作家协会或者刊物的正式工作人员,可是仍然被"勒令"靠边劳动站队挂牌,放回家以后又给揪到机关。过一个时期她写了认罪的检查,第二次给放回家的时候,我们机关的造反派头头却通知里弄委员会罚她扫街。她怕人看见,每天大清早起来,拿着扫帚出门,扫得精疲力尽,才回到家里,关上大门,吐了一口气。但有时她还碰到上学去的小孩,叫骂:"巴金的臭婆娘。"我偶尔看见她拿着扫帚回来,不敢正眼看她,我感到负罪的心情。这是对她的一个致命的打击,不到两个月,她病倒了,以后就没有再出去扫街(我妹妹继续扫了一个时期),但是也没有完全恢复健康。尽管她还继续拖了四年,但一直到死,她并不曾看到我恢复自由。这就是她的最后,然而绝不是她的结局。她的结局将和我的结局连在一起。

我绝不悲观。我要争取多活。我要为我们社会主义祖国工作到生命的最后一息。在我丧失工作能力的时候,我希望病榻上有萧珊翻译的那几本小说,等到我永远闭上眼睛,就让我的骨灰和她的骨灰掺和在一起。

1979 年 1 月 15 日写

(选自《随想录》第 1 集,香港三联书店 1979 年)

作品解读

真情实感是散文最重要的元素之一,抒发情感也是散文这种文体的特长。《怀念萧珊》这篇文章充分发挥了散文记事写人抒情的特点,让读者感受到了散文的抒情魅力。

《怀念萧珊》通过对逝者的回忆来寄托生者的哀思。巴金满怀深情地诉说着萧珊生前的一切,诉说着他们相濡以沫的最后时光,常常在叙事描写之中,夹以精辟的议论,或尖锐的批判,或愤怒的指斥,或提出发人深思的问题,从而把文章思想内涵提高到对整个时代的反思的高度。同时,《怀念萧珊》中作者的自责也是对那个时代人的灵魂的解剖,充满了振聋发聩的力量。

(李曙豪)

作家自述

今天我回头看自己在十年间所作所为和别人的所作所为,实在不能理解。我自己仿佛受了催眠一样变得多么幼稚,多么愚蠢,甚至把残酷、荒唐当作严肃、正确。我这样想:要是我不把这十年的苦难生活作一个总结,从彻底解剖自己开始弄清楚当时发生的事情,那么有一天说不定情况一变,我又会中了催眠术无缘无故地变成另外一个人,这太可怕了!这是一笔心灵上的欠债,我必须早日还清。——巴金:《随想录》合订本,第318—319 页,三联书店 1987 年。

名家要评

讲真话,说来容易,做来难。扪心自问,我们活了这么些日月,走了人生半个旅程,说了多少假话啊!……我常常感到党的领导的威力确实大得很,她大到几乎是无所不能。她能够改造旧社会、旧中国、改造战犯、能够把末代皇帝改造成自食其力的劳动者,同时她也能够把巴老这样国际著名的大知识分子、人类灵魂的著名工程师,更不用说把我们这些无足轻重的小知识分子,改造成为认定自己确实有罪,需要脱胎换骨、自觉改造的"罪人"。一段时期,是和非、智和愚、善和恶统统颠倒了。我们咒骂知识,谴责良心,厌恶才华,我们只有一个愿望"赎罪",这是时代的悲剧。现在,好了,我们重新学会思考,我们不再做谎言的奴隶。巴老的这些短文可宝贵——只因为它是真话。巴老自己说写的不是"传世之作",我以为确实是"传世之作"——也只因为它是真话。——谌容:《只因为是真话》,《文艺报》1986年9月27日。

拓展阅读

1. 汪应果:《巴金论》,上海文艺出版社1985年。
2. 李存光:《巴金传》,十月文艺出版社1994年。

秦　腔

贾平凹

　　山川不同,便风俗区别,风俗区别,便戏剧存异;普天之下人不同貌,剧不同腔,京、豫、晋、越、黄梅、二簧、四川高腔,几十种品类;或问:历史最悠久者,文武最正经者,是非最汹汹者?曰:秦腔也。正如长处和短处一样突出便见其风格,对待秦腔,爱者便爱得要死,恶者便恶得要命。外地人——尤其是自夸于长江流域的纤秀之士——最害怕秦腔的震撼;评论说得婉转的是:唱得有劲;说得直率的是:大喊大叫。于是,便有柔弱女子,常在戏台下以绒堵耳,又或在平日教训某人:你要不怎么怎么样,今晚让你去看秦腔! 秦腔成了惩罚的代名词。所以,别的剧种可以各省走动,惟秦腔则如秦人一样,死不离窝;严重的乡土观念,也使其离不了窝;可能还在西北几个地方变腔走调的有些市场,却绝对冲不出往东南而去的潼关呢。

　　但是,几百年来,秦腔却没有被淘汰,被沉沦,这使多少人在大惑而不得其解。其解是有的,就在陕西这块土地上。如果是一个南方人,坐车轰轰隆隆往北走,渡过黄河,进入西岸,八百里秦川大地,原来竟是一抹黄褐的平原;辽阔的地平线上,一处一处用木椽夹打成一尺多宽墙的土屋,粗笨而庄重;冲天而起的白杨,苦楝,紫槐,枝杆粗壮如桶,叶却小似铜钱,迎风正反翻覆……你立即就会明白了:这里的地理构造竟与秦腔的旋律惟妙惟肖的一统! 再去接触一下秦人吧,活脱脱的一群秦始皇兵马俑的复出:高个,浓眉,眼和眼间隔略远,手和脚一样粗大,上身又稍稍见长于下身,当他们背着沉重的三角形状的犁铧,赶着山包一样团块组合式的秦川公牛,端着脑袋般大小的耀州瓷碗,蹲在立的卧的石磙子碌碡上吃着牛肉泡馍,你不禁又要改变起世界观了:啊,这是块多么空旷而实在的土地,在这块土地摸爬滚打的人群是多么"二愣"的民众! 那晚霞烧起的黄昏里,落日在地平线上欲去不去的痛苦的妊娠,五里一村,十里一镇,高音喇叭里传播的秦腔互相交织,冲撞,这秦腔原来是秦川的天籁,地籁,人籁的共鸣啊! 于此,你不渐渐感觉到了南方戏剧的秀而无骨吗? 不深深地懂得秦腔为什么形成和存在而占却时间、空间的位置吗?

　　八百里秦川,以西安为界,咸阳、兴平、武功、周至、凤翔、长武、岐山、宝鸡,两个专区几十个县为西府;三原、泾阳、高陵、户县、合阳、大荔、韩城、白水,一个专区十几个县为东府。秦腔,就源于西府。在西府,民性敦厚,说话多用去声,一律咬字沉重,对话如吵架一样,哭丧又一呼三叹,呼喊远人更是特殊:前声拖十二分地长,末了方极快地道出内容。声韵的发展,使会远道喊人的人都从此有了唱秦腔的天才。老一辈的能唱,小一辈的能唱,男的能唱,女的能唱;唱秦腔成了做人最体面的事,任何一个乡下男女,只有唱秦腔,才有出人头地的可能,大凡有出息的,是个人才的,哪一个何曾未登过台,起码不能吼一阵乱弹呢?!

　　农民是世上最劳苦的人,尤其是在这块平原上,生时落草在黄土炕上,死了被埋在黄土堆下；秦腔是他们大苦中的大乐，当老牛木犁疙瘩绳，在田野已经累得筋疲力尽，立在犁沟里大喊大叫来一段秦腔，那心胸肺腑，关关节节的困乏便一尽儿涤荡净了。秦腔与他们，是和"西凤"白酒，长线辣子，大叶卷烟，牛肉泡馍一样成为生命的五大要素。若与那些年长的农民聊起来，他们想像的伟大的共产主义生活，首先便是这五大要素。他们有的是吃不完的粮食，他们缺的是高超的艺术享受，他们教育自己的子女，不会是那些文豪们讲的，幼年不是祖母讲着动人的迷丽的童话，而是一字一板传授着秦腔。他们大都不识字，但却出奇地能一本一本整套背诵出剧本，虽然那常常是之乎者也的字眼从那一圈胡子的嘴里吐出来十分别扭。有了秦腔，生活便有了乐趣，高兴了，唱"快板"，高兴得像被烈性炸药爆炸了一样，要把整个身心粉碎在天空！痛苦了，唱"慢板"，揪心裂肠的唱腔却表现了多么有情有味的美来，美给了别人以享受，美也熨平了自己心中愁苦的皱纹。当他们在收获时节的土场上，在月上中天的庄院里大吼大唱起来的时候，那种难以想像的狂喜，激动，雄壮，与那些献身于诗歌的文人，与那些有吃有穿却总感空虚的都市人相比，常说的什么伟大的永恒的爱情是多么渺小、有限和虚弱啊！

　　我曾经在西府走动了两个秋冬，所到之处，村村都有戏班，人人都会清唱。在黎明或者黄昏的时分，一个人独独地到田野里去，远远看着天幕下一个一个山包一样隆起的十三个朝代帝王的陵墓，细细辨认着田埂上，荒草中那一截一截汉唐时期石碑上的残字，高高的土屋上的窗口里就飘出一阵冗长的二胡声，几声雄壮的秦腔叫板，我就痴呆了，感觉到那村口的土尘里，一头叫驴的打滚是那么有力，猛然发现了自己心胸中一股强硬的气魄随同着胳膊上的肌肉疙瘩一起产生了。

　　每到农闲的夜里，村里就常听到几声锣响：戏班排演开始了。演员们都集合起来，到那古寺庙里去。吹，拉，弹，奏，翻，打，念唱，提袍甩袖，吹胡瞪眼，古寺庙成了古今真乐府，天地大梨园。导演是老一辈演员，享有绝对权威，演员是一家几口，夫妻同台，父子同台，公公儿媳也同台。按秦川的风俗：父和子不能不有其序，爷和孙却可以无道，弟与哥嫂可以嬉闹无常，兄与弟媳则无正事不能多言。但是，一到台上，秦腔面前人人平等，兄可以拜弟媳为帅为将，子可以将老父绳绑索捆。寺庙里有窗无扇，屋梁上蛛丝结网，夏天蚊虫飞来，成团成团在头上旋转，薰蚊草就墙角燃起，一声唱腔一声咳嗽。冬天里四面透风，柳木疙瘩火当中架起，一出场一脸正经，一下场凑近火堆，热了前怀，凉了后背。排演到什么时候，什么时候都有观众，有抱着二尺长的烟袋的老者，有凳子高、桌子高趴满窗台的孩子。庙里一个跟头未翻起，窗外就哇地一声叫倒号，演员出来骂一声：谁说不好的滚蛋！他们抓住窗台死不滚去，倒要连声讨好：翻得好！翻得好！更有殷勤的，跑回来偷拿了红薯、土豆，在火堆里煨熟给演员作夜餐，赚得进屋里有一个安全位置。排演到三更鸡叫，月儿偏西，演员们散了，孩子们还围了火堆弯腰踢腿，学那一招一式。

　　一出戏排成了，一人传出，全村振奋，扳着指头盼那上演日期。一年十二个月，正月元宵日，二月龙抬头，三月三，四月四，五月五日过端午，六月六日晒丝绸，七月过半，八月中秋，九月初九，十月一日，再是那腊月五豆，腊八，二十三……月月有节，三月一会，那戏必是上演的。戏台是全村人的共同的事业，宁肯少吃少穿也要筹资积款，买上好的木石，请高强的工匠来修筑。村子富不富，就比这戏台阔不阔。一演出，半下午人就扛凳子去占地位了，未等戏开，台下坐的、站的人头攒拥，台两边阶上立的卧的是一群顽童。那锣鼓就叮叮咣咣地闹台，似乎整个世界要天翻地覆了。各类小吃趁机摆开，一个食摊上一盏马灯,花生,瓜子,糖果,烟卷,油茶,麻花,烧鸡,煎饼,长一声短一声叫卖不绝。锣鼓还在一声儿敲打,大幕只是不拉,演员偶尔从幕边往下望望,下边就喊:开演呀,场子都满了!幕布放下,只说就要出场了,却又叮叮咣咣不停。台下就乱了,后边的喊前边的坐下,前边的喊后边的为什么不说最前边的立着;场外的大声叫着亲朋子女名字,问有坐处没有,场内的锐声回应快进来;有要吃煎饼的喊熟人去买一个,熟人买了站在场外一扬手,"日"地一声隔人头甩去,不偏不倚目标正好;左边的喊右边的踩了他的脚,右边的叫左边的挤了他的腰,一个说:狗年快完了,你还叫啥哩?一个说:猪年还没到,你便拱开了!言语伤人,动了手脚;外边的趁机而入,一时四边向里挤,里边向外扛,人的旋涡涌起,如四月的麦田起风,根儿不动,头身一会儿倒西,一会倒东,喊声,骂声,哭声一片;有拼命挤将出来的,一出来方觉世界偌大,身体胖胖,但差不多却光了脚,乱了头发。大幕又一挑,站出戏班头儿,大声叫喊要维持秩序,立即就跳出一个两个所谓"二干子"人物来。这类人物多是头脑简单,四肢发达,却十二分忠诚于秦腔,此时便拿了树条儿,哪里人挤,哪里打去,如凶神恶煞一般。人人恨骂这些人,人人又都盼有这些人,叫他们是秦腔宪兵,宪兵者越发忠于职责,虽然彻夜不得看戏,但大家一夜满足了,他们也就满足了一夜。

终于台上锣鼓停了,大幕拉开,角色出场。但不管男的女的,出来偏不面对观众,一律背身掩面,女的就碎步后移,水上漂一样,台下就叫:瞧那腰身,那肩头,一身的戏哟!是男的就摇那帽翎,一会双摇,一会单摇,一边上下飞闪,一边纹丝不动,台下便叫:绝了,绝了!等到那角色儿猛一转身,头一高扬,一声高叫,声如炸雷豁啷啷直从人们头顶碾过,全场一个冷颤,从头到脚,每一个手指尖儿,每一根头发根儿都麻酥酥的了。如果是演《救裴生》,那慧娘站在台中往下蹲,慢慢地,慢慢地,慧娘蹲下去了,全场人头也矮下去了半尺,等那慧娘往起站,慢慢地,慢慢地,慧娘站起来了,全场人的脖子也拉长了起来。他们不喜欢看生戏,最欢迎看熟戏,那一腔一调都晓得,哪个演员唱得好,就摇头晃脑跟着唱,哪个演员走了调,台下就有人要纠正。说穿了,看秦腔不为求新鲜,他们只图过过瘾。

在这样的地方,这样的环境,这样的气氛,面对着这样的观众,秦腔是最逞能的。它的艺术的享受,是和拥挤而存在,是有力气而获得的。如果是冬天,那风在刮着,像刀子一样,如果是夏天,人窝里热得如蒸笼一般,但只要不是大雪,冰雹,暴雨,台下的人是不肯撤场的。最可贵的是那些老一辈的秦腔迷,他们没有力气挤在台下,也没有好眼力看清演员,却一溜一排地蹲在戏台两侧的墙根,吸着草烟,慢慢将唱腔品赏。一声叫板,便可以使他们坠入艺术之宫,"听了秦腔,肉酒不香",他们是体会得最深。那些大一点的,脾性野一点的孩子,却占领了戏场周围所有的高空,杨树上,柳树上,槐树上,一个枝杈一个人。他们常常乐而忘了险境,双手鼓掌时竟从树杈上掉下来,掉下来自不会损伤,因为树下是无数的人头,只是招致一顿臭骂罢了。更有一些爬在了场边的麦秸垛上,夏天四面来风,好不凉快,冬日就趴个草洞,将身子缩进去,露一个脑袋。也正是有闲阶级享受不了秦腔吧,他们常就瞌睡了,一觉醒来,月在西天,戏毕人散,只好苦笑一声悄然没声儿地溜下来回家敲门去了。

当然,一次秦腔演出,是一次演员亮相,也是一次演员受村人评论的考场。每每角色一出场,台下就一片喊喊喳喳:这是谁的儿子,谁的女子,谁家的媳妇,娘家何处?于是乎,谁有出息,谁没能耐,一下子就有了定论。有好多外村的人来提亲说媒,总是就在这个时候进行。据说有一媒人将一女子引到台下,相亲台上一个男演员,事先夸口这男的如何俊样,如何能干,但戏演了过半,那男的还未出场,后来终于出来,是个国民党的伪兵,还持枪未走到中台,扮游击队长的演员挥枪一指,"叭"地一声,那伪兵就倒地而死,爬ж钻进了后幕。那女子当下哼了一声,闭了嘴,一场亲事自然了了。这是喜中之悲一例。据说还有一例,一个老头在脖子上架了孙孙去看戏,孙孙吵着要回家,老头好说好劝只是不忍半场而去,便破费买了半斤花生,他眼盯着台上,手在下边剥花生,然后一颗一颗扬手喂到孙孙嘴里,但喂着喂着,竟将一颗塞进孙孙鼻孔,吐不出,咽不下,口鼻出血,连夜送到医院动手术,花去了七十元钱。但是,以秦腔引喜的事却不计其数。每个村里,总会有那么个老汉,夜里看戏,第二天必是头一个起床往戏台下跑。戏台下一片石头,砖头,一堆堆瓜子皮,糖果纸,烟屁股,他掀掀这块石头,踢踢那堆尘土,少不了要捡到一角两角甚至三元四元钱币来,或者一只鞋,或者一条手帕。这是村里钻刁人干的营生。而馋嘴的孩子们有的则夜里趁各家锁门之机,去地里摘那香瓜来吃,去谁家院里将桃杏装在背心兜里回来分红。自然少不了有那些青春妙龄的少男少女,则往往在台下混乱之中眼送秋波,或者就悄悄退出,相依相偎到黑黑的渠畔树林子里去了……

秦腔在这块土地上,有着神圣的不可动摇的基础。凡是到这些村庄去下乡,到这些人家去作客,他们最高级的接待是陪着看一场秦腔,实在不逢年过节,他们就会要合家唱一会乱弹,你只能点头称好,不能耻笑,甚至不能有一点不入神的表示。他们一生最崇敬的只有两种人,一是国家领导人,一是当地的秦腔名角。即使在任何地方,这些名角没有在场,只要发现了名角的父母,去商店买油是不必排队的,进饭馆吃饭是会有座位的,就是在半路上挡车,只要喊一声:我是某某的什么,司机也便要嘎地停车。但是,谁要侮辱一下秦腔,他们要争死争活地和你论理,以致大打出手,永远使你记住教训。每每村里过红白丧喜之事,那必是要包一台秦腔的,生儿以秦腔迎接,送葬以秦腔致哀,似乎这个人生的世界,就是秦腔的舞台,人只要在舞台上,生,旦,净,丑,才各显了真性,恶的夸张其丑,善的凸现其美,善使他们获得了美的教育,恶的也使丑里化作了美的艺术。

广漠旷远的八百里秦川,只有这秦腔,也只能有这秦腔,八百里秦川的劳作农民只有也只能有这秦腔使他们喜怒哀乐。秦人自古是大苦大乐之民众,他们的家乡交响乐除了大喊大叫的秦腔还能有别的吗?

1983年5月2日草于五味村
(选自《爱的踪迹》,上海文艺出版社 1985 年)

作品解读

民俗是几千年来老百姓生活方式和情感方式的凝聚,是文学创作取之不尽的源泉。《秦腔》对民俗中的生命意识与生命意义的感悟,显露着贾平凹民俗散文的独特魅力。在《秦腔》中,作者紧紧抓住了"秦腔"这一民间艺术的独特性:"这秦腔原来是秦川的天籁,地籁,人籁的共鸣啊!"来表现民俗文化(民间艺术)中蕴涵的生命意义与生命意识。在别人司空见惯的民俗景观上悟出生命、文化和历史来,从而具有浓厚的"民族味"。

(李曙豪)

作家自述

我们是有我们的想法。我们确实是不满意目前的散文状态,那种流行的,几乎渗透到许多人的显意识和潜意识中的对于散文的概念,范围是越来越狭小了,涵义是越来越苍白了。……散文是大可随便的,散文就是一切的文章。——贾平凹:《〈美文〉发刊辞》,《美文》1992年第1期。

名家要评

面对生于斯长于斯的黄土高原、八百里秦川,面对自幼耳濡目染、熨心贴肺的秦人秦腔,充溢于他胸间的那一腔深透入髓的洞察、体味、感悟与哲思尽管在涌动欲出,却又在顽强地拒绝着熟识的旧流向,敏锐地探寻着新的"感应和表现世界的思维角度"。贾平凹在其一系列创作中已经明显地表现出这么一种艺术追求:既贴近现实生活,又超越生活具象,在具象与抽象的统一中获得一种"超以象外"的丰厚审美意蕴和宏观层次的精神涵盖。——曹家治:《散文中的史诗美感——评贾平凹散文中的〈黄土高原〉、〈秦腔〉》,《当代文坛》1988年第3期。

拓展阅读

1. 曹家治:《散文中的史诗美感——评贾平凹散文中的〈黄土高原〉、〈秦腔〉》,《当代文坛》1988年第3期。

巩乃斯的马

周　涛

没话找话就招人讨厌，话说得没意思就让人觉得无聊，还不如听吵架提神。吵架骂仗是需要激情的。

我发现，写文章的时候就像一匹套在轭具和辕木中的马，想到那片水草茂盛的地方去，却不能摆脱道路，更摆脱不了车夫的驾驭，所以走来走去，永远在这条枯燥的路面上。

我向往草地，但每次走到的，却总是马厩。

我一直对不爱马的人怀有一点偏见，认为那是由于生气不足和对美的感觉迟钝所造成的，而且这种缺陷很难弥补。有时候读传记，看到有些了不起的人物以牛或骆驼自喻，就有点替他们惋惜，他们一定是没见过真正的马。

在我眼里，牛总是有点落后的象征的意思，一副安贫知命的样子，这大概是由于过分提倡"老黄牛"精神引起的生理反感。骆驼却是沙漠的怪胎，为了适应严酷的环境，把自己改造得那么丑陋畸形。至于毛驴，顶多是个黑色幽默派的小丑，难当大用。它们的特性和模样，都清清楚楚地写着人类对动物的征服，生命对强者的屈服，所以我不喜欢。它们不是作为人类朋友的形象出现的，而是俘虏，是仆役。有时候，看到小孩子鞭打牛，高大的骆驼在妇人面前下跪，发情的毛驴被缚在车套里龇牙大鸣，我心里便产生一种悲哀和怜悯。

那卧在盐车之下哀哀嘶鸣的骏马和诗人臧克家笔下的"老马"，不也是可悲的吗？但是不同。那可悲里含有一种不公，这一层含义在别的畜牲中是没有的。在南方，我也见到过矮小的马，样子有些滑稽，但那不是它的过错。既然桔树有自己的土壤，马当然有它的故乡了。自古好马生塞北。在伊犁，在巩乃斯大草原，马作为茫茫天地之间的一种尤物，便呈现了它的全部魅力。

那是一九七〇年，我在一个农场接受"再教育"，第一次触摸到了冷酷、丑恶、冰凉的生活实体。不正常的政治气候像潮闷险恶的黑云一样压在头顶上，使人压抑到不能忍受的地步。强度的体力劳动并不能打击我对生活的热爱，精神上的压抑却有可能摧毁我的信念。

终于有一天夜晚，我和一个外号叫"蓝毛"的长着古希腊人脸型的上士一起爬起来，偷偷摸进马棚，解下两匹喉咙里滚动着咴咴低鸣的骏马，在冬夜旷野的雪地上奔驰开了。

天低云暗，雪地一片模糊，但是马不会跑进巩乃斯河里去。雪原右侧是巩乃斯河，形成了沿河的一道陡直的不规则的土壁。光背的马儿驮着我们在土壁顶上的雪原轻快地小跑，喷着鼻息，四蹄发出嚓嚓的有节奏的声音，最后大颠着狂奔起来。随着马的奔驰、起伏、跳跃和喘息，我们的心情变得开朗、舒展。压抑消失，豪兴顿起，在空旷的雪野上打着唿哨乱喊，在颠簸的马背上感受自由的亲切和驾驭自己命运的能力，是何等的痛快舒畅啊！我们高兴得大笑，笑得从马背上栽下来，躺在深雪里还是止不住地狂笑，直到笑得眼睛里流出了泪水……

那两匹可爱的光背马，这时已在近处缓缓停住，低垂着脖颈，一副歉疚的想说"对不起"的神态。它们温柔的眼睛里仿佛充满了怜悯和抱怨，还有一点诧异，弄不懂我们这两个人究竟是怎么了。我拍拍马的脖颈，抚摸一会儿它的鼻梁和嘴唇，它会意了，抖抖鬃毛像抖掉疑虑，跟着我们慢慢走回去。一路上，我们谈着马，闻着身后热烘烘的马汗味和四围里新鲜刺鼻的气息，觉得好像不是走在冬夜的雪原上。

马能给人以勇气，给人以幻想，这也不是笨拙的动物所能有的。在巩乃斯后来的那些日子里，观察马渐渐成了我的一种艺术享受。

我喜欢看一群马，那是一个马的家族在夏牧场上游移，散乱而有秩序，首领就是那里面一眼就望得出的种公马。它是马群的灵魂，作为这群马的首领当之无愧，因为它的确是无与伦比的强壮和美丽。匀称高大，毛色闪闪发光，最明显的特征是颈上披散着垂地的长鬃，有的浓黑，流泻着力与威严；有的金红，燃烧着火焰般的光彩。它管理着保护着这群牝马和顽皮的长腿短身子马驹儿，眼光里保持着父爱的尊严。

在马的这种社会结构中，首领的地位是由强者在竞争中确立的。任何一匹马都可以争夺，通过追逐、撕咬、拼斗，使最强的马成为公认的首领。为了保证这群马的品种不至于退化，就不能搞"指定"，不能看谁和种公马的关系好，也不能凭血缘关系接班。

生存竞争的规律使一切生物把生存下去作为第一意识，而人却有时候会忘记，造成许多误会。

唉，天似穹庐，笼盖四野。在巩乃斯草原度过的那些日子里，我与世界隔绝，生活单调；人与人互相警惕，唯恐失一言而遭灭顶之祸，心灵寂寞。只有一个乐趣，看马。好在巩乃斯草原马多，不像书可以被焚，画可以被禁，知识可以被践踏，马总不至于被驱逐出境吧？这样，我就从马的世界里找到了奔驰的诗韵。油画般的辽阔草原、夕阳落照中兀立于荒原的群雕、大规模转场时铺散在山坡上的好文章、熊熊篝火边的通宵马经、毡房里悠长暗哑的长歌在烈马苍凉的嘶鸣中展开、醉酒的青年哈萨克在群犬的追逐中纵马狂奔，东倒西歪地俯身鞭打猛犬，这一切，使我蓦然感受到生活不朽的壮美和那时潜藏在我们心里的共同忧郁……

哦，巩乃斯的马，给了我一个多么完整的世界！凡是那时被取消的，你都重新又给予了我！弄得我直到今天听到马蹄踏过大地的有力声响时，还会在屋子里坐卧不宁，总想出去看看，是一匹什么样儿的马走过去了。而且我还听不得马嘶，一听到那铜号般高亢、鹰啼般苍凉的声音，我就热血陡涌、热泪盈眶，大有战士出征走上古战场，"风萧萧兮易水寒"的悲壮之慨。

有一次我碰上巩乃斯草原夏日迅疾猛烈的暴雨，那雨来势之快，可以使悠然在晴空盘旋的孤鹰来不及躲避而被击落，雨脚之猛，竟能把牧草覆盖的原野一瞬间打得烟尘滚滚。就在那场暴雨的豪打下，我见到了最壮阔的马群奔跑的场面。仿佛分散在所有山谷里的马都被赶到这儿来了，好家伙，被暴雨的长鞭抽打着，被低沉的怒雷恐吓着，被刺进大地倏忽消逝的闪电激奋着，马，这不肯安全的牲灵从无数谷口、山坡涌出来，山洪奔泻似地在这原野上汇聚了，小群汇成大群，大群在运动中扩展，成为一片喧叫、纷乱、快速移动的集团冲锋！争先恐后，前呼后应，披头散发，淋漓尽致！有的疯狂地向前奔驰，像一队尖兵，要去踏住那闪电；有的来回奔跑，俨然像临危不惧、收拾残局的大将；小马跟着母马认真而紧张地跑,不再顽皮、撒欢,一下子变得老练了许多;牧人在不可收拾的潮水中被携裹,大喊大叫,却毫无声响,喊声像一块小石片跌进奔腾喧嚣的大河。

雄浑的马蹄声在大地奏出鼓点,悲怆苍劲的嘶鸣、叫喊在拥挤的空间碰撞、飞溅,划出一条条不规则的曲线,扭住、缠住漫天雨网,和雷声雨声交织成惊心动魄的大舞台。而这一切,得在飞速移动中展现,几分钟后,马群消失,暴雨停歇,你再看不见了。

我久久地站在那里,发愣、发痴、发呆。我见到了,见过了,这世间罕见的奇景,这无可替代的伟大的马群,这古战场的再现,这交响乐伴奏下的复活的雕塑群和油画长卷!我把这几分钟间见到的记在脑子里,相信,它所给予我的将使我终身受用不尽……

马就是这样,它奔放有力却不让人畏惧,毫无凶暴之相;它优美柔顺却不任人随意欺凌,并不懦弱,我说它是进取精神的象征,是崇高感情的化身,是力与美的巧妙结合恐怕也并不过分。屠格涅夫有一次在他的庄园里说托尔斯泰"大概您在什么时候当过马",因为托尔斯泰不仅爱马、写马,并且坚信"这匹马能思考并且是有感情的"。它们常和历史上的那些伟大的人物、民族的英雄一起被铸成铜像屹立在最醒目的地方。

过去我认为,只有《静静的顿河》才是马的史诗;离开巩乃斯之后,我不这么看了。巩乃斯的马,这些古人称之为骐骥、称之为汗血马的英气勃勃的后裔们,日出而撒欢,日入而哀鸣,它们好像永远是这样散漫而又有所期待,这样原始而又有感知,这样不假雕饰而又优美,这样我行我素而又不会被世界所淘汰。成吉思汗的铁骑作为一个兵种已经消失,六根棍马车作为一种代步工具已被淘汰,但是马却不会被什么新玩艺儿取代,它有它的价值。

牛从辁车变为食用,仍然是实用物;毛驴和骆驼将会成为动物园里的展览品,因为它们只会越来越稀少;而马,当车辆只是在实用意义上取代了它,解放了它时,它从实用物进化为一种艺术品的时候恰恰开始了。

值得自豪的是我们中国有好马。从秦始皇的兵马俑、铜车马到唐太宗的六骏,从马踏飞燕的奇妙构想到大宛汗血马的美妙传说,从关云长的赤兔马到朱德总司令的长征坐骑……纵览马的历史,还会发现它和我们民族的历史紧密相联着。这也难怪,骏马与武士与英雄本有着难以割舍的亲缘关系呢,彼此作用的相互发挥、彼此气质的相互补益,曾创造出多少叱咤风云的壮美形象?纵使有一天马终于脱离了征战这一辉煌事业,人们也随时会从军人的身上发现马的神韵和遗风。我们有多少关于马的故事呵,我们是十分爱马的民族呢。至今,如同我们的一切美好传统都像黄河之水似地遗传下来那样,我们的历代名马的筋骨、血脉、气韵、精神也都遗传下来了。那种"龙马精神",就在巩乃斯的马身上——

此马非凡马,
房星是本星;
向前敲瘦骨,
犹自带铜声。

我想,即便我一直固执地对不爱马的人怀一点偏见,恐怕也是可以得到谅解的吧。

1984年5月20日于乌鲁木齐
(原载《解放军文艺》1984年第8期)

作品解读

在《巩乃斯的马》中,马是一种精神的象征。作者借助对马的形象的描绘,表达了一种对不受羁绊的生命力与进取精神的向往与渴求。

作者是在"文革"期间政治气候极端险恶时,在伊犁巩乃斯大草原的农场里,体验到巩乃斯马的品格的。马给作者以勇气和幻想,从马的世界里作者找到了超越生活环境的力量,感受到生活的不朽与壮美。通过对马的描写,表现了作者对人类美好精神的向往、追求。

(李曙豪)

作家自述

写文章,写诗,从职份上讲,就是琢磨语言。精炼、准确、传神地使用语言文字,是诗人作家的日课。现在不大讲功力了,似乎功力是一种很老派、很过时的讲法。其实做任何事情还是功力深厚的更好一些,除去观念的问题以外,功力总是越深厚越好,十年磨一剑,甘苦寸心知。——周涛:《游诗梦枕》,第210页,群众出版社1996年。

拓展阅读

1. 孙政:《人格理想的热情颂歌——读周涛散文〈巩乃斯的马〉》,《名作欣赏》2005年第5期。

风雨天一阁

余秋雨

一

　　不知怎么回事，天一阁对于我，一直有一种奇怪的阻隔。照理，我是读书人，它是藏书楼，我是宁波人，它在宁波城，早该频频往访的了，然而却一直不得其门而入。一九七六年春到宁波养病，住在我早年的老师盛钟健先生家，盛先生一直有心设法把我弄到天一阁里去看一段时间书，但按当时的情景，手续颇烦人，我也没有读书的心绪，只得作罢。后来情况好了，宁波市文化艺术界的朋友们总要定期邀我去讲点课，但我每次都是来去匆匆，没有时间逗留，而当地朋友们则万万没想到我竟然没去过天一阁。

　　是啊，现在大批到宁波作几日游的普通上海市民回来后都在大谈天一阁，而我这个经常钻研天一阁藏本重印书籍、对天一阁的变迁历史相当熟悉的人却总是对之愧然，实在说不过去。直到一九九〇年八月我再一次到宁波讲课，终于在讲完的那一天支支吾吾地向主人提出了这个要求。主人是文化局副局长裴明海先生，天一阁正属他管辖，在对我的这个可怕缺漏大吃一惊之余立即决定，明天由他亲自陪同，进天一阁。

　　但是，就在这天晚上，台风袭来，暴雨如注，整个城市都在柔弱地颤抖。第二天上午如约来到天一阁时，只见大门内的前后天井、整个院子全是一片汪洋。打落的树叶在水面上翻卷，重重砖墙间透出湿冷冷的阴气。

　　看门的老人没想到文化局长会在这样的天气陪着客人前来，慌忙从清洁工人那里借来半高统雨鞋要我们穿上，还递来两把雨伞。但是，院子里积水太深，才下脚，鞋统已经进水，惟一的办法是干脆脱掉鞋子，挽起裤管赤脚趟水进去。本来浑身早已被风雨搅得冷飕飕的了，赤脚进水立即通体一阵寒噤。就这样，我和裴明海先生相扶相持，高一脚低一脚地向藏书楼走去。天一阁，我要靠近前去怎么这样难呢？明明已经到了跟前，还把风雨大水作为最后一道屏障来阻拦。我知道，历史上的学者要进天一阁看书是难乎其难的事，或许，我今天进天一阁也要在天帝的主持下举行一个狞厉的仪式？

　　有时，我确实会半信半疑地揣摩某些神秘领域的可能性。我知道，天一阁之所以叫天一阁，是创办人取《易经》中"天一生水"之义，想借水防火，来免去历来藏书者最大的忧患火灾。今天初次相见，上天分明将"天一生水"的奥义活生生地演绎给了我看，同时又逼迫我以最虔诚的形貌投入这个仪式，剥除斯文，剥除参观式的休闲，甚至不让穿着鞋子踏入圣殿，只能卑躬屈膝、哆哆嗦嗦地来到跟前。今天这里再也没有其他参观者，这一切岂不是一种超乎寻常的安排？

二

不错,它只是一个藏书楼,但它实际上已成为一种极端艰难、又极端悲怆的文化奇迹。

中华民族作为世界上最早进入文明的人种之一,让人惊叹地创造了独特而美丽的象形文字,创造了简帛,然后又顺理成章地创造了纸和印刷术。这一切,本该迅速地催发出一个书籍的海洋,把壮阔的华夏文明播扬翻腾。但是,野蛮的战火几乎不间断地在焚烧着脆薄的纸页,无边的愚昧更是在时时吞食着易碎的智慧。一个为写书、印书创造好了一切条件的民族竟不能堂而皇之地拥有和保存很多书,书籍在这块土地上始终是一种珍罕而又陌生的怪物,于是,这个民族的精神天地长期处于散乱状态和自发状态,它常常不知自己从哪里来,到哪里去,自己究竟是谁,要干什么。

只要是智者,就会为这个民族产生一种对书的企盼。他们懂得,只有书籍,才能让这么悠远的历史连成缆索,才能让这么庞大的人种产生凝聚,才能让这么广阔的土地长存文明的火种。很有一些文人学士终年辛劳地以抄书、藏书为业,但清苦的读书人到底能藏多少书,而这些书又何以保证历几代而不流散呢?"君子之泽,五世而斩",功名资财、良田巍楼尚且如此,更遑论区区几箱书?宫廷当然会有一些书,但在清代之前,大多藏得偏于一端,构不成文化规格,又每每毁于改朝换代之际,是不能够去指望的。鉴于这种种情况,历史只能把藏书的事业托付给一些非常特殊的人物了。这种人最好长期为官,有足够的资财可以搜集书籍;这种人为官又最好各地迁移,使他们有可能搜集到散落四处的版本;这种人必须有极高的文化素养,对各种书籍的价值有迅捷的敏感;这种人必须有清晰的管理头脑,从建藏书楼到设计书橱都有精明的考虑,从借阅规则到防火措施都有周密的安排;这种人还必须有超越时间的深入谋划,对如何使自己的后代把藏书保存下去有预先的构想。当这些苛刻的条件全都集于一身时,他才有可能成为古代中国的一名藏书家。

这样的藏书家委实也是出过一些的,但没过几代,他们的事业都相继萎谢。这样的名字,我们可以举出长长一串,但他们的藏书却早已流散得一本不剩了。那么,这些名字也就组合成了一种没有成果的努力,一种似乎实现过而最终还是未能实现的悲剧性愿望。

能不能再出一个人呢,哪怕仅仅是一个,他可以把上述种种苛刻的条件提升得更加苛刻,他可以把管理、保存、继承诸项关节琢磨到极端,让偌大的中国留下一座藏书楼,一座,只是一座!上天,可怜可怜中国和中国文化吧。

这个人终于有了,他便是天一阁的创建人范钦。

清代乾嘉时期的学者阮元说:"范氏天一阁,自明至今数百年,海内藏书家,唯此岿然独存。"

这就是说,自明至清数百年广阔的中国文化界所留下的一部分书籍文明,终于找到了一所可以稍加归拢的房子。

明以前的漫长历史,不去说它了,明以后没有被归拢的书籍,也不去说它了,我们只向这座房子叩头致谢,感谢它为我们民族断残零落的精神史,提供了一个小小的栖脚处。

范钦是明代嘉靖年间人,自二十七岁考中进士后开始在全国各地做官,到的地方很多,北至陕西、河南,南至两广、云南,东至福建、江西,都有他的宦迹。最后做到兵部右侍郎,官职不算小了。这就为他的藏书提供了充裕的财力基础和搜罗空间。像在文化资料十分散乱、又没有在这方面建立起像样的文化市场的当时,官职本身也是搜集书籍的重要依凭。他每到一地做官,总是非常留意搜集当地的公私刻本,特别是搜集其他藏书家不甚重视、或无力获得的各种地方志、政书、实录以及历科试士录。明代各地仕人刻印的诗文集,本是很容易成为过眼烟云的东西,他也搜得不少。这一切,光有搜集的热心和资财就不够了。乍一看,他是在公务之暇把玩书籍,而事实上他已经把人生的第一要务看成是搜集图书,做官倒成了业余,或者说,成了他搜集图书的必要手段。他内心隐潜着的轻重判断是这样,历史的宏观裁断也是这样。好像历史要当时的中国出一个藏书家,于是把他放在一个颠簸九州的官位上来成全他。

一天公务,也许是审理了一宗大案,也许是弹劾了一名贪官,也许是调停了几处官场恩怨,也许是理顺了几项财政关系,衙堂威仪,朝野声誉,不一而足。然而他知道,这一切的重量加在一起也比不过傍晚时分差役递上的那个薄薄的蓝布包袱,那里边几册按他的意思搜集来的旧书,又要汇入他的行箧。他那小心翼翼翻动书页的声音,比开道的鸣锣和吆喝都要响亮。

范钦的选择,碰撞到了我近年来特别关心的一个命题:基于健全人格的文化良知,或者倒过来说,基于文化良知的健全人格。没有这种东西,他就不可能如此矢志不移,轻世人之所重,重世人之所轻。他曾毫不客气地顶撞过当时在朝廷权势极盛的皇亲郭勋,因而遭到廷杖之罚,并下过监狱。后来在仕途上仍然耿直不阿,公然冒犯权奸严氏家族,严世藩想加害于他,而其父严嵩却说:"范钦是连郭勋都敢顶撞的人,你参了他的官,反而会让他更出名。"结果严氏家族竟奈何范钦不得。我们从这些事情可以看到,一个成功的藏书家在人格上至少是一个强健的人。

这一点我们不妨把范钦和他身边的其他藏书家作个比较。与范钦很要好的书法大师丰坊也是一个藏书家,他的字毫无疑问要比范钦写得好,一代书家董其昌曾非常钦佩地把他与文征明并列,说他们两人是"墨池董狐",可见在整个中国古代书法史上,他也是一个耀眼的星座。他在其他不少方面的学问也超过范钦,例如他的专著《五经世学》,就未必是范钦写得出来的。但是,作为一个地道的学者、艺术家,他太激动,太天真,太脱世,太不考虑前后左右,太随心所欲。起先他也曾狠下一条心变卖掉家里的千亩良田来换取书法名帖和其他书籍,在范钦的天一阁还未建立的时候他已构成了相当的藏书规模,但他实在不懂人情世故,不懂口口声声尊他为师的门生们也可能是巧取豪夺之辈,更不懂得藏书楼防火的技术,结果他的全部藏书到他晚年已有十分之六被人拿走,又一大部分毁于火灾,最后只得把剩余的书籍转售给范钦。范钦既没有丰坊的艺术才华,也没有丰坊的人格缺陷,因此,他以一种冷峻的理性提炼了丰坊也会有的文化良知,使之变成一种清醒的社会行为。相比之下,他的社会人格比较强健,只有这种人才能把文化事业管理起来。太纯粹的艺术家或学者在社会人格上大多缺少旋转力,是办不好这种事情的。

另一位可以与范钦构成对比的藏书家正是他的侄子范大澈,范大澈从小受叔父影响,不少方面很像范钦,例如他为官很有能力,多次出使国外,而内心又对书籍有一种强烈的癖好;他学问不错,对书籍也有文化价值上的裁断力,因此曾被他搜集到一些重要珍本。他藏书,既有叔父的正面感染,也有叔父的反面刺激。据说有一次他向范钦借书而范钦不甚爽快,便立志自建藏书楼来悄悄与叔父争胜,历数年努力而楼成,他就经常邀请叔父前去做客,还故意把一些珍贵秘本放在案上任叔父随意取阅。遇到这种情况,范钦总是淡淡地一笑而已。在这里,叔侄两位藏书家的差别就看出来了。侄子虽然把事情也搞得很有样子,但背后却隐藏着一个意气性的动力,这未免有点小家子气了。在这种情况下,他的终极性目标是很有限的,只要把楼建成,再搜集到叔父所没有的版本,他就会欣然自慰了。结果,这位作为后辈新建的藏书楼只延续几代就合乎逻辑地流散了,而天一阁却以一种怪异的力度屹立着。

实际上,这也就是范钦身上所支撑着的一种超越意气、超越嗜好、超越才情,因此也超越时间的意志力。这种意志力在很长时间内的表现常常让人感到过于冷漠、严峻,甚至不近人情,但天一阁就是靠着它延续至今的。

三

藏书家遇到的真正麻烦大多是在身后,因此,范钦面临的问题是如何把自己的意志力变成一种不可动摇的家族遗传。不妨说,天一阁真正堪称悲壮的历史,开始于范钦死后。我不知道保住这座楼的使命对范氏家族来说算是一种荣幸,还是一场延绵数百年的苦役。

活到八十高龄的范钦终于走到了生命尽头,他把大儿子和二媳妇(二儿子已亡故)叫到跟前,安排遗产继承事项。老人在弥留之际还给后代出了一个难题,他把遗产两份,一份是万两白银,一份是一楼藏书,让两房挑选。

这是一种非常奇怪的遗产分割法。万两白银立即可以享用,而一楼藏书则除了沉重的负担没有任何享用的可能,因为范钦本身一辈子的举止早已告示后代,藏书绝对不能有一本变卖,而要保存好这些藏书每年又要支付一大笔费用。为什么他不把保存藏书的责任和万两白银都一分为二让两房一起来领受呢?为什么他把权利和义务分割得如此彻底要后代选择呢?

我坚信这种遗产分割法老人已经反复考虑了几十年。实际上这是他自己给自己出的难题:要么后代中有人义无返顾、别无他求地承担艰苦的藏书事业,要么只能让这一切都随自己的生命烟消云散!他故意让遗嘱变得不近情理,让立志继承藏书的一房完全无利可图。因为他知道这时候只要有一丝掺假,再隔几代,假的成分会成倍地扩大,他也会重蹈其他藏书家的覆辙。他没有丝毫意思要讥刺或鄙薄想继承万两白银的那一房,诚实地承认自己没有承接这项历史性苦役的信心,总比在老人病榻前不太诚实的信誓旦旦好得多。但是,毫无疑问,范钦更希望在告别人世的最后一刻听到自己企盼了几十年的声音。他对死神并不恐惧,此刻却不无恐惧地直视着后辈的眼睛。

大儿子范大冲立即开口,他愿意继承藏书楼,并决定拨出自己的部分良田,以田租充当藏书楼的保养费用。

就这样,一场没完没了的接力赛开始了。多少年后,范大冲也会有遗嘱,范大冲的儿子又会有遗嘱……后一代的遗嘱要比前一代还要严格。藏书的原始动机越来越远,而家族的繁衍却越来越大,怎么能使几代后众多支脉的范氏世族中每一家每一房都严格地恪守先祖范钦的规范呢?这实在是一个值得我们一再品味的艰难课题。在当时,一切有历史跨度的文化事业只能交付给家族传代系列,但家族传代本身却是一种不断分裂、异化、自立的生命过程。让后代的后代接受一个需要终身投入的强硬指令,是十分违背生命的自在状态的;让几百年之后的后裔不经自身体验就来沿袭几百年前某位祖先的生命冲动,也难免有许多憋气的地方。不难想像,天一阁藏书楼对于许多范氏后代来说几乎成了一个宗教式的朝拜对象,只知要诚惶诚恐地维护和保存,却不知是为什么。按照今天的思维习惯,人们会在高度评价范氏家族的丰功伟绩之余随之揣想他们代代相传的文化自觉,其实我可肯定此间埋藏着许多难以言状的心理悲剧和家族纷争,这个在藏书楼下生活了几百年的家族非常值得同情。

后代子孙免不了会产生一种好奇,楼上究竟是什么样的呢?到底有哪些书,能不能借来看看?亲戚朋友更会频频相问,作为你们家族世代供奉的这个秘府,能不能让我们看上一眼呢?

范钦和他的继承者们早就预料到这种可能,而且预料藏书楼就会因这种点滴可能而崩坍,因而已经预防在先。他们给家族制定了一个严格的处罚规则,处罚内容是当时视为最大屈辱的不予参加祭祖大典,因为这种处罚意味着在家族血统关系上亮出了"黄牌",远比杖责鞭笞之类严重多了。处罚规则标明:子孙无故开门入阁者,罚不与祭三次;私领亲友入阁及擅开书橱者,罚不与祭一年;擅将藏书借出外房及他姓者,罚不与祭三年;因而典押事故者,除追惩外,永行摈逐,不得与祭。

在此,必须讲到那个我每次想起都很难过的事件了。嘉庆年间,宁波知府丘铁卿的内侄女钱绣芸是一个酷爱诗书的姑娘,一心想要登天一阁读点书,竟要知府作媒嫁给了范家。现代社会学家也许会责问钱姑娘你究竟是嫁给书还是嫁给人,但在我看来,她在婚姻很不自由的时代既不看重钱也不看重势,只想借着婚配来多看一点书,总还是非常令人感动的。但她万万没有想到,当自己成了范家媳妇之后还是不能登楼。一种说法是族规禁止妇女登楼,另一种说法是她所嫁的那一房范家后裔在当时已属于旁支。反正钱绣芸没有看到天一阁的任何一本书,郁郁而终。

今天,当我抬起头来仰望天一阁这栋楼的时候,首先想到的是钱绣芸那忧郁的目光。我几乎觉得这里可出一个文学作品了,不是写一般的婚姻悲剧,而是写在那很少有人文主义气息的中国封建社会里,一个姑娘的生命如何强韧而又脆弱地与自己的文化渴求周旋。

从范氏家族的立场来看,不准登楼,不准看书,委实也出于无奈。但是,永远地不准登楼,不准看书,对谁也不例外,这座藏书楼存在于世的意义又何在呢?这个问题,每每使范氏家族陷入困惑。

范氏家族规定,不管家族繁衍到何等程度,开阁门必得各房一致同意。阁门的钥匙和书橱的钥匙由各房分别掌管,组成了一圈一环也不可缺少的连环,如果有一房不到是无法接触到任何藏书的。既然每房都能有效地行使否决权,久而久之,每房也都产生了有关天一阁价值的终极性思考。

就在这时,传来消息,大学者黄宗羲先生想要登楼看书!这对范家各房无疑是一个巨大的震撼。黄宗羲是"吾乡"余姚人,与范氏家族没有任何血缘关系,照理是严禁登楼的,但无论如何他是靠自己的人品、气节、学问而受到全国思想学术界深深钦佩的巨人,范氏各房也早有所闻。尽管当时的信息传播手段非常落后,但由于黄宗羲的行为举止实在是奇崛响亮,一次次在朝野之间造成非凡的轰动效应。他的父亲本是明末东林党重要人物,被魏忠贤宦官集团所杀,后来宦官集团受审,十九岁的黄宗羲在廷质时竟义愤填膺地锥刺和痛殴漏网余党,后又追杀凶手,警告阮大铖,一时大快人心。清兵南下时他与两个弟弟在家乡组织数百人的子弟兵"世忠营"英勇抗清,抗清失败后便潜心学术,边著述边讲学,把民族道义、人格道德融化在学问中启迪世人,成为中国古代学术天域中第一流的思想家和历史学家。他在治学过程中已经到绍兴钮氏"世学楼"和祁氏"淡生堂"去读过书,现在终于想来叩天一阁之门了。他深知范氏家族的禁严规矩,但他还是来了,时间是康熙十二年,即1673年。

出乎意外,范氏家族的各房竟一致同意黄宗羲先生登楼,而且允许他细细地阅读楼上的全部藏书。这件事,我一直看成是范氏家族文化品格的一个验证。他们是藏书家,本身在思想学术界和社会政治领域都没有太高的地位,但他们毕竟为一个人而不是为其他人,交出了他们珍藏严守着的全部钥匙。这里有选择,有裁断,有一个庞大的藏书世家的人格闪耀。黄宗羲先生长衣布鞋,悄然登楼了。铜锁在一具具打开,1673年成为天一阁历史上特别有光彩的一年。

黄宗羲在天一阁翻阅了全部藏书,把其中流通未广者编为书目,并另撰《天一阁藏书记》留世。由此,这座藏书楼便与一位大学者的人格连结起来了。

从此以后,天一阁有了一条可以向真正的大学者开放的新规矩,但这条规矩的执行还是十分苛严,在此后近二百年的时间内,获准登楼的大学者也仅有十余名,他们的名字,都是上得了中国文化史的。

这样一来,天一阁终于显现了本身的存在意义,尽管显现的机会是那样小。封建家族的血缘继承关系和社会学术界的整体需求产生了尖锐的矛盾,藏书世家面临着无可调和的两难境地:要么深藏密裹使之留存,要么发挥社会价值而任之耗散。看来像天一阁那样经过最严格的选择作极有限的开放是一个没有办法中的办法。但是,如此严格地在全国学术界进行选择,已远远超出了一个家族的见识和职能范畴了。

直到乾隆决定编纂《四库全书》,这个矛盾的解决才出现了一些新的走向。乾隆谕旨各省采访遗书,要各藏书家,特别是江南的藏书家积极献书。天一阁进呈珍贵古籍六百余种,其中有九十六种被收录在《四库全书》中,有三百七十余种列入存目。乾隆非常感谢天一阁的贡献,多次褒扬奖赐,并授意新建的南北主要藏书楼都仿照天一阁格局营建。

天一阁因此而大出其名,尽管上献的书籍大多数没有发还,但在国家级的"百科全书"中,在钦定的藏书楼中,都有了它的生命。我曾看到有些著作文章中称乾隆下令天一阁为《四库全书》献书是天一阁的一大浩劫,深觉言之有过。藏书的意义最终还是要让它广泛流播,"藏"本身不应成为终极目的。连堂堂皇家编书都不得不大幅度地动用天一阁的珍藏,家族性的收藏变成了一种行政性的播扬,这证明天一阁获得了大成功,范钦获得了大成功。

四

天一阁终于走到了中国近代。什么事情一到中国近代总会变得怪异起来,这座古老的藏书楼开始了自己新的历险。

先是太平军进攻宁波时当地小偷趁乱拆墙偷书,然后当废纸论斤卖给造纸作坊。曾有一人出高价从作坊买去一批,却又遭大火焚毁。

这就成了天一阁此后命运的先兆,它现在遇到的问题已不是让不让某位大学者上楼的问题了,竟然是窃贼和偷儿成了它最大的对手。

1914年,一个叫薛继渭的偷儿奇迹般地潜入书楼,白天无声无息,晚上动手偷书,每日只以所带枣子充饥,东墙外的河上,有小船接运所偷书籍。这一次几乎把天一阁的一半珍贵书籍给偷走了,它们渐渐出现在上海的书铺里。

薛继渭的这次偷窃与太平天国时的那些小偷不同,不仅数量巨大,操作系统,而且最终与上海的书铺挂上了钩,显然是受到书商的指使。近代都市的书商用这种办法来侵吞一座古老的藏书楼,我总觉得其中蕴含着某种象征意义。把保护藏书楼的种种措施都想到了家的范钦确实没在防盗的问题上多动脑筋,因为在当时这对这样一个家族的院落来说构不成一种重大威胁。这正像范钦想像不到会有一个近代降临,想像不到近代市场上那些商人在资本的原始积累时期会采取什么手段。一架架的书橱空了,钱绣芸小姐哀怨地仰望终身而未能上的楼板,黄宗羲先生小心翼翼地踩踏过的楼板,现在只留下偷儿吐出的一大堆枣核在上面。

当时主持商务印书馆的张元济先生听说天一阁遭此浩劫,并得知有些书商正准备把天一阁藏本卖给外国人,便立即拨巨资抢救,保存于东方图书馆的涵芬楼里。涵芬楼因有天一阁藏书的润泽而享誉文化界,当代不少文化大家都在那里汲取过营养。但是,如所周知,它最终竟又全部焚毁于日本侵略军的炸弹之下。

这当然更不是数百年前的范钦先生所能预料的了。他"天一生水"的防火秘咒也终于失效。

五

然而毫无疑问,范钦和他后代的文化良知在现代并没有完全失去光亮。除了张元济先生外,还有大量的热心人想努力保护好天一阁这座"危楼",使它不要全然成为废墟。这在现代无疑已成为一个社会性的工程,靠着一家一族的力量已无济于事。幸好,本世纪三十年代、五十年代、六十年代直至八十年代,天一阁一次次被大规模地修缮和充实着,现在已成为重点文物保护单位,也是人们游览宁波时大多要去访谒的一个处所。天一阁的藏书还有待于整理,但在文化信息密集、文化沟通便捷的现代,它的主要意义已不是以书籍的实际内容给社会以知识,而是作为一种古典文化事业的象征存在着,让人联想到中国文化保存和流传的艰辛历程,联想到一个古老民族对于文化的渴求是何等悲怆和神圣。

我们这些人,在生命本质上无疑属于现代文化的创造者,但从遗传因子上考索又无可逃遁地是民族传统文化的孑遗,因此或多或少也是天一阁传代系统的繁衍者,尽管在范氏家族看来只属于"他姓"。登天一阁楼梯时我的脚步非常缓慢,我不断地问自己:你来了吗?你是哪一代的中国书生?

很少有其他参观处所能使我像在这里一样心情既沉重又宁静。阁中一位年老的版本学家颤巍巍地捧出两个书函,让我翻阅明刻本,我翻了一部登科录,一部上海志,深深感到,如果没有这样的孤本,中国历史的许多重要侧面将杳无可寻。由此想到,保存这些历史的天一阁本身的历史,是否也有待于进一步发掘呢?裘明海先生递给我一本徐季子、郑学溥、袁元龙先生写的《宁波史话》的小册子,内中有一篇介绍了天一阁的变迁,写得扎实而清晰,使我知道了不少我原先不知道的史实。但在我看来,天一阁的历史是足以写一部宏伟的长篇史诗的。我们的文学艺术家什么时候能把他们的目光投向这种苍老的屋宇和庭园呢？什么时候能把范氏家族和其他许多家族数百年来的灵魂史袒示给现代世界呢？什么时候能让读者惊喜地发现，在我们这样一个古老的国度，许多事物的真实历史过程本身就具有巨大的艺术魅力呢？

（原载《收获》1991年第3期）

作品解读

《风雨天一阁》是余秋雨散文的力作。作者旁征博引，将围绕天一阁所发生的典故如数家珍，一一道来，如范钦的"顶撞皇亲"、"严嵩不敢加害"等轶事，这些典故都被余秋雨当做文化现象来解读；作者对与天一阁有关的故事传说也十分熟悉，如"钱绣芸出嫁看书"，在陈述中点缀着精彩的点评，耐人寻味。天一阁被提升为古典文化事业的象征，而它建造、传承的过程中所遭逢到的种种坎坷和问题，也就是古老文化产生、承继过程的种种坎坷和问题。文章的主旨不仅是一座文化遗迹和与之相关的人，更是对文明的碎片的整理与重建。

（李曙豪）

作家自述

我站在古人一定站过的那些方位上，用与先辈差不多的黑眼珠打量着很少会有变化的自然景观，静听着与千百年前没有丝毫差异的风声鸟声……大地默默无言，只要来一二个有悟性的文人一站立，它封存久远的文化内涵也就能哗的一声奔泻而出；文人本也萎靡柔弱，只有被这种奔泻所裹卷，倒也能吞吐千年。结果，就在这看似平常的伫立瞬间，人、历史、自然浑沌地交融在一起了。——余秋雨：《文化苦旅·自序》，《文化苦旅》，知识出版社1992年。

名家要评

余秋雨散文出现之后，散文作为文学形式正在揭开历史的新篇章。——孙绍振：《为当代散文一辩》，《当代作家评论》1994年第1期。

煽情主义的话语策略。——朱大可、吴炫等：《十作家批判·余秋雨批判》，《十作家批判》，第32页，陕西师范大学出版社1999年。

拓展阅读

1. 孙绍振：《余秋雨：从审美到审智的"断桥"——论余秋雨在中国当代散文史上的地位》，《当代作家评论》2000年第6期。

2. 古耜：《走出肯定或否定一切的批评误区——再谈余秋雨散文的瑜与瑕》，《徐州师范大学学报》1998年第1期。

剥啄声

张中行

剥啄是轻轻的叩门声。这是我的领会,辞书只注叩门声,叩门,因人或心情的不同,声音自然也可以不是轻轻的。且说我为什么忽而想起写这个呢?是一年以来,也许越衰老心情反而不能静如止水吧,有时闷坐斗室,面壁,就感到特别寂寞,也就希望听到剥啄声。但希望的实现并不容易,于是这希望就常常带来为人忘却的怅惘。常人,活动于世间,入室卧床,出门坐车,东西南北,南北东西,已经够繁冗够劳累了,却还愿意,哪怕是短时,住在有些人的心里,所以为人忘却,纵使只是自己的想像,也是很难堪的。总之我喜欢剥啄声,就想说说与这有关的一些情况。

叩门,还会牵扯到好不好的问题。这是"推敲"的古典,由韩愈和贾岛来。传说贾作了"僧推月下门"的诗,想换"推"为"敲",自己拿不准,问韩愈,这位文公说是"敲"好。这故事最早见于五代何光蒾《鉴戒录》,可谓语焉不详。比如此僧确知院内无人,用"敲"字就说不通了。如果有人,且不是自己的小庙,不敲就等于破门而入,何况是僧,惊了内眷,岂不大杀风景?所以为慎重,韩文公的选择是对的。

叩门也可以不用剥啄,用语声代,通常称为叫门。据我所知,这比剥啄适用的范围窄,具体说是要很熟,用不着客气。故友世五大哥有个时期住在宣南某巷,萧长华的隔壁,近午夜常听见萧散戏后叫门,"开门来!开门来!"声音高而清脆。因为这是自己的家。略次一等,很近的朋友,也可照办,如"老李,开门!"主人不以为忤,反而显得亲热。

更常见的是兼用,先剥啄,紧接着叫主名,如老张老李,张先生李先生之类。剥啄而兼发声,有暗示"我是某某"之意,似叠床架屋而并没有浪费。

门有远近,有高低,叫法因而也就有不同,我幼年住在乡村,故家有外、里、后三个院落,外院不住人,所以夜晚回家,就要重掌拍门,以求里院人能够听到。这还可以名为剥啄吗?为了保存剥啄的诗意,我是不愿意它兼差的。高门指富贵人家,照例有司阍人,叩门就要小心谨慎,因为声音过小他会听不见,过大他会不耐烦。幸而多年以来,我间或须叩门,都是近而低的,能否听见,是否耐烦,就可以不费力研讨了。

叩门声大而急,会使人感到是出了什么意外。这不是神经衰弱,有无数事实为证。为了取信于人,甚至可以举自己的,一生总有两三次吧,开门看,不速之客都是携枪的。但幸而都转危为安了。可是杯弓蛇影,就宁可把叩门声分为两类,使剥啄独占轻轻一义。我喜欢的就是这轻轻的剥啄声。

何以故?深追,恐怕仍是,用哲人语说,《庄子》的"天机浅";用常人语说,《世说新语》的"未免有情"。说到情,不只程朱陆王,一些身在今而心在古的人也会小吃一惊。依常习,耳顺以上可以称为老,总当"莫向春风舞鹧鸪"了吧?我的体验不是这样。理由有浅一层的,是,忘情是道和禅的共同理想,而理想总是与实际有距离的,所以庄子过惠子之墓,还有"吾无与言之矣"之叹,六祖慧能说得更入骨,是"烦恼即是菩提"。这是说,忘情非人力所能,或所需。还有深一层的,是就应该安于实际,用旧话说是"天命之谓性,率性之谓道",用新话说是,人生只此一次,矫情不如任情,那就感时溅泪,见月思人,也未尝不好。

溅泪,思人,都是由于爱恋。爱恋会带来苦。想彻底避苦是哲人,听之任之是常人,常人的一部分,觉得苦的味道甚至更值得咀嚼,是诗人。哲人的奢望,我理解,可是不想追随,因为由理方面考虑,大道多歧,由情方面考虑,自知必做不到。这是说,我命定是常人,而且每下愈况,有时想到诗人的梦和泪而见猎心喜。显然,这就会走上反道和禅的一条路,也就是变少思为多有想望。想望什么?总的说是世间的温暖。温暖总是由人来,所以有时读佛书,想到有些出家人的茅棚生活,心里就不免一阵冰冷。我不住茅棚,说冰冷也许太重,那就说是寂寞吧。

不记得是谁的话,说"风动竹而以为故人来",这表述的是切盼之情。终于来了还是没来呢?不知道。杜工部的处境就更下,而是"寻常车马之客,旧雨来,今雨不来",绝望了。这切盼和绝望的心情,我也经历过,而且次数不少。这就又使我想到剥啄声,因为它常常能够化枯寂为温暖。

说常常,因为,限定我自己说,剥啄声也有多种,布衣或寒士范围内的多种。加细说还可以分为人有多种,事有多种。另外还有个大分别,是不速之客和估计来或约定会来的。不速之客会破除寂寞,而沉重的寂寞总是来于估计会来(包括有约)而至时不来或终于未来的。这估计会引来殷切的期望。期望的是人,但比人先行的是剥啄声。试想,正在苦于不知道究竟来还是不来的时候,忽然听到门外有剥啄声,轻而又轻,简直像是用手指弹,心情该是如何呢?这境界是诗,是梦,借用杜工部的成句,也许正是"此曲只应天上有,人间那得几回闻"吧?

(选自《观照集》,中原农民出版社1994年)

作品解读

文章写出了一种寂寞的况味,一种人生的体验,对敲门声的渴望就是对温情的渴望。作者又将文章的意蕴进一步提升:敲门的轻重其实就是做人的态度,轻敲是温情,急敲是热情,而无节奏或漫不经心的敲门则是取闹。作者在寻常的事物中发现许多不平常的意义,司空见惯的敲门声竟然能引起那么多的联想。文章之美,美在平淡,美在真挚。

(李曙豪)

作家自述

有思想感情需要写出来,能够用确切、简炼、朴实的通用语言,而书面上的文字又恰好与心中的思想感情一致,这样的境界,作文如果能够达到,从表达方面说也就够了。当然,文章的好坏还要取决于,甚至主要取决于内容的好坏。——张中行:《柴门清话》,第15页,陕西师范大学出版社2008年。

名家要评

读张中行老人的散文,淡而有味。淡是平实,质朴,无金粉气。味是耐咀嚼,可以再思三思。而这种"淡而腴"的味道,我以为不仅关乎他的行文风格,而且与他的人生态度有关。其实这二者原本区分不开。譬如,嵇康"手挥五弦,目送飞鸿",陶潜"采菊东篱下,悠然见南山",都是在恬淡悠远的风骨里流呈某种人生境界。张老,其人与他的文章亦是如此。——徐秀珊:《桑榆自语·编后记》,《桑榆自语》,第421页,人民日报出版社1998年。

拓展阅读

1. 孙郁:《张中行别传》,人民文学出版社2009年。

蕉窗听雨

刘 郎

（一）

在中国的传统文化中，向有"花木移情"之说。

梅、兰、竹、菊，被称为"四君子"，松、竹、梅，被称为"岁寒三友"，这些植物，以其幽雅、挺拔和傲寒的特点，成为文人雅士们自况的品格。作为风雅之园的苏州园林，对园中植物的选择，便体现了园林主人的意趣与追求。

但是，苏州园林又是自然环境与人工环境艺术的统一。作为理想的人居环境，苏州园林追求的是"天人合一"的境界，诸多的花木都是最能体现大自然生态环境的主体，因此，它在花木营造上就绝不会简单从事，花木品种更没有仅限于梅兰竹菊。事实上，古代造园家已将叠山、理水、园林建筑与栽花植木视为园林的四大要素，并以花木营造的独到创作，体现了人对自然的亲和。

自然界的诸般品类在这里巧妙融合，置身园林，你自会找到王籍的感受："蝉噪林愈静，鸟鸣山更幽。"自然界的多样景色在这里浑为一体，陶醉其中，你自会产生晏殊的空灵："梨花院落溶溶月，柳絮池塘淡淡风。"

正因为视觉上有花遮柳护，听觉上有雨落残荷，嗅觉上有暗香浮动，感觉上才有心旷神怡。

可以说，若没有花木精神，便无所谓园林意境。

（二）

苏州园林中的栽花植树，是自有章法的。像苍松、银杏等高大的树木，一棵有一棵的匠心；而如翠竹幽篁之类，则一丛有一丛的用意。

上百年珍贵的古树，是古老生态的象征，是历史园林的标志，也是审美鉴赏的对象。在造园之初，若是已有古树在先，那么，造园家总是给它腾出相应的空间，使其成为园林一景。历史上的造园家，不但为后人留下了一棵棵古树，也留下了"雕梁易构，古树难成"的训条。

在苏州园林里，生机蓬勃的植物对于没有生命的建筑环境至关重要。正因为厅、廊、堂、榭的内外空间，是依靠了植物的衬托才显示了它与自然的呼应，所以，园林中的许多景点，便以植物的品种和寓意来命名，如拙政园的"枇杷园"，留园的"花步小筑"，网师园的"竹外一枝轩"……

江南水量丰沛，温度湿度都高，可以入园的植物也就品种繁多。据记载，在苏州园林中,树木、花卉和藤萝就有100余科,计250余种。品种虽多,但造园家于园林植物的具体配置,却是十分考究。他们注意植物的造型、色彩,尤其是人赋品格的特点,用以营造环境的情趣与景观的构图。这些植物,或富贵,或简淡,都渲染了深院幽庭的高雅气氛,或瓜棚豆架的田园情调。就连水面栽种的荷花,栽多栽少,栽与不栽,都是着意经营。拙政园占地70亩,三分之一的面积都是水,造园者便养植了大片荷花,而占地只有9亩的网师园,为了保持碧水荡漾的开阔感,就没有栽种那些香远益清的"红粉佳人"。

(三)

荷,一种多年生水生花卉,既可生于旷野湖沼,又可植根芳园宅地,并以悠久的历史,形成了中国的荷文化,包容了丰富的精神内容。

文人说,荷,"出污泥而不染"。

佛陀说:"人与莲没有两样,每人都有自己个别的先天条件。"

因为丰富的寓意,人们栽种了荷花,同时也栽种了自己。

因为当年的园林主人崇尚荷花的品质,荷花便成了一些园林的传统花卉。不过,主人们也爱别的花,像沧浪亭的兰花,留园的牡丹与芍药,早就远近有了名。只因拙政园是著名的山水之园,水生的荷花便成了吴下名园花卉话题的首选。拙政园的荷花向来是一大景观,而与荷花有关连的建筑,竟早就造了许多处,芙蓉榭,远香堂,香洲,荷风四面亭,留听阁,藕香榭等等,串在一起,就像是一根节节相连、段段同体的藕。

采访钱怡(园林工作者):

荷花和我们苏州的缘分已经很长,在2500多年之前,我们的灵岩山上,苏州郊外的灵岩山,吴王夫差建造了一个馆娃宫,让越国的美女西施在那里住。娃,在我们苏州话里就是美女的代称。在馆娃宫里面有一个玩花池,这个遗迹现在还在,从这个池塘的取名可以看出,它种的荷花是用于观赏。然后到东晋的时候,就出现了缸荷,到明代的时候就出现了碗莲,这个碗莲首先出现也是在我们苏州的庭院里面,流传了好几百年。到"文革"以前,我们苏州种碗莲的有一个有名的老先生叫卢彬士,他种的碗莲非常出色。当时我们苏州一个盆景专家周瘦鹃老先生,他家里的一个厅堂叫爱莲堂,这个堂上每年放的碗莲就是卢彬士老先生送去的,但是"文革"开始,卢彬士老先生就下放到苏北去了,苏州呢就没有人种碗莲了,一直就失踪了二三十年。我们拙政园呢,现在已经有碗莲的品种100多个,缸荷的品种100多个,塘荷还有8个品种,一共有300多个品种。它已经成了我们苏州古典园林里最大的一个荷花基地。

苏州的卢彬士老先生所莳弄的碗莲,以前叫钵莲。卢老先生特别重视养莲的器物,讲究要用精细的古碗来养植这种案头清供,碗莲从此得名。由于它是人见人爱的家庭花卉,多年流传吴地,影响遍及江浙。

其实,这种别致的莲花栽培古代就有,清代嘉庆时期,苏州的文人沈三白——即写了《浮生六记》的那位沈复,就曾经做过成功的实验。他是将莲籽磨薄了两头,然后装入蛋壳里,使抱窝的母鸡孵于翼下,待鸡雏们出壳的时候取出来,再埋入钵中之泥。这泥土也特别,它须是燕巢之泥,并加少许天门冬——即一种草药,捣烂,拌匀,再将莲籽置其中,然后灌以河水,晒以朝阳。莲株长成之际,花若酒杯,亭亭可爱。

这似乎是一段闲笔。但是,我们却从中看到了苏州人细腻精巧的性格,与浓郁高雅的生活情趣。其实,碗莲的栽培与园林的建造有着异曲同工之妙,苏州古典园林,不也正是以"小中见大"、"缩龙成寸"的手法,将自己融于天地之间的么?

(四)

植物是融合园林建筑与自然空间的重要因素,室内陈花、案上插瓶固然是一种手段,但还不如使各种花木探窗、翠色倚门更有生趣。

为了达到这种效果,苏州园林的一些厅堂与轩廊之间,在建造的时候,便安排了若干天井并配置花石,让人感到花石在建筑里,建筑在花石中,几无室内室外之分。

说到欣赏园林植物与景色,一定要说到窗户。园林里的窗户,有空窗、漏窗、花窗之别,尤以漏窗为园林创作的点睛之笔。它们构思独到,图案纷呈,绝少同样,具有极强的实用性与装饰性,本身就是一件艺术品。

而可以让人在室内也能够直接观赏园林景色的,便是一方方精美的花窗了。在中国古典诗文中,"绿上窗纱"、"窗间竹影"、"窗前月下"这些词汇,是出现频率极高的字眼。宋代,甚至还有一些将"窗"字直接作为自己字号的词人,如吴文英(梦窗)、周密(草窗),就被人以"二窗"并称。本来是一种出于实用的窗户,因为在视觉上使人产生一种绘画感,所以,它往往成为一方赏心悦目的独特天地。而苏州园林的窗户,更是把这种审美的功能做了艺术的提升。

以园林的窗户为画框,你看不尽桃红柳绿的妩媚,看不尽烟锁重楼的迷蒙;看不尽竹影梅风的爽朗;看不尽冰清玉洁的玲珑。

(五)

透过漏窗,可以欣赏苏州园林在天时变化中的景色,但毕竟还要多少受到造园家当初的规范。苏州园林在艺术欣赏上最大的特点,是移步换景。可以说,以不同的欣赏角度,在不同的欣赏时间所获取的感受,是有千差万别的。因此也可以这样认为,要深入发掘园林之美,就需要有一种独到的眼光。这独到的眼光,便是每个人自己心中的漏窗。

是不是你也留意了这样的光影?
是不是你也留意了这样的构图?
是不是你也留意了这样的视角?
是不是你也留意了这样的景深?

园林,原本是一种精细的艺术。欣赏园林,也原本就是去发现精微。

采访陈健行(摄影家):

苏州园林要拍好,要注意观察它一年四季春夏秋冬的季节变化。除了季节的变化之外,还有一天当中光线的变化。我举个例子,苏州杨树吐芽最好的时间,一般的大都在3月8日左右,2月底杨柳刚刚开始吐芽,但芽长得最好的时候,在3月8日到3月12日之间。像苏州园林里的荷叶,荷叶点点在水面上,效果最好的时候是在5月4日到5月10日这一星期当中,那个初夏的味道就非常好。我拍怡园那个漏窗,投影投在复廊上面,每年要等到11月20日到11月26日,最好是11月25日上午9点40分,拍到9点45分,只有5分钟的时间可以拍。

当然,苏州园林中那些美妙的光影,并不是人人都能遇到的。即使遇到它的人,若要品味出其中的冲和恬淡,也还需要特定的心情。没有心情,便无所谓欣赏,而这种心情,恰与浮躁相对立。

苏州园林的建造,最初只是为了少数人的实用与观赏,今日却成了供人观瞻的古董,游人一多,便显嘈杂,园林也就不幽静。毋庸讳言,生活节奏日益加快的今天,苏州园林之美,失去了很多的知音。世界上的事物往往是这样,相识固然不难,理解未必容易。

(六)

苏州园林,在古代是宅第园林,即文人雅士们的住宅花园。除了历史价值和艺术价值之外,它的"宅"与"园"的有机结合,巧妙地创造了优美的人居环境。

人居环境的理想境界,是人与自然的和谐。使人愉悦的艺术美感与自然情趣,恰就是这种和谐在生活当中的体现。

园林里,几株高树体现它,它便在林梢;围墙内,数张莲叶体现它,它便在荷塘。但是,只要有林梢,便能够看到"明月别枝";只要有荷塘,便可以引来"蛙声一片"。

园林的和谐,曾包容野趣,呼应周边,本就是一种美妙的氛围……

采访陆文夫(著名作家):

我小时候一到苏州,(那时)是十五六岁,我们家有亲眷在苏州,这以后就跟苏州园林搭上关系了。那时候,因为亲戚认识耦园的主人,因为这样的亲戚关系呢,我就住在耦园。我住在那里,那一年是来养病的,后来就整天看书。那个园子当年给我的印象简直好极了,好像一个幻想的世界。特别是到晚上,晚上园子里没有人,园子白天也没有人。园子里有个池塘,耦园的荷花池是很有名的,池塘里边都是青蛙,池塘里还有大鲤鱼,鲤鱼很大。耦园隔一道墙,过去就是护城河,那个时候城墙还在。外面也有青蛙,这个青蛙叫起来很来劲儿,这里青蛙一叫,外面青蛙也吼上来了,就像打雷一样,你什么东西都听不见。但是有时候突然青蛙就停下来了,真奇怪,青蛙一停,所有青蛙全部停掉。这个时候听见鲤鱼在河里边喋喋地吸空气,在荷叶下面听见这种声音。一会儿蛙鼓又起来了,什么声音都听不见。从那个时候开始,苏州园林的艺术就暗暗地影响了自己。网师园我也住过。网师园晚上很漂亮,有好多人不知道,晚上的苏州园林有时候比白天还漂亮,那时候我家里住宿条件很不好,写东西家里很热又吵。那时候我跟园林管理处的人熟悉,他说算了,你住到网师园去吧。网师园有个小姐楼,空在那儿,有桌子有什么的。那个时候游人也很少,我就住上去了,就整天在那儿写东西,晚上网师园里只有我一个,大概住了一个多月,快两个月。我坐在池塘边的石头上,把小姐楼的灯开着,灯开了,小姐楼上的灯光都反映到池塘里面了,房子的倒影就倒在池塘里了。苏州这个城市很奇怪的,它是关起门的一个城市,在外面看破破烂烂,这个门一推开就漂亮极了,里面是一个大花园。

（七）

　　作为文人山水之园的苏州园林，其创作者最终的用心，是强调一种诗意。这一点，与中国传统的文人画如出一辙。文人画讲究画意，也看重题款，那些画面上的诗句，或是富有诗意的品题，使作品的内涵丰富了许多。

　　在苏州园林中，也有大量的文人品题。

　　这些品题，或是匾额，或是楹联，悬挂于厅堂，书刻于亭台，富有浓郁的书卷气。它不仅提高了园林的格调，而且还在意境中具有点题的导向作用。不管是即景自撰而来，还是移花接木之作，它们大都出自名家之手，写景抒情都能寓于哲理，紧扣主题却又意象纵横。实际上，它们既是园林艺术的一种构成，又是景观立意的再度升华。

　　这些品题有一个共同的特点，即传导了园林主人心目中的花木精神。耦园的一副典型的园林楹联，把这种花木精神与文人品格的融合，几乎推到了极致——

　　卧石听涛，满衫松色；

　　开门看雨，一片蕉声。

（八）

　　芭蕉，一种生长极快的草本植物，有阔长的叶子，高大的身躯，常给人以稳重与沉穆的感觉。假山旁，幽窗下，只栽数本芭蕉，这园林里便添加了许多幽幽的绿。

　　夏天，暑日炎炎，溽热难当，芭蕉可以给人一片阴凉；冬日，江南是一阵潮湿湿的冷，而这芭蕉的身姿，便又悄悄地包裹着春天的希望。芭蕉，没有红红紫紫的花，只是绿得单纯。单纯之美，原是一种很高的格调，无怪乎许多的艺术作品，都将芭蕉当做了吟唱的主题。

　　雨打芭蕉，当是最有意味的情景了。造园者充分考虑到了雨中的园林所产生的观赏效果，早就筑就了"留听阁"或"听雨轩"之类。这一派潇潇烟雨，也的确使这一幅写意的画卷，充满了淋漓的气韵。

　　细雨霏霏，蕉叶上的雨声是轻轻地响，就像人在回忆绵绵往事——那样朦胧，那样淡远；雨下得大了，珠珠点点，又唱出了明明白白的天籁之歌。对于十分专注的蕉窗听雨的人，那蕉叶上滑动的雨水，顺势而滴，就像是一颗颗滚落的心事。

　　也许，就是在这样的环境中，当年的那些园林主人，在将手中的一方官印换做了几枚闲章之后，也将心中的仕途风雨换成了眼前的蕉窗之雨。

　　芭蕉，或可就是童年时代嬉戏玩耍的见证，或可就是少年时代寒窗苦读的伴侣，或可就是淹留他乡时回忆故土的念物，或可就是归隐江南后十分亲密的知音……

（九）

　　人们常常说到园林的意境。园林的意境到底是什么？本片认为，所谓园林的意境，就是在具体的、有限的园林景象之中，融入对古代风雅的体味，融入与自然交流的体验，融入对人生哲理的体察，并取得净化心灵的美感享受，产生多种多样的联翩浮想。

　　园林意境，依赖景象而存在，这景象，背景是吴门烟水，得来靠分水裁山，形态是深院幽庭。

而要真正品赏园林,又当是蕉窗听雨般的情致。

深化园林的意境,自然就包括超尘涤虑之后的"蕉窗听雨"。

(选自电视文化片《苏园六记》解说词,
中国广播电视出版社 2000 年 10 月)

作品解读

这是一篇电视文化片的解说词。古代文人雅士在理水叠山、亭台建构、栽花植木中所赋予的心灵寄托,在文中获得了独特而富有诗意的揭示。它以电视特写、叠化镜头构成一幅幅写意的画卷,以诗化的抒情语言描述"蕉窗听雨"的苏园意境。于是,在花木精神中融入了对古代风雅的体味,融入与自然交流的体验,融入人生情怀的追思和舒展,取得了心灵净化与美感享受。在电视片中能对美学问题作这样深入的理性思考,已是殊为难得;更为难得的是,艰深的园林美学思考化成了优美的画面和富有诗意抒情的语言,被富有层次地娓娓道来,使人不觉其艰深,而成为对园林意境的再享受。

(项仲平、朱栋霖)

作家自述

做文化片最难的一点,就是将有一定深度的学术思考,如何交融于具体的、有限的,而且只能是表现现在时态的电视画面之中。文化片其他题材如此,表现苏州园林,更是如此。——刘郎:《苏园六记》,第 99 页,中国广播电视出版社 2000 年。

名家要评

他从文化和历史的高度来鸟瞰苏州园林,不以浏览式的介绍,而是看清它的来龙去脉,然后条分缕析,把诸多的内涵纳入他所选择的画面中,再用精炼的语言来道出画面之中的深意,使人感受到一种艺术的震撼和对历史的回味。——陆文夫:《解读苏州园林的一本书》,《苏园六记》,第 2 页,中国广播电视出版社 2000 年。

《苏园六记》不仅追溯了苏园的隐逸文化,而且它的叙述镜头循着"通幽曲径",拂拭着山水花木庭院所蕴涵的文化的精魂。那种流溢于山水错落花木扶疏间的文化精魂,向我们耐人寻味地展示了苏州古典园林所蕴涵的人文精神。在苏园隐逸文化中包孕着丰盈的人性。苏园是心灵诗意栖居的地方,是人性润养的家园。电视片从古老的物质建构中发现了心灵的跃动、人性的呼吸。——朱栋霖:《再现园林和表现园境——评电视系列片〈苏园六记〉》,《中国电视》2001 年第 11 期。

拓展阅读

1. 朱栋霖:《再现园林和表现园境——评电视系列片〈苏园六记〉》,《中国电视》2001 年第 11 期。

髻

琦 君

母亲年轻的时候,一把青丝梳一条又粗又长的辫子,白天盘成了一个螺丝似的尖髻儿,高高地翘起在后脑,晚上就放下来挂在背后。我睡觉时挨着母亲的肩膀,手指头绕着她的长发梢玩儿,双妹牌生发油的香气混合着油垢味直熏我的鼻子。有点儿难闻,却有一份母亲陪伴着我的安全感,我就呼呼地睡着了。

每年的七月初七,母亲才痛痛快快地洗一次头。乡下人的规矩,平常日子可不能洗头。如洗了头,脏水流到阴间,阎王要把它储存起来,等你死以后去喝,只有七月初七洗的头,脏水才流向东海去。所以一到七月七,家家户户的女人都要有一大半天披头散发。有的女人披得头发美得跟葡萄仙子一样,有的却像丑八怪。比如我的五叔婆呢,她既矮小又干瘪,头发掉了一大半,却用墨炭画出一个四四方方的额角,又把树皮似的头顶全抹黑了。洗过头以后,墨炭全没有了,亮着半个光秃秃的头顶,只剩后脑勺一小撮头发,飘在背上,在厨房里摇来晃去帮我母亲做饭,我连看都不敢冲她看一眼。可是母亲乌油油的柔发却像一匹缎子似的垂在肩头,微风吹来,一绺绺的短发不时拂着她白嫩的面颊。她眯起眼睛,用手背拢一下,一会儿又飘过来了。她是近视眼,眯缝眼儿的时候格外的俏丽。我心里在想,如果爸爸在家,看见妈妈这一头乌亮的好发,一定会上街买一对亮晶晶的水钻发夹给她,要她戴上,妈妈一定是戴上了一会儿就不好意思地摘下来。那么这一对水钻夹子,不久就会变成我扮新娘的"头面"了。

父亲不久回来了,没有买水钻发夹,却带回一位姨娘。她的皮肤好细好白,一头如云的柔发比母亲的还要乌,还要亮。两鬓像蝉翼似的遮住一半耳朵,梳向后面,挽一个大大的横爱司髻,像一只大蝙蝠扑盖着她后半个头。她送母亲一对翡翠耳环。母亲只把它收在抽屉里从来不戴,也不让我玩,我想大概是她舍不得戴吧。

我们全家搬到杭州以后,母亲不必忙厨房,而且许多时候,父亲要她出来招呼客人,她那尖尖的螺丝髻儿实在不像样,所以父亲一定要她改梳一个式样。母亲就请她的朋友张伯母给她梳了个鲍鱼头。在当时,鲍鱼头是老太太梳的,母亲才过三十岁,却要打扮成老太太,姨娘看了只是抿嘴儿笑,父亲就直皱眉头。我悄悄地问她:"妈,你为什么不也梳个横爱司髻,戴上姨娘送你的翡翠耳环呢?"母亲沉着脸说:"你妈是乡下人,那儿配梳那种摩登的头,戴那讲究的耳环呢?"

姨娘洗头从不拣七月初七,一个月里都洗好多次头。洗完后,一个小丫头在旁边用一把粉红色大羽毛扇轻轻地扇着,轻柔的发丝飘散开来,飘得人起一股软绵绵的感觉,父亲坐在紫檀木榻床上,端着水烟筒噗噗地抽着,不时偏过头来看她,眼神里全是笑。姨娘抹上三花牌发油,香风四溢,然后坐正身子,对着镜子盘上一个油光闪亮的爱司髻,我站在边上都看呆了。姨娘递给我一瓶三花牌发油,叫我拿给母亲,母亲却把它高高搁在橱背上,说:"这种新式的头油,我闻了就泛胃。"

母亲不能常常麻烦张伯母,自己梳出来的鲍鱼头紧绷绷的,跟原先的螺丝髻相差有限,别说父亲,连我看了都不顺眼,那时姨娘已请了个包梳头刘嫂。刘嫂头上插一根大红签子,一双大脚鸭子,托着个又矮又胖的身体,走起路来气喘呼呼的。她每天早上十点钟来,给姨娘梳各式各样的头,什么凤凰髻、羽扇髻、同心髻、燕尾髻,常常换样子,衬托着姨娘细洁的肌肤,袅袅婷婷的水蛇腰儿,越发引得父亲笑眯了眼。刘嫂劝母亲说:"大太太,你也梳个时髦点的式样嘛。"母亲摇摇头,响也不响,她噘起厚嘴唇走了。母亲不久也由张伯母介绍了一个包梳头陈嫂。她年纪比刘嫂大,一张黄黄的大扁脸,嘴里两颗闪亮的金牙老露在外面,一看就是个爱说话的女人。她一边梳一边叽哩呱啦地从赵老太爷的大少奶奶,说到李参谋长的三姨太,母亲像个闷葫芦似的一句也不搭腔,我却听得津津有味,有时刘嫂与陈嫂一起来了,母亲和姨娘就在廊前背对着背同时梳头。只听姨娘和刘嫂有说有笑,这边母亲只是闭目养神。陈嫂越梳越没劲儿,不久就辞工不来了。我还清清楚楚地听见她对刘嫂说:"这么老古董的乡下太太,梳什么包梳头呢?"我都气哭了,可是不敢告诉母亲。

从那以后,我就垫着矮凳替母亲梳头,梳那最简单的鲍鱼头。我踮起脚尖,从镜子里望着母亲。她的脸容已不像在乡下厨房里忙来忙去时那么丰润亮丽了,她的眼睛停在镜子里,望着自己出神,不再是眯缝眼儿的笑了。我手中捏着母亲的头发,一绺绺地梳理,可是我已懂得,一把小小黄杨木梳,再也理不清母亲心中的愁绪。因为在走廊的那一边,不时飘来父亲和姨娘琅琅的笑语声。

我长大出外读书,寒暑假回家,偶然给母亲梳头,头发捏在手心,总觉得愈来愈少。想起幼年时,每年七月初七看母亲乌亮的柔发飘在两肩,她脸上快乐的神情,心里不禁一阵阵酸楚。母亲见我回来,愁苦的脸上却不时展开笑容。无论如何,母女相依的时光总是最最幸福的。

在上海求学时,母亲来信说她患了风湿病,手膀抬不起来,连最简单的螺丝髻儿都盘不成样,只好把稀稀疏疏的几根短发剪去了。我捧着信,坐在寄宿舍窗口凄淡的月光里,寂寞地掉着眼泪。深秋的夜风吹来,我有点冷,披上母亲为我织的软软的毛衣,浑身又暖和起来。可是母亲老了,我却不能随侍在她身边,她剪去了稀疏的短发,又何尝剪去满怀的悲绪呢!

不久,姨娘因事来上海,带来母亲的照片。三年不见,母亲已白发如银。我呆呆地凝视着照片,满腔心事,却无法向眼前的姨娘倾诉。她似乎很体谅我思母之情,絮絮叨叨地和我谈着母亲的近况。说母亲心脏不太好,又有风湿病,所以体力已不大如前。我低头默默地听着,想想她就是使我母亲一生郁郁不乐的人,可是我已经一点都不恨她了。因为自从父亲去世以后,母亲和姨娘反而成了患难相依的伴侣,母亲早已不恨她了。我再仔细看看她,她穿着灰布棉袍。鬓边戴着一朵白花,颈后垂着的再不是当年多彩多姿的凤凰髻或同心髻,而是一条简简单单的香蕉卷。她脸上脂粉不施,显得十分哀戚,我对她不禁起了无限怜悯。因为她不像我母亲是个甘淡泊的女性,她随着父亲享受了近二十年的富贵荣华,一朝失去了依傍,她的空虚落寞之感,将更甚于我母亲吧。

来台湾以后,姨娘已成了我惟一的亲人,我们住在一起有好几年。在日式房屋的长廊里,我看她坐在玻璃窗边梳头。她不时用拳头捶着肩膀说:"手酸得很,真是老了。"老了,她也老了。当年如云的青丝,如今也渐渐落去,只剩了一小把,且已夹有丝丝白发。

想起在杭州时,她和母亲背对着背梳头,彼此不交一语的仇视日子,转眼都成过去。人世间,什么是爱,什么是恨呢?母亲已去世多年,垂垂老去的姨娘,亦终归走向同一个渺茫不可知的方向,她现在的光阴,比谁都寂寞啊。

我怔怔地望着她,想起她美丽的横爱司髻,我说:"让我来替你梳个新的式样吧。"她愀然一笑说:"我还要那样时髦干什么,那是你们年轻人的事了。"

我能长久年轻吗?她说这话,一转眼又是十多年了,我也早已不年轻了。对于人世的爱、憎、贪、痴,已木然无动于衷。母亲去我日远,姨娘的骨灰也已寄存在寂寞的寺院中。这个世界,究竟有什么是永久的,又有什么是值得认真的呢?

(选自《红纱灯》,台北三民出版社1969年)

作品解读

在台湾散文家中,琦君的散文以情愫纤细浓重、风格淡雅隽永而见长。她擅写故土风物、亲情乡情,在对生活的细心感受中体味和领悟生命的真谛,营造出一个色彩柔和、气氛温馨的艺术世界。

《髻》构思新颖,通过发髻的变化来叙写母亲和姨娘两个女人的命运与遭遇,既表现了母亲的内心痛楚和满腹幽怨,也写出了姨娘在经历了由盛转衰命运之后的空虚落寞。作者将母亲的忍让顺从、与世无争的性格通过一个小小的发髻巧妙地传达了出来。而今几十年过去了,当作者回顾当年那一段恩恩怨怨,想到亲人都已离开人世,她"对于人世的爱、憎、贪、痴,已木然无动于衷",剩下的只有对人生深深的思索:"这个世界,究竟有什么是永久的,又有什么是值得认真的呢?"作品表达了作者温柔敦厚、安天乐命的处世哲学。

琦君的散文没有大起大落、激烈复杂的矛盾冲突,也没有大喜大悲的感情纠葛,她是以一颗温存的心去细细体味"生涯中的一花一木,一喜一悲"。即使是过去曾经历过的痛苦和烦恼,她也能"化痛苦为信念,转烦恼为菩提"。琦君将自己达观开朗的人生态度巧妙地融进了创作之中。

(方忠)

作家自述

数十年来,我一直以一颗单纯的心,从事写作,从来没有试着去探讨生命的价值,文学的使命。也不去烦心迎合什么潮流,或刻意为自己建立起什么风格。我只是诚诚恳恳地、兢兢业业地写我的所见所闻,所思所感。——转引自魏赤:《台湾女作家琦君的散文世界》,《临沂师范学院学报》2002年第2期。

名家要评

琦君笔下的母亲是旧式大家庭中处于主妇与弃妇之间的中国传统母亲。这位母亲,与冰心笔下的母亲有同有异,同属于贤妻良母型,都温柔、博爱,只是忍辱负重、含辛茹苦,更具普遍性。琦君的母亲始终是"善"和"忍"的化身,更具宗教意味。……

就琦君的怀旧散文来说,不论是抒写童年,还是怀乡思亲,随着年岁的增长,时空的差距与心境的日益敦厚,先前的离愁别恨与人生的无奈,经由时空的洗涤和心灵的孕育,化作一缕缕浅淡的"烟雾",她就隔着这一层"雾"看"过去",所有的一切都充满温馨与美丽,散发着岁月的淡远与醇酒的淳厚,给我们留下无穷的回味与遐想。——林薇:

《琦君的"烟愁"世界》,《中外散文比较与展望》,第325—336页,福建教育出版社1996年。

拓展阅读

1. 郑明娳:《现代散文纵横论》,台湾大安出版社1987年。
2. 林薇:《琦君的"烟愁"世界》,《中外散文比较与展望》,福建教育出版社1996年。

听听那冷雨

余光中

惊蛰一过,春寒加剧。先是料料峭峭,继而雨季开始,时而淋淋漓漓,时而淅淅沥沥,天潮潮地湿湿,即使在梦里,也似乎把伞撑着。而就凭一把伞,躲过一阵潇潇的冷雨,也躲不过整个雨季。连思想也都是潮润润的。每天回家,曲折穿过金门街到厦门街迷宫式的长巷短巷,雨里风里,走入霏霏令人更想入非非。想这样子的台北凄凄切切完全是黑白片的味道,想整个中国整部中国的历史无非是一张黑白片子,片头到片尾,一直是这样下着雨的。这种感觉,不知道是不是从安东尼奥尼那里来的。不过那一块土地是久违了,二十五年,四分之一的世纪,即使有雨,也隔着千山万山,千伞万伞。二十五年,一切都断了,只有气候,只有气象报告还牵连在一起。大寒流从那块土地上弥天卷来,这种酷冷吾与古大陆分担。不能扑进她怀里,被她的裙边扫一扫吧,也算是安慰孺慕之情。

这样想时,严寒里竟有一点温暖的感觉了。这样想时,他希望这些狭长的巷子永远延伸下去,他的思路也可以延伸下去,不是金门街到厦门街,而是金门到厦门。他是厦门人,至少是广义的厦门人,二十年来,不住在厦门,住在厦门街,算是嘲弄吧,也算是安慰。不过说到广义,他同样也是广义的江南人,常州人,南京人,川娃儿,五陵少年。杏花春雨江南,那是他的少年时代了。再过半个月就是清明。安东尼奥尼的镜头摇过去,摇过去又摇过来。残山剩水犹如是。皇天后土犹如是。纭纭黔首纷纷黎民从北到南犹如是。那里面是中国吗?那里面当然还是中国,永远是中国。只是杏花春雨已不再,牧童摇指已不再,剑门细雨渭城轻尘也都已不再。然则他日思夜梦的那片土地,究竟在哪里呢?

在报纸的头条标题里吗?还是香港的谣言里?还是傅聪的黑键白键马思聪的跳弓拨弦?还是安东尼奥尼的镜底勒马洲的望中?还是呢,故宫博物院的壁头和玻璃柜内,京戏的锣鼓声中太白和东坡的韵里?

杏花。春雨。江南。六个方块字,或许那片土就在那里面。而无论赤县也好神州也好中国也好,变来变去,只要仓颉的灵感不灭美丽的中文不老,那形象,那磁石一般的向心力当必然长在。因为一个方块字是一个天地。太初有字,于是汉族的心灵他祖先的回忆和希望便有了寄托。譬如凭空写一个"雨"字,点点滴滴,滂滂沱沱,淅沥淅沥淅沥,一切云情雨意,就宛然其中了。视觉上的这种美感,岂是什么 rain 也好 pluie 也好所能满足?翻开一部《辞源》或《辞海》,金木水火土,各成世界,而一入"雨"部,古神州的天颜千变万化,便悉在望中,美丽的霜雪云霞,骇人的雷电霹雹,展露的无非是神的好脾气与坏脾气,气象台百读不厌门外汉百思不解的百科全书。

听听,那冷雨。看看,那冷雨。嗅嗅闻闻,那冷雨,舔舔吧,那冷雨。雨在他的伞上,这城市百万人的伞上,雨衣上,屋上,天线上。雨下在基隆港,在防波堤,在海峡的船上,清明这季雨。雨是女性,应该最富于感性。雨气空濛而迷幻,细细嗅嗅,清清爽爽新新,有一点点薄荷的香味。浓的时候,竟发出草和树沐发后特有的淡淡土腥气,也许那竟是蚯蚓和蜗牛的腥气吧,毕竟是惊蛰了啊。也许地上的地下的生命,也许古中国层层叠叠的记忆皆蠢蠢而蠕,也许是植物的潜意识和梦吧,那腥气。

第三次去美国,在高高的丹佛他山居了两年。美国的西部,多山多沙漠,千里干旱,天,蓝似安格罗·萨克逊人的眼睛,地,红如印第安人的肌肤,云,却是罕见的白鸟,落矶山簇簇耀目的雪峰上,很少飘云牵雾。一来高,二来干,三来森林线以上,杉柏也止步,中国诗词里"荡胸生层云",或是"商略黄昏雨"的意趣,是落矶山上难睹的景象。落矶山岭之胜,在石,在雪。那些奇岩怪石,相叠互倚,砌一场惊心动魄的雕塑展览,给太阳和千里的风看。那雪,白得虚虚幻幻,冷得清清醒醒,那股皑皑不绝一仰难尽的气势,压得人呼吸困难,心寒眸酸。不过要领略"白云回望合,青霭入看无"的境界,仍须回中国。台湾湿度很高,最饶云气氤氲雨意迷离的情调。两度夜宿溪头,树香沁鼻,宵寒袭肘,枕着润碧湿翠苍苍交叠的山影和万籁都歇的岑寂,仙人一样睡去。山中一夜饱雨,次晨醒来,在旭日未升的原始幽静中,冲着隔夜的寒气,踏着满地的断柯折枝和仍在流泻的细股雨水,一径探入森林的秘密,曲曲弯弯,步上山去。溪头的山,树密雾浓,葱郁的水气从谷底冉冉升起,时稠时稀,蒸腾多姿,幻化无定,只能从雾破云开的空处,窥见乍现即隐的一峰半壑,要纵览全貌,几乎是不可能的。至少入山两次,只能在白茫茫里和溪头诸峰玩捉迷藏的游戏,回到台北,世人问起,除了笑而不答心自闲,故作神秘之外,实际的印象,也无非山在虚无之间罢了。云缭烟绕,山隐水迢的中国风景,由来予人宋画的韵味。那天下也许是赵家的天下,那山水却是米家的山水。而究竟,是米氏父子下笔像中国的山水,还是中国的山水上纸像宋画。恐怕是谁也说不清楚了吧?

雨不但可嗅,可亲,更可以听。听听那冷雨。听雨,只要不是石破天惊的台风暴雨,在听觉上总是一种美感。大陆上的秋天,无论是疏雨滴梧桐,或是骤雨打荷叶,听去总有一点凄凉,凄清,凄楚。于今在岛上回味,则在凄楚之外,更笼上一层凄迷了。饶你多少豪情侠气,怕也经不起三番五次的风吹雨打。一打少年听雨,红烛昏沉。二打中年听雨,客舟中,江阔云低。三打白头听雨在僧庐下。这便是亡宋之痛,一颗敏感心灵的一生:楼上,江上,庙里,用冷冷的雨珠子串成。十年前,他曾在一场摧心折骨的鬼雨中迷失了自己。雨,该是一滴湿漓漓的灵魂,在窗外喊谁。

雨打在树上和瓦上,韵律都清脆可听。尤其是铿铿敲在屋瓦上,那古老的音乐,属于中国。王禹偁在黄冈,破如椽的大竹为屋瓦。据说住在竹楼上面,急雨声如瀑布,密雪声比碎玉。而无论鼓琴,咏诗,下棋,投壶,共鸣的效果都特别好。这样岂不像住在竹筒里面,任何细脆的声响,怕会加倍夸大,反而令人耳朵过敏吧。

雨天的屋瓦,浮漾湿湿的流光,灰而温柔,迎光则微明,背光则幽黯,对于视觉,是一种低沉的安慰。至于雨敲在鳞鳞千瓣的瓦上,由远而近,轻轻重重轻轻,夹着一股股的细流沿瓦漕与屋檐潺潺泻下,各种敲击音与滑音密织成网,谁的千指百指在按摩耳轮。"下雨了,"温柔的灰美人来了,她冰冰的纤手在屋顶拂弄着无数的黑键啊灰键,把响午一下子奏成了黄昏。

在古老的大陆上,千屋万户是如此。二十多年前,初来这岛上,日式的瓦屋亦是如此,先是天暗了下来,城市像罩在一块巨幅的毛玻璃里,阴影在户内延长复加深。然后凉凉的水意弥漫在空间,风自每一个角落里旋起,感觉得到,每一个屋顶上呼吸沉重都覆着灰云。雨来了,最轻的敲打乐敲打这城市,苍茫的屋顶,远远近近,一张张敲过去,古老的琴,那细细密密的节奏,单调里自有一种柔婉与亲切,滴滴点点滴滴,似幻似真,若孩时在摇篮里,一曲耳熟的童谣摇摇欲睡,母亲吟哦鼻音与喉音。或是江南的泽国水乡,一大筐绿油油的桑叶被啃于千百头蚕,细细琐琐屑屑,口器与口器咀嚼嚼。雨来了,雨来的时候瓦这么说,一片瓦说千亿片瓦说,说轻轻地奏吧沉沉地弹,徐徐地叩吧挞挞地打,间间歇歇敲一个雨季,即兴演奏从惊蛰到清明,在零落的坟上冷冷奏挽歌,一片瓦吟千亿片瓦吟。

在日式的古屋里听雨,听四月霏霏不绝的黄梅雨,朝夕不断,旬月绵延,湿粘粘的苔藓从石阶下一直侵到他舌底,心底。到七月,听台风台雨在古屋顶上一夜盲奏,千寻海底的热浪沸沸被狂风挟来,掀翻整个太平洋只为向他的矮屋檐重重压下,整个海在他的蜗壳上哗哗泻过。不然便是雷雨夜,白烟一般的纱帐里听羯鼓一通又一通,滔天的暴雨滂滂沛沛扑来,强劲的电琵琶忐忐忑忑忐忐忑忑,弹动屋瓦的惊悸腾腾欲掀起。不然便是斜斜的西北雨斜斜,刷在窗玻璃上,鞭在墙上打在阔大的芭蕉叶上,一阵寒濑泻过,秋意便弥漫日式的庭院了。

在日式的古屋里听雨,从春雨绵绵听到秋雨潇潇,从少年听到中年,听听那冷雨。雨是一种单调而耐听的音乐,是室内乐是室外乐,户内听听,户外听听,冷冷,那音乐。雨是一种回忆的音乐,听听那冷雨,回忆江南的雨下得满地是江湖,下在桥上和船上,也下在四川在秧田和蛙塘,下肥了嘉陵江下湿了布谷咕咕的啼声。雨是潮潮润润的音乐下在渴望的唇上,舐舐那冷雨。

因为雨是最最原始的敲打乐从记忆的彼端敲起。瓦是最最低沉的乐器灰濛濛的温柔覆盖着听雨的人,瓦是音乐的雨伞撑起。但不久公寓的时代来临,台北你怎么一下子长高了。瓦的音乐竟成了绝响。千片万片的瓦翩翩,美丽的灰蝴蝶纷纷飞走,飞入历史的记忆。现在雨下下来下在水泥的屋顶和墙上,没有音韵的雨季。树也砍光了,那月桂,那枫树,柳树和擎天的巨椰,雨来的时候不再有丛叶嘈嘈切切,闪动湿湿的绿光迎接。鸟声减了啾啾,蛙声沉了阁阁,秋天的虫吟也减了卿卿。七十年代的台北不需要这些,一个乐队接一个乐队便遣散尽了。要听鸡叫,只有去诗经的韵里寻找。现在只剩下一张黑白片,黑白的默片。

正如马车的时代去后,三轮车的时代也去了。曾经在雨夜,三轮车的油布篷挂起,送她回家的途中,篷里的世界小得多可爱,而且躲在警察的辖区以外。雨衣的口袋越大越好,盛得下他的一只手里握一只纤纤的手。台湾的雨季这么长,该有人发明一种宽宽的双人雨衣,一人分穿一只袖子,此外的部分就不必分得太苛。而无论工业如何发达,一时似乎还废不了雨伞。只要雨不倾盆,风不横吹,撑一把伞在雨中仍不失古典的韵味。任雨点敲在黑布伞或是透明的塑料伞上,将骨柄一旋,雨珠向四方喷溅,伞缘便旋成了一圈飞檐。跟女友共一把雨伞,该是一种美丽的合作吧。最好是初恋,有点兴奋,更有点不好意思,若即若离之间,雨不妨下大一点。真正初恋,恐怕是兴奋得不需要伞的,手牵手在雨中狂奔而去,把年轻的长发和肌肤交给漫天的淋淋漓漓,然后向对方的唇上颊上尝凉凉甜甜的雨水。不过那要非常年轻且激情,同时,也只能发生在法国的新潮片里吧。

大多数的雨伞想不会为约会张开。上班下班,上学放学,菜市来回的途中,现实的伞,灰色的星期三。握着雨伞,他听那冷雨打在伞上。索性更冷一些就好了,他想。索性把湿湿的灰雨冻成干干爽爽的白雨,六角形的结晶体在无风的空中回回旋旋地降下来,等须眉和肩头白尽时,伸手一拂就落了。二十五年,没有受故乡白雨的祝福,或许头发上下一点白霜是一种变相的自我补偿吧。一位英雄,经得起多少次雨季?他的额头是水成岩削成还是火成岩?他的心底究竟有多厚的苔藓?厦门街的雨巷走了二十年与记忆等长,一座无瓦的公寓在巷底等他,一盏灯在楼上的雨窗子里,等他回去,向晚餐后的沉思冥想去整理青苔深深的记忆。前尘隔海。古屋不再。听听那冷雨。

1974年春分之夜

(选自《听听那冷雨》,台北纯文学出版社1974年)

作品解读

让我们以《文心雕龙》"六观法"来赏观余光中的《听听那冷雨》。

一观"位体",即体裁、主题、结构、风格。《听听那冷雨》是散文,写作于1974年春分之夜,当时大陆的"文革"高潮已过,而两岸仍隔阂不通。在台北,余光中看雨、听雨,情意满溢于大地山河与文化人生,华夏的乡愁与雨的韵律浑然交集,成为本文的主体情调。文中不同时空交错出现,似是意识随便流荡,实则有其脉络,有其前后呼应。本文想象富赡、言辞典丽、音调铿锵。

二观"事义",即作品所写的人事物及其涵义。作者从台北写到厦门、江南、四川、香港以至美国丹佛,从春雨写到秋雨,从太白、东坡的诗韵写到《辞源》《辞海》的霜雪云霞,英文和法文的rain与pluie,在在显示作者宽广的生活经验和文化关怀。

三观"置辞",即作品之修辞。用比喻、对偶、叠词、典故是本文修辞的主要特色。雨是"温柔的灰美人",雨"轻轻地奏吧沉沉地弹,徐徐地叩吧挞挞地打";"杏花春雨"、"牧童遥指"、"剑门细雨渭城轻尘都不再"的典故则透露了作者的腹笥,也抒发了他的文化乡愁。

四观"宫商",即作品的音乐性。题目是《听听那冷雨》,文中拟声词和叠词极多,正为了在音乐性方面与绵绵的雨声配合。

五观"奇正",即作品风格之新奇或正统。五四以来冰心、朱自清等名家散文所提供的美感经验,余光中并不满足;他开拓散文的疆域,乃有《逍遥游》和本文等想象纵横、修辞新巧的"现代散文"。

六观"通变",即作品的继承与创新。余氏积学储宝、取熔经意(包括李清照"寻寻觅觅冷冷清清"的叠词运用)、自铸新辞,乃有本文等"余体散文"的佳章杰构。

(黄维樑)

作家自述

在一切文学的类别之中,最难作假,最逃不过读者的明眼的,该是散文。我不是说诗人和小说家就不凭实力,而是诗人和小说家用力的方式比较间接,所以实力几何,不是一目了然。诗要讲节奏、意象、分行等等技巧。小说也要讲观点、象征、意识流等等手法。高明的作家固然可以运用这些来发挥所长,但是不高明的作家往往也可以假借这些来掩饰所短。散文是一切文学类别里对于技巧和形式要求最少的一类:譬如选美,散文所穿的是泳装。散文家无所依凭,只有凭自己的本色。——余光中:《余光中散文·序》,《余光中散文》,浙江文艺出版社2008年。

名家要评

他在创作中多选用那些音调高、幅度宽、气势猛的阳性词,节奏如霆如电,色调如杲如火。他散文镜头喜好对准海潮、山风、大漠、巨石,如猛兽狂奔的车和生命力强劲的人,重彩浓墨地挥洒出一幅幅遒劲刚健的画幅。他在绘景状物时多采用俯视的角度,即所谓"凭空视远,如君而朝万众",为的是摄出阔大的场景,造成一种更为广阔与深远的美感,一如气吞日月,包罗四海之气概与胸襟。他行文注重气势,不事细节修饰而泼墨淋漓,在一种粗轮廓的整体形象的飞扬流动中,表现出力量、速度、运动的磅礴浩荡。——刘登翰等主编:《台湾文学史》下卷,第447页,海峡文艺出版社1993年。

拓展阅读

1. 郑明娳:《现代散文纵横论》,台湾大安出版社1987年。
2. 刘登翰等主编:《台湾文学史》,海峡文艺出版社1993年。

台北家居

梁实秋

"长安米贵,居大不易",原是调侃白居易名字的戏语。台北米不贵,可是居也不易。四九年左右来台北定居的人,大概都有一个共同的感觉,觉得一生奔走四方,以在台北居住的这一段时间为最长久,而且也最安定。不过台北家居生活,三十多年中,也有不少变化。

我幸运,来到台北三天就借得一栋日式房屋。约有三十多坪,前后都有小小的院子,前院有两棵香蕉,隔着窗子可以窥视累累的香蕉长大,有时还可以静听雨打蕉叶的声音。没有围墙,只有矮矮的栅门,一推就开。室内铺的是榻榻米,其中吸收了水气不少,微有霉味,寄居的蚂蚁当然密度很高。没有纱窗,蚊蚋出入自由,到了晚间没有客人敢赖在我家久留不去。"衡门之下,可以栖迟"。不久,大家的生活逐渐改良了,铁丝纱、尼龙纱铺上了窗栏,很多人都混上了床,藤椅、藤沙发也广泛的出现,榻榻米店铺被淘汰了。

在未装纱窗之前,大白昼我曾眼看着一个穿长衫的人推我栅门而入,他不敲房门,迳自走到窗前伸手拿起窗台上放着的一只闹钟,扬长而去。我追出去的时候,他已经一溜烟地跑了。这不算偷,也不算抢,只是不告而取,而且取后未还。好在这种事起初不常有。窃贼不多的原因之一是一般人家里没有多少值得一偷的东西,我有一位朋友一连遭窃数次,都是把他床上铺盖席卷而去,对于一个身无长物的人来说,这也不能不说是损失惨重了。我家后来也蒙梁上君子惠顾过一回,他闯入厨房搬走一只破旧的电锅。我马上买了一只新的,因为要吃饭不可一日无此君。不是我没料到拿去的破锅不足以厌其望,并且会受到师父的辱骂,说不定会再来找补一点甚么;而是我大意了,没有把新锅藏起来,果然,第二天夜里,新锅不翼而飞。此后我就坚壁清野,把不愿被人携去的东西妥为收藏。

中等人家不能不雇佣人,至少要有人负责炊事。此间乡间少女到城市帮佣,原来很大部分是想借此摄取经验,以为异日主持中馈的准备,所以主客相待以礼,各如其分。这和雇用三河县老妈子就迥异其趣了。可是这种情况急遽变化,工厂多起来了,商店多起来了,到处都需要女工,人孰无自尊,谁也不甘长久的为人"断苏切脯,筑肉臛芋"。于是供求失调,工资暴涨,而且服务的情形也不易得到雇主的满意。好多人家都抱怨,佣人出去看电影要为她等门;她要交男友,不胜其扰;她要看电视,非看完一切节目不休;她要休假、返乡、借支;她打破碗盏不作声;她敲开水管洗衣服。在另一方面,她也有她的抱怨:主妇碎嘴唠叨,而且服务项目之多恨不得要向王褒的"僮约"看齐,"不得辰出夜入,交关伴偶"。总之,不久缘尽,不欢而散的居多。如今局面不同了。多数人家不用女工,最多只用半工,或以钟点计工。不少妇女回到厨房自主中馈。懒的时候打开冰箱取出陈年剩菜或是罐头冷冻的东西,不必翻食谱,不必起油锅,拼拼凑凑,即可度命。馋的时候,阖家外出,台北餐馆大大小小一千四百余家,平津、宁浙、淮扬、川、粤,任凭选择,牛肉面、自助餐，也行。妙在所费不太多，孩子们皆大欢喜，主妇怡然自得，主男也无须拉长驴脸站在厨房水槽前面洗盘碗。

台北的日式房屋现已难得一见，能拆的几乎早已拆光。一般的人家居住在四楼的公寓或七楼以上的大厦。这种房子实际上就像是鸽窝蜂房。通常前面有个几尺宽的小洋台，上面摆列几盆尘灰渍染的花草，恹恹无生气；楼上浇花，楼下落雨，行人淋头。后面也有个更小的洋台，悬有衣裤招展的万国旗。客人来访，一进门也许抬头看见一个倒挂着的"福"字，低头看到一大堆半新不旧的拖鞋——也许要换鞋，也许不要换，也许主人希望你换而口里说不用换，也许你不想换而问主人要不要换，也许你硬是不换而使主人瞪你一眼。客来献茶？没有那么方便的开水，都是利用热水瓶。盖碗好像早已失传，大部分是使用玻璃杯。其实正常的人家，客已渐渐稀少，谁也没有太多的闲暇串门子闲磕牙，有事需要先期电话要约。杜甫诗："但使残年饱吃饭，只愿无事长相见"，现在不行，无事为甚么还要长相见？

"千金买房，万金买邻"，话是不错，但是谈何容易？谁也料不到，楼上一家偶尔要午夜跳舞，篷拆之声盈耳；隔壁一家常打麻将，连战通宵；对门一家养哈巴狗，不分晨夕的吠影吠声，一位新来的住户提出抗议，那狗主人忿然作色说："你搬来多久？我的狗在此已经吠了两年多。"街坊四邻不断的有人装修房屋，而且要装修得像是电视综艺节目的背景，敲敲打打历时经旬不止。最可怕的是楼下开了一家汽车修理厂，日夜服务，不但叮叮当当响起敲打乐，而且漆髹焊接一概俱全，马达声、喇叭声不绝于耳。还有葬车出殡，一路上有音乐伴奏，不时的燃放爆竹，更不幸的是邻近有人办白事，连夜的唪经放焰口，那就更不得安生了。"大隐隐朝市"，我有一位朋友想"小隐隐陵蔽"，搬到乡野，一走了之，但是立刻就有好心的人劝阻他说："万万不可，乡下无医院，万一心脏病发，来不及送院急救，怕就要中道崩殂！"我的朋友吓得只好羁居在红尘万丈的闹市之中。

家居不可无娱乐。卫生麻将大概是一些太太的天下。说它卫生也不无道理，至少上肢运动频数，近似蛙式游泳。只要时间不太长、输赢不大，十圈八圈的通力合作，总比在外面为非作歹、伤风败俗要好得多。公务人员与知识分子也有乐此不疲者。梁任公先生说过："只有打麻将能令我忘却读书，只有读书能令我忘却打麻将。"我们觉得饱学如梁先生者，不妨打打麻将。也许电视是如今最受欢迎的家庭娱乐了，只要具有初高中程度，或略识之无，甚至文盲，都可以欣赏。当然，胃口需要相当强健，否则看了一些狞眉皱眼怪模怪样而自以为有趣的面孔，或是奇装异服不男不女蹦蹦跳跳的人妖，岂不要作呕？年轻的一代，自有他们的天地，郊游、露营、电影院、舞厅、咖啡馆，都是赏心悦目的胜地，家庭有娱乐，对他们而言，恐怕是渐渐的认为不大可能了。

五十多年前，丁西林先生对我说，他理想中的家庭具备五个条件：一是胡涂的老爷，二是能干的太太，三是干净的孩子，四是和气的佣人，五是二十四小时的热水供应。这是他个人的理想，但也并非是笑话。他所谓胡涂，当然是"小事胡涂，大事不胡涂"；所谓能干是指里里外外上上下下一喝足之后所自然流露出来的一股温暖。至于热水供应，则是属于现代设备的问题。如果丁先生现住台北，他会修正他的理想。旧时北平中上之家讲究"天棚、鱼缸、石榴树，先生、肥狗、胖丫头"，那理想更简单了。台北家居，无所谓天棚，中上人家都有冷气，热带鱼和金鱼缸各有情趣，石榴树不见得不如兰花，家里请先生则近似恶补，养猫养狗更是稀松平常，病了还有猫狗专科医院可以就诊（在外国见到的猫狗美容院此地尚付阙如），胖丫头则丫头制度已不存在，遑论胖与不胖？说不定胖了还要设法减肥。

台北家居是相当安全的。舞动长刀扁钻杀人越货的事常有所闻,不过独行盗登门抢劫的事是少有的。像某些国家之动辄抢银行、劫火车,则此地之安谧甚为显然。夜不闭户是办不到的,好多人家窗上装了栅栏甘愿尝受铁窗风味,也无非是戒慎预防之意。至于流氓滋事,无地无之,是非之地少去便是。台北究竟是一个住家的好地方。

（原载 1981 年 5 月 27 日台北《联合报·联合副刊》，
选自《雅舍小品三集》，台北正中书局 1982 年）

作品解读

梁实秋散文虽以闲适为格调,却不能简单等同于"消闲小品"。消闲小品以阿世媚俗为特征,或带清高自赏之习气,梁实秋散文则从不迎合低级趣味,也并非不食人间烟火,而是自主自律,独标高格,以陶冶性情、弘扬人性为指归。他抒写闲情逸趣,表达的是安时处顺、自由自在的人生襟怀、恬淡心境和生命情调,不避世归隐而自有雅人深致。他赏玩尘世况味,调侃人生陋习,机智闪烁,谐趣迭出,却谑而不虐,寓庄于谐,适可而止,不堕恶俗,深得幽默真谛,富有淑世之心。他谈古道今,旁征博引,却不卖弄学问,炫耀自己,而是融会贯通,娓娓道来,纯然学者本色。

《台北家居》行文自然轻快雅洁,内容朴实而厚重,文辞清妙、潇洒幽默、感情真挚厚重,气质高雅敦厚,所描写的社会生活意趣盎然,我们可以领略到作者从容、随缘而处、优游自在的人生态度和高洁脱俗的名士风度。作品文笔质朴,体现了作者行文的高水平,令人回味无穷。

（汪文顶）

作家自述

散文的文调应该是活泼的,而不是堆砌的,——应该是像一泓流水那样的活泼流动。要免除堆砌的毛病,相当的自然是必须保持的。用字用典要求其美,但是要忌其僻。文字若能保持相当的自然,同时也必须显示作者个人的心情。散文要写得亲切,即是要写得自然。——梁实秋:《论散文》,俞元桂编:《中国现代散文理论》,第 37—38 页,广西人民出版社 1983 年。

名家要评

梁实秋的散文行文雅洁,潇洒幽默,亲切自然。作者稳健、平和、通达的性格造就了凝练、雅洁、韵味浓郁、典丽含蓄的散文风格,而丰富的阅历和幽默风趣的品性又使他的散文透出几分老辣和俏皮。他善于节制,一贯追求简练雅洁,用词文白相济,行文能收能放,谋篇则散中见整,在散文艺术上精心推敲,刻意求工,而又不失亲切自然。这可以说是梁实秋散文最鲜明的特色。

就情趣来说,梁实秋的散文虽以闲适为格调,却并非不食人间烟火,而是以陶冶性情、弘扬人性为宗旨。他谈天说地,论古道今,旁征博引,但不卖弄学问,表现的是自由洒脱的人生襟怀、恬淡心境和生命意识。——方忠:《清雅通脱丰厚简约——梁实秋散文》,《台港散文四十家》,第 21 页,中原农民出版社 1995 年。

拓展阅读

1. 汪文顶、肖全兴:《梁实秋散文欣赏》,广西教育出版社 1993 年。
2. 卢今:《别一种风范:梁实秋散文创作论》,《文学评论》1994 年第 6 期。

中国人,你为什么不生气

龙应台

在昨晚的电视新闻中,有人微笑着说:"你把检验不合格的厂商都揭露了,叫这些生意人怎么吃饭?"

我觉得恶心,觉得愤怒。但我生气的对象倒不是这位人士,而是台湾一千八百万懦弱自私的中国人。

我所不能了解的是:中国人,你为什么不生气?

包德甫的《苦海馀生》英文原本中有一段他在台湾的经验:他看见一辆车子把小孩撞伤了,一脸的血,过路的人很多,却没有一个人停下来帮助受伤的小孩,或谴责肇事的人。我在美国读到这一段,曾经很肯定的跟朋友说:不可能!中国人以人情味自许,这种情况简直不可能!

回国一年了,我睁大眼睛,发觉包德甫所描述的不只可能,根本就是每天发生、随地可见的生活常态。在台湾,最容易生存的不是蟑螂,而是"坏人",因为中国人怕事、自私,只要不杀到他床上去,他宁可闭着眼假寐。

我看见摊贩占据着你家的骑楼,在那儿烧火洗锅,使走廊垢上一层厚厚的油污,腐臭的菜叶塞在墙角。半夜里,吃客喝酒猜拳作乐,吵得鸡犬不宁。

你为什么不生气?你为什么不跟他说"滚蛋"?

哎呀!不敢呀!这些摊贩都是流氓,会动刀子的。

那么为什么不找警察呢?

警察跟摊贩相熟,报了也没有用;到时候若曝了光,那才真惹祸上门了。

所以呢?

所以忍呀!反正中国人讲忍耐!你耸耸肩、摇摇头!

在一个法治上轨道的国家里,人是有权利生气的。受折磨的你首先应该双手叉腰,很愤怒的对摊贩说:"请你滚蛋!"他们不走,就请警察。若发觉警察与小贩有勾结——那更严重。这一团怒火应该往上烧,烧到警察肃清纪律为止,烧到摊贩离开你家为止。可是你什么都不做;畏缩的把门窗关上,耸耸肩、摇摇头!

我看见成百的人到淡水河畔去欣赏落日、去钓鱼。我也看见淡水河畔的住家整笼整笼的把恶臭的垃圾往河里倒;厕所的排泄管直接通到河底,河水一涨,污秽气直逼到呼吸里来。

爱河的人,你又为什么不生气?

你为什么没有勇气对那个丢汽水瓶的少年郎大声说"你敢丢我就把你也丢进去"?你静静坐在那儿钓鱼(那已经布满癌细胞的鱼),想着今晚的鱼汤,假装没看见那个几百年都化解不了的汽水瓶。你为什么不丢掉鱼竿,站起来,告诉他你很生气?

我看见计程车穿来插去,最后停在右转线上,却没有右转的意思。一整列想右转的车子就停滞下来,造成大阻塞。你坐在方向盘前,叹口气,觉得无奈。

你为什么不生气?

哦!跟计程车可理论不得!报上说,司机都带着扁钻的。

问题不在于他带不带扁钻。问题在于你们这几十个受他阻碍的人没有种推开车门,很果断的让他知道你们不齿他的行为,你们很愤怒!

经过郊区,我闻到刺鼻的化学品燃烧的味道。走近海滩,看见工厂的废料大股大股的流进海里,把海水染成一种奇异的颜色,湾里的小商人焚烧电缆,使湾里生出许多缺少脑子的婴儿。我们的下一代——眼睛明亮、嗓音稚嫩、脸颊透红的下一代,将在化学废料中学游泳,他们的血管里将流着我们连名字都说不出来的毒素——

你又为什么不生气呢?难道一定要等到你自己的手臂也温柔的捧着一个无脑婴儿,你再无言的对天哭泣?

西方人来台湾观光,他们的旅行社频频叮咛:绝对不能吃摊子上的东西,最好也少上餐厅;饮料最好喝瓶装的,但台湾本地出产的也别喝,他们的饮料不保险……

这是美丽宝岛的名誉。但是名誉还真是其次,最重要的是我们自己的健康、我们下一代的健康。一百位交大的学生食物中毒——这真的只是一场笑话吗?中国人的命这么不值钱吗?好不容易总算有几个人生起气来,组织了一个消费者团体。现在却又有"占着茅坑不拉屎"的卫生署、为不知道什么人做说客的立法委员要扼杀这个还没做几桩事的组织。

你怎么能够不生气呢?你怎么还有良心躲在角落里做"沉默的大多数"?你以为你是好人,但是就因为你不生气、你忍耐、你退让,所以摊贩把你的家搞得像个破落大杂院,所以台北的交通一团乌烟瘴气,所以淡水河是条烂肠子;就是因为你不讲话、不骂人、不表示意见,所以你疼爱的娃娃每天吃着、喝着、呼吸着化学毒素,你还在梦想他大学毕业的那一天!你忘了,几年前在南部有许多孕妇,怀胎九月中,她们也闭着眼梦想孩子长大的那一天,却没想到吃了滴滴纯净的沙拉油,孩子生下来是瞎的、黑的!

不要以为你是大学教授,所以作研究比较重要;不要以为你是杀猪的,所以没有人会听你的话;也不要以为你是个学生,不够资格管社会的事。你今天不生气,不站出来说话,明天你——还有我,还有你我的下一代,就要成为沉默的牺牲者、受害人!如果你有种、有良心,你现在就去告诉你的公仆"立法委员"、告诉卫生署、告诉环保局:你受够了,你很生气!

你一定要很大声地说。

(原载1984年11月20日《中国时报·人间》,
选自《野火集》,湖南文艺出版社1988年)

作品解读

《中国人,你为什么不生气》这篇杂文以愤懑的语言对台湾的社会现状进行了批评。文章的逻辑是很清楚的:社会上存在很多见义不勇为的人,导致坏人逍遥法外,社会环境恶化。而导致这种现象的原因是法制不健全,官方无作为,甚至官方还出面压制民意,其结果是助长了不正义的发生。文章也表达了对国民懦弱性格的批判。文章的风格是直抒胸臆,完全没有委婉的表达,就像一把恣睢的野火。

(李曙豪)

作家自述

在内容上,许多人受"野火"吸引,因为觉得它"敢说话";但是这个理由令我觉得悲哀。在一个真正基于民意的民主社会里,"敢说话"应该不是一件了不起的事,因为人人都有权利"敢说话",人人都"敢说话"。我以"敢说话"而受到赞美,对这个社会其实是个讽刺。至于写作技巧上,"野火"之所以有人读,可能与我"求真"的原则有关。我尽量不用辞句美丽而意义空洞的语言。——龙应台:《龙应台这个人》,远水编:《美丽的权利》,第143页,花城出版社1989年。

名家要评

龙应台把她进行社会批评时的这份公民责任感和知识分子良知带进她的本行专业,试图建立一种"真正客观,冷静、严格的文学批评",便也在台湾评坛上放了另一把"野火"。以至我们这些"隔海观火"的,也不难感受到几分灼人的热力。甚至《龙应台评小说》一书的最激烈批评者,也都承认"龙评"的优点是"充满了勇气和锐气","文笔犀利","一针见血","直言不讳"。——黄子平:《龙卷风的功能》,远水编:《美丽的权利》,第275页,花城出版社1989年。

拓展阅读

1. 姚臻:《龙应台杂文风貌初探》,《文教资料》2010年26期。
2. 李国涛:《龙应台的另一种笔墨》,《名作欣赏》2010年4期。

四月裂帛

简　媜

　　三月的天书都印错,竟无人知晓。

　　近郊山头染了雪迹,山腰的杜鹃与瘦樱仍然一派天真地等春。三月本来无庸置疑,只有我关心瑞雪与花季的争辩,就像关心生活的水潦能否允许生命的焚烧。但,人活得疲了,转烛于锱铢,或酒色,或一条百年老河养不养得起一只螃蟹?于是,我也放胆地让自己疲着,圆滑地在言语厮杀的会议之后,用寒鸦的音色赞美:"这世界多么有希望啊!"然后,走。

　　直到一本陌生的诗集飘至眼前,印了一年仍然初版的冷诗,(我们是诗的后裔!)诗的序写于两年以前,若洄溯行文走句,该有四年,若还原诗意至初孕的人生,或则六年、八年。于是,我做了生平第一件快事,将三家书店摆饰的集子买尽——原谅我卤莽啊!陌生的诗人,所有不被珍爱的人生都应该高傲地绝版!

　　然而,当我把所有的集子同时翻到最后一页题曰最后一首情诗时,午后的雨丝正巧从帘缝蹑足而来。三月的驼云倾倒的是二月的水谷,正如薄薄的诗舟盛载着积年的乱麻。于是,我轻轻地笑起来,文学,真是永不疲倦的流刑地啊!那些黥面的人,不必起解便自行前来招供、画押,因为,唯有此地允许罪愆者徐徐地申诉而后自行判刑,唯有此地,宁愿放纵不愿错杀。

　　原谅我把冷寂的清官朝服剪成合身的寻日布衣,把你的一品丝绣裁成放心事的暗袋,你娴熟的三行连韵与商籁体,到我手上变为缝缝补补的百衲图。安静些,三月的鬼雨,我要翻箱倒箧,再裂一条无汗则拭泪的巾帕。

　　　　我不断漂泊,
　　　　因为我害怕一颗被囚禁的心
　　　　终于,我来到这一带长年积雨的森林

　　你把七年来我写给你的信还我,再也没有比这更轻易的事了。

　　约在医院门口见面,并且好好地晚餐。你的衣角仍飘荡着辛涩的药味,这应是最无菌的一次约会。可惜,惨淡夜色让你看起来苍白,仿佛生与死的演绎仍鞭笞着你瘦而长的身躯。最高的纪录是,一个星期见十三名儿童死去,你常说你已学会在面对病人死亡之时,让脑子一片空白,继续做一个饱餐、更浴、睡眠的无所谓的人。在早期,你所写的那首《白鹭鸶》诗里,曾雄壮地要求天地给你这一袭白衣;白衣红里,你在数年之后《关渡手稿》这样写:

　　　　恐怕
　　　　我是你的尸体衣裳
　　　　非婚礼华服

并且悄悄地后记着:"每次当病人危急时,我们明知无用,仍勉强做些急救的工作。其目的并非要救病人,而是来安慰家属。"

你早已不写诗了,断腕只是为了编织更多美丽的谎言喂哺垂死病人绝望的眼神。也好让自己无时无刻沉浸于谎言的绚丽之中,悄然忘记四面楚歌的现实。你更瘦些,更高些,给我的信愈来愈短,我何尝看不出在急诊室、癌症病房的行程背后,你颤抖而不肯落墨讨论的,关于生命这一条理则。

终于,我们也来到了这一刻,相见不是为了圆谎为了还清面目,七年了,我们各自以不同的手法编织自己的谎,的确也毫发未损地避过现实的险滩。唯独此刻,你愿意在我面前诚实,正如我唯一不愿对你假面。那么,我们何其不幸,不能被无所谓的美梦收留,又何等幸运,历劫之后,单刀赴会。

穿过新公园,魅魅魑魑都在黑森林里游荡,一定有人殷勤寻找"仲夏夜之梦",有人临池摹仿无弦钓。我们安静地各走自的,好像相约去探两个挚友的病,一个是七年前的你,一个是七年前的我,好像他们正在加护病房苟延残喘,死而不肯瞑目,等亲人去认尸。

"为什么走那么快?"你喊着。

"冷啊!而且快下雨了。"

灯光飘浮着,钢琴曲听来像粗心的人踢倒一桶玻璃珠。餐前酒被洁净的白手侍者端来,耶稣的最后晚餐是从哪儿开始吃的?

"拿来吧,你要送我的东西。"

你腼腆着,以迟疑的手势将一包厚重的东西交给我。

"可以现在拆吗?"我狡诈地问。

"不行,你回去再看,现在不行。"

"是什么?书吗?是圣经?……还是……真重哩!"我掂了又掂,七年的重量。

"你……回去看,唯一、唯一的要求。"

于是,我装作什么都不知道,继续与你晚餐,我痛恨自己的灵敏,正如厌烦自己总能在针毡之上微笑应对。而我又不忍心拂袖,多么珍贵这一席晚宴。再给你留最后一次余地,你放心,凄风苦雨让我挡着,你慢慢说。

"后来,我遇到第二个女孩子,她懂得我写的、想的,从来没有人像她那样……"你说。

"我察觉在不知道的地方,有一种东西,好像遥远不可及,又像近在身边;似在身外,又似在身内,一直在吸引我。我无法形容那是什么——或许是使得风景美丽的不可知之力量;或许是从小至今,推动我不断向前追求的不能拒绝之力量;或许是每时刻我心中最深处的一种呼唤、一种喜悦、一种梦;或许是考娄芮基(Coleridge)在他的《文学传记》所述的'自然之本质',这本质事先便肯定了较高意义的自然与人的灵魂之间,存在着一种'关联'……想着,想着,《关渡手稿》就在这种心境写下来。……"年轻的习医者在信上写着。

"她懂你像你懂自己一样深刻吗?"我问。

"我试着让她知道,我为什么而活。"你说。

"来此两个多星期,天天看病人,跟在医院无两样。空间多,看海与观星成了忘我的消遣。我很高兴能走入'时间'里面去体会时间的分秒之悸动,圣经写说,人生若经过炼金之人的火及漂布之人的碱,必能尝到丰溢的酒杯,于是我更能体会濒死病人的呻吟,可以真实地走过病眼深水的波浪洪涛。在'你的瀑布发声,深渊就与深渊响应'之际,虽然长夜仍然漫漫,我仍旧守候在病人的身旁,守候着风雨之中的花蕾,守候着天发亮的晨星……这是我衷心想告诉你的……"在东引海边的军营里,有一封信这么写。

"为了她我拒绝所有的交往,我告诉另一个女孩子,我在等人;她哭了,她嫁人了。"你颓唐起来。

"啊!"我说:"这个女孩子真是铜墙铁壁啊!是你不能接受她是个非基督徒,还是她不能接受你的主?"

"我曾由只要去爱不是去同情的初学者,变成现在差不多以 make money 为主的医匠。我甚至陷在希望借研究与学术发表演讲来满足内心好大喜功之欲望里而不可自拔,我甚至怕自己突因某种原因而死亡(很多医师因工作太累,开车打瞌睡而撞死)。目前,我正在钻研一种'内生性类似毛地黄之因子',我渴求能在两年内把它分析出来公诸于世,以满足一己暂时的快感……我不知道我是谁?

"我渴望婚姻,但也害怕婚姻带来的角色改变,我是痛苦的空城。直到,我碰到了一位'女作家',我非常喜欢和她做朋友,但我的直觉和教会及所有的人认为我不能和一个非基督徒结婚。我相信我有能力做她的好朋友,但我不知道能否做她的好丈夫?我不能接受夫妻因信仰所发生的任何冲突,我又很希望这位女作家过着幸福快乐的日子,我当然希望结婚的对象也是基督徒……我可能选择独身,我是矛盾的人。"第四十二封信写着。

"的确,"我啜饮着烫舌的咖啡:"天上的父必要选择他地上的媳,如同平凡的妇人也想选择她天上的父。"

"我不懂她心中真正的想法,她真是铜墙铁壁!"你说。

"她或许了解你的坚持,你却不一定进得去她固执的内野。你们都航行于真理的海,沿着不同的鲸路。你只希望她到你的船上,你知道她的舟是怎么空手造成的?她爱她的扁舟甚于爱你,犹如你爱你的船甚于爱她。如果你为她而舍船,在她的眼中你不再尊贵,如果她为你而弃舟,她将以一生的悔恨磨折自己。的确,隐隐有一种存在远远超过爱情所能掩盖的现实,如果不是基于对永恒生命衷心寻觅而结缡的爱,它不比一介微尘骄傲。你们曾经欢心惊叹,发现彼此航行于同一座海洋;现在,却相互争辩,只为了不在同一条船上。假设,她愿意将你的缆绳结在她的舟身,不要求你弃船,那么你能否接受她的绳,不要求她覆舟?如果比身并航也不为你的宗教所允许,你只有失去她,永远的失去她。"

"我是一个失败的证道者!"你喟然着。

"不!"我说:"如果你不曾成功地摊开你的内心,她早就成为你痛苦的妻。当你朗诵诗篇二十三给她:'耶和华是我的牧者,我必不致缺乏。他使我躺卧在青草地上,领我在可安歇的水边。他使我的灵魂甦醒,为自己的名引我走义路。'你要相信,她才答应自己去寻找另一处无人到过的迦南美地。如果她在你心中仍然美丽,就是因为这一身永不妥协的探索与敢于迎战的清白足以美丽。她一生不曾侍奉任何的主,而她赞美你,等同赞美了上帝。你信仰了主,你当终生厚望,你既然住着耶和华的殿,享有他赐予的粮,你何苦再寻一座婚姻的空壳?我只听说有人千方百计将他的茅屋改成宫殿,未曾闻过在宫殿里另筑茅屋。你成全了她走自己的义路,这是你赐她最大的福音。她住在她那寒伧的磨坊,无一日不在负轭、磨粮,你要体会,不是为了她自己,为了不可指认、不能执著的万有——让虚空遍满琉璃珍珠,让十五之后日日是好日,让一介生命甘心以粉身碎骨的万有;如同你活着为了光耀上帝。你要眼睁睁看她怎么粉碎,正如她眼睁睁看你七年。"

最后一封信这样落笔:"在我心目中,你一直是个尊贵的灵魂,为我所景仰。认识你愈久,愈觉得你是我人生行路中一处清喜的水泽。

"为了你,我吃过不少苦,这些都不提。我太清楚存在于我们之间的困难,遂不敢有所等待,几次想忘于世,总在山穷水尽处又悄然相见,算来即是一种不舍。

"我知道,我是无法成为你的伴侣,与你同行。在我们眼所能见耳所能听的这个世界,上帝不会将我的手置于你的手中。这些,我都已经答应过了。

"这么多年,我很幸运成为你最大的分享者,每一次见面,你从不吝惜把你内心丰溢的生息倾注于我的杯。像约书亚等人从以实各谷砍了葡萄树的一枝,上头有一挂葡萄,又带了些石榴和无花果来……你让我不致变成一个盲从的所知障者,你激励我追求无上自由的意志,如果有一天我终能找到我的迦南之野,我得感谢你给我翅膀。

"请相信,我尊敬你的选择,你也要心领神会,我的固执不是因为对你任何一桩现实的责难,而是对自己个我生命忠贞不二的守信。你甚美丽,你一向甚我美丽。

"你也写过诗的,你一定了解创作的磨坊一路孤绝与贫瘠,没有一日,我卑微的灵不在这里工作、学习。若我有任何贪恋安逸,则将被遗弃。走惯贫沙,啃过粗粮,吞咽之时意也有蜜汁之感,或许,这是我的迦南地。

"不幻想未来了。你若遇着可喜的姊妹,我当祈福祝祷。你真是一个令人欢喜的人,你的杯不应该为我而空。

"就这样告别好了,信与不信不能共负一轭。"

> 且让我们以一夜的苦茗
> 诉说半生的沧桑
> 我们都是执著而无悔的一群,
> 以飘零作归宿

在你年轻而微弱的生命时辰里,我记载这一卷诘屈聱牙的经文,希望有朝一日,你为我讲解。

如果笔端的回忆能够一丝丝一缕缕再绕个手,我都已经计算好了,当我们学着年轻的比丘尼入舍卫大城乞食,于其城中次第乞已,还至本处时,我要把钵中最大最美的食物供养你,再不准你像以前软硬兼施趁人不备地把一片冰心掷入我的壶。

我们真的因为寻常饮水而认识。

那应该是个薄夏的午后,我仍记得短短的袖口沾了些风的纤维。在课与课交接的空口,去文学院天井边的茶水房倒杯麦茶,倚在砖砌的拱门觑风景。一行樱瘦,绿扑扑的,倒使我怀念冬樱冻唇的美,虽然那美带着凄清,而我宁愿选择绝世的凄艳,更甚于平铺直叙的雍容。门墙边,老树浓荫,曳着天风;草色釉青,三三两两的粉蝶梭游。我轻轻叹了气,感觉有一个不知名的世界在我眼前幻生幻化,时而是一段佚诗,时而变成幽幽的浮烟,时而是一声惋惜——来自于一个人一生中最精致的神思……这些交错纷叠的灵羽最后被凌空而来的一声鸟啼啄破,然后,另一个声音这么问:

"你,就是简媜吗?"

我紧张起来,你知道的,我常忘记自己的名字,并且抗拒在众人面前承认自己,那一天我一定很无措吧!迟顿了很久才说:"是。"又以极笨拙的对话问:"那,你是什么人?"

知道你也学中文的,又写诗,好像在遍野的三瓣酢浆中找四瓣的幸运草:"唷,还有一棵躲在这!"我愉快起来就会吃人:"原来是学弟,快叫学姊!"你面有难色,才吐露从理学院辗转到文学殿堂的行程,倒长我二岁有余。我看你温文又亲和,分明是邻家兄弟,存心欺负你到底:"我是论辈不论岁的!"你露齿而笑,大大地包容了我这目中无人的草莽性情。那一午后我归来,莫名地,有一种被生命紧紧拥住的半疼半喜,我想,那道拱门一定藏有一座世界的回忆。

毕竟,我只善于口头称霸,在往后与你书信嬗递,才发觉你瘦弱的身躯底下,凝炼了多少雄奇悲壮的天质,而你深深懂得韬光养晦,只肯凿一小小的孔,让琢磨过的生命以童子的姿势嬉嬉然到我眼前来。我们不谈身世只论性命,更多时候在校园道上相遇,也只是一语一笑作别,但我坚信:"这人是个大寂寞过的人!"

那时候,你的面目早已因潜伏的病灶难靖,稍稍地倾斜着,反正已经割过了而且是个慢性子的瘤,就不必管吧,只在你心力用瘁的时候,才憔悴起来,我叫你当心,你复来的信不痛不痒地说:"今早文心课见你挽抱书本飘然而去,霎时间萌生一种远飔的感觉,没来得及跟你说。有回上声韵,下了课,正见你倦极而伏案,其时感觉也是一惊。记得有次夜深,与你不期然遇,你说从总图出来,回宿舍去。夜色下的你步履决定,却透着层弱倦后的苍白。一直没能多问候你,反而是你看出我的憔悴。"你始终不愿意称我"简媜",说这二字太坚奇铿锵,带了点刀兵,你宁愿正正经经地写下"敏媜",说有了这"敏"字,行云流水起来,不遭忌。我深深动容,你一片片莲灿,都为我惜生,而我能为你做什么?性格里横槊赋诗的草莽气质,总让我对最亲近的人杀伐征讨。难得有一回清清淡淡的小聚,临别时,我不经心窜出那头兽、那忘情负义恩将仇报的猛禽:"保重哟,下一次见面或许九天,或九年。"你清和的面容浮掠一丝秋瑟,宽怀地笑纳这些语锋契机,你报平安的信通常这么作结:"写信、说话,欢喜日复一日。看你什么时候有空,小谈。我担心一语成谶。"

尔后,我离了学院,日复日载饥载渴,过的是牛饮而后快的星夜。偶有不死的诗心,才写些哀哀怨怨的信给亲近的人,你总是快快地回:"外出三天,深夜踏雨归来,檐前出现一小叠信。中有你亲切的字迹,你的信柬自然令我喜欢。……我的病情,好好坏坏,终须挨上一刀才见分晓。近两个月来的抱病自守,旦夕之间,情知对于生命底千般流转,尽须付与无尽的忍爱。我想,他朝小痊,如你之奔驰,亦须这样。一步一履,无非修行。至此,我依然深心乐观,来日或聚,愿其时你的事业大势底定,我亦澡雪精神。"

我们深心乐观着未来,几次击掌切磋,暗暗以创格自许,不屑袭п。负气使才如我,滔滔洒墨,似欲与千夫万夫一拚。你见我清瘦异常,只吩咐我不可太夜太累,我委屈了,说:"就活这么一次,我要飞扬跋扈!"你语重心长地说:"早慧,难享天年的,古来如此。"

你珍贵我顽桀的生命,大大地甚于你自己的。那一回生日,你待地去寻玉送我,一龙一凤绕着净瓶(啊!会是观音的净瓶吗?),你说鬻玉的老者称这块玉的肌理具荷质,返家的途中经过南海路,你去植物园的荷花池,轻轻地轻轻地将这玉沁了又沁……你说:"生命恒有繁华落尽的感觉,只不过,不染淤泥!"

病魔却与你弄斧耍戗,你的眼开始不自觉地汨,夜半常因拭泪而难以入眠,你谦称这是宿业使然。在你卜居的深山穷野,你宛若处子与生灭大化促膝而谈,抱病独居的信,不改涓涓细流的字迹:"有天半夜不能安睡,出至阳台。山间天象澄明,月光大片大片洒落一地。忽然间,我看见自己月下的影子,细细瘦瘦,怯怯地,触目竟十分眼熟,但那分明不是日光中的'我'。我呆呆地忖忖想想,啊,是了——是童话时候的'我'!我好感动地望着那片身影,然后牵他入梦。偶得一悟,心情愿如庄周,处于病与不病之间。"

你第二度开刀,除去右颜面突变的肉瘤,我将一串琥珀念珠赠你,那是寺里一名师父突然脱下赠我的,我欢喜生命中"突然"的意象。你认真地戴在手腕,虚弱地在病榻上闭目。我又天真起来了,仿佛一名间谍,在你短兵相接的战场之前,先给你解药,你此后可以大胆地无惧地去迎喂毒的流箭。病后,你说:"我渐渐愿意把所有的悲沉、蒙昧、大痛、无明都化约到一种素朴的乐观上,我认为它是生命某种终极的境界。你知我知。"

最珍贵而美丽的,应该是你赴港念比较文学之前的半年。你诗写得少了,专志狼吞文学批评的典籍,你戏谑这是一桩"反美"的工程,但要我千万注意,你并非不爱美。我说:"管你家的什么美不美,天天念原文书,把一个人念得豆芽菜似的,这种美简直王八蛋!"你每星期总要回长庚医院追踪病情,我们相约在中午,趁我歇班的时刻,你教我念书。常常在市嚣流矢的小咖啡店里,你取出一叠白纸、一支钢笔,在喝了一口微冷的红茶之后,开始以沙哑沉浊的声音,为我唤来"福寇"(Michel Foucault),我静静地抱膝听着,进入神思所能触摸的最壮阔与最阴柔的空间,你的话幽浮起来:"……如今,书写已和献祭发生关联,甚至和生命的献祭发生关联……"我幡然有悟:"等等,我下一本书的架构出来了,你要不要听!"知识的考掘通常转化为创作的考掘,我是锈刀,拿你当磨刀石。你不也说了吗,我的生命太千军万马,终究不会听你这座"紫微"。实而言之,你是一则遥远的和平,为了你,我必须不断地战争。

有一回,茶冷言尽,你取出一张泛黄的黑白照片让我瞧:一名十岁男童倚在漫画书店的租台边,白白净净的怯生生的,眼睛里有一股神秘的招引与微燃的悲喜,静静地与世界相看。我惊叹起来:"多美啊!是你吗?"你欢喜地说:"是!"

那一回,你送我回报社上班,沿着木棉击掌、槭实落墨的砖道,你微微地喟叹:"天!给我时间!"

香港一年,你终因病发大量出血而辍学,从中正机场直奔林口长庚,医师已开了病危通知书。你却幽幽转醒,看着病床边来来往往的友好、同窗,或者,你还在等,当养育的父母双亡,亲生的父母待寻。你那时已不能进食,肉瘤塞住口舌,话也不能说了。你见我来,兀自挣身下床,从杂乱的行李中掏出一块精致的香皂,多少年前,我说过一日三浴更甚于心头欢喜,你在纸上写着:"多洗澡!"那一刹——那百千万亿年只可能有一回的一刹,我想狠狠地置你于死。

半年来,我抗拒着再去看你,想给你七七四十九遍的经诵终于不能尽读,我压抑每一丝丝一缕缕一角关于你的挂念。只有两回梦见,一次你以赤子的形象从半空掠过,我仰首不复寻踪;一次你款款而来,白白净净的面目,我大喜,问:"你好了?"你笑而不答,许久许久才说:"还没开始生病啦!"梦醒后,深深地痛恨自己,现世里的大欢大美被解构得还不够吗?连在可以作主的梦土,也要懦怯地缴械。我终究是个懦夫,不配英雄谈吐。

那么,敬爱的兄弟,我们一起来回忆那一日午后,所有已死的神鬼都应该安静敷座,听我娓娓诉说。

那一日,我借了轮椅,推你到医院大楼外的湖边,秋阳绵绵密密地散装,轮转空空,偶尔绞尽砖岸的莽草。我感觉到你的瘦骨宛若长河落日,我的浮思如大漠孤烟。当我们面湖静坐,即将忘却此生安在,突然,遥远的湖岸跃出一行白鹭,扶摇直上掠湖而去,不复可寻。湖水仍在,如沉船后,静静的海面,没有什么风,天边有云朵堆聚着。

你在纸上问我:"几只?"

我答:"十二只。"你平安地颔首。

也许,不再有什么诘屈聱牙的经卷难得了你我。当你恒常以诗的悲哀征服生命的悲哀,我试图以小说的悬崖瓦解宿命的悬崖;我无法安慰你,或你不再关怀我,请千万记住,在我们菲薄的流年,曾有十二只白鹭鸶飞过秋天的湖泊。

犹似存在主义,
或是老庄,
或是一杯下午茶,
或两本借来的书。

百般凌虐你,你都不生气,或,只生一小会儿气。好似在你那里存了一笔巨款,我尽情挥霍,总也不光。有时失了分寸,你肃起一张沧桑后的脸,像一个塞途者思索不可测的驿站,我就知道该道歉了,摸摸你深锁的额头说:"什法子,谁叫你欠我。不生气,生气还得付我利息。"

常常在早餐约会,或入了夜的市集。热咖啡、双面煎荷包蛋、烘酥了的土司,及三分早报。你总替我放糖、一圈白奶,还打了个不切实际的哈欠。我喜欢晨光、翻报、热咖啡的烟更甚于盘中物,你半哄半骗,说瘦了就丑,我说:"喂,就吃!"你果真叉起蛋片进贡而来,我从不吝惜给予最直接的礼赞:"今天表现不错,记小功一支。"

早晨恒常令我欢心,仿佛摄取日出的力量,从睡眼沉静射入惊蛰的流动,有了奔驰的野性及征服的欲望。早晨对你却是苛责的,你雾着一张脸,听我意兴风发地擘画每一桩工作,帮你整理当日的行程及争辩的重点,战役的成果未必留给我们,但我们联手打过漂亮的仗。

入夜的城市更显得蠢蠢欲动,入夜的我通常是一只安静的软体动物,容易认错、善于仆役,不扎别人的自尊。你活跃于墨色的时空,以锐利的精神带着我游走于市集。一碗卤肉饭、石斑鱼汤、水煮虾也是令人难忘的饮食起居。我擅于剥虾、剔无刺的鱼肉,伺候你。你尽管放心地细数我的不对,定谳白日的蛮悍,我一向从善如流,乖乖地向你忏悔。

当市集悄悄撤退,夜也恹了,我打起一枚长长的呵欠,你说:"走吧!回家。"你走你的路,我走我的归途。这城市无疑是我们巨构的室家,要各自走过冗长的通道,你回你的卧室,我有我的睡榻。

那么,的确必须用更宽容的律法才能丈量你我的轨道。你不曾因为我而放弃熟悉的生命潮汐——不管是过往的情涛、现实的波澜,或即将逼近的浪潮;我也不必为你而修改既定的秩序——我有我不能割舍的人际、工作的程序,及关于未来的编排。当我们相约,其实是趁机将自己从曲曲折折的轨道释放出来,以大而无当的姿势携手、寻路。你四十过二的音色里仍留有不肯成熟的童话;(要不,你怎么老是叉橡皮筋偷袭我!)我二十又七的华容仍忘怀不去初为儿女的姿意;(挺喜欢捧你的大手,一支一支地啃你的指头!)你时而化童时而老迈,我时而为人时而原兽,我们生动地演出内心被禁锢的角色,以城市为舞台,行人当盲目的观众。那些令人疲惫的典章制度不容推翻总可以暂忘,你虽然抱怨半生颠踬无以转圜,我却不曾怂恿你或然推弃——那些包袱早已变成心头肉,在我们分手后仍然继续由你背负的。如是,我期望每一次相聚,透过理智的剖析与情感之疏浚,更助益你昂然驼行。我深知,情会淡爱会薄,但作为一个坦荡的人,通过情枷爱锁的鞭笞之后,所成全的道义,将是生命里最昂贵的碧血。因而,你可以原始地坦露,常常促膝一夜,谈你孑然成长的大江南北,谈梦幻与现实互灭,谈你云烟过眼的诸多女人,谈你远去的妻与儿女……常常,我看到那一颗三十多年未落的噙泪。

同等地,我得以在你身上复习久违的伦常,属于父执与兄长的渴望。过于阴柔的家境,促使我必须不断训练自己雄壮、摹仿男系社会的权威;而我生命的基调,却是要命的抒情传统,三秋桂子十里芰荷的那种,遂拿你砌湖,我得以歌尽舞影,临水照镜(啊!我终究必须恋父情结)。实则如此,每一桩生命的垦拓,须要吮取各式情爱的果实,凡是亏空的滋味,人恒以内在的潜力去做异次元的再造。你在不知不觉中已被我修改,按着我心中的形象发音;正如我愿意为你而俯身,将自己捏成宽口的罍,以盛住你酒后崩塌的块垒——任何一桩情缘,如果不能激励出另一种角色与规则,以弥补梦土与现实之间的断崖,终究不易被我珍爱。

于是,我们很理智地辩论着婚姻。

你说,不曾歇息的情涛,总难免落得一身萧索,过往的女人不是不爱,却发现愈爱得深愈陷泥淖;我说,这是剥夺,爱情之中藏有看不见的手。你说,如果我们结婚如何?我问,你视我为何?难道纷落的情锁不曾令你却步?你说,我在你心中不等同于女人,属于一种透明的中性——像白昼与黑夜,时而如男人清楚,时而如女性张皇,你能充分享受诉说,从最崔嵬的男峰吐露至最婉柔的女泽(你有时细心得像一名婢女),我欢愉你所陈述的,那表示,一个人对他(她)内在生命做多元创造的无限可能。而我开始叙述,关于多年来我们另辟蹊径,如今俨然一条轨道的情爱(请注意,放弃世俗轨道的通常要花更多心血为自己领航,且不再有回头的可能)。我们成就一种无名的名分,住在无法建筑的居室,我不要求你成为我的眷属如同我厌烦成为任何人的局部,你不必放弃什么即能获得我的灌注,我亦有难言的顽固却能被你呵护,我们积极相聚也品尝得不的舍离,遂把所能拥有的辰光化成分分秒秒的惊叹。如果爱情是最美的学习,我愿意作证,那是因为我们学到了布施胜于占取,自由胜于收藏,超越胜于厮守,生命道义胜于世俗的华居。想必你了解,婚姻只是情爱之海的一叶方舟,如果我们愿意乘桴浮于海,何必贪恋短暂的晴朗——要纵浪就纵浪到底吧!我已拍案下注,你敢不敢作庄?

我们还要一座壳吗?让壳内众所皆知的游戏规则逐渐吞噬我们的章法。以我不靖的个性,难以避免对你层层剥夺;以你根深柢固的男系角色,终究会逐步对我干涉。原宥我深沉的悲观,婚姻也有雄壮的大义,但不适合于我——我喜于实验,易于推翻,遂不断地、不断地裂帛。

我情愿把这城市当成无人的旷野,那一夜,我爬上大厦广场的花台,你一把攫住,将我驮在肩上,哼着歌儿,凛凛然走过两条街;被击溃之后如果有内伤,那内伤也带着目中无人的酣畅。有一日,深夜作别,我内心击打着滔滔逝水的悲切,不忍责怨你什么,只想一个人把漫漫长夜走完,你说起风了,脱下外衣披我,押我上车,在站牌旁频频向我挥手,然后孤独地走向你候车的街口。那一刹,我又剑拔弩张,想狠狠剌大化的心脏,遂在下一站下车,拚命地跑,越过城市将灭的灯色,汗水淋漓地回到你的背后,你多么单薄,掏烟、点火,长长地向夜空喷雾,像一名手无寸铁的人!我倏地蒙住你的眼睛,重重地咬你的耳朵:"不许动!"你回头,看我,错愕的神情转化成放纵的狂笑,我胜利了,我说。

在借来的时空,我们散坐于城市中最凌乱的蓬壁,抽莫名其妙的烟,喝冷言热语的酒,我将烟灰弹入你的鞋里,问:

"欸,你也不说清楚,嫁给你有什么好处?"

你脱鞋,将灰烬敲出,说:"一日三顿饭吃,两件花衣裳嘛,一把零用钱让你使。"

我又把烟灰弹进去:"那我吃饱了做什么?"

你捏着我的颈子:"这样吆,你写书我读——再弹一次看看!"

我又把烟灰弹进去。

> 我随手抽了把单刀
> 走了趟雪花掩月
> 无声的月夜
> 只有鸽子簌簌地飞起

你怎么来了?

明明将你锁在梦土上,经书日月、粉黛春秋,还允许你闲来写诗,你却飞越关岭,趁着行岁未晚,到我面前说:"半生飘泊,每一次都雨打归舟。"

我只能说:"也好,坐坐!"

关于你生命中的山盟与水逝,我都听说。在茶余饭后,你的身世竟令我思谋,什么样的人,才能与秋水换色,什么样的情,才能百炼钢化成绕指柔。我似乎看到年幼时的你,已然为自己想象海市蜃楼,你愿意成为执戟侍卫,为亘古仅存的一枚日,奉献你绚霞一般的初心。

那么,请不要再怪罪生命之中总有不断的流星,就算大化借你朱砂御笔,你终究不会辜负悲沉的宿命,击倒的人宁愿刎颈,不屑偷生。这次见你,虽然你的眉目仍未能廓然朗清,倒也在一苇航之后,款款立命。你要日复日吐铺,不吐铺焉能归心。

把我当成你回不去的原乡,把我的挂念悬成九月九的茱萸,还有今年春末大风大雨,这些都是你的,总有一日,我会打理包袱前去寻你。但你要答应,先将梦泽填为壑,再伐桂为柱、滚石奠基,并且不许回头望我,这样,我才能听到来世的第一声鸡啼。

你走的时候,留下一把钥匙,说万一你月迷津渡,我可以去开你书中的小屋。我把指环赠你,尽管流离散落,恒有一轮守护你的红日,等候于深夜的山头。

你说:"还要去庙里烧香,像凡夫凡妇。"

那日,我独自去碧山岩,为你拈香,却什么话都没说。

这就是了,所有季节的流转永不能终止。三世一心的兴观群怨正在排练,我却有点冷,也许应该去寻松针,有朝一日,或许要为自己修改征服。

四月的天空如果不肯裂帛,五月的袷衣如何起头?

(选自《八十年代台湾散文选》,
中国友谊出版公司 1981 年)

作品解读

让我们再以《文心雕龙》六观法,来赏观简媜《四月裂帛》。

一观"位体",即体裁、主题、结构、风格。《四月裂帛》是散文。本文暗含悲欢离合、"兴观群怨",有红日有鬼雨,写未了之情。本文有不同版本。1996年的修订版,篇首数百字,类似前言;之后分为1、2、3、4四节,每节述一段情事。意蕴幽玄、意象郁茂、语法别致为此文风格。

二观"事义",即作品所写的人事物及其涵义。很多人读此文,说有"感觉",却读不懂。有读者以为通篇写的是作者与一人的感情。据1996年版本"四段情事"的作者自道,上说不成立。四段情事为:与一个年轻医生之情,与一个28岁早逝的文学爱好者之情,与一个中年商人(他是有妇之夫?)之情,与一个军政界中年人士之情。或涉耶教,或涉释教,而四情皆未了,终归"幻灭",如本文副题所示。

三观"置辞",即作品之修辞。本文形象性甚强,明喻、暗喻、象征甚多。作者不说写与四个人的情事,而说"把你的一品丝绣裁成储放四段情事的暗袋",是形象性修辞的一例。本文是个"暗袋",内藏很多玄机,仿如文首说的"天书"。"裂帛"有撕裂丝帛、撕裂时清厉之声、裁剪丝帛作书信、书册等义,题目即暗藏多意。本文多用词性转换手法,以求别致,"你一向甚我美丽"是一例。

四观"宫商",从略。五观"奇正",即作品风格之新奇或正统。本文幽玄隐晦、语言独造,与传统散文或现代梁实秋、琦君等散文风格甚为不同。26岁的青年简媜刻意求新求异而成篇。

六观"通变",即作品的继承与创新。简媜出身中文系,可能受了李商隐隐晦浓丽诗风的影响,也可能得到当代小说家王文兴"语不惊人死不休"铸句法的熏染,而有这样一篇为众多读者惊艳惊玄的不凡之作。

(黄维樑)

作家自述

我未把女性放在男性的经纬度上去丈量、剖读,因为她们即是自身的经纬,无需外借。……故事中的女人各有各的艰难行旅,她们没有外援,只能自己作自己的领航。我追踪她们的步履,描写女性的壮丽与高贵。——简媜:《女儿红·序》,《女儿红》,第2页,文化艺术出版社2009年。

名家要评

简媜的散文表现出强烈的自我意识和女性意识。这使她在新生代作家中脱颖而出。她在探索生命价值、叩问人生真谛的同时,不懈地寻找自我。……作者将心灵深处最隐秘的情感不加掩饰地呈现出来,真切生动地展示了女作家独立的自我人格。这些作品取材新颖,诠释深刻,立意奇突,开拓了散文新境界。

她长于对日常生活进行形而上的思考,每每于人们司空见惯的现象中生发出新颖而深邃的哲理,将寻常景物点化成令人饶有兴味的神奇世界。——方忠:《简媜散文论》,《台湾散文纵横论》,第163页,江苏教育出版社2008年。

拓展阅读

1. 黎活仁:《林语堂、瘂弦和简媜笔下的男性和女性》,日本大安出版社1998年。
2. 伊始编:《简媜散文》,浙江文艺出版社1999年。

藏书家的心事

董 桥

爱书越痴,孽缘越重;注定的,避都避不掉。瑟帛(James Thurber)有一幅漫画画书房,四壁是书,妻子气冲冲指着丈夫说:"这屋子里有老娘就不能有文学,有文学就没老娘!"可怕之极。西摩·德·利奇(Seymour de Ricci)家里珍藏三万多本书籍拍卖行编印的书目,堆得满满的;有客人来,妻子忍不住抓着客人说:"全是书!你想看看我在哪儿挂我的衣服吗?"客人跟她进卧房,她打开大衣橱给客人看,里头堆满一幢幢的书目,连挂一件衣服的空当都没有。"到处是书!"妻子说完掉头走开。爱丁堡的沙洛利亚(Charles Sarolea)藏书之富出了名,不能不想办法应付"内忧",老劝太太出门旅行;太太不在家的那几天里,他不断打电话请各书商把他订下来的那一大堆书都运回来。太太回来心里总觉得家里的书多了好多,只是本来就有十几万册,现在多了多少她实在不敢说。沙洛利亚有钱,还不至于自己买书弄得家里没米。钱不多,又爱书,更烦了。多年前,英国有个穷藏书家,每买一本书,总是先照定价付钱给书商,再请书商帮帮忙,在那本书的扉页上写个很便宜的假价钱,最好不超过三英镑六便士。这种安排妥当得很,他过世之后,太太变卖那批藏书过日子,发现所得甚丰,不禁伤心起来,怪自己过去整天埋怨丈夫买书浪费金钱。这段故事格外伤感:那位藏书家活得太痛苦,也活得太有味道了。布鲁克(G. L. Brook)那本 *Books and Book Collecting* 里录了不少这些藏书家轶事,实在不忍读下去。

去年,跟伦敦一位老书商谈起贝森(Fred Bason)的事,或可一录。贝森爱书,但家里穷,一辈子到处搜购旧书,装满一大布袋分批卖给旧书铺,解决吃饭问题,再回去编书著书,编过一册《好书待售一览表》,还编过毛姆的书目;著作则有四册《日志》。早年,他母亲硬是要他去当理发师,他偏去买卖旧书。母亲说:"只要你每星期给我赚三十先令回来,我准你去买卖旧书。赚不到三十先令给我,你休想去做旧书生意,快给我滚到理发店去。"贝森从此为了那三十先令什么卑微的生意都做过。幸好他还会弹钢琴,一度每个星期六下午到一家卖旧家具旧钢琴的铺子里去弹钢琴,用琴声引诱顾客来买旧钢琴,卖出一架琴他可以分到两三先令,弹一个下午琴则赚十先令。贝森跟毛姆既是老朋友,当年不少美国人愿意高价购买毛姆亲笔题款签名的初版书,贝森接到"订单"后就带着那些初版书去找毛姆,毛姆一一照写照签,而且规定所得"润笔"一律分为两份,一份给贝森,一份捐给他当年学医的圣汤玛斯医院。都说毛姆生性凉薄,贝森竟得其独厚,也算缘分。贝森晚年爱说自己一生跟书有缘,到老不悔。痴情到这个地步,难怪女人受不了爱书藏书的男人。但是,《藏书家季刊》(*The Book collector*)一九七六年有一期登了这样一封读者来信:"内人酷爱收藏图书。她有好多书翻都没翻过。我再三劝她申请公立图书馆的借书证,希望从此治好她的藏书病,她硬是不肯。"爱藏书而称之为"病",甚妙!"爱"字害苦了太多人;买书无罪,爱书其罪,还有什么好说?

把书当工具的人,家里虽有几架子书,都不算"藏书家"。一九七三年五月十一日的《泰晤士报文学增刊》刊登曼比(A. N. L. Munby)的"*book Collecting in the 1930's*",家里明明剪存了这篇好文章,后来在书店里看到加州书商印刷的单行小册,限印六百七十五本,每本编号,纸质印工都算一流,虽贵,还是忍不住买了下来,这样的人藏书未必太多,却是真正的"藏书家"。自己明明不懂园艺学,对种花种菜兴趣也不大,看到 Sara Midda 的精装本"*In and Out the Garden*",全书百多页文字和插图都是七彩手写手绘,装帧考究,想都不想就买下来,这个人必是"书痴"!

"痴"跟"情"是分不开的;有情才会痴。中国人还有"书淫"之说,指嗜书成癖、整天耽玩典籍的人。此处的"淫"字也会惹起很多联想。"耽玩"迹近"纵欲"。人对书真的会有感情,跟男人和女人的关系有点像。字典之类的参考书是妻子,常在身边为宜,但是翻了一辈子未必可以烂熟。诗词小说只当是可以迷死人的艳遇,事后追忆起来总是甜的。又长又深的学术著作是半老的女人,非打点十二分精神不足以深解;有的当然还有点风韵,最要命是后头还有一大串注文,不肯罢休!至于政治评论、时事杂文等集子,都是现买现卖,不外是青楼上的姑娘,亲热一下也就完了,明天再看就不是那么回事了。倒过来说,女人看书也会有这些感情上的区分:字典、参考书是丈夫,应该可以陪一辈子;诗词小说不是婚外关系就是初恋心情,又紧张又迷惘;学术著作是中年男人,婆婆妈妈,过分周到,临走还要殷勤半天怕你说他不够体贴;政治评论、时事杂文正是外国酒店房里的一场春梦,旅行完了也就完了。

最糟糕是"藏书家"(book collector)给人的印象是个阳性词,古今中外都一样。事实上,藏书家里头的确是男人多女人少——少得很少。藏书家对书既有深情,访书也掺了几分追求女性的"欲望",弄得爱书和爱女人都混起来了,结果,西方藏书家所用的藏书票,不少竟以仕女图作主题、作装饰。这里面必有原因。藏书家的妻子十之八九不藏书,又反对丈夫买书爱书;藏书家的母亲大概多少都有贝森母亲的想法,宁可儿子当理发师也不要他跟那些破书缠绵;藏书家没有母亲没有妻子而有女朋友的话,想来女朋友也不太会理解他的爱书心理。曼比妙想无穷,说是藏书家应该趁早教育妻子,蜜月期间以每日逛一家书店为上策。此议恐怕也不甚实际。书和红袖太不容易衬在一起;"添香"云云,才子佳人的故事而已。藏书家不能自释,只好寄情藏书票上的仕女;有些更激进,竟把春宫镌入藏书票里;年前美国还有好事者编出一部《春宫藏书票》。

西方仕女图藏书票上画的女人,漂亮不必说,大半还带几分媚荡或者幽怨的神情,仕女身边偶有几本书,流露出藏书家心里要的是什么。这当然又是后花园幽会的心态在作祟!伦敦旧书商威尔逊的藏书票藏品又多又精,自己还印制好几款仕女图藏书票,有一次问他为什么一款又一款尽是仕女图?他低声反问:"你不觉得她们迷人吗?"

爱书藏书已经是"痴",是"病",是"淫",是"罪",藏书家还要在藏书票上寄托心事,罪孽更重,殊为多事!

(选自《跟中国的梦赛跑》,花城出版社 1992 年)

作品解读

这是一篇知识点评式的散文。文章先列举了很多藏书家的有趣的故事:有因为藏书得罪了太太的,有为了买书去干自己不愿意干的工作的,有为了隐瞒太太故意让出版商把书价标低的,以幽默的笔法写出了古今中外藏书家的喜怒哀乐。文章接着以智慧的眼光点评了古今中外人的藏书情结:把爱书程度不同的藏书家分别称为"书病"、"书痴"、"书淫"。文中那些精妙的比喻简直是神来之笔,如把参考书比作男人的妻子,漫不经心地看了一辈子;把诗词小说比作艳遇,因为它们是心中最美好的回忆;把学术著作比作半老女人,让人打不起精神;把时事杂文比作青楼女子,亲热一下就完了。作者还把书比作女人的丈夫、婚外恋、中年男人、春梦,贴切形象,让人忍俊不禁。董桥的散文在风格上与钱锺书先生的散文风格十分相似。这样知识面广又才思横溢的散文可称散文中的上品。

(李曙豪)

作家自述

单说"书趣",不免会有种种"别解"。"趣"之一词,现在时髦得紧;当然,越是时髦,越是会生歧义。究竟来说,"趣"毕竟是属于形式一类的东西,因何生趣,原因各异。可以说因书生趣,但书又何其多也。报刊上有句流行语:过去无书可读,现在有书不可读。那么,过去不能谈书趣,现在又何尝能谈书趣!当然,此话太绝对。不在之不可谈书趣,只是说不可笼统谈,而必须辨其趣之所由,如此而已。——董桥:《书城黄昏即事·序言》,《书城黄昏即事》,辽宁教育出版社1996年。

名家要评

董桥的散文知识多感触少,写到知识时讲究用文字的整理省约突显风格重点,写到感触时,多下价值判断少谈空泛喜怒哀乐,因而展示出高度理性化与高度风格化,以理性建构风格,以风格推动理性的独到魅力。——杨照:《华丽而高贵的偏见——读董桥的散文》,《董桥散文精选集》,第223页,广西师范大学出版社2003年。

拓展阅读

1. 江弱水:《浓艳一枝细看取——试论董桥的散文》,《现代中文文学评论》1994年(卷二)。

光之四书

林清玄

光 之 色

当塞尚把苹果画成蓝色以后,大家对颜色突然开始有了奇异的视野,更不要说马蒂斯蓝色的向日葵,毕加索鲜红色的人体,夏卡尔绿色的脸了。

艺术家们都在追求绝对的真实,其实这种绝对往往不是一种常态。

我是真正见过蓝色苹果的人。有一次去参加朋友的舞会,舞会不免有些水果点心,我发现就在我坐的位子旁边一个摆设得精美的果盘,中间有几只梨山的青苹果,苹果之上一个色纸包扎的蓝灯,一束光正好打在苹果上,那苹果的蓝色正是塞尚画布上的色泽。那种感动竟使我微微地颤抖起来,想到诗人里尔克称赞塞尚的画:"是法国式的雅致与德国式的热情之平衡。"

设若有一个人,他从来没有见过苹果,那一刻,我指着那苹果说:苹果是蓝色的。他必然要相信不疑。

然后,灯光变了,是一支快速度的舞,七彩的光在屋内旋转,打在果盘上,所有的水果顿时成为七彩的斑点流动。我抬头看到舞会男女,每个人脸上的肤色隐去,都是霓虹灯一样,只是一些活动的碎点,像极了秀拉用细点的描绘。当刻,我不仅理解了马蒂斯、毕加索、夏卡尔种种,甚至看见了除去阳光以外的真实。

在阳光下,所有的事物自有它的颜色,当阳光隐去,在黑暗里,事物全失去了颜色。设若我们换了灯,同样是灯,灯泡与日光灯会使色泽不同,即使同是灯泡,百烛与十烛间相去甚巨,不要说是一支蜡烛了。我们时常说在黑夜的月光与烛光下就有了气氛,那是我们多出一种想像的空间,少去了逼人的现实,即使在阳光艳照的天气,我们突然走进树林,枝叶掩映,点点丝丝,气氛仿佛滤过,就围绕了周边。什么才是气氛呢?因为不真实,才有气有氛,令人迷惑。或者说除去直接无情的真实,留下迂回间接的真实,那就是一般人口里的气氛了。

有一回在乡下,听到一位农夫说到现今社会风气的败坏,他说:"都是电灯害的,电灯使人有了夜里的活动,而所有的坏事全是在黑暗里进行的。"想想,人在阳光的照耀下,到底还是保持着本色,黑暗里本色失去,一只苹果可以蓝,可以七彩,人还有什么不可为呢?

这样一想,阳光确实是无情,它让我们无所隐藏,它的无情在于它的无色,也在于它的永恒,又在于它的自然。不管人世有多少沧桑,阳光总不改变它的颜色,所以仿佛也不值得歌颂了。熟知中国文学的人应该发现,中国诗人词家少有写阳光下的心情,他们写到的阳光尽是日暮(天寒翠袖薄,日暮依修竹),尽是黄昏(月上柳梢头,人约黄昏后),

尽是落日（大漠孤烟直，长河落日圆），尽是夕阳（去年天气旧亭台，夕阳西下几时回），尽是斜阳（斜阳外，寒鸦数点，流水绕孤村），尽是落照（家住苍烟落照间，丝毫尘事不相关）……阳光的无所不在，无地不照，反而只有离去时最后的照影，才能勾起艺术家诗人的灵感，想起来真是奇怪的事。

一朝唐诗、一代宋词，大部分是在月下、灯烛下进行，你说奇怪不奇怪？说起来就是气氛作怪，如果是日正当中，仿佛都与情思、离愁、国仇、家恨无缘，思念故人自然是在月夜空山才有气氛，怀忧边地也只有在清风明月里才能服人，即使饮酒作乐，不在有月的晚上，难道是在白天吗？其实天底下最大的痛苦不是在夜里，而是在大太阳下也令人战栗，只是没有气氛，无法描摹罢了。

有阳光的天色，是给人工作的，不是给人艺术的，不是给人联想和忧思的。有阳光的艺术不是诗人词家的，是画家的专利，中国一部艺术史大部分写着阳光，西方的艺术史也是亮灿照耀，到印象派的时候更是光影辉煌，只是现代艺术家似乎不满意这样，他们有意无意地改变光的颜色。抽象自不必说了，写实，也不要俗人都看得见的颜色，而要透过画家的眼睛，他们说这是"超脱"，这是"真实"，这是"爱怎么画就怎么画才是创作"。

我常说艺术家是上帝的错误设计，因为他们要在阳光的永恒下，另外做自己的永恒，以为这样就成为永恒的主宰，艺术背叛了阳光的原色，生活也是如此。我们的黑夜愈来愈长，我们的屋子越来越密，谁还在乎有没有阳光呢？现在我如果批评塞尚的蓝苹果，一定引来一阵乱棒，就像齐白石若画了蓝色的柿子也会挨骂一样；其实前后还不过是百年的时间，一百年，就让现代人相信没有阳光，日子一样自在；让现代人相信艺术家的真实胜过阳光的真实。

阳光本色的失落是现代人最可悲的一种，许多人不知道在阳光下，稻子可以绿成如何，天可以蓝到什么程度，玫瑰花可以红到透明，那是因为过去在阳光下工作的占人类的大部分，现在变成小部分了；即使是在有光的日子，推究究竟看的是什么颜色呢？

我常在都市热闹的街路上散步，有时走过长长的一条路，找不到一根小草，有时一年看不到一只蝴蝶，这时我终于知道：我们心里的小草有时候是黑的，而在繁屋的每一面窗中，埋藏了无数苍白没有血色的蝴蝶。

光 之 香

我遇见一位年轻的农夫，在南方一个充满阳光的小镇。

那时是春末了，一期稻子刚刚收成，春日阳光的金线如雨倾盆地泼在温暖的土地上，牵牛花在篱笆上缠绵盛开，苦苓树上鸟雀追逐，竹林里的笋子正纷纷胀破土地。细心地想着植物突破土地，在阳光下成长的声音，真是人间里非常幸福的感觉。

农夫和我坐在稻埕旁边，稻子已经铺平张开在场上。由于阳光的照射，稻埕闪耀着金色的光泽，农夫的皮肤染了一种强悍的铜色。我在农夫家做客，刚刚是我们一起把谷包的稻子倒出来，用犁耙推平的，也不是推平，是推成小小山脉一般，一条棱线接着一条棱线，这样可以让山脉两边的稻谷同时接受阳光的照射，似乎几千年来就是这样晒谷子，因为等到阳光晒过，八爪耙把棱线推进原来的谷底，则稻谷翻身，原来埋在里面的谷子全翻到向阳的一面来——这样晒谷比平面有效而均衡，简直是一种阴阳的哲学了。

农夫用斗笠扇着脸上的汗珠,转过脸来对我说:"你深呼吸看看。"

我深深地吸了一口气,缓缓吐出。

他说:"你吸到什么没有?"

"我吸到的是稻子的气味,有一点香。"我说。

他开颜地笑了,说:"这不是稻子的气味,是阳光的香味。"

阳光的香味?我不解地望着他。

那年轻的农夫领着我走到稻埕中间,伸手抓起一把向阳一面的谷子,叫我用力地嗅,那时稻子成熟的香气整个扑进我的胸腔,然后,他抓起一把向阴的埋在内部的谷子让我嗅,却是没有香味了。这个实验我深深地吃惊,感觉到阳光的神奇,究竟为什么只有晒到阳光的谷子才有香味呢?年轻的农夫说他也不知道,是偶然在翻稻谷晒太阳时发现的,那时他还是大学生,暑假偶尔帮忙农作,想像着都市里多彩多姿的生活,自从晒谷时发现了阳光的香味,竟使他下决心要留在家乡。我们坐在稻埕边,漫无边际地谈起阳光的香味来,然后我几乎闻到了幼时刚晒干的衣服上的味道,新晒的棉被、新晒的书画,光的香气就那样淡淡地从童年中流泻出来。自从有了烘干机,那种衣香就消失在记忆里,从未想过竟是阳光的关系。

农夫自有他的哲学,他说:"你们都市人可不要小看阳光,有阳光的时候,空气的味道都是不同的。就说花香好了,你有没有分辨过阳光下的花与屋里的花,香气不同呢?"

我说:"那夜来香、昙花香又作何解呢?"

他笑得更得意了:"那是一种阴香,没有壮怀的。"

我便那样坐在稻埕边,一再地深呼吸,希望能细细品味阳光的香气,看我那样正经庄重,农夫说:"其实不必深呼吸也可以闻到,只是你的嗅觉在都市退化了。"

光 之 味

在澎湖访问的时候,我常在路边看渔民晒鱿鱼,发现晒鱿鱼有两种方式:一种是把鱿鱼放在水泥地上,隔一段时间就翻过身来。在没有水泥地的土地,为了怕蒸起的水气,渔民把鱿鱼像旗子一样,一面面挂在架起的竹竿上——这种景观是在澎湖、兰屿随处可见的,有的台湾沿海也看得见。

有一次一位渔民请我吃饭,桌上就有两盘鱿鱼,一盘是新鲜的刚从海里捕到的鱿鱼,一盘是阳光晒干以后,用水泡发,再拿来煮的。渔民告诉我,鱿鱼不同于其他的鱼,其他的鱼当然是新鲜最好,鱿鱼则非经过阳光烤炙,不会显出它的味道来。我仔细地吃起鱿鱼,发现新鲜虽脆,却不像晒干的那样有味、有劲,为什么这样,真是没什么道理。难道阳光真有那样大的力量吗?

渔民见我不信,捞起一碗鱼翅汤给我,说:"你看这鱼翅好了,新鲜的鱼翅,卖不到什么价钱的,因为一点也不好吃,只有晒干的鱼翅才珍贵,因为香味百倍。"

为什么鱿鱼、鱼翅经过阳光曝晒以后会特别好吃呢?确是不可思议,其实不必说那么远,就是一只乌鱼子,干的乌鱼子价钱何止是新鲜乌鱼卵的十倍?

后来我在各地旅行的时候,特别留意这个问题,有一次在南投竹山吃东坡肉油焖笋尖,差一点没有吞下盘子。主人说那是今年的阳光特别好,晒出了最好吃的笋干,阳光差的时候,笋干也显不出它的美味,嫩笋虽自有它的鲜美,经过阳光,却完全不同了。

对鱿鱼、鱼翅、乌鱼子、笋干等等，阳光的功能不仅让它干燥、耐于久藏，也仿若穿透它，把气味凝聚起来，使它发散不同的味道。我们走入南货行里所闻到的干货聚集的味道，我们走进中药铺子扑鼻而来的草香药香，在从前，无一不是经由阳光的凝结。现在毋需阳光的干燥方法，据说味道也不如从前了。一位老中医师向我描述从前"当归"的味道，说如今怎样熬炼也不如昔日，我没有吃过旧日当归，不知其味，但这样说，让我感觉现今的阳光也不像古时有味了。

不久前，我到一个产制茶叶的地方，茶农对我说，好天气采摘的茶叶与阴天采摘的，烘焙出来的茶就是不同，同是一株茶，春茶与冬茶也全然两样，则似乎一天与一天的阳光味觉不同，一季与一季的阳光更天差地别了，而它的先决条件，就是要具备一只敏感的舌头。不管在什么时代，总有一些人具备好的舌头能辨别阳光的壮烈与阴柔——阳光那时刻像是一碟精心调制的小菜，差一些些，在食宴口中已自有高下了。

这样想，使我悲哀，因为盘中的阳光之味在时代的进程中似乎日渐清淡起来。

光 之 触

八月的时候，我在埃及，沿着尼罗河自北向南，从开罗逆流而溯，一直往路克索、帝王谷、亚斯文诸地经过。那是埃及最热的天气，晒两天，就能让人换过一层皮肤。

由于埃及阳光可怕的热度，我特别留心到当地人的穿着，北非各地，夏天的衣着也是一袭长袍长袖的服装，甚至头脸全包扎起来。我问一位埃及人："为什么太阳这么大，你们不穿短袖的衣服，反而把全身包扎起来呢？"他的回答很妙："因为太阳实在太大，短袖长袖同样热，长袖反而可以保护皮肤。"

在埃及八天的旅行，我在亚斯文旅店洗浴时，发现皮肤一层一层地凋落，如同干去的黄叶。埃及经验使我真实感受到阳光的威力，它不只是烧炙着人，甚至是刺痛、鞭打、揉搓着人的肌肤，阳光热烘烘地把我推进一个不可避免的地方，每一秒的照射都能真实地感应。

后来到了希腊，在爱琴海滨，阳光也从埃及那种磅礴波澜里进入一个细致的形式，虽然同样强烈地包围着我们。海风一吹，阳光在四周汹涌，有浪大与浪小的时候，我感觉希腊的阳光像水一样推涌着，好像手指的按摩。

再来是意大利，阳光像极文艺复兴时代米开朗基罗的雕像，开朗、强壮，但给人一种美学的感应，那时阳光是轻拍着人的一双手，让我们面对艺术时真切的清醒着。

到了中欧诸国，阳光简直成为慈和温柔的怀抱，拥抱着我们。我感到相当的惊异，因为同是八月盛暑，阳光竟有着种种变化的触觉：或狂野、或壮朗、或温和、或柔腻，变化万千，加以欧洲空气的干燥，更触觉到阳光直接的照射。

那种触觉简直不只是肌肤的，也是心灵的，我想起中国的一个寓言：

有一个瞎子，从来没有见过太阳，有一天他问一个好眼睛的人："太阳是什么样子呢？"

那人告诉他："太阳的样子像个铜盘。"

瞎子敲了敲铜盘，记住了铜盘的声音，过了几天，他听见敲钟的声音，以为那就是太阳了。

后来又有一个好眼睛的人告诉他："太阳是会发光的，就像蜡烛一样。"

瞎子摸摸蜡烛，认出了蜡烛的形式，又过了几天，他摸到一支箫，以为这就是太阳了。

他一直无法搞清太阳是什么样子。

瞎子永远不能看见太阳的样子，自然是可悲的，但幸而瞎子同样能有阳光的触觉。寓言里只有手的触觉，而没有心灵的触觉，失去这种触觉，就是好眼睛的人，也不能真正知道太阳的。

冬天的时候，我坐在阳台上晒太阳，同一个下午的太阳，我们能感觉到每一刻的触觉都不一样，有时温暖得让人想脱去棉衫，有时一片云飘过，又冷得令人战栗。晒太阳的时候，我觉得阳光虽大，它却是活的，是宇宙大心灵的证明，我想只要真正地面对过阳光，人就不会觉得自己是神，是万物之主宰。

只要晒过太阳，也会知道，冬天里的阳光是向着我们，但走远了，夏天则又逼近，不管什么时刻，我们都触及了它的存在。

记得梭罗在华尔腾湖畔，清晨吸到新鲜空气，希望将那空气用瓶子装起，卖给那些迟起的人。我在晒太阳时则想，是不是有一种瓶子可以装满阳光，卖给那些没有晒过太阳的人呢？

每一天出门的时候，我们对阳光有没有触觉呢？如果没有，我们的感官能力正在消失，因为当一个人对阳光竟能无感，如果说他能对花鸟虫鱼、草木山河有观，都是自欺欺人的了。

（选自《林清玄散文》，浙江文艺出版社1997年）

作品解读

《光之四书》分别从"色""香""味""触"四个方面，表现了对人们司空见惯的自然现象"光"的独特认识和感受，审美气息浓郁。

作者从塞尚把苹果画成蓝色开始写起，谈到现代人对阳光的漠视，感慨"阳光本色的失落是现代人最可悲的一种"。他又从稻子的气味写到阳光的香味，进而归纳出农夫令人耳目一新的哲学。他还从渔民晒鱿鱼、茶农制茶叶的过程中体会出阳光味觉的不同。而在非洲、欧洲的旅游经历，使他体会到同是八月盛暑，阳光竟有着或狂野或壮朗或温和或柔腻的变化。

作品叙事生动，借事兴感，因景生情，运用叙事、写景、状物、抒情、说理等多种创作手法，感性与知性兼融，营造出声色并茂、情理互渗的艺术世界。

（方忠）

作家自述

我的文学写作也是充满了感性，那是我在心里恒常亮着一颗星星。

我的写作，有时不是在选择一个题材，而是有一颗星星呼唤着要出来，犹如夜色中呼之欲出的一丝光明。因此，可以这样说，当我把稿纸打开的时候，文章已经完成了。

我的文章不是我的，它有自己的生命，有如空中的飞鹰，林间的百合，或山里的溪河，它顺着环境形成一种风格，风格与风格间可能没有什么关系，唯一的关系，就是自然的形成罢了。——林清玄：《清凉菩提·自序》，《清凉菩提》，作家出版社1993年。

名家要评：

林清玄的散文创作题材广泛。早年主要写表现个人经历、见识的知性散文，后致力于报道文学和文化省思散文的写作。作为在家居士,有一段时间他醉心于佛经新诠,创作了菩提系列作品集。林清玄的散文善于从纷繁复杂的生活现象中挖掘人生真谛,创造出宁静高远、渗透着哲理意味的艺术境界。——方忠:《好雪片片飞莲花开又落——林清玄散文》,《台港散文四十家》,第659—661页,中原农民出版社1995年。

  他的散文善于将时间场景作素净淡雅的处理,追求一种沉净肃穆又生机内孕的境界,一种气定神闲的澄净氛围,这也许就是它们受到众多都市读者青睐的原因,那些在百里红尘中匆匆奔波的都市族正是借此来荡涤心中的尘埃。——刘登翰等主编:《台湾文学史》,下卷第680页,海峡文艺出版社1993年。

茶馆(第一幕)

老 舍

时　间　一八九八年(戊戌)初秋,康梁等的维新运动失败了。早半天。
地　点　北京,裕泰大茶馆。
人　物　王利发　刘麻子　庞太监　唐铁嘴　康　六　小牛儿　松二爷　黄胖子　宋恩子　常四爷　秦仲义　吴祥子　李　三　老　人　康顺子　二德子　乡妇　茶客甲、乙、丙、丁　马五爷　小　妞　茶房一二人

〔幕启:这种大茶馆现在已经不见了。在几十年前,每城都起码有一处。这里卖茶,也卖简单的点心与菜饭。玩鸟的人们,每天在蹓够了画眉、黄鸟等之后,要到这里歇歇腿,喝喝茶,并使鸟儿表演歌唱。商议事情,说媒拉纤的,也到这里来。那年月,时常有打群架的,但是总会有朋友出头给双方调解;三五十口子打手,经调人东说西说,便都喝碗茶,吃碗烂肉面(大茶馆特殊的食品,价钱便宜,作起来快当),就可以化干戈为玉帛了。总之,这是当日非常重要的地方,有事无事都可以来坐半天。

〔在这里,可以听到最荒唐的新闻,如某处的大蜘蛛怎么成了精,受到雷击。奇怪的意见也在这里可以听到,像把海边上都修上大墙,就足以挡住洋兵上岸。这里还可以听到某京戏演员新近创造了什么腔儿,和煎熬鸦片烟的最好的方法。这里也可以看到某人新得到的奇珍——一个出土的玉扇坠儿,或三彩的鼻烟壶。这真是个重要的地方,简直可以算作文化交流的所在。

〔我们现在就要看见这样的一座茶馆。

〔一进门是柜台与炉灶——为省点事,我们的舞台上可以不要炉灶;后面有些锅勺的响声也就够了。屋子非常高大,摆着长桌与方桌,长凳与小凳,都是茶座儿。隔窗可见后院。高搭着凉棚,棚下也有茶座儿。屋里和凉棚下都有挂鸟笼的地方。各处都贴着"莫谈国事"的纸条。

〔有两位茶客,不知姓名,正眯着眼,摇着头,拍板低唱。有两三位茶客,也不知姓名,正入神地欣赏瓦罐里的蟋蟀。两位穿灰色大衫的—— 宋恩子与吴祥子,正低声地谈话,看样子他们是北衙门的办案的(侦缉)。

〔今天又有一起打群架的,据说是为了争一只家鸽,惹起非用武力解决不可的纠纷。假若真打起来,非出人命不可,因为被约的打手中包括着善扑营的哥儿们和库兵,身手都十分厉害。好在,不能真打起来,因为在双方还没把打手约齐,已有人出面调停了——现在双方在这里会面。三三两两的打手,都横眉立目,短打扮,随时进来,往后院去。

〔马五爷在不惹人注意的角落,独自坐着喝茶。

〔王利发高高地坐在柜台里。

〔唐铁嘴踏拉着鞋,身穿一件极长极脏的大布衫,耳上夹着几张小纸片,进来。

王利发　唐先生,你外边蹓蹓吧!

唐铁嘴　(惨笑)王掌柜,捧捧唐铁嘴吧!送给我碗茶喝,我就先给您相相面吧!手相奉送,不取分文!(不容分说,拉过王利发的手来)今年是光绪二十四年,戊戌。您贵庚是……

王利发　(夺回手去)算了吧,我送给你一碗茶喝,你就甭卖那套生意口啦!用不着相面,咱们既在江湖内,都是苦命人!(由柜台内走出,让唐铁嘴坐下)坐下!我告诉你,你要是不戒了大烟,就永远交不了好运!这是我的相法,比你的更灵验!

〔松二爷和常四爷都提着鸟笼进来,王利发向他们打招呼。他们先把鸟笼子挂好,找地方坐下。松二爷文绉绉的,提着小黄鸟笼;常四爷雄赳赳的,提着大而高的画眉笼。茶房李三赶紧过来,沏上盖碗茶。他们自带茶叶。茶沏好,松二爷、常四爷向邻近的茶座让了让。

松二爷　您喝这个!(然后,往后院看了看)

松二爷　好像又有事儿?

常四爷　反正打不起来!要真打的话,早到城外头去啦;到茶馆来干吗?

〔二德子,一位打手,恰好进来,听见了常四爷的话。

二德子　(凑过去)你这是对谁甩闲话呢?

常四爷　(不肯示弱)你问我哪?花钱喝茶,难道还教谁管吗?

松二爷　(打量了二德子一番)我说这位爷,您是营里当差的吧?来,坐下喝一碗,我们也都是外场人。

二德子　你管我当差不当差呢?

常四爷　要抖威风,跟洋人干去,洋人厉害!英法联军烧了圆明园,尊家吃着官饷,可没见您去冲锋打仗!

二德子　甭说打洋人不打,我先管教管教你!(要动手)

〔别的茶客依旧进行他们自己的事。王利发急忙跑过来。

王利发　哥儿们,都是街面上的朋友,有话好说。德爷,您后边坐!

〔二德子不听王利发的话,一下子把一个盖碗搂下桌去,摔碎。翻手要抓常四爷的脖领。

常四爷　(闪过)你要怎么着?

二德子　怎么着?我碰不了洋人,还碰不了你吗?

马五爷　(并未立起)二德子,你威风啊!

二德子　(四下扫视,看到马五爷)喝,马五爷,您在这儿哪?我可眼拙,没看见您!(过去请安)

马五爷　有什么事好好地说,干吗动不动地就讲打?

二德子　嗻!您说的对!我到后头坐坐去。李三,这儿的茶钱我候啦!(往后面走去)

常四爷　(凑过来,要对马五爷发牢骚)这位爷,您圣明,您给评评理!

马五爷　(立起来)我还有事,再见!(走出去)

常四爷　(对王利发)邪!这倒是个怪人!

王利发　您不知道这是马五爷呀？怪不得您也得罪了他！

常四爷　我也得罪了他？我今天出门没挑好日子！

王利发　(低声地)刚才您说洋人怎样，他就是吃洋饭的。信洋教，说洋话，有事情可以一直地找宛平县的县太爷去，要不怎么连官面上都不惹他呢！

常四爷　(往原处走)哼，我就不佩服吃洋饭的！

王利发　(向宋恩子、吴祥子那边稍一歪头，低声地)说话请留点神！(大声地)李三，再给这儿沏一碗来！(拾起地上的碎磁片)

松二爷　盖碗多少钱？我赔！外场人不作老娘们事！

王利发　不忙，待会儿再算吧！(走开)

　　〔纤手刘麻子领着康六进来。刘麻子先向松二爷、常四爷打招呼。

刘麻子　您二位真早班儿！(掏出鼻烟壶，倒烟)您试试这个！刚装来的，地道英国造，又细又纯！

常四爷　唉！连鼻烟也得从外洋来！这往外流多少银子啊！

刘麻子　咱们大清国有的是金山银山，永远花不完！您坐着，我办点小事！(领康六找了个座儿)

　　〔李三拿过一碗茶来。

刘麻子　说说吧，十两银子行不行？你说干脆的！我忙，没工夫专伺候你！

康　六　刘爷！十五岁的大姑娘，就值十两银子吗？

刘麻子　卖到窑子去，也许多拿一两八钱的，可是你又不肯！

康　六　那是我的亲女儿！我能够……

刘麻子　有女儿，你可养活不起，这怪谁呢？

康　六　那不是因为乡下种地的都没法子混了吗？一家大小要是一天能吃上一顿粥，我要还想卖女儿，我就不是人！

刘麻子　那是你们乡下的事，我管不着。我受你之托，教你不吃亏，又教你女儿有个吃饱饭的地方，这还不好吗？

康　六　到底给谁呢？

刘麻子　我一说，你必定从心眼里乐意！一位在宫里当差的！

康　六　宫里当差的谁要个乡下丫头呢？

刘麻子　那不是你女儿的命好吗？

康　六　谁呢？

刘麻子　庞总管！你也听说过庞总管吧？侍候着太后，红的不得了，连家里打醋的瓶子都是玛瑙作的！

康　六　刘大爷，把女儿给太监作老婆，我怎么对得起人呢？

刘麻子　卖女儿，无论怎么卖，也对不起女儿！你胡涂！你看，姑娘一过门，吃的是珍馐美味，穿的是绫罗绸缎，这不是造化吗？怎样，摇头不算点头算，来个干脆的！

康　六　自古以来，哪有……他就给十两银子？

刘麻子　找遍了你们全村儿，找得出十两银子找不出！在乡下，五斤白面就换个孩子，你不是不知道！

康　六　我，唉！我得跟姑娘商量一下！

刘麻子　告诉你，过了这个村可没有这个店，耽误了事别怨我！快去快来！

康　六	唉！我一会儿就回来！
刘麻子	我在这儿等着你！
康　六	（慢慢地走出去）
刘麻子	（凑到松二爷、常四爷这边来）乡下人真难办真，永远没个痛痛快快！
松二爷	这号生意又不小吧？
刘麻子	也甜不到哪儿去，弄好了，赚个元宝！
常四爷	乡下是怎么了？会弄得这么卖儿卖女的！
刘麻子	谁知道！要不怎么说，就是一条狗也得托生在北京城里嘛！
常四爷	刘爷，您可真有个狠劲儿，给拉拢这路事！
刘麻子	我要不分心，他们还许找不到买主呢！（忙岔话）松二爷，（掏出个小时表来）你看这个！
松二爷	（接表）好体面的小表！
刘麻子	您听听，嘎登嘎登地响！
松二爷	（听）这得多少钱？
刘麻子	您爱吗？就让给您！一句话，五两银子，您玩够了，不爱再要了，我还照数退钱！东西真地道，传家的玩艺！
常四爷	我这儿正咂摸这个味儿：咱们一个人身上有多少洋玩艺儿啊！老刘，就看你身上吧：洋鼻烟、洋表、洋缎大衫、洋布裤褂……
刘麻子	洋东西可是真漂亮呢！我要是穿一身土布，像个乡下脑壳，谁还理我呀！
常四爷	我老觉乎着咱们的大缎子，川绸，更体面！
刘麻子	松二爷，留下这个表吧，这年月，戴着这么好的洋表，会教人另眼看待！是不是这么说，您哪？
松二爷	（真爱表，但又嫌贵）我……
刘麻子	您先戴两天，改日再给钱！
	〔黄胖子进来。
黄胖子	（严重的沙眼，看不清楚，进门就请安）哥儿们，都瞧我啦！我请安了！都是自己弟兄，别伤了和气呀！
王利发	这不是他们，他们在后院哪！
黄胖子	我看不大清楚啊！掌柜的，预备烂肉面。有我黄胖子，谁也打不起来！（往里走）
二德子	（出来迎接）两边已经见了面，您快来吧！
	〔二德子同黄胖子入内。
	〔茶房们一趟又一趟地往后面送茶水。老人进来，拿着些牙签、胡梳、耳挖勺之类的小东西，低着头慢慢地挨着茶座儿走；没人买他的东西。他要往后院去，被李三截住。
李　三	老大爷，您外边蹓蹓吧！后院里，人家正说和事呢，没人买您的东西！（顺手儿把剩茶递给老人一碗）
松二爷	（低声地）李三！（指后院）他们到底为了什么事，要这么拿刀动杖的？
李　三	（低声地）听说是为一只鸽子。张宅的鸽子飞到了李宅去，李宅不肯交还……唉，咱们还是少说话好，（问老人）老大爷您高寿啦？
老　人	（喝了茶）多谢！八十二了，没人管！这年月呀，人还不如一只鸽子呢！唉！

(慢慢走出去)

〔秦仲义,穿得很讲究,满面春风,走进来。

王利发　哎哟!秦二爷,您怎么这样闲在,会想起下茶馆来了?也没带个底下人?
秦仲义　来看看,看看你这年轻小伙子会作生意不会!
王利发　唉,一边作一边学吧,指着这个吃饭嘛。谁叫我爸爸死的早,我不干不行啊!好在照顾主儿都是我父亲的老朋友,我有不周到的地方,都肯包涵,闭闭眼就过去了。在街面上混饭吃,人缘儿顶要紧。我按着我父亲遗留下的老办法,多说好话,多请安,讨人人的喜欢,就不会出大岔子!您坐下,我给您沏碗小叶茶去!
秦仲义　我不喝!也不坐着!
王利发　坐一坐!有您在我这儿坐坐,我脸上有光!
秦仲义　也好吧!(坐)可是,用不着奉承我!
王利发　李三,沏一碗高的来!二爷,府上都好?您的事情都顺心吧?
秦仲义　不怎么太好!
王利发　您怕什么呢?那么多的买卖,您的小手指头都比我的腰还粗!
唐铁嘴　(凑过来)这位爷好相貌,真是天庭饱满,地阁方圆,虽无宰相之权,而有陶朱之富!
秦仲义　躲开我!去!
王利发　先生,你喝够了茶,该外边活动活动去!(把唐铁嘴轻轻推开)
唐铁嘴　唉!(垂头走出去)
秦仲义　小王,这儿的房租是不是得往上提那么一提呢?当年你爸爸给我的那点租钱,还不够我喝茶用的呢!
王利发　二爷,您说的对,太对了!可是,这点小事用不着您分心,您派管事的来一趟,我跟他商量,该长多少租钱,我一定照办!是!嗻!
秦仲义　你这小子,比你爸爸还滑!哼,等着吧,早晚我把房子收回去!
王利发　您甭吓唬着我玩,我知道您多么照应我,心疼我,决不会叫我挑着大茶壶,到街上卖热茶去!
秦仲义　你等着瞧吧!

〔乡妇拉着个十来岁的小妞进来。小妞的头上插着一根草标。李三本想不许她们往前走,可是心中一难过,没管。她们俩慢慢地往里走。茶客们忽然都停止说笑,看着她们。

小　妞　(走到屋子中间,立住)妈,我饿!我饿!

〔乡妇呆视着小妞,忽然腿一软,坐在地上,掩面低泣。

秦仲义　(对王利发)轰出去!
王利发　是!出去吧,这里坐不住!
乡　妇　哪位行行好?要这个孩子,二两银子!
常四爷　李三,要两个烂肉面,带她们到门外吃去!
李　三　是啦!(过去对乡妇)起来,门口等着去,我给你们端面来!
乡　妇　(立起,抹泪往外走,好像忘了孩子;走了两步,又转回身来,搂住小妞吻她)宝贝!宝贝!

王利发　快着点吧!
　　　　〔乡妇、小妞走出去。李三随后端出两碗面去。
王利发　(过来)常四爷,您是积德行好,赏给她们面吃!可是,我告诉您:这路事儿太多了,太多了!谁也管不了!(对秦仲义)二爷,您看我说的对不对?
常四爷　(对松二爷)二爷,我看哪,大清国要完!
秦仲义　(老气横秋地)完不完,并不在乎有人给穷人们一碗面吃没有。小王,说真的,我真想收回这里的房子!
王利发　您别那么办哪,二爷!
秦仲义　我不但收回房子,而且把乡下的地,城里的买卖也都卖了!
王利发　那为什么呢?
秦仲义　把本钱拢在一块儿,开工厂!
王利发　开工厂?
秦仲义　嗯,顶大顶大的工厂!那才救得了穷人,那才能抵制外货,那才能救国!(对王利发说而眼看着常四爷)唉,我跟你说这些干什么,你不懂!
王利发　您就专为别人,把财产都出手,不顾自己了吗?
秦仲义　你不懂!只有那么办,国家才能富强!好啦,我该走啦。我亲眼看见了,你的生意不错,你甭再耍无赖,不长房钱!
王利发　您等等,我给您叫车去!
秦仲义　用不着,我愿意蹓跶蹓跶!
　　　　〔秦仲义往外走,王利发送。
　　　　小牛儿挽着庞太监走进来。小牛儿提着水烟袋。
庞太监　哟!秦二爷!
秦仲义　庞老爷!这两天您心里安顿了吧?
庞太监　那还用说吗?天下太平了,圣旨下来,谭嗣同问斩!告诉您,谁敢改祖宗的章程,谁就掉脑袋!
秦仲义　我早就知道!
　　　　〔茶客们忽然全静寂起来,几乎是闭住呼吸地听着。
庞太监　您聪明,二爷,要不然您怎么发财呢!
秦仲义　我那点财产,不值一提!
庞太监　太客气了吧?您看,全北京城谁不知道秦二爷!您比作官的还厉害呢!听说呀,好些财主都讲维新!
秦仲义　不能这么说,我那点威风在您的面前可就施展不出来了!哈哈哈!
庞太监　说得好,咱们就八仙过海,各显其能吧!哈哈哈!
秦仲义　改天过去给您请安,再见!(下)
庞太监　(自言自语)哼,凭这么个小财主也敢跟我逗嘴皮子,年头真是改了!(问王利发)刘麻子在这儿哪?
王利发　总管,您里边歇着吧!
　　　　〔刘麻子早已看见庞太监,但不敢靠近,怕打搅了庞太监、秦仲义的谈话。
刘麻子　喝,我的老爷子!您吉祥!我等了您好大半天了!(挽庞太监往里面走)
　　　　〔宋恩子、吴祥子过来请安,庞太监对他们耳语。

〔众茶客静默了一阵之后，开始议论纷纷。

茶客甲　谭嗣同是谁？
茶客乙　好像听说过！反正犯了大罪，要不，怎么会问斩呀！
茶客丙　这两三个月了，有些作官的，念书的，乱折腾乱闹，咱们怎能知道他们捣的什么鬼呀！
茶客丁　得！不管怎么说，我的铁杆庄稼又保住了！姓谭的，还有那个康有为，不是说叫旗兵不关钱粮，去自谋生计吗？心眼多毒！
茶客丙　一份钱粮倒叫上头克扣去一大半，咱们也不好过！
茶客丁　那总比没有强啊！好死不如赖活着，叫我去自己谋生，非死不可！
王利发　诸位主顾，咱们还是莫谈国事吧！

〔大家安静下来，都又各谈各的事。

庞太监　（已坐下）怎么说？一个乡下丫头，要二百银子？
刘麻子　（侍立）乡下人，可长得俊呀！带进城来，好好地一打扮、调教，准保是又好看，又有规矩！我给您办事，比给我亲爸爸作事都更尽心，一丝一毫不能马虎！

〔唐铁嘴又回来了。

王利发　铁嘴，你怎么又回来了？
唐铁嘴　街上兵荒马乱的，不知道是怎么回事！
庞太监　还能不搜查搜查谭嗣同的余党吗？唐铁嘴，你放心，没人抓你！
唐铁嘴　嘻，总管，您要能赏给我几个烟泡儿，我可就更有出息了！

〔有几个茶客好像预感到什么灾祸，一个个往外溜。

松二爷　咱们也该走啦吧！天不早啦！
常四爷　嗻！走吧！

〔二灰衣人——宋恩子和吴祥子走过来。

宋恩子　等等！
常四爷　怎么啦？
宋恩子　刚才你说"大清国要完"？
常四爷　我，我爱大清国，怕它完了！
吴祥子　（对松二爷）你听见了？他是这么说的吗？
松二爷　哥儿们，我们天天在这儿喝茶。王掌柜知道；我们都是地道老好人！
吴祥子　问你听见了没有？
松二爷　那，有话好说，二位请坐！
宋恩子　你不说，连你也锁了走！他说"大清国要完"，就是跟谭嗣同一党！
松二爷　我，我听见了，他是说……
宋恩子　（对常四爷）走！
常四爷　上哪儿？事情要交代明白了啊！
宋恩子　你还想拒捕吗？我这儿可带着"王法"呢！（掏出腰中带着的铁链子）
常四爷　告诉你们，我可是旗人！
吴祥子　旗人当汉奸，罪加一等！锁上他！
常四爷　甭锁，我跑不了！
宋恩子　量你也跑不了！（对松二爷）你也走一趟，到堂上实话实说，没你的事！

〔黄胖子同三五个人由后院过来。

黄胖子　得啦,一天云雾散,算我没白跑腿!
松二爷　黄爷!黄爷!
黄胖子　(揉揉眼)谁呀?
松二爷　我!松二!您过来,给说句好话!
黄胖子　(看清)哟,宋爷,吴爷,二位爷办案哪?请吧!
松二爷　黄爷,帮帮忙,给美言两句!
黄胖子　官厅儿管不了的事,我管!官厅儿能管的事呀,我不便多嘴!(问大家)是不是?
众　　　嗻!对!

〔宋恩子、吴祥子带着常四爷、松二爷往外走。

松二爷　(对王利发)看着点我们的鸟笼子!
王利发　您放心,我给送到家里去!

〔常四爷、松二爷、宋恩子、吴祥子同下。

黄胖子　(唐铁嘴告以庞太监在此)哟,老爷在这儿哪?听说要安份儿家,我先给您道喜!
庞太监　等吃喜酒吧!
黄胖子　您赏脸!您赏脸!(下)

〔乡妇端着空碗进来,往柜上放。小妞跟进来。

小　妞　妈!我还饿!
王利发　唉!出去吧!
乡　妇　走吧,乖!
小　妞　不卖妞妞啦?妈!不卖啦?妈!
乡　妇　乖!(哭着,携小妞下)

〔康六带着康顺子进来,立在柜台前。

康　六　姑娘!顺子!爸爸不是人,是畜生!可你叫我怎办呢?你不找个吃饭的地方,你饿死,我不弄到手儿两银子,就得叫东家活活地打死!你呀,顺子,认命吧,积德吧!
康顺子　我,我……(说不出话来)
刘麻子　(跑过来)你们回来啦?点头啦?好!来见见总管!给总管磕头!
康顺子　我……(要晕倒)
康　六　(扶住女儿)顺子!顺子!
刘麻子　怎么啦?
康　六　又饿又气,昏过去了!顺子!顺子!
庞太监　我要活的,可不要死的!

〔静场。

茶客甲　(正与乙下象棋)将!你完啦!

(选自《老舍文集》第11卷,人民文学出版社1987年)

作品解读

《茶馆》是老舍1956—1957年间的作品,也是他一生最优秀的一部话剧创作。自

1958年由焦菊隐导演,北京人艺上演以来,五十多年来盛演不衰。它确立了中国写实主义话剧的演出范式,成为中国现当代话剧演出史上一座巍峨的高峰。

老舍以高度概括的艺术手法,分别截取了三个时代的横断面来展现中国半个多世纪整个社会风貌。"茶馆是三教九流会面之处,可以容纳各色人等",老舍不拘泥于传统三一律的结构方式,采用了人像展览式的戏剧结构,用一幅幅人物速写组成若干社会的剪影,构成一个个戏剧片断。

为使众多人物和事件不显凌乱,老舍独出心裁,采取四个行之有效的方法,把全剧史诗式的构想与各幕写实的描写融为一体。

《茶馆》人物多,性格鲜明。全剧出场人物七十多人,有名有姓的就有五十多人,在不长的篇幅中成功刻画出王利发、秦仲义、常四爷、松二爷、刘麻子、庞太监、马五爷、唐铁嘴等一批个性鲜明的舞台人物。《茶馆》塑造戏剧人物并不主要依仗戏剧冲突与情节。老舍抓住人物的几个闪光点,以简练的场面刻画人物。他说:"戏是人带出来的。"

他着重写好人物语言,发挥了娴熟的小说艺术,以人物语言来创造人物性格。他运用单纯个性化语言,这种语言要求它"开口就响","三言两语就勾出一个人物形象的轮廓来"。欣赏《茶馆》,就是要领悟老舍语言艺术的魅力。这也是这部史诗式的剧作不可或缺的基石。

(邹红)

作家自述

人物多,年代长,不易找到个中心故事。我采用了四个办法:(一)主要人物自壮到老,贯穿全剧。这样,故事虽然松散,而中心有些着落,就不至于说来说去,离题太远,不知所云了。此剧的写法是以人物带动故事,近似活报剧,又不是活报剧。此剧以人为主,而一般的活报剧往往以事为主。(二)次要的人物父子相承,父子都由同一演员扮演。这样也会帮助故事的联续。这是一种手法,不是在理论上有何根据。在生活中,儿子不必继承父业;可是在舞台上,父子由同一演员扮演,就容易使观众看出故事是联贯下来的,虽然一幕与一幕之间相隔许多年。(三)我设法使每个角色都说他们自己的事,可是又与时代发生关系。这一来,厨子就像厨子,说书的就像说书的了,因为他们说的是自己的事。同时,把他们自己的事又和时代结合起来,像名厨而落得去包办监狱的伙食,顺口说出这年月就是监狱里人多;说书的先生抱怨生意不好,也顺口说出这年头就是邪年头,真玩艺儿要失传……因此,人物虽各说各的,可是又都能帮助反映时代,就使观众既看见了各色的人,也顺带着看见了一点儿那个时代的面貌。这样的人物虽然也许只说了三五句话,可是的确交代了他们的命运。(四)无关紧要的人物一律招之即来,挥之即去,毫不客气。

这样安排了人物,剧情就好办了。有了人还怕无事可说吗?有人认为此剧的故事性不强,并且建议:用康顺子的遭遇和康大力的参加革命为主,去发展剧情,可能比我写的更像戏剧。我感谢这种建议,可是不能采用。因为那么一来,我的葬送三个时代的目的就难达到了。抱住一件事去发展,恐怕茶馆不等被人霸占就已垮台了。我的写法多少有点新的尝试,没完全叫老套子捆住。——转引自《老舍生活与创作自述》,第142—143页,人民文学出版社1982年。

名家要评

这第一幕是古今中外剧作中罕见的第一幕。……如此众多的人物,活灵活现,勾画出了戊戌政变后的整个中国的形象。这四十分钟的戏,也可以敷衍成几十万字的文章,而老舍先生举重若轻,毫不费力地把泰山般重的时代变化推到观众面前,这真是大师的手笔。——曹禺:《〈茶馆〉的舞台艺术·序》,《〈茶馆〉的舞台艺术》,中国戏剧出版社2007年。

拓展阅读

1. 孟广来等编:《老舍研究论文集》,山东人民出版社1983年。
2. 《演〈茶馆〉谈〈茶馆〉——北京人民艺术剧院导演、演员、舞美设计座谈〈茶馆〉》,《文艺研究》1979年第2期。
3. 刘厚生:《〈茶馆〉——艺术完整性的高峰》,《人民戏剧》1980年第9期。
4. 关德富:《论〈茶馆〉的第一幕》,《学术研究丛刊》1983年第1期。

《中国现代文学史 1917—2010》(精编版)教学课件申请表

尊敬的老师：

  您好！我们制作了与《中国现代文学史 1917—2010》(精编版)一书配套使用的教学课件光盘，以方便您的教学。在您确认将本书作为指定教材后，请您填好以下表格(可复印)，并盖上系办公室的公章，回寄给我们，您也可以加入我们的中国现当代文学教师QQ群254369982，从群共享中下载电子版的申请表，填好后发送到我们的邮箱 zhangyaqiu@263.net/platoplato@126.com，我们将免费向您提供该书的教学课件光盘。我们愿以真诚的服务回报您对北京大学出版社的关心和支持！

您的姓名			
系		院/校	
您所讲授的课程名称			
每学期学生人数	_____人 _____年级 _____学时		
课程的类型	□ 全校公选课　　□ 院系专业必修课 □ 其他_____		
您目前采用的教材	作者_____　　书名_____ 出版社_____		
您准备何时采用此书授课			
您的联系地址			
邮政编码			
您的电话(必填)			
E-mail(必填)			
目前主要教学专业、 科研方向(必填)			
您对本书的建议	系办公室 盖　章		

我们的联系方式：

北京市海淀区成府路205号北京大学出版社文史哲事业部　张雅秋
邮编：100871　电话：010—62752022　传真：010—62556201
邮箱：zhangyaqiu@263.net；platoplato@126.com　QQ：674503681
网址：http://www.pup.cn